엮은이 정유니, 장종주, 장종빈, 장석규는 국어국문학을 전공하여 중등학교와 대학교에서 공교육을, 사설학원에서 사교육을 담당한 경력이 도합 50여 년이며, '장박사국어연구소'에서 연구하고 교육하며 출판하는 일을 함께 하고 있다. '우리 고전 거듭 읽기' 시리즈 중 〈춘향전 거듭 읽기〉(도서출판 역락, 2021), 수능에 최적화한 〈2022 올해의 고전시가〉(도서출판 역락, 2022) 등을 냈으며, 국어국문학 관련 저작물 여럿을 준비하고 있다.

수능 만점을 위한 고전산문

초판 1쇄 인쇄 2022년 9월 5일
초판 1쇄 발행 2022년 9월 15일
엮은이 정유니 장종주 장종빈 장석규
펴낸이 이대현
편집 이태곤 권분옥 임애정 강윤경
디자인 안혜진 최선주 이경진
마케팅 박태훈 안현진

펴낸곳 도서출판 역락
등록 1999년 4월 19일 제303-2002-000014호
주소 서울시 서초구 동광로46길 6-6 문창빌딩 2층(우06589)
전화 02-3409-2060(편집부), 2058(영업부)
팩스 02-3409-2059
전자우편 youkrack@hanmail.net
홈페이지 www.youkrackbooks.com

ISBN 979-11-6742-386-3 53810

수능 만점을 위한

고 전 산 문

수능에 최적화한
20편의 **고전산문 전문** 수록
100문항의 **연습문제** 수록

계우사	옥단춘전
소대성전	옹고집전
윤지경전	이생규장전
서동지전	최척전
황새결송	설생전
두껍전	서재야회록
화산중봉기	국선생전
정수정전	저생전
박씨전	정시자전
사씨남정기	적벽가

장박사국어연구소
정유니·장종주·장종빈·장석규
함께 엮음

역락

머리말

우리 문학 중에 고전산문이라 불리는 장르가 있습니다.
이때 '고전'은 'old'이면서 'classic'이란 뜻입니다.
곧 '고전'은 '오래된 작품'이면서 동시에 '최고의 작품'입니다.
최고여야 오래 전승될 터이므로, 그런 작품을 '고전'이라 합니다.
그 중 산문으로 된 작품을 일컬어 '고전산문'이라 부릅니다.
고전소설뿐만 아니라 가전체와 몽유록, 판소리 사설이나 무가, 고전수필 등이 있습니다.
이 책은 이 장르의 작품 20편을 대상으로 만들었습니다.

고전산문은 다들 어려워합니다.
그럴 수밖에 없습니다.
옛말로 이루어져 있으니까 그렇습니다.
그런데 옛말도 말인지라 공부하면 쉬워집니다.
처음 글자 공부를 하듯 하나씩 쌓여 어느 날 불현듯 눈이 번쩍 뜨입니다.
더욱이 고전산문은 표현이나 형식이 천편일률적이라 금방 익숙해지기도 합니다.

고전산문 중 소설은 영웅 소설, 애정 소설, 가정 소설 등 유형화가 가능합니다.
가전체나 몽유록도 그렇고, 설(說)·기(記)·논(論) 등의 수필도 그렇습니다.
각 유형에 속하는 작품들은 거의 유사한 형식과 내용을 가집니다.
각 유형의 몇몇 대표 작품만 제대로 공부하면 나머지 작품은 쉽게 접근할 수 있습니다.
힘들게 시작하지만 행복하게 끝낼 수 있는 것이 고전산문 공부입니다.

'수능 만점을 위한 고전산문' 시리즈는 계속해 나올 겁니다.
그 선정 기준은 대학수학능력시험, 곧 '수능'입니다.
이것에 따라 고등학교 3학년이 공부해야 할 고전산문 작품을 뽑습니다.
고3에게는 필독서, 고2나 고1에게는 고3을 준비하는 책이 될 것입니다.
'수능 만점을 위한 고전산문' 시리즈를 만난 일이 여러분의 삶에서 최대 사건이 되길 바랍니다.

2022년 8월 7일
엮은이를 대표하여 정유니 씀

구성과 특징

이 책은 작품과 문제로 이루어져 있습니다.

이 책은 크게 두 부분으로 나닙니다.
앞부분은 작품의 원문이고, 뒷부분은 연습 문제입니다.
작품 원문 부분은 줄거리와 원문과 해설로 되어 있습니다.
원문은 비교적 널리 알려진 것을 택하고, 해설은 객관적인 정보를 두루 모았습니다.
이 때문에 일일이 원문의 저본이나 해설의 출처를 밝히지 않았습니다.
연습 문제 부분은 개별 작품 문제와 관련 작품 문제로 이루어져 있습니다.

이 책은 대학수학능력시험, 곧 수능을 대비하기 위해 만들었습니다.

이 책에서 다룬 작품은 2022년에 나온 EBS 교재, 『수능특강』과 『수능완성』에 실린 것입니다.
따라서 이 작품은 2023학년도 수능에 직·간접적으로 연계됩니다.
어느 부분이 출제될지 모르므로 이 책은 모든 작품의 전문을 실었습니다.
작품의 본문에 다른 색으로 되어 있는 것이 위의 두 책에 나오는 부분입니다.
다만, 너무 긴 「소현성록」, 너무 잘 아는 「춘향전」과 「흥부전」 등은 이 책에 넣지 않았습니다.
그런데,
이 두 책은 고전산문의 대표적인 작품을 망라하여 싣고 있습니다.
그래서,
이 책만으로도 고전산문의 기본을 갖추는 데 매우 유용할 것입니다.

이 책은 이렇게 사용하면 더 좋은 결과를 얻을 수 있습니다.

1단계 : 줄거리를 읽고 작품 전체의 윤곽을 파악합니다.
2단계 : 원문을 읽으면서 모르는 낱말이나 구절은 각주를 보고 뜻을 확인합니다.
3단계 : 각주를 보지 않고 원문을 현대어로 바꾸어 봅니다.
4단계 : 해설을 읽으면서 앞의 세 단계와 연계시킵니다.
5단계 : 연습 문제를 풀면서 내용을 재확인하고 실전 감각을 키웁니다.

차례

원문

계우사(戒友詞)

작자 미상

■ 줄거리

　성종 대왕 즉위 원년, 서울 장안의 갑부 김무숙은 사치와 유흥으로 사십 평생을 보낸 대방 왈자이다. 무숙이는 최후로 한판의 놀음을 벌인 뒤 자신의 유흥과 오입을 끝내고 착실한 사람이 되겠다고 하자, 이를 말리는 왈짜도 있고 동의하는 왈짜도 있어서 논란이 일었다. 그리고 과연 어디서 최후의 한판을 펼칠 것인가를 고민하는 중, 군평이란 왈짜가 평양 기생 의양이가 천하절색인데 화개동(花開洞)에 기방을 열었다 하여 거기로 간다.

　무숙이는 의양을 보고 반해서 그를 첩으로 삼기로 결심하지만 의양이는 거절한다. 그러자 무숙이는 집에 돌아와 절절한 사연을 보내어 의양의 마음을 사로잡고, 마침내 그녀와 딴살림을 차린다. 우선 내의원(內醫院) 소속 기생인 의양을 면천(免賤)시키고, 살림집을 마련하여 호사스럽게 꾸미느라 엄청난 돈을 쓴다. 의양은 이런 생활을 보내다가 무숙이 몰락하면 원망이 자기에게 돌아올 것이라 고민한다.

　의양이 무숙이더러 돈을 잘 쓴다고 비꼬면서 추켜세우자, 무숙이는 곧이듣고 자신이 얼마나 돈을 잘 쓰는 사람인지 자랑한다. 무숙이는 장악원의 악공(樂工)과 온갖 음악인을 다 불러 서울 근교의 경승지를 돌아다니며 십만 냥 이상을 들인 거창한 유산(遊山)놀음을 벌인다. 이어 의양이에게 자랑하기 위해 배를 새로 만들어 선유(船遊)놀음을 벌인다. 이 역시 판소리 광대를 비롯한 온갖 연예인을 다 불러 모으고 유산놀음 이상 가는 비용을 들인다.

　의양은 무숙의 아내와 몰래 모의한 뒤 그를 길들이기로 작정한다. 의양은 종 막덕이와 무숙의 친구인 별감 김철갑 등의 협조로 무숙의 재산을 남김없이 빼돌린다. 이 과정에서 종 막덕이를 시켜 온갖 곳에서 무숙이의 빚을 요구하더라 하고, 그것을 빌미로 재산을 빼돌려 감춘다. 무숙은 결국 알거지가 되어 본가로 돌아가 품팔이 노동을 한다. 무숙의 품팔이 노동자 노릇은 결국 돌고 돌아 의양의 집에서 중노미 노릇을 하는 것으로 낙착된다. 여기서 무숙은 의양의 계획에 따라 온갖 수모를 겪는다. 최후에 의양이는 무숙의 친구 별감 김철갑과 짜고 무숙이 보는 데서 농탕질을 치는데, 무숙은 이 둘을 죽이고자 하여 비상을 푼 물을 끓인다. 무숙이 비상물을 달이는 것을 보고, 의양은 모든 일이 무숙을 개과천선시키고자 꾸민 일이었음을 고백한다.

■ 원문

　성종(成宗) 대왕 즉위 원년(元年)[1]이라. 시화세풍(時和世豊)[2]하여 충신 효자는 조정(朝廷)에 가득하고 방방곡곡(坊坊曲曲) 백성들은 격양가(擊壤歌)[3] 풍류(風流)[4] 소리 처처(處處)에 낭자(狼藉)하니, 국세(國勢)[5]가 이렇거든 오입탕객(誤入蕩客)[6] 없을쏘냐? 청루주가(靑樓酒家)[7] 곳곳마다 배반(杯盤)이 낭자하고 시주(詩酒) 가사(歌詞) 호걸(豪傑) 남자(男子) 금할 길이 없었는데, 이때는 어느 땐고? 전천화류(前川花柳)[8] 만발한데 청루고각(靑樓高閣) 높은 집에 호탕한 왈짜[9]들이 허다히 못난 중에 남북촌(南北村) 뒤떨어서 대방[10] 왈짜 김무숙이 지체[11]로 논지(論之)하면[12] 중촌(中村)에 제일이요 형세(形勢)가 장안갑부(長安甲富),[13] 인물이 남중일색(男中一色)[14] 오입 속이 달통(達通)하고 친구 알고 외도(外道) 알고 호협(豪俠)하고[15] 말 잘하고 남의 시비(是非) 판결사(判決事)와 사사언청(事事言聽)[16] 좋은 의(義)에, 부탕도화(赴湯蹈火)[17] 고집 있고, 상하체통(上下體統) 명분경계(名分經界)[18]

---

1) 성종(成宗) 대왕 즉위 원년(元年) : 성종이 즉위한 첫 해. 곧 1469년이다.
2) 시화세풍(時和世豊) : 시화연풍(時和年豊). '시절이 평화롭고 해마다 풍년이 든다'라는 뜻으로, 태평성대를 비유하는 말.
3) 격양가(擊壤歌) : 옛날 중국 요(堯)임금 때 늙은 농부가 땅을 치면서 천하가 태평한 것을 노래한 데서 온 말로, 태평(太平)한 세월을 즐기는 노래.
4) 풍류(風流) : 멋과 운치가 있는 일이나 그렇게 즐기는 행위를 가리키는 말.
5) 국세(國勢) : 나라의 형편과 세력.
6) 오입탕객(誤入蕩客) : 오입질하는 방탕한 사람. '오입'은 남자가 아내가 아닌 여자와 성관계를 가지는 일. 또는 노는계집과 성관계를 가지는 일.
7) 청루주가(靑樓酒家) : 청루주사(靑樓酒肆). 술집, 기생집, 매음굴 따위를 통틀어 이르는 말.
8) 전천화류(前川花柳) : 앞 내의 꽃과 버들.
9) 왈짜 : 말이나 행동이 단정하지 못하고 수선스럽고 거친 사람.
10) 대방(大方) : 문장이나 학술이 뛰어난 사람. 여기서는 '우두머리'의 뜻으로 썼다.
11) 지체 : 어떤 집안이나 개인이 사회에서 차지하고 있는 신분이나 지위.
12) 논지(論之)하면 : 옳고 그름 따위를 따져 말하면.
13) 장안갑부(長安甲富) : 서울에서 첫째 가는 부자.
14) 남중일색(男中一色) : 남자의 얼굴이 썩 뛰어나게 잘생김. 또는 그런 사람.
15) 호협(豪俠)하고 : 의기가 장하여 작은 일에 거리낌이 없고 옳다고 여기는 일에 잘 나서고.
16) 사사언청(事事言聽) : 일마다 말하는 대로 잘 들어줌.
17) 부탕도화(赴湯蹈火) : 끓는 물에 뛰어들고 불을 밟는다는 뜻으로, 위험을 피하지 않음을 비유적으로 이르는 말.

선악상반(善惡相半)19) 능소능대(能小能大)20) 백집사(百執事)에 가감(可堪)이요,21) 문필(文筆)로 논지(論之)컨댄, 과문육체(科文六體)22) 범연(汎然)찮고,23) 간필(簡筆) 한 장 명필(名筆)이요, 큰 활 원사(遠射) 편사(便射)24) 일수(一手),25) 십팔기(十八技)26)가 달통하고, 노래 가사 명창이요, 거문고 생황(笙篁) 단소(短簫) 오음육률(五音六律)27) 속을 알고, 선소리28) 속멋을 알고, 계집에게 다정함과 쌀 아끼고 돈 모르고, 노름판에 소담(笑談)29) 많고, 잡기(雜技) 속도 알 만하되 천(賤)타 하여 본 체 않고, 인기(人器)30)가 이러하나 부족한 게 지식이요, 허랑한 게 마음이라. 형세가 이러하고 재주가 절등(絶等)31)하니, 삼태육경(三台六卿)32) 재상(宰相)님네 사람을 만들려고 입신양명(立身揚名) 일러 가며 간간이 개결(開缺)33)하되 마다하고 뻗놓으며34) 죽마고우(竹馬故友) 어진 친구 붕우책선(朋友責善)35) 싫다 하고, 옳은 말에 성 내기와 그른 말은 곧이듣고, 은운자 오입한 년 노구(老嫗) 놓아 청하기와 아래위의 색주가를 밤낮없이 일을 삼아 청루고각은 사랑이요 기생의 집은 본댁(本宅)이라. 부형(父兄)이 없었으니 가전진학 없어지고 행세가 이러하니 가속(家屬)인들 돌아볼까.

호호탕탕(浩浩蕩蕩) 맺힌 마음 위아침 좋아하고 처자식을 몰라보며 화협으로 모두 속아 허송세월 지나가니 무숙의 어진 아내 여중(女中)에는 군자(君子) 같고 규중(閨中)에는 성현(聖賢)이라. 태임(太姙) 태사(太姒) 맑은 덕과 장강(莊姜)의 색(色)을 겸전(兼全)하여 반악(潘岳)의 고움이요 이비(二妃)의 정절행(貞節行)을 본받고자 침선방적(針線紡績) 아국(我國) 일수(一手), 음식 시사 향내 나고 세간살이 착격(着格)하고 일가(一家) 간에 의(誼)가 있고, 노복에게 어른 교훈 선심(善心) 수덕(修德)하던 것이었다.

이러한 어진 아내 무숙의 흐린 마음 장위(腸胃)가 뒤틀리고 능청부가 눈에 가며, 집에 들면 성화 같고 집에 일시 있기 싫어 남의 밥 남의 금침(衾枕) 제 것으로 지내 가니, 이런 잡놈 또 있을까.

이때는 어느 땐고, 낙양성 방화시(芳花時)로구나. 초목군생(草木群生)이 각유자락(各有自樂) 처처(處處)마다 봄빛인데, 관자(冠者) 오륙, 동자(童子) 칠팔, 문수암(文殊庵), 중흥사(中興寺)로 백운봉(白雲峰) 등림(登臨)하니, 공북(控北) 삼각산(三角山)은 진북(眞北) 무강(無疆)이요, 장부의 흉금(胸襟)은 운몽(雲夢)을 삼켰는 듯, 구천(九天) 은폭(銀瀑)에 진금(塵襟)36)을 걷친 후에 행화방초경양로(杏花芳草輕揚路)37)로 취흥이 도도하여 손길을 마주 잡고 어깨미름38) 게트림39)에 답가(踏歌)40) 일성(一聲) 행유(行遊)하고, 청루고당(靑樓高堂) 높은 집에 어식비식 올라가니, 좌반에 앉은 왈자, 상좌에 당하(堂下) 천총(千摠)41) 내금위장(內禁衛將), 소년(少年) 출신 선전관(宣傳官), 비변랑(備邊郎)에 도총(都摠) 경력(經歷) 앉아 있고, 그 지차(之次) 바라보니, 각 영문(營門) 교전관(郊典官)에 세도하는 중방(中房)이며 각사(各司) 서리(書吏), 북경(北京) 역관(譯官), 좌우포청(左右捕廳) 이행군관 대전별감(大殿別監) 불긋불긋 당당의 색색이라.

또 한편 바라보니, 나장(羅將), 정원사령(政院使令), 무예별감(武藝別監) 섞여 있고, 각전(各廛) 시전(市廛) 남촌 한량, 노래 명창 황사진이, 가사 명창 백운학이, 이야기 일수 오물음이, 거짓말 일수 허재순이, 거문고 어진창이, 일금 일수 장재량이, 퉁소 일수 서계수며, 장구 일수 김창옥이, 젓대 일수 박보안이, 피리 일수 ○오랑이, 해금 일수 홍일등이, 선소리에 송흥록이 모흥갑이가 다 가 있구나.

무숙이 들어가니, 상하 총중(叢中) 왈자 중에 어거(馭車)할 이 뉘 있으며, 집탈(執頉)할 이 뉘 있을까. 석양(夕陽) 산로(山路) 제비같이 어식비식 들어올 제, 호사(豪奢) 치레 볼 양이면, 엽자(葉子)42) 동곳 대양 중에, 산호 동곳 어깨 꽂고, 외

---

18) 명분경계(名分經界) : 일을 꾀할 때 내세우는 구실이나 이유 따위의 옳고 그른 경위가 분간되는 한계.
19) 선악상반(善惡相半) : 선과 악이 서로 반씩 섞여 있음.
20) 능소능대(能小能大) : 모든 일에 두루 능함.
21) 백집사(百執事)에 가감(可堪)이요 : 모든 일을 다 감당할 수 있고.
22) 과문육체(科文六體) : 문과(文科) 과거에서 시험을 보던 시(詩), 부(賦), 표(表), 책(策), 의(義), 의(疑)의 여섯 가지 문체(文體).
23) 범연(汎然)찮고 : 두드러진 데가 없이 평범하지 않고.
24) 원사(遠射) 편사(便射) : 활을 멀리서 쏘거나, 편을 나누어 쏘는 일. 또는 그런 사람.
25) 일수(一手) : 남보다 뛰어난 수나 솜씨. 또는 그런 수나 솜씨를 가진 사람.
26) 십팔기(十八技) : 조선 영조 때에, 중국의 무예육기(武藝六技)에 열두 가지를 더한 무예를 통틀어 이르는 말. 열두 가지 무예에는 죽장창(竹長槍), 기창(旗槍), 예도(銳刀), 왜검(倭劍), 교전(交戰), 월도(月刀), 협도(挾刀), 쌍검(雙劍), 제독검(提督劍), 본국검(本國劍), 권법(拳法), 편곤(鞭棍)이 있다.
27) 오음육률(五音六律) : 예전에, 중국 음악의 다섯 가지 소리와 여섯 가지 율(律). 궁(宮), 상(商), 각(角), 치(徵), 우(羽)의 오음과 황종(黃鍾), 태주(太簇), 고선(姑洗), 유빈(蕤賓), 이칙(夷則), 무역(無射)의 육률을 이른다.
28) 선소리 : 대여섯 사람이 둘러서서 서로 주고받으며 속요를 부름. 또는 그 속요.
29) 소담(笑談) : 우스운 이야기. 우스갯소리.
30) 인기(人器) : 사람의 됨됨이. 도량과 재간.
31) 절등(絶等) : 아주 두드러지게 뛰어남.
32) 삼태육경(三台六卿) : 조선 시대에, 삼정승과 육조 판서를 통틀어 이르던 말.
33) 개결(開缺) : 관원이 그 직무를 수행할 수 없어 면직될 때 별도로 후보자를 뽑아 두어 관원의 충원을 준비함. 또는 그런 일.
34) 뻗놓으며 : 뻗대며. 쉬 따르지 아니하고 고집스럽게 버티며.
35) 붕우책선(朋友責善) : 벗끼리 서로 좋은 일을 하도록 권함.
36) 진금(塵襟) : 속된 생각.
37) 행화방초경양로(杏花芳草輕揚路) : 살구꽃과 향기로운 풀이 가볍게 흩날리는 길.
38) 어깨미름 : '어깨동무'인 듯.
39) 게트림 : 거만스럽게 거드름을 피우며 하는 트림.
40) 답가(踏歌) : 발로 땅바닥을 구르며 장단을 맞추어 노래함. 또는 그런 노래.
41) 천총(千摠) : 역사 조선 시대에, 각 군영에 속한 정삼품 무관 벼슬. 훈련도감, 금위영, 어영청, 총융청, 진무영 따위에 두었다.

올망건, 대모(玳瑁) 관자(貫子), 쥐꼬리 당줄, 진품 금패, 좋은 풍잠(風簪) 이마 위에 숙여 띠고, 갑주(甲紬) 보라(寶羅), 잔줄 저고리, 백갑주 누비바지, 백제우사 통한삼에, 장원주 누비 동옷, 통화단 잔줄 배자, 양색단 누비 토시, 순밀화(純蜜花) 장도(粧刀), 학슬(鶴膝) 안경, 당세포 중치막에 지품당띠 통대자 허리띠며, 우단 낭자 오색 모초 고운 쌈지 당팔사 끈을 달고, 용두향의 대당전을 안 옷고름에 달아 차고, 버들잎 뽄 고운 발 육날 미투리 수지 베어 곱걸어 들먹이고, 불기지회(不期之會)43) 모꼬지44)에 한가운데 참예(參預)하여,

"좌중 평안하오?"

썩 들어서니, 흐른 태도 벗은 물색 남중호걸 분명하고, 능소능대(能小能大) 찰찰한 잔재미를 압두(壓頭)할 이 뉘 있을까. 면면통성(面面通姓)한 연후에 무숙이 몸을 들어,

"좌중에 통합시다."

"무슨 말씀이오?"

"좌우 열좌(列坐) 벗님네는 나의 말씀 범연(泛然)히 듣지 마오. 이내 몸 무숙이가 어려서부터 호화자(豪華子)로 자랄 적에, 부모님 은덕으로 호의호식(好衣好食) 커날 적에, 독서당(讀書堂) 글 배울 제 재주 있다 이르더니, 양친(兩親)이 구몰(俱沒)하매 문필 재주 삭아지고 이전과는 팔결45)이요, 언짢고 곤한 줄을 입때까지 전혀 몰라, 불고가산(不顧家産)46) 줄어지고, 방탕한 이내 마음 집심(執心)47)할 길이 없으니, 개과사음(改過邪淫) 다시 깨쳐 불쌍한 우리 선영(先塋) 이하로 유정할사 우리 처자 봉사접빈(奉祀接賓) 사후 신세 자식 없이 하다가는 좋은 형세 간 곳 없고 거적쌈48)이 위태하니, 오늘날 이 모꼬지 상하 벗님 발론(發論)하고 한 번 놀음 망종하고 오입(誤入) 영평생(永平生) 떼어 끊고 집산착미(集産着味)49)하려 하니, 계교 중에 어떠하오?"

좌중에 수모수모(誰某誰某)50) 왈자들 대답이 대동소이(大同小異)한데, 속 못 차린 왈자들은,

"이애 무숙 좀자식아, 동원도리편시춘(東園桃李片時春)51)만 네 알아라. 연년(年年) 춘초(春草) 푸르러도 왕손(王孫)은 귀

불귀(歸不歸)52) 네 알았지. 장진주(將進酒) 좋은 술을 일일수경삼백배(一日須傾三百杯)53)씩 한평생 시주(詩酒)로만 일삼던 이적선(李謫仙)은 기경상천(騎鯨上天)54)만 하였으니, 아껴 못 쓰는 건 왕장군지고자(王將軍之庫子)55)로다."

한 왈자 나앉으며,

"이 자식 미친 애들, 내 신세 남의 신세 못 가리며 말을 말고, 오입 근본을 들어 보아라. 계집의 오입으로 두고 일러도 삼십 전에 맘껏 놀다 사십이 근(近)하거든 맛 좀 들고 속 군은 서방 골라 얻어 한종신(限終身)56) 유념(留念)을 하는 거요, 지각 없이 속 못 차려 옥빈(玉鬢)에 살 잡히고, 녹발(綠髮)이 희득희득 보이니, 썩 성글도록 맛만 취해 늙어지면, 돌아 나고 돌아 들던 한량 손님 누리57) 든 불통같이 하나둘 오다 말다, 그제야 문득 생각하면 몸 둘 곳이 바이 없어 오평생(誤平生)58)하는 거요. 우리 오입 역연(亦然)59)이라, 무숙이 네 작정이 옳다. 옳다. 부디 옳다."

군평이 나앉으며,

"그렇지. 그렇지. 무숙이 네 말이 기특하다. 네 말대로 망종 놀 양이면 어떻게 놀려느냐?"

무숙이 이른 말이,

"바람둥이 왈자들은 모꼬지 놀음판에 허담(虛談) 주담(酒談) 흰소리로 악양루(岳陽樓) 가자, 고소대(姑蘇臺) 가자, 계명산(鷄鳴山) 가자, 봉황대(鳳凰臺) 가자 하되, 그게 다 미친 자식 헛소리요, 그런 강산 제일 경개(景槪) 중원(中原)60)에 있는 거라, 멀고 먼 만리타국(萬里他國) 가잔 말이 주담이지. 아동방(我東方) 제일경(第一景)이 금강산(金剛山) 내외경(內外景)과 그리로 내달아 관동팔경(關東八景), 의주 통군정, 안주의 백상루, 영변의 낙선대, 성천의 강선루, 평양의 연광정, 부벽루, 모란봉, 칠성대, 보덕골과 능라도, 영명사며, 개성부로 들이달아 송학산 박연폭포, 파주 임진 좋은 강산, 함흥 낙민루, 길학정, 북산루, 공주 금강산성이며, 전주 완산 한벽루며, 남고산성 기이하고, 산청의 환아정, 진주의 촉석루, 통영 세방정, 청주의 한산도며 밀양의 영남루, 울산 태화루, 동래 인화

---

42) 엽자(葉子) : 잘 제련한 최상품의 금. 얇게 불려서 잎 모양으로 만든 십품금(十品金)이다.

43) 불기지회(不期之會) : 기약하지 않은 만남. 뜻하지 않은 모임.

44) 모꼬지 : 놀이나 잔치 또는 그 밖의 일로 여러 사람이 모이는 일.

45) 팔결 : 엄청나게 다른 모양. 팔팔결.

46) 불고가산(不顧家産) : 살림살이를 돌아보지 않음. 돌아보지 않은 살림살이.

47) 집심(執心) : 흔들리지 아니하게 한쪽으로 마음을 잡고 열중함. 또는 그 마음.

48) 거적쌈 : 거적으로 시체를 싸서 지내는 장례. '거적'은 짚을 두툼하게 엮거나, 새끼로 날을 하여 짚으로 쳐서 자리처럼 만든 물건. 허드레로 자리처럼 쓰기도 하며, 한데에 쌓은 물건을 덮기도 한다.

49) 집산착미(集産着味) : 재산을 모으기에 재미를 붙임.

50) 수모수모(誰某誰某) : 아무개아무개. 어떤 사람을 구체적인 이름 대신 이르는 인칭 대명사.

51) 동원도리편시춘(東園桃李片時春) : 동쪽 뜰의 복숭아꽃과 자두꽃이 잠깐 피었다 지는 봄.

---

52) 연년(年年) 춘초(春草) 푸르러도 왕손(王孫)은 귀불귀(歸不歸) : 해마다 봄풀은 푸르러도 왕손은 가고 아니 오네. 중국 당나라 시인 왕유(王維)의 시 '송별(送別)'의 두 구(句).

53) 일일수경삼백배(一日須傾三百杯) : 나날이 모름지기 삼백 잔을 기울임. 중국 당나라 시인 이백(李白)의 '양양가(襄陽歌)'에 나오는 구설.

54) 기경상천(騎鯨上天) : 고래를 타고 하늘에 올라감.

55) 왕장군지고자(王將軍之庫子) : 왕 장군의 창고지기. 중국 명나라 구우(瞿佑)의 소설 <전등신화(剪燈新話)> '삼산복지지(三山福地志)'에 나오는 말로, '구두쇠'를 일컫는 말이다.

56) 한종신(限終身) : 죽을 때까지.

57) 누리 : 우박. 큰 물방울들이 공중에서 갑자기 찬 기운을 만나 얼어 떨어지는 얼음덩어리. 크기는 지름 5mm쯤 되며, 주로 적란운에서 내린다.

58) 오평생(誤平生) : 평생을 그르침.

59) 역연(亦然) : 또한 그러함.

60) 중원(中原) : 중국(中國).

정, 학소대를 구경하고 경주 백률사, 순송 봉황대가 좋을시고. 영천의 조양각, 대구 달성(達城) 구경하고, 안동 태백 내외경과 동개골(東皆骨) 서구월(西九月) 남지리(南智異) 북향산(北香山)[61]을 다 쥐어 본 연후에, 보은 속리산 문장대며, 무주 무풍 적상산성, 부안 변산 영암월, 광양 백운봉, 문경 주흘산, 낱낱이 구경하고 아니 본 곳 없었으니, 세상의 생각이 바이 없고 명기(名妓) 명창(名唱) 풍류랑(風流郎)이 내 수단에 울어나고, 삼재팔난(三災八難) 고락풍진(苦樂風塵) 모두 다 겪어나고, 의복 호사, 자봉범절 기거동지와 파사 보사(寶砂) 드문 보배 좋은 노리개, 금옥(金玉) 패물, 천금(千金) 준마(駿馬), 보라매, 일등(一等) 미색(美色) 원없이 다 놀아 보고, 가대(家垈) 세간, 방 안 기물(器物) 그립잖게 놓았으니 무슨 한이 있을쏘냐. 아서라, 던져 두고 이 놀음 저 놀음 유산(遊山)하기 술 먹기와 풍류 배반(杯盤) 좋은 가곡(歌曲) 미색 추심(推尋) 망종 놀고 집산수도 하오리라."

군평이 이른 말이,

"그러할 듯하다마는, 장안의 미색들이 매양 보던 그것이요, 일상 듣던 풍류 소리 습어이목(習於耳目)[62]하여 재미로운 줄 모를러니, 요새 들으니 평양 기생의 의양이가 화개동 경주인(京主人)[63] 집 안사랑을 치우고 들어 여실폐신(如實蔽身)[64]한다 소문이 낭자한데, 얼굴은 왕소군(王昭君)이요 태도는 양귀비(楊貴妃)라. 만호장안(萬戶長安) 연소(年少)들이 미쳐 발광(發狂) 다 다니되 인의예지(仁義禮智) 높은 마음 고절(高節)하기 짝이 없어 종시(終始) 서방 아니 얻고 택인탁신(擇人託身)[65]하련다니 게 가 한 번 놀아보면 어떠하냐?"

무숙이 좋아라고,

"고소원(固所願)에 불감청(不敢請).[66] 가다뿐이겠나?"

의양의 집에 가려 할 제, 여러 친구 오입쟁이 칠팔 인 작반(作伴)[67]하여 배반(杯盤) 기계(器械) 일등신 일포진(一布陳) 등롱(燈籠) 분별은 군평이가 맡아 하고, 남산 봉화(烽火) 들기 전에 지평(地平) 너른 대도상(大道上)에 손길을 마주잡고 화개동을 올라갈 제, 일단선풍도화색(一團成風林花色)[68]은 처처(處處)마다 유향(幽香)이요, 늘어진 양류(楊柳) 가지 우로(雨露)조차 머금은 듯, 월상오동(月上梧桐)[69] 좋을시고. 잘새 펼

펼 날아들고, 투계호자일모춘에 자류연명동경이라. 외외(巍巍) 삼각(三角) 높은 봉과 수락석출(水落石出)[70] 화개동이 별유천지(別有天地) 이 아니냐. 이화정(李花亭)은 아니로다 낙양동촌(洛陽東村) 같을시고.[71]

광객(狂客)인 듯 취객(醉客)인 듯 흥에 겨워 들어가니, 가련 금야(可憐今夜)[72] 좋을시고. 사랑에 들어 밭주인[73]과 통성(通姓) 후에 평양집[74]을 청하니, 안 중문(中門) 열뜨리고 의양이가 나올 적에, 월색(月色)은 만정(滿庭)한데 배회고면(徘徊顧眄)[75]하며 벽화주 높은 사랑 채의홍상(彩衣紅裳) 일미인이 촉하(燭下)에 정히 앉아 대객(對客)하는 거동을 보니, 서시(西施) 태도 달기(妲己) 모양 십오야(十五夜) 밝은 달이 구름 속에 감추는 듯, 지당(池塘)의 취한 연(蓮)이 군자(君子) 기상(氣象)을 띠었는 듯, 섬섬약질(纖纖弱質) 고운 얼굴 주순(朱脣)을 반개(半開)하니, 낭랑지어요요성(琅琅之語姚姚聲)[76]은 보던 바 처음이라.

허랑한 무숙이 심혼(心魂)이 산란(散亂)하여 내념(內念)에 생각하되,

'여차(如此) 가인(佳人)은 출생(出生) 사십에 처음이라. 이제야 만났으니 그전에 하던 일이 오입도 헛오입이요, 재물만 헛되이 쓰고 남에게 속은 후회가 일어나니, 관어해자(觀於海者)는 난위수(難爲水)라.'[77]

무숙이 나았으며,

"좌중에 통합시다."

"무슨 말씀이오?"

"저 기생 인사하오."

"좋은 말씀이오."

"저 사람 처음 보네, 무사한가?"

"평안합시오?"

"시골[78]이 어딘가?"

---

61) 동개골(東皆骨) 서구월(西九月) 남지리(南智異) 북향산(北香山) : 동쪽의 개골산(금강산), 서쪽의 구월산, 남쪽의 지리산, 북쪽의 묘향산.

62) 습어이목(習於耳目) : 귀와 눈에 익숙함.

63) 경주인(京主人) : 경저리(京邸吏). 벼슬아치나 서민으로 서울에 머물면서 지방관청의 사무를 대행하던 사람.

64) 여실폐신(如實蔽身) : 여실히 몸을 숨김.

65) 택인탁신(擇人託身) : 사람을 가려 몸을 맡김.

66) 고소원(固所願)에 불감청(不敢請) : 불감청(不敢請)이나 고소원(固所願). 감히 청하지는 못하나 진실로 바라던 바.

67) 작반(作伴) : 길동무로 삼음.

68) 일단선풍도화색(一團旋風桃花色) : '한 무더기 회오리바람에 복숭아꽃이 피어난다.'는 뜻으로 중국 당나라 시인 잠삼(岑參)의 '위절도적표마가(衛節度赤驃馬歌)'의 한 구절이다.

69) 월상오동(月上梧桐) : 달이 오동나무에 떠오름.

70) 수락석출(水落石出) : 물이 빠지자 돌이 드러남. 소식(蘇軾)의 '후적벽부'에 나오는 구절.

71) 이화정(李花亭)은 아니로다 낙양동촌(洛陽東村) 같을시고 : 이화정은 아닌데 낙양 동촌 같구나. '낙양(洛陽)의 동쪽 마을에 있는 이화정(李花亭)이란 정자'란 뜻으로, '낙양동촌이화정(洛陽東村李花亭)'이란 구절이 '봉산탈춤'이나 '심청전'에도 나오는데, 이것은 고전소설 「숙향전」에서 유래된 것이다.

72) 가련금야(可憐今夜) : 어여쁘다, 오늘 밤. 아름다운 오늘밤. 중국 당나라 시인 왕발(王勃)의 '임고대(臨高臺)'에 '가련금야숙창가(可憐今夜宿娼家)'라는 구절이 나온다.

73) 밭주인 : 집안의 남자 주인을 높이거나 스스럼없이 이르는 말.

74) 평양집 : '평양에서 온 여자'를 뜻하는 말로, '평양댁'이라 하지 않은 것은 양민이 아님을 의미한다.

75) 배회고면(徘徊顧眄) : 이러저리 거닐며 여기저기 살핌.

76) 낭랑지어요요성(琅琅之語姚姚聲) : 구슬이 구르는 소리 같이 맑고 아름다운 말소리.

77) 관어해자(觀於海者)는 난위수(難爲水)라. : 바다를 본 사람은 물이라 하기 어렵다. 바다는 모든 물이 모이는 곳으로, 바다를 보면 모든 다른 물의 흐름은 물이라고 하기엔 부족함을 느낀다는 말. 『맹자(孟子)』에 나오는 말이다.

78) 시골 : 고향.

"평양이요."

"별호(別號)가 뉘신가?"

"의양이오."

"연세가 얼만가?"

"스무 살이오."

"시사(時仕)79) 하나?"

"약방(藥房)에 다니오."

"서방님은 뉘신가?"

"아직 없습니다."

"진정인가?"

"진정이오."

무숙이,

"좌중에 통합시다."

"무슨 말씀이오?"

"저 기생 날과 살면 어떠하오?"

"마땅한 말씀이오."

"여보게, 평양집. 내가 자네 서방님 되냐 못 쓰겠나?"

의양이는 수인지태(羞人之態)80) 아미(蛾眉)를 단정(端正)히 하고 묵묵불언(默默不言) 앉았는데, 왈자 한 분 나앉아 좌중에 통한 후에 의양을 권하는데,

"여보게, 평양집. 자네 뜻 높은 줄은 잠시 보아 알거니와 평양 같은 승경처(勝景處)에 생장하여 화려한 갓은 풍도(風度) 이목(耳目)에 높았으니 권담(勸談)하기 어렵지마는, 한양성 억만호에 떠돌아 이르기를, '남중(男中)에는 무숙이요, 여중(女中)에는 의양이라.' 그런 마땅한 서방님 배약(背約)하면 원앙실수지탄(鴛鴦失水之歎)81)으로 후회되리. 마땅히 심량(深量)82)하소."

의양이 부끄러운 듯 종시(終始) 불응할 뿐이었다. 무숙이 수작 끝에 군평을 불러들여,

"주효(酒肴)를 들이라."

장설(張設)83) 등대(等待)84)하였으되, 화류(樺榴) 강진 교자판에 금사화기(金砂畫器), 유리접시 벌여 놓고, 귤병(橘餠), 편강(片薑), 민강(閩薑)이며, 대밀주 소밀주, 호도당 포도당에, 옥춘당 인삼당, 왜편 호편 곁들이고, 인삼정과 모과정과 새앙정과 곁들이고, 유자, 밀감, 포도, 석류, 생률(生栗), 숙률(熟栗), 은행, 대추, 봉산 참배, 유감자 등물 전낙조차 곁들이고, 착면화채, 배무름에 수정과를 곁들이고, 메밀완자, 신선로(神仙爐)에 번화하다. 병거지골 아귀찜, 가리찜에 승강이를 곁들이고, 어육, 제육, 어만두, 떡볶이가 소담하다. 평양 세면 부비

염에 황주 냉면 곁들이고, 울산 전복 봉오림에 매화오림, 문어오림, 실백자(實柏子)를 곁들이고, 침채, 양채 갖은 어채 각색으로 놓았는데, 색 있는 갖은 편85)에 두테떡을 곁들이고, 양고음, 우미탕에 누루미를 고았는데, 설렁탕 한 동이는 하인청(下人廳)에 들여놓고, 평양의 감홍로 계당주, 노산춘 의강주, 죽엽주며 각색 병에 들여놓고, 노자작, 앵무배로 오산에 기우는 듯, 육간대청(六間大廳) 너른 마루 유리 약가등을 달고, 화산관 그린 병풍, 몽고전(蒙古氈) 보초(堡礁) 등물 모담자(毛毯子)에 요강, 타구(唾具) 섞어 놓고, 대촛대, 소촛대에 공주(控柱) 육촉(肉燭) 들여 꽂고, 일등(一等) 육각(六角)86) 영산(靈山) 오장(五章) 한거리 늘여 붙여 지화자 높은 소리 황개동이 낭자하다. 남녀 청 우계면(羽界面)에 가사 잡가 성주풀이, 배반(杯盤)이 낭자할 제, 홍문연(鴻門宴) 큰 잔치가 재미있기 이만 하며, 장락궁(長樂宮) 태평연(太平宴)이 사치(奢侈)하기 이만 하며, 은주(殷紂)의 녹대연(鹿臺宴)이 한가하기 이만 할까. 나는 장구, 생황, 단소, 우조, 계면 각기 소장(所長) 실컷 놀고 배반을 파한 후에 무숙이 이른 말이,

"좌중의 벗님네야. 장안성 남북촌의 옥녀가인(玉女佳人) 일등미색(一等美色) 허다히 많되, 잠시 통정(通情)할 뿐이지, 백년을 함께 마음놓고 살 이 없어, 예나 제나 모두 속고 사람 구할 길이 없어 허송세월 방심터니, 오늘 모꼬지에 평양집을 보아 놓으니 간절한 이내 마음 백 년을 살까 하니, 좌중(座中) 첨의(僉意)87) 어떠하며 저 평양집 마음도 어떠한고?"

여러 왈자들이 여출일구(如出一口)88) 말을 하되,

"그 말 마땅하다. 무숙이 너도 저런 계집사람 집산(集産)을 시켰으면 마음도 방탕찮고 평생에 하던 일이 후회가 될 것이니, 원앙 배필 너희 둘이 잘 만나 잘 만나."

평양집 아미를 숙이고 수색(羞色)89)이 만면(滿面)하여 비회(悲懷)를 머금은 듯 정다이 말을 하되,

"좌중 서방님네, 감권(感勸)하신 어진 말씀 황송하고 감격하되, 평생 이십 세에 본(本) 지체90)는 종사오나 외가가 초라하와 일생 포한(抱恨)91)이 다름 아니오라 탁신교방(託身嬌坊)92) 이내 몸이 삭망(朔望)93)이면 점고(點考) 맡기, 행수(行首)에게 핀잔 듣기, 수노(首奴) 호령 달초(撻楚)하기, 춘하추동 사시절을 관문(官門)에 붙매이어 아니꼽고 더럽고 치사한 밀만 당코, 허다한 대신(大臣) 관장(官長) 문드러진 오입쟁이

79) 시사(時仕) : 아전이나 기생 등이 그 매인 관아에서 맡은 일을 함. 또는 그 일.

80) 수인지태(羞人之態) : 남에게 부끄러워하는 태도.

81) 원앙실수지탄(鴛鴦失水之歎) : 원앙이 물을 잃은 탄식.

82) 심량(深量) : 깊이 헤아림.

83) 장설(張設) : 베풀어 갖춤.

84) 등대(等待) : 미리 준비하고 기다림.

85) 편 : 떡.

86) 육각(六角) : 북, 장구, 해금, 피리, 태평소 둘로 이루어진 악기 편성.

87) 첨의(僉意) : 여러 사람의 의견.

88) 여출일구(如出一口) : 한 입에서 나온 것 같음. 이구동성(異口同聲).

89) 수색(羞色) : 부끄러운 기색.

90) 지체 : 어떤 집안이나 개인이 사회에서 차지하고 있는 신분이나 지위.

91) 포한(抱恨) : 한을 품음.

92) 탁신교방(託身嬌坊) : 교방에 몸을 맡김. '교방'은 기생방.

93) 삭망(朔望) : 음력 초하룻날과 보름날.

창성이고94)할까 하고 비단 은채(銀釵) 좋은 재물 금옥(金玉) 진보(珍寶) 갖은 패물 무수히 선급(先給)하되, 내 지체를 생각하여 해후지기(邂逅之期)95) 받은 일이 없고 입때까지 음양지락(陰陽之樂)이 어떤 줄을 모르는데, 상원(尙苑)96) 독촉 관자(關子)97) 할 수 없어 올라오니, 들어오던 그날부터 별감방 포도부장 오입쟁이 서방님네 내 속 알아 길들이려 호령 핀잔 이마질98)과 여차하면 가슴 타고 살자 하는 서방님네 일시 통정 좋다 한들 백년해로(百年偕老) 살 낭군을 속을 자세히 몰라 보고 함부로 허신(許身)하여 신명(身命)을 바치리까? 만일 사불여의(事不如意)99)하면 사생(死生)이 갈리오니 종실을 저지른 후 후회막급(後悔莫及) 되거드면 호소무처(呼訴無處) 설운 사정 수원수구(誰怨誰咎)100)하오리까? 떼는 말씀 아무리 박절하올망정 서방님 너른 흉금(胸襟) 별반(別般) 처분하옵소서. 날과 영평생 살 마음 저버리시고 다른 말씀 담화나 하시고 놀다 가옵소서."

여러 왈자들이 눈을 새로 뜨고 혀를 내두르며,

"장하고 당연하다, 이 말이여. 석간(石澗)에 굴러나온 편옥(片玉) 같고, 향언(香言)의 소리가 그러할 듯하네마는, 천지도 음양이요, 만물도 자웅(雌雄)을 마련커든, 하황(何況)101) 호걸(豪傑) 미색(美色) 둘이 앉아 사궁(四窮)102) 고생 되단 말인가. 다시금 생각 깊이 하여 김 서방님 애연히 감동하온 마음 백년가약(百年佳約) 잃지 말고 둘이 만나 살게 하소."

아무리 강권(強勸)해도 의양이는 응낙 없이 앉았으니, 무숙이 하릴없어 내념에 헤아리되,

'청루화방(青樓花房)103) 고운 계집 누구누구 도고(道高)104)하다, 가증(可憎)하다, 지조(志操) 있다 하는 애들, 내 풍도(風度) 한 놀음, 한 번 협기(俠氣) 두 번 맵시, 정담(情談) 소담(笑談) 속을 빼면 허랑한 게 계집이아 무처부당(無處不當)105) 놀았더니, 요 계집 의양이는 어이하여 장부의 심사를 상하는고?'

속으로 자탄하고 무숙이 좌중에 통한 후에 파연곡(罷宴曲)을 청하여 각귀기소(各歸其所)106) 돌아가자 여러 왈자 일어

날 제, 무숙이 후회(後會)107) 기약(旣約) 다시 두고 여러 친구 작별하며 의양이에게 작별한다.

"여보게, 평양집. 일후(日後) 춘일(春日) 화창한데 일호주(一壺酒)108) 오현금(五絃琴) 삼장시(三章詩) 사구율(四句律)로 유산(遊山) 구경 놀아볼까?"

"좋은 말씀이오."

"종종 통신(通信)함세."

뒤를 눌러 작별하고 돌아오며, 여광여취(如狂如醉)109) 미친 마음 일시미망(一時未忘)110)이라. 편지를 써서 사환(使喚) 주어,

"의양에게 전해라."

편지를 갖다 의양이 주니, 본즉, 사연에 하였으되,

"화개동 평양집 보소. 초면 상봉 잠시 놀다 일분수(一分手)111) 돌아온 후, 날 가리우고 소식 막혀 울회(鬱懷)112) 창창(蒼蒼)113) 혼몽(昏懜)114) 중에 망망(茫茫)한데, 춘색(春色)이 화창하니 더욱 심사(心思) 감상(感傷)115)토다. 금옥(金玉) 같은 자네 일신(一身) 여일여일(如一如一)116) 평안한가? 원념불이(遠念不已)117) 못 잊겠네. 이곳 정세(情勢) 말을 듣소. 호협(豪俠)118) 많은 한양성에 사십 평생 놀아날 제 뉘라 나를 압두(壓頭)할까. 유(類)다른 자네 안목(眼目) 살기 말다 고집하니, 욕달미달(欲達未達)119) 분하고 미친 마음 위연심상(喟然心傷)120) 졸연(猝然)121) 성병(成病)122)되올지라. 고집을 다시 돌려 일개(一個) 남자 건져 주소. 날과 산다 성외(城外) 성내(城內) 말을 내면, 치행(治行) 차려 보내옴세. 봉황지락(鳳凰之樂)123) 믿고 믿네. 우활(迂闊)124) 총총 절필(絶筆)하네. 삼지기망일(三之旣望日)125)에 알 듯한 사람 포배(包配)126)

---

94) 창성이고 : 미상.

95) 해후지기(邂逅之期) : 만날 약속.

96) 상원(尙苑) : 조선 시대에, 내시부에서 수라상을 미리 검사하는 일과 청소의 일을 맡아보던 종팔품 벼슬.

97) 관자(關子) : 관문(關文). 조선 시대에, 동등한 관부 상호 간 또는 상급 관부에서 하급 관부로 보내던 공문서.

98) 이마질 : 이마로 받는 질.

99) 사불여의(事不如意) : 일이 뜻과 같지 않음.

100) 수원수구(誰怨誰咎) : 누구를 원망하고 누구를 탓할까.

101) 하황(何況) : 하물며.

102) 사궁(四窮) : 네 가지 궁한 처지. 환과고독(鰥寡孤獨). 늙어서 아내 없는 사람, 늙어서 남편 없는 사람, 어려서 어버이 없는 사람, 늙어서 자식 없는 사람을 아울러 이르는 말. 외롭고 의지할 데 없는 처지.

103) 청루화방(青樓花房) : 푸른색의 누각과 꽃다운 방. 기생집.

104) 도고(道高) : 스스로 높은 체하여 교만함.

105) 무처부당(無處不當) : 무슨 일이든지 감당 못 할 것이 없음.

106) 각귀기소(各歸其所) : 각자 자기 처소로 돌아감.

107) 후회(後會) : 뒷날에 만나는 일.

108) 일호주(一壺酒) : 한 병의 술.

109) 여광여취(如狂如醉) : 여취여광(如醉如狂). 미친 듯도 하고 취한 듯도 하다는 뜻으로, 이성을 잃은 상태를 비유적으로 이르는 말.

110) 일시미망(一時未忘) : 한 시도 잊지 못함.

111) 일분수(一分手) : 한 번 서로 작별함.

112) 울회(鬱懷) : 울적한 회포.

113) 창창(蒼蒼) : 앞길이 멀어서 아득함.

114) 혼몽(昏懜) : 정신이 흐리고 가물가물함.

115) 감상(感傷) : 하찮은 일에도 쓸쓸하고 슬퍼져서 마음이 상함. 또는 그런 마음.

116) 여일여일(如一如一) : 한결같이. 나날이.

117) 원념불이(遠念不已) : 멀리 떨어져 있는 사람의 신상을 생각하거나 걱정하는 마음을 그만둘 수 없음.

118) 호협(豪俠) : 호걸(豪傑)과 협객(俠客). 호방하고 의협심이 많은 사람.

119) 욕달미달(欲達未達) : 도달하고자 하나 도달하지 못함.

120) 위연심상(喟然心傷) : 서글프게 한숨쉬며 마음이 상함.

121) 졸연(猝然) : 갑자기.

122) 성병(成病) : 걱정이나 근심 따위로 병이 됨.

123) 봉황지락(鳳凰之樂) : 수컷 봉(鳳)과 암컷 황(凰)의 즐거움이란 뜻으로 부부간의 화락함을 뜻하는 말.

124) 우활(迂闊) : 사리가 어둡고 주의가 부족함.

125) 삼지기망일(三之旣望日) : 3월 열여샛날.

라.”

의양이 편지 보고 내념에 크게 깃거,

“이 사람과 백년(百年)을 해로(偕老)하리라.”

하고 답장을 써 내어주니, 사환이 편지를 무숙이에게 드린즉, 받아보니 편편주옥(片片珠玉) 고운 글씨 사연에 하였으되,

“모춘(暮春)[127] 작일(昨日) 저문 밤 파연(罷宴) 분수(分手) 가신 후에 여타자별(與他自別)[128] 깊은 생각 연연불망(戀戀不忘)[129] 하던 차에 천금(千金) 정찰(情札)[130] 받자오니 탐탐희희(耽耽喜喜)[131] 반가우며, 녹음방초(綠陰芳草) 우는 새는 인정(人情)을 감동한데 서방님 옥체(玉體) 심장(心腸) 비첩(卑妾)[132] 일신 의양이로 인연하와 감상(感傷)되다 하옵시니 하정(下情)[133]의 어린 마음 황공무지(惶恐無地)오며, 하서(下書)[134] 중 부탁하온 말씀 염려 마옵소서. 원앙(鴛鴦)이 녹수(綠水)에 놀아 있고, 봉접(蜂蝶)[135]이 탐화(探花)하면 꽃이 어찌 마다리오? 일전(日前) 작별 가실 적에 십목소시(十目所視)[136] 기탄(忌憚)[137]되어 별로 정다이 말씀 못 하와 섭섭하기 칭량(稱量)[138] 없사오며, 밀밀(密密)한 정담은 한백년 수작(酬酌)[139]될까 바라오니, 깊이 처분하옵소서. 지필(紙筆)에 남은 말씀 이만 총총 끝나이다.”

무숙이 편지를 접어 놓고 심독희자부(心獨喜自負)[140]하며 기쁜 마음 가득하여 화각면장(畵閣面帳)[141] 독교(獨轎)[142]에 물망(物望) 있는 교군꾼[143]을 맞추어 차려 놓고 소식 오기만 기다릴 제, 남북촌 왈자들이 수십 명 들어오며,

“이 자식, 무숙이 있느냐?”

무숙이 일어나 여러 친구 손길 잡고 혼자 객담(客談)[144] 욕설하며 수일 못 본 인사 후에, 왈자 한 분 나앉으며 말을 하되,

“이애 무숙아, 그렇잖은 일이 있다. 우리 벗님 수십 원(員)이 평양집에 놀러 갔다 네 말을 지어내어 너와 살라 평양집을 감권한즉, 제 말이 매우 무던히 여겨 마땅하다 허락한즉, 잘 되었다 잘 되어, 네 일이 잘 되었다. 두 말 말고 데려다가 살림 차려 내어 놓고 착신입정 깊어지면 너도 또한 작심(作心) 될라. 어서 교자(轎子) 차려 내세워라.”

무숙 거짓 모르는 체,

“하면 장히 좋다. 나도 또한 마음 간절하던 차요, 친구의 말씀을 배약(背約)할까. 그리하소.”

등대(等待)하였던 교자 내어주니, 여러 왈자 화개동을 들어가 의양이를 불러내어 이른 말이, 무숙이 이 말 듣고 탐탐(耽耽) 깃거 하던 말이며,

“자네 수괴(羞愧)[145]할 듯하여 정찰(情札) 편지 못 하니 무례(無禮)히 여기지 말라, 좀 아니 말을 하대, 두 말 말고 길 차리소. 장안 호걸 임도 좋고 만화방춘(萬花芳春)[146] 때도 좋고, 국방택일(局方擇日)[147] 가려보니 음양부장(陰陽不將)[148]의 천운상길(天運祥吉)[149] 오늘 날이 좋다 하네. 바삐 나소, 어서 나소.”

의양이도 깃거하며 유두분면(油頭粉面)[150] 도화성적(桃花成赤)[151] 계피전탕(桂皮煎湯)[152] 사향수(麝香水)[153]로 양치물을 오래 물고 오릉촉백(吳綾蜀帛)[154] 새 의복에 과자 모양 발맵시로 이것저것 갖은 분별(分別) 소란하고 정신없어 영창 밀창 부리나케 들락날락, 교군꾼을 자주 찾아,

“여보게, 교군꾼.”

“예.”

“길초갑(吉草匣),[155] 손우산, 약주병, 기름병, 찬합까지 하나 지고, 요강, 타구(唾具), 재떨이, 교자 안에 받아 넣고, 유기(鍮器) 상자, 수저 줌치, 서실(閪失)[156]되리 자세히 간수하소.”

남은 것은 잠철신봉[157] 맡겨 두고, 길을 떠나 무숙의 집 찾

---

126) 포배(包配) : 포장하여 보냄.
127) 모춘(暮春) : 늦봄. 만춘(晩春). 3월.
128) 여타자별(與他自別) : 다른 것과는 스스로 다름.
129) 연연불망(戀戀不忘) : 너무나 사랑하여 잊지 못함. 애틋하게 그리워 잊지 못함.
130) 정찰(情札) : 따뜻한 마음으로 주는 정다운 편지.
131) 탐탐희희(耽耽喜喜) : 매우 즐겁고 기쁨.
132) 비첩(卑妾) : 비천한 첩. '첩'은 예전에, 결혼한 여자가 윗사람을 상대하여 자기를 낮추어 이르던 일인칭 대명사.
133) 하정(下情) : 자기의 마음이나 뜻을 낮추어 이르는 말.
134) 하서(下書) : 웃어른이 내려 준 글월.
135) 봉접(蜂蝶) : 벌과 나비.
136) 십목소시(十目所視) : 열 눈이 보는 바. 여러 사람이 지켜보는 바. 『대학(大學)』에 나오는 말이다.
137) 기탄(忌憚) : 어렵게 여겨 꺼림.
138) 칭량(稱量) : 사정이나 형편을 헤아림. '측량(測量)'이라 읽기도 한다.
139) 수작(酬酌) : 말을 주고받음. 또는 그 말.
140) 심독희자부(心獨喜自負) : 일의 잘 될 것을 믿고 혼자서 스스로 마음이 즐거움.
141) 화각면장(畵閣面帳) : 채색한 집과 얼굴 가리는 장막.
142) 독교(獨轎) : 말 한 마리가 끄는 가마.
143) 교군꾼 : 가마를 메는 가람. 교군(轎軍). 가마꾼.
144) 객담(客談) : 객설(客說). 객적은 말. 쓸데없는 말. 싱거운 말.
145) 수괴(羞愧) : 부끄러워함.
146) 만화방춘(萬花芳春) : 온갖 꽃이 활짝 피는 봄. '따뜻한 봄날에 온갖 생물이 나서 자라 흐드러짐.'의 뜻인 '만화방창(萬化方暢)'의 잘못으로 볼 수도 있다.
147) 국방택일(局方擇日) : 조선 시대에, 관상감의 벼슬아치가 좋은 날을 택하던 일. 또는 그렇게 택한 날.
148) 음양부장(陰陽不將) : 음(陰)과 양(陽)이 서로 이끌지 않고 조화로움. 혼인하기 적절한 날.
149) 천운상길(天運祥吉) : 하늘이 내린 상서(祥瑞)롭고 좋은 운수.
150) 유두분면(油頭粉面) : 머리에 기름을 바르고 얼굴에 분을 바름.
151) 도화성적(桃花成赤) : 복숭아꽃처럼 붉게 화장을 함.
152) 계피전탕(桂皮煎湯) : 계수나무 껍질을 끓인 물.
153) 사향수(麝香水) : 사향으로 만든 향수. '사향'은 사향노루의 사향샘을 건조하여 얻는 향료. 어두운 갈색 가루로 향기가 매우 강하다. 강심제, 각성제 따위에 약재로 쓴다.
154) 오릉촉백(吳綾蜀帛) : 중국 오(吳)나라와 촉(蜀)나라에서 나는 능라(綾羅)와 포백(布帛).
155) 길초갑(吉草匣) : 담배쌈지.
156) 서실(閪失) : 잃어버림.
157) 잠철신봉 : 미상. 잘 묶어서 봉한다는 의미인 듯.

아울 제, 후행(後行) 왈자 늘어서서 일삼오칠 어깨 얹고 이사 육팔 손길 잡고 어식쩍쩍 따르는데, 쌍줄 변사 육본코은[158] 도복 자락을 희롱하며 재담(才談) 희담(戲談) 흰소리로 그렁 저렁 무숙의 집 당도하여, 사랑, 차방(茶房) 수장(修粧)[159]하 고 의양 처소(處所) 정한 후에, 무숙이 이른 말이,

"여러 친구 힘을 입어 평양집과 이렇듯 인연이 맺혔으니, 기쁜 마음 어찌 다 형언(形言)할까. 또 평양집 자네 마음 복 중(腹中) 심사(心思) 가득하여 날과 백 년 산다하니, 백복지 원(百福之源)[160] 깊은 정을 오매간(寤寐間)[161]에 잊을쏜가. 알뜰한 나의 마음 육례(六禮)[162]를 못 차리고, 예장지(禮狀 紙)[163]가 없었으니 천지로 법(法)을 삼고 일월로 증인(證人) 시켜 백년해로(百年偕老)하여 보세."

좌중이 옳다 하고 파연곡(罷宴曲) 돌아가니, 밤이 장차 삼 경(三更)이라. 등촉(燈燭)을 물리치고 금금욕석(錦衾褥席)[164] 펼뜨리고 유유상종(類類相從)[165] 맞던 남녀 둘이 누워 견권 (繾綣)[166]하니 이 사랑 이 연분은 비할 데 없는지라. 사랑가 로 지낼 적에,

"무숙의 호탕 심사 섬섬약질 의양의 세요(細腰)[167] 바드득 내 사랑, 동정칠백(洞庭七百)[168] 월하초(月下初)[169]에 무산(巫 山)같이 높은 사랑, 목단무변수연천(目斷無邊水連天)[170]의 창 해(滄海)처럼 너른 사랑, 동정호(洞庭湖) 추월(秋月)같이 교교 (皎皎)히[171] 비친 사랑, 만장폭포(萬丈瀑布) 물결같이 굽이굽 이 도는 사랑, 왜목 안고 입 맞추며 서로 안고 보는 모양 초 생편월(初生片月)[172] 정신이라. 이 연분 이 사랑을 산붕수절 (山崩水絶)[173] 잊을쏘냐? 대방 왈자 무숙이요, 천생 알심[174] 의양이라. 하상견지(何相見之)[175] 늦었던가? 봉황곡을 지어내 어 탁문군(卓文君)을 안아본 듯, 강남의 얼쇠, 수천의 옥골,

댕기 끝에 진주, 옷고름의 밀화장도, 새벽바람에 연초롱도 너 를 보니 그만이다. 날아가던 학선(鶴仙)이도 네 태도를 당할 쏘냐? 대단(大緞) 족두리, 비단 발막,[176] 녹의홍상(綠衣紅裳) 가화(假花) 차려 무릉동 찾아가 어주축수(漁舟逐水) 내린 물 에 거주 없이 띄웠으면 홍도(紅桃) 벽도(碧桃) 무색(無色)하 고 교초(蛟綃) 보대(寶帶) 비껴 띠고, 벽화관을 너를 씌워 사 각봉에 앉혔으면 천생 선녀로 아니 보는 놈은 그 제미를 붙 을 놈[177]이로다. 사랑 사랑 사랑이야. 삼경 달 다 져 간다, 원촌(遠村)의 계명성(鷄鳴聲)은 어이 그리 자주 나나."

의양이는 대혹(大惑)하고 무숙이는 아주 미쳐 발광증(發狂 症)이 다 나는구나.

수삼일이 지난 후에 무숙이 안마음에 집종 가대(家垈) 세간 살이 서서히 주려니와 우선 즉시 급한 것이 구실 대기 상책 (上策)이라. 구실을 데어도 긴한 곳을 생각하여 한 군데만 청 을 해도 뗄 일이건마는, 이 잡놈이 헙헙하고 일 모르고 제 형세만 생각하여 상의원(尙衣院) 침선비(針線婢)에게 삼백여 냥 청을 하고, 공조(工曹) 행수 부행수에게 사백여 냥 청을 하고 약방 장무서원에게 오백여 냥 청을 하고, 부제조(副提 調) 대감에게 한 번 고집 안 들니 천여 냥을 들여 놓고, 그 렁저렁 청전(請錢)[178]이 사오천 냥 들여 놓고, 자쥐[179] 속신 (贖身)[180] 완의(完議)[181]하고 내외(內外) 지어 앉힌 후에 살 림살이 배반(陪般)[182]한다.

화개동 경주인 집 오천 냥에 결가(決價)[183]하여 내사(內 司)[184] 지위,[185] 토역(土役)장이, 청우정 사랑 앞에 와룡으로 담을 치고. 석수장이 불러들여 숙석(熟石)[186]으로 면을 치고, 전후좌우 좋은 화계(花階)[187] 모란, 작약, 영산홍과 들충 측 백 전나무며, 금사(金莎), 화죽, 연포(連抱)[188] 도화, 측죽, 황 연 부려 있다. 옥분에 심은 매화 녹죽 창송 천고절(千古節)을 여기저기 심어 놓고, 사계 철쭉 향일화(向日花)며. 난초, 파초, 좋은 종을 대분에다 심어 놓고, 향원 춘색 어린 곳에 화중군

---

158) 쌍줄 변사 육본코은 : 미상.
159) 수장(修粧) : 집이나 가구 따위를 손질하고 꾸밈.
160) 백복지원(百福之源) : 온갖 복의 근원.
161) 오매간(寤寐間) : 자나 깨나 간에.
162) 육례(六禮) : 우리나라에서 전통적으로 내려오는 혼인의 여섯 가 지 예법. 납채, 문명(問名), 납길, 납폐, 청기(請期), 친영을 이른다.
163) 예장지(禮狀紙) : 혼서를 쓰는 종이. 검은 비단 겹보에 싸는데 보 자기 네 귀에는 다홍 술을 단 금전지를 붙이는 것이 보통이다.
164) 금금욕석(錦衾褥席) : 비단 이불과 요.
165) 유유상종(類類相從) : 비슷한 무리끼리 서로 어울림.
166) 견권(繾綣) : 생각하는 정이 두터워 서로 잊지 못하거나 떨어질 수 없음.
167) 세요(細腰) : 가는 허리.
168) 동정칠백(洞庭七百) : 중국 동정호(洞庭湖)의 둘레가 칠백 리임을 이르는 말.
169) 월하초(月下初) : 달이 막 떠오를 때.
170) 목단무변수연천(目斷無邊水連天) : '목단'은 시력이 미치지 아니함 을, '무변'은 끝이 닿은 데가 없음을 뜻함. 즉, 아득하게 끝없이 펼쳐 져 있는 물이 하늘에 닿음.
171) 교교(皎皎)히 : 달이 썩 맑고 밝게.
172) 초생편월(初生片月) : 처음으로 생긴 조각달. 초승달.
173) 산붕수절(山崩水絶) : 산이 무너지고 물이 끊김.
174) 알심 : 보기보다 야무진 힘.
175) 하상견지(何相見之) : 어찌하여 서로 만나봄이.

176) 발막 : 예전에, 흔히 잘사는 집의 노인이 신었던 마른신. 뒤축과 코에 꿰맨 솔기가 없으며, 코끝을 넓적하게 하여 거기에 가죽 조각을 대고 흰 분칠을 하였다.
177) 제미를 붙을 놈 : '제 어미와 성관계할 놈'이란 뜻으로 상대에게 하는 심한 욕이다.
178) 청전(請錢) : '어떤 일을 부탁할 때 뇌물로 주는 돈'이란 뜻이지만 여기서는 '빌린 돈'을 뜻한다.
179) 자쥐 : 미상.
180) 속신(贖身) : 몸값을 받고 노비의 신분을 풀어 주어서 양민이 되 게 하던 일.
181) 완의(完議) : 충분히 의논하여 참석자 전원이 합의한 내용.
182) 배반(陪般) : 쌓아올리고 나름.
183) 결가(決價) : 값을 결정함.
184) 내사(內司) : 내수사(內需司). 조선 시대의 관청. 궁중에서 쓰는 미 포(米布)와 잡물(雜物)·노비(奴婢) 등에 관한 일을 관장하였음.
185) 지위 : '목수'의 높임말.
186) 숙석(熟石) : 인공으로 다듬은 돌.
187) 화계(花階) : 화단(花壇).
188) 연포(連抱) : 아름드리나무.

자 연화꽃 너울너울 넘노난 듯, 홍도 벽도 일지(一枝) 매화, 일단(一團) 선풍 기이하고, 치자 동백 석류 분에 유자 화분 더욱 좋다. 사신 행차 부탁하여 오색 붕어 유리항에 백년조 앵무조며 학두루미 날개 벌여 뚜루루길룩 길들이고, 완자담 일광문은 갖은 추병 틀어 있고, 청삽사리 문 지키고 백수흑면 좋은 개는 천 석 누리 노적 밑에 잠을 재워 길들이고, 억대 황우 소 두 마리 양지 바로 마구 지어 그득하게 세워 두고, 방안 치레 차릴 적에, 각장장판, 당지도벽, 화류방장 개천도를 항상 보게 걸어두고 대모병풍 삼국 그림 구운몽도 유향도며, 관동팔경 좋은 그림 각병에 다 그리고, 화류평상 금파 서안 삼층 들미, 각게수리, 오시목 갖은 문갑, 자개함롱 반다지며 대모 책상, 산호 필통, 사서삼경 온갖 책을 적성권축 쌓아 두고, 돈피 방장, 호피 방장, 왜포 청사 모기장을 은근이 드리우고, 평생 먹을 유밀과며 평생 쓸 당춘약과 진옥 새긴 별춘화도 청강적 백강적과 산호 호박 청백옥 모두 들여 온갖 가화 칠보 새겨 유리 화류장을 꾸며 내어 보기 좋게 놓아 두고, 천은 요강, 순금 타기, 백통 재떨이, 백문 서랍, 샛별 같은 대강선에 철침 퇴침 대안석에 대체경 소체경 오도독 주석 놋촛대에 양초 박아 놓아 두고, 유리 양각등을 달아 홍전 백전 몽고전과 진지 보초 모탄자며, 각색 금침 수십 벌과 심상진품 갖은 패물 좋은 노물 걸어 놓고, 산삼 녹용 부경잡탕 경옥고, 팔미환, 사물탕, 쌍화창을 장복(長服)하고 은금보화 비단 포목 구산(丘山)같이 쌓아 놓고, 사절 의복 삼세 벌에 멀미증이 절로 나고, 고량진미 어육 포식 보기 심상 쌓였으니, 씀바귀, 나물 시래기 된장덩이 산채나물이 새 맛이라. 의식이 그립잖고 근심 걱정 없었으니 석숭(石崇)[189] 의돈(猗頓)[190] 부러워할까.

호화로이 지내가니, 조속(操束)[191]을 옳게 하여 본댁 아내 집일는지 첩의 집 살림일는지 피차가 섭섭지 않게 지나가면 한평생이 넉넉하련마는, 무숙의 미친 마음 내두사(來頭事)[192] 경영(經營) 없이 뒤끝을 생각잖고 돈 쓰기만 위주(爲主)하고 남만 좋게 하자 하니 손톱 밑에 배접(褙接)[193]만 알고 뱃속 내종(內腫)[194]은 몰랐으니, 무숙의 잡놈 지식 금할 사람 뉘 있으랴.

매일 일용(日用) 쓰는 것이 삼사백을 넘어 쓰고 갖은 율(律) 속 풍류랑과 명기 명창 선소리며, 소창범백(消暢凡百)[195]

각기 청해 하루 잠깐 놀고 나도 근(近) 천금(千金)씩 탕탕 쓰고, 일가(一家) 족속(族屬) 노속(奴屬) 간에는 푼전[196] 일이 땀이 나고 담배씨로 간거리[197]를 파니, 사론 공고[198] 벗어진 놈 무뢰 잡탕 허랑객 중에 무숙이가 어른이라. 돈은 써도 수가 있고 아니 써도 수가 있는데, 열 냥 쓸 데 천 냥 쓰고, 천 냥 쓸 데 한 냥 쓰니 적실인심(積失人心)[199] 무숙이요 불의 심사(不義心思) 무숙이라.

이 잡놈 이러하되, 의양의 옳은 마음 평생 해로(偕老)하자 하여 세간살이 거두잡아 놀 날 없이 부지런히 인묘시(寅卯時)[200]에 잠을 깨어 행주치마 둘러 입고 마당비 들고 나서 좌우를 쓸며, 호미 들고 풀을 매어 노속들을 교치(敎治)[201]하며 엄숙히 살림하여 누추한 기생 명색(名色) 이제는 다 없이 하고, 유정(有情) 부부 해로하여 유취만년(遺臭萬年)[202] 끝을 누려 백자천손(百子千孫)[203] 이으리라 일심(一心)으로 곧은 마음 변할 날이 없었더니, 무숙의 하는 거동 술만 먹고 돈만 쓰고 사사(事事)[204]에 불여의(不如意)[205]하니 떡심[206]이 탁 풀리고 평생 걱정 나의 팔자 뉘에게다 의탁할까. 가장이 이러하고 믿을 자식, 일가 동생 없었으니 걱정이 태산이요, 심화(心火)[207]로 병이 되네.

의양이 하루는 비밀(秘密)한 꾀를 빚어 내어 만면희색(滿面喜色) 말을 내어 무숙이 속을 보려 공교(工巧)로운 말을 하되,

"나도 평양 같은 번화장(繁華場)과 장안성 남북촌의 호걸 남자 오입쟁이 돈 쓰고 노는 일을 드문드문 들어도 서방님 돈 쓰고 노는 위풍 찰찰한[208] 멋 아는 법은 아국(我國) 무쌍(無雙)이요, 재사(才士) 일등 고작, 간이 간간한 서방님 정에 지쳐 나 죽겠네."

우자(愚者)는 출수록[209] 좋다고, 무숙이 기뻐하여,

"자네가 내 수단 돈 쓰고 노는 양을 구경하면 장관(壯觀) 되리."

의양이 속으로 점점 겁도 나고 일변 괘씸하나 연(連)하여

---

189) 석숭(石崇) : 중국 서진 시대의 문인이자 관리로 항해와 무역으로 큰 부자가 되어 매우 사치스러운 생활을 하여 중국과 한국 등지에서 후대에도 부자의 대명사로 여겨진다.
190) 의돈(猗頓) : 중국 춘추 시대 노(魯)나라 사람. 대부호(大富豪). 이름은 돈(頓)이다. 의씨(猗氏)라는 고을에서 재산을 일으켰기 때문에 의돈으로 불린다.
191) 조속(操束) : 단단히 잡아서 단속함.
192) 내두사(來頭事) : 앞으로 닥쳐올 일.
193) 배접(褙接) : 손이나 발이 튼 곳에 헝겊 따위를 밥풀칠해서 단단히 붙임.
194) 내종(內腫) : 내장에 난 종기.

195) 소창범백(消暢凡百) : 심심하거나 답답한 마음을 풀어 후련하게 하기 위한 여러 가지.
196) 푼전 : 푼돈.
197) 간거리 : 반찬거리.
198) 사론 공고 : 미상.
199) 적실인심(積失人心) : 점점 인심을 잃어감. 인심 잃은 게 쌓여감.
200) 인묘시(寅卯時) : 오전 3시부터 7시 사이.
201) 교치(敎治) : 가르치고 다스림.
202) 유취만년(流臭萬年) : 향기로운 이름이 후세에 길이 전함. 유방백세(流芳百世).
203) 백자천손(百子千孫) : 많은 자손.
204) 사사(事事) : 모든 일. 일마다.
205) 불여의(不如意) : 뜻과 다름. 생각과 다름.
206) 떡심 : 혈맥(血脈). 맥(脈).
207) 심화(心火) : 마음속에서 북받쳐 나는 화.
208) 찰찰한 : 생생한 기운이 가득 찬.
209) 출수록 : 추어줄수록. 실제보다 과장되게 칭찬할수록.

말을 하되,

"호기 있게 노는 것과 돈 쓰는 구경을 한번 하면 좋겠소."

무숙이 희락(喜樂)하여,

"그 일이 그리 대단할까. 유산(遊山) 놀음 하는 것을 구경 시킬 것이니, 나의 기구(器具)210)를 보소."

유산 놀음 배설(排設)한다. 새 북, 장구, 도금 북치, 생황, 양금, 해금, 젓대, 통소, 피리, 새 가야금, 신벌211)로 장만하니 천여 금을 들였구나. 이원(梨園)212) 공인(工人),213) 일등(一等) 육각(六角), 방짜 의복, 새 갓, 망건, 중도 호사, 좋은 패물, 영락없이 호사시켜 백총마(白驄馬) 태워주고, 거문고 일수(一手), 통소 생황 양금 일수, 남창 일수 풍류랑을 의관 호사 능란하게 화류신교(樺榴新轎)214) 각각 꾸며 교군꾼 흑의(黑衣) 한 벌 각각 꾸며 내세우고, 기생들은 누구런고. 팔월부용군자용(八月芙蓉君子容) 만당추수(滿塘秋水) 홍련(紅蓮)이,215) 요염섬섬옥지갑(夭艶纖纖玉指甲) 금분야용(金紛冶容) 봉선(鳳仙)이,216) 산다미개반벽도(山茶未開半碧桃) 춘기만당(春氣滿堂) 화봉(花鳳)이,217) 십리무산(十里巫山) 운무중(雲霧中)에 화복(華服) 벗던 채선(彩仙)이, 수원 화산 양명옥이, 십여 명 일등 명기 호사 단장 여한(餘恨) 없이 일절 등대, 모두 차려 가화 칠보 단장시켜 혹선혹후(或先或後)218) 앞도 서락 뒤도 서락, 평양집 의양이는 독교(獨轎) 치행 별로 차려 앞세우고, 무숙이는 후배(後陪)하고 탕춘대(蕩春臺) 화전(花煎)하고 창의문 밖 썩 나서서 육각삼현(六角三絃) 길군악219)에 복적골 도화경과 세검정(洗劍亭)을 구경하고, 백연동 학 뜬 경과 도봉 망월사며, 수락산 폭포수며, 산영루에 쇄풍(曬風)하고, 태고 북악 다 본 후에 남한산성 홍화문을 쉬엄쉬엄 올라가서 전후 개원 남단 한홍 장경 망월 등임 옥천 국청사(國淸寺) 돌아들 제, 서장대(西將臺) 구경하고 범해암 잠깐 쉬어 그리로 연로하여 홍천사 홍덕사며 내불당 원각사며 양강 신흥사며 성터까지 구경하고, 십여 일 논 연후에 집으로 돌아오니, 유산도 경이 없고 풍류 소리 귀치 않고, 가식지물(可食之物)220) 맛이 없고, 몸살로 병이 일어 수삼일 대통(大痛)할 제, 의양이 놀음판에 쓴 돈수를 놓으니 십만금을 넘겨 썼으니, 석숭인들 견딜쏘냐? 의양이 귓구멍이 꽉 막혀 침식(寢食)이 불안하나 연(連)하여 말을 하되,

"이번 놀음에 십만 냥을 넘겨 썼으니, 호기 있는 서방님을 선천지(先天地) 후천지(後天地)에 본받을 이 뉘 있을까?"

무숙이 연하여 기승(氣勝)한 말을 하여,

"그까짓 돈 쓴 것이 무엇이 그리 대단할까?"

의양이 기가 막혀,

"그 웃수로 놀음하고 돈을 쓰면 어떻게 쓰오?"

무숙이 이른 말이,

"선유(船遊) 놀음 하거든 구경을 하소."

미친 광인 무숙이가 선유 기계(器械) 차릴 적에, 한강 사공 뚝섬 사공 하인 시켜 불러 유선(遊船) 둘을 무어 내되, 광(廣)은 잔뜩 삼십 발이요, 장(長)은 오십 발씩 무어 내되, 물 한 점 들지 않게 민파221)같이 잘 무으라 일 명 천 냥씩 내어주니, 양 섬 사공 돈을 타서 주야 재촉 배를 무으고, 삼남에 제일 광대 전인(專人)222) 보행(步行)223) 급히 불러 수모(誰某) 수모(誰某) 칠팔 인을 호사(豪奢)시켜 등대하고, 좌우편 도감(都監) 포수(砲手) 급히 불러 산대놀음 기계(器械), 새 화복, 새 탈 선유 때 대령하라 이천 냥씩 내어주고, 정읍(井邑), 동막, 창평, 화동, 목골, 함열, 성불 일등 거사 명창 사당 골라 빼어 이삼십 명 급주(急走)224) 놓아 불러오고, 산대놀음 하는 때는 총융청(摠戎廳) 공인(工人) 등대하고, 놀음날 택일하여 추칠월 기망일(旣望日)이라.

범주유어행선(泛舟遊於行船)225)할 제, 백포 장막 서영포며, 몽고 삼승 구름 차일(遮日), 화백문석 청사등롱 수파련(水波蓮)226)을 벌여 꽂고, 삼승 돛 고작 채워 좌우 갈라 떡 붙이고, 보계판(補階板)227) 빗기 대어 강상육지(江上陸地)228) 삼아 놓고, 좌우산 만석(曼碩)춤229)은 구름 속에 넘노난 듯, 사

---

210) 기구(器具) : 그릇. 어떤 일을 해 나갈 만한 능력이나 도량 또는 그런 능력이나 도량을 가진 사람을 비유적으로 이르는 말. 어떤 일을 해결하는 데 수단이 되는 세력.

211) 신벌 : 새것.

212) 이원(梨園) : 조선 시대에, 장악원의 좌방(左坊)과 우방(右坊)을 아울러 이르던 말.

213) 공인(工人) : 조선 시대에, 악공(樂工).

214) 화류신교(樺榴新轎) : 자단(紫檀)으로 새로 만든 가마.

215) 팔월부용군자용(八月芙蓉君子容) 만당추수(滿塘秋水) 홍련(紅蓮)이 : '팔월에 핀 연꽃은 군자의 모습인데, 가을 물 가득한 못에 핀 붉은 연꽃'이란 뜻인데, 기생 이름 '홍련'을 소개하는 말로 쓰였다. 「열녀춘향수절가」에도 나온다.

216) 요염섬섬옥지갑(夭艶纖纖玉指甲) 금분야용(金紛冶容) 봉선(鳳仙)이 : '곱고 가는 손톱에 금가루를 녹여 붙인 봉선화'라는 뜻으로 기생 이름 '봉선'을 소개하는 말로 쓰였다. 「심청가」의 '화초타령'에도 나온다.

217) 산다미개반벽도(山茶未開半碧桃) 춘기만당(春氣滿堂) 화봉(花鳳)이 : 산다화는 안 피고 벽도화는 반쯤 피어 봄기운이 집에 가득하니 화봉이.

218) 혹선혹후(或先或後) : 어떤 이는 앞에, 어떤 이는 뒤에.

219) 길군악 : 길을 가면서 연주하는 행악으로 취타의 뒤를 이어 연주되는 관악곡이다.

220) 가식지물(可食之物) : 먹음직한 물건.

221) 민파 : 미상.

222) 전인(專人) : 어떤 소식이나 물건을 전하기 위하여 특별히 사람을 보냄. 또는 그 사람.

223) 보행(步行) : 먼 길에 보내는 급한 심부름. 또는 그 일을 하는 심부름꾼.

224) 급주(急走) : 조선 시대에, 각 역에 속하여 걸어서 심부름을 하던 역노. 공무로 여행하는 벼슬아치의 역마를 끌거나 긴급한 공무의 전령을 맡았다.

225) 범주유어행선(泛舟遊於行船) : 배를 띄우고 배에서 놂.

226) 수파련(水波蓮) : 잔치 때나 굿할 때에 장식으로 쓰는, 종이로 만든 연꽃.

227) 보계판(補階板) : 보계에 쓰는 널. 잔치나 큰 모임이 있을 때에, 마루를 넓게 쓰려고 대청마루 앞에 좌판을 잇대어 임시로 만든 자리.

228) 강상육지(江上陸地) : 강 위의 육지.

229) 만석(曼碩)춤 : 만석중놀이의 춤. 음력 4월 초파일, 개성 지방에서 공연되었던 인형극 놀이. 만석중, 사슴, 노루, 용, 인어 모양의 인형을

당 거사 집 짓는 소리 벽공에 낭자하고, 애내일성(欸乃一聲)230) 높이 하여 어부사(漁父詞)로 화답하고, 서빙고(西氷庫) 한강이며 압구정(鴨鷗亭) 돌아들어 동작강 노들이며 용산 삼개231) 서강(西江) 양화도 흘리저어 이수용용분연미(二水溶溶分燕尾)요 삼산묘묘가오두(三山杳杳駕鰲頭)라. 타년약허배구장(他年若許陪鳩杖)이면 공향창파압백구(共向蒼波狎白鷗)라.232) 적벽강이 아니면 채석강이 비길쏘냐? 만경창파(萬頃蒼波) 흘리저어 일사청풍 들어오니, 춘풍삼월 호시절에 청홍이 호탕하니 양류(楊柳)는 천만조(千萬條)요, 운무(雲霧)는 재삼색(再三色)을,233) 사죽(絲竹)234) 소리 곳곳이요, 매 날리는 아이들은 혹선혹후 다투는 듯, 고기 잡는 어부들은 대소어(大小魚)를 낚아내어 회(膾)도 치고 탕(湯)도 하여 싫도록 먹은 후에, 명창 광대 각기 소장(所長) 나는 북 들여 놓고, 일등 고수 삼사 인을 팔 가리켜 나갈 제, 우춘대 화초타령, 서덕염의 풍월성과, 최석황의 내포제(內浦制)235), 권오성의 원담소리, 하은담의 옥당소리, 손등명의 짓거리며 방덕희 우레목통, 김한득의 너울가지, 김성옥의 진양조며, 고수관의 아니리며, 조관국의 한거성과 조포옥의 고등세목, 권삼득의 중모리며 황해청의 자웅성과 임만엽의 새소리며 모흥갑의 아귀성, 김제철의 기화요초, 신만엽의 목재주며 주덕기의 갖은 소리, 송흥록의 중상성과 송계학이 옥규성을 차례로 시험할 제, 송흥록의 거동 보소. 소년행락 몹쓸 고생 백수(白首)는 난발(亂髮)하고 해수(咳嗽)236)는 극성한데 기질은 참약하나 기운은 없을망정 소장(所長) 곡귀성(哭鬼聲)237)에다 단장성(斷腸聲)238) 높은 소리 청천백일(靑天白日)이 진동한다.

명창 소리 모두 듣고 십여 일 강상(江上)에서 싫증이 나게 놀고 각기 처하239)하올 적에, 좌우편 도감 푸수 각 천 냥씩

처하하고, 사당 거사 모두 불러 매 일 명 각 백 냥식 치행차려 다 보내고, 명창 광대 모두 불러 욕본 말 치하하고 매 일 명 칠백 냥씩 치행차려 다 보내고, 배반(杯盤)에 먹던 음식 허다한 음식 중에 산삼 중과 한밥 좋다 그 값인들 오죽하랴. 출물하기(出物下記)240) 수(數)를 놓으니 삼만 삼천오백 냥이라. 의양이 정신이 아득하여 면경(面鏡), 체경(體鏡), 화류문갑(樺榴文匣), 각장장판(角壯壯版) 내던지며,

"여보, 여보, 김 서방님. 놀음도 수가 있고 돈 쓰기도 수가 있지. 갑부 석숭 외조부요 의돈이가 장인인가. 그대 집에서서 편지 왔네. 그대 아내 불쌍한 정상(情狀)241) 글 선생네 윗방에 가 아직 아직 지체하나. 나무 양식 핍절(乏絶)하여 기사지경(幾死之境)242) 되었다고 가긍(可矜) 사정 편지 왔네. 허다한 선물, 공물, 시골 농막(農幕), 가대(家垈) 세간 수없이 방매(放賣)하여 저런 낭군 뒤 거두려 열두 닢 변 대돈변243)과 체계(遞計)돈244) 마계돈245)을 다 치러 내자 하니, 불쌍한 규중 여자 애통 터져 죽을진대, 눈 빠지리 혀 빠지리 토혈즉사(吐血卽死) 돼지리. 조강지처불하당(糟糠之妻不下堂)246)을 그대 어이 모르는가. 날 같은 천첩(賤妾)이야 겉이 다르고 속이 달라 하루도 열두 시에 무슨 마음 안 먹을까. 세상 사람 장안 공론(公論) 날로 하여 방탕하여 남용남비(濫用濫費)247)하는 줄로 더럽고 고약지설248) 앉아 벼락 내 맞을까. 그대는 잘났는지 무슨 여망(餘望)249) 바랄망정, 수달피250)라 좆 핥으며 매미라 입 막을까. 없다 없다 돈이 없다. 쓰잘 것도 원 없구나. 아나 옛다 만반진수(滿盤珍羞)251) 아나 옛다 의복(衣服) 호사(豪奢), 쥐씹도 날 곳 없다. 네 것 실컷 먹고 쓴 놈 돌아서면 훼담(毁談)하고, 너 죽을 때 슬피 되면 아무 놈도 없어지고, 네 처자가 으뜸이라. 요 자식아 잡자식아, 쓸개 없는 김무숙아, 알심 많고 멋 아는 일 너와 삼생(三生) 원수로다. 안고수비(眼高手卑)252) 네 큰 수단 네 집 처자 피가 나니, 가성고처원성고(歌聲高處怨聲高)253)를 널로 두고 이름이리."

조정하며 즐겼다. 불도를 망쳤거나 잊은 승려를 우롱함으로써 이들에게 경각심을 불러일으키기 위하여 시작되었다고 한다.

230) 애내일성(欸乃一聲) : 애내성(欸乃聲) 한 마디. 어부가 배를 저으면서 부르는 노랫소리. 원문은 '관아일성'이라 되어 있는데, 이것은 '欸(애)'가 '款(관)'가 비슷하여 잘못 쓴 것이다.

231) 삼개 : '마포(麻浦)'의 본디 이름.

232) 이수용용분연미(二水溶溶分燕尾)요 삼산묘묘가오두(三山杳杳駕鰲頭)라. 타년약허배구장(他年若許陪鳩杖)이면 공향창파압백구(共向蒼波狎白鷗)라. : 두 물줄기 질펀히 흘러 제비 꼬리를 갈라놓고, 세 산은 아득하여 자라머리를 타고 있구나. 후일에 약속한 것은 비둘기 장식의 지팡이면, 우리 함께 푸른 물결을 향하여 흰 갈매기 벗하리라. 고려 시대의 문인 이인로(李仁老)의 '한 상국의 서재에 묵으며(宿韓相國書齋)'의 전문으로, 용산에서 관악을 보며 읊은 시이다.

233) 양류(楊柳)는 천만조(千萬條)요, 운무(雲霧)는 재삼색(再三色)을 : 버드나무는 천만 가지요, 구름과 안개는 두세 빛임.

234) 사죽(絲竹) : 줄로 된 현악기과 대나무로 만든 관악기를 아울러 이르는 말.

235) 내포제(內浦制) : 충청도 지역을 기반으로 전승된 가곡창 향제(鄕制)의 하나.

236) 해수(咳嗽) : 기침.

237) 곡귀성(哭鬼聲) : 귀곡성(鬼哭聲). '귀신의 울음소리'라는 뜻으로, 구슬픈 감정을 표현하는 데 알맞은, 판소리 창법의 하나.

238) 단장성(斷腸聲) : 애끊는 소리.

239) 처하 : 처행하(處行下). 행하를 치름. '행하'는 주인이 일정한 보수

외에 하인에게 상여로 준 금품.

240) 출물하기(出物下記) : 나가는 물품을 기록함.

241) 정상(情狀) : 인정상 차마 볼 수 없는 상태.

242) 기사지경(幾死之境) : 거의 죽게 된 지경.

243) 대돈변 : 돈 한 냥에 대하여 한 달에 한 돈씩 계산하는 변리.

244) 체계(遞計)돈 : 돈놀이로 쓰는 돈.

245) 마계돈 : 미상.

246) 조강지처불하당(糟糠之妻不下堂) : 술지게미와 쌀겨가루 먹으며 가난을 함께 한 아내는 지난날에 고생하던 일을 생각하여 뒷날에 부귀하게 된 후에도 버려서는 안 된다는 말. 『후한서(後漢書)』「송홍전(宋弘傳)」에 나오는 말이다.

247) 남용남비(濫用濫費) : 물건을 함부로 쓰고 돈을 헛되이 씀.

248) 고약지설 : 고약한 말.

249) 여망(餘望) : 아직 남은 희망.

250) 수달피(水獺皮) : 수달의 가죽.

251) 만반진수(滿盤珍羞) : 상 위에 가득한 맛있고 귀한 음식.

252) 안고수비(眼高手卑) : 눈은 높으나 손은 낮음이란 뜻으로, 눈은 높으나 실력(實力)은 따라서 미치지 못함 또는 이상(理想)만 높고 실천(實踐)이 따르지 못함을 뜻하는 말.

무숙이 어이없어,

"세상에 내가 나서 여한 없이 좋은 행락(行樂) 세상에 내가 나서 여한 없이 좋은 행락(行樂) 종이목지소호(從耳目之所好)254)하니 이제 죽어 한이 없다. 가소롭다, 이 세상을 허송세월 하올쏘냐? 화개필유중개일(花開必有重開日),255) 꽃은 다시 피려니와, 인로증무갱소년(人老曾無更少年)256)을, 우리 인생 늙어 죽어 북망산천(北邙山川) 돌아갈 제 일편 단정(丹旌) 앞세우고 행색이 처량할 제 처자식이 따라오며 부귀영화 묻어 올까? 천부생무록지인(天不生無祿之人)257) 옛사람 이른 말을 자네 일정 모르는가. 설마 굶어 죽을손가?"

의양이 더욱 기가 막혀,

"잘났네. 잘도 났어. 옛사람 불통고집 망신하던 상주걸(商紂桀)258)이 비간(比干)259) 충언(忠言) 아니 듣고 살뜰이 고집하다 목야분사(牧野憤死)260)하여 있고, 초(楚)나라 회왕(懷王) 고집 굴원(屈原)261)의 말 아니 듣고 진(秦) 무관(武關)에 굳이 갇혀 가련 공산 원혼(冤魂) 되고, 진(秦)나라 시황(始皇) 고집 부소(扶蘇)262)의 말 아니 듣고 이세망국(二世亡國)263)하였으니, 그러한 영웅열사 고집으로 망했거든, 하물며 그대 같은 소인이야 천성(天性)을 고칠쏘냐? 말리는 년 내가 그르네. 마음대로 처분대로 신명대로 놀고 노소."

의양의 맑은 마음 제게 앙화(殃禍) 될 줄 알고 수연(愁然) 탄식 한숨 끝에 일봉서찰(一封書札)264) 가만히 만들어 심복

(心腹) 한 사환에게 은근히 부탁하여 무숙이 실내(室內)265) 전에 부쳤겄다. 무숙 아내 창망(悵惘)266) 중(中)에 편지를 들고 자세히 살펴보니 사연에 하였으되,

"한 자 글월을 계동 아기씨 전에 올리옵나이다. 문안(問安) 아옵고자 하정(下情)에 복념(服念)267) 깊사와 지내오며, 춘색(春色)이 창창(蒼蒼)한데 기운 안녕하옵시온지 우러러 상망(想望)268)하옵나이다. 불초(不肖)하온 의양이는 하방(遐方)269) 천기(賤妓)로 약방(藥房)에 잡히어 와 시사(時仕)로 있삽더니, 행(幸)여 군자(君子)의 애휼(愛恤)함을 입사와 기추(箕帚)270)의 소임(所任)을 받들자 하였삽더니, 서방님이 수신(修身)을 모르시고 날마다 패려(悖戾)271)하여 침어주색(沈於酒色)272)에 불고가산(不顧家産)273)하니, 불과 일년지내(一年之內)에 천금만재(千金萬財)274)를 모두 다 탕패(蕩敗)275)하고 필경(畢竟)은 오사지경(誤死之境)276)이 되올진대, 위로 종사(宗社)를 보전치 못하고, 지차(之次)277)는 아기씨 신명(身命)과 어린 자식을 탁신무로지경(託身無路之境)278)이면 세상이 모두 일러 망신패가(亡身敗家)279)와 오명(汚名) 득담(得談)280)은 모두 의양에게 미칠진대, 이 아니 원통하오. 좌사우상(左思右想)281)할지라도 서방님 허랑(虛浪) 심사(心思) 잠심(潛心)282)할 길 없사오니, 풍진고락(風塵苦樂)283) 치사한 일, 부끄럼도 많이 당하고 배고파 한심하고 몸 추워 시름 날 제, 이런 일을 뉘우치고 개과천선(改過遷善)284)할 것이니, 아기씨 본 체 말고 의양이도 박대(薄待)하면 그 가운데 서방님이 한심하기 칭량(稱量) 없어 회과자책(悔過自責)285)하오리다. 상서(上書)에 아뢰올 말씀 여산약해(如山若海)286) 많사오나 마음이 수란(愁

---

253) 가성고처원성고(歌聲高處怨聲高) : 노랫소리 높은 곳에 원망하는 소리도 높다. '춘향가'의 사또 생일 잔치에서 이몽룡이 지었다는 시의 마지막 구.
254) 종이목지소호(從耳目之所好) : 눈과 귀가 좋아하는 것을 따름.
255) 화개필유중개일(花開必有重開日) : 꽃은 피었다 다시 필 날이 반드시 있음.
256) 인로증무갱소년(人老曾無更少年) : 사람이 늙어 일찍이 다시 소년이 된 일이 없음.
257) 천부생무록지인(天不生無祿之人) : 하늘은 녹봉(祿俸) 없는 사람을 내지 않음. 어떤 사람이나 자기가 먹을 것을 타고 난다는 말.
258) 상주걸(商紂桀) : 중국 은(殷)나라의 주왕(紂王)과 걸왕(桀王). 문맥상 은나라 탕왕(湯王)에게 죽은 걸왕(桀王)은 해당되지 않는다.
259) 비간(比干) : 중국 고대 상(商)나라의 정치인. 이름은 비(比)이고, 간(干)이라는 나라에 봉(封)해져 비간(比干)이라고 불린다. 상(商)의 28대 태정제(太丁帝)의 둘째 아들로서 주왕(紂王)의 숙부(叔父)이다. 사람됨이 곧고 강직하여 주왕(紂王)의 폭정(暴政)을 바로잡기 위해 간언(諫言)하다가 잔인하게 살해되었다.
260) 목야분사(牧野憤死) : 목야에서 분하게 죽음. '목야'는 은나라 주왕(紂王)이 주(周)나라 무왕(武王)과의 싸움에서 지고 호화로운 궁전 녹대(鹿臺)에 불을 지르고 그 속에서 타 죽었다.
261) 굴원(屈原) : 중국 전국 시대 초나라의 정치가·시인. 이름은 평(平), 자는 원(原). 초사(楚辭)라고 하는 운문 형식을 처음으로 시작하였다. 모함을 입어 자신의 뜻을 펴지 못하다가 마침내 물에 빠져 죽었다. 작품은 모두 울분이 넘쳐 고대 문학에서는 드물게 서정성을 띠고 있다. 작품에 <이소(離騷)>, <천문(天問)>, <구장(九章)> 따위가 있다.
262) 부소(扶蘇) : 중국 진시황(秦始皇)의 맏아들이다. 장성에서 흉노 방어를 하던 몽염의 군대를 감독하기 위해 파견되었다가, 시황제가 죽은 뒤 호해와 이사, 조고 등이 거짓으로 보낸 시황제의 조서를 받고 자살하였다.
263) 이세망국(二世亡國) : 2대 만에 망한 나라.

264) 일봉서찰(一封書札) : 한 통의 편지.
265) 실내(室內) : 남의 아내를 점잖게 이르는 말.
266) 창망(悵惘) : 근심과 걱정으로 경황이 없음.
267) 복념(服念) : 마음에 새겨 두고 잊지 아니함.
268) 상망(想望) : 사모하여 우러러봄.
269) 하방(遐方) : 서울에서 멀리 떨어진 지방.
270) 기추(箕帚) : '쓰레받기와 비'라는 뜻으로 '처첩(妻妾)'을 뜻한다.
271) 패려(悖戾) : 언행이나 성질이 도리에 어그러지고 사나움.
272) 침어주색(沈於酒色) : 술과 계집에 마음을 빼앗김.
273) 불고가산(不顧家産) : 살림살이를 돌보지 않음.
274) 천금만재(千金萬財) : 많은 돈과 재물.
275) 탕패(蕩敗) : 탕진(蕩盡). 재물 따위를 다 써서 없앰.
276) 오사지경(誤死之境) : 형벌이나 재앙으로 제 목숨대로 살지 못하고 비명에 죽을 지경.
277) 지차(之次) : 그 다음.
278) 탁신무로지경(託身無路之境) : 몸을 맡길 길이 없는 지경.
279) 망신패가(亡身敗家) : 패가망신(敗家亡身) : 집안의 재산을 다 없애고 몸을 망침.
280) 득담(得談) : 비방하거나 나무라는 말을 들음.
281) 좌사우상(左思右想) : 이리저리 생각함.
282) 잠심(潛心) : 마음을 두어 깊이 생각함.
283) 풍진고락(風塵苦樂) : 세상의 괴로움과 즐거움.
284) 개과천선(改過遷善) : 지난날의 잘못이나 허물을 고쳐 올바르고 착하게 됨.
285) 회과자책(悔過自責) : 허물을 뉘우치고 스스로 꾸짖음.

亂)[287]하고 흉격(胸膈)이 자주 막혀 대강만 아뢰옵나이다. 의양은 돈수재배(頓首再拜)[288]라."

무숙 아내 편지 보고,
"네가 평양집 사환이냐? 편지를 보니 창기(娼妓)에 뛰어나고 점잖은 사람이요, 의(義)도 있고 기특하다. 거○○○라."
당연(唐硯)[289]에 먹을 갈 제, 더운 눈물 뚝 떨어져 사풍세우(斜風細雨)[290] 비가 되고, 붓대를 잡으려니 자자(字字)마다 수먹[291]이다. 편지 써 하인 주니, 의양에게 가만히 전한즉, 의양이 받아보니 사연에 하였으되,

"일봉서찰을 의외에 받아보니 탐탐(耽耽)[292]함이 그지없네. 사연을 자세히 보니 의가 있는 사람이요, 점잖기 그지없네. 유유창천(悠悠蒼天)은 시하인(是何人)고?[293] 부위처강(夫爲妻綱)[294]은 사윤(嗣胤)[295]의 으뜸이라. 근래 서방님이 십목소시(十目所視)와 십수소지(十手所指)[296]의 엄한 줄을 모르고 자포자기(自暴自棄)의 패려(悖戾)한 사람 한 사람과 심술을 처결(處決)하니, 처자(妻子) 가솔(家率)이 돌아갈 곳이 없는지라. 여자의 몸이 되어 함원포통(含怨抱痛)[297]은 시속(時俗) 부녀의 요망(妖妄)한 일로되, 장강(莊姜) 비(妃)[298] 백주(栢舟)[299]의 글을 지으며, 반첩여(班婕妤)[300] 단선(團扇)[301]이 은원(恩怨)이 없는지라. 거기에는 당치 못하여도 장부(丈夫)의 무소불위(無所不爲)[302]를 신설(伸雪)[303]할 조각이 없더니, 평

양집은 어떠한 사람으로 사사(事事)이 옳게 하고 남의 심간(心肝)을 통리(統理)[304]하니, 일사능만사통(一事能萬事通)[305]을 내 어이 모르리오. 종사(宗社)를 돌아보아 장부를 건져내면 구천타일(九泉他日)[306]에 은혜를 사례하고 사당결환(死當結環)[307]할 것이니, 수십 년 썩은 간장 평양집 헤아려 매사를 주밀(周密)[308]히 도모함을 바라노라."

의양이 답장 보고 하염없이 눈물이 흘러 옷자락이 모두 젖고,
"천지간 몹쓸 무숙이, 이런 여중군자(女中君子) 어진 아내 몰라보니 날 같은 천첩이나 오일경조(五日京兆)[309]될 것이니, 화진(花盡)하면 접불래(蝶不來)[310] 색쇠(色衰)[311]하여 늙어지면 나도 고생될 것이니 단단히 잡죄리라."
이날부터 막덕이와 속 안 말로 약속하고 일심동력(一心同力)[312]으로 무숙이를 결단낼 제,
"막덕이 너는 나 하는 계교대로 명심하여 거행하라."
약속을 말 짜듯 하고, 하루는 막덕이 불러,
"여보아라, 서방님 활협(闊狹)[313] 수단 돈 잘 쓰고 멋도 알고, 알심 있고 어진 마음 부지불각(不知不覺)[314] 쓸 데 있어 돈 없으면 발광(發光) 일어 성화병(成火病)[315]이 나실진대, 하늘 같은 서방님을 뉘라 위로하올쏘냐? 패물(貝物), 목물(木物), 수정(水晶)이며, 모물(毛物) 금침(衾枕), 금옥(金玉) 진보(珍寶), 세간살이 약간 것이 신외무물(身外無物)[316] 될 것이니, 어서 바삐 방매(放賣)하라."
막덕이 거동 보소. 병문(屛門)[317]에 내닫더니 예인꾼 근 백

---

286) 여산약해(如山若海) : 산과 바다와 같이 매우 크고 넓음.
287) 수란(愁亂) : 시름이 많아서 정신이 어지러움.
288) 돈수재배(頓首再拜) : 머리가 땅에 닿도록 두 번 절을 함. 또는 그렇게 하는 절. 경의를 표한다는 뜻으로 주로 편지의 첫머리나 끝에 쓴다.
289) 당연(唐硯) : 중국에서 만든 벼루.
290) 사풍세우(斜風細雨) : 비껴 부는 바람과 가늘게 내리는 비.
291) 수먹 : 수묵(水墨). 먹물.
292) 탐탐(耽耽) : 깊고 으슥한 모양.
293) 유유창천(悠悠蒼天)은 시하인(是何人)고? : 아득히 푸른 하늘은 이 어떤 사람인가? 『시경(詩經)』 왕풍(王風) 「서리(黍離)」에, '유유한 푸른 하늘아, 오늘 이와 같이 세상을 혼란하게 한 것은 누구인가(悠悠蒼天 此何人哉)?'를 본뜬 구절이다.
294) 부위처강(夫爲妻綱) : 남편은 아내의 벼리가 됨. 삼강(三綱) 중 '부위부강(夫爲婦綱)'을 달리 이른 말.
295) 사윤(嗣胤) : 대를 이름. 대를 잇는 아들.
296) 십수소지(十手所指) : 여러 사람이 손가락질을 함.
297) 함원포통(含怨抱痛) : 원망을 품고 아픔을 안음.
298) 장강(莊姜) 비(妃) : 중국 위(衛)나라 장공(莊公)의 아내. 그는 제(齊)나라 여자로 빼어난 미모와 검소한 성품을 가졌다고 한다.
299) 백주(栢舟) : 잣나무로 만든 배. 『시경(詩經)』 '패풍(邶風)'에 위(衛)나라 세자 공백(共伯)이 일찍 죽어 부모가 그 처 공강(共姜)을 개가시키려 하자 '백주(栢舟)'를 지어 절개를 맹세했다는 내용에서 유래한다. 백주지통(栢舟之痛), 백주지절(栢舟之節) 같은 고사성어가 여기에서 나왔다.
300) 반첩여(班婕妤) : 중국 한(漢)나라 성제(成帝) 때의 여관(女官). 훗날 조비연(趙飛燕)의 미움을 받아 동궁(東宮)으로 물러난 뒤 '원가행(怨歌行)'을 지어 자신의 슬픔을 표현했다.
301) 단선(團扇) : 둥근 부채.
302) 무소불위(無所不爲) : 못할 일이 없음.
303) 신설(伸雪) : 신원설치(伸冤雪恥). 가슴에 맺힌 원통함을 풀어 버리고 부끄러운 일을 씻어 버림.
304) 통리(統理) : 일체를 통할하여 거느림. 통령(統領).
305) 일사능만사통(一事能萬事通) : 한 가지 일에서 만 가지 일까지 능통함.
306) 구천타일(九泉他日) : 죽어서 저승에 돌아가는 날. 죽은 뒤의 어느 날.
307) 사당결환(死當結環) : 죽어서도 은혜를 갚음. '살아서는 구슬을 물어다 주고, 죽어서는 풀을 묶는다(生當銜環, 死當結草).'라는 말이 뒤섞인 것으로 보인다.
308) 주밀(周密) : 주도면밀(周到綿密). 허술한 구석이 없고 세밀함.
309) 오일경조(五日京兆) : 오래 계속되지 못하는 일을 비유적으로 이르는 말. 중국 한나라 장창(張敞)이 경조윤(京兆尹)에 임명되었다가 며칠 후에 면직된 데서 유래한다.
310) 화진(花盡)하면 접불래(蝶不來) : 꽃이 지면 나비가 오지 않음.
311) 색쇠(色衰) : 얼굴빛이 쇠약함. 사랑을 받던 아름다운 여자도 나이가 들어서 늙으면 그 사랑을 잃어버린다는 뜻의 '색쇠애이(色衰愛弛)'란 말이 있다.
312) 일심동력(一心同力) : 한 마음으로 힘을 같이함.
313) 활협(闊狹) : 남을 돕는 데 인색하지 않고 시원스러움.
314) 부지불각(不知不覺) : 자신도 모르는 결. 부지불식간(不知不識間), 부지중(不知中).
315) 성화병(成火病) : 화병이 남. '화병'은 억울한 마음을 삭이지 못하여 간의 생리 기능에 장애가 와서 머리와 옆구리가 아프고 가슴이 답답하면서 잠을 잘 자지 못하는 병.
316) 신외무물(身外無物) : 몸 외에 아무것도 없음.

명을 약속하고 모두 얻어 지게 지여 들어와서, 방안 세간 갖은 기물(器物) 모두 져 낼 적에, 의양의 깊은 궁리 발기318)에 모두 적어 봉한 후에 만지장서(滿紙長說)319) 적은 편지 평양 주인 의양이 수양부(收養父)께 부쳐,

"단단히 간직하여 달라."

소문 나지 않게 막덕에게 말 이르니, 막덕이 세간 짐을 경주인 집 안사랑에 궁심(窮心)320)이 강직하고 집에 있던 돈 천 냥을 밖으로 에둘러서 세간살이 팔아 왔다 무숙이를 주었더니, 천하 잡것 무숙이가 아무런 줄 모르고서 이 새 돈을 좀 아니 쓰다 그날부터 또 놀아나는데, 신명을 쭈쩍 내어 골패(骨牌)321) 노름을 시작한다. 잡기(雜技) 일수(一手) 오입쟁이 사오 인을 청좌(請坐)하여 밤노름을 붙여 놓고 좌우 쌍촉(雙燭) 돋워 켜고 중드내기 판을 차려 순꿋 주기 시작한다. 홰홰 둘러 패를 친즉 판이 무숙이는 관을 잡고 격 치를 제, 사면을 둘러보니 삼칠이는 쌍기 잡고 좌우편 대사와 사십 이상 호격하니 다만 행전 무숙이라. 사오 차 대격 치르니 남은 돈이 얼마인지 톡톡 털어보니 두 돈 오 푼이 남았구나. 시속의 일천 냥이 두 돈 오 푼이란 말이 무숙의 돈 쓰는 말이었다. 의양이……

……1장 분량 낙장……

"○○○요, 어제 저녁 ○○○찬 사려 종루를 지나가니, 선전 행수(行首) 피직장(皮直長)님 급히 불러 앞세우고 만인총중(萬人叢中)322) 하는 말이 '요년 요년.' 게 먹으며 욕을 하되 '네 상전 아무개가 평양서 올라……

……1장 분량 낙장……

○○○동생 족속간이 다 모여서 귀중하게 수작 끝에 그날 밤 조용 정담 무숙이가 말을 내되,

"이번에 오는 길이 외삼촌님 존안(尊顔)도 아옵고 대사를 경영하와 의논코자 왔나이다."

"무슨 대사 의논이냐?"

"아버님 양위(兩位)의 해(害) 당한 일이 많삽기로 부득이 면례(緬禮)323)차로 구산(求山)324)을 하려는데, 다행히 박상의(朴尚義)325)를 만나 사오(四五) 삭(朔) 구산타가 대지(大地)를 정하온 바, 세상 공론(公論) 이르기를 생거진천(生居鎭川) 사거용인(死居龍仁)326) 언전(諺傳)327)하여 일렀는데, 용인 땅

한 자리가 오정행룡(午丁行龍)328)에 사병익맥묘입수(巳丙益脈卯入首)329) 을좌신향(乙坐申向)330) 오사득신파(午巳得申破)331) 온 바, 백여 호 대촌 뒤의 욕심은 간절하나 임의로 쓸 수 없어 수많은 인가촌민 새터 잡아 옮기려고 촌민에게 허락 받아 값은 만 냥에 결가(決價)하고 오천 냥은 선금 주고 오천 냥이 지녀온 바, 평안도 황해도 무곡(貿穀) 선인(船人) 십여 척을 영남 창원 마산포로 차인(差人)꾼332)들이 내려가서 수만 석을 팔고 나니 뒤대느라고 돈이 말라 잠깐 취대(取貸)할까 삼촌님께 사뢰오니 어찌하여야 옳사온지?"

당연하게 말을 하니, 이 어두운 외삼촌이 진실로 곧이 듣고,

"네가 돈이 말랐으니 칠산 바다 물 마른 듯, 구룡소 메기 된 듯, 네가 되고 돈 마르니 하느님이 웃을지라. 네가 장안 갑부 되고 날 같은 외삼촌에 돈 말을 하니 더욱 귀하다. 연안 주인333) 네 아느냐?"

"동소문 밖 김 오위장(五衛將)334) 말씀이오?"

"옳다. 내게 올 돈 오천 냥이 미구(未久)335)에 올 것이니 급히 가서 찾아 써라."

"어, 그 일 매우 좋소."

외삼촌의 표(標)를 맡고 떠나려 하니 외삼촌 이른 말이,

"내려올 제 걸어오고 올라갈 제 다리 아파 어이 가리. 내 말 타고 올라가라."

사백여 금 주고 산 말 순금 안장 마부까지 호피 다린 짓쳐 타고 수일 만에 득달(得達)하여 의양에게 장담하며,

"내가 되고 돈 마를까?"

하인 시켜 기별하여 환표(換標)336) 갖다 부쳤더니, 그 이튿날 돈을 실어 걸양337) 수(數) 입수(入數) 맞추어 영락없이 추심(推尋)338)하고, 우선 천 냥 내어 막덕이 불러 주며,

---

317) 병문(屏門) : 골목 어귀의 길가.
318) 발기 : 사람이나 물건의 이름을 죽 적어 놓은 글.
319) 만지장설(滿紙長說) : 종이에 가득 찰 만큼의 긴 이야기. 그 내용의 편지는 '만지장서(滿紙長書)'라 한다.
320) 궁심(窮心) : 이리저리 힘을 다하여 마음을 씀.
321) 골패(骨牌) : 납작하고 네모진 작은 나뭇조각 32개에 각각 흰 뼈를 붙이고, 여러 가지 수효의 구멍을 판 노름 기구. 또는 그것으로 하는 노름.
322) 만인총중(萬人叢中) : 많은 사람의 속.
323) 면례(緬禮) : 무덤을 옮기어 장사를 다시 지냄. 이장(移葬).
324) 구산(求山) : 좋은 묏자리를 잡으려고 찾음.
325) 박상의(朴尚義) : 조선 중기의 학자이면서 명풍수.

326) 생거진천(生居鎭川) 사거용인(死居龍仁) : 살아서는 진천에 살고, 죽어서는 용인에 산다. 살기에는 진천이 좋고, 묘터로는 용인이 좋다.
327) 언전(諺傳) : 민간에 말을 퍼뜨려 전함. 또는 그렇게 전하여 내려오는 것.
328) 오정행룡(午丁行龍) : 오방(午方)과 정방(丁方)으로 산세가 흘러감.
329) 사병익맥묘입수(巳丙益脈卯入首) : 사방(巳方)과 병방(丙方)으로 맥(脈)이 더하고, 묘방(卯方)으로 머리를 들이는.
330) 을좌신향(乙坐申向) : 을방(乙方)을 등지고 신방(申方)을 바라보는 좌향.
331) 오사득신파(午巳得申破) : 오방(午方)과 사방(巳方)에서 물이 들어오고 신방(申方)에서 물이 빠진다는 의미인 듯.
332) 차인(差人)꾼 : 장사하는 사람들의 시중을 드는 고용인.
333) 연안 주인 : 연안의 경주인.
334) 오위장(五衛將) : 조선시대의 군직. 오위의 으뜸 벼슬로, 초기에는 종2품관 12명을 두어 그때 그때 각 위를 나누어 맡아 통솔하게 하였으며, 모두 타관(他官)이 이를 겸직하였다.
335) 미구(未久) : 얼마 오래지 않음.
336) 환표(換標) : 예전에, 먼 곳의 사람과 금전 거래를 할 때에, 지정된 제삼자에게 돈을 주라고 써 보내던 편지. 받는 사람은 편지에 적은 액수대로 치르되 치를 수 없을 때에는 그냥 '退' 자를 써서 돌려보냈다.
337) 걸량 : 꿰미에 백 문마다 짚으로 매듭을 지어 놓은 표.

"선전(縇廛)339) 외상 갖다 갚고 다실랑 울지 마라."

막덕이 돈 천 냥 찾아다 평양 주인 또 맡기고,

"갚았노라."

하는구나.

무숙이 몹쓸 마음 어질게 하는 외삼촌 말까지 사백 냥에 팔아 사환놈은 노비(路費)340)만 주어 보내는구나. 이 잡자식이 돈만 없으면 사람될 짓 초(草)341)를 잡다가도 돈곧 보면 도로 미쳐 일일장취(日日長醉)342) 농탕(弄蕩)343)치며 안팎 사랑 친구 벗님 축일(逐日)344) 상종(相從) 못 넘어가, 잡기 노름 하는 분네, 열 냥 내기 대강 치기, 닷 냥 내기 수투전(數鬪牋)345)에, 백 냥 내기 쌍륙(雙六)346) 치기, 가귀347) 노름 순부동348)을 주야로 일삼으니, 사천 냥 남은 돈 사흘 만에 다 없애니, 세상에 이런 잡놈 산화(山禍)349)로 난 놈인가 실성발광(失性發狂) 미쳤는가. 남의 공론(公論) 비웃는 줄, 돌아서서 욕하는 줄, 좋은 말로 도르는 줄, 귀 얇은 무숙이 옳은 친구 옳은 말은 원수같이 핀잔하고, 간언(奸言)으로 웃어 호려 일시 좋은 일만 알고 패가망신(敗家亡身)하였으니 삶아 죽일 인사로다.

의양이는 연하여 막덕이만 재결(裁決)350)한다.

"아무쪼록 결단만 내라."

무숙이 흔연히 유정한 체 그전같이 위로할 제, 또 하룻밤 새벽판에 마악 마음이 흥락(興樂)할 제, 막덕이 동창 밑에서 맛치목을 다듬고 앉았다가,

"애고, 애고."

무숙이 깜짝 놀래어,

"이 어인 소리를 또 우느냐?"

"서방님 잠을 깨고 아기씨도 잠을 깨어 우는 곡절 들으시오. 선전 외상 갚았기에 마음 놓고 있삽더니, 어젯날 해 다질 제 광통다리 건너가니 수표다리 살으시는 안 직장(直長)

338) 추심(推尋) : 찾아내서 가지거나 받아냄.
339) 선전(縇廛) : 역사 조선 시대의 육주비전의 하나. 비단을 팔던 가게로 한양이 도읍이 된 뒤 제일 먼저 생겼다. 육주비전 가운데서도 규모와 자본력이 가장 우세하였고, 유분전으로서 국역(國役)의 등급 가운데 십 분을 부담하였다.
340) 노비(路費) : 노자(路資). 먼 길을 오가는 데 드는 돈.
341) 초(草) : 바탕.
342) 일일장취(日日長醉) : 나날이 술에 취함.
343) 농탕(弄蕩) : 남녀가 음탕한 소리와 난잡한 행동으로 놀아 대는 짓.
344) 축일(逐日) : 하루하루를 좇음. 날마다.
345) 수투전(數鬪牋) : 수투(數鬪) 놀이를 하는 도구. 또는 그것으로 하는 놀이. 사람, 물고기, 새, 꿩, 노루, 별, 말, 토끼 따위를 그린 80장의 투전을 이른다.
346) 쌍륙(雙六) : 놀이의 하나. 여러 사람이 편을 갈라 차례로 두 개의 주사위를 던져서 나오는 사위대로 말을 써서 먼저 궁에 들여보내는 놀이이다.
347) 가귀 : 투전 따위의 노름에서, '다섯 끗'을 이르는 말.
348) 순부동 : 미상.
349) 산화(山禍) : 묏자리가 좋지 못한 탓으로 자손이 받는다는 재앙.
350) 재결(裁決) : 재량하여 결정함.

님이 급히 불러 대화 중에 사증(邪症)351)을 내며 '너의 상전 아무개가 홍성(興成)352)한 것 헤아리니 여기저기 내가 얻어 입때까지 미루었더니 종시(終是)도 아니 갚고 이 말 저 말 아니하니, 그런 잡것 또 있느냐?' 더러운 욕을 하며 가로(街路) 상(上)에서 망신하고 부모 같은 상전님네 처처(處處)에 구설(口舌)이 낭자(狼藉)하니 살 마음 전혀 없고 어찌 아니 섧겠습니까?"

무숙이 화를 내어,

"외상 돈이 얼마라더냐?"

막덕이 섬길 적에,

"순금봉채(純金鳳釵) 오백 냥에, 산호 죽절 이백 냥에, 밀화 가락지 마흔닷 냥에, 밀화 장도, 엽자 귀이개 일백서른닷 냥이요, 밀화불수353) 팔십 냥에, 산호 귀이지 사십 냥에 합하여 수놓으니 모두 일천삼백마흔 냥을 어찌하여 갚으리까?"

무숙이 허허 웃고,

"내 몸에 지닌 것이 그것 갚을 만치 있다. 엽자 동곳 한 양 쭝 근 칠십 냥 줄 것이요, 밀화 호박 대모 금패 칼 네 자루 논지(論之)하면 제 아무리 도적인들 오백여 금 제 값이요, 가을 배자 두루마기 근 사백 냥 들었으되 삼백 냥은 받을 게요, 전등거리 두루마기 이백오십 냥 주었으나 이백 냥은 제값이요, 그로 당치 못하거든 사절(四節) 의복 방짜 것을 모두 내어 주마."

분합문(分閤門)354) 열뜨리고 안아 내고 들어 내어,

"아나 옜다. 매매해라."

막덕이 가지가지 추심하여 각종 발기 적어다가 또 평양 주인 맡긴 후에, 또 하룻밤 새벽판에 막덕이 아무리 생각하되 할 말이 바이 없어 잔걱정으로 일삼는다.

"애고 애고, 이제는 살 수 없소. 무엇 입고 살아나며 무엇 먹고 살아나리까? 파잘 것 바이 없고, 잡힐 것 전혀 없고, 빚 낼 수도 무가내(無可奈)355)요, 백폐구생(百弊俱生)356) 살림살이 이 모 막으면 저 모 나고, 아침 먹으면 저녁 걱정, 한 달 보명(保命)357)이 극난(極難)이요, 집이나 팔아 내어 움막이나 의지하고, 남은 돈으로 밑천하면 아직 아직 살 터이니 집이나 파사이다."

무숙이 화를 내어,

351) 사증(邪症) : 보통 때는 멀쩡한 사람이 때때로 미친 듯이 행동하는 증세.
352) 홍성(興成) : 물건을 사거나 팔기 위하여 품질이나 가격 따위를 의논함. 흥정.
353) 밀화불수(蜜花佛手) : 밀화로 부처 손같이 만든, 여자의 패물. 대삼작노리개의 하나이다.
354) 분합문(分閤門) : 마루나 방 앞에 설치하여 접어 열 수 있게 만든 큰 문. 또는 대청 앞에 드리는 네 쪽으로 된 긴 창살문. 겉창과 같이 되고, 아래쪽에 통널조각을 댄다.
355) 무가내(無可奈) : 어찌할 수 없게 됨.
356) 백폐구생(百弊俱生) : 온갖 폐단(弊端)이 죄다 생겨남.
357) 보명(保命) : 목숨을 보전함.

"허허 흉한 말이로다. 집을 팔다니 집을 팔아."

여간 입은 아래윗옷 모두 활활 벗어 내어주며,

"아나 옛다. 이것 팔아 나무, 양식 구처(區處)358)하라."

막덕이 집어들고 또 졸라,

"이것 팔기로 몇 냥 돼요? 오늘 살면 내일 걱정, 아무리 해도 집 팔기만 못 하외다."

무숙이 그제는 화를 버럭 내어, 드는 칼 뎅그렁 빼어 제 상투까지 썩 베어서,

"아나, 옛다. 빗질하여 월자전(月子廛)359)에 갔으면 닷 냥은 받으리라. 이제는 목 베면 피나 나지 할 수 없다. 다실랑은 울지 마라."

막덕이 또 갖다 평양 주인 맡기고 상투는 곱게 빗겨 제 낭자 똬리 하던 거였다. 무숙이 거동 보소. 전당 잡힌 촛대처럼 아랫목에 우두커니 앉아 생각하니, 잠결 횃결에 한 일이 망지불사(望之不似)360) 내 일이야. 입을 것이 없어 놓으니 막덕이 큰 저고리를 허리 나게 입고, 의양이 떨어진 가래바대361)를 입고 앉아 허리가 몹시 시린즉 개가죽을 두르고 화롯불만 쬐고 앉았으니, 더벅머리 눈을 가끔 가리우니 대강이를 내두르며 손가락으로 가르마를 타고 밀기름362)으로 재고 대자대님363)으로 잔뜩 동였구나. 배가 고파 앉았으니 천하 잡놈의 어른이라. 번화한 의양의 집 허다한 무숙 친구 되어 들고 되어 나니, 지각 없는 무숙이 창졸간(倉卒間)364)에 졸장아비365) 되어 앉아 답답하고 민망하다.

무숙이와 같이 놀던 대전별감 김철갑이 이 소문을 어찌 듣고 무숙이 망신을 시키려고 당당홍의 중초립에 자웃자웃 들어와서,

"무숙이 있느냐?"

무숙이 부끄러워 골방으로 들어가니, 김 별감 썩 ○○○○ 열고 의양이 보며,

"주인 평안한지? 근래에 얼굴이 그릇되○○○ 저리 지치나? 이 아이는 어디 갔나?"

의양이 웃음 참고,

"큰댁에 가셨수다."

골방을 눈짓하니, 김 별감 방긋 웃고 골방에 갇힌 무숙이 속 터지게 하느라고 의양이 손길 잡고 말 기롱(譏弄)366)도

하여 보락, 기롱도 아주 지쳐 서로 잡고 궁굴면서 궁글다 입맞추기 옆구리도 간지리며,

"놓아 주오, 체면도 없소? 간지럽소. 징그럽소."

생먹는367) 체 욕도 하며 히히 하하 농탕(弄蕩)치다 김 별감 일어나며,

"내일이 도목(都目)368)인데 궐내(闕內)에 급한 구실 오래 놀면 탈나겠네. 다시 옴세."

못내 작별 반기면서 나아가니, 무숙이 골방에서 동자가 돌아앉고 지랄을 초잡다가 방방이를 찾아들고 와락 뛰어 내떨치며 의양의 머리채를 휘휘친친 감아 잡고 이루 둘러 통탕 치고, 저리 둘러 통탕 차며 가슴 차 이마질과,

"이년아, 이 잡것아. 흘레369) 마음이 저릴런가? 내 아무리 그릇되어 이 지경 되었다고 남의 나내 뜻을 두고 차마 나를 거기다 두고 흘레년으로 말미암아 일촌간장 모두 썩어 아무쪼록 내 뜻 받아 살까 하고 지내자니 내 몸에 뼈만 남고 늙을 밖에 수가 없다. 나를 얼마 날로 알면 그런 버릇 하올쏘냐?"

한창 치고 물러앉아,

"후유."

의양이 달려들어 무숙이 수염 검쳐잡고,

"애고, 이 원수야. 내 할 말을 네가 하니 염의(廉義)370) 없는 인사로다. 네 세간 좋은 재물 네 무두다 없애고, 거지 모양 되고 앉아 그 중에 강짜는 하니, 네 수신(修身) 네 지식에 망신패가(亡身敗家) 내 탓이 무엇이냐? 네가 옳게 하였으면 내 마음이 변할쏘냐? 평양 감영 근천리(近千里)에 사고무친(四顧無親) 낙양성에 믿는 것이 너뿐이요, 태산 같은 네 아니냐? 뉘를 믿고 살라 하고 네 교치(敎治)를 잘못 하니 내가 육례(六禮) 차려 부모님이 맡겼느냐? 피차 유정 만난 연분 자칫하면 싸움하고 수캐만 보아도 강짜하고 얼른하면 탕탕 치니, 내 너와 살다가는 내종(內腫) 들어 죽을진대 혈혈단신(孑孑單身) 이내 몸이 골폭사장(骨曝沙場)371) 드러난들 묻어줄 이 뉘 있으리. 장안 갑부 너라더니 일 년 내에 다 말리기 날로 하여 망했던가? 집 가대(家垈) 세간살이 서방님네 빚 갚았네. 이불 하나 없어지고 사기그릇 밤을 먹고, 장판방을 껄끄럽다, 지미(至味) 반찬 맛이 없다, 경옥고(瓊玉膏)를 물로 알고 인삼, 녹용 측습득기372) 남부럽잖게 살던 내가 부들자리373) 된장덩이, 죽을 지경 되었으되 약 한 첩을 못 먹으니,

358) 구처(區處) : 변통하여 처리함.
359) 월자전(月子廛) : 월자를 파는 가게. '월자'는 예전에, 여자들의 머리숱이 많아 보이라고 덧넣었던 딴머리.
360) 망지불사(望之不似) : 다른 사람이 보기에 태도 따위가 온당하지 아니함.
361) 가래바대 : 단속곳이나 속곳 따위의 밑을 달 때에 힘을 받을 수 있게 곁에 덧대는 천.
362) 밀기름 : 밀랍과 참기름을 섞어서 끓여 만든 머릿기름.
363) 대자대님 : 대자(帶子)로 만든 대님. '대자'는 꼰 실로 나비가 좁고 길이가 길며 두껍게 짠 직물.
364) 창졸간(倉卒間) : 급작스러운 동안.
365) 졸장아비 : 졸장부(拙丈夫). 도량이 좁고 졸렬한 사내.

366) 기롱(譏弄) : 실없는 말로 놀림.
367) 생먹는 : 일부러 모르는 체하는.
368) 도목(都目) : 조선 시대에, 이조·병조에서 벼슬아치의 치적을 심사하여 면직하거나 승진시키던 일.
369) 흘레 : 생식을 하기 위하여 동물의 암컷과 수컷이 성적(性的)인 관계를 맺는 일.
370) 염의(廉義) : 염치와 의리를 아울러 이르는 말.
371) 골폭사장(骨曝沙場) : 모래밭에 뼈가 드러나 있음.
372) 측습득기 : 미상.

이게 모두 네 탓이라. 할 수 없어, 할 수 없어. 빌어먹을 너를 믿고 나 아울러 기사(饑死)374)하랴? 아무쪼록 살려 하고 폐호사(廢豪奢) 폐자봉(廢自奉)375)에 아무쪼록 살까 하고 근신절용(勤愼節用)376) 내 했더니, 신 개꼬리 네 마음이 천성(天性)을 고칠쏘냐? 말 듣소, 말 듣소. 불쌍한 게 처자, 글선생네 곁방살이, 배고프다 우는 자식, 낭군 그려 우는 아내, 일녀포한(一女抱恨) 오월비상(五月飛霜)377) 네가 어찌 잘 될쏘냐? 자신지책(資身之策)378) 못 하는 것은 조선(朝鮮)에 너 하나라. 날 죽여라, 날 죽여. 나 살기도 원 귀찮다."

무숙이 한숨 다시 쉬며 이른 말이,

"네 말을 들어보니 회서제이막급(悔噬臍而莫及)이요, 치요미이걸련(恥搖尾而乞憐)이라.379) 지난 일을 생각하니 제 말로 깨치리라. 일언이폐지(一言以蔽之)380)하고 잘 있거라. 잘 있거라. 나는 간다. 잘 있어. 나는 돌아가거니와 잔약(孱弱)한 네 일신(一身)이 지식 없는 날로 하여 속을 몹시 상하다가 병이 날까 염려로다. 너와 당초 만날 때에 백 년을 살까 하고 기약한 일 일조(一朝)에 허사로다. 이 지경 이 사세(事勢)가 뉘를 원망할 수 없고 말도 없고 일도 없고, 옛사람 이른 말이 장부무전필사(丈夫無錢必死)381)라니 없어지면 무가내(無可奈)요 내 모양 이러하니 가는 것이 상책(上策)382)이라. 한때라도 살던 부부 싸움하기 불시예사(不時例事)383) 위풍(威風) 내어 매질하기 매 맞기도 혹시상사(或時常事),384) 내 일신 돌아간 후 원심(怨心)일랑 두지 말고 잘만 사소. 잘만 살아. 행로난(行路難), 행로난(行路難),385) 천하만사삼소처(天下萬事滲所妻)라."386)

발 한 번 툭 구르고 '휘유' 한숨 길게 빼어 막덕이 손을 잡고,

"너도 부디 잘 있거라. 너 보기가 무안하다. 아기씨 잘 모시고 병 나잖게 잘 있거라."

대문 밖 썩 나서니, 막덕이 내달으며,

"사세부득(事勢不得)387) 이 노릇이 가시기는 가실망정 아기씨 옳은 마음 달리 의심 부디 말고 설운 일 많삽거든 다시 오오."

눈물이 비가 되고 한숨이 바람이라. 대로(大路) 상(上)에 썩 나서서 좌우를 둘러보니 함께 놀던 친구 벗이 모르는 체 지나가고, 남산이 암암(巖巖)388)하고 녹수진경(綠水珍景)389) 그립고 낙수청운(落水靑雲) 목 메인다. 졸(拙)쟁이390) 아이들은 팔매391) 툭 쳐 던지면서,

"낮도깨비 저기 간다."

더벅머리는 더펄더펄, 가래바지392) 다리 새에 승숭이393)는 덜렁덜렁 이리저리 부딪치며, 허리 도막 개가죽은 찬바람에 너울, 버선 없이 맨발바닥 발가락을 오그리고 덤정덤정394) 모배기로395) 일모황혼(日暮黃昏) 저문 날에 처자(妻子)의 집을 찾아가니, 남의 협실(夾室)396) 있는 처자 썩 들어가 볼 길 없어 굴뚝에다 밑을 대고 동지섣달 불개397) 떨 듯 사지를 한데 모으고 옹동그려398) 앉았으니, 천하잡놈이 아닌가. 어린 자식 사오 형제 말마다 속이 탄다.

"어머니 밥 좀 주오. 아버지는 어디 갔나. 돈 두 푼만 있거드면 팥죽이나 사다 먹고 그렁저렁 밤을 샐 터. 오늘도 해가 지니 벽 떨어진 냉돌방에 북데기399) 위 드러누워 차마 추워 어찌 잘꼬."

무숙이 아내 이른 말이,

"낸들 무슨 죄 있으며, 너희들이 무슨 죄고? 몹쓸 사람 네 아버지 우리 모자 이리 된 줄 벌써 응당 알으실까? 정(情) 각각 흉 각각400)은 옛사람 언전(諺傳)이라. 보고지고 보고지고. 그러한들 어이하며 저러한들 어이하리."

---

373) 부들자리 : 부들의 줄기나 잎으로 엮어 만든 자리. 포단(蒲團).
374) 기사(饑死) : 굶어죽음.
375) 폐호사(廢豪奢) 폐자봉(廢自奉) : 호사도 폐하고 자봉도 폐함. '자봉'은 자기 몸을 스스로 잘 보양함의 뜻.
376) 근신절용(謹愼節用) : 몸차림이나 행동을 삼가고 물건을 아껴 씀.
377) 일녀포한(一女抱恨) 오월비상(五月飛霜) : 한 여자가 한을 품으면 오월에도 서리가 내림.
378) 자신지책(資身之策) : 자기 한 몸의 생활을 꾀하는 계책.
379) 회서제이막급(悔噬臍而莫及)이요 치요미이걸련(恥搖尾而乞憐)이라. : (궁지에 빠진 노루가) 배꼽을 물어뜯으려 해도 미치지 않음을 후회하고, (덫에 걸린 범이) 꼬리를 치며 동정을 구걸하는 것도 부끄러운 일이라. 중국 명(明)나라 구우(瞿佑)의 「전등신화」에 나오는 구절이다.
380) 일언이폐지(一言以蔽之) : 한마디의 말로 능히 그 전체의 뜻을 다 말함. 공자(孔子)가 쓴 『시경(詩經)』의 서문에 나오는 말이다.
381) 장부무전필사(丈夫無錢必死) : 장부는 돈이 없으면 반드시 죽음.
382) 상책(上策) : 가장 좋은 대책.
383) 불시예사(不時例事) : 때도 없이 일어나는 예삿일.
384) 혹시상사(或時常事) : 때때로 있는 예삿일.
385) 행로난(行路難) : 가는 길 어려워라.
386) 천하만사삼소처(天下萬事滲所妻)라 : 세상의 모든 일은 아내 있는 곳에서 나오느니라.

387) 사세부득(事勢不得) : 어쩔 수 없는 상황 때문에 그렇게 할 수밖에 없음. 또는 그런 일.
388) 암암(巖巖) : 높고 험함.
389) 녹수진경(綠水珍景) : 푸른 물과 아름다운 경치.
390) 졸(拙)쟁이 : 졸렬(拙劣)한 짓을 하는 사람.
391) 팔매 : 작고 단단한 돌 따위를 손에 쥐고, 팔을 힘껏 흔들어서 멀리 내던짐. 또는 그런 물건.
392) 가래바지 : 밑이 트인 바지. 주로 옛날에 여자들이 치마 아래에 입거나 대소변을 가릴 줄 모르는 어린아이들이 입었다.
393) 승숭이 : 미상. '가래바지'와 '덜렁덜렁 이리저리 부딪치며'로 보아 성기(性器)로 보아야 할 듯하다.
394) 덤정덤정 : 징검징검. 발을 멀찍멀찍 떼어 놓으며 걷는 모양.
395) 모배기로 : 미상. 문맥으로 보아, '징검징검'에 대응되는 '종종걸음'이나, '똑바로 가지 않고 좌우로 왔다갔다 걸어'의 뜻인 듯. '징검징검'에 견인되어 '백로(白鷺) 모양으로'라 읽기도 한다.
396) 협실(夾室) : 남의 집 한 부분을 빌려 사는 방. 주가 되는 방에 곁붙은 방.
397) 불개 : 개의 하나.
398) 옹동그려 : 몸 따위를 바짝 움츠러들이다.
399) 북데기 : 짚이나 풀 따위가 함부로 뒤섞여서 엉클어진 뭉텅이.
400) 정(情) 각각 흉 각각 : 결점이 있을 때는 흉보고 좋은 점이 있을 때는 칭찬한다는 뜻으로 상벌이 분명하다는 말. 사람에 대하여 쏠리게 되는 정과 그가 가지고 있는 흉은 별개의 것이라는 뜻으로 잘잘못은 구분되어야 한다는 말.

속으로 느껴 가며 기가 막혀 우는 소리, 무숙이도 기가 막혀 설대401) 같은 더운 피가 시각(時刻)402)에 촬촬 쏟아진다. 들어갈까 말까 주저주저하올 적에 무숙의 말째아들놈도 기막히는 말을 한다.

"애고, 어머니. 아버지가 계시다니 얼굴 모양이 어떠하오?"

"어쩐 말이냐?"

"조금 전에 잠깐 자노라니, 아버지라 하는 어른이 키가 도람직하고403) 얼굴이 곱살한데 망건(網巾) 앞 살이 훤하고 구레나룻이 가무스름한데 머리에 송낙(松絡)404)을 쓰고 등에 개를 입고 구름 타고 거지중천(居之中天)405)으로 빙빙 오릅디다."

무숙 아내 깜짝 놀라 우는 말이,

"네 이게 웬 말이냐? 아버지 죽었구나. 찾아나갈 밖에 수가 없다."

무숙이 속으로 웃고,

"부자(父子) 천륜(天倫)과 부부간의 중한 의(義)를 오늘에야 알리로다. 내가 굴뚝에 앉았으니 부엌에 불을 때면 연기가 나니 연기는 구름인즉 요 녀석이 꿈이 비상(非常)하다."

썩 들어가 아내 앞에 넙적 엎드리며,

"날 볼기 치십쇼."

무숙 아내 기가 막혀,

"애고."

목을 안고 얼굴을 대고,

"이 모양이 웬일이오? 이리 될 줄 몰랐던가? 남자의 호협 객기(豪俠客氣) 오입하기 혹시상사(或時常事), 패가망신(敗家亡身) 불시예사(不時例事). 빌어먹기 첩경(捷徑)이나 팔자로 알려니와, 유한(有限)한 부모 유체(遺體) 더벅머리 되단 말이 웬일이요? 놀기 좋고 쓰기 좋고 만사를 다 잊은들 어려서 만난 근원 중난(重難)406)한 자식들을 한 달에 한 번이나 두 달에 한 번이나 지낼 길에 잠깐 들러 어쩌나 살아남나 걱정이나 하였었나? 패가망신 이 지경에 삯바느질 빨래품과 용정(舂精)방아407) 동자품408)을 입때까지 품을 팔아 정조(正朝),409) 한식(寒食), 단오(端午), 추석(秋夕) 사당(祠堂)에 차례(茶禮) 봉사(奉祀), 법을 차려 지내자니 아무리 애통한들 어느 뉘가 보탤쏜가? 내 가슴에 손을 넣소. 살 한 점이 어디 있나. 피골

(皮骨)이 상련(相連)하여410) 명재경각(命在頃刻)411) 되었더니, 오늘이야 돌아오니 나 죽거든 감장(勘葬)412)하여 선영(先塋)413) 산하(山下) 묻어주고, 자식들 데리고 살아보면 알 것이니, 내 안정(情)414)을 그제야 생각하오."

복통 간장 우는 소리에 목석(木石) 같은 무숙인들 제 왜 아니 깨칠쏜가? 두 얼굴 한데 대고 치뒹굴며 우는 모양 초목이 함루(含淚)하고 행운(行雲)이 머무는 듯, 어린 아이는 목이 멘다. 자식들은 내다르며,

"아버지, 아버지."

부르면서, 앉으며 서며 바동대며415) 얼굴 대고 문지르며,

"어디 갔다 오옵시오? 다실랑은 가지 마오. 보고 싶어 죽겠네다. 어디 다시 가시려면 우리들도 따라가서 사생(死生)을 마치리다."

이렇듯 우는 모양 사람은 못 보겠네. 무숙 아내 이른 말이,

"동시(冬時) 설한(雪寒) 몹시 찬 날 춥긴들 오죽하며 양류(楊柳) 춘풍(春風) 해 긴 날에 시장한 때 많이 넘겨 부황증(浮黃症)416)이 다 났구나. 배고픈데 밥을 잡수시오."

아랫목에 묻었던 전콩밥 한 그릇을 물을 데워 갖다 주니, 무숙이 숟갈을 들더니 이모저모 두루 뭉쳐 두 술 반에 다 마치고 물 한 그릇 쭉 들이켜고,

"어, 살겠구나."

무숙이 말째아들놈 보더니,

"어렵쇼, 아버지 밥 용하시오."417)

무숙이 망신은 처처(處處)에 당하고 그렁저렁 지낼 적에, 이때 의양이 일편정심(一片情心)418) 무숙이 간 연후에 눈물이 비가 되고 흉격(胸膈)이 탁 막혀 절절포한(切切抱恨)419) 곧은 심곡(心曲)420) 대문 닫아 철가(撤家)421)하고, 식불감미(食不甘味) 침불안석(寢不安席)422) 주야장탄(晝夜長歎)423) 체(涕)한숨424)에 하느님께 축수(祝手)하여,

---

401) 설대 : 담배설대. 담배통과 물부리 사이에 끼워 맞추는 가느다란 대통.

402) 시각(時刻) : 짧은 시간. 금방.

403) 도람직하고 : 도리암직하고. 동글납작한 얼굴에 키가 자그마하고 몸매가 얌전하고.

404) 송락(松絡) : 외부에 나갈 때, 여승이 쓰는 모자. 소나무에 사는 지의류를 엮어 만든다.

405) 거지중천(居之中天) : 허공(虛空).

406) 중난(重難) : 중하고도 어려움.

407) 용정(舂精)방아 : 곡식을 찧는 방아.

408) 동자품 : 부엌일을 하고 받는 품삯.

409) 정조(正朝) : 원단(元旦). 설날.

410) 피골(皮骨)이 상련(相連)하여 : 뼈와 가죽이 서로 붙어. 피골상접(皮骨相接).

411) 명재경각(命在頃刻) : 금방 숨이 끊어질 지경이 이름. 목숨이 경각에 있음.

412) 감장(勘葬) : 장사 지내는 일을 끝냄.

413) 선영(先塋) : 선산(先山). 조상의 무덤이 있는 곳.

414) 안정(情) : 속정(情). 속마음.

415) 바동대며 : 덩치가 작은 것이 매달리거나 자빠지거나 주저앉아서 팔다리를 내저으며 자꾸 움직이며.

416) 부황증(浮黃症) : 오래 굶주려서 살가죽이 들떠서 붓고 누렇게 되는 증세.

417) 용하시오 : 재주가 뛰어나고 장하시오.

418) 일편정심(一片情心) : 한 조각 정든 마음.

419) 절절포한(切切抱恨) : 매우 간절하게 한을 품음.

420) 심곡(心曲) : 간절하고 애틋한 마음.

421) 철가(撤家) : 자리 잡고 살던 곳에서 다른 곳으로 떠나려고 가족 모두를 데리고 살림살이를 모두 챙기어 떠남.

422) 식불감미(食不甘味) 침불안석(寢不安席) : 먹어도 맛이 없고, 자도 편안하지 않음.

423) 주야장탄(晝夜長歎) : 밤낮으로 길이 탄식함.

424) 체(涕)한숨 : 눈물지며 쉬는 한숨.

"무숙이 집심(執心)하여 개과천선(改過遷善) 도우소서."

허다한 오입쟁이, 심사 사나운 남자들과 유인(誘引)하는 노구(老嫗)425) 계집 십벌지목(十伐之木)426) 되올쏘냐? 어느 뉘가 욕 안 보며 어느 뉘가 접족(接足)427)할까? 철석(鐵石) 같은 의양이요 창가(娼家)428) 열녀(烈女) 의양이라. 팔만장안(八萬長安)429) 조정(朝廷)이며, 언무족이천리(言無足而千里)430)로다. 이러한 창가 열녀 행세하는 사람마다 본받지 아니하면 평생 앙화(殃禍) 받으리라.

무숙이가 회과자책(悔過自責)하기만 기다릴 제, 무숙 아내 거동 보소. 할 수 없는 여러 자식 기사지경(幾死之境) 당케 되니, 장옷431) 쓰고 내달아서 동서남북 애걸하여 구명도생(苟命徒生)432) 살자 하니, 무숙이 호협(豪俠)한 마음 안고수비(眼高手卑) 이 아니냐.

"죽자 하니 청춘이요, 살자 하니 망신이라. 죽을 마음 간절하되 불쌍한 처자식을 심방주선(尋訪周旋)433) 못 하고서 내가 죽게 되면 구천(九泉)에 돌아간들 죄악이 없을쏘냐? 사람의 자식 되고 처자(妻子)의 빌어온 밥 어찌 먹고 앉았으리."

귀골지인(貴骨之人)434) 저 무숙이 품 팔기로 자생(資生)435)한다. 군칠(君七)의 집436) 들어가 술상 출입 심부름과, 국숫집 불 때 주기, 철초전(鐵草廛)437) 담배 개기, 화사발(華沙鉢)집438) 물 짓기와, 정방(精紡)439) 작대440) 심부름, 과시(科試)441) 때 방목(榜目)442) 사환, 유산(遊山)군443)의 승교(乘轎)444) 메기, 초상 난 데 연반(延燔)군,445) 병든 사람 업고 가기, 활인막(活人幕)446) 상직(上直)447) 서기, 마전장448)에 빨래 봉죽,449) 유대(留待)군450)의 상부451) 메기, 급한 사람 편지 전(傳)키, 외방주인(外方主人)452) 삯일453) 걷기, 아무리 벌어도 구명보존(救命保存)454) 극난(極難)하고, 없던 병만 탕탕 나니 한심하기 그지없고 한숨 지쳐 울음 날 제, 엄동설한(嚴冬雪寒) 추운 날에 양지바른 모퉁이에 예 가 쭈그리고 제 가 쭈그리고, 방천신(防賤身)455)도 할 길 없어 설렁탕집 부엌간에 거적 한 닢 의당(宜當)456)이요, 새벽달 지샐 적에 부가옹(富家翁)457) 오입쟁이 협창오입(挾娼誤入)458) 노름판에 나는 장구, 피리, 젓대, 청상별곡 자진하니459) 지화자 좋은 소리 월하(月下)에 진동하니, 무숙이 안마음에 예 듣던 소리로구나.

"애달프다 내 일이야 순환번복(循環翻覆) 쉽다 한들 갖은 풍류 일등 호사 어디 가고, 내 이 모양 웬일인고?"

또 한 편 바라보니 장안대도(長安大道) 너른 길에 포도부장(捕盜部將) 별감(別監)이며, 오입쟁이 왈짜들이 방약무인(傍若無人)460) 대취(大醉)하여 죽도(竹刀) 빼뜨리고 걸음 걸어 어식비식 노랫가락, 무숙이 주먹으로 땅을 치며,

"내하고 남 처지요, 방화시(芳花時) 좋은 때에 유산(遊山) 가는 협객(俠客)들은 일등명기 승교(乘轎) 태워 혹선혹후(或先或後) 외치며 계집에게 잘 뵈려고 없는 맵시 있는 듯이 살뜰 정성 부채질과 고리고 비린 노릇 내 한창 시절에는 웃고 지내던 내가 되려 거적자리 무슨 일고? 내 죄로다 내 죄로다. 설운 일을 보자 하니 속이 터져 나 죽겠다. 저런 일로 생각하면 세상에 내가 나서 짝이 없이 놀았으니 한이 없이 죽을 망정 불쌍한 우리 처자 기사지경 뉘 탓인고?"

---

425) 노구(老嫗) : 노파(老婆). 늙은 여자.
426) 십벌지목(十伐之木) : 열 번 찍어 베는 나무라는 뜻으로, 열 번 찍어 안 넘어가는 나무가 없음을 이르는 말.
427) 접족(接足) : 디디고 들어가려고 발을 붙임.
428) 창가(娼家) : 창기(娼妓)의 집. 몸을 파는 천한 기생의 집.
429) 팔만장안(八萬長安) : '사람이 많이 사는 곳'이란 뜻으로, '서울'을 일컫는 말.
430) 언무족이천리(言無足而千里) : 발 없는 말이 천 리 간다는 속담. 말은 한 번 하기만 하면 비밀로 한 말도 얼마든지 잘 퍼지니 말을 삼가라는 말.
431) 장옷 : 조선시대에 부녀자들이 외출할 때 내외용으로 머리부터 내리쓴 옷. 장의(長衣)라고도 한다. 보통 초록 바탕에 흰색 끝동을 달았고 두루마기와 비슷하다.
432) 구명도생(苟命徒生) : 뚜렷한 목표나 바라는 바 없이 살기만을 도모하는 것, 근근이 살아가는 것을 말한다. 구명도생(救命圖生). 근근도생(僅僅圖生).
433) 심방주선(尋訪周旋) : 여기저기 찾아다니며 두루 힘씀.
434) 귀골지인(貴骨之人) : 귀한 집안의 사람.
435) 자생(資生) : 어떤 직업을 가지고 생계를 유지.
436) 군칠(君七)의 집 : 군칠가(君七家). 술집. 주막. '군칠'은 '좋은 술안주 이름'이라거나 '술을 좋아하는 왕의 아들 일곱 명' 등의 설이 있다.
437) 철초전(鐵草廛) : 철초를 파는 가게. '철초'는 절초(切草 : 썬 담배)를 속되게 이르는 말.
438) 화사발(華沙鉢)집 : 곱게 꾸민 사기그릇을 만드는 집.
439) 정방(精紡) : 실 뽑는 일의 마지막 공정.
440) 작대 : 긴 막대. 베를 짜기 위해 날실을 도투마리에 감을 때 실이 엉키지 않도록 사이에 넣는 나무 막대기.
441) 과시(科試) : 과거(科擧). 과거 시험.
442) 방목(榜目) : 과거에 급제한 사람의 성명을 적는 책.
443) 유산(遊山)군 : 산으로 놀러다니는 사람.
444) 승교(乘轎) : 가마.
445) 연반(延燔)군 : 장사(葬事) 지내러 갈 때에 등(燈)을 들고 가는 사람.
446) 활인막(活人幕) : 활인서(活人署). 조선 시대에, 서울에서 의료에 관한 일을 맡아보던 관아. 세조 12년(1466)에 활인원을 고친 것으로, 고종 19년(1882)에 없앴다.
447) 상직(上直) : 당직(當直). 숙직(宿直).
448) 마전장 : 생피륙을 삶거나 빨아 볕에 바래는 일을 하는 곳.
449) 봉죽 : 일을 꾸려 나가는 사람을 곁에서 거들어 도와줌.
450) 유대(留待)꾼 : 포도청에 속하여, 상여를 메던 인부를 이르던 말.
451) 상부 : 상여(喪輿). 사람의 시체를 실어 묘지까지 나르는 도구. 10여 명이 메며 길이가 길고 꼭지 있는 가마와 비슷하게 생겼다.
452) 외방주인(外方主人) : 딴 곳에 살고 있는 땅주인.
453) 삯일 : 품삯을 받고 하는 일. 여기서는 일꾼에게 품삯을 주는 일.
454) 구명보존(救命保存) : 목숨을 구하여 지킴.
455) 방천신(防賤身) : 천한 몸을 보호함.
456) 의당(宜當) : 마땅히. 으레.
457) 부가옹(富家翁) : 부잣집의 늙은 주인.
458) 협창오입(挾娼誤入) : 기생을 끼고 오입함.
459) 청상별곡 자진하니 : '청성자진한잎'의 오기로 보아, '청성곡이 잦아지니'라고 읽을 수 있을 듯. 이 곡은 한국의 전통 성악곡인 가곡을 기악곡화한 변주곡으로, '청성삭대엽(淸聲數大葉)'이라고 한다.
460) 방약무인(傍若無人) : 곁에 아무도 없는 것처럼 여긴다는 뜻으로, 주위에 있는 다른 사람을 전혀 의식하지 않고 제멋대로 행동하는 것을 이르는 말.

강개(慷慨)를 연(連)해 하며,

"저러한 오입쟁이, 지식 없는 날 같으면 이 몰골이 가리로다."

설렁탕집 부엌간에 떼우적이461)를 의지하여 거적 한 닢 추켜 덮고 반생반사(半生半死) 잠을 잘 제, 아침 게 잡으려 하고 평양집 막덕이가 대바구니 옆에 끼고 그 앞으로 지나다가 무숙이 잠든 걸 보더니, 귓구멍이 막히고 눈물이 절로 흘려 무숙이를 흔들어,

"일어나오 일어나오. 서방님 정신 차려 자세히 보옵소서. 이게 무슨 잠자리오? 이 모양이 웬일이오? 전사(前事)를 생각하면 이리 될 줄 뉘가 알까? 설한풍(雪寒風)에 겹옷462) 입고 몸이 추워 어찌 살며, 여러 때 실기(失期)463)하니 밴들 아니 고프리까? 천산지산(天山地山)464) 두 말 말고 소인(小人) 네를 따라가사이다."

무숙이 기가 막혀,

"네 말이 기특하되 내 이미 파의(罷意)465)하고 남북지별(南北之別)466) 나온 집에 무슨 염치 들어가며, 억조만금(億兆萬金) 패가(敗家)하고 처자(妻子)조차 망신(亡身)되니 굶어죽어 한(恨) 있으며 강시(殭屍)467)한들 뉘 탓이랴? 차라리 이 몰골로 전사구학(轉死溝壑)468)할지라도 나는 차마 못 가겠다."

막덕이 하하 웃고,

"서방님 하신 말씀 적난(賊難)469)을 당하셨소? 옛사람 궁곤(窮困)하여 부열(傅說)470)이도 담을 쌓고, 백리해(百里奚)471)도 소를 몰고, 이윤(伊尹)472)이도 밭을 갈고, 한신(韓信)473) 같은 영웅호걸 표모(漂母)에게 기식(寄食)하고, 여상(呂尙)474)

도 문왕(文王) 만나 선궁후달(先窮後達)475)하였으니 빈부궁달 각유시(貧富窮達各有時)476)라. 개과천심(改過遷心)하옵시면 혹시 때가 있으리다. 어서 바삐 가사이다."

무숙이 할 수 없어 죽지도 살지도 못 하여서 막덕이를 따라갈 제, 화개동 접어들어 의양 문전 다다르니, 무숙이 심사 울적하여 방황난심(彷徨亂心)477) 주저주저 들어가니, 시문(柴門)478)에 누운 개는 옛 주인을 몰라보고 컹컹 짖고, 후원(後園)의 녹죽창송(綠竹蒼松)479) 창외(窓外)에 옛 절개를 너를 두고 일렀도다. 기창설매(綺窓雪梅)480) 피는 꽃은 옛 소식을 전하는 듯, 무숙이 거동 보소, 팔난봉481) 싸개발482)에 봉두난발(蓬頭亂髮)483) 거지 모양, 닫은 방문 펄쩍 열고,

"마누라 평안하오?"

의양이 막덕이를 부르더니,

"너 어인 사람이냐?"

무숙이 기가 막혀,

"허허, 자네 나를 몰라보니 사람은 몹시 되었네."

의양이 속으로 우습기도 하고 불쌍하고 한심하여 눈물도 나고 섧기도 하되 종시(終是) 풍화정란(風化定亂)484)을 더 깨치게 하노라고 시이부지(視而不知)하고 청이불문(聽而不聞)하며485) 단정히 정색(正色)하고 이치(理致)로 천연(天然)히 말을 하되,

"내 들으니 의주 막걸리 집에서 허다한 심부름과 품 팔기를 잘 한다 하니 동가홍상(同價紅裳)486)인즉 내 집에서 사환되어 중노미487)로 치부(置簿)488)하고 하인으로 있을진대 그대 마음에 어떠한고?"

무숙이 기가 막혀 허락하되, 죽지도 살지도 못 한즉,

"하면 그리하소."

무숙 같은 장안 왈짜 마음이 어찌 이렇듯 졸(拙)하리요만 시속(時俗) 이치 되는 법이 돈 마르면 의복 줄고, 의복 줄면

---

461) 떼우적이 : 떼우적. 떼적. 비나 바람 따위를 막으려고 치는 거적 같은 것.

462) 겹옷 : 솜을 두지 않고 거죽과 안을 맞붙여 지은 옷.

463) 실기(失期) : 시기를 놓침. 때를 놓침.

464) 천산지산(天山地山) : 이런 말 저런 말로 많은 핑계를 늘어놓는 모양.

465) 파의(罷意) : 하려고 품었던 뜻을 버림.

466) 남북지별(南北之別) : 남쪽과 북쪽으로 서로 다름.

467) 강시(殭屍) : 얼어 죽은 시체. 여기서는 '얼어 죽음'의 뜻으로 쓰임.

468) 전사구학(轉死溝壑) : 구렁텅이에 굴러 떨어져 죽음.

469) 적난(賊難) : 도둑에게 재난을 당함. 또는 그 재난.

470) 부열(傅說) : 고대 중국 우(虞)나라 사람. 죄인으로 성을 쌓는 일을 하였는데, 현인을 구하던 무정(武丁, 은나라 고종)이 꿈에 나타난 그를 찾아 재상으로 삼았다고 한다.

471) 백리해(百里奚) : 중국 춘추 시대 때 사람. 본래 초나라 비인(鄙人)인데 진목공이 현명하다는 말을 듣고 자신을 진나라에 팔아 소를 키우다가 목공의 눈에 띠었다고 한다.

472) 이윤(伊尹) : 중국 은나라의 전설상의 인물. 농사를 짓다가 탕왕의 초빙을 받아 하나라의 걸왕을 멸망시키고 선정을 베풀었다.

473) 한신(韓信) : 중국 전한의 무장(武將). 한(漢) 고조를 도와 조(趙)·위(魏)·연(燕)·제(齊)나라를 멸망시키고 항우를 공격하여 큰 공을 세웠다. 한나라가 통일된 후 초왕에 봉하여졌으나, 여후에게 살해되었다. 젊은 시절 고향 회음(淮陰)에서 빨래하는 아낙네에게 밥을 얻어먹고, 훗날 성공하여 은혜를 갚겠다고 다짐했다 한다.

474) 여상(呂尙) : 중국 주(周)나라 때 동해(東海) 사람. 성은 강(姜)이고, 이름은 상(尙)이며, 자는 자아(子牙)다. 집안이 가난해 위수(渭水)

강가에서 낚시를 하다가 문왕(文王)을 만났다. '태공망(太公望)', '강태공(姜太公)' 등으로도 불린다.

475) 선궁후달(先窮後達) : 처음에는 곤궁하나 나중에는 현달함.

476) 빈부궁달각유시(貧富窮達各有時) : 가난하고 가멸함, 궁함과 현달함은 각각 때가 있음.

477) 방황난심(彷徨亂心) : 이리저리 헤매고 어지러운 마음.

478) 시문(柴門) : 사립문. 나뭇가지를 엮어서 만든 문짝으로 만든 문.

479) 녹죽창송(綠竹蒼松) : 푸른 대나무와 소나무.

480) 기창설매(綺窓雪梅) : 비단을 바른 창 밖의 눈 속에 핀 매화.

481) 팔난봉 : 가지각색의 온갖 허랑방탕한 짓을 부리는 사람. 파락호(破落戶). 난봉꾼.

482) 싸개발 : 싸개를 한 발.

483) 봉두난발(蓬頭亂髮) : 머리털이 쑥대강이같이 헙수룩하게 마구 흐트러짐. 또는 그 머리털.

484) 풍화정란(風化定亂) : 풍습을 교화하고 문란함을 가라앉힘.

485) 시이부지(視而不知)하고 청이불문(聽而不聞)하며 : 보고도 모르는 척하고 듣고도 못 들은 척하며.

486) 동가홍상(同價紅裳) : 같은 값이면 다홍치마라는 뜻으로, 같은 값이면 좋은 물건을 가짐을 이르는 말.

487) 중노미 : 음식점, 여관 따위에서 허드렛일을 하는 남자.

488) 치부(置簿) : 마음속으로 그렇다고 여김.

모양 없고, 모양 없으면 마음까지 졸해지는 법이었다. 의양이 이른 말이,

"그 전같이 말씨도 함부로 말고, 서방님 태도 뵈지 말고, 안방에 오지 말고, 타인이 올지라도 사불여의(事不如意)하면 피차 망신될 것이니 부디 착념(着念)489)하여 거행하소."

무숙이 이윽히 생각하다가,

"어 그 일 망연(茫然)하다. 허나 어 그리하지."

행랑방(行廊房)490)으로 돌아오며,

"허허 무숙 잘 된다."

의양이 속으로 간간대소(衎衎大笑)491)하고, 연(連)하여 속을 보려,

"중놈아!"

부르니, 무숙이 어이없어,

"좋다. 잘 부른다. 저 소리가 입으로 나오나."

의양이 밀창을 딱 열뜨리며,

"대답하기 치사하여 아니꼽고 더럽거든 어서 급히 갈 것이지 군사설492)이 웬일인고?"

무숙이 하릴없어

"부른 줄 모른 것을 초판부텀 너무 과하군."

의양이 웃음 참고 성음(聲音)을 더 크게 내어,

"중놈아."

부르니, 무숙이 대답 아니 할 수 없어, '예' 하자니 싫고, '무엇 하려고' 하여서는 노여워할 터이요, 바삐 나가 창문 밑에 서며,

"어!"

하니, 의양이 화를 내어 밀창을 딱 열뜨리며,

"이 사람, '어'라니."

무숙이 넉더드미493)로 바위여,494)

"어따, 그러나 저러나 심부름이나 시키면 좋겠구만."

의양이 심부름을 시키는데 불이 펄쩍 나게 시키겠다.

"중놈아."

"어."

"또 '어' 하는구나. 장달음질495) 급히 가서 꾸미고기496) 사오너라."

"어, 그리하지."

순식간에 사오니,

"고춧가루 사오너라."

"어, 그리하지."

"천초(川椒)497) 가루, 후춧가루, 파, 마늘, 생강 사오너라."

"어, 그리하지."

"세수 급히 하겠으니 양치 소금 사오너라."

"어, 그리하지."

"양식 팔고, 나무 사고, 생선 비웃 사오너라."

"어, 그리하지."

"자반, 굴비, 암치498) 하나, 살찐 암탉 사오너라."

"어, 그리하지."

"우리 중노미 심부름은 매우 잘 하거든. 날 속이지는 아니 하겠다. 다방골 건너가서 김 선달댁에 편지 전(傳)코 돈 주거든 받아 오너라."

무숙이 기가 막혀,

'날과 죽마고우(竹馬故友)로 형제같이 지낸 벗의 집을 가라 하니, 사차불피(死且不避)499)니 사환을 어찌 하여야 옳을 거냐. 내 살아 쓸 데 있나.'

죽을 마음 각심(刻心)하고 대답한 연후에, 대문 밖 썩 나서서 김 선달 집 가려 하니, 이게 무슨 망신인고. 주머니를 톡톡 떨어 품 판 돈을 내어 비상(砒霜)500)덩이 사서 들고,

'이번 심부름 다녀 가서 의양이를 결단내고 비상 내 먹고 죽으리라.'

김 선달 집을 들어가 여을501) 없는 무숙이가 제 몰골은 생각잖고 방문 펄쩍 열며,

"야, 있느냐?"

김 선달 보더니,

"저 자식, 네가 무숙이 아니냐? 저 몰골이 웬일이냐? 네가 잡것이다."

"오냐, 내가 잡것이다."

"무슨 일로 왔느냐?"

의양이 편지 내어 주니, 김 선달 편지를 받아본즉, 사연에 하였으되,

"바람 차고 백설(白雪)이 흩날리니 만화방초(萬花芳草)502)는 스러지고, 청송녹죽(靑松綠竹) 푸른 절개 의의(猗猗)503)하오. 이 몸도 마음을 강잉(强仍)504)하와 청송절(靑松節)505)을

---

489) 착념(着念) : 무엇을 마음에 두고 생각함. 유념(留念). 잠심(潛心). 유의(留意).
490) 행랑방(行廊房) : 대문간에 붙어 있는 방.
491) 간간대소(衎衎大笑) : 얼굴에 기쁜 표정을 지으며 크게 소리 내어 웃음.
492) 군사설(辭說) : 쓸데없이 말을 길게 늘어놓음. 또는 그 말.
493) 넉더듬이 : 수면을 세게 쳐서 물고기가 뜨게 하여 잡는 일. 여기서는 '부끄러운 기색이 없이 비위 좋게 구는 것이나 성미'인 '넉살'의 뜻으로 쓰였다.
494) 바위여 : (칼을 질그릇에 슬쩍 갈아서) 날이 서게 하여.
495) 장달음질 : 줄달음질. 단숨에 내쳐 달리는 달음박질.
496) 꾸미고기 : 국 따위에 넣어 잘 끓인 고기 조각.

497) 천초(川椒) : 초피나무의 열매 껍질을 한방에서 이르는 말.
498) 암치 : 배를 갈라 소금에 절여 말린 민어를 통틀어 이르는 말.
499) 사차불피(死且不避) : 죽을지라도 避(피)하지 아니함. 죽음도 피하지 않을 텐데 하물며 딴 것은 말할 필요도 없음.
500) 비상(砒霜) : 비석(砒石)에 열을 가하여 승화시켜 얻은 결정체. 거담제와 학질 치료제로 썼으나 독성 때문에 현재는 쓰지 않는다.
501) 여을 : '쓸개'의 방언.
502) 만화방초(萬花芳草) : 온갖 꽃과 풀.
503) 의의(猗猗) : 아름답고 성함.
504) 강잉(强仍) : 억지로 참음. 또는 마지못하여 그대로 함.
505) 청송절(靑松節) : 푸른 소나무의 절개. 푸른 소나무 같은 절개.

부치려니, 찰찰한 갖은 시름 이목(耳目)에 못 볼 일이 많사오며, 이 몸 일심(一心) 아무리 굳게 먹고 서방님을 풍진고락(風塵苦樂) 시킨 후에 평생 해로(偕老) 바라오나 뉘라 능히 아오리까? 선달님이나 아옵시지. 서방님의 이 모양을 보니 눈 어둡고 정신 없어 앙화(殃禍)를 못 면할 듯 황망창창(遑忙悵悵)506)하오며, 일간(日間)507) 서방님 갱봉연(更逢宴)508)에 참락(參樂)509)하시기 바라옵나이다. 서방님 거동 보게 돈 오십 냥 보내소서. 의양은 망망(忙忙)510) 상서(上書)하나이다."

김 선달 편지 보고 낙루(落淚)하여 이른 말이,

"무숙아, 게 앉거라. 염치 없고 넉살 좋다. 저리 될 줄 몰랐더냐? 내 우연히 지난 달에 시골 농막(農幕)에 내려갔다 찬찬히 걸어오노라니, 너의 처자(妻子) 남의 협실(夾室)에 가 수다(數多) 자식 거느리고 기사지경(幾死之境) 우는 소리 잠깐 서서 들노라니, 너의 실인(室人)511) 구곡간장(九曲肝腸) 하마 거의 녹아 죽었는지 걱정이요, 배고프다 우는 자식 하마 기사(饑死)하였으려나. 장안 갑부 네라더니 저 지경 웬일이냐? 너도 응당 저 지경에 뉘우치지 아니하랴. 너는 사람 아닐망정 우리 세의(世誼)512) 생각하여 그저 있을 길이 없어 쌀섬513)인지 돈관514)인지 나무 반찬 사라 오늘 식전 보내었다. 가난 수응(酬應)515)하자 하면 나라도 못 하거든, 낸들 어이 당할쏘냐? 에라, 너 그만 죽어라. 너 살아 쓸 곳 있나. 널로 두고 글 짓기를 '계우사(戒友詞)'라 노래 지어 소리 명창에게 전하리라."

무숙이 무력담(無力談)516)하고 무안(無顔)에 취하여 고개를 숙이고 이만하고517) 섰다가,

"하릴없다. 그렇기에 죽을란다. 그 편지나 좀 보고 줄게, 이리 다오."

김 선달 어이없어,

"돈 오십 냥 보내라 하였으니 너의 대부인(大夫人) 갖다 드리어라."

"예, 이 자식, 그 무슨 소리냐?"

돈을 받아 둘러메고,

"또 보세."

경정경정 느시518)같이 의양의 집 돌아오니, 의양이 돈을 받

고 속으로 눈물 짓고,

'저게 무슨 노릇인고? 점잖은 부잣집에 오죽 무안 망신인가? 한 번만 더 속이고 큰댁 마누라와 의논하여 부부간 의를 밝히리라.'

의양의 곧은 열심(烈心)519) 만인소공(萬人所共)520) 아는 바라. 대전별감 김철갑과 다방골 김 선달과 의양이와 한마음 되어 무숙이를 풍진고락 개과천선 시키더니, 의양이 그날밤에 만지장설(滿紙長說) 적은 편지를 막덕이 시켜 김 별감께 은근히 올리니, 사연의 긴(緊)한521) 말은,

"우리 서방님 망종(亡終)522) 한 번만 더 속이고 갱봉혼연(更逢欣然) 논 연후에 살림을 벌이려니 시솔(侍率)523)에 총요(悤擾)524)하온 일 소만(掃萬)525)하고 오옵소서. 날과 기롱(譏弄)에 본 듯이 잠깐 놀다 돌아가오."

김 별감 편지를 보고,

"그리함세."

답장하니, 의양이 별안간,

"중놈아."

부르니, '예'도 아니 하고 '어'도 아니하고 거두절미(去頭截尾)526)하고 또,

"어."

하니,

"오늘 김 별감님이 날과 살자 하고 기약, 오늘밤에 오옵시니 잡술 상과 차를 맞춰 대령하고 방에 불을 한온(寒溫)이 상반(相半)하게527) 점화(點火)하라."

무숙이 기가 막혀,

"이제는 나 죽는다."

비상을 싸서 들고 먹으려다 생각하니,

'내 아무리 이 지경에 지체를 논지(論之)하니 아녀자 계집으로 장부(丈夫)인 내가 되어 사약치사(賜藥致死)528)한단 말이냐. 에, 아서라. 예 있다 명이 길어 저 연놈들 되는 것을 내 목전(目前)에 보리로다. 유원포한(遺寃抱恨)529)은 유월에도 서리 치고, 장부의 독한 마음 삼재구환(三災九患)530) 면할

---

506) 황망창창(遑忙悵悵) : 마음이 몹시 급하여 당황하고 허둥지둥하며 몹시 서럽고 슬픔.
507) 일간(日間) : 가까운 며칠 안에.
508) 갱봉연(更逢宴) : 다시 만남을 기리는 잔치.
509) 참락(參樂) : 참여하여 즐김.
510) 망망(忙忙) : 매우 바쁨. 편지글에서 흔히 쓰는 '총총(悤悤)' 대신 쓴 것으로, 둘은 뜻이 같은 말이다.
511) 실인(室人) : 자기의 아내를 일컫는 말.
512) 세의(世誼) : 대대로 사귀어온 정의(情誼).
513) 쌀섬 : 한 섬 남짓한 쌀.
514) 돈관 : 몇 관으로 헤아릴 만한 얼마간의 돈.
515) 수응(酬應) : 남의 요구에 응함.
516) 무력담(無力談) : 말할 힘이 없음.
517) 이만하고 : 이만큼.

518) 느시 : 느싯과의 겨울새. 몸의 길이는 수컷은 1미터, 암컷은 76cm 정도이며, 등은 붉은 갈색에 검은색의 가로줄 무늬가 있고 몸 아랫면은 흰색이다. 목이 길며 날개가 넓고 커서 나는 모습이 기러기와 비슷하다.
519) 열심(烈心) : 지조나 절개가 굳은 마음.
520) 만인소공(萬人所共) : 모든 사람이 함께 하는 것.
521) 긴(緊)한 : 요긴(要緊)한. 긴요(緊要)한.
522) 망종(亡終) : 일의 마지막.
523) 시솔(侍率) : 웃어른을 모시고 아랫사람을 거느림.
524) 총요(悤擾) : 바쁘고 부산함.
525) 소만(掃萬) : 모든 일을 제쳐 놓음.
526) 거두절미(去頭截尾) : '머리와 꼬리를 잘라버린다'는 뜻으로, 앞뒤의 잔사설을 빼놓고 요점(要點)만을 말함.
527) 한온(寒溫)이 상반(相半)하게 : 차가움과 따뜻함이 서로 반이 되게.
528) 사약치사(賜藥致死) : 약을 먹고 죽음에 이름.
529) 유원포한(遺寃抱恨) : 원통함을 남기고 한을 품음.

쏘냐. 이 비상 두었다가 옴쟁이531)나 주리로다.'

옹송이고532) 앉았더니, 과연 김 별감이 들어오니, 의양이 내달으며 미쳐 발광(發狂) 영접을 하는데, 김 별감의 허리를 담쏙533) 안으며 바드득 졸라 보고 목을 안고 흔드렁거리며534) 두 낯을 한데 대고 착살맞은535) 농담을 하며 애지중지(愛之重之) 노는 거동, 무숙이 보고 기가 막혀 부엌간에 의지하여 장두(裝頭)536) 바탕 베개 삼고 농삼장537) 덮고 누워 푹 썩은 간장(肝腸)에서 불이 나 두 눈이 물게 되고 분심(忿心)이 돌출하여 속을 늘켜538) 일어 앉아, 김 별감의 위풍 보고 무숙이 내 꼴 보니 앙망불급(仰望不及)539) 자연히 기가 줄어, 무숙이 속으로 늘키면서 하는 말이,

"노변정수(路邊井水)540) 네 같은 년, 아무러면 그러하지. 아까운 내 심장을 썩히는 게 바사기541)라. 불이나 때어 주고 먹고 남은 고량진미(膏粱珍味)542) 소증(素症)543)이나 풀어 볼까?"

무숙이 불덩이544) 싸서 들고 훌훌 불며 하는 말이,

"김철갑아, 김철갑아. 네 아무리 농탕을 친다마는 얼마하여 내 짝545) 되랴. 오래잖아 상투 벨라. 너도 어서 상투 베고 나는 큰 중노미 되고 너는 작은 중노미 되어 행랑간에 마주 앉아 곤질고누546)나 두어 보자. 허허 미친 자식 김철갑아, 옛일을 네 몰라. 만고일색(萬古一色) 양귀비(楊貴妃) 당명황(唐明皇)의 총애(寵愛)함이 네 사랑에 비하겠느냐? 귀비 오사(誤

死)한 연후에 무주공천(無主空天)에 일색(一色) 혼(魂) 갈 곳 없이 스러지고, 천하일색(天下一色) 달기(妲己) 태도 천하사(天下事)를 그르치고, 절색(絶色) 제일(第一) 서시(西施) 모양 망오국지근본(亡吳國之根本)547)이라. 네 아무리 거드럭거려도 몇 달 안에 행랑방이 네 방이 되라. 제미 붙고 발겨 갈 년 의양이 이십 평생 젊은 년이 평양 감영(監營) 부협객 몇 놈이나 죽였는지 서울 망할 네로구나. 장안 부자 호려다가 대강이 깎아서 행랑방에 내어 보내면 조선 대찰(大刹)이 예 되겠네."

무숙이 이렇듯 속으로 악담(惡談)을 할 제,

"중놈아, 뒷물548) 데워라."

무숙이 더욱 기가 막혀,

"인제는 못 죽는 놈은 백정놈의 아들이라."

비상가루 도로 내어 물에 풀어 들고 하느님께 축원(祝願)하여,

"명천(明天)한 하느님, 아무리 노친(老親)네549)인들 이런 불의지사(不義之事) 남의 계집 뺏는 놈과 배은망덕(背恩忘德) 간부(姦婦)한 년 천벌을 안 주시니, 장부의 곡(曲)한550) 심사 오죽이 분하와야 음약치사(飮藥致死)551)하오리까?"

먹으려고 입에 대니, 선심열행(善心烈行)552)은 하늘이 아는 바이라. 천신(天神)이 도우시고 무숙이를 살리려고 무슨 마음 아득하여 약 그릇을 도로 놓고,

"예, 아서라. 부질없다. 죽으려면 벌써 죽지, 풍진고락 다 겪으나 말똥에 쌓여도 세상553)이라니, 이 년이나 속여 보자."

커다란 가마솥에 물 세 동이를 들어붓고, 통장작554)을 많이 모아 물에서 불이 나게 세 동이 물이 한 동이쯤, 한 동이 바싹 졸아 네 사발쯤 된 연후에 대야에다 풀을 푸고 백항아리 고춧가루 초핏가루를 모두 풀고 비상가루를 마저 풀어 수지(手指)555)로 한 그릇을 소반에 받쳐 놓고, 두 무릎 정(正)히 꿇고 하느님께 비는 말이,

"천신(天神) 지신(地神) 일월성신(日月星辰), 억만(億萬) 미륵(彌勒) 오만(五萬) 문수(文殊), 낙산(洛山) 관음(觀音), 제불(諸佛), 제천(諸天) 십왕(十王)556) 나옹 팔부신장(八部神將),557)

---

530) 삼재구환(三災九患) : 세 가지 재앙과 여러 가지 근심. '삼재'는 도병(刀兵), 기근(饑饉), 질역(疾疫)이 있으며 십이지(十二支)에 따라 든다. 일반적으로 '삼재팔난(三災八難)'이라 한다.

531) 옴쟁이 : 옴에 걸린 사람. '옴'은 옴진드기가 기생하여 일으키는 전염 피부병. 손가락이나 발가락의 사이, 겨드랑이 따위의 연한 살에서부터 짓무르기 시작하여 온몸으로 퍼진다. 몹시 가렵고 헐기도 한다.

532) 옹송이고 : 옹송크리고. 궁상스럽게 웅크리고.

533) 담쏙 : 손으로 조금 탐스럽게 쥐거나 팔로 정답게 안는 모양.

534) 흔드렁거리며 : 가볍게 자꾸 흔들며.

535) 착살맞은 : 하는 짓이나 말 따위가 얄밉게 잘고 다라운.

536) 장두(裝頭) : 책판(冊板) 같은 널조각을 들뜨지 않게 하려고 두 끝에 대는 나무오리.

537) 농삼장 : 상자를 넣거나 싸려고 삼노를 엮어 만든 망태나 보.

538) 늘켜 : 시원하게 울지 못하고 꿀꺽꿀꺽 참으면서 느끼어 울어.

539) 앙망불급(仰望不及) : 우러러 바라보아도 미치지 못함.

540) 노변정수(路邊井水) : '길가의 우물물'이란 뜻으로 누구나 마실 수 있는 물이라는 것에서 아무 남자에게 정을 주는 헤픈 여자를 비유한 말이다. '노류장화(路柳墻花)'와 비슷한 뜻이다.

541) 바사기 : 사물에 어두워 아는 것이 없고 똑똑하지 못한 사람을 놀림조로 이르는 말.

542) 고량진미(膏粱珍味) : 기름진 고기와 좋은 곡식으로 만든 맛있는 음식.

543) 소증(素症) : 푸성귀만 너무 먹어서 고기가 먹고 싶은 증세.

544) 불덩이 : 언제나 불을 옮겨붙일 수 있게 묻어 두는 불씨.

545) 짝 : '꼴'의 뜻을 나타내는 말. 어떤 형편이나 처지 따위를 낮잡아 이르는 말.

546) 곤질고누 : 고누 놀이의 하나. 번갈아 말을 하나씩 놓아 세 개가 한 줄로 늘어서면 상대편의 말을 하나 잡을 수 있다. '고누'는 땅이나 종이 위에 말밭을 그려 놓고 두 편으로 나누어 말을 많이 따거나 말길을 막는 것을 다투는 놀이.

547) 망오국지근본(亡吳國之根本) : 오나라를 망하게 한 근본.

548) 뒷물 : 사람의 국부나 항문을 씻는 일. 또는 그 일에 쓰는 물.

549) 노친(老親)네 : '노인(老人)'을 얕잡아 이르는 말.

550) 곡(曲)한 : 간곡(懇曲)한.

551) 음약치사(飮藥致死) : 약을 마시고 죽음에 이름.

552) 선심열행(善心烈行) : 착한 마음과 정절을 훌륭하게 지키는 행위.

553) 말똥에 쌓여도 세상 : 말똥에 쌓여도 이승이 좋다, 개똥밭에 굴러도 이승이 좋다는 속담을 이르는 말.

554) 통장작 : 쪼개지 않은 통짜의 장작. 썩 굵게 팬 장작. '장작(長斫)'은 통나무를 길쭉하게 잘라서 쪼갠 땔나무.

555) 수지(手指) : 손. 손가락.

556) 제천(諸天) 십왕(十王) : 저승에서 죽은 사람을 재판하는 열 명의 대왕. 진광왕, 초강대왕, 송제대왕, 오관대왕, 염라대왕, 변성대왕, 태산대왕, 평등왕, 도시대왕, 오도 전륜대왕이다. 죽은 날부터 49까지는 7일마다, 그 뒤에는 백일·소상(小祥)·대상(大祥) 때에 차례로 이

당산(堂山),558) 철융,559) 성조지신(成造之神),560) 조왕(竈王)561)이 내림(來臨)하사, 사해(四海) 용왕(龍王), 오방(五方) 신장(神將), 재재봉봉(在在峰峰)562) 성황(城隍)님네, 절절포한(切切抱恨) 무숙 안정(情) 불쌍히 통촉(洞燭)하사, 적선지가(積善之家)에 필유여경(必有餘慶) 적악지가(積惡之家)에 필유여앙(必有餘殃)563) 천신인들 모르리까? 무숙의 아뢰는 말씀 몹쓸 놈으로 알으시면 천벌 내려 죽이시고, 저 연놈이 죄 있거든 이 뒷물 한 그릇이 씹과 좆이 한데 썩어 그 자리가 곪게 하면 금시 보게 하옵소서."

무숙이 철천지원(徹天之寃) 축원하여 비는 말을 의양이가 들었구나. 아뜩 정신 기가 막혀 문을 차고 냅다 서며 무숙의 목을 안고,

"애○○○○……."

……이하 1면 낙장……

"○○한 사람 되거들랑 다시 만나 살려 하고 일편단심(一片丹心)뿐이오니, 첩의 한 일 노여워 마오. 날 같은 창녀라도 한 가장만 모시다가 이부불경법(二夫不更法)564)을 알아 사후 상종(死後相從)565)할 터이니, 서방님도 이 지경 존중한 줄 알 것이오. 조강지처불하당(糟糠之妻不下堂)을 오늘날도 깨칠진댄, 전사(前事)를 다 버리고 어옹(漁翁) 농부(農夫) 원이 되어 소부재근 살아 보세."

의양의 이 말 끝에, 무숙이 어이없고 할 말 없어 눈물만 쌀쌀, 옷이 젖어 일희일비(一喜一悲)에 눈물, 김 별감 기가 막혀 나앉으며,

"무숙아, 너도 이 지경의 중난(重難)한 줄 깨치느냐? 너와 나와 죽마고우(竹馬故友) 네 못 된들 내 좋으며, 내 못 된들 너 좋으랴? 평양집 하는 일 깊은 경영(經營) 네 알쏘냐? 날과 약속 깊이 하고 내 자주 다닌 일을 너는 의심하려니와, 근래의 사람들이 붕우유신(朋友有信) 뉘 알더냐? 평양집 내 알기를 친구의 제수(弟嫂)같이 사사(事事) 통정(通情)하였노라. 다방골……."

_____

들에 의하여 심판을 받는다고 한다.
557) 팔부신장(八部神將) : 불법을 지키는 여덟 신장. 곧 천(天)·용(龍)·야차(夜叉)·건달바(乾闥婆)·아수라(阿修羅)·가루라(迦樓羅)·긴나라(緊那羅)·마후라가(摩睺羅迦)를 이른다.
558) 당산(堂山) : 토지나 마을의 수호신이 있다고 하여 신성시하는 마을 근처의 산이나 언덕. 여기서는 그렇게 믿는 신을 의미한다.
559) 철융 : 주로 호남에서 모시는 가신(家神)의 하나. 업과 터주의 성격이 복합된 신으로, 주로 집의 뒤꼍에 둔다.
560) 성조지신(成造之神) : 성조신. 가정에서 모시는 신의 하나. 집의 건물을 수호하며, 가신(家神) 가운데 맨 윗자리를 차지한다.
561) 조왕(竈王) : 부엌을 맡는다는 신. 늘 부엌에 있으면서 모든 길흉을 판단한다고 한다.
562) 재재봉봉(在在峰峰) : 봉우리마다 있음.
563) 적선지가(積善之家)에 필유여경(必有餘慶) 적악지가(積惡之家)에 필유여앙(必有餘殃) : 선을 쌓는 집안에는 반드시 경사의 남음이 있고, 악을 쌓는 집안에는 반드시 재앙의 남음이 있다.
564) 이부불경법(二夫不更法) : 두 남편을 바꾸지 않는 법.
565) 사후상종(死後相從) : 죽어서도 서로 좇음.

……이하 낙장……

■ 해설

「계우사」라는 작품의 제목은 고전소설에서 흔히 볼 수 있는 명명법은 아닙니다. 주인공이 '김무숙'이니 '김무숙전'이라거나 '무숙이타령', 그가 왈자(曰者)이니 '왈자타령' 같은 이름이 따로 전하고 있는데 그걸 따르지 않았거든요. 그 근거를 김무숙의 친구인 '김 선달'의 대화 속에서 찾을 수 있습니다. 무숙이 의양의 중노미가 되어 친구인 김 선달에게 심부름을 갔을 때, 김 선달은 처자를 굶주리게 하고 결국 의양의 중노미가 된 무숙의 처지를 조롱하면서 이렇게 말합니다. "에라, 너 그만 죽어라. 너 살아 쓸 곳 있나. 널로 두고 글 짓기를 '계우사(戒友詞)'라 노래 지어 소리 명창에게 전하리라." '벗을 경계하는 글'이라는 뜻의 이 '계우사(誡友詞)'가 이 작품을 필사하거나 개작한 이의 뜻에 맞아 제목으로 삼았을 것입니다. 즉 이 '계우사'라는 제목은 『창선감의록(彰善感義錄)』이나 『쌍미기봉(雙美奇逢)』 등과 같이 작품의 주제나 중심 사건을 드러내는 방식으로 붙여진 것입니다.

이 작품은 '성종 대왕 즉위 원년'이라는 구체적인 시간적 배경을 제시합니다. 이 해는 1469년입니다. 이 시대에 '장안'에서 일어날 법한 사건을 다룬 셈입니다. 그런데 작품의 내용은 경영형 부농(富農)이나 상공업이 발달에 따라 생겨나는 요호부민(饒戶富民)이 주인공으로 등장하는 것으로 보아 18세기쯤의 이야기라는 게 실상에 가깝습니다. 주인공은 김무숙입니다. 돈이 많아 방탕하게 살아가는, 이른바 '왈짜'입니다. 마지막으로 한번 크게 놀고 착실히 살겠다고 말하지만, 평양 기생 의양에게 빠져 큰돈을 들여 기생 신분에서 벗어나게 하여 함께 삽니다.

무숙이 계속 방탕하게 살아가자 의양은 무숙의 본처에게 편지를 보내 이 실정을 알리고 남편을 개과천선시키려 합니다. 무숙의 본처가 이를 허락하자, 의양은 막덕이란 노복을 시켜서 무숙의 돈을 뜯어내어 평양 경주인에게 맡깁니다. 의양은 무숙의 앞에서 무숙의 친구인 대전별감 김철갑과 일부러 애정 행각을 벌입니다. 이에 실망한 무숙은 전 재산을 잃고 집으로 돌아가 처자식이 힘들게 살아가는 모습을 목격합니다. 의양이 무숙을 그녀의 집에서 심부름을 하며 지내게 하고는 또다시 무숙 앞에서 김 별감과 애정 행각을 벌이자 무숙은 자신의 신세를 한탄하면서 의양과 김 별감에게 벌을 줄 것을 축원합니다. 이 말을 들은 의양이 무숙에게 그간의 사정을 이야기하자, 무숙은 눈물을 흘립니다.

이 작품의 의미를 등장하는 인물을 중심으로 살펴보기로 합시다. 김무숙과 의양을 중심으로 이야기가 전개되므로 이들을 집중적으로 따져볼 만합니다. 그리고 김무숙의 본처, 노

복 막덕이, 대전별감 김철갑, 다방골 김선달, 평양 경주인 등은 없어도 될 인물은 아니지만 그 기능이나 역할이 둘만큼 중요하다고 할 수는 없습니다.

　주인공 김무숙은 서울 상인층으로 추정되는 왈짜로, 18세기 이래 서울의 도시적 유흥 속에서 형성된 전형적인 탕아(蕩兒) 또는 탕자(蕩子)임을 확인할 수 있습니다. 기생 의양을 보고 첫눈에 반해 살림을 차리지만, 여전히 허랑방탕한 생활을 계속하는 인물입니다. 이런 인물은 어느 사회 어느 집단에서든 긍정적 평가를 받을 수 없습니다. 그래서 그 사회 또는 집단의 구성원들이 그들이 정한 긍정적 평가의 범주 안으로 그 탕아를 끌어들이는 노력을 벌입니다. 이런 일련의 과정을 '탕아(蕩兒) 길들이기'라는 이름으로 부르고, 이것을 중심 모티프로 하여 「계우사」가 탄생한 것입니다.

　따라서 「계우사」의 주제는 정상적인 삶의 법도에서 벗어난 탕아를 제자리로 돌려놓는 데 있습니다. 어느 한쪽으로 넘치지 않게 한다는 의미에서 삶의 균형을 회복하는 일이라도 해도 좋습니다. 결국 「계우사」는, 대방 왈자로 방탕한 생활로 재산을 허비하던 무숙이가 의양의 계교에 빠져 온갖 시련과 망신을 당하나, 결국에는 그 사건에 영향을 받아 한 명의 건전한 가족 구성원으로 복귀한다는 이야기인 것입니다. 이러한 상황 설정을 통해 이 작품은 궁극적으로 일상적 삶과 쾌락적 삶 사이의 균형을 되찾는 일이 필요하다는 점을 강조합니다. 물론 이 작품에서는 쾌락적인 삶 자체를 비난의 대상으로 삼고 있지는 않고, 일상과의 균형을 중시할 뿐입니다. 이런 점에서 「계우사」는 공동체의 삶을 중시하는 향토적 성격이라기보다 개인적 삶을 중시하는 도시적인 성격의 작품이라고 할 수 있습니다.

　김무숙과 같이 유흥적이고 소비적인 인간형에 속하는 대표적인 인물로 「이춘풍전」의 '이춘풍'을 꼽을 수 있습니다. 김무숙이나 이춘풍과 같은 부류는 18세기 이후 서울의 유흥 문화가 발달하면서 등장한 새로운 인물 유형이라고 할 수 있습니다. 유흥 문화를 향유할 수 있는 계층, 특히 물질적 풍요를 누릴 수 있는 계층과 그와 무관한 계층과는 다를 수도 있지만 이런 인물은 사회적으로 지탄의 대상이 될 것임은 분명합니다. 그런데 두 작품에 공통적으로 기생이 등장하지만, 그 역할은 서로 다릅니다. 「이춘풍전」의 기생 '추월'은 이춘풍의 돈을 빼앗기 위해 계획적으로 접근하였다면, 이 작품의 기생 '의양'은 김무숙의 애첩이거든요. 즉 가산을 탕진하게 하는 이를 '계략 주체'라 하고 개과천선을 이끄는 이를 '개과천선 주체'라고 하면, 이 작품에는 '계략 주체'와 '개과천선의 주체'가 같지만, 「이춘풍전」에는 그 둘이 서로 다르게 나타납니다.

　의양은 두 가지 관점에서 접근해 볼 만합니다. 하나는 그가 주인공의 성격을 변화시키기 위한 계략의 주체라는 점과, 여성이 가장인 남성을 대신하여 치가(治家)와 치산(治産)을 감당하고 있다는 점입니다.

　의양은 원래 평양의 기생이었으나 한양의 약방기(藥房妓)로 뽑혀 올라왔습니다. 모계의 신분을 따르는 종모법(從母法)에 따라 평양의 관기가 된 인물로, 자신이 기생인 것을 한스럽게 여기며 몸가짐을 단단히 합니다. 서울로 올라오자 별감, 포도부장 등 수많은 오입쟁이들이 그의 서방이 되겠다고 달려들지만, 의양은 자신의 평생을 맡길 만한 인물을 찾고자 합니다. 의양은 자신과 살게 되면 왈짜 생활을 청산하겠다는 무숙의 말과 주변 왈짜들의 권유를 받아들여 그의 첩이 됩니다. 그러나 무숙의 생활에는 변화가 없었고, 의양은 이에 여러 사람과 공모해 무숙을 개과천선시킵니다. 확실한 의도를 가지고 직접 공모를 주도했다는 점에서 의양은 주체성이 강하고 능동적이며 적극적인 인물이라 할 수 있습니다. 다만 이러한 계략과 실행이 무숙에 대한 믿음을 바탕으로 한 것이었다는 점에서 「배비장전」의 '애랑'이나 「강릉매화타령」의 '매화'와는 구별됩니다. 또 기생의 신분에서 벗어나 인간다운 삶을 영위하고자 무숙의 첩이 되었다는 점으로 보면, 「춘향가」의 춘향에 비견할 만한 인물이기도 합니다.

　그런 의양이었기 때문에 주인공을 개과천선시키는 과정에서 탕아를 대신하여 여성이 집안의 살림살이를 돌보고 다스리는 치가와 치산을 담당할 수 있었습니다. 이러한 이야기는 여성의 주체성을 보여 주는 한편으로 여성이 집안 살림을 맡을 수밖에 없는 환경을 만드는 가부장적인 제도의 폐해를 보여 주기도 합니다. 제도적으로는 여성이 남성에 예속되어 있다 하더라도 실제로 삶의 현장에서는 그와 반대되는 일이 흔히 있었던 사회적 상황을 의양을 통해 드러낸 셈이지요. 「정수정전」이나 「홍계월전」 같은, 이른바 여성영웅소설에서 여성이 남성보다 능력이 뛰어나고 계급이 높이 설정되어 있는 것과 맥락이 닿을 것 같기도 합니다.

　막덕이는 의양의 노복으로 등장하는 인물입니다. 「춘향가」나 「배비장전」의 '방자', 「적벽가」의 '정욱', 「흥보가」의 '째보' 등 판소리에 흔히 등장하는, 이른바 '방자형(房子型)' 인물과 비교될 수 있으나, 의양의 명령에만 충실히 따를 뿐 무숙을 희화화(戱畵化)하거나 조롱하는 모습은 나타나지 않고, 오히려 무숙의 편에 서서 동정해 도와주려는 모습을 보이기도 합니다. 김무숙의 본처는 남편의 결정에 따르기만 하는 인물이지만, 의양의 제안을 수용하는 전향적 태도를 보이기도 하여 과도기적(過渡期的) 인물로 볼 수도 있겠습니다.

소대성전(蘇大成傳)

작자 미상

■ 줄거리

명나라 때 병부상서를 지낸 소양은 늦도록 자식이 없어 근심하다가 영보산 청룡사 노승에게 시주를 하고 외아들 대성을 얻는다. 소대성은 동해 용왕의 아들이었으나 비를 잘못 내리게 한 죄로 적강(謫降)하였다. 어려서부터 재주가 뛰어났으나 열 살 무렵에 부모가 병으로 일찍 세상을 떠나자, 고아가 된 대성은 집을 떠나 떠돌면서 남의 소나 말을 치고 나무도 해주며 연명한다.

청주 땅에 사는 이 상서는 소양의 오랜 친구였는데, 동정호 용녀(龍女)가 적강한 꿈을 꾸고 둘째딸 채봉을 얻는다. 어느 날 이 상서는 청룡이 나타나는 꿈을 꾸고 월영산에서 소대성을 발견하여 집으로 데려온다. 이 상서는 대성의 인물됨이 비범한 것을 보고 딸 채봉과 약혼하도록 한다. 부인과 세 아들은 대성의 신분이 미천함을 들어 혼인을 반대하지만, 채봉은 소대성의 인물을 알아보고 아버지의 뜻을 따르기로 한다. 성례하기 전에 이 승상이 갑자기 세상을 떠나자 대성을 박해하고 자객을 보내 죽이려 한다. 대성은 자다가 자객의 침입을 도술로써 피하고, 집을 떠난다.

방황하던 대성은 영보산 청룡사로 가서, 노승의 도움으로 병법과 무술을 공부한다. 한편, 채봉은 다른 데로 시집을 가라는 어머니와 오빠들의 권고를 물리치고 소대성과의 약속을 지키기로 하고 그가 돌아오기를 기다린다.

소대성이 아버지가 중수한 청룡사에서 공부한 지 5년이 되는 해에 호국이 중원을 침공한다는 천문을 보고 이를 안 소대성은 노승에게서 보검을 받고, 이 상서가 꿈 속에서 지시한 대로 갑주를 얻고, 한 노옹으로부터 용마를 얻어 중원으로 떠난다. 소대성이 중원에 이르러 오랑캐 왕의 도술로 위기에 처하기도 하지만 결국 적군을 격파하고 항복을 강요받는 위태로운 지경에 있는 황제를 구한다. 황제가 크게 기뻐하고 소대성을 대원수로 임명하니 소대성은 호국 왕을 항복시키고 개선한다. 황제는 소대성을 노국왕에 봉한다.

노왕이 된 소대성은 청주로 가서 절개를 지키던 이채봉을 맞아 혼인한다. 노국에 부임한 소대성은 선정을 베풀어 태평성대를 구가한다. 또한 소대성은 이채봉의 오빠들을 노국으로 초청하여 잔치를 베풀고 지난 일을 잊고 화해한다.

■ 원문

대명(大明)[1] 성화(成化)[2] 연간(年間)에 소주(蘇州)[3] 땅에 한 명현(名賢)이 있으되, 성(姓)은 소(蘇)요, 명(名)은 양이요, 자(字)는 경이니, 옛날 소현성[4]의 현손(玄孫)[5]이라. 세대(世代)[6]로 각로(閣老)[7]와 공후(公侯)[8] 작록(爵祿)[9]이 떠나지 아니 하더니, 소양에 미쳐 벼슬이 병부상서(兵部尚書)[10]로 이름이 조정(朝廷)에 진동하더라. 세상 번화(繁華)를 혐의(嫌疑)하여 벼슬을 버리고 고향에 돌아와 농부(農父)·어옹(漁翁)을 겸하여 세월을 보내니, 인간(人間)[11] 재미 극진(極盡)하매 벼슬이 도리어 망연(茫然)[12]하고, 평생 한(恨)이 슬하(膝下)에 일점혈육[13] 없음을 한탄하더니, 일일(一日)은 상서가 부인으로 더불어 완월루(玩月樓)에 올라 월색(月色)을 구경하다가 추연(惆然)[14] 탄왈(歎曰),[15]

"우리 연광(年光)[16]이 반이 넘었으되 누가 앞을 인도하며, 뒤를 이을 자식이 없으니 사후 백골(死後白骨)인들 뉘라 거두며, 선영향화(先塋香火)[17]를 끊게 되니 죽어도 죄인이로다."

하며 개탄(慨歎)[18]하니, 부인이 또한 비감(悲感)하여 옷깃을 여미고 대왈(對曰),[19]

"'불효삼천(不孝三千) 중에 무자식(無子息)한 죄 크다.'[20] 하

---

1) 대명(大明) : 중국 명(明)나라를 높여 부르던 말.
2) 성화(成化) : 중국 명나라 제8대 황제인 헌종(憲宗)의 연호(1465~ 1487).
3) 소주(蘇州) : 중국 강소성(江蘇省)의 양자강 남쪽에 있는 지명.
4) 소현성 : 가상의 인물인데, 고전소설 「소현성록(蘇賢聖錄)」을 연상하는 이름이다.
5) 현손(玄孫) : 고손(高孫). 손자의 손자.
6) 세대(世代) : 대대(代代) 또는 세세(世世). 여러 대에 걸쳐.
7) 각노(閣老) : 중국 명나라 때 재상(宰相)을 이르던 말.
8) 공후(公侯) : 봉건 시대에 군주가 내려 준 땅을 다스리던 사람.
9) 작녹(爵祿) : 벼슬과 봉록(俸祿).
10) 병부상서(兵部尚書) : 병부에 속한 정삼품의 으뜸벼슬. 병부는 중앙의 육부(六部) 가운데 군사에 관한 사무를 맡아본 관아이다.
11) 인간(人間) : 사람 또는 세상. 인생세간(人生世間)의 준말.
12) 망연(茫然) : 아득함. 아무 생각이 없음.
13) 일점혈육(一點血肉) : 자기가 낳은 단 하나의 자녀.
14) 추연(惆然) : 처량하고 슬픈 모양.
15) 탄왈(歎曰) : 탄식하며 말함.
16) 연광(年光) : 사람의 나이.
17) 선영향화(先塋香火) : 조상께 드리는 제사.
18) 개탄(慨歎) : 탄식(歎息).
19) 대왈(對曰) : 대답으로 말함. 대답함.
20) '불효삼천(不孝三千) 중에 무자식(無子息)한 죄 크다.' : 불효가 삼천 가지인데 그 중 자식이 없는 죄가 크다. 고전소설 중 늦게까지 자식을 얻지 못한 부부가 하는 상투적 대화이다. 일반적으로 '불효삼천(不孝三千)에 무후위대(無後爲大)'라는 말로 나온다.

니, 우리 무후(無後)[21]함은 첩(妾)[22]의 박복(薄福)[23]이라. 마땅히 내침 직하되, 군자(君子)[24]의 후(厚)하신 덕으로 지금 해로(偕老)하오니 진실로 감격하온지라. 양가 숙녀(良家淑女)[25]를 취하여 뜻을 이루소서!"

상서 대왈,

"부인의 무자(無子)함은 다 나의 죄이오니 안심하옵소서."

하고 비회(悲懷)를 금치 못하더니, 문득 시비(侍婢) 여쭈오대,

"밖에 노승(老僧)이 와 노야(老爺)[26]께 보이려 하나이다."

하거늘, 상서 괴(怪)히 여겨 부인을 치우고[27] 그 중을 청하시니, 노승이 들어와 당상(堂上)에 올라 합장배례(合掌拜禮)[28]하거늘, 상서 추파(秋波)[29]를 들어 보니, 나이 팔십이 넘고 얼굴이 빙설(氷雪) 같고 조금도 티끌이 없는지라. 상서 생각하되,

'내 비록 초야(草野)에 묻혔으나 이름은 우주에 덮였으니, 범상한 중이 어찌 내게 거만하리요?'

하고, 몸을 굽혀 답배(答拜) 왈,

"대사(大師) 누지(陋地)[30]에 욕림(辱臨)[31]하시니, 무슨 말씀을 하려 하나이까?"

그 중이 웃으며 왈,

"소승(小僧)은 서역(西域)[32] 영보산 청룡사(靑龍寺)에 있삽더니, 절이 퇴락(頹落)하와 불상(佛像)이 풍우(風雨)를 피(避)치 못하오매 중수(重修)[33]코자 하되, 물역(物役)[34]이 부족하와 경영(經營)[35]하온 지 오래옵더니, 듣사온즉 '상공께옵서 은덕을 베풀어 적선(積善)[36]을 좋아하신다.' 하오매, 천리(千里)를 지척(咫尺)삼아 왔나이다."

상서 생각하되,

'내 재물이 비록 많으나 자식이 없으매 후일에 남의 기물(器物)이 될지라. 차라리 불전(佛前)에 신공(神功)[37]하여 훗길[38]이나 닦으리라.'

하고 답왈,

"내 비록 가난하나 대사 멀리 오신 정을 표(表)하리로다. 절을 중수(重修)하올진대 얼마나 하면 중수하오리까?"

중이 답왈,

"물역의 다과(多寡)[39]는 그지없사오나,[40] 상공의 처분(處分)이로소이다."

상서 흔연(欣然)[41]히 허락하시고 황금 수천 냥을 주며 왈,

"대사 누지에 와 불전(佛殿)을 위하신 정성이 감격한지라. 나는 이 재물을 두어 전할 곳이 없삽고, '불상이 퇴락하였다.' 하오매 보태어 쓰시게 하옵고, 대사는 부처의 제자(弟子)라 절을 중수하옵고 불전(佛前)에 발원(發願)[42]하여 병든 자식 하나이나 점지(點指)[43]하시게 하옵소서."

노승이 웃으며 왈,

"금은(金銀)을 주시고 자식을 얻을진대, 천하의 무자식한 사람이 있사오리까?"

상서 대왈,

"그런 말씀이 아니라, 정성으로 발원함이로소이다."

노승이 답왈,

"'지성(至誠)이면 감천(感天)이라.' 하오니, 세존(世尊)[44]이 감동하시면 후사(後嗣)를 이을 듯하오며, 불구(不久)에[45] 세계(世界)에 오시면 반가이 뵈오리다."

하며 흔연히 섬[46]에 내려 두어 걸음에 문득 간 데 없더라. 상서가 그제야 부처 중인 줄 알고 계하(階下)[47]에 내려 공중을 향하여 무수히 사례하고, 내당(內堂)에 들어 부인을 향하여 그 말씀을 이르고 서로 위로하더라.

수일 후에 부인이 한 꿈을 얻으니, 천지 아득하며 벽력(霹靂)이 진동한 중에 청룡이 구름을 헤치고 들어와 부인을 향하여 기운을 토하니, 그 기운이 변하여 동자(童子) 되어 부인 곁에 앉으며 왈,

"소자(小子)는 동해(東海) 용자(龍子)[48]옵더니, '인간(人間)에 비 그릇 준다.' 하시고 상제(上帝)님이 인간에 내치매 갈 바를 모르옵더니, 영보산 청룡사 부처님이 지시하시매 왔사오니, 부인은 어여삐 여기옵소서."

부인이 놀라 깨달으니 남가일몽(南柯一夢)[49]이라 상서께

---

21) 무후(無後) : 후사를 이을 자식이 없음.
22) 첩(妾) : 여자가 자신을 낮추어 이르던 말. 1인칭 대명사 '저'.
23) 박복(薄福) : 복이 없음.
24) 군자(君子) : 예전에, 아내가 자기 남편을 이르던 말.
25) 양가 숙녀(良家淑女) : 좋은 집안의 정숙하고 품위 있는 여자.
26) 노야(老爺) : 지체가 낮은 사람이 '윗사람'을 일컬을 때 쓰는 말.
27) 치우고 : 물러나게 하고.
28) 합장배례(合掌拜禮) : 두 손을 모으고 절하여 예를 표함.
29) 추파(秋波) : 은근한 정을 나타내는 눈빛.
30) 누지(陋地) : '자기가 사는 곳'을 낮추어서 일컫는 말.
31) 욕림(辱臨) : '귀한 사람이 낮은 사람의 집을 찾아옴'을 높이어 일컫는 말.
32) 서역(西域) : 중국 서쪽에 있던 나라들을 통틀어 일컫던 말.
33) 중수(重修) : 낡고 헌 것을 다시 손대어 고침.
34) 물역(物役) : 집을 짓거나 고치는 데 쓰이는 돌·흙·모래 등의 총칭.
35) 경영(經營) : 규모를 정하고 기초를 닦아 집 따위를 지음.
36) 적선(積善) : 동냥질이나 시주 등에 응하는 행위를 미화하여 일컫는 말.
37) 신공(神功) : 기도나 선공(善功)을 통틀어 이르는 말.
38) 훗길 : 뒷날을 기약하는 앞으로의 과정.(=뒷길)

39) 다과(多寡) : 많고 적음.
40) 그지없사오나 : 이루 다 말할 수 없으나.
41) 흔연(欣然) : 기뻐함.
42) 발원(發願) : 바라고 원하는 바를 빎.
43) 점지(點指) : 신불(神佛)이 사람에게 자식이 생기게 하여 줌.
44) 세존(世尊) : '석가세존(釋迦世尊)'의 준말.
45) 불구(不久)에 : 오래지 않아.
46) 섬 : 집채의 앞뒤에 오르내릴 수 있게 놓은 돌층계.(=섬돌)
47) 계하(階下) : 섬돌 아래. 계단 아래.
48) 용자(龍子) : 용의 아들.
49) 남가일몽(南柯一夢) : 당(唐)나라 때 순우분(淳于棼)이 자기 집 남쪽의 큰 느티나무 밑에서 술에 취하여 자고 있었는데, 꿈에 대괴안국(大槐安國) 남가군(南柯郡)을 다스리어 20년 동안이나 부귀를 누리다가 깨었다는 고사. 이는 이공좌(李公佐)의 <남가기(南柯記)>에서 유래한 말로, '한때의 헛된 부귀와 영화'의 비유로 쓰인다. 그런데 여기

몽사(夢事)를 아뢴대, 상서 크게 기뻐 왈,

"전일(前日) 부처님이 나의 금은을 받고 감은(感恩)하사 귀자(貴子)를 점지하도다."

하며 서로 위로하더라.

과연 그 달부터 태기(胎氣) 있어 십 삭(十朔)이 차매 옥동자(玉童子)50)를 낳으니, 얼굴이 장대(壯大)하고 소리가 웅장(雄壯)하여 사람을 놀래니, 상서 만심환희(滿心歡喜)51)하여 부인(夫人)께 치하 왈,

"이 아이 기골(氣骨)을 보니 범상(凡常)한 인물이 아니라, 타일(他日)에 조종(祖宗)을 빛낼 것이니, 어찌 즐겁지 아니하리요!"

하시고, 이름을 '대성(大成)'이라 하고, 자(字)는 '용부'라 하다.

대성이 점점 자라 십 세에 미치매, 이두(李杜)52)의 문필(文筆)을 겸하여 시서백가(詩書百家)를 무불통지(無不通知)53)하니, 상서 그 너무 조달(早達)54)함을 즐겨 아니 하더라.

슬프다! 흥진비래(興盡悲來)55)는 사람의 상사(常事)라. 상서 이런 영자(令子)56)를 두고 어찌 수복(壽福)이 장구(長久)하리요. 상서 졸연(猝然)57) 득병(得病)하여 백약(百藥)이 무효(無效)하니, 세상에 유(留)치 못할 줄 알고 부인을 청하여 손을 잡고 탄식 왈,

"나는 이제 황천(黃泉)에 돌아가오니 부인은 과도히 설워 마옵고, 대성을 선(善)히 인도하여 조선(祖先)을 빛내시면 구천(九泉) 타일(他日)에 은혜를 치사하오리다."

또 대성을 불러 손을 잡고 눈물을 흘려 왈,

"인명(人命)이 재천(在天)하니, 어찌 하랴! 내 네 장성(長成)하는 양을 보아 봉황의 짝을 이루지 못하고 지하에 돌아가니, 원(怨)이 가슴에 맺혔도다."

하고, 인하여 별세(別世)하시니, 일가(一家) 망극하여 곡성(哭聲)이 진동하더라. 부인이 기운이 막혀 목 안의 소리로 일러 왈,

"세상에 도망키 어려운 것은 사람의 명(命)이라."

하고, 인하여 명이 진(盡)하시니, 대성이 한날에 부모 구몰(俱沒)58)하심을 보고 망극하여 여러 순(順)59) 기절하니, 비복 등이 겨우 구완60)하여 인사를 차려 초종(初終)61)을 예로써 극진이

지내니, 십 세 유아(幼兒)가 인륜(人倫)을 감당하더라.

삼 년(三年) 초토(草土)62)를 지내매, 가산(家産)이 자연 탕진(蕩盡)하여 생도(生道)63) 난처한지라. 약간 남은 전장(田庄)64)을 팔아 노복(奴僕)에게 맡기고, 백금 오십 냥을 가지고 기서(其西) 땅으로 향하다가 서주(西州) 지경(地境)에서 날이 저물매 주점(酒店)에 들어 자더니, 슬픈 울음소리에 마음이 자연 비감(悲感)하여 객창한등(客窓寒燈)65)에 잠을 이루지 못하다가, 날이 밝으매 우던 사람을 찾아 물은즉, 백수노인(白首老人)이라. 생이 문왈,

"노인은 무슨 연고로 간밤에 달야(達夜)66) 통곡하시니이까?"

노인이 답왈,

"나는 지금 년(年)67)이 육십이옵더니, 구십 노모 상사(喪事)를 금춘(今春)에 만나 권폄(權窆)68)으로 과하(過夏)69)하옵고 추동(秋冬)이 당하였으되 장사(葬事)하올 길이 없어, 노모의 해골(骸骨)을 거두지 못하여 통곡하였나이다."

생(生)이 눈물을 지우고 탄식 왈,

"나도 천지(天地)를 잃은 사람이러니, 노인의 정성을 들사오매 감격한지라. 이것이 비록 적으나 장사에 보태소서."

노인이 금은을 받고 백배치사(百拜致謝) 왈,

"적지 아니한 재물을 주시니 노모의 해골을 거두옵고, 인간 죄인을 면하겠사오니 은혜 백골난망70)이라. 일후(日後) 갚기를 바라오니, 거주(居住)를 아옵고자 하나이다."

소생(蘇生)이 답왈,

"그대의 효심이 철천(徹天)71)하거늘 하늘이 지시함이라. 갚기는 의논치 마옵고 장사나 평안이 지내소서."

하고 이별할새, 서로 권권(拳拳)72)한 정이 비할 데 없더라.

각설. 소생이 노인을 이별하고 낭탁(囊橐)73)이 비었으되 조금도 금은을 생각지 아니하니, 그 도량(度量)이 창해(滄海)를 헤아리더라. 이후로 생이 기갈(飢渴)이 자심(滋甚)74)하여 남의 외양간75)도 쳐 주며 답도 쌓아 겨우 연명(延命)하여 지내

서는 말 그대로 '사실이 아닌 꿈'을 이른다.
50) 옥동자(玉童子) : 옥같이 예쁜 어린 아들이란 뜻으로, '남의 어린 아들'을 높이어 일컫는 말.
51) 만심환희(滿心歡喜) : 만족하여 한껏 기뻐함.
52) 이두(李杜) : 중국 당(唐)나라 때의 시인인 '이백(李白)'과 '두보(杜甫)'를 함께 일컫는 말.
53) 무불통지(無不通知) : 무엇이든지 환히 통하여 모르는 것이 없음.
54) 조달(早達) : 나이에 비해 일찍 올됨.
55) 흥진비래(興盡悲來) : 즐거운 일이 지나가면 곧 슬픈 일이 닥쳐옴. '세상이 돌고 돌아 순환됨'을 일컫는 말이다.
56) 영자(令子) : 착한 아들이란 뜻으로, '남의 아들'을 높이어 일컫는 말.
57) 졸연(猝然) : 미리 소문도 없이 갑작스러움.
58) 구몰(俱沒) : (부모가) 모두 세상을 떠남.
59) 순(順) : 차례.

60) 구완 : 아픈 사람이나 아기를 낳은 사람 등을 돌보고 시중듦.
61) 초종(初終) : '초종장례(初終葬禮)'의 준말. 사람이 죽은 날로부터 장사지내고 졸곡제(卒哭祭) 지내기까지의 모든 초상 치르는 일.
62) 초토(草土) : 거적자리와 흙 베개. '상복을 입고 있는 상주임'을 일컫는 말로 쓰인다.
63) 생도(生道) : 살아갈 방책.
64) 전장(田庄) : 자기가 소유하고 있는 논밭.
65) 객창한등(客窓寒燈) : 나그네 방의 쓸쓸한 등잔불.
66) 달야(達夜) : 밤새도록.
67) 년(年) : 나이.
68) 권폄(權窆) : 사람이 죽었을 때 좋은 묏자리를 얻을 때까지 임시로 시신을 매장해 둠.
69) 과하(過夏) : 여름을 지냄.
70) 백골난망(白骨難忘) : 죽어 백골이 된다 하여도 잊을 수 없음. 큰 은혜나 덕을 입었을 때 감사의 뜻으로 하는 말이다.
71) 철천(徹天) : 하늘에 사무침.
72) 권권(拳拳) : 참된 마음으로 정성스럽게 애쓰는 모양.
73) 낭탁(囊橐) : 여행할 때 노자나 행장을 담아 다니는 전대나 주머니.
74) 자심(滋甚) : 점점 더 심함.

니, 장대(壯大)한 기남자(奇男子)[76] 점점 수척(瘦瘠)하여 주린 거지 되었으니, 하늘이 어찌 무정(無情)하리요.

이 적에 청주(淸州) 땅에 이 승상이라 하는 재상(宰相)이 일찍 각로(閣老) 벼슬 하더니, 백수풍진(白首風塵)[77]에 벼슬이 불가하여 조정을 하직하고, 고향에 돌아와 구름 속에 밭 갈기와 월하에 고기 낚기를 일삼으니, 천지간 일 없는 사람이라. 일찍 삼남이녀(三男二女)를 두었으되, 장자(長子)의 명(名)은 '태경'이요, 차자(次子)의 명은 '추경'이요, 삼자(三子)의 명은 '필경'이니, 일찍 청운(靑雲)[78]에 올라 명망(名望)이 조정의 으뜸이라. 장녀(長女)의 명(名)은 '춘경'이니 공부상서(工部尙書)[79] 정양의 며느리 되고, 필녀(畢女)[80]의 명은 '채봉'이라.

그 모친 왕씨 몽중(夢中)에 한 선녀(仙女) 오운(五雲)을 타고 내려 옥병(玉瓶)의 향수(香水)를 기울여 아기를 씻기며 왈,

"이 아기는 동정(洞庭) 용녀(龍女)로서 연분이 동해(東海) 용자(龍子)와 맺었더니, 그 용자 상제께 득죄하고 인간에 내려왔삽기로 인연이 금세(今世)에 잇고자 하여 부인께 왔사오니, 귀히 길러 천정(天定)을 어기지 말으소서."

부인이 놀라 깨달아 혼미중(昏迷中)에 여아(女兒)를 탄생하사, 이 승상과 부인이 각별 사랑하더라.

이러구러 채봉의 연광이 십삼 세에 당하니, 옥안운빈(玉顔雲鬢)[81]이며 여공재질(女功才質)이 천하에 쌍이 없더라. 상서 마음에 기뻐 가로대,

"채봉은 인중선녀(人中仙女)[82]라. 태임(太姙)[83]의 덕(德)과 장강(莊姜)[84]의 색(色)을 가졌고 이두(李杜)의 문필을 겸하였으니, 여중군자(女中君子)[85]요 인중호걸(人中豪傑)[86]이라. 천상(天上)은 알지 못하거니와, 인간(人間)에는 채봉의 짝이 없으리라. 차라리 규중(閨中)[87]에 늙히리라."

한대, 부인이 웃으며 왈,

"'자식 자랑은 우자(愚者)[88]이라.' 하오니, 승상은 과도(過度)하도다! 자고(自古)로 봉(鳳)이 나매 황(凰)이 나고,[89] 대순(大舜)[90]이 나시매 이비(二妃)[91] 나시고, 문왕(文王)[92]이 나시매 태사(太姒)[93] 나시니, 어찌 광대(廣大)한 천지간에 채봉의 짝이 없사오리까?"

승상 왈,

"부인 말씀이 비록 그러하나, 이제 천지(天地) 쇠로(衰老)하고 명기(明氣)[94] 없으니, 채봉이 비록 태사(太姒)의 성덕(性德)을 가졌으나 문왕(文王) 같으신 이 어디 있사오리까?"

서로 희롱(戲弄)하며 택서(擇壻)[95]하기를 각별(恪別)하시더라.

일일(一日)은 승상이 술에 취하시고 서안(書案)에 의지하여 잠깐 졸더니, 문득 춘풍이 사람을 인도하여 한 곳에 다다르니, 이곳은 승상이 평일에 유흥(遊興)을 타 고기도 낚으며 풍경을 구경하는 월령산(越嶺山) 조대(釣臺)라. 그 위에 상서(祥瑞) 기운이 열렸거늘 나아가 보니, 청룡이 조대(釣臺)에 누웠다가 승상을 보고 고개를 들어 소리를 지르고 반공(半空)[96]에 솟거늘, 깨달으니 일장춘몽(一場春夢)[97]이라. 심신(心神)이 황홀하여 죽장(竹杖)을 짚고 월령산 조대로 나아가니, 나무 베는 아이 나무 베어 시냇가에 놓고 버들 그늘을 의지하여 잠을 깊이 들었거늘, 보니 의상(衣裳)이 남루(襤褸)하고 머리털이 흩어져 귀 밑을 덮었으며 검음 때 줄줄이 흘러 양협(兩頰)[98]에 가득하니 그 추비(醜鄙)[99]함을 측량(測量)치 못하나,

75) 외양 : '외양간'의 준말. 마소를 기르는 집.
76) 기남자(奇男子) : 용모와 재주가 남달리 뛰어난 남자.
77) 백수풍진(白首風塵) : 늙바탕에 겪는 세상의 어지러움이나 온갖 곤란.
78) 청운(靑雲) : 푸른 구름이라는 뜻으로, '높은 명예나 벼슬'을 비유하는 말.
79) 공부상서(工部尙書) : 육부(六部) 가운데 산택(山澤)·공장(工匠)·영조(營造)의 일을 맡은 관아의 으뜸 벼슬.
80) 필녀(畢女) : 여러 형제·자매 중 마지막으로 낳은 딸.
81) 옥안운빈(玉顔雲鬢) : 옥같이 아름다운 얼굴과 구름같이 탐스러운 귀밑머리.
82) 인중선녀(人中仙女) : 여러 사람 가운데서, 선경에 산다는 여자 신선과 같음.
83) 태임(太姙) : 부덕(婦德)이 높았던, 중국 주(周)나라 문왕(文王)의 어머니.
84) 장강(莊姜) : 춘추시대 위(衛)나라 장공(莊公)의 처. 덕이 있고 아름다웠으나 자식이 없었음.
85) 여중군자(女中君子) : '정숙하고 덕이 높은 여자'를 일컫는 말.
86) 인중호걸(人中豪傑) : 여러 사람 가운데, 지용이 뛰어나고 도량과 기개를 갖춘 사람.
87) 규중(閨中) : '사대부 여성이 거처하는 안채'를 일컬음.

88) 우자(愚者) : 어리석은 자. 바보.
89) 봉이 나매 황이 나고 : 수컷은 '봉(鳳)'이라 하고 암컷은 '황(凰)'이라 하여, '뛰어난 인물에게는 그에 걸맞은 훌륭한 짝이 있음'을 일컫는 말.
90) 대순(大舜) : 요(堯)임금의 선양(禪讓)을 받아서 왕이 된 순(舜)임금. 처음 우(虞, 지금의 산서성 평륙현)에서 나라를 세웠으므로 유우씨(有虞氏)라고도 불린다. 우(禹)에게 치수를 맡기고, 설(契)에게 백성에 관한 일을, 익(益)에게 산택(山澤)을, 고요(皐陶)에게 형벌을 맡겨 초보적인 통치의 기틀을 다졌던 왕으로서, 요(堯)임금과 함께 성군으로 받들어진다.
91) 이비(二妃) : 중국 요(堯)임금의 딸 아황(娥皇)·여영(女英). 둘은 함께 순(舜)임금에게 시집가서 아황은 후(后), 여영은 비(妃)가 되었다. 그런데 순임금이 창오산(蒼梧山)에서 죽자 슬피 울다가 상강(湘江)에 빠져 죽어 아황은 상군(湘君)이 되고, 여영은 상부인(湘夫人)이 되었다.
92) 문왕(文王) : 중국 주(周)나라를 창건한 왕. 이름은 희창(姬昌), 호는 서백(西伯). 은(殷)나라 말기에 태공망(太公望) 등 어진 선비들을 모아 국정을 바로잡고 융적(戎狄)을 토벌하여 천하의 반 이상을 통일하였다. 무왕(武王)이 즉위하여 아버지를 문왕이라 하였다.
93) 태사(太姒) : 주(周)나라 문왕(文王)의 왕후이자 무왕(武王)의 어머니로서, 부덕(婦德)의 명성이 높은 인물.
94) 명기(明氣) : 맑고 아름다운 산천의 기운.
95) 택서(擇壻) : 혼인할 딸을 가진 부모가 사윗감을 고르는 일.
96) 반공(半空) : 그다지 높지 않은 공중.(=半空中)
97) 일장춘몽(一場春夢) : 한바탕의 봄꿈이라는 뜻으로, '헛된 영화(榮華)나 덧없는 일'을 비유하여 일컫는 말. 여기서는 말 그대로 '사실이 아닌 꿈'을 이른다.
98) 양협(兩頰) : 양쪽 뺨.
99) 추비(醜鄙) : 거칠고 더러움.

그 중에 은은(隱隱)한 골격(骨格)이 때 속에 비치었거늘, 해치지 아니 하시고 무수한 이[虱]를 잡아 죽이며 잠 깨기를 기다리더니, 그 아이 몸을 돌아누우며 탄식 왈,

"형산백옥(荊山白玉)100)이 돌 속에 섞였으니 누가 보낸 줄 알아보며, 여상(呂尙)101)의 자취는 조대(釣臺)에 있건마는 문왕(文王)의 그림자 없고, 와룡(臥龍)102)은 남양(南陽)103)에 누웠으되 유(劉) 황숙(皇叔)104)의 자취 없으니, 어느 날에 갑자일(甲子日)을 만나리요."

하며 돌아 누우니, 그 소리 웅장하여 산천이 울리는지라. 탈속(脫俗)한 기운이 성음(聲音)에 나타나니, 승상 마음에 헤아리되, '내 영웅을 구하더니, 오늘날 만났도다!'

하시고, 앉으며 물어 왈,

"봄날이 심히 곤(困)한들 무슨 잠을 오래 자느냐? 일어 앉으면 물을 말이 있노라."

그 아이 머리를 두르며 군말105)하여 왈,

"어떠한 사람이건대, 남의 단잠을 깨워 무슨 말을 묻고자 하는고? 나는 배고파 심란(心亂)하니 말하기 싫도다."

하고, 도로 잠을 들거늘, 승상이 대왈,

"네 비록 잠이 다나, 어른을 공경치 아니 하느냐? 눈을 들어 나를 보면 자연 알리라."

그 아희 눈을 뜨고 이윽히 보다가 일어 앉으며 고개를 숙이고 잠잠하거늘, 승상이 자세히 보니 양미간(兩眉間)에 천지조화(天地造化)를 갈무리하고 흉중(胸中)에 만고흥망(萬古興亡)을 품었으니 진시(眞是) 영준(英俊)이라. 승상의 명감(明鑑)106)이 아니면 뉘 능히 알리요. 크게 기뻐 문왈,

"네 성명이 무엇이며 뉘 집 자손이며, 무슨 연고(緣故)로 곤궁함이 이 같으냐?"

그 아이 답왈,

"나는 하늘이 높고 땅이 두터운 줄을 모르오니 어찌 사람이라 하오며, 걸인(乞人)의 성명을 알아 쓸데없삽고, 몸이 곤(困)키는 사람의 상사(常事)라. 물어서 부질없도소이다."

승상이 답왈,

"네 '천지를 모른다.' 하니 부모 없음을 알거니와, 곤곤(困困)함이 어찌 사람의 상사리요. 네 근본이 공부자(孔夫子)107)를 만나지 못함이라. 진정(眞情)을 속이지 말라!"

그 아이 노인의 권권(勸勸)함을 보고 이윽히 생각다가 가로대,

"소자의 성(姓)은 '소'요, 명(名)은 '대성'이요, 부친의 명호(名號)는 어려서 떠나시매 알지 못하나이다."

승상이 왈,

"소리를 들으니 '대성'인 줄은 알거니와, 근본을 속임은 무슨 일인고? 자고로 오작(烏鵲)의 무리에 봉황(鳳凰)이 들지 아니하나니, 인간의 대성이 나이리요? 소씨(蘇氏)는 본대 천인(賤人)이 없으니, 네 어찌 진정(眞情)을 속이는가?"

생이 대왈,

"대인(大人)108)의 명감(明鑑)이 사람의 심곡(心曲)을 비추니, 아무리 무지한 목동(牧童)이온들 어찌 모르이이까? 소자(小子)109)는 과연 전(前) 조정 병부상서 '소양'의 아들이요, '소현성'의 현손이옵더니, 가도(家道)110) 기구(崎嶇)하여 십 세 전에 천붕지탁지변(天崩地坼之變)111)을 만나 천신(賤身)112)이 무의(無依)하여 고향을 떠나 추풍 낙엽같이 다니오며, 남의 은혜 끼치기 불가하와 만산초목(萬山草木)에 생애(生涯)113)를 부쳐 다니옵더니, 마침 대인을 만나 궁극(窮極)히114) 묻자오니 진정을 아뢰옵나이다."

하고 눈물 흘리거늘, 승상이 손을 잡고 탄왈,

"네 어찌 소 상서(蘇尙書)의 귀자(貴子)로서 이 지경이 되었는가? 너의 망친(亡親)은 나의 죽마고우(竹馬故友)115)라. 방년(芳年)116)에 한가지로 청운(靑雲)에 올라 봉익(鳳翼)117)을 받들

---

100) 형산백옥(荊山白玉) : 중국 형산에서 나는 흰 옥이라는 뜻으로, '현량(賢良)한 사람'을 일컫는 말.

101) 여상(呂尙) : 주(周)나라의 현신(賢臣). 자는 자아(子牙). 본성은 강(姜)이나, 선조가 여국(呂國)에 봉함을 받아 여씨 성을 따랐다. 강태공(姜太公) 또는 태공망(太公望)이라 불리기도 하였다. 문왕(文王)이 위수(渭水) 가에 은거하던 그를 만나 군사(軍師)로 삼았으며, 뒤에 무왕(武王)을 도와 은(殷)나라를 쳐 없애고 천하를 평정하였다. 그 공으로 제(齊)나라에 봉함을 받아 시조가 되었다.

102) 와룡(臥龍) : 누운 용이 때를 만나면 하늘로 올라간다는 데서, '초야에 묻혀 때를 기다리는 큰 인물'에 비유됨. 여기서는 중국 삼국시대 촉(蜀)나라의 재상인 제갈량(諸葛亮)의 호로 쓰였다. 제갈량은 삼국시대 촉한(蜀漢)의 정치가로, 유비(劉備)의 삼고초려(三顧草廬)에 감격, 그를 도와 오(吳)나라와 연합하여 조조(曹操)의 위(魏)나라 군사를 대파하고 파촉(巴蜀)을 얻어 촉한국(蜀漢國)을 세웠다.

103) 남양(南陽) : 중국 호북성(湖北省) 양양현(襄陽縣)에 있는 고을 이름. 제갈량이 벼슬길에 나오기 전에 밭을 갈면서 살았던 곳이라 한다.

104) 유황숙(劉皇叔) : 삼국시대 촉한(蜀漢) 초대 황제인 유비(劉備). 자는 현덕(玄德). 시호는 소열제(昭烈帝). 후한(後漢)의 영제(靈帝) 때 황건적을 쳐서 공을 세우고, 후에 제갈공명(諸葛孔明)의 힘을 얻어 오(吳)나라의 손권(孫權)과 함께 조조(曹操)의 대군을 적벽(赤壁)에서 격파하였다. 후한의 멸망으로 스스로 제위에 오르고 성도(成都)를 도읍으로 삼았다. 황숙은 후한의 마지막 황제 헌제(獻帝)의 삼촌뻘이 되므로 붙여진 칭호이다.

105) 군말 : 하지 아니하여도 좋을 때에 쓸데없이 하는 말.(=군소리)

106) 명감(明鑑) : 사람됨을 잘 알아보는 능력. 지인지감(知人之鑑).

107) 공부자(孔夫子) : '공자'를 높이어 일컫는 말.

108) 대인(大人) : '남의 아버지'를 높이어 일컫는 말.

109) 소자(小子) : 나이 어린 사람이 부모뻘 되는 사람에게 '자기'를 낮추어 일컫는 말.

110) 가도(家道) : 집안 살림살이 형편.

111) 천붕지탁지변(天崩地坼之變) : 큰 소리에 하늘이 무너지고 땅이 갈라지는 변괴라는 뜻으로, '임금이나 아버지의 상사(喪事)를 당한 일'을 일컫는 말.

112) 천신(賤身) : 미천한 이 몸. 자신을 낮추어 일컬을 때 쓰는 말이다.

113) 생애(生涯) : 살길. 생계.

114) 궁극(窮極)키 : 더할 나위 없이 간절히.

115) 죽마고우(竹馬故友) : 대나무 말을 타고 함께 놀던 친구란 뜻으로, '어릴 때부터 같이 놀며 자란 오랜 벗'을 일컫는 말.

116) 방년(芳年) : 한창 젊은 때인 '스무 살 안팎'을 일컫는 말.

117) 봉익(鳳翼) : 봉황새의 날개를 그린 옷으로, '왕이나 왕비가 입는 옷'을 일컫는 말. 여기서는 '임금'의 뜻으로 쓰였다.

더니, 백수풍진(白首風塵)에 벼슬이 불가하여 각각 고향에 돌아왔더니, 기간(其間)에 인사(人事) 변하여 벌써 황천객(黃泉客)이 되었도다."

생이 다시 재배(再拜) 왈,

"대인이 '망친의 붕우라.' 하시니, 다시 망친을 보온 듯하와 반가운 정을 어찌 다 아뢰리까?"

승상 왈,

"부열(傅說)118)의 담 쌓기와 이윤(伊尹)119)의 밭 갈기와 무주공산(無主空山) 나무 베기를 좋아하니, 예로부터 성인(聖人) 군자(君子) 때를 만나지 못하면 초야(草野)에 묻혀 남이 알까 하거니와, 사람이 너무 기한(飢寒)에 골몰하면 심장이 손상하느니라."

생이 왈,

"이윤과 부열은 천고(千古)의 명인(名人)이오니, 어찌 소자(小子)에 비기리까?"

승상이 소왈(笑),

"난초(蘭草) 심산(深山)에 묻혔은들 그 향내를 감추지 못하나니, 네 아무리 초야의 목동이 되었은들 내 어찌 모르리요? 네 나와 더불어 인연이 중(重)하여 하늘이 지시하신 바라. 나를 따라 한가지로 감이 어떠하뇨?"

생이 답왈,

"소자 이렇듯이 도로(道路)에 생장하여 소학(所學)이 없사와, 존문(尊門)120)에 가 대인(大人)의 성덕(盛德)을 더럽힐까 하나이다."

승상이 웃고 생을 데리고 집에 돌아와 초당(草堂)121)을 소쇄(掃灑)122)하고, 시비(侍婢)를 불러 의복을 내어 차리니, 선풍도골(仙風道骨)123)이요 진세호걸(塵世豪傑)124)이라. 승상이 대희(大喜)하여 손을 잡고 왈,

"미재(美哉)라! 그대의 풍골(風骨)125)이여. 타일(他日)에 조선(祖先)을 빛내리라. 소형(蘇兄)은 비록 지하에 갔으나 저러한 영자(令子)를 두었으니, 가히 유한(遺恨)126)이 없으리로다."

---

118) 부열(傅說) : 은(殷)나라 고종(高宗) 때의 어진 재상. 고종이 어느 날 꿈을 깨고 꿈에 본 인상을 그리게 하여 이를 찾았던 바, 마침내 부암(傅巖)의 들에서 숨어 있던 부열을 찾았다 한다. 이때 부열은 죄를 짓고 토목 공사의 일꾼으로 있었는데, 재상으로 등용되어 중흥의 대업을 이루었다.

119) 이윤(伊尹) : 탕왕(湯王)을 도와 하(夏)나라를 멸하고 은(殷)나라를 건국하는 데 큰 공을 세운 명재상. 본디 밭 갈고 살다가, 탕왕이 세 번이나 찾아 초빙하므로 벼슬길에 나아갔다.

120) 존문(尊門) : '남의 가문'을 높이어 일컫는 말.

121) 초당(草堂) : (집의 원채에서 따로 떨어진 곳에) 짚이나 억새로 지붕을 인 조그마한 집채.

122) 소쇄(掃灑) : 깨끗이 청소함.

123) 선풍도골(仙風道骨) : 신선과 같은 풍채와 도인의 골격이란 뜻으로, '뛰어나게 고아한 풍채'를 일컫는 말.

124) 진세호걸(塵世豪傑) : 세상에서 지혜와 용기가 뛰어나고 도량과 기개를 갖춘 사람.

125) 풍골(風骨) : 풍채와 골격을 아울러 이르는 말.

126) 유한(遺恨) : 생전의 남은 원한.

생이 이러나 배사(拜謝)하더라. 승상이 내당(內堂)에 들어가 희색(喜色)이 만안(滿顔)하니, 부인이 문왈,

"상공이 종일토록 내당(內堂)을 피하시더니, 무슨 기쁨이 있기에 화안(和顔)127)에 희색이 가득하니이까?"

승상이 답왈,

"오늘날 하늘이 영웅을 지시하시거늘, 데려 왔도다."

하며, 또 소저(小姐)를 돌아보아 왈,

"내 너의 덕색(德色)을 속절없이 규중(閨中)에 버릴까 하였더니, 명천(明天)이 하감(下鑑)하사 천하 영웅군자를 지시하시니 어찌 기쁘지 아니 하리요?"

하시니, 부인이 문왈,

"어떤 사람을 얻었시니이까?"

승상이 왈,

"전조(前朝) 적 병부상서 '소양'의 아들이라. 팔자 기구하여 일찍 부모를 여의고 도로(道路)에 다니기로 데려왔사오니, 쉬날을 가리어 여아(女兒)의 혼사(婚事)를 지내사이다."

부인이 걸인(乞人) 데려온 줄을 짐작하고 발연변색(勃然變色)128) 왈,

"승상이 평일에 여아를 임사(姙姒)129)에 비기시더니, 오늘날 걸인을 맡기려 하시니 그 명감을 모르리소이다."

승상 왈,

"부인 말씀이 어찌 이렇듯 무식하오? 자고로 성인 군자 때를 만나지 못하면 초야에 묻혀 남이 알까 숨기나니, 소생(蘇生)은 명가(名家) 자손이라. 또 흉중에 만고흥망을 품었으니 불구(不久)에 이름이 천하에 진동할 것이니, 우선 미천(微賤)함을 혐의(嫌疑)하여 이런 군자를 버리리요? 부인이 오늘은 능멸(凌蔑)히 여기나 후일에 공경할 것이니, 내 말을 헛되이 여기지 말으소서."

하고, 외당(外堂)에 나와 생을 대하여 고사(故事)를 의논할 새, 생의 말이 다 웅장하여 사람의 심간(心肝)130)을 놀래는지라 승상이 탄복(歎服)하시더라. 서책(書冊)을 내어오니, 생이 가로대,

"다른 책은 부당(不當)하오니, 손오(孫吳)131)의 병서(兵書)를 보아지이다."

승상이 왈,

"성현(聖賢)의 글도 무수하거늘, 어찌 태평 시절에 귀신도 측량(測量)치 못하는 병서를 달라 하는가?"

생이 대왈,

"요순(堯舜) 같은 대성인(大聖人)도 사흉(四凶)132)의 변(變)

---

127) 화안(和顔) : 부드럽고 온화한 얼굴.

128) 발연변색(勃然變色) : 왈칵 성을 내며 얼굴빛이 변함.

129) 임사(姙姒) : 주문왕(周文王)의 어머니 태임(太姙)과 주무왕(周武王)의 어머니 태사(太姒). 모두 부덕(婦德)이 높은 인물들이다.

130) 심간(心肝) : 깊이 감추어 둔 마음.

131) 손오(孫吳) : 병법(兵法)의 시조로 불리는, 전국시대의 손무(孫武)와 오기(吳起).

132) 사흉(四凶) : 고대 원시사회 때 황하 장강 유역에서 활동하던 공

을 보았으며, 헌원씨(軒轅氏)[133] 만고영준(萬古英俊)이로대 치우(蚩尤)[134]의 난을 만났사오니, 어찌 태평을 장구히 믿사오리까? 장부(丈夫) 세상에 처하여 문무(文武)를 겸전(兼全)[135]하였다가 난세(亂世)를 당커든, 전장(戰場)에 나아가 흉적(凶賊)을 쓰러뜨려 백성을 도탄(塗炭)[136] 중에서 건짐이 장부의 떳떳한 모책(謀策)이어늘, 어찌 서책만 대하여 세월(歲月)을 보내리까?"

승상이 손을 잡고 등을 어루만져 왈,

"나는 삼자(三子)를 두었으되 이렇듯 웅자(雄子) 없으니, 소형(蘇兄)은 일자(一子)를 두었으나 나의 삼자를 바꾸지 아니 하리로다."

인하여, 술을 내어 와 권하더니, 두어 순배(巡盃)를 지내매 승상이 잔을 들고 가로대,

"내 그대에게 그윽히 부칠 말이 있으니 즐겨 허락하시리까?"

생이 대왈,

"대인이 '수화(水火) 중에 들라.' 하옵신들, 어찌 피하오리까?"

승상 왈,

"말년(末年)에 양녀(兩女)를 두어시되, 장녀(長女)는 공부상서(工部尙書) 정낭의 며나리 되고, 차녀(次女)는 연광(年光)이 십삼(十三)이라. 비록 서시(西施)[137]의 색(色)과 임사(姙姒)의 덕은 없으나 족히 그대를 좇아 기추(箕帚)[138]를 받들만 하니, 허락하올진대 이는 노옹(老翁)의 복인가 하오니 그대 소견(所見)이 어떠하뇨?"

생이 피석(避席)[139] 대왈,

"대인의 뜻이 이렇듯 미미(微微)한 인생을 애휼(愛恤)[140]하옵시어 슬하에 두고자 하옵시니 극히 부당하오나, 어린 아이 약관(弱冠)[141]이 차지 못하고 천한 행실이 존문(尊門)에 회합(會合)지 못하와 봉행(奉行)치 못하리로소이다."

승상 왈,

"그대 사양하는 줄 아나니, 행여 난봉(鸞鳳)[142]이 오작(烏鵲)의 무리에 섞일까 하거니와, 이제 좋은 일이 있다."

하시고, 생을 데리고 바로 내당에 들어가니, 생이 마지못하여 승상을 따라 중헌(中軒)[143]에 들어가니, 이때 왕부인(王夫人)이 중헌에 배회(徘徊)하더니 문득 승상이 어떠한 소년(少年)을 데리고 난간에 오르거늘, 부인이 몸을 피하여 내당에 들어가니, 승상이 벌써 중헌에 좌(座)를 정하시고 시비를 불러 부인께 전고(傳告)[144] 왈,

"백년가객(百年佳客)[145]을 데리고 왔사오니, 부인은 바삐 나와 영접(迎接)하소서."

부인이 마지못하여 나와 소생(蘇生)을 대하니, 승상 왈,

"부인이 내 말을 믿지 아니하시기로 데려 왔사오니, 부인(夫人)은 여아를 불러 그 차등(差等)이 없음을 보소서."

하시고, 시비를 명하여,

"소저(小姐)를 나오라."

하신대, 시비 승명(承命)하고 안으로 들어가 고(告)한대, 부인이 감히 말리지 못하고, 눈을 들어 생을 보니 얼굴이 웅장하고 풍도(風度) 화려하나 선비의 태(態)는 없는지라.

'채봉은 연연약질(軟娟弱質)[146]이라. 저와 같은 아름다운 재사(才士)를 얻어 슬하(膝下)의 즐거움을 보렸더니, 소생은 내 뜻과 불가(不可)하니 가탄(可歎)이로다.'

하시고, 묵묵히 앉았는지라.

소저(小姐) 이 기별을 듣고 아무리 할 줄을 몰라 시비에게 왈,

"야야(爺爺)[147] 평일에 망령(妄靈)되심이 없더니, 어찌 이렇듯 하시느뇨? 소생(蘇生)은 곧 남이라. 전일(前日)에 부명(父命)을 어김이 없사오되, 금일은 결단(決斷)코 승명(承命)치 못하리로다."

칭병(稱病)[148]하고 나가지 아니 하거늘, 승상이 시비를 꾸짖어 왈,

"부자(父子) 천륜지간(天倫之間)[149]에 이제 부모 명을 거역하니, 이는 오륜(五倫)이 끊어지고 삼강(三綱)이 무너짐이라. 부모 세 번 불러 좇지 아니하면 천륜을 폐(廢)하리라."

하신대, 소조가 이 기별을 듣고 아무 말도 못하고 시비를 따라 중당(中堂)에 이르니, 생이 마음이 불안하여 나감을 청한대, 승상 왈,

---

공(共工), 환도(驩兜), 삼묘(三苗), 곤(鯀)을 가리키는 말. 순(舜)이 요(堯)의 명을 받들어 이들을 몰아냈다고 한다.
133) 헌원씨(軒轅氏) : 중국 고대 전설상의 제왕. 성은 공손(公孫). 헌원씨는 헌원(軒轅)의 언덕에 살았던 데서 유래한다. 땅을 주관하는 토덕(土德)왕으로서 땅의 색깔이 황색이므로 황제(黃帝)라는 이름이 붙여졌다고 한다. 신농씨의 자손들이 나라를 다스리는 덕이 약해지자 창과 방패를 만들어 천하를 통일했다. 특히 치우(蚩尤)가 난을 일으키자 탁록(涿鹿)에서 평정한 뒤 군주가 되었다.
134) 치우(蚩尤) : 중국의 신화전설상 인물. 바람과 비를 몰고 올 줄 아는 데다 성질이 사나워 신룡씨(神農氏) 때 난리를 일으켰으나 탁록(涿鹿)의 들에서 황제(黃帝)와 염제(炎帝)에게 패전하였다. 전쟁의 신이라 불리어 8대 신의 하나로 숭배된다.
135) 겸전(兼全) : 여러 가지를 완전하게 갖춤.
136) 도탄(塗炭) : 진흙 구덩이나 숯불에 빠졌다는 뜻으로, '생활이 몹시 곤궁하거나 비참한 형편'을 일컫는 말.
137) 서시(西施) : 춘추시대 월(越)나라 미녀로, 월왕(越王) 구천(勾踐)에 의해 오(吳)나라로 가서 오왕(吳王) 부차(夫差)를 매혹시켜 오나라를 망하게 했던 인물.
138) 기추(箕帚) : 처첩이 되어 남편을 섬김.
139) 피석(避席) : (공경의 뜻을 나타내기 위하여) 그 자리에서 일어남.
140) 애휼(愛恤) : 불쌍하게 여기어 은혜를 베풂.
141) 약관(弱冠) : '남자의 나이 스무 살'을 일컫는 말.

142) 난봉(鸞鳳) : 난새와 봉황이란 뜻으로, '뛰어난 인물'을 일컫는 말.
143) 중헌(中軒) : 안채의 건물로 내당과는 구별되는 채.
144) 전고(傳告) : 전하여 알림.
145) 백연가객(百年佳客) : 길이 사귈 좋은 친구라는 뜻으로, '사위'를 일컫는 말.
146) 연연약질(軟娟弱質) : 아주 가냘프고 연약한 체질.
147) 야야(爺爺) : 아버지.
148) 칭병(稱病) : 병이 있다고 핑계함.
149) 천륜지간(天倫之間) : 천륜을 지켜야 하는 사이.

"여아를 청함은 그대를 위함이라. 어찌 피하리요?"

소저를 재촉하니, 소저 이미 좌(座)에 섰는지라. 승상이 소저를 명하여 '소생(蘇生)에게 예(禮)를 전하라.' 하시니, 양인(兩人)이 예필(禮畢) 후에 소제 부끄러움을 머금고 모부인(母夫人)150) 곁에 앉으니, 승상 왈,

"하늘이 영웅을 주시매 너를 위하여 다녀왔으니, 어찌 객(客)의 마음을 불안케 하느냐?"

소저 아미(蛾眉)151)를 숙이고 잠잠하더니, 승상이 생을 돌아보아 왈,

"여아(女兒) 비록 용렬(庸劣)하나, 또한 군자에게 욕되지 아니하리라."

한대, 생이 미소 왈,

"승상의 망극하옵신 은혜로소이다."

언필(言畢)에 눈을 들어 소저를 잠깐 보니, 비록 단장(丹粧)152)은 아니 하였으나 사람의 정신을 놀래는지라. 생이 심신이 비월(飛越)153)하여 좌불안석(坐不安席)154)할 차에, 소저가 추파(秋波)를 들어 소생을 잠깐 보니, 염슬단좌(斂膝端坐)155)하였는 양은 청룡(靑龍)이 벽해(碧海)에 굼니는 듯 백호(白虎) 기상인 듯, 탈속(脫俗)한 기운이 사람의 심곡을 놀래니 진시(眞是) 인중호걸(人中豪傑)이라. 부친의 명감을 탄복하더라.

승상이 술을 내와 소생(蘇生)을 권하시니, 생이 술을 받아 먹으니 이미 삼십여 배를 지냈는지라. 승상이 소왈,

"선비 술을 과음하면 심장이 상하나니, 성현(聖賢)의 경계(警戒)를 효칙(效則)함이라."

생이 염슬(斂膝) 왈,

"당시(唐時) 이백(李白)은 일일(一日) 수경삼백배(須傾三百盃)하고156) 시문(詩文) 일천 수(首)씩 지었사오니, 술을 이기지 못하여 기운을 수습(收拾)지 못하는 자(者)는 녹녹(碌碌)157)한 필부(匹夫)라 하나이다."

승상이 서안(書案)을 쳐 가로대,

"장하다! 이 말이여. 족(足)히 사람의 심간을 놀래는도다. 금일은 그대 재주와 여아의 재주를 알고자 하나니, 그대는 숙녀(淑女) 얻은 뜻을 부치고 여아는 군자 만난 뜻을 부쳐, 각각 시를 지어 노인(老人)의 마음을 위로하라."

하신대, 생이 생각함이 없이 즉시 글을 지어 올리니, 하였으되,

춘풍(春風)이 유인(誘人) 상옥경(上玉京)하니,
반세(半世) 진애(塵埃) 취경장(醉瓊漿)이라.
항아(姮娥) 연석(連席) 반단계(伴丹桂)하니,
시호(時乎) 금일(今日) 월하연(月下緣)이로다.

이 글 뜻은, '봄바람이 사람을 유인하여 옥경158)에 오름이여! 반세 티끌이 경장159)에 취하였도다. 항아160)로 자리를 연(連)함이여, 붉은 계수나무[桂樹]를 벗하며 월하의 연분161)이 당하였도다.'

승상이 보시고 왈,

"미재(美哉)라! 이 글 뜻이 깊어서 족히 이백(李白)의 일천 수 시문을 당하리니, 청주(淸酒) 삼 배(三盃) 가히 아깝지 아니 하도다. 여아를 항아에 비(比)하였으니, 연소(年少) 서생(書生)162)이 가히 족(足)하리로다."

하시고, 소저를 재촉하시나, 소저가 부끄러워 아무리 할 줄을 몰라 자저(趑趄)163)하더니, 그 부친의 엄숙함을 마지못하여 옥수(玉手)로 산호필(珊瑚筆)을 잡아 일폭 화전(華箋)164)에 일필휘지(一筆揮之)165)하니 이미 주옥(珠玉)166)이라. 그 글에 하였으되,

낙락창송(落落蒼松)은 군자절(君子節)이요,
의의녹죽(依依綠竹)은 열녀경(烈女更)이라.
금일(今日)의 수명(受命) 성주옥(成珠玉)하니,
천지위증(天地爲證) 일월명(日月明)이라.

이 글 뜻은, '길게 늘어진 푸른 소나무는 군자의 절(節)이요, 의의(依依)167)한 푸른 대나무는 열녀의 뜻이로다. 오늘날에 부모의 명을 받아 주옥을 이루니, 천지는 본증(本證)168)이요, 일월은 밝았도다.'

소생(蘇生)으로 더불어 예(禮)를 이루고 시문(詩文)을 창화

---

150) 모부인(母夫人) : 남을 높이어 그의 '어머니'를 일컫는 말.
151) 아미(蛾眉) : 누에나방의 눈썹처럼 가늘고 길게 굽어진 아름다운 눈썹으로, '미인의 눈썹'을 일컫는 말.
152) 단장(丹粧) : 얼굴을 곱게 화장으로 다스리고 옷맵시를 매만져 꾸밈.
153) 비월(飛越) : (정신이나 혼백 등이) 놀라거나 혼란스러워 아득히 달아남.
154) 좌불안석(坐不安席) : (불안하여) 한 군데에 편안히 오래 앉아 있지 못함.
155) 염슬단좌(斂膝端坐) : 무릎을 꿇고 바르게 앉음.
156) 당시(唐時) 이백(李白)은 일일(一日) 수경삼백배(須傾三百盃)하고 : 당나라 때 이백은 하루에 모름지기 술을 삼백 잔을 기울였음.
157) 녹녹(碌碌) : 평범하고 보잘것없음.
158) 옥경(玉京) : 하늘 위에 옥황상제(玉皇上帝)가 산다고 하는 곳.
159) 경장(瓊漿) : 신선들이 마시는, 맛이 좋은 술.
160) 항아(姮娥) : 달 속에 있다는 선녀. 그녀는 남편이었던 예(羿)가 바람을 피우는 것을 못 마땅하게 여겨, 남편과 함께 먹기로 한 불사약을 혼자서 훔쳐 먹고 달로 도망친 고사가 있다.
161) 월하(月下)의 연분(緣分) : 월하노인(月下老人)이 노끈으로 묶어 맺어준 연분. 이렇게 하면 아무리 멀리 떨어져 있어도 결국 서로 부부로 맺어진다고 한다. 월로승(月老繩).
162) 연소서생(年少書生) : 나이가 어리고 학업을 닦는 젊은이.
163) 자저(趑趄) : 머뭇거리며 망설임. 주저(躊躇).
164) 화전(華箋) : 시를 짓거나 편지를 쓸 때 사용하는 종이.
165) 일필휘지(一筆揮之) : 글씨를 단숨에 힘차고 시원하게 죽 써 내림.
166) 주옥(珠玉) : 아름다운 문장이나 시.
167) 의의(依依) : 풀이 싱싱하게 푸름.
168) 본증(本證) : 어떤 사실을 책임지고 증명함.

(唱和)169)하니, 승상의 명감(明鑑)이 심간(心肝)에 비침을 탄복하여 굳은 뜻을 표(表)함이라. 글을 받들어 승상께 드리니, 승상이 보시고 칭찬 왈,

"매사(每事) 민첩하며 천지를 일렀으니 굳은 뜻은 있거니와, 창송녹죽(蒼松綠竹)을 일렀으니 수절(守節)코자 한 뜻이라."

하시고, 소저의 글은 소생을 주고 소생의 글은 소저를 주며 가로대,

"오늘 이러함은 인륜(人倫)170)을 정함이라. 각각 간수하였다가 신(信)을 삼으라."

하신대, 소생이 시문(詩文)을 받아 소매에 넣고 소저도 흔연(欣然)히 받으니, 승상이 즐겨하되 왕 부인은 희색(喜色)이 없는지라. 시비(侍婢) 파연곡(罷宴曲)171)을 아뢰니, 각각 돌아오더라.

일후(日後)에 승상이 택일(擇日)하여 대례(大禮)172)를 이루고자 하더니, 불과 오류 삭(朔)에 승상이 우연(偶然) 득병(得病)하여 백약(百藥)이 무효(無效)하매, 종시(終是)173) 일어나지 못할 줄을 알고 부인을 청하여 손을 잡고 왈,

"내 병이 회소(回蘇)174)키 어려운지라. 이제 연광(年光)이 칠순(七旬)이니, 죽어도 한이 없으나, 다만 여아의 혼사(婚事)를 이루지 못하매 한이 깊도다. 이후는 가중범백(家中凡百)을 부인이 주장(主掌)175)하시리니, 여아(女兒)의 대사(大事)를 어기지 말라. 황양(黃壤)176)에 가는 광부(曠夫)177)의 한(恨)이 없게 하옵소서."

또 소저(小姐)를 불러 왈,

"내 너의 혼사(婚事)를 이루지 못하고 구천(九泉)에 돌아가니, 원(怨)이 가슴에 맺혔도다. 그러나 삼 년(三年) 후에 중헌에서 지은 글을 잊지 말라. 너의 천성(天性)을 아나니, 달리 기결(寄決)178)할 말이 없노라."

하시니, 이는 왕부인이 소생(蘇生)에게 뜻이 적음을 보시고 소저를 당부하시고, 또 소생을 불러 왈,

"인명(人命)이 재천(在天)하니, 일시(一時) 불거(不拒)179)로다. 그대를 만나 정회(情懷)를 다 못하고 황천을 향하니, 여아의 일생이 군자에게 달렸으니 혹 부족(不足)한 일이 있어도 노부(老父)180)를 생각하여 버리지 말며, 삼자(三子) 혹 용렬(庸劣)한 일이 있어도 헤아리지 말며 백세(百世)를 무양(無恙)181)하라!"

인하여 별세하시니, 일가(一家) 망극하여 곡성(哭聲)이 진동하더라. 소생이 초종례(初終禮)을 극진히 지내니, 칭찬 아니할 이 없더라.

이 적에 이생(李生) 등(等)이 승상의 전부(傳訃)182)를 듣고 주야(晝夜)로 내려와 승상 영위(靈位)183)에 통곡할새, 소생이 조문(弔問)184)을 전하니, 이생 등이 알지 못하매 왕부인께 묻자온대, 부인이 소생의 전후 말을 다한대, 생 등이 들을 따름이라.

수일 후 서당에 나와 위문할새, 소생이 이생 등을 보니 하나도 그 부친 명감이 없는지라, 헤아리되,

'승상이 세상을 버리시매, 뉘 대성을 알리요.'

하고, 일후로 서책을 전폐(全廢)하고 의관을 폐(廢)하고 잠자기만 일삼더니, 승상의 장일(葬日)이 당하매 마지못해 의관을 정제(整齊)185)하고 한가지로 장사를 극진히 지내고 돌아와 서당에 눕고 일어나지 아니하니, 왕부인이 일가에 자주 의논하며 왈,

"소생의 거동이 능청186)하도다! 학업을 전폐(全廢)하고 주야에 잠자기만 숭상하니, 이렇고 어찌 공명을 바라리요. 여아(女兒)의 혼사를 거절(拒絶)코자 하나니, 너희 등은 소견이 어떠하뇨?"

제자(諸子) 등이 여쭈오대,

"이제 선군(先君)187)이 아니 계시니 가중만사(家中萬事)를 모친이 주장(主掌)하시리니, 소자 등에게 하문(下問)188)하실 바가 아니로소이다. 또 소생(蘇生)을 잠깐 보니 단정189)한 선비는 아니라. 소저에게 욕(辱)될까 하나이다."

부인 왈,

"본대 빌어먹는 걸인(乞人)을 승상이 취중(醉中)에 망령되이 허(許)하신 바라. 여등(汝等)은 소생 내칠 꾀를 사속(斯速)190)히 행하라."

하신대, 이생이 서당(書堂)에 나가니 소생이 잠을 깊이 들었거늘, 이생 흔들어 깨워 좌정 후에, 이생 등이 왈,

"선비 학업을 전폐하고 잠자기를 숭상하니, 어찌 공명(功名)을 바라리요?"

소생(蘇生)이 왈,

"공명은 호탕(豪宕)한 사람의 일이라. 선대인(先大人)191)의

---

169) 창화(唱和) : (시나 노래를) 한쪽에서 부르고 다른 쪽에서 화답함.
170) 인륜(人倫) : 인륜대사(人倫大事). 혼인.
171) 파연곡(罷宴曲) : 잔치를 끝낼 때에 부르는 노래.
172) 대례(大禮) : 혼인.
173) 종시(終是) : 나중까지 끝내.
174) 회소(回蘇) : 다시 살아남.
175) 주장(主掌) : 어떤 일을 책임지고 맡음.
176) 황양(黃壤) : 사람이 죽어서 간다는 곳. 황천(黃泉).
177) 광부(曠夫) : 아내에게 충실하지 못한 남편.
178) 기결(寄決) : 부탁.
179) 불거(不拒) : 거역할 수 없음.
180) 노부(老夫) : 늙은 남자가 '자신'을 일컬을 때 쓰는 말.
181) 무양(無恙) : 아무 병고가 없이 평안함.

182) 전부(傳訃) : 죽음을 알리는 소식.(=訃告)
183) 영위(靈位) : 상가(喪家)에서 모시는 혼백(魂魄)이나 가주(假主)의 신위. 혼백·신주(神主)·지방 따위를 통틀어 일컫는 말이다.
184) 조문(弔問) : 남의 죽음에 대하여 슬퍼하는 뜻을 드러내며 상주를 위로함.
185) 정제(整齊) : 격식에 맞게 차려 입고 매무시를 바르게 함.
186) 능청 : 마음속으로는 다른 생각을 하면서 겉으로는 천연스럽게 행동하는 태도.
187) 선군(先君) : 돌아가신 아버지.
188) 하문(下問) : 윗사람이 아랫사람에게 의견 등을 구함.
189) 단정(端正) : 몸가짐이 흐트러짐이 없이 얌전하고 깔끔함.
190) 사속(斯速) : 매우 빠름.

은혜(恩惠)를 입사와 존문(尊門)에 의탁(依託)하였으나, 숨은 수심(愁心)이 있기로 자연 공명에 뜻이 없나이다."

이생 등이 가로대,

"장부 행사(行事) 안이로다. 수심으로 학업을 어찌 폐(廢)하리요?"

소생이 미소부답(微笑不答)하거늘, 이생 등이 왈,

"이제 선군이 아니 계시고, 우리 경성(京城)에 가면 소형(蘇兄) 대접할 주인이 없사오니, 객(客)의 마음이 무료(無聊)192)할까 하나이다."

소생은 도량이 창해(蒼海)를 헤아리는지라, 어찌 천심(天心)193)을 모르리요. 그러나 공순(恭順)히 대왈,

"의지 없는 사람이 일이 년(一二年) 의탁(依託)도 감사하옵거니와, 선대인께옵서 금석(金石) 같은 언약(言約)이 있삽기로 지금까지 있삽거니와, 제형(諸兄)의 인후(仁厚)하심을 바라나이다."

이생 등이 왈,

"비록 언약이 있사오나 삼 년(三年)이 망연(茫然)하오니, 소형의 객탑(客榻)194)이 무료(無聊)할까 함이로소이다."

이윽히 수작(酬酌)195)하다가 내당에 들어와 부인께 소생이 하던 말을 여쭈온대, 부인이 대로(大怒) 왈,

"흉악(凶惡)한 놈이 혼사를 칭탁(稱託)하고 우리를 욕함이라."

하거늘, 장자 태경이 왈,

"제 스스로 온 바가 아니요, 선군이 데려다가 언약이 지중(至重)하매 제 신(信)을 지키고 있거늘, 무단(無斷)196)이 내치면 남의 시비(是非) 있을까 하나니, 일이 난처하오니 비밀한 모계(謀計) 아니오면 도모키 어려울까 하나이다."

니생 등 왈,

"장형(長兄)은 지모(智謀) 유여(裕餘)197)하니 계책을 도모할까?"

하나니, 정생198)이 왈,

"이제 천금(千金)으로 자객의 손을 얻을진대, 남이 모르게 처치하리라."

한대, 부인 왈,

"차사(此事) 가장 비밀하다."

하고, 즉시 '조영'이란 자객을 불러 천금을 주고 소생의 수말(首末)을 이른대, 조영이 왈,

"이는 비난지사(非難之事)199)라. 금야(今夜)에 결단(決斷)하리이다."

하고, 밤을 기다리더라.

이때 소생이 이생 등을 보내고 탄식 왈,

"주인이 객을 싫어하니, 장차 어디로 향하리요."

마음이 불안하여 책을 놓고 보더니, 홀연(忽然) 광풍(狂風)이 창틈으로 들어와 생이 쓴 관을 벗겨 공중에 솟았다가 방중에 떨어지니 생이 그 관을 소화(燒火)200)하고, 주역(周易)을 내어 팔괘(八卦)201)를 보더니 괴이한 일이 눈 앞에 보이는지라. 마음에 냉소(冷笑)하고 촛불을 돋우고 밤 새기를 기다리더니 삼경(三更)이 지난 후에 방중에 음풍(陰風)202)이 일어나거늘, 둔갑(遁甲)203)을 베풀어 육신(肉身)을 감추고 그 거동을 살피더니, 자객이 비수(匕首)를 들고 음풍이 되어 문틈으로 들어와 두루 살피더니 인적이 없음을 보고 도로 밖으로 향코자 하거늘, 생이 동벽(東壁) 촉하(燭下)204)에서 언연(偃然)205)이 불러 왈,

"네 어떠한 사람이건대, 이 깊은 밤에 칼을 들고 뉘를 해코자 하느냐?"

조영이 그제야 소생인 줄 알고 칼춤 추며 나가고자 하더니, 소생이 문득 간 데 없는지라. 조영이 의혹(疑惑)할 차에, 생이 또한 서벽(西壁) 촉하에서 언연이 크게 꾸짖어 왈,

"무지(無知)한 필부(匹夫)야! 금은을 받고 몸을 돌아보지 아니하니, 어찌 가련치 아니하리요."

조영이 대답지 아니하고 생을 바라보며 칼을 던지니, 촉하에 검광(劍光)이 빛나며 소생이 또한 간 데 없는지라. 조영이 촉영(燭影)을 의지하여 주저(躊躇)하더니, 남벽 촉하의 소년(少年)이 흑건포의(黑巾布衣)206) 칠현금(七絃琴)을 무릎 위에 놓고 줄을 희롱하며 노래하여 왈,

전국(戰國) 적 시절(時節)인가 풍진(風塵)207)도 요란하며,
초한(楚漢) 적 천지(天地)런가 살기(殺氣)208)도 무궁(無窮)하다.
홍문연(鴻門宴)209) 잔치런가 칼춤은 무슨 일고?

---

191) 선대인(先大人) : 윗사람이나 점잖은 이에게 대하여, 그의 돌아간 아버지를 높이어 일컫는 말.
192) 무료(無聊) : 지루하고 심심함.
193) 천심(天心) : 선천적으로 타고난 마음씨.
194) 객탑(客榻) : 손님을 위한 자리.
195) 수작(酬酌) : 말을 주고받음.
196) 무단(無斷) : 사유를 말함이 없이.
197) 유여(裕餘) : 넉넉하고도 남음.
198) 정생 : 앞에서 장녀 이춘경이 공부상서 '정양의 며느리인 바, 그녀의 남편인 듯.

199) 비난지사(非難之事) : 어렵지 않은 일.
200) 소화(燒火) : 불에 태움.
201) 팔괘(八卦) : 중국 상고시대의 복희씨(伏羲氏)가 지었다는 여덟 가지 괘.
202) 음풍(陰風) : 음산하고 살벌한 바람.
203) 둔갑(遁甲) : 귀신을 부리어 몸을 감추거나 변화케 함.
204) 촉하(燭下) : 촛불 아래.
205) 언연(偃然) : 태도가 당당하고 위엄이 있음.
206) 흑건포의(黑巾布衣) : 검은 두건을 쓰고 베옷을 입음.
207) 풍진(風塵) : 세상에 일어나는 어지러운 일.
208) 살기(殺氣) : 남을 죽이거나 해치려는 무시무시한 기운.
209) 홍문연(鴻門宴) : 중국 합서성(陝西省) 임동현(臨潼縣)의 홍문에서 한고조(漢高祖) 유방(劉邦)과 초패왕(楚霸王) 항우(項羽)가 베푼 잔치. 항우가 범증(范增)의 권유로 칼춤을 추다가 유방을 죽이고자 하였으

패택(沛澤)210)에 잠긴 용이 구름을 얻었으며,
초산(楚山)211)의 모진 범이 바람을 일었도다.
범증(范增)212)의 깨뜨린 구슬213) 백설(白雪)이 되었도다.
항장(項莊)214)의 날랜 칼이 쓸 곳이 전혀 없다.
장양(張良)215)의 통소소리216) 월하(月下)에 일어나니,
장중(帳中)에 잠든 패왕(霸王)217) 혼백(魂魄)이 놀랐도다.
음릉(陰陵)218) 좁은 길에 월색(月色)이 희미하니,
오강(烏江)219) 넓은 물에 수운(愁雲)이 적막하다.
역발산기개세(力拔山氣蓋世)220)도 강동을 못 가거든,221)

나, 장양(張良)이 계책을 잘 써서 유방이 번쾌(樊噲)를 데리고 무사히 도망한 역사상 유명한 회합(會合)이다.
210) 패택(沛澤) : 수초가 무성하고 빽빽하게 우거진 낮은 습지대. 여기서는 중국 진(秦)나라 말기 한고조 유방이 봉기하여 군대를 일으킨, 강소성(江蘇省)에 속해 있는 고을을 지칭한다.
211) 초산(楚山) : 여진족 출신 이지란(李之蘭, 1331-1402)이 지은 "초산(楚山) 우는 호(虎)와 패택(沛澤)에 잠긴 용(龍)이 / 토운생풍(吐雲生風)하여 기세(氣勢)도 장(壯)할씨구 / 진(秦)나라 외로운 사슴은 갈 곳 몰라 하노라."는 시조가 참고 됨. 이 시조는 초(楚)에서 일어난 범 같이 날래고 사나운 항우와 패(沛)의 못가에서 용같이 일어난 유방이 맞붙어서 천하를 차지하려고 구름을 토하며 바람을 일으키는 기세 속에서 나라를 잃게 된 진(秦)나라의 마지막 임금 자영(子嬰)이 어찌 할 바를 모르고 있는 내용이다. 그러나 중국에는 있는 초산이란 구체적 지명은 '초산(蕉山)'인 것으로 짐작된다.
212) 범증(范增) : 진(秦)나라 말기 사람. 초나라의 항우를 따라 기계(奇計)로써 전공을 세웠다. 홍문(鴻門)의 모임에서 유방을 죽이려고 하였으나 뜻을 이루지 못하고, 후에 항우에게 의심을 받아 팽성(彭城)으로 도피하였다가 그곳에서 병이 들어 죽었다.
213) 구슬 : 홍문연(鴻門宴)에서 劉邦이 항우의 신하 범증(范增)에게 선사한 옥결(玉玦)을 지칭한 것이다. 범증이 칼을 빼어 그것을 깨뜨린 고사가 있다. 옥결은 고리 모양인데 한 쪽이 트인, 허리에 차는 옥으로, 활 쏠 때 엄지손가락에 끼는 기구이다.
214) 항장(項莊) : 홍문연(鴻門宴)에서 유방을 죽이려고 한 항우의 부하.
215) 장양(張良) : 전한(前漢) 창업의 공신. 소하(蕭何)·(한신)韓信과 함께 한나라 삼걸(三傑). 자는 자방(子房). 유방의 모신(謀臣)이 되어 진(秦)나라를 멸망시키고 초나라를 평정하여 한업(漢業)을 세웠다.
216) 통소소리 : 유방의 신하 장양이 해하(垓下) 싸움에서 계명산(鷄鳴山) 추야월(秋夜月)에 초나라 항우의 팔천 군사들을 흩으려고 하여 분 옥통소 소리. 이 때문에 초나라 군사들이 고향 생각에 젖어 모두 흩어짐으로써 크게 이겼다는 고사가 있다.
217) 패왕(霸王) : 초(楚)나라 항우(項羽). 진(秦)나라 말기에 진승(陳勝)과 오광(吳廣)이 거병하자, 항우가 숙부 량(梁)과 오중(吳中)에서 병사를 일으켜 진군을 격파하고 스스로 서초패왕(西楚霸王)이라 일컬은 데서 연유한다.
218) 음릉(陰陵) : 중국 안휘성(安徽省) 화현(和縣)의 북쪽 경계. 춘추시대 때 초나라 고을로, 항우 군대가 한나라 군대에게 패한 후 길을 잃었던 곳이다.
219) 오강(烏江) : 중국 안휘성(安徽省) 화현(和縣) 동북을 흐르는 강. 항우가 한나라 군대에게 쫓기다가 자살한 곳이다.
220) 역발산 기개세(力拔山 氣蓋世) : '힘은 산이라도 빼어 던질 만하고, 기개는 세상을 덮을 만큼 웅대하다'는 뜻으로, 초패왕(楚霸王) 항우(項羽)의 빼어난 힘과 기개를 표현한 말. ≪사기(史記)≫<항우기(項羽記)>를 보면, 항우가 해하(垓下)에서 한군(漢軍)에게 포위되었을 때 적군들이 사방에서 초나라 노래를 부르는 것을 듣고 읊었다는 시의 한 구절이다. 곧, "力拔山兮氣蓋世, 時不利兮騅不逝. 騅不逝兮可奈何, 虞兮虞兮奈若何"이다.
221) 강동을 못 가거든 : 항우가 한 고조 유방의 군사에게 쫓겨 오강(烏江)에 다다랐을 때, 사공이 강동은 작은 지역이지만 왕 노릇을 할

필부(匹夫) 형경(荊卿)222)이야 역수(易水)223)을 건널쏘냐.
거문고 한 곡조에 살벌(殺伐)이 섞였으니,
가련타, 저 장사(壯士)야 갈 길이 어드메요.
멀고 먼 황천(黃泉) 길에 조심하여 가겠어라.
가다가 깨치거든 현도(玄道)224)를 닦았어라.

조영이 그 노래를 듣고 자세히 보니, 이 곳 소생이라. 조영이 마음에 헤아리되,

'내 재조(才操) 십 년을 공부하매 사람은커니와 귀신도 측량(測量)치 못하더니, 오늘날 칼을 두 번 허비하여 소생(蘇生)을 죽이지 못하고, 또한 노래로 나를 조롱하니 제 비록 비상한 계교(計巧)로 장양(張良)의 통소로 팔천(八千) 제장(諸將) 흩어버리던 꾀를 행하여 날로 하여금 돌아가고자 하거니와, 내 어찌 제 간계(奸計)에 들리요?'

하고, 다시 칼을 들어 던지니 칼소리 쟁연(錚然)225)하며 생이 간데 없거늘, 칼을 찾더니 소생이 비수를 들고 촉하에 나서며 꾸짖어 왈,

"처음에 너에게 일러 돌아가고자 하였거늘, 네 종시(終始) 금은(金銀)만 생각하고 몸은 돌아보지 아니하니, 진실로 어린 강아지 맹호(猛虎)를 모르는도다."

하고, 언필(言畢)에 칼을 들어 조영을 치니 영의 머리 내려지는지라. 생이 분기(憤氣)를 이기지 못하여 칼을 들고 바로 내당에 들어가 이생(李生) 등을 함몰(陷沒)226)코자 하다가, 도로 생각하고 탄왈,

"제 비록 무도(無道)하여 원수를 지었으나 '영인부아(寧人負我)언정, 무아부인(無我負人)이라227).' 하니, 이제 저희 등을 베어 설분(雪憤)코자 하나, 연즉(然則)228) 어진 사람의 후사(後嗣)를 끊을지라. 아직 피(避)하리라."

하고, 붓을 잡아 나가는 이별시(離別詩)를 벽상에 붙이니, 하였으되,

주인의 은혜 중(重)함이여, 태산(泰山)이 가볍도다.
객의 정(情)이 깊음이여, 하해(河海)가 얕도다.
사람이 지음(知音)229)을 잃음이여, 의탁(依託)이 장구(長久)

만하다고 했으나 스스로 수치스럽게 여겨 자결했다는 고사를 일컬음.
222) 형경(荊卿) : 중국 전국시대의 자객 형가(荊軻). 위나라 사람으로 연나라 태자 단(丹)의 부탁을 받아 진시황을 암살하러 갔으나 실패하여 죽임을 당했다.
223) 역수(易水) : 중국 하북성(河北省) 역현(易縣)에 근원을 둔 강.
224) 현도(玄道) : '깊고 묘한 도'라는 뜻으로, '불도(佛道)'를 달리 일컫는 말.
225) 쟁연(錚然) : 금속이 서로 부딪쳐서 울리는 소리.
226) 함몰(陷沒) : 모조리 결딴냄.
227) 영인부아(寧人負我)언정 무아부인(無我負人)이라 : 남은 나를 저버릴지언정 나는 남을 저버리지 않음.
228) 연즉(然則) : 그러한다면.
229) 지음(知音) : 중국 춘추전국 시대에 거문고의 명수인 백아(伯牙)의 거문고 소리를 잘 알아들은 사람은 오직 그의 친구 종자기(鍾子期)뿐

치 못하리로다.

후손(後孫)이 불초(不肖)함이여, 원수를 맺었도다.

자객의 보검이 촉하에 빛남이여, 잔명(殘命)을 보전(保全)하여 천리(千里)를 향하는도다.

아름다운 인연이 뜬구름 되었으니 알지 못하겠구나.

어느 날에 대성의 그림자나 이 집에 다시 이르리요.

쓰기를 다하매, 붓을 던지고 포계(匏繫)230)를 메고 서당을 떠나니, 깊은 밤에 서천(西天)을 향(向)하니라.

이 적에 이생 등이 자객을 서당에 보내고 마음이 민조(憫燥)231)하여 밤이 지난 후에 서당에 나가 문틈으로 엿보니 한 주검이 방중(房中)에 거꾸러졌거늘, 처음에는 소생(蘇生)인가 기뻐하더니, 자세히 본즉 이 곳 조영이라. 생 등이 놀래어 주저하다가 문득 벽상(壁上)을 보니 예 없던 글이 있거늘, 본즉 소생의 필적(筆跡)이라. 아주 나감을 일렀으되, 은근이 이생 등을 후일에 찾을 뜻을 일렀으니, 도리어 뉘우침을 측량치 못하더라. 생 등이 낙담(落膽)하여 왈,

"소생은 용잔(庸孱)232)한 사람이 아니라. 반드시 후환(後患)이 되리로다."

정생 왈,

"이의(已矣)233)라! 하릴없으니 말을 내되, '소생이 주인의 은혜를 잊고 하직(下直)도 아니하고 무단이 나갔다.' 하면 남이 불행(不幸)히 알 것이니, 소저인들 부모 은혜 모르는 사람을 어찌 사렴(思念)234)하리요."

이생 등이 옳게 여겨 조영의 신체(身體)235)를 치우고 내당에 들어가 소생이 조영을 죽이고 간 데 없는 사연을 부인께 고하니, 부인이 또한 두려우나 소생 나간 것만 기뻐하더라.

이런 말이 자연 전파하여 소저에게 미치니, 소저 '난영'에게 문왈,

"들으매 '소생(蘇生)이 나갔다.' 하니, 네 진위(眞僞)를 알아 오라."

난영이 서당에 나가보니 과연 소생이 없고, 다만 하직한 글이 벽상에 있거늘 그 글을 베껴다가 소저께 드리니, 소저 이윽히 보다가 탄왈,

"내 처음에 '연고(緣故) 없이 나가다.' 하매 괴이히 여겼더니, 이 글을 보매 목숨을 도망함이라. 어떠한 사람이 소생(蘇生)을

해(害)코자 하였는고? 명일(明日) 모친께 가면, 거거236)는 서당에 출입하였으니 분명 진위를 알지라."

한대, 난영이 여쭈오되,

"진위를 알으시면, 어찌하려 하시나이까?"

소저 왈,

"소생(蘇生)은 나의 가장(家長)237)이라. 분명 신(信)을 지켜 삼 년(三年)을 기다릴 것이로되, 명(命)을 도모하여 나갔으니 의(義) 없는 사람이 아니라. 외당(外堂)에 있을 때에 의식을 돌봄이 여자의 일이오되, 내 몸이 초토(草土)에 있기로 돌보지 못하였으나, 소생을 잠깐 보니 녹녹(碌碌)한 장부 아니요, 신(信)을 잊을 사람이 아니라. 후일에 돌아오리라."

하거늘, 난영 왈,

"삼 년 후에 아니 오시면, 어찌하려 하시나이까?"

소저 왈,

"네, 어려서부터 나를 따라 고서(古書)를 아는지라. 부창부수(夫唱婦隨)238)는 고금에 으뜸이라. 몸을 빼어 환난(患難)을 한가지로 함이 여자의 행(行)이 옳으나 죄인이매 아직 있거니와, 종차(從次) 성식(聲息)239)이 없으면 몸이 죽기로써 찾다가, 못하면 지하로 좇을밖에 무가내하(無可奈何)240)로다."

난영이 어이없어 다시 묻지 아니 하더라.

이튿날 소저 모친께 문안하고 묻자와 가로대,

"들사오니 '소생이 서당을 떠났다.' 하오니, 거거[哥哥]에게 응당 하직이 있을 것이니 무슨 연고로 나갔나이까?"

부인 왈,

"너는 규중처자(閨中處子)라. 외객(外客)241)의 유무(有無)를 알아 무엇하리요?"

소저(小姐) 피석(避席) 대왈,

"소녀(小女) 소생(蘇生)의 거처를 묻자옴이 '여자의 행이 아니라.' 하오니, 전일(前日) 중헌에서 무슨 증간(證看)242)하였나이까? 여모정렬(女慕貞烈)243)은 여자의 떳떳한 일이오니, 소생의 거처를 묻자왔나이다."

부인 왈,

"그러면 소생을 위하여 수절(守節)코자 하느냐? 범가수절(凡家守節)244)이 곡절(曲折)이 있느니라. 승상이 취중(醉中)에 잠깐 언약한 오륙 년(年)에 육례(六禮)245)를 갖추어 동상(東床)의

이었다는 고사에서 온 말로, '마음이 서로 통하고 서로의 마음을 잘 알아줌'을 일컬음.

230) 포계(匏繫) : 시렁에 걸려 있는 바가지라는 뜻이나, 여기서는 '시렁에 걸어둔 악기[칠현금(七絃琴)]'를 일컫는 듯. 포(匏)는 본래 '생황, 우(竽), 화(和) 따위의 바가지로 만든 악기'를 통칭하나, 앞에서 칠현금을 켜는 대목이 있었으니 그것을 지칭하는 것으로 보인다.

231) 민조(憫燥) : 마음이 답답하고 조급함.

232) 용잔(庸孱) : 어리석고 유약함.

233) 이의(已矣) : 이미 모든 일이 끝나 버림.

234) 사렴(思念) : 근심하고 걱정하는 생각.

235) 신체(身體) : 시신(屍身).

236) 거거 : 중국어 '거거(哥哥)'에서 온 말. 오빠를 부르는 호칭.

237) 가장(家長) : 집안 어른. '남편'을 정중하게 일컫는 말로도 쓰인다.

238) 부창부수(夫唱婦隨) : 남편이 주장하고 아내가 잘 따름. '부부의 화합하는 도리'를 뜻하는 말이다.

239) 성식(聲息) : 소식.

240) 무가내하(無可奈何) : 어찌할 수가 없음. 다른 방도가 없음.

241) 외객(外客) : (여자의 처지에서 이르는) 남자 손님.

242) 증간(證看) : (어떤 상황 등을) 증명하고 봄. 지켜봄.

243) 여모정렬(女慕貞烈) : 여자가 정렬을 사모함.

244) 범가수절(凡家守節) : 보통 집에서 절개를 지킴.

245) 육례(六禮) : 우리나라의 재래식 혼례에서의 여섯 가지 의식. 곧, 납채(納采)·문명(問名)·납길(納吉)·납폐(納幣)·청기(請期)·친영

예(禮)246)를 이루지 아니 하였으니, 소생은 곧 남이라. 더러운 말로 가문을 욕(辱)되게 말라!"

소저 안색(顔色)을 변하여 가로대,

"아아! 분명히 중헌에서 양인(兩人)의 예(禮)를 이루고 시문(詩文)을 창화(唱和)하였으니 이미 삼종지의(三從之義)247) 이루었는지라. 그때에 모친께옵서 증참(證參)248)하신 일이어늘, 이제 '소녀의 절행(節行)이 아니라.' 하며 '가문에 욕된다.' 하옵시니, 옛날 초왕(楚王)이 오 세(五歲) 여아(女兒)를 데리고 희롱하시되 '이 아이 자라거든 문밖 백성(百姓)의 며느리를 주리라.' 하시더니, 공주 장성(長成)하사 부마(駙馬)를 간택249)하실새, 공주 여쭈오되 '신첩(臣妾)250)이 오 세에 부왕(父王)이 문밖 백성의 며느리 주시마.' 하시매 백성의 거주(居住) 받듦을 주야(晝夜) 명념(銘念)251)하였삽더니, 이제 들으매 다른 데 부마를 간택하시니 신첩은 다른 데 아니 가옵고 백성의 며느리 되기를 죽기로써 간(諫)한대, 초왕이 그 명령(命令)을 자책(自責)하시고 인하여 백성으로 부마를 정하였으니, 지금 천추(千秋)252)에 그 절행(節行)을 욕된단 말이 없는지라. 소녀(小女)의 연광(年光)이 십삼 세라. 어찌 오 세 소아(小兒)만 못하오리까?"

부인이 어이없어 다시 책(責)하여 왈,

"내 뜻을 거스르니 금일부터 모녀지정(母女之情)을 끊으리라!"

하신대, 소저 눈물로 화협(花頰)253)을 적시며, 효성이 지극하기로 모녀지정이 있는지라. 이생 등이 곁에 앉았다가 가로대,

"매제(妹弟)254) 거상(居常)255) 총명하더니, 오늘은 어찌 고집하여 모친의 마음을 불평케 하느뇨? 옛사람의 고집을 본받을 게 아니라."

한대, 소저 눈물을 닦고 대왈,

"거거[哥哥]는 모친을 위하신 말씀이거니와 군자의 정직하신 말씀은 아니로소이다. '충신(忠臣)은 불사이군(不事二君)이요, 열녀(烈女)는 불경이부(不更二夫)라.'256) 하오니, 소제(小弟) 만

일 절행을 숭상치 아니할지라도 옳은 말씀으로써 기결(旣決)257)할 것이거늘, 어린 동생의 마음을 탐지(探知)하시니 실로 정도(正道) 아니라. 그윽히 한심하여이다."

이생 등이 중심(中心)258)에 무료(無聊)하나 거짓 위로 왈,

"옛적 성현도 세속을 따르나니, 너무 고집을 과도(過度)이 말라!"

소저(小姐) 대왈,

"거거[哥哥]는 조정에 올라 식록(食祿)하다가 인사(人事)259) 변하여 나라가 망(亡)케 되면 무릎을 꿇어 적류(賊類)에 항복하시리까?"

생등 왈,

"이 또한 권도(權道)260)라. 세상 논의(論議)를 따를 것이지, 남의 지킴을 좇으리요."

소저 소왈,

"대장부 세상에 처하매 문무(文武)를 겸전(兼全)하여 꽃다운 이름을 용방(龍龐)261)·비간(比干)262)의 충절(忠節)을 따름이 옳거늘, 거거[哥哥]의 말씀 같으시면 충효를 불관(不關)이263) 여기고 소인의 마음을 품어 계시니, 한(漢) 적 양웅(揚雄)264)의 당류(黨類)라. 후세에 남의 침 뱉음을 면치 못하리로소이다. 예부터 충신의 문(門)에 효자 아니 난 데 없고 효자 문에 충신 아니 난 데 없더니, 거거는 하나도 선군(先君)의 성심(性心)을 본받은 바가 없으니, 이는 걸주(桀紂)265)의 포악(暴惡)으로 우탕(禹湯)266)의 성덕(聖德)을 더럽힘이로소이다. 어찌 한심치 아니하리요?"

설파(說破)267)에 문을 닫고 나오니, 생 등이 홍광(紅光)이 낯빛에 올라 아무 말도 대답지 못하거늘, 부인 왈,

"여아(女兒)의 절행(節行)이 빙설(氷雪) 같으니, 부월(斧

(親迎)의 총칭이다.

246) 동상(東床)의 예(禮) : 사위를 맞이하는 혼인 예식.

247) 삼종지의(三從之義) : 여자가 지켜야 할 세 가지 도리. 곧, '어렸을 때는 어버이를, 시집가서는 남편을, 남편과 사별한 뒤에는 아들을 좇는 일'을 이른다. 삼종지도(三從之道).

248) 증참(證參) : 증인이 됨.

249) 간택(揀擇) : (왕이나 왕자, 왕녀의) 배우자를 고름.

250) 신첩(臣妾) : 여자가 임금에 대하여 '스스로'를 일컫던 말.

251) 명념(銘念) : 마음에 새김.(=銘心)

252) 천추(千秋) : 오래고 긴 세월.

253) 화협(花頰) : 꽃과 같이 아름다운 뺨. '여자의 뺨'을 일컫는 말이다.

254) 매제(妹弟) : 누이동생.

255) 거상(居常) : 일상생활에서의 보통 때.

256) 충신(忠臣)은 불사이군(不事二君)이요, 열녀(烈女)는 불경이부(不更二夫)라 : 『사기(史記)』 <전단전(田單傳)>의 "충성스런 신하는 두 임금을 섬기지 아니하고 정조를 지키는 여자는 두 지아비를 섬기지 아니한다.(忠臣不事二君, 貞女不更二夫, 吾與其生而無義, 固不如烹.)"에서 인용한 말.

257) 기결(旣決) : 이미 결정함. '경계했어야 했다'는 의미이다.

258) 중심(中心) : 마음속.(=心中)

259) 인사(人事) : 세상에서 벌어지는 일.(=世上事)

260) 권도(權道) : 수단은 옳지 않지만 목적은 정도에 두고 일을 처리하는 방식.

261) 용방(龍龐) : 하(夏)나라 걸왕(桀王)의 신하 관용방(關龍龐). 걸왕의 惡政(악정)을 간하다 죽임을 당한 인물이다.

262) 비간(比干) : 은(殷)나라 주(紂王)의 숙부. 주왕의 악정(惡政)을 간하다 심장을 찢기어 죽은 인물이다.

263) 불관(不關)이 : 아무 관계가 없는 듯이.

264) 양웅(揚雄) : 한대(漢代)의 유학자. 눌변이었으나 박학하였는데, 성제(成帝) 때 왕망(王莽)·유흠(劉歆)과 함께 관리가 되었고, 애제(哀帝) 때 동현(董賢)과 같은 관직에 있었다. 왕망이 제위를 찬탈하고 신(新)나라로 국호를 삼았을 때, 양웅이 여전히 대부(大夫)의 관직에 있었을 뿐만 아니라 새 왕조를 찬미하는 문장을 썼던 것에 대하여 부정적으로 바라본 것이다.

265) 걸주(桀紂) : 역사상 가장 유명한 폭군들로, 하(夏)나라의 마지막 왕인 걸(桀)과 은(殷)나라 마지막 왕인 주(紂).

266) 우탕(禹湯) : 하(夏)나라 우왕(禹王)과 은(殷)나라 탕왕(湯王). 우왕은 순(舜)임금에게 천거되어 왕위에 오른 왕이고, 탕왕은 이윤(伊尹) 같은 어진 측근을 두어 민심을 얻은 후 하(夏)의 걸왕(桀王)을 내쫓고 천자의 자리에 오른 왕이다.

267) 설파(說罷) : 말하기를 끝냄.

鉞)268)이 당하여도 고집할지라. 도리어 소생(蘇生) 구박(驅迫)함을 회과(悔過)269)하노라!"

생 등 왈,

"아이 춘광(春光)270)이 차지 못하여 그러하옵거니와, 장차 자연 변하리이다."

부인도 그렇게 알더라.

각설니라. 소생이 서당을 떠나 정처없이 다니더니, 한 곳에 다다라 큰물이 있으되, 수세(水勢) 광활(廣闊)하여 건널 길이 없는지라. 강변에 배회(徘徊)하더니 홀연(忽然) 청아(淸雅)한 저[笛]271) 소리 들리거늘, 생이 반겨 크게 불러 가로대,

"저 해상(海上)에 저 부는 어옹은 배를 잠깐 물러 길 막힌 사람을 건네라!"

하니, 그 사람이 저를 그치고 배를 대어 가로대,

"길이 바쁘거든 쉬 오르라."

생이 배에 올라 쳐다보니, 청의동자(靑衣童子)272) 머리에 벽련화(碧蓮花)를 꽂고 손에 옥저[玉笛]를 쥐었거늘, 범인(凡人)이 아닌 줄을 알고 가로대,

"학생(學生)이 진토육안(塵土肉眼)273)으로 선동(仙童)을 모르고 어선(漁船)인가 배를 청하였삽더니, 무례한 죄를 사(赦)하옵소서!"

동자 대왈,

"약수(弱手)274) 삼천 리에 짐승의 깃도 가라앉거늘, 어찌 어선이 있사오리까?"

배를 돌이켜 젓는 일 없이 저만 불며 선두(船頭)에 앉았으니, 배 감이 살 같은지라. 이윽고 배를 언덕에 대이고 '내리라.' 하거늘, 생이 왈,

"선동이 어찌 속객(俗客)을 희롱하시나이까? 약수는 서천대해(西天大海)275)라. 개[邊]를 보지 못하는데, 순식(瞬息)276)에 왔나이까?"

동자 대왈,

"나는 서해 광덕왕277)의 제자(弟子)라. 왕명을 받자와 상공

(相公)278)을 건너고 가나니, 이러므로 이 배는 용왕의 표주(瓢舟)279)라. 순식에 왔나이다."

생이 대왈,

"용왕의 사랑하심과 선동의 은혜는 백골난망(白骨難忘)이니, 어찌 갚으리까?"

동자 대왈,

"상공의 액운(厄運)이 다 진(盡)하였으니, 남방(南方)을 향(向)하여 이백 리(二百里)를 가면 큰 뫼 있나니 산명(山名)은 '영보산'이요, 그 속에 '청룡사'라 하는 절이 있사오니 그 절을 찾아가면 구할 사람이 있으리라."

하고 간 데 없거늘, 동자를 하직하고 종일토록 가더니, 한 곳에 다다르니 큰 뫼 있으되, 높기 만 장(萬丈)이요, 길이 궁진(窮盡)한지라. 석경(石逕)280)으로 백여 보(百餘步)에 이르니 한 봉(峰)이 수려하고, 빛나는 화초에 난봉·공작(鸞鳳孔雀)이 섞여 노니 세상에 보는 바 처음이라. 생이 경개(景槪)를 따라 수리(數里)를 드러가니, 운무(雲霧) 자옥한 가온데 층암절벽(層巖絶壁)은 병풍 두른 듯하고, 폭포는 창천(蒼天)에 걸렸으니, 이른바 별건곤(別乾坤)281)이라. 생이 갈 바를 잊고 주저하더니, 문득 경쇠282) 소리가 구름 밖에 은은히 들리거늘, 절이 있는 줄을 알고 찾아 들어가니, 수양천만사(垂楊千萬絲)283)는 동구(洞口)에 덮였는데, 주란거각(朱欄巨閣)284)이 반공(半空)에 솟았는 중에 황금대자(黃金大字)285)로 '청룡사(靑龍寺) 대웅전(大雄殿)이라.' 하였더라.

한 노승(老僧)이 육환장(六環杖)286)을 짚고 나와 합장배례(合掌拜禮)하여 맞아 가로대,

"귀객(貴客)287)이 멀리 오시나, 빈승(貧僧)288)이 각력(脚力)289)이 무기(無氣)290)하여 문 밖에 맞지 못하오니 죄를 사(赦)하옵소서!"

생이 답왈,

"도승(道僧)이 동문(洞門)에 맞기도 감격하옵거든, 어찌 멀리나 맞기를 바라리까?"

---

268) 부월(斧鉞) : 작은 도끼와 큰 도끼. 옛날 중국의 천자가 출전하는 장수에게 통솔권의 상징으로 주던 것으로, 군령(軍令)을 어기는 자에 대한 상살권(生殺權)을 상징한다.
269) 회과(悔過) : 자기의 잘못을 비판하여 허물을 뉘우침.
270) 춘광(春光) : '젊은 사람의 나이'를 일컫는 말.
271) 저 : '가로 대고 부는 피리'를 통틀어 이르는 말.
272) 청의동자(靑衣童子) : 푸른 옷을 입은 나이 어린 사내아이.
273) 진토육안(塵土肉眼) : 디끌세상의 인간의 육체에 갖추어진 범부(凡夫)의 눈.
274) 약수(弱水) : 부력이 매우 약하기 때문에 기러기 털[鴻毛]조차도 가라앉는다고 전해지는, 신선이 살았다는 중국 서쪽의 전설적인 강. 길이가 3천리나 되었다고 한다.
275) 서천대해(西天大海) : 오늘날 인도인 서천 서역국의 큰 바다.
276) 순식(瞬息) : 눈 한번 깜작이거나 숨 한번 쉴 사이와 같이 매우 짧은 시간.(=瞬息間)
277) 광덕왕(廣德王) : 서해 용왕 거승(去乘). 동해 광연왕(廣淵王) 하명(河明), 남해 광리왕(廣利王) 충륭(沖隆), 북해 광택왕(廣澤王) 우강(禺强) 등과 함께 사해(四海) 해신(海神)의 하나이다.

278) 상공(相公) : 원래 재상 벼슬에 있는 자를 높여 일컫는데, 여기서는 그냥 '상대방'을 높여 부른 말.
279) 표주(瓢舟) : 표주박처럼 만든 작고 가벼운 배.
280) 석경(石逕) : 돌이 많은 좁은 길.
281) 별건곤(別乾坤) : 별다르게 특별히 경치가 좋거나 분위기가 좋은 곳.
282) 경쇠 : 부처에게 예불을 드릴 때 흔드는 작은 종.
283) 수양천만사(垂楊千萬絲) : 수양버들가지가 많이 늘어진 모양.
284) 주란거각(朱欄巨閣) : 단청을 곱게 하여 아주 아름답게 꾸민 커다란 누각.
285) 황금대자(黃金大字) : 황금을 입힌 큰 글씨.
286) 육환장(六環杖) : 중이 짚는, 고리가 여섯 개 달린 지팡이.
287) 귀객(貴客) : 귀한 손님이란 뜻으로, '상대방'을 높여 부르는 말.
288) 빈승(貧僧) : 가난한 중이란 뜻으로, 중이 자기를 낮추어서 일컫는 말.
289) 각력(脚力) : 걸을 힘. 다리의 힘.
290) 무기(無氣) : 기운 또는 기력이 없음.

하고, 노승을 따라 절에 들어가니, 제승(諸僧)이 나와 맞아 저 반기는 빛이 있거늘, 생이 대웅전에 들어가니 십존금불(十尊金佛)이 언연단좌(偃然端坐)291)하여 생을 보고 웃는 듯하더라. 생이 분향재배(焚香再拜) 후에 방중(房中)으로 나오니 저녁 재(齋)를 올리되, 재식(齋食)292)의 정결함과 채소의 소담함이 인간 음식과 다르더라. 생이 제승에게 치사 왈,

"학생이 주유사해(周遊四海)293)하여 부운(浮雲)같이 다니옵더니, 우연히 이 곳에 와 재식을 많이 먹사오니 은혜 난망(難忘)이로소이다."

노승이 대왈,

"상공의 금은 수천 냥이 이 절에 들었사오니, 오륙 년(五六年) 의식을 어찌 염려(念慮)하시리까?"

생이 대왈,

"본대 재산이 없어 귀사(貴寺)에 끼친 바가 없거늘, 수천 냥 금은을 이르시니 존사(尊師)는 과객(過客)을 너무 위하시는 말씀이로소이다."

노승이 생의 손을 잡고 가로대,

"상공(相公)은 전사(前事)를 모르실지라. 자세히 들어 보소서! 이 또한 서역(西域)이라. 산명은 영보산이요, 절은 청룡사라. 여러 세존(世尊)이 계신 고로 십오 년 전(十五年前)에 소승이 부처님의 명을 받자와 영공(令公) 댁 대상공(大相公) 문하에 이르니, 대상공께옵서 수천 냥 금은을 시주하옵시거늘 절을 중수(重修)하옵고, 여러 세존께 발원(發願)하와 상공 자(子)를 소문(蘇門)에 점지(點指)하와 후사를 잇게 하옵고, 또한 상공이 소승과 다섯 해 연분이 있는 고로 이리 오심이 천수(天數)294)오니, 한(恨)치 말으소서!"

생이 이 말을 듣고 일희일비(一喜一悲)하여 왈,

"존사의 말씀 같사오면 학생의 고생이 도리어 영화(榮華)로소이다. 연(然)이나 이제 오 년을 지낼진대, 생의 나이 이십이라. 장부(丈夫)의 성명(姓名)을 이루지 못할까 하나이다."

노승 왈,

"세월이 여류(如流)295)하오매, 불구(不久)에 소승(小僧)과 이별을 당하리다."

소생(蘇生)이 이후로는 노승과 더불어 지음(知音)이 되어 불경(佛經)도 의논하며 병서(兵書)도 잠심(潛心)296)하니, 이른 바 천지의 무사객(無事客)297)이요 산중의 유발승(有髮僧)298)

일러라.

각설. 이때는 성화(成化) 십삼 년(十三年) 춘삼월(春三月)이라. 국운이 불행하여 북흉노(北匈奴) 서융(西戎)으로 더불어 모반(謀叛)299) 동심(同心)하여 중국을 범(犯)코자 하여 이미 서양(徐陽)300) 등 수십 주(州)를 모았는지라. 방적(防賊)을 의논할새, 무반(武班)301) 중의 일원(一員) 대장이 출반주(出班奏)302) 왈,

"신 등이 비록 재주 없사오나, 한번 나아가 서융을 쳐 사로잡아 폐하의 근심을 덜리이다!"

모두 보니 평장군 '서경태'와 좌장군 '유문영'이라. 상이 대희(大喜) 왈,

"경(卿) 등의 용력(勇力)을 짐이 아는 바이니 족히 근심이 없거니와, 그러나 서북 오랑캐 심히 강성(强盛)하니 경적303)지 말나!"

하시고, 즉시 팔십만 군을 내여 주시며 '급히 가 관(關)304)을 구하라.' 하시니, 두 장수 명을 받들어 출사(出師)305)할새, 기치창검(旗幟槍劍)이 십 리(十里)에 벌였더라.

행군한 보름 만에 이르러 문득 보(報)하되, '적병이 산야를 덮어 길을 막는다.' 하거늘, 경태 문영으로 더불어 즉시 진문(陣門)에 나가 적진을 바라보더니, 무수한 오랑캐 길을 막아 진을 치고 북흉노 제(帝) 선우306)로 더불어 진문(陣門)에 왕래하거늘, 경태 크게 외쳐 왈,

"네 어떠한 도적이건대 감히 길을 막느냐?"

북흉노 대왈,

"나는 북방(北方) 오호국(五胡國) 응천대왕(應天大王)이라. 명(命)을 하늘에게 받아 대병을 거느려 명나라를 멸하고 천하 강산을 건져 내려 하거늘, 너희는 어떠한 기병(起兵)이건대 천위(天威)를 알지 못하고 감히 항거하느냐?"

경태 대로하여 크게 꾸짖어 왈,

"무지한 오랑캐야! 입을 열어 무슨 말 하느냐? 하늘이 두렵지도 아니하냐? 천자(天子) 신명(神明)307)하여 너의 반(叛)하는 줄 아시고 나를 명하사 너의 등을 소멸(掃滅)케 하실새 대군을 들여 이에 왔나니, 네 만일 천의(天意)를 순종하면 죄를 용사(容赦)하려니와, 그렇지 아니하면 서북 오랑캐를 다 함몰(陷沒)하고 네 머리를 베어 천자께 바치리라."

---

291) 언연단좌(偃然端坐) : 위엄 있고 단정하게 앉음.

292) 재식(齋食) : 재를 올리는 음식.

293) 주유사해(周遊四海) : 온 천하를 두루 돌아다니면서 유람함.(=周流天下)

294) 천수(天數) : 하늘이 정해 놓은 운수. 천운(天運). 천명(天命).

295) 여류(如流) : 빠름이 흐르는 물과 같음.

296) 잠심(潛心) : 어떤 일에 마음을 두고 깊이 행함.

297) 무사객(無事客) : 힘들거나 귀찮은 일이 없이 평안히 지내는 사람.

298) 유발승(有髮僧) : 머리를 깎지 않은 중이란 뜻으로, '불도를 닦는 속인(俗人)'을 일컫는 말.

299) 모반(謀叛) : 왕실이나 정부를 뒤엎고 정권을 잡으려고 꾀함.

300) 서양(徐陽) : 강소성(江蘇省) 북쪽에 있는 서주(徐州)와 산동성(山東省) 평현 북쪽에 있는 양주(陽州).

301) 무반(武班) : 무관(武官)의 반열(班列).

302) 출반주(出班奏) : 여러 신하 가운데서 혼자 임금에게 나아가 아룀.

303) 경적(輕敵) : (적 등을) 얕보아 가벼이 대적함.

304) 관(關) : 국경이나 요지의 통로에 두어서 외적을 경비하며 드나드는 사람이나 화물을 조사하는 곳.

305) 출사(出師) : 장수가 군대를 이끌고 전쟁터로 나감.

306) 선우(單于) : 넓고 크다는 뜻으로, 흉노(匈奴)가 자기들의 추장을 높이어 부르던 칭호.

307) 신명(神明) : 신령스럽고 이치에 밝음.

한대, 호왕(胡王)이 분노(憤怒)하여 좌우를 돌아보아 왈,

"뉘 능히 적장을 베에 나 분(憤)을 씻으리요?"

말을 마치지 못하여, 선봉장 굴통이 응성출마(應聲出馬)[308]하여 진(陣) 밖에 내달아 싸움을 돋우거늘, 경태 친히 싸우고자 하더니, 문득 부장(副將) 위한이 창을 들고 내달아 왈,

"장군은 아직 노(怒)를 그치소서! 소장(小將)이 적장의 머리를 베어 장하(帳下)[309]에 바치리다."

하고, 나는 듯이 나가 굴통으로 더불어 싸워 한 합[一合]이 못하여 위한의 창이 빛나며 굴통의 머리 마하(馬下)에 떨어지니, 적진 중에서 한 대장이 나오며 크게 외쳐 왈,

"적장은 가지 말고, 내 창을 받아라!"

하고, 칠척장창(七尺長槍)을 두르며 나오거늘, 위한이 다시 묻지 아니하고 호진(胡陣)[310]을 맞아 싸울새, 이십여 합에 이르되 승부를 결(決)치 못하더니, 호진이 위한의 창법이 과수(過水)[311]함을 보고 거짓 패하여 가거늘, 위한이 진퇴하여 따르더니, 호진이 창을 길마[312]에 걸고 가만히 살을 빼어 몸을 돌리어 위한을 쏘니 살이 흉중을 맞혔는지라. 위한이 말에서 내려지거늘, 호진이 말을 돌리며 크게 꾸짖어 왈,

"이름 없는 소장이 감이 나를 당적(當敵)할쏘냐?"

하고, 칼을 들어 위한을 베고 승세(乘勢)하여 창으로 춤추며 좌우로 충돌하여 재주를 비양(飛揚)[313]하거늘, 경태, 분노하여 칼을 들고 말을 달려 호진을 취한대, 호진이 경태를 맞아 싸울새, 창법(槍法)이 적수(敵手)[314]라 오십여 합에 승부를 결치 못하더라. 경태 호진의 창법이 적수인 줄 알고 우수(右手)로 칼을 들어 호진의 창을 막으며 좌수(左手)로 유성퇴(遊星槌)[315]를 들어 호진을 바라보며 던지니, 호진의 창 든 손이 맞았는지라. 호진이 창을 버리고 달아나거늘, 경태 본진으로 돌아올새 분기(憤氣)를 참지 못하더라.

호왕이 선우로 더불어 의논하여 왈,

"명장(明將)의 용력(勇力)이 호진(胡陣)의 적수라. 족히 싸울 바 아니라. 용렬(庸劣)한 것으로 더불어 오래 대진하여 실랑이[316]하면 우리 도리어 위엄이 깔아지니 오늘 밤에 짓치고[317], 바삐 중원(中原)[318]에 들어가 명제(明帝)를 사로잡아 전일 원수를 갚음이 옳다!"

───────────

308) 응성출마(應聲出馬) : 어떤 명령에 응하여 말을 타고 나감.
309) 장하(帳下) : 군대에서 장수가 주둔하고 있는 장막 아래.
310) 호진(胡陣) : 문맥으로 보아 '호장(胡將)'임.
311) 과수(過水) : 어떤 것을 다루는 수준이 더 높음.
312) 길마 : 짐을 싣기 위하여 소의 등에 안장처럼 얹는 도구. 구개음화한 '질마'로 널리 쓰였다.
313) 비양(飛揚) : 잘난 체하고 거드럭거림.
314) 적수(敵手) : (재주나 힘이) 서로 맞서 어금버금한 상대.
315) 유성퇴(遊星槌) : 긴 쇠사슬 양끝에 쇠뭉치가 달려 있는 무기.
316) 실랑이 : 어떤 목적을 위해 옥신각신함. 승강이.
317) 짓치고 : 함부로 마구 쳐들어가고.
318) 중원(中原) : 한족(漢族)의 발상지인 황하 일대. 변경에 대하여 '천하의 중앙'을 일컫는 말이다.

하고, 가만히 군중에 전령(傳令)하여 기계(器械)[319]를 정제(整齊)[320]하고 밤 들기를 기다려 문득 삼경(三更)이 당하매, 호왕이 선우로 더불어 보궁철기(寶弓鐵騎) 삼 만을 거느려 바로 명진(明陣)에 다다르니 진중(陣中)이 고요하여 인마(人馬) 잠을 깊이 들었거늘, 동북 양문(兩門)을 짓쳐 들어가니 명진 장수며 군사 미처 의갑(衣甲)을 입지 못하고, 각각 명(命)을 도망하여 사방으로 흩어지더라.

이때 경태와 문영이 의외(意外)에 환(患)을 당하매 정신이 황란(遑亂)[321]하여 겨우 말을 얻어 타고 한 마을 헤치고 달아나더니, 한 대장이 장창(長槍)을 들고 길을 막으며 꾸짖어 왈,

"적장은 내닫지 말라!"

하거늘, 보니 이는 호왕이라. 경태 분노(憤怒)하여 호왕을 맞아 싸우더니, 경태 싸워 당치 못할 줄 알고 급히 말을 돌리어 달아나더니, 전면(前面)에 또 한 장수 사람의 머리를 들고 길을 막으며 크게 꾸짖어 왈,

"내 이미 문영을 베고 너를 찾아 여기를 왔나니, 네 어디로 가느냐?"

경태 창황(蒼黃) 중에 보니, 이는 선우라. 경태 문영 주검을 보고 감히 대적할 마음이 없어 주저하더니, 문득 뒤에서 벽력(霹靂) 같은 소리가 나며 일원(一員) 대장이 경태를 찔러 마하(馬下)에 내리치니, 이는 호왕이라. 선우는 짓쳐 돌아오다가 문영을 베고, 호왕은 경태의 머리를 베어 들고 선우로 더불어 한데 모아 일진(一陣)을 엄살(掩殺)[322]하니, 항복하는 장수와 죽은 군사 수(數)를 모르더라.

이날 밤에 명진을 다 짓치고 본진(本陣)에 돌아와 군사를 상사(賞賜)[323]하고 우양(牛羊)을 잡아 호군(犒軍)[324]하고 다시 군사를 정제(整齊)하여 중원을 행할새, 호왕의 용맹(勇猛)과 선우의 지략(智略)을 뉘 능히 당할 자 있으리요. 일어난 곳에 항복하지 아니할 이 없더라.

한 군사 주야로 도성에 이르러 경태와 문영 죽음을 고한대, 천자 대경실색(大驚失色)하여 제신(諸臣)을 모아 의논하되,

"북호(北胡)는 심히 강포(强暴)[325]한 바라. 이제 대진(大陣)을 파(破)하고서 천관(天關)[326]을 넘었다 하니, 그 세(勢) 적지 아니한지라. 짐(朕)이 경국병(傾國兵)[327]을 들어 친히 도적을 막고자 하나니, 뉘 능히 선봉(先鋒)이 되어 적장을 베리요?"

하신대, 대장 호태의 손자 호첩이 출반주(出班奏) 왈,

───────────

319) 기계(器械) : 전쟁에 쓰이는 도구.
320) 정제(整齊) : 정돈하여 가지런히 함.
321) 황란(遑亂) : 놀라서 어리둥절함.
322) 엄살(掩殺) : 뜻하지 않은 때에 갑자기 습격하여 죽임.
323) 상사(賞賜) : 상을 하사함. 상을 내림.
324) 호군(犒軍) : 군사들에게 음식을 베풀어 위로함.
325) 강포(强暴) : 우악스럽고 사나움.
326) 천관(天關) : 지세가 험난한 요충지로서 적군이 넘어오기 힘든 곳.
327) 경국병(傾國兵) : 나라 안의 모든 병사.

"신의 조부 전조(前朝)에 선봉되었삽더니, 신이 어찌 선봉을 사양(辭讓)하리까?"

상이 대열(大悅)하시어 즉시 호첩으로 선봉(先鋒)을 하이시고 이분재로 후군장(後軍將)328)을 삼고 모세증으로 군사장(軍師將)329)을 하이시고, 대병 십만(十萬)과 장수 천여 원(員)을 거느려 상이 친히 중군(中軍)330)이 되어, 태자(太子)로 성도(聖都)를 지키게 하고 날을 가리어 출행(出行)하시다.

각설. 이때는 성화 십삼 년 팔월이라. 문득 창 밖에 은은히 불러 왈,

"용부331)야! 천문(天門)이 열렸으니 나와 보라."

하거늘, 소생이 놀라 나와 천문을 보니 다른 별은 다 신지(宸地)332)를 지켰으되, 북방 주성(主星)333)과 서방 주성이 중원(中原)에 비치어 살기충천(殺氣衝天)334)하거늘, 생이 내렴(內念)에 헤오대,

'북방 호적(胡狄)이 중원을 엿보는도다. 나라의 충량지신(忠良之臣)335)이 없으나, 날 같은 유(類)는 거재두량(車載斗量)336)이니 비록 십만 명이 있으나 무엇에 쓰리요? 내 비록 선비이나, 명나라 세록지신(世祿之臣)337)의 자손이라. 세대(世代)로 나라 녹을 먹었으니 어찌 유은(遺恩)338)을 져버리리요마는, 몸이 만 리 외(外)에 있고 적수단신(赤手單身)339)이라. 어찌 나라 근심을 한 가지로 하리요.'

하고, 방중에 들어가 병서를 잠심하더니, 노승이 잠을 깨어 가로대,

"상공은 무엇을 보며 잠을 아니 자나이까?"

생이 가로대,

"잠은 아니 오고, 서책이 아니면 무엇으로 벗을 삼으리요?"

노승이 답왈,

"벗을 삼을진대 성현의 글도 많거늘, 귀신도 측량(測量)치 못하는 병서를 읽음은 무슨 연고인가? 난세(亂世)가 되었으니, 세상에 나가 후세에 이름을 유전(流傳)코자 하나이까?"

생이 가로대,

"노승이 어찌 난세된 줄 아나이까?"

노승이 답왈,

"아까 부처님을 따라 옥경(玉京)에 이르니, 태상노군(太上老君)340)이 옥황상제(玉皇上帝)께 여쭈오대 '태을성(太乙星)341)과 익성(翼星)342)이 서로 시살(弑殺)343)하여 싸우니 어찌하리까?' 한대, 상제 하비(下婢)로 명(命)하사 '익성(翼星)을 죄 주어 인간(人間)에 두지 말라.' 하셨으니, 익성은 북방 오랑캐를 지킨 별이요, 자미성344)은 중원 천자를 지킨 별이라. 그러므로 난세된 줄 아나이다."

생이 가로대,

"어려서부터 병서를 잠깐 아옵더니, 아까 잠이 없거늘 나아가 천문을 보오니 난세된 줄 알거니와, 몸이 만 리(萬里) 외(外)에 있고 적수단신이라. 일로 한탄이로소이다."

노승이 답왈,

"공을 이를진대 이때를 버리고 어느 때를 기다리리요? 충성이 지극하면 기계(器械)는 자연 생기나이다."

하고, 협실(夾室)345)로 들어가더니 한 칼을 내어 주며 왈,

"소승(小僧)이 젊었을 때 사해팔방(四海八方)과 명산대천(名山大川)을 구경하더니, 하루는 태항산에 북두(北斗) 기운이 어리었거늘 나아가 보니, 청룡(靑龍)이 석상(石上)에 누웠다가 소승을 보고 입을 벌려 물려 하거늘, 소승이 육환장(六環杖)으로 용의 머리를 치니 용이 소리를 지르고 반공(半空)에 솟거늘, 용 누웠던 곳을 살펴보니 이 칼이 놓였거늘 보검(寶劍)인 줄 알고 가져다가 장치(藏置)346)하였더니, 오늘 생각건대 상공의 기물(器物)이로소이다."

생이 받아보니 장(長)이 십 척(十尺)이요, 은은한 칠성이 박혔거늘, 별을 응하여 '칠성검(七星劍)'이라 하고, 노승께 사례 왈,

"학생이 보검을 얻었으니, 교룡(蛟龍)347)이 운무(雲霧)를 얻어 승천(昇天)하는 듯한지라. 어찌 반갑지 아니하리요?"

노승 왈,

"하늘이 상공 같은 영웅을 내시매 반드시 따름이 있나니, 어

---

328) 후군장(後軍將) : 후군을 거느리는 장수.

329) 군사장(軍師將) : 군대에서 지략을 가지고 전략을 세우는 장수.

330) 중군(中軍) : 중장군(中軍將). 전군의 중간에 자리잡고 있는 중심 부대를 지휘하는 장수.

331) 용부 : 소대성(蘇大成)의 자(字).

332) 신지(宸地) : 임금별의 제자리.

333) 주성(主星) : 연성(連星) 가운데서 가장 밝은 별.

334) 살기충천(殺氣衝天) : 남을 죽이거나 해치려는 무시무시한 기운이 하늘을 찌를 듯이 솟구쳐 오름.

335) 충량지신(忠良之臣) : 충성과 신의가 있는 신하.

336) 거재두량(車載斗量) : 수레에 싣고서 말로 잰다는 뜻으로, 아주 흔하거나 쓸모 없는 것이 많음을 비유하는 말.

337) 세록지신(世祿之臣) : 대대로 나라에서 녹을 받는 신하.

338) 유은(遺恩) : 나라나 고인에게서 받은 은혜.

339) 적수단신(赤手單身) : 맨손과 홀몸이란 뜻으로, '가진 재산도 없고 의지할 일가붙이도 없는 외로운 몸'을 일컫는 말.

340) 태상노군(太上老君) : '노자(老子)'를 높여 이르는 말. 중국 춘추시대 때 도가(道家)의 시조. 상식적인 인의와 도덕에 구애되지 않고 만물의 근원인 도를 좇아서 살 것을 역설하고, 무위자연을 존중하였다.

341) 태을성(太乙星) : 음양가에서, 북쪽 하늘에 있으면서 병란·재화·생사 따위를 맡아 다스린다는 신령한 별. 북두성(北斗星)의 북쪽에 있는 성좌로 천제(天帝)가 거처하는 곳인 자미원(紫微垣) 창합문(閶闔門) 안에 있는 이 별이 팔방으로 움직임에 따라서 길흉을 점치기도 한다.

342) 익성(翼星) : 별 이름. 북방의 호왕을 상징하는 별.

343) 시살(弑殺) : 싸움터에서 마구 침.

344) 자미성(紫微星) : 큰곰자리 부근에 있는 자미원의 별 이름. 북두칠성의 동북쪽에 있는 열다섯 개의 별 가운데 하나로, 중국 천자의 운명과 관련된다고 한다.

345) 협실(夾室) : 어떤 큰방에 딸린 방. 곁방.

346) 장치(藏置) : 간직하여 둠.

347) 교룡(蛟龍) : 전설상의 용으로, 모양이 뱀과 같고 길이가 한 길이 넘고 네 개의 넓적한 발이 있음. '때를 만나지 못하여 뜻을 이루지 못하는 영웅이나 호걸'의 비유로 쓰인다.

찌 소승에게 치하(致賀)하리까? 갈 제는 올 제와 다르니, 수로(水路)를 버리고 육로(陸路)로 가소서."

생이 대왈,

"육로로 가면 지루할지라."

한대, 노승 왈,

"용왕의 표주(瓢舟) 두 번 얻기 어려우니 육로로 가소서."

생이 대왈,

"용왕의 표주 얻어 탄 줄, 노장(老長)348)이 어찌 아시나이까?"

노승이 대왈,

"상공이 나를 모르시도다."

공중에 올라 앉으며 웃어 왈,

"국가 흥망이 상공에게 달렸으니, 머물지 말고 바삐 가소서! 이제 오십 년 후면 만날 날이 있으리라."

하고, 구름을 타고 공중에 표연(飄然)349)히 가거늘, 아무데로 가는 줄 모르올러라.

생이 그제야 부처인 줄 알고 공중을 향하여 사례하고 동북을 향하여 종일토록 가더니, 산은 첩첩(疊疊)하고 물은 중중(重重)350)한대, 인적이 고요하고 저문 날 석양에 홀로 언덕을 의지하여 명월(明月)을 기다리더니, 수목(樹木) 사이에서 동월(東月)이 비치거늘 반겨 나아가니, 한 동자(童子) 마주 나와 문왈,

"상공이 해동351) 소 상공(蘇相公)352) 아니시니이까?"

생이 놀라 왈,

"동자 어찌 나를 아는가?"

동자 대왈,

"우리 노야(老爺)의 분부를 받자와 기다린 지 오래니이다."

생이 왈,

"노야라 하시는 이, 뉘시뇨?"

동자 대왈,

"아이 어찌 어른의 존호(尊號)를 알리까? 들어가 보시면 자연 알리다."

생이 동자를 따라 들어가니 청산(靑山)에 불이 명낭(明朗)하고, 한 노인이 자포(紫袍)353)를 입고 금관(金冠)을 쓰고 서안(書案)을 의지하여 앉았거늘, 생이 쳐다보니 학발노인(鶴髮老人)354)이 완연(宛然)이 청주 이 승상일러라. 생이 마음에 헤오대,

'승상이 별세하신 지 오래이옵거늘, 어찌 이 곳에 계시니이

까?'

승상이 반겨 손을 잡고 왈,

"내 그대를 잊지 못하여 줄 것이 있어 그대를 청하였나니 일희일비(一喜一悲)로다."

하고, 동자를 명하여 석식(夕食)을 재촉하며 왈,

"나의 자식이 무도(無道)하여 그대를 알아 보지 못하고 망령된 의사(意思)를 두었으니, 어찌 부끄럽지 아니하리요! 연(然)이나 대인군자(大人君子)355) 허물치 아니할 줄 알았거니와, 도시(都是) 천수(天數)라. 오래지 아니하여 공명을 이루고 용문(龍門)356)에 오른 후 여아의 신(信)을 잊지 말라."

하고, 갑주(甲胄)357) 한 벌을 내어 주며 왈,

"이 갑주는 범상(凡常)한 기물이 아니라. 입으면 내게 유익(有益)하고 남에게 해(害)로우며 몸에 창검이 능히 범치 못하나니, 천하에 얻기 어려운 보배라. 그대를 잊지 못하여 정(情)을 표(表)하나니, 전장(戰場)에 나가 대공(大功)을 이루라."

생이 자세히 보이 쇠도 아니요, 편갑(片甲)358)도 아니로되, 용의 비늘 같아 광채 찬란하며 백화홍금포(百花紅錦袍)359)로 안을 올렸으니, 사람의 정신을 놀라게 하는지라. 생이 크게 기뻐 문왈,

"이 옷이 범상치 아니하니 근본을 알아지이다."

승상이 대소 왈,

"이는 천궁(天宮)360)의 조화(造化)요, 귀신의 공역(功役)이라. 이름은 '보신갑(保身甲)'이니, 그 조화를 측량치 못하리라. 다시 알아 무엇하리요?"

하시며, 차를 내어 두어 순배(巡杯) 지낸 후에 승상 왈,

"이제 칠성검과 보신갑를 얻었으나 만 리(萬里) 청총마(靑驄馬)361)를 얻으면 그대 재주를 베풀려니와, 그렇지 아니하면 당당한 기운을 걷잡지 못하리라. 연(然)이나 남을 부디 경(輕)이 여기지 말라! 지금 적장(賊將)은 천상(天上) 낭택362)의 제자(弟子) 익성(翼星)이, 북방 호국 왕이 되어 중원을 침노(侵撈)하니 지혜와 용맹이 범인(凡人)과 다른지라. 삼가 조심하라!"

생이 재배 왈,

---

348) 노장(老長) : '노승(老僧)'의 존칭어로, 늙은 승려.
349) 표연(飄然) : 훌쩍 떠나가는 모양.
350) 중중(重重) : 물방울 같은 것이 떨어지는 소리.
351) 해동 : 다른 판본을 참고하면, 소대성의 아버지 소양이 벼슬을 그만두고 은거한 고향 이름임.
352) 소상공(蘇相公) : '소대성'을 일컬음.
353) 자포(紫袍) : 자줏빛 도포.
354) 학발노인(鶴髮老人) : 하얗게 머리가 센 늙은이.

355) 대인군자(大人君子) : 도량이 넓고 덕행이 있는 사람.
356) 용문(龍門) : 중국 황하 중류의 급한 여울목. 잉어가 이곳을 뛰어오르면 용이 된다는 고사에서, '입신출세에 연결되는 어려운 관문이나 시험'을 비유하여 일컫는다.
357) 갑주(甲胄) : 갑옷과 투구.
358) 편갑(片甲) : 갑옷의 조각.
359) 백화홍금포(百花紅錦袍) : 온갖 꽃을 수놓은, 붉은 비단으로 만든 윗옷.
360) 천궁(天宮) : 하늘의 궁전. 또는 그곳에 사는 조물주. '천공(天工)', 곧 '하늘의 조화로 자연히 이루어진 묘한 재주'의 오기로 볼 수도 있다.
361) 청총마(靑驄馬) : 갈기와 꼬리가 푸르스름한 흰 말.
362) 낭택 : '나타(哪吒)'오기. 나타. '나타구바라(哪吒俱伐羅)'의 약칭. 원래 불교의 호법신으로 훗날 신화 소설인 「서유기(西游記)」・「봉신연의(封神演義)」의 등장인물이 되었음. 동양문고본 「소대성전」에는 '나탁'으로 되어 있다.

"만 리(萬里) 청총(靑驄)을 얻을 길이 없사오니, 어찌 공명을 이루리까?"

승상이 대왈,

"동해 용왕(龍王)이 그대를 위하여 이리 왔나니, 내일 오시(午時)에 얻을 것이니 급히 대공을 이루라. 지금 천자 접전(接戰)한 지 오랜지라. 중국은 익성 대적할 자 없으며, 황제 지금 위태한지라. 머물지 말고 바삐 가라! 만 리(萬里) 무궁하되, 밤이 깊었으니 자고 가라."

하시고, 서안을 의지하여 누우시니, 소생도 잠깐 졸더니 홀연 찬바람에 기러기 소리에 깨니, 승상은 간 데 없고 누웠던 자리에 갑옷과 투구 놓였거늘, 좌우를 둘러보니 소나무 밑이라.

생이 놀라 갑주(甲胄)를 거두어 행장(行裝)에 넣고 이날 십 리(十里)을 행하니 한 곳에 큰 뫼 있거늘, 수리(數里)를 들어가니 청산이 수명(水明)363)하고 창송녹죽(蒼松綠竹)은 옥계(玉溪)364)를 둘렀는데 비취공작(翡翠孔雀)이 왕래하니, 이른 바 별건곤(別乾坤)일러라.

생이 점점 들어가니, 층암절벽 상에 갈건야복365)한 노인이 청려장(靑藜杖)366)을 짚고 백학(白鶴) 노는 양을 보고 섰거늘, 생이 나아가 공순(恭順)이 예하니, 노인 왈,

"그대 복색(服色)을 보니 중국 사람이라. 무슨 일로 이곳에 왔느뇨?"

생이 대왈,

"천지로 집을 삼고 사해(四海)로 의식을 부쳐 다니오니, 어디를 가지 못하리까?"

노인이 소생의 상(相)을 보고 왈,

"내 집이 비록 누추하나 들어가 잠깐 쉬어 감이 어떠한고?"

생이 답왈,

"정처 없이 다니는 행객(行客)이 어찌 사양하리까?"

노인이 생을 데리고 들어가 차를 권하고 말씀할새, 좌우를 살펴보니 삼간초옥(三間草屋)367)이 구름 속에 걸렸는데, 총총화계(叢叢花階)368)에 백화(百花) 만발하고 난봉(鸞鳳)369)·공작(孔雀)이며 비취(翡翠)370)·앵무(鸚鵡) 꽃 속에 넘노나니 별유천지비인간(別有天地非人間)371)이라. 뒤에서 문득 벽력(霹靂) 같은 소리 나거늘, 생이 놀라 문왈,

"그 소리 어디서 나나이까?"

노인 왈,

"오륙 년 전에 우연히 시문(柴門) 밖에 나갔다가 어미 잃은 망아지를 얻어 왔더니, 그 망아지 사나워 사람을 해(害)코자 하매 부리지도 못하고 도리어 버리지도 못하고 절로 굶겨 죽이고자 하되, 여물곳 아니 주면 저렇듯이 작란(作亂)372)하기로 마지못하여 여물을 주어 먹이되, 멀리서 주어 먹이니 실로 민망하노라."

생이 보기를 청한대, 노인이 생을 데리고 들어가 멀리서 가리키거늘, 생이 보니 그 말이 높기는 한 길이 남고 눈이 푸르고, 몸이 가을 서리 같아, 진시(眞是) 비룡(飛龍)이라. 생이 안마음[內心]에 승상이 이르던 말씀을 생각하고 노인께 청하여 왈,

"천생(賤生)373)이 갈 길이 만 리(萬里)라. 행보(行步)를 멀리 못하오니, 저 말을 만일 부리지 못하면 생을 주소서. 일후(日後)에 은혜를 갚사오리다."

노인이 대왈,

"그 말을 후려 부릴 임자곳 있으면 도리어 값을 주고자 하노라. 옛날 관운장374)의 독행천리(獨行千里)하던 용맹이 있으면 부릴지라. 그러나 어찌 주기를 아끼리요."

생이 웃고 말 머리에 나서며 경계 왈,

"너는 말이 청총마라. 어찌 해동 소대성을 보고 반기지 아니하는가?"

그 말이 눈을 들어 이윽히 보다가 굽을 헤치며 소리하여 응하난 듯하거늘, 그제야 대성이 나아가 갈기를 만져 금안(金鞍)375)을 지어 밖에 나서니, 말이 고개를 들고 청천을 바라며 구름을 헤치고자 하는 듯 기상이 흔연(欣然)하거늘, 생이 마음에 대열(大悅)하여 치하 왈,

"이제 천리용총(千里龍驄)을 주시니 은혜 감격한지라. 타일에 은혜 갚음을 바라나이다."

노인이 답왈,

"용총(龍驄)이 세상에 나매 반드시 임자 있나니, 어찌 내게 치사하리요?"

생이 다시 사례 왈,

"후일에 존공(尊公)376)을 뵈온들, 존호(尊號)를 어찌 알리까? 바라옵건대 알아지이다."

노인이 왈,

---

363) 수명(水明) : 맑은 물이 햇빛에 비치어 똑똑히 보이는 일. 여기서는 '청산의 모습이 맑은 물에 똑똑히 비침'의 뜻으로 쓰였다.
364) 옥계(玉溪) : 옥같이 맑은 물이 흐르는 골짜기의 시내.
365) 갈건야복(葛巾野服) : 갈포(葛布)로 만든 두건과 베옷이라는 뜻으로, '처사(處士)나 은사(隱士)의 거칠고 소박한 의관'을 일컬음.
366) 청려장(靑藜杖) : 명아줏대로 만든 지팡이.
367) 삼간초옥(三間草屋) : 세 칸 되는 초가란 뜻으로, '아주 작은 초가'를 일컫는 말.
368) 총총화계(叢叢花階) : 많은 꽃들이 빽빽이 들어선 화단.
369) 난봉(鸞鳳) : 난조(鸞鳥)와 봉황을 아울러 이르는 말.
370) 비취(翡翠) : 물총새. 물가에 살며 물고기를 잘 잡아먹는 새로, 등의 빛이 암녹청색이다.
371) 별유천지비인간(別有天地非人間) : 별세계이고 인간 세상이 아님.

372) 작난(作亂) : 난리를 일으킴.
373) 천생(賤生) : 주로 남자가, '자신'을 낮추어 일컫는 말.
374) 관운장(關雲長) : 삼국시대 촉한(蜀漢)의 무장(武將) 관우(關羽). 그는 장비(張飛)와 함께 유비(劉備)를 도와 적벽전에서 조조의 군대를 격파하였다. 유비의 익주 공략 때, 그는 형주(荊州)를 지키다가 위(魏)와 오(吳)의 협공을 받아 여몽(呂蒙)의 장수 마충(馬忠)에게 피살되었다. 민간에 신앙이 두터워 각처에 관왕묘(關王廟)가 있다.
375) 금안(金鞍) : 금으로 장식한 안장.
376) 존공(尊公) : '상대방'을 높이어 일컫는 말.

"나는 성명(姓名) 없는 사람이라. 만일 찾고자 할진대, 이 산 이름은 '옥포산'이라. 옥포선관을 만나면 자연 알지라."

하시고, 생을 데리고 동구(洞口) 밖에 나와 배별(拜別)[377]할새 홀연 간 데 없거늘, 그제야 산신(山神)인 줄 알고 공중을 향하여 무수히 사례하고 금안에 행장을 걸고 올라 앉으니, 말이 한 소리에 청천을 지나는 듯하더라.

생이 안마음[內心]에 '중원(中原)을 쉬 득달(得達)하리라.' 하고, 말에게 경계 왈,

"'이제 천자 위태하시다.' 하니, 네 비록 짐승이라도 사람의 급함을 생각하여 쉬 득달하라!"

그 말이 귀를 기울이고 청천을 바라고 한결같이 나아가니, 생이 정신이 어질하더라. 어느 사이에 중원을 득달하니 생이 대희하여 말을 먹이고, 몸이 곤하여 밤이 지난 후에 이튿날 도성에 들어가니, 만조백관(滿朝百官)과 만성인민(萬姓人民)이 난을 피하여 서로 흉흉(兇兇)[378]하여 장안이 물 끓듯 하더라.

생이 슬픔을 이기지 못하여 도로 나와 천자의 유(留)하신 대진(大陣)을 찾아가 군사장군(軍師將軍) 모세중의 진(陣)에 성명을 들이니, 세중이 '들어오라.' 하여 보니, 신장이 팔 척이요 몸에 보신갑(保身甲)을 입고 들어오니 무궁지조화(無窮之造化)를 품은 듯하여 칠성검과 만 리(萬里) 청총마(靑驄馬)를 가졌으니, 세중이 다만 그 성명만 물어 가로대,

"그대 무슨 재주를 배웠는가?"

대성이 대왈,

"재주는 배운 바 없사오나, 지금 나라가 위태하심을 보고 언연(偃然)이 앉아 있지 못하여 시석(矢石)[379]을 한가지로 하려 왔나이다."

세중이 가로대,

"재주는 유무간(有無間)에 충성이 지극하도다. 물러가 군정(軍丁)[380]이나 도우라."

한대, 대성이 나와 군정 충수(充數)[381]하는지라.

각설이라. 이때는 추팔월 망간(望間)이라. 대명 천자 수천 제장과 십만 군병을 거나리고 호왕으로 더불어 접전한 지 이미 수월(數月)이라. 적진을 대하여 대장기(大將旗)를 세우고 선봉장 호엽이 진전(陣前)에 나서며 번창출마(飜槍出馬)[382]하여 크게 외쳐 왈,

"반적(叛賊) 호왕은 들어라! 네 한갓 강포(强暴)만 믿고 천의(大意)를 모르고 외람한 의사를 두었으매, 지금 천자 친정(親征)하사 너를 잡아 죄를 묻고자 하시니, 빨리 나와 항복하라!"

적진 중에서 극한이 응성출마(應聲出馬)하여 내달아 꾸짖어 왈,

"이제 중국(中國)을 십 분(十分)의 구(九)나 얻었으니, 우리 대세를 어찌 항거하리요?"

하고, 말을 달려 들어와 호엽으로 더불어 싸워 수십여 합에 호엽의 칼 끝에 극한의 머리 말 아래 내려지거늘, 호왕이 분노하여 칼을 들고 말에 오르려 할 제, 장하(帳下)에서 선우 출반주 왈,

"대왕은 노(怒)를 참으소서. 소장(小將)이 극한의 원수를 갚으리다."

하고, 진전(陣前)에 나서며 외쳐 왈,

"적장은 빨리 나와 칼을 받아라!"

하거늘, 호엽이 응성출마하여 접전할새, 수합(數合)이 못하여 선우 호엽의 머리를 베어 들고 연(連)하여 명장[383] 여덟을 베고 좌충우돌(左衝右突)하며 왈,

"명제(明帝)는 부질없이 장졸을 죽이지 말고, 급히 항복하여 보전하라!"

하는지라.

이 적에 소대성이 장(帳) 밖에 있다가 팔장(八將)을 죽이고 또한 그 질욕(叱辱)[384]이 무수함을 보고 분기(憤氣)를 이기지 못하여 천자께 이름 들이지 못함을 한탄하여 세중에게 여쭈오대,

"이제 적장의 질욕이 무수하고 팔장(八將)을 연하여 죽었으니, 소장이 비록 재주 없사오나 한번 나아가 선우를 베어 팔장의 원수를 갚고, 호왕을 사로잡아 휘하(麾下)에 바치리다."

세중이 꾸짖어 왈,

"비록 대국(大國)이 패(敗)하였으나, 명장(名將)은 다 이곳에 모였는지라. 이름 없는 장수를 보내어 적장의 승기(勝氣)[385]를 보리요."

생이 분연(憤然) 왈,

"소장이 비록 이름은 없으나 선우를 베지 못하옵거든 군법(軍法)으로 시행하옵소서!"

세중이 종시(終始) 듣지 아니하고 등 밀어 장 밖에 내치니 하릴없어 자탄하더니, 세중이 정동장군(征東將軍) 우적을 명하여 '선우를 치라.' 한대, 우적이 응성출마하여 나가 싸우더니 일합(一合)이 못하여 우적의 머리 땅에 떨어지는지라.

소생이 홀로 탄왈,

"진세(陣勢) 만분(萬分)[386] 위태(危殆)하니 국가 흥망이 한번 싸움에 달렸는지라. 군사장군 모세중은 장수의 품직(品職)만 가리어 쓰고, 또한 내 선우의 머리를 베지 못할까 함이라. 나아가 선우를 죽이고 국가(國家) 대환(大患)을 면(免)케 한 후에 나를

---

377) 배별(拜別) : 공경하는 사람과 '작별'을 높이어 일컫는 말.
378) 흉흉(兇兇) : 무리가 모여 들끓는 모양.
379) 시석(矢石) : 전쟁에 쓰이던 화살과 돌.
380) 군정(軍丁) : 국가나 관아의 명령으로 병역(兵役)이나 노역(勞役)에 종사하는 사람.
381) 충수(充數) : 정해진 수를 채움. 어떤 집단에 들어감.
382) 번창출마(飜槍出馬) : 창을 휘두르며 말을 타고 싸우러 나옴.

383) 명장(明將) : 명나라 군대의 장수.
384) 질욕(叱辱) : 꾸짖으며 욕함.
385) 승기(勝氣) : 남에게 지지 않으려는 기개.
386) 만분(萬分) : 대단히.

죽인들 설마 어이하리요."

　장한 기운을 걷잡지 못하여 만 리(萬里) 청총마(靑驄馬)를 타고 칠성검(七星劍)을 빼어 들고 천둥 같은 소리를 우레같이 하며 눈을 부릅뜨고 크게 꾸짖어 왈,

　"반적(叛賊) 선우는 해동 소대성을 아는가? 내 칼이 오늘날 전장(戰場)에 처음이라. 네 머리를 베어 피를 내어 내 칼을 씻으리라."

하고, 나는 듯이 달려드니 그 소리 웅장(雄壯)하고 산천이 무너지는 듯하더라. 선우 벽력 같은 소리에 황겁(惶怯)하여 미처 손을 놀리지 못하여, 칠성검이 빛나며 선우의 머리 말 아래 내려지는지라. 소생(蘇生)이 선우의 머리를 칼끝에 꿰어 들고 좌충우돌하여 바로 장대(將臺)[387]에 들어와 세증을 보고 청죄(請罪) 왈,

　"소장이 연소협기(年少俠氣)[388]에 분기(憤氣)를 참지 못하여 장령(將令)을 어겼사오니 죄를 청하나이다."

　세증이 가로대,

　"그대 재주를 모르고 백면서생(白面書生)[389]이라 그 청춘을 아껴 내쳤더니, 어찌 저런 용맹 가진 줄 알리요? 부끄럽다."

하고 장대에 나와 맞은데, 생이 장한 기운이 조금 풀리는지라.

　이 적에 천자(天子) 중군(中軍)에서 양진(兩陣) 싸움을 보시더니, 명장(明將) 구인(九人)을 죽기고 적진(敵陣) 중에서 질욕(叱辱)이 무수하되, 명진 장수 다 황겁(惶怯)하여 나가지 아니함을 보시고 자탄하시며, 좌우에 가라사대,

　"명진 장수(將帥) 천여 원(千餘員)이요, 군사 십만이라. 적진에서 저렇듯이 질욕하되, 대적할 자 없으니 이러하고 어찌 천하를 평정하리요?"

하시고, 영(令)을 내리되,

　"뉘 능히 선우를 벨 자가 있으면 천금상(千金賞)[390]에 만호후(萬戶侯)[391]를 봉(封)하리라!"

하시더니, 문득 우레 같은 소리나며 일원(一員) 대장이 내달아 선우의 머리를 반합(半合)이 못하여 베어 들고 모세증 진중(陣中)으로 들어가거늘, 상이 자세히 보니 머리에 쌍봉(雙鳳) 투구요, 몸에 홍포(紅袍)[392]를 입고, 손에 칠성검을 쥐었으며, 청총마를 탔으니, 위풍이 늠름(凛凛)하며 표연(飄然)[393]한 천신(天神)이라. 상이 묻자오대,

　"저 어떠한 사람인고?"

제장(諸將)이 아난 자 없는지라. 상이 모세중에게 문왈,

　"아까 선우 베던 장수 뉘오?"

　세증이 여쭈오대,

　"신(臣)의 아장(亞將)[394] 소대성이로소이다."

　상이 즉시(卽時) 명초(命招)[395]하신대, 대성이 들어와 복지(伏地)하거늘, 상이 자세히 보니 영웅호걸지상(英雄豪傑之相)이라. 상이 대희(大喜)하사 물어 가라사대,

　"네 뉘 집 자손이오?"

　대성이 복주(伏奏) 왈,

　"신(臣)은 소한경의 증손(曾孫)이요, 소양의 아들이로소이다."

　상이 왈,

　"그러면 충신의 후예라. 어찌 봄이 늦은가? 이제 경의 이름이 호진에 빛나니 진시 호걸이로다! 이제 국가 위태함이 조모(朝暮)[396]에 있더니, 경의 충성으로 국가 위태함을 회복하고 나의 울울한 분(憤)을 덜게 하니, 그 공을 의논(議論)컨대 마땅히 천금상에 만호후를 봉하리로다. 연(然)이나 경의 선세(先世) 충효를 본받아 짐을 도우라!"

하신대, 대성이 봉명(奉命)[397] 후에 물러나오니, 삼군(三軍)[398]이 다 즐겨하더라.

　이 적에 호왕이 선우 죽음을 보고 창을 빗겨 들고 진전(陣前)에 나와 크게 외쳐 왈,

　"아까 선우 죽인 장수는 바삐 나와 성명을 통하라!"

하거늘, 대성이 왈,

　"호왕은 북방 오랑캐라. 이때 제어치 못하면 국가의 환(患)이 되리라."

하거늘, 세증이 왈,

　"호왕은 선우의 유(類) 아니라. 경적(輕敵)지 말라!"

하니, 생이 왈,

　"제 비록 만부(萬夫)의 용(勇)[399]이 있으나 울지 못하는 닭이요, 짖지 못하는 개라."

하고, 비신상마(飛身上馬)[400]하여 진전에 나서며 꾸짖어 왈,

　"반적 호왕은 해동 소대성을 모르느냐? 네 한갓 강포(强暴)만 믿고 반심(叛心)을 두매, 하늘이 나로써 중원에 내시매 너 같은 반적을 소멸(掃滅)코자 함이라. 내 칼이 본디 사정(私情)[401]이 없으니, 내 칼을 받아 사속(斯速)키 항복하라!"

하는 소리 웅장하거늘, 호왕이 가로대,

---

387) 장대(將臺) : (장수 등이 올라서서) 명령・지휘하는 대.
388) 연소협기(年少俠氣) : 나이 어린 사람의 강자를 짓누르려는 마음.
389) 백면서생(白面書生) : 글만 읽고 세상일에는 조금도 경험이 없는 사람.
390) 천금상(千金賞) : 천 냥의 상금이란 뜻으로, '아주 큰 상금'을 일컫는 말.
391) 만호후(萬戶侯) : '만 호의 백성을 가진 제후(諸侯)'란 뜻으로, '세력이 큰 제후를 일컫는 말.
392) 홍포(紅袍) : 높은 벼슬아치가 입는 붉은 도포나 예복.
393) 표연(飄然) : 훌쩍 나타나는 모양. 그러나 여기서는 '뚜렷함(宛然)'의 의미인 듯하다.

394) 아장(亞將) : 버금 장수. 부장(部將)
395) 명초(命招) : 임금의 명으로 신하를 부름.
396) 조모(朝暮) : 아침과 저녁을 아울러 이르는 말. 일이 급하게 된 지경.
397) 봉명(奉命) : 임금 또는 윗사람의 명령을 받듦.
398) 삼군(三軍) : 군대의 중군(中軍)과 좌익(左翼)・우익(右翼)의 총칭하는 것으로, 전체의 군대.
399) 만부(萬夫)의 용(勇) : 수많은 장정과 맞설 만한 용기.
400) 비신상마(飛身上馬) : 몸을 날려 말에 올라 탐.
401) 사정(私情) : 사사로운 정.

"내 너를 보니, 유모 떠난 지 오래지 아니한 유아(乳兒)로다!"

언필(言畢)에 양장(兩將)이 상합(相合)402하여 삼십여 합에 승부를 결(決)치 못하더라. 호왕의 창법은 점점 씩씩하고 대성의 기운도 점점 등등(騰騰)403하여, 분분(紛紛)한 말굽은 피차를 분별치 못하는지라. 이때 일락서산(日落西山)하고 달이 동령(東嶺)에 돋았으되 양장이 서로 떠날 뜻이 없거늘, 양진(兩陣) 장대(將臺)에 쟁(錚)·북을 울리매 양장(兩將)이 각각 본진(本陣)에 돌아와 피차 앙앙(怏怏)404하더라.

이 적에 대성이 크게 소리하여 왈,

"소장(小將)이 적장으로 더불어 자웅(雌雄)405을 결(決)치 못하거든, 어찌 쟁(錚)을 울리시니까?"

세증이 왈,

"이미 날이 저물었으니, 행여 실수(失手)할까 군(軍)을 거둠이라."

대성이 분연(憤然)함을 마지못하더라.

호왕이 또한 제장(諸將)으로 더불어 상의(相議) 왈,

"내 재주를 배워 세상에 나오매 사람은커니와 귀신도 측량(測量)치 못하는 창법(槍法)일러니, 오늘날 소대성으로 더불어 서로 겨루니 신기한 검술(劍術)이 나보다 두어 층이나 더하며, 또한 칠성검은 두우성(斗牛星) 정기(精氣)를 가졌으며, 청총마는 비룡의 조화를 가졌으니, 어찌 비상(非常)치 아니하리요? 이제는 모계(謀計)로써 잡으리라."

하고, 하령(下令) 왈,

"내 명일 대성으로 더불어 이윽히 싸우다가 거짓 패(敗)하여 본진에 돌아오면 분명 나를 따라 우리 진에 들이칠 것이니, 적장(賊將)이 진(陣)에 들거든 장대에서 일월기(日月旗)를 휘두를 것이니, 오방기치(五方旗幟)406를 변하여 동서수미(東西首尾)407를 감초고 천지풍운(天地風雲)을 불으리라. 이는 옛날 제갈무후(諸葛武侯)408의 팔문금사진(八門金蛇陣)409이라. 대성이 어찌 벗어나리요?"

약속을 정하고, 이튿날 평명(平明)410에 방포일성(放砲一聲)411에 대장기(大將旗)를 세우고 외쳐 왈,

"적장 소대성은 어제 미결(未決)한 싸움을 결단(決斷)하자!"

하거늘, 대성이 호왕 죽이지 못한 분을 이기지 못하였더니, 먼저 나옴을 보고 세증에게 당부 왈,

"오늘날은 결단코 호왕을 죽일 것이니, 날이 비록 저물지라도 쟁을 치지 마옵소서."

한대, 세증이 재삼 당부 왈,

"부디 경적(輕敵)지 말라!"

대성이 미소하고 진전에 나와 양장(兩將)이 상합(相合)하여 사십여 합에 불분승부(不分勝負)라. 또 이십여 합에 호왕이 거짓 패하여 달아나거늘 생이 진문(陣門)을 깨쳐 들어가니, 호왕은 간 데 없고 검은 구름이 사면으로 일어나며, 모진 귀신과 어두귀면지졸(魚頭鬼面之卒)412이 몸을 침노하여 사람의 정신을 쇠진(衰盡)케 하고, 함성(喊聲)은 천지 진동한 가운데 '적장은 항복하라.' 하는 소리 진동하거늘, 생이 그제야 호왕의 간계(奸計)에 빠진 줄 알고 일방 신지(宸地)를 의지하여 정신을 차려 풍백(風伯)413을 불러 꾸짖어 왈,

"이름 없는 음운(陰雲)414이 태양을 가리었으니, 빨리 쓸어 버려라."

한대, 이윽고 한 떼 푸른 기운이 동남(東南)으로 일어나며 음운이 흩어지니, 천지 명랑(明朗)하며 날빛[日色]이 조요(照耀)한지라. 소생이 하늘을 우러러 탄식 왈,

"제 나를 유인하여 조화를 부렸거니와, 내 어찌 풍운을 두려워하리요?"

하고, 서북 양문(兩門)을 깨쳐 동남을 향하여 제장(諸將)을 베며 좌충우돌하니, 장졸의 머리 추풍낙엽415일러라.

이때에 호왕이 소생(蘇生)을 유인하여 진중에 넣고 사로잡을까 하여 진세를 살피더니, 소생이 음운을 쓸어 버리고 만군 중에 횡행(橫行)함을 보고 급히 장대에 올라 일월기를 둘러 동서수미를 바꾸어 군사를 재촉하니, 팔문금사진(八門金蛇陣)이 변하여 일자장사진(一字長蛇陳)416이 되었는지라. 소생이 헤아림없이 진 밖에 나서니, 적진 장졸이 당적(當敵)할 자 없는지라. 숙정패(肅靜牌)417를 진전에 꽂고 방위를 정제(整齊)하니, 진문(陣門) 굳음이 도리어 철성(鐵城) 같은지라. 소생(蘇生)이 진세를 살펴보니 진짜 뱀이 머리와 꼬리를 응한

---

402) 상합(相合) : 서로 맞이하여 겨룸.
403) 등등(騰騰) : 기세를 뽐내는 모양. 마음에 느낀 것을 나타내는 태도가 아주 단단함.
404) 앙앙(怏怏) : 매우 마음에 차지 아니하거나 야속함.
405) 자웅(雌雄) : 암수. 암컷과 수컷. '승패·우열·강약' 등을 일컫는 말로 쓰임.
406) 오방기치(五方旗幟) : 동서남북과 그 중앙외 다섯 방위를 표시하는 기(旗).
407) 동서수미(東西首尾) : 동쪽과 서쪽의 방향과, 앞과 뒤의 순서.
408) 제갈무후(諸葛武侯) : '제갈량'을 시호(諡號)로 부르는 말. 삼국시대 촉한(蜀漢)의 정치가. 유비(劉備)의 삼고지례(三顧之禮)에 감격, 그를 도와 오(吳)나라와 연합하여 조조(曹操)의 위(魏)나라 군사를 대파하고 파촉(巴蜀)을 얻어 촉한국(蜀漢國)을 세웠다.
409) 팔문금사진(八門金蛇陣) : 팔문을 이용한 진법. 팔문은 점치는 사람이 九宮에 맞추어 길흉을 맞추는 여덟 문이다.
410) 평명(平明) : 해가 돋아 밝아올 무렵.
411) 방포일성(放砲一聲) : 군중(軍中)의 호령으로 공포(空砲)를 놓아

내는 소리.
412) 어두귀면지졸(魚頭鬼面之卒) : 물고기 머리에 귀신 낯짝을 한 졸개들이라는 뜻으로, '어중이떠중이'니 '지지리 못난 사람들'을 낮잡아 일컫는 말. 어두귀면은 고기 대가리에 귀신 상판대기라는 뜻으로, '망칙하게 생긴 얼굴 또는 지지리 못난 사람'을 일컫는 말이다.
413) 풍백(風伯) : 바람을 맡아 다스리는 신.
414) 음운(陰雲) : 짙게 낀 검은 구름.
415) 추풍낙엽(秋風落葉) : 가을바람에 떨어지는 잎이란 뜻으로, '세력이나 형세가 갑자기 기울거나 시듦'을 비유하여 일컫는 말.
416) 일자장사진(一字長蛇陳) : 한자(漢字)의 '一'자 모양으로 길게 뻗쳐서 친 진영(陣營) 또는 열(列).
417) 숙정패(肅靜牌) : 군령(軍令)으로 사형을 집행할 때 조용히 하라는 표시로 '숙정(肅靜)' 두 자를 써서 세우던 나무패.

듯하거늘, 마음에 헤오대,

'호왕은 천상(天上) 낭택[哪咤]의 제자라 하더니, 오늘날 보매 과연 옳도다! 내 팔문금사진을 파(破)하여 오랑캐를 씨 없이 멸(滅)코자 하였더니 팔문이 변하여 일자장사진이 되며, 내 몸이 진 밖에 나올 줄 어찌 알리요? 이는난 다 호왕의 조화로다.'

하고, 본진에 돌아온지라.

이 적에 천자(天子) 양진 싸움을 보시더니, 소생(蘇生)이 호왕을 따라 적진 중에 들며 일월이 어두운 가운데 운무 자욱하며 소생이 간 데 없거늘, 천자 대경하사 세종에게 물은데 또한 알지 못하는지라. 천자 나아가 구원코자 하더니 소생이 본진으로 돌아옴을 보고 친히 원문(轅門)418) 밖에 나가 맞아 진중에 들어가 그 연고를 물으신대, 대성이 복주 왈, 호왕의 변진(變陣)하던 연유와 팔문금사진에서 거의 패진(敗陣)케 되었더니 소장(小將)이 육경육갑(六經六甲)419)을 아옵는 고로 풍백을 불러 음운을 쓸어 버리옵고 나온 연유를 주달(奏達)하니, 상(上)이 자탄(自嘆) 왈,

"만일 경(卿)의 재주 아니었으면 어찌 벗어나리요?"

재삼 당부 왈,

"이후는 호왕을 경적지 말라!"

하신대, 생이 사은하고 물러 나오니, 삼군(三軍)이 즐기는 소리 진동하더라.

이 적에 호왕이 또한 계책(計策)을 생각하고 맹장(猛將) 석진을 불러 가로대,

"그대는 철기(鐵騎) 오백 군(五百軍)을 거느려 남녘 오십 리(五十里)를 가면 한 물이 있나니 화약(火藥)·염초(焰硝)를 갖추었다가, 내 명일(明日) 적장을 유인하여 자운동으로 들어갈 것이니 방포소리 나거든 일시에 불을 질러라!"

또 대장 겸한을 불러,

"그대는 철기 일천 군을 거느려 북녘 어귀에 가서 나무를 베어 쌓았다가, 남녘에 불이 일어나거든 일시에 불을 질러라! 남북에서 충화(衝火)420)하면 그 가운데 든 자 어디로 가리요. 대성이 비록 천신(天神)이라도 피(避)치 못하고 불에 타리라."

한대, 제장이 가로대,

"적장을 유인하여 동중(洞中)에 넣고, 대왕은 어디로 불을 피하시리까?"

호왕이 왈,

"나는 자연 피하리라."

하고, 가만히 진중(陣中)에 들어가 변신(變身)하는 법을 베풀어 육갑을 몸에 지키고, 초인(草人)421)을 만들어 장대(將臺)예 혼

백(魂魄)을 부치고 진언(眞言)422)을 베풀어 완연한 호왕일러라. 장대에 나와 총찰(總察)423)하니, 뉘 능히 알리요.

소생이 진전(陣前)에 나와 싸움을 돋우니 호왕이 나오지 아니하여 질욕(叱辱)을 무수히 하더니, 이 날 석양에 호왕이 진문을 크게 열고 외쳐 왈,

"적장 소대성은 사속(斯速)히 나와 미결한 자웅을 결단하라!"

대성이 응성출마(應聲出馬)하여 양장(兩將)이 어우러져 수합(數合)이 못하여, 호왕이 창을 버리고 달아나거늘 대성이 급히 따르더니, 호왕이 미처 본진에 들지 못하는 체하고 자운동으로 달아나거늘, 생이 헤오대,

'날이 저물고 적장이 골로 향하니 일정424) 간사한 꾀 있도다.'

주저하다가 생각하되,

'제 비록 간사함이 있으나, 내 어찌 두려워하리요!'

말을 채쳐 골 어구에 들제, 호왕을 거의 잡게 되었더니, 호왕이 대성을 돌아보며 왈,

"네 청춘이 가히 아깝도다. 천수(天數) 이러하니, 네 혼백이라도 나를 원(怨)치 말라."

하고 문득 간 데 없거늘, 대성이 의혹하여 돌아보니 급한 불이 바람을 좇아 들어오거늘 생이 대경(大驚)하여 북편을 보고 내닫더니, 또한 북편 어귀에서 불이 일어나 자운동이 녹는 듯하는지라. 몸이 날개 없으니, 어찌 이 불을 피하리요. 생이 하릴없어 하늘을 우러러 탄식 왈,

"중국 대장 소대성이 임금을 위하여 반적을 소멸하고 사직(社稷)425)을 받들고자 하였삽더니, 조물(造物)이 시기하사 자운동 귀신이 되겠사오니, 명천(明天)426)은 하감(下鑑)427)하옵소서."

칼을 빼어 자결코자 하더니, 문득 남녘 산상(山上)에서 한 노인이 '급피 올라오라.' 하거늘, 생이 말석(末席)428)을 거슬러 산상에 오르며 뒤를 돌아보니, 불이 타던 곳에 다다랐더라. 말에서 내려 배례 왈,

"잔명(殘命)429)을 보존하여 주옵소서."

노인이 홍선(紅扇)으로 불을 부치니, 양인(兩人) 섰는 곳에 불이 아니 오더라. 생이 치사 왈,

"노인의 거주(居住)를 알아지이다."

노인 왈,

---

418) 원문(轅門) : 戰陣을 베풀 때에 수레로써 우리처럼 만들고, 그 드나드는 곳에는 수레를 뒤집어 놓아 서로 향하게 하여 만든 바깥문.

419) 육경육갑(六經六甲) : 역경(易經)·시경(詩經)·서경(書經)·춘추(春秋)·주례(周禮)·예기(禮記)의 육경과, 십간(十干)과 십이지(十二支)를 순차로 배합하여 육십 가지로 배열한 순서인 육십갑자의 준말 육갑.

420) 충화(衝火) : 고의로 불을 지름.

421) 초인(草人) : 짚으로 만든 사람 모양의 물건.

422) 진언(眞言) : 음양가(陰陽家)나 술가(術家) 등이 술법을 부릴 때 외는 글귀.(=呪文)

423) 총찰(總察) : 모든 일을 맡아서 살핌.

424) 일정(一定) : 틀림없이. 분명히.

425) 사직(社稷) : 나라에서 백성의 복을 위해 제사하는 토지의 신인 사(社)와 곡식의 신인 직(稷)을 말하는 것으로, '조정이나 나라'를 뜻하는 말.

426) 명천(明天) : 모든 것을 알고 살피시는 하느님.

427) 하감(下瞰) : 위에서 내려다 봄.

428) 말석(末席) : 자기 자리를 겸손하게 이르는 말인데, 여기서는 '소대성이 서 있던 자리'를 일컬음.

429) 잔명(殘命) : 죽음이 얼마 남지 않은 쇠잔한 목숨.

"나는 천상(天上) 남천문 밖에 있는 화덕진군(火德眞君)[430]이러니, 어제 석가여래께옵서 '중국 대장 소대성이 명일 오시(午時)에 자운동 화재(火災)를 볼 것이니 구완하라.' 하시거늘 왔거니와, 만일 더뎠던들 세존의 부탁이 허사(虛事)됐겠다. 무릇 장수 적군을 너무 경(輕)이 보면 환(患)을 보나니, 호왕은 범상한 사람이 아니라."

생이 대왈,

"호왕이 범인(凡人) 아닌 줄 알았거니와, 이렇듯 변신(變身)하는 줄 몰랐나이다."

노인 왈,

"호왕은 사명산 천관도사[431]의 제자라. 재주 십 년을 배웠으니, 어찌 변신할 줄 모르리요."

말씀하매, 이미 불이 꺼졌는지라. 노인 왈,

"그대 임금이 기다림이 급하니, 어서 가라!"

하고, 인하여 오운을 타고 아무데로 가는 줄 모를러라. 생이 공중을 행하여 무수히 사례하고 말을 이끌고 골 어귀에 나오니, 동방이 장차 밝았더라.

이 적에 천자 양진 싸움을 보시더니, 대성이 호왕을 따라 자운동에 들며 불이 일어남을 보시고 하늘을 우러러 통곡 왈,

"하늘이 대성을 주시매 과인(過人)의 수족(手足)[432]이러니, 도리어 망(亡)케 함이라."

하시고, 밤이 새도록 발을 구르며 자탄하시더라.

동방이 밝으며 군사 보(報)하되,

"자운동에서 한 장수 나오나이다."

하거늘, 상이 바라보시니 이는 대성일러라. 급히 원문 밖에 나아가 대성의 손을 잡고 용루(龍淚)를 흘려 왈,

"호왕을 쫓아 자운동에 들며 불이 일어나매, 죽으리로다 하여 짐의 정성으로 경의 충성을 위로코자 하였더니, 이렇듯이 만날 줄 어찌 알리요?"

대성이 복주 왈, 호왕의 변신(變身)하난 간계(奸計)를 모르옵고 자결코자 하옵더니, 화덕진군을 만나 구하던 말씀을 주달한대, 상이 놀래어 가라사대,

"그대 충성을 하늘이 감동하사, 잔명을 보전하시도다."

하시고, 상이 친히 잔을 잡아 대성을 위로하시니, 생이 잔을 받들어 복주 왈,

"이제 호왕을 잡으려 하되, 백면서생(白面書生)이니 제장(諸將)이 영(令)을 듣지 아니할까 하나이다."

상이 이날 삼층단(三層壇)을 만들고, 제장(諸將)을 차례로 좌우에 세우고 대성을 단상(壇上)에 앉히고, 상(上)이 단하(壇下)에 서서 대원수(大元帥)를 봉하신대, 생이 단에 내려 복지

주달(伏地奏達)하고 사은하더라. 상이 또한 차신 인검(印劍)을 주시며 가라사대,

"제장 중에 만일 거만[433]하는 자 있거든 베어라."

하신대, 원수 칼을 받자와 물러 나오니, 삼군이 두려 아니할 이 없더라. 원수 장대에 내려 군병(軍兵)을 총찰(總察)할새, 하령(下令) 왈,

"천자 나로써 대원수를 봉하시고 인검을 주시니, 이는 호왕을 잡고자 하심이라. 제군은 거역지 말고 내 영을 좇아라!"

이때 호왕이 소생을 자운동에 유인하여 넣고, 풍운에 쌓여 본진에 돌아오니라. 이적에 제장과 군졸이 자운동 화광(火光)을 구경하거늘, 가만히 장중에 들어가 혼백을 음신(陰神)[434]에 부쳐 장대(將臺)에 나와 제장을 호령하니, 장졸이 호왕이 어디로 들어온 줄 모르고 서로 의혹하여 가로대,

"대왕이 적장을 동중(洞中)에 넣고, 어찌 불을 피하여 오시니까?"

호왕 왈,

"사람이 풍운(風雲)을 부리지 못하면 장수 아니라. 내 종적(蹤迹)이 바람과 구름을 추수(追隨)하나니, 뉘 능히 알리요? 자운동 화광(火光)이 저렇듯 장하니 대성의 영혼도 남지 못하리로다. 이제는 대성을 죽였으니, 그 남은 장수는 근심 없도다."

대장 성진을 불러 왈,

"그대는 철기(鐵騎) 오백을 거느려 명진(明陣) 동문을 쳐들어가면 명제(明帝) 북문으로 다라날 것이니, 나는 북문에 둔취(屯聚)[435]하였다가 명제를 사로잡으리라."

이때에 진을 치고 군을 거나리고 명진에 다다르니 군중이 고요하거늘 동문을 짓쳐 들어가니, 대성이 이 기미를 알고 필마단창(匹馬單槍)[436]으로 좌충우돌(左衝右突)하여 남북 제장을 무수히 베니, 성진의 군병이 황겁(惶怯)하여 물결 헤쳐지듯 하더라. 대성이 적장을 호왕인가 여겨 다시 보니 성진일러라. 원수 웃으며 왈,

"범을 잡으려 하다가 토끼를 잡음이라."

하고, 우레 같은 소리를 지르니, 성진이 정신이 삭막(索莫)하여 쳐다보니 이는 곧 소대성이라. 아무리 할 줄 모를 차에, 칠성검이 빛나며 성진의 머리 마하(馬下)에 떨어지니, 성진의 군사 대성이 다시 살아나서 성진을 죽임을 보고 돌아가 고한대, 호왕이 대경실색(大驚失色)하여 왈,

"사람은 자운동 화재를 면치 못하렸더니, 대성이 벗어났으니 진실로 귀신이요 인중호걸(人中豪傑)이라. 내 만일 갔던들 죽었겠다."

---

430) 화덕진군(火德眞君) : 불을 맡은 신령.
431) 사명산 천관도사 : 앞에서는 '천상(天上) 나타(哪咤)'의 제자로 되어 있음.
432) 수족(手足) : '손발처럼 곁에 가까이 두고 마음대로 부릴 수 있는 사람'을 비유하여 일컫는 말.
433) 거만(倨慢) : 잘난 체하여 업신여김.
434) 음신(陰神) : 지신(地神)을 지칭하며, 악하여 항상 양신(陽神)과 서로 다투어 반드시 소멸되어야 할 존재.
435) 둔취(屯聚) : 여러 사람이 한 곳에 모여 있음.
436) 필마단창(匹馬單槍) : 한 필의 말과 한 자루의 창이라는 뜻으로, '혼자 간단한 무장을 하고 한 필의 말을 타고 감'을 일컬음.

하고, 탄식함을 마지아니하더라. 호왕이 또 한 계책을 생각하고 대장 겸한을 불러 왈,

"철기(鐵騎) 일만을 거느리고 중국 도성(都城)에 들어가 성중(城中)을 엄살(掩殺)하면 응당 구원병을 청할 것이니, 대성을 치운 후에 명제(明帝)를 사로잡아 대군(大軍)을 합세(合勢)하여 대성을 도모하리다."

한대, 겸한이 군을 거느려 장안(長安)으로 가니라.

이때 원수 적진(賊陣)을 대하여 질욕(叱辱)을 무수히 하되 호왕이 종시(終始) 나오지 아니하거늘, 원수 천자께 아뢰되,

"호왕이 소장(小將)의 살아남을 꺼려 접전치 아니하니, 대군을 합세하여 짓밟고자 하나이다."

상이 왈,

"호왕이 무슨 비계(祕計) 있는가 싶으니, 잠깐 기자려라!"

할 차에, 원문(轅門) 밖에서 기별(奇別)이 왔으되, '무수한 오랑캐 장안(長安)을 범하여 사직(社稷)이 조모(朝暮)에 있다.' 하거늘, 상이 놀라서 원수를 불러 왈,

"이 놈이 여러 날 나오지 아니하매 괴이히 여겼더니 장안을 범하였도다. 이제 호왕 당적(當敵)할 장수 없으니, 이제 경이 가서 사직을 받들고 동궁(東宮)을 구완하여 잔명을 보존케 하라!"

하신대, 원수 총망(悤忙)[437] 중에 하직하고 일진(一陣) 병마(兵馬)를 거느려 장안을 향하니라.

이 때에 호장 체탐(體探)[438]이 호왕께 보(報)하되 '대성이 장안에 갔다.' 하거늘, 호왕이 대희(大喜)하여 철기 삼천을 거느려 그날 밤 삼경(三更)에 명진(明陣)에 다다르니, 일진이 고요하여 인마(人馬) 다 잠이 들었는지라. 고함하며 짓쳐 엄살(掩殺)하니, 명진이 불의(不意)에 난을 만나매 제장군졸(諸將軍卒)의 머리 추풍낙엽(秋風落葉)일러라. 뉘 능히 당하리요.

이때 명진 천자 중군(中軍)에서 취침하여 계시다가 함성소리 천지 진동하거늘 놀라 장(帳) 밖을 나와 보니, 화광(火光)이 충천(衝天)한 가운데 일원(一員) 대장이 크게 외쳐 왈,

"명제(明帝) 어디 있느뇨?"

하며 달려 들어오니, 본즉 이는 곧 호왕이라. 상이 대경(大驚)하여 제장을 부르니, 제장 군졸이 다 헤어지고 없는지라. 다만 삼장(三將)을 겨우 찾아 일지병(一枝兵)[439]을 거느려 북문으로 달아나더니, 날이 이미 밝으며 황강(黃江) 강가에 다다르니 강촌 백성이 난을 피할 길이 없는지라. 상이 삼장(三將)을 돌아보아 가라사대,

"좌우에 태산(泰山) 막혀 있고, 앞에 황강이 있어 건널 길이 없고, 호왕의 추병(追兵)[440]은 급하였으니, 그 가운데 있어 어디로 가리요. 삼장은 힘을 다하여 뒤를 막아라!"

하시니, 삼장과 군사 말머리를 돌려 호적(胡狄)을 대하여 마음

---

437) 총망(悤忙) : 매우 급하여 정신이 없음.
438) 체탐(體探) : 염탐꾼.
439) 일지병(一枝兵) : 한 무리의 병사.
440) 추병(追兵) : (적군을) 추격하는 군사.

을 둘 곳이 없더니, 호왕이 달려와 삼장과 군사를 다 죽이고, 명제는 함정에 든 범이라. 어찌 망극지 아니하리요. 명제 하늘을 우러러 통곡 왈,

"죽기는 섧지 아니하되, 사직이 오늘날 내게 와 망할 줄 알리요. 황천(黃泉)에 들어간들, 태종황제께 하면목(何面目)으로 뵈오리요."

하시고 슬피 우실새, 호왕이 황제 탄 말을 찔러 거꾸러지니 상이 땅에 떨어지거늘, 호왕이 창으로 상의 가슴을 겨누며 꾸짖어 왈,

"죽기를 섧워하거든 항서(降書)를 써 올리라!"

상이 총망중(悤忙中)에 대답하시되,

"지필(紙筆)이 없으니, 무엇으로 항서(降書)를 쓰리요?"

호왕이 크게 소리하여 왈,

"목숨을 아낄진대 용포(龍袍)를 떼고 손가락을 깨물라!"

하니,

"차마 아파 못 할러라."

소리 나는 줄 모르고 통곡하시니, 용의 울음소리 구천(九天)에 사무치는지라. 하늘이 어찌 무심하리요.

이때 원수 장안으로 가 호왕을 찾으니, 호왕은 없고 겸한이 삼군을 거느려 왔거늘, 원수 분노하여 겸한을 한 칼에 베고 제군에게 하령(下令) 왈,

"이제 호왕이 나를 치우고 우리 대군을 범코자 함이니, 나는 필마(匹馬)로 가서 대군을 급히 구완할 것이니, 제군은 따라 오라!"

하고, 달려가니 빠르기 풍우(風雨) 같은지라. 대진을 향하여 오더니, 홀연 공중에서 외쳐 왈,

"용부(庸夫)야! 대진으로 가지 말고 황강으로 가라. 지금 천자(天子) 강변에 꺼꾸러져 호왕의 창 끝에 명(命)이 진(盡)케 되었으니, 급히 구완하라!"

하거늘, 원수 황강으로 가며 분기충천(憤氣衝天)하여 왈,

"앞에 큰 강이 가렸으니 건널 길이 없는지라."

때는 늦어가고 분기(憤氣)는 울울하여 말에게 경계하여 왈,

"네 비록 짐승이나 사람의 급함을 알지라. 물을 건너라."

하니, 청총마(靑驄馬) 그 임자의 충성을 모르리요! 고개를 들고 청천(靑天)을 우러러 한 소리를 벽력(霹靂)같이 지르고 강을 건너 뛰니, 이는 대성의 충심(忠心)과 청총마 그 임자 아는 정(情)을 하늘이 감동하사 건너게 함이라.

그제야 멀리 바라보니, 상이 강변에 넘겨졌는지라. 원수 우레 같은 소리를 벽력(霹靂)같이 지르며, '호왕은 나의 임금을 해(害)치 말라.' 하는 소리 천지 진동하니, 호왕이 황겁하여 미처 회마(回馬)치 못하여 청총마 호왕이 탄 말을 물고, 대성의 칠성검은 호왕의 머리를 베어 마하(馬下)에 떨어지는지라. 원수 호왕의 머리를 창 끝에 꿰어 들고 말에서 내려 강변에 다다르니, 천자 기절하여 누웠거늘, 원수 복주(伏奏) 왈,

"대성이 호왕을 죽이고 왔나이다."

상이 혼미(昏迷) 중에 대성의 말을 들으시고 용안(龍顏)을 잠깐 들어보니, 과연 대성이 호왕의 머리를 들고 복지(伏地)하였거늘, 혼미 중에 일어나 대성의 손을 잡고 꿈인가 생신가 분별치 못할러라. 원수 여쭈오되,

"소신이 이제 반적 호왕을 죽였사오니, 옥체(玉體)를 진정(鎭定)하옵소서."

상이 정신을 차려 가라사대,

"어느 사이에 호왕을 죽이고 짐의 잔명(殘命)을 보전케 하는가? 돌아가 천하를 반분(半分)하리라."

원수 천자를 모시고 본진에 돌아오니, 상이 앙천통곡(仰天痛哭)441) 왈,

"나로 말미암아 아까운 장졸(將卒)이 원혼(冤魂)이 되었으니, 어찌 슬프지 아니 하리요?"

행군(行軍)하여 대연(大宴)을 배설(排設)하사 장졸을 상사(賞賜)하시고, 좌우(左右)에게 일러 왈,

"원수는 만고(萬古)에 짝 없는 충신(忠臣)이라. 일방 봉작(封爵)으로 그 공을 갚을 길이 없어 천하를 반분(半分)코자 하나니, 제신(諸臣) 등은 어떠하뇨?"

대성이 복주 왈,

"천하를 평정함이 폐하의 넓으신 덕(德)이요 신(臣)의 공이 아니오매, 천하를 반분하오면 일천지하(一天之下)442)에 두 천자 없사오니, 소신(小臣)으로 하여금 후세에 역명(逆命)을 면(免)케 하옵소서."

제신이 합주(合奏) 왈,

"그 말씀이 당연하오니, 폐하는 두 번 생각하소서!"

상이 왈,

"연(然)이나 일방 봉작으로 말지 못할지라."

하시고, 왕을 봉하여 해동 십만 호를 주시며 왈,

"경을 멀리 보내고 어찌하리요? 일 년(一年)에 한 번씩 와 조회(朝會)하라."

원수 재삼(再三) 사양(辭讓) 왈,

"신를 조신(朝臣)으로 조정에 두시면 소신의 원(願)이로소이다."

상이 가라사대,

"경이 부족하게 아는가?"

대성이 부복황공(俯伏惶恐)하더라. 상이 용포옥대(龍袍玉帶)에 노왕(魯王) 인수(印綬)를 사급(賜給)443)하시고 조회를 파(罷)하시다. 노왕이 마지못하여 인수를 받자와 물러나오니, 만조백관(滿朝百官)이 치하(致賀)하더라.

이생 등이 보는 일이 없거늘, 노왕이 헤아리되,

'저 같은 우충(憂忡)444)한 인사(人士)를 어찌하리요? 내 먼저 보리라.'

하고, 사자(使者)를 명하여 청한대 '겸한의 연좌로 도성에 갔다.'하매, 왕이 섭섭하여 하시더라.

왕이 사은하고 노국으로 행하실새, 천자 노왕의 손을 잡고 가라사대,

"노국(魯國)이 비록 적으나 왕덕(王德)은 한가지라. 천추(千秋)에 덕을 빛내라."

하시고 전별(餞別)445)하실새, 옥루(玉淚) 용안(龍顏)을 적시더라. 제신(諸臣)도 또한 못내 결연(缺然)하더라.

각설. 왕이 노국에 이르니 백관이 나와 맞아 어탑(御榻)446)에 좌기(坐起)447)하시고, 즉위(卽位) 삼 삭(三朔) 만에 왕화(王化) 일국에 가득하더라.

일일은 우승상 조겸이 왕께 여쭈오되,

"신은 듣사오니, 하늘이 있사오매 땅이 응하고 사람이 있사오매 오륜(五倫)과 음양(陰陽)이 있사오니, 대왕은 일국 신민(臣民)의 부모라 중전(中殿)이 비어 만민(萬民)의 부모 바람이 없사오니, 숙녀(淑女)를 간택(揀擇)하와 나라 근본을 세우소서."

왕이 가라사대,

"낸들 어찌 모르리요마는, 나의 성덕이 위(衛)나라 장강(莊姜) 같은 이 쉬우랴! 내 미시(微時)448)에 들으니, '청주 땅에 승상 이징의 집에 여자 있으되 덕행이 태사(太姒)에 비긴다.' 하였으니, 경이 후궁을 사모(思募)할진대 그 여자를 간택하라."

조겸이 하교(下敎)449)를 받자와 태감(太監)450)을 명하여 청주로 보내니라.

이 적에 왕 부인이 승상 삼기(三忌)를 지낸 후에 자등(子等)451)은 경성에 보내고 소저(小姐)만 데리고 있으니, 소저 탈복(脫服)452) 후에 화복(華服)453)을 아니 입고 수심(愁心)으로 지내니, 부인이 책(責)하여 왈,

"사람이 삼상(三喪)을 지내면 화복을 입거늘, 어찌 소복(素服)으로 나의 수심을 돋우는가?"

소저 왈,

"소생(蘇生)이 나간 지 사오 년(年)에 소식이 돈절(頓絶)454)하니 죽음이 분명한지라. 일단 부음(訃音)455)이 없사오나, 어찌

---

441) 앙천통곡(仰天痛哭) : 하늘을 쳐다보고 몹시 욺.
442) 일천지하(一天之下) : 한 하늘 아래. 곧, 온 천하.
443) 사급(賜給) : 윗사람이 내려줌. 사여(賜與).

444) 우충(憂忡) : 마음 아파하고 가엾이 여김.
445) 전별(餞別) : 잔치를 베풀어 작별함.
446) 어탑(御榻) : 임금이 깔고 앉는 기구.
447) 좌기(坐起) : 관아의 으뜸 벼슬에 있는 이가 출근하여 일을 시작한다는 뜻이나, 여기서는 '임금이 정사를 돌보기 시작함'의 의미.
448) 미시(微時) : 아직 이름이 나지 않아, 한미하거나 미천하여 보잘것 없던 때.
449) 하교(下敎) : 윗사람이 아랫사람에게 어떤 일을 지시함. 주로 '임금이 신하에게 명령할 때' 쓰는 말이다.
450) 태감(太監) : 궁중에서 일하는 내시의 우두머리.
451) 자등(子等) : 아들들. 자식들.
452) 탈복(脫服) : 복 입을 기한이 다 되어서 상복을 벗음.
453) 화복(華服) : 물감을 들인 천으로 만든 화려한 옷.
454) 돈절(頓絶) : 아주 끊어짐.

채복(彩服)을 입사오리까?"

마음이 철석(鐵石) 같으니, 부인도 말리지 못하고 자탄할 뿐이라.

일일은 소저 일어나지 아니하니 부인이 부르매, 소저 눈물을 흘려 옷깃을 적시거늘, 부인이 연고를 물으니, 소저 대왈,

"이제 묻는 말씀을 어찌 기망(欺罔)하오리까? 소녀(小女) 일생 한(恨)이 소생(蘇生)의 거처를 몰라 골수(骨髓)에 맺혔더니, 간밤 꿈에 소생이 청룡(靑龍)을 타고 하늘로 올라가 뵈오니 일정(一定) 죽음이라. 오늘부터 거상(居喪)을 입어 예절을 밝히고, 사해(四海)를 돌아 소생의 백골을 찾아 소씨(蘇氏) 구산(舊山)에 안장(安葬)하고, 그날 죽사오나 무슨 관계하오리까? 모친은 날 같은 자식을 생각지 말으시고 죽은 양으로 아옵소서."

언필(言畢)에 머리를 풀고 옥수(玉手)로 가슴을 뚜드리며 통곡하니, 부인도 불쌍히 여기더라.

소저(小姐) 난영으로 더불어 소생을 찾으러 가고자 하더니, 연연약질(軟娟弱質)이 종일 울고 기진(氣盡)하여 혼미 중에 잠을 드니, 청조(靑鳥) 내려와 소저 무릎에 앉거늘, 잡으려 하매 날아갈 제 놀라 깨달으니 남가일몽(南柯一夢)이라. 난영에게 몽사(夢事)를 설화(說話)하니, 난영 왈,

"청조(靑鳥)는 서왕모(西王母)의 사환(使喚) 새이오니 무슨 반가운 기별이 있을까 하나이다."

하더니, 문득 시비 보(報)하되,

"노국 태감(太監)이 노왕의 명첩(名帖)을 드리나이다."

부인이 소저를 치우고 예필(禮畢) 후에, 부인 왈,

"귀인(貴人)이 누지(陋地)에 오시니, 무슨 연고(緣故)이온지?"

태감이 왈,

"전하의 명(命)을 받아 왔나이다. 우리 대왕 성신문무(聖神文武)하사 덕택(德澤)이 일국에 덮였으되 용루봉궐(龍樓鳳闕)에 외로이 계시매, 귀댁(貴宅)에 만세(萬歲) 낭낭(娘娘)이 계신다 하오니, '요조(窈窕)의 글 읊기를 전하라' 하

시기로 왔나이다."

부인이 답왈,

"말년(末年)에 두 여아(女兒)를 두었삽더니, 장녀(長女)는 공부상서 정낭의 며느리 되옵고, 필녀(畢女)는 선비 소생(蘇生)의 아내 되었삽더니 불행히 생을 이별하고 사생(死生)을 몰라 죽음이 분명하여 지금 초토(草土)에 있고, 그 외 타녀(他女)는 없나이다."

태감이 왈,

"왕명을 받아 왔삽다가 그저 감이 도리(道理) 아니오니, 도장을 살펴 진위(眞僞)를 알고자 하나이다."

부인이 허락하시니 태감이 살피다가, 한 별당에 젊은 부인이 소복(素服)을 입고 거적자리에 옥수(玉手)로 흩어진 머리를 만지며 신세를 자탄하거늘, 그 청아하며 아름다운 태도는 진시(眞是) 요조숙녀(窈窕淑女)라. 태감 왈,

"저런 고운 부인이 어찌 저리 되었는고?"

차탄(嗟歎)을 마지아니하더라.

이때 소저(小姐)는 태감이 집 뒤는 줄 모르고 수심(愁心)으로 잠자다가, 태감을 보매 여염(閭閻) 사람이 아니라 피하여 들어가더니, 난영이 노국 태감이 와서 하던 말씀과 집 뒤는 말씀을 고한대, 소저 발연대로(勃然大怒) 왈,

"이 집은 대국 각로댁(閣老宅)이요 노국 신하의 집이 아니어든, 하물며 태감은 노국 신하라. 어찌 대국 재상가(宰相家)를 엿보느뇨?"

가정(家丁)을 명하여 '등 밀어 내치라.' 하는 호령이 추상(秋霜) 같은지라. 태감이 황공하여 나와 부인에게 하직 왈,

"부인이 허락하시매 구경하옵더니, 소부인께옵서 그렇듯 책(責)하오매 대부인께 하직 사죄코자 하오나, 때 늦어 가오니 죄를 사(赦)하옵소서."

부인 왈,

"여아의 성품이 초토(草土)에 아니 있을 때도 외인(外人)과 말이 없더니, 지금 마음이 어두운 사람이라. 귀인을 대하여 과도(過度)한가 싶으니 도리어 수괴(羞愧)하도다."

태감이 하직하고 돌아와 왕부인의 말씀과 소부인의 책하던 말을 아뢴대, 왕이 가라사대,

---

455) 부음(訃音) : 사람이 죽었다는 기별.
456) 거상(居喪) : '상복'을 속되게 일컫는 말.
457) 구산(舊山) : 조상의 무덤이 있는 곳.
458) 청조(靑鳥) : 곤륜산(崑崙山)에 산다는 서왕모(西王母)에게 먹이를 갖다 준 새. 이후 소식을 전해주는 새로 알려졌으며, 전(轉)하여 '사자(使者)'를 뜻한다.
459) 설화(說話) : 사정 형편이나 겪은 사연을 이야기함.
460) 서왕모(西王母) : 곤륜산에 살았다는 중국의 선녀로서 이름은 양회(楊回). 곤륜산에 사냥 나온 주나라 목왕(穆王)을 만나 요지(瑤池)에서 놀며 선도(仙桃) 세 개를 가져다주었다는 전설이 전한다.
461) 명첩(名帖) : 성명이나 주소·근무처·신분 등을 적은 종이쪽.(=名銜)
462) 성신문무(聖神文武) : 문과 무에 신명한 재능을 지님. '임금의 덕'을 기릴 때 쓰는 말이다.
463) 덕택(德澤) : 은덕이 다른 사람에게 미치는 혜택.
464) 용루봉궐(龍樓鳳闕) : '궁궐'을 아름답게 일컫는 말.
465) 낭낭(娘娘) : '왕후나 공주 같은 귀한 집 여자'를 높여 부르는 말.

466) 요조(窈窕)의 글 읊기를 전하라 : 소식(蘇軾)이 지은 <전적벽부(前赤壁賦)>의 '가요조지장(歌窈窕之章)' 구절을 참고할 수 있는데, 그 요조의 글[窈窕之章]은 『시경(詩經)』의 <국풍(國風)·주남(周南)·관저(關雎)>에 있는 "關關雎鳩, 在河之洲, 窈窕淑女, 君子好逑"를 일컬음.
467) 타녀(他女) : 다른 딸.
468) 도장 : 부녀자가 거처하는 곳.(=閨中)
469) 뒤는 : 뒤지는. 여기서는 '살피는'.
470) 발연대로(勃然大怒) : 발끈하며 매우 성을 냄.
471) 가정(家丁) : 제 집에서 부리는 남자 상일꾼.
472) 추상(秋霜) : 위엄이 있고 서슬이 푸름.
473) 수괴(羞愧) : 부끄럽고 창피함. 수치(羞恥).

"네 그 여자를 어찌 보았느냐?"

태감이 전후수말(前後首末)을 주달(奏達)하니, 노왕이 헤아리되,

'내 나온 지 오륙 년에 일장(一張) 소식이 없었으니, 일정 공명(功名)을 이룬 줄 모르고 어디 가 죽은가 하여 거상을 입었도다.'

즉시(卽時) 필연(筆硯)을 내어 왕부인과 소저에게 정찰(情札)[474]하여 태감을 주어 왈,

"네 가서 이 편지를 전하라! 택일(擇日)하여 여관(女官)[475]을 보내리라."

태감이 대희(大喜)하여 청주로 가니라.

이때 왕부인이 태감을 보시고, 홀연(忽然) 자탄(自嘆) 왈,

"당초에 소생(蘇生)을 거절하였던들 노왕으로 백년가약(百年佳約)을 삼아 태평으로 지냈을걸. 어찌 애닯지 아니하리요."

홀연(忽然) 경성에서 이생의 서간(書簡)이 왔는지라. 떼어 보니 대강 문안 후에 소생(蘇生)이 노왕(魯王) 된 사연(事緣)이라.

'매제(妹弟)의 혼사는 거절치 못하려니와, 소생(蘇生)이 노국으로 가올 제 소자(小子)를 찾더라 하오니, 그 뜻을 아지 못하나이다.'

부인이 견필(見畢)에 정신 아득하여 소저를 주며 왈,

"세상 이(理)를 측량(測量)치 못하리로다!"

소저 보고 탄왈,

"거거(哥哥)의 서찰이 분명하오니, 다시 노국에서 기별이 있으리로다."

부인 왈,

"태감이 오기는 종적을 탐지코자 함이라. 그러나 숨은 근심이 많도다."

이윽고 태감이 와 편지를 드리거늘, 중헌(中軒)에 사처[476]하고 편지를 소저에게 주어 왈,

"오륙 년(年) 썩은 간장(肝腸)이 오늘날 일장 서간에 달렸으니 어서 떼어 보라."

소저 주저하다가 떼어 보니, 하였으되,

'노왕 소대성은 삼가히 일봉 서간을 이씨 옥낭자[477] 좌하(座下)[478]에 올리나이다. 오호(嗚呼)라! 복(僕)[479]이 십세 전에 천지(天地)를 여의고, 혈혈단신(孑孑單身)[480]이 전전걸식(轉轉乞食)하여 사해(四海)로 집을 삼고 우주에 밥을 부쳐 영자의 소 치기[482]와 부열(傅說)의 담 쌓기만 일삼더니, 명천(明天)이 감동하사 복의 추비(醜卑)함을 승상이 헤아리지 아니하시고 천금영낭(千金令郞)[483]를 허락하시니, 그 은혜를 어찌 저버리리요. 조물(造物)이 시기하여 귀댁을 떠나오니, 굳은 언약(言約)이 뜬 구름이로다. 광대(廣大)한 천지에 의탁(依託)이 망연(茫然)하니 구차한 몸이 황천을 돌아봄이 한두 때 아니러니, 원(怨)이 구천에 사무치매 하늘이 도우사 부처님이 지시하여 다섯 해 의식(衣食)을 부쳤더니, 의외(意外)에 북적(北狄)이 반(叛)하매 칼을 잡아 북적을 소멸(掃滅)하고 생민(生民)을 건지니, 천자 공을 표(表)하사 노왕을 봉하시니 국은(國恩)이 망극(罔極)한지라. 몸이 현달(顯達)한 때를 타 인연을 맺고자 하되 사람의 존망(存亡)을 몰라 태감을 보내었더니, 옥체(玉體) 무양(無恙)하심은 알았거니와 초토(草土)에 계신다 하오니, 과인[484]이 만일 죽었던들 가련한 청춘이 소씨 향화(香火)를 받았으려니 어찌 감격지 아니하리요. 몸소 가서 위로코자 하오나 범인(凡人)과 달라 내관(內官)을 보내나니, 바삐 와서 복(僕)을 위로하소서!'

중헌에서 지은 글을 편지 속에 봉하여 보내니, 이는 세상사를 몰라 의혹을 파(破)함이요. 또 하나는 왕부인께 치하한 편지라. 부인이 견필에 태감과 노왕의 근본을 이르고 반가이 여기더라.

수일 후에 여관(女官)이 오매, 부인이 소저로 더불어 훈계하더라. 금덩[485]을 들이거늘, 소저 덩에 오르며 삼천 시녀(侍女) 모두 시위(侍衛)하여 환자(宦者)와 내인[486]이 좌우에 옹위하였으니, 꽃밭 속이라. 굿보는[487] 사람이 칭찬 왈,

"세상사를 어찌 측량하리요? 전일 왕부인이 소생 박대하던 일이 도리어 영화로다."

여관(女官)이 왕후(王后)를 모시고 왕께 주달(奏達)하니, 왕이 나와 천지(天地)에 배례(拜禮)하시고 별궁으로 들어가 옥면(玉面)[488]을 대하니, 정정운한지덕(貞靜幽閑之德)[489]이 진시(眞是) 왕후의 기상이라. 교배석(交拜席)[490]에 예필(禮畢)

---

474) 정찰(情札) : 따뜻한 정이 어린 편지.

475) 여관(女官) : 궁중에서 왕이나 왕비를 가까이 모시던 내명부(內命婦). 궁녀(宮女).

476) 사처 : 귀한 사람이 길을 가다가 묵는 집이란 뜻이나, 여기서는 '좌정하다'의 의미임.

477) 옥낭자(玉娘子) : 남의 딸를 높이어 일컫는 말. 옥녀(玉女).

478) 좌하(座下) : '자리 아래'라는 뜻으로, 주로 편지에서, 윗사람이나 친구를 높여 그의 호칭이나 이름 아래 쓰는 말.

479) 복(僕) : 말하는 이가 '자신'를 낮추어 일컫는 말.

480) 혈혈단신(孑孑單身) : 의지할 곳 없이 외롭게 혼자 된 몸.

481) 전전걸식(轉轉乞食) : 정처없이 여기저기로 떠돌아다니며 밥을 빌어먹음.

482) 영자의 소 치기 : 영천수(潁川水)의 북쪽에서 농사를 짓고 있던 허유(許由)가 요(堯)임금으로부터 왕위를 주겠다는 말을 듣고는 더러운 말을 들었다고 영천수에 귀를 씻자, 이때 소에게 물을 먹이러 오면서 허유가 귀 씻는 것을 보고 더러운 물을 먹일 수 없다며 강 상류로 거슬러 올라가 물을 먹였다는 소부(巢父)의 고사를 일컫는 듯.

483) 천금영낭(千金令郞) : '남의 아들'에 대한 매우 높임말. 여기서는 '사위 됨'를 일컫는다.

484) 과인(寡人) : 임금이 자신을 낮추어 부르는 말. 짐(朕).

485) 금(錦)덩 : 비단으로 장식한 가마.

486) 내인(內人) : 궁중에서 왕과 왕비를 가까이 모시는 모든 여인을 통틀어 부르는 말. '나인'이라고도 한다.

487) 굿보난 : 남들이 하는 일을 구경하는.

488) 옥면(玉面) : 옥같이 깨끗하고 아름다운 얼굴.

489) 정정운한지덕(貞靜幽閑之德) : (부녀자의 마음씨가) 곧고 얌전하고 점잖고 맑음.

490) 교배석(交拜席) : 신랑·신부가 서로 절을 하며 혼례를 치르는 자

후에 눈을 들어 잠깐 보니, 전일 중헌에서 보던 얼굴이 완연(宛然)한지라. 왕이 가라사대,

"과인이 그 문하(門下)에 떠날 제, 어찌 오늘날 예를 갖추어 친영(親迎)491할 줄 알리요?"

왕후(王后) 눈을 들어 왕을 잠깐 보니, 자금(紫錦)492 통천관(通天冠)493이며 곤룡포(袞龍袍)494 두 어깨에 일월(日月)을 붙였으니 진시 왕의 기상이라. 왕이 가라사대,

"후(后)는 세속 여자의 수태(羞態)를 가져 한 말씀도 아니하니, 과인이 실례(失禮)할까 하나이다. 오륙 년(年) 심정을 허비하여 초토에 계실 제, 어찌 남의 존망(存亡)을 알아 옥체를 수고하시니까?"

후(后) 마지못하여 옥음(玉音)495을 열어 가라사대,

"전하 오늘날 첩(妾)의 심정을 탐지(探知)하시니 수괴(羞愧)하와 대답지 못하였삽거니와, 서찰(書札)을 끊었사오니 명호(名號)를 잡고자 하와 화복(華服)을 폐하고 소복(素服)을 입었삽더니, 오늘 성안(聖顔)496을 대하오매 성명을 깨달아 마음을 진정치 못하옵난데, 이같이 위로하옵시니 만심수괴(滿心羞愧)하여이다."

하시고, 옥모(玉貌) 변태(變態)하매, 왕이 위로 왈,

"오늘은 고적(古蹟)을 생각할 날이 아니오니, 옥체(玉體)를 상(傷)치 마옵소서."

하시고 침실(寢室)에 나아가니, 원앙(鴛鴦)497이 녹수(綠水)에 놀고 비취(翡翠) 연리지(連理枝)498에 깃들임 같더라.

익일(翌日)에 왕이 백옥교(白玉交)에 전좌(殿座)499하시니, 예관(禮官)이 배사(拜謝)하고 육궁(六宮)500 비빈(妃嬪)과 삼천 궁녀(三千宮女) 조회(朝會)하며 만세를 부르니, 왕후의 덕택이 일국에 가득하더라.

왕후 왕께 고왈,

"떠나실 제 벽상(壁上)의 글을 보오니, '후인(後人)이 불초(不

肖)하여 결수원(結怨讐)이요, 자객지보검(刺客之寶劍)이여 촉영후(燭影後)라.' 하오니, 어떤 사람이 해(害)코자 하더니까?"

왕 왈,

"망연(茫然)이 잊었도다. 이제 깨달은지라. 날을 해(害)코자 하던 놈이 멀리 앉아 있사오니, 잡아다가 죽이려 하나이다."

후 왈,

"일이 선후(先後) 있나니 자세히 알으시니까?"

왕 왈,

"내 어찌 남의 심간(心肝)을 비추지 못하리요?"

후 왈,

"전하(殿下)! 만민(萬民)의 부모시니 사람의 생사(生死) 장중(掌中)에 있거니와, 석(昔)에 한신(韓信)501도 도중(都中) 소년에게 욕(辱) 보고 죽지 않고 원수(怨讐) 변하여 은인(恩人) 되었나이다.502"

왕이 후의 손을 잡고 왈,

"한 나무 열매 많되 각각 다르단 말이 진실로 후(后)로 두고 이름이로다."

후 눈물을 흘려 왈,

"험(欠)인 줄 아나이까?"

하시고 고개를 숙이고 대답지 아니하니, 왕이 그 뜻을 살피고 하령하사,

"잔치 기구를 차리라."

하시거늘, 후 연고를 묻자오니, 왕 왈,

"모녀동기지정(母女同氣之情)을 그리워 하는 고로, 일국에 낙봉연(樂逢宴)503을 하려 하나이다."

후 왈,

"전하! 남의 외모(外貌)를 보시고 안마음[內心]을 알으시니, 치국안민(治國安民)을 첩의 상(相) 보듯 하오면 요지일월(堯之日月)504 순지건곤(舜之乾坤)505의 태평이 되리로소이다."

리.

491) 친영(親迎) : 전통 혼례에서 신랑이 신부를 맞이하는 의식. 전안례(奠雁禮) 또는 대례(大禮)라고도 하며 지금의 결혼식을 말한다.

492) 자금(紫錦) : 자줏빛의 비단.

493) 통천관(通天冠) : 임금이 정무를 보거나 조칙(詔勅)을 내릴 때에 쓰던, 오사(烏紗)로 만든 관.

494) 곤룡포(袞龍袍) : 임금이 공무를 볼 때에 입던 정복. 붉은 색이나 누런 색 비단으로 지었으며 어깨와 가슴에 용을 수놓았다.

495) 옥음(玉音) : 맑고 깨끗한 소리. '귀한 사람의 편지나 말'을 높이어 일컫는 말이다.

496) 성안(聖顔) : 임금의 얼굴. 용안(龍顔).

497) 원앙(鴛鴦) : 원앙새. 오리과에 속하는 물새의 일종으로서 암수가 서로 떨어지지 않고 사이가 좋아 예부터 금슬이 좋은 부부관계에 비유함.

498) 연리지(連理枝) : 두 나무의 가지가 맞닿아서 결이 서로 통한 것. '화목한 부부 또는 남녀의 사이'를 일컬을 때 쓰인다.

499) 전좌(殿座) : 왕이 정사를 처리하거나 신하들의 조회를 받기 위해 옥좌에 나와 앉음.

500) 육궁(六宮) : 중국의 궁중에서 황후의 궁전과 부인(夫人) 이하의 다섯 궁실(宮室).

501) 한신(韓信) : 전한(前漢)의 무장(武將). 한고조의 승상 소하(蕭何)에게 발탁된 인물. 장양(張良)·소하(蕭何)와 더불어 삼걸(三傑)의 한 사람. 고조(高祖) 유방(劉邦)을 따라 조(趙)·위(魏)·연(燕)·제(齊)를 멸망시키고 항우를 공격하여 큰 공을 세웠다. 한의 통일 후 초왕(楚王)이 되었다가, 회음후(淮陰侯)로 임명되었으며, 후에 여후(呂后)에게 피살되었다. 이때 '교토사주구팽(狡兔死走狗烹)'이라는 명언을 남겼다.

502) 도중(都中)~되었나이다. : 한신이 회음현(淮陰縣)에서 가난하게 살 때 그곳 소년들로부터 망신을 받은 고사. 왕손이랍시고 칼을 차고 다니던 한신에게 소년들이 자신들을 찌르라고 하면서 그럴 용기가 없다면 가랑이 아래로 기어가라고 하니, 한신은 수치를 참고 가랑이 아래로 기어갔다.

503) 낙봉연(樂逢宴) : 헤어졌던 사람이 다시 만남을 축하하기 위해 벌이는 잔치.

504) 요지일월(堯之日月) : 중국 전설상의 요(堯)임금이 다스렸던 태평 성대를 일컫는 말. 요임금은 어진 정치를 펼쳐 전쟁을 없앴고, 희씨(羲氏)와 화씨(和氏)에게 명하여 역상(曆象)을 살피도록 했으며, 곤(鯀)에게 명하여 물을 관리하도록 했다. 또 만년에 왕위를 아들 단주(丹朱)에게 물려주지 않고 어진 신하인 순(舜)에게 넘겨줌으로써 선양(禪讓)이라는 미풍을 남겨, 이상적인 성군(聖君)으로 추앙받는 인물이다

505) 순지건곤(舜之乾坤) : 중국 순임금이 다스렸던 태평성대를 일컫는

왕이 왕부인과 이생을 청하시고, 후(后)로 더불어 낙락(樂樂)506)하시더라.

화설(話說). 이생 등이 노왕의 청하심을 보고 천자께 수유(受由)507)하고 부인을 모시고 노국에 이르니, 왕이 후(后)로 더불어 예한 후에 생 등이 옥계(玉階)508)에 내려 배례(拜禮)하니, 왕이 웃어 왈,

"제형(諸兄)으로 더불어 군신지분의(君臣之分義)가 없거늘, 어찌 국궁(鞠躬)509)하느뇨?"

생 등 왈,

"전하! 대위(大位)에 거(居)하사 만민의 부모시니, 어찌 항렬(行列)로 뵈오리까?"

왕부인이 왕의 동정을 보니, 조금도 전혐(前嫌)510)이 없고 진시 왕의 기상이라. 또 후(后)의 상을 보니 층하(層下)511) 없거늘, 내렴(內念)에 헤아리되,

'저런 배필(配匹)이어든 어찌 그리 아니하리요.'

왕을 공순이 치사하더라.

왕 왈,

"제형을 청함은 은혜를 갚자 함이라."

생 등이 돈수청죄(頓首請罪)512) 왈,

"천생(賤生)이 지식이 없사 전하를 알아보지 못하고 박대태심(薄待太甚)하오매, 하늘이 전하의 손을 빌려 생 등을 죽여 후인(後人)을 경계(警戒)코자 함입니다."

왕 왈,

"그대 대접함이 승상 같을진대, 어찌 청총마·보신갑과 칠성검을 얻으리요? 이는 하늘이 그대를 변케 하여 나의 공을 이루미라. 은혜를 알아 즐기고자 하거늘 죄명으로 설화하니, 어찌 수괴(羞愧)치 아니하리요."

하시고 종일 즐겨하니, 부인과 생 등이 왕의 뜻이 요순(堯舜)같음을 못내 치하(致賀)하더라. 파연(罷宴) 후에 부인과 생 등은 별궁으로 들어가고 왕과 후(后)는 대내(大內)에 들어가시어, 왕이 가라사대,

"오늘날 천륜(天倫)을 이어 낙봉연을 하오니 어떠하옵시니까?"

후 왈,

"하해(河海) 같은 은덕으로 부모 동생을 정으로써 만나게 하옵시니 감사무지(感謝無地)로소이다."

왕부인과 이생 등이 돌아감을 청한대, 왕이 또한 소연(小宴)을 배설하사 전송(餞送)하실새, 채단(綵緞)과 금은(金銀)·옥백(玉帛)을 많이 상사(賞賜)하시니 그 위엄(威嚴)과 영화(榮華) 일국에 진동하매, 이른바 원수(怨讐) 변하여 은인(恩人)되고 화(禍) 도리어 복(福)이 되었도다.

그 후에 노국이 태평하여 도불습유(道不拾遺)513)하고 산무도적(山無盜賊)514)하며, 강구연월(康衢煙月)515)에 동요(童謠)와 함포고복(含哺鼓腹)516)에 격양가(擊壤歌)517)를 일삼는지라, 어찌 후록(厚祿)이 장구(長久)치 아니하리요. 자자손손(子子孫孫)이 계계승승(繼繼承承)518)하더라.519)

■ 해설

「소대성전」은 작자와 창작 연대를 알 수 없는 국문 고전소설로, 조수삼(趙秀三)의 『추재집』에서 '전기수(傳奇叟)'에 대해 언급하는 자리에서 「숙향전(淑香傳)」·「심청전(沈淸傳)」 등과 함께 제목이 언급될 정도로 널리 알려진 영웅소설 또는 군담소설의 대표적인 작품입니다. 경판본, 완판본, 안성판본 등의 판각본, 구활자본과 필사본 형태로 많은 이본들이 현전하고 있는데, 이본간의 차이는 그렇게 크지 않습니다.

이 작품의 줄거리는 이렇습니다. 명나라 시절 소량(또는 소양)의 늦은 자식으로 태어난 소대성은 어린 나이에 부모를 여의고 떠돌이 생활을 합니다. 소대성의 잠재력을 알아본 이 승상은 소대성을 자신의 집으로 데려와 딸 채봉과 약혼시키지만, 이 승상의 부인과 아들들은 이를 못마땅하게 여깁니다. 이 승상이 갑자기 죽게 되자, 이 승상의 부인과 아들들은 자객을 보내 소대성을 죽이려고 합니다. 자객을 물리친 소대성은 이 승상의 집을 나와 방황하던 중 노승을 만나 병법과 도술을 익히게 되고, 호국이 침입하여 위태로운 상황에 놓인 황제를 구하고 큰 공을 세웁니다. 황제에 의해 노국왕에 봉해진 소대성은 이 승상의 딸 채봉과 혼인하고 행복하게 삽니다.

이 줄거리에 확인할 수 있듯이 이 작품 이른바 '영웅의 일생' 구조를 따르는 영웅소설인데, 특히 주인공이 고난을 겪는

밀. 요(堯)임금으로부터 선양받아 임금이 된 순임금은 우(禹)에게 치수(治水)를 맡기고, 契(설)에게 백성에 관한 일을, 익(益)에게 산택(山澤)을, 皐陶(고요)에게 형벌을 맡겨 초보적인 통치국가의 기틀을 다져서 성군(聖君)으로 받들어지는 인물이다.

506) 낙락(樂樂) : 여유가 있어 편안한 모양.

507) 수유(受由) : (일에 매인 사람이) 다른 일로 말미암아 얻는 말미.

508) 옥계(玉階) : '대궐 안의 섬돌을 아름답게 이르는 말.

509) 국궁(鞠躬) : 상대방에 대한 존경의 뜻으로 몸을 굽혀 인사함.

510) 전혐(前嫌) : 이전에 받던 혐의.

511) 층하(層下) : 다른 것보다 낮잡아 보아 소홀히 대접하는 차별.

512) 돈수청죄(頓首請罪) : 머리가 땅에 닿을 정도로 숙여 잘못을 사과함.

---

513) 도불습유(道不拾遺) : 길에 물건이 떨어져 있어도 주워가지 않는다는 뜻으로, '나라가 태평하게 잘 다스려짐'을 일컫는 말.

514) 산무도적(山無盜賊) : 산에 도적이 없음.

515) 강구연월(康衢煙月) : '강구(康衢)'는 사통팔달한 큰 거리, '연월(煙月)'은 연기에 어린 은은한 달빛. '태평세월'을 일컬을 때 쓰인다.

516) 함포고복(含哺鼓腹) : 잔뜩 먹고 배를 두드린다는 뜻으로, '먹을 것이 풍족하여 좋아하고 즐기는 모양'을 일컫는 말.

517) 격양가(擊壤歌) : '의식이 풍족하고 안락하여 부러운 것이 아무 것도 없는 태평세월을 누림'을 비유하는 말. 중국 고대 요임금 때 늙은 농부가 태평한 세월을 즐거워하여 땅을 치면서 부른 노래라고 한다.

518) 계계승승(繼繼承承) : 자손이 대대로 대를 이어감.

519) 이 부분에는 "니 뒤 말은 하권 용문전을 사다 보소서"가 부기되어 있음.

부분이 특히 부각됩니다. 탁월한 능력을 타고난 주인공은 어린 나이에 고아가 되는데, 이는 영웅 소설의 구조에서 훗날 주인공의 영웅으로서의 활약상을 돋보이도록 하기 위한 필수적인 고난이라고 볼 수 있습니다. 이후 이어지는 유리걸식의 고난은 주인공의 자의가 어느 정도 반영된 고난이라는 점에서, 주인공이 지닌 영웅으로서의 인품을 부각하는 역할을 하고 있습니다. 한편 조력자의 도움으로 유리걸식의 고난은 극복하게 되지만, 영웅의 면모를 알아보지 못하는 범인(凡人)들의 어리석음으로 인해 주인공은 또 다른 고난을 겪게 됩니다. 고난의 정도가 심할수록 그것을 극복한 결과는 더욱 좋습니다.

이 고난의 과정을 포함한 이 작품의 구조와 의미, 또는 사회의식에 대한 관심이 높습니다. 이것이 곧 이 작품의 주제나 작가의식과 직결되기 때문입니다. 이 문제와 관해 크게 두 가지의 해답이 나와 있습니다. 하나는 통치 질서의 변모와 관련되어 양반이 정치적·경제적으로 몰락해 가는 과정을 반영하였다는 관점입니다. 다른 하나는 특정한 사회 변동과 관련이 없이 한 가정이 몰락하고 재건하는 과정을 다룬 가정 중심의 작품이란 관점입니다.

어느 하나가 옳으면 다른 하나는 그른 것으로 보는 흑백논리는 작품 해석에서 위험한 일이고, 양비론이나 양시론도 또한 바람직하지 않습니다. 그래서 이 두 관점은 보기에 따라 대조적일 수도 있지만 상호 보완하고 있다고 이해하는 것이 바람직합니다. 다시 말하면 이 두 해석은 서로 보완할 면을 내포하고 있다고 할 수 있습니다. 그 이유는 이렇습니다. 통치 질서의 변모에 따라 양반의 정치적·경제적 몰락상과 그 극복의 의지가 가정 중심적인 사건으로 구체화되어 있다는 각도에서의 보완이 필요하기 때문입니다. 그리고 사회 의식에 초점을 맞춘 논의에서는 이 작품이 '영웅의 일생'이라는 유형 구조를 따라 이루어진 것이지마는 전대의 그것과는 달리 각 단계의 교체에 변화가 일어났다는 점이나 후반부의 사건 처리가 전반부에서 제기된 문제를 감당하지 못한 채 비약하였다는 점, 위기 의식이 작품의 아주 중요한 면을 이루고 있다는 점, 작품이 이원론적(二元論的) 주기론(主氣論)의 구조를 지니고 있다는 점, 그리고 작품이 상업적·경제적 활동을 하는 사람들과 깊이 관련되어 있다는 점 등도 진지하게 논의되어야 할 요소들입니다.

이 작품은 영웅소설의 보편적인 내용을 지니고 있으면서도 몇 가지 점에서 특이한 점이 있어서 주목됩니다. 주인공 대성이 초년에 걸식하고, 이 상서 집에서 밥 먹고 잠만 자는 위인으로 나오는 대목에는 겉보기로는 보잘것없는 사람이라도 흉중에 큰 뜻을 품었을 수 있으니, 지체나 처지에 따라서 사람을 평가하지 말아야 한다는 주장이 나타나 있습니다. 미천한 처지의 독자는 이 작품을 읽었을 때에 이런 주장에 특히 공감을 했을 것입니다.

이 상서 부인과 아들들이 보낸 자객을 죽이고 집을 나선 소대성은 홍길동의 전례를 되풀이해 보여주어서, 이 점도 고찰할 만합니다. 주인공은 용력이 뛰어난 자객을 도술로써 물리칩니다. 이러한 전개는 「홍길동전」과 이 작품에 공통적으로 나타나는데, 이를 통해서 이 두 작품이 깊은 친연성(親緣性)을 지니고 있음을 확인할 수 있습니다. 홍길동은 스스로 도술을 지니고 있어서 도승을 만나 수업을 할 필요가 없다는 점에서 후대 영웅소설의 주인공과는 구별됩니다. 그런데, 소대성은 그런 능력을 스스로 지닌 데다가 다시 도승을 만납니다. 소대성은 도승을 만날 필요가 없었다는 점에서는 「조웅전」의 조웅이나 「유충렬전」의 유충렬과 같지만, 산사에서 수업을 하기 전에도 조웅이나 유충렬처럼 무력하지는 않았습니다. 이 점은 영웅소설의 변모 과정에서 이 작품이 차지하는 위치를 알 수 있게 합니다. 이 작품은 「홍길동전」보다는 뒤의 작품이나 「조웅전」이나 「유충렬전」보다는 먼저 이루어졌을 가능성이 있다는 것이지요.

그런데 이 작품에는 「홍길동전」에 보이지 않던 천상계와 지상계의 이원성이 나타납니다. 소대성은 용왕의 아들이 하강하면서 태어난 것이며, 용왕의 도움을 받고, 다시 청룡사 노승을 만나 수업을 합니다. 지상에서의 고난을 해결하기 위해서는 천상과의 관련을 가져야 한다는 생각이 나타나 있는 셈이지요. 중원 천자와 호국 왕과의 싸움도 자미성과 익성의 싸움이라고 했습니다. 이 싸움은 천상에 보고되고, 천상의 상제가 익성을 죄주어 인간에 두지 말라고 했기 때문에 익성인 호국 왕의 패배는 예정된 것입니다. 이러한 이원적인 설정은 「홍길동전」에서는 볼 수 없었으며, 후대 귀족적 영웅소설에서는 공식화된 것입니다.

이처럼 이 작품은 영웅소설 중 비교적 이른 시기의 작품으로 보이는데, 내용 일부에서 중국소설 「설인귀전」의 영향이 보여 영웅소설의 형성 문제에 대한 열쇠를 쥐고 있는 작품으로 보기도 합니다. 그리고 이 작품이 영웅소설 작품군에서의 변별성은 특권 상실의 이유가 모호하고, 주인공이 가문의 몰락과 함께 하층 체험을 하고, 원조자 집안의 사위가 되었다가 박대를 받는다는 점에 있는데, 이런 점에서는 「장풍운전」 등과 비슷하여 영웅소설의 한 유형을 대표하는 작품으로 평가받고 있습니다. 그뿐만 아니라 「용문전」의 경우 이 작품의 이본인 완판본에 합철되어 있고 등장인물 및 줄거리 상의 연속성이 있어 이 작품의 속편 내지는 연작이라 할 수 있으며, 「낙성비룡」은 이 작품과 이본 관계라 할 정도로 내용이 유사합니다.

윤지경전(尹知敬傳)

작자 미상

■ 줄거리

중종(中宗) 때에 윤현(尹鉉)이라는 재상에게는 세 아들이 있었는데 그 중에서 셋째인 지경(知敬)이 가장 뛰어났다. 그는 16세에 과거를 보아 진사가 되면서 그의 이름이 온 세상에 진동하고, 구혼하는 사람이 구름 모이듯 하였다.

그 해 여름에 전염병이 크게 돌자 윤공은 지경을 데리고 전염병을 피해 종매부인 최 참판(崔參判)의 집으로 옮겼다. 지경은 최 참판의 재취인 이 부인의 소생 연화(蓮花) 소저를 보고 반하게 된다. 지경과 연화는 잇따라 죽을병을 치르고 난 후, 양가의 허락을 얻어 성례하기로 한다.

지경이 18세 되던 해 봄에 정시(庭試)에 장원(壯元)으로 급제하게 되고, 윤공과 최공 모두 기뻐하며 혼례 날짜를 잡는다. 이때 경빈(敬嬪) 박씨의 소생인 희안군(熹安君)이 윤공에게 청혼하였다가 거절당하자, 왕을 움직여 윤지경을 박빈의 소생 연성 옹주의 부마로 간택하도록 한다. 공교롭게도 지경과 연화가 혼인식을 거행하는 날 입궐하라는 교지가 내려진다.

지경이 혼례식을 마치고, 합궁(合宮)은 못한 채 왕명이 지엄하여 입궐했더니, 부마로 간택(揀擇)되었음을 알리는 어명(御命)을 받게 된다. 이미 혼례를 올렸음을 아뢰며, 부마 간택의 부당함을 임금께 아뢰고 받아들이지 않자 지경 부자(父子)를 하옥(下獄)시키고 최공에게 파혼하라는 전지를 내린다.

지경은 왕의 뜻을 끝내 거절할 수 없어 옹주와 혼인을 했으나 옹주궁에도 들지 않고 최씨와 함께 지낸다. 옹주가 이 사실을 알게 되자 최공은 윤공과 짜고 연화가 득병하였으니 출입을 하지 말라고 한 다음에, 마침내 딸이 죽었다 하고 거짓 장례까지 치른다. 지경은 최씨의 삼년상을 마치고도 잊지 못하여 최씨 침소 앞을 배회하며 슬퍼하니, 최공의 손자 선중이 최씨가 살아 있다고 하며 있는 곳을 알려준다. 지경은 최씨와 감격의 상봉을 한 후로 아예 조회까지 폐하고 최씨와 함께 지낸다. 이에 왕은 지경이 옹주를 박대한 죄를 친히 심문하고 각각 다른 곳으로 유배를 보낸다.

이듬해 동궁에서 득세했던 간신들이 마침내 난을 일으키니, 왕이 주모자 박빈을 처형하고 복성군과 옹주 등은 유배를 보낸다. 그리고 지경의 보신지계(保身之計)를 칭찬하며 부마위를 거두고 승지를 제수한다. 지경이 왕이 베풀어준 은혜에 감사드리며 옹주를 풀어 달라고 청하여 극진히 대접하니, 비로소 화목한 가정을 이룬다.

■ 원문

해동(海東) 조선국 중묘조(中廟朝)1)에 윤총재(尹總裁)라는 재상이 있으니 이름은 현(睍)이라. 3자를 두었으되 개개이 준걸(俊傑)이나, 필자(畢子)2) 지경(知敬)의 자(字)는 자산(子産)이니, 문장이 세상에 빼어나고 풍채가 준수하니, 윤공이 제자(諸子) 중 편애(偏愛)하더라.

지경의 나이 16세에 과거(科擧)를 보아 진사(進士)를 고등(高等)하니, 성명이 일세에 진동해서 두루 구혼(求婚)하매 구름 모이듯 하되 허혼(許婚)치 아니터니, 그해 여름에 여역(癘疫)3)이 대치(大熾)4)하여 낭재(郎材)5)가 불안하거늘, 윤공이 지경을 데리고 피접(避接)6)을 나더라.

사촌매부 최 참판(崔參判)의 전취(前娶) 윤 부인이 두 아들을 낳고 일찍 죽으니, 또 후부인(後夫人) 이씨에게 1녀를 두었으니 이름은 연화(蓮花)요, 시년(時年)이 13세라. 용모의 고움은 장강(莊康)7)에 비기고, 성정(性情)이 유순(柔順)함은 임사(姙姒)8)에 미칠지라. 부모가 극히 사랑하는 중 가르치지 아니한 문장과 배우지 아니한 여공(女工)이 세상에 무쌍(無雙)이러라.

윤공이 최부(崔府)에 이르니 공이 소저를 명하여 나와 숙부에게 예(禮)로써 뵈거늘, 지경 형제 또한 남매지례(男妹之禮)로 볼새, 지경이 추파(秋波)를 들어 잠깐 보니 기이한 용모는 공산에 밝은 것을 새겼고, 자약(自若)한 쌍협(雙頰)은 홍백(紅白) 모란이 아침 이슬을 먹은 듯, 연연하고 정정한 태도는 진실로 세상에 없을 듯하더라.

지경이 한번 보고 마음이 여광여취(如狂如醉)9)하여 스스로 생각하되 효성(曉星)10) 같은 면목(面目)이 맑고 어질고, 어여쁜 태도는 장강의 고운 눈이라도 이에 미치지 못할 것이고,

---

1) 해동(海東) 조선국 중묘조(中廟朝) : 조선 시대 중종(中宗) 때.
2) 필자(畢子) : 막내아들.
3) 여역(癘疫) : 유행성 열병의 통칭.
4) 대치(大熾) : 기세가 크게 성함.
5) 낭재(郎材) : 신랑감.
6) 피접(避接) : 앓는 사람이 자리를 옮겨서 요양함. 병을 가져오는 액운을 피한다는 뜻으로 여기서 '비접'이 나옴.
7) 장강(莊康) : 위(衛)나라 장공(莊公)의 아내 강씨(姜氏)로, 미덕(美德)을 갖추었다 함.
8) 임사(姙姒) : 중국 주나라의 문왕의 어머니인 태임(太妊)과 그의 부인 태사(太姒)를 말함.
9) 여광여취(如狂如醉) : 기뻐서 미친 듯도 하고 취한 듯도 함.
10) 효성(曉星) : 샛별. 금성(金星).

이 부인의 흰 얼굴이라도 여기 미치지 못할 바이며, 비연(飛燕)의 너무 경신(驚神)함[11]과 태진(太眞)[12]의 너무 풍랭(風冷)함으로도 어찌 족히 비기리오. 천고의 절색(絶色)이라. 대장부 이런 옥안 화용(玉顔花容)[13]이 아니면 일생이 어찌 쾌락하리오. 당당히 부모께 고하여 최씨에게 정혼(定婚)하리라 하고 물러나와 모부인(母夫人)에게 가로되,

"최씨 여자는 짐짓 지경의 배필이라, 모친은 구혼하여 소자의 일생이 부부 쾌락함을 바라나이다."

부인이 또한 소저의 향명(香名)을 들었는지라, 윤공께 청하여 최부에 통혼(通婚)하니, 최공이 내당에 들어가 부인과 의논하니 부인이 가로되,

"지경의 풍채가 준수하고 문장이 세상에 빼어나고 소년 진사함을 아름다이 여겼으나, 기상이 본래 활달하여 청루(靑樓)[14]에 왕래한다 하오니 어찌 어린 딸을 경솔히 허혼하오리까?"

공이 본래 부인의 뜻을 어기지 아니하는지라 다른 말로 청탁하여 물리치니, 윤공이 가장 무안해 하더라.

염질(染疾)[15]이 대단하여 지경이 중히 앓는지라, 또 수일 안에 최소저가 앓으니 두 집이 민망하여 구완하더니 토혈(吐血)하거늘 종들에 맡기고 양가에서 피접하나니, 지경은 외헌(外軒)에 있고 연화 소저는 내당에 있더라.

병이 점점 나으매, 윤생(尹生)이 심심하여 거닐다가 내당에 들어가 소저를 찾아보고 반갑고 기쁨을 이기지 못하여 병이 나음을 서로 치하하고, 생이 눈을 들어 보니, 사병(死病) 후 단장함이 없으나 더욱 아름답고 어여쁜 태도가 만 가지나 솟아나니, 생이 마음이 연하여 혹 바둑도 두며 혹 쌍륙(雙六)[16]도 쳐 심심한 것을 위로하더니, 생이 짐짓 친밀히 하여 저의 거지(擧止)[17]를 살피매, 인사 처신이 어른이 미치지 못하더라.

더욱 은애지정(恩愛之情)[18]을 억제치 못할 제, 소저의 옥협(玉頰)에 향한(香汗)이 흐르거늘 부채를 들어 부치니 소저가 웃으며 가로되,

"수고로이 부치시니 감사하여이다."

생이 낭소(朗笑)하며 가로되,

"나는 윤생이요, 소저는 최공 여아(女兒)시니 어찌 남매지의(男妹之義)[19] 있으리요. 한림 형제는 외가로 육촌이나 소저는 이 부인의 소생이니 남매지의 없나이다."

소저가 가로되,

"어린 아해 촌수와 곡절을 모르고 또한 부친이 가르치시기를 그러하나이다."

언파(言罷)에 옥안(玉顔)을 숙여 들었던 사위[20]를 놓거늘 생이 웃으며 가로되,

"거년에 소저가 구혼하니 허혼치 아니함은 무슨 주의(注意) 계신고. 내 비록 용렬(庸劣)하나 풍채(風采)와 재화(才華)는 소저께 지지 아니하고, 문장이 세상에 빼어나니 남에게 부끄럽지 아니커늘, 거절하심은 어쩐 연고이니까. 알고자 하나이다."

소저가 머리를 숙이고 말을 아니하니 생이 가로되,

"혼인은 인간 대사(大事)어늘 어찌 속례(俗禮)[21]를 하여 말을 아니하리오. 소저의 뜻은 어떠하시니이까. 우리 두 사람이 한 집에 있어 정이 깊거늘, 어찌 심곡(心曲)[22]을 기이리까."

소저가 양구(良久)[23]에 가로되,

"부모가 하시는 일에 다른 데 구혼하시다가 천생이 나와 같으면 모르거니와, 만일 나와 같지 않으면 뉘우치나 미치랴. 실로 진정을 이르소서."

소저가 수괴(羞愧)하여[24] 대답치 아니하고 일어나니, 생이 나수[25]를 붙들고 간청하니 소저가 하릴없어 나직이,

"모친께옵서는 군(君)이 청루에 다닌다 하셔 허(許)치 아니하시더이다."

생이 웃으며 가로되,

"내 언제 청루에 가던고. 내 진사하였을 제 여러 창기(娼妓) 모이니 그 중 하나 친한 게 있으나 버린 지 오래거늘 그 무슨 혐의(嫌疑) 있으리오. 다만 소저의 뜻을 얻고자 하니, 소저가 유정(有情)하실진대 생이 소저를 위하여 신후경[26]의 직금(織錦)을 효칙(效則)하리이다."

소저가 가로되,

"왕교란(王嬌鸞)[27]은 음란한 계집이요, 신후경은 어리기 심하여 죽으니 불효가 큰지라, 군자의 이를 말 아니로소이다. 다만 첩이 군을 위하여 포숙(鮑叔)[28]을 지키리라."

---

11) 비연(飛燕)의 너무 경신(驚神)함 : 조비연(趙飛燕). 본명은 조의주(趙宜主). 한나라의 성제(成帝)의 황후(皇后). 선상연(船上宴)에서 춤을 추다가 강풍으로 떨어질 뻔하자 황제가 급히 그녀의 한쪽 발목을 붙잡았고, 그 상태에서도 춤추기를 그치지 않아, 비연작장중무(飛燕作掌中舞)라 했으니, '경신'은 '놀랍도록 신기한(驚神)' 또는 '가벼운 몸(輕身)'으로 해석할 수 있음.
12) 태진(太眞) : 양태진. 양 귀비. 당나라 현종의 비.
13) 옥안 화용(玉顔花容) : 아름다운 여자의 얼굴.
14) 청루(靑樓) : 기생 집. 창루(娼樓). 기루(妓樓).
15) 염질(染疾) : 시환(時患). 시령(時令). 때에 따라 유행하는 상한(傷寒). '상한'은 추위 때문에 생기는 열병.
16) 쌍륙(雙六) : 주사위를 써서 말이 먼저 궁에 들어가기를 다투는 내기.
17) 거지(擧止) : 행동거지(行動擧止). 몸을 움직여 하는 모든 짓.
18) 은애지정(恩愛之情) : 은혜와 도타운 애정.

19) 남매지의(男妹之義) : 남매로서 지켜야 할 의리.
20) 사위 : 윷놀이나 주사위 놀이에서 나온 끗수. 여기서는 '주사위'를 이름.
21) 속례(俗禮) : 세속의 습관으로 된 예절.
22) 심곡(心曲) : 간절한 마음.
23) 양구(良久) : 조금 있다가.
24) 수괴(羞愧)하여 : 부끄러워.
25) 나수 : 맨손[裸手] 또는 옷소매[羅袖].
26) 신후경 : 소설 주인공의 이름인 듯.
27) 왕교란(王嬌鸞) : 중국 명(明)나라 때의 소설 <금고기관(今古奇觀)> 중의 '왕교란백년장한(王嬌鸞百年長恨)'의 주인공.

생이 대열(大悅)하여 웃으며 가로되,

"그럴진대 맹세하여 사생(死生)을 정하소서."

소저가 가로되,

"큰 신(臣)은 맹세를 아니한다 하고, 여자는 지아비를 위하여 죽어도 군자는 여자를 위하여 죽으면 불가하니 부질없는 필적을 써 번거할 뿐이로소이다."

생이 가로되,

"소저의 말씀이 옳소이다. 다만 소저의 지성을 믿고자 하나이다."

소저가 가로되,

"후일에 혹 어떤 일이 있어 죽어도 오늘 말을 어찌 아니하리이까. 의심 마소서."

생이 대열하여 차후로 경중함이 이할 데 없어, 밤을 밖에서 자고 낮을 종일토록 모여 소일하더니, 다시 앓는 이 없으매, 각각 집에 갈새 생은 소저 떠남을 애연(哀然)하더라.

소저가 하루는 윤생의 수말(首末)을 부모께 고하여 가로되,

"저의 정성이 이 같고, 소저의 사병 후 두어 달 사귐이 막역(莫逆)이라. 윤가의 사람 되기 원하나이다."

최공 부부가 대열하여 가로되,

"만일 양정(兩情)이 이러하면 어찌 물리치리요."

즉시 윤공을 보아 청혼하니, 윤공이 크게 기뻐 가로되,

"영애(令愛)29) 나이 어리고 두 아해 사병(死病)을 지냈으니, 명년 봄으로 지내자."

하고 언약하였더니 춘(春) 2월에 생이 정시(庭試) 장원(壯元)30)을 하니, 일시에 재명(才名)이 조정(朝廷)에 가득하더라.

차설(且說). 귀인(貴人) 박씨 1자녀 있으니, 왕손은 복성군(福城君)이요, 장녀 영희옹주는 홍상(洪常)에게 허가하고, 차녀 연성옹주의 시년(時年)이 14세라. 희안군(熹安君)이 구혼하여 허치 아니함을 노하여 즉시 상께 가로되,

"신방(新榜) 장원(壯元) 윤지경이 시년이 17세에 취처(娶妻) 아니하였사오니 연성옹주와 결친(結親)하옵소서."

아뢰니, 상이 신청하시더라.

어시에 윤공이 최공을 보고 첨상계화(添上桂花)로 성례함을 청하니, 생이 기쁨을 이기지 못하고 백앙을 휘동하여 최부에 이르러 전안(奠雁)31)할새, 홀연 상명이 급하시니, 생이 길석(吉席)에 이르러서 합주(合酒)32)를 파하고 즉시 승명(承命)33)하여 궐하에 나아가니, 상이 인견하여 가로되,

"연성옹주로써 경에게 허혼하노라."

지경이 땅에 엎드려 가로되,

"신이 의외에 이 같은 하교를 듣사오니, 천은이 지중하오나 신이 참판 최홍일의 여식을 취하여 행례를 파하고 승패(承牌)34)하여 이르렀나이다."

희안군이 계하에 있다가 상께 눈 주어 가로되,

"비록 납폐(納幣)35) 전안(奠雁)을 하였으나 합궁(合宮)36) 전이오니 이제 간택(揀擇)하오나, 상명(上命)을 승순(承順)함이 신자(臣子)의 직분이오니, 거역하지는 못하오리다."

상이 화난 얼굴로 가로되,

"너를 사랑하여 부마(駙馬)를 정하거늘, 어찌 사양하여 칭탁(稱託)하느뇨."

지경이 머리를 땅에 닿아 가로되,

"어찌 감히 최녀로 성례함이 없사오면 방은택(房恩澤)37)을 어찌 사양하리이까?"

상이 크게 화가 나서 가로되,

"네 불과 소년 장원하여 세상에 환세(幻世)38)코자 하여 옹주 건즐(巾櫛)을 염(厭)이39) 여김이라. 가장 범람(氾濫)40)하도다."

지경이 머리를 조아려 가로되,

"신이 어찌 또 감히 기망(欺罔)하여 아뢰리까. 사람마다 초방(椒房) 은택(恩澤)을 원하옵거든 어찌 염이 여기오며, 신의 나이 어리오되 조정 명사(名士)의 무리 연석(宴席)에 모였사오니 불러 물으소서."

상이 변색하여 가로되,

"합궁 전은 남이라. 옛 증참(證參)41)이 있으니 성묘조(成廟朝)42)에 경애공주를 길례(吉禮)43)하고 합궁 못 하여서 죽으니 파혼하고 부마위(駙馬位)를 거두시니, 왕가에도 불행하던 바이라. 네 위엄이 성묘에 더하냐?"

지경이 가로되,

"신은 그와 다르나이다. 그때 공주 기세(棄世)하시고44), 신(臣)은 최씨 살아 있사오니, 신이 부마되오면 최씨 청춘 과부 되오리니, 전하의 관인(寬仁)하신 덕택으로 신하의 인륜(人倫)을 차마 어찌 끊으시리이까?"

---

28) 포숙(鮑叔) : 중국 춘추 시대 제나라의 대부. 친구인 관중을 환공에게 천거해서 승상이 되게 했음. 관포지교(管鮑之交)의 주인공.
29) 영애(令愛) : 남을 높이어 그의 딸을 일컫는 말. 따님.
30) 정시(庭試) 장원(壯元) : 임금이 참석하여 행하던 과거(科擧)의 최종 시험에서 1등으로 급제함.
31) 전안(奠雁) : 혼인 때 신랑이 신부 집에 나무로 깎은 기러기를 가지고 가서 상 위에 놓고 절하는 예.
32) 합주(合酒) : 찹쌀로 담근 여름에 먹는 막걸리. 여기서는 한국 전통 결혼식의 대례에서 잔을 주고 받는 합근례(合卺禮)를 이름.
33) 승명(承命) : 임금이나 어버이의 명령을 받듦.
34) 승패(承牌) : 임금이 부르시는 패를 받음.
35) 납폐(納幣) : 신랑 집에서 신부 집에 푸른 비단과 붉은 비단을 보내는 일.
36) 합궁(合宮) : 내외끼리의 잠자릿일.
37) 방은택(房恩澤) : 후비의 궁전, 은혜로운 혜택.
38) 환세(幻世) : 환영(幻影)처럼 무상한 세상. 세상을 어지럽힘.
39) 염(厭)이 : 싫게.
40) 범람(氾濫) : 바람직하지 않게 함부로 날뜀.
41) 증참(證參) : 참고할 만한 증거.
42) 성묘조(成廟朝) : 성종(成宗). 조선 제9대 왕(재위 1469~1494)
43) 길례(吉禮) : 관례나 혼례 따위 경사스러운 예식.
44) 기세(棄世) : 세상을 버리시고. 돌아가시고.

희안군이 가로되,

"빙채(聘采)를 거두고 처녀를 다른 데로 보내면 어찌 홀로 늙으리요."

지경이 노하여 가로되,

"자기가 당초에 소관에게 구혼하다가 최가에 정한 고로 허치 아니하였더니, 일로 혐의를 이어 전하께 천거(薦擧)하여 폐군(弊君)45) 아부한 죄를 면치 못하리로다. 신하의 자식이 많거늘 고이한 소인의 간사 불계(奸邪不計)46)를 깨닫지 못하시니 전하의 불명(不明)이로소이다."

상이 크게 화가 나서 가로되,

"희안군은 과인의 동생이니 네게 작은 임금이라. 내 앞에서 욕하고 나를 혼폐(昏弊)한 임금으로 능모(陵侮)47)하니 자식 못 가르친 죄로 네 아비를 죄 주리라."

지경이 웃으며 가로되,

"전하 중흥(中興) 19년에 일월 같사온 성덕이 심산 궁곡(深山窮谷)에 미쳤거늘 위독 소신에게 불명하시고, 무거하신 정사가 이러하시니 죽어도 항복치 아니하리이다."

상이 더욱 노(怒)하사 가로되,

"내 윤지경을 못 제어하리요. 군부를 욕한 죄로 금부(禁府)48)에 나수(拿囚)49)하고, 또 윤현을 가두고 길례(吉禮) 날을 받아 놓고, 최홍일은 빙채를 도로 주라."

하시니, 윤지경 부자가 나옥(拿獄)하여 원정(原情)50)하되,

"신의 자식이 망령(妄靈)되어 상의(上意)를 불복(不服)하와 범죄 이렇듯 하오니 부자를 함께 죽이셔도 마땅하옵거니와, 최홍일의 딸은 지경의 아내요 신의 며느리오니, 전하의 성덕으로써 신자(臣子)의 인륜을 잇게 하시면, 최씨 비록 미세(微細)51)한 여자오나 천은(天恩)을 감축(感祝)하와 화산(華山)의 풀을 맺어 성덕을 갚사올 것이요, 신의 부자 진충육력(盡忠戮力)52)하리니, 복원(伏願) 성상은 익히 헤아리옵소서. 고문대가(高門大家)53)에 재랑(齋郞)을 간택(揀擇)하오셔 만복을 누리게 하옵소서."

상이 답하여 가로되,

"내 아는 바이어늘, 경의 부자가 한결같이 기망(欺罔)하느뇨. 인간 대사에 연고가 있어 퇴혼(退婚)54)하는 일이 왕왕 있

나니 최녀를 재랑을 택하여 맡기게 하고 지경의 방자함을 가르치라."

하니, 윤공이 하릴없이 하더라.

양사(兩司)55) 합계(合啓)56)하여 가로되,

"신등이 들사오니 윤지경이 최홍일의 사위로 부르나이다. 혼인이란 것은 왕법의 위엄이오라, 양가의 상의할 것이어늘, 윤현의 부자를 가두시며 퇴채(退采)하라 하신 하교(下敎) 옳지 아니하나이다."

상이 양사를 파직하시니, 옥당(玉堂)57)이 차주(且奏)하여 가로되,

"혼인은 길사(吉事)이오니 신랑과 사장(査丈)을 가두심이 크게 옳지 아니하여이다."

이에 상이 놓으라 하시고, 하교하사 길일을 정하라 하시니 수십 일이 격(隔)하였는지라, 지경이 불승분원(不勝憤怨)58)하나 하릴없어 하더라.

상이 가로되,

"지경이 죄 중(重)하나 길일 전에 관면(冠冕)59)이 있으리라."

하시고 응교(應敎)60)를 제수(除授)61)하시니, 지경이 하릴없어 입공(入功)하더라.

하루는 최부에 이르니 최공 부부 서로 볼새, 부인은 누수여우(淚水如雨)62)하고, 공도 역시 슬퍼 탄식하여 가로되,

"상명(上命)이 퇴채하라 하시니 여아는 심규(深閨)에 늙기를 정하고, 또한 내 어른 재상으로 군명을 위월(違越)63)하리요."

생이 애연(哀然)하여 가로되,

"그러면 서로 얼굴이나 보사이다."

공이 가로되,

"불가하나 네 아내이니 잠깐 보고 가라."

언파(言罷)에 소저를 부르니, 소저가 승명하여 전당에 이르러 부인 곁에 앉아 수괴(羞愧)함을 띠어 사색이 태연하여 아는 듯 모르는 듯하고, 아리따운 태도가 달 같아 반가운 정이 유동하고, 어진 태도와 약한 기질을 대하매 마음이 깨어지는 듯하니, 공의 부부가 더욱 슬퍼하더라.

---

45) 폐군(弊君) : 남에게 괴로움을 끼치는 사람.
46) 간사 불계(奸邪不計) : 성품이 간교하고 올바르지 못함. 옳고 그름이나 이해 관계를 따지지 않음.
47) 능모(陵侮) : 깔보고 업신여김.
48) 금부(禁府) : 조선 시대의 의금부(義禁府). 왕명을 받들어 죄인을 문초(問招)하던 사무를 맡아보던 관청.
49) 나수(拿囚) : 죄인을 잡아 가둠.
50) 원정(原情) : 사정을 하소연함.
51) 미세(微細) : 가늘고 작음.
52) 진충육력(盡忠戮力) : 나라에 대해 충성하기를 있는 힘을 다함. 진충갈력(盡忠竭力).
53) 고문대가(高門大家) : 부귀하고 세력 치는 집안.
54) 퇴혼(退婚) : 정한 혼인을 어느 한편에서 물리침.

55) 양사(兩司) : 조선 시대의 사헌부(司憲府)와 사간원(司諫院)을 말함.
56) 합계(合啓) : 사간원·사헌부·홍문관(弘文館) 가운데 두 군데나 세 군데에서 연합해서 함께 올리는 계사. 계사(啓辭)는 논죄(論罪)에 대해 임금에게 바치는 글을 말함.
57) 옥당(玉堂) : 조선 시대의 홍문관. 홍문관의 부제학 이하의 관원을 통칭하기도 함.
58) 불승분원(不勝憤怨) : 분하고 원통함을 이기지 못함.
59) 관면(冠冕) : 관(冠)과 면류관(冕旒冠), 곧 벼슬하는 것을 일컫는 말.
60) 응교(應敎) : 홍문관의 정4품 벼슬.
61) 제수(除授) : 관리들의 추천을 받지 않고 임금이 직접 관리를 임명함.
62) 누수여우(淚水如雨) : 눈물이 비가 오듯 함.
63) 위월(違越) : 어김.

돌아가기를 잊고 앉았으니 공이 여아를 들여보내고 생의 손을 잡고 밖으로 나와 십분 개유(開諭)[64]하니, 생이 부득이 돌아와 병이 되어 식음(食飮)을 폐(廢)하더니, 길일이 다다라 행례(行禮)할새 옹주의 자색(姿色)이 전혀 없고 포독불인(暴毒不仁)[65]함이 외모에 나타나는지라. 생이 더욱 불쾌하여 띠를 끄르지 아니하고 밤을 새우고 명조(明朝)에 입궐(入闕)하여 문안하니 상이 웃으며 가로되,

"네 죄 크게 통한하더니 이제 자식이 되니 가장 어여쁘다." 하시고 즉시 부마의 관교(官敎)[66]를 주시니, 웃고 꿇어 받자와 계하(階下)에서 사은(謝恩)하고, 귀인을 보니 극히 교만하고 포독하니, 더욱 모골(毛骨)이 송연(悚然)하더라.

박 귀인이 부마의 미련한 풍채를 사랑하고 더욱 기꺼워하더라. 부마가 집에 돌아와 대문에 들며 하인을 명하여 교자(轎子)를 산산이 깨치고 들어와, 소매 속으로부터 부마의 관교를 내어 땅에 던지니, 윤공이 크게 책망하여 가로되,

"이 어인 일이뇨. 임금이 주신 교지(敎旨)를 업수이 여김이 어찌 이렇듯 불공(不恭)한가?" 하고, 또 개유하더라.

윤부(尹府)가 서문 밖일러니, 옹주궁을 경내 골명동에 짓고 상이 윤공을 성내(城內)로 들라 하시니, 공이 마지못하여 옹주궁 곁에 집을 사오니, 본집은 둘째 아들 정랑(正郎)[67]에게 주더라.

최부(崔府)가 또한 서문 밖일러라.

옹주를 친영(親迎)하여 오니, 얼굴이 작고 자색이 바이 없어, 구고(舅姑)[68] 상하가 불쾌하나, 왕의 위엄을 두려워 공경 접대하더라.

윤공이 최씨를 불쌍히 여겨 자주 가 보니, 그 용모 태도가 절승(絶勝)하여 볼 적마다 사랑하고 어여쁜 마음 가이 없더라.

부마가 궁에 가지 아니하고 부친 계신 외헌(外軒)에 있어, 질자(姪子)[69] 격석 등을 데리고 자더니, 하루는 최씨를 보러 가니 소저가 부모 앞에서 한가지로 보는지라, 바라보매 아미(蛾眉)에 시름이 맺혔으니 더욱 기이 절묘(絶妙)하더라.

부마가 어여쁨을 이기지 못하여 눈물나는 줄을 깨닫지 못하더니, 양구에 가로되,

"거년에 포숙의 신(信)을 이르시기로, 복은 이리 못 잊어 자주 다니되 한 번도 나와 보지 아니코 대접치 아니하시니, 어찌 당초언약을 저버림이 이 같으뇨."

소저가 나직이 대답하여 가로되,

"그때 우연히 한 말이 맞았으니, 첩은 포숙의 신이 있으려니와, 상공의 말과 같을진대 신후경의 죽음을 달게 여기시나이까. 첩은 다만 빙채를 지키며 도장에서 늙을지라, 어찌 상공을 접화(接和)하리이까. 사생이 부모에게 있사오니 번거로이 자주 와 찾지 마소서."

언파에 함루(含淚)[70]하여 옥안(玉顔)이 참담(慘憺)하니, 부마가 그 거동과 애원한 말씀을 들으매, 더욱 슬퍼 나앉아 옥수(玉手)를 연하여 유수(流水)가 연락(連落)하니, 부모가 그 거동을 차마 보지 못하더라.

소저가 문득 들어가니 부마가 가로되,

"병부는 고집 말으사 원을 풀어 주소서."

공이 탄식하여 가로되,

"낸들 아녀(兒女)를 불쌍히 여길 줄 모르며, 너를 사랑하는 마음이 없으리요마는, 길을 열어 양가에 큰 화근(禍根)이 되면 어찌하리요. 박씨는 정궁(正宮)[71]이 두려워하는 권(權)을 가졌으니, 이리 연통(連通)하는 줄을 알면 양가의 화가 적지 아니하려니와, 서로 심사만 사나울 뿐이라, 오기를 끊음이 옳으니라."

부마가 말없이 나와 한림의 딸 효례더러 소저의 침실을 자세히 묻고 오더라.

부마가 궐내 출입에 말 타고 무명 관대(冠帶)를 입고 은띠를 띠었으니 상이 가로되,

"네 작위(爵位) 비단 관대를 입음이 옳거늘, 어찌 무명 관대와 은띠를 띠는가?"

가로되,

"신이 비록 인사가 미거하오나 부형의 검박함을 본받아 사치를 아니하옵기로 아니 띠나이다."

상이 집수(執手)하고 어여뻐 여기사, 주시는 것이 많으되 받지 아니하고 사양하니, 상이 기특히 여기시더라.

부마가 일품록(一品祿)[72]을 타니 옹주의 사품록(賜品祿)[73]을 따로 내어 부모께 드리고, 남은 것은 궁에 보내고 조석으로 부모에게서 먹더라.

하루는 심사를 정치 못하여 날 저물기를 생각하고 초록 중치막을 입고 검은 관을 쓰고 서문으로 나 최부에 이르러 뒷담을 넘어 들어가 소저 침소를 찾아 문틈으로 엿보니, 등촉을 밝히고 소저와 진사 부인이 대좌하여 가로되,

"부마는 초방(椒房)의 부귀를 누리고 옹주로 화락하는데 소고(小姑)[74]는 어찌하여 공방에 늙으리요. 성혼(成婚) 칠삭(七朔)에 벌써 일기(日氣) 생량(生凉)[75]하니, 귀뚜라미 소리 들

---

64) 개유(開諭) : 달램.
65) 포독불인(暴毒不仁) : 포악(暴惡)하고 독하며 어질지 않음.
66) 관교(官敎) : 임금의 전지. 교지(敎旨)라고 함.
67) 정랑(正郎) : 조선 시대 육조의 정5품 벼슬.
68) 구고(舅姑) : 시아버지와 시어머니.
69) 질자(姪子) : 조카.
70) 함루(含淚) : 눈물을 머금음.
71) 정궁(正宮) : 왕비·황후를 후궁에 대해 일컫던 말.
72) 일품록(一品祿) : 가장 좋은 물품.
73) 사품록(賜品祿) : 임금님이 하사하신 물품.
74) 소고(小姑) : 남편의 서모(庶母).
75) 생량(生凉) : 가을이 되어 서늘한 기운이 생김.

기 참혹(慘酷)하여 첩의 잠을 이루지 못하여 왔나이다."

소저가 눈물을 흘리며 가로되,

"어렸을 제나 다름이 없어 각별 설운 게 아니로되, 부모 하 슬퍼하시니 일생이 어지러워 불효가 깊은 줄 이 심사에 거리껴 평안치 아니하오나 부모의 계획이야 내 어찌 알리이까."

양인이 환담하다가 부인이 돌아가고, 최씨 홀연 탄식하여 가로되,

"날 같은 박명(薄命)이 세상에 생겨서 부모의 설움을 끼치는고."

길이 한숨짓고 인하여 취침하려 하거늘, 부마가 그 정경이 애연함을 보니 더욱 가련하고 불쌍함을 이기지 못하여 급히 문을 열고 들어가니, 최씨 크게 놀라 가로되,

"이 깊은 밤에 어디로 쫓아 이곳에 이르러 계시니까."

부마가 웃으며 가로되,

"내 여기 옴이 그토록 경아하고 고이하리이까. 부질없는 말은 말하여 쓸데없고, 밤이 깊었으니 어서 헐숙(歇宿)76)하기를 청하나이다."

최씨 수괴(羞愧)하고 민망(憫惘)함을 이기지 못하여 나직이 가로되,

"부부는 인륜의 중한 바라. 비록 성례는 하였으나 부모가 아직 합근(合巹) 날을 정치 아니하옵고, 또한 부마위에 계시니 출입하오심이 더욱 진중하시거늘, 모야에 들어오심은 군자의 체모가 손상할까 하옵니다."

부마가 웃어 가로되,

"내 아까 문 밖에서 잠깐 듣자오니, 그러나 저러나 자리로 다하시더니, 이제 이렇듯이 말씀함은 나를 거절하시는 말씀이뇨? 성례 후는 어느 날 합근하옵는 날인 줄을 아시압. 그러나 저러나 자고 가리로다."

하고 한가지로 침석(寢席)에 나아가니, 견권지정(繾綣之情)77)과 진중한 은애(恩愛) 비길 데 없을러라.

부마가 가로되,

"나를 죽이셔도 그대를 차마 저버려 잊을 길 없으니 오늘부터 매양 찾기로 하리라."

하고 사모하던 별회를 베푸니, 추야 긴긴 밤을 깨닫지 못하여, 경과 홀홀하여 새벽 북이 동함을 듣고 일어나 담을 넘어 나와 조사(朝事)에 참예(參預)하더라.

최씨 이 말을 부모께 고코자 하나, 부마의 정을 저버리지 못하여 불출구외(不出口外)78)하니, 가중(家中)이 알 리 없더라.

차후는 부마가 저녁이면 관 쓰고 어두운 때를 타서 문으로 나와 월장(越牆)79)하여 최씨 침실에 들어가 자고, 새벽이면

돌아와 조사에 들어가니 옹주는 합근도 아니하였는지라, 밤엔 가는 곳을 알지 못하고, 낮에 하루 한 번씩 들어와 볼 뿐일러라.

옹주가 크게 한(恨)하고 모든 궁인(宮人)이 노(怒)하여 상(上)께 고하니, 상이 가로되,

"비록 자식의 일이나 부부간 사정을 어이 아는 체하리요. 드러나는 일이 있거든 다스리리다."

하시더라.

홍상은 옹주와 극히 진중하고 상이 주실수록 더 얻고자 하고, 귀신 존경하기를 지극히 하여 부모같이 하니, 박씨 극애하고 홍상의 아비 명화 대사헌(大司憲)80)으로서, 복성군하고 부설(浮說)81)하여 어전에서 복성군의 문재(文才)와 재화(才華)가 세자(世子)에 나은 줄을 기리고, 또 경조(輕躁)82)한 박빈은 복성군의 당인(黨人)83)이라. 상께 홍상의 재덕과 복성의 문재를 기리고,

"윤지경이 옹주 박대하는 죄 극히 범람하니 왕은 사사 없나니 그 죄를 다스리소서."

상이 다만 웃으시고, 답하지 아니하더라.

이러구러 겨울을 당하니 풍설을 무릅쓰고 밤마다 최씨에게 아니 갈 날이 없더라.

하루는 최공 집 종들이 뜰을 쓸며 이르되,

"동산 담으로 쫓아 눈 위에 신 자취 있어 낭자 침방까지 있다."

하거늘, 비복 등이 가만히 일러 전파하니, 최공의 장자 한림이 이 말을 얻어 듣고 부마인 줄 알고 날마다 엿보더니 하루는 달빛이 몽롱하되 세설(細雪)이 뿌리는 중 누역84) 없는 사람이 담을 넘어 오거늘, 노자(奴子)85)를 분부하여 도적을 잡으라 외치니, 부마가 웃으며 가로되,

"내 부마로다."

하니, 그 중에 늙은 종이 귀먹어 못 들은 체하고 이르되,

"불렀거든 왔노란 말 더 흉악하다. 그놈 못 나가게 동여라."

하니, 부마가 어이없고 하릴없어 또 이르되,

"네 상전을 이리하고 어찌 할까."

또 가로되,

"아무러면 쌍놈이지 양반일까."

---

76) 헐숙(歇宿) : 쉬고 묵음.
77) 견권지정(繾綣之情) : 마음속에 굳게 서리어 생각하는 마음이 못내 잊혀 지지 않는 정.
78) 불출구외(不出口外) : 입 밖에 내지 않음.
79) 월장(越牆) : 담을 넘어감.
80) 대사헌(大司憲) : 조선 시대 삼법사(三法司)의 하나. 삼법사(또는 三司)는 조선 시대 때 법을 맡아보던 형조(刑曹)·사헌부(司憲府)·한성부(漢城府)를 말함.
81) 부설(浮說) : 근거 없는 말.
82) 경조(輕躁) : 성미가 경솔하고 조급함.
83) 당인(黨人) : 어느 당파에 딸린 사람.
84) 누역 : 도롱이. 짚, 띠 따위로 엮어 허리나 어깨에 걸쳐 두르는 비옷. 예전에 주로 농촌에서 일할 때 비가 오면 사용하던 것으로 안쪽은 엮고 겉은 줄거리로 드리워 끝이 너털너털하게 만든다.
85) 노자(奴子) : 종.

부마가 웃으며 가로되,

"응당 양형이 시킴이로다."

그놈이 또 이르되,

"아무러면 너 아니 같다. 가는 곳은 형조(刑曹)[86]나 포청(捕廳)[87]이나 아니 갈까 여기느냐?"

다 못 듣는 체하고 매니, 부마가 웃고 매여 오니, 한림과 진사가 앉아 분부하되,

"뜰에 동여매어 두고 너희 모두 지켜라. 내일 포청으로 보내리라."

부마가 웃어 가로되,

"형이 나를 찬 데 동여매고 종들에게 욕을 이리 받게 하니 타일에 하 면목으로 나를 보려느뇨"

한림이 웃고 이르되,

"도적이 범람하여 날더러 욕을 하니 큰 매로 엄히 처라." 모든 노자가 돌아서며 일시에 웃으니 웃음소리가 안에 들리는지라. 최공이 그 연고를 물으시니 진사가 즉시 들어가서 말을 자세히 고하니, 최공이 웃고 나와 친히 뜰에 내려 맨 것을 끄르고, 손수 이끌어 내실에 들어가 부인과 한가지로 앉아 물어 가로되,

"네 언제 이르렀느뇨."

생이 가로되,

"빙부(聘父)가 종시(終始)[88] 허(許)치 아니하시니, 아내 그리워 견디지 못하와 8월부터 월장할 계교를 내어, 날마다 다녀 스스로 금치 못하다가 오늘 이 욕을 보오니 빙부의 고집한 탓이로다."

공이 애련하여 등을 쓰다듬어 가로되,

"네 어찌 그리 미혹(迷惑)한가. 옹주를 중대하여 자녀를 낳고 살며 옹주를 개유하면, 네 부친과 내 주상(主上)께 이런 절박한 사연을 고할 것인즉, 주상은 인군(仁君)이시라 허하시리니, 그때 빛나게 해로(偕老)하기는 생각지 아니하고, 갈수록 옹주를 박대하며 귀인의 험담을 이르고 복성군을 미워하며, 밤을 타 도망하여 날마다 내 집에 오니, 옹주가 알면 화가 적지 아니하리니, 끝을 어이할꼬."

부마가 가로되,

"낸들 어찌 모르리이까마는 옹주는 천하 괴물 박색이고, 귀인은 간악(奸惡)이 무비(無比)[89]하고, 복성군은 남 헐기 심한 데 홍명화·홍상이 박빈을 체결(締結)[90]하여 필연 그윽한 흉계를 지을지라, 옹주를 후대하고 그 낭에 들었나가 멸문지환(滅門之患)[91]을 면치 못하리니, 아내를 애중하고 옹주를 박대

하면 불과 빙부와 부친의 죄가 큰즉 정배(定配)[92]요, 적은즉 삭직(削職)이요, 소저(小姐)는 귀양밖에 더 가리이까. 싫은 것을 강인(強忍)하고 그른 것을 어이 견디리이까."

공이 말이 없다가,

"어찌하든 밤이 깊었으니 들어가 자라."

생이 사례하고 이후로는 주야 오니, 공과 소저가 민망하여 아무리 간하여도 듣지 아니하더니, 윤공이 알고 불러 대책하고 옹주궁을 떠나지 못하게 하나, 산 사람을 동여 두지 못하고, 축일(逐日)[93] 최씨에게 가니 옹주 어찌 모르리요. 부마 내당에 들어간 때 옹주 가로되,

"내 비록 용렬하나 임금의 딸이요, 빙례(聘禮)로 부마의 아내가 되엇거늘 업수이 여겨 천대하기 심하도다. 최씨를 얻어 고혹(蠱惑)[94]하였으되 태부(太夫)는 두 아내 두는 법이 없거늘, 부마 어찌 두 아내 있으리요. 최홍일은 어떠한 사람이완대 부마에게 재취(再娶)를 주어 주상과 첩을 업수이 여김이 심하뇨?"

지경이 정색하여 가로되,

"내 할 말을 옹주 하시는도다. 일국에 도령이 가득하거늘, 이미 얻은 사람을 내 어찌 조강지처(糟糠之妻)를 버리고 부귀를 탐하여 옹주와 화락(和樂)하리오. 옹주 만일 최씨를 청하여 한 집에서 화목하기를 황영(皇英)[95]을 본받을진대, 최씨와 같이 공경하고 화락하려니와, 투기(妬忌)하여 나를 원망한즉 평생 박명을 면치 못하리로다."

옹주 웃으며 가로되,

"당초에 조강지처 있는지 없는지 내 심궁 처녀로 어찌 알리요. 상명(上命)으로 부마의 아내가 되어 나온 지 거년이나, 천대가 태심(太甚)하여 행로(行路) 보듯 하니, 어찌 통한(痛恨)치 아니하리요."

지경이 웃으며 가로되,

"여염(閭閻) 사람이 부부간에 하사하되 옹주 너무 지극 공경하여 구실삼아 하루에 두어 번 들어가 앉기로 편치 못하고 꿇어앉으니 이 밖에 더 공경하리요. 주상이 현명하시니 나를 그르다 아니하실지라. 본대 간악한 후궁은 두려워 아니하나니, 아내 사랑하는 묘리를 배워다가 가르치소서."

하고 크게 웃고 소매를 떨치고 나오니, 옹주 종일토록 울더니, 그 후 입궐(入闕)하여 박씨더러 일일이 고하며 설워하니, 박씨 대로(大怒)하여 상께 이대로 주(奏)하여,

"최씨를 없이하고 부마를 죄 주어 주오이다."

청하니, 상이 윤지경을 불러 책망(責望)하여 가로되,

"네 아낸즉 옹주요 정처란 것이 유의 중하고, 또 여염 필부

---

86) 형조(刑曹) : 조선 시대 때 법률·소송·노예 둘에 관한 일을 보던 관청.
87) 포청(捕廳) : 포도청(捕盜廳). 조선 시대에, 범죄자를 잡거나 다스리는 일을 맡아보던 관아.
88) 종시(終始) : 끝내.
89) 무비(無比) : 견줄 데가 없음.
90) 체결(締結) : 얽어서 맺음.
91) 멸문지환(滅門之患) : 한 집안을 다 죽여 없애 버리는 재앙.
92) 정배(定配) : 귀양 보낼 곳을 정하고 귀양을 보냄.
93) 축일(逐日) : 날마다.
94) 고혹(蠱惑) : 마음을 호리어 쏠리게 함.
95) 황영(皇英) : 중국 순(舜)임금의 두 황비인 아황과 여영.

(匹婦) 회매와 달라 금지옥엽(金枝玉葉)이어늘, 네 최씨를 퇴채하였거늘, 퇴혼 취하라 한 명을 거역하고 감히 교통하여 좇기를 위법하는가. 네 또 빙모를 간악한 유로 훼방한다 하니, 네 무슨 일로 보았는가. 네 또한 빙자지의 있고 처부모(妻父母)라 하였으니, 어버이를 훼방하는 자식이 어디 있으리요."

지경이 머리를 땅에 닿아 사죄하여 가로되,

"하교 이러하시니 황공하여이다. 신이 외람(猥濫)하오나 소회(所懷)를 세세히 진달(進達)하리이다. 참판 최홍일은 신의 아비 종매부라. 어려서부터 죽장지의(竹杖之誼)와 아비 형제지의로 신이 부형같이 공경하고 홍일이 신을 자질(子姪)같이 사랑하옵더니, 조강(糟糠)96) 윤씨 작고(作故)하옵고 후처 이씨 들어와 생녀(生女)하오니, 자못 총혜(聰慧)하고 자색(姿色)이 빼어나오니, 아비와 홍일이 상약(相約)하여 피차(彼此) 서로 소신은 최가 사위 될 줄 알고, 최씨도 소신의 아내 될 줄 아옵더니, 전년 춘(春)에 혼인날을 정하와 신이 최가에 가 전안(奠雁)하옵고 배례(拜禮)를 겨우 하온 후, 명패(命牌)97)를 급히 받아 신(臣)이 합친을 못 하고 들어오니, 부마위를 주시고 연성옹주를 맡기시니, 신이 과연 옹주의 탓이 아닌 줄 아오되, 최씨는 어려서부터 서로 보아 사랑하옵던 마음이 깊었삽고, 옹주로 하와 이제까지 참았사오니 부귀(富貴) 빈천(貧賤)이 다르오나, 원억(冤抑)하옴은 비상지원(飛霜之怨)이 없지 아니하오리까. 옹주를 대접하고 최씨를 다른 데 출가(出嫁)하라 하신들 언약이 깊고 빙채와 교배 합환(交拜合歡)98)하였으니, 어찌 다른 데로 신의를 버리고 갈 생각을 하리이까마는, 엄교(嚴敎)를 두려워 홍일이 신을 거절하여 오지 못하게 하오나, 홍일을 속이고 가만히 가서 만나온 일이 있사오나, 옹주 신에게 온 지 겨우 거년에 신정의 뜻을 모르며, 투기하여 신을 준책(峻責)하옵다가 또 전하께 고하니 이도 여자의 부덕이라 하시리이까?"

상이 탄식하여 가로되,

"네 나이 어리되 소견이 높아 급암(汲黯)99)의 직간(直諫)100)을 가졌도다. 그러나 옹주는 내 딸이라, 생심도 박대치 말라."
하고 즉시 복성군을 불러 크게 책망하시고, 김송환을 귀향 푸시고 은빈을 사(赦)하여 서장에 허하시니, 박씨 대로하여 지경을 보고 대질(大叱)하여 가로되,

"네 어찌 내 딸을 박대하고 내 허물을 지어 내고 복성군을

---

96) 조강(糟糠) : 조강지처(糟糠之妻). 지게미와 쌀겨로 끼니를 이을 때의 아내라는 뜻으로, 몹시 가난하고 천할 때에 고생을 함께 겪어 온 아내를 이르는 말. ≪후한서≫의 에 나오는 말이다.
97) 명패(命牌) : 임금이 높은 신하를 부를 대 보내는 '명(命)'자를 쓴 나무 패.
98) 교배 합환(交拜合歡) : 혼례에서 신랑 신부가 서로 절을 주고 받고 한 이불 속에서 자는 것.
99) 급암(汲黯) : 중국 전한(前漢) 무제(武帝) 때 직간을 잘하던 사람.
100) 직간(直諫) : 기탄없이 바른 말로 맞대어 간함.

궁흉(窮凶)101)한 데 몰아넣어 우리 모자를 전제하여 최녀로 동락할 계교를 하느뇨?"

지경이 중계(中階)에 꿇어 사죄하니, 상(上)이 귀인(貴人)을 책하여 물리치시더라.

지경이 사은하고 물러와 옹주 박대하기 감치 않고 최씨에게 가니, 박씨 울고 상께 가로되,

"성상이 지경의 궤휼흉언(詭譎凶言)102)을 경청(傾聽)하사 우답(牛踏)하시니, 더욱 자득(自得)하여 옹주를 박대하고 최녀의 집에 가 박혔으니, 옹주를 죽여 그 설워함을 보지 말고자 하나이다."

상이 웃으시고 윤현에게 편지하사, 옹주 고단함을 위로하라 하시고, 최홍일에게 전교하사 가로되,

"당초에 네 딸을 개가치 못하였으나, 이제 방자히 지경을 맡겨 둠이 외람하니, 이후 다시 이러한즉 사죄를 당하리라."
하시니 공이 황공 사죄하고, 윤공이 지경을 대책하여 옹주궁에 보내어 여러 날을 지키고, 최공이 한 의사(意思)를 내어 윤공더러 이르되,

"최씨 병들어 미류(彌留)103)한다."
하더니, 여러 날 됨에 위중타 하는지라. 지경이 듣고 즉시 가니 최공이 크게 노하여 가로되,

"네 또 와 나를 죽이려 하는다. 내 딸이 병들어 죽으나 사나네 알 바가 아니다."
하고 밀어내어 문을 닫으니, 웃고 쫓기어 밖에 나와 질아(姪兒)더러 물으니, 고모의 병이 중하여 곡기(穀氣)를 끊고 눈을 뜨지 못한다 하거늘, 그 말을 듣고 크게 슬퍼 가만히 들어가고자 하되 정당에 누웠다 하는지라. 볼 길 없어 돌아와 편지하니, 답장도 없어 주야 번뇌하더니, 하루는 윤공이 가로되,

"최씨 병을 보니 너로 하여 신세 참담함을 슬퍼하여 병이 난즉 아마도 살지 못할까 싶더라. 그런 잔인한 일이 어디 있으랴."

생이 묵연(默然)히 퇴하니, 이윽고 최씨 부음(訃音)이 오니 일가가 통곡하고 생이 실정 통곡하여 엎어져 기절하였더니 이윽고 깨어 일어나 말을 타고 바삐 달려가니, 최공이 하인을 명하여 문에 들이지 말라 하고 윤공과 제자만 들이니, 부마가 뒤를 쫓아 들어가려 한즉, 여러 하인이 등을 밀어내고 문을 닫으며 이르되,

"노야가 가라사대 아녀를 구태여 저와 혼인 아니하려 하거늘, 우격으로104) 혼인을 지내고 아녀 저로 인하여 죽었으니 붙이지 말라 하시더이다."

부마가 노하여,

"내 미워함이 아녀. 사세 그렇게 되었거늘 어찌 그토록

---

101) 궁흉(窮凶) : 성정(性情)이 음침하고 흉악함.
102) 궤휼흉언(詭譎凶言) : 야릇하고 간사스럽게 속이는 말.
103) 미류(彌留) : 병이 오래 낫지 않음.
104) 우격으로 : 억지로 우겨서.

협하게 구는고."

백 가지로 들어가려 하되 마침내 들지 못하고, 안에서 곡성(哭聲)이 진동하니, 절로 눈물이 비 오듯 하여 하인청[105]에서 지내더라.

이튿날 또 가니 한결같이 들이지 아니하니, 하릴없어 헐소청(歇所廳)[106]에서 성복(成服)하고 돌아와 부형을 대하여 최가의 일이 괴이함을 고하니, 공이 가로되,

"나와 제 아들은 들이되 너를 아니 들이기는 상사(喪事)에 조관(朝官) 재상(宰相)이 많이 모이매 너를 거절함을 보임일러라."

지경이 가로되,

"그건 너무 과도하나이다. 이미 죽은 후 무슨 시비 있을 것이라 그러하리이까. 최공의 바란 것이 병일러니, 이 일을 보건대 오히려 작심이로소이다."

지경이 하 서러워하니, 병이 나 누웠으니 잠깐 진정하여 낫거늘, 최부에 이르니 이날이야 들이거늘, 바삐 빈소(殯所)에 들어가 관을 붙들고 대성통곡(大聲痛哭)하다가 기운이 막히니 부인과 한림이 겨우 진구하여 정케 하고 서로 참담함을 인사하고 비통하다가, 차후로 옹주 박대 더욱 심하니, 옹주와 박씨는 최씨 죽은 것을 가장 기꺼워하고, 상은 들으시고 인병치사(因病致死)[107]로 알으사, 최홍일을 불러 전일 엄책하심을 뉘우치시니, 최공이 감은(感恩)하여 지경 속임을 넌지시 아뢰며, 귀인께도 이같이 청하니 기꺼워 웃으시더라.

세월이 덧없어 영장(永葬)[108]을 당하니 지경이 더욱 비통함을 이기지 못하여, 자가(自家) 선산(先山) 계하에 장함을 청하니, 최공이 가로되,

"이미 나라에서 이리하여 계시니 어찌 네 집 선산에 가리요. 부질없이 유의 말라."

생이 더욱 설워하는 중 옹주 박대 갈수록 심하여 측량치 못할러라.

광음(光陰)이 여류(如流)하여 최씨 소기(小朞)[109] 돌아오매, 심사가 더욱 비감함을 이기지 못하여, 질자 등을 데리고 글도 가르치며, 이르다가 입번(入番)[110]하는 날은 대군(大君)도 글을 가르치니, 대군은 명묘(明廟)[111]시니 공경하고 사랑하시더라.

박씨는 지경을 미워 바로 보지 아니하니, 지경이 또한 바로 보는 제 없더라.

이러구러 최씨 삼상(三喪)이 지나니, 부마가 설움을 이기지 못하여 최부에 가 침소 밖에 이르러 배회하며 혼잣말로 이르되,

'종적은 의구하되 사람이 없으니 이 설움을 어찌 견디리요.'

두루 생각하니 심회 비감함을 정치 못하여 눈물이 한삼(汗衫)을 적시는지라. 옹주는 갈수록 싫고 최씨는 오랠수록 잊을 길 없으니, 20세 남자가 일생 환부(鰥夫)[112]로 어이 견디리요.

자연 신세를 비탄하니, 최 좌랑(佐郎)의 아들 선중이 나이 10세라. 따라다니다가 이 거동을 보고 물어 가로되,

"숙부는 어찌 이대도록 우시나이까?"

부마가 답하여 가로되,

"네 고모를 생각하고 우노라."

선중이 가로되,

"고운 부채와 필묵을 주면 고모 있는 곳을 아니 이르리이까?"

부마가 가로되,

"죽은 사람 간 곳을 네 어이 아는가?"

선중이 가로되,

"조부(祖父)께서 숙부가 매양 본다 하고 죄다 감추었나이다."

부마가 만심경희(滿心驚喜)하여 즉시 종을 보내어 색부채와 필묵을 갖다가 주고 달래어 물으니, 선중이 가로되,

"나를 따라오소서."

뒤를 따라가니, 동산 너머 두 집 지나큰 집이 있어 대문을 잠갔거늘 동산 협문으로 들어가니 최씨 바야흐로 비자(婢子)를 시켜 보거늘, 부마가 바로 들어가 부인을 붙들고 가로되,

"이 어인 일고. 당명황(唐明皇)의 봉래산(蓬萊山) 꿈[113]인가, 초양왕(楚襄王)의 무산(巫山) 구름[114]인가?"

최씨 역시 경찬하여 눈물이 샘솟듯 하니, 모든 시비 이 거동을 보고 슬퍼 아니하는 이 없더라.

부마가 선중을 당부하여 집에 가 이르지 말라 하니, 선중이 역시 어른 알까 두려워 숙부를 당부하더라.

부마가 3년 죽었던 부인을 만나 떠날 줄 알리요. 비복을 당부하여 가로되,

"내 한림 형제와 양가 부모를 다 피하고 왔으니, 종이 오거든 미리 일러 나를 피하게 하여라."

부마가 최부인을 만나 새로이 진중한 은애 전보다 배나 더하니, 한 방에 처하여 일시도 떠나지 아니하더라.

이러구러 여러 날이 되니 윤공은 매양 알기를, 심사가 사나워 천계산 나라 원당(願堂)[115]에 가던 것이라. 또 게 깊는

---

105) 하인청 : 하인들이 거처하는 곳.
106) 헐소청(歇所廳) : 고관에게 문안 온 사람이 쉬는 곳.
107) 인병치사(因病致死) : 병으로 인해 죽음.
108) 영장(永葬) : 평안하게 장사 지냄.
109) 소기(小朞) : 소상(小祥). 사람이 죽은 지 1년 만에 지내는 제사.
110) 입번(入番) : 숙직(宿直)하는 일.
111) 명묘(明廟) : 명종(明宗). 조선 제13대 왕(1534~1567).

112) 환부(鰥夫) : 홀아비.
113) 당명황(唐明皇)의 봉래산(蓬萊山) 꿈 : 중국 당나라 현종(玄宗)이 죽은 양귀비(楊貴妃)를 보고 싶어하는 꿈.
114) 초양왕(楚襄王)의 무산(巫山) 구름 : 중국 춘추 시대 초나라의 양왕이 꿈에 무산에 살고 있다는 선녀를 만나 놀았는데, 선녀가 떠나면서 자기는 무산에 살고 있는데, 아침에는 구름이 되고 저녁에는 비가 된다고 했다는 고사. 여기서 남녀 간의 육체적 사랑을 뜻하는 운우지락(雲雨之樂)이란 말이 나옴.

가 찾지 아니하고, 옹주는 본대 불화(不和)한 사이라 거취를
모르니 찾지 아니하고, 상이 여러 날 불참함을 괴이 여기사
찾으시니, 그제야 찾기를 시작하여 친우의 집과 천계산 절에
가 보되 종적이 없으니, 괴이하여 찾다가 돌아와 본즉, 부마
의 하던 말이 있거늘, 최씨 있는 곳에 갔는가 의심하여 즉시
가 보되 숨었으매 보지 못하고, 게도 아니 간 줄 알아 두루
찾아도 찾지 못한 지 수십 일이라.

　조정이 다 알기를 심회 사나와 미쳐 달아났는가 의심하고,
상이 진경하사, 종야 번뇌하시더니, 윤공이 오히려 의심하여
영리한 사환을 시켜 부지불각에 들이닥쳐 보라 하니, 과연
최씨 침실에 있는지라. 이대로 상전에 고하고 대죄(待罪)하니,
상이 어여뻐서 웃으시고, 환관 김송환을 불러 수죄하고 부르
라 하시니, 이때는 유월이라.

　지경이 중당에 있어 죽피연석을 깔고 수안석을 베고 최씨
를 곁에 앉히고 발 벗고 당판(唐板) 책116)을 보더니, 시비 들
어와 중사(中使) 왔음을 고하니, 부마가 최씨를 곁에 앉힌 채
들어오라 하니, 송환이 들어와 중계(中階)에 서니, 부마가 안
석에 머리를 들어보다가 가로되,

　"네 어찌 온다."

　송환이 답하여 가로되,

　"부마를 잃은 지 20일이라. 천심이 지성하사 수라를 폐하고
지내시더니, 오늘이야 이곳에 숨어 계심을 아시고 천로(天怒)
가 진발(震發)하사, 송환으로 부르라 하시나이다."

　부마가 일어나지 아니하고 이르되,

　"주상(主上)이 가장 부지런하시고 부질없도다. 신하 제 아
내 데리고 있는 것을 꺼려 잡으려 보내시니, 조정에 애처(愛
妻)하는 관원(官員)이 몇이나 잡혀 들어왔느냐?"

　송환이 어이없어 웃으며 가로되,

　"부마 옹주 박대하고 최 부인에 혹하여 문안 불참하신 지
일월이 당근(當近)하고, 또 그저께 박 귀인 생신이어늘 그 사
위로서 불참함을 문죄하려 하시더이다."

　지경이 벌떡 일어앉아 소리 질러 가로되,

　"혼군(昏君)117)이 요첩(妖妾)에게 혹(惑)하여 소인과 합세
하여 흉계를 깊이하는 것을 깨닫지 못하여 현신 충량(賢臣忠
良)118)을 살해하고, 천하 박색(薄色) 괴물의 첩 딸을 위하여
나를 괴롭게 보채느냐. 간특(姦慝)한 첩의 생일이 무슨 대사
라 그리 구속히 구시더니, 그저 신하를 보려 부르시면 가려
니와, 박 귀인 생일 불참죄와 옹주 박대한다 하고 부르시면
끌어도 아니 가리라."

하며 웃고 가로되,

　"내 아내 고우냐?"

하며 최씨를 안고 단순(丹脣)119)을 접하고 웃으며 벌떡 누워
책을 들어 맑은 음성으친 읽다가 가로되,

　"부인아, 김 영웅 주찬(酒饌) 먹이라."

하니, 송환이 어이없어 중계(中階)에 앉아 최씨를 보니, 절묘
하게 고우니, 송환이 가로되,

　"저렇거든 어이 옹주와 화락하리요."

하며, 중심(中心)에 못내 자탄하더라.

　주찬을 먹고 하직하여 가로되,

　"들어가 무엇이라 아뢰오리까?"

　부마가 가로되,

　"내 하던 말을 일일이 고하라."

하고 기지개하며 발을 문지방에 얹어 웃으며 가로되,

　"열 황소 끌어도 못 가리로다."

하며 가로되,

　"이적에 남곤(南袞)·심정(沈貞)이 조광조(趙光祖)·이군빈
등 30여 인을 모해(謀害)하랴 홍상 복성군과 모계하여, 박씨
가 후원 나뭇잎에 꿀로 글을 쓰되 조광조·이군빈 등이 모반
한다 썼으니, 꿀 먹는 버러지 꿀을 다 갉아먹으니 글자가 완
연한지라. 장녀 따서 박씨를 주어 상께 보이니, 상이 놀라시
고 귀인과 복성군 홍상이 안으로 혼동하고, 밖으로는 남곤·
심정이 고변(告變)120)하니, 조광조 등 30여 인을 내어 버리니,
그 원민(怨憫)한 줄을 참담히 여기나 역불체(力不逮)하여 구
치 못하고 불승 통한(不勝痛恨)하더니, 짐짓 흉계를 이름이
라."

　송환이 돌아와 일일이 고하고, 최씨의 절색을 같이 고하니,
윤공이 어전(御殿)에 있다가 바삐 섬에 내려 연관 대죄하고,
상은 대로하사 내수사(內需司) 별파진(別破陣)121) 다섯과 대
전별감(大殿別監)122) 다섯과 김송환이 영거(領去)123)하여 잡
아오라 하시니, 송환이 엄지(嚴旨)를 받자와 즉시 최부에 가
니, 지경이 약불동념(若不動念)124)하여 집에 가서 관대를 갖
다 입을새, 최씨로 관복을 잡히고 팔을 꿰며 송환을 돌아다
보며 웃으며 가로되,

　"내 우리 옥인(玉人)으로 더불어 24일을 동처(同處)하였으
니 자식이 생겼을지라, 내 이제 잡혀서 죽어도 후사(後嗣)는
이으리니 내 신주(神主)125)를 옹주에게 맡기지 말라."

하고 목혜(木鞋)126) 신고 나오다가, 도로 들어가 최씨가 감고

---

115) 원당(願堂) : 소원을 빌기 위해 지은 집.
116) 당판(唐板) 책 : 중국에서 판각(板刻)한 목판(木板)으로 찍은 책.
117) 혼군(昏君) : 혼미한 임금.
118) 현신 충량(賢臣忠良) : 영리하고 어진 신하의 충실하고 선량함.

119) 단순(丹脣) : 붉고 고운 여자의 입술. '호치(皓齒)'와 함께 쓰여 미
　　인을 상징함.
120) 고변(告變) : 반역을 고발함.
121) 별파진(別破陣) : 조선 후기 군기시(軍器寺)에 소속한 벼슬아치의
　　하나.
122) 대전별감(大殿別監) : 조선 시대 임금에게 딸린 별감.
123) 영거(領去) : 거느리고 감.
124) 약불동념(若不動念) : 마음을 움직이지 않을 것같이 함.
125) 신주(神主) : 죽은 사람의 위패.
126) 목혜(木鞋) : 나막신.

있는 명주꾸리를 앗아 소매에 넣고 잡혀 들어가니, 상이 노하사 엄한 소리로 꾸짖어 가로되,

"임금을 욕하고 왕녀를 능모 천대함이 태심하며, 군부를 속여 도망한 놈이니 끌어내어 죽이라."

하시니, 지경이 즉시 옷을 벗을새, 소매에서 꾸리를 내어 대전별감을 주며 가로되,

"집에 있을 제 아내 명주꾸리를 감아 주더니 소매에 넣고 들어왔으니, 네 마땅히 내 집에 가 전하라."

상이 이 거동을 보고 잠깐 웃으시니, 세자가 또한 크게 웃더라. 상이 가로되,

"네 나를 수욕하더라 하니 그 어인 일꼬. 바로 고하라."

지경이 계고하여 가회되,

"실로 고하리이다. 수욕은 아니옵고 바른말하였나이다."

상이 가로되,

"충량(忠良)을 살해하고 소인(小人)을 사랑한다 하니, 누가 소인이며 충량이며. 요첩을 혹하여 혼군이라 하더라 하니 그 어인 말고. 바로 이르라. 딸을 못 낳았다 하더라 하니, 누구는 못 낳고 누구는 잘 낳았느뇨."

지경이 가로되,

"거년 사화(士禍)에 죽은 조광조 등은 충량군자요. 남곤·심정·박빈·홍명화 등은 소인입니다."

상이 가로되,

"조광조 역적(逆賊)한다 하기 죽였거든, 네 어찌하여 역드는가?"

지경이 가로되,

"전하께서 역적하는 기미(機微)[127]를 보시이니까? 타일에 뉘우치시리니 그 대신의 영달(榮達)[128]을 아시리이다."

상이 가로되,

"심정·남곤 등을 무슨 일로 소인이라 하는가?"

지경이 가로되,

"권을 다하고 재주를 꺼려 군자를 잡아 구하여 사화를 짓고, 전하께서 구태여 그리 쫓지 못하시어늘, 심정 군법 상서를 지어 전하의 문덕(文德)을 기리니 이 당한 계교라. 어찌 소인이 아니리까?"

남곤·심정·홍명화 등이 있다가 밖으로 달아나더라. 상이 묵연(默然) 양구(良久)에 가로되,

"나를 어찌 혼군이라 하느뇨?"

지경이 대답하여 가로되,

"군자와 소인을 분간치 못하시니 어찌 밝으시다 하리이까?"

상이 또 물어 가로되,

"요첩에게 고혹(蠱惑)함은 무슨 일꼬?"

지경이 가로되,

"박 귀인이 전하께 후궁 옆에서 전총(專寵)[129]함을 믿어 동렬을 투기하여 잡고, 중전이 지존(至尊)하시거늘 항형(抗衡)[130]하며 촉범(觸犯)[131]하여 교만히 아들을 가르쳐 대신을 체결(締結)하여 사통(私通)하고, 조정(朝廷)의 정사(政事)를 간여(干與)하여 사화(士禍)를 참여(參與)하니, 어이 요첩(妖妾)이 아니리이까?"

상이 가로되,

"뉘 이르거늘 이리 자세히 아는가?"

부마가 가로되,

"신이 자식 항렬(行列)에 있사오니, 자유로 궐내 출입이 잦아 일동일정(一動一靜)을 목도(目睹)하오니, 어이 모르리이까?"

상이 무연하시더니, 또 물어 가로되,

"딸을 어찌하여 나는 못 낳고 누군 잘 낳았느뇨?"

지경이 웃으며 가로되,

"공주와 다른 옹주는 어떠한지 모르오나, 신이 자연 4년을 두고 보오니, 전하의 성은을 입사와 의식이 풍족하옵거늘, 연고없이 부리는 종과 성내는 매질이 잦사오니 성행이 사납고, 어린 처녀 출가하여 구가에 오매, 보는 이 다 애처롭사올 것이로되, 신을 만나온 지 수개월이 되지 못하와 동침 아니한다 하고 날마다 싸우자 하오니 염치 무쌍하옵고, 얼굴이 곱지 아니하오니 더럽더이다. 신의 조강지처 최씨는 성정이 부드럽고 인자하고 신이 어려서부터 아는 터라, 어른의 안전(眼前)과 남편의 앞에서 절대로 성내고 높은 소리 하옵는 상을 보지 못하였사옵고, 신을 만난 지 4년에 옹주로 하여 신세 참담하거늘, 어른의 지위대로 응변하여 슬기로움이 남자에 지나오니 비록 천위(天威) 지엄(至嚴)하오나 제 얻은 남편을 옹주가 앗았으니, 서러울 듯하되 신을 보면 개유하여 옹주를 후대하기를 권하고, 3년을 죽은 체하여 신을 거절하오니, 그 신세 괴로움과 설움을 견디기 어려운 것이로되, 늙은 어버이께 수색(羞色)을 뵈지 않으니 효성이 높음이요. 제 부마가 천은을 입사와 부자가 관면(冠冕)이 있사오나 조업(操業)이 없고 청렴하기 과도하며, 여러 자식에 가장 군림(君臨)하여 어렵사오나 신을 대하여 한 번도 얻고자 하는 빛이 없사오니 마음이 은공 청렴함이요, 얼굴이 극히 고우니 신이 어찌 사랑하지 아니하리이까? 옹주는 당초에 주신 부부 전설은 이르지 말고 30석 녹과 소신의 녹이 있삽고, 상전에서 주시는 것이 많사와 적곡적보(積穀積寶)[132]하고, 앉아서 날마다 문안에 또 주소서 하오니 무렴한 욕심이 있삽고, 신이 비록 사정이 중치 못하오나 대하여 흔연 공경하오니 일신이 안한(安閒)[133]

---

127) 기미(機微) : 낌새.
128) 영달(榮達) : 벼슬이 높고 귀함.

129) 전총(專寵) : 사랑을 오로지 혼자만 받음.
130) 항형(抗衡) : 서로 대항하고 지지 않음.
131) 촉범(觸犯) : 두려워서 피할 일을 저지름.
132) 적곡 적보(積穀積寶) : 곡식과 보물을 쌓아 놓음.

하여 반석 같거늘, 매양 서러운 사설로 전하의 마음을 혼동(混動)하오니 불효를 면치 못 하올지라. 일로 탁량(度量)[134]하오매 전하는 최홍일만큼 딸을 못 낳아 계시니이다. 이제야 할 말씀 다 아뢰었사오니 어서 죽여지이다."

이때 윤공이 곁에 엎드렸더니, 지경의 대답을 듣고 입을 막지 못하고, 마음이 침상(針上)에 앉았는 듯하더라.

상이 가로되,

"저리 미운 놈을 죽이지 못하니 내 딸 낳은 죄로다."

박씨 중사(中使)로 전어(傳語)하여 가로되,

"윤 부마가 날과 무슨 원수관대 이전부터 죽고 남지 못할 죄로 진달하더니, 또 오늘 이런 말을 들으니 다른 말은 이르지 말고, 심 정승·남 판서와 동심하여 조광조를 죽인 듯이 되어 가니, 뜻을 자세히 물어 알고자 하나이다."

지경이 웃으며 가로되,

"정 나와 겨루고자 하다가는 속을 것이니 잠자코 계시소서. 왕래하던 편지 두 장이 있고, 군사관이 살아 있으니 가장 어려울 것이니, 여러 말씀 마소서 하여라. 더운 뜰에 오래 앉아 있어 목이 마르오니 얼음차나 주소서."

박씨 가장 믿게 여겨, 또 전어하여 가로되,

"왕녀를 박대하고 최녀와 화락하여 군부를 경멸하니 부마의 일은 옳을까? 귀양이나 보내어 개과(改過)하게 하소서."

상이 가로되,

"너를 죽일 것으로되 옹주를 보아 사하나니, 충청도 대흥 땅에 정배하나니 회과(悔過)하게 하고, 최녀는 광망(狂妄)[135]한 지아비를 미혹(迷惑)게 하여 옹주 박대하는 죄로 함흥으로 정배하노라."

부마가 사죄하고 나오니, 윤공이 나와 지경을 크게 책망(責望)하고 치죄(治罪)하려 하니, 지경이 가로되,

"부친이 어찌 소자의 뜻을 모르시나이까? 불과 수년이 못 되어 대환(大患)이 날 것이니, 소자가 끝내 박씨를 노엽게 하여 정배를 자원(自願)함에 부자가 경종(警鐘)[136]코자 함이로소이다."

공이 부마의 등을 어루만져 가로되,

"네 팔자라. 일찍 가르친 바 없거늘 지혜 이같이 과인(過人)하고 강렬함이 이 같으니, 내 자식 두었다 하리로다."

하더라. 즉시 행하여 적소(謫所)로 갈새, 최씨 망극하여 하니, 부마가 웃어 가로되,

"슬퍼 마라. 소저 귀양 가야 우리 부부가 해로(偕老)하리라. 조금도 서러워 말라. 함경 감사가 형의 장인이니 후히 대접하리라."

하며 담소(談笑) 자약(自若)하니, 최씨 감히 슬픔을 비치지

---

133) 안한(安閒): 편안하고 한가로움.
134) 탁량(度量): 생각하고 헤아림.
135) 광망(狂妄): 미친 듯이 망령됨.
136) 경종(警鐘): 경고나 훈계의 뜻으로 일깨움.

못하고 양인(兩人)이 각각 발행(發行)할새, 부마는 남으로 가고 최씨는 북으로 갈새, 부마는 22세요, 최씨는 18세라.

함흥으로 들어가니 감사와 봉신이 대접하니, 편히 있으나 부모 그려 주야로 울더라.

부마는 대흥 읍내 들지 아니하고 촌에서 감사나 수령이 보러 와서 주는 것이 무수하나, 다른 것은 받지 아니하고 주찬(酒饌)만 받고, 번거로이 와 보는 이를 다 막더라.

옹주가 궁노(宮奴)와 비자(婢子)를 보내니, 매로 쳐 보내며 가로되,

"내 이리 옴이 항거한 죄 탓이니 네 집으로 가라."

하고 쫓아 보내더라.

그 고을 훈관(勳官)과 선비를 모아 데리고 제기 차며 물장구치며 춤 추며 노래 부르고, 날마다 종 시켜 떡과 술을 걸러 먹이고 사랑하니, 부마의 곳에는 양반 상인 없이 모이는 것이 무수하니, 그 후에 부마의 간 곳을 도위향(都尉鄕)이라 하더라.

또 수수가지를 손수 심어 손수 매고, 외가지 심어 북돋우고, 걷는 말 세 필과 영리한 종 셋을 두어, 각관이 주는 반찬을 모아 실어 함흥으로 보내어 돌아오면 기별 알고, 또 다른 놈에게 실어 보내어 인마(人馬)가 도로에 이었더라.

그 이듬해에 상이 중사 김송환을 보내어 개과(改過)하였는가 동정을 살피라 하시고, 전교(傳敎)하여 꾸중하시되,

"내 들으니 네 오히려 최녀를 못 잊어 도로에 노마(路馬)가 있었다 하니, 네 무진 나를 업수이 여기고 애처마하니, 그 사이 개과 아니하였으면 일생을 충군(充軍)[137]하리라."

하시니, 부마가 듣고 화나서 가로되,

"대흥에 귀향 왔다 해서, 자식과 귀중한 아내를 버리랴. 애처하는 놈을 죄 주실진대, 상의 외조 부원군 그 어른이 당신 부인이 얽었고 키 크고 한 눈에 흰 티가 있고, 그러하여도 일곱 아들에 중전 되신 딸을 낳으시고, 일생 안방을 떠나지 아니하고 해로하다가 일흔 둘 되샤 상처하시니, 입관 날 옷 벗고 한데 들려하시던 말을 들었기, 한번 찾아가 뵈옵고 이 말씀 여쭈어 보니, 90 노인이 눈물을 줄줄 흘리고 서러워하시거늘, 내 묻자오되 부인이 젊어 계실 제 고우시더이까? 답하여 가로되, 곱든 아니시나 덕이 있더니라. 안정이 맑으시더니까? 답하여 가로되, 한눈에 흰 티가 있어 부여스름하되 무던하더니라. 네 자손 항렬에 들어왔으되 부인이 보지 못하니 슬프도다 하시며 울으시니, 그애처하는 죄를 주시고, 버거 나를 죄 주소서 하라. 나는 이곳에 왔으니 동생 친척이 왕왕이 와 보고 내 나이 20의 아해어늘 일품 재상의 모양을 가졌으니 조심하여 행세하기 괴롭더니 나물밭 가꾸고 밭매기 짐짓 재미있고, 다만 부모 그립기 어려우나 그도 하릴없고, 정 그러하오면 한때 아니 와 보시랴. 세자께 사뢰어 군신지의(君臣

---

137) 충군(充軍): 관원이 죄를 범할 때 군역에 복무시키던 형벌.

之義)를 어르지 말고 아동 소년지기를 생각하사 아비와 세형을 돌아보사 구하여 주소사고 사뢰라."

크게 손뼉 쳐 웃고 풀잎 따서 초금(草琴)[138] 불다가, 뒷밭에 가 손수 외[139] 따다가 조수나물 만들라 하고 보리탁주 걸러 마시면 정 별감, 최 별감, 김 약성 청하여 밤에 다다르니, 자반준치 굽고 외생채에 된장 찌고 보리밥 덥혀 먹으니 김송환이 가로되,

"아싯적부터 저럴 것을 잡숫지 아니하오시다가, 부마의 귀골로서 저런 맥반을 어찌 견디시나이까?"

부마가 웃으며 가로되,

"아싯적부터 집이 가난하니 이렇게 배향(背向)[140]하여 너무나 좋던고. 고량(膏粱)[141] 먹고 자란 영웅 댁 아기 내 인물 다 보았네."

말을 마치자 크게 웃고 밥 내린다 하고 뜰에 내려 제기 차고 무수히 가리움하다가, 마루에 치달아 책을 보거늘, 송환이 가로되,

"비록 적소에 계시나 재상가 자제온 부마위 존중하시거늘, 어찌 이대도록 천루 경박히 몸을 가지시니까?"

부마가 가로되,

"내 아비 본래 경천(輕賤)한 선비요, 내 나라에 득죄하여 이 땅의 천인이라. 부마 관면이 어이 있으리요. 쇠뿔 관자(貫子)[142] 붙인 작은 응교(應敎) 벼슬하던 20세어든, 무슨 어른인 체하리요. 이것이 내 분에 맞고 좋으니 영웅은 내 말을 듣고 주상께 사뢰라."

송환이 부마의 동지(動止)를 살피려 3,4일 묵으니, 충청 도사와 홍주 목사가 와 비옵자 하니, 부마가 서증(暑症)[143]이 중(重)하여 침석에 누웠기 보지 못하노라 하니, 가져왔던 양찬(糧饌)[144]만 드리고 가더라.

송환을 데리고 장기 두며 이르되,

"음식 이 가장 사나와 괴로워 뵈나이다."

부마가 웃고 뒷짐지고 헛걸으며 이르되,

"영웅댁 취서 하나 용박빈 하나 조정에 들어가니 무시무시하더니 이는 천하데."

송환이 가로되,

"누구는 서씨요 누구는 박빈이니이까."

부마가 소이부답(笑而不答)[145]하고 또 가로되,

"이조판서(吏曹判書)·홍문제학(弘文提學)·이조좌랑(吏曹

佐郎) 다 알아 볼래."

송환이 가로되,

"어떻다 이르시나이까?"

부마가 웃어 가로되,

"제학이란 것은 글하는 제인인데, 6월에 개가죽 싸매고 해독 침치(解毒鍼治)[146]하는 제학이 어디 있으리. 예서 듣자 하니 이조판서는 만석군이 되었다 하더라. 주상께 아뢰어 이조판서·홍문제학 안 가까이 부리려 하시거든, 악대 쳐 부리소서 하여라. 영의정 정광필(鄭光弼)과 우의정 노모(盧某)는 무슨 죄로 죽으니 어찌 참혹타 아니하리요. 내 이 정승 소자와 아싯적 일생 동접(同接)이라. 슬픈 글을 만 장을 지었더니 보라 하고 내어놓거늘, 보니 기서(其書)에 청명가절(淸明佳節)을 기리었으니, 문체 십분 아름답더라. 이조판서는 박빈의 아우니, 쌀 받고 벼슬한단 말이 낭자하고, 홍문제학은 남곤의 아우니, 임질로 병이 있어 글을 변변히 못하고, 이조좌랑은 박씨의 오라비 아들이니, 이 두 사람이 청루 환자일러라."

또 웃어 가로되,

"바쁘지 아니하거든 보리 바람난 것 같은 젊은 아내 어찌 보전할꼬. 이곳이 가장 편하니 영웅은 주상께 아뢰어 날 찾지 아니하시게 하라."

또 웃고 이르되,

"이곳에 와 일 없이 앉아서 부질없이 나뭇잎에 꿀로 글을 써 두니, 꿀 먹는 벌이 갉아먹으니 공교히 글자 되네."

또 계집종 불러 가로되,

"네 바느질 얼마나 한다."

하니,

"다 지었나이다."

하고 가져오니, 베로 좋은 서답 누빈 것이어늘, 송환이 보고 가장 우스워 이르되,

"이 어인 것이니이까?"

부마가 대답하여 가로되,

"종이 일이 없어 놀기, 함흥 간 부인께 보내려 하였네."

하고 받아보고 세어서 놓더라. 송환이 열흘을 묵고 돌아오니, 이별에 읍읍(悒悒)히 탄식(歎息)고 가로되,

"영웅은 가장 충성이 있고 식견이 넉넉하니 내 사정을 실로 고하나리, 내 집이 진실로 보전하기 어려우니, 내 이리 온 후 노친(老親)과 형장(兄丈)이 병들어 다니지 못하는지라. 세자에게 고하여 노부를 보전케 하심을 바라나이다. 곡진(曲盡)히 아뢰라."

송환이 그 인물 하는 거동을 보니 소견을 측량치 못하여, 돌아와 상께 이 말씀과 하던 거동을 일일이 고하니, 상이 묵연 양구에 외조부 애처하시던 말로 인증(引證)[147]하고, 최씨

---

138) 초금(草琴) : 풀잎으로 만들어 부는 피리.

139) 외 : 오이.

140) 배향(背向) : 좇음과 배반함. 서로 등짐.

141) 고량(膏粱) : 기름진 고기와 좋은 곡식으로 만든 맛있는 음식.

142) 관자(貫子) : 금(金)·옥(玉)·뿔·뼈·대모(玳瑁) 따위로 만들어 망건(網巾) 당줄을 꿰는 고리.

143) 서증(暑症) : 더위의 증세.

144) 양찬(糧饌) : 양식과 반찬.

145) 소이부답(笑而不答) : 웃으며 대답을 하지 않음.

146) 해독 침치(解毒鍼治) : 침술로 병을 치료하여 독기를 풀어 없앰.

147) 인증(引證) : 인용하여 증거로 삼음.

의 좋은 서답 만들어 뵈는 것은 나를 꺼려 하는 뜻이니, 제주(濟州)로 옮겨 앉히고 싶으나, 제 죄인으로서 조정 정사를 거론하리오. 세자가 가로되,

"제 부형을 신에게 탁고하며, 나뭇잎에 꿀을 써 먹인 말을 하더라 하오니, 석일(昔日) 후원(後園)의 글자는 사람의 소작(所作)인가 하오이다. 상이 당초 간택(揀擇)을 그릇하였삽기, 그뿐 아니라 옹주에게 남편 잡는 허물이 더할 것이라 생각하오니, 나뭇잎에 글자 말과 제게 문서 두 장 있다던 것이오니, 불러 들으심이 어떠하오리까?"

박씨 듣다가 올릴까 겁내어 내달아 부마의 일을 갖추어 아뢰되,

"전하와 첩을 제어하는 일이오니 족가(足枷)148)하여 부질없고, 다만 옹주와 첩의 팔자 기구한 탓이오니, 괴물이 회과(悔過)하여 내 딸과 화락할 길 없사오니 10년이고 20년이고 귀양을 풀지 마옵소서."

세자는 대효(大孝)라, 이 눈치를 보시고 상께 고하여 가로되,
"그 말이 옳사오니 후리쳐 두옵소서."

상이 그 말대로 그저 두시더라.

최씨 적소에 가 오래지 아니하여 아들을 낳으니, 용모가 아비를 품수하여 준수한 기상 골격이 기이하니, 이름은 여임이라 하더라.

"명춘(明春)에 세자의 침전 밖에 쥐를 죽여 방법하거늘, 상과 궁중이 다 놀라더니 세자의 병환이 계셔 달포 미령(靡寧)하사 백약(百藥)이 무효(無效)하니, 상(上)이 의심하사 이인(異人) 남사교를 명하사 궐내(闕內)를 망기(望氣)하라 하시니, 동궁편 부엌 벽을 보고 기운이 사납다 하거늘, 벽을 헐고 보니 목인(木人)과 인골(人骨)을 많이 묻었으되, 연월 박힌 글씨 박씨·복성군·홍상 등의 글씨라. 상이 크게 노하사 즉시 국문(鞠問)149)하시니, 박씨 일차에 승복하니 목 잘라 죽이고, 홍상은 장하여 죽이고, 복성군과 홍상의 처와 옹주는 다 귀양 보내었더니, 또 소계(紹繼)150)하여 사사(賜死)하고, 거평위 옹주는 어미 연좌(連坐)로 밀량 땅에 귀양 보내더라.

상이 세자를 대하여 자탄하여 가로되,
"윤지경은 소년이나 기특함이 장건(張騫)151)의 범 잡음과, 두목(杜牧)152)의 위풍과, 장탕(張湯)153)의 몸 보전하는 계책을 두었으니 어찌 기특치 아니하오."

하시고 즉시 사하여 부르실새, 부마위는 거두시고 승지(承旨) 제수하사 부르시고, 최씨를 또 놓으시더라. 대간(臺諫)154)이

148) 족가(足枷) : 형구(形具)의 한 가지. 나무토막 틈에 죄인의 두 발목을 넣고 자물쇠를 채움.
149) 국문(鞠問) : 중죄인을 국청에서 심문함.
150) 소계(紹繼) : 앞의 일을 이어받음.
151) 장건(張騫) : 중국 한나라의 외교가.
152) 두목(杜牧) : 중국 당나라 때의 시인 두목지.
153) 장탕(張湯) : 중국 한나라 무제 때의 옥관.
154) 대간(臺諫) : 사헌부·사간원 벼슬의 총칭.

다시 계(啓)하여 홍명화 등을 버히고 적몰(籍沒)155)하더라.
지경이 돌아와 복지(伏地)하여 사은하고 울며 가로되,

"신이 전하의 슬하(膝下)되온 지 7년에 신이 충성이 없사와 상전에 득죄하여 슬하를 떠났삽더니, 천은이 망극하와 다시 용전에 뫼시오나, 박씨 죽삽고 옹주 귀양 갔사오니, 국가 불행과 신의 반자지정의(半子之情誼) 단절하오니, 인정에 슬픔을 금치 못하리로소이다."

하며 묵연에 눈물이 흐르니, 상이 또한 슬퍼 손을 잡으시고 유체(流涕)하시더라.

지경이 가로되,
"옹주가 흉계에 참여 아니하였사오면 신이 사람을 불러 물으리이까?"

상이 탄식하여 가로되,
"네 아내는 실로 참여함이 없던가 싶으니 물으나 무슨 혐의(嫌疑) 있으리요."
하시더라.

지경이 집에 와 부모를 반기고 옹주궁을 보니, 집이 황량하며 약간 궁인들이 지키고 있으니 심히 처량한지라. 부마가 불쌍히 여겨 노비를 엄히 하여 지키게 하고 인마(人馬)를 차려 질자(姪子)를 보내어 최씨를 데려오니. 반갑고 기쁘기는 이르도 말고, 아자(兒子)가 이미 컸으니 더 반기고. 구고(舅姑)가 이제야 신부(新婦)와 손아(孫兒)를 보고 사랑함이 측량(測量) 업고, 그 화란(禍亂) 중 일호(一毫)도 그릇함이 업으니 더욱 기특히 여기고, 흉변(凶變)을 지경이 지혜로 벗어나니. 부모 형제는 이르도 말고 일가(一家)가 무사하니, 그 재덕(才德)을 칭찬 아니하는 이 없더라. 지경이 옹주께 편지하여 문기를 극진히 하고, 하루는 상께 가로되,

"박씨 비록 죄 중하오나 죽은 후는 그렇지 아니하오니, 신설(伸雪)하오시면 마땅하올 듯하오이다."

상이 불열(不悅)하시니 또 다시 가로되
"김굉필(金宏弼)은 은사(恩赦)156)함이 마땅하오이다."

상이 조광조 신설은 허(許)치 아니하시고 김굉필은 사(赦)하시고, 다시 정승하이시니 받지 아니하더라. 지경이 24세에 동부승지(同副承旨)157)하였더니, 상이 유병(有病)하사 붕어(崩御)하시고 세자가 즉위(卽位)하시니, 시호(諡號)는 인종(仁宗)이라.

초상(初喪)을 마치시고 지경을 보시며 유체(流涕)하사 가로되,

"옹주는 과인(寡人)의 골육(骨肉) 동기(同氣)라, 경이 데려다가 전과 같이 말고 중대하여 살면, 내 죽어도 한이 없노라."

155) 적몰(籍沒) : 죄인의 재산을 몰수하고 그 가족까지 벌하던 일.
156) 은사(恩赦) : 죄인을 특별히 사면함.
157) 동부승지(同副承旨) : 승정원의 정3품 벼슬.

지경이 울고 사례하여 가로되,

"오늘 하교(下敎)를 간폐(肝肺)[158]에 새겨 잊지 아니하오리이다."

하고 즉시 인마를 보내어 옹주를 데려오니, 옹주가 돌아와 보매 부왕(父王)이 마저 없으시고 의지 없으니, 더욱 서러워함이 가이 없어 따라 죽고자 하더니, 상이 불러 보시고 붙들고 통곡하여 가로되,

"이제는 전과 다르니 위 높음을 가세(加勢) 말고 가부(家夫)를 공경하여 구고(舅姑)를 효성으로 섬기고 동렬(同列)을 사랑하며 조심하여 살라."

하시고, 주시는 것이 부왕 때보다도 배나 더하더라.

옹주가 집에 오니 부마가 조상(弔喪)하고 은근함이 극진하니, 옹주가 감격히 여기는 중 최씨 옹주 대접을 극진히 공경하여 친동기 화목함 같고, 옹주 출입에 일어나 맞으니 부마가 가로되,

"이는 너무 과(過)하도다."

최씨가 가로되,

"옹주는 비록 어미 죄 있사오나 양(兩) 선제(先帝)의 탁고하신 말씀이며, 옹주는 왕녀요 주상이 상공께 탁고하신 말씀이 간절히 슬프고, 우리 부부 생존함이 선왕(先王) 성덕(聖德)이시니 더욱 공경하나이다."

하니, 그 지현(至賢)[159]을 탄복하여 더욱 애정하더라.

지경이 대사간(大司諫)이러니, 상소하여 남정(南貞) 등이 직관(直官)에 멀등하여 꿀로 글 써 사화(士禍) 지은 말을 떨고, 사이에 의논하던 편지 두 장을 첨부하여 아뢰니, 상이 남곤·심정을 국문(鞫問)하여 처결·안치하시고 조광조 신원(伸寃)은 듣지 아니하시니, 선왕이 아니 계시기 허치 아니하시더라.

하루는 윤공이 세 자부(子婦)를 앞에 거느리고 기뻐하여 이르되,

"석일(昔日) 네 최부의 단순(丹脣)을 접(接)하고 꾸리 감아 주며 좋은 서답하여 주더니, 노부 보는 데는 아니하고 중사 있는 데는 어찌하였느뇨. 이제 또 하여 웃게 하여라."

부마가 웃어 가로되,

"이 다 소자의 변화 계교이다. 또 하라시면 어렵지 아니하여이다."

최 부인이 언파(言罷)에 옥면(玉面)에 홍광(紅光)이 취집(驟集)[160]하여 일어나니, 공이 옥수(玉手)를 잡고 옥빈(玉鬢)을 어루만지며 가로되,

"이렇듯 아름답거든 어찌 아자를 책하리요."

하니, 만좌(滿座)가 다 칭찬하더라.

조정과 벗들이 기롱(譏弄)하여 이르되,

"꾸리 감는 데 시간이 어디 있으리."

하더라.

차회(次回)라. 상이 집상하시기 과도하사 상후 중하시니, 부마가 주야 시측(侍側)하여 지성으로 구완하더라.

하루는 야심한 후 상이 사람을 부르시나 다 잠들었더니, 부마가 깨어 들어가니 상이 손을 잡고 울며 가로되,

"짐짓 충신이로다. 내 아마도 살지 못하겠으니, 경원군(慶原君)이 덕이 있으니 입후(立後)[161]하고, 네 안으로 정사를 도우라. 옹주로 화락하니 내 죽어도 한이 없으리로다. 또 조광조 신원을 여러 번 간하되 허치 아니하였더니 신원하게 하라. 친히 쓸 길 없으니 네 쓰라."

또 가로되,

"경원대군을 도와 모후의 선왕 후궁 대접하기를 극진히 가르치라. 네 매양 김굉필의 업적을 성묘(聖廟)에 배향(配享)[162]할 사람이라 하더니, 내 잠저(潛邸)[163]에 있을 제 사적을 기록하였더니, 이제 생각하나 부족함이 없으니, 경이 알아 사후에 성묘에 더하라."

또 가로되,

"경의 처 최씨 가장 어질어 내 누이를 극진히 대접한다 하니 크게 기특한지라. 상을 주나니 무명과 옷을 주어 그 현덕을 표하노라."

써 내관을 맡기시니 지경이 이렇듯 상후가 평복하지 못하심을 알고, 흉격(胸膈)이 막혀 눈물이 만면(滿面)하니, 상이 거들떠보시고 한숨지어 돌아누우시더라.

3일 만에 승하(昇遐)하시니 지경의 설움이 부모상(父母喪)에 감치 아니하니 초상(初喪)을 마치매, 상께 품(稟)하여 조광조 등 신원 관작(伸寃官爵)하고, 김굉필·이언적을 사후(死後)에 배성묘(配聖廟)하게 하더라.

지경이 청렴하고 어진 덕이 일국을 기울이니, 상이 중대(重待)하시고 기리는 소리 진동하더라.

지경이 거가(居家)에 부모 효도와 형제 우애 비길 데가 없으니, 윤공이 치사(致仕)하고 들어 매양 이르되,

"내 아들 두었다 하리로다."

하고 자랑하며 너무 혹처(惑妻)하여 살할까 두려워하더라.

옹주가 최씨를 감격하여 지극히 조심하며, 존고(尊高)의 내림이 없이 받으니 조심하여 옹주의 어짐이 최씨에 지지 아닌지라. 부마가 그 정사를 장히 여겨 진중 후대(珍重厚待)하니, 인묘(仁廟)의 간절히 의탁함이요, 또 충성이 지극함이더라.

하루는 부마가 술 먹고 옹주의 무릎 베고 강개이 노더니, 사형(舍兄)[164]이 들어와 웃으며 가로되,

---

158) 간폐(肝肺) : 간장과 폐장.
159) 지현(至賢) : 매우 어질고 착함.
160) 취집(驟集) : 급작스럽게 모임.

161) 입후(立後) : 양자로 들임.
162) 배향(配享) : 종묘(宗廟)에 공신(功臣)의 신주(神主)를 모심.
163) 잠저(潛邸) : 창업한 임금 또는 종실에서 들어온 임금으로서 아직 왕위에 오르기 전에 살던 집.

"자산(子産)아! 옹주를 저만치 대접할 것을 그대도록 매몰하여 군상(君上)께 죄를 얻었도다."

부마가 웃으며 가로되,

"남자가 그렇게 매몰하리이까. 그때는 박씨의 준 바요. 이제 중대(重待)함은 양(兩) 선왕(先王)의 부탁함이로소이다."

사형이 웃으며 가로되,

"네 진사하였을 제 성천(成川) 여기(女妓) 녹운선(綠雲仙)을 대하여 청산 녹수(靑山綠水)로 언약하였더니, 내 어제 대궐에서 나오다가 만나니 경선 공주 시녀로 있노라 하고, 네 말을 묻고 울며 가로되, 그 영감이 옹주로 꾸기시기 감히 다시 와 뵈옵지 못하고 수절하여 있삽더니, 서울 온 지 해포되었으되 찾지 아니하시니 무심한 것은 남자라 하고 서러워하니 네 불러보고 다시 옛정을 이음이 어떠하뇨?"

부마가 가로되,

"만물이 변하니 청산 녹수인들 아니 변하리까? 가중에 꽃 같은 두 부인을 두고 30대 재상이 처녀 첩을 두리이까? 생각하면 녹운선이 절통(切痛)하여이다. 소제(小弟) 최씨께 순히 입정할 것을 녹운선이 마장(魔障)[165]이 되어 7년을 꾸졌나이다."

하니, 서로 웃더라.

최 부인에게는 3자 2녀요, 옹주에게는 2자 2녀더라.

명묘(明廟) 중년에 지경이 좌의정하였더니, 명묘 후사(後嗣) 없이 승하(昇遐)하시니, 영의정 이출경이 원임대신 신중엄 등으로 잠저(潛邸)에 가 선묘(宣廟) 대왕을 맞아와 복위하고 부부 3인이 종고 화락(鐘鼓和樂)으로 험 없이 살더라.

■ 해설

「윤지경전」은 중종(中宗) 때의 사건인 기묘사화(己卯士禍)와 작서지변(灼鼠之變)을 배경으로 하여 역사와 허구를 교묘하게 섞은 작가와 창작 연대 미상의 고전 소설 작품입니다. 이 작품은 중종시대의 역사적 현실을 배경으로 인간의 보편적 정서인 '사랑'을 지향함으로써 문학적 진실성을 획득하고 있는데, 그것은 인간이 추구해야 할 가치, 즉 바람직한 삶이 무엇인가에 대한 문제제기라 할 수 있습니다. 작가는 주인공 윤지경이 최연화와의 사랑을 성취하기 위해 겪게 되는 갈등의 착종과 해결과정을 통해 현실을 인식하는 자아의 주체적인 성찰과 비판 정신의 성장 의지를 보여주고 있습니다.

윤지경전은 남녀 주인공이 애정을 성취하기 위해 많은 장애를 겪고 결국은 그것을 극복하는 서사구조를 갖추고 있습니다. 흔히 '혼사 장애' 모티프라고 하는 이 이야기 구조는 윤지경전의 중요한 사건 줄기입니다. 윤지경전은 애정갈등구조가 반복적이면서도 점층적으로 전개되는 독특한 플롯을 갖고 있습니다. 곧 만남과 이별이 각 사건의 원인과 결과로 이어지면서 주인공의 시련과 극복도 반복되어 나타납니다. 또, 대부분의 애정소설에서는 여자 주인공이 남성을 대상으로, 많은 장애와 시련을 극복하는 과정을 보여주는데 비해, 이 작품에서는 그 주역의 대상이 바뀌어 애정을 성취하기 위한 시련 및 극복담이 남자 주인공에게 시종일관 적용되는 것이 특징입니다. 이 점이 윤지경전의 주인공 윤지경을 문제적 개인으로 볼 수 있는 근거가 됩니다.

윤지경전의 주인공 윤지경은 작가의 의식에 따라 만들어진 창조적인 인물입니다. 윤지경은 어릴 때부터 빼어난 용모와, 뛰어난 재능을 지니고 있는 재자가인(才子佳人)으로 고전소설에 등장하는 주인공의 전형적인 면모를 갖추고 있습니다. 그러나 윤지경은 충효를 강조하는 유교주의 조선사회에서 왕의 권위에도 굴하지 않고 사랑의 쟁취를 위하여 생명의 위험까지도 무릅쓰는 개성적인 면모를 보입니다. 또한 불의와 권력으로 억누르려는 세력에 대해서는 단호하게 자신의 의지를 밝힐 뿐만 아니라 그러한 세력들을 당당하게 고발함으로써 진정한 선비상이 무엇인가를 보여주고 있습니다. 작가는 주인공 윤지경을 통해 인륜을 최고의 덕목으로 삼고, 정도(正道)를 가는 것이 화합의 길로 가는 최선의 길이라는 선비정신을 표출하고 있는 것입니다. 또한 정도(正道)라 생각하는 일에는 상하귀천이 따로 없고, 왕이라 하더라도 정도(正道)를 벗어나는 행위를 했을 때는 비판받아 마땅함을 드러내고 있는 것입니다. 윤지경전의 갈등은 겉으로는 부마간택으로 인한 중종과 윤지경의 갈등으로 드러나지만, 이것은 그 당시의 불합리하고 무책임하고, 자신의 이익만을 위하는 지배계층과 이에 반하여 원리와 원칙을 지키려는 청렴결백한 소수 세력의 갈등을 나타내는 것으로 볼 수 있습니다.

윤지경은 연화와의 애정갈등 상황이나, 연성옹주와의 갈등 상황에 합리적이고 현실적으로 대처합니다. 게다가 당시의 정치적 폐단의 원인, 즉, 중종 임금이 경빈 박씨를 총애하고, 이를 이용하여 박빈을 중심으로 하나의 세력권이 형성되어 있었다는 것, 그리고 그들과 뜻을 같이 하는 소인배들이 합세되어 하나의 당파가 조성되고 그들이 정치적 질서를 문란하게 하는 현실을 정확히 분석하고 있는데, 이러한 현실에 대한 자각과 성찰은 지경으로 하여금 더욱더 강한 저항의지를 키우고, 실천하게 합니다. 그리고 이러한 주인공의 행동을 통해 '현실적 고난과 시련에 굴하지 않는 남성의 지고지순한 사랑'과 '지배계층의 비리와 불합리한 정치권력 비판'이란 주제가 명확히 드러나고 있습니다.

---

164) 사형(舍兄) : 자기 형을 남 앞에서 낮추어 일컫는 말.
165) 마장(魔障) : 어떤 일에 마(魔)가 생기는 일.

서동지전(鼠同知傳)

작자 미상

■ 줄거리

중국 옹주(雍州) 땅 구궁산 토굴 속에 서대주(鼠大州)라는 쥐가 살았다. 서대주는 인간의 남녀가 혼인을 하면서 비단이 모자라자 짐승 가죽을 벗겨 예물로 쓴다는 소문을 듣고 가죽을 잃을까 염려하여 세상을 하직하고 구궁산 깊은 굴 속에 은신(隱身)하여 대대로 살았던 것이다.

당(唐)나라 태종(太宗)이 금용성을 치려할 때 종족 쥐 무리를 이끌고 금용성 낙구창(落口倉)에 들어가 양미(糧米)를 없애 버리는 큰 공을 세운다. 이로 인하여 서대주는 태종 황제로부터 가선대부 행동지 통정대부 겸 옹주첨사(嘉善大夫行同知通政大夫兼雍州僉使)의 벼슬을 제수받고 잔치를 베풀어 종족들을 초청한다.

한편 하도산 낙서동에는 다람쥐가 살고 있었는데, 성품이 간악하고 가세가 빈한한 데도 나태하여 끼니 해결도 어려웠다. 다람쥐는 서대주가 잔치를 베푼다는 소식을 듣고 찾아가 하례를 올린 후, 잔치가 끝나자 서대주에게 자신의 어려운 형편을 호소하여 생률(生栗)과 백자(柏子)를 얻어가지고 돌아온다.

다람쥐 부부는 이것으로 삼춘(三春)을 무사히 지낼 수 있었으나 겨울이 되자 다시 굶는 신세가 되고 설날에도 조상 제사를 지내지 못하는 형편이 된다. 이에 다람쥐가 다시 서대주에게 가서 식량을 구걸하지만, 서대주는 자기 종족의 사정이 어려움을 말하고 그냥 돌려보낸다.

다람쥐는 이에 원한을 품고 곤륜산의 백호산군에게 거짓 소지(所志)를 올려 서대주의 무리가 자신의 양식을 훔쳐갔다고 무고(誣告)한다. 다람쥐의 아내는 무고의 잘못을 충고하다가 남편으로부터 심한 모욕을 당한 후 통분하여 집을 나가 버린다.

다람쥐의 소지를 본 백호산군은 당사자의 이야기를 들어봐야 한다면서 서대주를 부른다. 백호산군의 명을 받은 오소리와 너구리가 서대주를 잡으러 갔다가 후한 대접을 받고 함께 돌아온다. 백호산군은 다람쥐의 무고를 알아차리고 다람쥐를 정배시키고 서대주를 방면한다. 서대주는 다람쥐를 불쌍히 여겨 산군에게 방송해 줄 것을 애원하니 산군은 서대주의 인후한 심성에 감동받아 다람쥐도 방면한다. 이에 다람쥐는 잘못을 뉘우치고 서대주에게 사죄한다. 서대주는 다람쥐에게 양식과 돈을 주어 돌려보낸다.

■ 원문

오호(嗚呼)라, 건곤(乾坤)이 혼합(混合)하고 천지(天地) 개벽(開闢)하는 법(法)은 열두 회(回)가 있으니, 가론1) 자축인묘진사오미신유술해(子丑寅卯辰巳午未申酉戌亥) 십이 회(回)로되, 1회 세(歲)는 1만 8백 년이라. 대개 건곤이 혼합하고 천지 만물이 형용을 알지 못하다가 자회(子回)2)에 비로소 하늘이 생긴 지 1만 8백 년 후에야 축회(丑回)에 비로소 땅이 생기고, 땅이 생긴 지 1만 8백년 후인 인회(寅回)에 비로소 사람과 만물이 생기며, 묘진사오미신유(卯辰巳午未申酉) 일곱 회를 무사히 지내다가 술회(戌回)에 이르러 만물이 도로 스러지고 해회(亥回)에 천지 무너져 형용을 알지 못하다가 자축인(子丑寅) 3회가 돌아오며 천지 다시 개벽하고 만물이 생(生)하나니, 이러하므로 옛적에 인황씨(人皇氏)3) 구(九) 형제(兄弟)가 지방(地方)을 각기 아홉에 나눌새, 기주(冀州)·연주(兗州)·청주(靑州)·서주(徐州)·양주(涼州)·형주(荊州)·예주(豫州)·익주(益州)·옹주(雍州)를 구주(九州)4)에 분(分)하여 각칭(各稱) 임금이라 하였더라.

옹주(雍州) 땅에 한 산이 있으니 이름은 구궁산(九宮山)5)이라. 그 산 가운데 한 깊은 토굴(土窟)이 있고, 토굴 안에 한 짐승이 있으되, 성(姓)은 서(鼠)요, 이름은 쥐요, 별호(別號)는 대쥐[大州]라. 금수(禽獸) 중의 으뜸으로 세상에 나매 생애(生涯) 없는 고로 인간(人間) 사람 감추는 음식을 도적(盜賊)하여 먹기로 생업(生業)하더니, 태호(太昊) 복희씨(伏羲氏)6) 시절에 인간에서 남자와 여자로 하여금 비로소 남가여혼(男嫁女婚)7)을 이루게 할 제, 비단(緋緞)이 없는 고로 산(山)짐승을 잡아 가죽을 벗겨서 신물(新物)8) 삼는 법을 마련

---

1) 가론 : 말하기를. 이른바. 소위(所謂).
2) 자회(子回) : 자(子)의 회(回). '자'는 12지(支)의 첫째이니 '첫 회', 곧 '맨 처음'이란 뜻으로 씀. '자'는 '쥐'의 해이므로 이 작품과 연관이 있다.
3) 인황씨(人皇氏) : 천황씨(天皇氏)·지황씨(地皇氏)와 함께 삼황(三皇)으로 불리는, 중국 고대의 임금.
4) 구주(九州) : 중국 고대에 전국을 나눈 9개의 주. 요순시대(堯舜時代)와 하(夏)나라 때에는 기(冀)·연(兗)·청(靑)·서(徐)·형(荊)·양(揚)·예(豫)·양(梁)·옹(雍)이며, 은(殷)나라 때에는 기·예·옹·양·형·연·서·유(幽)·영(營)이고, 주(周)나라 때에는 양·형·예·청·연·옹·유·기·병(幷)이다.
5) 구궁산(九宮山) : 중국 후베이성[湖北省]·장시성[江西省]의 경계를 달리는 무푸[幕阜]산맥 가운데에 솟은 봉우리.
6) 복희씨(伏羲氏) : 중국 고대의 임금. 팔괘(八卦)를 만들고, 그물을 발명하여 고기 잡는 법을 가르쳤다고 함.
7) 남가여혼(男嫁女婚) : 남자와 여자가 결혼함.

한지라.

　서씨가 이 소문을 듣고 가죽을 잃을까 염려하여 인간을 하직하고 구궁산 깊은 굴 속에 은신(隱身)하여 대대로 자손이 번성하므로, 밤이면 산에 올라 열매를 거두어 양식을 자뢰(資賴)하고[9] 낮이면 자손으로 더불어 의사(意思)를 강론(講論)할새, 일일은 서대쥐 그 자손더러 일러 가로되,

　"슬프다. 우리 서씨 문호(門戶) 문장(文章) 이름이 항상 끊이지 아니하므로 세상에서 오행전서(五行全書)와 기문벽서(奇文僻書)[10]에 혹 알기 어려운 것이 있으면 우리 서씨 문중에 의논하는 고로, 복희씨 비로소 팔괘(八卦)[11]를 베풀어 점술(占術)과 문필(文筆)을 알게 하실 때, 머리로 육갑(六甲)[12]을 이루고자 하나 무엇으로 으뜸을 삼으리오. 우리 십여 대(代) 조부의 문장 이름을 듣고 청하여 육갑의 문리(文理)를 의논하매 우리 조상이 말씀하시되 '만일 팔괘와 글을 이루고자 할진대 갑을병정(甲乙丙丁)은 이미 정하였으나 아래 자(字)를 나더러 문의(問疑)하시니 이는 쉬운 바이라. 천시생(天始生)하시매[13] 우리 서씨를 위하여 자회(子回)로부터 생(生)하니, 자(子)는 우리를 두고 이름이니 머리를 갑자(甲子)라 하고, 땅은 축회(丑回)로부터 생하니 을축(乙丑)이라 하고, 만물은 인회(寅回)로부터 생하니 병인(丙寅)이라 하여 차차 그 이유를 좇아 육갑(六甲)을 지을진댄 무엇이 어렵다 하리오.' 하시니 복희씨 대찬(大讚)하사 우리 조상을 스승님이라 하신 고로, 수백 대에 이르도록 문장을 지켜 오더니, 너희들이 옴에 이르러서는 생애에 골몰(汨沒)할 뿐 아니라 너희들로 하여금 학식이 없으니, 서씨의 문장 이름을 인계(引繼)하여 가고자 하나 내 나이 2천 세에 이르러 너의 무리 무식(無識)하고 몽둔(蒙鈍)[14]함을 이르며 가르치매 운무(雲霧)는 흉중(胸中)에서 일어나고, 글에 어둡고 뜻이 깊은 것을 고(告)하며 말하매 형극(荊棘)[15]은 구중(口中)에 있고, 눈에는 점점 어둠이 나고 종종(種種)한 머리[16]는 백발(白髮)을 재촉하는지라. 슬프다. 알지 못게라. 너희 연소(年少) 무리들은 고금역대(古今歷代)의 치란안위(治亂安危)[17]와 흥폐존망(興廢存亡)[18]이며, 지금

은 어느 나라 시절인 줄 아느냐?"

　여러 자서제질(子壻弟姪)[19] 모든 쥐들이 모두 대답하되,

　"왕대인(王大人)[20]의 말씀을 듣사오니 소손(小孫)[21] 등이 심히 비감(悲感)하온지라. 역대(歷代) 세사(細事)를 어찌 자세히 알리꼬마는, 동중서(董仲舒)[22] 글에 일렀으되, '문견박이지익명(聞見博而知益明)이라.'[23] 하오니 문견이 너르면 아는 게 밝을 것이요, 광무군(廣武君)[24] 말에 하였으되, '지자천려(智者千慮)에 필유일실(必有一失)이요 우자천려(愚者千慮)에 필유일득(必有一得)이라.'[25] 하오니, 비록 학업은 없사오나 선조(先祖)로조차 항상 하옵시는 말씀을 듣사오니 문견은 약간 있사온지라. 대저(大抵) 삼황(三皇)[26] 전에는 조서계전(造書契前)[27]이라 가히 상고(詳考)치 못하려니와, 들사오니 복희씨(伏羲氏)는 사신인수(蛇身人首)[28]로 진(晉) 땅의 왕이 되어 글을 지으며 가취(嫁娶)[29]를 이르고 그물을 맺어 고기잡이를 가르치고 짐승을 길러 포주(庖廚)[30]를 내시고, 여와씨(女媧氏)는 생황(笙簧)[31]을 만들어 음률(音律)을 맞추고, 신농씨(神農氏)는 인신우수(人身牛首)로 곡부(曲阜)에 도읍하여 나무를 깎아 보습을 만들며 백초(百草)를 맛보아 의약(醫藥)을 내시

　위태로움.
18) 흥폐존망(興廢存亡) : 잘되어 일어남과 못되어 망함, 그리고 살아남음과 죽음.
19) 자서제질(子壻弟姪) : 자식과 사위와 아우와 조카들.
20) 왕대인(王大人) : 남의 할아버지를 높여 이르는 말.
21) 소손(小孫) : 손자가 자신을 낮추어 이르는 말.
22) 동중서(董仲舒) : 중국 전한(前漢) 때의 유학자. 무제(武帝)가 즉위하여 크게 인재를 구하므로 현량대책(賢良對策)을 올려 인정을 받았다. 전한의 새로운 문교정책에 참여했다. 오경박사(五經博士)를 두게 되고, 국가 문교의 중심이 유가(儒家)에 통일된 것은 그의 영향이 크다.
23) 문견박이지익명(聞見博而知益明)이라 : 보고 들음이 넓으면 앎이 더욱 밝아나니라.
24) 광무군(廣武君) : 조(趙)나라의 이좌거(李左車). 한신(韓信)이 한(漢)나라 대장이 되어 조 나라를 칠 때 광무군이 대장인 진여(陳餘)에게 한신을 격파할 기이한 계책을 말하니, 진여가 듣지 않았는데 한신이 첩자로 하여금 정탐해 이좌거의 계책이 쓰이지 않음을 알고, 조 나라를 공격해 부수었음.
25) 지자천려(智者千慮)에 필유일실(必有一失)이요 우자천려(愚者千慮)에 필유일득(必有一得)이라 : 지혜로운 사람도 천 번의 생각에 반드시 한 번의 실수가 있고, 어리석은 사람도 천 번의 생각에 반드시 한 번의 얻음이 있다. <사기(史記)> '회음후열전(淮陰侯列傳)'에 나오는 말로, 똑똑한 사람이 교만해지지 않도록 애써야 함을 가르칠 때 쓰인다.
26) 삼황(三皇) : 중국 고대 전설에 나타난 3명의 임금. 천황씨(天皇氏), 인황씨(人皇氏), 지황씨(地皇氏). 혹은 복희씨(伏羲氏), 신농씨(神農氏), 수인씨(燧人氏).
27) 조서계전(造書契前) : 서계를 만들기 전. '서계'는 글자로 사물을 표시하는 부호.
28) 사신인수(蛇身人首) : 뱀의 몸에 사람의 머리. 동한시대 왕연수가 지은 <노영광전부(魯靈光殿賦)>에 '복희씨는 비늘이 덮인 몸을 하고 여와는 뱀의 몸을 하고 있다.'는 구절이 나온다.
29) 가취(嫁娶) : 시집가고 장가듦. 혼인.
30) 포주(庖廚) : 푸주. 짐승을 잡아 고기를 파는 가게. 푸줏간.
31) 생황(笙簧) : 고대 중국에서 만들어져 유래한 관악기. 17개의 가느다란 대나무 관대가 통에 둥글게 박혀 있는 악기이며 국악기 중 유일하게 화음을 낸다.

---

8) 신물(新物) : 신행(新行)에 필요한 물건. '신행'은 혼인할 때에, 신랑이 신부 집으로 가거나 신부가 신랑 집으로 가는 일.
9) 자뢰(資賴)하고 : 밑천을 삼고.
10) 기문벽서(奇文僻書) : 기이한 내용의 글과 흔하지 않은 기이한 책.
11) 팔괘(八卦) : 중국 상고 시대에 복희씨가 지었다는 여덟 가지의 괘. 『주역(周易)』에서 세상의 모든 현상을 음양을 겹치어 여덟 가지의 상으로 나타낸 것을 이른다.
12) 육갑(六甲) : 천간(天干)과 지지(地支)가 상합(相合)하여 생겨나는 60갑자(甲子)의 약칭. 60갑자는 천간의 머리인 갑(甲)과 지지(地支)의 머리인 자(子)를 합하여 부른 것.
13) 천시생(天始生)하시매 : 하늘이 비로소 생기시매.
14) 몽둔(蒙鈍) : 어리석고 둔함. 우둔함.
15) 형극(荊棘) : 나무의 온갖 가시. '고난'을 비유적으로 이르는 말.
16) 종종(種種)한 머리 : 종종머리. 바둑머리(젖먹이의 머리털을 조금씩 모숨을 지어 여러 갈래로 땋은 머리)가 조금 지난 뒤에 한 쪽에 세 층씩 석 줄로 땋아서 그 끝에 댕기를 드린 머리.
17) 치란안위(治亂安危) : 잘 다스려짐과 혼란스러움, 그리고 편안함과

고 저자를 베풀어 장사를 가르치며, 황제씨(黃帝氏)는 간과(干戈)[32]를 지으시어 치우(蚩尤)를 탁록(涿鹿) 들에서 싸워 사로잡고[33] 주(舟)와 차(車)를 지으며, 금천씨(金天氏)는 새로써 벼슬을 기록하고, 고양씨(高陽氏)는 신령을 위하여 제사를 가르치며, 고신씨(高辛氏)는 세상에 나매 신령하여 스스로 이름을 부르고, 당요씨(唐堯氏)는 정중(庭中)의 명협(蓂莢)을 보시고 책력(冊曆)을 지으며[34], 평양(平壤)에 도읍(都邑)하사 토계(土階) 삼등(三等)의 모자(茅茨)를 부전(不剪)하며,[35] 제순씨(帝舜氏)[36]는 효로써 고수(瞽瞍)[37]를 섬겨 불격간(不格姦)하시고[38] 아황 여영(娥皇女英)을 취하여 이비(二妃)를 삼으시며 오현금(五絃琴) 지어 내어 백성의 탐모(貪謀)[39]를 푸시고, 하우씨(夏禹氏)는 제순(帝舜)의 명(命)을 받아 홍수(洪水)를 다스리고 세 번 집 문(門)을 지나시되 8년 불입(不入)하고 육행 승차(陸行乘車)하여 수행승선(水行乘船)하시고, 성탕(成湯)은 무도(無道)한 것을 내치시어 이윤(伊尹)으로 정승을 삼아 국정을 맡기시고 7년 대한(大旱)에 육사(肉祀)[40]로 대우(大雨)를 얻으시며, 무왕(武王)은 상주(商紂)를 멸하시고 여상(呂尙)으로 승상을 삼아 국사를 총임(總任)하여[41] 주시(周時)를 보익(輔翊)하시고, 진시황은 여불위(呂不韋)의 자식으로 진나라 왕이 되어 열국(列國)을 진멸(殄滅)하고 스스로 황제 되어 만리장성을 쌓아 오랑캐를 막고 장자(長子) 부소(扶蘇)를 내쫓고 장생불사(長生不死)하려고 방사(方士) 서불(徐市)[42]로

불사약을 구하려다가 사구(砂丘) 평대(平臺)에서 죽었으며, 한(漢) 천자(天子) 유방(劉邦)은 백사(白蛇)를 베이고 포의(布衣)로 일어나 항우(項羽)로 더불어 호해(胡亥)를 파(破)하고 파촉(巴蜀) 한중(漢中)에 도읍한 후 장양(張良)의 결승천리(決勝千里)와 소하(蕭何)의 부절양도(不絕糧道)와 한신(韓信)의 전필승공필취(戰必勝攻必取)와 진평(陳平)의 육출기계(六出奇計)로 항우를 멸하고 한(漢) 나라를 통일하였더니, 그 후에 왕망(王莽)이 찬역(簒逆)하여 한을 폐(廢)하고 자칭(自稱) 천자라 하더니 한(漢) 광무제(光武帝) 유문숙(劉文叔)이 군사를 백수촌(白水村)에 일으켜 왕망을 멸하고 다시 한실(漢室)을 중흥(中興)터니 한영제(漢靈帝) 때에 이르러 십상시(十常侍)의 난(亂)을 만나 황건적(黃巾賊)이 창궐(猖獗)하고 동탁(董卓)이 찬역(簒逆)하매 천하를 삼분(三分)하여 한(漢) 종실(宗室) 유현덕(劉玄德)이 서천(西天)에 도읍하여 한실을 붙들더니, 그 후에 사마염(司馬炎)이 삼국을 통일하고 천하를 통합하여 국호를 진(晉)이라 하고, 그 후에 수양제(隋煬帝)가 사마(司馬) 씨(氏)를 진멸(殄滅)하고 자칭 천자라 하니, 수양제의 일총 신하(一寵臣下) 동평장군(東平將軍) 이연(李淵)의 셋째아들 세민(世民)이가 위징(魏徵), 진숙보(陳叔寶), 서무공(徐武公) 삼걸(三傑)의 도움으로 수양제를 내치고 금용성(金墉城)의 이밀(李密)을 파(破)하여 이연(李淵)을 세워 고조황제(高祖皇帝)를 삼고 국호를 대당(大唐)이라 하더니, 지금은 그 아들 세민이 그 뒤를 이어 황제 되었으니 이 세상은 당(唐) 태종(太宗) 세민 황제 시절이 아니오니까?"

서대주가 이 말을 듣고 크게 기뻐하여 굽은 허리를 길게 펴고 뾰족한 주둥이를 치켜들고 두 귀를 발록이며 앞발로 수염을 어루만지며 허허 간간대소(衎衎大笑)[43]하여 가로되,

"기특하도다. 내 나이 늙으므로 교학(教學)지 못하매 너희들이 굴 문을 나가는 바 없이 항상 토굴 안에서 생장하여 정저와(井底蛙)같이 준준무식(蠢蠢無識)[44]일까 하였더니 오늘날 네 말을 들으니 나의 모색(模塞)한[45] 흉금(胸襟)이 열리고 어두운 눈이 밝아져 삼황오제(三皇五帝)를 지금 뵈옵고 공자(孔子)와 맹자(孟子)를 당장(當場) 모신 듯하오니, 이는 서씨 문호의 흥복(興福)이요 너의 학문 재주는 생이지지(生而知之)[46]라. 내 매양 염려하는 바는 내 나이 많은 고로 사후에 자손이 학업을 폐하여 예의염치를 알지 못하고 무식한 탕자(蕩子) 되어 우리 서씨 문중에 삼강(三綱)이 무너지고 오륜(五倫)이 멸절(滅絕)할까 염려하였더니 이제 너의 말을 들으니 지식이 명약관화(明若觀火)라 장하고 기쁘도다."

장자쥐 곁에 모셨다가 가로되,

"부친은 근심치 마옵소서. 문장재사(文章才士)와 영웅열사

---

32) 간과(干戈) : 병장기(兵仗器)의 총칭.
33) 치우(蚩尤)를 탁록(涿鹿) 들에서 싸워 사로잡고 : 헌원씨가 신농씨를 대신하여 제후들을 다스리고 세상을 평정하였을 때 치우가 다시 난을 일으키자 헌원씨가 군대를 일으켜 치우를 탁록(涿鹿)에서 잡아 죽였다고 한다.
34) 정중(庭中)의 명협(蓂莢)을 보시고 책력(冊曆)을 지으며 : 뜰에 있는 명협을 보시고 달력을 만들었으며. '명협'은 초하루부터 보름까지 하루에 한 잎씩 났다가 16일부터 한 잎씩 떨어져 그믐에는 다 떨어지고, 작은 달엔 마지막 한 잎이 시들기만 하고 떨어지지 않았다 하여 이를 보고 달력을 만듦. 달력풀.
35) 토계(土階) 삼등(三等)의 모자(茅茨)를 부전(不剪)하며 : 흙으로 섬돌을 석 자로 쌓고, 띠를 베지 않으며. 요(堯)임금이 천자가 되어 명당을 지으면서 흙으로 섬돌을 3척(尺)으로만 쌓고 띠풀로 지붕을 이어 끝을 잘라 가지런히 하지 않았다는 고사에서 유래함. '모자(茅茨)'는 볏과의 여러해살이풀인 띠로, 산과 황무지에 무더기로 남.
36) 제순씨(帝舜氏) : 중국 신화 속 군주의 이름으로, 중국의 삼황오제(三皇五帝) 신화 가운데 오제의 마지막 군주이다. 주로 선대의 요(堯)와 함께 이른바 '요순(堯舜)'이라 하여 성군(聖君)의 대명사로 일컬어진다.
37) 고수(瞽瞍) : 순임금의 아버지.
38) 제순씨(帝舜氏)는 효로써~불격간(不格姦)하시고 : 순(舜)임금은 효로써 그의 아버지를 섬겨 간악하지 않게 하시고. 순임금의 아버지 고수는 아둔하고, 계모는 간사하고, (이복동생인) 상(象)은 오만했는데, 그는 효행으로 가족을 화목하게 만들고 점차로 선으로 다스려 간악함에 이르지 않도록 했다(虞舜父頑母嚚, 象傲, 克諧以孝, 烝烝乂, 不格姦. <서경(書經)>, '여전(堯典)')란 고사에서 나온 것이다.
39) 탐모(貪謀) : 욕심내어 도모함.
40) 육사(肉祀) : 고기를 제물로 바쳐 제사를 지냄.
41) 총임(總任)하여 : 다 맡겨.
42) 서불(徐市) : 원문은 '서시(徐市)'로 되어 있음.
43) 간간 대소(衎衎大笑) : 얼굴에 화기를 띠고 소리내어 웃음.
44) 준준무식(蠢蠢無識) : 굼뜨고 어리석어 아주 무식함.
45) 모색(模塞) : 흐리고 막힌.
46) 생이지지(生而知之) : 배우지 아니하여도 스스로 통해서 앎.

(英雄烈士)는 신수(身數)의 좋은 바가 아니라. 옛날 항량(項梁)도 그 조카 항우(項羽)로 하여금 글을 가르치매 이루지 못하고 검술(劍術)을 가르치매 또 불성(不成)커늘, 항량이 노하여 꾸짖으니 항우 가로되,

"글은 기성명(記姓名)[47]하면 그만이요 검술은 일인적(一人敵)할 따름이라, 족히 배울 바 없사오니 만인대적(萬人對敵)을 배우고자 하나이다."

하거늘 항량이 그 말을 기특히 여겨 즉시 병법(兵法)을 가르쳐 이름을 천추(千秋)에 유전(遺傳)하였고, 한(漢)나라 사마천(司馬遷)은 만고문장(萬古文章)으로 고금을 통달하고 역대(歷代)를 박람(博覽)하여 흉중(胸中)에는 오거서(五車書)를 품고 입에는 공맹(孔孟)을 송독(誦讀)하는 글로도 마침내 불알을 썩히는 독한 형벌을 당했으니, 글이 비록 이적선(李謫仙), 두목지(杜牧之)를 압두(壓頭)한들 무엇이 유족(有足)하리오. 속담에 일렀으되 '곤궁(困窮)은 문장(文章)에서 나고 재승박덕(才勝薄德)[48]이라.' 하니 글은 우리 누대(累代) 서씨 호적(戶籍)이나 남의 손을 빌려 쓰지 아니하면 족할지라. 자고로 제왕 영웅과 충신 효자와 열녀 효부며 부귀공명과 문장 등 역사(歷史) 각인(各人)을 평론할진대 제(齊)나라 전횡(田橫)은 일국 왕으로 지방이 6천여 리요 대갑(帶甲)이 백만이로되 오히려 노중(路中)에서 자문이사(自刎而死)[49]하였으며, 초국(楚國) 사람 오사(伍奢)의 아들 오자서(伍子胥)는 오왕(吳王) 부차(夫差)를 섬길새 월왕(越王) 구천(句踐)이 오자서의 이름만 들어도 혼비백산(魂飛魄散) 전율증(戰慄症)이 나매 오자서는 영웅의 이름이 각국에 전파하되 마침내 한 자루 촉루검(燭鏤劍) 아래 자문이사(自刎而死)하였고, 지백(智伯)의 신하 예양(豫讓)은 충성을 다하여 칠신위나(漆身爲癩)하고 탄탄위아(吞炭爲啞)하여 행걸어시(行乞於市)하며[50] 임금을 위하여 원수를 갚고자 하다가 충성을 이루지 못하고 조양자(趙襄子)에게 죽었으며, 주문왕(周文王)의 아들 백읍고(伯邑古)는 그 아버님께서 유리옥(羑里獄)에 갇히사 7년을 돌아오지 못하시니 출천지효(出天之孝)를 다하여 부친을 구하려다가 효를 이루지 못하고 마침내 달기(妲己)에게 독(毒)을 받아 함분(含忿)코 죽었으며, 제나라 왕촉(王蠋)은 국파군망(國破君亡)한 연후에 연장(燕將)[51] 악의(樂毅)가 왕촉의 어진 이름을 듣고 부르매 왕촉이 불청(不聽) 왈 '충신은 불사이군(不事二君)이요 열녀는 불경이부(不更二夫)라' 하고 인(因)하여 목을 매어 죽었으니 열절(烈節)은 비록 유전(流傳)하나 임금의 망함을 구하지 못하고 제 몸이 죽었으며, 진(晉)나라 석포(石苞)의 아

들 석숭(石崇)은 천하 거부(巨富)로서 만승천자(萬乘天子)를 지나되 오히려 명(命)을 보전치 못하고 마침내 머리를 베였으며, 한(漢) 장군 박소(薄昭)는 황후(皇后)의 아우요 천자(天子)의 외숙(外叔)이로되 행의불치(行義不治)하므로 천자가 신하 등을 거상(居喪) 입혀 조상(弔喪)하매 박소 마지못하여 스스로 목 찔러 죽었으며, 한(漢)나라 곽광(霍光)은 주공(周公)의 일을 본받아 어린 임금을 받들어 정사(政事)를 도우매 벼슬이 박육후(博陸候)를 봉(封)하고 평서대장군 대사마를 겸하여 임금의 스승이 되어 금달(禁闥)에 출입한 지 20여 년에 공명(功名)이 지중(至重)하여 비록 제 몸은 무사 보전하였으나 곽광이 죽은 후에 자손이 멸망하고 곽씨 제족(諸族)이 진멸하였사오니, 대저(大抵) 예로부터 제왕 영웅과 충효 열절과 부귀공명과 문장이라 이름난 자들이 와석종신(臥席終身)[52]하기 어려운지라. 무엇이 선(善)하며 귀(貴)하다 하리오? 우리 서씨는 대대(代代) 선비로 학업을 폐(廢)치 말고 성명이나 기록하고 자손은 오입잡기(誤入雜技)나 말고 난봉(難捧)이나 없으면 욕급선조(辱及先祖)[53]는 면할 것이요, 매년(每年) 추수(秋收)하여 3백60일에 권솔(眷率)이 기한(飢寒)을 알지 못하고 위로 조상 신령의 사시향화(四時香火)를 받들며 백발쌍친(白髮雙親)을 고당(高堂)에 모셔 조석(朝夕) 감지(甘旨)를 봉향(奉饗)하며 아래로 층층 자녀를 영솔(領率)하여 부화부순(夫和婦順)하며 우애(友愛) 돈독(敦篤)하여 상하화목하고 계견(鷄犬)이 구순(俱順)하여 화기자생 군자실(和氣自生君子室)이요 가화만사성(家和萬事成)이면 성자(聖子) 신손(神孫)이 계계승승(繼繼承承)하리니, 부질없이 제왕 영웅과 충효 열절과 부귀공명 문장을 하처(何處)에 쓰리오? 원컨대 부친은 심려(心慮)를 허비하사 쓸데없는 근심을 말으시고 만수무강(萬壽無疆)으로 여년(餘年)을 마치기 바라나이다."

대주가 듣기를 다하매 희색(喜色)이 만면(滿面)하여 왈,

"선재(善哉)라 네 말이여, 기재(奇哉)라 네 말이여, 진실로 군자로다. 너 같은 아들을 두었으니 문왕(文王)의 백자(百子)와 곽분양(郭汾陽)의 천손(千孫)을 어찌 귀하다 하리오?"

좌우 쥐로 하여금 술을 가져오라 하여 수십 배(杯)를 마시고 주흥(酒興)을 못 이겨 증손 외손 새앙쥐를 명하여 글을 지으라 하더니, 홀연(忽然) 토굴 밖으로서 쥐 하나가 황급히 들어와 복지문안(伏地問安)하거늘, 서대쥐 자세히 보니 이는 곧 선대(先代)로부터 부리던 청지기 쥐라. 급히 물어 가로되,

"네 무슨 일이 있관대 이리 급히 오느뇨?"

그 쥐 앞으로 가까이 와 가로되,

"소인이 생애(生涯) 없사와 동절(冬節)에 처자(妻子)를 보전키 어려우매 거월망야(去月望夜)에 달이 밝기로 하동(下洞)

---

47) 기성명(記姓名) : 성명을 적음.
48) 재승 박덕(才勝薄德) : 재주는 넘치면 덕이 모자람.
49) 자문이사(自刎而死) : 스스로 찔러 죽음.
50) 칠신위나(漆身爲癩)하고 탄탄위아(吞炭爲啞)하여 행걸어시(行乞於市)하며 : 몸에 옻칠을 하여 문둥이도 되고 숯을 삼켜 벙어리도 되어 시장에서 거지 노릇을 하면서.
51) 연장(燕將) : 연나라 장수.
52) 와석종신(臥席 終身) : 자리에 누워 신명을 마침. 자기 명으로 죽음.
53) 욕급선조(辱及先祖) : 후손이 지은 욕됨이 선조에까지 미침.

장 처사 집 용정(春精)하는 백미를 탈취코자 아랫방을 찾아 들어가 본즉 동편 구석으로 큰 독이 있삽거늘 좌우 벽을 인연(因緣)하여 독전에 올라 굽어 살펴본즉 백미는 있사오나 반 독밖에 차지 못하오매 좌사우상(左思右想)하오나 탈취하올 길이 없삽는지라, 처자가 여러 날 굶고 소인만 기다리는 일을 생각하온즉 빈 몸으로 돌아갈 길이 망연(茫然)하옵고 소인도 또한 3, 4일 굶사오매 식욕이 대발(大發)하와 결단코 독으로 뛰어내려 우선 주린 배를 충복(充腹)은 하였사오나 다시 몸이 벗어날 계책(計策)은 없는지라, 십여 일을 독 속에서 잘 먹고 지내더니 마침 장 처사의 생일을 당하여 송편 쌀을 내느라고 비자(婢子)로 하여금 박을 들려 들어오거늘 소인이 총망(恩忙) 중에 한 계교를 생각하고 쌀을 헤치고 몸을 백미 중에 감추고 동정(動靜)을 본즉 그 비자 박을 들고 독 중 쌀에 무수히 떠내 가지고 나갈새 소인이 바가지 쌀 속에 묻혀 나오다가 방문 밖에 나거늘 쌀을 헤치고 뛰어 도망하여 온즉, 그간 처자는 소인을 기다리다가 여러 날 소식이 없으매 필시 죽었다 하고 소인의 처는 건넛산 백화촌(百花村)의 서달쥐를 얻어 가옵고 어린 자식은 홀로 토굴에 엎드려 어미를 부르며 우는 형상이 심히 자닝한지라.54) 이러므로 오래 문안을 아뢰지 못하여 하정(下情)에 황공 불안하온 중 이러한 곡절을 모르시고 소인의 위인(爲人)을 무상(無常)하다 통촉(洞燭)하실까 황송만만(惶悚萬萬)인 고로 오늘 문안차로 나옵더니 동구(洞口) 문하(門下)에 가까이 이르러는 사람의 자취가 있삽기로 놀라 몸을 잠깐 풀 가운데 숨겨 동정을 살펴보온즉, 한 사람은 검은 갓 쓰고 홑단(單) 창의(氅衣)55)를 입고 승혜(繩鞋)56)를 신고, 한 사람은 검은 갓 쓰고 청직령(靑直領)57)을 입고 검정 신을 신었으되 일장(一張) 교지(敎旨)를 동구 동편 율목(栗木)58) 늘어진 가지에 걸고 이르되,

'대당(大唐) 천자께서 금용성(金墉城)을 치려 하실 제 팔괘동에 거(居)하는 서씨 종족이 금용성 낙구창(洛口倉)59)에 백만 석 양미(糧米)를 모두 흩어 없앰으로써 금용성을 파하매 이는 구궁산 서씨의 공이라 하사 태종 세민 황제 특별히 서씨에게 가자(加資)를 내리시고 옹주(雍州) 본관(本官)에 조서(詔書)를 내리사 구궁산 팔괘동 사면(四面) 40리를 사패(賜牌)하여 서씨를 주노니, 만일 사람이나 금수라도 서씨 종족에게 사패한 율목과 초목을 침구지폐(侵寇之弊) 있거든, 자본관(自本官)으로 극별(極別) 엄금하라 하시기로, 나는 본관 아전

일러니 황제의 교지(敎旨)를 나무에 걸고 가나니 만일 서씨 종중(宗中)에서 이 일을 알거든 교지를 거두어 가라.'
하고 인하여 사람이 산을 내려가매 소인이 그 소리를 듣고 기쁨을 이기지 못하여 급급(急急)히 나와 고달(告達)하나이다."

여러 젊은 쥐들이 이 말을 듣고 모두 손뼉 치며 이르되,
"우리 왕대인(王大人)께서 천은(天恩)이 망극하여 가자를 얻었으니 서씨 문중이 광채 배승(光彩倍勝)하도다."

무수히 지저귀되 서대쥐는 나이 많아 경력이 있으매 경솔한 자와 다른지라. 여럿을 꾸짖어 물리치고 말 전하던 청지기 쥐를 보고 일러 왈,
"요사이 반삭(半朔)이 지나도록 오는 일이 없기로 일기(日氣)는 차고 백설(白雪)이 만적(滿積)하매 왕래 길이 불편하여 오지 않는가 하였더니 원래 이런 연고 있었구나. 들으매 놀랍고 가련(可憐)하도다. 나는 네 살림이 이같이 곤궁함은 생각지 못함이니 오히려 내가 너를 요량(料量)하는 마음이 부족함이라. 사세여차(事勢如此)어든 댁(宅)에 와서 내게 말하기 창피할 테이면 여러 서방님께 이런 사유의 말을 대강 말할 것 같으면 어찌 이 지경에 이르렀으리오. 너의 슬기로운 계교 아니었던들 하마 위태할 뻔하였도다. 고인이 일렀으되 '기한(飢寒)이 지신(至身)이면 불고염치(不顧廉恥)라.' 하였으나 위방불입(危邦不入)이요 난방불거(亂邦不居)60)라 하였거늘, 네 나이 천여 세라 연소 경박자(年少輕薄子)와 다른지라 어찌 위태함을 생각지 못하였느뇨? 지금 너에게 일이(一二) 석 양미(糧米)를 주고 싶으나 졸연(猝然)히61) 가속(家屬)이 없으매 뉘라서 조석을 공궤(供饋)하리요. 그 사이 네 자식이나 데리고 아주 댁에 와 있다가 내두(來頭)62)를 보아 지내라."

청지기 쥐 덕택을 못내 감축(感祝)히 여기거늘, 서대쥐 그제야 장자(長子) 쥐를 불러,
"청지기 쥐와 노복 쥐를 데리고 함께 토굴 밖에 나가 그 말대로 만일 교지(敎旨)가 있거든 가져오라."
하니 장자 쥐 명을 듣고 같이 토굴 밖으로 나가 동구에 이르니 과연 동편 밤나무 늘어진 가지에 교지가 걸렸거늘 노복쥐로 하여금 밤나무에 올라가서 가져 오라 하여 가지고 토굴로 들어가서 대쥐에게 올리니라. 대쥐가 교지를 받아 보니 백옥(白玉) 같은 일폭(一幅) 화전(花牋)에 생칠(生漆) 같은 참먹으로 머리에 '교지(敎旨)'라 쓰고 그 아래 다시 썼으되, '구궁산 팔괘동 거(居)하는 서대쥐 종족(宗族)을 데리고 금용성 낙구창에 허다(許多)한 양미(糧米)를 없이하여 대공(大功)을 이루어 그 공이 불소(不少)한지라. 이러므로 구궁산 팔괘동 사면

---

54) 자닝한지라 : 애처롭고 불쌍하여 차마 보기 어려운지라.
55) 창의(氅衣) : 벼슬아치가 평시에 입는 웃옷. 소매가 넓고 뒷솔기가 갈라짐
56) 승혜(繩鞋) : 미투리.
57) 청직령(靑直領) : 푸른색 직령. '직령'은 깃이 곧게 된, 무관의 웃옷의 하나.
58) 율목(栗木) : 밤나무.
59) 낙구창(洛口倉) : 당(唐)나라의 수도인 낙양(洛陽) 근처에 지은 곡식 창고.

60) 위방불입(危邦不入)이요 난방불거(亂邦不居) : 위험한 곳에는 가지 아니하며 어지러운 나라에는 살지 아니한다.
61) 졸연(猝然)히 : 갑자기
62) 내두(來頭) : 이때로부터 닥치는 앞일

40리 내의 백자(柏子) 율목(栗木) 4만6천 주를 사급(賜給)하나나, 종족(宗族)이 대대로 산업(産業)을 삼고 서대쥐로 특별히 작위(爵位)를 내리어 가선대부(嘉善大夫) 행동지(行同知) 통정대부(通政大夫) 겸(兼) 옹주첨사(雍州僉使) 자(者)'라 하고 '대당(大唐) 태종(太宗) 6년 병인(丙寅) 월(月) 일(日)'이라고 쓰고, 서촉(西蜀) 단청(丹靑) 붉은 주홍(朱紅)으로 '일월(日月)' 두 자 아울러 어인(御印)을 분명히 주었는지라. 서대쥐와 모든 쥐들이 보기를 다하매, 정중(庭中)에 향안(香案)을 배설(排設)하고 교지를 향안 위에 세우고, 서대쥐 머리에는 서피(鼠皮) 제물63) 관이요 몸에도 서피 제물 관대(冠帶)를 입고 발에도 제물 목혜(木鞋)를 신고 허리에도 제물 요대(腰帶)를 띠고 향안 앞에 나아가 북향사배(北向四拜)하여 천은(天恩)을 사례하고 난 후, 대소 남녀 쥐를 데리고 중당(中堂)에 좌(座)를 정하매 장자쥐 나와 왈,

"부친이 연장 6백순(六百旬)64)에 이르시되, 관작(官爵)을 얻지 못하사 만세(萬歲) 후 명성(名聲)65)이 희소(稀少)할까 하옵더니 오늘날 가자를 얻사와 입신양명(立身揚名)하옵시니 서씨 문호가 찬란하온지라, 원컨대 당상에 잔치를 배설(排設)하사 향당(鄕堂) 종족(宗族)과 인리(隣里) 빈객(賓客)을 청래(請來)하여 말년(末年)의 행락(行樂)으로 즐김을 바라옵나이다."

서대쥐 웃어 가로되,

"오호라, 나의 천사(天賜) 모년(暮年)이 일박서산(日薄西山)에 이르러 천은(天恩)이 호대(浩大)하사 영화(榮華)로운 이름을 얻으니 이른바 고목(枯木)이 생활(生活)하고 사골부생(死骨復生)이라. 바라는 데 지나고 복이 과하여 어량(於良)의 족의(足矣)라66) 사무여한(死無餘恨)이요 금석수사(今夕雖死)나 무엇이 부족다 할까마는, 헤아리건대 잔치를 배설하여 즐김은 실로 경사 아님은 아니로되 이 같은 흉년에 백종(百種)이 극귀(極貴)하고 물가(物價)는 고등(高等)한데 만일 잔치코자 할진대 소용(所用) 물품(物品)이 불소(不少)하여 수천금에 지나리니 나의 일시 즐거움만 생각하고 공연히 재물을 남용(濫用)하여 후세 자손의 생산(生産) 가업(家業)을 허비하리오? 다시는 '잔치' 이자(二字) 말을 말라."

장자쥐와 모든 쥐들이 다시 나와 강청(强請)하거늘 서대쥐 끝내 불청(不聽)하고 허락지 않는지라. 서대쥐의 처(妻) 고산(高山) 서씨 쥐 나와 가로되,

"낭군은 고집지 말으소서. 옛날 괴철(蒯徹)의 말에 일렀으되 '시지불행(時至不行)이면 반수기앙(反隨其殃)이라.'67) 하였

으니, 때에 돌아오는 낙(樂)을 한갓 재물만 아껴 즐기지 않으면 오히려 돌아오는 근심이 있을 것이요, 수전노(守錢奴)라 재물을 아끼어 후세 자손을 염려하심은 부모되는 마음에 떳떳한 일이나 성인(聖人)이 이르시되, '1천 이랑 전답을 자손에게 전함이 한 재주 가르침만 못하고, 수만금 재물을 자손에게 전함이 책 한 권 전함만 못하다.' 하였고, 한(漢)나라 태부(太傅) 소광(疏廣)은 천자와 태자가 주신 재물 수백만금을 가지고 고향에 돌아가 종족(宗族) 향당(鄕黨)과 고구(故舊)와 빈객(賓客)에게 나누어 주어 가로되, '천자가 주신 금으로 어찌 자손을 생각지 않으리요마는 이것을 자손에게 전하는 것은 다만 게으름을 가르침이라.' 하고 황백금을 다 흩었으니, 이제 낭군은 여년(餘年)이 비조즉석(非朝卽夕)68)이라 천자께서 주신 율목이 4만여 주이니 그만하여도 자손의 산업(産業)이 백세(百歲)에 능족(能足)하거든 어찌 소소(小小) 재물을 아껴 일문(一門) 친척의 한번 즐김을 폐(廢)하리오. 원컨대 낭군은 쾌히 허락하여 자손의 청구(請求)하는 말을 좇으소서."

서대쥐 대희(大喜)하여 왈,

"부인의 통달(通達)로써 나의 모색(模塞)한 흉금을 열고 어두운 마음을 깨닫게 하니 부인은 진실로 여중군자(女中君子)요 치마 두른 장부(丈夫)라. 어찌 나 같은 졸장부야 부끄럽지 않으리요."

인하여 장자쥐에 분부하여 당상(堂上) 잔치를 허락하니 장자쥐 크게 기뻐하여 즉시 길일을 택하니 3월 15일이 상원(上元) 갑자(甲子) 생기복덕일(生氣福德日)이라. 모든 쥐를 불러 잔치를 준비하며 서사(書士)쥐로 하여금 일장 회문(回文)을 지으니 그 회문에 하였으되,

'무릇 천지간에 바다가 가장 넓고 만물 중에 사람이 오직 영웅이로되 청천 백운에 깃을 떨쳐 나는 새와 산중 암혈에 걸음을 달려 발섭(跋涉)하는 벌레들이나 만수천목(萬樹千木) 높이 처하여 깃들이는 금조오작(禽鳥烏鵲)이며 강천계간(江川溪澗)에 비늘 잠겨 부유(浮游)하는 어류(魚類)들이 다 각각 천정(天情)에 이기(理氣)는 있는지라. 대저 우리 서씨는 태극이 조판(肇判)함으로부터 으뜸으로 세상에 나매 여러 번 역대를 지나고 자주 고금이 바뀌어 서씨 자손이 각처에 유락(流落)하매, 촌내(寸內)69) 멀어지고, 친척이 끊어져 동서 각처의 종친(宗親)은 변하여 남이 되고 남북 사방의 족당(族黨)은 헤어져 구수(仇讐)에 이르니, 옛날 문왕(文王)의 자손이 열국(列國)에 번성하여 동부모(同父母) 동골육(同骨肉)이로되 세월이 차차 오래매 후속(後屬)이 소원(疏遠)하여, 서로 치고

---

63) 제물 : 다른 것이 섞이지 않은 순수한 물건.
64) 6백순(六百旬) : '순(旬)'은 10년을 일기로 한 명칭, 六百旬은 六千歲를 이름.
65) 명성(名聲) : 세상에 널리 떨친 이름. 원문은 '명정(銘旌)', 곧 '죽은 사람의 관직과 성씨 따위를 적은 기'라 되어 있다.
66) 어량(於良)의 족의(足矣)라 : 이에 족(足)이라. 이만하면 족하다. 이두식(吏讀式) 표현이다.

67) 시지불행(時至不行)이면 반수기앙(反隨其殃) : 때가 이르러도 행하지 않으면 도리어 재앙이 따른다.
68) 비조즉석(非朝卽夕) : 아침이 아니면 저녁이란 뜻으로, 시기가 임박했음을 뜻함
69) 촌내(寸內) : 십 촌 안쪽의 겨레붙이.

쳐서 시여구수(視如仇讐)하되[70] 주(周) 천자(天子) 오히려 능히 금치 못하였는지라. 우리 서씨 자손이 또한 주(周)나라 후속 같아 서로 세계(世系)를 알지 못하고 상쟁지경(相爭之境)에 이르니 어찌 한심치 않으리오. 희(噫)라,[71] 우리 서씨 문중의 문장 어른이 나라에 대공(大功)을 이루므로 당(唐) 천자 어여삐 여기사 자급(資級)을 내리사 가자(加資)를 주신 고로 오늘 잔치를 배설하여 서씨 족당으로 더불어 천은을 공락(共樂)코자 하여 이같이 회문을 써서 각처 서씨에게 고시(告示)하노니, 원근무론(遠近毋論)하고 우리 조판(肇判) 서씨는 일일이 전하여 3월 15일 내로 구궁산 팔괘동으로 일제히 내회(來會)하시되 만일 불참하는 자 있으면 서씨 문호의 폐족(廢族)이라.'

하고 그 아래 '정묘(丁卯) 3월 초사일 출문(出文)의 서대쥐'라 쓰고, 노복쥐 20명을 주어 각처로 보내고 일병(一竝)[72] 숙설소(熟設所)[73]를 배설하여 문객(門客) 중 자상(仔詳)한 쥐로이 자(者)를 택하여 숙설패장(熟設牌長)[74]을 삼아 대소 범절을 여일(如一)히 준비하니, 정(情) 없는 백구(白駒)는 틈 지냄 같아서[75] 잔치 일자가 이미 수일이 격(隔)하였는지라. 구주(九州)에 흩어진 서씨 등이 회문을 보고 차차 전하여 청천(靑天)에 구름 모이듯 하고 춘산(春山)에 안개 모이듯 하여 늙은 쥐는 창안백발(蒼顔白髮)[76]에 막대를 짚고 어린 쥐는 옥면단발(玉面短髮)[77]에 초리(草履)[77]를 끌어 구궁산을 찾아 나오니 수일지내(數日之內)에 팔괘동 중에 서씨 종족이 불가승수(不可勝數)라.

　　잔칫날을 당하매 모든 쥐들이 연석(宴席)에 참여할새, 눈을 들어 살펴보니, 비록 토혈(土穴)이나 배산임류(背山臨流)하고 비산비야(非山非野)한데 자좌오향(子坐午向)[78]으로 수십 칸의 와가(瓦家)를 이뤘으니, 월중단계(月中丹桂)로 기둥과 들보를 삼았으며, 명명한 월광은 일실(一室)이 조요(照耀)하고 삼산(三山)의 오동(梧桐)으로 창호(窓戶)를 이루었으니, 주란화각(朱欄畵閣)[79]은 반공(半空)에 솟았으며 용루봉정(龍樓鳳亭)은 좌우에 벌여 있고 옥란(玉欄)과 주렴(珠簾)을 처마에 드리웠으니 아침 태양과 저녁 달을 구름 속에 그림자가 마루를 임(臨)하였고, 맑은 바람에 부딪히는 풍경(風磬)은 쟁쟁한 소리 심히 요란하며, 왕희지(王羲之)의 필법과 조맹부(趙孟頫)의

첩법(帖法)이며 서화부벽(書畵付壁)이 분명하고 분벽사창(粉壁紗窓)에 가득한지라. 허다(許多) 부벽(付壁)을 살펴보니 동벽(東壁)에는 당우(唐虞) 시절의 허유(許由)가 요(堯)임금의 천하 전(傳)함을 마다하고 영천수(潁川水)에 귀를 씻고 소부(巢父)는 나의 정(精)한 소를 더러운 귀 씻은 물 아니 먹인다고 고삐를 잡고 상류로 올라가는 형상을 그렸고, 서벽(西壁)에는 육신선(陸神仙) 황석공(黃石公)이 이교(圯橋)에 걸터앉아 한인(韓人) 장자방(張子房)이 두 손으로 신을 들어 황석공 내민 발에 신 신기는 형상을 걸었으며, 남벽(南壁)에는 한(漢) 종실(宗室) 유(劉) 황숙(皇叔)이 제갈공명(諸葛孔明) 보려 하고 와룡강(臥龍江) 남양(南陽) 초당(草堂) 풍설 중에 찾아가서 삼분천하(三分天下) 의논코자 삼고초려(三顧草廬) 그렸으며, 북벽(北壁)에는 풍채 좋은 두목지(杜牧之)가 일륜거(一輪車)에 높이 앉아 주사청루(酒肆靑樓) 지날 적에 노류장화(路柳墻花)의 창녀(娼女)들이 옥안(玉顔)을 보려 하고 동정호(洞庭湖) 누런 귤을 다투어 던지면서 일컫는 형상이 그려 있고, 아로새긴 기둥에는 입춘서(立春書)를 붙였으되 원앙(鴛鴦) 지상(池上)에 양양비(兩兩飛)요 봉황(鳳凰) 누하(樓下)에 쌍쌍도(雙雙到)며, 화동(畵棟)은 조비남포운(朝飛南浦雲)이요, 주렴(珠簾)은 모권서산우(暮捲西山雨)라. 백년삼만육천일에 일일수경삼백배(一日須傾三百杯)[80]를, 청천일장지(靑天一張紙)에 사아복중지(似我腹中紙)라. 전자(篆字) 팔분(八分)이며 해자(楷字)로써 당호(堂號)를 붙였으되 만수재(萬壽齋), 채련정(採蓮亭), 망월루(望月樓), 장락헌(長樂軒), 양선각(養善閣), 산수각(山水閣), 만화당(萬和堂), 지족재(知足齋)를 현판에 씌었으되, 개개(個個)이 명필이요 용사비등(龍蛇飛騰)[81]이라. 창전(窓前) 푸른 취병(翠屛)은 사시(四時)로 봄빛을 띄어 있고 단하(壇下)의 삼층화계(三層花階)는 기화이초(奇花異草)를 분분(紛紛)히 심었으니 화향(花香)이 촉비(觸鼻)하고, 창계(窓階) 아래로는 난초(蘭草) 황국(黃菊)이며 석죽화(石竹花) 원추리를 줄줄이 심었으며, 뒤에는 천봉만학(千峰萬壑)과 층암절벽(層巖絶壁)이 봉봉이 산을 지어 주산(周山)을 삼아 있고, 좌편에는 창창한 푸른 송백(松柏)이 사시장춘(四時長春)으로 이루었고 우편에는 마디마디 푸른 녹죽(綠竹) 백세청풍(百世淸風)으로 절개를 자랑하고 앞으로는 옥 같은 내와 맑은 시내에 흐르는 물결이 잔잔하여 은린옥척(銀鱗玉尺)[82]이 물을 따라 왕래하고, 때는 마침 삼춘가절(三春佳節)이라, 백화(百花)는 만발하여 분분(紛紛)히 닐아 동중(洞中)에 나부끼며 백운(白雲) 차일(遮日)과 빛나는 포진(鋪陳)은 청천을 가리어 운소(雲宵)에 솟았는데, 만수재 넓은 집에 서대쥐 대연을 배설하고 늙은

---

70) 시여구수(視如仇讐)하되 : 원수처럼 보되.
71) 희(噫)라 : 아!, 슬프두다!
72) 일병(一竝) : 남김없이 모조리.
73) 숙설소(熟設所) : 나라의 잔치 때에 음식을 만들던 곳.
74) 숙설패장(熟設牌長) : 음식을 장만하는 패의 우두머리.
75) 정(情) 없는 백구(白駒)는 틈 지냄 같아서 : 정이 없는 흰 망아지가 틈새를 지나가는 것 같이 시간이 빨리 흘러감을 이르는 말.
76) 창안백발(蒼顔白髮) : 늙은이의 쇠한 얼굴빛과 센 머리털.
77) 초리(草履) : 짚신.
78) 자좌오향(子坐午向) : 자(子) 자리에서 오(午) 방향을 향함. 정남향.
79) 주란화각(朱欄畵閣) : 단청(丹靑) 칠을 곱게 하여 화려하게 꾸민 누각.

80) 일일수경(一日須傾) 3백배(百杯) : 하루에 모름지기 3백 잔을 기울임.
81) 용사비등(龍蛇飛騰) : 용이 움직이는 것같이 아주 활기 있는 필력을 가리킴
82) 은린 옥척(銀鱗玉尺) : 크고 좋은 물고기.

쥐로 더불어 동락(同樂)할새, 머리에 화향청사건(花香靑紗巾)을 쓰고 몸에 운무학창의(雲霧鶴氅衣)를 입고, 허리에는 서촉오화대(西蜀烏火帶)를 띠고, 발에는 무릉백화말(武陵白花襪)을 신었으며, 치아(齒牙)에 누런 금(金)은 햇빛이 조요(照耀)하고, 손에는 오색(五色)의 비렴선(飛簾扇)을 들었으니, 몸은 비록 작으나 위풍이 늠름하고 풍채 찬란한지라. 서대쥐 주석(主席)에 좌정한 후에 문방사우(文房四友)를 좌우에 벌여 놓고 어른 쥐를 대접하고, 산수각 너른 집은 장자쥐 대연을 배설하여 종친을 대객(待客)하고, 망월루에는 차자(次子)쥐 잔치를 배설하여 고구(故舊) 쥐를 대접하고, 장락헌에는 삼자(三子)쥐 잔치를 배설하여 빈객(賓客)쥐를 대접하고 서대쥐 처(妻) 고산(高山) 서씨는 만화당에 배설하여 종친 고구 친척의 부인 쥐를 접대하니, 갖은 음식 풍족하다. 강남의 누런 귤과 송강(松江)의 농어회(鱸魚膾)와 서역(西域)의 청포도와 북경(北京)의 용안여지(龍眼荔枝) 당(唐)대추며, 천태산(天台山) 천일주와 한(漢) 무제(武帝)의 옥로주(玉露酒)[83]며 유영(劉伶)의 장취주(長醉酒)에 옥진가효(玉珍佳肴)와 진수성찬(珍羞盛饌)으로 풍악(風樂)으로 굉주교착(觥籌交錯)하여 환성(歡聲)이 여류(如流)하더라.

장자쥐 의관을 정제하고 앵무배(鸚鵡杯)에 장생주(長生酒)를 부어 들고 서대쥐 앞에 나아가 꿇어 양수(兩手)로 받들어 올려 왈,

"옛날 주(周) 목왕(穆王)은 일쌍(一雙) 청조(靑鳥)를 좇아 곤륜산(崑崙山)에 올라가 서왕모(西王母)로 더불어 반도연(蟠桃宴) 잔치할 제 서왕모가 빙도설우(氷桃雪藕)[84]를 주 목왕께 드려 천세(千歲)를 일컬은지라, 소자는 오늘 잔치에 한 잔 장생주를 부친(父親) 좌하(座下)에 올리옵나니 건곤(乾坤)이 불로월장재(不老月長在)한데 번화강산(繁華江山)이 금백년(今百年)이라. 이 장생주 잡수시고 만수무강하옵소서."

서대쥐 흔연(欣然)히 웃고 잔을 받아 마시니, 장자쥐 일어나 절하고 물러가더니, 차자쥐도 또한 노자작(鸕鷀杓)[85]의 불로주(不老酒)를 부어 들고 또 양수로 올려 왈,

"옛날 동방삭(東方朔)은 한(漢) 무제(武帝)에게 교리화조(交梨火棗)를 드려 헌수(獻壽)하온지라, 소자는 오늘 한 잔 불로주를 부친 슬하에 올리옵나니 천상사시(天上四時)는 춘작수(春作首)요 인간오복(人間五福)은 수위선(壽爲先)이라, 부친은 이 불로주 한 잔 마시사 연년익수(延年益壽)하심을 축수(祝壽)하나이다."

서대쥐 흔연히 웃고 잔을 받아 마시니 차자쥐 일어나서 절

하고 나가서늘, 장자쥐 다시 풍악을 갖추어 기생쥐 20명으로 하여금 연석(宴席)에 나와 가무(歌舞)하라 하니 기생 등이 공교(工巧)로운 단장(丹粧)과 아리따운 빛으로 청군홍상(靑裙紅裳)을 나부끼며 섬섬옥수(纖纖玉手)와 단순호치(丹脣皓齒)로 노래를 부르니 그 노래에 가로되,

'하늘이 서씨(鼠氏)를 응함이여, 자회(子回)에 열림이로다. 서씨 하늘을 좇음이여, 으뜸으로 세상에 나도다. 낙구창(洛口倉)을 흩음이여, 대당(大唐)이 창흥(昌興)하도다. 공(功)을 나타냄이여, 서씨 문호의 빛남이로다. 인간이 알지 못함이여, 욕투서이기기(欲投鼠而忌器)로다.[86] 사자(死者)는 불가부생(不可復生)이며 불여생전일배주(不如生前一杯酒)로다.[87] 두어라 인간금수(人間禽獸)의 사생고락(死生苦樂)은 한가진가 하노라.'

노래를 파(罷)하매 낭랑한 소리와 쟁쟁한 음률은 오히려 초창(悄愴)한지라. 서대쥐 듣기를 다하매 슬픈 마음이 자연 동하여 눈물을 머금고 모든 빈객을 대하여 길이 탄식하여 가로되,

"내가 나이 천여 세에 조상 선음(先蔭)[88]으로 기한(飢寒)을 알지 못하고 일신이 무병하여 신상에 괴로움을 알지 못하고 슬하에 백자천손(百子千孫)이 좌우로 시립(侍立)하여 혼정신성(昏定晨省)하며 출필곡반필면(出必告反必面)[89]하매 조금이라도 불효를 끼치는 자손이 없어서 경세경년(經世經年)과 송구영신(送舊迎新)에 다만 영화(榮華) 경사(慶事)의 즐거움만 알았고 천추만세에 괴로움을 모르더니, 차호(嗟乎)라 수삼 년 전으로부터 우연히 가변(家變)이 일어나기 시작하는데 둘째 증손(曾孫)쥐가 본디 총명이 과인(過人)하여 논어(論語) 효경(孝經)에 모를 것이 없고 성품이 인후단정(仁厚端正)하여 버릴 데 없으나 주색(酒色)에 침혹(沈惑)하므로 매양 염려하더니 수년 전 벗으로 더불어 야화(夜話)하러 밤에 나갔다가 박(朴) 풍헌(風憲) 집 술독에 빠져 죽었고, 셋째 현손(玄孫)쥐는 녹음을 구경코자 하여 동구밖에서 한유(閑遊)하다가 괴[猫] 서방(書房)에게 물려 가고, 넷째 고손(高孫)쥐는 효심이 지극하여 제 아비의 병으로 기름을 얻어 환약(丸藥)을 지으려 하고 산 너머 윤(尹) 석사(碩士) 집에 갔다가 말덫에 치여 죽고, 다섯째 외손녀 쥐는 이팔청춘에 행실이 부정(不貞)하므로 서방에 반하여 나간 지 두어 해로되 종시(終始) 소식을 알지 못하매 주야 근심하는 바이러니, 오늘을 당하여 죽은 자녀를

---

83) 한(漢) 무제(武帝)의 옥로주(玉露酒) : 한(漢)나라 무제 (武帝)가 신선(神仙)이 되려고 구리로 만든 승로반(承露盤)으로 이슬을 받아 만들었다는 술.

84) 빙도설우(氷桃雪藕) : 얼음 같은 복숭아와 눈 같은 연뿌리. 둘 다 도교에서 말하는 신선의 음식이다.

85) 노자작(鸕鷀杓) : 가마우지 모양으로 꾸민 술구기.

86) 욕투서이기기(欲投鼠而忌器)로다 : 쥐를 때리려 해도 접시가 깨질까 꺼리도다. 무엇을 처리하여 없애버리려 하나 그렇게 하면 오히려 자기에게 손해가 생길까 두려워서 이러지도 저러지도 못하고 내버려 두는 경우를 이르는 말.

87) 사자(死者)는 불가부생(不可復生)이며 불여생전일배주(不如生前一杯酒)로다 : 죽은 사람은 다시 살아날 수 없으며, 살아있을 때 한 잔 술만 같지 못하도다.

88) 선음(先蔭) : 선조의 숨은 은덕.

89) 출필곡반필면(出必告反必面) : 밖에 나갈 때는 반드시 부모에게 고하며 돌아와서는 반드시 어버이께 뵘.

생각하니 기쁜 가운데 슬픔이 나고 슬픈 가운데 기쁨이 나는도다. 이는 일희일비(一喜一悲)요 반생반사(半生半死)라 어찌 가석(可惜)지 않으리오. 인하여 눈물이 나는지라."

모든 아들쥐들이 위로하여 취흥이 도도하더니, 그때 구궁산 하도산(河圖山) 낙서동(洛書洞)으로 한 짐승이 있으되 이름은 다람쥐라. 본디 성품이 간악(奸惡)하고 위인(爲人)이 불인(不仁)할 뿐 아니라 게으르고 몸을 심히 아끼는지라. 고로 가세(家勢) 빈한(貧寒)하여 일일재식(一日再食)[90]은 이르도 말고 삼순구식(三旬九食)[91]이 어려운지라.

이때 마침 서대쥐 집 잔치 연다는 말을 듣고 갈건포의(葛巾布衣)로 초리(草履)를 신고 문을 나거늘, 계집 다람쥐 물어 가로되,

"낭군은 어디로 가고자 하느뇨? 이제 굶은 지가 3일이라. 기력이 쇠진하여 겨우 행보(行步)를 옮겼다가 오래 돌아오지 아니하면 행여 수리[92]에 해를 볼까 염려 무궁하리니 낭군은 멀리 가지 말으소서."

다람쥐 가로되,

"내 본시 서대쥐와 일면(一面) 교분(交分)이 있더니 들으니 이번에 당상(堂上)한 후 오늘 잔치를 배설하여 빈객을 대접한다 하는 고로 한 번 찾아가서 주식(酒食)을 얻어다가 우리 부부 한때 기갈(飢渴)을 면할까 하노라."

계집 다람쥐 가로되,

"불가하다. 비록 일면교분(一面交分)이 있으나 불청객(不請客)이 자래(自來)로 청치 않는 자리에 감이라. 봉비천인(鳳飛千仞)에 기불탁속(飢不啄粟)[93]은 장부의 염치요, 사불관면(辭不觀面)은 군자의 예절이라 하였나니, 영사(寧死)이언정[94] 어찌 기갈로써 염치를 불고(不顧)하리오?"

다람쥐 가로되,

"그대의 말이 비록 옳으나, 옛날 한(漢) 광무(光武)는 무루정(蕪蔞亭)의 두죽(豆粥)을 구하며, 호타하(滹沱河)의 맥반(麥飯)을 취하였으되[95] 필경은 만승천자(萬乘天子)를 이뤘거늘, 나 같은 필부(匹夫)야 어찌 소소 염치를 구애(拘礙)하리오?" 하고 인하여 소매를 떨치고 바로 구궁산 팔괘동을 찾아가니, 분분한 풍악과 요요(遙遙)한 가성(歌聲)이 구름 밖에 들리고, 번화진찬(繁華珍饌)과 미주가효(美酒佳肴)는 분분 왕래하는지라. 다람쥐 바로 연석으로 나아가니 모든 빈객이 서로 보고

면면상고(面面相顧)[96]하며 말이 없거늘 바로 만수재를 향하여 청상(廳上)으로 올라가 서대쥐를 보고 예하여 가로되,

"소생(小生) 다람쥐는 오래 엎디어 영감(令監) 대인(大人)의 현성(賢聲)을 들사오니, 고루(孤陋)한 일신이 문을 닫고 목을 움쳐 출두(出頭)키 어려운 고로 한 번도 배알(拜謁)치 못하였더니 요사이 듣자오니 영감이 천은(天恩)을 입어 가자(加資)를 성창(盛暢)히 하셨다 하오매 경조상문(慶弔相問)은 예불가폐(禮不可廢)라 당돌(唐突)히 연석에 나와 감히 하례(賀禮)를 드리나이다."

서동지 몸을 일으켜 답례한 후 별설일탑(別設一榻)[97]하여 다람쥐를 맞아 좌정하매, 다람쥐를 자세히 살펴보니 형용이 초췌하고 의표(儀表)가 남루(襤褸)하여 빈곤이 용모에 나타나거늘 마음이 척연(惕然)하여 가로되,

"나는 연로다병(年老多病)하여 몸은 비록 살았으나 세상을 두문불출(杜門不出)이 오랜지라. 매양 그대를 한 번 찾고자한 마음은 그윽하나 지척(咫尺)이 천 리요 등하불명(燈下不明)이라. 상거(相距)는 비록 멀지 않으나 구름이 사이를 격(隔)하매 뜻과 같지 못하더니 뜻밖에 오늘날 이같이 누지(陋地)에 왕굴(枉屈)하여 나 같은 폐인(廢人)을 찾으니 이는 나의 바람에 지나고 우리 문호(門戶)에 광채배승(光彩倍勝)하도다."

말을 마치매 장자쥐를 명하여 주병(酒餅)[98]을 갖추어 지극(至極) 관대(寬待)하더니, 이윽고 일락함지(日落咸池)하고 월출동령(月出東嶺) 달 돌아오매 좌객(座客)쥐 다 흩어져 각귀기가(各歸其家)[99]할새 제객(諸客)이 대취(大醉)하여 원근을 헤아려 서로 붙들며 이끌어 완보서행(緩步徐行)으로 주흥(酒興)을 띠어 혹 소동파(蘇東坡)의 적벽부(赤壁賦)도 외우며 월광을 대하여 풍월도 읊으며 돌아가니 팔괘동중이 잔치 이튿날이라 소소적막(脩脩寂寞)[100]하더라.

서동쥐 장자쥐와 노복쥐로 하여금 포진(鋪陳) 차일(遮日)과 허다(許多) 기명(器皿)을 일일이 수습(收拾)하여 조사(調査)하라 분별(分別)하고 정당(正堂)에 올라 동자(童子)쥐로 하여금 방중에 일 쌍 등촉을 밝히고 자리에 나아가 안석(案席)에 몸을 의지하여 앉거늘, 이때 다람쥐는 홀로 머물러 가지 않고 있다가 모든 손이 흩어지고 당중(堂中)이 조용한 틈을 타서 앞으로 가까이 나아가 슬피 고(告)하여 왈,

"소생이 오늘날 미주성찬(美酒盛饌)으로 선대지덕(善待之德)을 입사오니 감사하옴을 이기지 못하오나 오히려 미진(未盡)한 소회(所懷)가 있삽기로 우피(牛皮)를 즉모(卽冒)하고 감히 황무(荒蕪)한 말로써 고(告)자 하옵나니 알지 못게이다,

---

90) 일일재식(一日再食) : 하루에 두 끼를 먹음.
91) 삼순구식(三旬九食) : 30일에 아홉 끼밖에 못 먹는다는 뜻으로, 가계가 매우 어려움.
92) 수리 : 수리(數里) 또는 독수리.
93) 봉비천인(鳳飛千仞)에 기불탁속(飢不啄粟) : 봉이 천 길을 날매 주려도 좁쌀은 먹지 아니한다.
94) 영사(寧死)이언정 : 차라리 죽을지언정.
95) 옛날 한(漢) 광무(光武)는~맥반(麥飯)을 취하였으되 : 중국 후한(後漢)의 광무제(光武帝)가 황제가 되기 전에 풍이(馮異)가 가까스로 땔감을 모으고 등우(鄧禹)가 가져다 불을 지펴 콩죽이나 보리밥으로 추위와 굶주림을 견뎠다는 일에서 나온 말.
96) 면면상고(面面相顧) : 서로 말없이 얼굴만 물끄러미 바라봄.
97) 별설일탑(別設一榻) : 따로 한 상을 차림.
98) 주병(酒餅) : 술과 떡.
99) 각귀기가(各歸其家) : 각각 그 집으로 돌아감.
100) 소소적막(脩脩寂寞) : 쓸쓸하고 고요함.

찰납(察納)101)하시리이까?"

서동지 가로되,

"그대의 소회(所懷)를 알지는 못하거니와 모름지기 은휘(隱諱)치 말고 실정(實情)을 말하라."

다람쥐 다시 무릎을 거두고 왈,

"소생이 일찍이 부모를 여의고 혈혈적신(子子赤身)이 토혈(土穴)에 고단(孤單) 의지하여 귀로는 공맹(孔孟)을 들음이 없고 손에는 문필(文筆)을 배움이 없어 낮이면 고봉준령(高峰峻嶺)의 솔씨를 주우며 층암절벽(層巖絶壁)의 개암을 거두고 근동원촌(近洞遠村)의 모맥(牟麥)을 구하며 산전야답(山田野畓)의 서속(黍粟)을 취하여 평생 잔명(殘命)을 근근자생(僅僅資生)하옵더니, 이 같은 겸년(歉年)102)을 당하와 주우며 거둠이 없사온즉 낭탁(囊橐)103)은 후경(涸罄)104)하고 본무제속(本無諸粟)105)이라 약한 자식과 파리한 계집은 기한을 견디지 못하오니 목석간장(木石肝腸)이라도 목불인견(目不忍見)이라. 좌사우상(左思右想)에 생계(生計) 무로(無路)하와 구구한 사정을 고하옵나니, 빌건대 대인 영감은 자비심을 드리우사 백자(柏子), 황률(黃栗) 수삼 두(斗)를 쾌히 허락하여 대급(貸給)하시면 이는 한 되 물로 확철(涸轍)106)의 마른 고기를 살리며 병의 밥을 내어 여상(呂尙)의 주림을 먹이심이니, 혼천대은(渾天戴恩)107)을 살아서는 마땅히 머리를 숙여 갚고 죽어서는 마땅히 풀을 맺어 갚으리니 애지연지(愛之憐之)하시고 긍지휼지(矜之恤之)하심을 바라나이다."

서대쥐 청파(聽罷)에 심히 애련하여 가로되,

"그대의 말을 들으니 진실로 비감(悲感)한지라. 희(噫)라, 고진감래(苦盡甘來)와 흥진비래(興盡悲來)는 자고(自古) 상사(常事)라. 하늘에도 불측풍운(不測風雲)의 조화 있고 만물에도 조석(朝夕) 길흉화복(吉凶禍福)이 있나니, 옛날의 한신(韓信)은 바지 아래 욕을 받고 표모(漂母)의 밥을 빌었으되 마침내 왕후장상(王侯將相)이 되었고, 소진(蘇秦)은 나간 지 수월(數月)에 집에 돌아오매 처(妻)는 베틀에 내리지 아니하고, 아지미는 부엌에 불 사르지 아니하되 마침내 육국정승(六國政丞)이 되었는지라. 그대 비록 아직 곤궁하나 자고로 영웅군자 한 번 곤궁은 면하기 어려운 고로, 고인이 일렀으되 '함지사지이후(陷之死地而後)에 생(生)하고 치지망지이후(置之亡地而後)에 존(存)이라.108) 죽을 땅을 당하면 살 곳이 열린다.'

하였으니, 그대는 빈곤(貧困)을 혐의치 말고 하늘을 순(順)히 하여 돌아오는 때를 기다리라."

인하여 세간 청지기 쥐를 불러 생률(生栗) 1석과 백자(柏子) 5두를 주라 하여 노복쥐로 하여금 달(達) 석사(碩士) 댁(宅)109)으로 보내되 잔치 여물(餘物)110)을 큰 표자(瓢子)111)에 담아 부송(付送)112)하라 하고 다람쥐더러 일러 왈,

"생률 백자는 비록 약소하나 이는 한 잔 물로 아방궁(阿房宮)113)의 대화(大火)를 구함이요 한 그릇 밥으로 맹상군(孟嘗君)의 3천 객을 먹임이라. 모름지기 갚음을 생각지 말고 한때 조석(朝夕)을 보태라."

다람쥐 일어나 재배 왈,

"대인의 활명지택(活命之澤)으로 박(薄)한 잔명(殘命)을 고념(顧念)114)하사 천한 목숨을 구하시니 이른바 물 없는 고기를 잡아 대해(大海)에 넣음이라 어찌 감격지 않으리이꼬."

인하여 하직을 고하고 양식을 거느려 집으로 돌아오니라.

계집 다람쥐 밤이 깊도록 소식이 없으매 마음에 우민(憂悶)하여 문을 의지하여 바라더니 달이 서산에 기울고 닭이 새벽을 보(報)하매 멀리 바라보니 다람쥐 양식을 가지고 오거늘 크게 기뻐 나와 맞으며 양식을 거두어들이고 노복쥐를 돌려보낸 후에 표(瓢)박115)의 옥미성찬(玉味盛饌)을 이끌어 한가지로 방중(房中)에 들어와 처자(妻子)로 더불어 나누어 먹을새, 다람쥐 계집 다람쥐더러 서대쥐의 잔치 장려함과 서동지의 후은(厚恩)을 칭송하며 얻어온 바 양식으로 기탄(忌憚)없이 삼춘(三春)을 지내더니, 일월(日月)은 여류(如流)하고 광음(光陰)은 훌훌하여 춘하(春夏)를 다 지내고 가을에 거둔 양식은 2, 3두에 지나지 못하매 초동(初冬)에 이미 다 진(盡)하고 엄동(嚴冬)이 또다시 돌아오니 종세(終歲)는 불과 일순(一旬)에 신정(新正)은 십 일이 격(隔)하였는데, 대소반(大小盤) 가운데는 일기(一器) 죽이 어렵고 부엌 아래는 한 줌 나무가 없는지라. 손을 비비며 위태(危殆)히 앉았다가 계집 다람쥐더러 일러 가로되,

"내 본시 백면서생(白面書生)116)으로 몸이 선비 되어 위로 조상의 기업(基業)이 없고 아래로 친척의 목족(穆族)117)이 없이 섬섬약질(纖纖弱質)118)이 동취서대(東取西貸)119)하여 구구

---

101) 찰납(察納) : 제안이나 요청을 자세히 살펴본 뒤에 받아들임.
102) 겸년(歉年) : 흉년(凶年).
103) 낭탁(囊橐) : 주머니. 주머니와 전대.
104) 후경(涸罄) : 마르고 빔.
105) 본무제속(本無諸粟) : 본디 여러 곡식이 없음.
106) 확철(涸轍) : 확철부어(涸轍鮒魚). 수레바퀴가 지나간 자리에 고인 물에 있는 붕어. 철부지급(轍鮒之急). 매우 곤궁한 경우의 비유.
107) 혼천대은(渾天戴恩) : 하늘처럼 인 은혜.
108) '함지사지이후(陷之死地而後)에 생(生)하고 치지망지이후(置之亡地而後)에 존(存)이라. : 죽을 곳에 빠진 이후에 살고, 망할 땅에 놓인 이후에 남는다.

109) 달(達) 석사(碩士) 택(宅) : 석사 다람쥐의 집. 원본에 '다람쥐'를 '달암지(達巖智)'라 병기해 두었다.
110) 여물(餘物) : 남은 물건.
111) 표자(瓢子) : 바가지.
112) 부송(付送) : 송부(送付). 물건을 부쳐 보냄.
113) 아방궁(阿房宮) : 진시황(秦始皇)이 세웠다는 궁궐로, 크고 화려한 집의 비유로 쓰임.
114) 고념(顧念) : 돌보아 줌.
115) 표(瓢)박 : 표주박.
116) 백면 서생(白面書生) : 세상의 물정에 어두운 선비.
117) 목족(穆族) : 친족끼리 화목하게 지내는 집안. 목족(睦族).
118) 섬섬약질(纖纖弱質) : 가녀리고 약한 체질.
119) 동취서대(東取西貸) : 여기저기 여러 곳에서 빚짐.

한 잔명(殘命)을 보존하나 마음은 항상 안빈낙도(安貧樂道)를 일삼더니 정초(正初)는 불원(不遠)하고 제석(除夕)이 격일(隔日)한데 조상 신령이 일기(一器) 병탕(餠湯)[120]을 흠향(歆饗)할 길이 없는지라. 자탄(自歎) 내하(奈何)오."

계집 다람쥐 양구(良久)에 가로되,

"낭군의 말을 들으니 사세고연(事勢固然)[121]이나 대장부 세상에 나매 예의 염치를 알지 못하면 이는 무용필부(無用匹夫)라. 낭군이 지금 또 팔괘동을 치의(致意)하나 당초에도 염치를 불고(不顧)함이니 장부의 도리 아니거늘 다시 가서 두 번 말함은 차마 남자 소위(所爲)가 아니라. 사생이 명(命)이 있거늘 어찌 구차히 살기를 도모하여 염치를 돌아보지 아니하리오? 내 비록 여자나 낭군을 위하여 차마 권하리니 낭군은 만 번 생각하소서."

다람쥐 묵묵히 말이 없더니 양구에 왈,

"내 어찌 염치를 모르리요마는 궁무소불위(窮無所不爲)[122]라 하였으니, 염치를 돌아볼진대 처자를 보전치 못할지라. 이러므로 나아가 동정(動靜)을 보고자 함이요 인기세이이도지(因其勢而以圖之)라[123] 사세(事勢)를 보아 주선(周旋)하리니 그대는 나의 돌아오기를 기다리라."

말을 마치며 의관을 수리(修理)하고 바로 팔괘동으로 나가 다람쥐 왔음을 통하니, 이윽고 청하거늘 다람쥐 청상(廳上)에 올라 서대쥐를 향하여 예(禮)한데, 서동지 일어 답례한 후, 서로 좌정한데, 서대쥐 말을 내어 가로되,

"낭자(曩者)[124] 연석에 창황(蒼黃)히 만나 피차 별회(別懷)를 다 못 펴고 숙숙(倏倏)이[125] 이별한 후 지금껏 경경(耿耿)하더니 오늘 다시 만나매 심히 다정한지라. 그 사이 연(連)하여 무양(無恙)하던가."

다람쥐 피석(避席) 대왈,

"소생이 향자(嚮者)[126] 영감의 구활지은(救活之恩)을 입사와 소생의 수다(數多) 잔약(孱弱)한 명(命)이 춘하(春夏) 육삭(六朔)을 무고히 지낸지라. 생아자(生我者)는 부모요 재생자(再生者)는 대인이오니, 소생의 부처(夫妻) 매양 서로 대하여 말하면 화산(火山)의 풀을 맺으며 수호(水湖)의 구슬을 머금어 대인의 은혜 갚기를 원하는 바일러니, 자연 생계로 말미암아 장구지계(長久之計)는 없고 고식지계(姑息之計)[127]뿐인 고로 초추(初秋)에 약간 거둔 양미(糧米) 2, 3두를 초동(初冬)에 없이하고 산간에 흐르는 열매나 거두고자 하나 백설(白雪)이 만건곤(滿乾坤)하여 천산(千山)에 조비절(鳥飛絶)하고 만경(萬徑)에 인종멸(人蹤滅)이라.[128] 처처(處處)에 쌓인 눈에 발섭(跋涉)하기 어려운 중 이 같은 종세(終歲)를 당하여 전가(前家)는 술 빚고 후가(後家)는 떡을 쳐서 송구영신(送舊迎新)에 조상 신령을 향화(香火)코자 함이거늘 지어소생(至於小生)하와는[129] 집이 가난하고 몸이 잔약(孱弱)하여 정조(正朝) 제석(除夕)에 선조 향화를 받들 길이 없는지라. 엎드려 바라나니 기왕(既往)에 구활(救活)하신 바는 명심불망(銘心不忘)하거니와 다시 대덕(大德)을 내리오사 박주일배(薄酒一盃)라도 차례(茶禮)를 받들어 불효를 면케 하올진대 분골쇄신(粉骨碎身)하더라도 소생이 사생간 보은하오리니 원컨대 대인은 재삼 생각하심을 바라나이다."

서대쥐 침음양구(沈吟良久)에 왈,

"그대는 내 말을 들으라. 본디 우리 서씨 누천세(累千歲)에 당내지친(堂內至親)[130]과 원근제족(遠近諸族)이 경향(京鄉) 각처(各處)에 분산 유락(流落)하여 부요자(富饒者)도 있으며 빈곤자도 있으매 구년(舊年) 신정(新正)과 경조상문(慶弔相問)이며 궁교빈족(窮交貧族)[131]에 제활구목(濟活救穆)[132]이 매년 매월에 만여(萬餘) 금(金)이 지나고 가중소솔(家中所率)과 상하 노복(奴僕)이며 조상 신령의 사시 향화를 의논할진대 용도(用道)를 불가형언(不可形言)이라. 이러하므로 그대의 구청(求請)하는 바를 청종(聽從)치 못하니 불여불문(不如不聞)이요, 불여불청(不如不聽)이라.[133] 모름지기 나의 부족함을 혐의(嫌疑)치 말고 일후 다시 상종함을 헤아리라."

다람쥐는 본디 성품이 표독(標毒)하고 마음이 불순(不順)한지라, 서대쥐 허락지 않음을 보고 독한 안모(顏貌)에 노기돌돌(怒氣咄咄)[134]하여 몸을 떨치고 일어나며 가로되,

"분재(憤哉)며 통재(痛哉)라.[135] 빈자소인(貧者小人)이요 빈무성명(貧無姓名)이라[136]더니 나를 두고 이름이라. 집이 가난하면 군자도 욕(辱)을 받고 몸이 곤궁하면 남의 천대를 받으며, 귀하여야 집안 개도 보고 공경한다 하나, 시호시호(時乎時乎)여 부재래(不再來)라,[137] 부귀도 매양이 아니라. 오호(嗚

---

120) 병탕(餠湯) : 떡국.
121) 사세고연(事勢固然) : 일의 형세가 그러함이 당연함.
122) 궁무소불위(窮無所不爲) : 궁하면 무엇이든지 한다는 뜻으로, 사람이 살기 어려우면 예의 염치를 가리지 않음을 이르는 말.
123) 인기세이이도지(因其勢而以圖之)라 : 그 형편에 따라 도모함이라.
124) 낭자(曩者) : 지난번.
125) 숙숙(倏倏)이 : 얼른. 잠깐.
126) 향자(嚮者) : 접때. 그때.
127) 고식지계(姑息之計) : 임시 변통의 계획.
128) 천산(千山)에 조비절(鳥飛絶)하고 만경(萬徑)에 인종멸(人蹤滅)이라 : 온 산에는 새의 날기가 끊겼고, 온 길에 사람 자취 없어짐. 당(唐)나라 시인 유종원(柳宗元)의 '강설(江雪)'의 기구(起句)와 승구(承句).
129) 지어소생(至於小生)하와는 : 소생에게 이르러는. 소생에게 있어서는.
130) 당내지친(堂內至親) : 팔촌 이내의 친척, 가장 가까운 일가.
131) 궁교빈족(窮交貧族) : 빈궁한 벗과 친척.
132) 제활구목(濟活救穆) : 건지고 살리며 구하고 화목함. 구제하고 살려 화목함을 구함.
133) 불여불문(不如不聞)이요, 불여불청(不如不聽)이라. : 듣지 않음과 같지 못하니라. 안 들었으면 좋았을 것이라는 뜻.
134) 노기돌돌(怒氣咄咄) : 노하거나 성난 기운이 얼굴에 가득함. 노기등등(怒氣騰騰).
135) 분재(憤哉)며 통재(痛哉)라. : 분하고 원통하구나.
136) 빈자소인(貧者小人)이요 빈무성명(貧無姓名)이라 : 가난한 사람은 소인이요, 가난하면 성명도 없다.

呼)라, 한(漢)나라 양기(梁冀)는 일문(一門) 내에 제후(諸侯)가 7인이요 황후(皇后)는 3인이요 귀인(貴人)은 6인이요 대장(大將)은 2인이요 공주(公主)는 3인이요 삼공육경(三公六卿)은 57인으로 부귀 영총(榮寵)이 여차(如此)하되 일조일석(一朝一夕)에 처자 형제와 노비 계견(鷄犬)이 일제히 사망하였나니 부귀는 끈이 있어 매양 차고 있는 것 아니요 빈천은 씨가 있어 매양 빈천만 낳을 바가 아니며, 옛날 북해상(北海上)에 19년 고생하던 소무(蘇武)도 돌아올 때 있었으니, 내 비록 빈천하나 귀불귀(歸不歸)를 어찌 의논하리오? 속담에 일렀으되 가빈당보세개의(家貧當報世皆疑)요 부주심산유원친(富住深山有怨親)이라.138) 가히 분(忿)하고 가히 통석(痛惜)하도다."

인하여 노기발발(怒氣勃勃)하여 가거늘 서대쥐 도리어 웃고 가로되,

"옛말이 옳도다. 배은망덕(背恩忘德)이요 은반위수(恩反爲讎)139)라 함은 어차가위(於此可謂)로다. 연(然)이나 영피부아(寧彼負我)이언정 아불부피(我不負彼)하리니140) 후일 다시 저의 함원(含怨)을 풀어 주리라."
하더라.

이때 다람쥐 분함을 이기지 못하여 집에 돌아오니 계집 다람쥐 나와 맞아 가로되,

"낭군이 이번 갔다가 노기(怒氣)를 띠어 돌아오니 알지 못게라. 노중(路中)에서 호협(豪俠) 방탕자(放蕩者)를 만나 혹(或) 견욕(見辱)141)함이 있느뇨?"

다람쥐 왈,

"그런 일은 없으나 그대 말을 듣지 않고 다만 신정지초(新正之初)에 절화(絶火)142)를 면할까 하고 가서 서대쥐를 보고 슬픈 소리와 애련(哀憐)한 말로, '생각하기를 바라노라.' 한즉 서대쥐 답이, '궁가빈족(窮家貧族)을 목족(穆族)하기에 염불급타(念不及他)로라.'143) 하고 빈 말로 불안한 말만 하는 중(中) 언어 불순(不順)하고 여간 재물이 있어 집이 부요하다 자시

(自恃)144)하고 대접이 경박하니, 설사 본디 저축함이 없을진데 용혹무괴(容或無怪)145)로되 세전지기물(世傳之基物)146)이 많을 뿐 아니라 요사이 천자께서 사패(賜牌)하신 율목(栗木)이 4만여 주(株)라. 나를 생각하여 활협(闊狹)147)한대도 수백 석(石) 줄 것 아니요, 많으면 1, 2석이요 적으면 1, 2두(斗) 줄 것이거늘 내가 이 같이 무료(無聊)히148) 돌아옴을 쾌념(快念)치 아니하니 어찌 통분치 않으리오? 생불약사(生不若死)요 욕사무지(欲死無地)라.149) 내 마땅히 산군(山君)에게 송사(訟事)하여 이놈을 잡아다가 재물을 허비토록 엄중한 형벌로써 몸을 괴로이 하여 나의 분(憤)을 설치(雪恥)하리라."

계집 다람쥐 이 말을 듣고 크게 꾸짖어 왈,

"낭군의 말이 그르도다. 천하 만물이 세상에 나매 신의(信義)로써 으뜸을 삼나니, 서동지는 본래 우리로 더불어 항렬(行列)이나 남과 다름이 없고 하물며 내외를 상통함이 없으되 다만 일면(一面) 교분(交分)을 생각하고 다소간 양미(糧米)를 쾌히 허급(許給)하여 청하는 바를 좇았으니, 서동지가 낭군 대접함이 옛날 주공(周公)이 일반(一飯)에 삼토포(三吐哺)하고 일목(一沐)에 삼악발(三握髮)에 지나거늘,150) 한 번도 치하(致賀)함이 없다가 하면목(何面目)으로 또 구활함을 청함에 허락지 아니하였다고 도리어 노함이 오히려 무신무의(無信無義)거늘, 항차(況且)151) 포악(暴惡)에 마음을 발하여 은혜 갚을 생각은 아니하고 도리어 관정(官庭)에 송사를 이르고자 하니, 이는 이른바 적반하장(賊反荷杖)이요, 은반위수(恩反爲讎)라. 낭군이 만일 송사코자 할진대 서동지의 벌장(罰狀)152)을 무엇으로 말하고자 하느뇨? 고언(古言)에 일렀으되, '지은(知恩)이면 보은(報恩)이요 지지(知止)면 불태(不殆)라.'153) 하니, 원컨대 낭군은 고서(古書)를 박람(博覽)함이 있을진대 소학

---

137) 시호시호(時乎時乎)여 부재래(不再來)라 : 때가 좋구나, 때가 좋구나. 다시 오지 않으리라. '시호시로'는 '시재시재(時哉時哉)'로도 쓰며, 좋은 때를 만나 기뻐 감탄(感歎)하는 소리이다.

138) 가빈당보세개의(家貧當報世皆疑)요 부주심산유원친(富住深山有怨親)이라. : 집이 가난하면 마땅히 (입은 은혜나 빌린 돈을) 갚아도 세상이 모두 의심하고, 부자가 깊은 산에 살아도 원망하는 친구나 친척이 있다. 원문 '부주심산유원친(富住深山有怨親)'은, 『명심보감(明心寶鑑)』에 나오는, '부자가 깊은 산에 살아도 멀리서 찾아오는 친한 이가 있다(富住深山有遠親).'라는 구절을 잘못 썼거나 문맥에 따라 바꾼 것으로 보인다.

139) 은반위수(恩反爲讎) : 은혜를 베푼 것이 도리어 원수가 됨.

140) 영피부아(寧彼負我)이언정 아불부피(我不負彼)하리니 : 차라리 제(다람쥐)가 나(서대쥐)를 저버릴지언정, 내가 그를 저버리지 않으리니.

141) 견욕(見辱) : 남에게 욕을 당함.

142) 절화(絶火) : 아궁이에 불이 끊어진다는 뜻으로 가난하여 밥을 짓지 못함을 이름.

143) '궁가빈족(窮家貧族)을 목족(穆族)하기에 염불급타(念不及他)로라.' : 가난한 집안을 화목하게 하기에 바빠서 다른 것을 생각할 겨를이 없도다.

144) 자시(自恃) : 어떤 일이 그러려니 하고 자기 혼자 짐작하여 믿고 겉으로 드러냄. 자부(自負).

145) 용혹무괴(容或無怪) : 혹시 그럴 수도 있으므로 괴이할 것이 없음.

146) 세전지기물(世傳之基物) : 대대로 전하여 내려오는 기본적인 물건.

147) 활협(闊狹) : 남을 도와 주려는 마음, 일을 주선하는 능력.

148) 무료(無聊)히 : 부끄럽고 열없이.

149) 생불약사(生不若死)요 욕사무지(欲死無地)라 : 살아도 죽은 것만 못하고, 죽으려고 해도 죽을 자리가 없는지라.

150) 옛날 주공(周公)이~삼악발(三握髮)에 지나거늘 : 옛날 주공이 한 번 밥을 먹으며 세 번이나 토하고 삼키며, 한 번 목욕하며 세 번이나 머리를 묶은 것보다 낫거늘. 성왕이 백금을 노나라에 봉하자, 주공이 노나라 사람에게 교만하게 굴지 말라며 훈계하기를, "나는 문왕의 아들이요 무왕의 아우이며 성왕의 숙부로, 천하에 재상 노릇을 하면서도 천하를 가볍게 여기지 않았다. 한 번 목욕하는 동안에 세 번 머리를 움켜쥐고 한 번 밥 먹는 동안에 세 번 내뱉으면서, 오히려 천하의 선비를 잃을까 우려했었다."라고 한 데에서 나온 구절로, 천하의 선비를 생각하는 주공의 태도를 드러내는 말이다. 여기서 토포악발(吐哺握發)이란 성어가 나왔다.

151) 항차(況且) : 하물며.

152) 벌장(罰狀) : 벌을 주려는 글. 죄상을 밝힌 글. 원문에 병기된 한자는 '罪狀(죄장)'이다.

153) '지은(知恩)이면 보은(報恩)이요 지지(知止)면 불태(不殆)라.' : 은혜를 알면 은혜를 갚고, 그칠 줄 알면 위태롭지 않다.

(小學)을 익히 알지라. 구사(九思)154) 중에 분사난(忿思難)155)을 어찌 알지 못하느뇨? 다시 생각하고 깊이 헤아려 갚기를 힘쓰고 험언(險言)의 마음을 버릴지라. 서동지는 본디 관후장자(寬厚長者)156)라 반드시 후일에 낭군을 위하여 사례를 할 날이 있으리니 비록 천한 여자의 말이나 깊이 찰납(察納)하여 후회막급(後悔莫及)지 않도록 하옵소서."

다람쥐 청파(聽罷)에 대로(大怒) 왈,

"이 같은 천한 계집이 호위인사(好爲人師)157)로 나를 가르치고자 하는가?. 계집이 되어 장부의 견욕(見辱)함을 분히 여김이 옳거늘 도리어 서대쥐를 관후장자라 일컫고 날더러 포학(暴虐)하다 꾸짖으니 이는 내 형세 곤궁함을 보고 배반(背反)할 마음을 두어 서대쥐를 얻고자 함이라. 자고로 부창부수(夫唱婦隨)는 남녀의 정이요 여필종부(女必從夫)는 부부의 의(義)이거늘 부귀를 따라 이심(二心)을 둘진대, 빨리 가고 지완(遲緩)치158) 말라."

계집 다람쥐 발연대로(勃然大怒)하여159) 눈을 부릅뜨며 귀를 발록이고 꾸짖어 가로되,

"그대로 더불어 이성지친(二姓之親)을 맺어 유자생녀(有子生女)하여 남취여가(男娶女嫁)하여 고초를 감심(甘心)하고 그대를 좇는 바는 부귀를 부운(浮雲)같이 알고 빈천(貧賤)을 낙(樂)으로 알아 상강(湘江)의 이비(二妃)를 효칙(效則)하고 여상(呂尙)이 마씨(馬氏)를 꾸짖는 바이거늘, 더러운 말로써 나를 질욕(叱辱)하니 이는 일시(一時) 조석(朝夕)을 아껴 처자를 내치고자 함이라. 고인이 일렀으되, '조강지처(糟糠之妻)는 불하당(不下堂)이요 빈천지교(貧賤之交)는 불가망(不可忘)이라.'160)이라 하였나니, 오늘날 빈천의 고락은 생각지 아니하고 나를 이같이 수욕(授辱)161)하니, 두 귀를 씻고자 하나 영천수(潁川水)가 멀어 한이로다.162) 오늘 수양산(首陽山)을 찾아가서 백이(伯夷) 숙제(叔齊) 채미(採薇)타가 아사(餓死)한 일을

좇으리니 그대는 홀로 자위지(自爲之)163)하라."

말을 마치며 행장(行裝)을 수습(收拾)하여 한번 자취를 문외(門外)에 내매 홀연(忽然) 부지거처(不知去處)164)라. 다람쥐 더욱 분노하여 가로되,

"소장지변(蕭墻之變)165)은 유아이사(由我而事)166)라. 도시(都是)167) 서대쥐로 말미암아 생긴 일이라 내 당당히 서대쥐를 설치(雪恥)하고 말리라."

인하여 일장(一張) 소지(所志)168)를 지어 가지고 바로 곤륜산(崑崙山) 동중(洞中)에 이르러 백호궁(白虎宮) 형방소(刑房所)를 찾아 들어가서 다람쥐 원정(原情) 올림을 고하니, 이때 백호산군(白虎山君)이 태산(泰山) 오악(五嶽)을 순행(巡幸)169)하다가 곤륜산으로 돌아와 각처 짐승의 선악(善惡)을 문죄(問罪)코자 하더니 홀연 형부(刑部) 아전이 들어와 고하되,

"하도산 낙서동 등지(等地)에 거하는 다람쥐 원정차(原情次)로 궁문(宮門) 밖에 대후(待候)하였나이다."

하거늘, 백호산군이 형부관(刑部官)에 명하여 다람쥐를 불러들이라 하는지라. 다람쥐 허리를 구부리고 머리를 숙이며 형졸을 따라 백호궁 전정(殿庭)에 이르르는 전후(前後) 좌우(左右)에 위의(威儀)가 범상(凡常)치 않은지라 감히 우러러 쳐다보지도 못하고 숨을 나직이하여 복지(伏地) 대령(待令)하였더니, 이윽고 전상(殿上)170)으로 좇아 형부 관원이 나와,

"소지를 바삐 올리라."

하거늘, 다람쥐 품속에서 일장 소지를 내어 두 손으로 받들어 올린데, 백호산군이 그 소지를 받아 본즉 사연에 가로되,

"하도산 낙서동 거하는 다람쥐의 발괄(白活)171)이라. 삼가 아뢰는 소지(所志)의 일은172) 제173)가 본디 낙서동에서 생어사장어사(生於斯長於斯)하와174) 천성(天性)이 용우(庸愚)175)하고 마음이 졸직(拙直)176)하온 바 항상 굴문(窟門)을 나오는 바가 없고,177) 밖으로는 강근(强近)에 친척 없으며 오 척의

---

154) 구사(九思) : 군자가 항상 명심하여야 할 아홉 가지 일. 이에는 명백히 볼 것, 총명하게 들을 것, 부드러운 안색을 가질 것, 공손한 몸가짐을 할 것, 믿음이 있는 말만 할 것, 일을 공경하고 삼갈 것, 의심이 나는 것을 물을 것, 분한 일을 당했을 때 사리를 따져 생각할 것, 이득을 보았을 때 의를 생각할 것이 있다.

155) 분사난(忿思難) : 분할 때에는 나중의 어려움을 생각하라는 뜻으로, 흥분하여 함부로 행동하다가는 나중에 처리하기 어려운 일이 생기기 쉬움을 이르는 말.

156) 관후장자(寬厚長者) : 너그럽고 후하며 점잖은 사람.

157) 호위인사(好爲人師) : 다른 사람의 스승이 되기를 좋아함. 함부로 나서서 가르치려 함.

158) 지완(遲緩)치 : 머뭇거리지.

159) 발연 대로(勃然大怒) : 발끈하며 몹시 성을 내어.

160) 조강지처(糟糠之妻)는~불가망(不可忘)이라 : 가난하고 어려울 때 고생을 같이하며 산 아내는 내칠 수 없으며, 가난할 때 사귄 친구는 잊을 수 없다는 말이다.

161) 수욕(授辱) : 욕됨을 줌. 욕되게 함.

162) 두 귀를~멀어 한이로다. : 요(堯)임금이 기산 아래에서 은거하던 허유에게 왕위를 물려주려 하자, 허유는 이를 들은 것조차 더럽게 여기고 영천수 가에서 귀를 씻었다는 고사를 인용한 것이다.

163) 자위지(自爲之) : 스스로 그것을 함.

164) 부지거처(不知去處) : 간 곳을 알지 못함.

165) 소장지변(蕭墻之變) : 집안에서 일어난 변고.

166) 유아이사(由我而事) : 나로 말미암아 생긴 일.

167) 도시(都是) : 도무지. 전혀.

168) 소지(所志) : 고려·조선시대에 사서·하리·천민 등이 관에 올린 청원서 및 진정서.

169) 순행(巡幸) : 순수(巡狩). 임금이 나라 안을 두루 돌아다니며 살피던 일.

170) 전상(殿上) : 전각이나 궁전의 위.

171) 발괄(白活) : 주로 고려·조선 시대에 관청에 올리는 소장(訴狀)·청원서(請願書)·진정서(陳情書) 등의 소지류(所志類). 억울한 사정을 글로 하소연함.

172) 삼가 아뢰는 소지(所志)의 일은 : 이 부분은 이두(吏讀) '우근진소지의사단(右謹陳所志矣事段)'으로 되어 있다.

173) 제 : 이두로 '의신(矣身)'이라 한 것이다.

174) 어사장어사(生於斯長於斯)하와 : 이곳에서 태어나고 자라서.

175) 용우(庸愚) : 못나고 어리석음.

176) 졸직(拙直) : 순박하고 강직함.

177) 천성이 어리석고~굴문을 나오는 바 없고 : 다람쥐의 습성과 생태를 설명한 것이다. 가난한 필부의 삶을 겸손하게 비유한 표현이다.

동자(童子) 없고 척신(尺身)[178]이 고고(孤孤)하여[179] 다만 미천한 계집과 약한 자식으로 더불어 낮이면 초산(樵山)에서 나무를 베며 신야(新野)에서 밭을 갈고, 밤이면 탁군(涿郡)에 자리 치며 패택(沛澤)에 신을 삼고, 춘하(春夏)에 사렵(射獵)[180]하며 추동(秋冬)에 독서하여 동서(東西)를 분간치 못하고, 만수천산(萬水千山) 깊은 곳에 꽃을 보면 봄철을 짐작하고 잎을 보면 여름을 깨닫고 낙엽으로 추절(秋節)을 양탁(量度)[181]하며 상설(霜雪)로 동절(冬節)을 알아, 문호(門戶)의 명철보신(明哲保身)[182]으로 일삼고 청운(青雲)의 공명(功名)을 기약지 아니하여 부귀를 뜻하지 아니하고 천수만목(千樹萬木)[183]의 열매를 거두어 양식을 자뢰(資賴)하와 일일재식(一日再食)을 계산하옵더니, 천만의외로 거월(去月) 망야(望夜)에 구궁산 팔패동에 거하는 서대쥐 놈이 노복쥐 수십 명을 데리고 모야(某夜)[184] 삼경(三更)에 저의 집에 불문곡직(不問曲直)[185]하고 배달돌입(排闥突入)[186]하와 천봉만학(千峰萬壑)에 흐르는 생률(生栗)과 고봉준령(高峰峻嶺)에 떨어진 백자(柏子)를 천신만고(千辛萬苦)하여 주우며 거두어, 풍한설절(風寒雪節)에 깊은 엄동(嚴冬)을 보전코자 저축하온 양미(糧米) 수십여 석을 탈취하여 가오며 도리어 저를 무수(無數) 난타(亂打)하온즉, 저의 슬픈 정세(情勢)는 땅 없는 이매(魑魅)요 망량(魍魎)이라.[187] 호천고지(呼天叩地)[188]에 호소무처(呼訴無處)[189] 고(故)로 지원극통(至冤極痛)[190]하와 한 조각 원정(原情)을 지어 가지고 엎드려 백호산군 명정지하(明政之下)에 올리옵나니 복걸(伏乞) 참상(參商)하옵신[191] 후에 장차(將差)[192]를 발(發)하사 이 같은 서대쥐 놈을 성화착래(星火捉來)[193]하여 엄형중치(嚴刑重治)하와 잔약(孱弱)한 저의 잃어버린 양미를 찾아 주옵소서. 혈혈무의(孑孑無依)하온 잔명(殘

命)이 함한원사(含恨冤死)[194]하옴이 없게 하옵심을 천만 바라옵나니[195] 산군주(山君主)[196] 처분이라. 무진(戊辰) 정월(正月) 일(日) 소지(所志)라."
하였거늘, 백호산군이 남필(覽畢)[197]에 제사(題辭)[198]를 불러 왈,

"대개 만물의 경중(輕重)을 알고자 할진대 저울만 같음이 없고, 송사의 곡직(曲直)을 알고자 할진대 양언(兩言)을 들음만 같음이 없나니, 일편의 말만 듣고 선, 불선을 가벼이 판결치 못할지라. 소진(蘇秦)의 말로써 진(秦)나라를 배반(背叛)이 어찌 옳다 하며, 장의(張儀)의 말로써 진(秦)나라를 섬김이 어찌 그르다 하리오?[199] 소장(蘇張)[200] 양인의 말을 같이 들은 연후에야 종횡(縱橫)[201]을 쾌히 결단하리니, 다람쥐는 아직 옥으로 내리고 서대쥐를 즉각 착래(捉來)하여 상대한 연후에 가히 변백(辨白)[202]하리라."

한번 제사하매 오소리와 너구리 두 형졸(刑卒)로 하여금 서대쥐를 빨리 잡아 대령하라 분부하니 두 짐승이 청령(聽令)하고 나올새 오소리가 너구리더러 일러 왈,

"내 들으니 서대쥐 재물이 많으므로 심히 교만(驕慢)하매 우리 매양 괴악(怪惡)히 알아 버르던 바이러니 오늘날 우리에게 걸렸는지라. 이놈을 잡아 우리에게 시교(示驕)[203]하던 일을 설분(雪憤)[204]하고, 또 패자(牌子)[205] 전례(錢禮)[206]는 위에서도 아는 바라. 수백 냥 아니면 결단코 놓지 말자."
하고 둘이 서로 약속을 정하고, 호호탕탕(浩浩蕩蕩)한 기분은 발호(跋扈)하고 예기(銳氣)[207]는 맹렬(猛烈)하여 바로 구궁산 팔패동에 이르러 토굴 밖에서 여성대호(厲聲大呼)[208] 왈,

"서대쥐 정소(呈訴)[209]를 만나매 백호산군의 명을 받아 패

---

178) 척신(尺身) : 작은 몸. '홀몸'의 뜻인 '척신(隻身)'으로 볼 수도 있다.
179) 강 건너 친척 없으며 오 척에 동자 없고 척신이 고고하여 : 외로운 삶을 언어 유희를 통해 표현하고 있다.
180) 사렵(射獵) : 활을 쏘아 하는 사냥.
181) 양탁(量度) : 양이나 질을 헤아림.
182) 명철보신(明哲保身) : 사리에 밝고 분별력이 있어 몸이 위험한 지경에 이르지 않도록 함.
183) 천수만목(千樹萬木) : 각양각색의 많은 나무들.
184) 모야(某夜) : 어느 밤. 어느 날 밤.
185) 불문곡직(不問曲直)하고 : 옳고 그름을 따져 보지도 않고, 무턱대고.
186) 배달돌입(排闥突入) : 주인의 승낙 없이 함부로 남의 집에 들어감.
187) 땅 없는 이매(魑魅)요 망량(魍魎)이라 : 날뛸 만한 여지가 없는 도깨비라는 말인데 여기서는 매우 곤궁한 처지를 의미한다. 원문은 '의로요 망량이라'로 되어 있는데, '의로'가 미상(未詳)이라 '망량'과 어울리는 '이매'로 보았다.
188) 호천고지(呼天叩地) : 몹시 슬퍼서 하늘을 우러러 부르짖고 땅을 침.
189) 호소무처(呼訴無處) : 호소할 곳이 없음.
190) 지원극통(至冤極痛) : 지극히 원통함.
191) 참상(參商)하옵신 : 참고하고 헤아리신. 이 구절에 '하옵신'이란 뜻의 이두(吏讀) '敎是'가 쓰였다.
192) 장차(將差) : 고을 원이나 감사(監司)가 심부름으로 보내던 사람.
193) 성화착래(星火捉來) : 급히 잡아들임.

194) 함한원사(含恨冤死) : 한을 품고 원통하게 죽음.
195) 바라옵나니 : 이 부분은 '望良爲白只爲'와 같이 이두로 되어 있다.
196) 산군주(山君主) : 산군님.
197) 남필(覽畢) : 보기를 다함.
198) 제사(題辭) : 관부(官府)에서 백성이 제출한 공소장에 쓰는 판결이나 지령.
199) 소진(蘇秦)의 말로써~어찌 그르다 하리오? : 전국 시대 말 진나라가 나머지 다섯 나라와 대치하고 있을 때, 소진(蘇秦)은 나머지 다섯 나라가 힘을 합하여 진나라를 견제할 것을 주장하면서 각국을 설득하였다. 이에 반해 진나라의 장의(張儀)는 소진의 합종설을 뒤집어 나머지 오국의 단결을 깨뜨리고 각각 진나라와 연계하도록 일을 꾸몄다. 여기에서는 이 일화를 예로 들어 어느 한쪽의 입장만 듣고 일을 판단해서는 안 된다는 것을 말하고 있다.
200) 소장(蘇張) : 소진과 장의.
201) 종횡(縱橫) : 세로와 가로. 옳고 그름.
202) 변백(辨白) : 옳고 그름을 명백히 밝힘.
203) 시교(示驕) : 교만함을 보임.
204) 설분(雪憤) : 분함을 씻음.
205) 패자(牌子) : 높은 지위(地位)에 있는 사람이 지위(地位)가 낮은 사람에게 공식(公式)으로 주는 글발. 패지(牌旨).
206) 전례(錢禮) : 돈을 뇌물로 주는 인사. 원문은 전해 내려오는 사례라는 뜻의 '전례(傳例)'로 되어 있다.
207) 예기(銳氣) : 성질이 굳세어 자신의 뜻을 굽히지 아니하고 적극적으로 나아감.
208) 여성대호(厲聲大呼) : 화난 목소리로 크게 부름.

자(牌子)를 가지고 잡으러 왔나니 서대쥐는 빨리 나오고 지체 말라."

독촉이 성화 같은지라. 비복(婢僕)쥐들이 이 말을 듣고 혼백(魂魄)이 비월(飛越)하여 급급히 들어가 서동지께 연유를 보(報)할새, 호흡이 천촉(喘促)[210]하고 한출첨배(汗出沾背)[211]하는지라. 모든 쥐들이 이를 보고 눈을 둥굴고 두 귀 발록발록하여 황황망조(遑遑罔措)[212]하거늘 서동지 왈,

"너희들은 놀라지 말라. 옛날 말에 일렀으되, '칼이 비록 비수(匕首)나 죄 없는 사람은 해치지 못한다.' 하였으니 우리 본디 죄를 범한 바가 없는지라 무엇이 두려우리오."

인하여 자손과 노복쥐를 데리고 토굴 밖으로 나오니 오소리와 너구리가 서대쥐 나옴을 보고 더욱 호기(豪氣) 만발(滿發)하여 의기양양(意氣揚揚)하는지라. 서동지 오소리를 보고 흔연(欣然)히 웃어 가로되,

"오 별감(別監)은 그 사이 무양(無恙)하시뇨? 나는 층암절벽 한 곳에 토굴을 의지하고 그대는 천봉만학 절승처(絶勝處)에 산군을 시위하여 유현(幽玄)[213]의 길이 다른 고로 마음은 항상 그윽하나 승안접사(承顔接辭)[214]를 일차(一次) 부득(不得)하더니, 오늘날 관고(官故)[215]로 말미암아 누지(陋地)에 왕굴(枉屈)하여 의외(意外) 청안(淸顔)을 대하니 패자(牌子) 예차(例次)[216]는 서서히 수작(酬酌)하려니와 일배(一杯) 박주(薄酒)[217]를 우선 잠간 나누기를 바라노니, 모름지기 허락할까?"

오소리는 본디 마음이 양정(良正)한지라 서대쥐의 대접이 심히 관후(寬厚)함을 보고 처음에 발발(勃勃)하던 마음이 춘산에 눈 녹듯이 스러지는지라. 서대쥐더러 왈,

"우리 백호산군의 명을 받아 서대쥐와 다람쥐로 재판코자 하여 성화 착래하라 분부 지엄(至嚴)하니 빨리 행함이 옳거늘 어찌 조금이나 지체하리요."

장자(長子)쥐 왈,

"오 별감 말씀이 옳은지라. 어찌 두 번 청함이 있으리요마는 성인(聖人)도 권도(權道)[218]를 둠이 있나니 원컨대 오 별감은 두 번 살펴라."

모든 쥐들이 일시에 간청하며 서대쥐는 오소리의 손을 잡고 장자쥐는 너구리를 붙들고 들어가기를 청하니, 너구리는

본래 음흉(陰凶)한 짐승이라 심중에 생각하되,

'만일 들어가는 경우면 전례(傳例)는 단당(斷當)코 토(討)지 못하리라.'

하여 소매를 떨치고 양노(佯怒)[219] 왈,

"관령(官令)은 지엄하고 일한(日限)[220]은 박모(迫暮)[221]한데 어느 하가(何暇)에[222] 술 마셔 환유(歡游)[223]하리오? 관령이 엄한 줄을 알지 못하고 다만 일배 박주에 팔려 형장(刑杖)이 몸에 돌아오는 것은 생각지 못하는가? 나는 굴 밖에 있으리니 빨리 다녀오라."

하고 말을 마치며 나와 수풀 사이로 수음(樹陰) 찾아 않고 종시(終是) 들어가지 않는지라. 서대쥐 이 말을 듣고 오소리더러 너구리를 청하라 권한데, 오소리 나아가 너구리를 이끌어 가로되,

"서동지 이같이 간청하거늘 어찌 차마 거절하리오? 잠깐 들어가 동정(動靜)을 봄이 좋도다."

너구리 왈,

"그러면 전례(錢禮)는 어찌한다 하더뇨?"

오소리가 너구리 귀에 대고 두어 말로 대강 이르니, 너구리 그제야 오소리로 더불어 가니 주란화각(朱欄畵閣)이 굉장한지라. 전상(殿上)에 올라 서대쥐와 더불어 좌정 후에 다람쥐 기송(起送)한 일을 수어(數語) 수작하더니 거무하(居無何)[224]에 안으로서 주찬(酒饌)이 나오는지라. 잔을 잡아 서로 권할새 수십 배(杯)를 지난 후에, 장자쥐 화각모반(畵脚瑁盤)에 황금 20양(兩)을 담아 부(父) 동지 앞에 드리니, 서대쥐 황금을 가져 오소리 앞으로 밀어놓으며 왈,

"이것이 대접하는 예는 아니나 서로 정을 표할 것이 없으매 마음에 심히 무정(無情)한 고로 소소지물(小小之物)로써 구정(舊情)을 표하나니 양위(兩位) 별감은 혐의(嫌疑)치 말고 나의 적은 정성을 거두라."

오소리 웃으며 왈,

"서동지의 관대(寬待)함이 감사하온 중 이같이 후의(厚意)를 끼치시니 받는 것이 온당(穩當)치 못하오나 감히 물리치지 못하올지라. 연(然)이나 서동지는 조금도 염려치 말고 다람쥐와 결송(決訟)케 하면 내일 좌기(坐起)할 때에 우리 둘이 집장(執杖)할 터이오니 어찌 다람쥐를 중죄(重罪)하여 서대쥐의 분(憤)을 설치(雪恥)치 못하리오."

하고 인하여 서동지로 더불어 떠날새, 장자쥐와 노복쥐로 하여금 왕래(往來) 잡부비(雜浮費)와 소용지물(所用之物)을 구비하여 가지고 바로 백호궁 앞에 이르러는 서동지를 문에 세

---

209) 정소(呈訴) : 소장을 관청에 바침. 정장(呈狀).
210) 천촉(喘促) : 숨을 몹시 가쁘게 쉬며 헐떡거림.
211) 한출첨배(汗出沾背) : 부끄럽거나 무서워서 땀이 배어 등을 적심.
212) 황황망조(遑遑罔措) : 마음이 급하여 어찌할 줄 모르고 허둥지둥함.
213) 유현(幽顯) : 그윽한 곳과 드러난 곳. 사람의 눈에 띄지 아니하는 곳과 눈에 띄는 곳.
214) 승안접사(承顔接辭) : '그 사람을 직접 만나 그 하는 말을 들음'을 겸손하게 이르는 말.
215) 관고(官故) : 관청과 관련된 까닭.
216) 예차(例次) : 사례의 차례. 일의 순서.
217) 박주(薄酒) : 맛이 좋지 못한 술.
218) 권도(權道) : 목적 달성을 위해 임기응변으로 취하는 방도.
219) 양노(佯怒) : 거짓으로 노함.
220) 일한(日限) : 일정한 날의 기한. 정해진 날.
221) 박모(迫暮) : 저녁이 다가옴.
222) 어느 하가(何暇)에 : 어느 겨를에. '어느'가 중복되었다.
223) 환유(歡游) : 기쁘게 놂.
224) 거무하(居無何) : 있은 지 얼마 안 되어서

우고 오소리 들어가더니, 이윽고 안으로서 호령 소리 나며 하리(下吏) 분분(紛紛)히 나와서 서대쥐를 이끌어 들어갈새, 서대쥐 허리를 굽히고 머리를 숙이고 앙연(昻然)히 전상(殿上) 앞으로 들어가며 잠깐 눈을 들어 보니 백호산군이 몸에는 돈점 황전포(黃戰袍)를 입고 금색(金色) 양안(兩眼)을 높이 떴으니 위풍이 늠름하고 기상이 위위(威威)한지라. 좌우를 둘러보니 녹(鹿)판관, 저(猪)판관이며 장(獐)주부, 웅(雄)주부, 백호산군을 옹위(擁衛)하여 청상(廳上) 좌우에 가득하고 여우, 토끼와 너구리, 오소리는 계하(階下)에 열립(列立)하여 국궁(鞠躬) 소리 산중이 들리는지라. 서대쥐 조금도 두려운 빛이 없이 가까이 나아가 길이 읍(揖)하고 섰거늘, 백호산군이 소리를 크게 질러 왈,

"네 어찌 이같이 무식(無識) 무례(無禮)한고? 글에 일렀으되 '수중청룡(水中靑龍)은 만어왕(萬魚王)이요 산상백호(山上白虎)는 백수장(百獸將)이라.' 하였으니 나는 백 짐승의 장수거늘 네가 내 면전(面前)에 이르러 길이 읍하고 절을 아니함은 어찌 됨이뇨?"

서대쥐 안색을 불변하고 눈을 깜짝이며 소리를 가다듬어 대답하여 왈,

"산군의 이르시는 말씀을 깨닫지 못하온지라. 대개(大槪) 산군은 천산만악(千山萬嶽)과 태산오악(泰山五嶽)을 순수(巡狩)하사 짐승의 선악을 살피시는 직임(職任)이요, 저는 벽재하우(僻在海隅)하고 양지(壤地) 편소(偏小)하여 거친 뫼와 깊은 골에 웅거(雄據)하여 다만 산군 절제(節制)를 받을 따름이로되, 만 리 강산과 사해팔황(四海八荒) 안에 허다 만물은 당(唐) 천자의 신민(臣民) 않음이 없는지라. 이제 저의 몸 위에는 당(唐) 천자께서 내리신 교지(敎旨)가 머물렀는 고로 길이 읍만 하고 절하지 아니함은 실로 당 천자께 욕되지 않도록 함이요 산군의 위엄을 범(犯)함이 아니오니, 원컨대 산군은 살피소서."

백호산군이 양구(良久)에 왈,

"진실로 선재(善哉)라. 이는 충의의 말이라. 연(然)이나 들으니 요사이 다람쥐로 더불어 무슨 결원(結怨)이 있어 남의 과동(過冬) 양식을 도적함은 어쩐 연고이뇨?"

하고 인하여 다람쥐를 불러들여 서대쥐와 대송(對訟)할새 다람쥐의 소지를 내어 서대쥐에게 읽혀 들이며 분부 왈,

"서대쥐는 들으라. 다람쥐의 소지(所志) 원정(原情)이 약시(若是)[225]하니 사실(事實) 이허(裏許)[226]가 과연 이러하뇨? 조금도 은휘(隱諱)치 말고 이실직고(以實直告)하라."

서대쥐 이 말을 듣고 전상을 우러러 소리를 높이며 왈,

"산군 조령지하(朝令之下)에 어색(語塞)하온 말로 감히 품달(稟達)키 어려운지라. 바라건대 잠깐 머무르시면 한 장 소지(所志)를 베풀어 하정(下情)을 고달(告達)하리이다."

산군이 이에 허락하니 서대쥐 지필(紙筆)을 취하여 수유간(須臾間)에 일장 소지를 지어 올리거늘, 산군이 그 소지를 받아 보니 가라사대,

"구궁산 팔괘동에 거하는 가선(嘉善)[227]의 서대쥐 발괄(白活)이라. 삼가 소지(所志)의 일인즉, 제가 엎드려 들으니, 자고로 만물의 쟁송(爭訟)하는 바는 나라의 도(道) 없으면 임금의 덕(德)이 없는 사유(事由)라. 고로 걸주(桀紂)는 행악(行惡)하여 백성이 도탄(塗炭)에 들고 만민이 함원(含寃)하매, 양민이 변하여 도적을 이루고 쟁송이 끊이지 아니하여 형벌하는 자(者) 길에 짝하고 주검이 저자에 쌓이니, 이는 나라가 도 없고 임금의 덕 없음이요, 무왕(武王)은 대의(大義)를 행하사 조민벌죄(弔民伐罪)[228]하여 어짊을 행하며 덕을 끼치시니 화피초목(化被草木)하고 뇌급만방(賴及萬方)이라[229] 산무도적(山無盜賊)하고 도불습유(道不拾遺)[230]하며 도적이 화하여 양민이 되고 남녀는 길을 사양(辭讓)하며, 농부는 이랑을 사랑하고, 백성은 송사를 알지 못하며 획지위옥(劃地爲獄)이라고 기불입(期不入)하고, 각목위리(刻木爲吏)[231]라도 기어코 상대치 아니하여 죄를 범함이 없고 송사를 알지 못하여 옥이 40여 년이 비었으니, 유차관지(由此觀之)컨대[232] 만물(萬物)이 다투어 송사함은 위에서의 덕지유무(德之有無)에 있는지라. 희(噫)라! 지금은 당(唐) 천자 새로 즉위하사 대사천하(大赦天下)[233]하시매 백성이 쟁송(爭訟)을 알지 못하고 왕화(王化)가 사해에 점급(霑及)[234]하였거늘, 산군은 백(百) 짐승의 장수(將帥) 되시고 천(千) 짐승의 왕이 되사 인의(仁義)를 짐승에게 베푸시며 덕을 짐승에게 끼치시며 태산 오악의 천만 짐승이 산군의 교화를 힘입었으면 어찌 도적과 쟁송이 있으리이꼬마는, 양(梁) 태부(太傅)[235]에 하였으되, '덕가원시(德可遠施)하며 위가원가(威可遠加)라 수백(數百) 리(里) 외(外)에

225) 약시(若是) : 이와 같음.
226) 이허(裏許) : 겉으로 드러나지 아니한 속마음이나 일의 내막.
227) 가선(嘉善) : 서주대의 벼슬 '가선대부(嘉善大夫)'를 가리킴.
228) 조민벌죄(弔民伐罪) : 백성을 위로하고 죄인을 징벌한다는 말. 『천자문(千字文)』에 나오는 말이다.
229) 화피초목(化被草木)하고 뇌급만방(賴及萬方)이라 : (훌륭한 임금의) 덕화가 풀이나 나무에까지도 미치고, 그의 큰 은혜는 천지간의 만물에까지 미친다. 슬기로운 임금이 나라를 다스리면 그 베풀어 주는 힘이 백성뿐만 아니라 땅 위에 있는 모든 것에까지 미쳐 태평세상이 된다는 말이다. 『천자문(千字文)』에 나오는 말이다.
230) 도불습유(道不拾遺) : 나라가 태평하고 풍속이 아름다워 백성이 길에 떨어진 물건을 주워 가지지 아니함
231) 획지위옥(劃地爲獄)이라고 기불입(期不入)하고, 각목위리(刻木爲吏)라도 기어코 상대치 아니하여 : 땅에 금을 그어 감옥이라 해도 들어가지 않으려 하고, 나무를 깎아 관리(官吏)라 하더라도 기어코 상대치 아니하여. 백성들이 죄를 지어 벌 받는 것을 두려워하는 행동을 가리킨다.
232) 유차관지(由此觀之)컨대 : 이로 말미암아 살피건대.
233) 대사천하(大赦天下) : 온 나라의 죄인을 사면(赦免)함.
234) 점급(霑及) : 조금씩 적셔 들어옴.
235) 양(梁) 태부(太傅) : 양(梁)나라 회왕(懷王)의 태부, 곧 중국 전한(前漢)의 대신·정치가·문인인 가의(賈誼)를 가리킨다.

위령(威令)이 불신(不伸)하니 통곡자(痛哭者) 이것이라.'[236] 하였으니 엎드려 생각건대 산군의 용맹은 천산만학(千山萬壑)에 순행(巡幸)하사 백 짐승의 으뜸이로되 위엄은 천 리 밖에 나지 못하고 덕은 백 리 밖에 베풀지 못하사, 수하(手下)의 적은 짐승이 산군의 교화를 입지 못하고 항렬(行列)[237] 사이에 서로 소송을 일으키며 쟁송지경(爭訟之境)에 이르니, 슬프다. 저와 다람쥐의 무도(無道)함이 아니라 책재원수(責在元帥)[238]라. 산군의 교화가 이르지 못함이요 덕이 무왕(武王)을 효칙(效則)[239]지 못함이라.

대개 저는 구궁산에 거(居)한 지 수천 년에 조상의 전하온 재물이 수천 금에 지나고 겸하여 요사이 당(唐) 천자 사급(賜給)하옵신 율목(栗木)이 4만 주(株)에 지나오니 항상 마음에 과복(過福)함을 염려하는 바요, 상하 권솔(眷率)이 매양 굴문(窟門)을 남이 있어도 출필곡(出必告) 반필면(反必面)하옵거늘 노복종이라도 하일하시(何日何時)에 무엇이 부족하여 타인의 양미(糧米)를 엿보아 도적하오리까? 다람쥐는 수십 세(世)를 내려오며 빈한(貧寒)한 것을 천산만악(千山萬嶽)이 중소공지(衆所共知)[240]요, 성품이 본디 장구지계(長久之計)하는 원려(遠慮)가 없고 다만 고식지계(姑息之計)로 어제 거두어 오늘 살고 금일 취하여 내일 지내오며, 또한 가중(家中)이 본디 적막하여 휘장삼척(揮杖三尺)[241]에 사벽(四壁)이 무애(無礙)어늘[242] 무엇이 넉넉하여 도적맞을 수십 석 양미(糧米)를 하가(何暇)에 저축하오리까? 다람쥐가 거년(去年)에 애련(哀憐)하온 사정을 저더러 말하옵기에 생률(生栗) 백자(柏子) 1, 2석(石)을 주어 구활(救活)하온 후 금년 신정(新正)에 다시 나아와 두 번째 사정하오나 마침 시존자(時存者)[243] 없사와 신청(信聽)[244]치 못하였더니 그로 함원(含怨)하와 보은함은 생각지 않고 이같이 기송지경(起訟之境)[245]에 이르니 어찌 억울치 않사오며, 중공[246]의 글에 일렀으되, '명기위적(明其爲

적(賊)이라야 적내가복(賊乃可服)이라.'[247] 하오니, 도적의 증거를 밝혀야 도적이 가히 항복(降服)하올지라. 옛날 한(漢) 태조(太祖)는 진(秦) 나라를 멸하고 함양(咸陽)에 들어가 부로(父老)와 더불어 삼장법(三章法)을 언약할 제 살인자는 사(死)하고 상인자(傷人者)와 도적은 죄에 다다르기로 국법을 밝혔사오니, 원컨대 산군은 참상(參商)하옵신 후에 만일 제가 도적의 나타나는 형상(形象)이 분명하올진대 쾌히 저를 명정기죄(明正其罪)[248]하와 일후에 다른 짐승으로 하여금 징계(懲戒)하시고, 산군도 덕화를 멀리 베풀지 못하사 교화(敎化) 널리 흐르지 못하므로 이런 송사가 생기는 것이오니 스스로 탄식만 하옵시고 저희들의 쟁송(爭訟)함을 그르다 마옵소서."

백호산군이 서대쥐의 소지(所志)를 본 후 말이 없더니, 이윽고 제사(題辭)를 부르니, 그 제사에 왈,

"예로부터 일렀나니 재하자(在下者)는 유구무언(有口無言)이거늘, 당돌히 위를 범하여 나의 덕화 없음을 꾸짖으니 죄당만사(罪當萬死)라. 연(然)이나 임금이 어질어야 신하 곧다 하였나니, 위(魏)나라 임좌(任座)는 그 임금 무후(武候)의 그름을 말하였고 한(漢)나라 신하 주운(朱雲)은 그 임금 한제(漢帝)의 그름을 말하였더니, 너는 이제 내 무덕(無德)함을 말하니, 너는 진실로 임좌·주운이 되고 나는 진실로 무후와 한제 되리니, 너같이 곧은 자(者)가 어찌 다람쥐의 양식을 도적하리오? 어불성설(語不成說)이니 다람쥐는 엄형정배(嚴刑定配)하고 서대쥐는 특위방송(特爲放送)하라."

제사 이미 내리니 서동지 일어나 다시 꿇어 왈,

"산군의 밝으신 정사(政事)를 입어 방송하심을 입사오니 황감무지(惶感無地)하온지라 다시 무엇을 고달(告達)하리요마는, 저의 미천하온 하정(下情)을 감히 산군(山君) 뇌정지하(雷霆之下)에 앙달(仰達)하옵나니, 다람쥐의 죄상(罪狀)을 의논하올진대 간교(奸巧)하온 말로써 생심(生心)코 기군망상(欺君罔上)[249]하온 일은 만사무석(萬死無惜)이요 죽어도 죄가 남겠으니, 헤아리건대 다람쥐는 일개(一個) 작은 짐승으로 기갈(飢渴)이 몸에 이르고 빈곤이 처자(妻子)에 미치매, 살고자 하오나 살기를 구하지 못하고, 죽고자 하나 또한 구하기 어려우매 파부증소여사(破釜甑燒廬舍)[250]하던 항우(項羽)의 군사라. 다만 죽기를 달게 여기고 살기를 원치 않는 고로 방자(放恣)히 산군께 위엄을 범하오나 도리어 생각하올진대 가련한 바

---

236) '덕가원시(德可遠施)하며 위가원가(威可遠加)라 수백(數百) 리(里) 외(外)에 위령(威令)이 불신(不伸)하니 통곡자(痛哭者) 이것이라.' : 덕을 멀리 베풀 수 있고 위엄을 멀리 더 할 수 있는데도 수백 리 밖에 위령이 펼쳐지지 않으니 통곡할 것이 이것이라. 중국 전한 때의 문인 가의(賈誼)가 지은 상소문의 일부이다.
237) 항렬(行列) : 같은 혈족의 직계에서 갈라져 나간 계통 사이의 대수(代數) 관계를 나타내는 말. 여기서는 가까운 친척 사이를 가리킨다.
238) 책재원수(責在元帥) : 책임이 가장 윗자리에 있는 사람에게 있음을 일컫는 말.
239) 효칙(效則) : 본받아 법으로 삼음.
240) 중소공지(衆所共知) : 뭇 사람들이 모두 아는 일.
241) 휘장삼척(揮杖三尺) : 석 자 몽둥이를 휘두름. 원문은 '휘장삼처(揮杖三處)'로 되어 있다.
242) 휘장삼척(揮杖三尺)에 사벽(四壁)이 무애(無礙)어늘 : 석 자 몽둥이를 휘둘러도 네 벽에 걸림이 없거늘. '서 발 막대 거칠 것 없다.'는 속담을 한문으로 바꾼 것으로, 매우 가난함을 뜻한다.
243) 시존자(時存者) : 그때 있는 것.
244) 신청(信聽) : 믿고 곧이들음.
245) 기송지경(起訟之境) : 소송을 제기하는 지경(地境).
246) 중공 : 동공(董公)의 잘못. 한고조(漢高祖) 유방(劉邦)이 군대를 이

끌고 낙양에 이르렀을 때 그를 가로막고 출병의 명분이 필요함을 역설했던 사람이다.
247) '명기위적(明其爲賊)이라야 적내가복(賊乃可服)이라.' : 그가 도적임을 밝혀야 도적이 곧 항복하니라. 『한서(漢書)』「고제기(古帝記)」에 나오는, '그 역적(逆賊) 됨을 밝혀야 비로소 적을 굴복시킬 수 있다(明其爲賊 敵乃可服).'라는 동공의 말을 변형시킨 것이다.
248) 명정기죄(明正其罪) : 명백하게 죄목을 지적하여 바로잡음.
249) 기군망상(欺君罔上) : 임금을 속임
250) 파부증소여사(破釜甑燒廬舍) : (밥 해 먹던) 솥과 시루를 깨뜨리고 (잠 자던) 집을 불태움.

이거늘, 다람쥐로 하여금 중형(重刑)으로 다스릴진대 이는 죽은 자를 다시 침이요 오히려 노승발검(怒蠅拔劍)[251]이오니, 복망(伏望) 산군은 뇌정(雷霆)의 위엄을 거두사 다람쥐로 하여금 쇠잔한 명을 용대(容貸)하고 하택(河澤)의 덕을 끼치사 일체(一體) 방송(放送)하시면 호천지덕(呼天之德)을 지하에 돌아간들 언감망기(焉敢忘棄)하오리까?[252] 찰지찰지(察知察知)하심을 바라옵고 바라나이다."

산군이 듣기를 다하매 길이 탄식하여 왈,

"기특하도다 이 말이여. 다람쥐의 악함으로 서대쥐의 선(善)을 누르고자 하니, 진소위(眞所謂) 반딧불로 하여금 월광(月光)을 가리고자 함이라. 서대쥐의 선언(善言)으로 좇아 다람쥐를 방송(放送)하노니 돌아가 서대쥐의 선심을 본받으라." 하고 인하여 방송하니, 다람쥐 백배사은(百拜謝恩)하고 만만치사(萬萬致謝)한 후 물러가니라.

백호산군과 녹(鹿) 판관(判官), 저(猪) 판관이며 모든 하리(下吏) 등이 서대쥐의 인후(仁厚)함을 못내 칭송하더라.

서대쥐 문 밖에 나와 장자쥐 불러 선시(先時) 가지고 온 재물을 흩어 백호궁 하리를 나누어 주어 왈,

"이번 송사에 무사히 돌아감은 그대 등의 주선(周旋)함이라. 아직 약간 재물로써 소소한 정을 표하나 일후에 다시 사례할 날이 있으리라."

하고 면두에 서로 이별을 고하고 노복쥐와 더불어 곤륜산을 하직하고 팔괘동으로 돌아올새, 다람쥐 비록 포악한 마음이나 회과자책(悔過自責)[253]하며 서대쥐의 후의를 감격하여 송사함을 심히 뉘우치며 부끄러움을 머금고 마지못하여 서대쥐와 더불어 노중(路中)에서 서로 작별할새, 서대쥐가 다람쥐더러 왈,

"그대는 오늘날 일을 조금도 부끄러워 말고 오히려 전일(前日)로 더불어 다름이 없이 문경(刎頸)의 사죄(謝罪)를 맺어 길이 함원(含怨)을 이르지 말라."

하고 장자쥐를 불러 가진 바 남은 전량(錢糧)을 상고(詳考)하니 다만 수십 양(兩)이라. 인하여 다람쥐를 주어 왈,

"그대의 형세를 익히 아나니 집으로 돌아가 가중(家中) 범어사(凡於事)를 대강(大綱) 보부족(補不足)하라."

다람쥐 부끄러워 차마 받지 못하거늘, 서대쥐 간절히 권하며 오늘날의 정의(情誼)를 서로 배반(背反)치 아니함을 이르니, 다람쥐 마지못하여 만만배사(萬萬拜謝)하여 전량을 받아 가지고 오히려 눈물을 머금어 스스로 죄를 꾸짖으며 돌아가니, 서대쥐 또한 돌아가매 이후로부터 서대쥐와 다람쥐끼리 서로 좋음을 맺어 다투지 아니하나 다람쥐는 항상 제 일을

---

251) 노승발검(怒蠅拔劍) : 성가시게 구는 파리를 보고 화가 나서 칼을 뺀다는 뜻으로, 사소한 일에 화를 내거나 또는 작은 일에 어울리지 않게 커다란 대책을 세움을 비유적으로 이르는 말.
252) 언감망기(焉敢忘棄)하오리까 : 어찌 감히 잊어 버리리까.
253) 회과자책(悔過自責) : 허물을 뉘우쳐 스스로 책망함.

생각하고 지금이라도 다람쥐 서대쥐를 만나면 서로 피하나니라.

■ 해설

이 작품은 간악한 다람쥐가 인후한 서대쥐에게 은혜를 입고도 배은망덕하게 그를 모함하였다가 현명한 판관인 백호산군의 지혜로운 판단으로 사실이 밝혀져 벌을 받는다는 내용의 우화 소설입니다. 우화 소설 중에서도 이 작품은 송사를 중심으로 이야기가 전개되는 유형으로, 재물의 탈취와 뺏김이라는 문제를 중심으로 당대인들의 갈등을 보여 줍니다. 이본이라 할 수 있는 「서대주전」과 차이점을 중심으로 이 작품의 의미를 확인하여 봅시다.

이 작품의 줄거리는 이렇습니다. 중국 옹주땅 구궁산 토굴 속에 살고 있던 서대쥐는 당나라 태종에게 큰 공을 세워 벼슬을 받습니다. 다람쥐가 찾아와 자신의 딱한 사정을 호소하자 서대쥐는 외면하지 않고 도움을 줍니다. 그러나 다람쥐가 다시 서대쥐를 찾아와 도움을 달라고 하자 종족의 형편을 들어 거절합니다. 이에 원한을 품은 다람쥐는 자기의 약식을 훔쳤다며 서대쥐를 거짓으로 고발하게 되고, 백호산군은 서대쥐를 잡아들인 뒤 모두의 이야기를 듣고 다람쥐가 허위로 고발한 것임을 알게 됩니다. 이에 백호산군은 다람쥐를 징벌하려 하지만 서대쥐는 다람쥐를 용서해 달라고 요청합니다. 풀려난 다람쥐는 자신의 배은망덕함을 반성합니다.

이러한 줄거리를 통해 드러나는 표면적인 주제는 인간 사회에도 다람쥐와 같이 간악하고 배은망덕한 인간이 있음을 경계하고 이를 비판하고자 한 것일 겁니다. 즉 표면적으로는 이 작품이 선악형(善惡型) 인물의 대립을 통해 권선징악(勸善懲惡)이라는 관념적이고 유교적 주제를 내세우고 있는 것처럼 보입니다.

그런데 이 작품이 널리 향유되던 조선 후기의 사회적 배경과 관련지어 보면 새로운 해석의 길이 나타납니다. 즉 다람쥐는 부정적 인물로서 조선 후기의 몰락한 양반 계층을 표상하고, 서대주는 긍정적 인물로서 조선 후기에 새롭게 부상한 신흥 상공인 계층을 표상한다고 보는 것이죠. 이렇게 보면 겉으로 보이는 것과 달리 이면에는 봉건적인 정치·윤리·경제 체제를 거부하고 새로운 인간상을 추구하려는 근대 지향적 주제가 내포되어 있다는 것을 알 수 있습니다. 또한, 계집 다람쥐가 남편 다람쥐를 질책하거나 그에게 항거하는 모습에서 부창부수(夫唱婦隨)와 여필종부(女必從夫)라는 봉건적인 사고방식과 도덕관에 대한 비판과 함께 전통적인 윤리관을 타파하고자 하는 작가의 의식을 엿볼 수 있습니다. 서대주를 잡으러 와서 뇌물을 요구하는 오소리와 너구리를 통해 당대 하급 관리의 부패상과 정치적 현실이 지닌 모순도 찾을 수

있습니다.

특히 서대쥐가 송사 과정에서 지배층인 백호산군의 문제점을 지적하는 모습에서도 조선 후기의 시대상을 읽어낼 수 있다는 점에 유의해 볼 만합니다. 이 과정에서 서대쥐가 모든 문제의 원인을 덕화(德化)의 부족에서 기인하는 것으로 보고 덕화를 통해 문제를 해결해야 한다는 입장을 보여주고 있습니다. 현실적 문제를 유교적 심성론(心性論)의 입장에서 이해하는 관점이 여타의 우화 소설과 다른 점이라 하겠습니다. 표면적으로 보면 다람쥐와 같이 가난한 처지에서도 힘써 일하지 않고 구걸하며 생계를 유지하려는 당대의 인간 부류를 비판·풍자하고 나아가 은혜를 배신하여 원수로 갚는 비인간적인 세태를 꼬집고 있습니다. 한편으로 남편의 부당한 행실에 정면으로 대항하여 인륜의 근본을 지키려 한 다람쥐의 처의 행위는 당대 여성의 인식 변화를 은연 중에 드러내고 있어 주목할 만합니다.

그런데 이 작품과 이본 관계에 있는 「서대주전」에 관심을 기울여 볼 만합니다. 이 작품도 작자와 창작 연대를 알 수 없고, 한문으로 된 필사본입니다. 이 작품의 줄거리는 이렇습니다.

중국 농서 소토산 절벽 아래의 천서암이라는 바위 속에 수많은 서류(鼠類)가 살고 있었는데 그 중 큰 쥐를 서대주라 하였습니다. 하루는 서대주가 쥐들을 모아 놓고, 흉년으로 창고가 비어 먹고 살기 어려워 살아갈 묘책을 의논합니다. 작은 쥐 한 마리가 나서서 농서 남악산 석굴의 타남주(다람쥐) 무리들이 군거(群居)하며 월동용으로 밤 50석을 저장하고 있으니 용사 50명을 뽑아 밤을 틈타서 탈취하자고 제안하자 서대주가 그대로 행합니다. 이때 타남주 무리들은 밤 50석을 수습해 가지고 돌아와 성연(盛宴)을 벌이고 술에 취해 쓰러져 잠이 듭니다. 이 틈을 타서 서류들이 밤 50석과 온갖 보물을 탈취해 갑니다.

잠에서 깨어난 타남주 무리들은 도난 사실을 알고 의논한 결과 소토산의 서류들이 도적질한 것으로 생각하고 작은 쥐 한 마리를 밀파하여 이 사실을 확인한 후 원님에게 소장을 제출합니다. 원님은 형리(刑吏)를 보내어 서대주를 잡아오게 하고 형리는 서대주를 포박하여 끌고 나오려 하나 서대주가 형리를 성대하게 대접하고 뇌물까지 줍니다. 이로 인하여 서대주는 자기 마음대로 의관을 정제하여 화려한 차림을 하고 나귀를 타고 따라 나섭니다. 원님이 서대주를 국문(鞫問)하려 하나 날이 이미 저물어 하룻밤을 옥에서 지내게 하고, 서대주는 옥리에게 많은 돈을 주어 칼을 풀고 편히 지냅니다. 다음날 원님이 서대주를 국문하자 서대주는 태연히 앉아 교언유설(巧言流說)로 조리 있게 대답하고 타남주의 고발은 날조에 불과하다고 합니다.

이에 원님도 서대주의 말을 믿고 서대주에게 술을 대접하여 돌려보내고, 오히려 타남주를 무고죄(誣告罪)로 절도(絶島)로 정배합니다. 그 후 서대주는 자손을 번성시켜 여러 곳에 살게 되었는데, 도적질로 생활하여 사람들이 보기만 하여도 죽여 버렸고, 타남주는 선량하고 곧은 성품을 지녀 벌을 받았으나 원망하지 않았으며, 나무 열매를 먹고 곡식을 해치지 않아 사람들이 귀여워하게 됩니다.

「서동지전」과 이 작품은 선악(善惡)의 인물이 서로 대립하고 그 문제를 송사를 통해 해결한다는 서사 구조는 대동소이(大同小異)합니다. 그런데 권선징악(勸善懲惡)이나 신상필벌(信賞必罰)이라는 일반적인 원칙이 깨지고 있습니다. 쥐들의 무리가 벌이는 소송 사건을 통해, 재판이 공정하게 진행되지 못하여 억울하게 죄를 뒤집어쓰는 부조리한 세태를 고발하는 데 초점이 모이고 있습니다. 특히 서대주가 공훈의 후예로서 부요하고 자손이 번성한 명망가 집안 출신이기에, 도적질을 행하고서도 허세와 뇌물을 이용하여 죗값을 치르지 않는다는 내용은 도적의 형상과 당대의 부요한 양반의 형상을 겹쳐 놓음으로써 비판의 강도를 더하고 있습니다.

또한 사건의 진상을 제대로 파악하지 못하고 교언유설에 현혹되어 무고(無故)한 타남주를 정배(定配)시키는 원님의 처사나, 융숭한 대접과 뇌물로 인해 죄인을 제대로 다루지 못하는 형리와 옥리 등은 당대 향촌 사회의 관리들을 직접적으로 비판하고 있습니다. 이를 통하여 조선 후기 향촌 사회에 정착한 후 지방 관리와 결탁하여 토호(土豪)로서 많은 재산과 권력을 유지하였던 사족(士族) 집단의 부도덕한 삶의 양태가 여실하게 드러나는 것입니다. 반면에 타남주는 선량하고 정직하여 죄 없이도 죄를 입는 힘없는 평민 계급으로 형상화됩니다.

여기에서 타남주가 자신의 무죄를 끝까지 주장하지 아니하고 죄를 덮어쓰는 것은, 오히려 무능한 원님과 부패한 형리·옥리 및 부도덕하고 교활한 서대주의 행태와 죄악에 대해 타남주를 동정하는 작품 수용층을 더욱 통분하게 하는 기능을 할 뿐만 아니라 현실적으로 당대의 평민은 송사에 있어서 문자를 몰라, 혹은 사족의 교언한 구변에 대항하지 못하여, 혹은 향리나 향승의 노여움을 받게 될까봐 벙어리가 될 수밖에 없는 세태와 직접적으로 연결되어 있는 것입니다.

「서옥기(鼠獄記)」라는 작품도 있는데, 이것은 앞의 두 작품과 다른 내용입니다. 큰 쥐 한 마리가 무리를 거느리고 미창(米倉), 곧 곡식 창고를 뚫고 들어가 배불리 먹고 지내다가 창신(倉神), 곧 창고의 신에게 발각되어 신병(神兵)에게 잡혀가고, 큰 쥐를 국문하자 계속 범인을 다른 것이라 거짓 증언을 합니다. 이 작품도 쥐의 이야기를 통해 인간의 이야기를 하고자 마련되었습니다. 여기에 우화 소설의 존재 의의가 있는 셈입니다.

황새결송(決訟)

작자 미상

■ 줄거리

　옛날 경상도 땅에 일년 추수가 만석이 넘는 큰 부자가 있었다. 하루는 일가친척이기도 한 패악무도한 자가 찾아와서는 같은 자손으로 혼자만 잘 사는 것을 비난하며, 만일 재산의 반을 나누어주지 않으면 살지 못하게 하겠다고 협박한다. 동리 사람들은 그의 몹쓸 심사를 익히 아는지라 관가·감영에 소송을 내어 다시는 이런 일이 없도록 하라고 부자에게 권한다.

　부자는 이를 옳게 여겨 그를 데리고 함께 서울로 올라와 형조에 위와 같은 사연을 올린다. 그러나 관원은 뒷날 재판 시에 처결하리라 한다. 부자는 자신의 옳음을 믿고 요령없이 전혀 아무도 찾아보지 않고 있는 반면에, 그 무거불측한 자는 여러 수단을 써서 자기에게 재판이 유리하게 전개되도록 마련해둔다. 이에 재판 날이 되어서 부자는 봉욕과 함께 그가 달라는 대로 나누어주라는 판결을 받는다. 부자는 분함을 이기지 못하여 짐짓 다음과 같은 이야기 하나를 꾸며 들려 겠다고 하며 거기에 빗대어 자기의 억울한 사연을 호소한다.

　꾀꼬리·뻐꾸기·따오기의 세 짐승이 서로 자기의 우는 소리가 가장 좋다고 다투다가 결판을 얻지 못해 관장군(鶴將軍) 황새를 찾아가 송사한다. 따오기는 스스로 제 소리가 가장 못함을 알고 청을 넣어 좋은 결과를 얻고자 황새가 좋아하는 여러 곤충들을 잡아 바친다. 황새는 반갑게 따오기를 맞아들여 온 연유를 묻는다. 따오기는 꾀꼬리와 뻐꾸기와 더불어 소리 겨룸을 한 것을 말하고는 미리 청이나 하고자 하는 자신의 의도를 밝혀, 명일 송사에 아래 '下(하)'자를 윗 '上(상)'자로 뒤집어 주도록 은근히 부탁해둔다.

　날이 밝아 세 짐승이 황새 앞에 와 송사를 하며 처분해 주기를 바라니, 황새는 세 짐승으로 하여금 각기 소리를 내도록 한다. 황새는 꾀꼬리의 소리는 애잔하여 쓸데없다고 내치고, 이어 뻐꾸기의 소리는 궁상스럽고 수심이 깃들여 있다 하여 내친다. 이어서 따오기의 소리가 가장 웅장하다 하여 그것을 상성으로 처결해 주었다.

　부자가 이 이야기를 통하여 뇌물을 주고받아 물욕에 잠겨 그릇된 판결을 내린 서울의 법관들을 비꼬니, 형조관원들은 대답할 말이 없어 부끄러워하였다.

■ 원문

　옛날 경상도(慶尙道) 땅에 한 사람이 있으니, 대대(代代) 부자(富者)로 1년 추수(秋收)가 만 석(萬石)에 지나니, 그 사람의 무량대복(無量大福)1)을 가(可)히 알지라. 일생(一生) 가산(家産)이 풍비(豐備)2)하여 그릴3) 것 없으며 이웃 사람이 송덕(頌德) 아니 하는 이 없더라.

　그 중 일가(一家)에 한 패악무도(悖惡無道)4)한 놈이 있어 불분동서(不分東西)5)하고 유리표박(流離漂迫)6)하여 다니더니 일일(一日)은 홀연(忽然) 이르러 구박(驅迫)하여 왈(曰),

　"너희는 좋이 잘 사는구나. 너 잘 사는 것이 도시(都是)7) 조상전래지물(祖上傳來之物)8)이니 우리 서로 동고조자손(同高祖子孫)9)으로 너만 홀로 잘 먹고 잘 입어 부족한 것 없이 지내니 어찌 애닲지 아니하리오. 이제 그 재물을 반을 나누어 주면 무사(無事)하려니와 그렇지 아니하면 너를 살지 못하게 하리라."

하고, 종야(終夜)토록10) 광언망설(狂言妄說)11)을 무수히 하며 심지어(甚至於) 불을 놓으려 하더니, 동리(洞里) 사람들이 그 거동을 보고 그 놈의 몹쓸 심사(心思)를 헤아리매 차마 분함을 이기지 못하여 가만히 주인 부자를 권하여 왈,

　"그 놈을 그저 두지 말고 관가(官家)를 정하거나 감영(監營)에 의송(議送)12)을 하거나 하여 다시 이런 일 없게 함이 좋을까 하노라."

하니, 그 부자 이 말을 듣고 옳이 여겨 가로되,

　"이 놈은 좀처럼 속이지 못할지라, 서울 올라가 형조(刑曹)13)를 정하여 후환(後患)을 없게 하리라."

---

1) 무량대복(無量大福) : 헤아릴 수 없을 만큼 큰 복.
2) 풍비(豐備) : 풍부하게 갖춤.
3) 그릴 : 그리워할, 있었으면 하는. 부러워할.
4) 패악무도(悖惡無道) : 사람으로서 마땅히 하여야 할 도리가 없이 어그러지고 흉악함.
5) 불분동서(不分東西) : 동쪽과 서쪽을 가리지 않고.
6) 유리표박(流離漂迫) : 일정(一定)한 직업(職業)을 가지지 아니하고 정처 없이 이리저리 떠돌아다니는 일.
7) 도시(都是) : 도무지.
8) 조상전래지물(祖上傳來之物) : 조상으로부터 전하여 내려온 것.
9) 동고조자손(同高祖子孫) : 같은 고조(高祖)의 자손.
10) 종야(終夜)토록 : 밤새도록.
11) 광언망설(狂言妄說) : 광담패설(狂談悖說). 이치에 맞지 않고 도의(道義)에 어긋나는 말.
12) 의송(議送) : 백성이 고을 원에게 패송(敗訟)당하고 다시 관찰사(觀察使)에 상소(上訴)하는 일.
13) 형조(刑曹) : 조선 시대에, 육조(六曹) 가운데 법률·소송·형옥·

하고, 그 놈을 이끌고 한가지로14) 서울로 올라오니라.

　이 부자는 본디 하향(遐鄕)15)에 있어 좀처럼 글자도 읽으며 상시(常時)에16) 박람(博覽)17)하여 구변(口辯)18)도 있으며 주제넘은 문자도 쓰더니, 이러한 일을 당하매 '득송(得訟)19)을 단단히 하리라.' 하고 분하고 절통(切痛)함을 이기지 못하여 '이 놈을 형추정배(刑推定配)20)하면 다시 꿈쩍 못 하게 하리라.' 하고 경성(京城)에 올라와 형조를 찾아 원정(原情)21)을 올려 왈,

　"소인(小人)은 경상도(慶尙道) 아무 고을에서 사옵더니 천행(天幸)으로 가산이 풍족(豊足)하오매 자연히 친척의 빈곤하온 사람도 많이 구제(救濟)하옵더니, 소인의 일가(一家) 중 한 놈이 있어 본디 허랑방탕(虛浪放蕩)하므로 가산을 탕패(蕩敗)22)하고 동서(東西)로 유리(流離)하옵기로 불쌍히 여겨 다시 집도 지어 주며 전답(田畓)도 사 주어 아무쪼록 부지(扶持)하여 살게 하오대, 그 놈이 갈수록 괴이(怪異)하여 농사도 아니 하옵고 온갖 노름 하기와 술 먹기를 좋아하온대, 그 가장(家藏)23)을 지탱(支撑)치 못 하와 일조(一朝)에24) 다 팔아 없이 하옵고 또 정처(定處)없이 다니기를 좋아하옵기로, 이제는 장사질이나 하라 하고 밑천 돈을 주면 또 어찌하여 없이 하고 다니며, 혹 1년 만에도 와 재물을 얻어 가옵고 혹 2년 만에도 와 2, 3백 냥 4, 5백 냥을 물어내기도 무수히 하옵더니, 요사이는 더구나 흉악(凶惡)하온 마음을 먹고 소인(小人)을 찾아와 발악(發惡)을 무수히 하옵고 줄욕25)을 대단히 하오며, '재물과 전답(田畓)을 반씩 나눠 가지지 아니하면 너를 죽여 없이하리라.' 하옵고 날마다 싸우며 집에 불을 놓으려 하오니, 이러하온 놈이 천하에 어디 있사오리이까? 차마 견디지 못하와 불원천리(不遠千里)26)하옵고 세세(細細) 원정(原情)을 명정지하(明政之下)27)에 올리옵나니 복걸(伏乞)28) 참상위시후(參商爲是後)29)에 이러하온 부도(不道)의 놈을 각별 처치(處置)하와 하방(遐方)30) 백성으로 하여금 부지(扶支)하와

살게 하옴을 천만(千萬) 바라옵나이다."

하였더라.

　관원이 그 원정을 자세히 보고 서리(胥吏)31)에게 분부하여,

　"일후(日後) 좌기(座起)32) 시(時)에 처결하리라"

하고 아직 추열(推閱)33)치 못하였더니, 여러 날이 되도록 좌기되기만 기다리매 그 사이 서리나 찾아보고 낌34)이나 얻을 일로되, 제 이왕(已往) 그르지 아니하게 한 일을 전혀 믿고 아무 사람도 찾아보지 아니하고 그 절통한 심사를 견디지 못하여 그 놈 혹여(或如)35) 죽기만 기다리고 있는지라. 그 놈이 비록 놀기를 즐겨 허랑무도(虛浪無道)하여 주유사방(周遊四方)36)하매 문견(聞見)이 너르고 겸하여 시속(時俗) 물정(物情)을 아는지라. 이 때 송사에 올라와 일변 친구도 찾아서 형조(刑曹)에 청(請)길37)을 뚫어 당상(堂上)이며 낭청(郞廳)38)이며 서리(胥吏) 사령(使令)39)까지 꼈으니,40) 자고(自古)로 송사(訟事)는 눈치 있게 잘 돌면 이기지 못할 송사도 아무 탈 없이 득송(得訟)하나니, 이는 이른바 '녹비(鹿皮)에 갈 왈(曰) 자(字)41)를 씀'이라. 아무커나 좌기(座起) 날을 당하여 당상(堂上)은 주좌(主坐)하고42) 낭청들은 동서(東西)로 열좌(列坐)하고43) 서리 등은 툇마루에서 거행(擧行)할새 그 엄숙함이 비할 데 없더라. 사령에게 분부하여,

　"양척(兩隻)44)을 불러들이라"

하고 계하(階下)에 꿇리며 분부하되,

　"네 들으라. 부자는 너같이 무지(無知)한 놈이 어디 있으리오. 네 자수성가(自手成家)45)를 하여도 빈족(貧族)46)을 살리며 불쌍한 사람을 구급(救急)하거든, 하물며 너는 조업(祖業)47)을 가지고 대대로 치부(致富)하여 만석꾼에 이르니 족

노예 따위에 관한 일을 맡아보던 관아.
14) 한가지로 : 함께.
15) 하향(遐鄕) : 중앙에서 멀리 떨어져 있는 지방. 하방(遐方). 시골.
16) 상시(常時)에 : 평상시(平常時)에. 평소에.
17) 박람(博覽) : 책을 두루 많이 읽음. 사물(事物)을 널리 봄.
18) 구변(口辯) : 언변(言辯). 말을 잘하는 재주나 솜씨.
19) 득송(得訟) : 승소(勝訴). 소송에서 이기는 일.
20) 형추정배(刑推定配) : 죄를 물어 귀양을 보냄. '형추(刑推)'는 형장(刑杖)으로 죄인의 정강이를 때리던 형벌.
21) 원정(原情) : 사정을 하소연함
22) 탕패(蕩敗) : 재물을 다 써서 없앰.
23) 가장(家藏) : 가산(家産). 물건 따위를 집에 간직함. 또는 그 물건.
24) 일조(一朝)에 : 하루아침에.
25) 줄욕 : 잇따라 해대는 욕.
26) 불원천리(不遠千里) : 천 리를 멀다 하지 않고.
27) 명정지하(明政之下) : 현명(賢明)한 관리(官吏)의 아래(앞).
28) 복걸(伏乞) : 엎드려 바라건대.
29) 참상위시후(參商爲是後) : 이두식(吏讀式) 표현으로 '자세히 살피신 후'의 뜻.
30) 하방(遐方) : 서울에서 멀리 떨어진 지방.
31) 서리(胥吏) : 조선 시대에, 중앙 관아에 속하여 문서의 기록과 관리를 맡아보던 하급의 구실아치.
32) 좌기(座起) : 관청의 우두머리가 사진(仕進)하여 일을 봄.
33) 추열(推閱) : 죄인을 심문함.
34) 낌 : 낌새, 일이 되어가는 형편.
35) 혹여(或如) : 혹시(或是). 그러할 리는 없지만 만일에. '속여'라 되어 '속히'로 읽은 자료도 있는데, 문맥상 'ㅎ'이 'ㅅ'으로 변동한 것으로 봄이 타당할 듯.
36) 주유사방(周遊四方) : 사방으로 두루 돌아다님.
37) 청(請)길 : 요청할 길. 부탁할 만한 끈.
38) 조선 때 각 관아(官衙)의 당상관의 총칭.
39) 사령(使令) : 조선 시대에, 각 관아에서 심부름하던 사람.
40) 꼈으니 : 끼었으니. '끼다'는 남의 힘을 빌리거나 이용하다.
41) 녹비(鹿皮)에 갈 왈(曰) 자(字) : 당기면 잘 늘어나는 사슴 가죽에 '曰'자를 써서 세로로 당기면 '曰'이 되고 가로로 당기면 '曰'이 된다는 뜻으로, 주견 없이 남의 말에 붙좇거나 일이 이리도 되고 저리도 되는 형편을 가리키는 말.
42) 주좌(主坐)하고 : 으뜸이 되어 앉고.
43) 열좌(列坐)하고 : 열석(列席)하고. 자리에 죽 벌여서 앉고.
44) 양척(兩隻) : 원고와 피고를 통틀어 이르는 말.
45) 자수성가(自手成家) : 물려받은 재산이 없는 사람이 자기의 힘으로 한 살림을 이룩함.
46) 빈족(貧族) : 가난한 친족.
47) 조업(祖業) : 조상 때부터 대대로 내려오는 가업.

히 흉년(凶年)에 일읍(一邑) 백성을 진휼(賑恤)[48]도 하려든, 너의 지친(至親)[49]을 구제(救濟)치 아니하고 송사를 하여 불리치려 하니 너같이 무도(無道)한 놈이 어디 있으리오. 어느 자손은 잘 먹고 어느 자손은 굶어 죽게 되었으니 네 마음에 어찌 죄스럽지 아니하랴. 네 소위(所爲)[50]를 헤아리면 소당(所當)[51] 형추정배(刑推定配)할 것이로되 십분(十分) 안서(安徐)[52]하여 송사만 지우고[53] 내치노니 네게는 이런 상덕(上德)[54]이 없는지라. 저 놈 달라 하는 대로 나눠 주고 친척(親戚) 간(間) 서로 의(誼)를 상(傷)치 말라"

하며,

"그대로 다짐받고 끌어 내치라"

하거늘, 부자 생각하매 이제 송사를 지니 가장 절통하고 분함을 이기지 못하여 그 놈의 청(請)으로 정작 무도(無道)한 놈은 착한 곳으로 돌아가고 나같이 어진 사람을 부도(不道)로 보내니 그 가슴이 터질 듯하매, 전후사(前後事)를 고쳐 고(告)하면 반드시 효험(效驗)이 있을까 하여 다시 꿇어앉으며 고하려 한즉, 호령(號令)이 서리 같아 등 밀어 내치려 하거늘, 부자가 생각하되,

'내 관정(官庭)에서 크게 소리를 하여 전후사를 아뢰려 하면 필경(畢竟) 관정발악(官庭發惡)[55]이라 하여 뒤얽어 잡고 조율(照律)[56]을 할 양이면 청 듣고 송사도 지우는데, 무슨 일을 못하며 무지한 사령 놈들이 만일 함부로 두드리면 고향에 돌아가지도 못하고 종신(終身) 어혈(瘀血)[57]만 될 것이니 어찌할꼬.'

이리 생각 저리 생각 아무리 생각하여도 그저 송사를 지고 가기는 차마 분하고 애달픔이 가슴에 가득하여 송관(訟官)[58]을 뚫어지게 치밀어 보다가 문득 생각하되,

'내 송사는 지고 가거니와 이야기 한 마디를 꾸며내어 조용히 할 것이니 만일 저놈들이 듣기곧[59] 하면 무안(無顔)이나 뵈리라.'

하고 다시 일어서 계하(階下)에 가까이 앉으며 고하여 왈,

"소인이 천리(千里)에 올라와 송사는 지고 가옵거니와 들으심 직한 이야기 한 마디 있사오니 들으심을 원하나이다."

관원이 이 말을 듣고 가장 우습게 여기나, 상(常)에[60] 이야기 듣기를 좋아하는 고로 시골 이야기는 재미있는가 하여 듣고자 하나 다른 송사도 결단(決斷)치 아니하고 저 놈의 말을 들으면 남이 보아도 체모(體貌)[61]에 괴이한지라. 거짓 꾸짖는 분부로 일러 왈,

"네 본디 하향(遐鄕)에 있어 사체(事體)[62] 경중(輕重)을 모르고 관전(官前)에서 이야기한단 말이 되지 못한 말이로되 네 원이나 풀어 줄 것이니 무슨 말인고 아뢰어라."

하니, 그 부자가 그제야 잔기침하며 말을 내어 왈,

"옛적에 꾀꼬리와 뻐꾹새와 따오기와 세 짐승이 서로 모여 앉아 우는 소리 좋음을 다투되 여러 날이 되도록 결단치 못하였더니, 일일은 꾀꼬리 이르되,

'우리 서로 싸우지 말고 송사하여 보자.'

한대, 그 중 한 짐승이 이르되,

'내 들으니 황새가 날짐승 중 키 크고 부리 길고 몸집이 이방저워[63] 통량(洞量)[64]이 있으며 범사(凡事)를 곧게 한다 하기로 이르기를 황 장군이라 하나니, 우리 그 황 장군을 찾아 소리를 결단함이 어떠하뇨?'

세 짐승이 옳이 여겨 그리로 완정하매[65] 그 중 따오기란 짐승이 소리는 비록 참혹(慘酷)하나 소견은 몽자친지(夢者親知)[66]라. 돌아와 생각하되,

'내 비록 큰 말을 하였으나 세 소리 중 내 소리 아주 초라하니 날더러 물어도 나밖에 질 놈 없는지라. 옛 사람이 이르되, 모사(謀事)는 재인(在人)이요, 성사(成事)는 재천(在天)[67]이라 하였으니 아무커나 청촉(請囑)[68]이나 하면 필연(必然) 좋으리로다.'

하고 이에 솔기자손(率其子孫)하여[69] 밤이 새도록 시냇가와 논둑이며 웅덩이, 개천 발치[70] 휘뚜루[71] 다니면서 황새의 평생 즐기는 것을 주워 모으니 갖가지 음식이라. 개구리, 우렁이, 두꺼비, 올챙이, 거머리, 구렁이, 물뱀, 찰거머리, 하늘밥도

---

48) 진휼(賑恤) : 흉년에 곤궁한 백성을 구원하여 도와줌.
49) 지친(至親) : 매우 가까운 친족. 아버지와 아들, 언니와 아우 사이를 이르는 말이다.
50) 소위(所爲) : 소행(所行). 이미 해 놓은 일이나 짓.
51) 소당(所當) : 이소당연(理所當然). 이치(理致)가 응당 그리하여야 할 일.
52) 안서(安徐) : 잠시 보류함.
53) 지우고 : 지게 하고.
54) 상덕(上德) : 웃어른에게 받는 은덕.
55) 관정발악(官庭發惡) : 예전에, 관가에서 심문이나 취조를 할 때 심문을 받는 사람이 관원들에게 반항하던 일.
56) 조율(照律) : 죄의 경중에 따라 법률을 적용함.
57) 어혈(瘀血) : 타박상 따위로 살 속에 피가 맺힘. 또는 그 피.
58) 송관(訟官) : 송사를 맡아 다스리던 벼슬아치.
59) 듣기곧 : 듣기만. '곧'은 (예스러운 표현으로) 앞말을 강조하는 뜻을 나타내는 보조사.
60) 상(常)에 : 평소에.
61) 체모(體貌) : 체면(體面). 남을 대하기에 떳떳한 도리나 얼굴.
62) 사체(事體) : 사리(事理)와 체면(體面)을 아울러 이르는 말. 일이 되어 가는 형편이나 상황. 사태(事態).
63) 이방져워 : 어방져. '어방지다'는 '넓고 크다'는 뜻의 경남 방언.
64) 통량(洞量) : 국량(局量). 남의 잘못을 이해하고 감싸 주며 일을 능히 처리하는 힘.
65) 그리로 완정하매 : 그곳으로 원정(原情)하매, 그렇게 완정(完定)하매.
66) 몽자친지(夢者親知) : 의뭉한 사람과 잘 아는 사람. 의뭉한 사람. '몽(夢)'은 우리말 '의뭉'을 한자를 빌려 표기한 것이고, '의뭉'은 '겉으로는 어리석은 것처럼 보이면서 속으로는 엉큼함'의 뜻.
67) 모사(謀事)는 재인(在人)이요, 성사(成事)는 재천(在天) : 일을 힘써 꾀함은 사람에 달렸으나 일을 성취시키는 것은 하늘에 달렸다.
68) 청촉(請囑) : 청을 넣어 위촉함.
69) 솔기자손(率其子孫)하여 : 그 자손을 거느려.
70) 발치 : 사물의 꼬리나 아래쪽이 되는 끝부분.
71) 휘뚜루 : 닥치는 대로 대충대충. 이리저리 휘둘러.

둑, 쥐며느리, 딱정벌레, 굼벵이, 지렁이, 꽁지벌레, 집게벌레, 구더기 등물(等物)72)을 모아 가지고 맵시 있는 붉은 박에 보기 좋게 정(淨)히 담아 황새집으로 가져갈새, 고주대문(高柱大門)73) 들이달아 중대문(中大門) 들어서며 층층대 넌짓 올라 구량각(九樑閣)74) 대청(大廳) 위에 공손히 내려놓고 급급(急急)한 소리로 수청(守廳)75) 불러 이른 말이, 따오기 문안(問安) 아뢰어 달라 하니, 이때는 정(正)히 하사월(夏四月) 망간(望間)76)이라. 황새놈이 낮이면 공사(公事)에 골몰(汨沒)하여 낮잠도 변변히 자지 못하고 밤을 당하매 삼사경(三四更)까지 문객(門客)들로 힐난(詰難)77)하다가 겨우 첫잠을 들었더니, 문득 수청 부르는 소리를 듣고 놀라 깨어 가만히 그 목소리를 들으니 따오기거늘 생각하되, 이놈이 댁(宅)에 올 일이 없고 원간(遠間)78) 서어(齟齬)하게79) 굴더니 이제 반야삼경(半夜三更)80)에 홀연(忽然)히 내 사랑 앞에 이르러 무슨 봉물(封物)81)을 가지고 와서 방자(放恣)히 문안드려 달라 하니, 내 요사이 용권(用權)82)하는 터에 어떤 상놈이 마구 다니다가 무슨 일을 저지르고, 제 필연 어려운 일을 당하여 옹색(壅塞)83)하기로 청촉(請囑)을 하러 왔는가 싶도다 하며, 먼저 실사귀할84) 것을 보리라 하고 거짓 신음하는 소리로 일어 앉아 자시전의(自恃前誼)85)로 등을 가리우고 등하(燈下)에 자세히 보니, 과연 온갖 것 갖춰 있으매 모두 다 긴(緊)한 것이라. 말리어 두고 제사에 씀직한 것도 있으며 서방님 장중(場中)86) 출입할 때에 찬합(饌盒)87)에 넣어 보낼 것도 있으며, 친구에게 응구(應口)할88) 것도 있으며, 하인에게 행하(行下)89)할 것도 있고 왜반(倭盤)90)에 담아 새 사돈(查頓)집에

효도(孝道)할 것도 있고, 집에 두고 어린 아기 울음 달랠 것도 있으며 중병(重病) 중에 입맛 붙일 것도 있고 혹 생일(生日) 시(時)에 손님 겪을 것도 있으니, 이것이 다 황새에게 긴용(緊用)할91) 물건이라. 마음에 흐무지고92) 다행히 여겨 청지기로 하여금 잘 간수하여 두라 하고 그제야 소리를 길게 빼어 이르되,

'네 목소리를 오래 듣지 못하였더니 어니 그리 허랑(虛浪) 무정(無情)하냐? 그 사이 몸이나 성히 있으며 네 어미나 잘 있느냐? 반갑고 반갑구나. 네 사생존망(死生存亡)을 모르매 궁금하기 청량(稱量)93) 없더니 금야(今夜)에 상면(相面)하니 이는 죽었던 것 만나봄 같도다. 그러나 저러나 네 무단히 댁을 절적(絶跡)하고94) 다니지 아니하니 그 무슨 일이며, 그런 무신(無信)한95) 도리 어디 있으리오. 네 이제 밤중에 왔으니 무슨 긴급(緊急)한 일이 있느냐? 나더러 이르면 아무 일이라도 잘 어루만져 무사히 하여 제 마음에 상쾌(爽快)하게 하여 주리라.'

따오기 처음은 제 문안(問安)드린 지 여러 해 되고 또한 밤중에 남의 단잠을 깨워 괴롭게 하였으니 만일 골딱지96)를 내면 그 긴 부리로 몹시 쪼일까 하였더니, 그렇지 아니하고 다정히 불러들여 반갑게 묻는 양을 보고 그제야 미닫이 앞에 가까이 나아가 아뢰되,

"소인(小人)이 근간(近間) 사소(些少)한 우환(憂患)도 있삽고 생계(生計)에 골몰(汨沒)하와 주야(晝夜)로 분주(奔走)하옵기로 오래 문안 못 드렸삽더니 이제 와 문안을 아뢰오니 황공무지(惶恐無地)97)하와 아뢸 말씀 없삽거니와, 다만 급하온 일이 있삽기로 죄를 무릅쓰고 이렇듯 왔사오니 하정(下情)98)에 외람(猥濫)99)하옴을 이기지 못하리로소이다."

황새놈이 덩실 웃고 이르되,

"이런 급한 일이 있기에 나를 보러 왔지, 그렇지 아니하면 네 어찌 왔으리오. 그러니 네 무슨 일이 네 소회(所懷)100)를 자세히 아뢰어라."

따오기 아뢰되,

---

72) 등물(等物) : 같은 종류의 물건.
73) 고주대문(高柱大門) : 솟을대문. 행랑채의 지붕보다 높이 솟게 지은 대문.
74) 구량각(九樑閣) : 마룻대를 포함하여 아홉 개의 보를 써서 지은 네 칸 넓이의 큰 전각. 보통 일곱 개의 보를 쓰나 집이 너무 넓어서 일곱 개로는 상연(上椽)의 경사가 급하지 못하여 두 개를 더 쓴다.
75) 수청(守廳) : 청지기. 양반집에서 잡일을 맡아보거나 시중을 들던 사람.
76) 망간(望間) : 보름.
77) 힐난(詰難) : 트집을 잡아 거북할 만큼 따지고 듦.
78) 원간(遠間) : 오랫동안.
79) 서어(齟齬)하게 : 뜻이 맞지 아니하여 조금 서먹하게. 틀어져서 어긋나게. 익숙하지 아니하여 서름서름하게.
80) 반야삼경(半夜三更) : 한밤중.
81) 봉물(封物) : 선사로 봉하여 보내는 물건. 흔히 시골서 서울 벼슬아치에게 보내는 예물에 쓰는 말.
82) 용권(用權) : 권세를 부림.
83) 옹색(壅塞) : 형편이 넉넉하지 못하여 생활에 필요한 것이 없거나 부족함. 또는 그런 형편.
84) 실사귀할 : 실사귀할. 실속 차릴. '실사귀'는 '실속', 곧 '겉으로 드러나지 않은 알짜 이익'을 뜻함.
85) 자시전의(自恃前誼) : 전부터 사귀던 정을 스스로 믿음. '자시전' 또는 '자시전의'가 등을 가리는 도구일 수도 있으나 그 뜻은 미상임.
86) 장중(場中) : 과거 시험장의 안.
87) 찬합(饌盒) : 반찬을 담는 그릇.
88) 응구(應口)할 : 물음에 응하여 대답할, 먹을 것을 대접할.

89) 행하(行下) : 집안에 경사가 있을 때 주인이 부리는 사람에게 주는 돈이나 물건.
90) 왜반(倭盤) : 다리가 짧은 상. 소반(小盤).
91) 긴용(緊用)할 : 긴요(緊要)하게 쓸.
92) 흐무지고 : 흐무뭇하고. 매우 흐뭇하고.
93) 청량(稱量) : 사정이나 형편 따위를 헤아림.
94) 절적(絶跡)하고 : 발길을 끊고 왕래하지 아니하고.
95) 무신(無信)한 : 신의(信義)가 없는, 소식이 없는.
96) 골딱지 : '골'을 속되게 이르는 말. '골'은 비위에 거슬리거나 언짢은 일을 당하여 벌컥 내는 화.
97) 황공무지(惶恐無地) : 위엄이나 지위 따위에 눌리어 두려워서 몸 둘 데가 없음.
98) 하정(下情) : 어른에게 대하여, 자기 심정이나 뜻을 겸손하게 이르는 말. 아랫사람들의 사정.
99) 외람(猥濫) : 하는 행동이나 생각이 분수에 지나침.
100) 소회(所懷) : 마음에 품고 있는 생각이나 정.

"다른 일이 아니오라 꾀꼬리와 뻐꾹새와 소인과 세 놈이 우는 소리 겨룸하옵더니[101] 자과(自過)[102]를 부지(不知)라. 그 고하(高下)를 정(定)치 못하옵기로 결단(決斷)치 못 하왔삽더니 서로 의논하되 장군께옵서 심(甚)히 명찰(明察)[103] 처분(處分)하시므로 명일(明日)에 댁에 모여 송사(訟事)하려 하오니, 그 중 소인의 소리 세 놈 중 참혹(慘酷)하여 아주 껑짜치오니[104] 필야(必也)[105] 송사에 이기지 못 하올지라. 미련하온 소견에는 먼저 사또께 이런 사연을 아뢰어 청(請)이나 하옵고 그 두 놈을 이기고자 하오니, 사또 만일 소인의 전정(前情)[106]을 잊지 아니하옵시고 명일 송사에 아래 하(下) 자(字)를 위 상(上) 자로 도로집어[107] 주옵심을 바라옵나이다."

황새놈이 이 말을 듣고 속으로 픽 든든히 여겨 하는 말이, '도시(都是) 상놈이란 것은 미련이 약차(若此)하여[108] 사체(事體) 경중(輕重)을 알지 못하고 제 욕심만 생각하여 아무 일이라도 쉬운 줄로 아는구나. 대저(大抵)[109] 송사에는 애증(愛憎)을 두면 칭원(稱寃)[110]도 있고 비리호송(非理好訟)[111]하면 정체(政體)[112]에 손상(損傷)하나니 네 어찌 그런 도리를 알리오. 그러나 송리(訟理)[113]는 곡직(曲直)을 불계(不計)[114]하고 꾸며대기에 있나니 이른바 이현령비현령(耳懸鈴鼻懸鈴)[115]이라, 어찌 네 일을 범연(凡然)히[116] 하여 주랴. 전에도 네 내 덕도 많이 입었거니와 이 일도 내 아무쪼록 힘을 써 보려니와 만일 내 네 소리를 이기어 주면 필연(必然) 청(請) 받고 그릇 공소(公訴)[117]한다 하면 아주 박강치[118]되리니 이를 염려하노라.'

따오기 고쳐[119] 아뢰되,

"분부가 이렇듯 하시니 상덕(上德)[120] 많이 무루와[121] 가나이다."

황새 웃고 이르되,

"성사(成事)하기 전 세상사(世上事)를 어찌 알리. 어디 보자."

하거늘, 따오기 하직하고 돌아왔더니, 날이 밝으매 세 짐승이 황새 집에 모여 송사할새, 황새놈이 대청(大廳)에 좌기(坐起)하고 무수한 날짐승이 좌우에 거행(擧行)하는지라. 그 중 수괴(首魁)[122]는 율관(律鸛)[123]이요 솔개미,[124] 까마귀, 까치, 징경이, 보라매, 기러기는 육방(六房)[125] 아전(衙前)[126]이요, 해오라기, 올빼미, 바람개비, 비둘기, 부엉이, 제비, 참새 등물(等物)이 좌우에 나열하여 불러들이니, 세 놈이 일시에 들어와 날개를 청처짐하고[127] 아뢰되,

"소인 등이 소리 겨룸하옵더니 능히 그 고하(高下)를 판단치 못하오매, 부월(斧鉞)[128]을 무릅쓰고 사또 전에 송사를 올리오니 명찰(明察) 처분하옵심을 바라옵나이다."

하되, 황새 정색(正色)하고 분부하여 이르되,

"너희 등이 만일 그러할진대 각각 소리를 하여 내게 들린 후 상하(上下)를 결단하리라."

하니, 꾀꼬리 먼저 날아들어 소리를 한 번 곱게 하고 아뢰되,

"소인(小人)은 방춘화시(方春和時)[129] 호시절(好時節)에 이화(李花) 도화(桃花) 만발하고 앞내의 버들빛[130]은 초록장(草綠帳)[131] 드리운 듯, 뒷내의 버들빛은 유록장(柳綠帳) 드리운 듯, 금빛 같은 이내 몸이 날아들고 떠들면서 석양천(夕陽天)[132] 흥을 겨워 청아(淸雅)한 쇄옥성(碎玉聲)[133]을 춘풍(春風)결에 흘날리며 구십춘광(九十春光)[134] 보낼 적에 뉘 아니 아름다이 여기리이까?"

황새, 한 번 들으매 과연 제 말과 같으며 심히 아름다운지

---

101) 겨룸하옵더니 : 겨루옵더니. 서로 버티어 힘이나 승부를 다투었더니.
102) 자과(自過) : 자신의 허물. 자기 스스로 저지른 잘못.
103) 명찰(明察) : 사물을 똑똑히 살핌.
104) 껑차치오니 : 열없고 어색하여 매우 거북하오니.
105) 필야(必也) : 반드시. 틀림없이.
106) 전정(前情) : 옛정. 지난날에 사귄 정.
107) 도로집어 : 뒤집어.
108) 약차(若此)하여 : 여차(如此)하여. 이와 같아.
109) 대저(大抵) : 무릇. 대체로 헤아려 생각하건대.
110) 칭원(稱寃) : 원통함을 들어서 말함.
111) 비리호송(非理好訟) : 이치에 맞지 아니한 송사(訟事)를 잘 일으킴.
112) 정체(政體) : 정치 체제.
113) 송리(訟理) : 소송의 이치. '송리(訟吏)'라 써서 소송을 주관하는 관리로 볼 수도 있음.
114) 불계(不計) : 옳고 그른 것이나 이롭고 해로운 것 따위의 사정을 가려 따지지 아니함.
115) 이현령비현령(耳懸鈴鼻懸鈴) : '귀에 걸면 귀걸이, 코에 걸면 코걸이'라는 뜻으로, 어떤 사실이 이렇게도 저렇게도 해석됨을 이르는 말.
116) 범연(凡然)히 : 차근차근한 맛이 없이 데면데면하게.
117) 공소(公訴) : 공적으로 하소연함.
118) 박강치 : 미상(未詳).
119) 고쳐 : 다시.
120) 상덕(上德) : 웃어른에게서 받는 은덕.

121) 무루와 : 무르어. 이미 행한 일을 그 전의 상태로 돌리어.
122) 수괴(首魁) : 우두머리.
123) 율관(律鸛) : 율관(律官)인 황새[鸛]. '율관(律官)'은 과거(科擧)의 율과(律科)에 급제하여 임명된 관원인데, '관(官)'을 '황새'를 뜻하는 '관(鸛)'으로 바꾸었음.
124) 솔개미 : '솔개(수릿과의 새)'의 방언.
125) 육방(六房) : 조선 시대에, 승정원 및 각 지방 관아에 둔 여섯 부서. 이방(吏房), 호방(戶房), 예방(禮房), 병방(兵房), 형방(刑房), 공방(工房)을 이른다.
126) 아전(衙前) : 조선 시대에, 중앙과 지방의 관아에 속한 구실아치. 중앙 관서의 아전을 경아전(京衙前), 지방 관서의 아전을 외아전(外衙前)이라고 하였다.
127) 청처짐하고 : 아래쪽으로 좀 처진 듯하고.
128) 부월(斧鉞) : 작은 도끼와 큰 도끼. 옛날 출정(出征)하는 대장이나 군직을 띠고 지방에 나가는 사람에게 임금이 손수 주던 것임. 여기서는 중형(重刑)의 뜻.
129) 방춘화시(方春和時) : 바야흐로 봄이 한창 화창한 때.
130) 버들빛 : 버드나무의 빛깔.
131) 초록장(草綠帳) : 초록색의 장막.
132) 석양천(夕陽天) : 해 질 무렵의 하늘.
133) 쇄옥성(碎玉聲) : 옥을 깨뜨리는 소리라는 뜻으로, 아름다운 목소리를 이르는 말.
134) 구십춘광(九十春光) : 봄의 석 달 동안. 석 달 동안의 화창한 봄 날씨.

라. 그러나 이제 제 소리를 좋다 하면 따오기에게 청 받은 뇌물(賂物)을 도로 줄 것이요, 좋지 못하다 한즉 내 젊지 않은 것이 정체가 손상할지라. 침음반향(沈吟半晌)[135]에 제사(題辭)[136]하여 으르되,

"네 들어라. 당시(唐詩)[137]에, 타기황앵아(打起黃鶯兒) 막교지상제(莫敎枝上啼)[138]라 하였으니, 네 소리 비록 아름다우나 애잔하여[139] 쓸데없도다."

꾀꼬리 점직히[140] 물러나올새, 또 뻐꾹새 들어와 목청을 가다듬고 소리를 묘(妙)히 하여 아뢰되,

"소인은 녹수청산(綠水靑山) 깊은 곳에 만학천봉(萬壑千峰)[141] 기이(奇異)하고 안개 피어 구름 되며 구름 것이[142] 다기봉(多岐峰)[143]하니 별건곤(別乾坤)[144]이 생겼는데 만(萬) 장(丈)[145] 폭포(瀑布) 흘러내려 수정렴(水晶簾)[146]을 드리운 듯 송풍(松風)은 소소(蕭蕭)하고[147] 오동추야(梧桐秋夜) 밝은 달에 선거운[148] 이내 소리 만첩(萬疊) 산중(山中)에 가금성(嘉禽聲)[149]이 되오리니 뉘 아니 반겨하리이까?"

황새 들고 또 제사(題辭)하여 이르되,

"월락자규제(月落子規啼)하니 초국천일애(楚國千日愛)[150]라 하였으니, 네 소리 비록 쇄락(灑落)[151]하나 십분(十分) 궁수(窮愁)[152]하니 전정(前情)을 생각하면 가히 불쌍하도다."

---

135) 침음반향(沈吟半晌) : 반나절이나 깊이 생각함.
136) 제사(題辭) : 관부에서 백성이 제출한 소장(訴狀)이나 원서(願書)에 쓰던 관부의 판결이나 지령.
137) 당시(唐詩) : 중국 당(唐)나라 때의 시인들이 지은 시. 이 시대에 5언, 7언의 율시(律詩)와 절구(絶句) 같은 근체시(近體詩)의 양식이 완성되고, 대표적 시인으로 이백(李白)과 두보(杜甫), 한유(韓愈)나 가도(賈島) 등을 들 수 있다.
138) 타기황앵아(打起黃鶯兒) 막교지상제(莫敎枝上啼) : '꾀꼬리 새끼를 깨워 가지 위에서 울게 하지 마세요.'라는 뜻으로, 당(唐)나라 시인 김창서(金昌緖)의 시 '춘원(春怨)'의 기구와 승구이다. 뒤의 두 구는 '啼時驚妾夢(제시경첩몽) 不得到遼西(부득도요서)'로, '울면 제가 꿈을 꾸다 놀라 깨어, 요서 땅에 다다를 수 없어요.'라는 뜻이며, 전쟁터에 나가 있는 임을 그리워하는 여인의 심정을 담고 있는 시이다.
139) 애잔하여 : 애처롭고 애틋하여.
140) 점직히 : 점직하게. 부끄럽고 미안하게.
141) 만학천봉(萬壑千峰) : 첩첩이 겹쳐진 깊고 큰 골짜기와 수많은 산봉우리.
142) 구름 것이 : 구름 그것이.
143) 다기봉(多奇峰) : 기이한 봉우리가 많은.
144) 별건곤(別乾坤) : 별세계. 특별히 경치가 좋거나 분위기가 좋은 곳.
145) 장(丈) : 길이의 단위. 1장은 사람의 키 정도의 길이다.
146) 수정렴(水晶簾) : 수정으로 만든 발.
147) 소소(蕭蕭)하고 : 바람이나 빗소리 따위가 쓸쓸하고.
148) 선거운 : 놀라운.
149) 가금성(嘉禽聲) : 아름다운 새의 소리.
150) 월락자규제(月落子規啼)하니 초국천일애(楚國千日愛) : 달은 지고 두견새 슬피 우니, 초나라를 오래도록 그리워하리라. 당(唐)나라 시인 온정균(溫庭筠)의 시 '벽간역효사(碧澗驛曉思)', 곧 '향등 아래 새벽꿈 꾸니(香燈伴殘夢), 초나라가 하늘 끝에 있네(楚國在天涯). 달이 지고 두견새 소리 그치니(月落子規歇), 뜰에 가득 산 살구꽃이로구나(滿庭山杏花).'를 바탕으로 만든 구절인 듯함. 초나라가 곧 망할 것이라는 암시를 담고 있는 시이다.
151) 쇄락(灑落) : 기분이나 몸이 상쾌하고 깨끗함.

하니, 뻐꾹새 또한 무료(無聊)[153]하여 물러나거늘, 그제야 따오기 날아들어 소리를 하고자 하되, 저보다 나은 소리도 벌써 지고 물러나거늘, '어찌할꼬?' 하며 차마 남부끄러워 입을 열지 못하나, 그 황새에게 약 먹임을 믿고 고개를 나직이 하여 한 번 소리를 주(奏)하며 아뢰되,

"소인의 소리는 다만 따옥성이옵고 달리 풀쳐 고(告)하올 일 없사오니 사또 처분만 바라고 있나이다."

하되, 황새놈이 그 소리를 문득 듣고 두 무릎을 탕탕 치며 좋아하여 이른 말이,

"쾌재(快哉)며 장재(壯哉)로다.[154] 음아질타(暗啞叱咤)[155]에 천(千) 인(人)이 자폐(自斃)[156]함은 옛날 항(項) 장군(將軍)의 위풍(威風)이요[157] 장판교(長坂橋) 다리 위에 백만(百萬) 군병(軍兵) 물리치던 장(張) 익덕(翼德)의 호통이로다[158]. 네 소리 가장 웅장하니 짐짓 대장부의 기상이로다."

하고, 이렇듯 처결하여, 따옥성을 상성(上聲)으로 처결하여 주오니, 그런 짐승이라도 뇌물을 먹은즉 집의오결(執意義誤決)[159]하여 그 꾀꼬리와 뻐꾹새에게 못할 노릇 하였으니 어찌 앙급자손(殃及子孫)[160] 아니 하오리이까? 이러하온 짐승들도 물욕(物慾)에 잠겨 틀린 노릇을 잘 하기로 그 놈을 개 아들 소 자식이라 하고 웃었으니,[161] 이제 서울 법관(法官)도 여차(如此)하오니 소인의 일은 벌써 판(判)[162]이 났으매 부질없는 말 하여 쓸데없으니 이제 물러가나이다."

하니, 형조관원(刑曹官員)들이 대답할 말이 없어 가장 부끄러워하더라.

---

152) 궁수(窮愁) : 곤궁(困窮)함을 겪는 근심. 곤궁하여 생기는 근심.
153) 무료(無聊) : 부끄럽고 열없음.
154) 쾌재(快哉)며 장재(壯哉)로다 : 장쾌(壯快)하다. 가슴이 벅차도록 장하고 통쾌하다. 원문은 '쾌지며 장지로다'인데, 이것을 '쾌재(快哉)며 장자(長者)로다.' 또는 '쾌재(快哉)여, 장자(長者)로다.'로 읽은 것은 문맥상 적절치 않다.
155) 음아질타(暗啞叱咤) : 화난 감정이 일시에 터져 나와서 큰 소리로 꾸짖음. 성을 내어 큰 소리로 꾸짖음.
156) 자폐(自斃) : 자살(自殺)
157) 음아질타(暗啞叱咤)에 ~ 위풍(威風)이요 : 김수장(金壽長)이 편찬한 <해동가요(海東歌謠)>에서 '우조(羽調)'의 음악적 성격을 설명하면서, '항우약마(項羽躍馬) 음아질타(暗啞叱咤) 만부혼비(萬夫魂飛)', 곧 '항우(項羽)가 말을 타고 뛰면서 벙어리처럼 입을 다물었다가 소리를 높여 꾸짖으니 많은 병사들이 혼비백산(魂飛魄散)하였다.'라는 것을 의미한다.
158) 장판교(長坂橋) ~ 호통이로다 : <삼국지연의(三國志演義)>에 나오는 장비(張飛)가, 추격해오는 조조(曹操)의 대군을 장판교 위에서 "나는 연인(燕人) 장익덕(張翼德)이다! 누가 감히 나와 죽음을 각오하고 싸우겠는가!"라는 호통만으로 물리쳤다는 것을 의미한다.
159) 집의오결(執意義誤決) : 자기의 생각만을 고집하여 그릇 판결함.
160) 앙급자손(殃及子孫) : 재앙이 자손에게까지 미침.
161) 웃었으니 : 원문이 '우섯이니'라 '우셨으니'라 읽은 자료도 있으나 문맥으로 보아 '웃었으니'가 알맞은 해석이다.
162) 판(判) : 결판(決判). 옳고 그름이나 이기고 짐에 대한 최후 판정을 내림. 또는 그 일.

■ 해설

「황새결송」은 '황새'가 재판관이 되어 백성들 사이에 일어난 소송(訴訟)을 결정하여 판결하는 이야기입니다. 황새가 재판관인 것으로 보아 새들의 세상에서 일어난 일인가 본데, 여느 우화 소설과 마찬가지로 새들의 이야기를 통해 사람의 이야기를 하고 있겠군요. 사회의 질서를 유지하기 위한 규범으로서의 법(法)은 정의를 구현하기 위해 정의롭게 적용되어야 하는데 언제나 그렇지는 않나 봅니다. 이 작품도 이러한 법과 사회 정의 간의 관계에 대해 당대인들이 어떻게 인식하고 있었는지 보여 줄 것으로 기대됩니다.

이 작품은 액자 형식을 띠고 있습니다. 안팎의 이야기가 있는데, 안의 이야기가 황새의 이야기이고 바깥의 이야기는 사람의 이야기입니다. 그렇다고 이 작품이 우화 소설에는 흔치 않은, 사람과 동물이 함께 등장하는 것으로 보기는 어렵습니다. 액자를 넘나드는 일은 일어나지 않기 때문입니다. 바깥 이야기, 곧 외화(外話)는 억울하게 송사에 진 부자에 관한 이야기입니다. 그 이야기는 이렇습니다. 옛날 경상도 땅에 큰 부자가 있었는데, 그에게는 골칫거리가 하나 있었습니다. 예의와 법도를 무시한 채 여러 번 재물을 얻어 간 친척 한 사람이 이번에도 재산의 반을 달라며 행패를 부리는지라 부자가 마을 사람들의 권유에 따라 서울로 올라와 형조에 소송을 제기하고 재판을 기다립니다. 그러는 사이에 친척은 뇌물을 써서 자기에게 유리한 판결이 나오도록 조치를 하고, 부자는 사리에 어긋나는 판결로 패소하고, 분을 이기지 못하여 우화 하나를 형조 관원들에게 들려줍니다. 그 이야기를 들은 형조 관원들은 모두 부끄러워합니다. 부자가 이 이야기를 통하여 뇌물을 주고받아 물욕(物慾)에 빠져 그릇된 판결을 내린 서울의 법관들을 비꼬니, 형조 관원들은 대답할 말이 없어 부끄러워하였겠지요.

그 부자가 관원에게 들려준 이야기, 곧 내화(內話)는 황새의 재판 이야기입니다. 그 내용은 이렇게 요약할 수 있습니다. 꾀꼬리, 뻐꾹새, 따오기가 서로 자기의 우는 소리가 좋다고 다투다가 황새를 찾아가 송사를 벌이기로 합니다. 자기 소리에 열등감을 느끼던 따오기는 황새가 좋아하는 여러 가지 먹이를 잡아다 황새에게 뇌물로 바치며 부정한 청탁을 합니다. 황새는 그 청을 받아들여 꾀꼬리와 뻐꾹새의 소리는 폄하하고 따오기의 소리는 웅장하다며 가장 좋은 소리라고 판결합니다. 재판의 기준은 법이어야 합니다. 그 법이 객관적이고 합리적이지 않더라도 판결이 그 법에 따라 이루어졌다면 수용해야 합니다. 판결이 문제가 아니라 법이 문제인 것은 송사와는 별개의 문제이니까요. 그런데 황새가 따오기를 승리자로 인정한 것은 법이 아니라 주관적인 판단 기준이고, 그 기준은 곧 뇌물의 힘에 의해 만들어진 것입니다.

사람의 세상에도 그런 일은 얼마든지 있었을 겁니다. 우화(寓話)의 역사는 아주 오래되었습니다. 흔히 '옛날 이야기'라 한 것의 많은 레퍼토리가 동물담(動物譚)이었고, 이것은 동양과 서양이라는 공간을 초월하여 두루 통하는 것이었습니다. 직접 말하기 어려운 것을 우회적으로 또는 비유적으로 비판하거나 풍자하는 것은 참으로 유용한 방법이기 때문입니다. 이 작품은 그런 설화의 영향을 받아 완성되었을 것입니다. 이 작품에서 발견할 수 있는 대표적인 모티프인 '뇌물로 송사 이기기'를 공유한다면 결정적 근원 설화가 되겠지만, 소설은 여러 모티프의 결합으로 완성되는 것이라 사소해 보이는 것이라도 적층(積層) 과정을 거쳐 작품 형성에 기여할 가능성은 큽니다. 말로 전해지는 설화가 문자로 정착되어 소설화되는 과정을 일대일 대응으로 끌어가는 일은 위험할 수도 있습니다. 물론 이 작품을 누군가에게 말로 전달하는 과정에 새로운 설화로 파생될 가능성도 있음을 기억합시다.

설화가 소설화하면서 시대적 상황을 작품의 배경으로 치환하는데, 그런 과정을 거쳐 이 작품이 조선 후기의 사회 모습과 민중들의 삶의 모습을 그대로 반영하고 있다고 해도 과언이 아닙니다. 조선 후기에 경제 활동을 통해서 부(富)를 축적한 요호(饒戶) 계층은 자신들의 억울한 문제를 송사로 해결하려고 하고, 그들이 뇌물을 통해 송사의 승자와 패자를 바꾸는 일을 저질렀던 것이지요. 이 작품에서는 바깥 이야기에서 부자가 친척과의 소송에서 패하는 설정은, 재산 문제는 혈연이나 지연, 친구나 가족까지도 소송의 상대가 될 수 있음을 드러내는 것입니다.

궁극적으로 이 작품의 지은이는 긍정적인 위치에 놓인 존재의 손을 들어줄 것으로 기대할 수 있습니다. 지은이는 악(惡)이 아닌 선(善)이 승리하기를 바라는 마음과 형조 관원으로 대표되는 지배계층이 선정(善政)을 베풀기를 바라는 마음을 담으려고 했을 것입니다. 이런 작가 의식은 위정자의 부패하고 권력을 남용하는 현실을 비판하고, 평범한 사람도 의지를 갖고 노력하면 어떤 시련이나 고난이라도 극복할 수 있다는 긍정적 사고에서 나올 것입니다.

요컨대 「황새결송」은 액자 소설이라는 형식, 우화 소설이라는 기법, 풍자 소설이라는 주제를 가진 작품입니다. 안팎의 이야기가 서로 긴밀하게 연결되면서 주제 의식을 강화하고, 우화라는 기법을 통해 억울함을 송사로 해결하려던 조선 후기 민중들의 삶이 투영되었습니다. 부자이면서 선한 인물의 등장을 통해 선악(善惡)과 빈부(貧富)의 기계적 대응을 깨어 신선함을 주면서, 송사에서 뇌물이 법보다 강한 힘을 가질 수 있는 현실을 비판하고, 그런 환경이 부정부패를 일삼는 지배층에 의해 형성되었음을 풍자하고 있습니다. 결국 이 작품은 바람직한 사회는 정의(正義)를 통해 실현되며, 이를 완성하기 위해 어떻게 해야 하는지를 보여 주고 있습니다.

두껍전(섬동지전)

작자 미상

■ 줄거리

명(明)나라 때 옥포산(玉抱山)에 살고 있는 노루가 숭록대부(崇祿大夫)라는 칭호를 천자로부터 받았다. 이에 노루는 축하 잔치를 베풀기 위해 호랑이를 제외한 모든 짐승을 초대하였다. 이 때 사슴, 토끼, 승냥이, 잔나비, 여우, 두꺼비, 고슴도치, 오소리, 두더지, 수달 등등의 짐승들이 뛰어와 자리의 순서를 정하게 되었는데, 서로 상좌(上座)에 앉으려고 다투게 되었다.

토끼가 뛰어 올라가서 모두를 돌아보며 부질없이 다투지 말고 나이를 따져 자리의 순서를 정하자고 하였다. 노루가 뛰어 나오면서 자기가 가장 나이가 많다고 하였다. 또 여우가 나서면서 자기가 최연장자라 하니, 노루와 여우가 서로 다투게 되었다. 그러나 두꺼비의 꾀에 그를 최연장자로 인정하고 상좌에 앉혔다.

상좌가 결정되고 잔치가 벌어졌으나, 여우만이 상좌를 두꺼비에게 빼앗긴 것이 억울하여 두꺼비를 놀려주려 하였다. 여우가 두꺼비보고 나이가 많으면 분명 구경한 것이 많을 것이니, 구경한 이야기를 해달라고 하였다. 두꺼비는 구경한 곳이 이루 헤아릴 수 없으니, 여우 네가 먼저 구경한 것을 이야기하라고 하였다. 이에 여우가 이곳저곳 다니면서 구경한 이야기를 하였다. 여우의 이야기를 들은 두꺼비는 여우에게 헛구경을 하였다고 하면서, 근본을 알고 구경해야 무식하지 않은 것이라 하고 산천풍경과 명승고지의 유래에 대해 하나하나 역사적 사실을 들어 얘기하였다.

이 말을 듣고 있던 여우가 아무 말도 못하고 물러나 앉아 있다가, 다시 또 천상의 세계도 구경하였느냐고 물었다. 두꺼비는 여우에게 자기는 물론 구경하였으나, 여우가 구경한 적이 있으면 먼저 말하라고 하였다. 여우가 간사한 소리로 두꺼비를 희롱하려 하였으나 오히려 두꺼비에게 모욕을 당하고, 개구리 이야기로 인신 공격을 하다가 웃음거리가 된다.

그래도 여우는 또 다시 두꺼비를 놀리고자 천문지리와 육도삼략과 의약법도를 물었다. 두꺼비는 일일이 설명해주고, 여우의 관상을 봐 주면서 처를 잃을 상이고 뱃속에 병이 있을 것이라 하였다. 두꺼비는 계속되는 여우의 요구와 질문에 응하고 이야기하며 술을 마시다가 모두 대취하였다. 잔치를 끝내는 노래를 부르고 나서는 두꺼비가 모든 짐승을 대표하여 감사의 뜻을 전하고 헤어졌다.

■ 원문

명(明)나라 가정(嘉靖)[1] 연간(年間)에 천하태평하고 사방이 무사하매 청명(淸明) 가절(佳節)을 당하여, 이때 기주(冀州) 땅에 부평한 뫼[山]가 있으니 이름은 옥포산(玉抱山)이라. 그 산 높이가 하늘에 닿은 듯하고 만학천봉(萬壑千峰)은 겹겹이 둘러 있고 층암절벽(層巖絶壁)은 반공(半空)에 솟아 있는데, 풍진요해처(風塵要害處)[2]로 세상 사람이 보지 못하던 곳이라.

그 중에 한 짐승이 있으되, 빛은 뽀얗고 주둥이 뾰족하고 두 귀 볼쪽하고 허리는 길고 네 발은 쪽빨이라. 일어서면 고개를 수그리고 뛰기를 잘하니 세상 사람이 이른바 노루라 하는지라. 가장 엄숙하고 또한 부귀를 겸하며 오복이 가득한 고로 제 아비를 추존(推尊)하여 '선생(先生)'이라 하고 성은 장(獐)이라 하며 칭호(稱號) 왈 '장 선생'이라 하더니 숭록대부(崇綠大夫) 가자(加資)[3]를 하였다 하고 춘삼월 호시절에 잔치를 배설(排設)[4]할새, 장 선생 맏손자가 여쭈오되,

"우리 집에 경연(慶宴)을 배설하오매 각처 손님을 청하려니와 만일 백호산군(白虎山君)[5]을 청치 아니하오면 후일에 필경 화가 될 듯하오니 어찌 하오리까?"

장 선생이 눈을 감고 오래 생각을 하다가 이르되,

"백호산군은 힘만 믿고 사나워 친구를 모르고, 몇 해 전 네 형을 해(害)하려고 급히 쫓아오니 네 형이 뛰기를 잘 못하였던들 하마 죽을 뻔하였나니, 그러므로 내 집에 혐의(嫌疑) 있고, 또한 산군이 좌석에 참례하면 각처 손님이 필경 황겁(惶怯)[6]하여 잘 놀지 못할 것이니 청(請)치 않음이 마땅하도다."

이때 이화도화(李花桃花) 만발하고 왜철쭉 두견화가 새로이 피어 있고 각색 방초(芳草)는 드리웠으니 만학천봉(萬壑千峰)에 춘흥(春興)이 가득하여 경개절승(景槪絶勝)한지라. 주인 장 선생이 연석(宴席)을 배설할새 구름으로 차일(遮日) 삼고 산세(山勢)로 병풍 삼고 잔디로 포진(鋪陳)[7] 삼고, 장 선생은 갈건야복(葛巾野服)으로 손님을 기다리더니 동서남북으로 짐

---

1) 가정(嘉靖) : 명(明)나라의 연호. 1522~1566.
2) 풍진요해처(風塵要害處) : 이 세상의 지세가 매우 긴요한 지점.
3) 가자(加資) : 조선 시대에, 관원들의 임기가 찼거나 근무 성적이 좋은 경우 품계를 올려 주던 일. 또는 그 올린 품계.
4) 배설(排設) : 의식에 쓰는 제구(祭具)를 베풀어 펼쳐 놓음. 여기서는 '잔치를 엶'의 뜻.
5) 백호산군(白虎山君) : '호랑이'를 의인화하여 높인 말.
6) 황겁(惶怯) : 겁이 나고 두려움.
7) 포진(鋪陳) : 바닥에 깔아놓은 자리. 잔치를 열 때 앉을 자리를 마련하여 깖.

승 손님이 들어올 제, 뿔 긴 사슴이며 요망한 토끼며 열없는 승냥이며 방정맞은 잔나비며 요괴로운 여우며 어룽더룽 두꺼비며 거친 고슴도치며 빛 좋은 오소리며 만신(滿身)이 미련한 두더지며 어이없는 수달피 등물(等物)이 앞서며 뒤서며 펄펄 뛰며 문이 메어지게 들어오니 주인은 동계(東階)에 읍하고 객(客)은 서계(西階)에 올라 상좌(上座)를 다투어 좌차(座次)8)를 결단치 못하여 분분(紛紛) 난잡(亂雜)하니 주인이 아무리할 줄을 모르고, 두꺼비는 본디 위엄이 없는지라 분요(紛擾)9) 중(中)에 아무 말도 못 하고 산멱10)을 벌떡이며 엉금엉금 기어 한 모퉁이에 엎드려 거동만 보니, 그 중에 토끼란 놈이 깡창 뛰어 내달아 눈을 깜짝이며 말하되,

"모든 손님은 훤화(喧譁)11)치 말고 내 말을 잠깐 들어보소."

노루가 대답하되,

"무슨 말씀이오니까?"

토끼 왈,

"오늘 우리 모꼬지12)에 조용히 좌를 정하여 예법을 정할 것이거늘 한갓 요란하고 무례하니 아무리 우리 모꼬진들 해연(駭然)13)치 아니하랴?"

노루란 놈이 턱을 끄덕이며 웃어 왈,

"말씀이 가장 유리하니 원컨대 선생은 좋은 도리를 가르쳐 좌정케 하소서."

토끼 모든 손님을 돌아보며 가로되,

"내 일찍 들으니 조정(朝廷)은 막여작(莫如爵)이요 향당(鄕黨)은 막여치(莫如齒)라14) 하오니 부질없이 다투지 말고 연치(年齒)를 따라 좌를 정하소서."

노루가 허리를 수그리고 펄쩍 뛰어 내달아 왈,

"내가 나이 많아 허리가 굽었노라. 상좌에 처함이 마땅하다."

하고, 암탉의 걸음으로 앙금앙금 기어 상좌에 앉으니, 여우란 놈이 생각하되,

'저놈이 한갓 허리 굽은 것으로 나이 많은 체하고 상좌에 앉으니 낸들 어찌 무슨 간계(奸計)로 나이 많은 체 못 하리오?'

하고 나룻을 쓰다듬으며 내달아 왈,

"내 나이 많아서 나룻이 세었노라."

한데, 노루 답 왈,

"네 나이 많다 하니 어느 갑자(甲子)에 났는가? 호패(號牌)15)를 올리라."

하니, 여우 답 왈,

"소년 시절에 호협(豪俠)16)하기를 좋아하여 주사청루(酒肆靑樓)17)에 다닐 적에 술이 대취하여 오다가 대신(大臣) 가시는 길을 건넜다 하여 호패를 떼여18) 이때까지 찾지 못하였거니와, 천지개벽(天地開闢)한 후 처음에 황하수 치던 시절에 나더러 힘세다고 가래 장부(丈夫)19) 되었으니 내 나이 많지 아니하리오? 나는 이러하거니와 너는 어느 갑자에 났는가?"

노루 답왈,

"천지개벽하고 하늘에 별 박을 때에 나더러 궁통(窮通)20)하다 하여 별자리를 분간하여 도수(度數)를 정하였으니 내 나이 많지 아니하리오?"

하고 둘이 상좌를 다투거늘, 두꺼비 곁에 엎드렸다가 생각하되,

'저놈들이 서로 거짓말로 나이 많은 체하니 낸들 거짓말 못 하리오?'

하고 공연히 건넛산을 바라보고 슬피 눈물을 흘리거늘, 여우 꾸짖어 왈,

"저 흉간(凶奸)한 놈은 무슨 설움이 있건대 남의 경연(慶宴)에 참례하여 상상치 못한 형상을 뵈느냐?"

두꺼비 왈,

"저 건너 고양나무를 보니 자연 비창(悲愴)하여 그리하노라."

여우 왈,

"고양나무 빈 틈으로 네 고조 할아비가 나오던 구멍이냐, 어찌 설워하느냐?"

두꺼비 정색 대왈,

"네 주둥이만 살아 어른을 모르고 말을 함부로 하거니와 네 귀가 있거든 내 설워하는 바를 들어 보라. 내 소년 때에 저 나무 세 주(株)를 심었더니, 한 주는 맏아들이 별 박는 방망이로 베고, 한 주는 둘째아들이 황하수 칠 때에 준천 부사(濬川府使)21)하여 가래 장부하려 하고 베었더니, 그 나무 베인 동티22)로 두 아들이 다 죽고 다만 저 나무 한 주와 내 목

---

8) 좌차(座次) : 좌석의 차례.
9) 분요(紛擾) : 어수선하고 소란스러움.
10) 산멱 : 살아 있는 동물의 목구멍.
11) 훤화(喧譁) : 시끄럽게 지껄이며 떠듦.
12) 모꼬지 : 여러 사람이 놀이나 잔치 또는 그 밖의 다른 일로 모이는 일.
13) 해연(駭然) : 몹시 이상스러워 놀람.
14) 조정(朝廷)은 막여작(莫如爵)이요 향당(鄕黨)은 막여치(莫如齒)라 : 조정에선 벼슬이 제일이고 향당에선 나이가 제일이라.

15) 호패(號牌) : 조선 시대에, 신분을 증명하기 위하여 16세 이상의 남자가 가지고 다녔던 패. 직사각형으로 앞면에는 성명, 나이, 태어난 해의 간지(干支)를 새기고 뒷면에는 해당 관아의 낙인을 찍었다.
16) 호협(豪俠) : 호방하고 의협심이 있음.
17) 주사청루(酒肆靑樓) : 술집, 기생집 등. 원문은 '주식청루'라 되어 있다.
18) 떼여 : 떼이어. 빼앗겨.
19) 가래 장부(丈夫) : 가래를 잘 쓰는 장부. 여기서는 벼슬 이름처럼 쓰였다. '가래'는 흙을 파헤치거나 떠서 던지는 기구이다.
20) 궁통(窮通) : 성질이 가라앉고 진득하여 깊이 궁리를 잘함.
21) 준천 부사(濬川府使) : 조선조 때 서울 장안의 개천 치는 일과 사산(四山) 지키는 일을 맡은 관청임
22) 동티 : 땅, 돌, 나무 따위를 잘못 건드려 지신(地神)을 화나게 하여 재앙을 받는 일. 또는 그 재앙.

숨만 살았으니, 내 그때 죽고만 싶되 천명(天命)인 고로 이때까지 살아 있다가 오늘날 저 나무를 다시 보니 자연 비감(悲感)하도다."

여우 왈,

"진실로 그러하시면 우리들 중에는 나이가 제일 높단 말인가?"

두꺼비 답왈,

"네 아무리 이러한 짐승인들 그 중에도 소견이 있을 것이니 생각하여 보면 네 고고존장(高高尊丈)23)이 넘으리라."

토끼 이 말을 듣고 꿇어 여쭈오되,

"그러하시면 두껍 존장이 상좌에 앉으소서."

두꺼비 사양하고 왈,

"그렇지 아니하다. 나보다 나이 많은 이 있으면 상좌를 할 것이니 좌중에 물어 보라."

한데, 좌객(座客)이 다 가로되,

"우리는 하늘에 별 박고 황하수 친단 말도 듣지 못하였으니 다시 물을 바가 없다."

하거늘, 그제야 두꺼비 펄쩍 뛰어 상좌하고 여우는 서편에 수좌(首座)하고 차차 좌(座)를 정한 후에, 여우가 두꺼비에 상좌를 빼앗기고 분기앙앙(憤氣怏怏)24)하여 두꺼비에게 기롱(譏弄)25)하여 왈,

"존장이 춘추(春秋) 많을진대 분명 구경을 많이 하여 계실 것이니 어디어디를 보아 계시니이까?"

두꺼비 왈,

"내 구경한 바는 이루 측량치 못하거니와 너는 구경을 얼마나 하였는가 먼저 아뢰라."

한데, 여우 비창한 말로 대답하되,

"내 구경하온 바는 천하 구주(九州)를 편답(遍踏)26)하여 동으로 태산(泰山)이며 서로 화산(華山)이며 남으로 형산(衡山)과 북으로 항산(恒山)이며 중앙으로 숭산(崇山)이며 춘풍화류(春風花柳)와 추월단풍(秋月丹楓)에 곳곳마다 구경하니 족히 청춘 소년의 흥을 돋우매, 고소성(故蘇城) 한산사(寒山寺)에 야반종성(夜半鐘聲)이 도객선(到客船)이라. 악양루(岳陽樓) 봉황대(鳳凰臺)를 곳곳이 올라 보고 동정호(洞庭湖) 7백 리와 무협(巫峽) 십이 봉을 완연히 굽어보고, 오나라, 촉나라 장사하는 사람이 구름 같은 돛을 달고 고기 잡는 소리를 월하에 화답하니 또한 대장부의 심사 상쾌하고, 채석강(採石江), 적벽강(赤壁江)과 동정호 소상강(瀟湘江)에 오초(吳楚) 동남으로 돌아들어 잠깐 구경하니 처처(處處)마다 채색이 영롱한

가운데 고기 잡는 어부가 무수히 왕래하니, 슬픈 사람은 더욱 슬프고 즐거운 사람은 더욱 즐거우니 짐짓 제일강산일러라. 동남을 다 본 후에 중원(中原)을 바라보니 슬프다, 아방궁(阿房宮)은 연천(煙天)에 부쳐 있고 동작대(銅雀臺) 높은 집은 티끌이 되었으며 양류(楊柳)에 진경녹수(秦京綠樹)27)는 광풍에 높이 날리니 천고흥망(千古興亡)이 다 일장춘몽(一場春夢)이라. 탁록(涿鹿)의 너른 들과 그록의 높은 언덕은 옛사람의 전장(戰場)일러라. 임자 없는 외로운 혼백이 겹겹이 쌓였으니 그 아니 한심한가. 그 중에 비감한 정회(情懷)는 창오산 저문 날에 황혼이 되어 있고 소상반죽(瀟湘班竹)은 눈물 뿌려 지은 대라. 금릉을 구경하고 장강을 건너 무릉도원을 들어가니 천봉(千峰)은 높아 있고 만학(萬壑)은 깊었으며 도화는 만발하여 시냇물에 떠 있고 만학은 깊었으며 도화는 만발하여 시냇물에 떠 있으니 그도 또한 선경(仙境)이라 어찌 아니 거룩하리오. 도원을 구경하고 위수(渭水)를 향하여 삼주를 지나가 검각(劍閣)을 지나가니 초산 천봉이 하늘에 닿았으니 천부금성(天府金城)이요 옥야천리(沃野千里)로다.

사해 팔방을 역력히 다 본 후에 삼상을 건너와 요동을 지나 조선을 바라보고 평안도로 올라오니 강산도 절묘하고 경개도 으뜸이라. 연광정과 부벽루는 대동강이 둘러 있고 영명사(永明寺)가 더욱 좋다. 관봉이 표묘하고 모란봉이 둘렀으니 그 아니 거룩한가. 송도를 지나 한양을 바라보니 도봉산 일지맥이 삼각산이 되어 있고 인왕산이 주봉(主峰) 되고 종남산이 안산이라. 한강수 둘러 있고 관악산이 막혔으니 산도 아름답고 지세도 웅장하다. 의관문물과 예악(禮樂) 법도(法道) 으뜸이니 진실로 소중화(小中華)가 여기로다. 동으로 금강산과 서로 구월산과 남으로 지리산과 북으로 향산과 백두산을 역력히 다 본 후에 동해를 건너 뛰어 일본을 바라보고 대마도를 지나 강호를 들어가니 인물도 절묘하고 산천도 아름답다. 역력히 다 본 후에 도로 조선으로 건너와 관동팔경 구경하고 압록강을 건너오니, 이만하면 사해 팔방을 다 구경하였으매 내 구경은 이러하거니 존장은 얼마나 구경하셨나이까."

섬 동지(蟾同知)28)는 눈을 끔쩍이며 가만히 대답하되,

"네 구경인즉 무던히 하였다마는 풍경만 구경하고 돌아왔도다. 대저 천하별건곤(天下別乾坤)과 산천 풍속이 다 근본 출처가 있나니라. 근본을 다 안 후에야 구경이 무식(無識)지 아니하니라. 어른이 이렇거든 젊은 소년들은 근본 출처를 들어 보라. 내 구경한 바는 사해 안으로 이르지 말고 사해 밖으로 방장(方丈)·봉래(蓬萊)며 영주(瀛洲) 산천과 일월(日月)

---

23) 고고존장 : 고고조(高高祖) 할아버지. 남의 할아버지를 높여 이르는 말. '존장'은 자기 아버지와 벗으로 사귀는 사람을 높여 이르는 말.
24) 분기앙앙(憤氣怏怏) : 분한 생각이나 기운으로 매우 마음에 차지 아니하거나 야속함.
25) 기롱(譏弄) : 실없는 말로 놀림.
26) 편답(遍踏) : 편력(遍歷). 이곳저곳을 널리 돌아다님.

27) 진경녹수(秦京綠樹) : 진나라 서울에 우거진 푸른 나무. 푸른 나무 우거진 진나라 서울. 진경(秦京)은 중국의 서경(西京)이므로 장안(長安)을 말한다. 녹수진경(綠樹秦京).
28) 섬 동지(蟾同知) : 두꺼비를 일컫는 말. '섬(蟾)'은 두꺼비, '동지(同知)'는 조선 시대에, 중추부에 속한 종이품 벼슬.

돋는 부상(扶桑)과 일월 지는 함지(咸池)를 보았으며 팔방을 다 방방곡곡이 아니 본 데 없거니와, 예로 이른바 구주구악(九州九嶽)은 하우씨(夏禹氏)가 아홉 못을 얻어 황하수를 인도하고 십이제국은 주(周) 문왕(文王)이 조공(朝貢)받던 나라요, 오악(五嶽)은 동은 태산이요 서는 화산이요 남은 형산이요, 북은 항산이요 중앙은 숭산이니, 천지오행을 응하여 지방을 정한 바요, 고소성과 한산사와 악양루는 강남의 유명한 곳이라. 만고 문장(萬古文章) 사마천(司馬遷)과 소동파(蘇東坡)와 이적선(李謫仙)과 두목지(杜牧之)는 일대(一代) 시주객(詩酒客)이라. 삼춘화류 만발시(滿發時)와 추월단풍 황국시(黃菊時)에 음풍영월하던 곳이요, 채석강은 당나라 한림학사(翰林學士) 이태백(李太白)이 천자께 표를 받아 주유천하(周遊天下)하여 삼천(三千) 명승지지(名勝之地)를 두루 구경할새, 채석강에 이르러 기러기 소리 나니 밤은 소슬하고 달빛은 명랑한데, 소년들과 일엽소선(一葉小船)을 타고 야심토록 흘리저어 노닐다가 술이 대취하여 물속에 비친 달을 잡으려고 물속에 빠지니, 혼이 비상천(飛上天)할 즈음에 큰 고래를 잡아 타고 우화등선(羽化登仙)하였으며, 적벽강은 만고문장 소자첨(蘇子瞻)이 임술지추(壬戌之秋) 칠월(七月) 망간(望間)에 배를 타고 노닐 적에 술 부어 권하여 왈, 이렇듯 좋은 강산이 삼국시절 전장되어 조맹덕(曹孟德)의 백만 대군이 화염(火焰) 중에 다 죽었으니 주유(周瑜)의 연환계(連環計)와 공명(公明)의 동남풍에 저렇듯이 패를 보니 다박나룻[29] 거스르고 화용도 좁은 길로 달아나니 천수(天數)를 어찌 하리오. 술 먹고 노래하여 가로되, '달은 밝고 별은 드물고 까막까치 남으로 난다.' 하였으니 슬프도다, 조맹덕은 주유에 속은 바이라. 좌편은 동정이요 우편은 팽려로되 삼묘씨 없는지라. 덕을 닦지 아니하매 하우씨 멸하시고 진나라 시황제는 기세가 웅장하고 위엄도 맹렬한지라, 육국을 소멸하고 통일천하하여 아방궁을 높이 지어 옥야천리 넓은 뜰과 만리장성(萬里長城) 긴 담 안에 함곡관 문을 열어 놓고 천하를 호령할 제 천 년이나 누리려 하더니 이세(二世)에 망하였으니, 자식 잘못 둔 탓이로다. 동작대는 한승상 조조가 지은 바이라. 협천자(挾天子)하고 호령제후(號令諸侯)하니 그 심사를 생각하면 일대영걸(一代英傑)이나 역적의 이름을 면치 못하리로다. 탁록의 너를 들은 황제 헌원씨(軒轅氏)가 치우(蚩尤)의 난을 만나 싸움하던 곳이라. 치우가 요술을 부려 입으로 안개를 피워 천지 아득하여 동서남북을 분별치 못하게 하니, 헌원씨가 남녘 가리키는 수레를 만들어 선봉을 삼고 오방기치를 제방위에 세우고 치우를 쳐서 잡아 죽이시니, 이러하므로 약간의 요술이 정도를 당치 못하는 것이요, 형양(滎陽)은 초패왕 항우가 장양(張良)과 싸움하던 땅이라. 항우는 초나라의 대장이니 힘은 뫼를 빼고 기운은 세상을 뒤덮는지라. 강동제자(江東弟子) 8천 인

을 거느리고 오강을 건너와서 진나라를 쳐 멸하고, 한패공은 서촉을 주고 함곡관을 나누어 삼진왕을 봉하고 자칭 초패왕이라 하니 그 아니 영웅인가. 표모(漂母)에게 밥 빌어먹던 한신(韓信)은 한나라의 대장이 되어 한왕을 지성으로 도와 계명산 추야월에 장자방의 옥퉁소 한 곡조에 강동제자 8천 명을 다 해쳤으니 초패왕이 독부(獨夫) 되어 장막 가운데 들어가 술 마시고 그의 처 우미인(虞美人)의 손을 잡고 슬피 노래하였으되, '역발산혜(力拔山兮)여 기개세(氣蓋世)로다. 오추마가 아니 가니 너를 어찌 하잔 말가.' 우미인이 대왈, '소첩이 대왕을 모시고 8년을 만군 중에 다니더니, 하늘이 망케 하고 시절이 변하와 오늘밤에 패군이 되었으니, 원컨대 대왕은 소첩을 생각지 말으시고 급히 강동으로 돌아가사이다.' 술 한 잔 다시 부어 대왕께 권할 적에 옥 같은 얼굴에 구슬 같은 눈물을 흘리고 여쭈우되, '염려치 말으시고 차신 칼을 빼어 쥐고 살기를 도모하소서.' 항우가 찼던 칼을 빼어 손에 쥐고 오추마 칩더타고 호령하고 우미인을 돌아볼 제 살기(殺氣) 충천(衝天)하고 검광(劍光)이 번듯하며 옥 같은 가슴에 연지 같은 피가 솟아 흐르니 그 아니 불쌍한가. 겹겹이 쌓인 백만 군중에 무인지경같이 헤치고 뛰어나가 오강을 향하더니, 강가에 다다르매 사공이 여쭈되, '강동이 비록 적사오나 지방이 천 리요 군사가 십만이라, 족히 왕 하실 만하오니 급히 건너오소서.' 항우 대로하여 자문이사(自刎而死)하며, 무릉도원이라 하는 곳은 옛적 진나라 시황 시절에 피란(避亂)하는 사람이 그 곳에 들어가 살아 신선이 되어 다시 백발이 검어지고 얼굴빛이 도로 아이 같으니, 인간 흥망을 꿈 밖에 부쳐 두고 세월을 보내매 꽃 피면 봄인 줄 알고 잎이 지면 추절인 줄 알매 참 신선의 동부(同符)러라. 이때에 진나라는 망하고 한나라 중간 시절이라. 연조(年條)를 말할진대 이백여 년이 되었으되 완연히 청춘 소년 같더라. 그때 한 어옹(漁翁)이 고기를 잡으러 다니다가 물위에 도화가 떠 무수히 내려오거늘 도화물을 따라 멀리 들어가니, 만학은 깊고 천봉은 높았는데 한 곳에 여염이 즐비하여 참 별천지비인간(別天地非人間)이라. 어부가 심신이 쾌활하여 처자를 데리고 들어와 살리라 하고 나올 때 댓가지 꺾어 열 걸음에 한 개씩 꽂아 길을 표하고 와서, 명년 춘삼월에 처자를 거느리고 다시 들어가니 곳곳마다 도화가 물에 뜬지라, 알지 못게라, 어느 곳이 무릉도원인고 하였으며, 조선국은 상고 적에 경상도 태백산 향나무 아래 신인(神人)이 내려와 인군이 되었더니 그 후 주(周) 문왕이 기자(箕子)를 조선을 봉(封)하여 주시니 평안도에 도읍하사 예악법도(禮樂法度)와 의관문물(衣冠文物)이 빈빈(彬彬) 찬연(燦然)하고, 그 후에 경상도 경주 땅에 신인이 나서 박, 석, 김 3성이 경주에 도읍하여 왕이 되었으니 요순(堯舜) 성인이라 지금까지 칭송하고, 강원도 금강산은 천하에 유명한 산이라 제일 기묘한 곳이요 대저(大抵) 세상 만물들이 다

---

29) 다박나룻 : 다보록하게 난 짧은 수염.

근본 출처 있거늘 우습도다. 네 구경을 많이 한 체하니 진소위(眞所謂) 두더지 수박 겉을 핥음 같고 하룻망아지 서울 다녀온 격이라."

한데, 여우 어이없어 물리쳐 앉으며 가로되,

"그러하면 존장은 하늘도 구경하여 계시니이까?"

두꺼비 답왈,

"너는 하늘 구경하였는가?"

여우 대왈,

"내 하늘은 구경한 지 오래지 아니하니 상년(上年)30) 3월 1일에 보았노라."

두꺼비 답왈,

"그러하면 구경한 말을 낱낱이 아뢰어라."

여우란 놈이 참 구경한 체하고 콧살을 찡그리며 공손히 대왈,

"내 하늘에 올라가 묘연히 삼십삼천을 두루 구경할새 은하수 다리 한 곳에 있으되 이름은 오작교라. 한낱 초목금수들이 세상에 보지 못하던 바이며, 기화요초(琦花瑤草)는 향기롭고 계수나무와 죽백이 얼크러지고 뒤틀어진 곳에 청학백학이며 기린공작(麒麟孔雀)이며 봉황비취(鳳凰翡翠)들이 이리 펄쩍 저리 펄쩍 노닐며 각색 화초는 인간(人間)에 보지 못한 바이라. 그 중에 여러 선관이 우립(雨笠)을 쓰고 황룡에 멍에 메며 구름 속에 밭을 갈고 불로초 심으니, 그 거동을 바라보매 세상 생각이 없어지고 심중에 한가한 마음이 절로 나는지라. 삼십삼천을 차차 보려 하고 셋째하늘에 올라가 깁 짜는 집을 찾아가니 황패물이 가득하고, 그 물 가운데 큰 문이 있으니 태극으로 지었으며 그 문 위에 현판을 달았으되 '직녀대(織女臺)'라 하였거늘, 점점 들어간즉 사면이 적적하고 다만 베 짜는 소리 들리거늘 가만가만 나아가 보니 수정궁(水晶宮)을 칠보대에 높이 짓고 수호문창(繡戶紋窓)에 금사주렴(金絲珠簾)을 드리우고 은하수 한 구비 솟아 채벽을 둘렀는데, 용이며 금붕어가 사면으로 노닐며 그 가운데 당상에 백옥병풍을 둘러치고 용장을 드리웠거늘 양수거지(兩水擧止)31) 하고 우러러보니, 한 여자가 비단을 짜거늘 배례(拜禮)를 공손히 하고 묻자오되, '어떠한 여선(女仙)이오니까?' 그 선녀 북을 멈추고 왈, '나를 모르느냐? 인간에서 이르되 직녀성이라 하나니 내 이름은 천손(天孫)이라. 옥황상제 극히 총애하오시매 슬하를 잠시도 떠날 줄을 몰랐더니 금분 치던 견우성도 상제께서 사랑하시는 고로 응석하여 엄숙한 줄 모르고 일일은 상제께서 광한전에 좌하실새 견우와 더불어 희롱하고 몸에 찼던 옥패를 끌러 주었더니 상제 크게 죄를 주사 나는 동으로 귀양 보내고 견우는 서로 귀양 보내어 천만리 길을 은하수로 막으시니 항상 연분이 만 리 밖에 있는지라. 3월 4

월 긴긴 해와 동지섣달 긴긴 밤에 눈물 흔적뿐이로다. 무정한 세월은 어이 그리 더디 가나. 1년에 한 번씩 7월 칠석날이면 은하수 깊은 물을 오작(烏鵲)으로 다리 놓고 하룻밤 만나 보니 그리던 회포를 어찌 다 풀리오. 속절없이 눈물 뿌려 인간에 비가 되니 만나 보기는 잠깐이요 이별은 오랜지라. 이 곳 하늘에서 의복인들 없을쏘냐. 부질없이 노는 것이 여자의 도리가 아니라, 봄이면 광주리 옆에 끼고 부상(扶桑)의 뽕을 따 누에를 쳐서 고운 비단 필필이 짜내어 침선(針線)으로 수를 놓고, 그 외의 맡은 일은 세상 사람의 부부 인연으로 맡아 오색실로 발목을 매어 주니 인간에 혼인하는 일이 막비연분(莫非緣分)이요, 인력이 아니며, 계집이 청춘과부되는 것도 막비천수(莫非天數)라 슬퍼하여도 부질없느니라.' 하거늘 내가 다시 여쭈오되, '진세간(塵世間) 미천한 몸이 외람히 선경을 구경하오니 영화 무쌍하오나 인간에 돌아가 천상 선경을 구경하고 직녀성 뵈온 자랑할 표가 없노라.' 하니 선녀 일어나 걸어서 베틀 괴었던 돌을 집어 주거늘 두 손으로 받아 가지고 차차 구경하여 아홉째 하늘에 올라가니, 완연히 구름 속이 밝은 빛이 나고 찬 기운이 영롱하거늘 나아가 보니 큰 집이 있으되 이름은 광한전(廣寒殿)이라. 그 앞에 계수나무 한 주 있으되 가지는 수천 가지요 잎은 만 잎새라. 남편 가지에 그넷줄 매었으니 비단줄이 무지개같이 드리워 있고 그 북편에는 옥토끼가 절구질하여 불사약(不死藥)을 빻는지라. 사창(紗窓)을 반개(半開)하고 구슬발을 가리었는 데 한 선녀가 옥두꺼비를 안고 한가히 졸거늘 살빛도 달빛 같고 옥빛도 달빛 같으니 눈이 부시어 감히 우러러보기 어려운지라. 잠깐 기상을 보니 미간에 수심이 있고 귀밑에 눈물 흔적이 있으니 이는 월궁항아(月宮姮娥)라 근본 유궁후예(有窮後羿)의 아내라. 약을 도적하여 먹고 월궁으로 도망하여 청년과부 되었으니 벽해청천에 밤새도록 독수공방뿐이로다. 월궁을 지나가 차차 구경하고 열셋째 하늘에 올라가니 그 서쪽에 구슬로 못을 파고 백옥으로 집을 짓고 운무병풍 가리었으니 이는 요지연(瑤池宴) 서왕모(西王母) 있는 곳이라. 그 아래 벽도(碧桃)나무 한 주가 있으니 청조(靑鳥)가 쌍쌍이 날아 춘광을 희롱하매 소옥과 쌍성은 서왕모의 시비(侍婢)라. 주렴(珠簾)을 의지하여 졸거늘 벽도나무를 우러러보니 열매 맺었으니 이 복숭아 이름은 신선이 먹는 반도(蟠桃)라. 3천 년에 꽃이 피고 3천 년에 열매 맺으니 참 신선이나 막을 것이라. 마음에 하나를 따먹으려 하다가 다시 생각하니 전에 삼천갑자 동방삭(東方朔)이 천상 신선으로 한낱 반도 하나 도적 하여 먹은 죄로 인간에 귀양 왔으니, 내 도적하였다가 들키면 죽기 쉬울 것이니 3천 년을 어찌 바라리요 하고, 백옥 섬돌로 올라가서 가만히 문틈으로 엿보니 서왕모가 백룡관을 쓰고 깁 나삼을 입고 서안에 의지하여 옥 같은 얼굴에 수색(愁色)이 만면한데, 오래 침음(沈吟)하다가 학선(鶴扇)을 들고 한

---

30) 상년(上年) : 지난해. 거년(去年).
31) 양수거지(兩水擧止) : 절을 한 뒤 두 손을 땅에 대고 꿇어 엎드림.

곡조 노래를 부르니, '백운이 하늘에 있으니 인간이 아득하도다. 인생 세상이 약수(弱水)에 막혔으니 가련타 우리 낭군 주목왕(周穆王)은 한번 가고 올 줄 모르는구나.' 하거늘, 그 노래를 들으니 슬픈 생각이 처량한지라. 또 한 곳을 찾아가니 예상우의(霓裳羽衣) 곡조 소리 나고 녹의홍상에 화관을 쓴 여인이 쌍쌍이 짝을 지어 흥에 겨워 춤을 추고, 대상(臺上)을 우러러보니 천상선녀들이 모였는데 양대(陽臺) 선녀며 낙포(洛浦) 선녀와 최열 장군이며 백낙천이 그 좌석에 앉았으며, 여러 선녀들이 연화관을 쓰고 금채(金釵)를 뒤에 꽂고 옥 같은 얼굴에 진주 같은 눈물을 머금은 듯하더라. 또 스물다섯째 하늘에 올라가니 오오(五五)는 이십오라, 중앙을 의지하여 고루(高樓)를 옥섬 위에 지었으니 이는 자미궁이라. 오방신장과 사해용왕이 사면으로 옹위하여 동방의 청제(靑帝) 장군은 청룡이 옹위하고, 남방의 적제(赤帝) 장군은 주작이 옹위하고, 서의 백제(白帝) 장군은 백호가 호위하고, 북방의 흑제(黑帝) 장군은 현무가 호위하고, 중앙의 황제(黃帝) 장군은 구진이 호위하고 있으니 위엄이 엄숙하고 살기등등한지라, 감히 들어가지 못하고 문 밖에 앉아보니 여러 선관 선녀가 학창의(鶴氅衣)를 입고 옥패를 차고 금홀(金笏)을 들고 상제께 조회하려고 들어가니 태상노군, 일광로와 안기생 이태백과 두목지, 소동파가 다 모였으며, 그리고 남천문 밖으로 나오다가 화덕진군 마고(麻姑)할미에게 술 한 잔 사먹고 그대로 내달아 남극 노인성을 보려 하고 차차 들어가니, 보탑상에 홍나삼 입고 두렷이 앉았으니 연연한 백발노인이라. 서안에 책을 놓고 붓을 잡고 기록하니 이는 세상 사람의 수요장단(壽夭長短)과 부귀빈천을 마련하는 곳이라. 각각 생년 생월 생일 생시 사주(四柱)를 보고 길흉을 의논하니, 생시(生時)에 제왕성이 있으면 부자 되고, 식살(食煞)이 있으면 가난하고 장성이 있으면 장수되고, 겁살(劫煞)이 있으면 단수(短壽)하고, 역마귀인이 있으면 벼슬하고, 육해살이 있으면 매사불성(每事不成)이요, 상명살이 있으면 옥에 갇히고 마갈성(磨羯星)이 있으면 귀양간다 하니 이로 보면 어찌 팔자를 속이리요마는 그중에 심덕이 착한 사람은 무자(無子)하고 심덕이 그른 사람은 자식을 많이 두고, 주색을 멀리하면 오래 산다 하였더라. 남천을 다 본 후에 제불제천(諸佛諸天)을 보려고 삼십삼천에 올라가 서천으로 찾아가니 이는 극락세계라. 대웅전 높은 집에 나무아미타불, 나무지장보살, 나무관세음보살 삼불(三佛)이 차례로 앉아 계시고 그 아래 제불 제천이 있으니 물 이름은 황하수라. 물 가운데 흰 연꽃이 피어 있고 물 밖에 황금 앵류화 덮었으니 물빛이 명랑하고 각색 새짐승이 날아들어 염불하니 이는 진실로 극락세계라. 세상 사람이 머리 깎고 중 되지 않아도 심중에 그른 뜻을 먹지 말고 어버이께 효도하고 형제간에 우애하며 주린 사람 밥 먹이며 벗은 사람 옷을 입히고 짐승을 살해 말고 남을 속이지 말고 내 마음을 욕

심내지 말면 부처 되어 극락세계로 가려니와, 그렇지 아니하면 백 번 공부하고 천 번 염불하여도 어찌 부처되어 극락에 가리요. 극락을 다 보고 북편을 찾아가니, 시왕전(十王殿)이 웅장하거늘, 고개를 들어 보니 야차(夜叉)왕의 날랜 귀졸(鬼卒)이 창검을 들고 좌우에 벌여 섰고 대문에 황건역사 늘어서서 분부를 듣거늘, 황겁(惶怯)하여 나오다가 본즉 철성(鐵城)을 쌓고 쇠문을 닫았으니 이는 지옥(地獄)이라. 낮이 밤 같고 얼음 같아 음랭(陰冷)한 기운이 골수에 사무치는지라. 문 위에 썼으되 한편은 용마지옥(龍馬地獄)이요, 또 한편은 비산지옥(飛山地獄)이요, 또 한편은 철요지옥(鐵繞地獄)이라. 문틈으로 엿보니 어떤 죄인은 철사로 동여매고 야차라 하는 것이 좌우로 서서 마른 살을 베어 내거늘 귀졸더러 물은데, 귀졸이 대답 왈, '저놈은 벼슬할 때 임금께 불충하고 백성 재물을 노략한 놈이라.' 또 한곳을 바라보니 한 놈을 목매었으니, 주린 매가 사면으로 날아와서 다 뜯어 먹으니 뼈만 남아 무너지니 이놈은 도적질한 죄라. 그 외의 죄인은 칼을 쓰고 철사로 사지를 채우고 무수히 가두었으니 우는 소리 슬프더라. 세상 사람이 그 거동을 보면 그른 마음 먹고 죄 지을 자가 어디 있으리오. 구경을 다한 후에 회정(回程)하여 한 곳에 다다르니 만첩산곡에 초목이 무성한 곳에 초당삼간(草堂三間)이 반공에 걸렸거늘 바라보니 거문고 소리 들리는지라. 다리도 아프고 담배도 한 대 먹고자 하여 들어가니 한 노인이 동자를 명하여 차 한 그릇과 실과 한 그릇과 술 삼 배(杯)를 주거늘 먹은즉 족히 요기(療飢)되는지라. 노인 왈, '노처(老妻)는 병으로 괴로이 지내거니와 그 병 근본은 베 짜다가 얻은 병이 십여 년이 넘었으되 종시 감세(減勢) 없고 점점 극중(極重)하여 백약이 무효하고 곡기(穀氣) 끊은 지 오랜지라. 의원에 물은즉 베틀을 살라 술에 타 먹으라 하기로 그러하여도 조금도 효험이 없으니 지금은 죽기를 바라노라.' 하거늘, 가만히 생각하니 직녀성 베틀 괴었던 돌이 응당 약이 될 듯하여 이 노인께 고왈, '내게 좋은 약이 있으니 아무리 병세 극중하와도 이 약을 써 보소서.' 하고 그 돌을 갈아 술에 타서 공복(空腹)에 한 보씩 이식(二食) 먹으니 즉시 쾌차한지라. 이 노인이 기쁨을 이기지 못하여 무수히 칭찬하며 왈, '천만 뜻밖에 그대를 만나 죽을 사람을 살려내니 은혜 각골난망(刻骨難忘)이라.' 하고 품속에서 붉은 구슬을 주어 왈, '이 구슬 한 개를 삼키면 산수에 다닐 때 몸이 변화하느니라.' 하거늘 받아 삼키고 그 길로 인간에 내려오니 정신이 쇄락(灑落)하고 변화하였노라.' 하니, 두꺼비 답왈,

"그러하면 그때 나도 보탑(寶榻) 상에 올라가 남극 노인성과 더불어 바둑 두다가 술에 대취하여 난간에 의지하였더니 문 밖에서 들리는 소리에 잠을 깨어 동자더러 물은데, 동자 대왈, '밖에 어떠한 짐승이 빛은 누르고 주둥이 뾰족하고 도적개 모양 같은 것이 똥발치에 왔다.' 하거늘 동자를 명하여,

'긴 장대로 쫓으라.' 하였더니 그 때 네가 왔던가 싶으다. 네가 온 줄 알았다면 천일주(千日酒) 먹은 똥덩이나 먹여 보냈더면 좋을 뻔하였도다."

하니, 좌중이 박장대소(拍掌大笑)하더라.

우습다. 여우 간사한 말로 천만 가지로 꾸며 두꺼비를 기롱(譏弄)하다가 도리어 욕을 보고 분기(憤氣) 앙앙하여 어찌할 줄 모르고 참으며 앉았다가 좋은 말로 두꺼비를 희롱하여 왈,

"내 소년 시절에 일행천리(日行千里)[32]하고 주유사방(周遊四方)할 제 우스운 것 보았노라."

두꺼비 대왈.

"무엇을 보았는가?"

여우 왈,

"마침 청루(靑樓)에 갔다가 술이 대취하여 오는 길에 한 못 가를 지나더니 큰 뱀이 개구리를 물고 길을 당하였거늘, 내 놀라 물러서니 그 개구리가 크게 소리하여 왈, '여보 할아버님, 불쌍한 손주를 살려주소서. 우리 삼촌 이름은 두꺼비라 그놈을 불러 주소서. 그놈은 본디 음흉도 하고 간능(幹能)[33]하여 묘한 꾀도 있거니와, 뱀을 본디 잘 제어하는 방법이 있으니 나를 능히 살릴 것이니 부디 불러 주소서.' 하거늘 칼을 빼어 그 뱀을 치려 하던 차에 마침 사냥하는 사람들이 수풀 속으로 지저귀며 오거늘 그 뱀을 치지 못하고 왔거니와, 그 때 두껍 존장이 개구리와 척분(戚分)[34]이 있는 줄 알았나이다."

두꺼비 소왈,

"네 말이 빙충맞은[35] 소리로다. 나는 들으니 옛날에 유계(劉季)라는 사람이 술이 대취하여 못가로 가다가 큰 뱀이 길을 당하였거늘, 칼을 빼어 그 뱀을 베고 갔더니 늙은 할미 와서 울며 가로되, '내 아들은 백제자(白帝子)러니 적제자(赤帝子)께 죽은 바가 되었도다.' 하더니, '유계 진국(秦國)을 멸하고 한태조(漢太祖) 고황제(高皇帝) 되었으니 그 말은 옳거니와, 네 말은 보리밥 먹은 헛방귀 소리로다. 나는 근본 고종(孤種)으로 내려오는 두 돈 오 푼 여섯 뭉텅이라. 내외종간(內外從間)[36]에 지친(至親) 없고 동생 사촌이 월궁(月宮)에 있으니 개구리는 피육불관(皮肉不關)[37]한다. 네 아무리 간사한 말로 어른을 침범코자 한들 되지 않는 말은 쓸데없느니라. 네 분명 사냥하는 사람을 보고 쫓겨 왔는가 싶다. 그 사냥하는 사람은 옛날 맹상군(孟嘗君)[38]이 손(客)을 좋아하기로 밥

먹는 손이 3천인이라. 여우의 가죽으로 갓옷을 만들었으니 이름은 호백구(狐白裘)[39]라. 여우 3천을 잡아 갓옷 한 벌을 꾸몄으니 그때에 네 증조할아비가 다 멸족(滅族)하였으니, 이번 사냥도 맹상군의 사냥으로서 너의 족속을 마저 잡으러 왔던가 싶다. 만일 잡혔던들 맹상군의 갓옷이 될 뻔하였다."

하니 여우 이 말을 듣고 분함을 이기지 못하여 아무 말도 못하고 입맛만 쪽쪽 다시다가 다시 가로되,

"존장 소견이 능통하시니 천문지리(天文地理)와 육도삼략(六韜三略)과 의약(醫藥) 법도(法度)를 알으시나이까?"

두꺼비 눈을 꿈쩍이며 가로되,

"천지 배판(排判)한 후에 음양(陰陽)이 생겼으니 하늘은 양이 되고 땅은 음이 되었으니 음양 생긴 후로 오행(五行)이 되었거니와 오행으로 만물이 생기고 만물지중(萬物之中)에 사람이 가장 귀한지라. 이런 고로 음양오행지기로 나서 길흉화복이 오행으로 응하여 변화무궁한지라. 이런 고로 태극이 양의(兩儀)를 생하고 양의가 사상(四象)을 생하고 사상이 변하여 팔괘를 합하니 팔팔(八八) 육십사 괘(卦) 되었으니 오행은 금(金), 목(木), 수(水), 화(火), 토(土)라. 상생지법(相生之法)은 금생수(金生水), 수생목(水生木), 목생화(木生火), 화생토(火生土), 토생금(土生金)이요, 상극법(相剋法)은 금극목(金克木), 목극토(木克土), 토극수(土克水), 수극화(水克火), 화극금(火克金)이니, 길흉화복(吉凶禍福)이 상생상극(相生相克)으로 응하여 오방(五方)을 마련하니 동서남북(東西南北) 중앙(中央)이라. 오색은 청(靑), 황(黃), 적(赤), 백(白), 흑(黑)이니 동방은 목(木)이라 푸른 빛이 되고, 남방은 화(火)라 붉은 빛이 되고, 서방은 금(金)이라 흰 빛이 되고, 북방은 수(水)라 검은 빛이 되고, 중앙은 토(土)라 누른 빛이 되었으니, 봄은 목(木)이라 동(東)을 응하여 목이 왕성하고, 여름은 화(火)라 남(南)을 응하여 불이 왕성하고, 가을은 금(金)이라 서(西)를 응하여 금이 왕성하고, 겨울은 수(水)라 북(北)을 응하여 물이 왕성하고, 중앙 토(土)는 사계삭(四季朔)에 십팔일식 왕성하니, 책력에 토왕이라 하였으매 사계삭 십팔일은 인간의 흙을 못 따르느니라. 갑(甲), 을(乙), 병(丙), 정(丁), 무(戊), 기(己), 경(庚), 신(辛), 임(壬), 계(癸)는 십간(十干)이요, 자(子), 축(丑), 인(寅), 묘(卯), 진(辰), 사(巳), 오(午), 미(未), 신(申), 유(酉), 술(戌), 해(亥)는 십이지(十二支)라. 묘(卯)는 정동(正東)이요, 진사(辰巳)는 동남간이요, 오(午)는 정남이요, 미신(未申)은 서남간이요, 자(子)는 정북이요, 축인(丑寅)은 동북간을 응하였으니 천지 귀신과 음양 변하는 법이다. 이 밖에

32) 일행천리(日行千里) : 하루에 천 리를 감.

33) 간능(幹能) : 일을 잘하는 재간과 능력. 재간 있게 능청스러움.

34) 척분(戚分) : 성이 다르면서 일가가 되는 관계.

35) 빙충맞은 : 똘똘하지 못하고 어리석으며 수줍음을 타는 데가 있는.

36) 내외종간(內外從間) : 고모의 아들이나 딸과 외삼촌의 아들이나 딸 사이.

37) 피육불관(皮肉不關) : 자기와는 전혀 관련이 없음

38) 맹상군(孟嘗君) : 중국 전국 시대(戰國時代) 제(齊)의 정치가·왕족. 성은 전(田), 이름은 문(文). 맹상군은 그의 칭호. 천하의 유능한 선비

수천 및 제(齊)로 망명해 오는 인사들을 식객(食客)으로 우대했다. 호백구(狐白裘)를 선물로 가지고 진(秦)나라에 들어갔다가 소왕(昭王)에게 피살되려는 때 식객 중 계명구도(鷄鳴狗盜)의 재주를 가진 두 사람의 선비가 있어서, 그들에 의하여 위기를 면하게 되었다는 이야기로 유명하다.

39) 호백구(狐白裘) : 여우 겨드랑이의 흰 털이 있는 부분의 가죽으로 만든 갓옷.

나지 아니하여 십간과 십이지 합하면 육갑(六甲)이 되고 초목뿌리 봄에 생하며 여름에 왕성하고 가을에 단풍드니 이는 다 오행들이라. 너 같은 무식한 놈들이 변화무궁한 법을 이른들 어찌 알아들으리오. 대체 이를 것이니 들어라. 천문법은 옛날 태호(太昊) 복희씨(伏羲氏) 하도낙서(河圖洛書)를 보시고 팔괘(八卦)를 만드시고, 제요(帝堯) 도당씨(陶唐氏) 희(羲) 화(和) 두 신하를 명하여 1년 열두 달을 정하시고, 제순(帝舜) 유우씨(有虞氏)는 선기옥형(璇璣玉衡)을 만들어 이에 제차를 정하였으니, 대체 하늘은 둥글어 알 형(形) 같고, 땅은 모져서 누른 재 같고, 하늘은 왼편으로 돌고 땅은 안전하니 하늘과 땅 사이에 만물이 있으며, 성신(星辰)은 하늘에 붙어 있고 일월(日月)과 금목수화토(金木水火土) 오행은 공중에 달렸나니, 도수(度數)는 360도요, 자분도 지일이라. 해는 하루 한 도씩 더 가고 달은 하루 한 도씩 덜 가니 이런 고로 해와 달이 만나는 때가 있어 일월식(日月蝕) 하느니라. 오성 중에 금성(金星), 수성(水性)은 해와 한가지로 행하고, 목성(木星)은 십이시에 일차를 행하고, 토성(土星), 화성(火星)은 도수 없이 행하고, 이십팔수(二十八宿) 중 각항저방심미기(角亢氐房心尾箕)는 동방 청룡이요, 두우여허위실벽(斗牛女虛危室壁)은 북방 현무요, 규루위묘필자삼(奎婁胃昴畢紫參)은 서방 백호요, 정귀유성장익진(井鬼柳星張翼軫)은 남방 주작이요, 자미성은 하늘 가운데 있어 하늘의 기둥이 되어, 구구를 응하여 음양이 합하면 풍우(風雨)와 상설(霜雪)에 때를 잃지 아니하나니라. 양기가 과하면 가물고 음기가 과하면 장마가 지고, 음양이 서로 부딪치면 우레 되고, 금기(金氣)가 서로 합하면 번개 되고 햇빛이 희면 무지개 되고, 음기가 합하면 우박 되고, 하늘 기운이 구름 되고, 땅 기운이 안개 되고, 밤 기운은 이슬 되고, 찬 기운이 많으면 이슬이 얼어 서리 되고, 비는 눈이 되고, 눈은 얼음이 되느니라. 가을에 비가 오면 내년에 가물지 않는 법이요, 동짓날 아침에 사면으로 누른 기운이 일어나고, 정월 보름에 달이 돋워 뜨고 누른 빛이 있으면 풍년(豊年) 되고, 춘상갑(春上甲)에 비 오면 적지천리(赤地千里)요, 하상갑(夏上甲)에 비 오면 배 타고 집에 들고, 추상갑에 비 오면 곡두생각(穀頭生角)하고, 동상갑에 비 오면 우양(牛羊)이 동사(凍死)하나니, 천문이 있으니 지리도 있나니라. 땅이 생긴 후 높은 것이 뫼 되고, 깊은 것이 물이 되어, 물은 움직이는 고로 양이 되고, 산은 안정한 고로 음이 되어 산지조종(山之祖宗)은 곤륜산(崑崙山)이니, 곤륜산 내린 맥이 큰 산이 되고 작은 산 되어 천하에 흩어져 오악이 되어 있고, 오악에 내린 물이 흘러 한수 되고, 산곡에 나는 물이 모여 내가 되고, 내가 모여 강수되고, 강수 모여 해수(海水) 되니 산수는 산수 기운이요 음양의 기운이라. 국가 도읍과 집터와 산지(山地)40) 되는 법이 있나니라. 사람의 집터를 의논하면 수기 막

히고 사면이 함포하고 물은 횡대수 되고, 뫼는 유정하고 생명방 트였으면 부귀하며 자손 장성하며, 산지는 청룡과 수구와 백호를 분명히 생긴 후에 혈처를 정하되 산진수회(山盡水回)하고 기운 모인 곳이 정혈이니, 정혈이 되며 수기를 거두면 명장함포하나니, 주산이 수려하고 안산이 유명하고 청룡백호는 두 팔로 안은 듯하고 병풍 친 듯하고 나서면 읍하는 듯하면 대지명혈이라 백대천손(百代千孫)하고 부귀공명하고, 좌향(坐向) 정하는 법은 선후천과 삼길육수와 이지오행과 육십갑자 칠요로 분금하느니라. 오관풍이 들어오면 법관복시하고, 염정수 비치면 지중화패가 있고, 계축을 범하면 자손이 없고, 수기를 거두지 못하면 자손이 가난하고, 청룡이 사각하면 후세에 양자하고, 뫼 아래 가는 길이 있으면 자손이 범에게 물리고, 물이 사방으로 헤어지면 자손이 개걸(丐乞)하고, 삼재살(三災煞)과 도화살(桃花煞)이 있으면 딸이 외입하고, 묘방이 이압하면 자손이 벼락 맞고, 역수급하면 자손이 도적질하고, 면전 팔지수 있으면 자손이 역질 하고, 안산에 부지살 있으면 자손이 객사하고, 경태풍이 들어오면 자손이 거짓말하고, 혼군사에 장대를 놓았으면 자손이 초라니 되고, 청룡에 간부살 있으면 자손이 중아비 되느니라. 지리는 그러하거니와 인도(人道) 있으니 사람이 생긴 법은 만물지중 사람이 가장 귀하니라. 각색 짐승이 기어다니되 사람은 홀로 서서 다니니, 머리는 하늘을 떠이고 발은 땅을 디디니 천지간 만물지중에 으뜸이라. 머리는 둥글어 하늘을 응하고, 발은 모져서 땅을 응하여 밟으니 음양지리와 오행지정으로 되었느니라. 오륜(五倫)을 모르면 금수와 다를쏘냐? 오륜이란 부자유친(父子有親), 군신유의(君臣有義), 부부유별(夫婦有別), 장유유서(長幼有序), 붕우유신(朋友有信)이니, 임금 섬기는 법은 백가서(百家書)를 다 보아 단계수나무 높은 가지 소년(少年)에 꺾어 꽂고41) 사해에 이름 떨치고 충성을 다하다가, 난을 당하거든 천하병마 대원수 되어 말만 한 대장인(大將印)을 허리 아래 빗기 차고 적장을 대하거든 금고일성(金鼓一聲)에 난을 평정하고 이름을 죽백(竹帛)에 드리움이 장부의 사업이라. 부모 섬기는 법은 백행지원(百行之源)이니 부모의 은혜를 생각하면 호천망극(昊天罔極)이라, 순임금은 역산에 밭을 갈아 부모를 즐겁게 하시고, 맹종(孟宗)42)은 설중(雪中)에 죽순(竹筍)을 구하여 모친을 회생케 하고, 왕상(王祥)은 얼음 속의 잉어를 잡아 부친을 회생케 하고, 자로(子路)는 백 리 밖의 쌀을 져다가 부모를 봉양하였으며, 새벽에 문안하여 평안히 주무심을 알고, 방이 차며 더운 것을 살펴보고 조석(朝夕)에 공양할새 식량을 짐작하여 맛 갖도록 정성으로 받들고, 어두우면 들어가 동정을 살피며 어버이 생전에 죽기로써 봉

---

40) 산지(山地) : 묏자리.

41) 단계수나무 높은 가지 소년(少年)에 꺾어 꽂고 : 소년 시절에 과거에 급제함을 이른다.
42) 맹종(孟宗) : 원문은 '맹호연(孟浩然)'이라 되어 있다.

양할 것이요, 어버이 없어지면 효성 있은들 어찌하리요."

여우 놈이 토끼 선생을 보며 눈물을 흘리며 가로되,

"슬프다, 나는 부모 계실 때 집이 가난하여 조석이 난계(難計)[43]하기로 봉양을 초식으로 하고 육찬(肉饌)을 못하여 드리다가 양친을 그 몹쓸 병술년(丙戌年) 괴질(怪疾)[44] 중에 다 여의고 영감하(永感下)[45]가 되었으니 아무리 봉양하고자 한들 어디 가 다시 볼쏘냐? 호천망극(昊天罔極)[46]하다. 오늘 경연(慶宴)을 당하여 만반진수(滿盤珍羞)[47]를 먹으니 연전(年前)에 초식으로 봉양하던 일을 생각하면 똥구멍이 메어 먹지 못하고 주인 장(獐) 선생을 극히 부러워하노라."

"부부지의(夫婦之義)는 백복지원(百福之源)이니, 이성(二姓)이 한데 만나 사생연분(死生緣分)을 맺었으니 지아비는 화(和)하고 지어미는 순(順)하여 집안이 화목하며 복록을 느려 가문이 번창하는지라. 장유유서는 어른을 공경하는 것이니 너희 여우 등물(等物)이 무식하여 어른을 모르고 존장을 공경치 않으니 도시(都是) 후레아들 증손자 놈이라. 붕우유신은 하루 두 번씩 조석(朝夕) 신(信)을 잃지 아니하고 길 어기는 춘추(春秋) 신(信)을 잃지 아니하느니라. 육도삼략(六韜三略)은 장부의 활법(活法)이라. 황제 헌원씨 때에 구천현녀(九天玄女) 하늘로 내려와 병법을 가르치니 팔진도법(八陳圖法)이라. 이때 헌원씨 신하 그 법을 배워 장수 되고, 그 후 강태공이 그 법을 배워 위수(渭水)에 낚시질하다가 문왕을 만나 장수 되어 은국을 멸하고 왕의 첩 달기(妲己)를 잡아 죽였으니 달기의 근본은 우나라 임금의 딸이라, 천하일색이니 은국으로 시집올새 중로에 숙소하더니 밤이 깊은 후 한 여우가 꼬리 아홉이라 문을 열고 달기 자는 방으로 들어가더니 경각(頃刻)에 달기 기색(氣塞)하여 죽거늘, 즉시 약을 먹여 깨어나니 그때 그 구미호(九尾狐)가 변하여 천연한 달기 되었는지라. 얼굴은 달기나 속은 여우라. 은왕의 아내 되어 마음을 고혹(蠱惑)게 하여 사람을 무수히 죽이고 밤이면 사람의 두골을 갈아먹으니 뉘 알리요. 얼굴에 화색이 나는지라 만일 강태공이 아니면 그 구미호를 뉘 능히 잡을 자 있으리오? 달기를 죽이려 할 제 얼굴을 보면 차마 죽일 이 없어 수건으로 낯을 싸고 목을 베니 마침내 구미호라."

두꺼비 웃고 가로되,

"네 씨가 전부터 간악(奸惡)하고 요괴(妖怪)로운 꾀로 사람을 무수히 죽이고 국가를 망케 하니 네 아느냐 모르느냐?"

여우 아무 말도 못하고 낯빛이 불빛 같더라. 두꺼비 왈,

"팔진도법은 천지 풍우와 문호(門戶)의 변화와 귀신의 조화에 응하여 팔문(八門)을 내었으니, 생문(生門)으로 나서 사문(死門)을 치면 천지 어둡고 대풍이 일어 어지럽고, 요호는 뱀의 꼬리를 응하여 오방기치(五方旗幟)를 각방에 꽂았으니, 동방의 푸른 기는 청룡을 그리고, 남방의 붉은 기는 주작을 그리고, 서방의 흰 기는 백호를 그리고, 북방의 검은 기로 현무를 그리고, 중앙의 누른 기는 황신(黃神)을 그렸으니, 오방신장이 방위를 지키며 깃발을 부쳤나니라. 이 법은 강태공이 죽은 후에 황석공(黃石公)이 장자방(張子房)에게 전하고, 그 후에 제갈량(諸葛亮)이 또 그 법을 배웠으니 지금까지 유명한지라. 그 후 사람은 육도삼략을 아는 이 없더라. 의약(醫藥)은 염제(炎帝) 신농씨(神農氏)가 백초(百草)를 맛보아 약을 내었으니 그 법은 평생을 무병장수라. 화타(華陀)에게 전하니 이는 청낭(靑囊)의 비계(秘計)라. 편작(扁鵲)이 장상군에게 배워 사람 소리를 들으면 아무 병인 줄 알고, 사람의 그림자를 보아 오장에 병든 줄 아니 의술이 신통한지라. 그때 제왕이 죽을새 죽은 후 칠일이 되도록 명치에 기운이 있는지라 염습(殮襲)지 아니하였더니, 편작(扁鵲)이 그 말을 듣고 가 본즉 그 병 이름은 식갈영이라 침 한 대곤 주고 탕약 한 첩을 쓰니 즉시 쾌차하여 일어 앉으며 가로되, '그 사이에 하늘에 올라가 옥황상제께 뵈오니 상제께옵서 큰 잔으로 술을 주시며 가로되, 네 자손이 누대(累代) 패왕(霸王)이 되리라 하니 그 소리 귀에 쟁쟁 들리는 듯하다.' 하니 어찌 신통치 않으리오? 화타는 청낭의 비계를 가지고 병을 고칠새 한 사람이 속병 있으니 본즉 창자가 썩거늘, 마첩탕 한 첩을 먹여 죽이고 배를 갈라 창자를 내어 물에 씻고 썩은 구비를 베고 짐승의 창자를 이어 배에 넣고 뱃가죽을 꿰어 매고 회생산(回生散) 한 첩을 먹이니 쾌차한지라. 한(漢) 승상(丞相) 조조(曹操)가 머리를 앓거늘 화타가 맥을 짚어 보고 가로되, '이 병은 도끼로 머리를 뻐개고 골을 내어 물에 씻어 담고 맞추면 병이 즉시 쾌차하리라.' 한데 조조 대답 왈, '골을 깨치면 어찌 도로 살리오? 네 분명 나를 죽이리로다.' 하고 화타를 죽일새 화타 옥(獄) 맡은 군사를 불러 청낭 비계를 주어 왈, '이는 천하에 기이한 보배니 잘 전하라.' 한데 군사의 처가 그 말을 듣고, '이 비계로 제 몸을 죽게 함이라.' 하고 불에 넣으니 그 후로 비계를 세상에 전치 못하고 신통한 법이 없나니라. 대저(大抵) 사람이 병이 안으로 음식과 주색에 상하고 밖으로 풍한(風寒)과 서습(暑濕)에 싱하여 백 가지 병이 되나니, 기운이 부족한 사람은 신병이 무수하고 몸을 조심치 않니하면 자연 병이 되느니라. 병 고치는 법은 사람의 기운과 허실을 먼저 알고 전후 포본을 짐작하여 약을 쓰면 효험을 보고, 뱃병은 촌관척의 육부댁의 좌우에 있으니 합하여 오작육부 십이 경위맥이 응하였으니 좌우의 맥이 불화하면 필경 병들고, 운기 상한으로 의논하면 맥이 거칠고 펄펄 놀거든 땀나는 약을 쓰

---

43) 난계(難計) : 도모하기 어려움. 어려운 계획.

44) 병술년(丙戌年) 괴질(怪疾) : 1886년 병술년에 콜레라가 유행하여 많은 피해를 입었다. 작자 미상의 가사 '덴동 어미 화전가'에도 이것이 언급되어 있다.

45) 영감하(永感下) : 부모가 돌아가서 계시지 아니한 경우

46) 호천망극(昊天罔極) : 어버이의 은혜가 하늘과 같이 넓고 크며 하늘처럼 다함이 없음을 이르는 말.

47) 만반진수(滿盤珍羞) : 상 위에 가득히 차린 귀하고 맛있는 음식.

나니라. 맥이 침침하거든 내침할 약을 쓰려니와 스스로 발딱 발딱하여 숨 한 번 쉴 사이에 너덧 번만 놀면 고치기 어려운 증세요, 맥이 공연히 끊어졌다가 도로 놀면 고치기 어려운 증세요, 사람의 대종맥이 끊어지면 고치기 어려운지라. 감기 홍역은 승마갈근탕(升摩葛根湯)이 길하고, 토사(吐瀉) 곽란(癨亂)에는 곽향정기산과 당귀산을 쓰고, 해산하다가 손목이 먼저 나오거든 침으로 손을 주면 도로 들어가 순(順)이 나오나니라. 해산 후 혈을 먹으면 복통이 없나니라. 해산 후 훗배 앓거든 가물치를 고아 먹으면 좋으니라. 치통에는 말발에 채인 돌을 불에 달궈 물에 넣어 그 물을 먹으면 쾌한지라. 안질(眼疾)에는 뽕나무 벌레를 대꼬치로 침을 주어 그 물을 눈에 넣으면 좋으며, 유종(乳腫)에는 궁글레를 많이 캐어 술에 타 먹고, 또 방망이로 두드려서 술에 개어 젖에 붙이면 낫고, 독종(毒腫)에는 개죽말혈을 열 장씩 뜨면 독기가 없나니라. 더위에 막히거든 똥물을 먹이고, 그리하여도 낫지 않거든 동변(童便)을 먹이면 좋으니라. 부부 금실이 부족하거든 증겡이 고기를 먹으면 화합하나니라. 청상과부는 시집살이탕 열 첩만 먹으면 마음이 안정하나니라. 의약은 그러하거니와 복술(卜術)은 태호 복희씨 시획팔괘(始劃八卦)하시니 이는 선천(先天)이요, 문왕(文王)은 육십사괘를 내시니 이는 후천(後天)이라. 길흉을 정하시니, 점하는 법이 그 훗사람 엄군평(嚴君平)이 점을 신통히 하여 날마다 점할새 복채 돈 한 냥만 되면 잘 아니 하는지라. 그때에 장건(張騫)이라 하는 사람이 한(漢) 무제(武帝)의 사신으로 서역에 가다가 배를 타고 황하수로 올라가 은하수를 건너, 천상 직녀대(織女臺)로 들어가서 직녀께 뵈온데, 직녀 베틀 괴었던 돌을 가지고 인간에 내려가 엄군평에게 물으면 말리라 하거늘, 내려와 물은즉 엄군평이 놀라 왈, 이 돌은 곧 직녀의 베틀 괴었던 돌이라. 그대는 어디가 얻었는가.' 하더라. 그 후에 점을 하는 곽박(郭璞)이와 이순풍(李淳風)이 점하는 법은 육효통정(六爻通情)하고 후에 육정육갑(六丁六甲)과 비신, 복신, 원신, 괘신, 수신을 붙여 상생상극으로 일신을 포태로 붙여 화복길흉을 정단하나니라. 상(相) 보는 법은 오악을 보고 기상을 살펴 금, 목, 수, 화, 토 형국을 안 후에 유년을 의논하나니, 천정(天頂)이 수려하고 일월각이 좋으면 벼슬을 높이 하고, 귀 밑이 희면 소년급제하고, 눈에 영채 있으면 벼슬하고 인중이 길면 수(壽)하고, 명치와 법령이 두터우면 부자가 되고, 하관이 넓으면 후분(後分)이 길고, 눈두덩이 두터우면 자식을 많이 두고, 눈썹이 길면 형제궁이 길고, 눈썹 속에 사마귀 있으면 귀양 가고, 눈썹 사이에 털 나면 욕심 많고, 코끝에 살 있으면 처궁(妻宮)이 불길하고, 코끝이 구부러지면 심사가 곱지 못하고, 눈 웃음하면 남자는 간사하고 여자는 난잡하고, 귓부리에 살 없으면 가난하고, 콧중방이 높으면 사귀지 못하고, 눈꺼풀이 깊은 자는 심술이 많으니라. 대저 남녀 물론하고 얼굴이 독

하면 자식을 많이 두나니라. 내 지금 네 상을 보니 인중이 길고 옥루성이 있으니 가히 장수할 것이요, 법령이 분명하니 심의(心意)도 무던하려니와 조금 흠이 있으니 한편 귀가 엷고 성곽이 없으니 상처(喪妻)는 할 것이요, 또 양관이 붉으니 필연 복중에 병이 있도다."

여우 웃어 왈,

"내 과연 어려서부터 흉복통으로 대단히 신고(辛苦)[48]하여 지금껏 고치지 못하였으니 원컨대 존장은 약을 가르쳐 주소서."

두꺼비 왈,

"파도 3개를 먹으면 설사 날 것이니 흰죽을 달여다가 한 그릇 먹으면 다시 복발(復發)[49] 아니하나니라."

여우 사례 왈,

"존장이 가르치는 대로 하리이다."

또 여쭈오되,

"존장이 천지만물을 무불통지하오니 글도 아느니이까?"

두꺼비 왈,

"미련한 짐승아. 글을 못 하면 어찌 만고(萬古) 역대(歷代)를 이르며 음양지술을 어찌 알리오?"

하거늘 여우 가로되,

"미련한 짐승아. 글을 못하면 어찌 만고 역대를 이르며 음양지술을 어찌 알리요."

하거늘 여우 가로되,

"존장은 문학도 거룩하니 풍월을 들어지이다."

두꺼비 부채로 서안(書案)을 치며 크게 읊어 왈,

"대월강우입(待月江隅入)하니 고루석연부(高樓夕煙浮)라. 금일군회중(今日群會中)네 유오대장부(惟吾大丈夫)라."[50]

읽기를 그치니 여우 왈,

"존장의 문학이 심상치 아니하거니와 실없이 묻잡나니 존장의 껍질이 어찌 두툴두툴 하시니이까?"

섬 동지 답 왈,

"소년(少年)에 외입하여 장안 88명의 난나위[51]를 밤낮으로 데리고 지내다가 남의 몸에서 옴[52]이 올라 그러하도다."

또 문왈,

"눈은?"

"보은(報恩) 현감(縣監) 갔을 때에 대추 찰떡과 고욤[53]을

---

48) 신고(辛苦) : 어려운 일을 당하여 몹시 애씀. 고생(苦生).

49) 복발(復發) : 재발(再發). 다시 생겨남.

50) "대월강우입(待月江隅立)하니 고루석연부(高樓夕煙浮)라. 금일군회중(今日群會中)에 유오대장부(惟吾大丈夫)라." : 달을 기다려 강둑에 서니, 높은 누각에 저녁 내가 떠오르는구나. 오늘 여럿 모인 중에 오직 나만 대장부로다.

51) 난나위 : '기생'을 이르는 말.

52) 옴 : 옴진드기가 기생하여 일으키는 전염 피부병. 손가락이나 발가락의 사이, 겨드랑이 따위의 연한 살에서부터 짓무르기 시작하여 온몸으로 퍼진다. 몹시 가렵고 헐기도 한다.

53) 고욤 : 고욤나무의 열매. 감보다 작고 맛이 달면서 좀 떫다.

많이 먹었더니 열이 성하여 눈이 노리도다."

또 물어 왈,

"그러하면 등이 굽고 목청이 움츠러졌으니 그는 어찌한 연고니이까?"

두꺼비 답왈,

"평양(平壤) 감사(監司)로 갔을 때에 마침 중추(仲秋) 8월이라 연광정(鍊光亭)에 놀음을 배설하고 여러 기생들 녹의홍상에 초립을 씌워 좌우에 앉히고, 육방 하인을 대하(臺下)에 세우고 풍악을 갖추고 술이 대취하여 노닐다가 술김에 정하(庭下)[54]에 떨어져 곱사등이 되고 길던 목이 움츠러졌으매 지금까지 한탄하되 후회막급(後悔莫及)이라. 술을 먹다가 종신(終身)을 잘못 할 듯하기로 지금은 밀밭 가에도 가지 않노라. 이른바 소 잃고 외양간 고치는 격이라."

또 문왈,

"존장의 턱밑이 벌떡벌떡 하시는 것은 웬 일이시나이까?"

두꺼비 답왈,

"너희놈들이 어른을 몰라보고 말을 함부로 하기로 분을 참노라고 자연 그러하도다."

인하여 가로되,

"말씀이 무궁하여 즐김이 부족하고 좌객이 다 술이 취하고 날이 장차 함지(咸池)[55]에 들라 하오니 그만저만 파연곡(罷宴曲)[56]을 하사이다."

주인 장 선생이 악공(樂工)을 명하여 파연곡을 하고 주찬(酒饌)을 내어 한 순배(巡杯) 먹은 후 섬 동지 좌중을 보고 왈,

"이번 장 선생 수연(壽宴)[57] 잔치에 너희 각색 짐승이 참례하여 본 바 뉘 능히 이렇듯 하리오?"

하고 먼저 펄쩍 뛰어 나서니 모든 짐승이 일시에 주인께 치하하고 각기 뛰어가니, 장 선생 부자(父子)가 동구 밖에 나와 전송하며 왈,

"주인이 넉넉지 못하기로 손님을 잘 대접지 못하였으니 허물치 마옵고 평안히 가소서."

하니 여러 손님이 취흥을 못 이기어 헤어지니라.

■ 해설

　동물 우화 소설이라는 입장에서 「두껍전」은 나이 자랑이나 상좌(上座)다툼을 두고 두꺼비나 여우같은 인간상을 대조시켜 가식에 찬 인간 사회를 풍자한 작품입니다. 구성면에서 「두껍전」은 사건중심의 소설이 아니라 쟁장(爭長)으로 시작되는 여우와 두꺼비의 재담으로 일관되어 있어서, 유기적인 완결

---

54) 정하(庭下) : 뜰 아래.
55) 함지(咸池) : 해가 진다고 하는 서쪽의 큰 못.
56) 파연곡(罷宴曲) : 잔치를 끝낼 때 부르는 노래.
57) 수연(壽宴) : 장수를 축하하는 잔치.

구조를 가진 것이 아니라 장면화에 의존하는 경향이 짙습니다. 이야기의 내용은 단지 '장 선생(獐先生)'의 잔치에 상좌를 두고 노루와 여우와 두꺼비가 나이 자랑을 하여 두꺼비가 이겼다는 것입니다. 그러나 문제는 내용의 대부분을 차지하고 있는 여우의 기행담, 두꺼비의 기행담과 경물 풀이, 여우의 하늘 구경, 두꺼비의 천문지리, 오륜, 육도삼략, 의약법도, 복술 등으로 이어지는 두꺼비와 여우의 장황한 사설이고, 이 대화 부분은 작품의 대부분을 차지합니다. 이처럼 「두껍전」은 종래의 소설에서 보는 연속되는 사건에 기대하고 긴장되는 플롯에 의하여 유발되는 흥미라기보다는 재담에 흥미의 초점이 맞추어지고 있습니다.

　「두껍전」에 나타난 교훈성을 살펴보면, 모든 동물우화소설이 그러하듯이 「두껍전」에서도 교훈성은 표면에 나타나지 않습니다. 그 대신 「두껍전」은 극화된 이야기로 매듭을 짓고 교훈적 주제의 파악은 독자의 지성과 판단에 맡기고 있습니다. 그 교훈성은 여타 우화소설에서와 같이 대상에 대한 조롱과 풍자에 의해서 드러나는데, 「두껍전」의 일차적인 풍자의 대상은 '여우'입니다. 능청스런 '두꺼비'의 식견과 말주변에 안달하는 '여우'가 질문을 던지면 두꺼비는 의연하게 자신의 지식과 식견을 피력합니다. 여기에서 '여우'는 항상 조롱만 당하며, 어떻게든 '두꺼비'의 기를 꺾고 굴복시키려지만 오히려 자기가 당하고 맙니다. 즉 '여우'의 경박성과 시기심이 스스로를 곤경으로 몰아넣는 것이죠. 또한 「두껍전」은 여기에 머무르지 않고 이차적으로 '두꺼비' 역시도 풍자의 대상으로 삼고 있습니다. 그것은 '두꺼비'를 통해서 '자기비하의 아이러니'를 보여주는 데에서 나타나는데, 대립적인 두 인물, 즉 '두꺼비' '여우'가 벌이는 대화에서 '여우'는 언제나 곤경에 몰리지만, 이렇게 '여우'를 곤경으로 몰아넣는 '두꺼비'의 논리 역시도 독자의 입장에서는 역시 조소의 대상이 되는 것입니다. 교활하기는 '여우'보다 더하면서 점잖음을 가장하여 상대방을 깎아 내리고 비방함으로써 자신의 우월을 견지하려는 '두꺼비'에 대한 조롱인 것입니다. 여기에 더해 「두껍전」에 나타나는 '나이다툼' 역시 조롱의 대상에서 벗어나지 못합니다. 산중에서 아무런 구속 없이 자유롭게 살고 있는 동물들에게 '나이다툼'은 어떤 심각성도 띠지 못하고 희화화되어 버리며, 또한 상위신분으로 암시되는 상좌는 그야말로 노루나 토끼, 여우, 두꺼비 등과 같은 거짓말쟁이들이나 차지하는 그런 자리가 되어버리는 것입니다. 마지막으로 「두껍전」 초반부에 '장 선생'에 대한 "숭록대부(崇祿大夫) 가자(加資)를 하였다"는 부분에서 드러나듯이, 하찮은 미물인 '노루'에게 벼슬을 내림으로써 당시의 신분질서에 도전하고 있다고 할 수 있습니다. 미천한 동물에게 직위가 주어지고 인간적 행동을 하도록 구상한 자체가 이미 신분 질서에 대한 도전인 셈이지요.

화산중봉기(華山重逢記)

작자 미상

■ 줄거리

고려 충숙왕 때에 문하시중 김완국이 간신 이인철의 모함을 모함을 받아 귀양을 가고, 그곳에서 죽자 부인 진씨와 아들 수증은 고향 안동으로 낙향한다. 수증은 과거를 보아 벼슬하기에 뜻이 없으니, 마을 사람들 모두가 그 높은 절개를 기린다. 부인 장씨와 자식이 없음을 탄식하다가 합천 해인사에서 온 노승에게 은돈 일천 냥을 시주한다. 그런 후 부부가 태을선군의 제자가 현몽하는 태몽을 꾸고 옥동자를 낳아 선옥이라 하였다. 선옥이 점점 자라나자 재주가 빼어나서 십세 전에 사서삼경(四書三經)과 백가서(百家書)를 두루 통달하지 아니함이 없었으며, 육도삼략(六韜三略)이며 천문지리(天文地理)를 모르는 것이 없었다.

한편, 경주 땅에 통판(通判) 이성일이 벼슬을 그만두고 부인 김씨로 더불어 고향에 돌아와 지내는데, 혈육이 없어 한탄하다가 월궁(月宮) 항아(姮娥)의 제자가 현몽한 태몽을 꾸고 딸을 얻어 이름을 농옥이라 하였다. 요조(窈窕)한 태도와 기색이 실로 군자의 배필이 될 만하고, 나이 열다섯에 이르러 김선옥과 혼인을 한다.

선옥이 자만하여 공부를 하지 않자 그의 아버지가 안국사(安國寺)에서 수학하게 하는데, 밤마다 집에 몰래 내려온다. 그러다 어느 날 아내의 침소 사창에 남자의 의관 그림자가 비치는 것을 보고는 산중에 들어가 재주나 기르자고 하여 종적을 감춘다. 선옥의 아버지가 아들을 찾아오면 재산을 반분하겠다고 하자 칠촌(七寸) 종질(從姪)이었다. 형옥이 나선다. 형옥은 선옥과 용모가 비슷한 김홍룡을 데려오니 모두 반기나 선옥의 처만은 가짜임을 간파한다. 관청 송사에서 진짜라 판결하고, 선옥의 부모는 며느리를 내치고 새 며느리를 맞으려고 관청의 허가를 구하면서 이 일을 나라에서 알게 되고, 진 어사를 파견한다. 진 어사는 전국을 3년 동안 돌아다닌 끝에 선옥을 찾아내고 사건을 해결한다.

일본이 변경을 침범하자 선옥이 정남도원수로 출정하여 대승을 거둔다. 출정 중에 명령을 따르지 않았던 이인철의 죄를 임금께 상주하여 유배가게 하고, 임금은 선옥을 문하시중에 임명한다. 세월이 흘러 시중의 나이 팔십에 우연히 득병하여 수일 만에 죽고, 부인도 애통함을 이기지 못하여 자주 기절하다가 인하여 일어나지 못하였다. 이후 김씨 가문은 부귀영달을 누리게 된다.

■ 원문

고려(高麗) 충숙왕(忠肅王) 시절에 한 재상이 있으니, 성은 김이요, 명은 완국이다. 대대(代代)로 높은 벼슬을 한 집안으로 문장(文章)과 재덕(才德)이 그 시대에 으뜸이었다. 일찍 용문(龍門)에 올라 벼슬이 문하시중(門下侍中)에 이르렀는데, 사직(社稷)의 큰 공이 많았다. 이러므로 조정(朝廷)이 산악(山嶽)같이 의지하며 수많은 백성들이 부모같이 쳐다보았다.

슬프다, 사물이 번성하면 곧 시들고 달이 차면 기우는 것은 고금(古今)에 늘 있는 일이다. 이때 간신 이인철이 시중의 영화롭고 귀함을 늘 시기(猜忌)하였는데 임금의 은총으로 인(因)하여 시중을 논박(論駁)하는 상소(上疏)를 올렸다.

"감찰어사(監察御使) 신(臣) 이인철은 삼가 백 번 절하옵고 주상 전하께 글월을 올리옵나이다. 엎드려 생각건대 신이 근래 조정 신하의 부지런함과 게으름을 살폈는데, 시중 김완국이 전일(前日)의 적은 공을 스스로 믿고 궁궐의 문을 드나듦이 조금도 없사오며, 묘당(廟堂)에 기거(寄居)하면서 여러 신하들을 무시하오니 이를 다스리지 아니하오면 그 오만방자(傲慢放恣)하온 뜻이 불측(不測)한 변고를 일으킬까 하오니, 시중 김완국을 산악이나 섬에 귀양을 보내 화근(禍根)을 없이 하옴이 옳을까 하나이다."

주상이 다 읽고 나서 한숨을 쉬고 탄식하며 일렀다.

"중신(重臣) 이인철이 임금에게 충성하고 나라를 사랑하는 정성이 조정의 일인가 하였더니, 이제 이렇게 할 줄 어찌 뜻하였으리오? 자고(自古)로 공신(功臣)이 그 공훈을 믿고 사소한 일을 그르치는 자가 많아 내 일찍 그를 탄식하였더니 이제 이를 보니 가장 한심하도다."

그리하여 김완국을 죄주어 다스리라고 하였다. 금오랑(金吾郞)이 시중의 집에 나아가 주상의 명을 전하니, 시중이 뜰에 내려 사배(四拜)하고 사당에 하직한 후, 부인 진씨를 보고 말하였다.

"나의 이 길이 관산(關山)이 첩첩(疊疊)이요, 창해(滄海) 만경(萬頃)이라. 한 번 가면 돌아오기 아득한지라. 바라건대 부인은 슬퍼 마시고 아이 수증을 극진히 돌보아 김씨 향화(香火)를 끊김이 없게 하소서."

또 수증을 불러 말했다.

"너는 나의 행색을 서러워 말고 어머니를 효도로 섬기고 학업을 그만두지 말라."

그렇게 하고 행장(行裝)을 갖추어 유배지로 출발하니, 부인과 수중의 망극(罔極)함은 산천(山川)이 슬퍼하며 집 안에 눈물 아니 흘리는 자가 없었다.

부인 진씨가 수중을 데리고 시중의 생사(生死) 몰라 밤낮 슬퍼하였다. 하루는 진씨가 등불 아래서 잠깐 졸고 있는데, 시중이 들어와 반겨 말하였다.

"제가 불초(不肖)하기 짝이 없어 부귀 과분하였지만 조물주가 밉게 여겨 천 리나 떨어진 섬에서 외로운 혼이 되었으니 누구를 한탄하리요? 부인은 수증을 데리고 제발 잘 지내소서."

진씨가 놀라 깨어 보니 남가일몽(南柯一夢)이었다. 마음에 크게 놀라 수증을 불러 꿈을 이르고는 눈물이 흘러 내려 홍건하였다. 수증이 여쭈었다.

"소자(小子)가 지금 겨우 잠에 들었더니 부친께서 과연 소자를 보고 말하기를, '네 아비가 모자라고 어리석어 앞을 내다보는 눈이 없어 섬에서 고혼이 되었으니, 너는 마땅히 고향에 돌아가 학업을 숭상하고 어지러운 세상의 벼슬을 일삼지 말라.' 하셨는데, 또 모친의 꿈이 이와 같사오니 심히 놀랍고 당황스럽습니다."

모자가 밤을 지내고 앉아 있는데, 금오랑이 한 통의 서찰을 보내었다. 뜯어보니 시중이 세상을 버린 기별이었다. 보기를 다하지 못하여 엎어져 기절하니, 부인이 또한 기절하여 어떻게 할 줄 몰랐다. 시비(侍婢) 등이 구호(救護)하니 겨우 정신을 수습하고 수증을 보내어 시중의 시체를 거두어 선산(先山)에 안장(安葬)하고 즉시 가산(家産)을 수습하여 안동 고향으로 돌아갔다.

세월이 여류(如流)하여 삼년상을 마치자 진씨가 아들의 배필을 구하였는데, 진주에 사는 장(張) 지현(知縣)의 딸이 현숙(賢淑)함을 듣고 매파(媒婆)를 보내어 혼인을 청하였다. 지현이 김씨의 대대로 충신이며 청백(淸白)함을 자못 사모하는지라, 이날 통혼(通婚)함을 듣고 대희(大喜)하여 즉시 택일(擇日) 성례(成禮)하였다.

광음(光陰)이 훌훌하여 모부인(母夫人) 진씨가 노병(老病)으로 돌아가시니 수증과 일가(一家)가 망극(罔極)하여 아버지 산소에 합장(合葬)하였다. 삼년상이 지나자 수증은 낮이면 농부 어옹(漁翁)과 짝이 되어 성덕(盛德)을 농부와 어부의 노래로 부르며, 밤이면 시서(詩書) 읽기에 열중하여 등불로 벗을 삼아 세상의 한가한 사람이 되었다. 별호를 운림처사라 하고 과거를 보아 벼슬하기에 뜻이 없으니, 마을 사람들 모두가 그 높은 절개를 탄복하였다.

하루는 처사가 그 부인 장씨를 대하여 말하였다.

"불효가 삼천 가지 중에 후사(後嗣)가 없는 것이 가장 크다 하였나니, 나이 이제 사십인데도 일점(一點) 혈육이 없으니 조상의 제사를 어찌 받들리오?"

이렇게 탄식하다가 외당(外堂)에 나와 슬피 앉아 있었다.

문득 한 노승이 칠건 가사를 입고 육환장을 잡고서 가볍게 들어오는데, 풍모가 수려하여 짐짓 범상한 화상(和尙)이 아니었다. 마루에 올라 합장(合掌)하여 예의를 표하고 말하였다.

"소승은 합천(陜川) 해인사(海印寺)의 중이온데 절이 무너져 부처님이 풍우를 가리지 못하여 귀댁의 시주하심을 바라옵고 왔나이다."

처사가 마지못하여 전세(前世)로부터 전해오던 은돈 일천 냥을 주고 말하였다.

"이것이 얼마 안 되나 집에 있는 것이 이뿐이니, 바라건대 존사(尊師)는 나의 정성을 부처님께 바치고 소원을 빌어 주기를 바라노라."

노승이 여러 번 절하고 감사하다 하고 물러갔다.

여러 날이 지나자 춘풍(春風)은 호탕(豪宕)하여 온갖 꽃이 곳곳에 날리고 수양버들은 거리마다 드리웠으며, 쌍쌍이 나는 범나비는 춘흥(春興)에 겨워 꽃에서 누리는 꿈을 이루고, 쌍쌍이 나는 꾀꼬리는 벗을 불러 녹음(綠陰) 사이에 던져 있으며, 대들보의 제비들은 강남의 말로 재잘거렸다.

대낮이 고요한데 처사가 난간에 의지하여 경치를 구경하다가 봄잠을 이기지 못하여 잠깐 한 꿈을 꾸었다. 한 청의동자(靑衣童子)가 앞에 나아와 절하고 말하였다.

"소동은 태을선자(太乙仙子)의 제자로 옥황상제께 죄를 지어 인간 세상에 내치시매 갈 바를 알지 못하였는데, 해인사 부처께오서 지시하시매 귀댁(貴宅)을 바라고 왔사오니, 바라건대 어여삐 여기소서."

처사가 다시 묻고자 하다가 꾀꼬리 소리에 놀라 깨니 마음이 이상하고 가뻤하였다.

과연 그달부터 태기(胎氣)가 있어 열 달이 되었다. 하루는 장씨가 아이 낳을 기미가 있어 고생하더니, 혼미한 중에 한 선녀가 공중에서 내려와 장씨에게 고하였다.

"이 아이는 태을선군의 제자로 백옥루(白玉樓) 잔치에 선녀와 더불어 희롱하다가 옥황상제에게 죄를 지어 세상에 내쳐져 귀댁으로 왔사오나, 범상한 사람은 아니니 부인께서는 살피소서."

그리고는 간 데 없었다. 장씨가 정신을 수습하여 옥동자를 낳았다. 기골(氣骨)이 준수(俊秀)하고 눈썹에 산천(山川)의 정기(精氣)를 띠었으며 두 눈에 일월(日月)의 광채를 감추었으나 뛰어난 영웅의 기상이었다. 처사의 부부가 크게 기뻐하여 이름을 선옥이라 하고 자(字)는 천인이라 하였는데 사랑함이 장중보옥(掌中寶玉) 같았다.

선옥이 점점 자라나자 재주가 빼어나서 십 세 전에 사서삼경(四書三經)과 백가서(百家書)를 두루 통달하지 아니함이 없었으며, 육도삼략(六韜三略)이며 천문지리(天文地理)를 모르는 것이 없었다. 십여 세가 되어 칼 쓰기와 말 타기를 일삼으니, 처사가 그 숙성(夙成)함과 평상시의 무예를 익힘이 꼭 필요하지 않다고 여겨 꾸짖었다.

"우리 집안은 대대로 문학(文學)으로 내려오거늘 초라한 무사(武士)의 일은 불가하도다."

선옥이 무릎을 꿇고 대답했다.

"소자(小子)가 무지하오나 이미 경서(經書)를 읽었사오니, 글은 족히 성명을 적을 만하나이다. 지금 국가가 비록 태평하오나, 옛 말씀에 하였으되, 안전할 때 위험한 때를 잊지 말라 하였사오니, 병화(兵禍)의 단서는 귀신도 측량키 어렵사오매, 소자가 용렬(庸劣)함을 생각지 아니하옵고 훗날 국가를 도와 대공(大功)을 세워 이름을 역사에 남김이 옳을까 하나이다."

처사가 마음에 비록 기특하게 여기나 다시 일러 학업에 열중하라 하였다.

한편, 경주 땅에 이 통판이라 하는 사람이 있으니 이 곧 어사 봉구의 아들로 이름은 성일이다. 일찍 벼슬이 통판에 이르렀으나 그 과분함을 저어하여 조정을 하직하고 부인 김씨로 더불어 고향에 돌아와 한가한 청복(淸福)을 편안히 누리고 있었다. 그리울 것이 없으나 다만 슬하에 일점혈육이 없어 매양 한탄하였다. 하루는 통판이 한가히 앉아 있는데 공중으로부터 한 처자가 내려와 예를 갖추고 말하였다.

"소녀는 월궁(月宮) 항아(姮娥)의 제자인데 백옥루(白玉樓) 잔치에 갔다가 미친 선동(仙童)의 희롱함으로 옥제(玉帝)께서 진노(震怒)하시어 인간에 내치시매 갈 바가 없기로 귀댁에 왔사오니, 바라건대 거두어 불쌍히 여기소서."

놀라 깨어나니 일장춘몽(一場春夢)이었다. 괴이히 여겨 지내다가 그 달로부터 태기(胎氣)가 있어 열 달이 되었다. 일일은 집 안에 향취(香臭)가 진동하며 서기(瑞氣)가 자욱하더니 일개 여아를 탄생하였다. 요조(窈窕)한 태도와 기색이 실로 군자의 배필이었다. 통판이 대희(大喜)하여 이름을 농옥이라 하였다. 점점 자라나 고운 용모와 영민한 재주가 더욱 아름다웠다. 나이가 열다섯에 이르니, 여러 매파가 통혼(通婚)하지 않은 이가 없었으나 합의(合意)치 못하므로 허락하지 아니하였다.

선옥의 나이가 열여섯에 이르니 본디 영웅의 재주로 일찍 문무(文武)에 병행(竝行)하니 이백(李白)과 두보(杜甫)의 문장과 손자(孫子)와 오자(吳子)의 병법(兵法)을 한몸에 겸비(兼備)하여 과연 당시의 일인(一人)이었다. 보는 자 저마다 동상사위를 삼고자 하나 처사가 그 나이가 어림 때문에 허락지 아니하였다. 이때에 춘임이라 하는 매파가 나이 칠십이요, 위인(爲人)이 조용하고 지인지감(知人之鑑)이 또한 당시 제일이었다. 이러므로 명문대가에 모르는 곳이 없어 보는 자가 예의를 갖추어 맞아들여 별호(別號)를 춘파라 하였다. 이날 처사가 집에 이르러 예를 마치고 좌정(坐定)한 후, 부인에게 고하였다.

"제가 다년간 중매하는 일로 늙었사오나 귀댁 공자 같사온 선풍도골(仙風道骨)과 영웅호걸(英雄豪傑)은 보던 바 처음이라, 이 배필이 어디에 있는가 은근히 찾았사오나 마침내 만나지 못하였는데 하늘이 지시하사 공자의 아리따운 짝을 얻었사오니, 부인께서는 모름지기 처사께에 여쭈어 좋은 기회를 잃지 마소서."

부인이 이를 다 듣고 물었다.

"이 어떠한 집 규수이뇨?"

춘파가 대답하였다.

"경주 땅 이 통판 댁의 소저(小姐)오니 이제 방년(芳年)이 십오 세요, 그 화용월태(花容月態)와 그윽하고 정숙한 덕망이 고금(古今)에 처음인가 하나이다."

부인이 처사를 청하여 춘파의 전후수말(前後首末)을 일일이 고하였다.

"이 통판이 누구이니까?"

처사가 대답했다.

"이 통판은 어사 봉구의 아들 성일이니, 일찍 벼슬을 사양하고 초야(草野)에 한가히 있어 풍월(風月)을 읊으며 거닐며, 그 맑은 바람과 높은 덕행이 또한 당시(當時) 사림(士林) 중 영수(領袖)라. 이제 그 여아가 아버지의 풍모(風貌)를 닮았을 것이니 반드시 그윽하고 어질 것이라. 결친(結親)함이 마땅하나, 한 사람의 말로 갑자기 의혼(議婚)하기는 경박할지라, 부인은 지감(知鑑)이 있는 시비를 춘파와 함께 보내어 자세히 보고 오라 하소서."

부인이 즉시 향임이라 하는 시비를 비구니의 모양으로 꾸며서 춘파와 같이 보내며 일렀다.

"이씨의 댁에 가 이러이러하라."

차시(此時)에 이 통판이 부인과 더불어 농옥의 쌍이 없음으로 정(正)히 차탄하였는데, 일일은 부인이 사창(紗窓)에 의지하고 있을 때 문득 공중으로부터 한 조각 종이가 내려왔다. 바라보니 안동(安東)이라는 두 글자가 뚜렷이 씌어 있었다. 보기를 다하자 마음에 매우 의혹(疑惑)하다가 문득 깨어나니 침상일몽(枕上一夢)이었다. 몽중사(夢中事)를 생각하나 길흉을 알지 못할지라. 정히 깊이 생각하고 있는데 시비가 고하였다.

"문 밖에 춘파가 어떠한 비구니로 더불어 뵈옵기를 청하나이다."

부인이 들어옴을 허락하자 춘파와 비구니가 뜰 아래에서 예배(禮拜)하였다. 부인이 마루 위에 앉히고 주찬(酒饌)을 내어 와 은근 상대하여 물었다.

"저 스님은 누구인고?"

춘파가 여쭈었다.

"이 스님은 곧 태백산(太白山) 학선관에 있는 비구니로소이다. 제가 일찍 부처께 공양하러 갔다가 저 비구니를 만나니 그 재주가 신출귀몰(神出鬼沒)한지라, 사람의 얼굴을 한 번 보면 평생의 우락(憂樂)을 잠시에 분석하오매, 낭낭(娘娘)께 천거하오니, 낭낭은 맞이하소서."

부인이 예로써 관대(款待)하였다.

"선고(仙姑)께서 진애(塵埃)를 헤쳐 누지(陋地)에 왕림하시니 자못 감사한지라. 우리 부부는 이미 나이가 많거니와 늦게야 일개 여식을 두었으니 이는 곧 우리의 낙이라. 바라건대 선고는 한번 수고를 아끼지 마시고 여아의 길흉화복을 가르침이 어떠하뇨?"

그리고는 시녀를 명하여 소저를 불렀다. 소저가 침소로 나와 부인 곁에 앉았다. 향임이 감히 할 수 없다고 재삼 사양하면서 눈을 들어 한 번 보니 태양이 형산(衡山)에 처음 돋고 밝은 달이 설상(雪上)에 돋은 듯 정신이 황홀하여 말할 바를 몰랐다. 한참 후에 여쭈었다.

"소저는 진실로 천상 선녀라. 인간의 육안으로 평론치 못할 것이거니와, 일후에 후비(后妃)가 아니면 반드시 영웅호걸을 섬기리니 녹록(碌碌)한 규중(閨中)의 처자와 같이 적은 부덕(婦德)으로 의논할 바가 아니로소이다."

그리고는 춘파를 돌아보며 말하였다.

"이상하도다. 소저가 비록 여자 중의 기골(氣骨)이나 안동 김 처사댁 공자와 방불(彷彿)하도다."

소저가 아미(蛾眉)를 찡그리고 침소로 가버렸다. 부인이 안동이란 말을 듣자, 그 전의 꿈을 생각하고 신기하게 여겨 물었다.

"안동 김 처사댁 공자는 누구인고?"

춘파가 대답하였다.

"문하시중(門下侍中) 완국의 손자요, 처사 수증의 아들이라. 지금 나이 이팔(二八)이요, 재덕(才德)을 다 갖추었으며, 준수하고 화려한 기골이 당시 영웅이라. 제가 경향(京鄉)으로 두루 다님이 많사오나 김 공자와 비할 자가 없는지라. 알지 못하겠노라, 소저가 어디 정혼(定婚) 하였나이까?"

부인이 대답하여 말하였다.

"나이가 아직 차지 못하므로 정혼(定婚)치 못하였노라."

춘파가 다시 여쭈었다.

"그러하오면 이는 반드시 천생연분(天生緣分)이니 달리 구혼(求婚)치 마시고 상공께 의논하시어 김 공자와 성친(成親)하심이 가할까 하나이다."

부인이 통판을 청하여 춘파의 말을 자세히 고하고 물었나.

"안동 김 처사는 이떠한 사람이니까?"

통판이 대답하였다.

"김 처사는 이전 문하시중 완국의 아들이라. 그 부친이 무죄(無罪)하게 외딴 섬에서 죽은 바 되었으매, 청운(靑雲)에 뜻이 없이 농부 어옹과 짝이 되며 세월을 보내니, 또한 지상의 신선이라. 내 비록 일면(一面) 지분(知分)이 없으나 그 덕

행을 짐작하매 그 아자(兒子)도 반드시 충효를 겸전(兼全)하였을지라. 속담에 하였으되, '호랑이가 개새끼를 아니 낳는다.' 하였으니, 부인은 시비를 보내어 자세히 탐지하라."

부인이 춘파를 보고 말하였다.

"춘파의 말을 들으매 진실로 반가운지라. 이제 여아의 혼사를 의논코자 하여 시비를 시켜 한번 보고 완전히 정하고자 하니, 춘파는 한번 걸음을 아끼지 말라."

시비 추월을 불러 말하였다.

"춘파와 같이 가서 공자를 보고 오라."

춘파를 재촉하니, 춘파가 말하였다.

"이같이 신근(愼謹)이 하시니 바른 대로 말씀하오리다. 저 스님이 과연 비구니가 아니오라 김 처사댁 시비 향임이라. 소저의 화용(花容)을 보러 왔사오나, 바른 대로 말씀하오면 자세히 뵈올 길이 없을 듯하여 잠깐 속였사오니 죄송하오이다."

향임이 땅에 엎드려 죄를 청하였다. 부인이 시비로 하여금 붙들어 청에 올리고 위로하였다.

"사세(事勢)가 그러할지라, 무슨 청죄하리오?"

하고, 즉시 세 사람을 안동으로 보내었다.

각설. 김 처사 부인과 더불어 춘향과 춘파를 보내고 돌아오기를 기다렸다. 일일은 까치가 창밖에 와 세 번 짖기에 처사 부부가 길흉을 알지 못하여 민망히 여겼는데, 이윽고 춘향이 희색으로 들어왔다. 급히 허실(虛實)을 묻자 대답하였다.

"이 소저는 곧 천상 선녀라. 인간 세상 사람은 같지 아니하매 형용하여 말씀하옵기 어렵나이다."

이 통판댁 시녀가 옴을 고하니, 부인이 불러 그 댁 안부를 물은 후 다과를 대접하고 선옥을 부르니 선옥이 들어왔다. 추월이 감히 머리를 들어 보지 못하고 곁눈으로 잠깐 보니, 춘풍(春風) 기골(氣骨)과 영매(英邁)한 풍채가 인간 세상의 사람은 같지 아니하여 우러러 보지 못할 정도였다. 춘파가 여쭈었다.

"이제 두 곳 시비가 서로 왕래하여 공자와 소저를 햇빛같이 보았사오니 의심치 마시고 길일을 택하소서."

부인이 처사를 청하여 결친함을 재촉하자 처사가 즉시 구혼하는 글을 보내었으니 그 편지는 다음과 같다.

"처사 안동 김수증은 경주 이 통판 좌하(座下)에게 글월을 올리나니, 제가 화를 입은 집안의 살아남은 사람으로 한 가닥 남은 목숨이 세상에 부쳤으매, 발자취를 거두어 출입이 없사오며, 우리나라의 멀지 않은 곳에 천하고 더러운 금수(禽獸)의 냄새를 벗지 못하였고, 다만 높은 바람과 맑은 명성은 익히 들었나니, 존체(尊體) 백복(百福)하시나이까? 제가 명도(命途)가 기박하여 늦게야 한낱 자식을 두었는지라. 비록 어리석고 보잘것없사오나 나이가 이미 이팔(二八)이라. 들으니 영애(令愛)가 극히 정정요조(貞靜窈窕)하다 하오니 외람되이

말씀하건대, 돈아(豚兒)의 불초와 저의의 부끄러움을 무릅쓰고 감히 진진지의(秦晉之誼)를 맺고자 하여 청하오니, 바라건대 회답을 쉬 하옵심을 바라노라."

각설. 통판 부부가 춘파와 추월을 보내고 오기를 날로 기다렸다. 문득 춘추(春秋) 두 사람이 들어와 김 공자의 준수하고 영걸한 모습을 못내 칭찬하며 구혼하는 척서(尺書)를 올렸다. 통판이 보기를 다하고 기쁨을 그치지 못하여 즉시 답서(答書)하여 보내었다.

각설. 처사가 이부(李府)에 편지 보내고 회음을 기다렸는데, 시비가 와서 이 통판댁의 노자(奴者)가 옴을 고하였다. 불러보니 노자가 문안하고 글월을 올리기에 뜯어보니, 다음과 같았다.

"통판 경주 이성일은 안동 김 처사 좌하에게 글을 올리나니, 제가 일개 어리석고 쓸모없는 무리로 외람되이 통판에 처하매 조정의 신하된 도리를 그르칠까 저어하여 벼슬을 사례하고 고향에 돌아와 한민(閑民)이 되어 산문(山門) 밖에 나가지 아니한 지 이제 십유여(十有餘) 년이라. 이러므로 선생의 고상한 풍모와 담박한 취향을 듣지 못하였으며 한 번도 뵙지 못한지라. 삼가 혜찰(惠札)을 받아보니 부끄러워 탄식할 수밖에 없사오며, 존체(尊體) 만중(萬重)하옵심에 천만(千萬) 다행함이 깊으며, 제가 또한 명도(命途)가 기구하여 아들 자식이 없고 일개 여아가 있으매 노처(老妻)의 만생(晩生)이라. 근본이 잔약(孱弱)한 위인으로 배운 것이 없사오며 존문(尊門)의 사랑받는 며느리가 되옴이 극히 합의(合意)치 못하거늘, 이제 버리지 아니하시고 구혼(求婚)하심이 불승영감(不勝榮感)하오나, 십분 헤아려 주옵소서."

처사가 크게 기뻐하여 내당(內堂)에 들어가 주단(綢緞)을 보내었다. 통판이 또한 크게 기뻐하여 길일을 택하였는데 시월 초십일이었다. 혼일(婚日)이 다다르자 선옥이 머리에 감보 황금관(黃金冠)을 쓰고, 몸에 서천 홍금포(紅錦袍)를 입고, 허리에 통천 어사대(御史帶)를 하였으며, 손에 형산 백옥홀(白玉笏)을 들고 청총(靑驄) 대완(大宛) 말을 탔으며, 좌우 시비가 나열하여 대도상(大道上)으로 가는 형상은 적벽대전(赤壁大戰)에 승전곡(勝戰曲)을 울리며 오는 거동과 같았다.

수일 만에 이부(李府)에 이르러 전안석(奠雁席)에 나아가 친지에게 전안(奠雁)하고, 교배석(交拜席)에 들어가니 여러 시비가 낭자를 옹위하여 나왔다. 낭자가 칠보(七寶) 단장(丹粧)에 팔자(八字) 아미(蛾眉)를 다스렸으며, 명주 백화관(白花冠)을 쓰고 진주 쌍봉잠(雙鳳簪)을 꽂았으며, 오색 영롱 수원삼(水原衫)과 구족 서천 홍금상(紅錦裳)을 입었으며, 명월(明月) 같은 백옥패(白玉佩)는 요간(腰間)에 드리우고 황조(黃鳥) 같은 금지환(金指環)은 옥지(玉指)에 둘렀으며, 비취선자(翡翠扇子) 높이 들어 화용(花容)을 가렸으니, 반드시 월궁(月宮)의 선아(仙娥)가 요지(瑤池)에 내림과 같았다. 교배(交拜)를 마치

자 선옥이 낭자를 한 번 바라보니 과연 물고기가 물속으로 들어가고 기러기가 물에 내려앉는 태도와 달을 가려 피어난 꽃 같은 얼굴이었다. 날이 저물자 침소에 나아가니, 분벽사창(粉壁紗窓)과 좌우의 비단 이불에 만화향취(萬花香臭)가 방중(房中)에 찬란하였다. 이윽고 매파가 낭자를 보시고 침석(寢席)에 앉히니 봉(鳳)이 황(凰)을 본 듯하였다. 비취금(翡翠衾)에 나아가니 그 원앙지흥(鴛鴦之興)을 어찌 다 기록하리오?

날이 밝자 선옥이 통판과 부인을 뵈니 그 당당한 기골(氣骨)이 짐짓 여동빈(呂洞賓)과 두목지(杜牧之)의 풍채였다. 통판 부부의 즐거움은 실로 글로 다 쓸 수 없을 지경이요, 만당(滿堂)한 빈객(賓客)과 상하(上下) 노복(奴僕)이 흠모하고 차탄(嗟歎)하지 않는 이가 없었다.

이튿날 통판이 후원 명취정에 올라 사위와 소저를 불렀다. 선옥이 소저와 나아가니 흔연(欣然)이 일러 말하였다.

"일기(日氣)가 화창하매 국화 떨기는 난간에 가득하고 매화는 막 터지며 계단의 대나무와 뜰의 소나무는 아름답게 축축 늘어져 시흥(詩興)을 돕는지라. 교객은 모름지기 노부(老父)를 위하여 일 편(篇) 풍월(風月)을 지으라."

선옥이 자리를 피하고 대답하였다.

"소자가 부모의 만생(晩生)이라. 학식이 없사오매 대인(大人)의 존명(尊名)을 봉승(奉承)치 못하겠나이다."

통판이 웃으면서 말하였다.

"교객도 또한 속투(俗套)를 행하도다."

문방사우(文房四友)를 내어와 재삼 간청하였다. 선옥이 마지못하여 채전(彩箋)을 펼쳐들고 산호필(珊瑚筆)에 먹을 묻혀 일 수(首) 시를 지었으니, 그 글은 다음과 같다.

국화 진 뒤 새로 핀 매화는
뭇 꽃과 고운 빛을 견주지 않네.
이 세상 모든 것 철늦은 꽃이니
홀로 봄빛 머금고 저절로 일가를 이루었네.
　黃花以後又梅花　不與群芳較紅紫
　總是人間晚節花　獨含春色自成家

통판이 보기를 다하고 상을 치며 칭찬하여 말하였다.

"순수한 운치(韻致)는 한위(漢魏) 시절의 구기(口氣)요, 그윽한 격조(格調)는 당인(唐人)의 수단(手段)이라. 그러나, 소시(少時)에 풍상(風霜)을 잠깐 지내고 늦게야 공명을 얻어 세상에 독보(獨步)할 기상이라."

또 소저를 명하여 화답시(和答詩)를 지으라 하니, 소저가 부끄러움을 머금고 즉시 일 편 시를 지었다.

섬돌의 대나무와 뜰의 소나무는 같은 푸른 빛

가을 지내고도 오히려 의연히 남았구나.
푸른 햇살 시원한 바람 성긴 난간에 불어
길이 우리 집으로 푸른 병풍 만들게 하는구나.

階竹庭松一色靑　經秋尙是依然在
靑晴爽籟入疎欄　長使吾家作翠屛

통판이 잠깐 보더니 슬픈 기색을 짓고 기뻐하지 아니하면서,

"여아(女兒)의 시격(詩格)은 대략 가(可)하다 할 만하나 송죽(松竹)은 사시(四時)에 길이 푸른 것이라, 모든 꽃과 나무와 같이 모두 잎이 지는 일이 없으매 고인이 그 굳센 절(節)을 취하여 충신과 열녀에게 비유하는 바라. 이제 여아가 혼인한 처음에 수절(守節)할 마음이니 반드시 초년의 고생이 있을지라."

라고 말하고, 다과를 내어 종일(終日)토록 즐겼다.

삼 일 지난 후에 선옥이 낭자로 더불어 집에 돌아와 부모께 뵈었다. 선옥의 동탕(動蕩)한 풍채와 낭자의 선연(嬋娟)한 안색으로 쌍을 지으니 과연 남중(男中) 선옥이요, 여중(女中) 농옥이었다. 처사와 부인의 즐김은 붓 한 자루로는 다 적기 어려울 지경이요, 이웃과 족척(族戚)과 구경하는 자가 천상의 선관(仙官)과 선녀가 하강(下降)함과 같다 하였다.

각설. 선옥이 경서(經書)와 병서(兵書)를 달통(達通)하자 마음에 더 배울 것이 없어 주야(晝夜) 낭자의 침소에 있어 글도 창화(唱和)하고 경서(經書)도 의논하였다. 빈객(賓客)을 사양하고 외당(外堂)에 있지 아니하니, 처사가 그 방탕함을 애석(哀惜)해 하여 선옥을 불러 말하였다.

"네 비록 경서를 읽었으나 오히려 연숙(年熟)하지 못한지라. 마땅히 명일(明日)부터 뒷절에 올라가 잠심(潛心) 독서하라."

선옥이 명령을 받들고 서탁(書卓)을 갖추어 절로 올라갔다.

각설. 그 절은 안국사(安國寺)라 하는 암자이니, 수석(水石)이 기이(奇異)하고 안계(眼界) 활연(豁然)하여 또한 이름난 곳이요, 신령스런 승경(勝景)이었다. 또 처사의 집에서 불과 오 리(里)였다. 그 중 가운데 환정이라 하는 화상(和尙)이 있어 연기(年期)가 육십이요, 불법(佛法)에 능(能)하여 범상한 중이 아니었다. 이 날 김 공자가 공부하러 옴을 듣고 문에 나와 맞아 들어가 다과를 내어 은근히 권하였다.

선옥이 부친의 명령을 어기지 못하여 강잉(强仍)하여 글을 읽으나, 낭자를 떠나 있어 심신(心身)이 근심스럽고 어지러워 글자가 바로 보이지 아니하였다. 저물기를 기다려 집에 내려와 바로 낭자의 침소에 들어가 그리던 회포를 창화하고, 닭이 울면 절로 돌아가니 집에 왔던 줄 누가 알리오? 이후로 선옥이 종종 밤이면 내려오고 새벽이면 올라갔다.

일일은 처사가 밤이 깊도록 경서를 보다가 내당에서 개 짖는 소리가 심히 요란하기에 도적이 왔는가 하여 노복(奴僕)을 거느리고 내당에 들어가 두루 살폈는데, 낭자의 침소 밖에 이르러서는 등촉(燈燭)이 오히려 밝으며 문 앞에 선옥의 신이 놓여 있었다. 처사가 크게 놀라 생각하기를,

'내 본디 아이가 일찍 내방에서 손상할까 하여 공부하라 하고 절로 보내었더니, 이제 밤이 들자 내려와 새벽에 올라가매 왕래가 십 리요, 바람과 추위를 맞으며 밤기운을 쐬면 병이 들 것이라.'

라고 하고, 외당(外堂)에 나아와 선옥을 잡아내어 엄중히 문책하고자 하다가 다시 생각하기를,

'제가 조용히 왔거늘 이제 책(責)하면 반드시 놀라리니 내내일 의관을 내려다가 집에 두면 어찌 다시 왕래하겠는가?'

라고 하고, 이튿날 하인을 보내어 일러,

"공부할 때 의관은 쓰지 않을 것이니 보내라."

고 하였다. 선옥은 본디 총명하여 자기가 왕래한 종적이 탄로난 줄 알고서, '어찌 부친의 명을 어기겠는가?' 하고 즉시 의관을 내려 보내자 처사가 이를 낭자의 처소로 내려 보내었다.

차설. 선옥이 밤이면 집에 왕래하다가 의관이 없어 산중에서 울울(鬱鬱)하나 어떻게 할 길이 없어 머리를 숙이고 다만 글만 읽더라.

이때는 추구월(秋九月) 망간(望間)이라. 금풍(金風)은 소슬하고 옥우는 쟁영(爭榮)하였다. 월색(月色)은 조요(照耀)하고 성광(星光)은 희미한데, 황국(黃菊)은 찬 이슬에 젖어 향취가 진동하고, 단풍은 서리에 무르러져 광채가 영롱(玲瓏)하였다. 경개(景槪)가 호탕하여 사람의 심회(心懷)를 도왔다. 선옥이 본디 녹록(碌碌)지 않은 성정(性情)이라,

'이러한 경광(景光)을 대하매 어찌 옹졸한 선비와 같이 서책(書冊)만을 대하리오? 낭자 생각이 간절하나 의관이 없으니 어찌 보리오?'

라고 하며 차탄(嗟歎)하였다. 문득 한 계교를 생각하고 마음에 크게 기뻐하여 즉시 방안으로 들어가 승복(僧服)을 내어 장속(裝束)하고 집으로 내려왔다. 인적이 없음을 탐지하여 낭자의 침소 밖에서 주저하고 있는데, 사창에 등광(燈光)이 비쳤으며 낭자가 어떠한 사람과 말하고 웃고 즐기고 있었다. 가까이 바라보니 이 곧 의관한 남자였다. 그림자가 창밖에 비쳤는지라, 대경실색(大驚失色)하여 마음에 이르되,

'제 이러한 변고가 있으매 나의 집안의 명성이 이로 좋아 허물어질 것이라. 내 지금 바로 들어가 그 남자와 낭자를 죽여 나의 한을 풀리라.'

라고 하고, 두어 걸음을 던져 들어가다가 다시 헤아리되,

'내가 부친의 명령을 저버리고 변복(變服)하여 내려와 사람을 죽이면 집안이 요란할 것이니 나의 죄상이 먼저 나타날 것이요, 또한 불민(不敏)하니 차라리 내가 먼저 죽는 것이 옳

다.'

하고 몸을 돌려 그 앞 강변에 나아가 푸른 물결에 몸을 던져 굴원(屈原)을 조상(弔喪)코자 하였다. 문득 물소리가 흉용(洶湧)하고 언덕은 천척(千尺)으로 높아 있으며 밝은 월색(月色)은 만리(萬里)에 밝아 있었다. 구름 밖에 기러기는 짝을 잃고 울고 가니 슬픈 소리 반공(半空)에 날리고, 홍료(紅蓼) 백빈(白蘋) 깊은 곳에 잠든 백구(白鷗)가 날아가니 천지는 적막하고 한풍(寒風)은 소슬하였다. 그 창망(蒼茫)한 경색(景色)이 사람의 심장을 스러지게 하는지라, 강변에서 방황하다가 마음을 돌려 헤아리되,

'천생증민(天生蒸民)하오시매 오복(五福)을 내렸으니, 오복 중에 편히 죽는 것이 제일이라. 어찌 한낱 여자로 하여금 천명(天命)을 그르치리오? 고인이 이르기를, '천생아자필유용(天生我者必有用)이라.' 하였으니, 내 이제 산중에 들어가 재주를 닦아 나라의 동량지신(棟樑之臣)이 되어 사직(社稷)을 부지하고, 나아가면 삼군(三軍)을 거느리고 들어오면 백관(百官)을 진퇴(進退)하여 강구(康衢)의 동요(童謠)를 들음이 대장부의 떳떳한 바라. 일개 여자야 어찌 다시 처를 구하지 못하리오?'라고 하고, 구름 자욱한 산속으로 목적 없이 갔다.

각설. 안국사 중 환정이 잠을 깨어 살펴보니 김 공자가 간 데가 없었다. 마음에 헤아리되,

'서각(書閣)에 갔겠도다.'

하고 의심치 아니하였다. 날이 반이나 지나도록 그림자나 소리가 없으니 그제서야 놀라고 의심하여 제자로 더불어 말하였다.

"김 공자가 매양 밤이면 본댁에 왕래하였으나, 지금은 의관이 없는지라 갈 데가 없거늘, 이제 공자가 없으니 이 곧 야심중(夜深中) 서각에 갔다가 호랑이의 밥이 되었도다."

하고 사방으로 흩어져 분주하게 돌아다니며 두루 찾았으나 종내 종적을 알지 못하였다. 환정이 더욱 경황(驚惶)하여 즉시 처사께 나아가 연유를 고달(告達)하고자 하여 자기의 송낙과 장삼(長衫)을 찾았으나 간 데 없었다. 크게 의혹하다가 문득 깨닫고 마음에 헤아려 말하기를,

'공자가 분명 나의 승복을 갖추고 본댁에 갔도다. 오늘 밤에 반드시 돌아오리라.'

라고 하였다. 날이 저물기에 동구에 나아가 밤이 깊도록 기다렸으나 종시 오는 자취가 없었다. 크게 놀라 다음날 새벽녘에 처사의 부중(府中)에 이르러 예를 마치고 자리를 정하자, 처사가 물었다.

"우리 아이가 무병(無病)하뇨?"

환정이 더욱 놀라고 의아하여 얼굴에 부끄러운 빛을 띠며 그러하다고 하니, 또 물었다.

"우리 아이가 집을 생각지 아니하고 공부 착실하더뇨?"

환정이 그제서야 내려오지 않음을 깨닫고 다시 고하였다.

"공자가 그저께 귀댁에 내려왔사오니 어찌 모르시나이까?"

처사가 웃고 말하였다.

"의관이 없으매 어찌 왔으리오?"

환정이 웃고 여쭈었다.

"공자가 소승의 의관을 바꾸어 입고 내려오셨나이다."

처사가 크게 노하여 즉시 내당에 들어가 낭자를 불러 물었다.

"너의 장부(丈夫)가 일전(日前)에 내려왔다 하니 지금 있는가?"

낭자가 무릎을 모으고 대답하였다.

"의관이 집에 있거늘 어찌 왔사오리까?"

부인이 또한 말하기를,

"우리 아이가 아무리 야심(夜深)하나 의관 없이 왔으리까?"라고 하니, 처사가 웃고 말하였다.

"중의 복색을 바꾸어 입고 왔다고 하더이다."

부인이 또한 웃고 그러한가 하였는데, 낭자가 정색(正色)하고 대답하였다.

"부군이 집에 내려옴이 죽을 죄가 아닐진대, 어찌 구고(舅姑)를 잠시라도 기망(欺罔)하오리까? 분명 아니 왔사오니 의심하건대 호환(虎患)을 면치 못하였거나, 아니면 울읍(鬱悒)함을 이기지 못하여 삭발하여 중의 옷을 입고 명산대천(名山大川)을 구경코자 하여 종적이 없는가 하나이다."

처사가 반신반의(半信半疑)하며 외당(外堂)에 나와 환정을 보고 말하였다.

"대사가 어찌 우리 아이가 내려온 줄을 어찌 분명히 아는가?"

환정이 대답하였다.

"그저께 달밤에 공자가 월색(月色)을 사랑하여 뜰에 내려 배회함을 마지 아니하오매, 소승은 먼저 잠이 들어 공자가 들어오심을 깨닫지 못하였는데, 다음날은 공자가 아니 계시기로 사면으로 찾았으나 종적을 알지 못한지라, 크게 의심하고 댁에 연유를 고하려 하여 소승의 의관을 찾으니 없으매, 이러므로 공자가 승복 하옵고 오셨는가 하나이다."

처사가 또 물었다.

"대사의 의관을 전에 잃지 아니하였더냐?"

환정이 대답하기를,

"공자가 공부하러 오시므로 잡인을 물리쳐 다만 두 상좌(上座)가 있사오며, 또한 그저께 낮까지 입은 장삼이요, 밤까지 쓰던 송낙이오니 정녕 옷을 바꾸어 입으심이 아니면 호환(虎患)인가 하였사오며, 일의 사연은 이러합니다."라고 하였다. 처사가 그제서야 크게 놀라 가동(家僮)을 일시에 보내어 사면으로 찾으라고 하고, 또 환정을 보내어 저의 의관을 자세히 보라 하였다.

각설. 처사가 가동과 환정을 보내고 회보(回報)를 고대하였

더니, 수일 만에 가동들이 돌아와 여쭈기를,

"공자의 소식을 두루 채탐(採探)하였으나 종적이 없사오매 할 수 없어 돌아왔나이다."

라고 하였다. 처사가 크게 한숨 한번 쉬고서 엎어져 기절하였다. 가동 등이 붙들어 구호하며 인리(隣里)의 족척(族戚)이 일제히 모두 위로하여 말하였다.

"선옥이 승복을 바꾸어 입고 절에서 떠났사오니 분명 사찰로 갔을 것이라. 달리 의심이 없으니 사찰로 널리 찾아보소서."

처사가 정신을 수습하여 말하였다.

"누구가 나를 위하여 선옥을 찾아오리오? 만일 찾는 자가 있으면 나의 가산을 반분하리라."

그 중에 한 사람이 나와서 여쭈되,

"내 비록 재주가 없사오나 선옥을 찾아오리다."

라고 하였다. 처사가 자세히 보니 이 곧 칠촌(七寸) 종질(從姪)이었다. 명(名)은 형옥으로 본래 술을 좋아하고 방탕하여 학업도 없어 집안에서 화목(和睦)지 못한 자였다. 재물을 탐하여 선옥을 찾으려 하였는데, 처사가 물었다.

"현질(賢姪)이 무슨 계교가 있나뇨?"

형옥이 대답하였다.

"천인이 승복으로 갔사오니 반드시 사찰에 있을지라, 이제 소질(小姪)이 동방 수천 리를 차례로 수탐(搜探)하오면 필경 만나는 곳이 있사오리니, 갔다고 얼마나 빨리 돌아올지는 기약지 못하리소이다."

처사가 크게 기뻐하여 형옥을 데리고 내당에 들어가 부인으로 더불어 재삼 생각하고는 즉시 밥값을 후(厚)히 주어 보내며 신신 당부하였다.

차설. 처사가 형옥을 보내고 심회(心懷)가 더욱 초초하여 침식을 전폐하니 기골이 소삭(蕭索)하고 심화(心火)가 발동하여 주야 선옥을 부르며 혹 노래도 하다가 혹 울기도 하고, 선옥이 있던 처소에 나아가 선옥을 본 듯이 수작도 하며 꾸짖기도 하다가 종종 기절하였다. 부인과 낭자가 매우 경황하여 좋은 말로 매양 위로하였다.

각설, 형옥이 집에 돌아와 처자를 작별하고 행장을 수습하여 죽장망혜(竹杖芒鞋)로 바람을 좇아 발행(發行)하였다. 제일 먼저 경상도 산중으로 들어가되 소백산(小白山) 천봉만학(千峰萬壑)을 낱낱이 구경하고, 지리산(智異山) 첩첩만중(疊疊萬重)을 곳곳이 보았으며, 팔공산(八公山) 초목 사이로 자세히 둘러보고, 연해(沿海)로 들어 창원(昌原)이라 마상포는 인물도 번성하도다. 동래(東萊)의 부산진(釜山鎭)은 일본으로 통한 수로(水路)라, 파도도 흉용(洶湧)하다.

제이로 전라도(全羅道)라. 무주(茂州) 용담(龍潭) 깊은 골을 적성산성(赤城山城)이 둘러 있고, 전주(全州)의 봉상(鳳翔) 땅은 곳곳이 생강이요, 순흥(順興)의 부석(浮石)이며 송광(松廣)

절 바릿대는 능히 보기 어려운 일이 이 아닌가? 태인(泰仁)의 피향정(披香亭)은 연화(蓮花)도 난만(爛漫)하다. 최고운(崔孤雲)은 어디 가고 부인(夫人) 정자(亭子)뿐이로다. 강산(江山)을 좇아 강진(康津)을 건너 제주를 구경하니 옛적 탐라국(耽羅國)이 이 아닌가? 한라산(漢拏山)은 의구(依舊)하나 영주(瀛洲) 신선은 어디 가고 적막할 뿐 구름이라. 망망대해(茫茫大海) 가이 없다. 소상강(瀟湘江)과 동정호(洞庭湖)와 오초(吳楚) 강남(江南)이 이 길이라.

세 번째는 충청도라. 공주(公州)의 계룡산(鷄龍山)은 산세도 웅장하고 경개(景槪)도 좋을시고. 속리산(俗離山) 깊은 곳에 봉만(峰巒)도 기이하고 사찰도 영총하다. 석상(石上)의 물소리는 이목(耳目)이 현황(炫煌)하다. 사군(四郡)을 잠깐 거쳐 연해로 강경포(江景浦)는 물화(物化)도 진진(津津)하고, 보령(保寧)이라 고마(雇馬) 수영(水營) 호서(湖西)의 절경이라. 황학루(黃鶴樓) 고소대(姑蘇臺)는 남경(南京)을 의방(擬彷)하고 안개 속의 한산사(寒山寺)는 야반종성도객선(夜半鐘聲到客船)과, 안면도(安眠島) 넓은 섬은 서해로 둘렀으며, 구름 밖의 일부토(一浮土) 전횡도(田橫島)가 이 아닌가? 한(漢) 태조(太祖) 즉위초(卽位初)에 항복함을 수치(羞恥)하여 오백 장사 같이 죽어 높은 이름 만고(萬古)에 유전(遺傳)이라. 석양에 등고(登高)하여 낙조(落照) 경색(景色) 장관(壯觀)이요, 해도(海島) 어상(魚商) 선척(船隻)들은 저문 날을 근심하여 돛을 달고 바삐 가며, 어부사(漁父詞) 한 곡조에 산광수색(山光水色) 푸르렀다.

경기로 전진(前進)함에 남태령(南泰嶺) 높은 고개 다리도 아프도다. 십리 사장(沙場) 지나 서서 한양 성중 바라보니 팔만 장안(長安) 장할시고. 우리 성주(聖主) 만만세(萬萬歲)라. 남묘(南廟)에 현알(見謁)하고 장안으로 들어와서 창경궁(昌慶宮)과 경복궁(景福宮)을 이리저리 구경하고, 목멱산(木覓山) 올라 보니 기세(氣勢)도 웅장하고 물색(物色)도 찬란하다. 남북한산(南北漢山) 구경하고 서쪽으로 내달으니 임진강(臨津江) 적벽(赤壁)이 기이하다. 삼국(三國) 시절 조맹덕(曹孟德)이 형주(荊州)를 얻은 후에 강남(江南)을 엿보다가 주랑(周郎)에게 대패하니 삼강(三江)의 수전(水戰)이요, 적벽(赤壁)의 오병(吳兵)이라. 강남 적벽 좋다 하나 동국(東國) 적벽 같을쏘냐? 널문을 지나서 취적교(翠積橋)에 다다르니 장안이 여기로다. 문 안 문 밖 남북촌(南北村)을 낱낱이 구경하고 채하동의 꽃도 보고 부신동의 물도 먹고, 대흥산성(大興山城) 만경대(萬景臺)는 하늘에 솟았으니 만 리 강산이 눈 앞에 벌려 있다. 박연폭포 절승(絶勝) 경개(景槪) 천하의 제일이라. 비류직하삼천척(飛流直下三千尺)과 의시은하낙구천(疑是銀河落九天)은 이태백(李太白)의 지은 글로 여기 이른 말이로다.

제오로 황해도라. 연안(延安)의 남대지(南大池)는 군자정(君子亭)이 절승(絶勝)하고, 장연(長淵)의 명사십리(明沙十里) 해당화(海棠花)로 배필(配匹)이라. 꽃은 연년(年年) 의구(依舊)하나 인생은 한 번 죽어지면 저 꽃 같기 어렵도다. 해주 감영(監營) 수양산(首陽山)은 주(周) 무왕(武王) 벌주(伐紂) 시(時)에 고간(叩諫)하던 백이(伯夷) 숙제(叔齊), 주육(酒肉)을 마다하고 채미(採薇)하던 곳이로다. 청절사(淸節祠) 높은 사당(祠堂) 만고의 청풍(淸風)이라.

제육도 평안도라. 평양(平壤)의 대동강(大同江)과 십리 장림(長林) 위이(逶迤)하다. 모란봉(牧丹峰) 내린 줄기 부벽루(浮壁樓) 높아 있고 연광정(練光亭) 높은 집은 서경(西京)의 장관이라. 내외 성곽 두루 보니 기자전(箕子殿)이 외외(巍巍)하며, 기자정전(箕子正殿) 구경하고 능라도(綾羅島) 선유(船遊)하고, 을밀대(乙密臺) 올라보니 제일강산(第一江山) 여기로다. 성천(成川)의 강선루(降仙樓)는 십이(十二) 무산(巫山) 벌려 있고, 영변(寧邊)의 묘향산(妙香山)은 천봉만첩(千峰萬疊) 둘렀으니 철옹산성(鐵甕山城) 예 아닌가? 당태종(唐太宗)의 개세(蓋世) 영웅, 합소문(蓋蘇文)을 못 이겨 눈이 멀어 회군(回軍)하니, 아름답다, 산하(山河)의 군음이여, 동국(東國) 군신(君臣) 태평이라. 약산(藥山) 동대(東臺) 바위 위에 한 병술로 전춘(餞春)하고 의주부(義州府)의 책문(柵門)이라, 삼한국(三韓國)의 땅이 끝난 뒤니, 삭풍(朔風)은 막막(漠漠)하고 북녘 구름 유유(悠悠)하니 사람으로 하여금 고향 생각 암암(暗暗)케 한다. 강계(江界)라 사군(四郡) 산천(山川) 채삼(採蔘)하는 저 사람은 무슨 근심 있으리오? 슬프다. 선옥이는 죽었는가? 살았는가? 저런 틈에 소일하는가?

차탄을 마지 아니하며 도로 회정(回程)하여 신계(新溪) 곡산(谷山) 잠깐 지나 토산(兎山) 안협(安峽) 철원(鐵原)으로 강원도에 다다르니 관동팔경(關東八景) 거룩하다. 강릉(江陵)의 경포대(鏡浦臺)는 오대산(五臺山)이 둘러 있으며, 삼척(三陟)의 죽서루(竹西樓)는 울릉도(鬱陵島)로 통한 수로(水路) 해성(海聲)이 웅장하며, 울진(蔚珍)의 망양정(望洋亭)은 해색(海色)이 묘망(渺茫)하고, 양양(襄陽)의 낙산사(洛山寺)는 해상(海上)에 높아 있으니 부상(扶桑)의 일륜홍(日輪紅)은 눈 앞에 떠 있으며, 간성(杆城)의 청간정(淸澗亭)은 청석(靑石)도 기이하고, 평해(平海)의 월송정(月松亭)은 해척(海尺)도 진진(津津)하고, 통천(通川)의 총석정(叢石亭)은 총석(叢石)도 기이하다. 진시황제(秦始皇帝) 천하를 통일하매 동해 구계(九界)에 도(道)를 세워 경계(境界)를 정함이라, 사적(事蹟)이 분명하다. 회양(淮陽)의 금강산(金剛山)은 만이천봉(萬二千峰) 만물초(萬物草)와 안팎 내외 사찰이며 헐성루 새벽 달과 구룡연(九龍淵) 폭포수는 천하의 제일이라. 봉래선자(蓬萊仙子) 간 데 없고 오색 구름 자욱하다. 고성(高城)의 삼일포(三日浦)는 주즙(舟楫)도 즐비할사.

함경도라 안변부(安邊府)에 성왕산(聖旺山) 오백 불상 근검하고, 함흥(咸興)의 만세교(萬歲橋)는 다리로 제일이요, 낙민

루(樂民樓) 높은 집은 북도(北道)의 승경(勝景)이라. 홍원(洪原)으로 내달아 북청(北靑)의 동정수(東井水)는 동국의 약물이라. 수일을 두류(逗留)하여 물을 먹고 이리로 좇아 백두산(白頭山) 상상봉(上上峰)을 올라보니 동국 산천 조종(祖宗)이라. 화지(火池)에 흐르는 물 수세(水勢)도 호탕하다. 동으로 두만강(豆滿江)이 되고 서로 압록강(鴨綠江)이 되었으니 그 아니 큰 못인가? 육진(六鎭)으로 들어가서 수로(水路)로 좇아 적지(敵地)를 구경하고, 관도(貫島)의 물새알도 먹어보고, 경흥(慶興)의 개시(開市) 구경 또한 장관이라.

교역(交易)하는 인총(人叢) 중에 이리저리 방황하다가 형옥이 졸연(卒然) 소리 질러 말하기를,

"꿈인가, 생시인가? 청천(靑天)이 도우심인가? 귀신이 지시함인가? 이것이 어인 일인고?"

하며 내달려 한 사람을 붙들고 크게 불러 말하였다.

"선옥아, 살았더냐? 내 이제 너를 찾아 팔도(八道) 강산(江山) 삼백(三百) 군현(郡縣) 방방곡곡(坊坊曲曲) 아니 간 데 없되 일정(一定) 너를 찾지 못하여, 여기에 이르러 결단코 너를 찾지 못하면 차라리 죽을지언정 집에 돌아갈 마음이 없었도다. 이제 천우신조(天佑神助)하여 우리 형제 만났으니 천고(千古)에 기사(奇事)라."

그 사람이 묵연(默然)하게 한참을 있다가 물었다.

"그대는 어디 있으며 어찌 나를 아우라 하느뇨?"

형옥이 웃고 말하였다.

"현제(賢弟)가 오히려 나를 속이고자 하느뇨? 네 집을 떠난지 이제 삼 년이라. 양친(兩親)이 주야(晝夜) 번뇌하심과 부인이의 날로 망극(罔極)해 하는 경상(景狀)을 생각지 아니하고 무슨 연고로 집을 버리고 이같이 행걸(行乞)함을 달게 여기나뇨?"

그 사람이 웃고 말하였다.

"그대는 분명 도망한 사람을 찾아 나왔도다. 나는 일찍 천지(天地)를 모르고 사고무친(四顧無親)하매 혈혈단신(孑孑單身) 사방에 표탕(飄蕩)하는지라. 어찌 양친이 계시며 가속(家屬)이 있으리오?"

형옥이 이 말을 듣고 자세히 보니 과연 선옥이 아니었다. 흉격(胸膈)이 막히며 정신이 날아가 반나절이나 침음(沈吟)하다가 그 사람을 향하여 말하였다.

"그러하면 그대는 본 고향이 어디며 성명은 뉘뇨?"

그 사람이 말하였다.

"나는 본디 충청도 영동(永同) 사람이라. 성은 김이요, 이름은 흥룡이로다."

형옥이 허물을 사례(謝禮)하고 주가(酒家)에 찾아가 두어 순배 지난 후에 문득 마음에 헤아리되,

'내 팔도 군현을 낱낱이 살폈으되 선옥이 없으니 반드시 죽은 사람이라. 이제 저 사람의 용모가 선옥으로 추호(秋毫)

도 다름이 없는지라. 데려가서 숙부에게 중상(重賞)을 받으리라.'
라고 하고 계획을 정한 후에 그 사람을 은근히 관대(寬待)하고 조용한 데로 같이 나아가 손을 잡고 물었다.

"형의 기골이 초초(草草)한 사람이 아니거늘 어찌 이같이 낙백불우(落魄不遇)하뇨?"

그 사람이 길게 탄식하고 눈물을 흘리며 말하였다.

"죄악이 심중(甚重)하매 자연 이러한지라."

형옥이 위로하여,

"자고(自古)로 영웅 호걸이 때를 만나지 못하면 초년(初年)에 매양 풍상(風霜)을 지내나니 형은 근심치 말라. 내 이제 형의 기색(氣色)을 잠간 보매 액운은 이미 다 진(盡)하고 길기(吉期) 돌아왔으니 머지않아 부귀를 안향(安享)하리라."

하고, 또 위연(喟然) 탄식하여 말하였다.

"세상에 사람이 나매 부귀를 취함은 진실로 한 가지 방법이 있는 것이 아니라. 이제 일을 임(臨)하여 결단치 못하고 일올 행하매 치밀치 못하면 이는 화를 취하는 바라. 바라건대 형은 나의 가슴 속에 있는 말을 잠간 들어보라. 나는 경상도 안동 사람이니 성은 김이요, 명(名)은 형옥이라. 일찍 일가(一家) 중에 삼종(三從) 아우 있으니 이름은 선옥이요, 양친이 계시고 미처(美妻)를 취하였는데 그 가세(家勢)가 부유한지라. 불행히 수년 전에 공부하러 절에 가 있더니 무고(無故)이 간 데 없어, 가숙(家叔)이 나로 하여금 선옥을 찾아오라 하셨는데, 수화(水火)를 피하지 아니하고 동국강산(東國江山)에 족적(足跡)이 아니 간 데 없지만 선옥을 만나지 못한지라. 뜻하건대 선옥이 세상에 있으면 내 어찌 못 보리오? 분명 노변(路邊)의 강시(僵屍) 되었거나 어복(魚腹)에 안장(安葬)하였을 것이니 만일 찾지 못하고 헛되이 돌아가면 숙부 숙모는 필연 자결하리라. 이를 장차 어찌하리오? 내 한 계교 있으니, 형은 모름지기 나의 지휘를 좇을쏘냐?"

홍룡이 대답하였다.

"무슨 말이뇨?"

형옥이 말하였다.

"아까 인해(人海) 중에 형을 만나매 용모가 선옥과 조금도 다름이 없어 의심치 아니하고 붙들고 힐난(詰難)하였거니와, 형의 모양이 진실로 호발(毫髮)도 다르지 않도. 형이 또한 성이 김씨라, 나의 숙부에게 수양자(收養子)가 될지라도 망발(妄發)은 아니리니, 내 이제 형으로 하여금 선옥이리 하고 기숙을 뵈오면 반드시 의심치 아니할지라. 나의 수년 노고가 허사(虛事)가 되지 아니하며 형은 또한 누대(累代) 재상가의 자손이 되어 일후에 용문(龍門)에 오르면 삼공육경(三公六卿)을 누가 막으며, 가세(家勢) 부유하니 금의옥식(錦衣玉食)이 한이 없고 꽃 같은 젊은 낭자는 절로 형의 배필이라. 이 아니 좋을쏜가? 옛말에 이르기를, '천여불수(天與不受)면 반수

기앙(反受其殃)이라.' 하였고, '시지불행(時至不行)이면 회지막급(悔之莫及)이라.' 하였으니, 형의 의향이 어떠하뇨?"

홍룡이 말하였다.

"사람이 천(千)이면 천이 다 각각이라. 혹 얼굴이 같으나 성음(聲音)이 다르고, 성음이 같으면 모발이 다른지라. 내 비록 형의 아우와 같다 하나, 머리부터 발 끝까지 성음과 모발이 어찌 그토록 흡사할 것이며, 또한 연기(年期)가 서로 맞지 못할 것이라. 이제 소홀히 하였다가 발각이 되면 이는 인륜에 죄를 얻음이라. 형으로 더불어 사죄(死罪)를 면치 못하리로다."

형옥이 크게 웃고 말하였다.

"형도 또한 다심(多心)하도다. 형이 과연 선옥으로 추호라도 다름이 있어 발각이 되면 나 먼저 죽을 죄라. 어찌 죽을 일을 즐겨 행하리오? 형은 여우처럼 의심 말고 나의 지휘대로 하면 일신(一身)의 부귀강녕(富貴康寧)은 말로 할 수 없을 것이로다."

홍룡이 한참동안 침음하다가 말하였다.

"형의 말씀 같을진대 부귀라 하려니와, 선옥의 세계(世系)와 인아(姻婭) 족척(族戚)이며, 인리(隣里) 향당(鄕黨)과 상하 노복(奴僕)을 전혀 모르고, 또한 가사(家事)를 하나도 알지 못하나니 이것이 난처하고, 내 일찍 학업이 없으니 그 아니 절박한가? 형은 무슨 일로 지휘하려 하느뇨?"

형옥이 말하였다.

"나의 지휘는 다른 것이 아니라 곧 형의 의심하는 일이니 깊이 고민하지 말라. 형이 학업은 없으나 족히 성명은 기록하느뇨?"

홍룡이 말하였다.

"내 십 세에 부모상(父母喪)을 당하매 그 후로는 학업을 폐하였거니와, 십 세까지는 대강 글을 보았노라."

형옥이 크게 기뻐하여 저의 계획이 심중(心中)과 같도다 하고 말했다.

"이제 계획이 되었으니 지금부터 선옥으로 자처(自處)하라."

점사(店舍)에 나아가 밤을 지내고 이튿날 발행하여 함흥 땅에 이르러, 형옥이 의관을 갖추어 홍룡에게 입히고 부르기를 선옥이라 하며 마치 형제인 듯이 하였다.

점점 회정(回程)하니 안동이 멀지 아니하였다. 곧 이른다는 뜻으로 처시께 편지히고 한 권 책을 홍룡에게 주고 말하기를,

"이는 선옥의 내력과 만사(萬事)를 다 기록한 것이니 이대로 주야로 쓰고 익히라."

라고 하였다. 밤을 세워 읽으며 선옥의 가사를 귀신같이 알게 되었다.

각설. 처사의 부부가 형옥을 보내고 돌아오기를 주야로 바라고 있었다. 일일은 처사의 심회(心懷)가 번뇌(煩惱)하여 술

을 많이 먹고 혼절(昏絶)하여 누워 있는데, 문득 선옥이 전신에 피를 흘리고 앞에 섰거늘, 처사가 크게 놀라고 크게 기뻐하여,

"선옥아, 어디 갔더뇨?"

라고 소리를 크게 하다가 깨어나니 남가일몽(南柯一夢)이었다. 마음에 경황(驚惶)하여,

'선옥이 분명 죽었도다.'

하고 실성통곡하였다. 부인과 낭자가 또한 슬퍼함을 마지아니하였다. 동자가 밖으로 들어오며 크게 여쭈되,

"건넌댁 공자가 우리 댁 공자를 찾아 데리고 오며 먼저 서간을 보내 왔나이다."

라고 하고, 일봉서(一封書)를 올리니, 처사가 정신이 아득하여 어떻게 할 줄 모르다가 뜯어보았다. 그 글은 다음과 같다.

"재종질(再從姪) 형옥은 존안(尊顔)을 떠난 후 광음(光陰)이 여류(如流)하여 벌써 삼 년이 되었사오매 하정모앙(下情慕仰)하오며 기체(氣體) 안녕하옵시고 숙모님께오서도 안강(安康)하옵신지 앙달(仰達)하오며, 질(姪)은 떠난 지 삼 년을 팔도를 편답(遍踏)하옵다가 함경도 경흥 땅에서 선옥을 만나오매, 형용(形容)이 초췌하고 의관이 없이 저자에 걸식하는지라. 한번 보매 앞이 어두워 겨우 정신을 수습하여 데리고 함흥에 이르러 비로소 의관을 주선하여 입히고 차차 전진하고 있나이다. 아마도 십여 일이면 득달(得達)할까 하오며, 과도히 염려하오실 듯하여 먼저 사람을 보내었나이다."

처사가 보기를 다하자 아이의 수년 표탕(飄蕩)함을 슬퍼하여 눈물을 흘리며, 내당에 들어가 부인과 낭자를 대하여 형옥의 편지를 이르니 슬픔과 기쁨이 교차하였다. 친척을 모아 선옥을 찾았음을 일컫고, 중문에 기다리다가 문밖으로 나아가 오는 길을 바라보며 애절(哀切)해 하였다.

일일은 문밖에 사람의 소리가 나기에 처사가 선옥이 오는가 하여 신도 못 신고 급히 나가 바라보니 과연 형옥이었다. 형옥이 처사께 엎드려 알현하니, 처사가 기뻐하며 무사히 회환(回還)함을 반기고 물었다.

"선옥은 어디 있느뇨?"

형옥이 대답하였다.

"바로 들어오기 저어하여 주막에 있사오니, 친히 나가 보소서."

처사가 그렇게 여기고 즉시 주막에 이르러 보니 과연 선옥이 앞에 나아와 땅에 엎드려 통곡하였다. 처사가 선옥의 손을 잡고, "선옥아." 한 소리에 기절하니, 형옥이 붙들어 위로하고 처사를 모시고 집에 돌아와 내당에 들어가 모부인을 뵈었다. 부인이 선옥을 붙들고 일성통곡에 기절하니 시비 등이 구료(救療)하여 한편으로 기뻐하고 한편으로 슬퍼하였다.

모든 친척과 상하 노복(奴僕)이 한편으로 반기며 그 고생함을 슬퍼하였는데, 낭자가 선옥을 잠깐 보더니 발연(勃然)

변색(變色)하고 크게 꾸짖어 말하였다.

"네 어떠한 놈이 나의 부군의 이름을 빌어 천륜을 탁란(濁亂)케 하며, 재상가 도장(道場)을 임의로 들어왔으니 만고(萬古) 강상(綱常)의 변괴로다. 사정을 숨기지 말고 바삐 바른 대로 토설(吐說)하여 잔명(殘命)을 보전하라."

처사와 부인이 크게 놀라 말하였다.

"현부(賢婦)는 이것이 무슨 일이뇨?"

낭자가 눈물을 흘리며 대답하였다.

"가운(家運)이 불행하오매 이런 변고가 있사오니 망극(罔極)함을 이기지 못하겠나이다. 저 놈이 분명 부군이 아니요, 다른 놈이오니 구고(舅姑)께서는 살피소서."

처사와 부인이 더욱 탄식하고 놀라며, 선옥이 또한 분노하여 가로되,

"어찌 마음이 저다지 변하였느뇨?"

라고 하고, 집에 가득한 친척과 상하 비복이 모두 놀라고 의아(疑訝)하여 이르기를,

"낭자가 수년을 고생하더니 공자를 만나매 심신이 경동(驚動)하여 천성을 잃었도다."

하고 각각 물러갔다.

처사가 낭자를 부드럽게 달래며 물었다.

"네 어찌 성정이 이같이 변역(變易)하였느뇨? 부부가 아무리 정의(情誼)가 지중(至重)하다 하나 부자(父子)는 천성지친(天成之親)이라. 갓 나서부터 십여 년을 양육한 부모가 의심이 없거늘, 네 홀로 부군이 아니라 하느뇨? 마음을 돌이켜 자세히 보라."

낭자가 더욱 분노하나 구고가 다 아들이라 하고, 친척이 다 형이라 아우라 하며, 비복이 다 소상전(小上典)이라 하니 고장난명(孤掌難鳴)이었다. 할 수 없어 처소에 돌아와 문을 잠그고 불측(不測)한 화를 방비하며 하늘의 해를 보지 아니하려 하니, 처사가 그 실성함을 근심하여 의가(醫家)에 병세를 의논하였다. 의원이 가로되,

"이 병은 심경(心境)이 놀라 병이 났으니, 고치기 어렵지 않은지라."

하고 두어 첩 약을 내어 주었다. 처사가 급히 달여 가지고 낭자 처소에 가 문을 열라 하니, 낭자가 여쭈되,

"존구(尊舅)는 어찌 친자를 모르시고 타인을 자식이라 하시어 천륜(天倫)을 흐리시게 하시며, 도리어 소부(小婦)를 실성하였다 하고서 약을 먹이려 하시나이까? 옛적 사람 예양(豫讓)이 몸에 옻칠을 하여 문둥병인 양하고 숯을 삼켜 벙어리인 양하여 저자거리에 구걸을 다닐 때, 그 처는 알지 못하였으나 그 벗이 알아 보았사오니, 부부지정(夫婦之情)이 붕우(朋友)만 같지 못하리오마는 각기 안표(眼標)로 아는 바가 있사오니, 구고께서 비록 부군을 낳고 길렀사오나 소부의 안표만 못하나이다. 시종(始終)을 보려 하오니 구고는 너무 염려

마옵소서."

하고 통곡하기를 마지 아니하였다. 처사가 할 수 없어 부인으로 더불어 그 병듦을 근심하고 사돈 통판에게 편지하되, 아들이 돌아온 말과 가부(家婦)의 실성한 일을 기별하였다. 통판 내외가 다 와 예를 마치고 자리를 정한 후에 선옥을 불렀다. 선옥이 통판을 보고 매우 반기며 절하고 중간에 방탕한 죄를 사례하니, 통판이 위로하고 이르기를,

"사나이가 혹 이러한 일이 있으니 무슨 죄책이 있으리오?"

라고 하고 못내 사랑하였다. 처사가 탄식하여 일렀다.

"저의 명도(命途)가 기박하여 늦게야 독자를 두어 겨우 성취(成娶)하매 말년 재미나 볼까 하였더니, 불초자가 무단히 나간 지 삼 년 만에 돌아온즉, 친척과 비복도 반겨하나 현부(賢婦)가 홀로 아니라 하며 구축(驅逐)이 자심(滋甚)하므로, 수차 위로하여 마음을 돌리게 하여도 종시(終始) 깨닫지 못하였고, 심장이 상한가 하여 의가에 약을 지어 먹이려 한즉, 먹지 아니하고 하늘의 해를 아니 본다 하며 문을 잠그었으나 식음(食飮)은 평상시와 같으니, 이러한 가운(家運)이 어디에 있사오리까?"

통판이 또한 분명한 선옥을 보자 딸아이의 심병(心病)이라 하는 말이 가장 옳았다. 선옥으로 더불어 딸아이의 처소로 가니 부인 김씨가 이미 들어와 딸아이를 붙들고 만단(萬端)으로 개유(開諭)하였으나, 낭자가 일언(一言)을 아니하고 다만 누수(淚水)만 종횡(縱橫)할 뿐이었다. 문득 부친이 선옥이라 하는 놈을 데리고 들어오니 문을 걸고 크게 소리쳐 이르기를,

"부친이 소녀를 보시려 하옵거든 저놈을 밖으로 내어 보내시고 들어오소서. 그렇지 아니하오면 부녀의 의를 끊으리이다."

라고 하였다. 통판이 선옥을 나가라 하고 들어와 딸아이의 손을 잡고 눈물을 흘리며 말하기를,

"우리 부부가 다른 자식 없고 다만 너 하나를 의지하고 세상에 붙여있거늘, 네 어찌 부모의 간장을 이같이 썩이며, 또 너의 장부가 출가(出家)한 지 해포 만에 돌아왔으니 고진감래(苦盡甘來)라 할 만하다. 너의 구고와 일문(一門)이 다 즐거워하거늘 너는 무슨 일로 심정이 이토록 바뀌었나뇨?"

라고 하였다. 낭자가 통곡하고 대답하여,

"부친은 모르시는 말씀 마시고 불초한 소녀를 죽은 자식으로 여기소서. 일월(日月)이 굉명(光明)하오시니 필경 부군을 만날 때가 있사오리다. 그때는 죽어도 달게 눈을 감으려니와, 지금은 좇지 아니할 것이니 고약한 모습으로 보시지 마시고 바삐 본댁으로 행차하소서."

라고 하였다. 통판과 부인이 그 기색을 살피니 과연 병인(病人)은 아니요, 반드시 무슨 곡절이 있는 모양이었다. 그러나, 선옥은 분명한지라, 누누이 달래나 설상(雪霜) 같은 천고(千古)의 절개를 부모인들 어찌 하리오? 할 수 없어 고향으로 돌아가려 하니, 선옥이 장모(丈母)를 내당(內堂)으로 인도하여 옹서(翁婿)의 예로 뵈옵고, 그 사이 미친 마음으로 출가하였던 말씀과 낭자의 병듦을 매우 탄식하였다. 김 부인이 딸아이의 고집을 못내 사례하며 말하였다.

"차차 날로 지나면 자연 본심이 날 것이니 교객(嬌客)은 염려 하지 말라."

장 부인이 또한 김 부인의 한낱 딸아이가 이렇듯 심병이 됨을 못내 위로하고 서로 후일에 보리라 하며 작별하였다.

통판이 딸아이를 타이르다가 듣지 아니하니 외당에 나와 처사에게 그 고집함을 한탄하여 이르기를,

"여식이 지금 비록 그러하나 일구월심(日久月深)하면 자연 회심(回心)할 것이니 선생은 과념(過念)치 마소서."

라고 하고, 고향으로 돌아갔다.

차설. 처사와 부인이 통판과 김 부인을 보내고 낭자의 회심함을 날로 기다렸으나, 수월(數月)이 되도록 늘 방문을 나가지 아니하니 온 집안이 모여 근심하여 말했다.

"낭자가 진정 심병이면 이제 여러 수삭(數朔)이 되었으니 반드시 위돈(危頓)할 것이거늘, 그렇지 아니하고 침식이 여전하며 침선(針線) 등의 예절과 다듬이질하는 동작은 평상시와 같은지라. 이 곧 병심(病心)은 아니요, 무슨 연고가 있도다."

처사와 부인이 또한 그렇게 여기고 낭자의 처소에 나아가 자세히 살펴보았다.

이 날은 곧 선옥이 절에서 떠나던 날이었다. 낭자가 선옥의 의관을 붙들고 슬퍼함을 마지 아니하니, 처사의 부부가 그 경상을 보고 더욱 괴상히 여겨 문을 열라 하여 들어가 낭자에게 물었다.

"네 어찌 부군는 모르면서 그 의관은 잡고 슬퍼하느뇨?"

낭자가 여쭈었다.

"금일이 부군의 출가하던 날이오매 자연 슬픈 마음을 금하지 못하나이다."

처사가 위로하여 말하였다.

"금일 비록 그러하나 너의 부군이 이미 돌아온 지 여러 달 포가 되었으니 이제 지난 일이야 생각하여 무엇하리오? 현부는 구고의 정경(情景)을 돌아보아 차차 마음을 돌리라."

낭자가 대답하였다.

"부군이 분명 돌아왔으면 무슨 일로 이같이 고심하오리까? 잎드려 살피건대 구고는 천만 살피시어 천륜을 찾게 하소서."

처사가 허허 탄식하고 말하기를,

"현부가 이같이 말을 듣고 따르지 아니하니 진실로 문호(門戶)의 큰 우세라. 사사로이 못할지니 법정(法廷)으로 결단하리라."

하니, 낭자가 크게 기뻐하여 말하기를,

"관청에서 밝게 판결하실 것 같으면 존문(尊門)의 대복(大

福)이요, 소부의 지원(志願)이로소이다."

라고 하니, 처사가 더욱 차탄하고 즉시 관가에 들어가 원정(原情)을 지어 올렸다.

"삼가 진정을 올리는 사유는 민(民)이 명도(命途)가 기박(奇薄)하여 늦게야 자식 일개를 두었사오매, 민의 나이 칠십이라. 생전 재미를 보자 하고 경주 거(居)하는 이 통판의 여식으로 혼인하여 수년이 되오매, 불초 자식이 홀연히 부모를 버리고 간 데 없더니 삼 년 만에 들어오매, 부모와 친척 노복이며 인리(隣里)가 모두 보고 반겨하오나 오직 홀로 부군이 아니라 하여 인륜(人倫)이 장차 끊기게 되옵기로, 사사로이 결단치 못하여 밝은 관장(官長) 아래 발괄[白活]하오니, 인륜을 밝게 처분하옵시기 천만 바라나이다."

부사가 보시기를 다하고 세 사람을 가까이 오라 하고 물었다.

"부자는 천성지친(天成之親)이니 어찌 천륜을 속이리오? 김씨는 들으라. 저 누가 네 아들이며 네 종질이뇨?"

처사가 여쭈었다.

"동편에 서 있는 것은 자식 선옥이요, 서편에 서 있는 것은 종질 형옥이로소이다."

부사가 수증을 자세히 보고 선옥을 또한 살펴보니 부자가 혹 닮지 아니하나 그 자부(子婦)가 이론(異論)함이 무슨 연고 있는가 하여 명령하였다.

"너의 삼 부자(父子)는 한편이라, 한편의 말로 결송(決訟)치 못하리니, 지금 너의 가처(家妻)와 자부(子婦)를 송정(訟庭)에 들게 하라."

처사가 즉시 집에 기별하여 부인과 자부로 하여금 송정에 들게 하고, 부사가 관비(官婢)로 하여금 장 부인에게 물어 말하였다.

"저기 섰는 자가 분명 자식인가?"

장씨 고하였다.

"천륜이 지중하매 어찌 타인을 자식이라 하오며, 갓 나서부터 기른 자식을 어미가 되어 어찌 모르리까?"

부사가 이씨에게 물어 말하기를,

"이제 너의 구고가 다 분명한 저의 자식이라 하거늘, 네 어찌 홀로 부군이 아니라 하니, 비록 부부가 오륜에 들었으나 부자는 오륜의 으뜸이라. 어찌 그 부모의 정리와 같으리오? 너는 모름지기 마음을 고치고 구고의 뜻을 거역치 말라."

라고 하였다. 이씨가 고하였다.

"부부의 정리는 부모의 정리에 지나지 못하려니와, 외모에 나타난 얼굴이야 어찌 모르겠습니까?"

부사가 노하여 말하였다.

"그 부모는 어려서부터 기른 자식의 얼굴을 어찌 모르고 네 홀로 안다고 하니 이것이 과연 병자의 말이로다."

이씨가 또 여쭈되,

"병자 같사오면 아무 정신이 없사올지라. 저 놈의 욕됨을 면치 못하올 것이요, 침식과 행동거지를 어찌 평상시와 같이 하오리까? 분명 부군이 아님은 위에 있는 하늘이 굽어 살피시오니, 바라건대 공정한 판결을 내리는 은택을 입게 하시어 김씨의 인륜을 찾게 하오시고 여기에서 신(臣)의 정절을 밝히게 하소서."

라고 하였다. 부사가 양편의 말을 듣고서 진가(眞假)를 분변치 못하고 판결하여 이르기를,

"이 송사는 진짜 선옥을 보기 전에는 귀신도 결단치 못할지라. 이씨가 고한 바와 같을진댄 진짜 선옥이 아닌가 하며, 김씨 부부가 고한 바를 취택(取擇)하면 분명한 선옥인가 하노니, 김씨는 저 선옥을 다시 취처(娶妻)케 하여 가도(家道)를 안정시키고 이씨는 본가에 가 있어 진정한 선옥이 돌아오는 때를 기다림이 의당 마땅한 일이로다."

라고 하였다. 처사 부부가 칭사(稱謝)하고 이씨도 또한 배사(拜謝)하며 즉시 모든 사람이 다 물러났다.

이날 처사의 부부와 자질(子姪), 낭자 이씨가 송정에 들어가 부사의 처결(處決)을 얻자, 처사는 부인과 선옥으로 더불어 이씨를 내칠 의논을 작정한 후에 친척을 모아 부사가 판단한 문장을 내어 두루 보이고 며느리를 내쫓고 새로운 처를 취할 뜻을 고하였다. 모든 사람이 "예, 예." 하였으나, 그중에 처사의 팔촌 대부(大父)되는 김지현이라는 노인이 있어 나이가 팔십이요, 문내(門內)의 대소사를 매양 처단하였는데, 이날 이 의논을 듣고서 매우 이씨의 정절을 흠탄(欽歎)하였지만 처사의 부부가 이미 며느리를 내칠 뜻을 굳게 정하였으므로 이씨를 머물게 할 계책이 없었다. 지현이 처사더러 일러,

"며느리를 내치고 처를 취하는 일은 인간 세상에서 막중한 대사(大事)라. 이러므로 본부(本府)에 정장(呈狀)하면 순영(巡營)에서 보장(報狀)하고, 순영에 보장하면 예부에 배보(配報)하여 구중(九重)에 이르게 하고, 상(上)이 의윤(依允)하신 후에 비로소 행하나니, 그대 어찌 이같이 경솔하뇨?"

라고 하니 이는 이씨의 경색을 불쌍히 여겨 이렇듯 세월이 오래면 혹 무슨 분간이 있을까 함이요, 또한 조정에 등철(登徹)하면 왕령(王令)을 힘입어 좋은 방책이 있을까 하는 뜻이었다.

처사가 대답하였다.

"처를 취하는 일은 이를 따르려니와, 이씨는 이미 선옥으로 더불어 부부의 의가 끊겼는지라, 부부의 의가 없을진댄 고부(姑婦)의 도도 또한 무너진 것이라. 이런 사람을 어찌 일시(一時)인들 두리오?"

처사가 사당에 올라가 이씨를 뜰 아래에 꿇리고 축문(祝文)을 읽어 고하니 다음과 같았다.

"유세차(維歲次) 모년월일(某年月日) 효자 수증은 감소고우(敢昭告于) 현고(顯考) 문하시중(門下侍中) 부군(府君)과 현비

(顯妣) 정렬부인(貞烈夫人) 진씨께 고하옵나니, 가운이 불행하여 수증의 자(子) 선옥이 무고(無故) 출가(出家)한 지 삼년 만에 고(考)와 비(妣)의 높으신 영백(靈魄)이 도우사 찾아왔더니, 악부(惡婦) 이씨 심사(心事)가 사곡(邪曲)하여 선옥을 아니라 하고 거문불납(拒門不納)하오매 가도(家道)가 날로 소요(騷擾)하오며, 선옥이 또한 사속지망(嗣續之望)이 늦으매 조선(祖先) 향화(香火)를 끊게 할까 두려워 이씨를 출송(出送)하옵고 고쳐 현숙한 처자를 취하여 종부(宗婦)를 세우고자 하여 감차건고건고(敢此虔告虔告)하나이다.”

읽기를 다하고 이씨를 크게 꾸짖었다.

“너는 천륜을 어지러이하여 나의 집을 망하게 하고자 하나, 조상의 신도(神道)가 어찌 무심하시리오? 이제 이미 사당에 죄를 얻은 바라. 바삐 본가(本家)로 돌아가라.”

이씨가 오열탄성(嗚咽歎聲)하며 구고께 하직하였다. 처소로 돌아와 방중에 있는 세간과 장농은 하나도 갖지 아니하고 선옥이 절에서 보낸 의관만 시비 옥란에게 주어 간수하게 하고, 몸을 돌려 문을 나서니 천지 아득하여 갈 바를 모르고 거리에 방황하였다. 지현이 이 말을 듣고 슬퍼하여 집에 돌아와 아이를 보내어 이씨를 데려다가 수일을 머물러 있게 하고 교자(轎子)를 갖추어 본가로 보내며 못내 위로하였다.

각설. 통판이 부인과 더불어 집에 돌아와 딸아이의 고집함을 정(正)히 의혹하였는데, 일일은 통판이 심기가 불편하여 계정(溪亭)에 내려와 낚시를 드리우고 회포를 창서(暢敍)하고 있었다. 문득 한 교자가 집으로 들어와, 괴이하게 여겨 낚시를 거두고 돌아와 보니 이 곧 딸아이였다. 크게 놀라 말하였다.

“네 어찌 무고히 왔느뇨?”

소저가 대답하였다.

“고인도 귀령부모(歸寧父母)라 하였사오니 소녀가 어찌 귀령의 도리가 없사오리까?”

기색이 태연하니, 통판 부부가 그 연고 있음을 알고 옥란을 불러 자세히 물었다. 옥란이 그 관계된 일과 가묘(家廟)에 고하고 며느리를 내치던 말이며 거리로 방황하다가 지현이 구호하여 보내던 일을 낱낱이 고하고 또 여쭈되,

“듣자니 김 공자가 다시 취처한다 하더이다.”

하였다. 듣기를 다하고 부인은 상혼낙담(喪魂落膽)하여 소저를 붙들고 다만 흐느낄 따름이요, 통판은 크게 노하여 말했다.

“너의 심경이 어찌 이같이 바뀌어 고집하다가 이제 평생을 그르친 바가 되었으니 어찌 한탄하지 아니하리요? 도무지 네 모양을 아니 보아 나의 심회를 편코자 하니, 너는 모름지기 죽음만 같지 못하도다.”

소저가 안색을 화순(和順)히 하고 무릎을 모으고 대답하였다.

“부친은 어찌 번뇌하시나이까? 소녀가 불초하오나 원컨대 한 마디 말을 고하리이다. 소녀가 만일 가짜 선옥과 더불어 부부가 되었다가 일후에 부군(夫君)이 돌아오면 이는 천고(千古)에 씻기 어려운 욕이라. 구고는 비록 자식이라 하오나 일후에 친자식을 만나면 불과 자식의 진위를 분변치 못하던 후회뿐이거니와, 소녀는 한 번 욕을 보면 어찌 다시 사람을 대하리까? 자연 천도(天道)가 돌아올 것이요, 부군이 돌아올 때가 있사오리니 그제는 죽어도 한함이 없거니와 지금은 기어이 살았다가 소녀의 심사를 밝히고자 하나이다.”

통판이 말하였다.

“네 말 같을진댄 그 진가(眞假)를 어찌 분간하느뇨?”

소저 대답하기를,

“이제 부군의 숨은 표(標)를 여쭈면 자연 누설하여 저놈이 또한 모습(模襲)하오리니 부군을 만난 후에 여쭈오리다.”

라고 하니, 통판이 비로소 그놈이 선옥이 아닌 줄 짐작하고 세월을 보내게 되었다.

각설. 처사가 이씨를 축출하고 아들이 홀아비로 사는 것을 근심하여 다시 처를 취할 연유로 본읍에 관자(關子)하였다. 부사가 그 관자를 드디어 순영에 첩보(牒報)하니, 순찰사(巡察使)가 예부(禮部)에 논보(論報)하였다. 예부에서 우의 초기(草記)하여 사뢰었다.

“영남순찰사 아무개의 첩보를 보니 그곳에 하였으되, 안동부 유학(幼學) 김수증은 그 자식 선옥을 십육 세에 경주부 통판 이성일의 여자로 결혼시킨 후에, 선옥을 사찰에 보내어 학업을 닦게 하옵더니, 일야간(一夜間)에 간 데 없사오매 수증이 그 재종질 형옥으로 하여금 널리 찾게 하였는데, 형옥이 관북(關北) 경흥부에서 선옥을 상봉하여 집에 돌아오자, 수증의 부처(夫妻)는 분명 선옥이라 하고 모든 친척과 이웃 향당이며 노소 비복 등이 다 선옥이라 하오며 이성일 부부 또한 선옥이라 하오나, 다만 선옥의 처 이씨는 홀로 선옥이 아니라 하옵고 죽기로써 상쟁(相爭)하오매, 모든 고을이 모두 이씨의 고집함을 통한(痛恨)하지 아니함이 없사오며, 수증이 이씨를 백반(百般)으로 효유(曉諭)하오되 일향(一向) 견집(堅執)하옵다가 지금은 이씨 심병이 되어 선옥과 더불어 부부지도(夫婦之道)를 차리지 아니하오며 방달(房闥)에 처하여 문을 봉쇄하옵고 광언망설(狂言妄說)로 하여 이르되, ‘부군을 보기 전에는 천일(天日)을 아니 보려 하노라.’ 하니 병증(病症)이 점점 침중(沈重)하오매, 수증의 종족이 모여 이씨를 내치고 다시 취처(娶妻)하게 된 연유를 논보하였사오나, 신의 부천지견(浮淺之見)으로 감히 천편(擅便)치 못하였사오니 복원(伏願) 상재(上裁)하소서.”

하였기에, 주상이 초기를 재삼 보시고 과연 그 진위를 통촉지 못하여 즉시 조신(朝臣)을 모아 초기를 보라 하시고 하교(下敎)하여 가로되,

"부부지간이 아무리 조밀하나 어찌 그 부모의 정리에 지나리오? 이제 그 부부가 분명 자식이라 하나니 그 누가 의심하리오마는, 이가 여자가 홀로 부군이 아니라 하고 병이 들어 김가에게 내친 바 되었다 하니 이는 반드시 연고가 있는지라. 이 같은 일을 분석(分析)지 못하면 어찌 백성의 부모라 하며, 고어(古語)에 일렀으되, '일부함원(一婦含怨)에 오월비상(五月飛霜)이라.' 하였으니 이는 또한 조정의 막대한 수치라. 누가 능히 이 일을 변석(辨析)하여 과인의 아혹(訝惑)함을 깨닫게 하며 이씨의 함원(含怨)을 회석(會釋)게 하리오?"

하시니, 반부중(班府中)으로부터 일인이 출반(出班)하여 상주(上奏)하여 이르기를,

"신이 재주 없사오나 이 일의 진가를 알아 주달(奏達)하오리니, 원컨대 전하께서는 신으로 하여금 팔도도어사(八道都御史)를 하게 하시면 조만간 복명(復命)하리이다."

라고 하였기에 돌아보니 이는 한림편수관(翰林編修官) 진연수였다. 주상이 크게 기뻐하여 의윤(依允)하시고 즉시 발행하라 하시며 영남순찰사에게 전지(傳旨)하시어,

"김선옥의 재취(再娶) 일관은 대하교분부(待下敎分付)하라."

하셨다. 순찰사가 안동부에 관자(關子)하여 상명(上命)을 김반에게 전유(傳諭)하라 하니 부사가 왕명을 김부(金府)에 전유하여 그 재취함을 아직 중지하라 하였다. 처사가 감히 혼사를 의논치 못하고 다만 선옥이 홀아비로 사는 고통을 한탄하였다.

각설. 어사가 왕명을 받고 성 밖에 나아와 행장을 수습하며 종자(從者)와 약속하여 바로 안동으로 내려와 걸인의 모양으로 김 처사 집에 이르러 하룻밤 자고 가기를 간청하였다. 처사가 저녁밥을 내어 관대하게 대접하고 일찍 자려고 하니, 어사가 물었다.

"자제는 얼마나 두어 계신고?"

처사가 대답하였다.

"늦게 나은 독자가 있노라."

어사가 보기를 청하니, 처사가 동자를 주며 선옥의 침소로 가라고 하였다. 어사는 동자를 따라 선옥의 처소에 이르러 예를 마치고 자리를 정한 후에 그 기색과 용모를 살펴보았다. 이어 경주로 전진하여 이 통판 집 근처에 머물면서 이씨의 동정을 탐지하니 과연 신병이 아니요, 진실로 정절을 지키고 있었다. 어사가 마음으로 헤아리되,

'김 처사의 아들이 분명 돌아오지 않았도다. 이제 그 가짜로 칭하는 선옥이 용모가 진정한 선옥과 방불하여 그 종질 형옥이 흥계로써 찾아왔다고 덕색(德色)한 것이로다. 비록 이러하나 진짜 선옥을 찾기 전에는 난들 무슨 수로 분변하리오?'

하고 삼남을 두루 살펴보고 경기와 양서(兩西)로 곳곳이 뒤지고 관동(關東)에 이르러 경개를 일일이 구경하였다. 세월이

무정하여 거연(遽然)이 수년이 되었다. 어사가 홀로 차탄하면서 이르기를,

'내가 어전에서 자원하여 왕명을 받들고 천신만고를 겪으면서 지금 삼 년이 되었으니 왕상의 기다리심이 어떠할 것이며, 이씨가 주야 호천(呼天)하는 원성(怨聲)이 어떠하리오? 팔도(八道)의 칠도(七道)는 이미 채탐(採探)하였으나 가짜 선옥과 같은 사람이 없으니 진짜 선옥이 나와서 죽었는가? 살았으면 내가 어찌 만나지 못하리오? 그렇지 아니하면 가짜 선옥이 진짜 선옥이로다. 이씨가 과연 병중인가? 내 이제 선옥의 진위를 모르고 우리 왕상을 뵈오면 이는 곧 임금을 속인 것이리라. 국가의 죄인이 되고 조정의 명인(螟蛉) 되어 남의 웃음거리가 되리로다.'

하고 관북으로 전진하였다. 이때는 십이월 망간(望間)이라, 백설은 길길이 쌓이고 북풍은 살대 같았다. 풍설(風雪)을 무릅쓰고 촌촌(村村)이 나아가니 그 간신(艱辛)함이 비할 데 없었다.

열읍(列邑)을 차례로 둘러보고 단천(端川) 땅에 이르니 어사가 기한(飢寒)을 못 이기어 인가를 찾아 기한을 면하고자 하나 이 곳은 땅이 비어 있고 인적은 드물며 산천이 험악하여 인가가 별로 없었다. 사면을 바라보며 인가를 살폈는데 문득 산곡간(山谷間)에서 연기가 났다. 그 중에 인가가 아니면 도관(道觀)이 있도다 하고 적설(積雪)을 헤치며 길을 찾아 십생구사(十生九死)하여 산곡(山谷)으로 들어가니, 천봉만학(千峰萬壑)이 사면에 둘렀으며 수풀 같은 수목들은 하늘에 다달아 길이 없었다. 다만 연기 나는 곳을 좇아 들어가니 양산(兩山)이 좌우로 비스듬히 뻗어 내려 동구(洞口)가 되었고 기암괴석(奇巖怪石)은 사람을 내달아 칠 듯하면서 동구로 내달으니 땅 넓이가 겨우 일후지지(一吼之地)였다.

'산은 높고 골짜기는 깊어 비록 나는 새와 달리는 짐승이라도 별로 왕래하지 아니하니 가위(可謂) 별유천지(別有天地)요, 비인간(非人間)이며, 촉도난(蜀道難)이 어렵다 하나 이와 같지는 못하리라. 자취를 감추고 사는 어부(漁夫)가 망연(茫然)하나 이 곳 같이 적막할까? 아마도 천지 개벽 후로 세상에 인연을 통하지 않았도다.'

하고, 점점 나아가니 산 밑에 한 암자가 있으되 심히 소쇄(瀟灑)하여 천상의 선자(仙子)를 가히 만날 듯하였다. 암자에 들어가 사중(寺中)을 둘러보니 사오 칸 초막(草幕)뿐이요, 삼사 인의 화상(和尙)만 있었다. 그 중에 노승이 나와 예하고 고하였다.

"이곳이 산세가 중첩하고 수목이 참천(參天)하오매 인간 사람이 여기 암자 있는 줄 알지 못하며 봉학(峰壑)이 기구(崎嶇)하오매 금수도 능히 왕래하지 못하는지라. 상공(相公)은 어디 계시며 어찌 이곳에 하림(下臨)하셨나이까?"

어사 대답하기를,

"나는 정처 없이 사방 구경으로 사면(四面)을 다니매 매양 벽향궁촌(僻鄕窮村)과 심곡대해(深谷大海)를 가리지 아니하고 두루 심방(尋訪)하는 사람일러니, 이제 기한(飢寒)을 견디지 못하여 인가를 찾으나 인가는 없고 연기가 이곳으로조차 나거늘 인가가 있는가 하고 찾아 왔더니 존사(尊師)의 절인 줄은 몰랐노라."

하고 이날 암중(菴中)에서 헐숙(歇宿)하였다. 밤이 되자 삼사 인의 화상이 다 모였다. 어사가 차례로 이름을 묻고 속성(俗姓)을 물으니, 그 중 한 화상이 성이 김이요, 나이 이십이 넘었으며 모양이 우여(迂餘)하고 기골이 수려하여 어사가 그 삭발하였음을 애석해 하며 말하였다.

"현사(賢師)는 신상(身相)이 산중에 골몰할 바가 아니거늘 어찌 불가(佛家)에 있어 세월을 헛되이 보내는고?"

그 중이 추연(惆然) 탄식하고 말하였다.

"명도(命途)가 기구하오매 자연 여기에 이르렀나이다."

어사가 그 용모를 자세히 살펴보니 안동의 가선옥과 다름이 없었다. 마음에 기뻐하고 그 고향을 물으니 대답하였다.

"소승이 어려서 집을 잃고 사방으로 분주(奔走)하다가 이 절에 온 지 이제 삼 년이오니 고향은 어디인 줄 모르나이다."

어사가 말하였다.

"그러면 속성(俗姓)은 어찌 아느뇨?"

대답하였다.

"속성은 삼사 세부터 매양 들었사오매 잊지 아니하였사오나, 성관(姓貫)도 알지 못하나이다."

어사가 반 정도 짐작하고 거짓으로 그 연소한 나이의 풍상(風霜)을 위로하며 짐짓 자지 아니하고 노승과 더불어 고금(古今) 설화(說話)를 하여 말하였다.

"나는 본디 잠이 없으매 매양 담화를 즐기나니 대사는 열력(閱歷)이 많은지라, 세상에 무슨 괴이한 구경을 하였나뇨?"

승이 대답하였다.

"소승이 십 세에 이 절에 들어와 산문(山門)에 나가지 아니한 지 이제 육십여 년이라. 세상 일을 알지 못하오니 무슨 구경 있사오리까?"

어사가 말하였다.

"내 일찍 구경을 즐겨 팔도강산을 아니 본 데가 없으며 풍토와 인걸을 두루 보았으나 영남 풍기(風氣)와 인물은 동국(東國)의 으뜸이라. 이러하므로 명신(名臣) 석보(碩輔)와 현인(賢人) 군자(君子)기 대대로 싱속(相續)하며 내려와 동방의 추로지향(鄒魯之鄕)이라 하더니, 근래 안동 땅에 이상한 변고가 있으나 능히 알 이 없으니 영남 인물도 이제 강쇠(降衰)함을 가히 알지라."

노승이 말하였다.

"무슨 변고가 있나이까?"

어사 대답하였다.

"안동의 김 처사 수중이라 하는 선비가 독자를 절에 보내어 공부를 시키더니, 그 아들 선옥이 일야간(一夜間)에 무단이 간 데 없거늘 김 처사가 칠촌 종질을 보내어 찾아 왔으매 분명한 선옥이라, 처사의 부부와 일문(一門)이 모두 다 반겨하며 선옥의 악부(岳父)이 통판 부부도 또한 다행히 여기되, 홀로 선옥의 처 이씨는 부군이 아니라 하여 선옥을 아니 보고 주야 호곡(呼哭)하며 방문을 잠그고 부군을 보기 전에는 하늘의 해를 아니 보려 하는데, 구고(舅姑)와 친부모가 만단(萬端)으로 개유(開諭)하되 죽기로써 고집하거늘, 김씨 문중이 모두 이씨를 실성하였다 하고 본읍에 정장(呈狀)하였는데, 본관이 능히 진위를 알지 못하여, '선옥은 다시 취처하고 이씨는 본가에 가 소원대로 장부의 돌아옴을 기다리라.' 하매, 김 처사가 가묘(家廟)에 고유(告由)하여 이씨를 내치고 선옥을 재취하고자 할새, 자연히 왕상(王上)이 아시고 하교(下敎)하사 가라사대, '부부지간이 비록 조밀하나 어찌 부모에 지나리오? 그러나, 이가 여자가 죽기로써 다툼이 가장 의혹(疑惑)할지라.' 하시고 팔도에 어사를 보내어 그 진위를 변석(辨析)하라 하시나, 어사도 또한 변석지 못할지라. 돌아와 주상께 아뢰되, '김수중의 아들 선옥은 십분(十分) 무의(無疑)하거늘, 그 자부(子婦) 이씨가 과연 심병(心病)으로 이렇듯 중의(衆議)를 소요(騷擾)하게 함이더이다.' 하거늘, 상이 그렇게 통촉하시고 즉시 영남에 전지(傳旨)하사, '김선옥은 재취하고 이가 여자는 인륜의 득죄(得罪)라, 백성을 모으고 효수(梟首)하여 중인(衆人)을 징계(懲戒)하라.' 하셨는데, 순찰사가 즉시 이씨를 영문(營門)으로 잡아 올려 가로(街路)에 효수하고 안동부에 관자(關子)하여 '김선옥은 취처함을 전유(傳諭)하라.' 하였거늘, 선옥이 즉시 타문(他門)에 취처한 지 이미 수삭(數朔)이라. 과연 진짜 선옥이면 이씨 죽임이 가하거니와 진실로 가짜 선옥이면 이씨의 원혼이 어찌 없으리오? 대사의 나이 많으매 혹 이러한 일이 옛적에도 있다 하더이까?"

노승이 말하였다.

"부모가 자식이라 하거늘 누가 능히 이론(異論)하며, 부부는 이성지친(二姓之親)이라, 어찌 부모에 지남이 있어 유별하게 진위를 알리오? 이씨 여자가 과연 심병이라, 죽임이 마땅하오며 이러한 변고가 전무후무(前無後無)라, 고담(古談)에도 듣지 못하였나이다."

어사가 "예, 예." 하며 아까 수작하던 화상을 살펴보니 그 중이 어사가 하는 말을 몰래 듣다가 눈물이 흐름을 깨닫지 못하고 벽을 향하여 머리를 숙이고 앉아 있었다. 어사가 칠할이나 동정(動靜)을 취맥(取脈)하고 밤을 지내매, 노승을 불러 말하기를,

"이곳 산림(山林) 동학(洞壑)이 가장 절승(絶勝)이라. 내 이미 여기 왔으매 비록 동한(凍寒)이나 경개를 자세히 보고자 하니 노승은 지로승(指路僧)을 빌려 주시오."

하니 노승이 응낙하고 그 중 한 화상을 불러 지로(指路)하라 하시니, 어사가 어젯밤에 눈물을 흘리던 화상을 가리켜 말하기를,

"저 선사가 가장 영민하니 저 중으로 지로(指路)를 청하노라."

하였다. 그 중이 몸이 불평한 것으로 칭사(稱謝)하였다. 어사가 재삼 간청하고 노승이 또한 강권(强勸)하니 그 중이 길을 가리켜 전도(前導)하게 되었다. 한 곳에 이르니 산세가 높아 만장(萬丈)이요, 해색(海色)이 넓어 천경(千頃)이었다. 백설은 이 봉우리 저 봉우리요, 창송(蒼松)은 저 언덕 이 언덕이라. 점점 높이 올라 사방을 바라보니 천리 강산이 눈앞에 벌려 있으니 경개 무궁하여 사람의 심사를 요동케 하였다.

어사가 길게 탄식하고 그 중을 대하여 이르기를,

"내 고향을 떠난 지 불과 수삭이라, 그다지 오래지 아니하거늘, 오히려 양친(兩親)과 처자(妻子) 생각이 가이 없으매, 고향을 영결(永訣)하고 부운(浮雲)같이 지내는 자는 반드시 철석간장(鐵石肝腸)이로다."

하고, 한 곡조 노래를 불렀다.

만학천봉(萬壑千峰) 깊은 곳에 쌓인 것이 구름이요, 흐르는 것이 유수(流水)로다. 구름이 눈을 가려 고향 산천 묘연(杳然)하고 물소리 귀를 막으매 인간(人間) 소식 적막하다. 슬프다, 초로(草露) 같은 우리 인생 부질없이 집에 나와 부평(浮萍)같이 떠다니니 당상(堂上)의 학발(鶴髮) 노친 의려망자(倚閭望子)하시며 규중(閨中)의 홍안(紅顔)의 처는 요서몽(遼西夢)이 멀었도다.

그 중이 듣기를 다하니 두 줄기 누수(淚水)가 하염없이 흐르거늘, 어사가 물었다.

"현사가 무슨 일로 홀연이 슬퍼하나뇨?"

그 중이 대답하였다.

"상공의 가곡(歌曲)이 가장 처창(悽愴)하오매 자연 감동하여 누수가 흐름을 깨닫지 못하리로소이다."

어사가 점점 짐작하며 또한 한 봉우리를 올라가니 천장(天障)이 멀지 않아 연이은 봉우리가 하늘에서 겨우 한 자 정도도 되지 않았다. 바람 소리 진동하여 산명곡응(山鳴谷應)이요, 바다 안개 자욱하여 천수지참(天愁地慘)하였다. 어사가 또 한 노래를 하였다.

요순(堯舜) 우탕(禹湯) 대성인(大聖人)이 오륜(五倫)을 내시매 부자유친(父子有親) 제일이요, 부부유별(夫婦有別) 그 셋째라. 부모가 나를 낳으시니 애지중지(愛之重之) 양육하사 자나 깨나 일시라도 내 얼굴 눈에 삭여 천 리 만 리 갔다 와도 부모 먼저 알아보며, 이태 삼 년 떠났어도 알아보기 부모로

다. 어쩌리, 안동 땅의 김 처사는 자식 진가(眞假) 모르는가? 부부지간은 이성지합(二姓之合) 능히 진가(眞假) 분명토다.

그 중이 또한 흐느끼며 슬퍼함을 이기지 못하였다. 어사가 본 체 아니 하고 또 한 곡조를 부르니 그 곡조는 이랬다.

왕명은 뇌정(雷霆) 같고 절개는 상설(霜雪)이라. 우리 낭군 어디 가고 나 죽는 줄 모르는고? 가련할사, 농옥(弄玉) 일신(一身) 죽어지면 그 뉘라서 생각하리? 저 백정의 날랜 칼로 어서 쉬 죽여주면 황천길에 바삐 가서 우리 낭군 보리로다.

그 중이 이 곡조를 듣고 땅에 엎어져 혼절(昏絶)하니, 어사가 급히 보따리 속에서 약을 내어 먹이며 정신을 수습하라 하고 소리를 크게 하여 말하였다.

"네 귀신은 속이려니와 나도 능히 속일쏘냐? 나는 팔도도어사라. 왕상이 너의 부자와 부부의 어지러운 송사를 들으시고 나에게 명하여 너를 찾아 너의 천륜을 밝히고 이씨의 정절을 포양(褒揚)하라 하시매, 내 이미 칠도 강산을 가지 아니한 데 없으나 너를 마침내 찾지 못하매 왕명을 봉행(奉行)치 못하고 이씨의 천고(千古) 정절(貞節)이 허사가 될까 하여 금수(禽獸)도 왕래치 못한 곳과 사지(死地)라도 피하지 아니 하기로 이곳에 이름이거니와, 너는 조금도 속이지 말고 전후의 사정을 이실직고(以實直告)하여, 첫째는 왕명을 거역치 말며, 둘째는 나를 간고(艱苦)한 행장(行裝)에서 쉬 돌아가게 하라."

그 중이 엎드려 고하였다.

"소승이 어려서 집을 잃고 거리로 방황하다가 이 절을 집으로 알고 잔명을 겨우 부지(扶持)하옵거늘, 이제 분부는 천만(千萬) 의외(意外)로소이다."

어사가 그제야 마패와 수의(繡衣)를 내어놓고 크게 꾸짖어 일렀다.

"네 일향(一向) 종적을 은닉(隱匿)하려 하니 그 죄 네 가지라. 읽을 것이니 들어보라. 왕명 아래에 늘 은휘(隱諱)하니 이는 곧 임금을 속이는 것이라, 대역부도(大逆不道)하니 죄하나요, 부모를 버리고 천륜을 괴란(壞亂)케 하니 이는 무부무모(無父無母)라, 불효 막심이니 이 두 죄상은 방형(邦刑)을 면치 못할 것이요, 또 가처(家妻)의 천고 정절을 생각지 아니하고 청춘에 주륙(誅戮)을 받게 하였으되, 돌아가 한 잔 술로 고혼(孤魂)을 위로도 아니하고자 하니 이것이 곧 네 인정(人情)인가? 인정이 아니면 가까이 할 수 없는 것이요, 또한 이씨 원한은 어디로 미치리오? 봉명(奉命)한 왕신(王臣)을 일정(一定) 속이어 조정에 돌아가 죄를 당하게 하니 이는 곧 조정을 능멸함이다. 이 두서너 죄상은 감사정배(減死定配)를 어찌 면하리오? 네 이제 네 가지 죄를 범하였으니 죽기를 두려워하거든 바로 아뢰어라."

그 중이 그제야 땅에 엎드려 대답하였다.

"엄문지하(嚴問之下)에 일향(一向) 기망(欺罔)하리까? 소승이 과연 김선옥이거니와 상공이 어찌 아셨나이까?"

어사가 말하였다.

"모든 것이 왕령(王令)으로 명한 바가 않음이 없도다. 안동에 이르러 가짜 선옥을 보고 그와 같은 인물을 살폈더니, 이제 네 모양이 가장 방불(彷佛)한지라. 뜻하건대 가짜 선옥이 네 모양과 흡사하기로 너의 부모가 착오한 것이니, 이제 너를 찾은 것은 가짜 선옥의 용모로 빙고(憑考)한 것이요, 네 또한 작야(昨夜)에 나의 설화(說話)를 듣고 눈물을 흘리며, 이제 또 나의 가곡을 듣다가 혼절하매 이로조차 알았노라. 그러나 그대는 대대로 경상가(卿相家)의 후예라, 학업에 힘써 용문(龍門)에 오르면 반드시 고관대작(高官大爵)을 주머니에서 물건을 꺼내듯이 쉽게 할 것이거늘, 무슨 연고로 양친의 슬하를 떠나 윤리를 저버리며 이성지친(二姓之親) 맺은 의(義)를 돌아보지 아니하고 금슬을 끊어 후사(後嗣)를 끊게 하니 이도 또한 불효라. 불효 중에 후사가 없는 것이 가장 크거늘 삭발은 무슨 일인가? 전후 생각한 바를 일일이 고하라."

선옥이 처음은 숨기고 다만 미친 마음이 불법(佛法)을 사모하여 삭발하였다고 모호하게 대답하니, 어사가 재삼 물었다.

"내 왕명을 받들고 그대의 가사(家事)를 안찰(按察)하매 반드시 탑저(榻底)에 주달(奏達)할지라. 이제 그대 전후 사실을 은휘(隱諱)하니 무슨 사연으로 아뢰리오? 그대는 죽을 말이라도 바른 대로 하여 성상(聖上)의 아혹(訝惑)하심이 없게 함이 신자(臣子)의 도리요, 또한 부모의 고혹(蠱惑)함을 깨닫게 함이 또한 자식의 행실이라."

선옥이 이 말을 들으니 매우 타당하였다. 그제야 무릎을 모으고 대답하였다.

"대인의 말씀이 이같이 감황(感惶)케 하시니 소자가 바로 여쭈오리다. 소자가 부모의 만생독자(晚生獨子)라. 부모의 애중(愛重)하심이 장중보옥(掌中寶玉) 같사오매 조금 더우면 더위 들까 근심이요, 조금 차면 감기 들까 염려하더니, 십육 세에 취처(娶妻)하매 소자가 혈기미성(血氣未成)이라, 부모가 그런 혈기 패상(敗喪)할까 근심하사 공부하라 칭탁(稱託)하시고 집 뒤 절에 보내시거늘, 하루 이틀 글을 읽다가 가처(家妻) 생각이 간절하매 야간이면 왕래하더니, 가친이 이 일을 탐지하고 소자의 의관을 내려다가 집에 두매 다시는 왕래치 못하고 잠심(潛心) 독서하옵더니, 이때 마침 추구월(秋九月)이라 금풍(金風)은 소슬하고 월색(月色)은 명랑(明朗)한데 풍국(楓菊)이 영롱하오매 그 경색(景色)이 매우 초창(怊悵)한지라. 졸연(卒然)이 처를 보고 싶어 심회(心懷)를 금치 못하여 중의 송락을 쓰고 장삼을 입고 집에 내려와 가처 있는 처소에 다다르매, 방중에 웃음소리와 수작이 난만(爛漫)하거늘 가까이 나아가 자세히 들으니 다만 양인(兩人)이요, 그 일인(一人)은 분명 남자라. 의관 한 그림자가 창밖에 비쳤거늘 혈기지용(血氣之勇)에 즉시 들어가 양인을 죽이고자 하다가, 문득 생각하니 '양인을 죽이면 자연 소요(騷擾)하여 더러운 이름이 낭자하면 소자의 가성(家聲)은 다시 남아 있을 것이 없는지라. 방황 주저하여 이리저리 생각하니 덮어둠만 같지 못하나, 남아의 성정(性情)이 또한 절분(切忿)하오매 분기를 삭이지 못하여 스스로 몸을 마쳐 그런 흔적을 없게 하리라.' 하고, 이날 밤에 강변에 나아가 청파(清波)에 던져 죽으려 하였더니 차마 죽지 못하고 절을 향하여 오다가 또 생각하니, '일후(日後) 만일 집에 가면 아마도 분기를 참지 못하여 발설하기 쉬울지라. 내 이제 죽지는 못하거니와 차라리 심산(深山)에 묻혀 세월을 보내리라.' 하고 여기에 온 지 이미 삼 년이 되었나이다."

어사가 듣기를 다하니, 이 곧 분명한 선옥이었다. 반가움이 운무(雲霧)를 헤쳐 청천(青天)을 본 듯하고, 상쾌함은 청풍(清風)을 맞아 더위를 물리칠 듯하였다. 선옥의 손을 붙들어 가까이 앉히고 크게 웃고 말하기를,

"어린 아이 내력이 어찌 이같이 심하더뇨?"

하고,

"그대는 내 한 말을 들어보라. 이성(二姓)을 합쳐 결친(結親)하매 신의(信義)로써 지내나니, 그대 아무리 연소하나 부부지간에 어찌 그 마음을 모르고 소홀히 생각하여 빙옥(氷玉) 같은 저 이씨를 어찌 이러한 천불가(千不可) 만부당(萬不當)한 의심을 두어 부자 천륜을 두파상란(杜悖喪亂)케 하고, 부부 신의로 허무맹랑하게 하여 위로는 조정으로, 아래로는 영읍(營邑)이 의혹하지 않게 함이 없게 하였으니, 어찌 이다지 지감(知鑑)이 없는가? 이제 생각건대 어떠한가? 이씨가 그때 만일 불미한 행실이 있었으면 이제 어찌 가짜 선옥을 알아보고 정절을 지키다가 기어이 시가(媤家)에서 내친 바가 되어도 원망이 없고 한 조각 얼음 같은 마음은 죽기로써 고치지 아니하리오? 그대 나와 함께 안동으로 가서 그 위절(偉節)을 알아 해혹(解惑)함이 가할까 하노라."

선옥이 눈물을 흘리고 대답하였다.

"이씨 이미 죽었사오니 누구와 더불어 해혹하리오?"

어사가 웃어 말하기를,

"이 같은 천고의 정례, 어찌 해원(解寃)치 않고 지레 죽으리오? 나의 어젯밤 이야기와 금일의 가곡은 짐짓 죽었다 하여 그대로 하여금 마음을 감동케 함이라. 이씨가 과연 존문(尊門)에 내치매 본가로 돌아가 하늘의 해를 보지 아니하고 세월을 보내나니, 그대는 바삐 행장을 수습하여 나와 함께 돌아가 부모와 이씨 마음을 위로하라."

하고 선옥을 데리고 암자에 내려와 노승을 작별하고 표연(飄

然)이 산문(山門)에서 나와 단천읍(端川邑)에 출도(出道)하고, 인마(人馬)를 갖추어 어사와 선옥이 같이 발행하여 바로 안동부에 이르렀다. 선옥을 종인(從人)으로 삼아 머리에 휘양을 쓰게 하고 몸에 철릭을 입혀 이 날 삼경에 안동관에서 출도하였다.

각설. 처사가 왕명이 정중(鄭重)하여 선옥의 재취를 감히 의논치 못하고 날로 왕명을 바라고 있었다. 일일은 어사가 출도하였다 하여, 마음에 헤아리되,

'선옥의 재취함은 하교(下敎)를 기다리라 하시더니, 이제 어사를 보내시어 선옥의 진위(眞僞)를 염찰(廉察)하고 그 재취함을 허급(許給)하라 하심이로다.'

하고 즉시 선옥을 데리고 관부(官府)에 들어가 원정(原情)을 올렸다. 어사가 이르기를,

"너의 부자는 이미 일심(一心)이라, 한편의 말로 흑백을 분변치 못할지라. 너의 부부, 자질(子姪)과 이씨와 친정 부모며 두 집 족속과 비복(婢僕) 등을 모두 송정(訟庭)에 들게 하라."

하니, 처사가 물러나 이부(李府)에 기별하여 어사의 영(令)을 전하였다. 통판이 즉시 부인과 딸아이를 데리고 처사의 부인과 족속 등을 거느리고 일제히 송정에 나아와 청령(聽令)하였다.

어사가 선옥을 불러 이르기를,

"그대는 이따가 이씨를 문목(問目)할 제 공사(公舍) 마루에 나아가 이씨의 교자를 향하여 바라보며 나의 영을 받아 물으라."

하고 약속을 정하였다. 어사가 김수증에게 물었다.

"저 선옥이 분명 너의 아들인가?"

처사가 고하였다.

"천륜을 어찌 기망(欺罔)하오리까? 분명 자식이로소이다."

또 수증의 처 장씨에게 물으니, 대답하였다.

"복중(腹中)에 십 삭(朔)을 배었다가 땅에 떨어지매 강보(襁褓)에 있을 적부터 이제 지금까지 이십여 년을 양육하였으니 어찌 자기 몸에서 나온 것을 기망(欺罔)하리까?"

또 형옥에게 물으니, 대답하였다.

"생이 선옥을 찾아 동국 산천에 아니 간 데 없사오매 죽을 뻔 간신(艱辛)함이 부지기수(不知其數)요, 필경 찾지 못하면 스스로 죽어 가숙(家叔)의 참혹한 정경을 아니 보려 하였고, 경흥부에 이르러 선옥을 만나 찾아 데려왔사오니 분명한 선옥이오며, 이제 가숙이 분명 자식이라 하오매 무슨 의심이 있사오리까?"

또 선옥에게 물으니, 대답하였다.

"어찌 윤기(倫紀)를 속여 차마 타인을 아비라 하오리까?"

어사가 말하였다.

"네 그러하면 분명 김반의 아들이거니와 무슨 연고로 부모와 가속(家屬)을 버리고 경흥 땅에 있었나뇨?"

스스로 선옥이라 이르는 자가 고하였다.

"다른 연고 아니라 다만 글 읽기를 괴로이 여겨 어린 마음에 널리 생각지 못하고 집에 나왔고, 자연 전진하여 경흥 땅에 이름을 깨닫지 못하였나이다."

어사가 낭소(朗笑)하고 이성일 부부에게 물으니, 통판과 김씨가 목소리를 함께 하며 대답하였다.

"모양은 분명 사위 같사오나 여식의 말씀을 듣사오니, 사위 아닌가 하나이다."

또 두 집 족속과 비복 등에게 물으니, 대답하기를,

"분명한 선옥이로소이다."

라고 하였다. 어사가 선옥을 눈치하니 선옥이 공사 마루에 가까이 나아와 이씨 교자를 향하여 어사의 분부를 기다렸다. 어사가 이씨에게 물었다.

"너의 구고(舅姑)가 이렇듯 자식이라 하는데 너는 홀로 아니라 하니 부부의 정이 비록 무간(無間)하나 어찌 그 부모에 지나며, 너의 친부모가 또한 사위라 하거늘 너는 굳이 아니라 하니 지인지감(知人之鑑)이 있다 한들 어찌 너의 부모에 지나리오? 이제 너의 시본가(媤本家) 족속과 노소 비복이 모두 정녕(丁寧)한 너의 장부 선옥이라 하나니, 네 어찌 홀로 고집함이 이러하뇨? 옛글에 일렀으되, '삼 인이 행하매 곧 두 사람의 말을 좇으라.' 하였나니, 이제 김씨 문중 족속과 이씨 문중 족속이며 두 집 비복이 백여 명이라, 한 사람의 말로 백여 인의 말을 좇지 아니하리오? 네 분명 심병(心病)이 아니면 반드시 다른 간사함이 있도다. 너의 집안 일로 인연하여 경향(京鄉)이 소요하매 왕상이 근심하사 나로 하여금 팔도도어사를 시키시고 선옥의 진위를 사속(乍速)히 분석하여 아뢰라 고 하셨으니, 네 주륙(誅戮)이 두렵거든 백인의 말을 좇아 금일(今日)로부터 마음을 고치고 선옥으로 더불어 이전 부도(婦道)를 다시 차리면 이는 곧 개과천선(改過遷善)이리라. 이러하면 첫째 주상이 해혹(解惑)하사 극형(極刑)을 면할 것이요, 둘째는 너의 구고가 화를 죽이고 사랑함이 평상시와 같을 것이니 부부가 화순(和順)하여 생자(生子) 생녀(生女)하고 부귀를 늙도록 안향(安享)함이 마땅할 것이로다."

이씨가 고하였다.

"부부가 비록 이성지친(二姓之親)이오나 또한 오륜의 한 가지라. 이러므로 공자가 가라사대, '군자(君子)의 도(道)가 부부 관계에서 시작된다.'라고 하였사오니, 부부지도가 또한 중대할지라. 부부의 정은 부자의 정을 따르지 못하겠거니와 그 외양(外樣)의 현저(顯著)한 면목이야 길 가는 사람일지라도 알아 볼 것인데, 삼종지도(三從之道)를 지키는 여자가 어찌 그 장부를 모르리까? 이제 저놈이 분명 부군이 아니나 구고와 친척이 모두 가부라 하니, 미망인(未亡人)은 고독단신(孤獨單身)이라 아무리 바른 대로 하오나 깨닫지 못할 뿐이 아니라, 도리어 미망인을 심병(心病)이라 하고 시가에 내쳤나

이다. 미망인의 심간(心肝)은 상천(上天)이 조림(照臨)하오시니 다른 간사한 실상은 발명(發明)치 못하겠사오며, 이제 죽기를 두려워하면 마음을 고치라 하시니, 아지 못게라, 대인이 조정의 명망이 어떠하시며, 금일 소임이 존위(尊位)가 어떠한 좌지(座地)여서 살기를 탐하여 의로움을 잊는 사람이 되라고 향곡(鄕曲)의 어리석은 백성을 가르치시나이까? 옛말씀에 하였으되, '만승지군(萬乘之君), 곧 천자의 뜻은 빼앗기 쉬우나 필부필부(匹夫匹婦), 곧 평범한 남녀의 뜻은 빼앗지 못한다.' 하였으니, 이제 왕명으로 죽이시면 진실로 달게 여기는 바이오나, 다만 부군을 만나지 못하고 죽사오면 미망인의 원혼은 구휼(救恤)할 것이 없을 것이요, 일후에 부군이 비록 돌아와도 진위를 분변할 자가 없사오니 가부의 신세가 마침내 걸인을 면치 못할지라."

라고 하고 죽기를 재촉하였다. 어사가 크게 노하여,

"네 일개 요망한 여자가 심성이 교활하고 악하여 아래로 김씨 문중의 천륜을 의혹케 하고, 위로 천청(天聽)을 경동(驚動)케 하여 조정(朝廷)과 영읍(營邑)이 분란케 되었으매, 벌써 거리에 머리를 달아 여러 백성을 징계할 것이로되, 성상(聖上)의 호생지덕(好生之德)으로 나를 보내서서 십분 상찰(詳察)하라 하시어, 내 열읍(列邑)에서부터 너의 사곡(邪曲)한 심정을 이미 알았으나 성상의 관인대도(寬仁大道)를 효칙(效則)하여 형장(刑杖)을 쓰지 아니하고 좋은 말로 자식같이 효유(曉諭)하였으니, 사람이 목석(木石)이 아니거늘 일향(一向) 고집하여 조정 명관(命官)을 무단히 면박하며 어지럽고 사나운 말로 법정(法庭)에서 발악함이 가하겠는가?"

하고 종인을 꾸짖어,

"이씨를 형추(刑推) 거행하라."

하였다. 선옥이 소리를 크게 하여 나졸을 불러,

"병자(病者) 이씨를 형추하라."

하니, 나졸들이 미처 거행치 못하여, 문득 이씨가 가마 속에서 크게 외쳐 이르기를,

"어사는 왕인(王人)이라, 이 곧 백성의 부모요, 상하 관속(官屬)은 모두 나의 집 하인이라."

하고 가마에 친 발을 떨치고 바로 청상(廳上)에 올라 어사의 종인을 붙들고,

"장부가 어디에 갔다가 이제야 왔나뇨?"

하며 인하여 혼절하니, 통판이 딸아이의 혼절함을 보고 대경실색(大驚失色)하여 약을 갈아 입에 넣고 사지(四肢)를 만지며 부르짖었다. 낭자가 겨우 정신을 수습하여 눈을 들어 보니 부군이 또한 기절해 있었다. 부친으로 더불어 구료(救療)하니, 당상(堂上) 당하(堂下)에서 보는 자가 놀라 괴이하게 여기지 않은 자가 없었고 처사의 부부와 송정에 있던 자가 그 곡절을 알지 못하고 면면(面面)이 서로 보아 어떻게 할 바를 깨닫지 못하며, 가짜 선옥과 형옥은 낯이 흙빛이 되어

떨기를 마지아니하였다.

이때 어사가 광경을 보니 이씨의 절개도 갸륵하거니와 그 선옥의 진위를 아는 지혜를 마음으로 더욱 탄복하고 몸소 창밖에 나아와 이씨와 선옥을 데리고 들어와 즉시 이씨로 수양딸을 정하였다. 이씨가 부녀지례(父女之禮)로 뵈니 어사가 선옥과 이씨로 가까이 앉히고 이씨더러 물었다.

"여아는 어찌 가부의 진가(眞假)를 알았느뇨?"

이씨가 대답하였다.

가부의 앞니에는 참깨만 한 푸른 점이 있사오매 이로써 안 것이요, 다른 데는 저 놈과 과연 추호(秋毫)도 차이가 없도소이다."

어사가 그 영민함을 차탄하고 선옥에게 일러,

"너의 가처(家妻)가 나의 여아(女兒)가 되었으니 너는 곧 나의 사위라. 너희 둘이 이제 만났으니 각각 정회(情懷)도 펴려니와 우선 네가 절에서 떠난 연고를 자세히 하여 피차 의혹되는 마음이 없게 하라."

라고 하니, 선옥이 주저하고 즉시 말을 못하였다. 낭자가 말하였다.

"장부가 할 말이면 반드시 실상(實相)으로 할 것이거늘 어찌 이같이 부끄러워 망설이느뇨?"

선옥이 그제야 낭자를 향하여 말하였다.

"내 모년월일야(某年月日夜)에 중의 의관(衣冠)을 바꾸어 입고 내려와 그대의 처소에 이르러 보니 그대 어떤 의관한 남자와 더불어 기롱(譏弄)하는 그림자가 창밖에 비쳤으매, 매우 분노하여 들어가 그대와 그 놈을 모두 죽이고자 하다가 도로 생각하니, '만일 그러하면 누명(陋名)이 나타나 나의 가성(家聲)이 더러워질 것이라. 차라리 내 스스로 죽어 통한한 모양을 아니 보리라.' 하고 강변에 나아가 굴원(屈原)을 찾고자 하다가 차마 물에 들지 못하고 도로 절을 향하고 오다가 또 생각하니, '내 만일 집으로 돌아가면 그 분한 심사를 항상 풀지 아니 할지라. 이러할진댄 어찌 실가(室家)의 낙이 있으리오? 차라리 내 몸을 숨겨 세상을 하직하고 세월을 보내리라.' 하여 그 길로조차 운산(雲山)을 바라보고 창망히 내달려 우연히 함경도 단천 땅에 이르러 상원암이라 하는 절에 들어가 수운대사의 상좌가 되었으나, 대인을 만나 종적을 은휘(隱諱)치 못하고 이제 이같이 만났으니 알지 못하겠도다, 그대 그 사람이 어떠한 사람이더뇨?"

낭자가 눈물을 흘려 의상을 적시며 이르기를,

"장부가 이렇게 나의 마음을 모르나뇨? 이같이 의심할진댄 어찌 그때 바로 들어와 한을 풀지 아니하였나뇨? 그때 그 사람은 지금 송정(訟庭)에 있으매 장부가 보고자 하나이까?"

하고 시비 옥란을 부르니 청하(廳下)에 이르렀다. 낭자가 가리켜 말하기를,

"이 곧 그때의 의관한 남자라."

하니 선옥이 물었다.

"여자가 어찌 의관이 있으리오?"

낭자가 대답하였다.

"첩에게 묻지 말고 옥란에게 물어보소서."

하니, 선옥이 옥란에게 물었다.

"네가 육 년 전 모월 모일 야(夜)에 어떤 의관을 입었더뇨?"

옥란이 반나절이나 생각하더니 고하였다.

"소비가 그때 아이 적이라, 낭자가 공자의 도복(道服)을 지으시매 앞뒤 수품과 길이 장단이 맞는가 시험코자 하여 소비에게 입히시고 두루 보실 제, 소비가 어리고 지각이 없어 공자가 절에서 보낸 갓이 벽에 있거늘 장난으로 내려 쓰고 웃으며 낭자께 여쭈되, '소비(小婢)가 공자와 어떠하나이까?' 하니, 낭자가 또한 웃으시고 꾸짖어 바삐 벗으라고 하기로 즉시 벗어 도로 걸었사오니 이 밖에는 의관을 입은 적이 없사옵니다."

라고 하였다. 선옥이 듣기를 다하고 자기의 지혜가 없음과, 빙설(氷雪) 같은 낭자를 의혹하던 일과, 낭자의 중간 축출하던 일을 일일이 생각하니 후회막급(後悔莫及)이라. 바로 한 번 죽어 낭자에게 사례(謝禮)하려고 하며 즉시 송정에 내려와 부친과 모친의 앞에 나아가 땅에 엎어져 통곡하고 말하였다.

"불초자(不肖子)가 그릇 가처(家妻)를 의심하여 양친의 슬하를 떠나 구로지은(劬勞之恩)을 저버렸고, 의려(倚閭)하시며 욕자(辱子)의 사생을 모르시고 주야 초절(憔切)하심과, 멸륜패상(滅倫敗常)한 저 놈으로 하여금 가도(家道)를 소요케 함이 모두 다 욕자(辱子)의 불초(不肖)한 탓이오니 소자의 죄는 만 번 죽어도 애석(哀惜)할 것이 없나이다."

처사와 부인이 몸둘 바를 모르고 말하였다.

"그대 어떤 사람이건대 우리를 부모라 하느뇨?"

선옥이 더욱 망극하여 고하였다.

"부친과 모친은 어찌 욕자(辱子)를 모르시나이까? 욕자가 분명 선옥이오니 자세히 보소서."

가짜 선옥이 또한 통곡하고 말하였다.

"가운(家運)이 불행하여 이제 이 같은 윤상(倫常)의 변고가 있으니 차라리 소자가 진작 세상을 버려 양친의 아혹(訝惑)하심을 없게 할 것이라."

처사 부부가 자세히 보니 가짜 선옥과 조금도 다름이 없었다. 그 진위를 분별치 못하여 두 선옥을 보며 더욱 심황(心惶)하여 미친 듯, 술에 취한 듯 정신 없이 있는데, 어사가 수증과 두 선옥을 당에 올려 앉히고 수증에게 물었다.

"그대는 지금도 두 선옥 중에서 진위를 모르느뇨?"

처사가 황공하게 대답하였다.

"오히려 분별하지 못하오니 눈이 있어도 없는 것과 다름이

없사오며, 늘그막에 이 같은 고금에 없는 가변(家變)을 만났으니 도무지 내가 혼암(昏暗)한 탓이리라. 누구를 한하리오? 바라건대 대인은 살피시어 부자의 천륜으로 문란함이 없게 결처(決處)하심을 천만 복축(伏祝)하나이다."

어사가 웃고 말하였다.

"옛글에 '지자(知子)는 막여(莫如父)라.' 하였나니, 그 아비가 분명치 못한 자식을 남이 어찌 알리오? 그러나, 그대 분명 선옥을 알려는가?"

라고, 하고 협실(夾室)을 열고 이씨를 불러 말하였다.

"너의 장부의 진위를 분석하여 존구(尊舅)의 고혹(蠱惑)함을 해석(解釋)케 하라."

낭자가 처사께 여쭈었다.

"가부의 앞니에 푸른 점을 알지 못하시나이까?"

처사가 이 말을 듣고는 꿈을 처음 깬 듯이 비로소 두 선옥의 입을 열라 하고 보니, 과연 가짜 선옥의 이에는 아무 점도 없고 진짜 선옥의 이에는 이전 보던 푸른 점이 있었다. 그제야 처사가 해혹(解惑)하여 분명한 아들을 찾게 되었다. 붙들고 실성통곡하다가 기절을 여러 번 하고 소생(蘇生)하니 선옥이 경황하여 몸둘 바를 모르고 고하기를,

"부친은 과도히 상심치 마소서. 옛적에 공부자(孔夫子)는 양화(陽貨)라 하는 사람과 같아 진채(陳蔡)의 액을 보셨고, 한(漢)나라 충신 기신(紀信)은 한 태조(太祖)와 같기로 천하영웅 초(楚) 패왕(霸王)을 속였사오니, 자고로 모양이 같은 사람이 있는 고로 분변하지 못한 일이 비일비재(非一非再)라. 양친께서는 소자가 출가(出家)한 후로 심력(心力)을 과히 하신 중에 저 놈을 보시매 모양이 소자로 더불어 호발(毫髮)도 다름이 없고, 또한 이러한 윤상지변(倫常之變)은 천고에 없던 일이니 어찌 의심을 하셨으리오? 모두 소자의 죄악이니 부친은 보중(保重)하소서."

어사가 처사를 치하(致賀)하여 말하였다.

"그대 이제 어떠하뇨?"

처사가 즉시 정하(庭下)에 내려 고하였다.

"노패(老敗)한 인생이 자식을 몰라 보아 집이 망하게 되었더니, 대인이 하늘 같은 덕택을 베풀어 자식을 찾아 주시고 망할 집을 붙들어 주시니 이 같은 덕택(德澤)은 각골난망(刻骨難忘)이거니와, 또 천성지친(天成之親)으로 자식을 몰라본 죄상이 만 번 죽어도 애석함이 없으니 원컨대 죄를 내리소서."

어사가 말하였다.

"그대가 자식을 찾은 것은 나의 공덕이 아니라 이 곧 왕령(王令)의 소치(所致)요, 자식을 모른 죄 또한 내 임의로 천단(擅斷)할 바가 아니니 왕명을 기다리라."

처사가 물러나 부인으로 하례(賀禮)하여 일렀다.

"저 놈은 과연 다른 놈이요, 이것이 정녕 아들 선옥이라.

내 일찍 선옥의 이에 푸른 금을 잊고 저 놈에게 속은 바 되었으니 배꼽을 물고 후회해도 소용이 없도다."

부인이 또한 번연(飜然)히 깨닫고 선옥의 치아를 보니 전일 보던 점이 있었다. 선옥의 손을 붙들고 말하였다.

"네 어디 갔다가 이제야 왔느뇨? 그 사이 가변(家變)은 이루다 말할 수 없을 것이요, 말하자면 길 것이로다. 이제 청천(靑天)이 도우사 부모와 부처(夫妻)가 다시 모였으니 어사 대인의 공덕을 어찌 일분(一分)이나 갚으리오?"

구 년 홍수에 햇빛 본 듯 칠 년 큰 가뭄에 빗발 본 듯 기쁨을 스스로 이기지 못하여 어사에게 만세(萬歲)를 축수(祝壽)하였다. 선옥이 통판 부부와 두 집 족속을 차례로 보고 적조(積阻)했던 회포를 창설(暢設)하니 통판 부부의 즐김은 이루 헤아릴 수 없었으며, 형옥은 한 마디를 못하고 목석(木石)처럼 서 있었다.

차설. 어사가 선옥의 부자 부부가 해혹함을 보고 쾌활상연(快活爽然)함을 헤아리지 못하였다. 김형옥과 가짜 선옥의 흉모비계(凶謀秘計)를 생각하니 만 번 죽어도 애석지 않았다. 그러나 왕명이 없어 임의로 죽이지는 못하니 그 분완(憤惋)함을 이기지 못하여 그 두 놈을 꿇리고 크게 꾸짖어 말하였다.

"천륜은 지중(至重)한 것인데도 너는 하늘을 이고 땅에 서 있는 인간으로서 그같이 고금에 보도 듣도 못하던 후사(後嗣)를 속이는 죄를 지었으니 어찌 살기를 도모하리오? 이제 과연 어떠하뇨?"

형옥이 고하였다.

"죄인이 감히 발명(發明)하는 것이 아니라 잘못 선옥으로 알아 이에 이르렀으니, 바라건대 대덕(大德)을 내리시어 천만 살피소서."

가짜 선옥이 고하였다.

"소인은 본디 호중(湖中)의 소민(小民) 김홍룡으로 일찍 부모를 여의고 사방에 걸식하였는데, 경흥 땅에서 저 놈을 만나게 되었나이다. 저 놈이 소인을 유혹하여 여차여차(如此如此)하라 하기에 우매(愚昧)한 마음에 윤기(倫紀)를 생각지 못하고 이 지경에 이르렀사오니 만 번 죽어도 애석지 아니하나이다."

어사가 본관에 관자하여,

"김형옥과 김홍룡을 각별히 칼을 씌우고 엄히 가두라."

하고, 김가와 이가 두 사람의 송척(訟尺)을 모두 불리라고 하였다. 처사와 통판이 각기 부인과 더불어 재배(再拜) 축수(祝手)하고 물러갔다. 선옥과 이씨도 또한 부모를 좇아 집으로 돌아가려는데 이씨가 어사께 여쭈었다.

"부친은 여아를 버리지 아니하실진대 여아의 집이 비록 관부(官府)만 못하나 여식이 친히 식사를 맛보아 봉양함이 구구(區區)한 하정(下情)이로소이다."

어사가 그 정성에 감동하여 즉시 허락하였다. 이에 어사가 김 처사와 이 통판의 일행과 같이 선옥의 집에 나아가 큰 잔치를 배설(排設)하여 수일을 즐기니 양가의 족속과 노소 비복이며 원근(遠近) 백성이 이씨의 정절과 지혜를 감탄 아니하는 이가 없었다.

여러 날이 지나 어사가 처사와 통판을 작별하고 또 여아를 작별하는데 차마 떠날 뜻이 없어 경설함을 이기지 못하나 왕명을 받든 행차인지라 감히 지체하지 못하므로 눈물을 뿌려 잘 있음을 당부하고 인하여 발행(發行)하니, 낭자가 배사(拜謝)하고 누수(淚水)이 종횡(縱橫)하였다.

어사가 선옥을 찾으니 간 데 없어, 정(正)히 괴이히 여겼는데 종자가 여쭈되,

"김 공자가 아까 사오 창두(蒼頭)와 함께 병풍과 천막 등의 물건과 주찬(酒饌)을 갖추어 문 밖으로 가더이다."

라고 하였다. 어사가 짐작하고 말을 몰아 수십 리에 이르니, 선옥이 벌써 노차(路次)에 병풍과 천막을 포진하고 주찬을 준비하여 등후(等候)한 지 이미 오래였다.

어사가 의막(依幕)에 들어가 선옥과 술을 오래 나누고 선옥에게 부탁하여 일후 과행(科行)에 부디 자신을 찾으라 하며 차마 떠나기를 초창(悄愴)히 하였고, 선옥이 또한 눈물을 금하지 못하여 길에서 보중하기를 천만 당부하였다.

각설. 왕상이 진영수로 팔도어사로 삼아 수중의 가변(家變)을 분석하여 아뢰라 한 지 이미 삼 년이 되도록 복명(復命)이 더딤을 정히 의려(疑慮)하시고 있는데, 일일은 근신(近臣)이 주달(奏達)하였다.

"어사 진영수가 복명(復命) 숙배(肅拜)하나이다."

주상이 급히 인견(引見)하여 하교(下敎)하여,

"어찌 이같이 오래더뇨?"

라 하시고, 진위를 물으시니, 영수가 상주(上奏)하여,

"신이 용우(冗愚)하와 왕명을 받들고 진작 복명치 못한 죄상은 황공무지(惶恐無地)하옵나이다. 팔도 열읍에 아니 간 데 없사오나 김선옥을 찾지 못하였으나, 함경도 단천부 상원암에서 김선옥을 찾아 안동에 출도하옵고, 김수증의 부처(夫妻)와 자질(子姪), 이성일 부처와 양가 족척(族戚)이며 비복 등을 일제히 모으고 차례로 문목(問目)하였고, 김선옥으로 종인(從人)을 삼아 명령을 전하게 하던 말씀과, 이씨가 교자에 나와 진짜 선옥을 붙들고 혼절(昏絶)하던 말씀이며, 선옥의 출가하던 연고와 이씨의 발명(發明)된 연유며, 김수증의 청죄하던 말씀과 김형옥과 김홍룡 두 놈을 본읍(本邑)에 칼을 씌워 감옥에 가둔 일 등을 일일이 주달(奏達)하옵나이다."

라고 하니, 상이 진노하시어,

"광명천지(光明天地)에 어찌 이 같은 윤상지변(倫常之變)이 있으리오?"

하시고 즉시 영남 순찰사에게 전지(傳旨)를 내려 하교하였다.

"윤상(倫常)의 변고는 예로부터 한이 없으나 이제 홍룡과 형옥 두 놈의 궁흉극악(窮凶極惡)한 것은 고금에 없을지라. 이 같은 인륜을 어지럽힌 도적은 천지지간(天地之間)에 잠시라도 용납(容納)지 못하리니 대역무도(大逆無道)한 죄인 홍룡과 형옥 두 놈은 뭇 백성을 모아 능지처참(陵遲處斬)하라. 김수증은 자식의 진위(眞僞)를 분변치 못하고 인륜을 탁란(濁亂)케 하였으니 어찌 천성지친(天成之親)이라 하겠는가? 김선옥은 부모를 버려 자식의 도리를 차리지 못하고 그 처 이씨가 가슴이 답답해서 하던 일에 대해 소홀히 의심을 두어 가문을 망하게 할 뻔하였으니 이는 곧 불효인지라. 김수증 부자는 엄형(嚴刑) 정배(定配)하라."

또 예부에 하교하였다.

"김선옥의 처 이씨는 만고(萬古)의 정렬(貞烈)이라, 그 표창하는 일을 버려두지 못할지라. 그 집에 정문(旌門)하여 천고(千古)에 유전(遺傳)케 하라."

예부에서 즉시 영남에 관자(關子)하여 이씨의 집에 정문하고 순찰사가 홍룡과 형옥을 영문으로 올려 백성을 모으고 능지처참하니 모든 백성이 상쾌히 여겼다. 순찰사가 형옥과 홍룡 두 놈을 능지(陵遲)한 후 안동부에 관자하였다.

"김수증은 엄형(嚴刑) 일차(一次)에 전라도 강진현 정배(定配)하고, 김선옥은 엄형 삼차(三次)에 평안도 강계부 정배하라."

표(表)를 올려 조정에 주달하였다.

각설. 이때 국가에 동궁(東宮)이 없어 상(上)이 이로 근심하셨으나, 이때 원자(元子)를 탄생하셨다. 조정의 백관(百官)이 표(表)를 닦아 진하(進賀)하고 팔도에 사전(赦典)을 내리시니, 김 처사와 김선옥이 사면을 받아 집에 돌아오게 되었다. 부자 부부가 모여 성덕(聖德)을 노래하며 일실(一室)이 화목하니, 아무 시름이 없게 되었다.

수년이 지나자 조정이 원자(元子)를 세자로 세우고 경과(慶科)를 베풀어 팔도에 전관(傳關)하였다. 이때 김선옥은 두발이 이미 길었는지라, 과거(科擧) 날이 정해짐을 듣고 부친께 과거 봄을 고하니 처사가 허락하였다. 선옥이 즉시 경성에 올라와 바로 진 어사 집을 찾아 어사께 뵈니, 어사가 심히 반기며 여아(女兒)의 안부를 물었다. 선옥이 자루에서 한 봉(封)한 서간(書簡)을 내어드리니 곧 여아 이씨의 상서(上書)였다. 어사가 보기를 다하고 마음 가득히 기뻐하며 선옥을 데리고 내당에 들어가 부인 이씨를 대하여 말하였다.

"이는 여아 이씨의 장부라. 우리 사위니라."

선옥에게 장모를 뵈라고 하니 선옥이 공경(恭敬) 재배(再拜)하였다. 원래 진 어사가 한 명의 자녀가 없어 이씨를 수양(收養)한 후로 그 사랑함과 매양 그 경경(耿耿)함이 실로 자기 친자식 같이 여기니, 부인이 비록 친히 보지는 못하였으나 또한 친녀(親女)로 여겼는데, 이날 사위라 하는 말을 듣고

심히 즐겨 선옥으로 옹서(翁婿)의 정을 창설(暢設)하고 수일을 지냈다. 과일(科日)이 임박하자 선옥이 과구(科具)를 갖추어 시소(試所)에 들어가 글제를 보고 일필휘지(一筆揮之)하여 선장(先場)에 바치고 방목(榜目)을 기다렸다. 이윽고 액례(掖隸)가 호명하되 김수증의 아들 김선옥이라 하니, 선옥이 즉시 불려 탑전(榻前)에 나아갔다. 주상이 보시니 신장이 칠 척이요, 얼굴은 관옥(冠玉)과 같고 두 눈은 효성(曉星)과 같아 짐짓 영웅의 상모(相貌)요, 과연 사직(社稷)의 동량(棟梁)이 될 것 같았다. 주상이 크게 기뻐하여 말하였다.

"네 일찍 출가하였던 김선옥이 아닌가?"

선옥이 황공 대답하였다.

"과연 그러 하도소이다."

주상이 웃고 말씀하셨다.

"네 누구의 후손인고?"

선옥이 상주(上奏)하였다.

"신이 전일 문하시중(門下侍中) 김완국의 손자이로소이다."

주상이 크게 놀라,

"너의 조부는 곧 사직(社稷)의 신하라. 과인이 혼용(昏冗)하므로 소인(小人)의 참언(讒言)을 듣고 절도(絶島)에 유배하였는데 불행히 생환(生還)치 못하였으니 매양 상통(傷痛)하였노라. 금일 너를 보니 너의 조부를 본 듯 반가운 중에 더욱 비감(悲感)하도다."

라고 하시고 수차 진퇴(進退) 후에 즉시 한림학사(翰林學士)를 제수(除授)하시니, 한림이 사은(謝恩)하고 물러나와 진 어사 집으로 도문(到門)하였다. 어사의 부부가 크게 기뻐하여 즉시 경희연(慶喜宴)을 배설하고 모든 신하를 청하여 수양 사위로 삼은 연고(緣故)를 자랑하고 진일(盡日)토록 즐겼다.

삼일이 지나자 선옥이 영친(榮親)으로 돌아갈 뜻으로 상소하였다.

"한림학사 김선옥은 삼가 글월을 주상 전하께 올리옵나니, 엎드려 생각건대 신이 부명(浮命)이 잔열(孱劣)하여 학식이 공소(空疎)하옵고, 사리(事理)가 회색(晦塞)하여 일찍 반포지도(反哺之道)를 폐기(廢棄)하고 공문(空門)에 탁적(託迹)하여 군신(君臣) 부자(父子) 부부(夫婦)의 윤리가 땅을 쓴 듯 없었는데, 다행히 성상의 하늘 같은 덕을 힘입어 이렇듯 인륜을 다시 차려 가문을 부지(扶持)하게 되었으니, 성덕을 갚으려 하오면 태산이 오히려 낮고 창해(滄海)가 오히려 옅사옵니다. 이제 또 천만 용서받지 못할 신으로 하여금 조정의 청요(淸要)한 직임(職任)을 아끼지 아니하시니 신이 더욱 황공하여 몸둘 바를 알지 못하겠나이다. 또 신의 구구(區區)한 정세는 성상도 통촉하시는 바이거니와, 신의 부모가 신을 잃고 다년(多年) 간 초조하여 정력이 소삭(消索)하였고 기부시철(起仆澌綴)하여 사생(死生)이 조모(朝暮)에 있으니 오래 떨어져 있을 길이 없사오니, 엎드려 바라옵건대 성자(聖子)는 신의 한

림(翰林)의 직임을 거두어 맡을 만한 사람에게로 회수하시고, 신으로 하여금 고향에 돌아가 노부모를 봉양하게 하시면 모두 신의 죽는 날까지 성상의 주신 은혜가 아님이 없음을 알겠나이다."

상이 보시고 비답(批答)하였다.

"진실로 작은 구실이도다. 왕사(王事)를 어찌 혐의(嫌疑)하리오? 이제 너를 중용(重用)함은 실로 저의 조부를 생각함이니 사양치 말라. 이제 삼 삭(朔)의 말미를 주나니 너의 부모와 가권(家眷)을 경성으로 솔래(率來)하고 소임을 착실히 살피라."

한림이 하직 숙배(肅拜)하고 어사의 집으로 돌아와 어사와 더불어 성덕을 못내 감격하였다. 즉시 경성에 집을 정하고 고향에 돌아와 양친께 성덕을 칭송하였다. 선산(先山)에 소분(掃墳)하고 잔치하여 족척(族戚)을 모아 즐긴 다음 낭자로 더불어 통판의 집으로 갔다. 통판 부부가 그 영귀(榮貴)해진 경사를 못내 겨워하였다. 한림이 주상의 명으로 경성에 옮겨가는 연유를 고하고 즉시 집에 돌아와 가산(家産)을 수습(收拾)하여 양친을 모시고 낭자를 거느려 경제(京第)로 올라왔다. 진 어사가 부인으로 더불어 이미 기다린 지 오래였는데, 이날 부인 장씨가 진 어사의 부인께 재배 칭사(稱謝)하고 말하였다.

"만일 어사 대인의 하늘같은 덕이 아니었다면 첩의 천륜(天倫)을 찾지 못하고 가문이 복망(覆亡)하였을 것이로소이다."

이 부인이 대답하였다.

"모두가 존문(尊門)의 흥복(興復)이 아님이 없는지라. 무슨 칭사 하시나이까?"

낭자가 또 모녀(母女)의 예로 뵈었다. 이 부인이 보니 설부화용(雪膚花容)과 요조유한(窈窕有閑)함이 실로 군자의 쌍이었다. 낭자의 손을 잡고 이르기를,

"여아가 정렬(貞烈)도 탁월하거니와 어찌 그토록 영민하여 부모도 몰라보는 한림의 상위를 알았느뇨?"

라고 하고 그 사랑함이 진실로 친딸 같았다. 어사가 또한 낭자의 처소에 들어와 암암(暗暗)하던 정회를 일컫고 못내 즐기다가 날이 저물자 부인과 더불어 본부(本府)로 돌아갔다.

이후로 낭자가 진 어사 부부를 친부모 같이 섬기고 자주 왕래하였다. 한림이 궐내에 들어가 숙배(肅拜)하니, 주상이 인견(引見)하고 즉시 또 김수증을 인견하시고 이르시기를,

"너의 선부(先父)는 조정의 동량지신(棟樑之臣)이었노라. 내 일찍 참언(讒言)을 믿고 절도(絶島)에 정배(定配)하였으나 불구(不久)에 사환(赦還)하여 중용코자 하였더니, 불행히 졸서(卒逝)하여 과인의 뜻과 같지 못한지라. 이러므로 항상 뉘우치더니 이제 너의 아들 선옥을 보니 너의 선부(先父)의 옛 모습이 많은지라. 너의 선부를 본 듯 새로이 비감하도다."

라고 하시고 즉시 이조(吏曹)에 전지(傳旨)하시어 김수증을 간의대부(諫議大夫)에 제수하라 하시니, 수증의 부자가 감격 황송하여 사은(謝恩) 퇴출(退出)하였다.

차설. 세월이 여류(如流)하여 김 간의(諫議)가 노병으로 기세(棄世)하고 부인 장씨 또한 그 뒤를 좇아 세상을 버리시니 한림과 낭자의 애통망극(哀痛罔極)함은 이루 측량치 못할 정도였다. 예부(禮部)에서 우의 초기(草記)하여 장씨의 정절을 정문(旌門)하였다. 시간이 지나자 선산에 안장하고 시묘(侍墓)하였다.

삼상(三喪)을 지내고 나니 한림의 직품(職品)이 병부상서(兵部尚書)에 이르렀고 낭자는 숙렬부인(淑烈夫人)이 되었다. 일찍 삼자(三子) 일녀(一女)가 있으니 모두 영민 준수하여 모두 영웅 호걸의 상이요, 여아는 정정현숙(貞靜賢淑)함이 모부인(母夫人)을 모습(模襲)하여 짐짓 요조숙녀(窈窕淑女)였다. 각각 고문대가(高門大家)에 성취(成娶)하여 금슬이 화락(和樂)하였다.

이때 조정이 태평하여 상서가 부인과 삼자 일녀와 더불어 부귀를 안향(安享)하였다. 국가 안위는 자고로 상사(常事)인지라, 이때 일본이 강성하여 변경을 자주 침범하여 조정이 진동하였다. 문무(文武)의 장수를 많이 보내었으나 승첩(勝捷)하지 못하자, 주상이 조신(朝臣)을 모아 하교하시어,

"이제 왜국이 범경(犯境)하였으나 문무 장신(將臣)이 승첩하지 못하니 장차 어찌 하리오? 슬프다, 만조(滿朝)한 제신(諸臣) 중에 이만한 왜적을 물리칠 자가 없으니 어찌 한심하지 아니하리오?"

라고 하시자, 병부상서 김선옥이 반열(班列)을 나서 상주(上奏)하여,

"신이 비록 재주 없으나 성상의 홍복(洪福)에 힘입어 저 광적(狂敵)을 토멸(討滅)하고 성상의 근심을 덜고자 하오니, 바라건대 삼천 군마를 빌려주소서."

라고 하니, 주상이 크게 기뻐하여,

"만일 경(卿)이 한 번 출전하면 그만한 왜적이야 어찌 근심하리오"

라고 하시며 상서로 하여금 정남도원수(征南都元帥)를 삼고 삼천 병마를 조발(調發)하게 하였다. 원수가 즉시 하직하고 물러나와 부인과 자녀를 작별하고 발행하여 진주 땅에 다다라 여러 장수를 불러 이르기를,

"문학지사(文學之士)가 없으니 내 이제 종사(從事)를 차출하고자 하나 합당한 자가 없으니 조정에 누가 가장 합당하뇨?

여러 장수가 대답하였다.

"소장 등은 무부(武夫)라, 어찌 문학하는 선비를 알리오?"

원수가 또 말하였다.

"호부시랑(戶部侍郎) 이인철은 또 문학 중에 제일이요, 그

지략이 조정에 망중(望重)한 사람이라. 내 이제 이인철로 종사를 차정(差定)하나니 닷새 기한하고 오게 하여 군중(軍中)에 대령하게 하라."

하고 전령(傳令)하였다. 이날 행군하여 적진에 이르러 격서(檄書)를 전하고, 왜군이 맞아 싸워 십여 합에 승부가 결정되지 아니하였다. 날이 저물어 양진(兩陣)이 각각 징을 쳐 군을 거두었다. 다음날 왜장이 진전(陣前)에 나와 싸움을 돋우었다. 원수가 갑옷을 입고 말에 올라타고 내달려 적을 치니, 왜장이 감히 저당(抵當)치 못하여 군졸을 버리고 달아났다. 여러 장수들이 일시에 엄살(掩殺)하니 주검이 뫼 같고 피 흘려 내가 되었다.

각설. 왜장이 일진(一陣)을 지켜 겨우 잔명(殘命)을 건져 달아났다가 패잔(敗殘)한 군병(軍兵)을 모아 이르기를,

"내 일찍 검술과 창 쓰는 법은 귀신도 측량(測量)치 못하여 천하에 나를 당할 자가 없더니, 이제 저쪽 군대의 대장의 창검을 쓰는 법이 나보다 배(倍)는 나은지라. 내 명일(明日)은 마땅히 계교로써 이기리라."

라고 하고 여러 장수와 약속하여 여차여차하게 하라고 하였다.

다음날 원수가 적진을 크게 이기고 돌아와 여러 장수와 군졸에게 후하게 상을 내리고 여러 장수를 모아 명령을 내려,

"왜장이 비록 패하여 돌아갔으나 명일에는 반드시 무슨 계교가 있으리니 너희들은 십분 조심하라."

하고 이날 밤에 적진을 파할 모책(謀策)을 생각하였다.

날이 밝자 일찍 장졸을 점고(點考)하고 시살(廝殺)기를 준비하고 있는데 문득 왜진(倭陣)으로부터 대포소리 한 번 울리더니 무수한 왜장이 온 산과 들을 가득 덮으며 물결같이 달려왔다. 원수가 말에 올라 우수(右手)에 장창(長槍)을 들고 좌수(左手)에 단검을 잡아 맞아 싸우는데 십여 합에 왜장이 창을 버리고 달아났다. 원수가 쫓아 가다가 한 곳에 이르니 홀연 천지가 아득하고 대풍(大風)이 일어나며 모래가 날리며 돌이 날렸다. 여러 장수와 군졸이 모두 넋을 잃고 서로 부딪혀 거꾸러지는 자가 이루 헤아릴 수 없었다.

원수가 크게 놀라 몸둘 바를 모르다가 정신을 가다듬어 생각하고 헤아렸다.

"이 분명 신병(神兵)의 소사(所事)라."

라고 하고 공중을 향하여 육정육갑(六丁六甲)을 크게 불러,

"왜적이 광악(狂惡)함을 믿고 우리 기자국(箕子國)을 능멸히 여겨 변경을 침노(侵擄)하니 왕상(王上)이 나로 하여금 적진을 소멸하라 하셨는데, 내 이미 두 번 싸워 왜적이 상혼낙담(傷魂落膽)하여 불구(不久)에 항복을 받게 되었더니, 내 이제 왜장의 간계에 들어 사지(死地)에 들어 죽게 되었도다. 나의 죽는 것은 두렵지 아니하거니와, 우리 주상(主上)의 위태하심을 누가 능히 붙들리오? 너희들은 고려국(高麗國)을 위

한다면 이 신병을 바삐 물리치라."

라고 하였다. 이윽고 구름이 흩어지고 일월(日月)이 명랑(明朗)하며 바람이 자 모래와 돌이 날리지 아니하였다. 여러 장수와 군병이 정신을 수습하였다. 원수가 사면을 살펴보니 적병이 멀리 있지 않았다. 원수가 장졸에게 호령하여 이르기를,

"적장이 다만 신병을 믿고 우리를 유인하여 여기 들어 우리를 시살(廝殺)하여 스스로 함몰케 함이었으나, 내 이제 육정육갑을 불러 신병을 물리쳤으니 이제는 왜장이 믿을 것이 없도다. 내 금일은 결단코 왜장을 사로잡고자 하나니 너희들은 각각 노력 하라."

라고 하고, 여러 장수를 불러 귀에 대고 이르되,

"여차여차 하라."

하고, 바로 군을 몰아 적진을 마구 쳤다. 왜장이 신병을 믿고 가장 필승(必勝)의 법이라 하여 군졸을 준비함이 없다가 갑자기 원수를 만나니 상혼낙담하여,

"이 어떠한 천신(天神)이 도우셨는가? 아마도 김 원수는 천인(天人)이리라."

라고 하고 말에 올라 맞아 싸워 대적하였으나 창졸지간(倉卒之間)에 진세(陣勢)와 항오(行伍)의 군병이 산란무통(散亂無統)하게 되었으며, 적진의 장졸이 또한 원수의 위풍과 용맹을 보고 저마다 병기를 버리고 달아나는 자가 태반이었다.

왜장이 분노를 이기지 못하여 십여 명 군사를 죽이고 싸움을 돋우나 군심(軍心)이 이미 변하여 물결같이 흩어져 버렸다. 적장이 비록 손오(孫吳)의 지략과 한신(韓信)과 팽월(彭越)의 용력(勇力)이라도 능히 금제(禁制)하지 못할 정도다. 남은 장졸로 더불어 말을 물아 달아났으나 십 리에 미치지 못하여 홀연 산곡(山谷) 우변(右邊)으로부터 한 장수가 내달려 장창으로 말 다리를 찌르니 모두 거꾸러졌다. 왜군이 말에서 떨어져 죽는 자가 무수하고 그 남은 군장(軍將)은 말을 버리고 보행(步行)으로 달아났다. 또한 산곡 좌변(左邊)으로서 한 장수가 내달려 단검으로 보졸(步卒)만을 베니 도적의 머리가 추풍낙엽(秋風落葉)이었다.

왜장이 십분 경황하여 남은 장졸을 살펴보니 불과 두세 명 장수요, 백여 군사밖에 없었다. 형세가 궁하고 힘도 쇠진하여 접전할 뜻이 없어 정히 달아나고 있는데, 문득 산곡간(山谷間)으로서 여러 깃발이 나부끼며 일원(一員) 대장이 쌍봉(雙鳳) 투구를 쓰고 황금(黃金) 쇄자갑(鎖子甲)을 입었으며, 손에 창포검을 들고 좌하(座下)에 청총유련(靑驄流連) 말을 타고 바람을 향해 갈기를 거스르며 소리를 벽력(霹靂) 같이 지르니 과연 사람은 천신(天神) 같고 말은 비룡(飛龍) 같았다.

왜장이 한 번 보고 도저히 몸을 지탱하지 못하여 거의 말에서 떨어질 뻔하였다. 원수가 크게 꾸짖어,

"이 미친 왜장은 들어라. 너의 다만 강포(强暴)만 믿고 무

고(無故)히 우리나라를 침범하니 상천(上天)이 진노하여 나를 낳으시고 너의 왜국을 모두 잔멸(殘滅)케 하였으나, 우리 주상의 관인대덕(寬仁大德)으로 너의 굴혈(屈穴)을 버려두거니와, 네 이제 잔명을 아끼거든 빨리 말에서 내려 항복하라."

라고 하였다. 왜장이 형세가 다해버리고 또한 할 방도가 없었다. 인하여 말에서 내려 스스로 결박하고 항복함을 청하였다. 원수가 장대(將臺)에 높이 앉아 군사를 호령하여 그 맨 것을 끄르고 술을 주어 놀란 마음을 위로한 다음, 은혜로운 뜻으로 일렀다.

"우리 양국이 본디 혐의(嫌疑) 없거늘 무슨 연고로 매양 변경을 침범하여 이웃 나라의 의를 손상케 하느뇨? 이후로는 양국이 형제같이 지냄이 어떠하뇨?"

왜장이 땅에 엎드려 대답하였다.

"소장(小將)이 어찌 상국(上國)을 침범하리오? 소장의 관백(關白)이 명하여 부득이 호위(虎威)를 범하였사오니 어찌 살기를 바라리오? 이제 장군의 하늘과 같은 큰 덕을 입어 한가닥 잔명(殘命)을 빌려주시니 견마지성(犬馬之誠)을 다하여 고국에 돌아가 장군의 큰 덕을 관백 앞에 칭사(稱謝)하여 세세(世世)로 영원히 침범하지 않도록 하겠나이다."

라고 하니, 원수가 크게 기뻐하여 그 빼앗은 깃발과 창, 마필(馬匹)을 주어 돌려보내고, 여러 장수와 군졸을 각각 호군(犒軍)하고 회군(回軍)하였다. 고각(鼓角)과 쟁, 북소리는 천지를 진동하고 변경 백성의 즐기는 소리가 원근에 진동하였다.

각설. 주상이 원수를 적진에 보내시고 첩음(捷音)을 기다리고 계시는데 일일은 원수의 승첩(勝捷)한 첩서(捷書)가 경성에 이르렀다. 주상이 보니,

"병부상서 겸 도원수 신(臣) 김선옥은 삼가 장계(狀啓)를 올리나니, 신이 본월(本月) 모일(某日) 적진에 이르러 여차여차하옵고, 모일에 왜장의 항복을 준신(準信)하매, 마땅히 머리를 베어 경성에 올림이 가하오나, 성상(聖上)의 홍복(洪福)을 베풀어 항서(降書)만 받고 그 불측한 죄상을 효유(曉諭)하였사오니 엎드려 바라옵건대 성상은 적괴(賊魁)를 천단(擅斷)하여 놓아 보낸 죄를 다스리소서."

라고 하였다. 또,

"신(臣)이 행군하여 진주에 이르러 종사가 없기로 시랑 이인철로 행군종사(行軍從事)로 차정(差定)하여 군중으로 대령하라 하였으나, 인철이 신의 영을 능멸(凌蔑)히 여기고 조금도 내내(來待)하시 아니하오니 군법(軍法)으로 살피건대 매우매우 나쁜 죄인이라, 그저 두면 일후(日後) 징계할 길이 없으니 그 죄상을 유사(有司)로 하여금 품처(稟處)케 하옵소서."

라고 하였다. 상이 크게 기뻐하고 전지(傳旨)를 내려 원수의 충성(忠誠)과 지략(智略)을 포양(襃揚)하시고, 즉시 이인철을 왕부(王府)로 나래(拿來)하여 군법으로 시행하라 하시니 대신이 상주(上奏)하였다.

"인철이 죄상은 군법이 마땅하거니와, 이 곧 선대왕(先代王)의 신하이니 신은 뜻하건대 감사정배(減死定配)할까 하나이다."

상이 침음(沈吟)하다가 의윤(依允)하시고 인철을 제주에 안치(安置)하였다.

차설. 원수가 경성에 득달(得達)하여 복명(復命)하니 상이 원수의 손을 잡고 이르기를,

"경의 조부(祖父)가 사직(社稷)의 공업(功業)이 조정에서 제일이더니, 경이 또 이제 개세지공(蓋世之功)을 이루니, 가위(可謂) 교목충신(喬木忠臣)이라."

하시고, 문하시중(門下侍中) 평장사(評章事)로 삼으셨다. 시중이 사은(謝恩)하고 물러나 집에 돌아와 부인과 자녀로 더불어 성덕(盛德)에 감황(感惶)하니 흐르는 눈물이 비와 같았다. 시중이 사직의 대공을 이루고 부귀 극진하니 중외(中外)가 모두 그 영귀(榮貴)함을 칭찬하였다.

일생일사(一生一死)는 천고지간(千古之間)의 상사(常事)라. 세월이 여류(如流)하여 시중의 연기(年期) 팔십에 우연히 득병(得病)하여 수일 만에 졸세(卒歲)하였다. 부인이 또한 연기 팔순(八旬)이라, 애통함을 이기지 못하여 자주 기절하다가 인하여 일어나지 못하였다. 삼자와 일녀, 일가(一家)가 망극하여 애통해 하였다. 초종(初終)의 상례(喪禮)를 극진히 하여 선산(先山)에 안장(安葬)하고 삼 년 후 각각 벼슬에 오르니 명망이 조정에 진동하였다.

이 사적이 비록 옛적 사기(史記)에는 없으나 이(李) 부인(夫人)의 만고(萬古) 정렬(貞烈)과, 일문지내(一門之內)에 조손(祖孫)이 모두 충신이요, 고부(姑婦)도 또한 열녀(烈女)인지라, 이러므로 후세에 전파(傳播)하매 그 충렬(忠烈)이 민멸(泯滅)할까 하여 책을 지어 천고에 유전(遺傳)케 하노라.

■ 해설

「화산중봉기」는 창작 연대 미상의 고전 소설로, 하버드대학교 연경 도서관에 소장되어 있는 필사본입니다. 그 줄거리는 이렇습니다. 김선옥의 조부 김완국이 간신의 모함을 받아 죽자 나머지 가족들이 고향 안동으로 낙향합니다. 고향에 내려와 절에서 수학하던 선옥은 부인의 침소 창에 비친 그림자를 보고 부인을 오해하여 집을 나가 정처 없이 떠돕니다. 선옥을 찾아 주는 사람에게 가산의 반을 주겠다는 부친 김 처사의 말에 선옥의 팔촌인 형옥은 가짜 선옥을 데리고 와 진짜 행세를 하게 합니다. 선옥의 아내는 가짜 선옥이 자신의 남편이 아니라고 주장하지만 다른 가족들이 믿지 않고 도리어 선옥의 아내는 친정으로 쫓겨납니다. 이러한 사실을 들은 임금은 진 어사를 보내 사건을 해결하라고 하는데, 진 어사는 여러 탐문 끝에 진짜 선옥을 찾아내 사건을 해결합니다.

이후 선옥은 과거에 급제하고 정남도원수로 출정하여 일본에 대승을 거둔 다음, 자신의 조부 김완국을 모함한 간신들의 죄를 벌하고 부귀영화를 누립니다. 이 줄거리를 통해 이 작품은 진가쟁주(眞假爭主) 이야기를 근간으로 한 송사 소설이지만 전쟁에서 공을 세우고 입신양명하는 영웅의 일대기로서의 성격, 여성 주인공의 열행(烈行)을 중요한 주제로 다루는 가문 소설적 성격도 아울러 지닌 특이한 구조를 갖추고 있음을 확인할 수 있습니다.

이 중 가장 큰 비중을 지닌 진가쟁주 이야기는 설화나 실화에 바탕을 둔 것으로 보이는데, 핍진한 내면 묘사와 치밀한 구성이 두드러집니다. 일반적으로 이 작품과 같은 '진가(眞假) 판별형' 소설은 특정 계기를 통해 주인공의 모습을 닮은 가짜 인물이 등장하고, 이로 인해 주인공이 고난과 시련을 겪다가 원상태를 회복하는 내용이 나타납니다. 이러한 유형의 소설에는 대부분 집을 떠난 주인공이 조력자의 도움으로 본래의 자기 자리를 되찾는 서사 구조가 등장하며, 주위 사람들도 누군가의 도움으로 주인공의 진가(眞假)를 확인하는 장면이 나타납니다. 이와 같이 진가 쟁주 이야기는 가짜 인물의 등장 과정과 주인공의 심리 변화, 주위 사람들이 주인공의 진위를 확인해 가는 과정에서 작품의 흥미를 유발하는 데 기여하는 것이라 할 수 있습니다. 이렇게 함으로써 기존 고전 소설의 구조에 익숙한 독자들을 의식하면서도 한편으로는 새로운 흥미를 필요로 했던 독자들을 끌어들이려는 의도를 담고 있는 것입니다.

한편 이 작품은 이른바 '영웅의 일대기'의 구조적 원형성을 비교적 충실하게 수용한 영웅 소설입니다. 이 작품의 영웅 소설 특성은, 남녀 주인공 김선옥과 이농옥의 가계, 적강(謫降) 현몽이 따르는 남녀 주인공의 출생, 남녀 주인공의 결혼. 소속 집단에서 분리되는 김선옥의 출향(出鄕)과 잠적, 이농옥의 출척(黜陟)과 시련, 진 어사의 활약으로 인한 남녀 주인공의 재회, 일본의 침략을 물리치는 김선옥의 입공(立功), 남녀 주인공이 각각 문하시중 평장사와 정렬부인에 책봉되어 부귀를 누리다가 80세에 함께 세상을 떠남 등의 과정으로 전개됩니다. 그런데 남녀 주인공이 적강한 인물이고, 비범한 능력을 지녔다는 점을 제외하면 영웅적 행적이라고 보기에는 너무나 인간적입니다. 신이(神異)함이나 신성(神聖)함 같은 요소가 나타나지 않기 때문입니다.

이 작품이 열행론적 성격을 띤다고 했는데, 그런 내용은 여자 주인공과 관련이 있습니다. 따라서 이 작품 전체와 함께 논의하기 어려울지도 모릅니다. 그러나 이 성격이 이 작품에서는 매우 중요하게 다루어져야 합니다. 남자 주인공이 집을 떠나게 된 사정도 결국 이것과 무관하지 않습니다. 절에 공부하러 갔다가 아내가 보고 싶어 매일 내려오고, 결국 부친의 명에 따라 의관을 감추어 버리는데, 스님의 옷을 빌려 입고 내려왔다가 창에 비치는 남자 그림자를 보고 그 길로 방랑의 길에 나서는 것은 여성의 정조 관념과 무관하다고 할 수 없습니다. 또 시집에서 쫓겨나고 친정에서 자결을 강요당하면서까지 가짜 남편을 거부하는 일은 절개를 지키기 위해 목숨을 거는 행위입니다. 그뿐만 아니라 여자의 정절이 목숨보다 소중하지만 그보다 더 중요한 것은 가문(家門)의 보존이라는 인식이 이 작품에 드러나 있습니다. 여자 주인공을 내치고 가짜 김선옥을 다른 여자와 혼인을 시키기 위해 허가를 받는 과정에서 진짜와 가짜를 확인하기 위해 암행어사가 등장하는 것도 이 맥락에서 이해할 수 있습니다.

고전소설 작품이 다양한 얼굴을 하고 있다는 게 결점은 아닙니다. 다만 범주적(範疇的) 개념으로 특정 갈래에 귀속시키고자 하는 유형 분류는 지양되어야 할 일입니다. 그럼에도 불구하고 이 작품은 몇 가지 한계를 드러내고 있습니다. 주인공 김선옥의 인물 형상화에 일관성이 결여되어 있다는 점이 그 하나입니다. 김선옥은 천상의 인물이 적강하였고, 10세 전에 사서삼경(四書三經)을 비롯한 독서량이 엄청나고 무예에도 출중하여 장래 나라를 위해 큰 인물이 될 것이라 하고 있습니다. 그러나 중간으로 가면서 평범한 인물로 바뀝니다. 게다가 진짜와 가짜의 다툼으로 완결될 이야기에 일본의 침략을 막는 군담(軍談)이 덧붙여진 것도 구성의 통일성을 깨는 것으로 볼 수 있습니다.

그렇지만 이 작품은 몇 가지 긍정적인 의의를 지니는 점도 있습니다. 서사 전개 과정에서 장면에 따른 서술량의 확장과 축약, 시간의 빠름과 느림 등의 방법을 적절히 구사함으로써 독자의 흥미를 배가하고 있다는 점이 그 하나입니다. 예컨대 진 어사가 가짜 김선옥을 닮은 김 화상을 만나 진짜 김선옥임을 확인하는 과정이 매우 자세하게 그려집니다. 이와 대조적으로 김선옥의 조부 김완국이나 부친 김수증에 대한 서술은 최소한으로 줄이고 있습니다. 또 독자를 긴장시키는 요소를 끝까지 끌고 가서 결정적인 순간에 드러내는 수법도 독창적입니다. 가짜 김선옥을 가짜라고 한 결정적 근거가 무엇인지 작품의 끝부분에 와서야 알 수 있었습니다. 또 김선옥이 방랑하게 된 결정적 계기이던, 창에 어른거리던 남자의 그림자는 시비 옥란에게 짓던 옷을 입혀 보았던 것도 마찬가지입니다.

이 작품의 제목인 '화산중봉기'는 글자 그대로 '화산의 두 봉우리에 대한 기록'일 텐데, '화산'의 의미는 분명치 않지만 '중봉'의 의미는 대체로 짐작할 수 있을 것 같습니다. 하나는 남자 주인공 김선옥과 여자 주인공 이농옥을 함께 일컫는 말이라는 것, 다른 하나는 진짜 김선옥과 가짜 김선옥입니다. 이게 이 작품의 두 뼈대일 것이기 때문입니다.

정수정전(鄭秀貞傳)

작자 미상

■ 줄거리

송(宋)나라 태종 황제 시절에 병부상서 겸 표기장군 정국공 부부는 뒤늦게 딸을 얻어 이름을 수정이라 했다. 정국공은 이부상서 장운의 아들 장연이 비범하다는 것을 알고 부친과 상의하여 둘을 약혼시킨다. 이때 간신 진량이 수정의 부친을 참소하여 절강으로 유배를 보내는데 석 달 만에 유배지에서 죽음을 맞는다. 이어 모친마저 충격으로 인해 세상을 뜬다. 수정은 부친의 원수를 갚기 위해 남복(男服)으로 갈아입고 집을 나서 말 달리기, 창 쓰기와 같은 일에 힘쓴다.

한편 수정의 약혼자인 장연은 과거에 급제하여 한림학사가 되었는데 정국공 댁의 소식을 전해 듣고 안타까워하며 수정을 찾는다. 수정은 별과에 응시하여 장원 급제하고 한림학사가 된다. 수정은 부친의 원수인 진량의 됨됨이를 상에게 낱낱이 폭로하고 그를 유배 조치하도록 한다.

장연은 조정에서 수정을 만나지만 남복하고 있던 수정을 알아보지 못하고, 수정은 장연과 혼약한 사람은 죽은 자기 누이라 한다. 장연은 자신의 여동생이 죽었다는 수정의 거짓말을 곧이곧대로 듣고 위 승상의 딸과 혼인한다. 이때 북방 오랑캐가 침범하니 정수정이 대원수가 되고 장연이 부원수가 되어 출정하였다. 기주에서 호왕 마웅과 부닥친 정수정은 적군을 쳐부수고 대승을 거두어 황성으로 개선한다.

천자가 장연과 정수정을 부마로 삼고자 하자, 수정은 더이상 임금을 속일 수 없어 표(表)를 올려 신분을 속인 죄를 고백하고 용서를 빈다. 천자는 수정을 용서하고 장연과 혼인하도록 주선하고 부마로 삼는다. 이에 장연은 세 부인과 함께 살게 된다. 정수정이 장연의 애첩 영춘의 방자함을 징계해 목을 베자 시어머니가 대로하고, 장연 또한 수정에게 냉랭하게 대한다.

호왕이 다시 침범하자 수정은 대원수로 출정하고 장연에게 출정할 것을 명한다. 싸움 도중에 비록 남편이지만 중군인 장연이 군량 운반 과정에서 잘못을 저질렀으므로 참수하려 하나 제장군의 만류로 용서하고 그를 곤장으로 다스린다. 적군을 물리친 후에 돌아오던 수정은 진량을 처결하여 원수를 갚는다. 수정이 돌아오니 임금이 친히 마중을 나오고 시어머니인 태부인은 시녀를 보내어 화해를 청하니, 다시 일가가 화목하게 지내며 여러 자손을 낳고 75세까지 수를 누리다가 함께 승천한다.

■ 원문

화설(話說)[1] 대송(大宋) 태종 황제 시절에 병부상서 겸 표기장군 정국공이란 재상이 있으니 문무(文武) 겸전(兼全)하기로 조야(朝野)가 공경 추앙하며 명망(名望)이 일세(一世)에 들리되, 다만 슬하에 일점혈육이 없어 슬퍼하더니, 일일은 공이 그 부인 양씨를 대하여 왈(曰),[2]

"우리 부귀 일세의 으뜸이로되 조선(祖先) 향화(香火)를 어찌하리오? 내 벼슬이 공후에 거(居)하매 족(足)히 두 부인을 둠 직한지라. 행여 생자(生子)하면 후사(後嗣)를 이을 것이니 부인 소견이 어떠하뇨?"

부인이 탄왈(歎曰),

"첩(妾)[3]이 전생의 죄 중(重)하와 일점혈육이 없사오니 상공 재취(再娶)하심을 첩이 어찌 애처로워할 바가 있으리까?"

말을 마치며 옥안(玉顔)에 쌍루(雙淚)가 종횡(縱橫)하니, 상서가 이를 보매 불쌍 측은하여 부인을 위로할 따름이러라.

이날 부인이 잠을 이루지 못하고 시녀를 데리고 추양각에 올라 월색을 구경하더니 이때는 삼월 망간(望間)이라. 부인이 난간을 의지하여 잠깐 졸더니 문득 동쪽에서 오색구름이 일어나며 두 선녀 공중에서 내려와 부인을 보고 벽력화 한 가지를 주며 왈,

"부인이 우리를 알으시나이까? 상제(上帝)께옵서 우리를 보내어 부인께 차물(此物)을 드리라 하시기로 이 벽력화를 부인께 드리나이다."

하고 부인 앞에 놓고 홀연 간 데 없거늘, 부인이 놀라 깨달으니 한 꿈이라. 남천을 향하여 무수 사례하고 돌아보니 벽력화가 있거늘 부인이 괴이히 여겨 구경코자 하더니, 문득 광풍(狂風)이 일며 그 꽃을 낱낱이 떨어뜨리는지라.

부인이 내려와 상서께 이 말씀을 전하니, 상서가 청파(聽罷)에 해몽(解夢)하니 이 반드시 생자지상(生子之相)[4]이라. 가장 기뻐하더니 과연 그달부터 잉태하여 십 삭(朔)이 차매,

---

1) 화설(話說) : 옛 소설에서 이야기를 시작할 때 쓰는 말. '각설(却說)', '차설(且說)', '재설(再說)' 등은 이야기의 중간에 쓰이는 말이다.
2) 왈(曰) : '가로되, 가라사대, 말하되, 이르되' 등으로 풀이되는 말인데, 홀로 쓰이거나 다른 말, 예컨대, '아뢰다[고(告)]', '대답하다[대(對)]', '청찬하다[찬왈(讚)]', '웃대[소(笑)]', '아뢰다[주(奏)]', '성내다[노(怒)]', '묻대[문(問)]', '답하다[답(答)]', '탄식하다[탄(歎)]' 등과 결합하여 쓰인다.
3) 첩(妾) : 예전에, 결혼한 여자가 윗사람을 상대하여 자기를 낮추어 이르던 일인칭 대명사.
4) 생자지상(生子之相) : 자식을 낳을 점괘(占卦).

일일은 공중으로 한 쌍 선녀 내려와 부인 침전(寢殿)에 이르러 이르되,

"월궁(月宮) 항아(姮娥)의 명으로 해복(解腹)하심을 기다리나이다."

하니 오색구름이 집을 옹위(擁衛)하고 향취 진동하거늘, 부인이 문득 생아(生兒)하니 선녀가 향수(香水)로 씻겨 누이고 이르되,

"이 아이 이름은 수정이오니 차아(此兒) 배필은 황성에 있나니 때를 잃지 말으소서."

하고 문득 간 바를 알지 못 할러라.

이때 상서가 바삐 들어와 보니 부인은 인사를 모르고 한 아이 곁에 누웠거늘 상서가 일변 부인을 붙들어 구하며 아이를 보니 짐짓 월궁(月宮) 소아(小娥)5)라. 상서가 즉시 생월일시(生月日時)를 기록하고 이름을 수정이라 하였다.

이러구러 세월이 훌훌하여 수정의 나이 오 세에 이르매 백태천염(百態千艶)6)이 날로 새로우니 상서 부부가 장중보옥(掌中寶玉)같이 애지중지(愛之重之)하더라.

이때 장운이란 사람이 있으니 벼슬이 이부상서에 거(居)하고 한 아들을 두었으니 얼굴은 두목지(杜牧之)요 행실은 증자(曾子)를 효칙(效則)하더라. 상서가 조회(朝會)를 파(罷)하고 돌아오더니 병부상서 정국공을 만나 서로 예를 파(罷)하고 장 상서 왈,

"현형(賢兄)은 모름지기 소제(小弟)의 집으로 가심이 어떠하시니이까?"

정 상서가 흔연(欣然) 허락(許諾)고 한가지로 장 상서 부중(府中)에 이르러 경풍각에 좌정(坐定)하고 담화하며 주찬(酒饌)을 내어와 대접할새, 정공이 소왈(笑曰),

"형의 부귀(富貴)로 어찌 일배주(一杯酒)로 박(薄)히 대접하느뇨?"

장공이 소왈,

"형은 이백(李白)의 후신(後身)인지 주배(酒杯) 탐하기를 잘하는도다."

하며 즉시 시비를 명하여 주찬을 내올새, 술이 반취(半醉)하매 정상서 왈,

"청컨대 형의 귀자(貴子)를 한 번 구경코자 하노라."

장 상서가 즉시 공자를 부르니, 공자가 수명(受命)하고 즉시 이르거늘, 정공이 잠깐 보니 짐짓 영풍호준(英風豪俊)이라. 일견(一見)에 대희 왈,

"내 일찍 한 여식을 두었으니 나이 십 세라. 짐짓 차인(此人)의 배우(配偶)로다. 우리 양인이 이렇듯 심밀(甚密)한 가운데 가히 슬하에 재미를 봄직 한지라. 가히 배우를 정함이 어떠하뇨?"

---

5) 소아(小娥) : 어린 항아(姮娥).
6) 백태천염(百態千艶) : 온갖 태도와 아름다움. 천염백태(千艶百態).

장공이 답왈,

"형이 이에 먼저 청혼하시니 불승황공하여이다."

정 상서가 칭사(稱謝)한대 장 상서가 백옥홀(白玉笏)을 내어다가 정 상서를 주며 왈,

"차물(此物)이 비록 대단치 않으나 선조부터 결혼 시에 신물(信物)을 삼았사오니 이로써 정약(定約)하나이다."

정 상서가 또한 쥐었던 청파를 주며 왈,

"이로써 표정(表情)하소서."

하고 인하여 파연(罷宴)하매, 정 상서가 집의 돌아와 부인에게 정혼한 사연을 이르더라.

이때 예부상서 진공이란 사람이 있으니 황제 가장 총애하시니 진공이 양양자득(揚揚自得)하고 교만방자(驕慢放恣)한지라. 정 상서 일찍 진공이 소인(小人)인 줄 알고 태종께 자주 고간(固諫)7)하되 태종이 종시(終始) 불윤(不允)8)하시매 진공이 이 일을 알고 정공을 해코자 하더니, 차시 마침 태종의 탄일(誕日)이 되었는지라. 만조(滿朝)가 모두 조회하더니 마침 정 상서가 병이 있어 상소하고 조참(朝參)9)치 못하였더니 황제가 백관(百官)더러 문왈,

"정 상서의 병이 어떠하다뇨?"

하시고 사관을 보내시려 하시니, 진공이 출반주(出班奏)10) 왈,

"국공은 간악한 사람이라. 그 병세를 신이 자세히 아나이다. 국공이 요사이 탑전(榻前)에 조회하는 것이 다르옵고 신이 국공의 집의 가오니 국공이 말이 수상하옵더니 오늘 조회에 불참하오니 반드시 사고가 있는 줄 알겠소이다."

상이 대경하사 별로 처치하려 하시거늘, 중관이 주왈,

"정 국공의 죄 명백(明白)하옴이 없사오니 어찌 중히 다스리기에 미치오리까?"

상이 경아(驚訝)하시어 아직 절강에 귀양을 정하시니, 중관이 명을 듣고 정 국공의 집의 나아가 하교를 전한데, 상서가 하교를 듣고 대곡(大哭) 왈,

"내 일찍 국은을 갚을까 하였더니 소인의 참언(讒言)을 입어 이제 찬출(竄黜)11)을 당하니 어찌 애닯지 아니리오."

하고 칼을 빼어 서안(書案)을 쳐 왈,

"소인의 무리를 소제(掃除)치 못하고 도리어 해를 입으니 누를 원(怨)하리오."

하며 체읍(涕泣)하기를 마지않으니, 부인은 애원통도(哀怨痛悼)하고 친척 노복이 다 설워하더라.

사관(士官)이 재촉 왈,

---

7) 고간(固諫) : 강경히 간함.
8) 불윤(不允) : 임금이 신하의 청을 허락하지 않음.
9) 조참(朝參) : 조회에 참여함.
10) 출반주(出班奏) : 여러 신하 가운데 특별히 혼자 나아가 임금에게 아룀.
11) 찬출(竄黜) : 벼슬을 빼앗고 귀양을 보냄.

"황명(皇命)이 급하오니 쉬 행장(行裝)을 차리소서."

공이 일변 행장을 준비하여 부인더러 왈,

"나는 천만의외(千萬意外)에 새외(塞外) 적객(謫客)이 되어 가거니와 부인은 여아를 데리고 조선(祖先) 향화(香火)를 받들어 길이 무양(無恙)하소서."

하고 즉일 발행(發行)할새, 부인 모녀가 흉격(胸膈)이 막혀 아무 말도 못하더라. 정공이 여러 날 만에 적소(謫所)의 이르니 절강 만호(萬戶)가 관사를 쇄소(灑掃)하여 상서를 머물게 하더라.

차설(且說). 정공이 적거한 후로 슬픔을 머금고 세월을 보내더니 삼 삭(朔) 만에 홀연 득병하여 여러 날 신고(辛苦)하다가 마침내 세상을 영결(永訣)하니 절강 만호가 차악(嗟愕)[12]히 여겨 나라에 장계(狀啓)하고 정 부인께 기별하니라.

이때 부인과 소저가 상서를 이별하고 눈물로 세월을 보내더니, 일일 문득 시비(侍婢) 고하되,

"절강 사람이 왔나이다."

하거늘, 부인이 급히 불러 물으니 기인 왈,

"노야(老爺)께서 거월(去月) 망간(望間)에 기세(棄世)하시다."

하는지라. 부인과 소저가 이 말을 듣고 한 마디 소리에 혼절하니, 시비 등이 창황망조(蒼黃罔措)[13]하여 약물로 급히 구하매 오래게야 숨을 내쉬며 눈물이 비 오듯 하니, 이때 소저의 나이 십일 세라. 일가(一家)가 모두 통곡하며 산천이 다 슬퍼하더라.

선시(先時)의 천자(天子)가 상서의 죽음을 들으시고 측은히 여기사 즉시 하교하사 증직(贈職)하시며,

"왕후(王侯) 예(禮)로 장(葬)하라."

하시다.

차설, 이때 부인과 소저가 주야 애통하여 상서 영구(靈柩)가 돌아오기를 기다리더니 홀연 부인이 득병하여 상석에 위돈한지라. 소저가 더욱 망극하여 낯을 부인 옥안에 대고 울며 왈,

"부친이 만리 절역(絶域)에서 기세하시고 또 모친이 이러듯 하시니 소녀가 누를 의지하여 부친 영구를 붙들어 안장하며 일명을 어찌 보전하리오."

하고 언파의 실성 체읍하는지라. 부인이 혼혼(昏昏)[14] 중에 여아의 곡성을 듣고 오열(嗚咽) 장탄(長歎) 왈,

"상공의 시신을 미처 거두지 못하여서 내 또한 죽기에 이르니 내 죽기는 섧지 아니하거니와 네 경상(景狀)을 생각하면 구천(九泉)의 원혼(冤魂)이 되리로다."

하고 애호(哀呼) 일성(一聲)에 명(命)이 진(盡)하니, 소저의

호천(呼天) 벽용(擗踊)[15]하는 형상은 초목금수라도 슬퍼할지라. 부인 시체를 부용정에 빈소(殯所)[16]하고 주야 통곡하더니 절강 만호가 정공 상구(喪具)를 모셔 왔거늘 소저가 부친 현구를 붙들고 애곡한 후 정당에 빈소하고 주야 관을 두드려 통곡하여 이렇듯 세월이 여류하여 장일(葬日)이 다다르매 예관(禮官)이 황명으로 시구(屍柩)를 붙들어 왕례로 장사하니라.

이때 장공이 정 상서 부인이 마저 죽음을 듣고 소저의 정상을 긍측(矜惻)히 여겨 자주 왕래하여 소저의 안부를 탐문하더니 오래지 아니하여 장공이 또한 득병하여 마침내 세상을 버린지라. 소저가 듣고 장탄 왈,

"우리 부친 생시 언약을 굳게 하고 피차 신물을 받았으니 나는 곧 그 집 사람이라. 내 팔자가 기험(崎險)하여 장 상서가 또한 기세하여 계시니 어찌 살기를 도모하리오."

하고 슬퍼하더니 문득 한 계교를 생각하고 유모를 불러 의논한 후 항상 남복(男服)을 개착(改着)하고 밤이면 병서(兵書)를 읽으며 낮이면 말 달리기와 창 쓰기를 익히매 용맹과 지략(智略)이 일세(一世)에 무쌍(無雙)이러라.

차설. 장연이 삼상(三喪)을 마치매 왕 부인이 아자더러 왈,

"네 이미 장성하였으니 과업(科業)을 힘쓰라."

한데, 연이 수명(受命)하고 주야로 학업을 힘쓰더니, 이때 상(上)이 인재를 얻으려 하사 예부에 하조(下詔)하여 택일(擇日) 설과(設科)하시니라. 과일(科日)이 다다르매 장연이 과장(科場)에 들어가 글제를 살핀 후 일필휘지(一筆揮之)하여 바치고 배회(徘徊)하더니 장원(壯元)에 장연이라 호명(呼名)하거늘 장연이 옥폐(玉幣)에 나아가 사배(四拜)하온데, 상이 인견(引見)하사 왈,

"네 아비 충성으로 나를 섬기더니 일찍 죽으매 짐이 매양 충직(忠直)을 아끼더니 네 이제 방목(榜目)에 참례(參禮)함을 다행히 아노라."

하시고 인하여 한림학사를 제수(除授)하시니 한림이 사은하고 부중(府中)으로 돌아오니라.

차설. 장 한림이 삼일 유가(遊街) 후에 선영(先塋)에 소분(掃墳)[17]하고 직임(職任)에 나아갔더니, 해 바뀌매 한림이 과궐(科闕)이 많으므로 상표(上表)하여 별과를 청하거늘 상이 의윤(依允)하사 택일 설과하라 하신대, 어시(於時)에 정수정이 과거 기별을 듣고 과구(科具)를 차려 황성에 들어가니 과일이 다다랐는지라. 과장에 나아가 글을 지어 바치고 나아와 쉬더니 상이 한 글장을 빼내시니 문필이 탁월함을 대찬(大讚)하시고 비봉을 떼이시니 정 국공의 아들 정수정이라. 즉시 인견하사 진퇴(進退)하신 후 하교 왈

---

12) 차악(嗟愕) : 슬픈 일을 당하여 몹시 놀란 상태에 있음.

13) 창황망조(蒼黃罔措) : 너무 급하여 어찌할 줄을 모름. 망지소조(罔知所措).

14) 혼혼(昏昏) : 정신이 가물가물하고 희미한 모양.

15) 벽용(擗踊) : 부모의 상(喪)을 당하여 매우 슬퍼 울며, 가슴을 두드리거나 몸부림 치는 것.

16) 빈소(殯召) : 예를 갖추어 부름. 또는 예물을 갖추어 부름.

17) 소분(掃墳) : 경사로운 일이 있을 때 조상의 산소를 찾아가 돌보고 제사를 지내는 일.

"정흠이 아들이 없다 하더니 이 같은 귀자(貴子) 둠을 몰랐도다."

하시고 의아하시더니 문득 진량이 주왈,

"정흠이 본대 아들이 없음을 신이 익히 아옵는 바이어늘 정수정이 나라를 기망(欺罔)하옵고 정흠의 아들이라 하오니 폐하는 살피소서."

하거늘 정수정이 제 부친을 해(害)하던 진량인 줄 알고 불승분노(不勝憤怒) 왈,

"네 국가를 속이고 대신을 모해하든 진량인가? 네 무슨 원수로 우리 부친을 해하여 만 리 절역에서 죽게 하고 이제 나를 또 해코자 하여 가충부대라 하니 천륜이 어찌 중하관데 무륜패상(無倫悖常)한 난언(亂言)을 군부지전(君父之前)에서 하는다? 이제 네 간을 씹고자 하노라."

하며 눈물이 비오듯 하거늘, 상이 수정의 말을 들으시고 진량의 간휼(奸譎)[18]함을 깨달으사 왈,

"너 같은 놈이 충량지신(忠良之臣)을 애매(曖昧)히 죽게 하니 짐의 불명(不明)함을 뉘우치노라."

하시고 법관을 명하여 진량을 강서에 찬출(竄黜)하시고 정수정으로 한림학사 겸 간의태부를 제수하시니 수정이 사은하고 삼일 유가 후 말미를 얻어 선산에 소분하고 즉시 상경하여 천자께 숙사하러 나오매, 장연이 정수정을 보고 피차 한훤(寒喧)[19]을 마친 후 장연 왈,

"전일 우리 부친과 영대인(令大人)이 서로 뇌약(牢約)하여 소제(小弟)와 영매저(令妹姐)로 더불어 결혼하였더니 피차 불행하여 초토(草土)에 있기로 혼사를 의논치 못하였거니와 이제 우리 양인이 사로(仕路)에 만나매 쉬 택일(擇日) 성례(成禮)코자 하나니 형의 뜻은 어떠하뇨?"

정수정이 옥안(玉顔)에 잠깐 수색(羞色)을 띠어 왈,

"소저가 가운이 불행하와 부모가 장망하시매 소매 주야 호곡하다가 병이 이러 세상을 버리매 할반지통(割半之痛)[20]이 날로 더하더니 금일 형의 말을 들으니 새로이 슬프도다."

장연이 청파에 아연 탄식 왈,

"연즉 어찌 진시 통부(通訃)를 아니하였나뇨?"

수정 왈,

"그 때를 당하여 비황(悲惶) 중(中)에 염불급타(念不及)함이러니 금일 형에게 통부 전치 아니한 허물은 면치 못하리로다."

하더라.

차설. 일일은 상이 경풍루에 전좌(殿座)하시고 정 장 양인을 명초(命招)하사 왈,

"경등이 시부를 지어 짐의 적요(寂寥)함을 소창(消暢)케 하

라."

하신대, 양인이 응명(應命)하고 지필을 취하니 때 정히 삼월 망간이라. 시흥(詩興)이 발양(發揚)하여 산호필(珊瑚筆)을 들어 일필휘지하여 일시에 바치니, 상이 보신즉 시재(詩才) 민첩(敏捷)하고 경물(景物)이 구비(具備)하여 진선진미(盡善盡美)하매 칭찬불이(稱讚不已)[21]하시고 특별이 장연으로 대사도를 삼고 정수정으로 자정전 태학사를 하이시니, 간관(諫官)이 주왈,

"장 정 양인의 재주는 비상하오나 연기(年期) 최소하오니 그 직임이 과한가 하나이다."

상이 진로하사 왈,

"연기 과소(寡少)로 벼슬을 할진대 재자 고하를 의논치 많이 옳으냐?"

하시고 다시 정수정으로 병부상서 겸 표기대장군 병마도총독을 하이시고 장연으로 이부상서 겸 대사도를 하이시니 양인이 감당치 못하므로 굳이 사양하되 상이 종불윤(終不允)[22]하시고 환내(還內)하신대 양인이 하릴없어 사은하고 각각 부중으로 돌아오니라.

장 상서 모부인이 상서의 손을 잡고 전사를 생각하며 도리어 슬퍼하거늘 상서가 모부인을 위로하며 인하여 정수정의 누이 사연을 고한대 모부인이 참연(慘然) 왈,

"제 이미 죽었으면 가히 타처(他處)의 숙녀를 구하여 주궤(主饋)를 비우지 말게 할지어다."

상서가 듣기만 할 따름이러라.

각설(却說). 각로 위 승상은 대대 공후묘예(公侯苗裔)[23]요 교목세가(喬木世家)[24]로 부귀 일세의 으뜸이나 늦게야 다만 일녀를 두었으매 침어낙안지용(沈魚落雁之容)[25]이 일대가인이라. 소저가 방년(芳年)이 십륙이매 부인 강씨 각로께 고왈,

"밖에 가랑(佳郎)을 구하여 저의 쌍유(雙遊)함을 보고 우리 후사를 맡겨 노래(老來) 재미 봄이 어찌 아름답지 아니하리이꼬?"

각로가 왈,

"이부상서 장연이 인물 풍도와 명망 재혜(才慧) 일세의 추앙하는 바이니 청혼하리라."

하고 즉시 매파를 장부에 보내어 통혼한대 강씨 익히 아는 바라. 즉시 허락하여 보내고 택일 납빙(納聘)[26]한 후 성례할

---

18) 간휼(奸譎) : 간사하고 음흉함.

19) 한훤(寒喧) : 날씨의 춥고 더움을 말하는 인사.

20) 할반지통(割半之痛) : 몸의 반쪽을 베어 내는 고통이라는 뜻으로, 형제자매가 죽었을 때의 슬픔을 비유적으로 이르는 말.

21) 칭찬불이(稱讚不已) : 칭찬하기를 그만두지 못함.

22) 종불윤(終不允) : 끝내 허락하지 않음.

23) 공후묘예(公侯苗裔) : 봉건 시대에 군주가 내려 준 땅을 다스리던 사람의 먼 후예.

24) 교목세가(喬木世家) : 여러 대에 걸쳐 중요한 벼슬을 지내 나라와 운명을 같이하는 집안.

25) 침어낙안지용(沈魚落雁之容) : 물고기는 연못 속에 잠기고 기러기는 하늘로부터 떨어진다는 뜻으로, 아름다운 여자의 고운 얼굴을 최대한으로 형용하는 말.

26) 납빙(納聘) : 혼인할 때에, 사주단자의 교환이 끝난 후 정혼이 이루어진 증거로 신랑 집에서 신부 집으로 예물을 보냄. 또는 그 예물.

새, 상서의 나이 또한 이팔이라. 위의를 차려 원부에 나아가 홍안(鴻雁)을 전하고 내당에 들어가니 각로 부부의 즐김은 일으도 말고 만당빈객(滿堂賓客)의 칭찬하는 소리 진동하더라. 이윽고 수십 시녀가 신부를 옹위하여 나아오매 상서가 잠깐 본즉 맑은 용모와 아리따운 자태 진실로 일세의 희한한 여자러라. 양인이 교배(交拜)27)를 마치매 이미 일모서산(日暮西山)한지라. 시녀가 상서를 인도하여 침실에 나아가 서로 좌를 이르니 소저가 옥안에 잠깐 수색을 띠어 아미를 숙이고 단정히 앉았으매 상서가 심하(心下)에 더욱 기뻐하여 즉시 촉을 물리고 소저 옥수를 잡아 금리(衾裏)28)에 나아가니 그 견권지정(繾綣之情)29)이 비할 데 없더라. 명조(明朝)에 상서가 본부에 돌아와 사묘(四廟)에 배알(拜謁)하고 모부인께 뵈온대 부인이 희색이 만면하더라.

　각설. 강서도독 한복이 상표(上表)하였으되 북방 오랑캐 기병하여 관북 칠십여 성을 항복 받고 어남태수 장보를 참(斬)하고 병세(兵勢) 호대(浩大)하다 하였거늘 상이 대경하사 문무를 모아 의논할새 제신(諸臣)이 주왈,

　"정수정이 문무 겸비하옵고 벼슬이 또한 표기장군이오니 가히 적병을 막으리이다."

　상 왈,

　"정수정을 명초하라."

하시니 이때 수정이 궐하(闕下)에 조현(朝見)한대 상 왈,

　"이제 북적(北狄)이 침범하여 그 세 급하다 하매 조정이 다 경(卿)을 보내면 근심을 덜리라 하니 경은 능히 이 소임을 당할쏘냐?"

　상서가 부복 주왈,

　"신이 비록 무재(無才)하오나 신자(臣子) 되어 이 때를 당하여 피하리이꼬? 간뇌도지(肝腦塗地)30)하와도 도적을 파하여 폐하의 근심을 덜이다."

　상이 대희하사 즉시 정수정으로 평북대원수 겸 제도병마도총 대도독을 하이시고 인검을 주사 왈,

　"제후(諸侯)이라도 만일 위령자(違令者)여든 선참후계(先斬後戒)하라."31)

하신대, 원수가 사은(謝恩) 수명(受命)하고 주왈,

　"군중(軍衆)은 중군이 있어야 군정을 살피옵나니 어찌 하리이꼬?"

상 왈,

　"연즉 경이 택출하라."

　원수가 주왈,

　"이부상서 장연이 그 소임을 감당할까 하나이다."

　상이 즉시 장연으로 부원수를 삼으신대 원수가 물러나와 진국장군 관영으로 십만 병을 조련(調練)하라 하고 인하여 궐하에 하직하고 교장(敎場)의 나아가 중군 장연에게 전령하여 빨리 진상(陣上)으로 대령하라 하고 제장에게 군례를 받은 후 관영으로 선봉장을 삼고 양주자사 진시회로 후군장을 삼고 대장군 서태로 군량 총독관을 삼으니라.

　이때 중군 전령이 장 상서 부중(府中)에 이르니 상서가 마음에 가장 불호(不好)하나 이미 국가 대사(大事)요 군중 호령이라. 장령을 거역지 못하여 모부인께 하직하고 갑주(甲胄)를 갖추고 말에 올라 교장에 나아가니 원수가 갑주를 갖추고 장대에 높이 앉아 불러 드리니 장연이 들어와 군례로 꿇어 뵈는지라. 원수가 내심에 반기고 실소(失笑)하나 외모를 엄정이 하고 왈,

　"이제 적세 급하였으매 명일 행군하여 기주로 가리니 그대는 평명(平明)에 군사를 영솔하여 대령하되 군중은 사정(私情)이 없나니 참념(參念)하라."

한대 중군이 청령(聽令)하고 물러나니라.

　차설. 원수가 행군하여 기주에 다다르니 적세 호대하다 하거늘 명조(明朝)에 진세를 버리고 적진에 격서(檄書)를 보내어 싸움을 돋우니 호장(胡將) 마웅이 또한 진문을 열고 정창출마(挺槍出馬)32)하거늘 원수가 채를 들어 대매(大罵)33) 왈,

　"무지 오랑캐 천시(天時)를 모르고 무단이 기병하여 지경을 침노하매 황제께서 날로 하여금 너희를 소멸하라 하시니 빨리 목을 늘이어 내 칼을 받으라."

　마웅이 대로하여 맹돌통으로 대적하라 하니, 맹돌통이 팔십 근 도끼를 두르며 말을 내몰아 꾸짖어 왈,

　"너 같은 구상유취(口尙乳臭) 어찌 나를 당할쏘냐?"

하고 진을 헤치고자 할 즈음에 승진 선봉 관영이 내달아 교봉(交鋒) 십여 합에 맹돌통이 크게 고함하고 도끼로 관영의 말을 쳐 엎지르니 관영이 마하(馬下)에 떨어지는지라. 원수가 관영의 급함을 보고 말에 올라 춤추며 왈,

　"적장은 나의 선봉을 해치 말라."

하고 달려들어 맹돌통을 맞아 싸워 삼 합이 못하여 원수의 창이 번듯하며 맹돌통을 찔러 마하에 내리치고 그 머리를 베어 말에 달고 적진을 헤쳐 들어가니 마웅이 맹돌통의 죽음을 보고 대경하여 중군에 들고 나지 아니하거늘, 원수가 적진 전면을 헤치며 좌우충돌하여 중군에 이르되 감히 막는 자가 없더니, 문득 적장 오평이 원수의 충돌함을 보고 방천극을

보통 밤에 푸른 비단과 붉은 비단을 혼서와 함께 함에 넣어 신부 집으로 보낸다.
27) 교배(交拜) : 맞절.
28) 금리(衾裏) : 이불 안.
29) 견권지정(繾綣之情) : 마음속에 굳게 맺혀 잊히지 않는 정.
30) 간뇌도지(肝腦塗地) : 참혹한 죽음을 당하여 간장(肝臟)과 뇌수(腦髓)가 땅에 널려 있다는 뜻으로, 나라를 위하여 목숨을 돌보지 않고 애를 씀을 이르는 말.
31) 위령자(違令者)여든 선참후계(先斬後戒)하라. : 명령을 어기거든 먼저 목을 베고 나중에 임금에게 아뢰라.

32) 정창출마(挺槍出馬) : 창을 겨누어 들고 말을 타고 나아감.
33) 대매(大罵) : 몹시 욕하여 크게 꾸짖음.

두르며 급히 내달아 싸워 삼십여 합에 문득 적병이 사면으로 급이 쳐들어오는지라. 원수가 오평을 버리고 남녘을 헤쳐 달아날새 마웅이 기를 두르고 북을 울리며 군사를 재촉하여 철통같이 에워싸는지라. 원수가 대로하여 좌수(左手)에 장창 들고 우수(右手)에 보검 들어 동남을 지치니 적진 장졸의 머리 추풍낙엽(秋風落葉) 같더라. 적병이 저당(抵當)치 못하여 사면으로 헤어지거늘 마웅이 이를 보고 노왈,

"조그만 아이를 에워도 잡지 못하고 도리어 장졸만 죽이니 이는 하늘이 나를 망케 하시미로다."

하고 혼절하더라. 강서도독 한복은 당시 영웅이라. 원수의 싸움을 보고 대경하여 철기 오백을 거느려 싸인 대를 헤쳐 원수를 구하여 나오니 뉘 감히 당하리오. 본진으로 돌아와 승전고를 울리며 장졸의 기운을 돋우며 한복과 관영이 원수께 사례 왈,

"원수의 용맹은 초패왕이라도 미치지 못하리로소이다."

하더라.

차설. 마웅이 패진군을 수습하여 물을 건너 진을 치고 오평으로 선봉을 삼으니라. 이때 원수가 장대(將臺)에 앉고 제장을 불러 왈,

"이제 마웅이 물 건너 결진함은 구병 청하려 함이니 마땅히 때를 타 파(破)하리라."

하고 한복을 불러,

"철기 오천을 거느려 홍양 중에 숨었다가 적병이 패하면 그리로 갈 것이니 급히 내달아 치라."

하고, 기주자사 소경을 불러,

"정병 오만을 거느려 불로 치되 여차여차하라."

하고, 선봉 관영을 불러 왈,

"너는 삼천 철기를 거느려 여차여차 하라."

하니 제장이 청령하고 각각 군마를 거느려 가니라.

원수가 황혼에 군사를 밥 먹인 후 제장으로 본진을 지키고 철기를 몰아 물을 건너 적진으로 향할새, 이 때는 정히 삼경이라. 적진의 등촉이 다 꺼지고 준비함이 없거늘 사면을 살펴본즉 산천이 험악하고 길이 좁은지라. 원수가 심중에 암희(暗喜)하여 한 소리 포향(砲響)에 사면에서 불이 일어나 화광이 연천(連天)하고 금고(金鼓)가 제명(齊鳴)하며[34] 함성이 천지 진동하는지라. 적병이 크게 놀라 진 밖에 내달으니 화광이 연천한대 소년 대장이 칼을 들고 좌우충돌하니 마웅이 무심중 황겁하여 칼을 두르며 불을 무릅쓰고 앞을 헤칠 즈음에 등 뒤에서 손정이 장창을 들고 말을 달려 짓쳐 들어오고 앞에 원수가 또 칼을 들고 가는 길을 막으니 적장이 비록 지용(智勇)이 있으나 이미 계교에 속았는지라. 다만 죽기를 모르고 살기만 도모하여 좌우를 헤칠새, 원수가 급히 마웅에게

달려들어 십여 합에 이르르는 함성이 천지 진동하는지라. 마웅이 세 급합을 보고 좌편으로 달아나더니 부원수 장연이 길을 막고 활을 쏘매 마웅이 몸을 기울여 피하며 분연(憤然)히 장연을 취하더니 문득 원수가 창을 두르며 뒤에서 달려들어 마웅을 베니 오평이 마웅의 죽음을 보고 상혼낙담(喪魂落膽)[35]하여 겨우 명을 도망하여 한 뫼를 넘어 홍양을 바라보고 닫더니 앞에 함성이 일어나며 일표 군마가 내달아 오평을 사로잡으니 이는 위수대장 한복이라.

차시 원수가 좌우충돌하니 적진 장졸이 일시에 항복하매 손경으로 하여금 압령(押領)하여 본진으로 돌아오니 한복이 또한 오평을 잡아왔는지라. 원수가 장대에 높이 앉고 오평을 잡아들여 계하(階下)에 꿇리니 오평이 눈을 부릅뜨고 무수 질욕(叱辱)하거늘 원수가 대로하여 무사를 명하여 오평을 베이니라.

차설. 원수가 호병을 멸하고 첩서(捷書)[36]를 조정에 올린 후 대군을 휘동(麾動)[37]하여 황성으로 향하니라. 선시에 상이 정수정의 소식을 몰라 근심하시더니 첩서 옴을 보고 불승대희하시더니 미조차 원수의 회군하는 소식을 들으시고 문무를 거느려 성외(城外)에 나오사 원수를 맞아 손을 잡고 왈,

"짐이 경을 전진에 보내고 염려함이 간절하더니 이제 경이 도적을 파하고 개가(凱歌)로 돌아오니 그 공로를 다 어찌 갚으리오."

원수가 복지 주왈,

"이는 다 폐하의 홍복(洪福)이로소이다."

상이 못내 칭찬하시며 환궁하사 익일에 출전 제장을 봉작(封爵)하실새 정수정으로 이부상서 겸 도총독 청주후를 봉하시고 장연으로 태학사 겸 부도독 기주후를 봉하시고 그 남은 장수는 차례로 봉작하시니 정 장 양인이 굳이 사양하되 상이 종불윤하신대 양인이 마지 못하여 사은숙배하고 각각 본부로 돌아갈새, 정후는 유모와 시비를 대하여 석사(昔事)를 생각하고 슬퍼하며 사묘를 모시고 청주로 가고 장후가 또한 사묘와 모부인을 모시고 기주로 가니라.

차설. 정후가 청주에 도임하여 두루 살펴본 후 수성장 불러 왈,

"내 이제 북적을 파하였으나 북적은 본디 강한(強悍)[38]한지라. 반드시 기병하여 중원을 범할 것이니 제읍의 병마를 각별 연습하여 불의지변(不意之變)을 방비하라."

하고 표(表)를 올려 왈,

"신이 청주를 살펴 보온즉 영웅의 용무(勇武)할 곳이오니 마땅히 지용 있는 장수를 얻어 북방 오랑캐로 하여금 기운을 최찰(催扎)케[39] 하오리니 양주 자사 진시회와 강서 도독 한

---

34) 화광이 연천(連天)하고 금고(金鼓)가 제명(齊鳴)하며 : 불빛이 하늘에 닿고, 징과 북의 소리가 나란히 울리며.

35) 상혼낙담(喪魂落膽) : 몹시 놀라거나 마음이 상해서 넋을 잃음.

36) 첩서(捷書) : 싸움에서 이긴 것을 보고하는 글.

37) 휘동(麾動) : 지휘해 움직이게 하거나 선동함.

38) 강한(強悍) : 마음이나 성질이 굳세고 강함.

복과 호익장군 용봉과 한가지로 도적 막기를 원하나이다."

한데, 상이 표를 보사 대희하사 삼인을 명하여 청주로 보내시다.

차설. 이때는 대업 이십구 년 초춘이라. 천자가 자주 제후와 문무백관의 조회를 받으실새 제신(諸臣)을 돌아보사 왈,

"청주후 정수정과 장연으로 부마(駙馬)를 삼고자 하나니 경 등의 뜻이 어떠하뇨?"

제신이 일시에 성교(聖敎)40) 마땅함을 주(奏)하거늘, 상이 청주후를 인견(引見)하여 왈,

"짐이 한 공주가 있으니 경으로 부마를 삼노라."

정수정이 들으매 혼비백산(魂飛魄散)하여 복지(伏地) 주왈,

"신의 미천하온 몸으로 어찌 금지옥엽(金枝玉葉)과 짝하리이꼬? 만만불가(萬萬不可)하오니 성상은 하교를 거두사 신의 마음을 편케 하소서."

상이 소왈(笑曰),

"고사(固辭)함은 짐의 후은(厚恩)을 저버림이라. 다시 고집지 말라."

하시고 또 장연을 불러,

"짐이 일매(一妹) 있어 방년(芳年)이 십팔이니 경이 비록 취처(娶妻)하였으나 벼슬이 족히 양처(兩妻)를 둘지니 사양치 말라."

하신데 장후가 황공 사은이퇴(謝恩而退)러라.

인하여 천자가 파조(罷朝)하시매 정후가 장후로 더불어 예부상서 맹동현의 집에 이르러 한담하다가 각각 부중(府中)으로 돌아오매 정후가 부중에 이르니 유모가 맞아 왈,

"군후(君侯)가 무슨 불평한 일이 있삽나이까?"

정후가 전후 사연을 이르고 옥루(玉淚)가 방방(滂滂)41)하더니 문득 생각하되,

'내 표(表)를 올려 본적(本籍)을 아뢰리라.'

하고 상표(上表)하니 왈,

"이부상서 겸 병마도총독 청주후 정수정은 돈수백배(頓首百拜)하옵나니, 신의 나이 십일 세에 아비 절강 적소(謫所)에서 죽사오니 혈혈(孑孑) 여자가 의탁할 곳이 없어 외람(猥濫)한 뜻을 내어 천지를 속이고 음양(陰陽)을 변케 하여 입신양명(立身揚名)하옴은 원수 진량을 베어 아비 원혼을 위로할까 함이러니 천만의외(千萬意外) 초방지친(椒房之親)42)을 유의(有意)하시매 감히 은닉(隱匿)지 못하와 진정으로 아뢰나니 신의 기군(欺君)43)한 죄를 밝히시고 아비 생시에 장연과 징혼(定婚) 납빙하였더니 신이 본적을 감추었으매 장연이 이미 원가(元家) 취처(娶妻)하였는지라. 신첩은 이제로부터 공규(空

閨)44)로 늙기를 원하옵나니 복원(伏願) 성상은 살피소서."

하였더라.

상이 남필(覽畢)에 대경하시고 만조(滿朝)가 뉘 아니 놀랄 이 없더라. 상이 장연을 명초(命招)하사 정수정의 표를 보이사 왈,

"경이 전일 정수정과 언약이 있었느뇨?"

대왈,

"아비 생시에 장흥과 정혼(定婚) 납빙(納聘)하였삽더니 정수정더러 문자온즉 제 누이 있다가 죽었다 하옵기로 신은 그렇게 아옵고 수정이 음양 변체(變體)함을 전혀 몰랐나이다."

상이 서안(書案)을 치사 왈,

"진실로 이런 여자는 고금에 희한하도다."

하시고 인하여 표(表)에 비답(批答)45)하사 왈,

"경의 표를 보매 능히 비답할 말을 생각지 못하리로다. 규중 약녀로 의사를 내어 원수를 갚고자 하여 만 리 전장에 대공을 세고 돌아오니 짐이 그 재주를 사랑하여 부마를 삼고자 하더니 오늘날 본적이 탄로(綻露)함이 도리어 국가의 대불행이로다. 경(卿) 등의 혼사는 내 주장(主掌)하고 모든 직임은 환수(還收)하나 청주후는 식읍(食邑)을 삼아 두나니 지실(知悉)46)하라."

하신대 정수정이 비답을 보고 또 상표하여 굳이 사양하되 상이 종불윤(終不允)47)하시니 정후가 마지못하여 입궐 사은하니라.

차설. 상이 예부에 하교하사,

"위의(威儀)를 준비하라."

하시고 또 장후더러 이르시되,

"빨리 기주로 돌아가 혼례를 이루라."

하신데, 장후가 천은을 감축하고 기주로 가 태부인을 뵈옵고 정후의 전후 사연과 천자의 연중 설화를 고하고 혼구(婚具)를 차리니라.

이때 상이 태감(太監)을 청주에 보내사 매사(每事)를 간검(看檢)48)하라 하시다. 이러구러 길일이 다다르매 정후가 남의(男衣)를 해탈하고 여복(女服)을 개착(改着)할새 거울 대하여 아미를 다스리매 전일 원융대장이 변하여 요조숙녀(窈窕淑女) 되었더라. 이날 장후가 또한 위의를 차려 청주로 나아가니 그 위의 비할 데 없더라. 태감이 주장하여 장후를 맞아 막하에 이르니 허다 절차 전고(前古)에 희(稀)한 바이라. 이윽고 태감이 조복을 갖추고 징후를 인도하여 배석에 나아가 옥상에 홍안(鴻雁)을 전하고 내아(內衙)로 들어가니 홍상(紅裳)한

---

39) 최찰(催扎) : 꺾기를 재촉하게.
40) 성교(聖敎) : 임금의 가르침. 임금의 명령.
41) 방방(滂滂) : 눈물 나오는 것이 비 오듯 함.
42) 초방지친(椒房之親) : 왕비의 친정 쪽 친족(親族)을 이르던 말.
43) 기군(欺君) : 임금을 속임. 기군망상(欺君罔上).

44) 공규(空閨) : 오랫동안 남편 없이 여자 혼자 사는 방.
45) 비답(批答) : 상소에 대한 임금의 대답.
46) 지실(知悉) : 모든 형편이나 사정을 자세히 앎. 또는 죄다 앎.
47) 종불윤(終不允) : 끝내 윤허(允許)하지 않음. '윤허'는 '임금이 신하의 청을 허락함'의 뜻이다.
48) 간검(看檢) : 두루 살피어 검사함.

시녀 신부를 옹위하여 교배석에 이르매 찬란한 복색과 단정한 용모는 사람으로 하여금 현황하고 양인이 교배를 마치고 외당에 나와 빈객을 접대할새 맹동현이 장후를 대하여 소왈,

"군후가 전일 원 각로의 애서(愛壻)가 되어 정후에게 보챔을 보았더니 금일에 정후가 깁히 드니 군후가 아내 될 줄 알았으리오?"

하며 종일 즐기다가 파연곡(罷宴曲)을 주(奏)하니 빈객이 다 헤어지고 장후가 내당에 들어가 석반을 파한 후 시녀가 홍촉을 잡아 정후를 인도하여 들어오니 장후가 바라본즉 신부의 화용옥태(花容玉態) 전일 남장을 보던 바와 판이하더라. 이에 촉을 물리고 옥수를 이끌어 금리(衾裏)에 나아가니 그 무르녹은 정이 여산약해(如山若海)하더라.

차설. 장후가 정후를 권귀하여 기주로 돌아올새 정후가 수성장에게,

"성지(聖旨)를 수호하라."

하고 위의 갖추어 기주에 이르러 구고(舅姑)께 뵈는 예를 행하매 태부인이 못내 칭찬불이(稱讚不已)하더라. 이러구러 여러 날이 되매 장후가 상명(上命)을 좇아 황성에 이르러 예궐(詣闕)[49] 숙사(肅謝)하온대 상이 인견하사 왈,

"경이 정수정을 제어하여 도리어 중군을 삼았는가? 짐이 경등의 원을 이뤄 주었으매 경도 짐의 원을 좇을지라. 수정은 여자라. 공주로 경의 배우(配偶)를 정함이 마땅하도다."

하시고 즉일에 흠천관으로 택일하시니 금월 이십삼일이라. 상이 장연에게 칙지(勅旨)를 내리오사 길례(吉禮)를 차리라 하시고 예부상서 맹동현을 명초하사 왈,

"경으로 어매(御妹) 부마를 정하노라."

하신대 맹공이 황공하여 감히 사양치 못하고 사은이퇴(謝恩而退)하니라.

이때 길일이 다다르매 장후가 길복을 갖추어 태감으로 더불어 여러 날 만에 황성에 이르러 입궐숙사하고 공주로 행례한 후 천자께 사은하고 초방(椒房)에 들어가니 공주의 천염백태(千艶百態) 사람의 마음을 현혹케 하는지라. 장후가 심중에 암희(暗喜)하며 삼일을 지난 후 장후가 공주를 거느려 기주로 나려올새 홍상 시녀는 쌍쌍이 벌여 서고 어원(御苑) 풍악은 융융(融融)하여 구소(九霄)에 사무치는지라. 기주에 이르러 공주 태부인께 납폐(納幣) 행례(行禮)하고 장공 사묘(四廟)에 배알(拜謁)한 후 일모(日暮)하매 장후가 정후 침소에 나아가니 정후가 맞아 좌정하매 정후가 함소(含笑) 왈,

"군후가 공주를 맞아 초방 부귀를 누리시니 재미 어떠하이꼬?"

서로 담소할 즈음에 원(元) 부인이 공주로 더불어 이르거늘 정후가 일어나 맞아 좌정하매 정후가 소왈,

"공주가 궁금(宮禁)에 존중하시므로 누지(陋地)에 욕림(辱臨)하시니 자못 불안하도소이다."

공주가 손사(遜辭) 왈,

"첩은 졸(拙)한 사람이라. 황명으로 이에 이르렀으매 일신고락은 군자와 원비 부인께 달렸으니 어찌 편치 아니하리오. 첩이 궁중에 있을 때 정후의 재덕을 사모하더니 금일에 한가지로 군자를 섬길 줄 어찌 뜻하였으리오."

정후가 또한 손사(遜辭)하더라. 이러틋 담화하다가 야심 후 삼 부인이 각각 헤어지니라.

차설. 이때는 삼춘가절(三春佳節)이라. 정후가 시비 등을 데리고 후원에 들어가 풍경을 구경하더니 부용각에 이르니 장후의 총희(寵姬)[50] 영춘이 부용각 연못가에 걸터앉아 발을 물에 담그고 무릎 위에 단금을 얹어 곡조를 희롱하며 정후를 보고 요동치 아니하는지라. 정후가 대로(大怒)하여 꾸짖어 왈,

"공후장상(公侯將相)이라도 나를 감히 만모(慢侮)치 못하려든 너 같은 천녀(賤女)가 어찌 나를 보고 요동치 아니하는다?"

하고 즉시 돌아와 화관(花冠)을 벗고 융복(戎服)[51]을 갖춘 후 진시회를 불러 영춘을 잡아오라 하여 대하에 꿀린대, 정후가 꾸짖어 왈,

"네 군후의 총(寵)을 믿고 방자무지(放恣無地)하여 주모를 만모하니 그 죄 가히 머리를 베어 타인을 징계할 것이로되 주군의 낯을 보아 약간 경책(警策)하노라."

하고 결곤(決棍) 이십 도 하여 내치고 침실로 돌아오니, 이때 태부인이 정후의 거오(倨傲)함을 미안(未安)히 하여 하던 차에 이를 듣고 대로하여 장후를 불러 왈,

"영춘이 비록 유죄하나 나의 신임하는 비자(婢子)여늘 정후가 내게 품(稟)치 아니하고 임의로 치죄(治罪)하니 어찌 네 제가(齊家)하는 법도(法道)라 하리오."

장후가 돈수(頓首) 사죄하고 외당에 나와 정후의 시비를 잡아다가 수죄(受罪)하여 정후의 죄로 맞으라 하고 결장하여 내치니 정후가 가장 불쾌히 여기더라.

화설(話說). 맹동헌이 어매(御妹) 공주와 성친하고 장후의 부중에 이르니 장후가 맞아 반기며 주찬을 내어와 대접하며 담화하더니 야심 후 장후가 내당에 들어가니 삼 부인이 정후 침소에 모여 바둑을 희롱하며 서로 술을 가져다가 권하며 담화하거늘 장후가 즉시 외당으로 나오니라. 이때 정후가 대취하매 공주와 원 부인을 이끌어 양춘각에 올라 술을 깨고자 하더니 이때 영춘이 이미 누(樓)에 올라 삼 부인이 올라감을 보고 안연(晏然)이 난간에 기대앉아 경치를 구경하며 조금도 요동치 아니하거늘 정후가 이를 보고 불승분노(不勝憤怒)하여 도로 침실에 돌아와 융복을 갖춘 후 외헌(外軒)에 나와 진시회를 명하여 영춘을 잡아오라 하니 진시회 군사로 하여

---

[49] 예궐(詣闕) : 대궐에 들어감. 입궐(入闕).

[50] 총희(寵姬) : 특별한 귀염과 사랑을 받는 여자.

[51] 융복(戎服) : 군복(軍服).

금 영춘을 잡아 꿇리는지라. 정후가 대질(大叱) 왈,

"향자(曏者)52)에 너를 죽일 것이로되 내 십분 용서하였거늘 네 종시(終始) 조금도 기동이 없으니 어찌 통한치 아니리오. 이제 네 머리를 베어 간악(奸惡) 교완(驕頑)한 비자(婢子) 등을 징계(懲戒)하리라."

하고 무사를 호령하여 영춘을 베라 하니 이윽고 영춘의 수급(首級)53)을 올리거늘 정후가 좌우로 하여금 궁중에 순시(巡視)하니 궁중 상하(上下)가 크게 놀라 태부인께 고한데, 태부인이 대경하여 즉시 장후를 불러 대책(大責) 왈,

"네 벼슬이 공후로 있어 한 여자를 제어치 못하고 어찌 세상에 행신하리오. 자부(子婦)가 되어 나의 신임하는 시비를 결장(決杖)함도 가(可)치 아니하거든 하물며 참수지경(斬首之境)에 이르니 이는 불가사문어타인(不可使聞於他人)54)이라."

하거늘 장후가 면관돈수(免冠頓首)55)하고 물러나와 이에 정후의 신임 시녀를 잡아내어 무수 곤책(棍責)56)하고 죽이고자 하거늘 공주와 원 부인이 힘써 간하여 그치니라. 이후로부터 장후가 정후를 비하(非下)이 여겨 외대(畏對)57)함이 많은지라. 정후가 조금도 거관함이 없더라.

일일은 정후가 진시회를 불러 분부하되, 내 이제 청주로 가려 하나니 군마를 대령하고, 정당에 들어가 태부인께 하직을 고한데, 태부인 발연(勃然) 왈,

"어찌 연고(緣故) 없이 가려 하나뇨?"

정후가 대왈,

"봉읍이 중대하옵고 군무(軍務)가 급하옵기로 돌아가려 하나이다."

하고 공주와 부인을 이별하고 외당에 나와 위의를 재촉하여 청주에 돌아와 좌정하고 전령하여 삼군을 호상하며 무예를 연습하여 불의지변을 방비하더라.

차설. 철통골이 겨우 명을 보전하여 호왕을 보고 패한 연유를 말한대, 호왕이 대성통곡하며 원수 갚기를 한하여 문무를 모아 의논할새 문득 한 장수가 출반 주왈,

"마웅은 신의 형이라. 원컨대 당당이 형의 원수를 갚고 태종의 머리를 베어 대왕 휘하에 드리리라."

하거늘 모두 보니 이는 거기장군 마원이라. 지용이 겸전(兼全)하매 호왕이 대희하여 마원으로 대원수를 삼고 철통골로 선봉을 삼아 정병 오만을 조발하여 출사(出師)할새, 수삭지내(數朔之內)에 하북 삼십여 성을 항복받고 양성에 다다랐는지라.

양성 태수 범규홍이 대경하여 상표고변(上表告變)58)한대

상이 대경하사 문무를 모으고 의논할새 제신이 주왈,

"정수정이 아니면 대적할 자가 없나이다."

상 왈,

"전일은 수정의 여화위남(女化爲男)한 줄 모르고 전장에 보냈거니와 이미 여잔 줄 알진대 어찌 전장에 보내리오."

제신 왈,

"차인은 각별이 하늘이 폐하를 위하여 내신 사람이오니 폐하는 염려 마옵소서."

상이 마지 못하사 사관(史官)을 청주에 보내어 정후를 명초(命招)하사 왈,

"이제 국운이 불행하여 북적(北狄)이 다시 일어나 여차여차 하였다 하니 세(勢) 급한지라. 경은 모름지기 도적을 파하여 짐의 근심을 덜라."

하시고 즉시 정수정으로 정북대원수를 하이시고 상방검을 주사 임의 처치하라 하시며 어주(御酒)를 사급(賜給)하시니 원수가 사은한 후 청주로 돌아와 각도에 전령하여 군기와 군량을 하북으로 수운하라 하고 한복으로 선봉을 삼고 진시회로 중군을 삼고 용봉으로 좌익장 삼고 관영으로 청주성을 지키고 본부병 이십만과 철기 오만을 거느려 즉일 행군하여 십여 일 만에 하북에 이르니 양성태수 범수홍이 대병을 거느려 원수를 맞아 합병하고 적세를 살피더니 수일이 못하여 제도 병마(兵馬)가 모이니 갑병이 육십만이요 정병이 사십만이라. 원수가 적진에 격서를 보내고 병을 나와 대진(對陣)하니라.

차설. 적장 마원이 승승장구하여 경사로 향하더니 문득 정원수의 대군을 만나 한 번 바라보매 정신이 황홀하여 제장으로 의논 왈,

"정수정은 천하영웅이라. 진세를 본즉 과연 경적(輕敵)지 못할지라. 가히 금야에 자객 엄백수를 보내어 수정의 머리를 베리라."

하고 엄백수를 불러 천금을 주며 왈,

"네 오늘밤에 송진(宋陣)에 들어가 정수정의 머리를 베어오면 너를 크게 쓸 것이니 부디 진심(盡心)하라."

엄백수가 흔연(欣然) 응낙(應諾)하고 차야(此夜)에 비수를 끼고 몸을 흔들어 풍운을 타고 송진으로 가니라.

차시 원수가 한 계교를 생각하고 기주후 장연에게 전령하되,

"군무사에 긴급한 일이 있기로 전령하나니 수일 내로 대령하라. 만일 한(限)을 어기면 군법 시행하리라."

하고 서안을 대하여 병서를 읽더니 문득 일진광풍(一陣狂風)이 등촉을 끄는지라. 마음에 의심하여 소매 안에서 한 괘를 얻으매 '선흉후길(先凶後吉)하여 이로 인하여 성공하리라.' 하였거늘 즉시 군중에 전령하여,

"금야에 장졸은 잠자지 말고 도적을 방비하라."

하고 홀로 서안(書案)에 의지하였더니 이때 엄백수가 칼을

---

52) 향자(曏者) : 접때. 지난번.
53) 수급(首級) : 싸움터에서 베어 얻은 적군의 머리.
54) 불가사문어타인(不可使聞於他人) : 다른 사람에게 듣게 할 수 없음.
55) 면관돈수(免冠頓首) : 관을 벗고 머리를 조아림.
56) 곤책(棍責) : 몽둥이로 때리며 꾸짖음.
57) 외대(畏對) : 두려워함. 두렵게 대함.
58) 상표고변(上表告變) : 임금에게 표문을 올려 변고를 아룀.

끼고 송진 장대에 이르니 등촉이 휘황하고 인적이 고요하거늘 장(帳) 틈으로 몰래 본즉 정 원수가 갑주를 갖추고 단검을 쥐고 앉았으매 위풍이 엄숙하며 영기(靈氣) 발월(發越)하여 사람으로 하여금 마음에 현황한지라. 백수가 헤아리되 '차인은 진정 천신이니 만일 해하려다가는 큰 화를 당하리라.' 하고 스스로 장하에 내려 칼을 던지고 땅에 엎드려 사죄하거늘 원수가 경문(驚問)[59] 왈,

"너는 어떤 사람이기에 이 심야에 진중에 들어와 무단이 청죄(請罪)하는다?"

백수가 고두(叩頭) 왈,

"소인은 본디 북방 사람이러니 적장 마원의 천금을 받고 노야의 머리를 구하러 왔삽다가 노야의 기상을 보온즉 백신이 호위하였으매 감히 범접(犯接)지 못하옵고 죄를 청하나이다."

원수가 청파에 왈,

"네 이미 중한 값을 받고 위지(危地)에 들어왔다가 그저 돌아가면 반드시 네 목숨이 위태할 것이매 너는 내 머리를 베어 가지고 돌아가 공을 세우라."

하니 백수가 더욱 황공하여 사죄 왈,

"소인이 이미 본심이 발하였고 노야께서 이같이 용서하시니 은덕이 백골난망(白骨難忘)이로소이다."

원수가 좌우를 명하여 주효를 가져다가 관대하고 상자 안에서 금을 내어 주며 왈,

"이를 가지고 고향에 돌아가 생애를 위업하고 불의지사를 행치 많이 어떠하뇨?"

백수 불승감하여 즉시 하직고 돌아가니라.

차설. 원수의 전령이 기주에 이르니 장연이 남필(覽畢)에 원통(寃痛)해 하여 내당에 들어가 이 소유를 고한대 태부인이 또한 원통해 하더라. 장후가 생각하되 군령이라 마지못하여 태부인께 하직하고 하북으로 갈새 운량관(運糧官)을 불러 분부하되,

"군량을 강하로 운전하여 일한에 미치게 하라."

하고 배도하여 나아가니라.

차시. 자객 엄백수가 호진(胡陣)에 돌아가 마원더러 이르되,

"송진에 들어가 보온즉 좌우에 범 같은 장수가 무수하오매 감히 하수치 못하였노라."

하니 마원이 왈,

"만일 그러할진대 명일 다시 성공하라."

하거늘 백수가 일계를 생각하고 거짓 응낙한 후 장(帳) 뒤에서 쉬더니 이때 마원이 야심하매 홀로 장중에서 잠을 깊이 들거늘 백수가 가만히 들어가 마원의 머리를 베어 가지고 송진에 나아가 원수께 드리니 원수가 놀라며 일변 기뻐하여 다시 천금을 주어 보내니라.

---

59) 경문(驚問) : 깜짝 놀라서 물음.

익일에 군사가 보(報)하되,

"기주후 장연이 본부병을 거느려 성하에 결진하였으나 군량은 아직 미치지 못하였나이다."

하거늘 원수가 심중에 대희하나 짐짓 속이고자 하여 군량이 미치지 못함을 책하여 아직 부과하라 하고 마원의 수급을 기에 높이 달아 왈,

"우리 장졸이 하나도 나간 이 없이 적장의 머리 내 손에 왔으매 제장졸은 자세히 보라."

하니 일진(一陣) 장졸이 대경실색하여 아무 곡절을 몰라 의아하더라.

각설. 적장 철통골이 장중에 이르니 마원이 안연히 누웠는데 머리 간 데 없고 유혈이 낭자하였는지라. 대경하여 급히 자객을 찾으니 이미 자취 없으매 일군이 황황망조(遑遑罔措)[60]여늘 철통골이 칼을 들고 외쳐 왈,

"만일 지레 요란하는 자가 있으면 참하리라."

하고 마원의 시신을 거두어 염빙(殮殯)하고 군마를 계대에 나누어 진을 베풀고 이 사연을 본국에 보하여 구병을 청하니라.

차시 정 원수가 각도병마를 통합하여 사대에 분배하고 제장으로 더불어 의논 왈,

"이제 적진 주장이 없으매 금야에 가히 겁칙하리라."

하고 차야에 원수가 한 번 북 쳐 적진을 파하고 철통골을 사로잡아 본진으로 돌아와 원수가 장대에 높이 앉아 철통골을 장하에 꿇리고 대질 왈,

"여등이 무단히 천조(天朝)를 범코자 하니 그 죄 만사유경(萬死猶輕)[61]이라. 너희를 신속히 처하여 후인을 징계하리라."

하니 철통골 등이 머리를 두드려 항복하거늘, 원수가 좌우로 맨 것을 끄르고 장대에 좌(座)를 주며 주효(酒肴)를 성비(盛備)하여 관대하니 호장 등이 은덕을 못내 감사하더라. 원수가 호장 등을 본토로 보내니라.

차설. 원수가 우양(牛羊)을 잡아 삼군을 호궤(犒饋)[62]하고 원수가 또한 술을 연하여 내어 와 취흥이 도도하매 좌우를 호령하여,

"장연을 나입(拿入)하라."

하니 무사가 쇠사슬로 장연의 목을 옭아 장하(帳下)에 이르매 장후가 꿇지 아니하거늘 원수가 대로하여,

"이제 도적이 침노하매 황상(皇上)이 나로서 도적을 막으라 하시니 내 황명을 받자와 주야 용려(用慮)[63]하거늘 그대는 어찌하여 막중 군량을 진시(趁時)[64] 대령치 아니하였나뇨?

---

60) 황황망조(遑遑罔措) : 너무 급하여 어찌할 바를 모름.
61) 만사유경(萬死猶輕) : 만 번 죽어도 오히려 가벼움.
62) 호궤(犒饋) : 음식을 베풀어 군사를 위로함.
63) 용려(用慮) : 마음을 쓰거나 몹시 걱정함.
64) 진시(趁時) : 진작.

장령(將令)을 어기었으니 군법은 사사(私事)가 없나니 그대는 나를 원(怨)치 말라."

하고 무사를 명하여

"내어 베라."

하니 장후가 대로(大怒) 대질(大叱) 왈,

"내 비록 용렬(庸劣)하나 그대의 가부(家夫)라. 소소 혐의로 써 군법을 빙자(憑藉)하고 가부를 곤욕(困辱)하니 어찌 여자의 도리리오?"

하거늘 원수가 차언(此言)을 듣고 더욱 항복받고자 하여 짐짓 꾸짖어 왈,

"그대 사체(事體)를 모르는도다. 국가 중임을 맡으매 곤이외는 내 장중(掌中)에 있을 뿐더러 그대 이미 범법하였으니 어찌 부부지의(夫婦之義)를 생각하여 군법을 착란(錯亂)케 하리오. 그대 비록 나를 초개(草芥)같이 여기나 내 또한 그대 같은 장부는 원치 아니하노라."

하고 무사를 재촉하는지라. 장후가 이에 다다라는 대답할 말이 없으매 다만 고개를 숙이고 왈,

"군량을 육로로 수운(輸運)치 못하여 강하로 수운하매 순풍을 만나지 못하여 지완(遲緩)[65]함이니 어찌 홀로 내 죄라 하리오?"

한데, 제장이 또한 사세(事勢) 그러한 줄로 굳이 간(諫)하거늘 원수가 양구(良久)에 왈,

"두루 낯을 보아 용사(容赦)하나 바히 그저 두지 못하리라."

하고 무사를 명하여 결곤(決棍)[66] 십여 장(杖)에 이르러는 분부하여 나출(拿出)[67]한 후 즉일(卽日) 회군하여 황성으로 향할새 강서지경에 이르러 한복에게 왈,

"진량의 적소(謫所)가 얼마나 하뇨?"

대왈,

"수십 리는 되나이다."

원수가 분부하되,

"철기(鐵騎)를 거느려 진량을 결박하여 오라."

하니 한복 등이 청령(聽令)하고 나는 듯이 진량 적소에 가 바로 깨쳐 내실로 들어갈새 진량이 대경하여 연고를 묻거늘 한복이 칼을 들어 시노(侍奴)를 베고 군사를 호령하여 진량을 결박하여 본진으로 돌아와 원수께 고한데, 원수가 이에 진량을 잡아들여 장하에 꿇리고 노기(怒氣) 대발하여 부친 모해하던 죄상을 문초하니 진량이 다만 살려 달라 빌거늘 원수 무사를 호령하여,

"빨리 베라."

하니 이윽고 진량의 수급(首級)을 드리거늘 원수가 상탁(床

卓)을 배설하고 부군(府君)[68]께 설제(設祭)[69]한 후 나라에 첩서(捷書)를 올리고 장연은 기주로 보내고 대군을 휘동(麾動)하여 경사(京司)로 향하야 여러 날 만에 궐하에 이르니 상이 백관(百官)을 거느려 원수를 맞아 못내 치사(致辭)하시고 원수로 좌각로 평북후를 봉하시니 원수가 사은하고 본부 병을 거느려 청주로 가니라.

차설. 장후가 기주에 이르러 태부인께 뵈옵고 전후 사연을 고한대 태부인이 청파에 통분히 여기니 원부인과 공주가 고왈,

"정후가 벼슬이 각로에 이르렀으니 능히 제어치 못할 것이요, 제 또한 대의를 알아 삼가 화목할 것이니 이제는 노(怒)치 말으소서."

태부인이 그렇게 여겨 이에 사자 시녀를 정하여 서간을 주어 청주로 보내니라.

이때 정후가 전후사를 생각하고 심사가 울민(鬱悶)하더니 문득 보하되,

"기주 시녀가 왔다."

하거늘 불러들여 서찰을 본즉 태부인의 서찰이라. 심하(心下)에 기뻐 즉시 회답하여 보내고 익일에 행장 차려 갈새 홍군취삼(紅裙翠衫)[70]으로 봉관적의(鳳冠赤衣)[71]에 명월패(明月牌)[72] 차고 수십 시녀를 거느려 성 밖에 나오니 한복이 정후의 거교를 옹위하여 기주에 이르러 궁내에 들어가 정후가 태부인께 예하고 양 부인으로 더불어 예필 좌정하매 태부인이 전사를 조금도 혐의 없으니 정후가 또한 태부인께 지성으로 섬기더라.

이후로 영화 부귀를 누리며 슬하에 선선지락이 가득하여 정후는 이자 일녀 두었으되 장자로서 후사를 이어 기주를 승습하고 차자로 정시 봉사를 받들어 청주를 진정케 하며 원부인 사자 일녀를 두고 공주는 이자 일녀를 두었으되 다 부풍모습(父風母襲)[73]하여 비범치 아니하더라.

왕 태부인이 팔십칠 세에 기세하매 장후와 삼 부인이 애통(哀痛) 과례(過禮)하여 예로써 선산에 합장한 후 삼상을 지내고 더욱 슬픔을 마지 아니하더니 이때 태황제 또한 붕하시니 공주와 정 장 양인이 슬퍼함이 비할 데 없더라.

이후로 장후 부부가 안과태평(安過太平)[74]하다가 나이 칠십오 세에 이르러는 양양 물가의 풍경을 완상(玩賞)할 새 이때는 삼월 망간(望間)이라. 채선(彩船)을 타고 선유(船遊)하더

---

65) 지완(遲緩) : 더디고 느리게 함. 시간을 끎.
66) 결곤(決棍) : 곤장으로 죄인을 치는 형벌을 집행하던 일.
67) 나출(拿出) : 죄인을 끌어냄.

68) 부군(府君) : 죽은 아버지나 남자 조상에 대한 존칭.
69) 설제(設祭) : 제사를 베풂.
70) 홍군취삼(紅裙翠衫) : 붉은 치마와 푸른 저고리. 녹의홍상(綠衣紅裳).
71) 봉관적의(鳳冠赤衣) : 봉황 모양의 관에 붉은 윗도리.
72) 명월패(明月牌) : 둥근달처럼 생긴 패.
73) 부풍모습(父風母襲) : 생김새나 말, 행동 등이 아버지와 어머니를 골고루 닮음.
74) 안과태평(安過太平) : 탈 없이 태평하게 지나감. 또는 그렇게 지냄.

니 한 때 채운(彩雲)이 일어나며 양인(兩人)이 구름에 싸이어 백일승천(白日昇天)하니라. 원 부인과 공주는 해를 연(連)하여 죽으니라. 자손이 창성하여 대대로 벼슬이 끊어지지 아니하고 충효열절(忠孝烈節)이 떠나지 아니하매 기특한 사적을 기록하여 전하노라.

■ 해설

「여장군전(女將軍傳)」이라고도 불리는 이 작품은 여성 주인공의 영웅적 삶을 그리고 있습니다. 판각본과 활자본, 필사본 등 다종다양한 이본이 존재하는 것으로 보아 적잖은 독자를 확보하였던 작품입니다. 이 작품의 줄거리는 이렇습니다.

송나라 병부상서 정국공은 혈육이 없어 근심을 하다가 뒤늦게 딸을 낳고 이름을 '수정'이라 하였습니다. 수정이 열 살이 되었을 때 정국공은 장 승상의 아들 장연과 혼약을 맺습니다. 이때 정국공은 진량의 모함으로 귀양을 가 죽고 부인 양씨도 숨을 거둡니다. 혈혈단신이 된 수정은 남장(男裝)을 하고 무예를 닦아 장원 급제를 하고, 한림학사가 된 후 부친의 원수인 진량의 악행을 폭로하여 유배를 가게 합니다. 대원수가 된 수정은 북적의 침공을 물리치고 개선을 하는데, 임금은 수정과 장연을 부마로 삼으려 합니다. 이에 수정은 남장 사실을 털어 놓고 용서를 비는데, 천자는 수정을 용서하고 장연과 혼인하게 합니다. 호왕이 침공을 하자 수정은 대원수로, 장연은 중군장으로 출전하는데, 군량 운반 과정에서 장연이 실수를 하자 수정은 장연을 참수하려 하지만 주위의 만류로 곤장으로만 다스립니다. 적군을 물리친 수정은 진량을 처단하여 부친의 원수를 갚고 금의환향합니다. 이후 수정은 장연과 화해를 하고 여생을 행복하게 살다가 75세의 나이에 승천합니다.

이와 같이 이 작품은 여성 주인공 정수정의 시련과 고난 극복 과정, 무용담 등을 그린 여성 영웅 소설이자 군담 소설입니다. 정수정은 가정에 어려움이 닥치자 남장(男裝)을 하고 과감히 남성 위주의 사회에 뛰어들어 장원 급제를 이루고 국가적인 공을 세웁니다. 이 과정에서 남장은 정수정이 여성이라는 사회적 한계를 뛰어넘어 남성과 동등하게 경쟁할 수 있는 방법이 됩니다. 주지하다시피 조선 시대에는 남녀유별(男女有別), 남존여비(男尊女卑)의 사상으로 인해 남녀의 일이 엄격히 구분되어 있을 뿐 아니라, 남성의 일은 여성이 할 수 없도록 제한한 시대였습니다. 이처럼 유교적 질서가 지배하는 사회에서 여성으로서 겪던 많은 제약에서 벗어나서, 남성의 고유 영역인 공적 영역에서 능력을 발휘할 수 있었던 것은 남장이라는 방법으로 남성으로 변신했기 때문에 가능하였습니다.

또한 여성 주인공이 입신양명을 이룬 후에 자신이 속한 사회에 남장 사실을 털어놓는데, 이처럼 남장 사실이 드러난 이후에도 황제는 정수정을 대원수에 임명합니다. 이러한 점은 정수정의 영웅적 능력을 사회적으로 용인 받는 과정이고, 이것을 통해 더 이상 남장을 하지 않더라도 남성과 대등하거나 우월한 모습을 보일 수 있게 합니다. 그리고 정수정이 대원수로서 중군장인 남편 장연을 이끌고 전장에 나가 국가적 위기를 극복해 내고 가문의 원수를 갚는 장면에서는 여성 주인공 정수정의 영웅적 면모가 극명하게 나타납니다.

이와 같이 정수정이 여성임이 밝혀진 이후에도 남성을 압도하는 모습을 보이고 큰 공을 세우는 것은 조선 후기 여성들의 욕구가 반영된 것으로 새로운 여성상을 제시한 것으로 평가할 수 있습니다. 이로 미루어 보면 이 소설은 여성 독자를 의식한 작품이라 할 수 있습니다. 즉, 불행이 닥쳤을 때 여성들이 소극적으로만 대처해 그대로 감수하는 것이 아니고, 남장을 하고 과감하게 남성 세계에 뛰어들어 국가에 혁혁한 공로를 세우고, 또한 남편과 시어머니와 대등한 위치에 섬으로써 현실에서 오는 맹종(盲從)의 열등감을 해소하려 하였다는 것입니다.

이와 같이 이 작품은 중세의 순종적인 여성상에서 벗어나 한 사람의 인간으로서 능력을 발휘해 나가는 여인상을 보여주고 있습니다. 스스로 남복으로 갈아입고 가정 밖의 사회로 나아가서 맹활약을 한다는 점에서 「홍계월전(洪桂月傳)」이나 「옥주호연(玉珠好緣)」 등과 유사한 면을 보이고 있습니다. 이런 점은 조선 후기 소설 여럿에서 확인할 수 있는데, 이는 주체적인 힘으로 난관을 극복해 나가고 자신의 능력을 펼치는 여성상을 드러내는 장치로 볼 수 있습니다. 조선 후기 남성 중심의 사회에 대한 회의(懷疑)와 이에 대한 새로운 담론의 제기로 볼 수 있습니다.

한편 남복으로 개착하는 모티프를 공유하고 있지만 이 작품은 여느 작품과 다른 특징을 보여 주어 주목됩니다. 이런 사정이, 특히 남편을 부장(副將)으로 삼아 출전하거나 남편의 애첩(愛妾) '영춘'을 교만하다고 죽이는 모티프를 함께 가진 「홍계월전」과의 대비에서 두드러집니다. 집 밖에서는 둘 다 여성이 우위에 서 있지만, 집 안에서는 남성이 애초의 위상을 회복한다는 점에서 차이가 있다는 것이지요. 그런 사정이 「홍계월전」에서는 구체적으로 드러나지만, 이 작품에서는 언급되지 않기 때문입니다. 어느 경우이든 당시의 남성 중심의 성(性) 차별화에 대해서는 정정당당하게 맞서지 못했다는 한계가 드러납니다. 그렇지만 「박씨전(朴氏傳)」과는 달리 가정 밖으로 나가서 남성 이상의 능력을 얻어 적극적인 활동을 한다는 점은 문학사를 넘어 문화사·사회사적으로도 높이 평가 받을 만합니다.

박씨전(朴氏傳)

작자 미상

■ 줄거리

대명 숭정 연간 세종조에 한양에 이득춘이라는 사람이 늦게 시백이라는 아들을 얻었는데, 위인이 총명하고 비범하였다. 어느 날 박 처사라는 사람이 찾아와 이득춘과 더불어 퉁소 불기 재주를 겨루며 놀다가 시백을 청하여 보고는 그 자리에서 자기 딸과의 혼인을 청한다. 이득춘은 박 처사의 신기가 범상하지 않음을 알고 쾌히 응낙한다.

이득춘은 정해진 날짜에 시백을 데리고 금강산으로 가서 박씨와 혼인시킨다. 시백은 첫날밤에 박씨가 박색이요 추물임을 알고 돌보지 않는다. 이에 박씨는 시아버지에게 후원에다 피화당을 지어 달라고 청하여 그곳에 홀로 거처한다. 박씨는 조복을 하룻밤 사이에 짓는 재주와, 비루먹은 말을 싸게 사서 비싸게 팔아 가산을 늘리는 영특함을 보인다. 또 박씨는 시백에게 신기한 연적을 주어 장원급제하도록 한다. 시집온 지 삼 년이 된 어느 날 박씨는 구름을 타고서 사흘 만에 다녀온다. 이때 박 처사는 딸의 액운이 다하였기에 이공의 집에 가서 도술로써 딸의 허물을 벗겨주니, 박씨는 일순간에 절세미인으로 변한다. 이에 시백을 비롯한 모든 가족들이 박씨를 사랑하게 된다.

한편, 시백은 평안감사를 거쳐 병조판서에 이른 뒤, 임경업과 함께 남경에 사신으로 간다. 그곳에서 시백과 임경업은 가달의 난을 당한 명나라를 구한다. 그들은 귀국하여 시백은 우승상에, 임경업은 부원수에 봉해진다. 이때 호왕이 조선을 침공하기 앞서 임경업과 시백을 죽이려고 기룡대라는 여자를 첩자로 보내 시백에게 접근하게 한다. 박씨는 이것을 알고 기룡대의 정체를 밝히고 혼을 내어 쫓아버린다. 두 장군의 암살에 실패한 호왕은 용골대 형제에게 10만 대군을 주어 조선을 치게 한다. 천기를 보고 이를 안 박씨는 시백을 통하여 왕에게 호병이 침공하였으니 방비를 하도록 청하나 간신 김자점의 반대로 받아들여지지 않는다. 호병의 침공으로 왕은 남한산성으로 피난하지만 결국 항서를 보낸다. 많은 사람이 잡혀 죽었으나 오직 박씨의 피화당에 모인 부녀자들만은 무사하였다. 이를 안 적장 용홀대가 피화당에 침입하자 박씨는 그를 죽이고, 복수하러 온 그의 동생 용골대도 크게 혼을 내준다. 용골대는 인질들을 데리고 퇴군하다가 의주에서 임경업에게 또 한 번 대패한다. 왕은 박씨의 말을 듣지 않은 것을 후회하고서 박씨를 충렬부인에 봉한다.

■ 원문

각설(却說), 조선국 세조대왕 즉위 초에 한양성 내에 한 재상이 있으되, 성은 이(李)요 명은 득춘(得春)이라. 어려서부터 학업에 힘쓰더니, 십 세 전에 문필(文筆)과 재덕(才德)이 일국에 유명하고, 지인지감(知人之鑑)이 과인(過人)하기로 소년등과(少年登科)하여 벼슬이 일품(一品)에 있어 국사를 충성으로 섬기고, 만민(萬民)을 인의(仁義)로 다스리니, 위엄과 명망이 사해(四海)에 진동하더라.

어질고 온후하신 덕으로 일자(一子)를 두었으니 이름은 시백(時白)이라. 재주 민첩하고 풍채와 문필이 일국에 제일이요 겸하여 술법과 겸인지술(兼人之術)이 있으니 상공(相公)이 금옥(金玉)같이 사랑하시며 뉘 아니 칭찬하리오? 이러므로 명망이 조정에 자자하더라.

각설, 상공이 바둑 두기와 퉁소 불기를 평생 좋아하되, 압두(壓頭)할 사람이 없어 매양 적료(寂廖)한 때면 월색(月色)을 대하여 옥소(玉簫)를 불 적에, 조화무궁하여 화계(花階)에 피었던 꽃이 퉁소 소리를 응하여 절로 떨어지니, 이 같은 재주 일국에 제일이라.

상공이 항상 바둑과 퉁소 부는 적수(敵手)를 얻지 못하여 원(怨)이 되었더니, 일일은 어떤 사람이 폐의파관(弊衣破冠)으로 모양이 추비(醜卑)하게 하고 와 일야간(一夜間) 유숙(留宿)을 청하거늘, 자세히 본즉 의관은 비록 남루(襤褸)하나 위인(爲人)이 비범하여 걸인(乞人)과 다른지라, 공의 명감(明鑑)으로 도인을 어찌 모르리오? 한번 보매 내념(內念)에 생각하되,

'저 사람이 본(本)이 천인(賤人) 같으면 당돌히 당(堂)에 오르기를 청하리오?'

분명 범인(凡人)이 아닌 줄 알고 왈,

"어떠한 귀객(貴客)이신지 모르거니와 어찌하여 누지(陋地)에 왕림(枉臨)하시니까?"

하며 오르기를 청하니, 예필좌정(禮畢坐定) 후에 성명을 통할새, 그 사람이 가로되,

"비인(卑人)이 본디 무가객(無家客)이라 명산대찰(名山大刹)을 찾아다니며 미록(麋鹿)으로 벗을 삼아 세월을 보내더니, 지금은 연만(年晩)하여 강산을 편전(遍轉)치 못하와 금강산에 주점(住占)하여 죽기만 바라옵고, 세상 사람들이 부르기를 처사(處士)라 하나이다."

하거늘, 상공이 그 언어(言語) 정직함을 듣고 쾌히 선인(仙人)인 줄 알고 그제야 염슬대좌(斂膝對坐)하여 공경(恭敬) 대왈(對曰),

"저러하신 귀객이 어찌 진세(塵世)의 날 같은 사람을 찾아오시니까?"

처사 대왈,

"나는 선중에 처하여 바둑 두기를 좋아하고 퉁소 불기를 좋아하오나, 적수 없어 한(恨)하옵더니, 풍편에 듣자오니 상공께오서 날과 같이 바둑과 퉁소를 좋아하신다 하옵기 구경코자 왔나이다."

하니, 상공이 들으매, 평상(平常)에 적수를 얻지 못하여 한탄하더니, 반가워 공경 대왈,

"선경(仙境)과 인간(人間)이 다르나 우연히 찾아와 계시니 반갑기 칭량(稱量)치 못하거니와, 퉁소 불기야 어찌 선인의 곡조를 따라 화답(和答)하오리까? 용렬(庸劣)하오나 존객의 가르치심을 배울까 하와 주인이 먼저 불겠사오니 화답하옵소서."

하고 한 곡조를 부니, 청아한 소리 구름 밖에 떠나는 듯한지라. 그 소리 끝에 창 앞의 모란화 꽃이 송송송송 떨어져 화계 위에 가득하거늘, 처사 그 거동을 보고 칭찬함을 마지아니하다가 왈,

"주인의 청아한 곡조를 듣삽고 객(客)이 화답을 아니하오면 인사(人事) 불민(不敏)하여이다."

하고, 그 퉁소를 달라 하여 두어 곡조를 화갑하니, 그 소리 가장 청아하여 청천에 날아가는 청학(靑鶴) 백학(白鶴)이 그 소리를 듣고 춤을 추며 선동(煽動)이 내려와 앞에서 넘노는 듯하더니, 소리 끊어지며 창전(窓前) 떨어졌던 모란화 잠시에 다시 피어 작작(灼灼)한지라, 공이 이 거동을 보고 대찬(大讚) 불이(不已) 왈,

"나는 용둔(庸鈍)한 재주로되 세상 사람이 칭찬 않을 이 없더니, 선인의 곡조를 들으오니 옛날 장자방(張子房)의 곡조로도 미치지 못하리라."

하고 삼열(參悅)하더니, 일일은 처사 상공께 청하여 왈,

"듣사오니 상공께옵서 귀자(貴子)를 두어 계시다 하오니 한번 보기를 청하나이다."

하거늘, 상공이 즉시 허락하고 아자(兒子) 시백을 부르시니 시백이 승명(承命)하고 나와보니 그날 처사 자상(仔詳)이 본즉 만고영웅(萬古英雄)이요 일대호걸(一代豪傑)이라. 또한 조선(朝鮮) 명분(命分)을 생각하니 진실로 일후(日後)에 출장입상(出將入相)하여 일국 재상(宰相)이 될 것이요, 기상이 은은히 나타나니 안마음에 기쁨을 이기지 못하여 즉시 상공께 청하여 왈,

"비인이 상공을 찾아온 바는 다름 아니라 상공께 한 말씀 부탁고자 왔나이다."

공이 대왈,

"무슨 일이온지 듣고자 하노라."

처사 왈,

"비인이 일녀(一女)를 두었으되, 연광(年光)이 이팔(二八)이 되도록 가연(佳緣)을 정(定)치 못하여 주유천하(周遊天下)하여 다니다가 다행히 존문(尊門)에 이르러 귀자를 보오니 마음에 합당(合當)한지라, 여식이 재둔질박(才鈍質朴)하오나 족히 존문에 용납(容納)할 만하오니 외람(猥濫)하오나 청혼(請婚)하오니 마음에 어떠하오니까?"

하거늘, 공이 생각한즉,

'처사의 도덕이 저러할진대 그 자식이야 또한 민첩(敏捷)지 않으리오?'

하고 왈,

"존객은 선인(仙人)이요, 나는 진세간(塵世間) 인물이라 어찌 인간 인물로 선인과 허혼(許婚)하오리까?"

한대, 처사 대왈,

"상공은 아국(我國) 일품(一品)이요 나는 미천한 인물이니 귀댁에 청혼함이 극히 불안하오나, 버리지 아니하시면 한이 없을 듯하와이다."

공이 기꺼 즉시 허락하시니, 처사 또한 기꺼 혼인날을 가리니 삼월 망간(望間)이라. 혼인 일을 완정(完定)하고 주찬(酒饌)을 내어 서로 권하며 청풍누상(淸風樓上)에 바둑 두기와 명월사창(明月紗窓)에 퉁소 불기를 수일(數日) 서로 즐기더니, 일일은 처사 작별을 고하니, 못내 서로 창연(悵然)하나 부득이 분수상별(分手相別)하니, 처사 산중으로 들어가니라.

이때 상공이 제족(諸族)을 모아 처사의 여식과 정혼한 일을 설화(說話)하니, 부인과 제족이 의아하여 왈,

"출처(出處)도 알지 못하고 제족도 모르고 경솔히 허락하시니 실로 괴이하여이다."

하고, 의논이 분분(紛紛)하거늘, 공이 웃고 왈,

"내 들으니 박 처사 딸이 효덕(孝德)과 지식이 겸비하기로 허혼(許婚)하였노라. 제족은 부질없이 시비(是非) 말라."

하더라.

각설. 이때 혼일(婚日)이 임박하매 혼구(婚具)를 찬란하게 차려 노복(奴僕) 등을 거느리고 길을 떠날새, 공이 상객(上客)이 되어 금안준마(金鞍駿馬)에 조복(朝服)을 갖추고 길을 떠나 금강산을 찾아가는 거동은 청춘 호걸의 풍도(風度)로 나와 기구(器具)도 찬란하고 물색(物色)도 거룩하거니와 오늘날 같은 경사(慶事) 제족도 비웃으며 조정(朝廷)에도 논박(論駁)함이 적지 아니하더라.

여러 날 만에 금강산에 득달하여 풍경도 좋거니와 때마침 삼춘(三春)이라 좌우 산천 둘러보니 각색 화초 만발하고 봉접(蜂蝶)은 쌍쌍이 날아들고, 녹양(綠楊)은 늘어진 데 황금 같은 꾀꼬리는 환우성(喚友聲)이 더욱 좋다. 풍경이 절승(絶

勝)한데 구경하며 들어가니 인적은 고요하되 소향(所向)이 무처(無處)로다. 하릴없어 주점(酒店)을 찾아 자고 이튿날 다시 발행(發行)하여 산곡으로 들어가니 인적은 볼 수 없고 층암절벽(層巖絶壁)은 병풍을 둘러친 듯, 간수(澗水)는 잔잔하여 객(客)의 마음을 위로하며, 화지(花枝)의 두견성(杜鵑聲)은 처량하니 사람의 수회(愁懷)를 돕는 듯하는지라.

공이 스스로 생각한즉 도리어 허탄(虛誕)한지라 후회막급(後悔莫及)이리. 또한 일모(日暮)하여 산중에 방황하더니 일락서산(日落西山)하고 월출동령(月出東嶺)한데 하릴없어 주점에 자고, 그 이튿날 산곡을 들어가니 길은 끊어지고 물은 곳이 바이 없어 진퇴유곡(進退維谷)이라. 하릴없어 석상(石上)에 좌(座)를 정하고 송하(松下)에 비기어 자탄(自歎) 왈,

"내 일 내가 생각하니 남양(南陽) 초당 풍설 중에 와룡(臥龍) 선생 찾아온 듯, 수양산 깊은 곳에 백이숙제(伯夷叔齊) 찾아온 듯……."

허황함을 자탄하며 앉았더니, 홀연 산곡 사이로 '유산곡(幽山曲)' 소리하며 동자(童子) 수삼 인이 나오거늘, 공이 반겨 왈,

"저기 가는 저 아이들은 잠깐 머물러 내 말을 들으라. 이곳이 어드메요? 길을 자세히 가르쳐 행객(行客)의 아득한 마음을 명백히 인도함이 어떠하뇨?"

목동이 답왈,

"이곳은 금강산이요, 이 길은 박 처사 사는 데로 통한 길이요, 우리는 지금 박 처사 사는 데로 좇아 오나이다."

하거늘, 공이 반겨 문왈,

"지금 박 처사가 집에 계시더냐?"

목동이 답왈,

"처사 있단 말은 옛 노인이 이르기를, '수백 년 전에 예서 있던 사람이 구목위소(構木爲巢)하고 식목실(食木實)하여 칭호(稱號) 왈 박 처사라 이르고 살더니 우연히 간 곳을 모르겠다.' 하고 말씀하는 것만 듣삽고, 지금 산단 말은 금시초문(今時初聞)이라."

하거늘, 들으매 정신이 더욱 비월(飛越)한지라. 또 문왈,

"처사 그곳에서 살던 때가 몇 해가 되었느냐?"

동자 미소 왈,

"게서 산 지가 사백 년이라 하더이다."

하고 다시 문이부답(問而不答)하고 가거늘, 공이 말을 들으매 더욱 민망하여 앙천대소(仰天大笑)하며 자탄 왈,

"세상에 허무맹랑한 일도 있도다."

하고 탄식을 마지아니하니, 하인들도 역시 허망히 여기더라. 그러하나 그러 가면 무신(無信)한 사람이 되리라 하고 다시 노복을 데리고 주점에 돌아와 유할새, 시백이 또한 부친을 위로하여 왈,

"옛적에 한무제(漢武帝)도 선인(仙人)을 구하다가 필경에

구치 못하고 분수(汾水) 추풍(秋風)에 돌아왔사오니, 아무리 후회하여도 쓸 데 없사오니 도리어 회정(回程)하느니만 같지 못하다."

하거늘, 공이 웃어 왈,

"사이왕의(事已往矣)라. 회정하여도 남의 웃음을 면치 못할 것이요, 회정치 아니하자 한즉 허망한 일이라. 명일(明日)은 곧 전안(奠雁)할 날이니 부득이 명일만 더 찾아 보리라."

하고, 그 이튿날 노복을 데리고 길을 재촉하여 반일(半日)토록 산중으로 왕래하며 찾더니, 그날 오시(午時) 말(末)에 한 사람아 갈건야복으로 죽장(竹杖)을 짚고 백우선(白羽扇)을 손에 들고 산곡간으로 나오거늘, 반갑기도 측량 없고 즐겁기도 그지없네. 눈을 씻고 다시 보니 박 처사가 분명하다.

처사 공을 보고 반겨 왈,

"나 같은 사람을 찾아 여러 날 심산궁곡(深山窮谷)에 심장을 과히 상하신가 싶으오니, 도리어 무안하여이다."

공이 웃고 설화(說話)한 후 박 처사와 같이 산중으로 들어가니, 때마침 삼월이라 기화요초(琪花瑤草)는 좌우에 만발하고 화향(花香)은 습의(襲衣)한데 봉접(蜂蝶)은 쌍쌍이 날아 꽃을 보고 반기는 듯 춤을 추고 날아들 제, 노송은 늘어지고 양류(楊柳)는 잎이 피어 그 속에 황금 같은 꾀꼬리는 세류영(細柳影)에 왕래하며 금성(琴聲) 난만(爛漫)하니 상공이 헤아리되,

'진세(塵世)를 떠나 선경(仙境)을 옴 같아 진실로 별유천지비인간(別有天地非人間)이라.'

처사 상공더러 왈,

"나는 본디 빈한(貧寒)하와 객실(客室)도 없고 달리 유접(留接)할 만한 집이 없사오니, 잠깐 석상(石上)에서 안접(安接)하옵소서."

하고, 낙락장송(落落長松)에 석탑(石榻)을 정결히 쌓고 좌(座)를 정하여 주거늘, 공이 석탑에 좌를 정하고 수삼일을 상봉(相逢)치 못하여 신고(辛苦)하던 일을 설화하며 서로 웃고 즐기더라.

처사 다시 말씀하되,

"이같이 궁벽(窮僻)한 산중에 예법을 다 갖출 수 없어 무안(無顔)이 막심하여이다."

하고 성례(成禮)를 차릴새, 공은 시백을 데리고 교배석(交拜席)에 들어가니, 처사는 딸의 얼굴을 나삼(羅衫)으로 가리우고 교배석에 나와 양인(兩人)이 전안(奠雁) 후에 처사 양인을 인도하여 내당(內堂)으로 들어가니, 상객(上客)이 나와 석탑에 앉았더니 이윽하여 처사 나와 송화주(松花酒)를 내어와 가로되,

"산중에 무별미(無別味)하니 허물치 마오소서."

하고 수삼 배를 서로 권한 후에 노복을 차례로 먹이니라. 공에게 다시 권하니 술이 독하여 다시 먹을 뜻이 없는지라. 공

과 노복 등이 술을 이기지 못하여 혼곤(昏困)하여 졸더니, 식경(食頃) 후 깨어보니 날이 이미 밝았는지라. 처사를 청하여 왈,

"작일(昨日) 먹은 술이 실로 인간(人間) 술과 다른지라. 석반(夕飯)을 아니 먹고 지금까지 든든하니 그 아니 선약(仙藥)인가?"

한대, 처사 웃고 왈,

"존공(尊公)이 송화주를 일배(一杯)에 대취(大醉)하여 지금까지 계시니까?"

공이 답왈,

"하계(下界)의 범인(凡人)이 선인의 미주(美酒)를 먹었으니 한 잔도 진실로 과하여이다."

하며 서로 담화하다가 이날 발행(發行)하기를 청한대, 처사 왈,

"이곳이 산심노원(山深路遠)하니 이튿날에 여식(女息)을 데리고 가소서."

하거늘, 공이 옳이 여겨,

"그리하사이다."

하고 길을 차릴새, 신부 낯을 나삼으로 가리어 전신(全身)을 엄적(掩迹)하여 남이 보지 못하게 하고 공더러 왈,

"가신 후 후일(後日) 다시 보사이다."

하거늘, 공이 분수작별(分手作別)하고 자부(子婦)를 데리고 그 산 동구(洞口)에 내려와 보니 일락서산(日落西山)하고 월출동령(月出東嶺)한데 주점을 찾아 들어가 신부와 삼 인이 한 방에 들새, 신부 얼굴을 가리었던 나삼을 벗어 걸거늘 그제야 비로소 공과 시백이 신부의 얼굴을 보니 모양이 괴이하고 얼굴이 검고 얽은 중에 때는 줄줄이 맺혀 얽은 구멍에 가득하며, 눈은 달팽이 구멍 같고, 코는 심산궁곡의 험한 바위 같으며, 이마는 너무 벗어져 남극노인성(南極老人星)의 이마와 같고, 키는 팔척장신(八尺長身)이요, 한 팔은 틀어지고 한 다리는 저는 모양 같아 차마 바로 보지 못할러라. 공과 시백이 한번 보매 정신이 비월하여 다시 대면(對面)할 마음이 없어 부자 서로 보고 묵묵불언(默默不言)이라.

사이왕의(事已往矣)라 할 말 없어 그렁저렁 날을 새고 길을 재촉하여 경성(京城)으로 득달하여 집으로 들어가니, 고구(故舊) 친척(親戚) 부인들이 신부를 구경차로 모였는지라. 신부 교자(轎子)에 내려 협방(夾房)으로 들어가서 얼굴 가리었던 나삼을 벗어 놓으니, 이때 가관지물(可觀之物)이라. 방중(房中) 제인(諸人)이 보고 왈,

"구경은 처음 보는 구경이라."

하고 면면상고(面面相顧)하고 비양이 무수한지라, 그날이 경일(慶日)이나 걱정 당한 집 같더라. 상하(上下) 다 경황(驚惶)이 없는 중 공의 부인이 공을 원망하여 왈,

"경성에도 고문거족(高門巨族)에 아름다운 숙녀(淑女)도 많

거늘, 구태여 산중까지 들어가 저다지 모양이 추한 것을 데려 와 남의 웃음이 되게 하나이까?"

하거늘, 공이 대책(大責) 왈,

"아무리 절대가인(絶代佳人)으로 며느리를 삼아도 여행(女行)이 없으면 인륜(人倫)이 대패(大敗)하여 가문을 보존치 못할 것이요, 비록 험상(險狀)한 사람이라도 덕행이 있으면 일문(一門)이 화(和)하여 만복을 누리나니, 무슨 말씀을 그다지 하느뇨? 지금 자부의 얼굴은 비록 추비(醜卑)하나 임사(姙姒)의 덕행이 있으니 이는 천우신조(天佑神助)하와 저러한 현부(賢婦)를 얻었거늘 부인은 지감(知鑑) 없는 말을 다시 마옵소서."

부인이 오히려 수괴(羞愧)함을 머금고 대왈,

"대감의 말씀이 당연하오나 자식의 실가지락(室家之樂)이 없을까 하나니라."

공이 왈,

"자식이 화락(和樂)하고 아니 하기는 가운(家運)에 있는 일이라, 무엇을 근심하리오? 그러나 부인도 조심하여 박대(薄待)치 마옵소서. 부인이 사랑하오면 자식이 어찌 화락지 아니하리오?"

경계함을 마지아니하더라.

이때 시백이 박씨의 추비한 인물을 일정(一定) 미워하며 비복(婢僕) 등도 같이 미워하니, 박씨 주야 홀로 공방(空房)에 있어 잠자기만 일삼으니, 시백이 더욱 절증(絶症)하여 쫓아 보내고자 하나 부친을 두려워 감히 마음을 내지 못하니, 공이 기수(幾數)를 보고 시백을 불러 꾸짖어 왈,

"사람의 덕행을 모르고 미색만 취하면 필경 패가지본(敗家之本)이라. 내 들으니 내외 화락지 못하다 하니, 그러하고 어찌 수신제가(修身齊家)하기를 바라리오? 옛날 제갈공명(諸葛孔明)의 아내 황발 부인은 비록 인물이 추비하나 재덕이 겸비하여 한 나라 승상이 되어 공을 세웠으니 부인의 교훈이라. 공명이 만일 그 부인을 경선이 여겨 박대하였던들 풍운조화지술(風雲造化之術)을 뉘게 배워 영웅호걸이 되었으리오? 네 아내도 비록 자색(姿色)은 없으나 초월(超越)한 절행(節行)은 있고 비범(非凡)한 재주 있을 것이니 만홀(漫忽)히 알지 말라. 개와 닭이라도 부모 사랑하시면 자식도 따라 사랑하는 것이 부모를 위함이매, 하물며 사람이야 더욱 이르리오? 내가 총애하는 사람을 박대하면 이는 부모를 모름이라, 어찌 부모를 향의(向意)하는 바이리오? 그런 고로 인륜이 상(傷)하나니 부디 각별 조심하여 예법을 어기지 말라."

하신데, 시백이 돈수(頓首) 사죄 왈,

"사람을 모르옵고 인륜을 패상(敗喪)하였사오니 만사무석(萬死無惜)이로소이다. 다시 어찌 교훈을 저버리오리까?"

한대, 공이 다시 가로되,

"그러할진대 오늘부터 부부 화락함이 있으리라."

하신데, 시백이 승명(承命)하고 부명(父命)을 거역지 못하여 없는 정이 있는 체하고 마음을 강잉(强仍)하여 내당에 들어가 박씨를 대하니 부친의 교훈은 생각이 없고 미운 마음 절로 나서 부채로 차면(遮面)하고 등잔(燈盞) 뒤로 돌아앉아 밤새기를 걱정으로 지내더니, 이윽고 계명성(鷄鳴聲)이 나거늘 즉시 나와 부모께 문안하니, 상공이 어찌 이러한 줄 알리오?

상공이 또 비복 등을 불러 꾸짖어 왈,

"내 들으니 너희 등이 어진 상전(上典)을 모르고 멸시(蔑視)한다 하니, 만일 다시 그러하면 너희 등은 한사(限死) 엄치(嚴治)하리라."

하시니, 비복 등이 황공하여 하더라.

이때 또 부인이 박씨를 절통(切痛)히 여겨 시비(侍婢) 계화를 불러 가로되,

"내가 운이 불행하여 허다한 인물 중에 저런 추비한 것을 며느리라고 생겼으니, 쓸 데 없는 게으름만 있어 잠만 자고 여공재질(女工才質)도 없는 것이 밥을 포식(飽食)하려 하니 어디다 쓰리오? 이후는 밥도 적게 먹이라."

하고 무수히 허물을 잡아내어 험담을 무수히 하니, 친척도 화목지 못하고 구석구석이 비양만 다하더라.

박씨 여러 사람의 구박을 받더니, 시비 계화를 불러 왈,

"대감께 여쭈올 말씀 있으니 외당(外堂)에 나가 여쭈어라."

하거늘, 계화 승명하고 즉시 나가 그 말씀을 상공께 여쭈오되, 공이 들으시고 즉시 들어가시니, 박시 처연(悽然)히 한숨 쉬며 공께 여쭈오되,

"박복(薄福)하온 인물이 얼굴도 추비하여 부모께 효성도 못하옵고 부부간 화락지 못하여 일가(一家)의 화목도 못 하오니, 가위(可謂) 무용지물(無用之物)이라. 자식 없는 양으로 쳐두시고, 후원(後園)에 초당 일간(一間)을 지어 주시면 한가(閑暇)히 있어 수회(愁懷)도 풀려니와 추비한 인물을 남의 이목에 피(避)코자 하나이다."

하며 언파에 애연(哀然)히 낙루(落淚)하거늘, 공이 그 정상(情狀)을 보고 같이 눈물 짓고 불쌍히 여겨 왈,

"자식이 불초(不肖)하여 내 말을 듣지 아니하고 너를 박대하니, 이는 가운(家運)이 불행한 탓이라. 그러나 내 다시 훈계할 것이니 안심하라."

하시되, 박씨 그 말씀을 듣고 감격히 여겨 다시 여쭈오되,

"대감의 말씀이 극히 황송하오나 이는 도시(都是) 소부(小婦)의 용모 추비하옵고 덕행이 없는 탓이오니, 누구를 원망하오리까마는, 소부의 원(願)대로 후원에 초당을 지어 주시면 좋을까 하나이다."

공이 왈,

"내 종차(從此) 지어 주리라."

하시고 외당에 나와 시백을 불러 꾸짖어 왈,

"네 일정 현인(賢人)을 몰라 보고 내 말을 거역하니 그러하고 어디 쓰며 효도를 모르거든 충성을 어찌 알며, 충효를 모를진대 금수(禽獸)와 같은지라. 그러하고 수신제가를 어찌 하리오? 네 부명(父命)을 거역하고 마음을 고치지 못하면 부자간 불효는 고사하고 네 아내가 함원(含怨)하면 여자가 편성(偏性)이라 후일을 모를 뿐더러, 일부함원(一婦含怨)에 오월비상(五月飛霜)이라 하였으니, 네가 공명을 어이 하며, 만일 불행하여 독수공방(獨守空房) 혼자 있어 수회(愁懷)를 못 이기어 목숨을 자처(自處)하면 첫째는 조정(朝廷)에 용납(容納)지 못할 죄인이요, 둘째는 집안의 큰 재앙이 될 것이니 어찌 근심피 아니하며, 너는 어떠한 사람이건대 미색(美色)만 좋아하고 덕행은 생각지 아니하느냐?"

시백이 복지(伏地) 사죄 왈,

"소자(小子) 불초하와 부친의 분부를 거역하고 부부간 정을 끊었사오니 만사무석이로소이다. 다시야 어찌 거역하오리까?"

하고 나와 생각하되,

'일후(日後)는 다시 그리 말자.'

하고 마음을 가장 다듬어 박씨 방에 들어가니 눈이 절로 감기고, 얼굴을 보면 기절(氣絶)할 듯 일신이 절로 떨리는지라. 아무리 마음을 고치고자 한들 그 괴물을 보고 어찌 마음이 감동하리오? 공이 그런 줄을 알으시고 후원에 초당을 짓고 시비 계화로 하여금 같이 거처하게 하니, 박씨의 일신이 가긍(可矜)함을 차마 보지 못할러라.

이때 나라에서 공을 일품(一品) 벼슬을 돋우시고 전교(傳敎)하시되,

"명일(明日) 입조(入朝)하라."

하시니, 공이 북향사배(北向四拜)하고 부인께 나와 크게 걱정하여 왈,

"조복(朝服)이 구(舊) 것은 추비(醜卑)하고 신(新) 것은 미처 준비치 못하여 명일 입조하라신 전교 계시니 일야간(一夜間) 어찌 준비하리오?"

걱정을 마지아니하시니, 부인 왈,

"사세(事勢) 가장 급하였사오니 침선(針線) 잘 하는 사람을 얻어 아무쪼록 지어 보사이다."

서로 걱정하며 공론(公論)이 분분하더니, 이때 시비 계화 이 말을 듣고 초당에 들어가 박씨께 상공의 벼슬 돋운 말씀이며 조복으로 걱정하와 낭패(狼狽)되는 말씀을 여쭈오니, 박씨 계화더러 왈,

"일이 급하거든 조복 지을 가음을 가져오라."

한대, 계화 이 말을 듣고 더욱 희한(稀罕)히 여겨 박씨 얼굴을 다시 보고 급히 나아가 상공께 여쭈온데, 공이 대회(大喜) 왈,

"내 며느리는 선인(仙人)이라, 필연(必然) 초월(超越)한 재주 있으리라."

하시고,

"조복감을 갖다 주라."

하시니, 공의 부인이 냉소(冷笑)하고 왈,

"제 모양이 그러하고 무슨 재주가 있으리오?"

모든 사람이 말하되,

"옷감만 버릴 것이니 보내지 말라."

하며 의논이 분분하거늘, 공이 대소(大笑) 왈,

"속담에 일렀으되, '형산(荊山) 백옥(白玉)이 진토(塵土) 중에 묻혀 있고, 금옥(金玉) 같은 보배라도 돌 속에 들었으면 뉘 능히 알아보리오? 안목(眼目)이 무식(無識)하면 알지 못하나니, 부인은 어찌 남의 재주를 아느뇨? 박씨는 녹록한 여자 아니라, 급히 보내소서."

하거늘, 부인이 대감의 말씀을 거역지 못하여 보내고, 종야(終夜)토록 걱정하며,

'제 어찌 하자 하고 가져 오라 하였으며, 만일 못 하면 조복감만 버릴 뿐 아니라 낭패된다.'

염려 무궁하더라.

이때 박씨 홀로 앉아 기다리더니, 계화 조복감을 가지고 왔거늘, 박씨 왈,

"이 옷은 혼자 지을 옷이 아니라, 조역(助役)할 만한 사람을 데려 오라."

하니, 계화 이 말씀을 듣고 상공께 고한데, 즉시 내당에 들어가 침선 조역할 사람을 얻어 보내니라.

박씨 등촉을 밝히고 지을새, 박씨의 수(繡)놓는 법과 침선하는 법은 월궁(月宮) 항아(姮娥) 같아 열 사람 하는 일을 혼자 다 하며, 이삼 일에 못 할 일을 일야간 지어내니, 앞에는 봉황(鳳凰)을 수놓고, 뒤에는 청학(靑鶴)을 수놓아 선명(鮮明)하게 지어내니, 봉황은 춤을 추고 청학은 날아드는 듯한지라. 한가지로 침선하던 사람들이 박씨의 재주를 보고 탄복(歎服)하여 왈,

"우리는 앙망불급(仰望不及)이라."

하더라.

박씨 계화 불러 조복을 갖다가 상공께 드리니, 공이 크게 칭찬 왈,

"이는 선인의 수품(手品)이요 인간 사람의 재주는 아니라."

하시고, 부인이 또 자세히 보고 대찬(大讚)하더라.

익일(翌日)은 공이 조복을 입고, 궐내에 들어가 숙배(肅拜)하온데, 상(上)이 공의 조복을 보시고 가까이 오라 하여 문왈,

"공의 조복을 누가 지었느뇨?"

공이 주왈,

"신(臣)의 자부(子婦)가 지었나이다."

한데, 상이 또 가라사대,

"그러하면 저러한 며느리를 두고 기한(飢寒)에 골몰(汨沒)하여 독수공방(獨守空房)하게 함은 무슨 일이뇨?"

공이 대경(大驚)하여 복지 주왈,

"황공하오나 전하(殿下)께옵서 이다지 명촉(明燭)하시니 황공하여이다."

상이 왈,

"경(卿)의 조복을 보니, 뒤에 붙인 청학은 선경(仙境)을 떠나 창오산 중으로 왕래하며 주린 모양이요, 앞의 봉황은 짝을 잃고 우짖는 형상이 분명하니, 그로 보고 짐작하노라."

하시되, 공이 사배(四拜) 왈,

"신의 불민(不敏)한 탓이로소이다."

상이 그 실상(實狀)을 자세히 물으시니, 공이 여쭈오되,

"신의 며느리 얼굴이 추비한 고로 자식이 불초하와 교훈을 듣지 아니하옵고 부부간 화락지 못하와 공방(空房)에 홀로 있삽나이다."

상이 우문(又問) 왈,

"부부간 화락지 못하여 공방독숙(空房獨宿)은 그러하거니와 기한(飢寒)을 견디지 못하여 항상 눈물로 세월을 보내기는 무슨 일이뇨?"

공이 불승황공(不勝惶恐)하여 한출첨배(添杯)하는지라, 주저하다가 다시 주왈,

"신이 외당에 거처하와 내당 일은 알지 못하옵나이다."

하며 황공무지(惶恐無地) 주왈,

"이는 다 신의 불민하온 탓이로소이다."

상이 가라사대,

"아지못게라, 경의 며느리 비록 얼굴은 곱지 못하나 영웅의 풍모(風貌)가 있는가 싶으니 부디 박대(薄待)하지 말라."

하시되, 공이 더욱 황공하여 부복(俯伏)하거늘, 상이 또 가라사대,

"매일 백미(白米) 삼 두(斗)씩 줄 것이니, 오늘부터 한 때에 한 말 밥을 지어 먹이면 경의 가인(家人)들도 박대 하니할 것이니 각별 조속(操束)하라."

하신데, 공이 집에 돌아와 가인을 모으고 부인께 상의 전교(傳敎)를 낱낱이 이르시고, 또 시백을 불러 크게 꾸짖어 왈,

"부모의 마음 편케 하기는 자식의 효성이요, 임금을 모셔 국태민안(國泰民安)하기는 신하의 충성이라. 너 같은 자식은 아비 교훈을 저버리고 네 마음대로 하다가 아비로 하여금 입시(入侍) 시(時)에 황공한 전교를 뫼와 조정(朝廷)의 책망(責望)을 면(免)치 못하니, 너는 어떠한 놈으로 부모에게 효행은 못한들 부모의 교훈을 이같이 저버려 남에게 무안(無顔)을 당하게 하니, 그런 불표가 어디 있으리오?"

고성대책(高聲大責)하시니, 시백이 부복 대왈,

"소자 부친의 교훈을 거역하다가 동렬(同列)에게 무안을 보시게 하오니 만사무석이로소이다."

공이 불승분노(不勝忿怒)하여 묵묵부답(默默不答)하시다가 양구(良久)에 왕상(王上)의 전교를 낱낱이 이르시고 또 꾸짖어 왈,

"네 다시 내 말을 듣지 아니하면 첫째는 나라에 불충(不忠)이요, 둘째는 아비에게 불효(不孝)라 각별 조심하여 지내라.' 하시니, 그후로 시백과 가인들이 박씨의 만홀(漫忽)함이 덜하더라.

이때 박씨에게 매일 삼시(三時)로 한 말 밥을 지어 주면 능히 다 먹으니, 구경하는 사람이 놀래어 이르되,
"여장군(女將軍)이라."
하더라.

일일은 박씨 계화를 명(命)하여 왈,
"대감께 하올 말씀 있으니 여쭈어라."
하거늘, 계화 승명하고 상공께 고한데, 공이 즉시 들어와 박씨더러 왈,
"무슨 할 말이 있느뇨?"
박씨 여쭈오되,
"집안이 구차(苟且)하든 아니하오나 오히려 넉넉지는 못하오니, 소부(小婦)의 말씀대로 하옵소서."
한데, 공이 반겨 문왈,
"어찌하면 좋으리오?"
박씨 왈,
"명일 종로(鐘路)에 사환(使喚)을 보내면 각처(各處) 사람이 말을 가지고 와 팔려 할 것이니, 여러 말 중에 작은 망아지 하나가 있으되, 비루먹고 파리하고 모양은 볼 것 없으나 그 망아지를 돈 삼백 냥만 주고 사옵소서."
공이 들으매 가장 허황한 말이나 박씨는 범인과 다른지라 즉시 허락하고 나와 근실(勤實)한 노복을 불러 분부 왈,
"명일에 종로에 가면 말 장사들이 말을 팔려 여러 필이 있을 것이니, 그 중에 비루먹고 작은 망아지를 사 오라."
하시고 돈 삼백 냥을 주시거늘, 노복 등이 청령(聽令)하고 나와 서로 이르되,
"대감께옵서 무슨 연고(緣故)로 비루먹고 파리한 말 사기를 삼백 냥토록 주시니 괴이하도다."
하며 서로 의혹(疑惑)하더니, 삼백 냥을 가지고 종로에 나가니 과연 계마(繫馬) 여러 필이 있으되 그 중에 비루먹고 파리한 망아지를 보고 임자를 찾아 이르되,
"이 말 값이 얼마요?"
말 장사 왈,
"값은 닷 냥이거니와 그 중 크고 좋은 말이 많거든 이다지 파리한 것을 사다 무얼 하려 하나이까? 좋은 말을 사 가라."
하거늘, 노복이 대왈,
"우리 댁에서 이런 말을 사 오라 하시기로 사노라."
하니 말 장사 왈,
"그러하면 닷 냥만 주고 사 가라."
하니 노복 등이 왈,
"우리 대감께옵서 삼백 냥을 주고 사 오라 하시기로 주나

니, 삼백 냥을 받고 팔라."
한데, 말 장사 대소 왈,
"이 말은 값이 닷 냥도 과(過)하거늘, 어찌 과가(過價)를 받으리오?"
한데, 노복 등이 대왈,
"우리 대감이 분부하신 대로 주는 것이니 잔말 말고 받으라."
하고 삼백 냥을 주거늘, 말 장사 어쩌한 일인지 모르고 의혹하고 굳이 사양하여 받지 아니하거늘, 노복 등이 다투어 이르되,
"만일 아니 받으면 이 말을 아니 살 것이오. 너는 우리에게 속으리라."
하고 억지로 백 냥을 주고, 이백 냥은 은휘(隱諱)하여 나눠가지고 말을 끌고 와 공께 드린데, 공이 보시고 바로 박씨께 보이니, 박씨 또 이윽히 보다가 공께 여쭈오되,
"이 말 값은 삼백 냥을 다 주어야 쓸 데 있삽거든, 무지한 노복 등이 백 냥만 주고 이백 냥은 은휘하옵고 말 장사를 주지 아니하였삽기로 쓸 데 없사오니 말 장사를 찾아 이백 냥을 다 주고 오라 하옵소서."
공이 말씀을 듣고 박씨의 신기함을 탄복하고 즉시 나와 노복을 크게 꾸짖어 왈,
"너희 등이 말값 삼백 냥을 주었더니 이백 냥은 은휘하고 백 냥만 주고 샀으니, 상전(上典)에게 기망(欺罔)한 죄는 종차(從次) 치죄(治罪)하려니와 은휘한 돈 이백 냥을 급히 가지고 말 장사를 찾아 주고 오라. 만일 지체하면 너희 등은 목숨을 보존치.피 못하리라."
하시니, 노복 등이 사죄 왈,
"이같이 명감(明鑑)하시니 어찌 기망하오리까? 과연 대감 분부대로 삼백 냥을 주온즉 그 말 값이 닷 냥이라 하옵고 굳이 사양하며 받지 아니하옵기로 하릴없어 억지로 백 냥만 주고 이백 냥은 은휘하였삽더니, 이렇듯 신명(神明)하시니 소인(小人) 등의 죄는 만사무석(萬死無惜)이로소이다."
하며 즉시 이백 냥 가지고 말 장사를 찾아 크게 꾸짖어 왈,
"이 몹쓸 사람아, 주는 돈을 고집하여 아니 받기로 가져갔더니 대감께옵서 중죄(重罪)를 내리오사 죽을 지경을 당하니, 어찌 통분치 않으리오?"
하고 이백 냥을 억지로 주고 돌아와 여쭈오되,
"말 주인을 찾아 주고 왔나이다."
한데, 공이 즉시 들어가 박씨를 보고 그대로 말하니, 박씨 공께 여쭈오되,
"이 말을 한 때 보리 서 되 밀 서 되 죽(粥)에 삼 년을 신칙(申飭)하여 먹이게 하옵소서."
공이 허락하고 노복에게 분부하여 잘 먹이라 신칙하시다.
각설, 시백이 부친 명을 거역지 못하여 내당에 들어가 박

씨 얼굴을 보니, 차마 대면(對面)할 마음이 없어 부부간의 정이 점점 멀어지더라.

박씨 초당 이름을 '피화당(避禍堂)'이라 하고, 후원에 각색 나무를 심을새, 계화로 더불어 오색(五色) 토(土)를 갖다가 동(東)에는 청색(靑色)을 응(應)하여 청토(靑土)로 나무뿌리를 북돋우고, 서(西)에는 백기(白氣)를 응하여 백토(白土)로 북돋우고, 남(南)에는 적기(赤氣)를 응하여 적토(赤土)로 북돋우고, 북(北)에는 흑기(黑氣)를 응하여 흑토(黑土)로 북돋우고, 중앙(中央)은 황기(黃氣)를 응하여 황토(黃土)로 북돋워 오채(五彩) 영롱(玲瓏)하게 심어 놓고, 계화로 더불어 때맞추어 물주기를 일삼으니, 그 나무 일취월장(日就月將)하여 모양이 엄숙하고 신기한 법이 있으되, 오색구름이 자욱한 중 나뭇가지는 용(龍)이 서린 듯, 잎사귀는 범이 되어 앉은 듯, 온갖 새와 뱀이 변화하여 수미(首尾)를 접하여 진법(陣法)을 이루는 듯하니, 그 엄숙함과 신기한 재주는 귀신도 칭량(稱量)치 못할러라. 무지한 사람이야 뉘 능히 그 신묘한 술법을 알리오?

공이 계화를 불러 문왈,

"부인이 요사이는 무엇으로 소일(消日)하시더냐?"

계화 여쭈오되,

"부인께옵서 후원에 각색 나무를 심고 이렇듯이 하나이다."

공이 듣고 희한(稀罕)히 여기어 계화로 더불어 후원에 들어가 좌우를 살펴보니, 각색 나무가 사면(四面)에 무성(茂盛)하여 형용이 엄숙하매 바라보기 어려운지라, 공이 놀래어 계화를 붙들고 정신을 진정(鎭靜)하여 자세히 바라보니, 나뭇가지는 용과 범이 되어 바람과 비를 어루는 듯하고, 가지는 무수한 새와 뱀이 수미를 접응하는 듯하여 변화무궁(變化無窮)한지라, 공이 대경하여 탄복하시되,

"이 사람은 곧 선인이로다. 여자로 이같이 영웅대략(英雄大略)을 품었으니 신묘한 재주는 칭량치 못하리라."

하고 박씨더러 문왈,

"나무는 무슨 일로 심었으며, 이 집 당호(堂號)는 피화당이라 하였으니 아지못게라, 어찌한 연고(緣故)이뇨?"

하시니, 박씨 여쭈오되,

"길흉화복(吉凶禍福)은 인간(人間) 상사(常事)오니, 일후(日後)에 혹 급한 환(患)이 있어도 이 나무로 혹 방비할까 하여 심었나이다."

공이 이 말을 듣고 놀래어 그 연고를 자세히 물은즉, 박씨 여쭈오되,

"차역(此亦) 천수(天數)오니 어찌 천기(天機)를 누설(漏泄)하리오? 일후 자연(自然) 알으시리다."

하거늘, 공이 탄왈,

"너는 진실로 나 같은 사람의 며느리 되기 아깝도다. 팔자(八字)가 그러한지 내 자식이 무도(無道)하여 부부간에 화락(和樂)지 못하여 세월을 허송(虛送)하니, 내 나이 육십이라,

세월이 죽음을 재촉하나니, 너의 부부간 화락함을 보지 못할까 근심하노라."

박씨 다시 공경 대왈,

"소부(小婦)의 용모 추비하여 부부간 금실지락(琴瑟之樂)을 모르오니, 이는 다 소부의 죄오니 누를 원망하오리까? 소부의 원하는 바는 가군(家君)이 부모의 효성을 극진히 하옵고, 입신양명(立身揚名)하옵거든 나라에 충성을 다하여 용방(龍逄)·비간(比干)같이 유명천추(遺名千秋)하온 후에 타문(他門)에 취처(娶妻)하와 유자유손(有子有孫)하고 만수무강(萬壽無疆)하오면 죽어도 여한이 없을까 하나이다."

한데, 공이 그 말을 듣고 그 어질고 창해(滄海) 같은 도량(度量)을 칭량치 못할러라. 공이 박씨의 정상(情狀)을 불쌍히 여겨 눈물을 흘리거늘, 박씨 또 위로 왈,

"존구(尊舅)는 안심하옵소서. 아무 때라도 화목할 날이 있을진대 과도(過度)히 근심치 마옵소서. 만일 존구께옵소 너무 근심하시면 가군의 허물이 드러나 향당(鄕黨) 사람이 불효라 하오면 이는 다 소부의 허물을 인연(因緣)하여 악명(惡名)을 들을까 하나이다."

공이 들으시고 박씨의 지극한 효성을 더욱 탄복하여 칭찬을 마지아니하시더라.

각설(却說), 망아지 먹인 지 이미 삼 년이라. 말이 준총(駿驄)이 되어 몸은 용(龍)의 형상이요 걸음은 비호(飛虎) 같으니, 사람이 능히 제어(制御) 못 하는지라. 박씨 공께 여쭈오되,

"모월(某月) 모일(某日)에 대국(大國)의 칙사(勅使) 나올 것이니, 말을 갖다가 칙사 오는 길에 매어두면 칙사 보고 사 가려 할 것이니 말값은 삼만 냥을 달라 하여 팔아 오라 하옵소서."

공이 듣고 가장 신기히 여겨 박씨 말대로 노복을 불러 분부한 후 칙사 오기를 기다리더라.

과연 그날 칙사 온다 하거늘, 말을 끌고 가 기다리더니, 칙사 그 말을 이윽히 보고 대희(大喜)하여 마주(馬主)를 찾아 값을 물은데, 노복이 왈,

"말은 팔 것이요, 값은 삼만 냥이라."

하니, 칙사 대희하여 삼만 금을 아끼지 아니하고 사거늘, 공이 삼만금을 얻으매 가산(家産)이 자연 요부(饒富)하더라.

박씨 공께 여쭈오되,

"그 말이 천리준총(千里駿驄)이니 조선(朝鮮)은 소국(小國)이라 어찌 알리오? 또 지방이 편소(偏小)하여 쓸 곳이 없고 대국은 지방이 광활(廣闊)하고 불구(不久)에 쓸 곳이 있는 고로 삼만 금을 아끼지 아니하고 사 갔삽거니와 조선이야 무엇에 쓰겠삽나이까? 그런 고로 칙사 오기를 기다렸나이다."

공이 듣고 탄복 왈,

"너는 여자나 명견만리(明見萬里)하는 재주가 실로 아깝도

다. 만일 남자곳 되었더면 보국충신(輔國忠臣)이 될 것을 여자 됨이 한탄이로다."
하며 탄식하시더라.

　각설(却說) 이때 국태민안(國泰民安)하고 시화연풍(時和年豐)하여 인재(人才)를 택출(擇出)코자 하여 과일(科日)을 정하고 팔도에 행관(行關)하니, 시백이 관광(觀光)코자 하여 장중(場中)에 들어갈 제, 그날 밤에 박씨 일몽(一夢)을 얻으니 후원 연당(蓮塘)에 화초 만발한 데 봉접(蜂蝶)이 날아드는 속에 청옥(靑玉) 연적(硯滴)이 놓였거늘, 그 연적을 자세히 보니 화(化)하여 청룡(靑龍)이 되어 보이거늘, 박씨 잠을 깨어보니 남가일몽(南柯一夢)이라. 전전불매(輾轉不寐)하여 날 새기를 기다리더니, 동방이 밝아오는지라 급히 나아가 보니 과연 청옥 연적이 연못 위에 놓였거늘, 자세히 본즉 꿈에 보던 연적이라. 반가이 갖다 놓고 즉시 계화를 명하여 시백에게 전갈(傳喝)하여 왈,

　"하올 말씀이 있사오니 잠깐 들어오라."
한데, 시백이 정색(正色) 왈,

　"무슨 할 말이 있건데 장부(丈夫)의 과행(科行) 길을 지체(遲滯)되게 하는가?"
하거늘, 계화 무류하여 돌아와 박씨께 고한데, 박씨 계화더러 일러 왈,

　"네 가서 다시 전갈하고, 잠깐 들어오시면 좋은 일이 있으니 한번 수고를 아끼지 마옵소서."
한데, 시백이 듣고 대로(大怒) 왈,

　"요망한 계집이 장부의 과행을 만류하니, 이런 당돌한 일이 어디 있으리오?"
하고 계화를 잡아내어 큰 매로 삼십 도(度)를 중죄(重罪)하여 물리치니, 계화 울며 들어가 박씨께 고한데, 박씨 앙천(仰天) 탄왈,

　"슬프다. 나의 죄로 무죄한 네가 중죄를 당하였으니, 이같이 분한 일이 어디 있으리오?"
하고 연적을 계화를 주며 다시 전갈하되,

　"이 연적을 가지고 입장(入場)하여 이 연적 물로 먹을 갈아 글을 지어 바치면 장원급제(壯元及第)할 것이니, 입신양명(立身揚名)하거는 부모 전에 영화를 뵈옵고, 가문을 빛낸 후에 나 같은 추비한 인물은 생각지 마옵고 타문에 다시 미색을 택취(擇取)하여 평생 해원(解冤)하옵고 백년동락(百年同樂)하와 유자유녀(有子有女)하옵소서."
한데, 시백이 듣기를 다하고 연적을 받아 보니 천하의 중보(重寶)라. 오히려 애연(哀然)히 여겨 회과(悔過)하여 전갈하되,

　"사이왕이(事已往矣)라, 아까 하온 말씀을 풀쳐 버리시고 안심하옵시면 태평동락하옵기를 바라나이다."
하고, 또 계화를 무죄에 중치(重治)함을 개탄불이(慨歎不已)하며 좋은 말로 풀어 이르더라.

　그날 과장에 들어갈새, 그 연적에 물을 넣어 가지고 글제를 바라보니, '강구(康衢)에 문동요(聞童謠)'라. 그 연적의 물로 먹을 갈아 일필휘지(一筆揮之)하여 선장(先場)에 바치니 문불가점(文不加點)이라. 방목(榜目)을 기다리더니, 이윽고 호명하되 '일등(一等) 장원(壯元)에 이시백이라' 라고 춘당대(春塘臺) 높은 데서 신래(新來) 부르는 소리 장안(長安)이 진동하거늘, 시백이 국궁(鞠躬)하고 궐내(闕內)에 입시(入侍)하니 무수히 진퇴하고 이윽고 보시다가 칭찬하사 왈,

　"진충보국(盡忠輔國)함을 바라노라."
하시거늘, 사은숙배(謝恩肅拜)하고 집에 나오니, 그 즐거움을 비할 데 없더라.

　그 이튿날 경연(慶宴)을 배설(排設)할새 박씨는 참예(參預)치 못하고 홀로 적막히 앉았으니 어찌 슬프지 아니하리오? 박씨의 광활한 의량(意量)이 아니면 어찌 그 정상(情狀)을 보리오? 계화 박씨가 고초(苦楚)이 초당에 있음을 민망하여 박씨게 여쭈오되,

　"이 같은 경연에 일가친척과 노소고구(老少故舊)가 다 모여 즐기는데 부인은 홀로 앉아 수심으로 세월을 보내시고 참예치 못하시니 소비(小婢) 같은 마음에도 극히 불안하오이다."
한데, 박씨 천연히 가로되,

　"사람의 팔자와 길흉화복은 다 하늘에 있나니, 무슨 설움이 있으리오?"
　계화 듣고 그 의량이 광활함을 못내 칭찬하더라.

　각설(却說), 박씨 시집온 지 이미 삼 년이라. 친가(親家) 소식을 듣지 못하여 일일은 박씨 공께 여쭈오되,

　"소부(小婦) 출가하온 지 삼 년이오나 본가 소식을 모르오니 잠깐 다녀오고자 하나이다."
　공이 듣고 대왈,

　"이곳에서 금강산이 수삼백 리요, 길이 험하여 남자도 출입이 어렵거든 하물며 여인이 어찌 왕래하리오?"
　박씨 다시 고왈,

　"소부도 험로에 출입이 극난(極難)한 줄 아오나 부득불(不得不) 다녀올 일 있사오니 과념(過念) 마옵시고 처분(處分)하옵소서."
　공이 왈,

　"네가 부득불 간다 하니 만류할 길 없거니와, 근친(覲親) 기구(器具)를 차려줄 것이니 속히 다녀오라."
하신데, 박씨 다시 주왈,

　"근친 절차는 그만두옵소서. 소부 혼자 가 잠깐 다녀올 것이니 너무 염려 마옵소서."
　공이 본디 박씨의 재주를 아는 고로 부득이 허락하시니 박씨 또 여쭈오되,

　"수일(數日)이면 다녀올 것이니 이런 말씀을 번설(煩說)치 마옵소서."

하거늘, 공이 그 곡절(曲折)을 몰라 내념(內念)에 심려(心慮)되어 침식(寢食)이 불안하더라.

박씨 초당에 들어가 계화더러 왈,

"내 잠깐 친가에 다녀올 것이니 부디 너만 알고 번설치 말라."

하고 그날 밤 삼경(三更)에 단신(單身)으로 떠나가더니, 과연 삼 일 만에 왔는지라. 공이 보시고 대경대희(大驚大喜)하여 왈,

"너의 신기한 재주는 귀신도 청량(稱量)치 못하리로다. 그러하나 너의 부친 문안 일향(一向)하시더냐?"

박씨 답주왈,

"아직 일안(一安)하시고 모월 모일에 오시마 하시더이다."

공이 듣고 기꺼워 처사 오기를 날로 기다리더라. 뉘라서 박씨의 출입을 알리오?

일일은 처사 오시매, 공이 의관을 정제(整齊)하시고 하당(下堂) 영접(迎接)하여 예필좌정(禮畢坐定) 후에 기간(其間) 적조(積阻)한 정회(情懷)를 설화(說話)하며 술을 내어와 즐길새, 공이 처사께 사례 왈,

"존객(尊客)을 뵈오니 반가운 마음은 고사(固辭)하옵고 미안하온 일이 청량(稱量)치 못하나이다."

처사 왈,

"무슨 일이온지 더욱 감사하여이다."

공이 공경 대왈,

"자식이 불초하와 현부(賢婦)를 몰라보고 부부간 화락(和樂)지 못하옵기로 매일 경계하되 종시(終是) 부명(父命)을 거역하오니 어찌 불안치 아니하오리까?"

처사 왈,

"공의 넓으신 덕으로 나의 누추(陋醜)한 여식을 더럽다 아니하시고 이때껏 슬하에 두시고 도리어 무안(無顔)타 하시니, 극히 황공감사하여이다. 사람의 팔자 길흉이 하늘에 있사오니 어찌 화락지 못함을 염려하오리까?"

공이 듣고 더욱 수괴(羞愧)함을 마지아니하더라.

일일은 처사 피화당으로 들어가더니, 박씨로 조용히 말하되,

"내 액운(厄運)이 다하였으니 누추한 허물을 벗어라."

하고 탈갑변신(脫甲變身)하는 술법을 가르치고, 또 이르되,

"네가 누추한 허물을 벗거든 버리지 말고 상공께 옥함(玉函)을 얻어 그 속에 넣어라."

하며, 은근(慇懃)한 정담(情談)을 이윽히 하다가 소매를 떨치고 나와 작별을 고하니, 공이 못내 섭섭하여 만류하되 듣지 아니하고 가는지라. 일배주(一杯酒)로 작별할새. 공더러 왈,

"지금 가면 다시 만날 기약이 없사오니, 만수무강(萬壽無疆)하옵소서."

하거늘, 공이 듣고 대경(大驚)하여 왈,

"이 어인 말씀이온지 알고자 하나이다."

처사 왈,

"피차(彼此) 섭섭하나이다. 이번에 입산(入山)하오면 다시 어찌 출세(出世) 상봉(相逢)하오리까?"

공이 하릴없어 작별할새 처사 백학(白鶴)을 타고 공중에 올라 오운(五雲)을 헤치고 가더니, 구름이 걷히며 간 데 없는지라, 공이 보고 탄복함을 마지아니하더라.

각설(却說), 박씨 그날 밤에 목욕재계(沐浴齋戒)하고 둔갑변화(遁甲變化)하더니, 허물을 벗겼는지라. 날이 밝으매 시비 계화를 부르더니 계화 대답하고 들어가보니 홀연(忽然) 예 없던 일대미인(一代美人)이 앉았거늘, 계화 자세히 보니 얼굴과 모양 태도는 월궁(月宮) 선녀 같고 아리따운 성음(聲音)은 금옥(金玉)을 깨치는 듯, 백태(百態) 구비하고 정정유한(貞靜幽閑)한 거동은 정신이 비월(飛越)하여 아무 말도 못하고 앉았더니, 박씨 화월(花月) 같은 얼굴을 들고 단순(丹脣)을 반개(半個)하고 계화더러 이르되,

"내 지금 탈갑하고 본색(本色) 가졌으니 네 나아가 설로(泄露)치 말고 대감께 여쭈어 옥함(玉函)을 얻어 오라."

한데, 계화 승명(承命)하고 급히 외당(外堂)에 나와 희색이 만안(滿顔)하거늘, 공이 반겨 문왈,

"너는 무슨 좋은 일이 있어 희색이 만안하고 급히 오느냐?"

계화 여쭈오되,

"피화당에 신기하온 일이 있사오니 급히 들어가 보소서."

하거늘, 공이 괴(怪)이 여기어 계화를 따라 방문을 열고 보니, 향내 방안에 진동하여 사람의 정신을 놀래는지라. 정신 수습(收拾)하여 바라보니 만고일색(萬古一色)이요 좋은 숙녀(淑女)가 방안에 앉았다가 공을 보고 도리어 부끄럼을 머금고 반겨 왈,

"날 사이 기체(氣體) 일향(一向)하옵시나이까?"

공이 내념(內念)에 그 신기함을 탄복하며 함구불언(緘口不言)하시매 계화 여쭈오되, 부인이 작야(昨夜)에 탈갑하시고 대감께 옥함을 구하는 말씀을 고한데, 공이 듣고 그제야 가까이 앉아 말씀하되,

"네 금일은 어찌 절대가인(絶代佳人)이 되었느뇨?"

박씨 고개를 숙이고 단순(丹脣)을 반만 열어 답고왈,

"소부 이제 액운이 다 지났으매 누추하온 허물을 작야에 벗었나이다."

하거늘, 공이 내념에 신기함을 탄복하시고 즉시 외당에 나와 옥함을 보내니라. 공이 즉시 시백을 불러 왈,

"네 지금 피화당에 가 네 아내 얼굴을 보라."

하시니 시백이 듣고 밖에 나와 낯빛을 찡그리고 생각하되,

'그런 추비한 인물을 무슨 일로 급히 보고 오라 하시는고?'

하며 부명을 거역지 못하여 피화당 문밖에 무수히 주저하거

늘, 계화 바삐 나와 영접한데, 시백이 계화더러 문왈,

"피화당에 무슨 연고(緣故) 있건데 네 희색이 만안하뇨??

계화 답왈,

"방에 들어가 보시면 자연 알으시리이다."

한데, 시백이 듣고 더욱 의심하여 들어가더니, 방문을 열고 보니 예 없던 요조숙녀(窈窕淑女) 화월(花月) 같은 얼굴을 숙이고 앉았으니, 아리따운 태도는 숙향(淑香) 대월(對月) 같고 엄숙한 위엄(威嚴)은 남산 맹호(猛虎) 앉은 듯한지라. 한번 보매 여광여취(如狂如醉)하여 바삐 들어가 수작(酬酌)을 하고 싶으나 기상(氣象)을 보니 찡그리고 앉은 모양 만첩(萬疊) 산중(山中) 모진 범이 밥을 물고 앉은 듯, 대해중(大海中) 황룡(黃龍)이 여의주(如意珠)를 입에 물고 벽해상(碧海上)에 솟아올라 재주를 시험하는 듯, 마음이 절로 송구(悚懼)하여 수작은 고사하고 도리어 송구하여 계화더러 문왈,

"흉악(凶惡)한 인물 어디 가고 저렇듯 아리따운 인물이 되었느뇨?"

계화 답왈,

"박씨 거야(去夜)에 둔갑 변화하여 미색(美色)이 되었나이다."

한데, 시백이 듣고 대경하여 지감(知鑑) 없음을 그제야 후회하며 수삼 년 괄시(恝視)함을 생각하니 도리어 수괴막심(羞愧莫甚)한지라, 외당에 나와 주저하다가 대감께 뵈온데, 공이 왈,

"시방은 네 아내 얼굴이 어떠하더냐?"

시백이 황공무지(惶恐無地)하여 대답지 못하는지라, 공이 다시 일러 왈,

"사람의 길흉화복은 예탁(豫度)할 길이 없거니와, 너는 왕사(往事)를 생각하면 하면목(何面目)으로 네 아내를 대면하리오? 지감(知鑑)이 저러하고 어찌 공명(功名)을 바라리오? 매사를 이같이 말라."

꾸짖으니, 시백이 그 말씀을 듣고 더욱 황공히 물러나오니라.

또 날이 저물새 박씨 방에 들어가니, 박씨 등촉을 밝히고 안색을 정제(整齊)하고 앉았거늘, 시백이 감히 접어(接語)치 못하여 박씨 먼저 말하기를 기다리고 있으되, 박씨 더욱 엄숙함을 뵈이니, 시백이 혼잣말로 회과자책(悔過自責)하고,

'부인이 이같이 하심은 내 부인을 수삼 년 박대한 탓이로다.'

하고 자탄을 마지아니하되, 박씨는 가부간(可否間) 대답이 없는지라. 시백이 할 수 없어 등하(燈下)에 앉았더니, 계명성(鷄鳴聲)이 나며 그러구러 날이 밝아오는지라. 하릴없어 그저 나와 양친(兩親) 침소(寢所)에 가 문안하고 종일(終日)토록 마음을 잡지 못하여 실성(失性)한 사람 같더니, 또 날이 저물매 염치(廉恥)를 버리고 다시 들어가니, 박씨의 엄숙함이 갈수록

더한지라, 시백이 작죄(作罪)한 사람같이 묵묵히 앉아서 부인 말하기만 기다리더니, 어언간(於焉間) 날이 밝거늘 생각다 못하여 또 나와 생각한즉 후회막급(後悔莫及)한지라.

이같이 지낸 지 사오 일이라. 자연 병이 되어 월하(月下)에 홀로 앉아 생각하되,

'아내라고 얻은 것이 흉물(凶物)이라 평생에 원(怨)이 되었더니, 지금은 미색(美色)이 되었으나 언어도 상통(相通)을 못하고 골수(骨髓)에 병이 되었으니, 첫째는 나의 지감(知鑑) 없는 탓이요, 둘째는 또한 나의 신세 가련하도다.'

하고 정신을 진정(鎭靜)하여 마음을 가다듬어,

'다시 들어가 언어나 상통하고 죽으리라.'

하고 피화당에 들어가 무수히 사죄 왈,

"부인 침소(寢所)에 여러 날 왔으나 일향 정색(正色)하시고 종시(終是) 마음을 풀지 아니하시니, 이는 다 나의 허물이라, 수원수구(誰怨誰咎)하오리까마는, 부인으로 하여 죽을 지경이 되었사오니 죽기는 섧지 아니하오나 양친(兩親) 슬하(膝下)에 있삽다가 부모에게 효도도 못 하옵고 청춘(靑春)에 함원(含怨)하와 비명횡사(非命橫死)하오면, 이는 불효막대(不孝莫大)하올 뿐 아니라 지하에 돌아가온들 하면목으로 선영(先塋)을 대하오리까? 이런 고로 나의 일을 생각하오니 자연 병이 되어 골수에 드나이다."

하며 애연(哀然)히 낙루(落淚)하거늘, 박씨 그 말을 들으매 도리어 애연한 마음이 없지 못하여 화월 같은 얼굴을 반만 들어 그제야 심책(深責)하여 왈,

"우리 조선은 예의지국이라. 사람이 오륜(五倫)을 모르면 어찌 예의를 알리오? 그대는 아내가 박색(薄色)이라 하고 삼사 년 천대(賤待)하고 부부유별(夫婦有別)을 어찌 알리오? 옛 사람이 이른 말이 '조강지처(糟糠之妻)는 불하당(不下堂)이라.' 하였으나, 그대는 미색만 생각하고 부부간 오륜은 생각지 아니하니 어찌 대덕(大德)을 알며, 아내의 천심(天心)을 모르고 입신양명(立身揚名)한들 보국안민(輔國安民)할 재주 있사이까? 무식이 저러하고 효제충신(孝悌忠信) 어이 알며, 제세안민(濟世安民) 어찌하리오? 차후(此後)는 효도를 다하여 수신제가(修身齊家)를 잘 하되, 나 같은 아녀자의 마음이라도 그대 같은 대장부(大丈夫)는 부러워 아니하나이다."

하며 언어 정색(正色)하며 심책하니 시백이 말을 듣고 자작지얼(自作之孼)을 생각하면 유구무언(有口無言)하여 수괴(羞愧)한 마음을 무릅쓰고 누차(屢次) 사죄할 따름이요, 달리 할 말 없이 앉았거늘, 박씨 이윽히 보다가 감동지심(感動之心)이 어찌 없으리오? 그제야 돌아앉으며 왈,

"내 본형(本形)을 감추고 추비(醜卑)하기는 그대의 고혹(蠱惑)지 못하게 하여 일심정기(一心正氣)로 힘쓰게 함이요, 수삼 일 접어(接語)치 못하게 하기는 현심(賢心)을 가지게 함이거니와, 지금 본형을 가졌으니 한평생 마음을 풀지 말자 하

였더니, 여자의 유약(柔弱)한 마음으로 장부를 오래 속이지 못하여 풀치거니와, 이후는 다시 사람을 알으시옵소서."

한데, 시백이 대참대희(大慙大喜)하여 왈,

"나는 인간(人間) 무지한 사람이요, 부인은 천상(天上) 선인(仙人)이라, 도량(度量)이 광활(廣闊)하여 범인(凡人)과 다른 고로 명견만리(明見萬里)하거니와, 나 같은 사람은 진세(塵世) 인물이라 식견(識見)이 부족하와 착한 사람을 알지 못하오니, 어찌 선인에게 비하오리까? 이런 고로 부부간의 화락지 못하와 인륜을 폐(廢)하올 지경에 되었사오니, 왕사(往事)를 어찌 허물하오리까? 전사(前事)는 다 풀쳐 용서하옵고 평생을 화락하와 즐김이 소원이로소이다."

한데, 부인이 듣고 왈,

"숙시숙비(孰是孰非)는 왕사(往事)니라, 안심하옵소서."

장황(張皇)히 수작하다가 밤이 삼경(三更)이 되었는지라, 양인(兩人)이 화촉동방(華燭洞房)의 금침(衾枕)에 나아가니, 비취지정(翡翠之情)과 원앙(鴛鴦之樂)이 비할 데 없더라.

그후로부터 상공의 부인과 노복 등이 전에 박씨 박대(薄待)함을 깨닫고 회과자책(悔過自責)하여 박씨의 신묘(神妙)함을 탄복하고 그 광활한 도량(度量)을 못내 칭찬하더라.

각설(却說), 이때 박씨 변형(變形)한 소문이 장안(長安)에 낭자(狼藉)하니, 여러 재상가(宰相家) 부인들이 신묘함을 구경코자 하여 박씨께 편지하였으되,

"때마침 삼월이라 풍화일난(風和日暖)하오니, 이 같은 좋은 시절에 백화(百花)는 작작(灼灼)하여 사람을 보고 반기는 듯, 버들은 실이 되어 초록장(草綠帳)을 드리운 듯, 황금 같은 꾀꼬리는 세류영(細柳影)에 노래하고, 봉접(蜂蝶)은 쌍쌍 날아들어 꽃을 보고 춤을 추니, 이같이 좋은 때에 모여 한번 소창(消暢)하옵기를 바라노라."

하였더라. 박씨 편지를 보고 답장(答狀)하되,

"이 같은 좋은 때에 먼저 부르시니 감격하와 구경도 하려니와 즉시 가려 하나이다."

하였더라.

각설(却說), 기회(期會)한 날을 당하여 박씨 채복(彩服)으로 단장(丹粧)하고 화교(花轎)에 올라 계화를 데리고 기회한 곳에 나아가니, 여러 대신가(大臣家) 부인들이 박씨를 보려 하고 제제(濟濟)이 모였거늘, 박씨 화교에 내려 예필좌정(禮畢坐定) 후에 살펴보니, 여러 부인이 녹의홍상(綠衣紅裳)의 치레도 능란(能爛)하더라. 모든 부인이 박씨 보기를 원하던 차에 박씨를 바라보니, 옥안운빈(玉顔雲鬢)은 동령명월(東嶺明月) 같고, 의복 치레는 꽃빛이 무광(無光)한지라, 여러 부인의 고운 태도 박씨에게 비하면 도리어 무색(無色)하고 고운 얼굴이 다 박색 같아서 따를 이 없으니, 뉘 아니 탄복하리오?

술을 가득히 부어 박씨께 권하니 박씨 술이 반취(半醉)하였거늘, 여러 부인이 박씨의 기질(氣質)을 구경코자 하여 옥

잔(玉盞)의 술을 가득 부어 박씨께 권하니 박씨 재주를 자랑코자 하여 잔은 받다가 짐짓 잔을 내리쳐 술이 치마를 적시니, 부인이 치마를 벗어 계화를 주며 왈,

"즉시 불꽃 가운데 소화(燒火)하라."

하니, 계화 승명(承命)하고 치마를 불에 넣으니 치마는 여상(如常)하고 빛이 가장 윤택(潤澤)하여 광채(光彩) 눈을 쏘이어 찬란한지라. 계화 치마를 가져다가 부인께 드리니, 여러 부인들이 그 거동을 보고 놀래어 그 연고(緣故)를 물은데, 박씨 대왈,

"이 비단 이름은 소화단(燒火緞)이라 하나니, 만일 추비(醜卑)하면 물로는 마전치 못하옵고 소화하여 때를 씻나이다."

여러 부인이 그 신기함을 보고 탄복하여 문왈,

"그러하오면 그 비단이 어디서 났나이까?"

박씨 대왈,

"인간(人間)에 없는 것이요, 월궁(月宮) 소산(所産)이로소이다."

모든 부인이 또 문왈,

"입으신 저고리는 무슨 비단이오니까?"

"이 비단 이름은 빙월단(氷月緞)이오니, 나의 부친께옵서 동해(東海) 용궁(龍宮)에 가실 때에 얻어 오신 것이오니, 용궁 소산이로소이다. 이 비단은 물에 넣으면 젖지 아니하옵고, 불에 넣어도 타지 아니하는 비단이로소이다."

하니, 여러 부인이 듣고 신통히 여겨 또 술을 잔에 가득히 부어 박씨께 권하니, 박씨 거짓 사양하거늘 모든 부인이 굳이 권하는지라, 박씨 마지못하여 술잔을 가지고 금봉채(金鳳釵)를 빼어 술잔 가운데를 반(半)만 그어 마시니, 술잔이 완연히 한 편은 없고 한 편만 칼로 베인 듯하여 반만 남았는지라, 모든 부인이 술잔을 보고 더욱 신기함을 칭찬불이(稱讚不已)하여 왈,

"박 부인은 진실로 선관(仙官)의 딸이라 하더니, 그 말이 옳도다. 이런 신기한 묘법(妙法)은 고금에 처음 보는 일이라. 선인이 어찌 인간(人間)에 내려왔는고?"

하며,

"옛날 진시황(秦始皇)과 한무제(漢武帝)도 구지부득(求之不得)하던 신선(神仙)을 우리는 우연히 만났으니, 어찌 즐겁지 아니하리오?"

하며 서로 춘흥(春興)을 이기지 못하여 글도 외워 화답(和答)하더니, 이때 계화 시측(侍側)하였다가 여쭈오되,

"이렇듯 좋은 춘경(春景)에 유흥(遊興)이 도도(滔滔)하옵고 백화만발(百花滿發)하여 춘광(春光)을 자랑하오니, 소비(小婢)도 이 같은 때를 당하와 청가(淸歌) 일곡(一曲)으로 여러 부인을 위로코자 하나이다."

하거늘, 여러 부인이 또한 좋다 하고 청하니, 계화 단순(丹脣)을 반개(半開)하여 청가 일곡을 부르니, 그 소리 가장 청아

(淸雅)하여 산호채를 들어 옥반(玉盤)을 끼치는 듯한지라. 그 곡조(曲調)에 하였으되,

"천지(天地)는 만물지역려(萬物之逆旅)요,
광음(光陰)은 백대지과객(百代之過客)이라.
부유(浮游) 같은 세상에 평생(平生)이 약몽(若夢)이로다.
춘풍세류(春風細柳) 좋은 때에 아니 놀고 무엇하리?
옛일을 생각하니 지금이야 알리로다.
백대지흥망(百代之興亡)은 춘풍의 난영(亂影)이요,
일시변화(一時變化)는 장생(莊生)의 호접(胡蝶)이라.
청산(靑山)의 두견화(杜鵑花)는 촉중(蜀中)의 원혼(冤魂)이
요,
화계(花階)의 춘조성(春鳥聲)은 왕소군(王昭君)의 눈물이라.
세상을 생각하니 인생이 덧없도다.
구십소광(九十韶光) 좋은 시절 아니 놀든 못하리라.
어와 창생(蒼生)들아,
창해(滄海)로 술을 빚어 태평(太平)으로 만세동락(萬歲同樂)하오리라."

하였더라.

모든 부인이 듣기를 다하매 정신이 쇄락(灑落)하여 계화를 다시 보며 무수히 칭찬하더라.

이윽고 석양이 재산(在山)하고 인영(人影)이 재지(在地)한데, 산조(山鳥)는 날아들 들고 월색(月色)은 동령(東嶺)에 돋아오니, 시비(侍婢) 파연곡(罷宴曲)을 아뢰니, 여러 부인이 가연(佳宴)을 파하고 각각 돌아가더라.

각설(却說), 상공이 연로(年老)하여 우상(右相)을 갈고 시백으로 한림(翰林)을 승직(昇職)하시니, 시백이 독대(獨對) 후에 나라를 충성으로 섬기니, 명망(名望)이 조정에 진동하더라. 시백이 충성이 지극한 고로 전하(殿下) 더욱 사랑하사 시백으로 평안감사를 제수(除授)하시니, 시백이 국은(國恩)이 망극하여 궐하(闕下)에 숙배(肅拜)하고 집에 돌아오니, 일가친척과 가중제인(家中諸人)이 즐기더라.

시백에 궐내에 하직하고 행장(行裝)을 차릴새, 소목장(小木匠)을 불러 쌍교(雙轎)를 꾸미거늘, 박씨 문왈,

"쌍교는 무엇 하려 하시나이까?"

감사(監司) 답왈,

"나 같은 사람으로 평안감사를 제수하시니 부인을 데려가고자 하나이다."

박씨 대경(大驚) 왈,

"대장부(大丈夫) 출세(出世)하오매 입신양명(立身揚名)하여 나라 섬기거늘, 나라 섬길 날은 많고 부모 섬길 날은 적다 하오니, 국사(國事)에 골몰하오면 아녀자를 돌아보지 아니한다 하오니, 첩(妾)이 한가지로 가오면 노친(老親) 양위(兩位)

를 뉘라서 봉양하오리까? 첩은 집에 있어 부모 양친을 봉양하올 것이니, 영감(令監)은 갈충보국(竭忠報國)하옵기를 바라나이다."

하니, 감사 이 말을 듣고 사사(事事)이 민첩(敏捷)함과 언어 정직함을 도리어 무류히 여겨 탄복 왈,

"나 같은 사람은 불효 극진하니 천지간 용납지 못할지라. 노친 양위를 생각 아니하고 망령되이 말씀하였사오니, 너무 과도(過度)히 허물 마옵소서."

하며, 사당(祠堂)에 하직하고 부모께 하직하고 떠날새, 박씨로 더불어 은근히 작별하고 바로 평양(平壤)으로 향하니라.

각설(却說), 이때 시백이 여러 날 만에 평양에 득달(得達)하여 민정(民情)을 살펴보니, 각읍(各邑) 인민(人民)이 도탄(塗炭)에 들어 인심이 소요(騷擾)하거늘, 각읍 수령(守令)의 선불선(善不善)을 택출(擇出)하여 불치(不治)하는 수령은 우선 장파(狀罷)하고, 선치(善治) 수령은 승직(昇職)하여 백성을 인의(仁義)로 다스리고, 시종여상(始終如常)하여 일년지내(一年之內)에 열읍(列邑)이 무위이화(無爲而化)하니, 백성이 서로 노래하여 왈,

"좋을시고, 이제는 살리로다.
요순(堯舜) 적 시절인가? 국태민안(國泰民安) 좋을시고.
신농씨(神農氏) 만든 따비 이제야 시험(試驗)하세.
역산(歷山)에 밭을 갈아 농사(農事)를 어서 지어,
부모 동생 모아 놓고 함포고복(含哺鼓腹)하여 보세.
구관(舊官) 사또 어이하여 침학평민(侵虐平民)하올 적에
무식한 백성들이 인의예지(仁義禮智) 어찌 알며, 효제충신(孝悌忠信) 어찌 알리?
불효부제(不孝不悌) 일을 삼아 골육상쟁(骨肉相爭)하오면
세사(世事)는 분주(奔走)하는도다.
효자가 불효 되고 양민(良民)이 도적 되어 죽기만 바라더니,
신관(新官) 사또 도임(到任) 초(初)에 충효(忠孝)를 겸전(兼全)하여
인의(仁義)로 공사(公事)하니, 덕화(德化)가 널리 벌여 백성들이 살았도다.
불효한 놈 효자 되고, 도적이 양민 되어
산무도적(山無盜賊)하올 적에 밤낮 없이 농사하고,
도불습유(道不拾遺)하올 적에 재물 모여,
생사당(生祠堂)을 지어 볼까, 선정비(善政碑)를 세워 볼가.
우리 사또 착할시고 입석송덕(立石頌德)하여 보세.
만세 만세 억만세나 여군동락(與君同樂)하여 보세."

무수히 칭송하며 거리거리 선정비요, 격양가(擊壤歌)를 일삼더라.

이러므로 어진 소문이 경성(京城)에 자자하고 원근에 진동하는지라, 상(上)이 들으시고 아름다이 여기사 명관(命官)으로 부르시니, 시백이 교지(敎旨)를 받잡아 북향사배(北向四拜)하고 성은(聖恩)을 축수(祝手)하며 행장(行裝)을 차려 경성에 득달하여 궐내에 숙배(肅拜)하온데, 상이 보시고 대찬불이(大讚不已)하시더라. 즉시 본가에 돌아와 부모 양위 전에 문안하고 고구(故舊) 친척(親戚)을 모아 잔치를 배설(排設)하고 즐기더라.

각설(却說), 이때는 갑자년(甲子年) 추칠월(秋七月)이라. 남경(南京)이 요란하다 하거늘, 상(上)이 시백을 불러 상사(上使)를 제수하시니, 시백이 어명(御命)을 받잡아 남경을 들어갈 제, 이때 임경업(林慶業)이라 하는 신하 있어 총명(聰明)이 과인(過人)하고 영웅변화지술(英雄變化之術)을 가졌는지라. 마침 철마산성 중군(中軍)을 제수하였더니, 시백이 사신으로 들어갈새 탑전(榻前)에 주달(奏達)하여 경업으로 장사군관(壯士軍官)을 삼아 한가지 남경에 들어가니, 남경 천자(天子) 조선 사신 오는 말을 듣고 황자건으로 접반사(接伴使)를 명하여 영접하여 들어올새, 이때 북방 호국(胡國)이 총마가달의 난(亂)을 만나 패망(敗亡)할 지경이 되매 대국에 청병(請兵)하였는지라, 황제 마침 청병장(請兵將)을 얻지 못하여 근심하더니, 황자건이 여쭈오되,

"조선 군관의 상(相)을 보니 비록 소국(小國) 인물이나 만고흥망(萬古興亡)과 천지조화(天地造化)를 은은히 감추었사오니, 어찌 기특(奇特)지 아니하오리까? 원컨대 이 사람으로 청병장을 함이 마땅할까 하여이다."

천자 들으시고 사신 시백과 임경업을 패초(牌招)하여 왈,

"경업으로 호국 청병장을 봉(封)하나니, 각별 조심하라."

하신데, 경업이 복지(伏地) 주왈,

"소신(小臣)이 소국의 용렬(庸劣)하온 재주로 어찌 중임(重任)을 담당하오리까마는, 하교(下敎) 정중하시니 어찌 사양하오리까?"

한데, 황제 경업으로 호국 청병장을 봉하시니 경업이 대국 군사를 거느리고 호국에 득달하여 가달로 접전(接戰)할새, 백전백승(百戰百勝)하여 총마 가달을 쳐 항복 받고 호국을 구원하고 승전고(勝戰鼓)를 울리며 대국에 돌아오니, 뉘 아니 칭찬하리오? 황제게 복지(伏地) 사배(四拜)하고 승전(勝戰)함을 고한데, 황제 보시고 크게 칭찬하사 상사(賞賜)를 많이 하시고 글월을 닦아 조선으로 보내니라.

시백과 경업히 하직하고 여러 날 만에 본국에 득달하여 궐하에 입시(入侍)하온데, 상(上)이 보시고 못내 기특히 여기사 가라사대,

"경(卿) 등이 소국 인물로 대국 도원수(都元帥) 되어 호국을 구하고 가달을 쳐 변방(邊方)의 위엄(威嚴)을 떨치니, 이는 만고에 드문 일이라."

양인의 직품(職品)을 돋울새, 시백으로 우상(右相)을 제수하시고, 임경업으로 부원수(副元帥)를 제수하시니라.

각설(却說), 흥진비래(興盡悲來)요 고진감래(苦盡甘來)는 사람의 상사(常事)라. 대감의 춘추(春秋) 당금(當今) 팔십이라, 돌연(突然) 득병(得病)하여 백약(百藥)이 무효(無效)하여 점점 침중(沈重)하시니, 시백과 가권(家眷)을 불러 왈,

"사람의 목숨이 하늘에 있으니 도망(逃亡)키 어려운지라, 어찌 천명(天命)을 어기리오?"

하고, 못내 슬퍼하시다가 별세(別世)하시니, 슬프다, 부인이 애통(哀慟)하시다가 또한 기절하시어, 승상과 같이 일일지내(一日之內)에 천지(天地) 구몰(俱沒)하시니 어찌 망극지 아니하리오? 초종범절(初終凡節)을 예(禮)로써 선산(先山)에 안장(安葬)하고 애통함을 마지아니하더라.

세월이 여류(如流)하여 어느 사이에 삼 년을 다 지내고 수신제가(修身齊家)를 예법으로 지내더라.

각설(却說), 이때 호국이 강성(强盛)하여 북방(北方) 자주 침범하거늘, 경업이 다 물리치고 북방을 살피더니, 무지(無知)한 호왕(胡王) 조선을 치려 하고 만조제신(滿朝諸臣)을 모아 의논할새, 제신더러 왈,

"우리는 지방이 광활하나 조선 장사 임경업을 당할 자가 없으니 어찌 가련치 아니하리오? 조선을 도모코자 하되 경업이 있으니 어찌하리오?"

한데, 제신이 묵묵불언(默默不言)이러니, 이때 호왕의 중전(中殿) 왕비(王妃)는 비록 여자나 무쌍(無雙)한 영웅이라. 상통천문(上通天文)하고 하찰지리(下察地理)하며, 앉아서 천 리 밖의 일을 알고 서서 만 리 밖의 일을 아는지라. 이러한 고로 왕비 호왕께 여쭈오되,

"첩(妾)이 천문(天文)을 보온즉, 조선에 필연(必然) 선인(仙人)이 있는가 싶으니, 만일 그러하면 설사(設使) 임경업을 억제(抑制)한대도 도모(圖謀)케 함이 이롭지 못할까 하나이다."

호왕이 대경(大驚) 왈,

"내 평생에 임경업을 두려워하였더니, 또 그 위에 위어난 신인(神人)이 있을진대 어찌 다시야 조선을 엿보리오?"

하고 자탄불이(自歎不已)하거늘, 왕비 주왈,

"이제 천문을 보온즉, 조선이 국운이 다하였으니 백만(百萬) 대병(大兵)을 보내어도 그 신인을 없이하기 전에는 도모키 어려우나. 첩이 한 묘책을 생각하오니, 이제 자객(刺客)을 구하여 먼저 조선에 보내어 그 신인을 없이하고 대사(大事)를 도모코자 하나이다."

호왕이 대희하여 왈,

"그러하면 어떠한 사람을 얻어 보내리오?"

왕비 왈,

"조선은 탐재호색(貪財好色)하나니, 계집을 구하되 인물이 초월(超越)하고 문필이 이태백(李太白)·왕희지(王羲之) 같고,

의량(意量)은 제갈공명(諸葛孔明) 같은 계집을 보내면 성사(成事)할 만하나이다."

한데, 호왕이 대희하여 즉시 제신(諸臣)과 의논하며 두루 구하더니, 육궁(六宮) 시녀(侍女) 중에 기홍대라 하는 계집이 있으되, 인물은 당명황(唐明皇)의 양귀비(楊貴妃)요, 구변(口辯)은 소진(蘇秦)·장의(張儀)를 냉소(冷笑)하고, 검술(劍術)은 이목(李牧)·염파(廉頗)의 기상(氣象)이요, 용맹은 용호(龍虎) 같은지라. 왕비 호왕께 여쭈오되,

"기홍대는 검술과 의량과 문필이 초월하고, 겸하여 인물이 절색이요 만부부당지용(萬夫不當之勇)을 가졌으니, 이 사람을 보내시면 성사(成事)할 듯하와이다."

호왕이 기꺼 기홍대를 불러 이르되,

"너의 신기묘법(神技妙法)은 이미 짐작하거니와 조선에 나가 대공(大功)을 이룰쏘냐?"

기홍대 주왈,

"소녀 재주 없사오나 국은이 망극하온지라, 수화중(水火中)이온들 어찌 피하오리까?"

호왕이 왈,

"네 조선에 나가 힘을 다하여 신인의 머리를 베어 올진대 천금상(千金賞)에 만종록(萬鐘祿)을 누리게 할 것이니 부디 성공하여 오라."

하시니, 기홍대 왈,

"재주 없사오나 조선을 나가 영웅과 호걸을 한 칼에 베어 대왕의 근심을 덜까 하나이다."

호왕이 기특히 여겨 백 전 당부하고 보낼새, 홍대 나오니 왕비 불러 왈,

"네가 조선에 나가면 언어(言語) 생소(生疎)할 것이니 자세히 알고 가라."

하고 언어 상통(相通)하는 것과 조선 풍속(風俗)을 가르친 후에, 또 이르되,

"조선에 나가거든 먼저 장안(長安)에 들어가 우의정(右議政) 집을 찾아가면 신인이 있을 것이니, 문답(問答)은 여차여차(如此如此)하여 부디 재주를 허비(虛費)치 말고 오는 길에 의주(義州)에 가서 임경업의 머리를 베어 오라."

한데, 홍대 승명(承命)하고 즉시 하직하고 나와 행장(行裝)을 가지로 바로 해동(海東)으로 향하여 장안에 득달하였는지라.

이적에 박씨 피화당에 앉아 천문(天文)을 살펴보고 우상을 청하여 왈,

"모월 모일에 어떠한 여자 문밖에서 문안(問安)할 것이니 부디 조심하고 피화당으로 인도하여 보내시되, 만일 친근히 대접하면 큰 화를 당하리라."

하거늘, 우상 왈,

"어떠한 여자건데 나를 찾아오나이까?"

박씨 왈,

"그는 종차(從次) 알려니와 수다(數多)히 번설(煩說)치 마옵소서. 그 계집이 오면 사랑에서 유(留)하려 할 것이니, 부디 조심하여 그 계집에게 속여지지 마옵소서. 그 여인은 얼굴이 기묘(奇妙)하고 백태(百態) 구비하여 문필이 유여(裕餘)한지라, 만일 기묘함을 사랑하와 동침(同寢)하시면 대환(大患)을 면치 못하실 것이니 부디 피화당으로 보내시되, 그 여인의 술법은 칭량(稱量)치 못하려니와 그간에 술을 빚어 넣되 한 그릇은 쌀 두 말에 열씨 서 되를 섞어 만들고, 또 한 그릇은 순주(醇酒)로 하여 두고 그 날이 당하거든 여차여차하오리니 그리 아옵소서."

우상이 듣고 일변(一邊) 고이 여기며 허락하고 안주와 술을 준비하더라.

각설(却說), 기홍대 불측(不測)혼 흉계(凶計)를 품고 조선에 득달하여 장안에 들어가 우상 집에 찾아가니, 과연 박씨 말과 같이 오리라 하던 날 어떠한 여자 치레를 능란(能爛)히 하고 승상 댁에 문안하거늘, 승상이 문왈,

"너는 어떠한 계집인가?"

기홍대 왈,

"소녀는 하방(遐方) 천기(賤妓)로서 장안에 구경왔삽다가 외람(猥濫)이 대감댁 문전에 들어왔나이다."

승상이 왈,

"네 그러하면 근본(根本) 어디서 살며 성명은 무엇이냐?"

그 여자 답왈,

"소녀 살기는 강원도 회양 사옵더니, 조실부모(早失父母)하옵고, 유리걸식(遊離乞食)하와 우연히 그 골 관비정속(官婢定屬)하였삽더니, 성은 모르옵고 이름은 설중매로소이다."

하며, 언어 천연(天然)하거늘, 상공이 그 거동을 보니 예사 사람과 다른지라, 심중(心中)에 고이 여겨,

"사랑에 오르라."

하시니, 그 여자 황송(惶悚)함을 머금고 겸양(謙讓)하다가 당(堂)에 올라 좌정(坐定) 후에 승상이 사랑하여 수작(酬酢)을 난만(爛漫)히 하시니, 그 여인이 문필이 유여하여 대답을 청산유수(靑山流水)같이 하고, 의량(意量)이 광활하여 문답이 차착(差錯)이 없는지라, 승상의 문법(文法)과 구변(口辯)이 넉넉하나 이 계집은 당치 못할러라. 심중에 고이 여겨 대찬(大讚) 왈,

"장안(長安)에도 문장재사(文章才士)가 허다하나 너 같은 계집은 보지 못한지라, 진실로 하방(遐方) 천인(賤人) 되기 아깝다."

하시며, 인물과 문답이 비범함을 사랑하시나, 박씨 하던 말을 생각하고 왈,

"지금 날이 저물었으니 후원 피화당에 가 편히 쉬어 가라."

하니, 그 여자 답왈,

"소녀의 몸이 하방 천기로서 이미 대감 존전에 왔사오니,

사랑에서 오늘밤 유(留)하와 대감을 모시고 아득하온 마음을 명백(明白)히 가르치심을 받을까 하나이다.”

승상 왈,

“네 말이 좋으나 금야(今夜)에 국사(國事)에 호번(浩繁)한 일 있어 자연 현란(眩亂)하매 널로 더불어 동침(同寢) 못 하겠으니 후일을 기다리고 섭섭히 생각 말라.”

하며,

“내당에 들어가 편히 유하라.”

하시니, 그 여자 답왈,

“소녀같이 미천한 몸이 어찌 생심(生心)인들 존엄하온 부인을 모시고 하룻밤인들 어찌 지내오리까? 황공하나이다.”

승상 왈,

“네 말이 당연하나 부인과 너와 피차 여인(女人)이라 무슨 허물 있으리오?”

하시고 시비 계화를 불러 분부하되,

“이 사람을 데리고 피화당에 유하게 하라.”

하시니, 계화 청령(聽令)하고 그 여인을 데리고 피화당에 가 대감 분부를 전하니, 박씨 듣고 그 여인을 청한데, 그 여인이 들어와 문안하거늘, 박씨 문왈,

“너는 어떤 사람이건데 내 집을 찾아왔느냐?”

그 여인 왈,

“소녀는 하방 천기옵더니, 경성(京城)에 구경왔삽다가 길을 잃고 외람(猥濫)이 댁에 왔사오니, 불승황공(不勝惶恐)하여이다.”

박씨 왈,

“일력(日力)도 다하고 갈 데 없으니 방에 들라.”

하시고 계화를 불러 왈,

“지금 손이 왔으니 주효(酒肴)를 가져 오라.”

하신데, 계화 청령(聽令)하고 후원에 가더니 이윽고 옥반(玉盤)에 성찬가효(盛饌佳肴)를 가지고 술병 둘을 갖다가 문밖에 감추고 술을 내어올새, 독주(毒酒)는 그 여인에 권하고 순주(醇酒)는 박씨에게 드리니, 그 여인이 행역(行役)에 뇌곤(腦困)하여 기갈(飢渴)한 중에 독주를 사오 배(杯) 먹은 후 일기효(一器肴)를 다 먹으매, 박씨 또한 그 여자와 같이 주효를 같이 먹으니 그 거동이 차등(差等)이 없는지라. 이때 가인(家人)과 승상이 그 수작함을 보고자 하여 문밖에 은신(隱身)하여 그 거동을 보시고 놀라이 여기더라.

이윽고 그 여인이 독주를 먹고 대취(大醉)하여 박씨께 청하여 왈,

“소녀가 행역에 뇌곤하여 주시는 술을 많이 먹사와 신기(身氣) 고단하오니 잠깐 비김을 청하나이다.”

박씨 왈,

“이주대빈(以酒待賓)은 예의지상(禮儀之常)이요 인륜지통(人倫之通)이라, 어찌 내 집에 온 손을 어찌 대접지 아니하리

오?”

그 여인이 황공감사(惶恐感謝)하여 수작을 난만히 하니 피차 우열(優劣)이 없더라. 그 여인이 비기어 가만히 생각하되,

‘우리 왕비 하직하올 때에 말씀하시기를, 조선에 나가거든 우의정 집을 찾아가면 자연 알리라 하시더니, 아까 승상의 상(相)을 보니 다만 인후(仁厚)할 뿐이요 다른 재주 없어 보이기로 염려 없이 여겼더니, 이제 부인의 거동을 보니 비록 여자나 미간(眉間)에 천지조화(天地造化) 은은히 감추었고 흉중에 만고흥망(萬古興亡)을 품었으니, 이 사람이 곧 선인(仙人)이라. 내가 만일 이 사람을 살려두면 우리 왕상(王上)의 조선 도모하시는 일을 이루기 어려울지라, 어찌 근심되지 아니하리오? 내 좋은 묘계(妙計)를 내어 이 사람을 먼저 죽이어 우리 왕상의 근심을 풀고 내의 이름을 천추(千秋)에 유전(遺傳)하리라.’

하며 심중(心中)에 대희(大喜)하더니, 술이 대취하매 박씨께 또 청하여 왈,

“황공하오나 곤(困)하오니 자기를 청하나이다.”

하니, 박씨 허락하고 베개를 주거늘, 그 여인이 베개에 비기어 눕더니 잠을 들었으되 한 눈을 뜨더니 이윽고 두 눈을 다 뜨며 눈에서 불덩이가 내달아 방중(房中)에 뒹굴며 자는 숨결에 방문이 열치락닫치락하여 사람의 정신을 놀라게 하니, 박씨 생각하기를,

‘비록 여자나 천하(天下) 명장(名將)이로다.’

하시고, 또 한가지 자는 체하다가 가만히 일어나 그 여인의 행장(行裝)을 열어보니, 다른 것은 없고 다만 칼 하나 있으되, 자세히 보니 주홍(朱紅)으로 새겼으되 ‘비연도(飛燕刀)’라 하였더라. 그 칼을 만지려 할 즈음에 칼이 화(化)하여 제비 되어 천장(天障)으로 솟구쳐 박씨를 해(害)하려 하고, 자주 범(犯)하거늘, 박씨 급히 매운 재를 갖다가 진언(眞言)을 외우며 풀어 던지니, 그 칼이 영험(靈驗)이 없어 변화를 못 하는지라. 박씨 그제야 그 칼을 가지고 소리를 벽력(霹靂)같이 지르며 그 여인을 깨우니, 그 여자 잠을 깊이 들었다가 벽력 같은 소리에 잠을 깨어 혼미(昏迷) 중에 일어 앉으니, 박씨 비연도를 손에 들고 소리를 크게 하여 꾸짖어 왈,

“무지(無知)하고 간특(奸慝)한 년아, 네가 호국 기홍대 아니냐?”

하는 소리 천지 무너지는 듯 혼불부신(魂不附身)하고 실혼낙백(失魂落魄)하여 아무리 할 줄 모르다가 정신을 진정하여 눈을 들어보니, 박씨 손에 비연도를 들고 앉은 모양 위엄이 상설(霜雪) 같아서 엄숙함이 팔년풍진(八年風塵)에 홍문연(鴻門宴) 잔치에 번쾌(樊噲)가 항장(項莊)을 대하여 두발(頭髮)이 상거(上擧)하고 목자진렬(目眥盡裂)하던 위엄 같아서 감히 말을 못하고 묵묵히 앉았다가 정신을 진정하여 여쭈오되,

“부인께옵서 이같이 명백하옵시니 과연 기홍대로소이다.”

부인이 눈을 부릅뜨고 대질(大叱) 왈,

"너는 일시(一時) 자객(刺客)으로 개 같은 네 왕의 말을 듣고 당당한 우리 예의지국(禮儀之國)을 해(害)하려 하니, 네 어찌 살기를 바라리오? 내 재주 없으나 너 같은 요물(妖物)에게는 속지 않을 것이요, 또 너 같은 년을 살려두면 무죄한 사람을 많이 죽이리라."

하고 노기등등(怒氣騰騰)하여 비연도로 기홍대의 머리를 겨누며 꾸짖어 왈,

"개 같은 오랑캐 년아, 내 말을 들으라. 우리 대감께옵서 우리 왕명(王命)을 받아 아국(我國) 장사(壯士) 임경업을 데리고 남경(南京) 사신 들어갈 제, 너의 나라에서 총마 가달의 난을 만나 패망지경(敗亡之境)에 이르러 세궁역진(細窮力盡)하매 대국(大國) 청병(請兵)하였기로 아국 장사 임경업으로 청병대장(請兵大將)을 삼아 네 나라를 구원(救援)하라 하시매, 군사를 거느려 네 나라에 가 힘을 다하여 병불혈인(兵不血刃)하고 호통 일성(一聲)에 총마 가달을 물리치고 너의 나라 사직(社稷)을 보존하여 주었으니, 그 은혜를 생각하면 태산(泰山)이 가볍거늘, 도리어 보은(報恩)하기는 고사하고 배은망덕(背恩忘德)하니, 너의 왕 같은 놈은 내 앉아서도 죽여 없이 하리라. 너 같은 여자를 보내어 당돌히 우리나라를 탐지(探知)코자 내 집에 와 먼저 나를 해하려 하니, 너 같은 년은 내 먼저 없이 하려니와, 이 같은 흉계는 다 너의 왕비 간계(奸計)라. 내 먼저 알고 있나니, 네 왕이 감히 흉측(凶測)한 간계를 어찌 내어 우리나라를 해하려 하느냐? 목을 늘어어 내 칼을 받으라."

하고 소리를 벽력같이 지르니, 기홍대 애걸 왈,

"극(極)히 황송하오나 부인(夫人) 전에 어찌 일호(一毫)나 기망(欺罔)하오리까? 소녀 약간 검술을 아는 고로 국왕의 불량(不良)하온 말씀을 듣고 외람(猥濫)히 왔삽다가 이같이 신명(神明)하옵시니 무슨 말씀을 아뢰오리까? 이는 다 소녀 왕비의 지시함이오니, 황공하오나 소녀의 목숨은 부인 칼 끝에 달렸사오니, 부인은 하해지택(河海之澤)을 내리어 소녀의 잔명(殘命)을 살려 주시면 본국(本國)에 돌아가 소녀 국왕과 왕비께 이 말씀을 다하옵고 다시야 생심(生心)인들 범람(氾濫)한 뜻을 먹사오리까? 소녀의 죄상(罪狀)은 다시 아뢸 말씀 없사오니 잔명을 살려 주옵소서."

하고 무수 애걸하니, 박씨 듣고 왈,

"네 왕은 진실로 금수(禽獸)와 같은지라. 은혜를 모르고 도리어 우리 조선을 멸시(蔑視)하여 인재(人才)를 살피고자 하니, 가위(可謂) 양호유환(養虎遺患)이라, 어찌 통분(痛忿)치 아니하리오? 나의 뜻이 너 같은 인명(人命)을 살해(殺害)코자 할 마음이 아니라 네 어찌 살기를 바라리오?"

한데, 기홍대 머릴르 조아려 무수히 애걸 왈,

"부인의 말씀을 듣사오니 더욱 후회(後悔)하나이다."

무수히 사죄하니, 부인이 잠깐 칼을 머무르고 분심(忿心)을 진정하여 왈,

"네 왕의 소위(所爲)를 생각하면 너를 죽이어 우선 분함을 풀 것이로되, 인명 살해함이 상서(祥瑞)롭지 아니하기로 아직 살려 보내거니와, 네 나라에 가 네 왕과 왕비더러 자세히 이르되, '너의 왕이 금수의 마음을 두고 다시 불측한 흉계를 가지면, 우리 조선이 비록 편소(偏小)하나 인재를 헤아리면 영웅 명장이 적여구산(積如丘山)이요 나 같은 용둔(庸鈍)한 재주는 거재두량(車載斗量)이라.' 네 왕은 왕비의 말을 듣고 너를 인재라 하여 보내었으나 나 같은 사람을 먼저 만났기에 네 목숨을 살아 가나니, 돌아가 네 왕과 왕비에게 내 말을 자세히 전하여 '차후(此後)는 천명을 순수(順受)하되 만일 교만(驕慢)한 마음을 고치지 아니하고 일향(一向) 거역하면 내 비록 여자이나 영웅 명장을 모아 기병(起兵)하여 네 나라를 가면 무죄한 억조창생(億兆蒼生)을 씨 없이 할 것이니, 부디 천명을 거역지 말라.'고 하거라."

하고 다시 개탄(慨歎)이 여겨 왈,

"국운이 불행한 탓이로다. 수원수구(誰怨誰咎)하리오?"

하며 앙천탄식(仰天歎息)하거늘, 기홍대 그 거동을 보고 일어나 배사(拜謝) 왈,

"신명(神明)하신 덕택을 입사와 죽을 목숨을 보존하오니, 감격무지(感激無地)하와 사후난망(死後難忘)이로소이다."

하며 수괴(羞愧)한 마음을 머금고 하직하고 나와 내념(內念)에 생각하되,

'내 이제 대사를 경영(經營)하고자 불원천리(不遠千里)하고 왔다가 성공은 고사하고 본색(本色)이 탄로(綻露)하였으니, 이제 의주(義州)로 간들 성공하기를 어찌 바라리오? 그저 돌아감만 같지 못하다.'

하고 즉시 본국으로 가더라.

각설(却說), 이적에 승상과 가인이 이 거동을 보고 크게 놀래더라.

그 익일(翌日)에 승상이 궐내(闕內)에 들어가 그 연유(緣由)를 낱낱이 주달(奏達)하니, 전하(殿下)와 만조제신(滿朝諸臣)이 듣고 대경실색(大驚失色)하는지라. 즉시 의주 부윤(府尹) 임경업에게 관자(關子)하되,

"호국(胡國)에서 기홍대라 하는 계집이 조선에 나와 여차여차한 일이 있으니, 그런 계집이 혹 사람을 유인(誘引)하여 죽이려 하고 의주로 갈 것이니 그 간계에 속지 말고 명심불망(銘心不忘)하라."

하였더라.

각설(却說), 이적에 나라에서 박씨의 명감(明鑑)함을 탄복하시고 충효(忠孝)를 칭찬하시며 공(功)을 의논하실새, 박씨로 명현부인(明賢夫人)을 봉(封)하사 직첩(職牒)을 내리시고 삼품녹(三品祿)을 사급(賜給)하시니라.

상(上)이 우상(右相)더러 왈,

"만일 경(卿)의 아내곧 아니던들 대환(大患)을 면치 못하리로다."

하시고,

"흉악한 도적이 우리나라를 엿보고자 하여 이렇듯이 탐지하니, 어찌 통분(痛忿)치 아니하리오? 이후는 도적의 기미(幾微)를 알아 낱낱이 주달(奏達)하라."

하시다.

각설(却說), 기홍대 본국에 들어가 현신(現身)하니, 호왕이 문왈,

"조선에 나가 어찌하고 왔느냐?"

기홍대 답주왈,

"소녀(小女) 봉명(奉命)하옵고 단신(單身)으로 대사(大事)를 경영(經營)하여 만리타국(萬里他國)에 갔삽더니, 성공은 고사하고 만고에 짝 없는 영웅 박씨를 만나 목숨을 보존치 못하고 타국 원혼이 되올 것을, 누누 애걸할 뿐더러 오히려 어진 덕을 입사와 본국에 왔거니와, 박씨의 하는 말이, 대왕께옵서 배은망덕(背恩忘德)하고 주석지의(疇昔之義)를 모르고 금수(禽獸)에 비(比)하여 심책(深責)하온 후, '또다시 범람(氾濫)한 뜻을 두면 박씨 비록 여자이오나 영웅과 명장을 거느리고 본국에 들어와 멸망지환(滅亡之患)을 주리라.' 하고 '대왕이 무도(無道)하여 이 같은 뜻을 둔다.' 하며 이 뜻을 대왕께 전하여 범람(氾濫)한 마음을 두지 말라 하더이다."

한데, 호왕 듣고 대로(大怒) 왈,

"네가 부질없이 갔다가 성공은 고사하고 묘계(妙計)만 탄로하고 왔으니 어찌 통한(痛恨)치 아니하리오?"

하고 또 왕비를 청하여 왈,

"이제 기홍대 조선에 나갔다가 신인(神人)을 만나 영웅을 죽이지 못하고 묘계만 탄로하여 욕설(辱說)로 내게 미치니, 어찌 분하지 아니하리오? 또한 조선을 도모치 못하게 되었으니 나의 분한 마음을 어디 가 풀리오?"

하거늘, 왕비 답왈,

"첩(妾)이 한 묘책(妙策)이 있으니 행(行)하여 보옵소서."

왕이 왈,

"무슨 계교인지 알고자 하나이다."

왕비 왈,

"조선은 비록 선인(仙人)과 영웅이 있으나 조정(朝廷)에 간신(奸臣)이 있사와 신인의 말을 듣지 아니할 것이요, 또 명장을 쓰지 아니할 것이니, 이제 대왕을 대군(大軍)을 거느려 조선을 치되, 북(北)으로 행(行)치 말고 바로 동해(東海)를 건너 조선국 도성(都城) 동대문을 깨치고 장안(長安)을 엄살(掩殺)하오면 반드시 조선을 도모하리이다."

한데, 왕이 듣고 대희하여 즉시 한우와 용골대로 대장(大將)을 삼아 정병(精兵) 십만을 조발(調發)하여 주며 왈,

"경(卿) 등을 택출(擇出)하여 조선에 보내니 부디 힘을 다하여 성공하되, 북으로는 가지 말고 동해를 건너 도성 동대문을 짓치고 들어가 장안을 엄살하면 조선을 도모할 것이요, 또 경 등은 만종록(萬鐘祿)을 누릴 것이니 부디 명심불망(銘心不忘)하라."

한데, 양장(兩將)이 청령(聽令)하고 하직하고 나오니, 왕비 양장을 불러 왈,

"그대 등이 부디 왕의 비계(秘計)를 위령(違令)치 말고 군사를 거느려 조선지경(朝鮮之境)을 들거는 바로 날랜 군사로 의주(義州)와 도성(都城) 왕래지경(往來之徑)에 복병(伏兵)하였다가 소식을 통(通)치 못하게 하며, 그대 등은 장안에 들어가되 우의정 이시백 집 후원(後園)은 범(犯)치 말라. 그 집 후원 피화당이라 하는 집이 있으니, 사면(四面) 신기한 나무 무성(茂盛)하매 만일 그 집 후원을 범하면 성공은 고사하고 신명(身命)을 보존치 못할 것이니 부디 명심불망하라."

하더라. 양장이 청령하고 나와 십만 대병을 거느리고 바로 동해를 건너 장안으로 향하니라.

각설(却說), 이적에 박씨 홀로 피화당에 앉았더니 승상을 청하여 왈,

"북방(北方) 호적(胡狄)이 기병(起兵)하여 조선지경을 범하였으니, 급히 탑전(榻前)에 주달(奏達)하여 의주 부윤 임경업을 불러 군병(軍兵)을 총독(總督)하여 동(東)으로 들어오는 도적을 방비(防備)하라."

하니, 승상이 듣고 대경하여 왈,

"나의 소견은 도적이 들어온다 하여도 북적(北狄)이니 북(北)으로부터 의주로 들어와서 범할 것이니, 만일 의주 부윤 임경업을 불러 올리고 북방을 비웠다가 호적이 북도(北道)를 탈취(奪取)하면 국가 위태(位太)함이 조석(朝夕)에 있을지라. 그런데 어찌 동편를 맏으라 하나이까?"

부인 왈,

"북적은 본디 간사(奸邪)한 꾀 많은지라, 임 장군을 두려워 북(北)은 감히 범치 못하고 동해를 건너 바로 동대문을 깨치고 들어와 장안을 엄살할 것이니, 어찌 분(忿)치 아니하오리까? 부디 첩의 말씀을 헛되이 알지 마옵고 급히 탑전에 주달하와 방비하게 하옵소서."

승상이 청파(聽罷)에 급히 탑전에 들어가 부인 말씀을 낱낱이 주달하니, 상(上)이 들으시고 크게 놀래시어 만조제신(滿朝諸臣)을 모아 의논할새, 제신이 이 말씀을 듣고 창황질색(惝怳窒塞)하여 아무리 할 바를 모르더니, 좌의정 원두표(元斗杓) 주왈,

"북적(北狄)은 본디 간사한 꾀가 많은지라. 박 부인의 말씀이 옳사오니 그 말을 좇아 동(東)을 지키게 임경업을 패초(牌招)하사이다."

한데, 언미필(言未畢)에 한 재상이 있어 변색(變色) 주왈,

"원두표의 말씀이 극히 불가하여이다. 북방 호적이 누차 임경업의 덕을 입었으니 무슨 혐의(嫌疑)로 우리 조선을 엽소오며, 설사(設使) 기병(起兵)한다 하여도 반드시 의주로 들어올지라. 만일 의주를 비우고 임경업을 부르면 도적이 북방으로 와 함몰하면 그 성세(盛勢) 가장 위태한지라, 어찌하여 한 여자의 말을 듣고 막중(莫重) 신지(神地)를 비우고 동을 지키게 하오며 직금 시화연풍(時和年豐)하고 국태민안(國泰民安)하여 강구연월(康衢煙月)에 격양가(擊壤歌)를 일삼거늘 이 같은 태평시절에 요망한 부인의 말을 듣고 조정(朝廷)을 경동(驚動)케 하며 민심을 요란케 하오리까?"

하거늘, 이 사람은 만고역적(萬古逆賊) 김자점(金自點)이라. 만조제신이 그 권세를 두려워 말을 못하고, 우상(右相) 이시백도 항거(抗拒)치 못하여 분심을 이기지 못하여 집에 돌아와 그 사연(事緣)을 부인께 낱낱이 설화(說話)하니, 박씨 듣고 앙천(仰天) 탄왈,

"슬프다, 국운이 불행하니 소인(小人)이 만조(滿朝)로다. 도적이 미구(未久)에 도성을 범할 것이니 어찌 근심되지 아니하리오? 이제 내 말을 좇아 임경업을 패초하여 도적 오는 길을 막으면 제어하려니와 그렇지 아니하면 대화(大禍) 당두(當頭)할 것이니 어찌 망극지 아니하리오?"

하며 승상더러 왈,

"국가 불의지변(不意之變)이 조모(朝暮)에 있으니, 부디 충성을 다하여 사직(社稷)을 안보(安保)하옵소서."

하고 대성통곡(大聲痛哭)하니, 승상이 청파(聽罷)에 민망한 마음을 걷잡지 못하여 하늘을 우러러 탄식하고 궐내에 들어가니, 이때는 병자년(丙子年) 납월(臘月) 망일(望日)이라. 홀연(忽然) 동대문으로 방포일성(放砲一聲)에 고각(鼓角) 함성(喊聲)이 천지진동하더니 무수한 호적이 문을 깨치고 들어오는지라. 살기(殺氣) 성중(城中)에 가득하니 백성의 참혹(慘酷)함을 어찌 칭량(稱量)하리오? 호장이 바로 군사를 호통하여 사면으로 치돌(馳突)하니, 사세(事勢) 창황망극(愴惶罔極)하여 아무리 할 바를 모르거늘, 상(上)이 가라사대,

"이제 도적이 장안 성중에 가득하여 백성을 살해하고 사직이 위태함이 시각에 있는지라 어찌하리오?"

하시며 하늘을 우러러 탄식하시는지라. 이때 승상이 곁에 모셨다가 급히 여쭈오되,

"이제 사세 급하오니 남한산성으로 피란(避亂)하사이다."

한데. 상이 혼미(昏迷) 중에 아무리 할 줄 모르고 탄식하시다가 옥교(玉轎)를 타시고 성문(城門)에 나서 남한산성으로 가시다가 전면(前面)에 도적이 내달아 치돌하거늘, 우상이 죽도록 힘을 다하여 물리치고 옥교를 모셔 남한산성으로 가시니라.

이때 호장 한우와 용골대 십만 철기(鐵騎)를 거느리고 장안을 치돌하며 바로 군사를 몰아 궐내에 들어가니 궐내가 비었는지라. 남한산성으로 피란한 줄을 알고 용골대 아우 용울대로 장안을 지키라 하고, 철기 백여 기(騎)를 주어 장안 물색(物色)을 수습(收拾)하라 하고 대군을 거느리고 남한산성으로 쫓아가 성을 에워싸고 치더라.

각설(却說), 이때 박씨 일가친척을 피화당으로 모아 병난(兵亂)을 피하더니, 피란하는 부인들이 용울대 장안에 있어 물색을 수탐(搜探)한단 말을 듣고 도망코자 하거늘, 박씨 만류 왈,

"도적이 사면에 지키었으니 도만한들 어디를 가면 환(患)을 피하리오? 요동(搖動)치 말고 있으면 자연 환을 피하리라."

하고 만류하여 요동치 못하게 하더라.

이때 호장 용울대 백여 기를 거느리고 장안을 사면으로 다니며 인물(人物)을 탐지하더니, 한 집을 바라보니 정결(淨潔)한 초당이 있으되 전후좌우(前後左右) 수목이 무성하고 그 가운데 무수한 사람이 피란하였거늘, 용울대 두루 살펴보니 나무마다 용과 범이 되어 수미(首尾)를 서로 접응(接應)하고 가지마다 새와 뱀이 되어 변화무궁(變化無窮)하여 살기충천(殺氣衝天)한지라, 생각건대,

'이 집이 분명 시백 집이라.'

하며,

'내 어찌 아녀자(兒女子)를 피하리오?'

하고 박씨의 신기함을 칭찬하며 피화당에 있는 물색을 겁칙고자 하여 들어가니, 삽시간에 청명(淸明)하던 날이 흑운(黑雲)이 일어나며 뇌성벽력(雷聲霹靂)이 천지진동하더니, 사면에 무성한 수목이 변하여 무수한 갑병(甲兵)이 되어 첩첩(疊疊)이 에워싸고, 잎은 창검(槍劍)이 되어 사람의 마음을 감동(撼動)케 하니, 용울대 그제야 우상 시백의 집이 분명한 줄을 알고 크게 놀래어 급히 도망코자 하더니, 뜻밖에 피화당 사면이 변하여 칼날 같은 바위 되어 하늘에 닿았는지라. 정신을 차려 자세히 살펴보니 첩첩한 칼날 같은 바위 사면을 막아 있고 길을 분별치 못할러라. 용울대 혼불부신(魂不附身)하여 아무리 할 줄을 모르더니, 홀연 어떠한 여자 칼을 들고 언연(偃然)이 나와 크게 꾸짖어 왈,

"네 어떠한 도적이건데 당돌히 들어와 죽기를 재촉하느냐?"

하니, 울대 합장(合掌) 배사(拜謝) 왈,

"뉘 댁인지 모르고 왔삽거니와 덕택을 두어 목숨을 살려주옵소서."

한데, 계화 꾸짖어 왈,

"나는 이 댁 시비 계화여니 너는 어떠한 도적으로 무슨 일로 사지(死地)를 모르고 조그마한 힘을 믿고 당돌히 들어왔느냐? 우리 댁 부인께옵소 네 머리를 베어 오라 하시니, 너는 목을 늘이어 내 칼을 받으라."

한데, 울대 그 말을 듣고 대로(大怒)하여 칼을 빼어 들고 계

화를 치려 하니, 칼 든 손이 혈맥(血脈)이 없어 감히 범수(犯手)할 길이 없는지라, 하릴없이 앙천 탄왈,

"슬프다, 대장부 출세(出世)하였다가 조그마한 여자의 손에 죽게 되니 절통(切痛)치 아니한가?"

하며 탄식하거늘, 계화 웃어 왈,

"호국 장사 울대야, 불쌍하고 가련하도다. 네 대장부 명색(名色)으로 조선에 나왔다가 오늘 나 같은 아녀자 손에 죽게 되었으니 너 같은 것이 어찌 대장이 되어 타국을 엿보고자 왔느냐? 내 말을 들어 보아라. 무도(無道)한 네 왕이 천의(天意)를 모르고 외람(猥濫)이 우리 예의지국을 해(害)하려 너 같은 용렬(庸劣)한 것을 보내었으니, 네 왕의 일을 생각하니 측은(惻隱)하고 분(忿)하도다. 내 칼이 사정이 없어 네 머리를 베이나니 아무리 무지한 필부(匹夫)놈이라도 천의를 순수(順受)하여 죽은 혼이라도 나를 원망치 말라."

언필(言畢)에 칼을 들고 울대의 머리를 치니 검광(劍光)을 좇아 번신낙마(翻身落馬)하는지라. 즉시 머리를 칼 끝에 꿰어 들고 피화당에 들어가 부인께 드리니, 부인이 그 머리를 받아 문밖에 내치지 그제야 풍운(風雲)이 고요하고 일색(一色)이 명랑(明朗)한지라. 다시 머리를 집어다가 후원 나무 끝에 달아 두고 타인이 보게 하였더라.

슬프다, 국운이 불행하여 이 같은 변을 만나 전하께옵서 남한산성으로 피난하였더니, 호적(胡狄)이 바로 물밀듯 들어가 전하와 제신(諸臣)을 다 생금(生擒)하고 호령이 추상(秋霜) 같은지라. 호통 일성에 무릎을 도적에게 꿇어 항서(降書)를 써 들였으니 호적이 바로 들어가 왕비와 세자 삼형제를 생금하여 호군으로 압령(押領)하여 장안으로 가라 하니, 전하이 거동을 보시고 통곡 기절하시니, 만조제신이 또한 하늘을 우러러 탄식하며 전하를 위로하여 옥체(玉體) 보중(保重)하시기를 축수(祝手)하며 김자점의 고기 먹기를 원(願)하는지라. 이같이 망국(亡國)하기는 막비천수(莫非天數)나 만고소인(萬古小人) 김자점이 적세(賊勢)를 도와 망케 되었으니 어찌 슬프지 아니하리오? 만성인민(萬姓人民)이 자점의 고기 먹기를 다 원하더라.

각설(却說), 용골대 강화(講和)를 받아 가지고 장안으로 들어오더니, 전군(前軍)이 보(報)하되,

"울대가 장안에서 아녀자 손에 죽었다."

하거늘, 용골대 이 말을 듣고 대경하여 방성통곡(放聲痛哭)하고 왈,

"우리가 이미 조선 왕에게 강화를 받았거늘, 나의 동생을 뉘라서 해(害)하였느뇨? 원수를 갚으리라."

하고 바삐 말을 달려 장안에 들어오더니, 한편을 바라보니 어떤 한 집 후원 초당 나무 끝에 울대 머리가 달렸는지라. 용골대 머리를 자세히 보고 방성통곡하며 전군을 불러 물어 왈,

"저 집이 우의정 이시백의 집이냐?"

답왈,

"그러하나이다."

하거늘, 용골대 분을 이기지 못하여 칼을 들고 달려 치돌(馳突)코자 하거늘, 도원수 한우 왈,

"피화당 사면으로 기이한 나무가 무성함을 보니 범상치 아니한지라, 그대는 분심을 잠깐 진정하고 내 말을 들으라. 옛날 제갈량(諸葛亮)의 팔진도법(八陣圖法)과 사마상여(司馬相如)의 오행금사진법(五行金蛇陣法)을 겸하였으니 어찌 두렵지 아니하리오? 그대는 삼국 시절 육손(陸遜)의 일을 생각하여 저 같은 함지(陷地)에 접족(接足)지 말라."

한대, 용골대 더욱 분을 참지 못하여 칼을 잡고 땅을 두드리며 왈,

"그러하오면 울대의 원수를 어찌 갚사오리까?"

하고 기절(氣絶)하다가 또 하는 말이,

"타국에 형제 한가지 왔다가 대사(大事)를 성공하옵고 동생을 죽이고 그 원수를 갚지 못하고 어찌 일국 대장으로 조그마한 아녀자에게 죽음이 되었으니 후세에 남의 웃음이 되올지라. 어찌 그저 돌아가리오?"

한우 왈,

"그대가 일시 분을 참지 못하여 용력(勇力)만 믿고 저러한 함지에 들어갔다가 보수(報讎)하기 난사(難事)이로니 도리어 신명(身命)을 보존치 못할 것이니, 알지못게라, 아직 진정하여 그 신기한 재주를 살펴보라. 비록 억만 대병을 거느려 간대도 살아나지 못할 것을 하물며 단기(單騎)로 들어가고자 하니 어찌 일국 대장이라 하리오?"

용골대 그 말을 자세히 듣고 군사를 호령 왈,

"그 나무를 에워싸고 불을 질러라."

하니, 군사 영을 듣고 화약과 염초(焰硝)를 사면으로 불을 지른대, 홀연 일진광풍(一陣狂風)이 일어나며 오운(五雲)이 자욱한 가운데 수목이 변화하여 무수한 장졸(將卒)이 되어 금고함성(金鼓喊聲)이 천지진동하며, 허다한 비룡(飛龍)과 맹호(猛虎) 서로 수미(首尾)를 접응(接應)하며 풍운이 자욱한데, 전후좌우에 겹겹이 둘러싸고, 공중으로서 신장(神將)이 내려와 갑주(甲冑)를 갖추고 장창대검(長槍大檢)을 들고 무수한 귀졸(鬼卒)이 달려드니, 뇌고함성(擂鼓喊聲)은 천지진동하고 호령이 추상(秋霜) 같으니, 장졸이 넋을 잃고 항오(行伍)를 차리지 못하는지라. 서로 밟혀 죽는 자 추풍낙엽 같은지라. 호장 등이 황망히 남은 군사를 거느려 퇴진하니, 그제야 천지 명랑하고 살기(殺氣) 사라지고 신장도 간 데 없는지라.

호장 등이 그 거동을 보고 더욱 분기를 이기지 못하여 다시 칼을 들고 달려들고자 하니, 청명(淸明)하던 날이 순식간에 운무 자욱하며 지척을 분별치 못하는지라. 용골대 감히 들지 못하고 울대의 머리만 보고 앙천통곡(仰天痛哭)할새, 수

목 간(間)으로 한 여자 언연(偃然)히 나서며 크게 외쳐 왈,

"무지한 용골대야, 네 동생 울대가 내 칼에 죽었거든, 너조차 내 칼에 죽고자 하여 목숨을 재촉하느냐?"

용골대 이 말을 듣고 더욱 분노하여 꾸짖어 왈,

"너는 어떠한 여자건대 장부(丈夫)를 대하여 욕설로 희롱하느냐? 내 동생이 불행하여 네 손에 죽었으나, 우리는 이미 네 국왕의 항서(降書)를 받았으니 너희도 우리 백성이라. 어찌 우리를 해(害)하려 하느냐? 이는 가위(可謂) 나라를 모르는 사람이라. 살려 쓸 데 없고 죽을 죄를 범하였으니 빨리 나와 내 칼을 받아 제 죄를 속(贖)하라."

한대, 계화 그 말을 듣고 울대의 머리만 자주 가리키며 조롱하여 왈,

"나는 박 부인의 시비 계화이거니와 너를 보니 가련하고 녹록하도다. 네 동생 울대는 나 같은 잔약(孱弱)한 여자 손에 죽었는데, 너도 나를 대적(對敵)지 못하고 저다지 분하여 하니, 어찌 가긍치 아니하고 녹록지 아니하리오? 네 분을 네 이기지 못하거든 나 보는 데 자결(自決)하면 네 동생의 머리와 같이 달아 두리라."

한대 용골대 이 말을 듣고 분기대발(憤氣大發)하여 철궁(鐵弓)에 왜전(矮箭)을 달아 계화를 쏘니, 그 살이 오륙 보(步)에 떨어지고 능히 맞추지 못하는지라. 용골대 더욱 분하여 군중(軍中)에 호령하여 일시에 쏘라 하니, 군사 청령(聽令)하고 무수히 쏘되 누만(累萬) 명 군사 하나도 맞추지 못하는지라. 화살만 허비(虛費)하고 하나도 맞추는 자 없으니 용골대 흉중(胸中)이 막혀 아무리할 줄 모르는 중에 그 신기한 재주를 탄복하며 분심을 참지 못하여 서로 이르되,

"이제 우리는 백만 대병을 거느렸으되 감히 당할 자가 없으니, 본국으로 하여금 쳐보리라."

하고 김자점을 불러 왈,

"너희도 우리나라 신하(臣下)라 바삐 도성(都城) 군사를 조발(調發)하여 팔문도진(八門圖陣)을 파(破)하고 박씨와 계화를 다 생금(生擒)하여 바치라. 만일 위령(違令)하면 군법(軍法)으로 시행(施行)하리라."

호령이 추상 같으니, 자점이 황공하여 왈,

"어찌 장군의 영을 거역하오리까?"

하고 즉시 방포일성(放砲一聲)에 군사를 호령하여 팔문진을 에워싸고 치돌하니, 문득 팔문진이 변하여 백여 장(丈)이나 한 금각봉이 되는지라. 호상이 그 변화 무궁함을 보고 분을 이기지 못하여 한 꾀를 생각하고 호군을 명하여 팔문진 사면에 해자(垓字)를 깊이 파고 화약 염초를 무수히 묻고 크게 외쳐 왈,

"네 아무리 천변만화지술(千變萬化之術)이 있은들 오늘이야 너희를 살려 두리오? 목숨을 아끼거든 빨리 나와 항복하라."

하고 욕설을 무수히 하되, 고요하여 아무 소리도 없는지라.

군사를 호령하여 일시에 불을 지르니, 화약 풍기는 소리 천지진동하고, 산천이 무너지는 듯하며 화광(火光)이 충천(衝天)하며 사방에 불이 일어나니, 박씨 계화를 명하여 부작(符作)을 던지고 좌수(左手)에 옥화선을 들고 우수(右手)에 백화선을 들고 오색실로 부작을 매어 화염 중에 던지니, 홀연 대풍(大風)이 일어나 화약 불이 도리어 호진(胡陣) 중(中)으로 풍기니, 호병이 화염 중에 들어 지척을 분별치 못하여 불에 타 죽은 자가 부지기수(不知其數)러라. 용골대 크게 놀래어 급히 퇴병(退兵)하고 하늘을 우러러 탄식 왈,

"우리 조선(朝鮮)을 나온 후 병불혈인(兵不血刃)하고 호통 일성(一聲)에 조선을 항복 받았거늘, 어찌 일개(一個) 아녀자를 만나 불쌍한 동생을 무죄(無罪)히 죽이고 십만 대병을 거의 다 죽였으니, 분막심언(忿莫甚焉)이라. 하면목(何面目)으로 우리 대왕과 왕비를 뵈오리오?"

하며 통곡을 마지아니하고 제장(諸將)을 불러 의논 왈,

"아무리 하여도 그 여자를 당치 못할지라."

하고, 장안 물색(物色)과 왕대비(王大妃)와 세자 삼형제를 거두어 발행(發行)할새, 상하(上下) 없이 곡성이 장안에 진동하거늘, 박씨 계화를 명하여 적진을 대하여 크게 외쳐 왈,

"무지한 오랑캐놈은 들으라, 네 왕이 무도(無道)하여 너 같은 구상유취(口尙乳臭)를 보내어 존중(尊重)하온 우리나라를 침노(侵擄)하니, 불행하여 패란(敗亂) 당하였거니와 무슨 연고(緣故)로 아국 인물을 거두어 가는가? 네 만일 우리 왕비를 모셔 가면 너희들을 함몰(陷沒)할 것이니 신명(身命)을 돌아보아 하라."

한대, 호장이 그 말을 듣고 웃으며 왈,

"네 말이 녹록하도다. 우리 이미 네 국왕에게 항서(降書)를 받았으니, 데려가고 아니 데려가고는 우리 할 탓이라, 그런 말은 하지도 말라."

하며, 능욕(凌辱)을 무수히 하니, 계화가 또다시 외쳐 왈,

"너희들이 일향(一向) 거역하면 내 재주를 보아라."

하고, 언필(言畢)에 무슨 진언(眞言)을 두어 번 외우더니, 홀연 공중에서 두 줄 무지개 일어나며 급한 대우(大雨) 폭주(暴注)하여 천지 아득하며, 또 풍설(風雪)이 대작(大作)하며 우박(雨雹)이 담아 붓듯이 하더니, 또 소나기와 우박, 풍설이 대작하여 얼음이 되어 호적(胡敵)의 말굽이 땅에 붙고 떨어지지 아니하며, 사람은 촌보(寸步)를 운동(運動)치 못하는지라, 호장이 그제야 깨닫고 왈,

"당초 기병(起兵)할 제 우리 왕비 분부하되, '조선에 나가거든 우의정 집 후원(後園)은 범(犯)치 말라.' 하시더니, 짐짓 깨닫지 못하고 일시(一時) 분(憤)만 생각하고 왕비 분부를 거역하다가 화(禍)를 당하여 십만 대병을 태반(太半)이나 죽이고 무죄한 동생을 죽였으니, 하면목으로 우리 대왕과 왕비를 뵈오리오? 이제 사세(事勢) 급하니 박씨께 비느니만 같지 못

하다."

하고 호장들이 손을 묶어 팔문진 앞에 나아가 꿇어 애걸(哀乞) 왈,

"소장(小將)이 기병하와 조선을 나와 주유(周遊)하오되 한 번도 무릎을 꿇은 바가 없삽더니, 박씨 신명지하(神明之下)에 비나이다."

하고, 또 애걸 왈,

"이제 부인 말씀이 왕비는 데려가지 말라 하시니, 분부대로 하올 것이니 길을 열어 고국으로 돌아가게 하옵소서."

무수히 애걸하니, 박씨 그제야 주렴(珠簾)을 걷고 대질(大叱) 왈,

"너희들을 씨 없이 함몰(陷沒)하자 하였더니, 십분 짐작하여 순수천명(順受天命)하거니와, 우리나라가 불행하여 너희에게 강화(講和)를 당하였거니와 무슨 연고로 우리 왕비는 모셔 가려 하느냐? 너희 말대로 왕비는 모셔 가지 말며, 너희 부득이 세자를 모셔 간다 하니, 그도 또한 천의(天意)를 거역지 못하거니와 부디 조심하여 모셔 가게 하라. 내 앉아서도 아는 도리(道理) 있으니, 만일 불편하게 모시면 내 신장(神將)을 보내 너희 왕과 무죄한 백성 함몰할 것이니, 내 말을 헛되이 알지 말고 명심(銘心)하여 가게 하라."

하니 호장 등이 백배사례하고 다시 애걸 왈,

"소장(小將)의 동생 머리를 주시면 부인 덕택으로 고국에 돌아가겠삽나이다."

한대, 부인이 웃어 왈,

"조공(趙公) 양자(襄子) 지백(智伯)의 머리를 옻칠하여 술 잔을 만들어 원수를 갚았으니, 나도 옛일을 효칙(效則)하여 네 동생의 머리를 옻칠하여 남한산성에서 욕보신 분(憤)을 만분지일(萬分之一)이나 풀리라."

한대, 용골대 이 말을 듣고 분심(忿心)을 진정하여 머리만 보고 통곡할 따름이라. 하릴없어 하직하고 가거늘, 박씨 또 가로되,

"너희들이 그저 가지 말고 의주(義州)로 가 임경업을 보고 가라."

하니, 호장이 내념(內念)에 생각하되,

'조선 왕이 강화를 하였으니 서로 공경함이 전일과 다르리라.'

하고 다시 하직하고 왕비는 도로 보내고 장안 인물과 세자 동궁을 데리고 본국으로 돌아갈새, 잡혀가는 남녀노소 없이 하늘을 우러러 탄식 왈,

"박 부인은 무슨 복(福)으로 화(禍)를 면하고 본국에 있어 부귀를 누리고, 우리는 무슨 죄로 타국에 잡혀가는고?"

하니, 박씨 계화를 불러 잡혀가는 사람을 위로하여 왈,

"이게 다 인간(人間) 고락(苦樂)이니 너무 설워 말고 가 있으면 수년지내(數年之內)에 세자 동궁과 부인을 다 모셔올

사람 있으니, 부디 과념(過念)치 말고 평안히 가소서."

하더라.

각설, 이때 호장이 당초 조선에 나올 적에 왕비 말을 들어 북(北)을 버리고 동해(東海)를 건너 날랜 군사 천여 명을 북으로 보내어 복병(伏兵)하고 의주와 도성(都城)으로 상통(相通)치 못하게 하고 나라에서 교지(敎旨)를 보내어 경업을 패초(牌招)하나 중간에서 사라지고, 임 장군은 알지 못하여 복병이 중로(中路)에서 소식을 통치 못하게 하였으니 어찌 알며 어찌 슬프지 않으리오?

임 장군이 이 소식을 듣고 주야로 올라오더니, 사면(四面) 복병 수천 명이 일시에 내달아 길을 막거늘, 경업이 칼을 들고 일합(一合)에 다 물리치고 오더니, 이때 호병이 의기양양(意氣揚揚)하여 의주로 향할새, 경업이 단기(單騎)로 달려들어 선봉장을 베고 달려들어 무인지경(無人之境)같이 횡행(橫行)하니, 장졸의 머리 추풍낙엽(秋風落葉) 같은지라. 호장이 앙천탄식(仰天歎息) 왈,

"박 부인의 비계(秘計)에 우리가 속았다."

하고 즉시 글월을 닦아 경업에게 보내니라.

이적에 임 장군이 호국 장졸을 일합에 무찌르고 나라를 회복(回復)고자 하였더니, 사자(使者) 왕상(王上)의 전교(傳敎)를 드리거늘, 북향사배(北向四拜)하고 받잡아 보니, 하였으되,

"오호(嗚呼)라, 국운이 불행하여 모월 모일에 호병이 달려들어 성중(城中)을 치돌(馳突)하매 남한산성으로 피란하였더니, 불의에 십만 대병이 들어와 호통 일성(一聲)에 하릴없이 강화(講和)하였으니, 어찌 슬프지 아니하리오? 도시(都是) 천수(天數)라, 분하고 한심하나 사이왕의(事已往矣)라. 경(卿)의 충성이 다 허사로다. 이제는 하릴없이 길을 열어 호장을 돌려보내라."

하였거늘, 보기를 다하매 칼을 던지고 방성대곡(放聲大哭) 왈,

"슬프다. 조선 만고소인(萬古小人)이 국권(國權)을 잡아 이같이 망케 하였으니 명천(明天)이 어찌 이다지 무심하시오?"

울기를 그치고 분심을 이기지 못하여 다시 칼을 들고 호장을 잡아 엎지르고 꾸짖어 왈,

"네 나라가 지금 지탱(支撑)하기는 조선 힘 입은 줄을 모르고, 무지한 오랑캐 놈이 이같이 역천지심(逆天之心)을 두니 내 나라를 해(害)하니 너희 놈을 씨 없이 다 죽일 것이로되 이미 강화하였기로 왕명(王命)을 거역지 못하여 너희를 살려 보내니, 부디 세자 대군을 평안히 모셔가되, 착실히 공경하라."

하고 일성통곡하고 문을 열어 보내니라.

각설 상(上)이 왈,

"처음에 박씨 말을 들었으면 어찌 이같이 변을 당하리오? 왕상이 지금에야 깨달으시니 도시(都是) 천수(天數)나 소인(小人) 김자점의 주달(奏達)함이 아니면 어찌 이같이 욕을 당

하리오? 박 부인은 선인(仙人)이라. 적수단신(赤手單身)으로 십만 대병을 마음대로 물리치고 나의 분함을 만분지일이나 풀었으니, 이는 고금에 없는 일이로다."

하시고, 절충부인(折衝夫人)에 겸(兼) 정렬부인(貞烈夫人) 가자(加資)를 내리어 일품록(一品祿)을 주시며, 또 궁녀(宮女)를 보내어 부인의 명감(明鑑)과 충성을 무수히 치하(致賀)하시고, "내 불명(不明)하여 누만년 씻지 못할 변을 당하였으니, 도시 과인(寡人)의 허물이라. 수원수구(誰怨誰咎)하리오? 명천이 감동하사 박 부인의 정절(貞節)과 충성으로 왕비의 무사(無事)함은 다 부인의 덕이라, 어찌 모르리오? 직첩(職牒)을 내리와 충절과 덕행을 만분지일이나 표(表)하나니, 타일(他日)에 유자유손(有子有孫)하여 세세(世世)로 작록(爵祿)을 늘리고 충성을 다하여 국가를 보존케 함을 바라노라."

하였거늘, 부인이 북향사배하고 국은(國恩)을 못내 칭사(稱謝)하더라.

각설, 부인이 출가(出嫁)할 때에 얼굴 추비(醜卑)하게 함은 승상(丞相)이 혹(惑)할까 함이요, 세자 동궁 모셔가게 함은 천명(天命)을 순수(順受)함이요, 호장으로 임 장군을 보아 패하게 함은 일시 분(憤)을 풀게 함이라. 이후로 충성을 다하여 임금을 섬기더라.

오호라, 승상과 부인이 나이 칠십이라. 일일은 자녀 등을 불러 앉히고 왈,

"우리는 이제 세상에 유(留)치 못할 터이니, 어찌 한심치 아니하리오. 너희는 너무 설워 말고 충효를 극진히 하여 나라를 섬기고 부모의 가르침을 저버리지 말고 명심하여 만세(萬世) 후 황천(黃泉)에 돌아가 선영(先塋)을 뵈어도 부끄럼이 없게 하라."

하고, 향탕(香湯)에 목욕하고 앉았더니, 이윽고 오운(五雲)이 집을 둘러싸고 청아(淸雅)한 옥저 소리 나며 양위(兩位) 일시에 선화(仙化)하니, 자녀 들이 호천통곡(呼天痛哭)하며 선산(先山)에 안장(安葬)하였더라.

승상 양위는 본디 천상(天上) 선관(仙官)이라. 승천(昇天)하였으니 이후 사적(事跡)은 임경업전을 보면 자세히 알리라.

■ 해설

「박씨전」은 「박씨부인전」이라고 하는, 작자와 창작 연대를 일 수 없는 작품입니다. 이 작품은 조선 인조(仁祖) 때 일어난 병자호란(丙子胡亂)을 배경으로 하여, 실존 인물 이시백과 그의 아내 박씨라는 가공(架空) 인물을 주인공으로 삼고, 혼사(婚事)와 전쟁(戰爭)을 핵심 사건으로 한 여러 부차적인 이야기로 구성되어 있습니다.

이 작품이 여러 독자의 주목을 받는 이유는 무엇보다 조선 시대의 여성, 그것도 탁월한 능력을 지닌 여성이기 때문입니다. 그 여성이 결혼을 하고 전쟁을 겪으면서 능력을 발휘하는 이야기가 흥미롭게 전개되니 여느 소설 작품보다 많은 독자층을 형성한 것입니다.

이 작품은 많은 이본이 있고, 이본마다 약간의 차이는 있을 수 있지만 대체로 그 줄거리는 이렇습니다. 이득춘의 아들 이시백은 어려서부터 총명하고 문무를 겸전하여 명망이 높았습니다. 금강산에 사는 박 처사는 초월적인 힘을 지니고 있는데, 그의 딸을 혼인시키려고 이득춘을 찾아옵니다. 통소 불기를 통해 박 처사를 알아본 이득춘은 며느릿감을 보지도 않고 청혼을 받아들입니다. 그런데 이시백은 신부의 용모가 천하의 박색임을 알고 실망하여 박씨를 대면조차 하지 않습니다. 박씨는 시아버지에게 청하여 후원에 피화당을 짓고 거처합니다. 박씨는 관복 짓기와 말 키워 팔기, 신기한 연적(硯滴)을 주어 과거급제를 돕기 등과 같은 능력을 보여 주었지만, 시백에게 부부지정을 불러올 조건은 아니었습니다. 3년이 되어 액운이 다해 박씨가 허물을 벗고 절세가인이 되자, 그제서야 시백은 크게 기뻐하여 박씨를 아내로 맞습니다. 대부분의 고전소설에서 여성 주인공은 화용월태(花容月態)를 지니고 있습니다. 여성 평가의 잣대로는 능력보다 용모가 더 중요했던 것입니다.

이와 같이 가정에서 박씨는 '변신'을 통해서 가정이란 사회의 구성원으로 편입되었습니다. 이 변신 모티프는 작품의 구성상 사건 전개의 전환점 구실을 하고 있습니다. 박씨의 변신은 비범한 부덕(婦德)과 부공(婦功)은 물론, 신묘한 도술을 통해 여성의 우수한 능력을 보이는 계기가 되기 때문입니다. 또한, 변신 모티프는 박씨가 전생에 지은 죄로 인하여 추한 탈을 쓰고 태어났다고 하는 징벌 의식을 드러내고 있습니다. 징벌에서 구제됨으로써 박씨는 남편을 비롯한 시집 식구들과 다른 사대부 부인들의 사회에 받아들여지게 됩니다. 따라서 박씨의 변신은 입사식(入社式)의 의미를 가진다고 할 수도 있습니다.

이 작품의 후반부는 전쟁 이야기입니다. 오랑캐의 침입과 이에 대한 저항이 중심 내용을 이룹니다. 호시탐탐 조선 침략을 꾀하던 청나라의 호왕(胡王)은 조선 침공에 앞서 박씨의 남편인 이시백과 명장 임경업을 제거하기 위하여 여성 첩자 기룡대를 보냅니다. 박씨가 이 사실을 미리 알고 기룡대를 쫓아버리자, 호왕은 용골대 형제에게 10만 대군을 주어 조선을 침략하게 합니다. 신통력으로 역시 이 사실을 안 박씨는 남편 이시백을 통해 조정에 전쟁에 대비할 것을 건의하였으나 받아들여지지 않았고, 결국 국왕은 남한산성으로 피난한 끝에 항복하고 맙니다.

이처럼 박씨는 신통력을 지니고 있어 전쟁이 일어날 것을 미리 압니다. 그 전쟁의 대비책도 가지고 있었을 겁니다. 그러나 그 대비책을 가로막는 것은 바로 같은 임금을 모시는

다른 신하입니다. 능력 있는 장수의 임용을 막고, 위기의 정도를 희석하려고 노력합니다. 그것이 적의 편이어서가 아니라 자신의 이익을 좇는 행위에서 나오는 것이라 더욱 안타깝습니다. 그런 인물로 김자점(金自點)이 실명으로 등장합니다. 왕은 편한 대로 생각하기 마련입니다. 그래서 간신의 말에 따라 충신을 간신으로 바꾸어 버립니다.

결국 전쟁으로 많은 사람들이 희생당했으나 오랑캐의 침략에 대비해 박씨가 마련해 놓은 피화당(避禍堂)에 모인 부녀자들만은 무사합니다. 이를 안 적장 용홀대가 재차 피화당 침입을 시도하지만 박씨는 오히려 그를 죽이고 복수하러 온 동생 용골대마저 물리친 후 마침내 그의 항복을 받아 냅니다. 용골대가 마지막으로 그의 형 용홀대의 머리를 고국에 보내 달라고 부탁하자 그녀는 "조공(趙公) 양자(襄子) 지백(智伯)의 머리를 옻칠하여 술잔을 만들어 원수를 갚았으니, 나도 옛일을 효칙(效則)하여 네 동생의 머리를 옻칠하여 남한산성에서 욕보신 분(憤)을 만분지일(萬分之一)이나 풀리라." 하여 남한산성의 치욕을 반드시 갚고 왕에게 충성을 다하겠다는 의지를 분명히 합니다. 용골대는 인질들을 데리고 퇴군하다가 의주에서 임경업 장군에게 크게 패합니다.

이처럼 이 작품은 전생의 업보로 인해 추녀가 된 박씨가 허물을 벗는 이야기로 구성된 전반부와, 병자호란이 일어나자 영웅으로 크게 활약하는 후반부로 나누어진다. 전반부의 배경은 세종조로 설정되어 있으나 실제 이야기는 인조 시대를 배경으로 하고 있습니다. 이 작품의 시대적 배경이 되는 병자호란은 정치적·경제적으로 큰 손해를 끼쳤으며 민중들에게 극심한 고통을 주었습니다. 오랑캐라고 경멸하던 만주족에게 패배한 만큼 민중들의 분노는 이루 말할 수 없었겠지요. 이 작품은 현실적인 패배와 고통을 상상 속에서 복수하고자 하는 민중들의 심리적 욕구를 표현한 작품이라 할 수 있습니다. 다시 말하면 이 작품은 병자호란을 배경으로 한 군담소설로, 여성 영웅인 박씨의 초인적인 능력을 통해 호국에게 당한 치욕스러운 패배를 소설 속에서나마 설욕함으로써 독자들에게 대리 만족을 느끼게 했던 작품이라 할 수 있습니다.

이러한 사정은 이 작품을 대상으로 한 연구 업적에서도 확인할 수 있습니다. 이 작품에 대한 학자들의 관심은 크게 두 가지 유형으로 대별할 수 있을 듯합니다. 여성의 우월성 혹은 여권의 회복에 초점을 맞추었다고 생각되는 것이 그 하나요, 다른 하나는 종래 연구되어 온 바 있는 영웅의 출현에 의하여 승리를 가져오려는 기대에서 쓰인 작품이라는 것입니다. 전자의 연구는 박씨의 변신을 입사식(入社式)으로 보고 변신을 거침으로써 명실상부한 아내, 며느리로서 받아들여져 여성으로서의 역할을 완전히 수행할 수 있게 되어 독자들의 열렬한 호응을 받았을 것이라는 견해입니다. 이렇게 보면 이

작품은 '우부현부(愚夫賢婦) 설화'가 소설화한 결과물이요, '여인 발복(發福) 설화' 중에서 '복진 며느리'가 그 모태라는 결론까지 이끌어낼 수 있습니다. 이들 연구가 병자호란과의 관련을 가볍게 보는 것이 아니지만, 핵심을 여성의 문제에 두고 있는 것이 아닌가 생각할 수 있습니다.

실제로 이 작품은 남존여비(男尊女卑) 시대에 여성을 주인공으로 설정한 드문 것이어서 오늘날 높이 평가받아 마땅합니다. 신선의 딸인 박씨와 시비(侍婢) 계화(桂花), 만 리를 훤히 본다는 호왕후(胡王后) 마씨(馬氏)와 여자객(女刺客) 기홍대(奇紅大) 등 이 작품에서는 가히 여인 천하라 할 만큼 여성들이 남성보다 우위에 있습니다. 여성인 박씨를 주인공으로 하고, 박씨가 초인간적인 능력을 가진 비범한 인물인데 비하여 남성인 시백은 평범한 인물로 표현하여, 여성을 남성보다 우위에 둔 것이지요. 이는 가부장제하의 삼종지의(三從之義)에 억압되어 살아야 하였던 봉건적인 가족 제도에서 정신적으로 해방되고자 하는 여성들의 욕구와, 여성도 남성 못지않게 우수한 능력을 갖추어 국난을 타개할 수 있다는 의식을 반영한 것이라 할 수 있습니다. 이처럼 여성을 주인공으로 설정하여 눈부신 활약상을 보여 주는 이 작품이 필사본으로 전승되면서 독자층에 깊이 파고들어 오랜 세월이 흐른 오늘날까지도 그 빛을 잃지 않고 있습니다. 그 힘은 이 작품만의 탁월성과 함께 그 애독자의 대부분이 부녀층이었다는 것에서 생긴 것일 수도 있을 겁니다.

한편 영웅의 등장을 통해 국가의 위기를 극복하고자 한 작품이란 관점에서 접근해 볼 수 있습니다. 전란의 비참한 패배를 이인을 등장시켜 승리를 꾀함으로써 위안을 삼고자 했다는 것으로, 「임진록」에서의 사명당이 그러하듯이 박씨는 병자호란의 영웅(이인)인 셈이지요. 현실적으로는 패배한 전쟁이지만 우리가 당했던 치욕이었음을 감추려고 하지는 않습니다. 이 작품은 우리나라를 주무대로 설정하여 사건을 전개하면서 남주인공 이시백을 비롯하여 인조(仁祖) 대왕, 임경업, 호장(胡將) 용골대 등 역사적 실존 인물을 등장시킴으로써 이를 드러냅니다.

조선의 산천을 유린했던 오랑캐가 물러간 후 왕은 그녀의 탁월한 능력을 인정하여 충렬부인(忠烈夫人)에 봉합니다. 추녀라는 이유로 가정에서도 버림받았던 여인 박씨가 위기의 시기에 조선을 구한 공로로 국왕에게 최고의 찬사를 받으면서 여성 영웅으로 거듭난 것입니다. 그러나 박씨는 집 밖으로 나온 적이 없습니다. 그러니 전쟁터에서 적을 물리칠 기회도 없었습니다. 이런 한계는 여성 장수로 능력을 발휘하는 「정수정전」이나 「홍계월전」 같은 작품에 비교하면 더욱 두드러집니다. 이 한계마저 이 작품의 가치를 드높이는 장점이 될지도 모르겠습니다.

사씨남정기(謝氏南征記)

김만중(金萬重)

■ 줄거리

　　명나라 가정 연간 금릉 순천부에 사는 유현이라는 명신은 늦게야 아들 연수(延壽)를 얻는다. 유공의 부인 최씨는 연수를 낳고 세상을 떠난다. 연수는 15세에 한림학사를 제수받으나 연소하므로 10년을 더 수학하고 나서 출사하겠다고 한다. 천자는 특별히 본직을 띠고 6년 동안의 여가를 준다. 유 한림은 덕성과 재학을 겸비한 사씨와 결혼한다. 사씨는, 본디 청렴강직하여 조정에서 소인들이 작란함을 분히 여겨 여러 번 상소하다가 도리어 간신의 모해를 입고 소주 땅에 귀양갔다가 마침내 돌아오지 못하고 적소에서 죽은 사후영의 딸이다.

　　사씨는 유 한림과의 금실은 좋으나 9년이 지나도 출산하지 못한다. 이에 사씨는 남편에게 새로이 여자를 얻기를 권한다. 유 한림은 거절하나 여러 번 권하니 마지못해 교씨를 맞아들인다. 교씨는 천성이 간악하고 질투와 시기심이 강한 여자로, 겉으로는 사씨를 존경하는 척하나 속으로는 증오한다. 그러다가 잉태하여 아들을 출산하고는 자기가 정실이 되려고 마음먹고, 문객 동청과 모의하여 남편 유 한림에게 온갖 참소를 올린다.

　　유 한림은 처음에는 믿지 않았으나, 교씨가 자신이 낳은 아들을 죽이고 죄를 사씨에게 뒤집어씌우니, 사씨를 폐출시키고 교씨를 정실로 맞아들인다. 교씨의 간악함은 이에 그치지 않고 문객 동청과 간통하면서 유 한림의 전 재산을 탈취해 도망가서 살기로 약속하고, 유 한림을 천자에게 참소하여 유배시키는 데 성공한다. 유 한림을 고발한 공로로 지방관이 된 동청은 교씨와 함께 백성들의 재물을 빼앗는 등 갖은 악행을 저지른다.

　　이때 조정에서는 유 한림에 대한 혐의를 풀어 소환하고, 충신을 참소한 동청을 처형한다. 정배를 당한 유 한림은 비로소 교씨와 동청의 간계에 속은 줄 알고 전죄를 뉘우친다. 정배가 풀려 고향으로 돌아온 유 한림은 사방으로 탐문하여 사씨의 행방을 찾는다.

　　한편 남편 유 한림이 돌아왔다는 소문을 들은 사씨는 산사에서 나와 남편을 찾아 나선다. 사씨와 유 한림은 도중에 해후한다. 그리고 유 한림은 사씨에게 전죄를 사과하고 고향으로 돌아와 간악한 교씨를 처형하고 사씨를 다시 정실로 맞아들인다.

■ 원문

　　화설(話說), 대명(大明) 가정(嘉靖) 연간에 금릉 순천부에 한 명사가 있으니 성은 유(劉)요 이름은 현(炫)이니 개국공신 성의백(誠意伯) 유기(劉基)의 후손이라 위인이 현명 정직하고 문장과 풍채 일세에 뛰어난지라 소년등과(少年登科)하여 벼슬이 이부시랑·참지정사에 이르니 명망이 조야(朝野)에 진동하더라. 일찍 시랑 최모의 딸을 취하여 아내를 삼으며 최씨 또한 부덕(婦德)이 있어 금실은 좋으나 슬하에 자녀 없음을 근심하더니 늦게야 한 아들을 낳고 오래지 않아 부인이 세상을 떠나니 공이 공명에 뜻이 없는데다가, 더욱 그때 소인이 조정에서 권세를 쓰므로 병들었다 일컫고 벼슬을 사양하고 집에 돌아와 세월을 보낼새 비록 나랏일에 참예치 아니하나 당세의 명사들이 그 청덕(淸德)을 사모하고 우러르지 아니할 이 없더라.

　　공이 또 한 누이 있으되 성품이 유순하고 유한정정(幽閑靜貞)한 덕이 있는지라 일찍 선비 두강의 아내 되었다가 불행히 과부가 되매 공이 한집에 있게 하고 우애 극진하더라.

　　유 공자의 이름은 연수(延壽)니 차차 자라매 얼굴이 관옥 같고 재기 숙성하여 문장(文章) 재화(才華) 십 세에 다 이루니, 공이 기특히 여겨 사랑하되 다만 부인이 보지 못함을 한탄하더라. 공자(公子) 십사 세에 향시(鄕試)에 제일로 뽑혔다가 십오 세에 급제하니, 천자(天子)가 그 문장과 위인을 보시고 크게 칭찬하사 한림학사(翰林學士)를 제수하시매, 한림이 연소하므로 십 년을 더 학문을 힘쓰다가 출사하기를 청하니, 천자 그 뜻을 아름답게 여기사 특별히 본직을 띠고 오 년 말미를 주시니 한림이 천은(天恩)을 감축하고, 공이 또한 경계하되 충의를 다하여 국은을 갚으라 하니라.

　　한림이 급제한 후 구혼하는 이가 많으매, 하루는 공이 누이 두(杜) 부인으로 더불어 성중 모든 매파를 청하여 현철한 소저 있는 곳을 물을새, 매파들의 말을 들건대 칭찬하면 하늘에 올리고 헐면 천 길 굴속에 떨어뜨려서 아침부터 저녁까지 결단하지 못하더니 그중에 주파라 하는 매파가 말을 아니 하고 가만히 있다가 모든 말이 대강 그치매 문득 고하여 가로되,

　　"모든 말이 공변되지 아니하오니 소인이 바른대로 고하리로소이다. 노야(老爺) 만일 부귀를 탐하시면 엄(嚴) 승상(丞相)의 손녀만 한 이 없고 반드시 요조(窈窕)한 숙녀를 구하시려면 신성현 사(謝) 급사(給事) 댁 소저 외에 또다시 없사오니 청컨대 이 두 곳 중에 하나를 가리옵소서."

공이 가로되,

"부귀는 본디 나의 원하는 바가 아니요, 어진 이를 택하려 하나니, 사 급사는 본디 대간(臺諫) 벼슬을 하다가 적소(謫所)에서 죽은 사람이라 진실로 강직한 선비니 마땅히 결친(結親)함 직하거니와 모르괘라, 그 소저 과연 어떠하뇨?"

주파 가로되,

"소저의 용모 덕행이 일세(一世)에 희한하오니 어찌 이루 다 형언하오리까? 소인이 매파로 다닌 지 삼십여 년에 왕공재상(王公宰相)의 모든 댁을 다니며 신부를 많이 보았으되 이같이 요조(窈窕) 현철(賢哲)한 소저는 본 바 처음이오니 두 번 묻지 마소서."

공이 가로되,

"이는 색(色)을 취함이 아니라 덕행이 있어야 하리로다."

주파 가로되,

"사 소저는 정정유한하여 요조숙녀의 덕이 외모에 나타나오니 상공은 매파의 말을 믿지 않으시거든 다시 소저의 현불현(賢不賢)을 알아보소서. 소인이 어찌 상공께 허언을 하오리까?"

하고 하직하고 돌아간 후 공이 두 부인을 대하여 가로되,

"일정(一定 반드시) 매파의 말만 믿지 못하리니 어찌하여 사씨의 덕행을 자세히 알리오?"

"반드시 매파의 말을 믿지 못하리니 어찌하여 사씨의 덕행을 자세히 알리오?"

두 부인이 왈,

"남녀의 덕행은 필법에 나타나는지라, 이제 사씨의 필체를 볼 일이 있으니, 우리 집에 간수한 남해관음 화상(畵像)은 당(唐)나라 사람 오도자(吳道子)가 그린 바라. 내 본디 우화암에 보내어 시주코자 하였더니 이제 우화암 여승 묘혜를 불러 화상을 가지고 사씨 댁에 가서 그 처자에게 관음찬(觀音讚)을 청하여 그의 친필로 써 오면 그 재덕을 가히 알 것이요, 묘혜 또한 그 얼굴을 볼 것이니 묘혜 반드시 나를 속이지 아니하리다."

공이 가로되,

"이 계책이 마땅하나 관음찬 짓기가 심히 어려울 것이니 어린 여자 어찌 감당하리오."

두 부인 가로되,

"어려운 글을 짓지 못하면 어찌 재녀(才女)라 하리오?"

공이 옳이 여겨 빨리 묘혜 부르기를 청하니 두 부인이 사람을 우화암에 보내어 묘혜를 불러다가 이르되,

"사씨 댁에 결친하려 하나 신부의 현불현을 알 길이 없으니 관음 화상을 가지고 사씨 댁에 가서 소저에게 관음찬을 받아 오면 보고자 하나니, 대사(大師)는 수고를 아끼지 말라."

하고 관음 화상을 내주니, 묘혜 받아 가지고 즉시 사 급사 댁에 가서 뵈옵기를 청한대, 부인이 본디 불법(佛法)을 좋아

하고 묘혜 또한 이왕부터 여러 번 출입하였던 고로 즉시 불러들이니, 묘혜 절하고 문안하매 부인이 가로되,

"오래 보지 못할러니 오늘 무슨 좋은 바람이 불었건대 이르렀느뇨?"

묘혜 대답하여 가로되,

"소승의 거하는 암자 퇴락하였으매 재물을 얻어 중수(重修)하느라고 틈이 없어 오래 문안치 못하였삽더니 이제 역사(役事)를 마쳤으매 감히 부인께 와 뵈옵고 시주하심을 청하옵나이다."

부인이 가로되,

"불사(佛事)에 쓰려 하는데 어찌 시주함을 아끼리오마는 빈한한 집에 재물이 없으니 크게 시주치 못하려니와 구하는 바 무엇이뇨?"

묘혜 가로되,

"소승의 구하는 바는 부인께는 비용 없이 베푸는 은혜요, 소승에게는 천금(千金)보다 중하여이다."

부인이 가로되,

"그러면 말해 보라."

묘혜 가로되,

"소승의 암자를 중수한 후 어느 댁에서 관음 화상을 시주하였삽는데 이것은 당나라 사람의 명화이오나 오직 그 위에 찬사(讚辭) 없는 것이 큰 흠사(欠事)라. 만일 소저의 금옥 같은 친필로 찬문을 지어서 써 주시면 이는 실로 산문(山門)의 보배라 그 공덕이 칠보(七寶)를 보시(布施)하는 것보다 십 배나 소중하고 소저의 수명이 장원(長遠)하리다."

부인이 가로되,

"여아 비록 고금 시문을 통하나 이런 글은 잘 짓지 못하려니와 아무렇게나 시험해 보리라."

하고 시녀로 하여금 소저를 부르니, 소저 승명(承命)하고 연보(蓮步)를 옮겨 나와 모친께 뵈오니, 묘혜 보매 용모의 쇄락(灑落)하고 기이(奇異)함이 짐짓 관음보살이 강림하신 듯한지라 심중에 놀라 혜오되,

'진세에 어찌 이런 사람이 있으리오?'

하고 즉시 합장배례하여 가로되,

"소승이 사 년 전에 소저께 뵈었더니 능히 기억하시나이까?"

소저 가로되,

"어찌 잊었으리오?"

부인이 소저더러 가로되,

"이 대사가 멀리 와서 네 필치로 관음찬을 구하니 네 능히 지을쏘냐?"

소저 가로되,

"소녀의 노둔한 재주로 어찌 감당하리까? 하물며 여자가 시부(詩賦)를 짓는 것은 옛사람의 경계하는 바라 아무리 대

사의 청이오나 어려울까 하나이다."

묘혜 가로되,

"소승이 구하는 바는 원래 시문이 아니라 관음 화상을 얻어 두고 높은 글을 얻어 그 공덕을 찬양코자 하옵는데, 관음은 여자의 몸인 고로 꼭 여자의 문필을 받아야 마땅히 청정(淸淨)하리니, 당금(當今)에 여자 중에 소저곧 아니면 능히 이 글을 지을 이 없으니 바라건대 소저는 물리치지 마소서."

부인이 가로되,

"네 재주 미치지 못하면 말려니와 그 글은 무익한 문자와 다르니 아무려나 지어 보려무나."

묘혜 한 족자(簇子)를 드리거늘 부인과 소저 받아 펼쳐 보니 바다 물결이 도도한 외로운 섬 중에서 관음보살이 흰 옷을 입고 머리도 빗지 아니하고 구슬 목걸이도 없이 한 동자로 더불어 대숲을 헤치고 앉아 계신 그림이라.

화법이 기묘하여 짐짓 살아 있는 듯하거늘 소저 가로되,

"나의 배운 바는 오직 유가(儒家)의 글이요 불서(佛書)는 모르나니 비록 짓고자 하나 대사의 존안(尊眼)에 차지 못할까 하노라."

묘혜 가로되,

"소승은 들으매 푸른 연잎과 흰 연꽃이 빛은 비록 다르나 뿌리는 한가지요, 공부자(孔夫子)와 석가여래(釋迦如來)의 도는 비록 다르나 성인인즉 한가지라 하니, 소저 비록 불서를 모르시나 유가의 글로써 보살을 찬송하시면 더욱 좋을까 하나이다."

소저 이에 손을 씻고 족자를 걸고 분향 배례한 후 공경히 앞에 나아가 채필(彩筆)을 빼어 관음찬 수백 자를 가늘게 족자 위에 쓰고 그 끝줄에 쓰되,

"모년월일에 사씨 정옥은 재배(再拜) 서(書)라."

하였더라.

묘혜 또한 글을 아는 고로 소저의 문장 필법을 크게 칭찬하며 인하여 부인과 소저에게 무수 사례하고 돌아오니라.

이적에 유 공이 두 부인으로 더불어 묘혜를 기다리더니, 묘혜 돌아와 웃고 족자를 드리거늘, 공이 물어 가로되,

"사 소저의 재주와 용모가 과연 어떠하더뇨?"

묘혜 가로되,

"족자 가운데 사람과 같더이다."

하고, 인하여 사 급사 부인과 소저의 문답을 자세히 고하니, 공이 크게 기꺼하여 가로되,

"사씨 가문의 여자 그 재주와 덕행이 과연 범인이 아니로다."

하고 족자를 걸고 보니 필법이 정묘하여 한 곳도 구차함이 없고 온화 유순한 덕성이 글씨에 나타나니 공과 두 부인이 칭찬함을 마지아니하고 글을 보매, 그 글에 하였으되,

"관음은 옛적 성인이라 그 덕행이 주(周)나라 태임(太妊),

태사(太姒)와 같도다. 『시경(詩經)』의 「관저(關雎)」와 「갈담(葛覃)」이 부인의 할 일인즉 외로이 공산에 있음은 본의가 아니라. 고요(皐陶)와 직설(稷契)은 세상을 돕고 백이(伯夷)와 숙제(叔齊)는 주려 죽었으니 도는 같지마는 처지가 다름이라. 내 화상을 보건대 흰옷을 입고 아이를 안았도다. 그림을 인연하여 그 위인을 대강 알리로다. 옛날 절부(節婦)는 머리털을 끊고 몸을 버려 세상과 인연을 끊되 오직 의리를 취하였거늘 시속(時俗) 사람들은 부처님 글을 잘 알지 못하고 한갓 거짓말하기를 좋아하니 윤기(倫紀)에 해로움이 있도다. 슬프다, 관음보살은 어찌하여 여기 계신고. 외로운 섬 대숲에 바다 물결이 만 리로다. 극진한 공부 윤회(輪廻)에 벗어나고 어진 덕이 세상에 비치니 억만창생(億萬蒼生)이 뉘 아니 공경하리오. 만고에 그 이름이 불생불멸(不生不滅)하니 거룩한 그 덕을 붓으로 찬양키 어렵도다."

공과 두 부인이 보기를 마치고 크게 칭찬하여 가로되,

"필법과 문장이 이렇듯 기묘하니 재덕이 겸비함을 이로조차 알지라. 과연 매파의 칭찬하던 말이 허언이 아니로다. 뉘로 시켜 통혼하여 사가(謝家)의 허혼함을 얻을꼬?"

두 부인이 가로되,

"바삐 주파를 보내어 통혼하소서."

공이 옳이 여겨 즉시 주파를 불러 사가에 청혼할새, 공이 주파더러 가로되,

"내 사 소저의 덕행을 이미 알았으니 너는 그곳에 가서 통혼하여 허락을 받아 오면 중상(重賞)을 주리라."

주파 청령(聽令)하고 사부(謝府)로 향하니라.

원래 사 소저는 사후영의 딸이니 후영은 본디 청렴 강직하더니 조정에서 소인들이 작란함을 분히 여겨 여러 번 상소하다가 도리어 간신의 모해를 입고 소주 땅에 귀양갔다가 마침내 돌아오지 못하고 적소에서 돌아가니, 부인이 천만 가지 설움을 참고 소저를 데리고 고향 본댁에 돌아와 세월을 보낼새, 소저 모친을 지성으로 봉양하니 부인이 여아의 장성함을 보매 그 출가할 나이가 당하였으되 주혼(主婚)할 이 없음을 근심하더니, 이날에 매파 들어와 당하(堂下)에 문안하고 소저의 용모 자색을 칭선(稱善)하며 가로되,

"소인이 이제 유 상공의 명령을 받자와 귀 소저의 혼인을 이루고자 왔사오니, 유 한림은 소년등과하여 벼슬이 한림학사에 이르옵고 소년 풍채와 문장 재덕이 일세를 압두(壓頭)하오니 짐짓 귀 소저와 천정(天定) 가연(佳緣)인가 하나이다."

부인이 진작부터 유 한림의 풍채 출중함을 들었으므로 심내(心內)에 못내 기꺼하여 한번 소저와 의논해 보고 허락하려고 주파는 잠깐 머물게 하고 친히 소저의 방으로 가서 매파의 하던 말을 전하고 인하여 가로되,

"나는 이미 허혼코자 하거니와 너의 생각은 어떠하뇨? 가부간 꺼리지 말고 실정을 말해보라."

소저 대답하여 가로되,

"유 상공은 당세 어진 재상이라 더불어 결친함이 안 된다 할 수 없으나, 저는 듣자오매 군자는 덕(德)을 귀히 여기고 색(色)을 천히 여긴다 하였거늘, 이제 주파의 말을 듣건대 먼저 그 자색을 일컫는 것이 마땅치 않을 뿐 아니라 다만 저희 집 부귀만 자랑하고 선친의 청덕을 일자(一字) 일컬음이 없사오니, 이것이 주파 무상(無常)하여 그릇 전함이라 하면 말할 것 없거니와 만일 유 공의 뜻이 그렇다 하면 유 공의 어진 이름은 헛된 소문에 불과하오니, 소녀 그 집으로 출가함을 원치 않나이다."

부인이 소저의 뜻을 어기기 어려워 나와 주파에게 소저의 어림을 칭탁(稱託)하고 허혼치 아니하니, 주파 무료(無聊)히 돌아와 사실을 고하거늘 공과 두 부인이 섭섭히 여기다가 주파더러 물어 가로되,

"네 가서 무엇이라 말하였느냐?"

주파 저의 말한 대로 일일이 고(告)한데, 공이 듣고 깨달아 가로되,

"내 소활(疎闊)하여 주파를 잘못 가르쳐 보내었으니 너는 아직 돌아가라."

하고, 이튿날 공이 친히 신성현에 가서 관원을 보고 가로되,

"내 사씨와 결친코자 하여 매파를 보내었더니 그 회답이 여차여차하고 허혼치 아니라니 이는 매파가 말을 잘못한 소치(所致)라. 이제 선생이 나를 위하여 한 번 사가에 행차하심을 사양치 마소서."

관원이 대답하여 가로되,

"선생의 가르치심을 어찌 듣지 아니하리꼬?"

공이 가로되,

"다른 말은 하지 말고 오직 사 급사의 청덕을 흠모하여 구혼하노라 전하오면 반드시 허락하리다."

관원이 유 공을 관사에 머물게 하고 친히 사가에 나아가 성명을 통하니 부인이 혼사(婚事)로 옴을 짐작하고 객당(客堂)을 정히 쓸고 노복으로 하여금 관원을 맞아 좌(座)를 정하고 주과(酒果)를 정결히 하여 대접하고 시비(侍婢)로 전갈하여 가로되,

"성주(城主)께서 이같이 누지(陋地)에 왕림하오셔 외로움을 위문하시니 폐사(弊舍)의 영광이로소이다."

관원이 공경하여 듣기를 다하고 전갈하여 가로되,

"소관(小官)이 귀댁을 방문함은 다름이 아니라 귀부(貴府) 소저의 혼사를 중매하고자 함이라. 그전 이부시랑 참지정사 유 공이 영애(令愛) 소저의 부덕(婦德)이 겸비하고 자색(姿色)이 출중함을 듣고 기특히 여길 뿐 아니라 돌아가신 급사(給事)의 청렴 정직함을 항상 흠앙(欽仰)하오매 그 여아의 재덕은 불문가지(不問可知)라 하여 귀부 소저로 며느리를 삼고자 하오며, 유 공의 아들은 금방(金榜)에 장원급제(壯元及第)

하여 벼슬이 한림에 이르옵고 임금의 총애 극진하오사 사람마다 사위를 삼고자 하는 바오나, 유 공이 모두 물리치고 귀부 소저의 성화(聲華)를 들은 후 저로 하여금 청혼하옴이니, 바라건대 때를 잃지 마시고 허락하시면 내 돌아가 유공께 뵈올 낯이 있을까 하나이다."

부인이 다시 전갈하여 가로되,

"용우(庸愚)한 여식이 재덕이 부족하고 용모 취할 것이 없거늘 성주께서 이렇듯 친히 이르러 계시니 내 어찌 사양하리까?. 돌아가 쾌히 허혼함을 이르소서."

관원이 크게 기뻐하여 이에 돌아와 유 공을 보고 사 급사 집에 나아가 하던 말과 부인의 허혼한 말을 고하니, 유공이 좋아 날뛰며 관원의 수고함을 칭사하고 본부(本府)로 돌아와 두 부인에게 이 말을 전하고 즉시 택일하니 길일(吉日)이 앞으로 일삭(一朔)이 격(隔)한지라. 유 공이 사 급사의 청렴 정직하여 가세 빈한함을 아는 고로 빙폐(聘幣)를 후히 하고 다만 최 부인이 보지 못함을 심내에 못내 슬퍼하더라.

이러구러 길일이 다다르니 양가에서 대연(大宴)을 배설하고 성친(成親)하매 참으로 요조숙녀(窈窕淑女) 군자호구(君子好逑)라 하겠더라. 부인이 신랑의 신선 같은 풍채를 사랑하여 여아의 짝이 훌륭함을 즐기는 중 급사의 보지 못함을 생각하고 섭섭한 눈물이 나상(羅裳)에 어룽지더라. 신랑이 가마에 오르기를 재촉하여 본부로 돌아와 신부 폐백(幣帛)을 받들어 존구(尊舅)께 나오매 공과 두 부인이 눈을 들어 신부를 보매 용모 아름다움은 이르고 말고 현숙한 덕성이 외모에 나타나니 공이 기뻐함을 이기지 못하여 두 부인을 돌아보아 가로되,

"나의 자부(子婦)는 참으로 태임, 태사의 덕이 있을지라. 어찌 시속 여자의 비할 바리오."

하고, 인하여 시녀를 불러 한 작은 상자를 가져와서 그 속에 든 보경(寶鏡) 일좌(一座)와 옥지환(玉指環) 일 쌍을 내어 신부에게 주어 가로되,

"이 물건이 비록 어줍지 못하나 우리 집 세전(世傳) 보물이라. 내 지금 신부를 보니 맑기가 거울 같고 덕이 옥 같으므로 이로써 나의 정을 표하노라."

사씨 일어나 절하고 받으니라.

사씨 이로부터 효도를 다 하여 존구를 받들고 공순함으로써 군자를 섬기고 정성으로 제사를 받들고 은혜로써 비복을 부리니 규문(閨門)이 옹용(雝雝)하고 화기(和氣)가 애애(靄靄)하더라.

하루는 유 공이 우연히 병을 얻어 날마다 짙어 가니 한림 부부 밤낮으로 시탕(侍湯)하되 백약(百藥)이 무효(無效)한지라, 공이 다시 일지 못할 줄 알고 이에 두 부인을 청하여 길이 탄식하여 가로되,

"나는 지금 죽을지니 현매(賢妹)는 너무 슬퍼 말고 천만 보중(保重)하여 가사를 주장하되 그릇됨이 없게 하라."

하고 또 한림의 손을 잡고 가로되,

"너는 마땅히 가사를 부부 서로 의논해 하고 숙모의 가르침을 내 말과 같이 알고 학문을 힘쓰고 충성을 다하여 가성(家聲)을 떨어뜨리지 말지어다."

또 사씨에게 일러 가로되,

"현부(賢婦)의 요조한 덕행은 이미 감복한 바라 다시 무엇을 부탁하리오."

삼 인이 눈물을 흘리고 평복(平復)하기를 축원하더니 차야(此夜)에 공이 엄연(奄然) 별세하니 한림 부부 호천애통(呼天哀痛)함이 비할 데 없고 두 부인도 또한 못내 애통하더라.

어느덧 장일(葬日)을 당하매 영구(靈柩)를 뫼셔 선영하(先塋下)에 안장(安葬)하고 세월이 물 흐르는 것 같아 삼상(三喪)을 마치고 한림이 군명(君命)을 받자와 조정(朝廷)에 나아가매 소인을 배척하고 몸가짐을 강직(剛直)게 하니 천자 사랑하사 벼슬을 돋우고자 하시나 승상 엄숭이 꺼리어 저어하므로 여러 해가 되도록 직품(職品)이 오르지 못하더라.

유 한림의 부부 성친한 지 벌써 십 년이 넘고 나이 거의 삼십에 가까웠으나 다만 한낱 자녀가 없으니 부인이 깊이 근심하여 한림을 대하여 탄식하여 가로되,

"첩이 기질이 허약하여 생산할 여망이 없삽고 불효(不孝) 삼천(三千)에 무후위대(無後爲大)라 하오니, 첩의 무자(無子)한 죄는 존문(尊門)에 용납지 못할 것이오나 상공의 넓으신 덕택을 입사와 지금까지 부지하옵거니와, 생각건대 상공이 누대 독신으로 유씨 종사(宗嗣)의 위태이 급하온지라, 원컨대 상공은 저를 괘념(掛念)치 마시고 어진 여자를 택하여 농장지경(弄璋之慶)을 보시면 문호의 경사 적지 않고 첩이 또한 죄를 면할까 하나이다."

한림이 웃어 가로되,

"어찌 일시 무자함을 한탄하여 첩을 얻으리오. 첩을 얻음은 집안을 어지럽히는 근본이니 부인은 어찌 화를 자취(自取)하려 하시느뇨. 이는 만만부당(萬萬不當)하여이다."

사씨 대답하여 가로되,

"재상가의 일처일첩(一妻一妾)은 예전부터 있는 일이옵고 또 제가 비록 덕이 없사오나 시속 부녀의 투기(妬忌)하는 것은 더럽게 아는 바이오니 상공은 조금도 염려치 마소서."

하고 가만히 매파를 불러 그럼직한 양가(良家) 여자를 구하더니, 두 부인이 이 말을 듣고 크게 놀라 사씨에게 물어 가로되,

"그대 질아(姪兒)를 위하여 첩을 구한다 하니 과연 그런 일이 있는가?"

사씨 대답하여 가로되,

"있나이다."

두 부인이 가로되,

"집 안에 첩을 두는 것은 화를 취하는 근본이라. 속담에 이르기를, '한 말이 두 안장이 없고 밥 한 그릇에 두 술이 없다.' 하니 군자 비록 얻으려 하더라도 굳이 그 불가함을 간할 것이어늘 이제 화를 자취함은 어찌함이뇨?"

사씨 가로되,

"첩이 존문에 들어온 지 벌써 십 년이 지났으되 하직 한낱 혈육이 없사오니 고법(古法)으로 말하오면 군자의 버린 바 되더라도 두 말을 못 할지어늘 어찌 감히 첩 둠을 꺼리리까?"

두 부인이 가로되,

"자녀를 생산함은 조만(早晩)이 없나니 두씨 문중에도 삼십 뒤에 생산하여 아들 다섯을 낳은 이도 있고 또 세상에는 사십이 지난 뒤에 비로소 초산(初産)하는 이가 많으니 그대의 나이 아직 삼십이 멀었으니 너무 염려하지 말지어다."

사씨 가로되,

"첩은 기질이 허약하여 생산(生産)할 가망이 없사오며 또한 도리로써 말할지라도 일처일첩은 남자의 떳떳한 일이라 첩이 비록 태사(太姒) 같은 덕은 없사오나 세속 부녀들의 투기함은 본받으려 하지 않나이다."

두 부인이 웃어 가로되,

"태사 비록 투기하지 아니하는 덕이 있었으나 문왕(文王)의 편벽되지 아니한 은혜와 사랑에 감복하여 모든 첩들의 원망이 없었거니와 만일 문왕 같은 덕이 없었으면 비록 태사 같은 부인일지라도 어찌 교화를 베풀 곳이 있었으리오. 더욱이 고금이 때가 다르고 성인과 범인이 길이 다르거늘 한갓 투기하지 아니함으로써 태사를 본받으려 하니 이는 헛된 이름을 탐하여 화를 면치 못할까 하노니 그대는 깊이 생각하라."

사씨 가로되,

"첩이 어찌 감히 옛적 성인을 바라리까마는 시속 부녀들이 인륜을 모르고 질투를 일삼아 가도(家道)를 문란케 하는 이가 많음을 한탄하는 바이오니 첩이 비록 용렬하오나 어찌 이런 행실을 하오리까? 그리고 또 군자 만일 몸을 돌아보지 않고 요미(妖迷)한 색(色)에만 침혹(沈惑)하오면 첩이 정성을 다하여 간하고자 하나이다."

두 부인이 만류하지 못할 줄 짐작하고 탄식하여 가로되,

"장차 들어올 신인(新人)이 양순한 여자거나 또는 군자 간하는 말을 잘 들으면 그만이거니와 그 사람이 좋은 사람이 아니고 사나이 마음이 한번 그쪽으로 기울어지면 다시 돌리기가 어려우니 그내는 이 뒤 내 말을 생각하고 뉘우침이 없게 하라."

하고 무연(憮然)함을 마지않더라.

이튿날 매파 들어와 사씨께 여쭈되,

"어느 곳에 한 여자 있사오나 아마 부인의 구하는 바에 너무나 과할 듯하나이다."

사씨 가로되,

"어찌한 말이냐?"

매파 가로되,

"부인이 구하시는 바는 다만 부덕이 있고 생산을 잘 하오면 그만이거늘 이 사람은 그렇지 아니하여 용모 자색이 출중하오니 부인의 뜻에 합당치 못할까 하나이다."

사씨 웃어 가로되,

"매파는 내 눈치 보지 말고 자세히 말하라."

매파 가로되,

"그 여자의 성은 교씨요, 이름은 채란이라 하며 하간부에서 생장한 사람이라. 본디 벼슬하는 집 딸로서 일찍 부모를 여의고 그 형의 집에 의탁해 있는데 지금 나이 십육 세라. 제 스스로 말하기를 가난한 선비의 아내가 되느니보다 공후 부귀가의 첩이 되는 것이 좋다 하오며 그 자색의 아름다움은 한 고을에 으뜸이요 여공(女工)의 일도 모를 것이 없사오니 부인이 만일 상공을 위하여 첩을 구하실진대 이보다 나은 이가 없을까 하나이다."

사씨 크게 기꺼하며 가로되,

"본디 벼슬 다니던 사람의 딸이면 그 성행(性行)이 반드시 무지한 천인과 다를 것이니 가장 적당하도다. 내 상공께 말해 보리라."

하고 이에 한림에게 매파의 하던 말을 전하고 데려오기를 강권하니, 한림이 가로되,

"내 첩 둠이 그리 급하지 아니하나 부인의 호의를 저버리기 어려우니 마땅히 택일하여 데려오리라."

이에 친척을 모으고 교씨를 맞아 올새, 교씨 한림과 부인께 절하고 좌에 앉으니, 모두 보매 얼굴이 아름답고 거동이 경첩하여 해당화 한 송이가 아침 이슬을 머금고 바람에 나부끼듯 하매 모두 칭찬치 아니할 이 없으되 오직 두 부인은 기꺼하지 않더라. 이날 밤에 교씨를 화원 별당에 머물게 하고 한림이 들어가 밤을 지날새 두 정이 흡연(洽然)하더라. 이튿날 두 부인이 사씨로 더불어 말씀할새, 두 부인이 가로되,

"그대 이미 소실(小室) 두기를 권할진대 마땅히 순직하고 근실한 사람을 구할 것이어늘 이렇듯 절세가인을 데려왔으니 아마 그 성품이 불량하여 다만 그대에게만 유익되지 못할 뿐 아니라 유씨 가문에 화가 있을까 저어하노라."

사씨 가로되,

"옛날 위나라 장강(莊姜)은 고운 얼굴과 공교로운 웃음으로 착한 덕이 가득하였으니 어찌 절대가인이라고 다 어질지 아니하리까?"

두 부인이 가로되,

"장강이 비록 어지나 자식을 두지 못하였나니라."

하고, 서로 웃더라.

한림이 교씨의 거처하는 집 이름을 고쳐 백자당(百子堂)이라 하고, 시비(侍婢) 납매 등 사오 인으로 모시게 하니 가중

이 모두 교 낭자라 일컫더라.

교씨 총명 교활하여 한림의 뜻을 잘 맞추며 사씨 섬김을 극진히 하니 집안사람이 모두 칭찬하더라. 반년이 채 못 가서 교씨 잉태하매 한림과 부인이 못내 기꺼하는지라, 교씨 행여나 남자를 낳지 못할까 염려하여 복자(卜者)를 불러 물으니 혹은 아들이라 하고 혹은 딸이라 하며, 또 말하기를 아들을 낳으면 수(壽)하지 못하고 딸을 낳으면 장수(長壽) 유복(裕福)하리라 하니, 교씨 더욱 염려함을 마지아니하더라. 시비 납매 그것을 알고 교씨더러 이르되,

"이 동리에 한 여자 있으되 십랑이라 부른다. 본래 남방 사람으로 이곳에 우거(寓居)하였는데 재주가 비상하여 모를 것이 없사오니 이 여자를 불러 물으소서."

교씨 이 말을 듣고 대희하여 곧 십랑을 불러 이르니 교씨 이에 십랑더러 물어 가로되,

"네 능히 태중(胎中)에 들어있는 아이의 남녀를 분간하여 알아낼쏘냐?"

십랑이 대하여 가로되,

"소녀 비록 재주가 능치 못하오나 태(胎) 안에 든 아이의 남녀를 분간하는 방법이 있사오니 잠깐 진맥(診脈)하옴을 청하나이다."

교씨 크게 놀라 가로되,

"상공이 나를 취하심은 한갓 색을 취하심이 아니라 아들을 낳기 위하심이거늘 내 만일 딸을 낳으면 아니 낳음만 같지 못하니 이를 장차 어찌하리오?"

십랑이 가로되,

"천인(賤人)이 일직 산중에 들어가 이인(異人)을 만나 복중에 든 여태(女胎)를 변하여 남태(男胎)를 만드는 술법을 배워서 여러 사람을 시험하매 백발백중하여 맞지 아니한 적이 없으니 낭자 만일 남자를 원하실진대 어찌 이런 묘한 법을 시험치 아니하시나이까?"

교씨 이 말을 듣고 크게 기꺼하여 가로되,

"만일 이러한 술법이 있을진대 어찌 시험치 않으리오. 만일 성공만 하면 천금을 아끼지 않으리라."

십랑이 가장 어려운 빛을 보이며 허락하고 이에 지필묵(紙筆墨)을 청하여 부작(符作) 여러 장을 쓰고 기괴한 일을 많이 베풀어 교씨의 방 안과 자리 밑에 감추고 교씨더러 이르되,

"이 뒤에 와서 아들을 낳으신 경사를 축하하리다."

하고 돌아가니라.

세월이 여류하여 십 삭이 차매 교씨 과연 순산(順産) 생남(生男)하니 미목(眉目)이 청수(淸秀)하고 기질이 기이(奇異)한지라, 한림과 사씨의 기쁨은 이르도 말고 비복들까지 서로 치하하더라.

교씨 이미 아들을 낳으며 한림의 대접이 더욱 두터워서 사랑이 비할 데 없으므로 백자당을 떠날 날이 없으며, 아이의

이름을 장주(掌珠)라 하고 장중(掌中) 구슬같이 어루만지며, 사씨 또한 사랑함이 극진하여 조금도 기출(己出)과 다름이 없으니 집안 사람들도 그 아이를 누가 낳았는지 알지 못하더라.

때는 정히 모춘(暮春)이라, 동산에 백화가 만발하여 그 아름다운 경치가 가히 구경함 직한지라, 한림은 천자를 모시고 서원에서 잔치를 배설하여 아직 집에 돌아오지 아니하고 이때 사 부인이 홀로 서안에 의지하여 옛글을 보더니, 시녀 춘방이 여쭈오되,

"화원 정자에 모란꽃이 만발하였으니 한번 구경함 직하온지라, 상공이 아직 조당(朝堂)에서 돌아오시지 않아 계시니 한번 화원에 가셔서 꽃을 구경하소서."

사 부인이 기뻐하여 즉시 책을 덮고 의상을 떨치고 시녀 오륙 인을 데리고 연보(蓮步)를 옮겨 정자에 이르니 버들 그늘이 난간을 가리고 화향(花香)은 연당에 젖었고 화원 안이 가장 고요하여 정히 구경함 직한지라, 사 부인이 시비를 명하여 차를 마시고 교씨를 청하여 같이 춘색을 구경하려 하더니 문득 바람결에 거문고 타는 소리가 은은히 들리거늘 괴이히 여겨 귀를 기울여 자세히 들으니 거문고의 소리가 맑고 깨끗하여 진주(眞珠) 옥반(玉盤)에 구르는 듯 능히 사람의 마음을 감동케 하는지라, 사 부인이 좌우더러 물어 가로되,

"괴이하다. 이 거문고를 뉘 타는고?"

시비 대답하여 가로되,

"거문고 소리가 교 낭자의 침소로부터 나는가 싶사외다."

사 부인이 믿지 않아 가로되,

"음률은 여자의 할 바 아니라. 교 낭자 어찌 이러할 리 있으리오? 듣는 것이 보는 것만 못하니 너희는 모름지기 그 소리 나는 곳을 좇아가서 자세히 알고 오라."

시비 부인의 명을 듣고 소리 나는 곳을 좇아가니 과연 백자당으로부터 나는지라, 이에 가만히 문밖에서 엿보더니 교 낭자 상에 온갖 음식을 차려 놓고 섬섬옥수(纖纖玉手)로 거문고를 희롱하며 한 미인이 화려한 의복을 입고 앉아 노래를 부르거늘 시비 자세히 보고 곧 돌아와 사 부인께 고하니, 부인이 크게 놀라 가로되,

"교 낭자 어느 사이에 거문고를 배웠으며 또 노래 부르는 미인은 어떠한 사람인고? 내 한번 불러 자세히 물어 그 진위(眞僞)를 안 후에 가히 좋은 말로 경계하여 다시 그런 행사를 못 하게 하리라."

하고, 이에 시비를 명하여 교 낭자를 부르라 하니 시비 나아가니라.

이때 교 낭자 십랑의 공을 힘입어 한림의 사랑을 낚으려 하여 두루 방예(防豫)하고 이에 음률을 배워 한림을 농락코자 할새 십랑이 교 낭자를 향하여 가로되,

"낭자 이제 한림의 사랑을 더 받고자 하면 거문고와 노래는 장부의 마음을 혹하게 하는 것이니 이제 거문고 잘 타는 사람을 구하여 스승을 삼아 배움이 마땅할까 하나이다."

교 낭자 크게 기뻐하여 가로되,

"내 또한 그 마음이 있으되 스승을 만나지 못하여 한탄하노라."

십랑이 가로되,

"내 일찍 탄금(彈琴)에 익숙한 동무가 있으니 이름은 가랑이라. 탄금하기와 노래 부르기를 잘하니 가랑을 청하여 배움이 어떠하뇨?"

교 낭자 가장 좋이 여겨 바삐 불러오기를 청하니 십랑이 즉시 사람을 부려 가랑을 부르니, 원래 이 가랑은 하방(遐方) 계집으로 온갖 노래와 탄금을 유명하게 잘하는지라, 이에. 부름을 듣고 대회하여 비자(婢子)를 따라 교 낭자의 침소에 이르러 서로 사귀매 뜻이 자연 합하여 교 낭자가 가랑으로 스승을 삼고 가곡을 배우매, 교 낭자는 본디 영리 총명한 계집이라 배우기를 시작하매 일취월장(日就月將)하여 고금 음률에 모를 것이 없는지라. 가랑을 협실(夾室)에 감추고 한림이 조당에 들고 없는 때면 가랑을 청하여 가곡 음률을 배우고, 한림이 집에 있으면 노래와 탄금으로 한림을 농락하니 한림이 교씨 사랑함이 날로 더라고 사 부인의 침소는 날로 멀어지더라.

이 때 교 낭자 한림이 입번(入番)하고 집에 없는 고로 이에 가랑을 청하여 주배를 갖춰놓고 술을 부어 잔을 들어 즐기며 거문고와 노래로 서로 화답하더니, 문득 시비 이르러 사 부인의 명을 전하고 가기를 재촉하니, 교 낭자 바삐 술상을 치우고 시비를 따라 화원에 이르니 사 부인이 좋은 낯으로 좌를 주어 앉히고 그 미인이 어떤 계집임을 물으니, 교 낭자 이에 대하여 가로되,

"그 여자는 저의 사촌 아우올시다."

하니, 사 부인이 정색하여 가로되,

"여자의 행실은 출가하면 구고(舅姑) 봉양과 군자(君子) 섬기는 여가에 남녀 자식을 엄숙히 가르치고 비복을 은혜로 부리나니, 여자 음률을 행하고 노래로 소일하면 가도(家道)가 자연 어지러워지나니 그대는 깊이 생각하여 두 번 그런 데 나아가지 말고 그 여자를 집으로 보내고 또한 나의 말을 허물치 말라."

교씨 대하여 가로되,

"배움이 적고 허물을 깨닫지 못하옵더니 부인의 경계하시는 말씀을 듣자오니 말씀이 옳은지라 각골명심(刻骨銘心)하리다."

사 부인이 재삼 위로하여 가로되,

"내 낭자를 사랑하므로 심곡(心曲)을 기(忌)이지 않고 다 일렀으니 명심하고 이후에 내가 허물이 있거든 낭자도 또한 일러 깨닫게 하라."

하고 인하여 더불어 종일 담소하여 즐기다가 저물게야 파하니라.

이때 유 한림이 서원에서 잔치를 파하고 백자당에 이르러, 술이 취하여 잠을 이루지 못하고 난간에 비겨 원근을 바라보니 월색은 낮 같고 꽃향기는 무르녹으니 취흥이 발작하는지라 교씨를 명하여 노래를 부르라 하니, 교씨 가로되,

"바람이 차매 몸이 아파 노래를 부르지 못하도소이다."

하고 군이 사양하니, 한림이 가로되,

"여자의 도리는 가부(家夫)가 죽을 일을 하라 하여도 반드시 명을 어기지 못하거늘 이제 네 칭병(稱病) 불응하니 어찌 여자의 도리리오?"

교씨 가로되,

"제가 아까 심심하기로 노래를 불렀더니 부인이 듣고 불러 책(責)하시되, 요괴한 노래로 집안을 요란케 하고 상공을 미혹케 하니 네 만일 이후에 또 노래를 부르면 내게 혀를 끊는 칼도 있고 벙어리 만드는 약도 있나니 삼가 조심하여라, 하시니 첩이 본디 빈한한 집 자식으로 상공의 은혜를 입사와 부귀영화가 이 같사오니 비록 죽어도 한이 없겠나이다. 만일 저로 말미암아 상공의 청덕(淸德)이 흠사(欠事)되면 어찌하오리까."

한림이 크게 놀라고 내심에 생각하되,

'제 항상 투기하지 않겠노라 하고 또 교씨 대접하기를 후히 하여 한 번도 단처(短處)를 잃음이 없더니 이제 교씨의 말을 들으니 가내에 무슨 연고가 있도다.'

하고, 교씨를 위로하여 가로되,

"너를 취함이 다 부인이 권한 바요 일찍이 부인이 네 대접하기를 극진히 하여 한 번도 낯빛을 변함을 보지 못하였으니 이는 아마 비복들이 참언(讒言)을 주출(做出)함이라. 부인은 본디 유순하니 결코 네게 유해함이 없을지니 너는 부질없는 염려를 말고 안심하라."

교 낭자 내심에 앙앙하나 하릴없어 사례할 뿐이러라.

속담에 이르기를 '범을 그리매 뼈를 그리기 어렵고 사람을 사귀매 그 마음을 알기 어렵다.' 하니 교씨 공교한 말과 아리따운 빛으로 외모 공손하매 사 부인이 교씨의 안과 밖이 다름을 어찌 알리오. 예사 사람으로 알고 다만 음탕한 노래가 장부를 미혹하게 할까 염려하여 교씨를 진심으로 경계함이요 조금도 투기함이 아니거늘 교녀 문득 한을 품고 공교한 말을 지어 가화(家禍)를 불러내니 교녀의 요악함이 여차(如此)하도다.

하루는 납매가 사 부인 시비들과 같이 놀다가 들어와 교씨더러 일러 가로되,

"시방 추향의 말을 들건대 부인께서 태기(胎氣) 계신 듯하다 하더이다."

교씨 이 말을 듣고 크게 놀라 가로되,

"성친(成親)한 후 십 년이 지나서 잉태함은 참 희한한 일이로다. 혹시 월경(月經)이 불순(不順)하셔서 그릇 그런 소문이 난 것이나 아닌가."

하고, 겉으로는 아무렇지도 않은 체하나 속으로 생각하기를,

'사씨가 정말 잉태하여 아들을 낳고 보면 나는 쓸데없이 될 것이니 이 일을 어떻게 하면 좋단 말이냐.'

하고 혼자 애를 태우고 있는 동안에, 사 부인의 태기 확실해지니 온 집안이 모두 기뻐하되 교씨 홀로 시기하는 마음을 참지 못하여 앙앙불락(怏怏不樂)하며 납매와 패를 짜고 낙태할 약을 여러 번 사 부인 먹는 약에 타서 드렸으나 어쩐 일인지 부인이 그 약만 마시면 구역이 나서 토해 버리니, 이는 천지신명(天地神明)이 도우심이라 간악한 수단을 쓸 도리가 없더라.

부인이 만삭이 되어 아들을 낳으니 골격이 비범하고 신체가 준일(俊逸)한지라, 한림이 크게 기꺼하여 이름을 인아(麟兒)라 일컫더라. 인아 차차 자라매 장주와 같이 한곳에서 놀매 인아 비록 어리나 씩씩한 기상이 장주의 잔약함과는 현저히 다른지라, 한림이 한번 밖으로 들어오다가 두 아이의 노는 것을 보고 먼저 인아를 안고 어루만져 가로되,

"이 아이의 이마 흡사히 선친(先親)을 닮았으니 장래 반드시 우리 가문을 빛나게 하리로다."

하고 내당(內堂)으로 들어갔더니, 장주 유모 들어와서 교씨께 고하여 가로되,

"상공이 인아만 안아 주고 장주는 돌아보지도 않더이다."

하고 인하여 눈물을 흘리니, 교씨 또한 애를 태워 가로되,

"내 용모와 자질이 모두 사씨에게 미치지 못하고 더욱이 적첩(嫡妾)의 분의(分義)가 현수(懸殊)하건마는 다만 나는 아들이 있고 저는 아들이 없기 때문에 상공의 은총을 받아왔거니와 지금은 저도 아들을 낳았으니 그 아이 이 집 주인이 될 것인즉 내 아들은 쓸데없는 군것에 불과한지라, 부인이 비록 좋은 낯으로 나를 대하나 그 심장은 실로 알 수 없으니 만일 부인의 간살로 상공의 마음이 변한즉 나의 전정(前程)은 어떻게 될는지 알 수 없다."

하고 다시 십랑을 청하여 의논하니, 십랑은 교씨의 금은주옥을 많이 받았으므로 드디어 그 심복이 되어서 가만히 교씨의 못된 꾀를 도우고 있더라.

하루는 한림이 조당(朝堂)에서 물러나와 집에 돌아오니 이부 석 낭중이란 사람한테서 편지 한 장이 와 있으니, 그 편지에 하였으되,

"이 동청이란 자는 소주 사람으로 재주 있는 선비로되 운명이 기구하여 일찍 부모를 여의고 과거도 못 하고 고혈(孤孑)한 몸이 경향(京鄕)으로 유리(遊離)하다가 어떤 인연으로 소제(小弟)의 집에 와서 잠깐 기식하고 있게 되었삽더니, 소제 마침 외임(外任)으로 나가게 되매 동생이 이로조차 갈 곳

이 없는지라, 일찍이 들으매 존형(尊兄)께서 서사(書士)의 가감지인(可堪之人)을 구하신다 하오니 이 사람이 민첩하고 글씨를 잘 써서 한 번 시험해 보시면 가히 그 재주를 짐작하실 듯하와 이에 편지를 주어 존문(尊門)에 나아가 뵈옵게 하오니 한번 시험해 보옵소서."

하였더라.

원래 동청은 사부가(士夫家) 자식으로 조실부모(早失父母)하고 행지무상(行止無常)하여 무뢰지배(無賴之輩)와 결탁하여 주색과 도박 일삼으매 가업이 탕진하여 생계가 망연한지라, 드디어 고향을 떠나 객지로 나와 권귀부호가의 식객(食客)이 되니, 동청이 천생으로 인물이 잘나고 언변이 구첩(口捷)하고 글씨를 잘 쓰므로 처음에는 누구에게든지 귀염을 받다가 조금만 지나면 그 집 자제를 유인하고 처첩을 도적하여 마침내 쫓겨나게 되니 지남지북(之南之北)에 도저히 용납하게 못하는지라, 필경 석 낭중의 집까지 굴러와서 지냈는데 낭중이 역시 그 인물의 간악함을 알았으나 이번에 외임으로 떠나게 되매 구태여 그 과실을 드러낼 필요가 없으므로 좋은 말로써 한림께 천거함이라.

한림이 그때 마침 적당한 서사를 한 사람 구하던 터이므로 석 낭중의 편지를 보고 즉시 동청을 불러들여서 보매 의표(儀表) 영민(英敏)하고 응대(應對) 여류(如流)한지라, 한림이 크게 기꺼하여 문하에 두고 서사의 소임을 맡기니 동청이 글씨만 잘 쓸 뿐 아니라 성질이 교활 민첩하여 매사에 뜻을 잘 맞추니 한림이 크게 믿어하여 일마다 그 말을 좇는지라. 사 부인이 한림께 간하여 가로되,

"첩이 들으니 동청의 위인이 정직하지 못하다 하니 가히 용납지 못할지라. 그전 있던 곳에도 요악한 일을 무수히 행하다가 일이 탄로되매 도망하여 떠다니다가 이에 왔으니, 상공은 오래 머물러 두시지 말고 일찍 내보내소서."

한림이 가로되,

"내 이왕 풍편에 이 말을 들었거니와 적실함을 알지 못하고 내 다만 글을 구함이요 붕우의 의는 없나니 그 어질고 아님을 의논하여 무엇 하리오."

부인이 가로되,

"상공이 비록 그 사람과 친구는 아니나 부정한 무리로 더불어 같이 있으면 자연 사람을 그릇 만드나니 이런 부정한 사람을 가내에 두어 만일 가도를 요란케 할진대 지하에 돌아가신 구고(舅姑)의 가법을 더럽힘이 있을까 두려하나이다."

한림이 가로되,

"부인의 말씀이 과연 유리하나 세속 사람들이 남을 비방함을 좋이 여기나니 오래 두고 보아 잘 조처하리니 부인은 염려 마시고 가중(家中) 비복들이나 은혜로 잘 무휼(撫恤)하여 가도가 어지러움이 없게 하소서."

부인이 청파(聽罷)에 한림의 말을 괴이히 여기나 교씨의 참

소로 인하여 한림이 의심함인 줄은 모르고 다만 사례하더라.

이로부터 한림은 동청에게 서사를 맡기고 매사를 보아 행하나 동청의 위인이 간활한 고로 한림의 뜻을 맞추어 무슨 일이든지 잘하니 한림이 사 부인의 말을 생각지 아니라고 마음을 놓아 일을 다 맡기더라.

이때 교씨 사 부인을 시기하여 한림에게 여러 번 참소하나 모르는 듯하니 교씨 크게 근심하여 이에 십랑을 청하여 이 말을 하고 사 부인 해할 계교를 물으니 십랑이 한참 동안 생각하다가 이에 교녀의 귀에다 입을 대고,

"여차여차하면 어찌 사씨를 제어하기를 근심하리오."

교씨 가로되,

"시기가 바쁘니 빨리 행하라."

십랑이 곧 요매(妖魅)한 물건을 만들어 사면에 두루 묻고 교씨의 심복(心腹)한 시비 납매를 불러 이리이리하라 하니 가중 상하에 교씨와 십랑과 납매밖에는 이 일을 알 사람이 없더라.

하루는 한림이 입번(入番)하였다가 여러 날 만에 집으로 돌아오니 가중 상하가 창황하여 장주의 병이 대단하다 하거늘, 한림이 또한 놀라 백자당에 이르니 교녀 한림을 보고 울며 가로되,

"장주가 홀연히 병이 발하여 대통하오니 이는 심상치 아니한 일이라 병세를 보니 체증과 감기 따위가 아니라 필연 가중에 누가 방자를 하여 귀신의 장난인가 하나이다."

한림이 교씨를 위로하고 장주의 병세를 살펴보니 과연 헛소리를 하고 정신을 잃어 대단 위태하거늘 크게 염려하여 약을 지어 납매를 불러 급히 달여 먹이라 하고 동정을 자세히 보니 조금도 차도가 없는지라, 한림이 크게 우려하고 교씨는 울기를 마지아니하더라. 한림의 총명이 점점 감하매 미혹(迷惑)이 만단(萬端)하여 마음을 정치 못하니 아깝도다, 사 부인의 성덕이 고인을 부러워 할 바 아니거늘 교씨 같은 요인(妖人)이 들어와 가중을 어지러이 하니 어찌 가석(可惜)지 아니하랴.

이때 교녀 동청으로 더불어 가만히 사통(私通)하니 짐짓 한 쌍 요물이 상합함이라. 백자당이 외당과 다만 담 한 겹이 막히고 화원 문의 열쇠를 교녀가 가진지라, 한림이 내당에서 자는 날은 교녀 동청을 청하여 동침하되 일이 극히 비밀하여 시비 납매 외에는 아무도 아는 이 없더라.

이때 한림이 장주의 병이 심상치 않음을 보고 염려하더니 교녀 또한 병을 칭탁(稱託)하고 음식을 폐하고 밤이면 더욱 슬퍼하니 한림이 또한 근심하더니, 일일은 납매 부엌에서 소쇄(掃灑)하다가 한 봉 괴이한 물건을 얻으니 한림이 교녀로 더불어 같이 보고 낯빛이 흙과 같아 말을 못하고 앉았더니 교녀 울며 가로되,

"첩이 십육 세에 귀댁에 들어와 일절 원수를 맺은 곳이 없

더니 어떤 사람이 우리 모자를 이렇듯 모해하는고.”

하니, 한림이 다시 보고 묵연부답(默然不答)하거늘 교녀 가로되,

“상공이 이 일을 어찌 처치코자 하시나이까?”

한림이 한동안 잠자코 있다가 가로되,

“일이 비록 간악하나 집안에 잡인이 없으니 뉘를 지목하리오. 그런 요괴한 물건을 불에 살라 없앰이 옳을까 하노라.”

교녀 생각하는 듯하다가 고하여 가로되,

“상공 말씀이 옳으시이다.”

하니, 한림이 납매를 명하여,

“불을 가져오라.”

하여 뜰 앞에서 태워 버리고,

“이 말을 삼가 누설치 말라.

하니라.

한림이 나간 후 납매 교녀더러 물어 가로되,

“낭자 어찌 상공의 의심을 돋우지 아니하고 일을 그르치나이까?”

교녀 가로되,

“다만 상공을 의심케 할 따름이라 너무 급거(急遽)히 서둘다가는 도리어 해로울지라. 상공의 마음이 이미 동하였으니 여차여차하리라.”

하더라.

원래 그 방자 한 물건에 쓴 글씨는 교녀 동청으로 하여금 사 부인의 필적을 본떠서 만든 것이므로, 한림이 보고 부인의 필적이 분명한지라 그 근본을 캐내면 자연 난처한 사정이 있을 듯하여 즉시 불에 살라 버리고 말았으나 내심에 생각하되,

‘접때 교씨 사 부인의 투기하는 말을 이르나 오히려 믿지 아니하였더니 이런 짓을 할 줄이야 어찌 뜻하였으리오. 당초에 자식이 없음으로써 부인이 주선하여 교씨를 얻었더니 이제 스스로 자식을 얻으매 독한 계교를 지어내니 이는 밖으로 인의를 베풀고 안으로 간악함이라.’

하고, 부인 대접이 전일과 다르더라.

이적에 사 급사 부중에서 급사 부인의 환후 침중하매 여아를 보고자 하여 편지하였거늘 사 부인이 크게 놀라 한림께 고하여 가로되,

“모친의 병환이 위중하시다니 만일 지금 뵈옵지 못하면 평생에 종천지한(終天之恨)이 될지라 상공의 허하심을 바라나이다.”

한림이 가로되,

“장모님의 환후가 위중하시면 일찍 가서 뵈오심이 옳을 것이거늘 어찌 만류하리오. 나도 또한 틈을 타서 한번 가서 문안하리다.”

부인이 사례하고 교씨를 불러 가사를 부탁하고 즉시 치행

하여 인아를 데리고 신성현 본부에 이르러 모녀 오래 떠났다가 서로 만나니 모녀 기뻐하였으나 부인이 모친의 환후가 자못 위태하심을 보고 본부에 머물러 모친의 병환을 구호하매 수이 돌아오지 못하고 자연 수월(數月)이 되었더라.

한림의 벼슬이 본디 한가한지라, 때를 타서 신성현 사부에 왕래가 빈번하더니 이적에 산동과 산서와 하남 지방에 흉년이 들어 백성들이 사방으로 유리하는지라, 천자 들으시고 크게 근심하사 조정에 명망이 있는 신하 세 사람을 빼어 세 길로 나누어 보내어 백성의 질고를 살피라 하시니 이때 한림이 그중에 뽑히어 산동으로 나아갈새 미처 부인을 보지 못하고 떠나니라.

이에 한림이 집을 떠난 후로 교씨 더욱 방자하여 동청으로 더불어 기탄함이 없이 엄연히 부부같이 지내더니 일일은 교씨 동청더러 말하기를,

“이제 상공이 멀리 나아가고 사씨 오래 집을 떠났으니 정히 계교를 베풀 때라 장차 어찌하면 사씨를 없이할꼬?”

동청이 가로되,

“내게 한 묘계가 있으니 족히 사씨로 하여금 가중에 있지 못하게 하리라.”

하고 인하여 가만히 말하되,

“이리이리함이 어떠하뇨?”

교씨 크게 기뻐하여 가로되,

“낭군의 계교는 진실로 귀신이라도 측량치 못하리로다. 그러나 어떠한 사람이 능히 행하랴.”

동청이 가로되,

“나의 심복한 친구가 있으니 이름은 냉진이라. 이 사람이 재주가 민첩하고 눈치가 빠르니 마땅히 성사하려니와 부디 사씨의 사랑하는 보물을 얻어야 되리니 이 일이 쉽지 않으리로다.”

교씨 생각다 가로되,

“사씨의 시비 설매는 납매의 동생이라 그년을 달래어 얻어내리라.”

하고, 이에 납매로 하여금 조용한 때를 타서 설매를 불러 후히 대접하고 금은 패물을 주어 달래며 계교를 이르니, 설매 가로되,

“부인의 패물을 넣은 그릇은 방중에 있으되 열쇠를 가져야 할 것이오. 다만 아지 못게라 무엇에 쓰려 하느뇨?”

납매가 가로되,

“쓸 데를 구태여 묻지 말고 삼가 남더러 이르지 말라. 만일 누설하면 우리 양인(兩人)이 살지 못하리라.”

하고 열쇠 여럿을 내주며,

“이 중에 맞는 대로 열고 상공도 평일에 늘 보시고 사랑하시던 물건을 얻고자 하노라.”

설매 즉시 열쇠를 감추고 들어가 가만히 상자를 열고 옥지

환을 도적하여 낸 후 상자를 전과 같이 덮은 후 즉시 나와 교씨에게 드려 가로되,

"이 물건은 유씨 댁 세전지물로 가장 중히 여기더이다."

하니, 교씨 크게 기꺼하여 중상을 주고, 이에 동청으로 더불어 꾀를 행하려 하더니 마침 사씨를 뫼시고 갔던 하인이 신성현으로 좇아 와서 급사 부인의 별세하심을 전하고 가로되,

"사 공자 나이 어리고 다른 강근지친(强近之親)이 없으니 부인이 손수 치상(治喪)하여 장사를 지내시고 사 공자에게 가사를 착실히 살피라 하시더이다."

교씨 납매를 보내어 극진히 위문하고 일변 동청을 재촉하여 빨리 꾀를 행하라 하니라.

이때 한림이 산동 지방에 이르러 주점에 들어 주식을 사먹으려 하더니 문득 한 소년이 들어와 한림을 보고 읍하거늘 한림이 답례하고 좌정하고 바라보매 그 사람의 풍채 훌륭한지라, 한림이 성명을 물으니 답하여 가로되,

"소생은 남방 사람이요 냉진이거니와 묻삽나니 존사(尊士)의 고성대명(高姓大名)을 듣고자 하나이다."

한림이 바로 이르지 않고 다른 성명으로 대답하고 인하여 민간 물정을 물으니 대답이 선명하거늘 한림이 기뻐 내심에 생각하되 이 사람이 가장 아름답다 하고 인하여 물어 가로되,

"그대 이제 어디로 나아가려 하느냐? 그대 비록 남방 사람이라 하나 음성이 서울 사람 같도다."

냉진이 가로되,

"소제(小弟)는 본디 외로운 자취로 뜬구름같이 동서로 표박하여 정처 없이 다니는지라 수년을 서울에 있었더니 금춘(今春)에 신성현이라 하는 곳에서 반년을 지내고 이제 고향으로 가더니 수일 동행함을 얻으니 다행하도다."

한림이 가로되,

"나도 심사 울적한 사람이라 정히 형을 만나니 다행하도다."

하고, 인하여 술을 권하여 서로 먹고 한가지로 행하여 객점(客店)에 들어 쉬고 이튿날 새벽에 떠날새 한림이 보니 그 사람의 속옷고름에 옥지환이 매였거늘 한림이 가장 괴이히 여겨 자세히 보니 아마도 눈에 익은지라 의심하여 이르되,

"내 마침 서역 사람을 만나 옥 분변하는 법을 알았는데 지금 형의 가진 옥지환이 예사 옥이 아닌가 싶으니 한 번 구경코자 하노라."

그 사람이 뫼인 것을 뉘우치고 머뭇거리다가 끌러 주거늘 받아 보니 옥빛과 물형 새긴 제도가 완연히 사씨의 옥지환과 같은지라, 의심하여 다시 보니 푸른 털로 동심결(同心結)을 맺었거늘 심중에 더욱 의심하여 소년더러 물어 가로되,

"과연 좋은 보배로다. 형이 이것을 어디서 얻어 가졌느냐?"

그 사람이 거짓 슬픈 빛을 띠고 대답지 않고 도로 거두어

고름에 차거늘 한림이 꼭 알고자 하여 다시 물어 가로되,

"형의 옥지환이 반드시 까닭이 있는 일이거늘 나에게 이야기한들 무슨 방해됨이 있으리오."

소년이 한참 있다가 가로되,

"북방에 있을 때에 마침 아는 사람이 준 바라, 형이 알아 무엇 하며 무슨 티새 있으리오."

한림이 생각하되,

'제 말이 가장 의심되도다. 옥지환도 분명한 사씨의 것이고 또 신성현으로부터 오노라 하니 혹시 비복의 무리가 도적하여 이 사람에게 판 것이나 아닌가?'

하여, 생각이 이에 미쳐서는 그 근맥을 자세히 알고자 하여 짐짓 여러 날 동행하니 정의(情誼)가 자연히 친근한지라 인하여 물어 가로되,

"형의 옥지환에 동심결 맺은 것을 말하지 아니하니 어찌 친구의 정의라 하리오."

소년이 주저하다가 가로되,

"형으로 더불어 정이 깊으니 이야기를 하여도 해롭지 아니하되 이 다만 정의 있는 사람의 일이니 소제를 웃지 마소서."

한림이 가로되,

"그와 같이 유정한 사람이 있으면 어찌 함께 살지 않고 남방으로 나아가느뇨?"

소년이 가로되,

"좋은 일이 마가 많고 조물이 시기하여 아름다운 인연이 두 번 오지 아니하는지라, 옛글에 이르되 '궁문에 들어가기가 깊은 바다에 들어감과 같은데 이로조차 소랑(蕭郎)은 행인과 같이 되었다.'하니 정히 소제를 두고 이름이라 어찌 탄식하지 아니하리오."

하고, 인하여 슬픈 빛을 보이거늘 한림이 가로되,

"형은 참 다정한 사람이로다."

하고, 이에 두 사람이 종일토록 술을 마시고 즐기며 놀다가 이튿날에 각각 길을 나누어 떠나가니라. 아지 못게라 그 사람의 근본이 어떠한 사람이며 사씨의 액운이 필경 어찌 될꼬.

이때 한림이 길을 떠나 산동으로 향하여 갈새 옥지환을 한번 보고 그 근본을 자세히 알지 못한지라 크게 의심하여 생각하되,

'세상에 알 수 없는 일이 많도다. 혹시 비복 등이 도적하여 낸 것인가.'

천사만념(千思萬念)으로 심시가 늘 수란(愁亂)하더니 반년 만에 나랏일을 다 마치고 서울로 돌아오니 사 부인이 집으로 돌아온 지 오랜지라, 한림이 부인으로 더불어 서로 눈물을 흘리고 조상(弔喪)한 후 교씨와 다만 두 아이를 보고 무애(撫愛)터니, 홀연 소년 냉진의 옥지환 일을 생각하고 낯빛을 변하여 사씨더러 물어 가로되,

"부인이 전일 선인(先人)이 주신 옥지환을 어데 두었느뇨?"

부인이 가로되,

"저 상자 속에 있거니와 어이 물으시느뇨?"

한림이 가로되,

"괴이한 일이 있으니 내어 보고자 하노라."

부인이 또한 괴이하여 시비로 하여금 상자를 가져오라 하여 열어 보니 다른 것은 다 그대로 있으되 옥지환이 없는지라 사씨 크게 놀라 가로되,

"내 분명히 여기 두었더니 어이 없는고?"

한림이 안색을 변하고 말을 아니 하니, 사씨 가로되,

"옥지환의 간 곳을 상공이 아시나이까?"

한림이 성내 가로되,

"그대 남을 주고 날더러 물음은 어쩐 일이뇨?"

사씨 이 말을 듣고 부끄럽고 분하여 말을 못하더니, 홀연 시비 고하되,

"두 부인이 오셨나이다."

한림이 황망히 맞아들여 절하고 무사히 다녀옴을 기뻐하더니 한림이 두 부인을 대하여 가로되,

"가중에 큰 변이 있어 장차 숙모께 품(稟)하려 하였나이다."

부인이 놀라며 의심하여 가로되,

"무슨 일이뇨?"

한림이 소년 냉진의 말을 이르고,

"그 일이 심히 괴이하기로 집에 돌아와 옥지환을 찾은즉 과연 없으니 문호에 큰 불행이라. 이를 장차 어찌 처리하리까?"

사씨 이 말을 듣고 혼비백산(魂飛魄散)하여 눈물을 흘리며 가로되,

"첩이 평일 행사 무상하와 상공이 이같이 추한 행실을 의심하시니 첩이 무슨 면목으로 사람을 대하리오. 첩의 생사를 상공은 임의로 하소서. 옛말에 이르기를 '어진 군자는 참언을 믿지 말고 참소하는 사람을 시호(豺虎)에게 던지라.' 하였으니, 원컨대 상공은 깊이 살피사 원통함이 없게 하소서."

두 부인이 듣기를 다하매 크게 성을 내어 가로되,

"너의 총명이 돌아가신 소사(少師)와 어떠하뇨?"

한림이 대하여 가로되,

"소질(小姪)이 어찌 감히 선대인을 따르리꼬?"

부인이 가로되,

"선형(先兄)이 본디 지감(智鑑)이 있고 또 천하 일을 모를 것이 없이 지내었으니 매양 사씨를 칭찬하되, 나의 자부는 천하의 기특한 열부라 하고, 너로써 내게 부탁하되 연수가 나이 어리니 만사를 가르쳐 그른 곳에 빠지지 말게 하라 하시고 자부에게 당하여는 아무 경계할 것이 없다 하셨으니 이는 사씨의 선행숙덕을 아심이라. 그렇지 않더라도 너의 총명으로도 짐작할 것이거늘 하물며 선형의 지감과 사씨의 절행

으로 이 같은 누명을 입게 하여 옥 같은 아내를 의심하느뇨? 이는 반드시 가중에 악인이 있어 사씨를 모해함이 아니면 시비 중에 간악한 년이 있어 도적함이니, 어찌 엄중히 핵사(覈查)하지 아니하고 이같이 불명(不明)한 말을 하느뇨?"

한림이 가로되,

"숙모의 가르치시는 말씀이 당연하여이다."

하고, 즉시 형장(刑杖) 기구를 갖추고 시비 등을 엄형(嚴刑) 문초(問招)하니 애매한 시비는 죽어도 모르노라 하고, 그중에 설매는 바로 고하면 죽을까 겁내어 한결같이 항복하지 아니하니 마침내 종적을 알지 못할지라. 두 부인이 또한 하릴없이 돌아가고 사씨는 누명을 설원(雪冤)치 못하였으매 죄인으로 자처하니 한림은 전후 참언을 많이 들었으므로 의심을 풀지 못하니 교씨 가만히 기뻐하더라.

한림이 교씨로 더불어 사씨의 일을 의논하니 교씨 가로되,

"두 부인의 말씀이 옳은 듯하나 또한 공변되지 아니하사 부인만 너무 포창(襃彰)하시고 상공을 과히 협박하시니 체면이 없사오며 또 옛날 성인도 속은 일이 많사오니 선노야(先老爺) 비록 고명하시나 사 부인이 들어오신 뒤 오래지 아니하여 별세하였으니 어찌 부인의 마음을 잘 아셨으리오? 임종시에 유언하심은 상공을 경계하고 부인을 권장하심이거늘 두 부인이 이 말씀을 빙자하여 상공으로 하여금 일마다 부인께 문의하라 하시니 어찌 편벽되지 아니하리오?"

한림이 가로되,

"사씨 평일에 행실이 착하니 나도 또한 그런 일이 없으리라 하였더니 한갓 의심난 일을 본 고로 지금 의혹함이라. 전일에 장주가 병이 났을 때에 방자한 글씨가 사씨의 필적 같으매 그때에 내가 참언이 있는가 하여 즉시 불에 살라 없애고 너더러도 말하지 아니하였더니 이 일로써 볼진대 어찌 믿으리오?"

교씨 가로되,

"그러면 부인을 어찌 처치하시려 하나이까?"

한림이 가로되,

"이제 명백한 증거가 없고 어찌 다스리며 또한 선상공(先相公)이 사랑하시는 바요, 숙모 힘써 말하시니 가장 어려운 일이라 어찌하리오."

한데, 교씨 묵연부답하더라.

이 때에 교녀 잉태하였더니 십 삭이 차매 한 남자를 낳으니 한림이 기뻐하여 이름을 봉주라 하고 두 아이를 사랑함이 장중보옥(掌中寶玉)같더라.

하루는 교녀 한림이 없는 때를 타서 동청으로 더불어 꾀를 의논하더니 교녀 가로되,

"전일에 쓴 꾀가 참 용하나 한림의 말씀이 여차여차하니 옛말에 '풀을 베매 뿌리를 없이하라.' 하였으니 장차 어찌하며, 사씨가 두 부인으로 더불어 옥지환 근맥을 찾는다 하니

만일 일이 누설되면 화가 적지 아니하리로다."

동청이 가로되,

"두 부인이 반드시 극력하여 일을 주선하리니 낭자는 모름지기 숙질간 참소를 지어 서로 화목지 못하게 하라."

교씨 가로되,

"나도 이 뜻이 있어 그리하고자 하나 상공이 평일에 두 부인 섬기기를 부모같이 하여 매양 그 뜻을 거스르지 못하고 일일이 순종하니 이 꾀를 행하기가 어려울까 하노라."

동청이 가로되,

"그러면 묘한 꾀를 급히 생각지 못할 것이니 천천히 의논하리라."

이때 두 부인이 사씨를 위하여 사람을 놓아 옥지환 출처를 듣보되 마침내 찾지 못하고 심중에 헤오되 아무래도 교녀의 간계인 듯하나 당처를 잡지 못하고 마음이 답답하여 잠을 이루지 못하더니, 아들 두억이 장사부 추관(推官)을 하니 두 부인이 아들을 따라 장사로 가게 되었는지라 마음에 비록 기쁘나 사씨의 외로움을 염려하여 마음이 놓이지 않는지라. 택일하여 장차 부임하려 하니 유 한림이 두 부인 모자를 청하여 잔치를 배설하고 전송할새 좌상에 사씨가 참예치 아니한지라 두 부인이 자못 불쾌하여 한림더러 일러 가로되,

"선형(先兄)이 별세하신 후 현질(賢姪)로 더불어 서로 의지하여 지내더니 이제 뜻밖에 만 리의 이별을 당하니 어찌 섭섭지 않으리오. 내 현질에게 부탁할 말이 있나니 네 능히 들을쏘냐?"

한림이 황망히 꿇어앉아 가로되,

"소질(小姪)이 비록 무상하오나 어찌 숙모의 말씀을 거역하오리까. 무슨 말씀인지 듣삽고자 하나이다."

부인이 가로되,

"다름이 아니라, 사씨의 부덕(婦德)은 일월같이 밝은 바라 너의 총명으로 깊이 깨닫지 못함이 한(恨) 되도다. 내 만일 집에 없은 뒤 또 무슨 일이 있어도 참언을 신청(信聽)하지 말고 미혹에 빠지지 말지어다. 만일 불미한 일이 있거든 한 장 글월을 내게 부치고 과히 처치하지 말아서 뒤에 뉘우침이 없게 하라."

한림이 가로되,

"숙모의 말씀을 삼가 본받아 행하리다."

두 부인이 시녀를 불러 물어 가로되,

"사 부인이 지금 어데 계시뇨? 나를 잠깐 인도하라."

시비 부인을 모셔 사씨의 있는 곳에 가니 사씨 머리를 흩트리고 옥안(玉顔)이 초췌하여 연연약질(軟軟弱質)이 의복을 이기지 못하는지라, 두 부인이 이 거동을 보고 마음이 칼로 베는 듯 애처로운지라, 사씨 두 부인의 오심을 보고 반기며 천천히 가로되,

"숙숙(叔叔)은 영귀하사 부인께서 좋은 행차를 하시니 죄첩(罪妾)이 마땅히 존하(尊下)에 나아가 하례하오련마는 몸이 만고에 큰 누명을 무릅써서 나아가 뵈옵지 못하오매 무궁한 한이 되옵더니 천만 의외에 이같이 왕림하시니 불승죄송(不勝罪悚)하여이다."

두 부인이 눈물을 흘려 가로되,

"선형이 임종시에 유언하사 한림으로써 내게 부탁하노라 하시던 말씀이 오히려 귀에 머물러 있되, 내 질아(姪兒)를 잘 인도치 못하여 그대로 하여금 이 지경에 이르게 하였으니 이는 다 노모의 허물이라 다른 날 무슨 면목으로 지하에 돌아가 선소사 양위(兩位)를 뵈오리오. 그러나 그대는 과도히 심사를 상하지 말라. 유씨는 본시 충효 가문으로 소인에게 힘을 잃은지라 그러므로 해를 많이 당하였으나 가중이 한결같이 맑더니, 이제 선소사 별세하신 뒤로 이렇듯 괴이한 변괴 있으니, 이는 가중에 요괴(妖怪)로운 시첩(侍妾)이 있어 질아의 총명을 흐리움이라. 요사이 질아의 거동을 보니 전일의 맑은 기운이 하나도 없고 나에게 가중사를 의논함이 적어 숙질지간에 의(誼)가 감하였으니 내 그 동정을 보매 근심하기를 마지않나니 이는 질부의 자작지얼(自作之孼)이라 뉘를 한하고 원망하리오. 그러나 이것은 도무지 천정(天定)한 운수라 과도히 슬퍼하지 말라."

하고 시비로 하여금 한림을 불러 정당에 이르니, 두 부인이 정색 추연(惆然)하여 가로되,

"요사이 네 행사를 보매 본심을 잃은 사람 같으니 내 심히 염려하노라. 슬프다, 선소사 기세(棄世)하실 때에 가중대소사를 내게 부탁하신 말씀이 지금껏 귀에 머물러 있거늘 그대 용렬하여 사씨의 빙옥 같은 행실로 시운이 불리하여 누명을 무릅씀을 보이 어찌 한심치 아니하리오. 우숙(愚叔)이 멀리 떠나매 마음을 놓지 못하는지라, 이에 네게 한 말을 부탁하노니 이 뒤에 가중에서 사씨를 잡아 말하는 자가 있어 흉한 일을 눈으로 보았을지라도, 소루(疏漏)히 사씨를 저버리지 말고 나의 돌아옴을 기다려 처치하라. 사씨는 절부 정녀이니 결단코 그른 곳에 나아가지 아니하리라. 이제 사씨의 신세가 위태함을 보고 멀리 떠나매 내 발길이 돌아서지 아니하나니 현질은 부디 조심하여 요망한 말을 신청치 말라."

한림이 미우(眉宇)를 찡그리고 고개를 숙여 들을 따름이거늘 부인이 추연 탄식하고 사씨를 당부하여 재삼 보중함을 이르고 돌아가니 사 부인이 두 부인의 멀리 떠나심을 더욱 슬퍼하여 마음을 놓지 못하더라.

이때 교녀 두 부인을 꺼리다가 이제 떠남을 보매 심중에 가만히 기뻐하여 이에 동청을 청하여 가로되,

"전일에 꺼리던 바는 두 부인이러니 이제 아들을 따라 멀리 가시니 이때에 꾀를 행하여 사씨를 없애 버리는 것이 좋을까 하노라."

동청이 가로되,

"사씨로 하여금 당장 천지간에 용납지 못하게 할 묘한 꾀가 있으되 다만 저어하건대 낭자가 듣지 않을까 하노라."

교녀 가로되,

"정말로 묘한 꾀일진데 내 어찌 듣지 아니하리오."

동청이 책 한 권을 내보이며 가로되,

"꾀가 이 속에 있으니 시험해 보려느냐?"

교녀 가로되,

"무슨 꾀인지 듣고자 하노라."

동청이 가로되,

"이 책은 당(唐)나라 사기(事記)라. 거기 쓰인 글을 볼 것 같으면 예전에 당 고종(高宗)이 무소의(武昭儀)를 총애하고 무소의가 왕 황후를 참소코자 하나 적당한 시기를 얻지 못하였더니, 소의 마침 딸을 낳으며 얼굴이 심히 아름다운지라 고종이 몹시 사랑하고 황후도 역시 귀히 여겨서 때때로 와서 보더니, 하루는 황후가 전과 같이 무릎 위에 놓고 어르다가 나간 뒤에 소의 즉시 그 딸을 눌러 죽이고 소리를 질러 통곡 왈 '누가 내 딸을 죽였도다.' 하니, 고종이 궁인을 모조리 국문하매 여출일구(如出一口)로 외인은 아무도 침전(寢殿)에 출입한 자가 없고 다만 황후께서 막 오셨다가 갔다 하여 황후 마침내 변명함을 얻지 못한지라. 고종이 드디어 왕 황후를 폐하고 무소의로 황후를 봉했으니, 이가 천고 유명한 측천무후(則天武后)라. 예로부터 큰일을 하는 이는 조그만 일에 거리끼지 않나니 이제 낭자 측천무후의 남은 꾀를 써서 사씨에게 떠넘기면 사씨 비록 임사(姙姒)의 행실과 소장(蘇張)의 구변(口辯)이 있더라도 제 한마디 변명함을 얻지 못하고 스스로 물러나리라."

교녀 듣기를 마치매 손으로 동청의 등을 치며 가로되,

"범과 같은 미물도 오히려 제 새끼 사랑할 줄 알거늘 하물며 사람이 되어서 어찌 차마 제 자식을 해하리오."

동청이 가로되,

"낭자의 시방 위급한 형세가 함정에 든 범과 같으니 내 꾀를 쓰지 않다가는 장차 후회하여도 소용이 없으리라."

교녀 가로되,

"아무리 하여도 이것은 차마 할 수 없으니 그다음 좋은 꾀를 생각해 보라."

하고, 한창 의논할 판에 한림이 조당(朝堂)으로부터 돌아옴을 듣고 놀라 각각 돌아가니라.

동청이 가만히 납매를 불러 일러 가로되,

"낭자의 위인(爲人)이 차마 하지 못하여 나의 묘한 꾀를 쓰지 못하니 이런즉 너희도 위태하리라. 네가 모름지기 적당한 시기를 보아서 이리이리하라."

하니, 납매 그 말을 듣고 틈을 타서 하수(下手)코자 하더니 하루는 장주가 마루 위에서 혼자 자는데 유모는 마침 옆에 없고 사 부인의 시비 춘방, 설매 두 사람이 난간 밑을 지나

가는지라. 납매 문득 동청의 말을 생각하고 둘이 멀리 가기를 기다려 곧 장주를 눌러 죽이고 가만히 설매에게 가서 말하되,

"네가 옥지환 도적해 낸 것이 아직은 탄로 나지 않았으나 부인이 알아내려고 백방으로 조사하고 계시니 일이 만약 누설되면 네가 먼저 죽을 것이니 이 일을 어떻게 하면 좋단 말이냐. 나 시키는 대로 이리이리만 하면 대화(大禍)를 면할 뿐 아니라 가히 중상을 얻으리라."

설매 가로되,

"그리하마."

하더라.

장주의 유모가 장주의 오래 일어나지 않음을 보고 괴히 여겨 나아가 본즉 입과 코로 피를 많이 흘리고 죽은 지 이미 오래거늘 크게 놀라 통곡하니 교녀 창황히 따라와 구코자 하나 무가내하(無可奈何)라. 이 분명 동청의 소위인 줄 알고, 그 꾀를 실행코자 하여 급히 한림께 고하니 한림이 와서 보매 몸이 떨리고 뼈가 서늘하여 말을 내지 못하는지라, 교녀 가슴을 치며 크게 울어 가로되,

"작년에 방자하던 자가 내 아이를 죽였도다. 상공은 어찌 빨리 가중 비복을 문초하여 죄인을 사실(查實)해 내지 않나이까?"

한림이 즉시 가중 비복 등을 잡아내서 형장을 엄히 할새 유모는 말하기를,

"소비(小婢) 아기를 안고 마루에 앉았다가 아기가 곤히 자므로 잠시 밖에 나갔다가 채 돌아오지 않아서 변이 창졸(倉卒)에 일어났으니 아기 옆을 떠난 죄는 만사무석(萬死無惜)이오나 어떻게 된 사유는 전연 알지 못하도소이다."

하고, 납매는 가로되,

"소비 마침 문 앞을 지나다가 우연히 바라본즉 춘방과 설매가 난간 밖에서 무엇인지 손짓을 하더니만 곧 돌아가는 것을 보았사오니 이것들을 불러 물으시면 가히 짐작하실 듯하여이다."

한림이 곧 두 사람을 잡아들여서 먼저 춘방에게 물을새 비록 뼈가 부서지고 살이 헤져도 종시 거짓말하지 않아 가로되,

"소비(小婢) 설매와 잠시 지나갔을 분인즉 무슨 알음이 있사오리까?"

또 설매를 국문(鞠問)하매 처음에는 춘방의 말과 다름이 없었으나 매질하기를 십여 차에 불과하여 설매 고함 질러 가로되,

"소비 장차 죽으리로소이다. 이미 죽을 바에야 무슨 말을 못 하오리까. 부인이 소비들에게 이르시기를 인아와 장주 둘이 같이 있을 수 없으니 누구든지 장주를 해하는 자면 중상을 주리라 하시옵기로 소비 등이 여러 날을 두고 틈을 엿보던 차, 마침 공자 마루 위에서 자고 옆에 사람이 없기로 이

때를 놓쳐서는 안 되겠다 하고 춘방과 하수코자 하매 소비는 간이 서늘하고 손이 떨려서 감히 앞장서지 못하였거니와 실상 공자를 눌러 죽이기는 춘방이로소이다."

한림이 크게 노하여 엄형으로 춘방을 국문하매 춘방이 설매를 꾸짖어 가로되,

"네 위로 부인을 팔고 동무를 무함(誣陷)하여 죽음을 면코자 하니 너와 같은 년은 개도야지에 지지 않도다."

하고, 종시 무함의 말을 하지 않고 죽으니라.

교녀 한림께 고자질하여 가로되,

"설매는 실상 하수한 일이 없고 또 바로 대었으니 죄 없고 공이 있는지라 물을 것이 없고, 춘방이 이미 죽었은즉 원수는 조금 갚았다 할 수 있으나 남의 주촉(嗾囑)을 받아 한 일인즉 실상 춘방도 원통타 하리로다."

하고, 이에 아우성쳐서 장주를 부르며 또 발을 구르고 하늘을 부르짖어 가로되,

"장주야, 장주야, 내가 네 원수를 갚지 않으면 살아서 무엇 하리오. 내 너를 따라 죽으리라."

하고 바삐 방으로 들어가서 띠를 끌러 목을 매니, 시비 급히 끌러 놓으매, 교녀 통곡하여 소리를 그치지 않고 한림께 달려들어 격동시키니 한림이 머리를 숙이고 말이 없는지라, 교녀 가로되,

"투기하는 계집이 처음에 우리 모자를 죽이고자 하다가 일이 누설되매 후회하지 않고 못된 종년들과 부동(附同)하여 이 무지한 유아에게 독수를 놀렸으니 오늘로 장주를 죽이고 내일은 나를 죽일지라. 내 원수의 손에 죽느니보다 차라리 자처(自處)함이 낫도다. 너희들은 무엇 때문에 나를 끌러 놓았느냐. 상공이 저 투기하는 계집과 해로코자 하시거든 먼저 첩을 죽여서 저 계집의 마음을 쾌케 하소서. 첩의 죽음은 조금도 아깝지 않거니와 다만 염려되는 바는 저 계집이 이미 간부 있사오니 상공도 또한 위태할까 하노라."

하고 다시 들어가 목을 매니, 한림이 급히 만류하고 크게 성내어 소리 질러 가로되,

"몹쓸 계집 같으니! 가중에 방자한 일은 심상한 변괴 아니로되 다만 부부간 은의를 생각하여 치지불문(置之不問)하였고 옥지환을 주고 외인과 사통(私通)함은 당연히 출거(出去)를 시킬 것이로되 문호에 욕됨을 두려워서 고만두었더니, 이제 조금도 반성치 않고 간악한 종년과 부동하여 천륜을 상하니 그 죄를 돌아보건대 천지간에 용납할 수 없는지라. 이 계집을 집안에 두다가는 유씨의 종사(宗嗣)가 장차 끊어지리로다."

하며, 일변 교녀를 위로해 가로되,

"오늘은 날이 이미 저물었으니 내일은 마땅히 종족을 모아 가묘(家廟)에 고하여 음부(淫婦)를 영영 내치고 너로써 부인을 삼아서 선인의 제사를 받들게 하리니 너는 너무 슬퍼하지 말고 관심(寬心)하라."

교녀 눈물을 거두며 사례해 가로되,

"주부(主婦)의 칭호는 천첩이 감히 바라는 바 아니오나, 원수와 같이 한집에 있지만 않으면 첩의 원억(冤抑)한 마음이 조금 풀릴까 하노이다."

한림이 비복을 명하여 종족을 모두 사당으로 모으라 하는지라, 시비 등이 모두 울면서 이 사연을 사 부인께 고하니 안색을 변치 않고 천천히 가로되,

"내 이 일이 있을 줄 안 지가 오래로다."

하더라.

이튿날 한림이 일가친척을 모두 청해 놓고 사씨의 전후 죄상을 이르고 기어코 쫓아낼 것을 말하니 모든 사람이 본디 사씨의 현철함을 알고 모두 한림의 망령임을 짐작하나 모두 한림에게 먼 일가(一家) 아니면 수하(手下) 사람이라 뉘 즐거이 고집을 부려서 한림의 뜻을 거스르리오. 그래서 모두 가로되,

"이는 한림이 생각대로 처리할 것이요, 우리는 판단하지 못하겠노라."

하니 한림이 이에 비복을 분부하여 향촉을 갖추어 가묘(家廟)에 분향(焚香) 배례(拜禮)하고 사씨의 죄상을 고할새, 그 글에 하였으되,

"유세차 모년 모월 모일에 효손(孝孫) 한림학사 연수는 삼가 글월을 증조고 문연각 태학사 문충공 부군 증조비 부인 호씨, 조고 태상경 증 이부상서 부군(府君) 조비 부인 정씨, 현고 태자소사 예부상서 성현공 부군, 현비 부인 최씨의 신위에 밝게 고하나이다. 부부는 오륜의 하나요 만복의 근원이라, 나라에서 이로써 백성을 가르치고 다스리는 바니 어찌 삼가지 아니하오리까. 슬프다, 저 사씨 처음 가문에 들어오매 숙덕이 있어 예법에 어김이 없더니, 처음과 나중이 한결같지 못하여 혹시 불미한 일이 있으나 대체를 돌아보아 책지 않고 또 삼년초토(三年草土)를 한가지로 받들었으므로 출부(出府)치 않으매, 갈수록 음흉하여 모병(母病)을 칭탁하고 본가에 가서 추행이 탄로하였으나 가문에 욕될까 하여 사실을 감추고 집안에 머물러 두었더니 스스로 후회치 않고 그 죄 칠거(七去)에 대하니 조종신령이 흠향치 아니하실 바니 향화가 끊어질까 저어하여 부득이 출거하고 소첩 교씨는 비록 육례(六禮)를 갖추지 못하였으나 실로 명가 자손이고 백행(百行)이 구비하여 조종의 제사를 받듦직 하온지라 교씨를 봉하여 정실을 삼나이다."

하였더라.

읽기를 다하매 시비로 하여금 사씨를 이끌어 조종(祖宗)의 영위에 나아가 사배(四拜) 하직할새, 사씨 눈물이 비오듯 하니 모든 일가들이 문밖에서 절하고 이별하며 모두 눈물을 흘리더라.

유모가 인아를 안고 나오니 부인이 받아 안고 가로되,

"나를 생각지 말고 좋이 있으라. 아지 못게라, 너로 더불어 다시 만날 날이 있을는지?"

하고 탄식하며 가로되,

"깃 없는 어린 새가 그 몸을 보전치 못한다 하니 어미 없는 어린애가 어찌 잔명(殘命)을 부지(扶支)하랴. 슬프다, 차생(此生)에 미진한 인연을 후생(後生)에나 다시 이어 모자 됨을 원하노라."

하고 눈물을 금치 못하니 눈물이 화하여 피가 되는지라. 인하여 길이 탄식하여 가로되,

"존구(尊舅)께서 기세(棄世)하시매 따라 죽지 못하고 살아 있다가 이런 광경을 당하니 어찌 슬프지 아니하리오?"

이에 아이를 유모에게 맡기고 교자(轎子)에 오르며 인아를 어루만져 잘 있으라 하니, 인아 크게 부르짖어 모부인을 따라가려 하며 울기를 그치지 아니하더라. 사 부인이 유모를 천만번 당부하여 인아를 잘 보호하라 하고 다만 차환(叉鬟) 하나를 데리고 가니라.

이때 가중 시비(侍婢)들이 교녀를 붙들어 가묘에 분향할새 녹의홍상에 옥패 소리 쟁쟁하니 천상선녀 같은지라. 예를 마치고 가중 비복에게 하례하는 인사를 받을새 교녀 말하되,

"내 오늘부터 새로 집안일을 주장(主掌)하니 너희들은 다 각각 맡은 일을 부지런히 하여 죄를 범치 말라."

하니, 시비 등이 영을 듣고 고개를 숙이고 물러나니라.

이때 비복 등 팔구 인이 모여서 교녀에게 말하여 가로되,

"사 부인이 비록 쫓겨났으나 적년(積年) 섬기던 바에 자못 은혜 중한지라, 부인이 허(許)하시면 소복(小僕) 등이 한번 나아가 이별코자 하나이다."

교녀 가로되,

"이는 너희들의 정이라 어찌 막으리오."

모든 시비가 일제히 사씨를 따라가 통곡하니 사씨 교자를 머무르고 가로되,

"너희들이 이같이 와서 나를 전송하니 감사하도다. 너희들은 힘써 새 부인을 섬기며 고인을 잊지 말라."

비복 등이 눈물을 흘리고 절하며 작별하니라.

이때 사씨 교부(轎夫)를 분부하여 신성현으로 가지 말고 성 동에 있는 시부모의 산소 아래로 향하라 하니 교군이 청령(聽令)하고 유씨의 선영하에 이르니라. 사씨 이에 수간초옥(數間草屋)을 얻어 거처할새 부모와 구고를 생각하며 처량한 신세를 슬퍼하여 눈물과 한숨으로 세월을 보내더라.

이적에 사 공자가 이 소문을 듣고 곧 찾아가서 눈물을 흘려 가로되,

"여자 가부(家夫)에게 용납지 못하면 마땅히 본가로 돌아와 형제 서로 의지하심이 옳거늘 저 무인공산에 홀로 계시니 도리어 불편하리로다."

사씨 슬퍼하여 가로되,

"내 어찌 동기의 정과 모친 영전에 모시기를 알지 못하리오마는 내 한번 돌아가면 유 씨와 아주 끊어지고 마는 것이라, 한림이 비록 나를 급히 버렸으나 내 일찍이 선고(先考)에게 득죄함이 없으니 구고 묘하에서 여년을 마침이 나의 소원이니 현제(賢弟)는 괴히 알지 말라."

사 공자 저저(姐姐)의 고집을 알고 돌아가 늙은 창두(蒼頭) 한 명과 비자(婢子) 양랑을 보내었거늘 사씨 가로되,

"우리 집에도 본디 노복이 얼마 안 되거늘 어찌 여럿을 두리오?"

하고 늙은 창두 한 명만 두어 외정을 맡아보라 하고 양랑을 보내니라.

이곳은 유씨 종족과 노복 등이 많이 사는 땅이라. 사씨의 옴을 보고 모두 나와 위로하며 산과야채(山果野菜)로써 공급하며 그 마음을 풍족케 하니 사씨 또한 여공(女工)이 민첩하여 남의 침선(針線) 방적(紡績)도 하며 약간 패물을 팔아 연명하여 고생으로 세월을 보내더라.

이 적에 교군(轎軍) 등이 돌아가 사씨가 유 상공의 묘하로 감을 고하니 교녀 생각하되,

'제 신성현으로 가지 않고 유씨 묘하에 있음은 반드시 출부(黜婦)로 자처함이 아니라.'

하고, 이에 한림에게 말하되,

"사씨 누명으로 조종에게 득죄하였거늘 감히 유씨 묘하에 있으리오."

한림이 잠자코 있다가 가로되,

"제 이미 출부된 바에 거처를 제 뜻대로 할지라. 하물며 묘하에 타인도 많이 사나니 저를 금하여 무엇 하리오."

하니, 교녀 마음에 거리끼나 감히 어떻게 못 하더라.

하루는 교녀 동청을 보고 의논하니 청이 가로되,

"사씨 유씨 묘하에 있고 본가로 가지 아니함은 네 가지 까닭이 있으니 첫째는 전일에 옥지환 일을 발명(發明)코자 함이요, 둘째는 유가(劉家)의 자부(子婦)로 자처하여 후일을 바람이요, 셋째는 유가 종족에게 인정을 끼쳐 후일 도움이 되게 함이요, 넷째는 한림이 춘추로 묘하에 다니니 사씨 심산궁곡에서 무궁한 고초를 당하는 것을 보면 비록 철석간장이라도 전일 은애(恩愛)를 생각하고 마음이 어찌 동치 아니하랴."

교씨 가로되,

"그러면 사람을 보내러 죽임이 쾌하리로다."

동청이 가로되,

"그렇지 않도다. 사씨 불의에 남에게 죽으면 한림이 의심할지라. 내게 한 꾀가 있으니, 냉진이 본디 가족이 없고 겸하여 사씨를 흠모하는 바라 그로 하여금 사씨를 속여 데려다가 첩을 삼게 하면 그 절개를 고침이라 한림이 들으면 아주 마음

을 끊으리니, 이 꾀가 어찌 묘하지 아니하리오."

교녀 웃으며 가로되,

"그 꾀를 어찌 실행코자 하느뇨?"

동청이 가로되,

"제 본가에 가지 아니하고 유씨 묘하에 머물러 유가의 신을 끊지 않다가 두 부인이 돌아오면 두 부인에게 의탁하여 한림과 인연을 다시 도모코자 함이라. 이제 두 부인의 편지를 위조하여 행장을 차려 오라 하면 사씨 일정 좋아가리니 냉진이 데려다가 협박하면 사씨 아무리 절개 있은들 제 어찌 벗어나리오. 이는 참으로 독 속에 든 쥐라. 저 사씨 냉진에게 한번 몸을 허하면 유가로 더불어 아주 끊어지리니 어찌 기한 꾀가 아니리오?"

교녀 크게 좋아하여 가로되,

"낭군의 묘한 꾀는 예전 육출기계(六出奇計)하던 진유자(陳孺子)의 후신인가 하노라."

동청이 이에 가만히 냉진을 불러 꾀를 이르니, 냉진이 또한 홀아비 몸으로 사씨의 높은 이름을 들은 고로 동청의 말을 듣고 크게 기뻐하여 허락하고 두 부인의 필적을 구하니, 동청이 교씨에게서 두 부인의 필적을 구하여 냉진을 주거늘 냉진이 이에 두 부인의 필법을 모방하여 편지를 한 장 써서 먼저 사람으로 하여금 보내고, 냉진이 이에 교자를 세내고 교군과 심복한 사람 수십 명을 보낼새 유씨 묘하에 이리이리하라 계교를 가르쳐 보내니, 모든 사람이 응낙하매 냉진이 천만당부하고 집에 돌아와 화촉지구(華燭之具)를 장만하고 기다리더라.

화설(話說), 사 부인이 하루는 방안에서 베를 짜더니 문득 들으니 문외에서 사람이 부르되,

"이 댁이 유 한림 부인 사씨의 계시는 댁이냐?"

하거늘, 창두,

"그렇다."

하고 찾는 연고를 물으니, 그 사람이 대답하되,

"서울 두 추관 댁에서 왔노라."

창두 또 물어 가로되,

"두 추관이 대부인을 모시고 장사로 가신 후 그 댁이 비었거늘 어쩐 연고로 왔느냐?"

그 사람이 대답하되,

"그대 알지 못하도다. 우리 댁 노야께서 장사 추관으로 계시더니 나라에서 한림학사로 부르시매 두 부인이 먼지 상경하사 사 부인이 여기 계심을 들으시고 놀라시며 나를 보내어 문후(問候)하라 하시니 편지를 가져왔노라."

하거늘, 창두 편지를 받아 부인께 드리고 온 사람의 하던 말을 아뢰거늘, 부인이 그 편지를 받아 보니 대개 이러하다.

"이별한 후 염려하던 말과 아자 한림으로 상경한 말이며 또 내가 서울을 떠나 그대가 이에 이르렀으니 한한들 어찌하

리오. 지금 그대의 머문 곳이 서어하고 산골에 강포한 사람이 침노할까 두려우니 내 집에 와서 서로 의지하면 편안하리니 마땅타 하면 교자를 보내리라."

하였더라.

사 부인이 두 부인의 상경함을 듣고 기뻐하여 의심치 아니하고 갈 뜻으로 답장하여 보내고 이날 밤에 혼자 앉아 생각하되,

'이곳이 비록 산골이나 선산을 바라고 위로하더니 이제 떠나게 되니 자못 처량토다.'

하고 베개 위에 의지하여 잠깐 졸더니, 비몽사몽간에 문득 한 사람이 이르되,

"노야(老爺)와 부인이 청하시나이다."

사씨 눈을 들어 보니 전에 소사(少師)의 부리던 비자(婢子)라 즉시 그 사람을 따라 한곳에 이르니 시비 수인이 나와 인도하여 침전에 이르니, 유 소사 최 부인과 함께 앉았는데 용모가 완연히 전일과 같은지라, 사씨 크게 기뻐하여 절하고 뵈오며 눈물이 비 오듯 흐르니 소사 슬하에 앉히고 위로하여 가로되,

"아이 참언(讒言)을 듣고 현부를 곤케 하니 내 마음이 편치 못하도다. 그러나 오늘 두 부인의 편지가 참이 아니니 현부(賢婦)는 자세히 보면 자연 알리라."

최 부인이 사 부인을 불러 옆에 앉히고 어루만져 가로되,

"내 일찍 세상을 이별하매 현부를 다시 보지 못하였나니 어찌 슬프지 아니하리오. 네 다시 눈을 들어 나를 보라. 유명(幽明)이 비록 길이 다르나 현부 아이로 더불어 가당(家堂)에 오르며 현부의 드린 술잔을 흠향(歆饗)치 않은 적이 없으나 이제 교녀로 제사를 받들매 내 어이 흠향하리오. 슬프다, 현부 집을 떠난 후 이곳에 와 있으니 우리 좋이 의탁하였거니와 이제 그대 멀리 가게 되니 어찌 슬프다 아니 하리오."

사씨 울며 가로되,

"비록 두 부인이 부르시나 어이 떠나오리까?"

소사 가로되,

"이를 말함이 아니라 편지가 거짓 것이며 그대 또 오래 여기에 있지 못할 것이요, 아직도 칠 년 재액(災厄)이 남았으니 마땅히 남방(南方)으로 피난할지어다. 후회치 말고 급히 이곳을 떠나 남방으로 수로(水路) 오천 리를 향하여 가라."

사씨 울며 가로되,

"혈혈(孑孑)한 여자의 몸으로 이찌 칠 년을 유리(遊離)하리꼬? 전두(前頭) 길흉을 알고자 하나이다."

소사 가로되,

"이는 천수(天數)니 어찌하리오. 다만 한 말이 있으니 이후 육년 사월 십오일에 배를 백빈주에 매었다가 급한 사람을 구하라. 이것은 명심불망(銘心不忘)할지어다. 또 그대 이곳에 오래 머물지 못할지니 빨리 돌아가라."

사씨 가로되,

"이제 존안(尊顔)을 떠나오니 어느 날 다시 뵈오리까?"

인하여 읍(揖)하고 느껴 우니 유모와 차환이 깨우거늘 사씨 놀아 깨달으니 한 꿈이라. 가장 신기하여 몽사(夢事)를 말하니 시비 또한 신기히 여기는지라. 사 부인이 존구의 말씀을 깨달아 두 부인의 편지를 다시금 보고 가로되,

"두(杜) 추관의 아버지 이름이 '강(强)'자인 고로 두 부인이 평일 말할 때나 편지 쓸 때에 일절 강 자를 쓰지 아니하더니, 이 편지에 강 자를 썼으니 이는 반드시 위조(僞造)가 분명하도다. 알지 못게라 어떤 사람이 이렇듯 모해하는고?"

하여 의심이 만단(萬端)일 제 동방이 밝고자 하거늘 사씨 유모더러 말하되,

"존구께서 분명히 남방으로 수로 오천 리를 가라 하시니 장사 땅은 남방이요, 또 두 부인이 가실 때에 수로로 오천여 리나 된다 하셨으니 이제 반드시 두 부인을 찾아가 의탁하라 하심이니 어찌 가지 아니하리오?"

하고 장차 남방으로 가는 배를 각방으로 구하더니, 홀연 창두 고하되,

"두부(杜府)에서 교자를 가지고 왔으니 어찌하리까?"

사씨 몽사를 생각하고 이르되,

"내 어젯밤에 감기가 들어 일어나지 못하니 수일 후 적이 낫거든 가리라."

창두 이대로 이르니 교군이 하릴없이 무료히 돌아가 그 말을 전하니 동청이 가로되,

"사씨는 본디 지혜 많은 사람이라 반드시 의심하여 칭병(稱病)함이니 이 일이 아니 되면 화가 적지 아니하리로다."

냉진이 가로되,

"이미 내친걸음이니 건장한 사람 수십 명과 교군을 데리고 묘하(墓下)에 가 있다가 밤이 들거든 사씨를 겁박(劫迫)하여 데려옴이 좋을까 하노라."

동청이 가로되,

"그 꾀가 묘하니 바삐 행하라."

냉진이 응낙하고 이에 강도 수십 인을 데리고 가니라.

이때 사씨 남방으로 가는 배를 얻지 못하여 근심하더니 마침 남경으로 가는 장삿배를 만나니, 이는 두 부인의 창두로서 일찍이 속량(贖良)하여 나가 장사하는 장삼이라 일컫는 사람의 배라. 사씨 그 말을 듣고 기뻐하여 즉시 장삼을 불러 함께 가기를 약속하니 장삼도 또한 두부(杜府)에 있을 때에 사씨를 뵈온 고로 이에 고생함을 알고 배를 대어 오르기를 청하니 사씨 존고 묘하에 나아가 재배 하직하고 유모와 차환이며 늙은 창두 한 사람을 데리고 배에 올라 남방으로 향하니라.

이때 냉진이 수십 명 강도를 데리고 묘하에 나아가 수풀에 은신하여 밤을 타서 사씨의 머무는 집으로 달려드니 집이 비

고 한 사람도 없는지라 냉진이 크게 놀라 가로되,

"사씨는 과연 꾀가 많은 사람이로다. 우리의 계교를 벌써 알고 달아났도다."

하고 돌아가서 동청더러 말을 이르니 동청과 교녀 사씨를 잡지 못함을 애달파하더라.

차설(且說), 사 부인이 배에 올라 남방으로 향할새 만경창파가 하늘에 닿은 듯하고 왔다갔다하는 장삿배의 새벽달 찬바람에 닻 감는 소리는 수심을 돕고 잔나비의 울음소리는 슬픈 사람의 간장을 끊으니 사씨 자기의 신세를 생각하고 규중 여자로 몸에 더러운 누명을 입고 일신을 만경창파 일엽편주에 의지하여 장사로 향하는 바를 생각하매 가슴이 무너지는 듯한지라, 크게 통곡하여 가로되,

"하늘이 어찌 정옥을 내시고 명도(名途)의 기구함이 이처럼 점지하게 하신고?"

하니 유모며 차환이 또한 슬픔을 참지 못하여 서로 붙들고 울다가 유모 울음을 그치고 부인을 위로하여 가로되,

"하늘이 높으시나 살피심이 소소(昭昭)하시니 어찌 매양 이러하리오. 부인은 귀체를 보중하오며 슬픔을 진정하옵소서."

부인이 눈물을 거두어 가로되,

"나의 팔자 기박하여 너희들이 나와 함께 고초를 겪으니 나는 나의 죄이거니와 유모와 차환은 무슨 죄요. 이는 주모(主母)를 잘못 만남이라. 규중 여자의 몸으로 일신을 일엽편주에 의지하여 해상에 떴으니 향하는 곳이 장차 어드메뇨? 두 부인이 나를 기다리시는 것이 아니요, 또한 구가(舅家)에 출부(黜婦)된 몸이 구차히 살아 장사로 가니 신세 어찌 슬프지 않으리오. 차라리 이곳에서 몸을 창파에 던져 굴삼려(屈三閭)의 충혼을 좇고자 하노라."

말을 마치매 울기를 마지아니하니 유모와 차환 등이 여러 가지로 위로하더니 배가 점점 향하여 한곳에 이르러는 풍랑이 대작(大作)하고 사씨 또한 토사(吐瀉)로 병이 대단하매 부득이 배를 뭍에 대고 강가에 집을 얻어 치료코자 할새, 멀리 바라보매 일간초옥이 산 밑에 있거늘 차환으로 하여금 그 문을 두드리고 주인을 찾으니 한 여자가 나오는데, 나이 겨우 십사오 세쯤 되고 용색(容色)이 절묘하고 태도 요조(窈窕)한지라, 차환의 전하는 말을 듣고 쾌히 허락하고 부인을 맞아 안방으로 인도하니 날이 이미 저문지라.

사씨 물어 가로되,

"너희 부모는 어데 가시고 너 혼자 있느뇨?"

여자 공경하여 대답하되,

"저의 성은 임가이옵더니 일찍 아비를 여의고 편모(偏母)를 모셔 있삽는데 어미 마침 일이 있어 물 건너 마을을 갔삽다가 폭풍을 만나 돌아오지 못하였나이다."

여자 차환에게 물어서 부인의 행색을 알고 밥과 찬을 각근(恪勤)히 차려서 불을 밝히고 석반(夕飯)을 들이니 사씨 그

은근한 정의에 감복하여 약간 수저를 들도 그 여자에게 사례해 가로되,

"불시에 손이 폐를 많이 끼쳐서 미안하도다."

여자 엎드려 대답해 가로되,

"부인은 귀인이라 누지에 행차하시매 가문에 영광됨은 말할 것도 없삽고 촌가 박찬(薄饌)이 대접이 너무 허술하와 황공무지하옵거늘 이렇듯 과분한 말씀을 하시니 더욱 죄송하여이다."

그날 밤에 부인이 임씨 집에서 자고 그 이튿날 떠나려 하였으나 풍랑이 좀처럼 그치지 않아서 사흘을 연해 쉬게 되매 그 여자 더욱 관곡(款曲)하여 정성을 다하는지라. 수삼 일 지낸 후 그러구러 떠나게 되매 두 정이 연연하여 차마 손을 나누지 못하고, 사씨 행장에 남아 있는 지환 한 개를 내주며 가로되,

"이것이 비록 작은 것이나 그대 옥수(玉手)에 머물러서 나의 정을 잊지 말라."

그 여자 사양하여 가로되,

"이것이 부인의 원로(遠路) 행역(行役)에 긴하거늘 어찌 가지리까?"

부인이 가로되,

"여기서 장사 땅이 멀지 아니하고 그곳에 가면 긴히 쓸 데가 없으니 사양치 말라."

그 여자 공경히 받고 이별을 차마 못 하니 부인이 재삼 연연하다가 작별하고 즉일 발행하여 수일을 행하더니, 창두 나이 늙고 수토(水土)에 익지 못하여 병들어 죽으니 부인이 비창하고 불행함을 이기지 못하여 배를 머무르고 장삼을 시켜 강가 언덕에 안장하고 떠날새, 행중에 다만 유모와 차환뿐이라 십분 낭패하여 앞길의 원근을 물으니,

"수일만 행하면 장사에 득달하리라."

하거늘, 사 부인이 앞길이 가까움을 기뻐하여,

"배를 빨리 저어 행하라."

하더니 사씨의 액운이 점점 더 닥쳐오는지라. 홀연 풍랑이 크게 일고 배가 바람에 쫓겨 동정호로 향하여 악양루 아래 이르니, 옛적 열국 때 초나라 지경이라. 순임금이 나라 안을 순행하다가 창오 들에 와서 돌아가매, 두 왕비 아황과 여영이 따라가지 못하여 소상강 가에서 울새 피눈물이 흐른지라 대숲에 뿌렸더니 대에 핏방울이 튀어 아롱진 점이 박혔으니 이것이 이른바 소상반죽이라 하는 것이라. 그리고 그 뒤에 초나라의 충신 굴원(屈原)이 충성을 다하여 회왕을 섬기다가 간신의 참소를 만나 강남으로 귀양 오매 이에 수간초옥을 짓고 있다가 몸을 멱라수에 던졌으며, 또 한나라의 가의(賈誼)는 낙양 재사로서 대신에게 참소당해 장사에 내치이매 역시 이곳에 이르러 제문 지어 강물에 던져 굴원의 충혼을 조상하였는지라. 이러한 까닭으로 지나는 손들로 하여금 가장 강개

한 회포를 자아내게 하는 곳이라. 그러므로 매양 구의산에 구름이 끼고 소상강에 밤이 들고 동정호에 달이 밝고 황릉묘에 두견이 슬피 울 때면 비록 슬프지 아니한 사람이라도 자연 눈물을 뿌리지 않을 수 없거든 하물며 신세가 처량한 사람이리오? 더욱이 사 부인은 요조숙녀의 빙옥 같은 몸으로 요녀의 참소를 입어서 가부(家夫)의 내침을 받아 고혈(孤子)한 약한 몸이 여기까지 이르렀으니 옛사람을 느끼고 자기 신세를 생각하여 뱃전에 비겨서 밤이 늦도록 잠을 이루지 못하더니, 이때 장사하는 배들이 남북으로 모여들어서 심히 복잡한지라 가만히 들으매 옆 배에서 한 사람이 말하기를,

"우리 장사 백성들은 정말 복이 없도다."

하매, 또 한 사람이 가로되,

"어찌 이름이뇨?"

그 사람이 가로되,

"상년(上年)에 오신 두 추관 노야께서는 마음이 정직하고 정사가 공평해서 백성들이 근심이 없더니 금번에 새로 온 유 추관은 재물을 탐내고 돈을 좋아해서 백성들의 유죄 무죄를 물론하고 함부로 매질하여 돈을 뺏는지라, 이와 같이 명관(名官)을 잃고 탐관(貪官)을 만났으니 어찌 복이 있다 하리오."

사 부인이 듣기를 마치매 두 추관이 이미 갈려서 어디로 옮아간 줄 알고 애가 타고 기가 막혀서 어이할 줄을 모르다가 새벽이 되매 장삼을 시켜서 자세히 물어보라 하니 이윽고 장삼이 돌아와 고하여 가로되,

"우리 댁 노야 장사 고을에 와 명치(明治)를 하셨으므로 순행하는 어사가 나라에 장계하여 성도(成都) 지부(知府)로 승차(陞差)하여 진작 대부인을 모시고 성도로 부임하셨다 하나이다."

부인이 하도 어이없어 하늘을 우러르고 가슴을 두드려 가로되,

"유유창천(悠悠蒼天)아, 나로 하여금 이다지 하시는고?"

하고 장삼더러 일러 가로되,

"두 부인이 이미 성도로 가셨으니 장사는 객지라 저리로 갈 수도 없고 여기서 머물 수도 없으니 너는 우리 세 사람을 여기다가 내려놓고 배를 저어 빨리 가라."

장삼이 가로되,

"장사가 이미 계실 곳이 못 되고 소인도 여기 오래 있을 수가 없사오니 그러면 부인은 어디로 가시려 하옵나이까?"

부인이 가로되,

"내 갈 곳은 구태여 너의 물을 바 아니니 너는 너 갈 데로 가라."

유모와 차환들이 이 말을 듣고 창황망조(蒼黃罔措)하여 서로 붙들고 통곡하고 장삼은 세 사람을 강 언덕에 내려놓고 부인을 향하여 절하고 작별하여 가로되,

"바라건대 부인은 천금 같으신 귀체를 보중하시옵소서."

하고 배를 저어 가니라.

사씨 천신만고(千辛萬苦)하여 겨우 배를 얻어 장사 땅을 거의 왔다가 마침내 이 지경에 이르고 보니 희망이 끊어진지라 심장이 녹는 듯하여 아무리 생각하나 죽을밖에 할 일 없는지라. 유모 차환 등이 울며 가로되,

"사고무친(四顧無親)한 땅에 와서 또한 노수(路需)가 떨어졌으니 부인은 장차 어찌 귀체를 보존하려 하시나이까?"

부인이 길이 탄식하여 가로되,

"사람이 세상에 나매 수요장단(壽夭長短)과 화복길흉(禍福吉凶)은 천정(天定)한 수(數)이니 일시 액운을 구태여 근심할 바 없으되 이제 내 신세를 생각하건대 화를 자취(自取)함이라. 옛말에 하였으되, '하늘이 만든 화는 피할 수 있으나 제가 만든 화는 피할 수 없다.' 하였으니, 이제 내 도중에서 이같이 낭패하니 다시 어디를 가며 뉘를 의지하리오?"

유모 등이 위로하여 가로되,

"옛날 영웅호걸과 열녀절부가 이런 곤액을 아니 당한 사람이 드무니 이제 부인이 일시 액회(厄會) 있사오나 명천이 하감(下瞰)하시고 신명이 소소(昭昭)하니 장차 바람이 검은 구름을 쓸어버리면 일월을 다시 볼 것이니 부인은 너무 슬퍼하지 마소서. 어찌 일시 운액(運厄)을 말미암아 천금 귀체를 삼가지 아니하오리까?"

부인이 가로되,

"옛사람이 액운을 당한 자가 하나 둘이 아니로되 자연 구하여 주는 사람이 있어 몸을 보존하였거니와 이제 나의 일은 그렇지 아니하여 연연약질이 위로 하늘에 오르지 못하고 아래로 땅에 디디지 못하니 어찌하리오? 마땅히 한번 죽어 옛사람으로 더불어 꽃다운 이름을 나타나게 할지니 이는 나에게 행복 되는 일이로다."

하고 인하여 강물을 향하여 뛰어들려 하니, 유모와 차환이 붙들고 울어 가로되,

"소비 등이 천신만고하여 부인을 모셔 이에 이르렀으니 마땅히 사생을 한가지로 할지라. 원컨대 부인과 함께 물에 빠져서 지하에 돌아가 모시기를 바라나이다."

부인이 가로되,

"나는 죄인이니 죽음이 마땅하거니와 너희들은 무슨 죄로 나를 따르리오. 행중에 노자가 떨어졌으니 너희들은 인가에 의지하라. 차환은 나이가 젊으니 말할 것도 없거니와 유모도 아직 남의 집에 들어가 밥을 지을 수 있으니 어찌 의탁할 곳이 없을쏘냐? 각각 몸을 보중하였다가 북방 사람을 만나거든 내 이곳에서 죽은 줄을 알게 하라."

하고, 이에 나무를 깎아 글을 쓰되,

'모년 모월 모일에 사씨 정옥은 구가(舊家)에 출부(黜婦)되어 이에 이르러 물에 빠져 죽노라.'

쓰기를 다하고 통곡하니 유모와 차환이 좌우에서 우니 일

월이 빛이 없고 초목금수가 위하여 슬퍼하더라. 이러구러 날이 어둡고 동천에 달이 오르니 사면에서 귀신이 울고 황릉묘 상에 두견의 소리가 처량하고 소상강 대숲 아래 잔나비 슬피 우니 유모 등이 부인더러 말하되,

"밤이 심히 차오니 저 위에 올라 밤을 지내고 내일 다시 사생을 판단하사이다."

부인이 마지못하여 악양루에 올라가니 아로새긴 들보가 반공에 솟아 반공에 다다랐는데 오색 채운이 구의산으로 좇아 일어나 악양루에 둘렀으며 월색은 난간에 가득하니 사씨 가로되,

"악양루는 천고에 유명한 곳이다."

하고, 밤을 지내더니 날이 밝고자 할 때에 누(樓) 아래로부터 사람의 소리가 나며 수십 명이 올라오니 이 사람들은 서울 사람으로서 이곳에 왔다가 구경코자 하여 올라옴이더라. 사씨 사람의 올라옴을 보고 크게 놀라 뒷문으로 좇아 누에 내려서 강가 숲 속에 와서 눈물을 흘려 가로되,

"이제 우리들이 의탁할 곳이 없고 날이 밝았으니 장차 어디로 가리오. 아무리 생각하여도 강물에 몸을 던짐만 같지 못하니 유모는 만류치 말라."

하고, 몸을 일어 강중에 뛰어들려하니 유모와 차환이 망극하여 사씨를 붙들고 통곡할새 사씨 문득 기운이 시진(澌盡)하여 유모와 무릎을 의지하여 잠깐 졸더니 비몽사몽간에 한 여동(女童)이 와 이르되,

"낭랑이 부인을 청하시더이다."

사씨 놀라 가로되,

"낭랑은 뉘시뇨?"

여동이 가로되,

"가시면 자연 아시리라."

사씨 이에 여동을 따라 한곳에 이르니 한 전각이 강변에 있어 광활한지라 여동이 부인을 데리고 전각으로 들어가더니 이윽고 발을 걷어 치고 전상에서 소래하여 가로되,

"오르라."

하거늘, 사씨 동자를 따라 전상에 오르니 양위 낭랑이 교의(交椅)에 앉았고 좌우에 모든 부인이 모셨더라. 사씨 예를 마치매 그 부인이 좌를 주고 가로되,

"우리는 다른 사람이 아니라 순(舜)임금의 두 왕비라. 상제께서 우리의 정상을 측은히 여기시고 이곳 신령을 시키신 고로 이에 있나니 이러므로 고금 절부열녀를 가려 세월을 보내더니 그대 이제 일시 화를 만나 이곳에 이름이로다. 천정한 수(數)니 아무리 죽고자 하나 무가내하라. 마음을 너그럽게 하라."

사씨 일어나 사례하고 가로되,

"인간에 미천한 여자 매양 서책 중에서 성덕(聖德)을 우러러 사모할 따름이옵더니 이에 와서 뵈올 줄 어찌 뜻하였으리

꼬?"

낭랑이 가로되,

"부인을 청함은 다름이 아니라 부인이 천금보다 중한 몸을 헛되이 버려 굴원(屈原)의 자취를 따르고자 하니 이는 하늘의 명하심이 아니라. 부인이 호천통곡함은 천도(天道) 무심함을 한함이니 이는 평일 총명이 흐리게 됨이라. 그러므로 특별히 의논을 펴 회포를 일러 위로코자 청함이로다."

사씨 사례하여 가로되,

"낭랑의 가르치심이 이 같으니 첩이 소회(所懷)를 여쭈리다. 소첩은 본디 한미(寒微)한 사람이라 일찍 엄부(嚴父)를 여의고 편모에게 자라나 배운 바 없어 행실이 불민(不敏)하옵더니 존구(尊舅) 기세(棄世)하시매 세상일이 크게 변하여 동해를 기울이나 씻지 못할 누명을 입고 규문(閨門)을 나온 후 눈물을 뿌려 구고의 묘하를 지키던 중 마침내 강호에 나부끼는 몸이 되오매 갈 바를 알지 못하여 앙천(仰天) 탄식하다가 하릴없이 만경창파에 몸을 던져 고기 배에 장사(葬事)하려 하매 여자의 마음에 망령됨을 깨닫지 못하옵고 부르짖사와 낭랑이 들으시게 하오니 죄사무석(罪死無惜)이로소이다."

낭랑이 가로되,

"매사가 다 천정이요 인력으로 못하나니 어찌 굴원의 죽음을 본받으며 하늘을 원망하리오. 부인은 아직 장래의 복록(福祿)이 무궁하나니 어찌 자처(自處)하리오. 유씨 집은 본디 적선한 가문이라, 오직 유 한림이 너무 조달(早達)하여 천하의 일을 통달하나 사리에 주밀(周密)치 못하므로 하늘이 잠깐 재앙을 내리사 크게 경계코자 함이거늘 부인이 어찌 이토록 조급히 구느뇨? 부인을 참소하는 자는 아직 득의하여 방자(放恣) 교만(驕慢)하여, 비컨대 똥에 버러지가 제 몸이 더러운 줄 알지 못함과 같으니 어찌 족히 말하리오? 하늘이 장차 큰 벌을 내리시리라. 그러니 부인은 안심하고 바삐 돌아갈지어다."

사씨 가로되,

"낭랑이 첩의 허물을 더럽다 아니 하시고 이같이 밝게 가르치시니 감격하도소이다. 그러나 돌아가 의탁할 곳이 없사오니 낭랑은 첩의 사정을 돌아보사 시녀로 있게 하시면 낭랑을 모시고 영원히 있을까 하나이다."

낭랑이 웃어 가로되,

"부인도 이다음 이곳에 머물려니와 아직 당치 아니했으니 빨리 돌아가라. 남해 도인(道人)이 부인과 인연이 있으니 거기에 잠깐 위탁함이 또한 하늘의 뜻이니라."

사씨 가로되,

"첩은 전일 들으니 남해는 하늘 한 가라, 길이 멀거늘 어찌 가오리까?"

낭랑이 가로되,

"연분이 있으면 자연 가게 되리니 염려 말라."

하고, 드디어 동벽(東壁) 좌상(座上)에 얼굴이 아름답고 눈이 별 같은 부인을 가리켜 가로되,

"이는 위국(衛國) 부인 장강(莊姜)이라."

하고 또 한 부인을 가리켜 가로되,

"이는 한(漢)나라 반첩여(班婕妤)라."

하고 그 다음 차례로 이름을 가르쳐 가로되,

"부인이 이미 이에 이르렀으니 서로 알게 함이로라."

사씨 일어나 사례하여 가로되,

"오늘날 여러 부인의 면목을 이렇듯 뵈옴은 뜻하지 아니한 바니 어찌 영광이라 아니 하오리까?"

여러 부인이 흔연히 답사하더라. 사씨 인하여 사배(四拜)하직하니 낭랑이 가로되,

"매사에 힘써 하면 오십 년 후 이곳에 자연 모일 것이니 다만 삼가 보중하라."

하고, 청의(靑衣) 여동(女童)을 향하여,

"모셔 가라."

하니, 사씨 절하고 뜰 아래 내릴새 전상(殿上)에서 열두 주렴(珠簾) 내리는 소리에 놀라 잠을 소스라치니, 유모 등이 부인이 오래도록 혼절함을 망극하여 깨기를 기다리더니 오랫동안에야 몸을 움직이거늘 기뻐하여 급히 구하니, 사씨 일어나 어느 때나 되었음을 물으니 잠든 후 서너 시간이나 되었다 하더라. 이에 유모 등이 가로되,

"부인이 기절하여 계시거늘 저희들이 구원하여 이제야 정신을 진정하여 계시니이다."

사씨 낭랑의 말씀을 다 이르고 가로되,

"내 몽중에 대숲 속으로 갔으니 너희들이 믿지 않거든 나를 따라오라."

하고, 붙들어 수풀로 들어가니 한 사당이 있는데 현판에 황릉묘(皇陵廟)라 하였으니 이는 곧 두 왕비의 사당이라. 꿈에 보던 곳과 같되 단청이 투색(渝色)하고 심히 황량하더라. 즉시 전상을 바라보니 두 왕비의 화상이 완연히 몽중에 뵈옵던 바와 다름이 없거늘 사씨 절하고 축원하여 가로되,

"첩이 낭랑의 가르치심을 입사오니 다른 날 좋은 때를 만날진대 낭랑의 성덕을 어찌 명심히 아니하리꼬?"

하며 물러나와 차환으로 하여금 묘지기의 집에 나아가 밥을 구하여 삼 인이 요기하였다.

이에 부인이 가로되,

"우리 삼 인이 두루 방황하여 의지할 곳이 없으매 신령이 희롱하시도다."

하고 주저하더니 밤은 점점 깊어 가고 달빛은 몽롱한지라 사씨 혜오되,

'사람이 세상에 나매 부귀빈천이 팔자에 있으나 여자로서 씻지 못할 누명과 허다한 고초를 지나되 마침내 이곳에 이르

러 의지할 바 없게 되니 죽는 것이 상책이로다.'

하더니, 뜻밖에 사당문 앞으로 두 사람이 들어와 고하여 가로되,

"부인이 어려움을 만났으나 어찌 물에 빠져 자처하고자 하시나이까?"

부인이 놀라 눈을 들어 보니 하나는 늙은 여승이요 하나는 여동이라 인하여 물어 가로되,

"어찌 우리 일을 아느뇨?"

여승이 황망히 예하고 가로되,

"소승은 동정 군산사에 있더니 아까 비몽사몽간에 관음(觀音)이 현몽(現夢)하사 어진 여자 환란을 만나 갈 바를 모르고 장차 물에 빠지려 하니 빨리 황릉묘로 가서 구원하라 하시매 급히 배를 저어 왔더니 과연 부인을 만나니 부처님 영험하심이 신기하도소이다."

사씨 가로되,

"우리는 죽게 된 사람이러니 존사(尊師)의 구원을 만나매 실로 감격하나 존사의 암자 멀고 또 귀(貴) 암자의 폐가 될까 하나이다."

여승이 가로되,

"출가한 사람이 본디 자비를 일삼나니 하물며 부처님의 지도하심이거늘 어찌 이런 말씀을 하시나이까."

인하여 붙들어 언덕에 내려 좌정한 후 여승이 여동으로 더불어 배를 저어 타고 갈새 일진(一陣) 순풍을 만나 순식간에 군산에 다다르니 산이 동정호에 외로이 있으니 사면이 다 물이요, 여러 봉에 대수풀이고 인적이 희소하더라. 여승이 배에 내려 사씨를 붙들어 길을 따라 나아갈새 열 걸음에 한 번씩 쉬어 암자에 들어가니 암자 이름을 수월암이라 하였는데 가장 깊숙하고 정결하여 인세(人世) 같지 아니하더라. 종일 신고(辛苦)하였으므로 잠이 들어 밤이 밝아 옴을 깨닫지 못하더라. 여승이 불당을 소쇄하고 향을 피우고 경쇠를 치며 부인을 깨워 예불하라 하거늘 사씨 차환 등으로 더불어 법당에 올라 분향 배례할새 눈을 들어 살피고 문득 놀라며 눈물을 머금으니, 부처는 다른 이가 아니라 십육 년 전에 자기가 찬을 지어서 쓰던 백의 관음화상이라 여승이 괴히 여겨 물어 가로되,

"부인이 어찌 부처의 화상을 보고 슬퍼하시나이까?"

사씨 가로되,

"화상 위에 글 쓴 것이 내 아이 때에 지어 쓴 찬이니 여기에 와 보매 자연 비회(悲懷)를 금치 못하리로소이다."

여승이 크게 놀라 가로되,

"이 말씀 같을진대 부인이 신성현 사 급사 댁 소저가 아니십니까? 부인의 용모와 성음이 이목에 익은 줄을 이상히 여겼나이다. 소승이 유 소사의 명을 받자와 부인에게 관음찬을 받아 가매 소사 보시고 크게 기뻐하여 혼인을 정하시고 소승

을 중상(重賞)하시니, 그때 머물러 혼사를 보려다가 스승이 찾기를 바삐 하매 하릴없어 산에 돌아와 스승을 따라 십 년을 수도하였더니 스승이 돌아가고, 얼마 후에 이곳에 와 유벽(幽僻)한 곳에 암자를 짓고 고요히 공부하며 불상을 뵈올 때마다 부인의 옥설(玉雪) 같은 용모를 생각하더니 아지 못게이다, 부인이 어찌하여 이 지경에 이르시니이꼬?"

사씨 눈물을 흘리고 전후곡절을 일일이 설화하니 묘혜 탄식하여 가로되,

"세상일이 본디 이 같은 것이오니 부인은 너무 슬퍼하지 마옵소서."

부인이 불상을 다시 보니 외로운 섬 가운데 앉아 기운이 생생하여 완연히 살았는 듯하고 찬(讚)의 의미가 자기의 유락(流落)함을 그렸는지라 사씨 탄식하여 가로되,

"세상일이 다 하늘이 정한 것이니 어찌하리오?"

하고 이날부터 관음보살에게 분향하여 인아를 다시 만나지라 축원하더라.

묘혜 조용한 때를 타서 부인더러 가로되,

"부인이 이제 이에 와 계시니 복색을 어찌하시렵니까?"

사씨 가로되,

"내 이곳에 있음이 부득이함이라 어찌 변복(變服)하리오?"

묘혜 가로되,

"내 생각하니 유 한림은 현명한 군자라 한때 참언(讒言)을 신청(信聽)하나 후일은 일월같이 깨달아 부인을 맞아 가리이다. 소승이 일찍 스승에게 수도할 때 사주(四柱)도 약간 배운 바 있사오니 부인은 사주를 말씀하옵소서."

부인이 즉시 이르니 묘혜 이윽히 생각하다가 크게 기뻐하여 가로되,

"팔자는 대길(大吉)할지라. 초년(初年)은 잠깐 재앙이 있으나 나중은 부부 안락하고 자손이 영화하여 복록이 무궁하리로다."

부인이 탄식하여 가로되,

"박명(薄命)한 인생이 존사의 과히 칭찬하심을 당치 못하리니 어찌 그것을 믿으리오."

하고 이에 한담을 시작할새 부인이 강상에서 풍파를 만나 인가(人家)에 머물 때 그 집 여자의 현철(賢哲)하던 것을 이르고 못내 칭찬하니 묘혜 가로되,

"부인이 소승의 질녀(姪女)를 보셨도다. 질녀의 이름은 추영이니 제 어미 일찍 강보(襁褓)에 두고 죽으매 제 아비 변씨를 취하였더니 그 아비 또 죽으매 변씨 추영을 소승에게 주어 머리를 깎아 중을 삼고자 하거늘, 내 그 상을 보니 귀자(貴子)를 많이 두어 복록이 완전할 상이라, 변씨를 권하여 데리고 살라 하였더니 요사이 들으매 질녀 가장 효성겨워 모녀 서로 사랑하고 산다 하더니 부인이 만나 보셨도다."

부인이 가로되,

"얻기 어려운 것이 어진 사람이라 나도 사람의 마음을 알지 못한 까닭으로 이에 누명을 입고 이렇듯 고생하니 어찌 한(恨) 되지 아니하리오."

묘혜 가로되,

"이는 도시(都是) 천정(天定)한 수(數)라 부인과 소승이 잠시 인연이 있사오니 그런 줄 아소서."

부인이 가로되,

"내 여기 있음을 한함이 아니라 집을 떠나매 인아의 신세 외로운지라 그 사생이 어찌 되었는지 염려 적지 아니하고, 또 요사이 집안에 요괴한 사람이 있어 한림의 신상에 어떠한 재앙이 미칠까 염려함이 적지 아니하며, 전일 구고 묘하에 있을 때에 구고의 존령이 현몽하사 이르되, '육 년 후 사월 모일에 배를 백빈주에 대었다가 급한 사람을 구하라.' 하시고 신신당부하시니, 아지 못게라 이 어떤 사람이 급한 화를 만날 것이뇨?"

묘혜 가로되,

"한림 상공은 오복(五服)이 구비한 상이요 겸하여 유씨 대대로 적덕(積德)이 많사오니 어찌 요얼(妖孽)이 침노하오리까? 백빈주에 급한 사람을 구하라 하셨으니 그때를 기다려 어기지 말고 구하사이다. 유 소사는 본디 공명정대(公明正大)하신 어른이시니 사생간(死生間) 어찌 범연(汎然)하시리까?"

부인이 옳다 하고 이에 머물러 세월을 보낼새, 유모와 차환으로 더불어 침선방적을 부지런히 하여 사중(寺中)의 힘을 덜어주니 모든 여중이 기뻐하여 부인을 극진히 공경하더라.

차설(且說), 교녀 정당(正堂)을 차지하여 가사를 총찰(總察)하매 악독함이 날마다 더하여 비복이 교녀의 혹독한 형벌을 견디지 못하고 사씨를 생각하더라. 교녀 십랑으로 하여금 한림의 총명을 가리는 요물을 정당 사면에 묻어 두고 한림이 입번(入番)할 때를 타서 동청을 백자당으로 청하여 서로 즐기는 정이 비길 데 없으니 음란한 거동이 이로 측량치 못할러라.

하루는 교녀 동청을 데리고 백자당에서 자고 날이 밝으매 동청은 외당으로 나가고 교녀는 곤하여 늦도록 일어나지 아니하였더니 한림이 돌아와 정당에 이르매 교녀 없는지라, 시비더러 물으니 백자당에 있다 하거늘 한림이 백자당에 이르러 교녀를 보고 이에서 자는 연고를 물으니 교녀 대답하여 가로되,

"근래 정당에서 지매 몽사 산란하고 기운이 좋지 아니하매 어젯밤은 이에서 잤나이다."

한림이 가로되,

"부인의 말이 옳도다. 나도 잠만 들면 몽사 번잡하여 정신이 혼미하고 나가 자면 편안한지라 바야흐로 의심이 깊더니 부인이 또한 그러하다 하니 점 잘 치는 사람을 불러 물어보리라."

하더라.

이때 천자 서원에서 기도하기를 일삼으니 간의대부 해서(解瑞) 글을 올려 간(諫)하고 승상 엄숭을 논핵(論劾)하니 보시고 크게 노하사 해서(解瑞)를 삭직(削職)하시고,

"먼 곳에 보내어 충군(充軍)하라."

하시니, 유 한림이 또 글을 올려 구한데, 임금이 한림을 꾸짖으시고 인하여 조서를 내려 가로되,

"일후 만일 기도함을 막는 자가 있으면 목을 베리라."

하시니, 한림이 또한 병을 칭탁하고 조정에 들어가지 아니하더라.

도원관에 도진인이란 자가 있으니 한림과 친한지라 문병하러 왔거늘 한림이 모든 손을 다 보내고 다만 진인(眞人)을 머무르고 내실에 들어가 기운을 살피라 하니 진인이 두루 본 후 이르되,

"비록 대단치 아니하나 또한 좋지 아니타."

하고 사람으로 하여금 침벽을 뜯고 나무로 만든 사람 여럿을 얻어 내니, 한림이 크게 놀라 변색하거늘 진인이 웃어 가로되,

"이는 구태여 사람을 해하려 함이 아니라 상공의 시첩 중에서 사랑을 받고자 함이라. 자고로 이런 일이 있어 사람의 정신을 요란케 하는 계교니 없애고 또 집안에 좋지 못한 기운이 떠도니 이런 일을 술법에 이른바 '주인이 집을 떠나리라.' 하였나니 모름지기 조심하여 재앙이 없게 하소서."

한림이 가로되,

"삼가 명심하리다."

하고, 진인을 후히 대접하여 보내고 생각하되,

'가중에 이런 일이 있으면 사씨를 의심하였더니 이제 사씨 없고 방을 고친 지 오래지 않은데 이런 요물(妖物)이 있으니 반드시 가중에 악사(惡事)를 짓는 자가 있도다. 이로써 볼진대 사씨 그 아니 애매하던가?'

하고 의심이 만단(萬端)으로 일어나더라.

본디 이 일은 교녀 십랑으로 더불어 계교한 바이거늘 창졸(倉卒)에 백자당에서 잔 평계를 꾸미려 하여 몽사 번잡다 하였으나 일이 발각되매 한림이 비록 교녀의 한 일인 줄 깨닫지 못하되 적년(積年) 미혹하였던 총명이 돌아온 듯 머리를 숙이고 지난 일을 생각하며 정히 의심하던 차에 장사로부터 두(杜) 부인의 서찰이 이르렀거늘 반가이 떼어 보니 글월의 뜻이 깊고 오히려 사씨의 출가한 줄 모르고 당부한 말씀이 더욱 간절한지라 심중에 생각하되,

'사씨의 위인이 현철한데 옥지환은 친히 보았으나 혹시 시비 중에서 도적함이 괴이치 아니하고 시비 춘방이 죽을 때에 납매 등을 꾸짖고 죽었으나 종시 불복하였으니 왜 그리하였을까?'

하고 마음이 불평하더라. 교녀 이후로 한림의 기색이 전일과

다름을 보고 크게 두려워하여 동청더러 가로되,

"내 한림의 기색을 보니 앞날과 다른지라. 아마 우리 두 사람의 일을 아는가 싶으니 어쩌면 좋을꼬?"

동청이 가로되,

"우리 일을 가중에서 모를 이 없으되 한림의 귀에 가지 아니함은 부인을 두려워함이라. 한림이 만일 뜻을 변하면 참소(讒訴)하는 자 많으리니 우리 두 사람은 죽어 묻힐 땅이 없으리로다."

교녀 가로되,

"일이 이 같으니 어찌하리오. 나는 여자라 소견이 없으니 낭군은 좋은 꾀를 생각하여 환(患)을 면케 하라."

동청이 가로되,

"오직 한 꾀가 있으니 옛말에 이르되, '남이 나를 저버리거든 차라리 내 먼저 남을 저버리라.' 하였으니, 가만한 때에 일봉(一封) 독약을 섞어 한림을 해하고 우리 두 사람이 해로하면 무슨 해로움이 있으리오?"

교녀 잠자코 있다가 가로되,

"이 말이 근가(近可)하거니와 행여 누설하면 화를 면치 못하리니 조용히 의논하리라."

하더라.

이때 한림이 병을 칭탁하고 조정에 들어가지 아니한 지 오래매 혹 벗을 찾아다니더니 동청이 우연히 한림의 책상 위에서 한 글을 얻어 내니 이는 곧 한림의 지은 바라. 두어 번 내려보다가 문득 기뻐 날뛰며 가로되,

"하늘이 우리 두 사람으로 하여금 백년해로(百年偕老)를 점지(點指)하심이로다."

교녀 황망히 물어 가로되,

"어인 말인고?"

동청이 가로되,

"저즘께 천자 조서(詔書)를 내리사 나의 기도하는 것을 간하는 신하는 곧 죽이리라 하셨는데 지금 이 글을 보매 시절을 두고 기롱(譏弄)하여 엄 승상을 간악한 소인에 비하였으니 이 글을 가지고 가서 엄 승상을 뵈면 엄 승상이 천자께 아뢰어 법으로 다스리리니 우리 두 사람이 어찌 백년해로를 못 하리오?"

교녀 크게 기뻐하여 제 뺨을 동청의 뺨에 대어 음란한 교태를 부려 가로되,

"전일에 말씀하던 꾀는 위태하더니 이는 남의 손을 빌려서 없이함이니 어찌 쾌(快)치 아니하리오?"

하고, 음란한 행사 무궁하니 이런 악독한 계집이 어데 또 있을까?

차설(且說), 동청이 유 한림의 글을 소매에 넣고 바로 엄 승상 부중(府中)에 나아가 뵈옴을 청한대, 엄숭이 들어오라 하여 물어 가로되,

"무슨 일로 왔느뇨?"

동청이 대답하여 가로되,

"천생(賤生)은 한림학사 유연수의 문객(門客)이라. 비록 그 집에 머물러 있으나 그 사람의 의논을 들사온즉 매양 승상을 해코자 하므로 늘 마음이 불안하더니 어제 연수 술을 먹고 취하여 소생더러 이르되, '엄숭은 임금을 그릇 지도하는 소인이라.' 하고 또 지금 세상을 송(宋)나라 휘종(徽宗) 시절에 비하여 '비록 간(諫)하지 못하나 글을 지어 내 뜻을 표하리라.' 하고 이 글을 지어 쓰거늘, 천생이 그 글 뜻을 물으니 승상을 옛적 간신 진회(秦檜)와 왕흠약(王欽若)에게 비하여 짐짓 묘한 글이라 일컫거늘 천생이 도적하여 승상께 드리나이다."

엄숭이 받아 보니 과연 옥배천서(玉杯天書)란 문자 있거늘 숭이 냉소하여 가로되,

"유연수의 부자 홀로 내게 항복지 아니하더니 망령된 아이 대신(大臣)을 희롱하니 죽고자 하는도다."

하고 글을 가지고 궐내에 들어가 아뢰되,

"근래 기강이 풀어져 젊은 학사 국법을 두려워하지 아니하오니 심히 한심하온지라. 이제 성상(聖上)이 법을 세워 계시거늘 한림 유연수 감히 신원평(新垣平)의 옥배와 왕흠약의 천서로 신을 욕하오니 신이야 무슨 말씀하오리까마는 성주(聖主)를 기롱하오니 마땅히 국법을 밝힘직 하오이다."

하고, 이에 국궁(鞠躬)하여 글을 받들어 임금 앞에 올리니 천자 글을 받아 보시고 크게 노하사 유연수를 금의옥에 가두시고 장차 사형을 내리려 하시더니 태학사(太學士) 서세 글을 올려 가로되,

"충신을 죽이려 하시나 그 죄를 알지 못하오니 청컨대 그 글을 내리오사 알게 하소서."

임금이 글을 보시고 가로되,

"유연수 천서 옥배로써 나를 기롱하니 어찌 죽기를 면하리오?"

서세 가로되,

"이 글을 보오니 천서 옥배로 임금을 기롱함이 분명치 못하고 한(漢) 문제(文帝)와 송(宋) 진종(眞宗)은 태평(太平) 성군(聖君)이라 유연수 죄를 입사오나 죽을죄는 아니거늘 어찌 밝게 살피지 아니하시나이까?"

임금이 잠자코 있으니 엄숭이 좌우에서 간하는 말이 일어남을 보고 가장 불평하나 남의 이목을 가리지 못하여 착한 체하여 아뢰어 가로되,

"학사의 말이 이 같으니 유연수를 귀양 보냄이 마땅하여이다."

임금이 허락하시니 엄숭이 유사(有司)에게 분부하여,

"행주로 귀양 보내라."

하고 돌아오니 동청이 승상더러 가로되,

"이 같은 중죄인을 어찌 죽이지 아니하시나이까?"

엄승이 가로되,

"간하는 말이 있어 죽이든 못하였으나 행주는 수토(水土) 사나워 북방 사람이 가면 살아오는 이 없으니 칼로 죽이는 것과 다름이 없도다."

동청이 크게 기뻐하더라.

이때 한림이 불의의 흉변(凶變)을 만나 장차 길을 떠날새 교녀 비복(婢僕)을 거느려 성 밖에 나아가 통곡하며 이별하여 가로되,

"첩이 어찌 홀로 있으리오. 상공을 좇아 사생을 한가지로 하려 하나이다."

한림이 가로되,

"내 이제 험지(險地)에 가면 사생(死生)을 알 수 없으니 그대는 좋이 있어 제사를 받들고 인아를 잘 길러 성취(成娶)한즉 그대 그를 의지하여 살지니 어찌 나와 한가지로 가리오? 인아 비록 사나운 어미의 소생(小生)이나 골격이 비범하니 거두어 잘 기르면 내 죽어도 눈을 감으리로다."

교녀 가로되,

"상공의 자식이 곧 첩의 자식이라 어찌 봉주와 달리하여 박대하오리까?"

한림이 재삼 부탁하더라.

한림이 옥에서 나올 때에 동청의 일을 잠깐 말하는 사람이 있거늘 집안사람더러 가로되,

"동청을 보지 못하니 어쩐 일인가?"

비복 등이 가로되,

"나간 지 삼사 일이로소이다."

한림이 들은 말이 옳은 줄 알고 대단히 분하나 하릴없어 관차(官差)를 따라 남으로 향하니라. 이 뒤로는 동청이 엄승의 가인(家人)이 되어 세도를 얻어 진류 현령(縣令)이 되매 교녀에게 일러 가로되,

"내 이제 진류 현령을 하여 모레면 떠날 것이니 한가지로 가자."

하거늘, 교녀 좋아 날뛰며 집안에 말을 내되,

"사촌 종형이 먼 시골서 살더니 이제 병이 중하매 영결하여지라 기별이 왔기로 간다."

하고, 심복(心腹)한 시비 납매 등 다섯 명과 인아, 봉아를 데리고 그 나머지 비복들은 집을 지키라 하니 모든 비복이 다 청령(聽令)하되 인아의 유모 따르고자 하거늘 교녀 가로되,

"인아는 젖을 아니 먹고 내 또 수이 오리니 네가 함께 가서 무엇 하리오?"

꾸짖어 물리치고 금은주옥과 모든 경보(輕寶)를 다 거두어 가지고 집을 떠나니 누가 감히 막으리오. 수삼 일 만에 하간에 이르니 동청이 위의(威儀)를 차리고 벌써 와 기다리다가 서로 만나 반김이 비할 데 없더라. 동청이 가로되,

"인아는 원수의 자식이니 데려다 무엇 하리오? 일찍이 죽여 화근을 없이하리라."

교녀 그 말을 옳이 여겨 설매더러 가로되,

"인아 장성하면 나와 네가 편치 못하리니 빨리 데려다가 물에 넣어 자취를 없이하라."

설매 그 말을 듣고 인아를 안고 물가에 오니 아이 오히려 잠이 깊게 들었거늘 차마 해치지 못하고 스스로 눈물을 흘리고 가로되,

"사 부인 성덕이 저 물 같거늘 내 무상하여 그를 모해하고 이제 또 그 아들을 마저 해하면 어찌 천벌이 없으리오?"

하고 인아를 수풀 속에 고이 눕히고 돌아와 교녀더러 가로되,

"아이를 물속에 넣으니 물결 속에서 들락날락하더니 필경 보이지 않더이다."

교녀와 동청이 크게 기뻐하여 배에 올라 술을 부어 서로 권하고 거문고를 타며 노래를 불러 음란한 행사 이루 다 말할 수 없더라. 육지에 내려 위의를 갖추고 진류에 도임(到任)하니라.

차설(且說), 유 한림이 금의옥식(錦衣玉食)으로 생활하다가 뜻밖에 귀양살이를 하매 그 고초(苦楚) 측량 없고 또 수토가 사나운지라 이에 전일을 생각하고 뉘우쳐 가로되,

"사씨 일찍 동청을 꺼리더니 이제 그 말이 옳은지라, 지하에 돌아가면 무슨 면목으로 선조를 뵈오리오?"

하고 길이 탄식하매 심화(心火)가 병이 되어 죽을 지경이로되 이곳은 본디 약이 없는지라 병세 날로 침중(沈重)하더니 하루는 비몽사몽간에 한 늙은 할미 병(瓶)을 가지고 들어와 이르되,

"상공의 병이 위중하시니 이 물을 먹으면 좋으리라."

하거늘 한림이 물어 가로되,

"그대는 누구관데 죽어 가는 사람을 구하느뇨?"

노고(老姑) 가로되,

"나는 동정호 군산에 사노라."

하고 병을 뜰 가운데 놓고 가거늘 다시 묻고자 하다가 번뜩 깨달으니 한 꿈이라. 가장 이상히 여겼더니 이튿날 아침에 노복이 뜰을 쓸다가 이상한 낯빛으로 들어와 고하되,

"뜰에서 물이 솟아나나이다."

한림이 괴이히 여겨 창을 열고 보니 꿈에 노고의 병을 놓던 곳이라 물을 떠 오라 하여 먹어 보니 맛이 달고 시원하여 감로(甘露)를 먹은 듯하니 나쁜 수토에 상한 병이 구름 걷듯하여 원기가 싱싱하니 보는 이가 다 놀라 괴이히 여기더라. 또 그 물이 마르지 아니하여 수십 집이 나누어 먹으니 행주에 토질(土疾)이 없어지고 그 땅 사람이 그 우물 이름을 학사정이라 하며 지금까지 전하여 오니라.

이때 동청이 교녀로 더불어 진류에 도임한 후 전혀 탐재(貪財)를 일삼아 백성에게 세금을 더하고 온갖 악한 짓을 다 하여 백성의 재물을 빼앗고도 오히려 부족하여 엄승에게 글

을 올려 가로되,

"진류 현령 동청은 고두(叩頭) 재배(再拜)하고 승상 좌하에 글월을 올리나이다. 소생이 약한 정성을 다하여 승상을 섬기고자 하되 고을이 작아서 재물이 부족한 고로 마음과 같이 못하오니 보배와 금은이 많은 남방의 관원을 하오면 정성을 다하여 섬기리다."

하였더라. 엄숭이 기뻐하여 즉시 남방의 큰 고을을 시키려 할새 천자에게 여쭈어 가로되,

"진류 현령 동청이 재주가 사람에게 지나고 정사(政事)를 잘하오니 가히 큰 고을을 감당하올지라 성상(聖上)은 살피소서."

임금이 그 말을 옳이 여겨 계림 태수를 제수하시니 동청이 크게 기뻐하여 계림에 부임하니라.

이 적에 천자 태자를 책봉(冊封)하시고 온 천하의 죄인을 모두 놓으시니 유 한림이 은사(恩赦)를 만났으나 서울로 바로 가지 아니하고 친척이 무창에 있으므로 그리로 갈새, 여러 날 행하여 장사 지경에 이르니 때는 정히 유월이라 날이 대단히 덥고 몸이 곤하므로 길가 그늘에 앉아 생각하되,

'내 신령의 도움을 입어 삼 년 수토에 상한 병이 스러지고 또 은사를 입어 돌아오니 서울에 가서 처자를 데려다 고향에 돌아가 농부가 되리라.'

하고 앉았더니, 문득 북쪽으로서 사람의 소리 요란하며 붉은 곤장 든 사령과 각색 깃대 든 하리(下吏)가 쌍쌍이 오며 길을 치우라 하거늘 한림이 몸을 수풀에 감추고 보니 한 관원이 금안백마(金鞍白馬)에 위의(威儀) 거룩하게 지나거늘 자세히 보니 분명한 동청이라 놀라 생각하되,

'이놈이 어찌 저렇게 높은 벼슬을 하였는고?'

하고 가만히 거동을 살피건대,

'자사(子史) 곧 아니면 태수(太守) 벼슬을 하였도다. 제 일정(一定) 엄숭에게 붙어 그리되었도다.'

하고 더욱 분히 여기더니, 문득 또 치우라는 소리 나며 채의(彩衣) 시녀 십여 인이 칠보금덩을 옹위하고 지나니 위의 또한 장한지라, 모두 지난 뒤에 한림이 길에 나와 주점에 들어 점심을 먹고 쉬더니, 문득 맞은 편 집에서 한 여자가 나오다가 한림을 보고 놀라 물어 가로되,

"상공이 어찌하여 이곳에 계시니이꼬?"

한림이 자세히 보니 곧 설매라 놀라 물어 가로되,

"나는 지금 은사를 입어 북으로 가는 길이거니와 너는 어찌 이곳에 왔으며 가중이 다 평안하냐?"

설매 황망히 한림을 모셔 사람 없는 곳으로 가서 눈물을 흘리며 가로되,

"어찌 한입으로 다 아뢰오리까. 상공이 아까 지나간 행차를 뉘로 아시나이까?"

한림이 가로되,

"동청이 무슨 벼슬을 하여 가나 보더라."

설매 또 가로되,

"뒤에 가는 행차는 뉘로 아시나이까?"

한림이 가로되,

"그는 일정 동청의 내권(內眷)이 아니냐?"

설매 가로되,

"동청의 내권이 곧 교 낭자라 소비도 따라가더니 말에서 떨어져 옷을 갈아입으려 하여 이 주점에 들었다가 상공을 뵈올 줄 어찌 뜻하였으리꼬?"

한림이 듣기를 다한 뒤에 정신을 잃고 한참 동안이나 있다가 가로되,

"세상일이 참으로 기구(崎嶇)하도다. 아무렇든 이야기나 자세히 해 보아라."

하니, 설매 머리를 땅에 쪼고 울어 가로되,

"소비 하늘을 속이고 주인을 저버린 죄 천지에 가득하오니 사죄를 청하나이다."

한림이 가로되,

"네 죄는 말할 것 없고 그간 사정이나 자세히 말하라."

설매 울며 가로되,

"사 부인이 비복을 인의(仁義)로 거느리시되 불충(不忠)한 소비(小婢) 아득하와 납매의 꾐에 들어 옥지환을 도적하고 장주를 죽여 부인을 출거(黜去)케 함이 모두 소비의 죄오며, 교 낭자 동청과 사통하여 십랑과 공모함이요 상공을 행주로 귀양 보내심도 교 낭자 동청과 꾀함이요, 상공이 가신 후 교 낭자 도망할 뜻을 내어 형을 보러 간다 하고 동청에게로 가니 소비 비록 천인이나 어찌 이런 변을 보았사오리까? 교 낭자 투기와 형벌이 혹독하여 시비를 악형으로 위협하니 소비도 죽을 고초를 많이 당하였나이다."

하고 팔을 걷우쳐 불로 지진 곳을 보여 가로되,

"사 부인을 저버리고 교 낭자를 섬긴 것은 어머니를 버리고 범의 입에 들어감이라 소비 무엇을 알리까? 다만 납매의 꾐에 빠지고 돈에 팔림이오니 만 번 죽더라도 죄를 속하지 못하리로소이다."

한림이 다 들은 뒤에,

"인아는 어찌 되었느냐?"

설매 가로되,

"교녀 소비로 하여금 공자 물에 넣으라 하거늘 차마 못하고 갈대 수풀에 감추어 두고 왔사오니 혹시 근처에 사람이 거두어 기르는가 하나이다."

한림이 잠깐 안색을 펴 가로되,

"살았으면 너는 나의 은인이로다. 그러나 내 사람 잡지 못하여 음부(淫婦)에게 속아 무죄한 처자를 보전치 못하니 무슨 면목으로 세상에 서리오?"

설매 가로되,

"데리러 온 사람이 밖에 있으니 지체하오면 의심할지라 바삐 한 말씀을 고하나이다. 어제 악주에서 행인을 만나 들으니 그 사람이 가로되, '유 한림 부인이 장사로 가시다가 풍랑을 만나 물에 빠져 죽었다.' 하고 혹은 살았다 하여 소문이 자세치 못하오니 아뢰나이다."

하고 급히 가니라.

이때 교녀 설매의 늦게 온 연고를 물은데, 설매 가로되,

"낙상(落傷)한 데가 아파 속히 오지 못하였나이다."

교녀는 의심이 많고 간특(奸慝)한 인물이라 설매의 동행인더러 물어 가로되,

"어찌 더디 오는가?"

그 자가 가로되,

"주점에서 한 사람을 만나 이야기하더이다."

또 물어 가로되,

"그 사람이 어떤 사람이라 하더뇨?"

대답하여 가로되,

"귀양 갔다 오는 유 한림이라 하더이다."

교녀 크게 놀라 급히 동청을 불러 의논하니, 동청이 또한 놀라 가로되,

"이놈이 남방 귀신이 되었는가 하였더니 살아서 돌아오니 만일 득의(得意)하면 우리는 살지 못하리라."

하고 건장한 장정 수십 인을 빼어,

"빨리 가서 유연수의 머리를 베어 오면 천금을 상 주리라."

모두 청령(聽令)하고 달려가니라.

이때 설매 일이 발각되매 죽을 줄 알고 집 뒤에 가서 목을 매고 죽으니 교녀 알고 제 손으로 못 죽인 것을 한하더라.

이 적에 유 한림이 길을 찾아가며 생각하되,

'내 음부(淫婦)의 간교한 말을 듣고 현처(賢妻)를 멀리하고 자식까지 잃어버리고 일신이 표박(漂泊)하니 만고의 죄인이라 무슨 낯으로 지하에 돌아가 부인과 자식을 대하리오?'

하고, 악주 당(堂)에 이르러 강가에 배회하여 사람을 만나 사 부인의 종적을 물으면 모두 모르노라 하더니 한림이 또다시 한 노인을 만나 물으매 말하되,

"모년 모월 모일에 한 부인이 두 여자를 데리고 악양루에 올라 밤을 지내고 장사로 가더니 그 뒷일은 알지 못하노라."

하거늘 한림이 더욱 슬퍼하여 강가로 두루 찾더니 문득 길가에 소나무를 깎고 크게 썼으되,

'모년 모일에 사씨 징옥은 이곳에서 눈물을 뿌리고 물에 빠져 죽노라.'

하였거늘, 한림이 이에 통곡 기절하니 종자(從者) 황망히 구하여 깨매 슬픔을 이기지 못하여 길이 탄식하여 가로되,

"부인의 현숙한 덕행으로 이렇게 참혹히 죽었으니 어찌 슬프지 아니하리오. 마땅히 제사를 지내리라."

하고, 길가 술집에 들어가 방을 빌려 제문을 쓰려 하니 마음이 아득하여 눈물이 앞을 가리는지라. 홀연 밖에서 함성이 진동하거늘 살펴보니 도적놈들이 창검(槍劍)을 들고 달려오며 크게 외쳐 가로되,

"유연수만 잡고 타인(他人)은 상치 말게 하라."

하거늘, 한림이 대경(大驚)하여 불분동서(不分東西)하고 달아날새 멀리 못 가서 길이 없고 큰 강이 앞을 막는지라 정신이 아득하여 아무리 할 줄을 모르더니 후면에서 크게 불러 가로되,

"유연수 강가로 갔으니 자세히 찾으라."

하거늘, 한림이 앙천탄식하여 가로되,

"내 처자를 무죄히 박대하였으니 어찌 천벌이 없으리오? 남의 손에 죽느니보다 차라리 물에 빠져 죽으리라."

하고 정히 물에 빠져 죽으려 하더니, 문득 배 젓는 소리 은은히 들리거늘 한림이 찾아 나아가니 이 어떤 사람이 있어 한림의 위급함을 구하는고. 다음을 볼지어다.

차설(且說), 묘혜 사 부인을 모셔 세월을 보내더니 하루는 부인이 가로되,

"일찍 존구(尊舅) 현몽(現夢)하시기를 사월 망일에 배를 백빈주에 매어 급한 사람을 구하라 하셨으니 오늘이 정히 그날이니 마땅히 가리로다."

하니, 묘혜 깨달아 이날 황혼에 배를 저어 백빈주로 오니라. 한림이 사람의 소리를 좇아 강가로 내려오매 바라보니 한 여자 일엽편주(一葉片舟)를 흘리저어 노래를 부르며 오니 그 노래에 하였으되,

"창파(滄波)에 달이 밝으니 남호에 흰 마름을 캐리로다. 연꽃이 아름다이 웃고자 함이여, 배 젓는 사람을 시름하는도다."

또 한 여자 화답하되,

"물가에 마름을 캐니 강남에 날이 저물었도다. 동정에 사람이 있어 고인(故人)을 만나도다."

하는지라. 한림이 급히 불러 가로되,

"강상(江上) 선랑(仙郎)은 배를 대어 급한 사람을 구하라."

하니, 묘혜 배를 대니 한림이 배에 올라 이르되,

"뒤에 도적이 따르니 빨리 저으라."

하는지라. 말이 마치자 도적이 크게 외쳐 가로되,

"배를 도로 대라. 그렇지 않으면 너희들이 다 죽으리라."

하거늘, 묘혜 못 들은 체하고 배를 빨리 저어 가니 도적들이 크게 소리하여 가로되,

"너희 배에 올라간 놈은 살인한 놈이니 계림 태수 잡으라 하시니, 잡아 오면 중상하리라."

한림이 이 소리를 들으며 동청이 보낸 놈인 줄 알고 여랑들에게 하는 말이,

"나는 유 한림이라는 사람이요, 저놈들은 도적이라."

하거늘, 묘혜 배를 빨리 젓고 이에 돛을 달며 노래하여 가로

되,

"창오산 저문 하늘이 달빛에 밝았으니 구의산에 구름이 흩어지도다. 저기 저 속객(俗客)은 독행천리(獨行千里) 무슨 일인고? 아마도 부질없이 가는도다."

하였더라.

이때 한림이 묘혜의 노래를 듣고 아무 말인 줄도 알지 못하고 따라서 선중에 들어가니 한 부인이 소복단장(素服丹粧)으로 앉았다가 한림을 맞아 슬피 울거늘 한림이 보니 이 곧 사 부인이라. 슬프고 반가움을 이기지 못하여 서로 붙들고 일장통곡(一場痛哭)을 하다가 한림이 가로되,

"이에서 상봉함은 천만 뜻밖이라."

하고 한훤(寒暄)을 편 후 길이 탄식하여 가로되,

"내 낯을 들어 부인을 보니 부끄러움을 이기지 못할지라 무슨 말을 하리오. 그러나 부인은 정신을 진정하여 연수의 불명함을 들으소서."

인하여 부인이 집을 떠난 후 요인(妖人)의 전후 일을 다 이르며 교녀 십랑으로 더불어 방자하던 말이며 또 설매가 옥지환을 도적하여 동청을 주매 동청이 냉진을 보내어 속여 이르던 말을 하니 사씨 눈물을 흘려 가로되,

"상공이 이 말씀을 아니 하셨으면 첩이 구천(九泉)에 돌아간들 어찌 눈을 감으리까?"

한림이 장주를 죽이고 설매로 하여금 춘방에게 미루던 말이며 동청이 엄숭에게 참소하여 자기를 사지(死地)에 보낸 말과, 교녀 가중 보물을 다 가지고 동청을 따라간 말을 이르니, 사씨 잠자코 말이 없는지라, 한림이 또 탄식하여 가로되,

"다른 것은 그만이지만 인아는 부인을 잃고 또 아비를 잃어 강물 속의 무주고혼(無主孤魂)이 된 듯하니 어찌 슬프지 아니하리오."

하고 눈물이 비 오듯 쏟아지니 사씨 이 말을 듣고 애고 한마디 소리에 기절하는지라, 한림이 구하여 다시 가로되,

"설매의 말을 들으니 제 차마 못 죽이고 물가 수풀에 던졌다 하니 혹시 하늘이 살피사 다행히 살았으면 하나이다."

사씨 울며 가로되,

"설매의 말을 듣고 어찌 믿으며 설사 수풀에 두었더라도 어찌 살기를 바라리오."

이렇듯 문답하여 슬픔을 이기지 못하다가 한림이 또 가로되,

"회사정 필적을 보니 부인의 물에 빠짐이 분명하므로 노방역려(逆旅)에서 제문을 짓다가 동청의 보낸 무리를 만나 꼭죽게 되었더니 뜻밖에 부인의 구함을 얻어 살아났으니 부인은 어디로부터 이에 왔으며 어찌 배를 저어 나를 구하셨느뇨?"

사씨 가로되,

"첩이 선산(先山) 묘하에 있을 때에 도적이 위조 편지를 하여 위급한 화를 당하게 되었는데, 구고(九皐) 현몽하사 모년 모월 모일에 배를 백빈주에 매어 급한 사람을 구하라 하시던 말씀을 일일이 전하며 다행히 저 스님을 만나 여태껏 의지하였으며, 회사정의 글은 죽으려 할 때 썼으나 저 스님의 구함을 입어 잔명을 보존하였거니와 이에서 상공을 만날 줄이야 어찌 뜻하였으리오."

한림이 탄식하여 가로되,

"우리 부부는 묘혜 스님의 구한 바니 은혜 태산 같도다."

하고 묘혜를 향하여 절하고 사례하여 가로되,

"스님이 본디 우화암에 있던 묘혜 선사가 아닌가? 당초에 우리 부부의 결혼을 담당하고 또 우리 부부를 죽을 땅에서 구하니 하늘이 우리 부부를 위하여 스님을 내셨도다."

묘혜 사양하여 가로되,

"상공과 부인의 천명이 거룩하심이니 어찌 소승의 공이리까? 그러하오나 여기서 오래 말씀할 곳이 아니니 암자로 가사이다."

하고, 인하여 객당을 소쇄하고 한림을 맞아 차를 드릴새 유모와 차환이 한림을 보고 일희일비(一喜一悲)하더라. 한림이 사씨더러 가로되,

"내 이제 범의 입을 벗어났으나 의지할 곳이 없는지라 무창에 가서 약간 전장(田莊)을 수습하고 가도(家道)를 정돈한 후 서울에 올라가 가묘(家廟)를 모셔와 앞날의 죄를 사코자 하나니 부인은 버리지 아니하실진대 동행함을 바라나이다."

사씨 가로되,

"상공이 첩을 더럽다 아니 하실진대 어찌 명령을 거역하리까? 첩이 당초에 출거할 때 친척을 모으고 가묘에 고하였사오니 이제 첩이 돌아가매 사람을 대함이 부끄러운지라 출거한 사람이 다시 들어가는 데 예절이 없지 못할 것이요, 예법을 좇아 행함이 좋을까 하나이다."

한림이 사례하여 가로되,

"이는 나의 불민함이라 이제 가묘를 모셔 오고 일변 인아의 소식을 알아 찾아오고 예를 갖추어 데려가리다."

부인이 가로되,

"그러하오나 상공의 외로운 몸이 적도(賊盜)를 만나면 위태하오리니 조심하여 행하소서. 동청이 도적을 보내어 상공을 잡지 못하였으니 필연 다시 잡으려 할 것이니 원컨대 상공은 성명(姓名)을 감추고 행하소서."

한림이 응낙하고 이에 부인과 묘혜를 작별하고 행하여 여러 날 만에 무창에 이르러 여간 재산을 수습하고 가묘를 수축(修築)하고 노복을 신칙(申飭)하여 농업을 다스리라 하였다.

차설(且說), 동청이 교녀로 더불어 계림으로 가다가 중로에서 유 한림이 사(赦)를 입어 돌아옴을 듣고 크게 놀라 장교(將校)를 보내어 목을 베어 오라 하였더니 얼마 후 장교 등이 돌아와 고하되, 유연수를 잡지 못하였다 하는지라 동청과

교녀 놀라 가로되,

"이 유연수 서울에 가면 우리 죄상(罪狀)을 임금에게 아뢰고 분을 풀 것이니 우리 어찌 마음을 놓으리오?"

하고, 갔던 장교를 분부하여,

"유연수를 극력(極力) 심방(尋訪)하여 잡아들이라."

하니라.

이 때 냉진이 의지할 곳이 없어 생각하되,

'이제 동청이 큰 벼슬을 하였으니 내 그리 가서 의지하리라.'

하고, 동청을 찾아가니 동청이 맞아 잘 대접하고 심복(心腹)을 삼아 한가지로 악한 일을 행하여 백성들과 행인의 재물을 빼앗으니 이러므로 남방 사람이 뉘 아니 동청을 죽이려 하리오마는 다 승상 엄숭의 세도를 두려워하여 입을 열지 못하더라.

교녀 계림에 간 지 오래지 아니하여 그 아들 봉주 병들어 죽으니 교녀 슬픔을 이기지 못하더라. 동청은 그 고을에 일이 많으므로 몸소 여러 군데를 돌아다니게 되매 냉진이 그 집의 안팎일을 맡아보게 된지라. 그러므로 교녀를 사통(私通)하여 마치 유부(劉府)에서 동청과 사통하듯 하더라.

이때 동청이 엄숭을 섬김이 더욱 극진하여 십만 보화를 갖추어 냉진으로 하여금 엄 승상 생신에 바치고자 하여 보내니 냉진이 서울에 와서 들으매 천자(天子) 엄숭의 간악함을 깨달으시고 삭탈관직(削奪官職)하여 옥에 가두고,

"그의 재산을 몰수(沒數)히 거두어라."

하였거늘, 냉진이 생각하되,

'동청의 죄악이 많되 사람이 모두 엄숭을 두려워하여 감히 말을 못하였는데 이제 이렇게 되었으니 마땅히 꾀를 쓰리라.'

하고, 이에 등문고(登聞鼓)를 쳐서 변을 고하니 법관이 잡아 묻거늘 냉진이 가로되,

"소생은 북방 사람으로 남방에 다니러 갔더니 계림 태수 동청이 악독하여 학정(虐政)을 일삼을 뿐 아니라 백성을 못 살게 하고 행인의 재물을 탈취하는 죄가 많더이다."

한데, 법관이 이 연유를 고하니 천자 크게 노하사 금오관(金吾官)으로 하여금,

"동청을 잡아 가두라."

하고 조사를 하여 보니 과연 냉진의 말과 같은지라. 조정에 엄숭이 없으니 누가 동청을 구하리오. 동청이 재물을 들여 실기를 구하나 어찌 그 말을 들으리오. 속절없이 장안 기리에 내다 베어 죽이고 그 가산을 적몰(籍沒)하니 황금이 사만 냥이요 금주보패는 다 헤아릴 수 없더라.

냉진이 계림으로 사람을 보내어 교녀를 데려왔으나 서울에 있는 것이 불편하여 산동으로 갈새 교녀 본디 냉진과 살기가 소원이라 몸에 가진 바 가벼운 보배 많고 냉진의 가진 돈이 십만 금이라 두 사람이 좋아 날뛰어 재물을 싣고 가더니, 한

곳에 이르러 주점에 들어 술이 만취하여 뒹굴어 자더니 냉진의 짐을 싣고 가던 차부(車夫) 정대관이란 자는 본디 도적놈이라. 냉진의 행장(行裝)에 재물이 많음을 알고 욕심이 대발(大發)하여 이 밤에 다 도적하여 가지고 달아나니, 냉진과 교녀 잠을 깨어 행장을 찾은 즉 아무것도 없는지라. 이에 머무르고 그 고을에 정장(呈狀)하였으나 잡지 못하였더라.

이 적에 천자 조회를 받을새 각읍 수령의 정사를 탐문하시는 중 동청의 죄상을 보시고 가로되,

"이놈을 누가 천거(薦擧)하여 벼슬을 시켰느냐?"

서 각로 아뢰어 가로되,

"엄숭이 천거하여 진류 현령으로 계림 태수까지 승차함이로소이다."

천자 가로되,

"그러면 엄숭의 천거한 자는 다 소인이요, 엄숭의 배척한 자는 다 어진 사람이라."

하시고 곧 이부(吏部)를 명하사 엄숭의 천거한 사람 수백 인을 삭직(削職)게 하고 귀양 갔던 신하들을 다 불러 쓸새 간의대부 해서로 도어사를 하이시고 한림학사 유연수로 이부시랑을 하이시고 또 과거를 보여 인재를 구하실새, 이때 사 급사의 아들 희랑이 역시 참방(參榜)하여 문호를 빛나게 하니라.

차설(且說), 사씨 전일 남방으로 행할 때에 사 공자 풍편으로 대강 들어 알았으나 그때에 두 추관이 또한 이직(離職)하여 성도로 가매 공자 미처 서신도 부치지 못하고 또 사씨의 중간 낭패를 알지 못하므로 정히 배를 타고 촉중으로 들어가 만나 보려 하더니, 마침 들으매 두 추관이 순천 부사를 하였다 하고 또 과거 날이 가까웠으므로 두 추관의 오기만 기다리더니, 이때 마침 순천 부사 상경하였다 하거늘 사 공자 즉시 찾아가서 사씨의 소식을 물으니 부사 눈물을 흘려 가로되,

"나도 소식을 듣지 못하였도다. 소제(小弟) 장사에 있을 때에 존수(尊嫂) 남으로 가는 배를 얻어 내게 의지하고자 하다가 중로에서 낭패하여 마침내 물에 빠져 자처(自處)하였다 하니 나도 존수의 소식을 알고자 하여 사람을 보내어 두루 찾되 아득한지라, 그곳 사람이 혹 이르되, '유 한림이 이곳에 와서 사 부인의 빠져 죽은 필적을 보고 슬픔을 못 이기며 제전(祭奠)을 갖추어 치제(致祭)하려 하다가 그날 밤에 도적에게 쫓기어 어디로 갔는지 모르노라.' 하고 이제 조정에서 유 한림을 찾되 아무도 아는 이 없다."

하거늘, 사 공자 청파(聽罷)에 가로되,

"그러면 누이와 매부는 정녕 살지 못하였으리로다."

하고 통곡함을 마지않으니, 두 부인이 사 공자를 청하여 위로하며 사람을 보내어 각처로 탐문코자 하더니, 마침 과거(科擧) 날이 당도하여 사 공자 둘째 방에 뽑히고 즉시 강서 남창부 추관을 하이시니 남창은 장사에서 멀지 않은지라, 사

공자 벼슬의 영귀(榮貴)함보다 누이의 거처를 알게 되었음을 못내 기꺼하여 즉시 가족을 거느리고 부임하니라.

차설(且說), 유 한림이 성명을 감추고 행세하니 아는 자 없는지라 한림이 가속(家屬)으로 더불어 농업을 힘써 양식을 군산 수월암에 보내어 부인께 드리고,

"안부를 알아 오라."

하였더니, 가동(家僮)들이 돌아와 고하되,

"부인은 무양(無恙)하시고, 악주 관문에 방이 붙어 상공을 찾거늘 그 연고를 물은즉 옆에 사람이 말하기를 천자 유 한림을 이부시랑으로 하이시고 상공 종적을 몰라 각처에 방을 붙여 찾노라 하나 소복이 감히 바로 고하지 못하였나이다."

한림이 생각하되,

'엄숭이 세도(勢道)하면 내 어찌 이부 시랑을 하리오. 아마 엄숭이 물러남이로다.'

하고 인하여 무창에 나아가 태수에게 통지하니, 태수 반기며 급히 맞아 가로되,

"천자(天子) 선생을 이부 시랑을 하이시고 사명(司命)이 급하시더니 이제 어디로부터 오시나이꼬?"

한림이 가로되,

"소생이 성명을 감추고 다니더니 천자 엄숭을 내치사 소생을 부르시는 말을 듣고 왔나이다."

하고 인하여 사람을 군산에 보내어 부인에게 이 일을 통하니라.

이에 유 시랑이 오래 머무르지 못하여 역마(驛馬)로 올라갈새 남창부에 이르니 지방 관원이 모두 와서 명함을 들이거늘 시랑이 보니 그중 한 사람이 사경안이라 하였는지라, 처음에는 피차간 누구인지 몰랐다가 서로 만나매 채 말을 접하지 않아서 그 관원이 눈물이 얼굴을 가리거늘 괴이 여겨 물으니 관원이 대답하여 가로되,

"자씨(姉氏)를 한번 이별한 후 사생을 모르다가 이제 매형(妹兄)을 만나게 되오니 어찌 슬프지 않으리오?"

시랑이 비로소 사 공자인 줄 알고 반가이 손목을 잡으며 허희탄식(歔欷歎息)하여 가로되,

"내 혼암(昏闇)하여 무죄한 그대의 자씨를 내치고 간인(奸人)의 화를 당함은 어찌 다 말하리오? 영자씨(令姉氏) 다행히 여승 묘혜의 구함을 입어 지금 군산 수월암에 편히 있나니 염려 말라."

관원이 가로되,

"누이 살아 계심은 매형의 복이요, 묘혜의 은혜로다."

시랑이 가로되,

"그대는 마음을 너무 상하지 말라. 천은이 넓고 크사 다갚기 어려운지라 나의 박덕으로 어찌 이런 행복을 얻으리오?"

하고, 서로 술을 권하여 담화하다가 이별하니라. 시랑이 서울에 나아가 사은한데 천자 보시고 전후 일을 후회하시니 시랑이 고두사례(叩頭謝禮)하여 가로되,

"성은이 이 같으시니 미신(微臣)이 황송하여이다. 신이 용렬(庸劣)하와 책임을 감당치 못하겠사오니 벼슬을 거두심을 바라나이다."

천자 가로되,

"경(卿)의 뜻이 굳으니 특별히 강서백을 하이나니 진심찰직(盡心察職)하라."

시랑이 사은하고 본부에 이르니 옛집이 황량하고 뜰 가운데 잡초가 무성하여 주인을 잃은 것 같더라. 슬픔을 못 이겨 사당에 나아가 통곡 사죄하고 두(杜) 부인께 나가 뵈옵고 사죄하니 두 부인이 눈물을 흘려 가로되,

"내 여태껏 살았다가 현질(賢姪)을 다시 보니 지금 죽어도 한이 없도다. 그러나 네 조종향사(祖宗享祀)를 폐(廢)한 지 오래니 그 죄 어데 미쳤느뇨?"

시랑이 사죄하여 가로되,

"소질(小姪)의 죄는 만 번 죽어도 아깝지 않도소이다. 다행히 부부 다시 합하였사오니 죄를 용서하소서."

두 부인이 기뻐하여 가로되,

"이는 다 현질의 액운이라. 옛말에 이르기를 '현인은 복을 내리고 악인은 재앙을 만난다.' 하니 네 이제 회과자책(悔過自責)하느냐?"

시랑이 전후 사연을 일일이 고하니 두 부인이 눈물을 씻고 가로되,

"이 같은 일이 어찌 세상에 또 있으리오?"

하더라.

모든 친척이 시랑을 보고 하례하고 비복들이 반기며 눈물을 씻더라. 시랑이 가묘에 분향하고 조종의 영위(靈位)를 모셔 강서로 떠날새 두 부인 사씨를 보고자 하여 눈물로 보내매 시랑이 또한 섭섭함을 이기지 못하더라.

이에 강서를 향하여 발정(發程)하니 위의(威儀) 거룩하더라.

사 추관이 누이를 데려올 일을 말하니, 시랑이 가로되,

"그대 먼저 가라. 내 마땅히 강가에 가서 맞으리라."

추관이 기뻐하여 위의를 차려 군산으로 향하니라. 이 적에 사 추관이 군산에 이르니, 부인이 맞아 반갑고 슬픔을 이기지 못하여 적년(積年) 그리던 회포를 말하다니, 시랑의 서신을 드리거늘 받아 보니 방백(方伯)을 하였는지라 부인과 추관이 묘혜에게 은혜를 사례하고 예물을 드리니, 묘혜 가로되,

"이는 부인의 복이라 어찌 소승의 공이리꼬?"

이날 밤에 추관이 객당에서 자고 이튿날 부인과 떠날새 묘혜와 제승(諸僧)이 산에 내려 이별하매 피차에 연연하여 차마 손목을 놓지 못하더라. 행하여 강서 지경에 이르니 시랑이 벌써 와 기다리는지라. 비단 장막이 강가에 덮이고 옥절(玉節) 홍기(紅旗)가 사방에 벌였더라. 시비 새로 지은 의복을 부인께 드리니 칠 년 동안 입었던 소복(素服)을 벗고 화

복(華服)으로 부부 서로 합하니 진실로 세상에 희한한 일이러라. 배를 타고 행하여 강서에 이르러 부중(府中)에 들어가니 노복 등이 맞아들이며 모두 기뻐 날뛰더라.

시랑 부부 가묘(家廟)에 나아가 절하고 뵈올새 축문(祝文) 지어 부부 재합함을 고하니 글 뜻이 간절하더라. 강서 대소 관원이 모두 예단(禮緞)을 드려 하례(賀禮)하고 또 사 추관에게 치사(致謝)하더라.

사씨 돌아옴으로부터 인아를 생각하고 소식을 듣보되 마침내 종적이 망연(茫然)한지라. 이러구러 십 년을 당하매 부인이 시랑을 대하여 가로되,

"첩이 전일 사람을 그릇 천거하여 가사 탁란(濁亂)하니 통분한 바라. 그러나 지금은 전일과 다르고 첩의 나이 사십에 이르고 생산(生産)치 못한 지 십 년이라. 내 다시 상공을 위하여 숙녀를 천거코자 하나이다."

시랑이 가로되,

"부인 말씀이 그럴듯하나 전일 교녀로 말미암아 인아의 사생을 알지 못하니 원통한 한(恨)이 골수(骨髓)에 박힌지라, 다시 잡인(雜人)을 들이지 않고자 하나이다."

부인이 눈물을 흘려 가로되,

"첩인들 어찌 짐작 못 하리까마는 아직 인아의 사생을 모르고 장차 사속(嗣續)이 없으면 지하에 돌아가 무슨 면목으로 구고(舅姑)를 뵈오리오?"

시랑이 가로되,

"비록 그러하나 부인의 연기(年紀)가 아직 단산(斷産)할 때가 아니니 그런 불길한 말씀은 마소서."

부인이 인하여 생각하매,

'묘혜의 질녀 현숙하고 또 귀자를 둘 팔자라 하였으나 그 연치(年齒)를 헤아리건대 아마 벌써 성인(成人)이 되었으리라.'

하고 몹시 그리워하더라.

부인이 다시 시랑에게 노창두(老蒼頭) 죽은 말과 황릉묘를 수축(修築)하기를 원하니, 시랑이 즉시 가동(家僮)을 명하여 황릉묘를 중수하고 창두의 시체를 찾아서 관곽(棺槨)을 갖추어 다시 장사(葬事)하고 묘혜와 임씨에게 금백(金帛)을 후히 보내니 묘혜 즉시 수월암을 중수하고 군산 동구(洞口)에 탑을 세워 이름을 '부인탑'이라 하니라.

이때 차환(叉鬟) 등이 황릉묘에 다녀 화룡현 임가(任家)에 이르니 그의 계모 변 씨 죽고 여자 홀로 있더니 시비를 보고 가로되,

"어데서 왔느뇨?"

차환이 가로되,

"낭자 어찌 몰라보시나이까? 나는 이전에 사 부인을 모시고 장사로 갔던 시비 차환이로소이다."

그 여자 그제야 깨달아 가로되,

"이제야 알리로다."

하며, 사 부인의 안부를 묻고 누명(陋名)을 신설(伸雪)하여 구가(舅家)로 돌아감을 듣고 크게 기뻐하여 치하함을 마지아니하니, 차환이 이에 보낸 바 채단(采緞)과 서간(書簡)을 드리니 임씨 감격하여 받고 글을 떼어 보니 사의(辭意) 관곡(款曲)한지라, 임씨 다시 한 번 만나 뵈옴을 원하더라.

차설(且說), 설매 인아를 차마 물에 띄우지 못하고 가만히 강가 수풀에 놓고 가니 인아 잠을 깨어 크게 울더니 마침 남경에 장사하러 가던 뱃사람이 자나다가 인아를 보매 용모 비범한지라 배에 싣고 가다가 풍파를 만나 화룡현에 이르러 아이를 육지에 내려놓고 가니라. 이때 임가 여자 변씨와 더불어 함께 자다가 한 꿈을 얻으니 강가에 기이한 기운이 뻗치었거늘 놀라 깨니 한 꿈이라. 괴히 여겨 급히 나와 보니 한 아이 누웠으되 용모 쇄락(灑落)하여 매우 귀여운지라, 이에 거두어 안고 들어오니 변씨 크게 기뻐하며 고이 기르더니, 변씨 죽으매 장례를 마치니 동리 사람들이 그 현철함을 칭찬하여 혼인을 구하나 임씨 원하지 아니하더라. 이때 사 부인이 임씨의 아직 출가치 않음을 듣고 시랑에게 청하여 가로되,

"첩이 장사로 갈 때에 연화촌에 들어가 임가 여자를 보니 극히 아름답고 양순한지라 이 여자를 데려다가 가사를 맡기고자 하나이다."

시랑이 마지못하여 허락하니 사 부인이 이에 시비와 교부(轎夫)를 보내어,

"임씨를 데려오라."

하니, 차환이 연화촌에 이르러 임씨를 보고 이 말을 전하니 임씨 기뻐하여 여간 가사를 거두고 얻은 바 아이를 데리고 이르러 사 부인을 보고 반김을 마지아니하더라. 부인이 종족(宗族)을 모아 잔치하고 임씨를 성례(成禮)하니 그 용모 아름다운지라. 시랑이 심중에 기뻐하며 부인을 향하여 가로되,

"임씨 얼굴이 아름답고 덕성(德性)이 현저(顯著)하니 어찌 다행한 일이 아니리오마는 내가 부인께 정이 감할까 두려워하노라."

부인이 웃고 대답지 않더라.

하루는 인아의 유모 임씨의 방에 들어가 눈물을 흘려 가로되,

"전일에 시비의 전하는 말을 들으매 '낭자의 제남(弟男)이 우리 공자와 같다.' 하오니 한번 보고자 하나이다."

임씨 이 말을 듣고 의심이 나서 물어 가로되,

"공자를 어느 곳에서 잃었느뇨?"

유모 가로되,

"순천부에서 잃었나이다."

임씨 생각하되,

'순천부가 상거(相距) 천 리인즉 어찌 남경으로 왔으리오.'

가장 의심나서 시비를 불러 인아를 데려오매 유모 눈을 들

어 보니 공자와 같은지라, 유모 크게 반겨 눈물이 비오듯 하니, 임씨 가로되,

"이 아이 과연 모친의 소생이 아니라 모년 모월 모일에 버린 아이를 얻으니 용모 기이하기로 거두어 남매 되었으니 만일 얼굴이 공자와 같을진대 무슨 연고 있는가 하노라."

인아 유모를 보고 울어 가로되,

"유모는 나를 알지 못하느냐?"

유모 이 말을 듣고 슬퍼하여 가로되,

"이는 반드시 우리 공자로다. 그렇지 아니하면 어찌 이 말을 하리오."

임씨 가로되,

"이 아이 비록 성은 기억지 못하나 전일 귀히 길리던 말과 남경 장사가 버리고 간 일절을 말하더라."

하니 유모 크게 기뻐하여 급히 부인께 전하니, 부인이 이 말을 듣고 엎어질락 자빠질락하여 임씨 방에 와 공자를 보고 가로되,

"네 나를 알쏘냐?"

인아 자세히 보다가 부인의 가슴에 안기며 울어 가로되,

"어머니는 소자(小子)를 몰라보시나이까? 소자 어머님께서 집안을 떠나신 후로 매양 생각하옵더니. 서모(庶母) 나를 데리고 멀리 가옵다가 소자의 잠든 사이에 강가 수풀에 버리고 가온지라, 소자 깨어 크게 우니 어떤 사람이 배를 타고 가옵다가 나를 보고 데려가더니 또 남의 집 울 밑에 놓고 가오매, 저 은모(恩母) 나를 거두어 기르매 전일보다 일신이 편안하옵더니 의외에 이에 이르러 어머니를 뵈오니 이제 죽어도 한이 없도소이다."

부인이 이 말을 듣고 여광여취(如狂如醉)하여 인아를 안고 대성통곡하여 가로되,

"이것이 생시냐 꿈이냐? 내 너를 다시 보지 못할까 하였더니 오늘날 보게 되니 이 어찌 하늘이 도우심이 아니리오?"

하고 곧 시랑에게 인아 찾음을 고하니 시랑이 급히 들어와 그 자초지종(自初至終)을 다 듣고 함께 기뻐하며 임씨를 향하여 칭사하여 가로되,

"오늘날 부자 상봉하고 즐김은 다 그대의 공이라 어찌 은혜 적다 하리오? 이 뒤로부터 나의 설움이 없으리로다."

임씨 경하(慶賀)하여 가로되,

"금일 부자 상봉하심은 존문(尊門) 은덕이시니 어찌 첩의 공이리꼬? 사 부인의 성덕(聖德) 현심(賢心)을 신명(神明)이 감동하심이로소이다."

시랑이 또한 그 말을 옳다 하더라. 가중이 인아를 보니 장부의 체격이 발월(發越)하여 그 떠날 때보다 준수함을 더욱 칭찬하고, 종족이 모두 이르러 치하하고 상하 비복이 기뻐 날뛰며 임씨를 소중함이 사 부인 버금으로 하고, 사 부인이 또한 임씨를 동기(同氣)같이 사랑하니 임씨 또한 사 부인 섬김을 극진히 하니 가중이 임씨의 현숙함을 보매 새로이 교녀를 절치(切齒)하며 그 종적을 듣보더라.

차설(且說), 교녀 동청이 죽은 후로 냉진과 살더니 냉진이 도적을 사귀다가 괴수(魁首)로 잡혀 죽으니 교녀 도망하여 낙양에 이르러 청루(靑樓)에 들어가 창기(娼妓)가 되어 이름을 칠랑이라 하고 낙양부 사람들의 재물을 낚으며 제가 이르되,

"나는 일찍이 한림학사의 부인이라."

하여 낙양 사람이 교녀를 모를 이 없더니, 사부(謝府) 차환이 마침 낙양에 왔다가 칠랑의 유명함을 듣고 청루에 이르러 자세히 보니 과연 교녀라 즉시 사부에 돌아와 시랑께 고하니 시랑이 크게 분하여 부인을 청하여 가로되,

"내 교녀를 잡지 못할까 절통(切痛)하더니 이제 낙양 청루에서 창기 노릇을 한다 하니 내 이 년을 곧 잡아 설치(雪恥)코자 하노라."

부인이 또한 통분하여 설한(雪恨)함을 이르더라.

부인이 인아를 만난 후 다시 시름이 없고 시랑이 또한 만사에 시름이 없어 치민(治民)을 부지런히 하니 인민이 농업을 힘쓰고 학업을 부지런히 하여 일읍(一邑)이 무사한지라 천자 들으시고 예부 상서로 부르시니 유 상서 이에 가족을 거느리고 올라갈새, 행하여 서주에 이르러 가동(家僮)을 부려 교녀를 듣보니 과연 의심 없는지라, 그곳 매파를 불러 먼저 상을 주고 창녀 교칠랑을 불러 여차여차하라 하니, 매파 교녀를 보고 가로되,

"이제 예부 상서로 올라가는 상공이 낭자의 향명(香名)을 듣고 노신(老身)을 불러 분부하시니 상서는 거룩한 재상이요, 또 시비의 전하는 말을 들으매 '부인은 신병(身病)으로 치가(治家)치 못한다.' 하니 낭자 들어가면 어찌 부인과 다르리오."

교녀 생각하되,

'내 비록 의식의 부족함이 없으나 나이 점점 많아 가니 어찌 종신(終身) 의탁할 곳을 생각지 않으리오.'

하고 쾌히 허락하니, 매파 가로되,

"상공과 부인 보시는 데서 성례하리니 낭자를 곧 데려가리다."

교녀 가로되,

"그러면 더욱 좋다."

하거늘, 매파 이대로 보(報)하니 하인을 갖추어 교녀를 가마에 태우고,

"뒤를 따라오라."

하니라.

유 상서 급히 서울에 이르러 천자에게 사은숙배(謝恩肅拜)하고 집에 돌아와 친척을 모으고 경하(慶賀)할새, 사씨 임씨를 불러 두(杜) 부인께 뵈오라 하고 가로되,

"이 사람은 교녀와 같지 않사오니 숙모는 그릇 보지 마소서."

두 부인이 가로되,

"비록 어질지라도 불관(不關)하다."

하더라.

상서 부인께 말하되,

"노상에서 명창(名唱)을 얻어 왔사오니 한번 구경하소서."

하고, 좌우를 명하여 교칠랑을 부르라 하니 이때 교녀 사처를 정하고 기다리더니 오라는 명령을 듣고 부중(府中)에 이를새 교녀 크게 놀라 가로되,

"이 집이 유 한림 댁이어늘 어찌 이리 오느뇨?"

시비 가로되,

"유 한림이 귀양가시고 우리 상공(相公)이 들어 계시니이다."

교녀 놀람을 진정하여 가로되,

"내 이 집이 인연이 있도다. 이번에도 마땅히 백자당에 거처하리라."

하더니, 시비 교녀를 이끌어,

"상공과 부인께 뵈오라."

하니, 교녀 눈을 들어 보니 좌우에 가득한 사람이 다 유씨 종족이라 한번 보매 낙담상혼(落膽喪魂)하여 청천벽력(青天霹靂)이 머리에 닿은 듯한지라. 인하여 땅에 엎디어 슬피 울며 목숨을 살려지라 애걸하거늘 상서 크게 꾸짖어 가로되,

"음부(淫婦), 네 죄를 아는가?"

교녀 머리를 숙이고 애걸하여 가로되,

"어찌 모르리까마는 죄를 사(赦)하소서."

상서 가로되,

"네 죄가 한둘이 아니니 음부는 들어 보아라. 처음에 부인이 너를 경계하려 음란한 풍류를 말라 함이 또한 좋은 뜻이거늘 네 도리어 참소하여 나를 미혹(迷惑)게 하니 죄 하나요, 십랑으로 더불어 요괴한 방법으로 장부를 속였으니 죄 둘이요, 음흉한 종으로 더불어 당(黨)을 지었으니 죄 셋이요, 스스로 방자하고 부인께 미루니 죄 넷이요, 동청과 사통하여 문호를 더럽히니 죄 다섯이요, 옥지환을 도적하여 냉진을 주어 부인을 모해하니 죄 여섯이요, 네 손으로 자식을 죽이고 대악(大惡)을 부인께 미루니 죄 일곱이요, 간부와 동모(同謀)하여 가부(家夫)를 사지에 귀양 보내니 죄 여덟이요, 인아로 물에 넣어 죽게 하니 죄 아홉이요, 거우 부지하여 살아오는 나를 죽이려 하니 죄 열이라. 음부 천지간에 큰 죄를 짓고 오히려 살고자 하느냐?"

교녀 머리를 두드리고 울어 가로되,

"이 모두 첩의 죄오나 장주를 해함은 설매의 일이요, 도적을 보냄과 엄숭에게 참소함은 동청의 일이로소이다."

하고 사씨를 향하여 울어 가로되,

"첩이 실로 부인을 저버렸거니와 오직 부인은 대자대비(大慈大悲)하신 덕으로 천첩(賤妾)의 잔명(殘命)을 보존케 하옵소서."

부인이 눈물을 흘리고 가로되,

"네 나를 해하려 함은 죽을죄 아니나 상공에게 득죄(得罪)함을 내 어찌 구하리오?"

상서 더욱 노하여 이에 시종(侍從)을 명령하여 교녀의 가슴을 헤치고 심통을 빼라 하니, 사 부인이 가로되,

"비록 죄 중하오나 상공을 모신 지 오래니 죽여도 시체를 온전히 하소서."

상서 감동하여 동쪽 저자에 잡아 내어다가 만인(萬人)의 보는 앞에서 죄를 들어 광포(廣布)하고 타살(打殺)하니라.

부인이 춘방의 원억참사(冤抑慘死)함을 애석(哀惜)히 여겨 상서께 말하여 그 뼈를 찾아다 묻어 주고, 십랑을 치죄(治罪)코자 하여 찾으니 연전(年前)에 벌써 죄를 입어 옥중에서 죽었다 하더라.

임씨 유부(劉府)에 들어온 지 십 년 동안에 삼자(三子)를 연해 낳으매 다 옥골선풍(玉骨仙風)이라. 장자의 이름은 웅(熊)이요 차자의 이름은 준(駿)이요 삼자의 이름은 난(鸞)이니 부형을 닮아서 모두 출중(出衆)하더라.

임금이 유 상서의 벼슬을 돋우어 좌승상을 하이시고 황후 또한 사 부인의 청덕(淸德)을 들으시고 자주 보시니 유문(劉門)의 영광이 비길 데 없고, 또 사 추관이 높은 벼슬에 이르니 그 복록이 거룩함이 한 세상의 으뜸이더라.

승상 부부 팔십여 세를 안향(安享)하고 그 후 대공자(大公子)는 병부 상서에 이르고 유웅은 이부 시랑을 하고 유준은 호부 시랑을 하고 유란은 태상경을 하여 조정에 벌였으니 임씨도 무궁한 복록을 누려 자부 자손을 데리고 사 부인을 모셔 안락하고, 사 부인이 「내훈(內訓)」 십 편과 「열녀전(烈女傳)」 삼 권을 지어 세상에 전하고, 자부(子婦) 등을 가르쳐 착한 도(道)에 나아가게 하니, 이러므로 착한 사람은 복을 받고 악한 사람은 앙화(殃禍)를 받는 법이로다.

■ 해설

『표준국어대사전』에서는 이 작품을 '조선 숙종 때 김만중(金萬重)이 지은 한글 소설. 유연수가 첩 교씨의 모함에 속아 착하고 현명한 본처 사씨를 내쳤으나, 끝내 교씨는 그녀의 음모가 발각되어 처형당하고 유연수는 다시 사씨를 맞이하여 행복하게 살았다는 내용의 가정소설이다. 인현 왕후를 폐하고 희빈 장씨를 왕비로 맞아들인 숙종의 마음을 바로잡아 보려고 지은 것으로, 후에 종손인 김춘택이 한문으로 번역하였다.'라고 정의하였습니다. 그리고 이 작품을 '숙종(肅宗)이 인현왕후(仁顯王后)를 폐출하고 희빈(禧嬪) 장씨(張氏)를 중전

으로 책봉한 사건에 대하여 숙종의 혼심(昏心)을 회오(悔悟)하게 하여 모든 것을 원상으로 회복시키기 위해, 권선징악의 수법을 고도로 원용하여 쓴 풍간(諷諫) 소설'이라고도 합니다. 상식 수준에서라면 이 작품에 대한 이해가 이 정도로도 충분합니다. 여기서는 기존의 연구 성과를 통하여 조금 더 깊이 들어가 보기로 하겠습니다.

이 작품에는 매우 다양한 인물군(人物群)이 등장합니다. 우선 중심인물인 사씨와 교씨의 대립을 통해 사씨는 고매한 부덕의 소유자로 설정한 반면, 교씨는 간교하고 권모술수(權謀術數)에 능한 악녀로 설정합니다. 이 둘의 주변에 모여 있는 인물들도 각각 선인과 악인의 모습을 띠고 있습니다. 사씨 주변의 인물들은 교씨 주변의 인물들을 불공대천(不共戴天)할 존재로 여기는데, 이는 당시 민중들의 도덕관념을 반영한 것으로 읽을 수도 있습니다. 사씨는 집에서 쫓겨났지만 결코 패배한 것이 아니라 결국은 승리하고 만다는 결말 처리가 이러한 사정을 반영합니다. 이런 사정과 관련하여 이 작품의 제목을 '사씨가 남쪽으로 쫓겨간' 이야기가 아니라 '남정(南征)'을 '남인(南人) 정벌(征伐)'의 의미로 해석하여 인현왕후를 편들던 서인(西人)의 거물 김만중이 자신의 정치적 복권(復權)을 노리고 썼을지도 모른다고 해석하는 근거로 삼기도 합니다.

눈여겨 볼만한 인물로 유연수의 고모인 두(杜) 부인이 있습니다. 한번 시집가면 그 집의 귀신이 되어야 한다는 관념이 깊이 자리잡고 있던 시기에 그는 결혼하여 혼자가 되었지만 친정으로 돌아와 살고 있습니다. 그는 유씨 집안의 어른으로서 오랜 생활 체험을 통해 축첩(蓄妾) 제도의 불합리성을 강조하는 인물입니다. 이런 사정은 사씨가 자진해서 첩을 맞아들이자 했을 때 여러 가지 근거를 들어 만류하던 모습에서 확인할 수 있습니다. 또한 그는 선악(善惡)이나 시비(是非)를 판단하는 인물이기도 하고, 그의 발언이 다가올 일을 암시하는 복선의 기교적인 수단으로 이용되기도 합니다.

유연수는 조정에서 간신 엄 승상의 박해를 받는 것으로 되어 있어 충신임을 짐작할 수 있지만, 가정에서는 수신제가(修身齊家)를 이루지 못한 무능한 가장으로 그려집니다. 그는 교씨의 흉계에 속아 사씨를 내쫓을 뿐만 아니라 자기 자신도 똑같은 궁한 처지에 빠지게 되었습니다. 유연수를 임금으로 바꾸어 놓고 생각하면 궁중에서 벌어지는 사태의 간접적인 표현이거나 충신과 간신 사이의 싸움과 상응될 수 있습니다. 그러기에 숙종이 인현왕후를 내치고 장희빈을 맞아들였던 일을 두고서 숙종이 마음을 돌리게 하고자 지었다는 말이 나올 만합니다. 임금이 유연수와 같아서는 안 된다는 뜻이었을 테니까요. 작품의 결말에서는 모든 문제가 해결되었지만 결국은 선이 승리하고 악이 패망한다는 소박한 신념만 가지고 나서기에는 세태가 너무나도 험난하다는 것을 유연수를 통해

확인하게 하는 의의는 있습니다.

인물 관계를 통해 생각해 볼 일이 더 있습니다. 일반적으로 이 작품에서 사씨와 교씨가 유연수를 사이에 두고 쟁총(爭寵)하는 것으로 보고 있습니다. 그러나 사랑 다툼으로 볼 것이 아니라 덕(德)이 부덕(不德)을 이기는 쪽으로 보는 편이 타당합니다. 성혼(成婚) 과정에서 매파가 사 소저의 미색을 칭찬하자 유연수의 아버지 유현은 덕을 강조하여 말했고, 또 사씨가 남편 유연수에게 소실을 얻도록 주선해주는 것도 자식을 얻어 가문의 대를 잇고자 하는 부덕(婦德)의 소치이기 때문입니다. 그리고 교씨의 간교로 인해 쫓겨난 사씨가 친정으로 돌아가지 않고 시부모의 산소에서 지내는 것은 끝까지 덕을 실행해 보려는 강인한 의지의 발로라고 할 수 있습니다. 이렇게 보면 이 작품은 한 남편을 둔 처첩(妻妾)의 쟁총을 다룬 작품이 아니라, 인간이 가져야 할 덕성을 강조함으로써 인현왕후의 폐출이 부당함을 풍간(諷諫)하였다고 하는 편이 설득력을 갖출 수 있습니다.

그럼에도 이 작품은 형식과 내용의 측면에서 일정한 한계를 가지고 있습니다. 작품의 형식적 측면에서의 한계는 '꿈'을 현실의 문제 해결 수단으로 쓰고 있다는 점입니다. 이것이 '우연의 일치'라는 한계를 극복할 수단이 아닐 뿐만 아니라 빈번하게 나타나 긴장감을 누그러뜨립니다. 한편 이 작품의 내용상 한계는, 권선징악적 관념과 봉건적인 이념을 바탕으로 사씨의 성격을 지나치게 이상적으로 묘사하였다는 점입니다. 사씨의 모든 행위는 유교적인 삼종지의(三從之義)를 따르는 일에 기반한 것이므로 타당하다고 하겠으나, 한 인간으로서의 삶을 사회적 규범의 굴레에 가두는 일이 옳은지 생각해 볼 만합니다.

그리고 이 작품의 배경은 중국 명나라 시대지만, 사실상의 배경은 숙종의 인현왕후 폐출 사건에 있다고 할 수 있습니다. 작품에서 배경을 달리 설정한 것은 작가가 표현하고자 하는 주제의 이면에 도사리고 있는 비판과 저항, 풍자 정신을 은폐하기 위함일 것입니다. 이 작품은 이러한 목적의식 때문에 인물의 배치나 사건의 전개에 어떤 한계를 주어 작품의 문학성이 위축될 위험을 내포하고 있으나, 김만중의 작가적 능력은 이를 훌륭히 극복하여 작품적 성과를 발휘하였다고 할 수 있습니다.

이 작품은 후대 소설 창작의 모범이 되면서, 이후 많은 모방작이 나타납니다. 그런 의미에서 17세기 중·후반기에 들어 본격적인 소설 시대를 열었다는 문학사적 의의를 지닙니다. 이 작품을 통해서 작가는, 진실은 언젠가 드러나며 정의는 반드시 승리한다는 교훈을 주고, 시대적 상황을 작가적 안목으로 형상화하는 데 성공한 점은 높이 평가받아 마땅할 것입니다.

옥단춘전(玉丹春傳)

작자 미상

■ 줄거리

김정(槙), 이정(槙)이란 두 재상이 있었다. 그들은 지기(知己)로 각각 진희, 혈룡이라는 아들을 두었다. 이들은 동갑으로 같이 자라 같이 공부하고, 누구든지 먼저 출세하는 자가 천거해 주기로 하였다.

김진희는 과거에 급제하여 평양감사가 되어 호화스러운 생활을 하게 된 반면 이혈룡은 과거도 못 보고 빈궁하게 살아간다. 혈룡은 옛 언약을 상기하고 넉넉지 못한 노비로 고생을 하며 진희를 찾아가지만 못 만난다. 그러다가 연광정에서 감사의 잔치가 있다는 말을 듣고 감사 앞에 나아가 도움을 청하지만, 감사는 혈룡을 미친놈이라 하여 뱃사공을 시켜 대동강 물에 던져 죽이라고 한다.

잔치에 참석하여 감사를 모시고 있던 기생 옥단춘은 혈룡이 비범한 인물임을 알고, 청병하고 물러 나와 사공을 매수하여 그를 구한다. 그리고 그와 가연을 맺은 다음 의식(衣食)에 대한 걱정 없이 학업에 전념하도록 주선하여 혈룡이 암행어사가 되는 데에 결정적인 역할을 한다. 혈룡은 옥단춘의 권고로 과거도 보고, 모친과 처자도 만날 겸 옥단춘과는 후일을 기약하고 평양을 떠나 황성으로 돌아왔다.

황성에 도착한 혈룡은 옥단춘이 시킨 대로 찾아가 보았는데, 옥단춘의 배려로 노모와 처자가 좋은 집에서 시비를 거느리며 살고 있었다. 마침내 혈룡은 과거에 급제하고 평안도 암행어사 제수를 받았다. 혈룡은 거지 복색을 하고 평양으로 가서 역졸을 뿔뿔이 흩어 놓고, 먼저 옥단춘의 집을 밤에 찾아갔다. 옥단춘은 반가워하며 변함없이 후대해 준다. 혈룡은 거짓말로 과거에 떨어지고 가산도 탕진하여 거지가 되었다고 했다. 옥단춘은 조금도 내색하지 않고 오히려 위로하는 것이었다.

혈룡은 이튿날 감사연이 연광정에서 열린다는 말을 듣고 거지 행색을 한 채로 찾아가서 소리 내어 불렀다. 이 소리에 감사는 혈룡과 옥단춘을 한배에 태우고, 북소리가 세 번 울리면 물에 던져 넣게 하였다. 북소리를 울리는 것과 동시에 혈 어사출또를 외치며 역졸들이 순식간에 모여들었다. 이에 혈룡은 연광정에 올라가 자리를 잡고, 김진희는 천벌을 받아 죽는다. 혈룡이 선정을 베풀고 벼슬이 올라 우의정이 되었으며, 옥단춘은 혈룡의 부실(副室)이 되고, 정덕부인의 가자(賀資)까지 받고 행복하게 살았다.

■ 원문

각설(却說). 옛날 숙종대왕(肅宗大王) 즉위(卽位) 후 십 년 동안 나라가 태평하고 백성이 편안하며 사람마다 살림 형편이 넉넉하고 풍족하여 그야말로 요(堯) 임금의 시대요, 순(舜) 임금의 천하 같은 좋은 세상이었다. 이런 태평세월에 백성이 먹을 것이 풍족하여 좋아하고 즐기며 격양가(擊壤歌) 부르기를 일삼았다.

각설. 이 때에 서울에 유명한 두 명의 재상이 있었는데, 한 재상은 이정(李槙)이요, 또 한 재상은 김정(金槙)이었다. 두 재상은 정의가 남달리 매우 깊었다. 두 재상이 각각 아들이 없어서 서러워하더니, 하루는 이정의 꿈에 청룡이 오색 구름을 타고 여의주(如意珠)를 희롱하다가 난데없는 백호(白虎)가 달려드니까 백호를 물어 한강에 쫓아 내버리고 하늘로 올라감을 보았는데, 그 달부터 부인이 태기(胎氣)가 있어서 열 달 만에 신기하게도 아들을 낳으니 이름을 혈룡(血龍)이라 지었다.

김정의 꿈에는 백호가 산을 넘어 한강을 건너려 하다가 용감한 청룡을 만나 백호가 물에 빠지는 것을 보고 놀라서 깨어나니 남가일몽(南柯一夢)이었다. 부인과 함께 꿈에 있었던 일을 이야기하였는데, 부인이 그 달부터 태기가 있어 열 달이 차서 기이한 아들을 낳으니 이름을 진희(眞喜)라 지었다.

두 아들이 점점 자라나니, 기골(氣骨)이 장대(壯大)하고 씩씩한 기상이 늠름하였다. 김진희와 이혈룡이 한 글방에서 공부하였는데 그 총명한 재주가 옛 사람들을 능가하게 되었다.

두 아이는 수 년을 같이 공부했는데 그들의 정의는 동골동태(同骨同胎)의 친형제와 같았고, 두 집이 대대로 친구로 사귀어오는 사이라 비록 후세의 자손이지만 세의(世誼)를 저버릴 수는 없었던 것이다. 진희와 혈룡이 서로 언약하기를,

"우리 두 사람의 정의를 생각하면 우리들이 살아 있는 동안은 물론이요, 후세의 자손들까지 우리 조상들이 하신 듯이 세익를 이어서 저버리지 말자. 세상의 복록의 이치란 변화무쌍해서 어찌 될지 모르니, 네가 먼저 귀하게 되면 나를 도와 주고 내가 먼저 귀하게 되면 너를 도와 주기로 약속하자."

고 하였다. 서로 이처럼 태산같이 맺은 언약을 금석(金石)같이 여겨서 한결같이 의좋게 지냈다. 그런데 뜻밖에도 김정과 이정이 우연히 병을 얻어 백약이 무효한데 천명이라 회생하기가 어렵게 되었다. 병세가 점점 위중하여지자 전하께서 대

경실색하셔서 만조백관(滿朝百官)을 모아 놓고 하시는 말씀이,

"과인의 수족 같은 신하는 김 정승과 이 정승이다. 지금 두 정승이 우연히 병을 얻어 백약이 무효하고 매우 위중하니 어떻게 하여야 회생시킬 수 있겠는가?"

하시니 백관이 명을 받들고 두렵고 황송하여 어찌할 바를 모르나 인력으로 어찌 천명을 어길 수 있겠는가. 전하께서 어의(御醫)를 불러서 말씀하시기를,

"급히 가서 두 승상의 병을 구하라!"

하시니 어의가 명을 받들고 두 승상에게 이르렀으나 벌써 병세는 기울어 있었다. 비록 편작(扁鵲) 같은 명의라도 살릴 수는 없었다. 이 날 두 승상이 별세하자 두 집의 유족과 친척들이 모두 하늘을 우러러 통곡하였다. 전하께서는 이 슬픈 소식을 들으시고 못내 슬퍼하시며 금은 삼백 냥을 각각 부의(賻儀)로 내려 주셨다. 두 집에서 천은에 감사하고 초종지례(初終之禮)를 극진히 지내고, 이어서 삼년상을 지냈다. 이 때 김진희는 가세가 부유하여 잘 살았으나, 이혈룡은 가세가 점점 기울어 그날그날 살아가기도 곤궁하게 되었다.

각설. 이 때에 김진희는 운수도 좋게 소년 등과(少年登科)하여 전하께서 평양감사로 임명하시니 김진희는 천은에 감사하고 도임 길을 떠나게 되었다. 도임 행차가 지나는 곳마다 각 읍에서 바치는 물건과 환영하기 위하여 나온 백성들이 역과 길을 메우고 그 위세가 진동하였다.

평양에 당도하자 사승구(四勝區) 대로상에 씩씩한 팔백 명의 나졸들이 늘어섰고 육각(六角)의 풍류 소리가 났으며 신임 감사는 찬란한 금마(金馬) 위에서 위엄이 당당하였다. 그리고 영축하는 녹의홍상(綠衣紅裳)의 기생들은 각별히 곱게 단장하고 구름 같은 머리채를 반달같이 둘러 얹고, 버들잎 같은 두 눈썹은 여덟 팔자(八字)로 다듬고, 옥 같은 두 연지볼은 삼사월 호시절의 꽃송이같이 묘한 태도로 고운 옷을 단정히 차려 입고, 박 속 같은 잇속은 두 이자(二字)로 방그레하게 웃어 반만 벌리고서, 흰 모래밭에 금자라 같은 걸음으로 아기작아기작 왕래하니, 칭찬하지 않는 사람이 없었다.

평양감사 김진희는 도임 후에 각 읍 수령들의 연명(延名)을 받고 이삼일 지낸 후에 육방(六房) 점고(點考)도 마친 다음, 기생 점고를 하는데, 영주선이, 김선월이, 옥문이, 옥단춘(玉丹春)이 등등 앵무 같은 기생들이 옷 모양과 얼굴을 곱게 꾸미고 갖은 교태의 걸음걸이로 아양을 떨어 어찌해서든지 감사의 눈에 들게 해서 수청이나 한 번 들까 서로 시기하고 아양떠는 거동이 볼 만하였다.

그 중에서 옥단춘이라는 기생은 지체가 비록 기생이나 행실이 송죽 같고 본심이 정결하여 부임하는 수령들과 감사들이 수청을 들라고 해도 모두 거절하고 글공부에만 힘쓰며 세월을 보내고 있었다. 그녀는 기적(妓籍)에 매인 몸이라 점고

는 받을망정 행실이야 변하랴고 정조를 굳게 지키고 있었다. 이같이 도도하게 완연히 들어가니 김 감사가 보고서 마음이 울적하여 호장(戶長)을 불러서 분부하기를,

"오늘부터 옥단춘을 수청들게 하라."

하니 호장이 감사의 분부를 듣고 옥단춘의 집으로 급히 가서,

"춘아 춘아 옥단춘아, 버들잎에 피어난 춘아. 사또께서 너를 불러 수청을 들라고 명하시니 아니 가지는 못하리라. 네가 만일 수청을 거역하면, 너 때문에 우리가 경을 치니 단장하고 어서 가자."

하니 옥단춘이 깜짝 놀라 하는 말이,

"여보 호장 들어보소. 내가 비록 기생이나, 공부하는 처녀인데 수청을 들라니 그게 웬 말이오?"

호장이 하는 말이,

"네 사정은 그러하나, 사또의 분부가 지엄하니 아니 가지는 못하리라. 우리 또한 너를 데리고 가지 않을 수가 없으니 잔말말고 어서 가자."

옥단춘이 하는 수 없이 입고 있던 복색으로 미친 여자 모양 들어가니 사또는 옥단춘을 가까이 이끌어 앉힌 후에 온갖 희롱 수작을 서슴지 않았다. 옥단춘은 하는 수 없이 수응 수답(酬應酬答) 건성으로 감사의 비위만 맞추고 어물쩡 지냈다. 감사는 (옥단춘에게만 빠져서) 정사(政事)는 아랑곳하지 않고 풍악과 주색만 일삼았다.

이 때 이혈룡은 가세가 곤궁하여 늙은 모친과 처자를 데리고 살 길이 막막하였다. 날품을 팔자하니 배우지 못한 상일이요, 빌어 먹자하니 가문을 더럽힐까 두려웠고, 굶어 죽자하니 늙은 모친과 연약한 처자를 두고 차마 죽지도 못하는 처지였다. 죽지도 못하여 근근히 지냈는데 자기 배가 아무리 고파도 노친에게 그런 눈치를 보이지 않으려고 참았다. 이혈룡은 모친이 모르시게 자기 머리칼을 베어서 팔다가 곡식과 바꾸어서 한 끼 두 끼 먹었으나 그것도 잠시뿐이었다. 머리인들 어찌 이를 감당할 수 있겠는가. 아무리 배가 고파도 내색을 않고 이렇게 지낼 적에 김 정승의 아들 김진희가 평양 감사가 되었다는 풍문을 듣고 깜짝 놀라면서 혼자 속으로,

'친구가 큰 벼슬을 하였다니 반갑기 한량없구나.'

하였다. 모친께 들어가서 여쭙기를,

"김 정승의 아들 진희와 그전에 친히 지낼 적에 태산같이 맺은 언약이 있었는데, 지금 들으니 그가 평양 감사로 갔다 합니다. 옛일을 생각해서라도 제가 찾아가면 괄시는 않고 도와 줄 것입니다. 그런데 가서 보자고 하려 해도 재상가 자손으로 구걸하는 모양으로 갈 수는 없고, 그렇다고 노자 한 푼 없으니 갈 일이 막막합니다. 어쨌든 좌우간 빨리 다녀오겠으니 가까이 모시지 못하여 고생이 되시더라도 용서하고 기다려 주십시오."

하였다. 평양까지 갈 일을 생각하니, 머나먼 길에 어이 갈까,

날아 갈까 뛰어 갈까 마음만 초조하였다. 그 친구를 찾아가 기만 하면 배고픔을 면할 것이요, 집에 돈백이나 가지고 돌아올 텐데, 그러나 아무리 생각해도 노자 한 푼 없이 먼 길을 걸어갈 생각을 하니 막막하였다. 이혈룡은 또 혼자 넋두리하기를,

"우리와 같은 중신(重臣)의 자손으로서 저렇듯이 귀하게 되었는데 나는 왜 이토록 곤궁하기가 심할까. 참으로 슬프고 가련하구나.

슬피 통곡하며, 내 복록의 운수가 부족하거나, 죄 주는 귀신이 시기하여 천운이 이러하니 누구를 원망하랴."

하고 탄식하자 그 모친이 위로하여 말하기를,

"너는 조금도 슬퍼하지 마라. 남아(男兒) 궁달(窮達)이 때가 있는 법이니, 어찌 하늘이 무심하겠느냐."

하였다. 혈룡이 모친 앞을 물러 나와서 아내에게 당부하기를,

"당신은 모친을 모시고 잘 있으시오."

하니 부인이 또한 울면서,

"제 생각에도 당신이 평양에 가시면 그 친구분이 괄시는 아니할 듯하니 아무쪼록 가실 방도를 구하시오."

하고,

"우례(于禮) 때 입었던 의복을 팔아서 겨우 몇 푼이나마 마련했는데 노자는 될 듯하오니 길을 떠나시옵소서."

하였다. 혈룡이 떠날 적에,

"모친과 부인을 생각하니 나는 가서 한 때나마 연명하겠지만, 모친과 처자는 어떻게 지내리오?"

하면서 방성통곡하여 슬피 우니 그 소리를 듣는 사람마다 그들을 불쌍하게 생각했다. 부인이 빨아 두었던 의복을 꺼내어 낭군에게 입혔다. 마침내 혈룡이 떠날 때에 모친께 들어가서 앞에 엎드려 방성통곡하며,

"어머님 어머님, 식구들을 데리고 부디 안녕히 계시옵소서. 소자는 남아로서 자식이 되었다가 부모를 봉양하여 그 은공을 갚지 못하고 유리걸식하러 가오니 어디 간들 불효의 몸을 용납하겠습니까?"

하고 하직하며 눈물지어 하는 말이,

"나는 평양에 당도하면 일시라도 기갈을 면할 것이지만 부인은 어떻게 모친과 기갈을 면하겠소?"

하니 부인이,

"나는 어떻게 해서라도 죽지 아니하고 노친께서 기갈하지 않도록 하겠습니다만 서방님은 걸어서 오백 리 길을 어떻게 왕래하시겠습니까. 부디 무사히 다녀오십시오."

하였다. 혈룡이 눈물로 작별하고 평양으로 가는데 자신의 신세를 생각하니 슬픔도 기쁨도 헤아릴 길 없고 다만 슬픈 마음 둘 데 없어서 비탈길로 내려가며,

"어쩌면 내 행색이 이러할까."

하였다. 혈룡이 죽장망혜(竹杖芒鞋)와 단표자(單瓢子)로 내려

갈 때 가는 곳마다 경개 좋음을 감탄하며 평양에 당도했는데 그야말로 절승(絕勝) 강산(江山)은 이를 두고 이름이었다. 동문 밖에 여관을 정하고 관속을 불러내어 기별 보내기를 청하였다. 통지할 수 없다고 하는 것을 재차 청하여,

"나는 너의 사또와 죽마고우(竹馬故友)요 한 형제같이 지낸 사람이다. 네가 가서 통지하면 너의 사또가 반가워 할 것이니 염려 말고 통지하라."

하니 관속들은 들은 체도 하지 않았다. 이를 장차 어찌해야 할지 곰곰 생각다 못해 이방(吏房)을 불러 사정했는데 그도 역시 마찬가지였다.

'이 일을 어찌해야 좋단 말인가. 애고 애고 어찌할꼬. 모친과 아내, 날 보내고 배고파 기진하여 오늘이나 올라올까 내일이나 올라올까, 돈바리가 올라올까 주야장천 기다릴 텐데 통지조차 못하니 어찌하여 살잔 말인가.'

이런 탄식으로 슬피 울며 여관에서 십여 일을 유숙하니 노자도 떨어지고 모친과 처자를 대할 길이 망연해졌다.

"집으로 돌아가려 한들 노자 한 푼 변통할 수 없고 이곳에 머무르려 한들 주인이 싫어하니 이 일을 어찌하면 좋단 말인가."

하면서 수없이 통곡하니 그를 불쌍히 여기지 않을 사람이 없었다.

혈룡은 대동강에 빠져서 죽기로 결심하였으나 다시 생각하니 모친과 처자가 계신 고로 차마 죽을 수는 없었다.

'불쌍하구나. 우리 모친과 처자는 이런 줄도 모르고 돈바리나 얻어 가지고 오늘이나 올라올까 내일이나 올라올까, 주야장천 고대할 일을 생각하니 차마 어찌 죽겠는가. 푼전의 노자도 없는 것은 물론 여관 주인도 괄시하여 나가라고 하니 이 넓은 천지간에 이런 팔자가 어디 또 있겠는가.'

그의 탄식은 끊어지질 않았다. 그는 의복을 벗어서 팔아 기갈을 겨우 면하였으나 그것도 일시뿐이었다. 아무리 통지 없이 관아를 들어가려 해도 사방을 굳게 지켜 도저히 들어갈 수 없었다. 어찌해야 좋을지 몰라 슬피 통곡하며 다니는 꼴이며 그 의복마저 떨어지고 때 묻은 모습이 걸인 중에 상걸인 모양이었다. 그래도 산 목숨이라 기갈을 견디지 못하여 문전걸식하던 중에, 하루는 평양 감사가 각 읍 수령을 다 불러서 대동강변 연광정(練光亭)에서 큰 잔치를 한다는 소문을 들었다. 이 소문을 듣고 그 날을 기다려 만나 보리라 하고 고대고대 기다리는데, 드디어 그 날이 되자 대동강변 연광정에 큰 잔치가 베풀어졌고 풍악소리가 낭자하며, 팔십 명의 기생들은 제각기 재주를 자랑하여 여흥을 돋구었다. 감사가 취흥을 못 이겨 취한 소리로 하는 말이,

"백구야 펄펄 날지 마라, 너 잡을 내가 아니다. 어허 하관 수령들아 내 말을 들어 보라. 삼사월 호시절에 온갖 잡화 다 피었는데, 세류청청(細柳靑靑) 저 버들과 좌우편의 저 두견아,

슬피 우는 너의 소리 들어보니 철석(鐵石)인들 뉘 아니 슬퍼하랴."

하며 취흥이 도도하여 마음 내키는 대로 놀고 있었다. 이 때 혈룡이는 배고파 기진맥진하였는데 연광정의 그 풍성한 음식을 보고 반가웠지만 아무리 반가워도 화중지병(畫中之餠)이라 먹을 수가 없었다. 눈을 돌려 경치를 살펴 보니 십 리 청강(淸江)에 오리들은 물결을 따라 둥실둥실 높이 떠서 쌍쌍이 놀고 있고 백 리 평사(平沙)에 백구들은 쌍을 지어 놀고 있었다. 혈룡은,

"네 노래 청량함도 처량하다."

하면서 구경을 다한 후에 틈을 타서 감사가 노는 앞으로 가까이 들어가서 불러 말했다.

"평양 감사 김진희야, 이혈룡을 모르느냐?"

두세 번 외치는 소리에 감사가 듣고 한참을 보다가 호장을 불러 호통하니, 호장이며 수령들이 겁을 내어 혈룡에게 일시에 달려들어 뺨을 치고 등을 밀며, 상투를 잡아 끌고 가서 혈룡을 감사 앞에 꿇어 앉혔다. 그리자 김 감사가 혈룡에게 노발대발,

"너 이놈 들어라. 웬 미친 놈이 와서 감히 내 이름을 욕되게 부르느냐?"

하였다. 이혈룡이 어이가 없어서,

"오냐, 내가 너를 친구라고 찾아 왔다가 통지를 할 수 없어 한 달이나 지나서 노자도 떨어지고 기갈을 건디지 못하여 문전걸식하고 다니다가 오늘이야 이 자리에서 너를 보니 죽어도 한이 없다. 나는 너를 친구라고 찾아 왔는데 어찌 이같이 괄시한단 말이냐? 오랜 친구도 쓸 데 없고 결의형제(結義兄弟)도 쓸 데 없구나. 내가 네 처지라면 이같이는 괄시하지 않을 거다. 다만 돈백이라도 준다면 모친과 처자를 먹여 살리겠다."

하면서 대성통곡하였다. 이혈룡은 다시 울먹이는 말로,

"이 몹쓸 김진희야, 내가 지금 푼전의 노자가 없으니 멀고 먼 서울 길을 어찌 돌아가랴."

하니, 김 감사는 노발대발,

"이 미친 놈 봤나."

호통을 치면서 사공을 불러 엄명하였다.

"이놈을 배에 싣고 가서 강물 한 가운데 던져라."

이에 사공들이 영을 받고 물러나와 이혈룡을 묶어서 배에 실을 때에 연회장에 있던 옥단춘이 넌즈시 보니, 비록 의복은 남루하나 얼굴이 비범한 것을 보고 불쌍히 여기고 감사에게 거짓말하여 고하기를,

"소녀 지금 오한(惡寒)이 일어나며 온몸이 괴로워 건딜 수가 없습니다."

하니 감사가,

"그러면 물러가서 치료하라."

하였다. 옥단춘이 물러 나와서 사공을 급히 불렀다.

"저기 가는 저 사공들, 잠깐 기다리시오."

하니 사공들이 머무르거늘 옥단춘이 하는 말이,

"내 이 양반의 몸값을 후하게 줄 것이니 이 양반을 죽이지 말고 죽인 듯이 모래를 덮어서 숨겨 두고 오시오."

하였다. 옥단춘의 부탁을 받은 사공들이,

"아무리 사또 영이 지중하지만 어찌 우리 손으로 죄 없는 사람을 죽이겠는가."

하고 사공들이 이혈룡을 배에 싣고 만경창파 깊은 물에 둥기둥실 떠나갔다. 혈룡은 이런 사실을 전혀 모르고 속절없이 죽는 줄로만 알고 하늘을 우러러 방성통곡하기를,

"밝으신 청천은 굽어서 살피소서. 불쌍한 이혈룡의 목숨을 살려 주시옵소서. 서울에 남은 노모와 처자가 나를 평양에 보낸 후에 이렇게 죽게 된 줄은 꿈에도 모르고, 오늘에나 올까 내일에나 올까 주야장천 바라는데 내 팔자가 무슨 죄로 갈수록 이같이 기박하단 말입니까?"

하니 슬퍼하지 않는 이가 없고 산천초목까지 슬퍼하는 듯하였다. 그런데 사공들의 거동은 백 리 청강 맑고 긴 물에 두둥실 높이 떠서, 어기여차 소리하며 물결 따라 떠내려 갈 제 좌우 경치를 바라보니, 장성일면(長城一面)에 용용수(溶溶水)요, 대야동두(大野東頭)에 점점산(點點山)이라는 글[1]처럼 이 땅의 승경(勝景)이었다. 혈룡은 탄식하여,

"무산(巫山) 열두 봉은 구름 밖에 솟아 있고, 연광정 내린 물은 대동강을 따라 있고, 산천초목 좋은 경치 흑용백백 좋은 곳에, 범피창랑(汎彼滄浪) 어부들은 청강흥미(淸江興味) 좋은 경치, 백구는 하늘과 물 사이에 너울너울 높이 떠서 노는 모양 사람 흥미 자아내고, 동정호(洞庭湖) 추야월(秋夜月)에 어수청풍(御水淸風) 노니는데, 내 팔자는 무슨 죄로 성은(聖恩)을 못다 갚고 어복중(魚腹中)의 혼(魂)이 된단 말인가. 나 한 몸 죽기는 섧지 않으나, 북당(北堂)의 팔십 모친이 나를 보내시고 주야장천 기다리다가 이런 줄 모르시고, 자식 낳아 쓸 데 없다 하실 것이요, 가련한 나의 처자는 늙은 모친을 모시고서 오늘 올까 내일 올까 밤낮으로 문 밖에 나와서 기다릴 제 소식이 묘연하여 나 죽은 줄 모르고서, 모친 처자 잊었는가, 야속하다 우리 낭군. 왜 그리 무정하냐고 눈물로 세월을 보낼지니, 애고 답답한 이 신세야, 어찌하면 모친 처자를 만나볼 수 있단 말인가. 아아 나 죽은 혼백이라도 천리고향 어찌 갈꼬."

하면서 울었다.

"수중(水中) 고혼(孤魂)의 귀신이 되어 물과 하늘 사이를

---

1) 장성일면(長城一面)에 용용수(溶溶水)요, 대야동두(大野東頭)에 점점산(點點山)이라는 글 : 긴 성 한쪽으로는 넘쳐넘쳐 흐르는 물이요, 넓은 들 동쪽에는 점점이 산이로다라는 글. 고려 예종때 해동 제일이라는 예부시랑, 한림학사 김황원(1045~1117)이 평양 모란봉 부벽루에서 지은 시이다.

다닐 것을 생각하면 원통하고 서러우니 명천은 밝게 살펴서 이 신세를 도와주시옵소서. 한 번만 살려 준다면 어떠한 고생도 감수하리니 생전에 모친과 처자를 만나 보게 해 주시옵소서. 하늘에 울고 가는 저 기러기야, 한양성 서울을 지날 적에, 우리 모친 계신 곳을 지나게 되거들랑 나를 이곳에서 보았다고 전해다오. 불초 자식 이혈룡은 모친과 처자를 이별하고 대동강에 억울하게 수중의 고혼이 되어 팔십 늙은 모친을 버린 죄로 이승도 저승도 갈 수 없어 물과 하늘 사이를 떠다니며 애고애고 통곡하여 슬피 울며 모친과 처자의 머리 위를 주야장천 다닌들, 불쌍한 우리 모친과 처자는 나를 어이 볼 수 있으리오."

하며,

"수중의 고혼이 되더라도 소식 좀 전해다오. 아아 무심한 저 기러기 창망한 구름 밖에 두 날개 훨훨 치며 대답 없이 울고 가니, 내 마음 둘 데 없다. 애고애고 내 신세야 어찌하면 살겠느냐. 우리 고향에 모친 처자 두고 고대광실 집을 두고 무슨 일로 천리 타향 평양까지 왔다가 이 지경이 되었단 말인가. 고금사를 생각하니 한심하고 가련하다. 내가 대동강을 따라 내려갈 제, 산천이 이와 같이 방한(防限)되어 첩첩청산이 되어 있고, 좌우 산천에는 온갖 짐승들과 황금 같은 꾀꼬리가 버들가지를 왕래하고, 좌우편의 뻐꾹새들은 제 신세를 한탄하여 이리 가서 뻐꾹뻐꾹 저리 가서 뻐꾹뻐꾹 울음 울고, 무심한 잔나비는 부라질을 일삼는구나. 그리고 또 저쪽을 바라보니 한 많은 두견새가 이리저리 다니면서 울음 우니 괴로운 이 내 심정 둘 데 없구나. 때는 때는 마침 춘삼월이라 경치는 좋건만 이 내 팔자는 무슨 죄를 지었기에 이토록 갈수록 기구한가. 꼼짝없이 수중 고혼 되었구나. 박복한 이 내 신세 충신의 후손으로 성은을 갚지 못하고 이렇게 죽게 된단 말인가. 이같이 서러운 말로 글자마다 슬픈 원정(怨情)을 글로 지어 옥황상제께 올리려 한들 구만 리 장천이라 바칠 길이 전혀 없다. 구중 궁궐 우리 성군(聖君), 이런 일을 아시면 선악 구별 못 하실까."

수없이 통곡하니 일월이 빛을 잃고 산천초목과 비금주수(飛禽走獸)도 슬퍼하고, 대동강 맑은 물도 흐르지 않고 울렁출렁 머물렀다. 사공들이 이혈룡을 비로소 위로하여,

"여보 그만 진정하고 안심하시오. 사또님 영이 비록 지엄하나, 우리들이 어찌 무죄한 사람을 죽이겠소. 당신은 모래 속에 몸을 숨기고 있다가 해가 지고 날이 어둡거든 멀리 도망하시오. 만일 사또께서 아시면 우리가 애매하게 잡혀 중죄를 당할 것이니 조심하여 도망하시오."

하고 신신 당부한 연후에 이혈룡을 물가에 내려놓았다. 이혈룡은 일어나서 사공의 손을 잡고,

"죽게 된 이 인생을 선공(善功) 없이 살려 주시니 그 은혜 백골난망이옵니다. 내가 만일 살아나면 훗날 꼭 다시 뵈올

것이니 성명을 가르쳐 주십시오."

하고 말하며 백배 사은하였다. 사공은 이혈룡의 손을 잡고 하는 말이,

"남아하처불상봉(男兒何處不相逢)이라 했습니다. 후일에 다시 만납시다."

하면서 성명도 알리지 않고 배를 돌려서 돌아갔다. 이혈룡은 하는 수 없이 사공들의 말대로 모래를 파고 몸을 숨겨 해가 지기를 기다리는데 배가 고파 기진하여 거의 죽을 지경이었다. 이 때 뜻밖에 어떤 사람이 와서 모래를 파헤치면서 일어나라고 두 세 번 불렀다. 혈룡이 깜짝 놀라 죽은 듯이 숨을 죽이고 그냥 누워 있었다. 그러자 그 사람이 은근한 말로,

"여보시오, 겁내지 말고 일어나서 정신을 차리고 나를 보십시오. 나는 당신을 죽이려고 찾아 온 사람이 아닙니다. 염려 말고 어서 일어나서 나를 자세히 보고 요기를 하십시오."

하였다. 이혈룡이 그제야 좀 안심하고 기운을 차려서 눈을 뜨고 바라보니, 어떤 아름다운 여인이 미음 한 그릇을 손에 들고 지성으로 권하고 있지 않는가. 혈룡은 꿈같은 혼미 중에,

'부모 은혜를 하늘이 살피심인가, 내 동갑의 어떤 사람이 원통하게 죽은 귀신인가.'

생각하며 놀라워했다. 아무리 생각해도 꿈인지 생시인지 전혀 알 수 없었다. 그러나 기갈이 심하던 차라 먹을 것을 보니 어찌 반갑지 아니하겠는가. 미음을 받아서 마시니 정신이 번쩍 들었다. 혈룡이 여인에게 다시 묻기를,

"당신은 어떤 분인데 죽어 가는 인생을 살려 주십니까. 이 은혜는 백골난망이오니 거주 성명을 알려 주십시오."

하였다. 옥단춘은,

"저는 다른 사람이 아니라 평양에 사는 기생이옵니다만, 오늘 당신이 무고하게 죽게 됨을 보고 불쌍하게 생각되어 사공들에게 부탁하여 이곳에 살려 두라고 해 놓고 왔사오니 염려하지 마시고 제 집으로 가시지요."

하였다. 그러나 이 생원은 만일 이 여인을 따라서 평양성 안으로 갔다가 김 감사에게 발각되어서 다시 잡혀 죽을까 겁이 나서 굳이 사양하였다. 이혈룡은,

"죽었던 사람을 살려주신 은혜는 결초보은(結草報恩)하겠으나, 내 신세가 이 땅에서는 일시 일각도 머물러 있을 수 없으니 권하지 마십시오."

하였다. 그러자 옥단춘은,

"제가 비록 기생의 몸이오나 당신을 살릴 사람이니 아무 염려 말고 가십시다."

하고 은근히 권하였다. 이 생원은,

'한 번 죽으면 그만인 것을, 어찌 아녀자를 근심하여 따라가지 않을 것인가.'

하고 생각하였다. 이 생원이 한편으로 또 생각하기를,

'사지(死地)에 빠진 뒤에, 내 몸이 꿈같이 살아났으니 이것이 무슨 天幸일까.'

하였다. 이런 저런 생각을 하면서 옥단춘의 집에 이르렀다. 단장(短墻)이 정결(淨潔)하고 주위의 경치도 좋았다. 좌우를 살펴보니 온갖 화초가 만발한 가운데 화중부귀(花中富貴) 모란꽃이며, 화중신(花中神) 해당화며, 어화일(御花逸) 국화며, 충신(忠臣) 회일화(回日花)가 만발하였고, 달빛은 뜰에 가득하고 단청 색깔이 찬란하였다. 뜰 아래에선 학과 두루미 등이 주적주적 걸으면서 짧은 목 길게 늘여 끼룩끼룩 소리를 내면서 사람을 보고 반기는 듯하였다. 방안으로 들어가니 분벽사창(粉壁紗窓)이 찬란한데, 좌우를 둘러보니 천하 명화(名畫)의 좋은 그림이 여기저기 걸렸는데, 위수(渭水)의 강태공(姜太公)이 문왕(文王)을 보려고 곧은 낚시를 물에 던지고 어엿이 앉아 있는 모양이 역력히 그려 있고, 또 다른 그림에는 시중천자(詩中天子) 이태백이 채석강 밝은 달에 포도주를 취하게 먹고 물 속에 비친 달을 잡으려고 섬섬옥수(纖纖玉手)를 넌지시 넣는 광경이 역력했다. 또 저편 벽에는, 한(漢) 나라 종실(宗室) 유황숙은 와룡 선생 제갈량을 맞으려고 남양(南陽) 땅의 초당으로 풍설 속에 적토마(赤免馬)를 빗겨 타고 지향 없이 가는 정경이 선명했다. 또 한편에는 푸른 하늘에 외기러기 짝을 잃고 끼룩끼룩 울고 가는 모습이 역력히 그려 있고, 또 한편을 보니 산중 처사 두 노인이 한가롭게 앉은 모양이 역력히 그려 있었다. 또 다른 그림에는 상산사호(商山四皓) 네 노인이 바둑판을 앞에 놓고 흑백 바둑알을 두고 있는 모양이 역력히 그려져 있고, 또 저편 벽을 바라보니 대동강의 좋은 풍경 이모저모를 그린 것이 있었다. 이혈룡이 차례로 구경을 하고 있자니 옥단춘이 주안상을 들여 놓고, 맛좋은 계강주(桂薑酒)를 유리잔에 가득 부어 들고 권주가를 한 곡 부르면서 이혈룡에게 술을 권하였다.

"잡으시오, 잡으시오. 일배 일배 부일배라. 이 술이 보통 술 아니오라, 한무제(漢武帝) 승로반(承露盤)에 이슬 받은 술이오니, 이 술 한 잔 잡으시면 천만 년을 사시리다. 권할 제 잡으시오. 전에 한 번도 못 뵈었으나 내일 보면 구면이라."

하며 옥단춘이 술을 권하니, 이 생원은 한 잔 두 잔 먹는 사이에 어느덧 취했다. 취중에 하는 말이,

"하아, 지난 일을 생각하니 세상사가 허망하다. 천만 무궁한 이 자리의 흥취를 어찌 다 말하리오."

하였다.

이력저력 노닐 적에 세월이 흘러서 왕실에 세자(世子)가 탄생하자, 나라의 경사를 축하하여 태평과(太平科)를 보인다는 소문을 풍편에 넌짓 들은 옥단춘이 기뻐하고 이혈룡에게

"과거 보인다는 소식이 들리니 낭군은 과거를 보러 상경하십시오. 충신의 후손으로서 이런 경과(慶科) 볼 기회를 어찌 허송할 것입니까?"

하고 권하였다. 이 생원은,

"그대 말이 당연하나 북당(北堂)에 계신 우리 모친이 내가 오늘 올까 내일 올까 하고 기다리시면서, 초조하게 간장을 녹이고 계실 것을 생각하면, 오늘까지 이렇게 편히 지낸 일이 불초임을 어찌 모르리요. 그러나 이 꼴로 서울 가서 무슨 면목으로 노모와 처자를 대하리요."

하고 대답하였다. 그러면서 두 눈에서 눈물을 주루루 흘리며 슬픔을 금치 못하였다. 옥단춘이 위로하여,

"과거를 힘써 봐서 입신양명(立身揚名) 하온 후에 영화(榮華)를 볼 것이니 너무 상심 마시고 속히 상경하십시오."

하고 행장을 수습하여 주면서 다시 신신 당부하였다.

"이 길로 상경하시되 새문 밖 경기 감영 앞의 이섬부(李贍富) 댁을 찾아 가십시오. 그 댁에 제가 부탁할 말씀도 있고 제 하인도 그 댁에 있으니, 그 하인을 데리시고 과장(科場)에서 부리십 시오."

이렇게 부탁을 한 연후에 옥단춘이 다시 말하기를,

"이제 이별하오나 후일에 다시 만날 것이니, 조금도 섭섭하게 생각지 마시고 입신양명하온 후에 북당(北堂) 기후(氣候) 안녕커든 다시 돌아와 주십시오."

하고 손을 잡고 이별할 제 연연한 정을 못내 서러워하였다.

이 때에 이혈룡은 서울로 올라와서, 우선 새문 밖의 이섬부 집을 찾아갔다. 하인의 인도로 대문에 들어서니, 고대광실(高臺廣室)은 아닐망정 십여 칸의 집이 정결하고, 솟을대문의 별배(別陪)들이 일시에 문안하고 이혈룡을 내정(內庭)으로 모셔들었다. 이 생원이,

"이 댁이 뉘댁이냐?"

하고 물으니 하인들이,

"서방님, 이 댁이 바로 서방님 댁입니다."

하고 대답했다. 이혈룡이 깜짝 놀라며 안으로 들어가니, 뜻밖에도 자기의 모친이 계시거늘 모친 앞에 엎드려 통곡하면서,

"불효자 혈룡이 이제야 돌아왔습니다. 어머님 그동안 안녕하셨습니까. 불초한 이 자식을 생각하여 얼마나 기다리셨습니까?"

하였다. 모친도 아들의 뜻밖의 태도에 놀라면서 혈룡의 손을 잡고 슬피 울면서 말하였다.

"혈룡아, 너는 충신의 아들이라 효성이 이렇듯 지극하니 어찌 기쁘지 않겠느냐. 네가 평양에 간 후에 근근히 지내던 중, 너의 친구 평양 감사가 보내주신 재물로 가세가 이만큼 요부(饒富)해져서 노비와 전답을 많이 샀으니 만년(晩年)의 재미가 족하고 편하다만, 오직 네가 빨리 오기만을 기다려 주야로 한탄하였더니 이제 너를 보니 어찌 즐겁지 않고 반갑지 아니하겠느냐. 죽었던 자식을 다시 본 듯하여 이제는 죽어도 한이 없다. 그래 너는 객지에서 얼마나 고생하였느냐?"

혈룡은 그제야 옥단춘의 호의로 모든 것이 마련된 것임을

깨닫고 속으로 칭찬하여 마지 않았다. 그리고 부인을 돌아보며,

"당신은 모친을 모시고 얼마나 고생했소?"

하니 부인이 반기며,

"저는 서방님 덕택으로 잔명(殘命)을 보전하였으니 너무도 고맙습니다. 그런데 이처럼 후한 우정으로 우리를 살려주신 평양감사님의 은혜를 어찌 다 갚을지 모르겠습니다."

라고 하였다. 혈룡은 하는 수 없이 평양 간 후의 모든 사연을 낱낱이 말하였다. 그러자 모친과 부인은 그 사실을 듣고 혈룡의 죽을 고생을 생각하고 서로 슬픈 눈물을 흘렸다. 동시에 옥단춘이 혈룡을 구제한 전후 사실을 듣고, 그 은혜를 서로 치사(致謝)하여 마지 않았다. 오래간만에 만난 가족들은 그 동안의 회포를 서로 다 이야기하여 풀고 다시 원만한 가정을 이루게 되었다. 모친도 죽었던 자식 다시 본 듯, 부인도 잃었던 낭군 다시 본 듯 잠시도 서로 떠날 마음이 없이 행복하게 살게 되었다.

이 때에 과거날이 되었으므로 혈룡이 모친의 슬하를 떠나서 대궐 안 과거장에 들어가니 팔도에서 글 잘한다는 선비들이 구름같이 모여 있었다. 이윽고 글제를 살펴보니 '천하태평춘'이라 걸려 있었다. 글을 지을 생각을 가다듬은 후에 용벼루에 먹을 갈아 조맹부의 필체로 단숨에 일필휘지(一筆揮之)하여 바쳤는데, 전하께서 보시고는 글자마다 비점(批點)이요 글 귀마다 관주(貫珠)를 치는 것이었다. 전하께서 칭찬하시는 말씀이,

"참으로 신묘하다. 이 글씨와 글 지은 사람은 범상치 않은 사람이다."

하시고, 알성 급제(謁聖及第) 도장원(都壯元)으로 한림학사(翰林學士)를 제수(除授)하시고, 곧 어전(御前) 입시(入侍)하라는 분부를 내리셨다. 이 한림이 입시하여 천은(天恩)을 사례하자 전하께서 칭찬하시기를,

"충신의 자식은 충신이요, 소인의 자식은 소인이다. 용모를 살펴보니 용안(龍顔) 호두(虎頭)요 목목지인(穆穆之人)이로다."

하고 칭찬을 아끼지 않으셨다. 이 한림은 어전에 엎드려,

"소신과 같이 무재(無才) 무능(無能)한 자를 이처럼 충신지자(忠臣之子) 충신(忠臣)이라 하시오니 황공무지(惶恐無地)하오며, 또한 한림을 제수하시니 더욱 황공하옵니다."

하고 수없이 치사하고 물러 나와 집에 큰 잔치를 베풀고 항당(鄕黨)과 친지(親知)를 청하여 경사를 축하하였다. 그리고 한편으로 '평양 감사 김진희의 불의(不義) 무도(無道)한 소행을 나만 당하였으랴. 무고한 백성들은 무슨 죄로 한 사람의 학정(虐政)으로 평양 일도(一道)에서 어육(魚肉)이 된다는 말인가. 곰곰 생각하니 나라와 백성을 위해서 마땅히 성상(聖上)께 여쭙지 않을 수 없다.' 생각하고 전후 사실을 일일이 밀록(密錄)하여 전하게 바쳤다. 전하께서는 그 밀록을 받아 보시고 수없이 탄식한 뒤에 봉서(封書) 석 장(張)을 내리셨다. 또 친히 하교(下敎)하시기를,

"첫 봉서는 새문 밖에 가서 뜯어 보고, 둘째 봉서는 평양에 가서 뜯어 보고, 셋째 봉서는 그 후에 뜯어 보라."

하시고 조심하여 다녀 오라 하셨다. 이 한림이 사은 숙배(謝恩肅拜)하고 바로 나와서 모친과 부인에게 하직하였다. 새문 밖에 나가서 첫째 봉서를 뜯어 보니, '평안도 암행어사 이혈룡'이라는 사령장과 마패가 들어 있었다. 이 한림이 또 사은 숙배하고 수의(繡衣)를 내어 입고 마패를 찬 후에, 바쁜 마음에 급히 평양으로 내려갈 때 정신이 씩씩하고 의기(意氣)가 양양(揚揚)했다. 수 일 만에 평양에 당도하니, 산도 전에 보던 산이요 물도 전에 보던 물이었다. '연광정도 대동강도 잘 있었느냐.' 하며 기쁜 마음에 사방을 둘러보았다. 무산 십이봉은 구름 밖에 솟아 있고, 좌우 산천을 살펴보니 온갖 화초가 만발하고 세류(細柳) 청강(淸江)의 버들가지에 황금 같은 꾀꼬리는 춘흥(春興)을 못 이겨 화류중(花柳中)을 왕래하고 있었다.

"나는 그 동안에 서울 가서 모친과 처자를 만나보고 다시 내려왔다. 대동강 위의 일엽편주 나를 싣고 만경창과 두둥실 떠서 가는 배야, 내가 온 줄 모르고서 어디 가서 매였느냐. 산수도 새롭구나. 푸른 하늘의 저 구름은 내가 오는 모습을 보고 뭉실뭉실 피어 있고, 범피창랑 백구들은 무심도 무심하여 나를 어이 모르느냐. 강물은 은은하여 산을 둘러 있고 출림 비조(出林飛鳥) 저 물새는 농춘 화답(弄春和答) 쌍을 지어 쌍쌍이 날아들고, 녹의홍상 기생들은 오락가락 번화하고, 갑제(甲第) 천문(千門) 좌우에 즐비하니 천문 만호(千門萬戶)이 아닌가."

암행어사 이혈룡은 역졸을 단속하여 각처로 보낸 후에, 둘째 봉서를 뜯어 보니, '암행어사는 평양 감영에 출도하여 감사를 봉고(封庫) 파직(罷職)하라.'는 지령(指令)이 들어 있었다. 어사는 다시 역졸을 단속해 놓고 옥단춘의 집을 찾아 가서 대문 밖에서 살펴 보았다. 침침(沈沈) 칠야(漆夜) 깊은 밤에 옥단춘은 이혈룡을 서울로 보낸 후에 김 감사에게는 칭병(稱病)하고, 연광정 잔치에서 물러난 후에, 새로 정든 낭군이 그리워서 노래를 지어 부르고 있었다.

"오늘 올까 내일 올까, 오늘이나 소식 올까 내일이나 편지 올까, 주야상전 문 밖에 나가서 기다려도 소식이 아주 끊겨 독수공방 빈 방 안에 게 발 물어 던진 듯이 홀로 앉아 생각하니 임의 생각 절로 나네. 임의 음성이 귀에 쟁쟁하고 옥같은 임의 모습이 눈에 아른거리네."

이 때는 춘삼월 호시절이었다. 봄꽃은 만발하고 황금 같은 꾀꼬리는 버들가지에 날아 들었다. 좌우 산천을 둘러보니 꽃은 피어서 산은 온통 꽃으로 뒤덮였고 나뭇잎들은 피어서 온

통 푸르르니 그야말로 첩첩 산중의 빛이 고왔다. 이러한 경치를 구경하자니 임 생각이 절로 나서 거문고를 내어 섬섬옥수 넌짓 들어 새 줄을 매워 골라 잡고 거문고를 연주하며 노래를 또 지어 불렀다.

"임아 임아 낭군님아, 전생의 연분으로 청실 홍실 맺은 사이는 아니지만, 눈 정으로 만난 정이 남과는 유달라서, 밥상을 당겨 놓고 임의 생각 문득 나면, 한 술 밥도 전혀 못 먹겠소. 그러나 낭군님은 이런 줄을 모르는가. 어이 그리 더디 오시나. 나를 찾아 오는 도중, 빨래하는 여인 만나 주린 배를 채우는가. 홍문연(鴻門宴) 높은 잔치에 가서 패공(沛公)을 구하든가. 계명산(鷄鳴山) 추야월(秋夜月)에 장량(張良)의 옥통소 소리로 팔천 제자 헤어져 못 오는가. 항우(項羽)의 어린 고집 범증(范增)의 말 안 듣고 팔천 제자 다 간 후에 천하일색(天下一色) 우미인(虞美人)과의 이별을 구경하는가. 아아 천리마 타고 오실 임의 행차 어이 이리 더디신고. 임아 임아 서방님아, 과거에 낙방되어 무안하여 못 오시나. 과거는 하였지만 조정의 내직으로 계셔서 못 오시나. 일신이 귀히 되어 나를 아주 잊으셨나. 설마 사람으로 생겨서 어이하여 잊을 것인가. 편지 한 장 없는 것은 인편이 없음인가. 과거를 보았으면 급제도 했을 텐데, 운이 나빠 낙방거자(落榜擧子) 됐나. 아아 어찌 그리 더디든고. 야속하다 낭군님아, 무정하신 낭군님. 침침 칠야 야삼경에 홀로 앉았으니 임이 올까. 누웠은들 잠이 오나. 눈물만 오락가락, 한숨으로 벗을 삼고 생각하는 이는 임뿐이라."

하며 거문고를 선뜻 들어 새 줄로 매워 골라 잡고 둥기둥기 둥두기 두덩기 두덩기데 둥기둥실 한참 타고 있을 때, 험상궂게 변장한 암행어사 이혈룡이 중문 안에 들어섰다. 어험하는 기침 소리에 백두루미가 깜짝 놀라서 짧은 목 길게 늘여서 끼룩끼룩 울어댔다. 옥단춘이 밤중의 인기척에 깜짝 놀라서 거문고를 내려 놓고 문을 열고,

"거 누구시오? 이 밤중에 누가 와서 날 찾으시오? 기산 영수 맑은 물의 소부(巢父)와 허유(許由)가 날 찾는 게요? 채석강 이태백이 달 보자고 날 찾나요? 산중처사 도연명이 술 먹자고 날 찾나요? 상산사호 네 노인이 바둑 두자 날 찾나요? 남양 초당의 와룡 선생이 병서(兵書)를 의논하자고 날 찾는가? 밀양읍의 운심이가 놀이 가자 날 찾는가? 당나라의 양귀비가 꽃밭에 물 주자고 날 찾는가? 삼사월 호시절에 천하 문장 김 생원이 풍월 짓자 날 찾는가? 봉래산(蓬萊山) 박 처사가 옥저 불자 날 찾는가? 누가 와서 날 찾는가? 서울 가신 서방님이 편지 보내 날 찾는가?"

하며 이리저리 살펴보니, 어떤 거무스레한 사람 형용이 뜰 가에 웅크리고 앉아 있지 않은가. 옥단춘이 찔끔 겁이 나서,

"웬 사람이 이 어둔 밤중에 주인 몰래 남의 집에 들어와서 엿보느냐. 비록 조선이 작다한들 동방예의지국에서, 아무리 무식해도 남녀가 유별한데 밤중에 남의 내정(內庭)에 들어왔으니 이런 불측한 행실이 어디 있느냐. 네가 분명 도적이 아니냐?"

하고 옥단춘은 노복(奴僕)을 부르면서 도적을 잡으라고 호통을 쳤다. 그래도 그 사람은 태연히 꼼짝 않고 앉아 있으므로 옥단춘은 또한 의아하게 여겼다. 도적놈 같으면 응당 도망하련마는 의연히 앉아 있으니 괴이하다 하고 등불을 켜 들고 나가서 보니 어떤 사람이 고개를 푹 숙이고 앉아 있었다. 옥단춘이,

"어떤 사람이길래 여기에 왔소?"

하며 아무리 물어도 대답이 없었다. 그리하여 옥단춘이 무색도 하고 화도 나서 와락 떠다 미니 그 사람이 그제야 고개를 들고 하는 말이,

"한양 낭군 내가 왔네. 그 사이 평안히 잘 지내었소?"

하였다. 옥단춘이 깜짝 놀라서 손을 잡고 하는 말이,

"한양 갔던 낭군이 지금에야 돌아왔네. 어서 가서 방으로 들어나 가시지요."

하였다. 방으로 들어가며 혈룡의 행색을 보니 말이 아니었다.

"이것이 웬일이요? 과거는 못할망정 모양조차 이 꼴이 되었소. 내 집이 누구 집이라고 그렇게 속이고 놀라게 해요. 저는 서방님이 가신 후로 일각이 여삼추(如三秋)로 독수공방에게 발 물어 던진 듯이 홀로 앉아 수심으로 세월을 보내면서, 오늘 오실까 내일 오실까 주야장천 바랐는데, 한 번 가신 후로 소식이 영영 끊겼으니 어찌 그리 무심할 수 있단 말입니까?"

하였다. 이렇듯 하면서도 계집종 매월에게 목욕물을 데워오게 하여 혈룡을 목욕시킨 뒤에 섬섬옥수로 빗을 잡고 만수산발(滿首散髮) 헝큰 머리를 어리설설 빗겨서 황라 상투를 짜주고, 산호동곳, 호박풍잠, 석류동곳, 옥동곳을 멋있게 꽂아주었다. 그리고 자개함농 반닫이를 열고 유려한 새 의관을 집어 내서 삼백돌 통영갓과 외올뜨기 망건이며, 쥐꼬리 당줄에, 공단싸개 호박풍잠과 관자까지 모두 달아 씌우고, 봄철 새 의관으로 깨끗이 갈아 입히고, 서방님 얼굴을 다시 보니 어찌 반갑지 않으랴.

"임아 임아 낭군님아, 이처럼 좋은 얼굴, 어쩌면 그 지경이 되어 왔소?"

이렇게 옥단춘이 말하니, 이혈룡은,

"서울 본집에 올라가 보니, 수십여 명의 권솔이 무슨 까닭인지 가세도 풍부하고 노비와 전답이 흡족하게 지내므로 그 연고를 물었더니, 그대가 재물을 많이 보내어 호의 호식(好衣好食)으로 지내는 것을 비로소 짐작하고 그대의 은혜가 백골난망인 것을 알았네. 가족들도 자네의 호의를 고맙게 여기고 잘 지냈지만, 그 전에 곤궁할 때에 수천 냥 빚을 얻어 썼더니, 그 빚쟁이들이 졸부가 되었다는 소문을 듣고 모여 들어

서 성화같이 빚 독촉을 하지 않겠나. 양반의 체면으로 갚지 않을 수 없어서 가장 기물을 모조리 팔아도 오히려 부족한지라. 그리하여 과거도 보지 못 하였으니, 참으로 그대를 볼 낯이 없네. 이런 민망한 소리 하기 싫어서 오지 않으려 하였으나 그러면 배은망덕(背恩忘德) 될 듯하여 오기는 하였네. 그러나 안 되는 놈은 자빠져도 코가 깨진다고, 도중의 주막에서 자다가 도적에게 노자와 의복을 모두 빼 앗기고 거지 꼴이 되어서 그대 보기가 무안하여 그리 했었네."

라고 대답하였다. 옥단춘은 말을 받아,

"사람이 일생을 살아가려면 무슨 일을 안 당하리까. 그런 근심 걱정일랑 아예 말으세요. 과거를 못 보신 것은 역시 운수입니다. 다음에 또 보실 수가 있으니 그것도 낙망하실 것 없나이다. 내 집에 서방님 드릴 옷이 없겠어요? 밥이 없겠어요? 그만 일에 장부가 근심하면 큰 일을 어찌 하시리까."

하고 위로하니 연연(戀戀)한 정이 측량(測量)할 수 없었다.

이튿날 옥단춘은 혈룡에게 뜻밖의 말을 하였다.

"오늘은 평양 감사가 봄놀이로 연광정에서 잔치를 한다는 영(令)이 내렸습니다. 내 아직 기생의 몸으로서 감사의 영을 거역하고 안 나갈 수 없으니 서방님은 잠시 용서하시고 집에 계시면 속히 돌아오겠습니다."

말을 하고 난 후에 옥단춘은 연광정으로 나갔다. 그 뒤에 이혈룡도 집을 나와서 비밀 수배(隨陪)한 역졸을 단속하고 연광정의 광경을 보려고 내려갔다. 이 때 평양 감사 김진희는 도내 각 읍의 수령을 모두 청하여 큰 잔치를 벌였는데, 그 기구(機構)가 호화 찬란하고 진수성찬(珍羞盛饌)의 배반(杯盤)이 낭자(狼藉)하였다.

이 때는 춘삼월 호시절이었다. 좌우 산천을 둘러보니 꽃이 피어 온통 꽃산이 되었고 나뭇잎은 피어서 온통 청산으로 변해 있었다. 맑은 강가의 버들가지엔 황금 같은 꾀꼬리가 날아들고 두견새, 접동새, 온갖 새들은 쌍쌍이 모여드는데, 말 잘하는 앵무새, 춤 잘 추는 학두루미, 요지(瑤池) 연못에 소식 전하던 청조새, 만첩(萬疊) 청산에 홀로 앉아서 슬피 우는 두견새는 청천(晴天) 명월(明月) 깊은 밤에 이리 가며 뻐꾹, 저리 가며 뻐꾹뻐꾹 우는 그 소리가 몹시도 처량했다. 그 소리에 어사또는 심란하였다. 구경하는 사람들도 녹의홍상(綠衣紅裳)으로 곱게 입고 오락가락 다니면서 춘흥을 못 이겨 춤도 추고 노래도 따라 하며 놀았다. 이리저리 구경을 다한 어사또는 남루(襤褸)한 의관(衣冠)과는 달리 의기는 양양하였다. 역졸들과 약속한 시각이 다가오자 이혈룡은 그 남루한 행색으로 성큼성큼 연광정 대상(臺上)으로 올라가려 하였다. 그러자 당황한 나졸들이 와르르 달려와서 덜미를 잡아 끌어내며,

"이 미친 놈아, 이 자리가 어느 안전이라고 함부로 올라가려 하느냐?"

하고 호통을 치며 혹심(酷甚)하게 구박했다. 그러니 어사또는

헌 파립(破笠) 헌 의복이 모두 떨어져서 알몸이 보이게 되었다. 이에 화가 치민 이혈룡은 김 감사의 이름을 부르며 큰 소리로,

"네 이놈 김진희야, 나 이혈룡을 모른단 말이냐?"

하고 호통을 쳤다. 이 소리에 옥단춘이 깜짝 놀라 살펴보니 음성은 혈룡 서방의 음성이나 의복이 달랐다. 이혈룡의 말을 김 감사가 듣고 크게 노하여 이혈룡을 잡아들이라는 소리가 천지를 진동할 듯하였다. 김 감사의 영을 받은 나졸들이 와르르 달려들어 이혈룡의 풀어진 상투를 휘휘 칭칭 감아 쥐고 뺨도 때리고 등도 밀치고 재빠르게 잡아들여 층계 아래에 엎쳐 놓았다. 김 감사가 호령하기를,

"오냐, 이혈룡아, 네 이놈 죽지 않고 또 살아 왔구나. 이번에는 어디 좀 견디어 보아라. 일이 있으리라."

하였다. 그러자 어사또가 대답하기를,

"내 신세가 비록 이러하나 나도 양반의 자식이다. 글쎄 이놈 김진희야 한번 들어 보아라. 내가 지난 번에 너를 친구라고 찾아 왔다가 통지(通知)도 못하고 근근히 지내다가, 이 연광정에서 네가 놀고 있는 것을 보고 반가워하였으나, 너는 나를 미친 놈이라고 대동강 사공을 불러서 배에 태워 강물에 넣어 죽이지 않았느냐. 내 물귀신 된 원혼이 너를 오늘 다시 보려고 왔다."

하였다. 혈룡의 귀신이 원수를 갚으러 왔다는 말에 김 감사는 깜짝 놀라 좌우 비장을 돌아보며,

"어찌 된 일이냐?"

고 물었다. 비장이,

"죽은 혼이 어찌 왔겠습니까? 아무래도 거짓인 것 같습니다. 그 때 데리고 갔던 사공들을 불러다가 문초(問招)하여 보시는 것이 좋을까 합니다."

하고 사공들을 속히 잡아들이라는 영을 내렸다. 나졸들이 영을 받고 나가서 사공들을 불러서 하는 말이,

"야단났다, 야단났다. 너희 사공놈들 야단났다. 어서 빨리 들어가자."

하고 사공들의 덜미를 잡고 연광정 밑으로 갔다.

"사공들을 잡아 들였습니다!"

하는 나졸들의 복명(復命)하는 소리가 천지에 진동하였다. 이 광경을 보고 있던 옥단춘이는 사공이 매에 못 이겨 사실대로 불어 대면 자기가 죄를 당할 것은 고사하고 오히려 서방님이 화를 입을 것을 생각하여 전신(全身)을 벌벌 떨고 서 있었다. 김 감사는 형방(刑房)을 불러서 형구(刑具)를 차려 놓고,

"그놈들을 능지(陵遲)가 되도록 때려서 문초하라."

추상(秋霜)같은 엄명을 내렸다. 형방조차 겁을 내고 뱃사공들을 문초하였다.

"이놈들 들어 보라. 저번에 너희들은 저기 저 양반을 명령대로 물에 던져 죽였느냐? 바른대로 고하여라!"

하고 엄하게 호령하니 사공들이 악형(惡刑)에 못 이겨
　"여차여차하였습니다."
하고 사실대로 토설(吐說)하고 말았다. 김 감사는 대번에 형방마저 잡아내고 다른 형방에게,
　"저 이혈룡은 목을 베어 죽여도 죄가 남을 놈인데, 아까 형방 놈은 내 앞에서 저 놈을 양반이라고 불러서 존대하였으니, 그 형방 놈도 혈룡 놈과 똑같은 놈이다."
하고 먼저 형방을 잡아 꿇리고도 분을 이기지 못하여 책상을 치며 호통을 쳤다.
　"저 요망스러운 옥단춘을 잡아 내라!"
하니 좌우 나졸들이 일시에 달려들어서 소복(素服) 단장(端裝)한 채로 앉아 있는 옥단춘의 분결같은 손목을 덥석 잡아서 끌어내리니 연광정이 뒤집힐 듯하였다. 옥단춘은 평생에 이런 봉변을 만나 보지 않다가 오늘 이런 일을 당하자 수족을 벌벌 떨었다. 옥단춘은 이혈룡을 돌아보고 원망하여,
　"여보세요, 낭군님, 이것이 웬일이오. 내가 그처럼 집을 보고 있으라고 신신 당부하였는데 정말 귀신이라도 씐 것입니까? 무슨 살매가 들려서 죽을 곳을 찾아 왔소? 내 집의 재물만으로도 호의호식 지낼 텐데 어찌하여 여기 와서 이 지경이 되었습니까? 애고 낭군님아, 어허 낭군님아 어찌하여야 살 수 있겠소? 요전번에 죽을 목숨 살려서 백년해로(百年偕老) 언약하고 즐겁게 살려 했더니, 일 년이 채 못되어 이런 죽음 웬일이오? 애고애고 우리 낭군 야속하고 원통하오. 나는 지금 죽더라도 원통할 것 없건마는, 낭군님은 대장부로 태어나서 공명(功名) 한 번 못 해보고 억울하게 황천객이 되면 얼마나 원통한 일이오. 아아 낭군 팔자나 내 팔자나 전생의 무슨 죄로 이다지도 험악한가요. 사주팔자가 이럴진대 누구를 원망하겠소. 죽어도 같이 죽고 살아도 같이 살 우리이니 이제 죽더라도 후세(後世)에 다시 만나서 이승에서 미진(未盡)한 우리 정을 백년해로 다시 살아 봅시다. 임아 임아, 우리 낭군 어찌 하여야 살아날까. 아무리 원통하여 후세에서 만나자 한들 지금 한 번 죽어지면 모든 것이 허사로다."
하며 무수히 통곡하니, 이런 옥단춘의 모습을 보고 누가 슬퍼하고 불쌍히 여기지 않겠는가.
　어사또 하는 말이,
　"너무 슬퍼 울지 마라. 네 울음 한 마디에 내 간장 다 녹는다. 내가 죽고 너 살거든 내 원수를 네가 갚고, 네가 죽고 내가 살면 내 원수를 내가 갚아 주마."
하였다. 이 때 김 감사가 사공들에게 분부하여 호령하였다.
　"저 두 연놈을 한 배에 싣고 내가 보는 앞에서 대동강 깊은 물에 던져 버려라!"
추상같이 호령하니 사공들이 영을 받들고 물러 나오자, 김 감사는 또 영을 내려서,
　"북소리 세 번 들리거든 그 연놈을 함께 죽여 버려라!"

하고 호령하였다. 그리고 나서 아까 이혈룡을 양반이라고 부른 형리(刑吏)를 또다시 호령하였다. 그러자 그 형리가 엎드려,
　"제 잘못은 과연 사또 앞에서 죽어 마땅하오나 다시는 그런 죄를 짓지 않겠으니 한 번만 용서하여 주십시오."
라고 아뢰고 수없이 애걸하였다. 김 감사는 겨우 분을 풀고 그 형방을 용서하였다. 그러나 이 때 아직 신분을 밝히지 않은 암행어사 이혈룡은 사공들에게 묶여서 배에 실려 오르고 있었다. 이혈룡이 탄식하면서 하는 말이,
　"붕우유신(朋友有信) 쓸 데 없고, 결의형제(結義兄弟) 쓸 데 없다. 전에 너와 내가 생사를 같이 하자고 태산같이 맺은 언약 철석같이 맺었더니, 살리기는 고사하고 죄 없이 죽이기를 일삼으니 무심하고 야속하다. 오륜(五倫)을 박대(薄待)하면 앙화(殃禍)가 자손에게까지 미치리라."
하였다. 이혈룡이 대동강의 맑은 물을 바라보며 큰 소리로 한탄하였다.
　"대동강 맑은 물아, 너와 내가 무슨 원수로, 한 번 죽기도 어려운데 두 번이나 죽이려고 이 모양을 시키느냐. 정말로 죽게 되면 가련하고 원통하다."
　이 때에 옥단춘이 이혈룡의 손을 부여잡고 만경창파 바라보고
애통해 하며,
　"원통하고 가련하다. 죄 없는 우리 목숨 천명을 못다 살고 어복중(魚腹中)의 원혼 되니, 명천(明天)은 감동하사 무죄한 이 인생을 제발 덕분 살려 주소서."
하고 수없이 통곡하였다. 그 때 물에 던지기를 재촉하는 북소리가 한 번 울렸다. 옥단춘은 더욱 기가 막혀,
　"애고애고 이 일이야. 이 일을 어찌 할까. 임아 임아 낭군님아. 어찌하여 살아날꼬?"
하고 울부짖자 이혈룡이 옥단춘을 달래며,
　"울지 마라 울지 마라, 죄 없으면 사느니라. 울지 말고 진정하여라."
하고 말했다. 이 때 북소리가 두 번째 울렸다. 옥단춘이 또 자지러지게 놀라면서,
　"임아 임아 서방님아, 이제는 죽는구려. 살려 주오 살려 주오. 무죄한 이 소첩(小妾)을 제발 덕분 살려주오. 맹세코 아무 죄도 없습니다."
하고 통곡할 때 세 번째 북소리가 들렸다. 그러자 사공들은 황급히 재촉하기를,
　"어서 물에 들어가쇼. 일시라도 지체하면 우리 목숨이 죽을 테니 어서 들어가쇼."
하고 성화같이 독촉하였다. 옥단춘이 넋을 잃고 사공들에게 애걸하며,
　"여보 사공님들 들어보소. 당신들도 사람인데 죄 없는 우리

인생을 왜 그리 무고하게 우리를 죽이려 하오. 나만은 자결할 테니 우리 낭군 살려주소."

하였다. 그러자 사공들이 대답하기를,

"아무리 야속해도 감사님 명령이 지엄하시니 살릴 묘책이 없소이다. 어서 바삐 조처하쇼."

하였다. 옥단춘은 단념하고 하는 수 없어 두 눈을 꼭 감고 치마를 걷어 올려서 머리에 쓰고 이를 박박 갈고 벌벌 떨면서,

"애그머니 나 죽는다!"

한 마디 지르고는 풍덩 뛰어 들려고 하는 순간이었다. 이혈룡이 깜짝 놀라서 옥단춘의 손을 부여잡고 하는 말이,

"죽어도 같이 죽고 살아도 같이 살자."

하고 잡아서 옆에 앉히고 저쪽 연광정을 건너다 보면서,

"애들, 서리 역졸들아! 어디 갔느냐?"

하고 소리치는데 그 소리 천지를 진동할 듯하였다. 그러자 난데 없는 역졸들이 벌떼처럼 내달으며 달과 같은 마패를 일월(日月)같이 치켜 들고 우레와 같은 큰 소리를 벽력(霹靂)같이 지르면서,

"암행어사 출도요! 암행어사 출도요!"

하고 두세 번 외치는 소리가 연광정과 대동강을 뒤엎을 듯하였다. 또한,

"저기 가는 저 뱃사공아, 거기 타신 어사또님 놀라시지 않도록 고이고이 잘 모셔 오라!"

하는 소리 천지를 진동할 듯하였다. 이때 암행어사 이혈룡이 비로소 배 안에서 일어서면서 사공에게 호령하였다.

"이 배를 빨리 연광정에 돌려 대라!"

사공들이 귀신에 홀린 듯이 어찌할 바를 모르고 허둥지둥 배를 몰아 연광정 밑으로 대었다. 옥단춘이 그제서야 정신을 차리고 원망스러운 듯이,

"임아 임아, 암행어사 서방님아. 이것이 꿈인가요 생시인가요. 만일에 꿈이기라도 한다면 행여 깰까 걱정이오."

하고 푸념했다. 어사또가 옥단춘을 위로하며,

"사람은 죽을 지경에 빠진 후에도 살아나는 법인데, 너 이런 재미 보았느냐?"

하고 여유 있게 말하였다. 옥단춘이 비로소 마음 턱 놓고 재담으로 대꾸하여,

"구중궁궐 아녀자가 어디 가서 이런 재미 보오리까?"

리고 하였다. 어사또 출도하여 연광성에 좌정하고 사방을 살펴보니 오는 놈 가는 놈이 모두 넋을 잃고, 역졸에게 맞은 놈은 유혈이 낭자하였다. 눈 빠진 놈, 코 깨진 놈, 머리 깨고 팔 부러진 놈, 다리 부러진 놈, 엎드러진 놈, 자빠진 놈 등이 오락가락 무수했다. 그 중에서 각읍의 수령들은 불의의 변을 당하고 겁내는 거동이 가관이었다. 칼집 쥐고 오줌 싸고, 안장 없는 말을 타고 개울로 들어가고, 또 어떤 수령은 말을

거꾸로 타고, 동서를 분별치 못하여 이리저리 갈팡질팡 도망을 쳤다. 오다가 혼을 잃고 가다가 넋을 잃고 한참 이렇듯 요란한데, 평양 감사 김진희의 거동이 가장 볼 만하였다. 김 감사는 수령들과 기생들을 거느리고 의기양양 노닐다가 '암행어사 출도' 소리에 다급하여 혼불부신(魂不附身) 달아나는데, 연광정 마루 끝에서 떨어져서 삼혼칠백(三魂七魄) 간 데 없고, 왼쪽 눈의 동자(童子) 부처는 벌써 떠나 멀리 가고, 오른 눈의 동자 부처는 이제야 떠나려고 파랑보에 짐을 싸고 신들메 하느라고 와싹바싹 야단이었다. 이 때에 비장들이 달려들어 구해내자, 어사또 분부하기를,

"비장을 잡아내라!"

하고 추상같이 호령하니, 좌우 나졸이 달려들어 비장들을 결박하여 끌어들였다. 어사또가 분부하기를,

"너희들 들어라! 남의 막하에 있어 관장이 악한 정사(政事)가 있거든 착한 길을 권할 것이어늘, 도리어 악한 짓을 권하니, 무죄한 백성이 어찌 편히 살며, 양반이 어찌 도의를 지킬 수 있겠느냐!"

하고 호통을 쳤다. 형벌 제구(刑罰諸具)와 숙정패(肅靜牌)를 내어 놓고, 팔십 명 나졸 중에서 날랜 놈 십여 명을 골라서 형장을 잡게 하고 엄하게 호령하였다.

"너희놈들 매질에 사정을 두면 죽고 남지 못하리라."

대상의 호령이 지엄하니 누가 상쾌치 않을까. 곤장 육십 대씩 때려서 큰칼을 씌워 옥에 가두고, 김 감사를 붙잡아 들일 때 서 리나 역졸들이 호령을 받들어 물러 나와 감사의 상투를 거머쥐고 끌어 내어,

"평양 감사 김진희 잡아 들였습니다."

하고 복명하는 소리가 천지를 진동할 듯하였다. 어사또가 감사를 당장에 봉고 파직하였다. 이혈룡은 옛일을 생각하니 슬픈 생각도 솟아나고 분한 마음 또한 측량할 수 없었다. 엄명을 받은나졸들은 형구를 갖추어 형틀 위에 달아 매고 팔십 명의 나졸과 서리 역졸이 좌우로 나열하여 어사또의 영을 기다렸다. 형장(刑杖) 든 놈, 곤장(棍杖) 든 놈, 능장(稜杖) 든 놈, 태장(笞杖) 든 놈이 각각 서로 골라 들고 팔을 걷어 올리고 명령을 기다리고 있었다. 이윽고 어사또가,

"여봐라 김진희야! 너는 나를 자세히 보라. 나 이혈룡을 지금도 모르겠느냐. 천하에 몹쓸 김진희 놈아. 너와 내가 전일에 사생 동거를 맹세하고 공부할 적에, 성은 서로 다를망정 대대로 친구의 두 집안이요 그 정의를 생각하면 동태동골인들 이에서 더하겠는가? 그 시절에 우리가 맹세하기를 네가 먼저 귀하게 되면 나를 살게 해 주고, 내가 먼저 귀하게 되면 너를 살게 해 달라고 네 입으로 맹세했지 내가 먼저 하자 했더냐. 마침 네가 먼저 등과(登科)하여 평양 감사로 갔다는 소문을 듣고 옛일을 생각하여 태산같이 맺은 언약이 있었기에 혹여(或如)나 도와 줄까 하고 너를 찾아가려 하였으나 푼

전 노자가 없어서 할 수 없이 궁여지책(窮餘之策)으로 나의 아내가 첫 근친(覲親) 갈 때에 입었던 옷을 팔아 준 돈을 가지고 너를 찾아 평양까지 왔었다. 그러나 너에게 통지(通知)도 못하고 여러 날을 묵다가 노자도 떨어지고 여관 주인도 가라고 박대하여 이리저리 방황하다가 기갈이 심해서 입은 옷을 벗어 팔아서 밥을 사먹으니 이도 한 때뿐이었다. 거지 꼴로 전전(輾轉) 걸식(乞食) 다닐 적에, 네가 마침 대동강에서 큰 잔치를 벌이고 논다는 소문을 듣고, 그 날 너를 만나볼까 하고 근근히 틈을 타서 네가 노는 근처를 찾았다. 배반이 낭자하고 음식이 푸짐하고 풍악이 굉장할 제 굶주린 내 구미가 얼마나 동했겠느냐. 네가 그때 먹고 남아 버리는 음식이라도 조금만 주었으면 너도 생색내고 나도 좋았을 것을, 너는 나를 모른 체하고 미친 놈이라고 배에 실어다가 대동강 물 속에 넣어 죽이라 했으니 그 무슨 까닭이냐. 이 악독한 김진희 놈아! 바른대로 고하여라!"

하고 추상같이 호령하니, 좌우의 나졸들이 벌떼같이 달려들어서 육칠 월 번개같이 투드락 탁탁 한참 치는 것이었다. 그러니 김 감사가,

"애고애고, 어사또님 제발 적선 살려 주십시오. 제가 죽을 죄를 지을 때가 되어 저도 모를 귀신이 시켜서 그랬사오니, 죽고 사는 것은 어사또 처분입니다. 죽을 죄를 지은 놈이 무슨 말씀 하오리까."

하는 것이었다. 어사또 듣고 있다가 또 호령하기를,

"네 이놈, 나뿐 아니라 죄 없는 옥단춘까지 나와 함께 죽이려 한 것은 또 무슨 까닭이냐. 네 죄를 생각하면 도저히 살려둘 수 없도다."

하였다. 어사또는 여기서 사공들을 불러 분부하기를,

"너희들, 이놈을 전의 나처럼 배에 싣고 대동강 깊은 물에 던져 버려라."

하니 사공들이 어사또의 영을 듣고 김진희를 끌어다 배에 싣고 만경창파 물 위로 둥둥 떠나가기 시작하였다. 이 때 어사또가 어진 마음으로 다시 생각하고 불쌍히 여겨서,

"저놈은 제 죄로 죽을망정 윗대의 의리를 생각하고 옛정을 생각하면 나 또한 저와 같이 차마 죽일 수가 없구나."

하고 나졸 한 놈을 급히 불러서 분부하기를,

"너는 급히 배에 가서 그 양반을 물 속에 한참 넣었다가 거의 죽게 되었을 때에 도로 건져서 배에 싣고 오너라."

하였다. 그 나졸이 영을 받고 강을 향하여 달려갈 적에, 별안간 뇌성벽력이 일어나더니 김진희에게 벼락을 쳐서 눈 깜짝하는 사이에 김진희는 시신도 없이 사라졌다. 나졸과 사공들이 돌아와서 그 연유를 아뢰었다. 어사또는 김진희가 죽었다는 말을 듣고 옛일을 생각하여 슬퍼하였다. 연후에 김진희의 처자와 노비와 비장 등 여덟 명을 불러 들여서 이르기를,

"나는 진희와 같이 차마 못하고 정배(定配)하려 하였더니

하늘이 괘씸히 여기시고 천벌로 죽였으니 내 원망은 하지 말라."

하고,

"각기 노자를 후하게 주어 집으로 돌려 보내라."

하였다. 평양성 안의 모든 백성들이 포악하던 김 감사의 천벌을 통쾌하게 여기지 않는 이가 없었다. 어사또가 김진희의 파직과 천벌의 경우를 상세히 기록하여 나라에 보고하자, 전하께서 들으시고 어사또의 처사를 수없이 칭찬하였다.

이때에 어사또가 전하께서 주신 셋째 봉서를 뜯어 보니, '암행어사 겸 평양 감사 이혈룡'이라는 사령장이 들어 있었다. 이혈룡이 크게 기뻐하고 천은에 배사(拜謝)하고 평양 감사로 도임하였다. 도임 후에 육방을 점고하고 뱃사공들에게 금은 상금을 각각 만 냥씩 주었다. 사공들이 황송해서 머리를 숙여 은혜에 감사해 했다.

그리고 그날부터 어진 마음으로 치민(治民) 치정(治定)을 잘하였으므로 거리거리에 송덕비(頌德碑)가 여기저기에 섰다. 이 감사는 만인산(萬人傘)을 받고, 선정을 찬양하는 백성들의 노래가 천지를 진동할 듯하였다. 전하께서 이 소문을 들으시고 크게 기뻐하여서 곧 승차하여 우의정을 봉하시고, 대부인을 충정부인으로 봉하시고, 부인 김씨를 정렬부인으로 봉하시고, 옥단춘을 정덕부인으로 봉하였다. 이로써 이혈룡이 일시에 부귀공명(富貴功名)하고 국태민안(國泰民安)하니, 위엄과 세도가 나라에서 으뜸이었다. 이에 만인이 칭찬하고 부러워하고 그 높은 명성이 천하에 빛났다.

■ 해설

「옥단춘전」의 '옥단춘'은 기생입니다. 기생인데 평범한 기생이 아니라 지인지감(知人之鑑), 곧 사람을 알아보는 감식력을 지닌 사람입니다. 이렇게만 보면 이 작품은 뛰어난 능력을 지닌 사람인데 기생이란 신분인 것이 이상하다고 여길 수도 있겠습니다. 그가 가진 능력은 겨우 두 사람 중 하나를 고르는 정도, 상대적 기준으로 둘 중 하나를 고르는 정도로 발휘될 뿐인지라 그 평가가 다소 과장된 것으로 보입니다. 물론 이 선택이 능력의 유무가 아니라 의(義)와 불의(不義) 중에서 의를 고르는 것으로 감식력이 작용한 것으로 볼 수도 있습니다.

이 작품은 이렇게 전개됩니다. 이혈룡과 김진희라는 친구가 있습니다. 이들은 어린 시절 함께 공부하며 누구든 먼저 출세하면 서로 돕자고 굳게 맹세합니다. 김진희가 먼저 과거에 급제해 평안 감사가 됩니다. 이혈룡은 집안이 몰락하고 벼슬길에도 오르지 못합니다. 이에 이혈룡은 김진희를 찾아가 도움을 요청하지만 김진희는 이혈룡의 요청을 거절할 뿐만 아니라 오히려 그를 죽이려고 합니다. 여기서 친구 사이

의 신의(信義) 문제가 등장합니다. 이를 지켜보던 기생 옥단춘은 이혈룡을 구출하고 그와 연분을 맺습니다. 여기서 옥단춘의 지인지감이 발휘됩니다. 옥단춘의 도움으로 과거에 급제해 암행어사가 된 이혈룡은 걸인 행색을 하고 김진희를 찾아갑니다. 김진희는 옥단춘의 도움으로 이혈룡이 살아 있다는 것을 알게 되고, 이 둘을 다 죽이려 합니다. 이에 이혈룡은 암행어사로 출또하고, 김진희의 죄를 다스립니다. 이후 이혈룡은 우의정에 오르고 옥단춘은 정덕 부인에 봉해져 부귀를 누립니다. 이렇게 이 작품은 이혈룡과 김진희라는 친구 사이의 우정과 배신, 이혈룡에 대한 기생 옥단춘의 사랑과 신의를 그리고 있습니다. 또 이 작품은 양반과 양반 사이의 신의, 양반 지배층과 피지배층 천민의 신분을 초월한 신의까지 다루면서 신의의 중요성을 일깨우고 있습니다. 더 나아가 둘 사이의 관계를 유지하기 위해서 필요한 것이 신의이고, 신의가 사라지면 어떤 관계라도 깨지기 마련이라는 평범하면서도 중요한 진리를 드러내 줍니다. 그렇게 함으로써 이 작품은 조선의 양반 사회에서 신의가 사라져 가는 현상을 풍자하고 있다고 할 수 있고, 신의만 확보된다면 신분을 초월한 사랑도 가능하다는 시대적 추이를 담고 있다고 할 수 있습니다.

그런데 이 작품이 「춘향전」과 여러모로 닮았습니다. 주인공 '이몽룡'과 '이혈룡', '성춘향'과 '옥단춘'이 같은 글자를 공유하고 있다는 것에서부터 확인할 수 있습니다. 남녀 주인공이 양반과 기생이라는 신분 관계, 어사출또를 통하여 악인을 징치하고 행복한 결말을 이끌어나가는 소재까지 그 유사성이 확인됩니다. 유교적 윤리관을 강조하는 주제나 조선 후기에 일반적 현상으로 나타나는 신분 구조의 와해를 구체화하고 있다는 점 등에서도 두 작품은 비슷하다고 할 수 있습니다. 이런 특징 때문에 일찍이 이 작품은 「춘향전」의 모방작(模倣作) 또는 아류작(亞流作)이라는 멍에를 쓰기도 했습니다. 실제로 이 작품은 단순한 일회적 모방이 아니라 「춘향전」의 창작 원리를 지속적으로 따르고 있습니다.

이와 같은 두 작품의 공통점은 영향 관계를 입증할 근거이지만, 두 작품 사이에는 적잖은 차이점도 드러나는데, 이것은 이 작품만의 독창성과 존재 의의를 드러내는 바탕이 될 것입니다. 주제만 보더라도 그렇습니다. 크게 보면 도덕적 범주 안에 같이 있고, 신의(信義)가 개재되어 있다 하더라도 「춘향전」에서 가장 중요한 정절(貞節) 관념은 이 작품에서 다루어지지 않았다는 점입니다. 이것은 두 작품이 상보적 관계를 정립하여 조선 후기의 현실을 반영한 것으로 보게 합니다.

한편, 이 작품의 근원을 숙종(肅宗) 때 김우항(金宇杭, 1649~1723)이라는 사람의 일화에서 찾으려는 노력이 있습니다. 이 이야기는 『청구야담(靑邱野談)』 소재의 「김 승상이 어려울 때 길에서 의로운 기생을 만나다(金丞相窮途遇義妓)」

라는 제목으로 실려 있습니다. 김우항이 48세가 되도록 과거에 급제하지 못해 약혼한 딸의 혼사를 치러 주지 못했습니다. 그래서 단천(端川) 부사로 있던 이종(姨從)에게 도움을 요청했으나 거절당하고, 오히려 감금당하자 도망쳐 나와 그곳의 한 기생의 대접을 받고 딸을 혼사 비용까지 얻었습니다. 그 해에 그가 과거에 급제해 암행어사가 되어 걸인 차림으로 그 기생을 찾았는데 변함없이 맞아 주었습니다. 암행어사 출또하여 부사를 다스리고, 임금의 허락을 받아 그 기생과 같이 살 수 있었습니다. 이 정도면 이 작품과 흡사하다고 할 수 있습니다. 그러나 이 이야기는 이 작품의 근원설화라고 보기에는 그 자체가 완결된 서사체입니다. 암행어사가 되어 거지 차림으로 나타났는데 그 기생은 기지를 발휘하여 신분을 알아차린다든지, 부사를 처리하는 방법까지 제시하는 행위는 설화 차원을 넘어 소설 단계에까지 이르렀다고 할 수 있기 때문입니다.

앞에서도 언급했듯이 이 작품에서 가장 중요하게 제기하고 있는 것이 신의(信義)의 문제입니다. 이 작품의 핵심 사건을 이끄는 이혈룡에 대한 김진희의 배신과 옥단춘의 사랑은 작품의 주제와 연관될 뿐만 아니라 작품의 사회사적 의미를 잘 드러내고 있습니다. 중세의 봉건 질서가 붕괴되면서 근대적 사고방식이 사회에 퍼지고, 개인과 개인, 개인과 사회 사이에 새로운 윤리 의식이 형성되기 시작합니다. 그 중에서 신의(信義)는 단순히 붕우유신(朋友有信)처럼 친구 사이의 문제가 아니라 군신(君臣)이나 부자(父子)의 관계, 계층의 높고 낮음, 자본의 많고 적음 등에 따른 신의도 강조되기 시작하게 된 것입니다. 이런 사회에서 이 작품이 문제 삼는 신의는 무너져서는 안 될 것이 무너지고, 새롭게 형성된 것이 굳건히 자리 잡는 모습으로 나타난 것입니다.

이 작품은 그 구성이나 주제가 상당히 진보적이라는 평가를 받습니다. 조선 시대의 소설 대부분이 답습하고 있는 배경과 구성을 벗어나 이 작품은 초월적 세계가 전혀 개입되지 않고 오로지 현실적 맥락에서 전개됩니다. 또한 천편일률적인 일대기적 구성을 벗어나 있어서 제목에 붙인 '전(傳)'이란 말의 의미를 '전기(傳記)'가 아니라 '이야기' 정도로 이해해야 할 단서를 제공합니다. 인물의 형상화에 있어서도 옥단춘과 이혈룡이 일정한 전형성을 획득하고 있음을 확인할 수 있습니다. 이런 사정은 반드시 긍정적이기만 한 것은 아닙니다. 전형(典型)은 창조되는 것이 아니라 답습하는 것이기 때문입니다. 그럼에도 긍정적 의미를 지닐 수 있는 것은 새로운 전형으로 창조되었다는 점 때문입니다. 아울러 옥단춘과 이혈룡이 신의를 바탕으로 결합하여 폭압적인 지배층과 대결하여 승리한다는 주제도 커다란 사회사적 의미를 지닙니다. 이런 점들에 주목할 때 이 작품의 문학사적 위치도 제대로 정해질 것입니다.

옹고집전(雍固執傳)

작자 미상

■ 줄거리

옹달우물과 용연못이 있는 옹진골 옹당촌이라는 곳에 옹고집이라는 사람이 살고 있었는데, 성질이 고약해서 풍년을 좋아하지 않고, 매사에 고집을 부렸다. 부자이지만 인색하기만 해서, 팔십 노모가 냉방에 병들어 있어도 돌보지 않는다. 또한 불교를 싫어해서 중을 보면 시주도 안 할 뿐 아니라 모질게 굴어 아무도 그 집 가까이 가려고 하지 않는다.

그때 월출봉 비취암에 도통한 도승이 있어서, 학대사라는 중에게 옹고집을 질책하고 오라고 보낸다. 그런데 학대사는 하인에게 매만 맞고 돌아간다. 도승은 이 말을 듣고 옹고집을 징벌하기로 한다. 중들과 함께 옹고집을 징치할 방법을 여러 가지로 논의하다가, 가짜 옹고집을 만드는 방법으로 결정한다. 도승은 짚으로 허수아비를 만들고 부적을 붙이니 옹고집과 똑같은 것이 생긴다.

가짜 옹고집이 진짜 옹고집의 집에 가서, 둘이 서로 진짜라고 다투게 된다. 집 안에서 옹고집의 아내와 자식이 나섰으나 누가 진짜 옹고집인지를 판별하지 못한다. 오랜 친구인 별감도 진짜와 가짜를 가리지 못한다. 마침내 관가에 가서 소송을 통해 진가(眞假)를 가리기로 한다. 원님이 재산이나 족보 등 몇 가지 항목으로 대질시키니, 진짜보다 가짜가 훨씬 더 잘 안다. 결국 진짜 옹고집은 패소(敗訴)하고 곤장을 맞고 내친 다음에 쫓겨나서 여기저기 다니며 걸식을 하는 신세가 된다.

승소한 가짜 옹고집은 집으로 들어가서 아내와 자식을 거느리고 진짜처럼 산다. 옹고집의 아내는 부지기수로 자식을 낳는다. 진짜 옹고집은 그 뒤에 온갖 고생을 하며 지난날의 잘못을 뉘우치나, 어쩔 도리가 없어 자살하려고 산중에 들어간다. 막 자살을 하려는데 도승이 나타나서 말린다. 바로 월출봉 비취암의 도승이다.

옹고집이 뉘우치고 있는 것을 알고 부적을 하나 주면서 집으로 돌아가면 기이한 일이 일어나리라 한다. 집에 돌아가서 그 부적을 던지니, 그동안 집을 차지하고 있던 가짜 옹고집은 짚으로 만든 허수아비로 변한다. 가짜 옹고집과 살면서 아내가 낳은 자식들도 모두 허수아비였다. 그러자 진짜 옹고집은 비로소 그동안 도술에 속았다는 것을 안다. 이후 옹고집은 새사람이 되어서 노모를 잘 섬기고 불교를 열심히 믿는다.

■ 원문

옹달우물과 용연못이 있는 옹진골 옹당촌에 한 사람이 살았으니, 성은 옹가요, 이름은 고집이었다. 성미가 매우 괴팍하여 풍년이 드는 것을 싫어하고, 심술 또한 맹랑하여 매사를 고집으로 버티었다. 살림 형편을 살펴보건대, 석숭의 재물이나 도주공의 드날린 이름이나 위세를 부러워하지 않을 만하였다.

앞뜰에는 노적이 쌓여 있고 뒤뜰에는 담장이 높직한데, 울밑으로는 석가산이 우뚝하다. 석가산 위에 아담한 초당을 지었는데, 네 귀에 풍경이 달렸으매 바람 따라 쟁그렁 맑은 소리 들려오며, 연못 속의 금붕어는 물결 따라 뛰놀았다. 동편 뜨락 모란꽃은 봉오리가 반만 벌어지고, 왜철쭉과 진달래는 활짝 피었더니 춘삼월 모진 바람에 모두 떨어졌으되, 서편 뜨락 앵두꽃은 담장 안에 곱게 피고, 영산홍 자산홍은 바야흐로 한창이요, 매화꽃도 복사꽃도 철을 따라 만발하니 사랑치레가 찬란하였다.

팔작집 기와 지붕에 마루는 어간대청 삼층 난간이 둘려 있고, 세살창의 들장지와 영차에는 안팎걸쇠, 구리사복이 달려 있고, 쌍룡을 새긴 손잡이는 채색도 곱게 반공중에 들떠 있다. 방안을 들여다보니 별앞닫이에 팔첩 병풍이요, 한녘으로 놋요강, 놋대야를 밀쳐놓았다.

며늘아기는 명주 짜고 딸아기는 수놓으며, 곰배팔이 머슴 놈은 삿자리 엮고 앉은뱅이 머슴 놈은 방아찧기 바쁘거니와, 팔십 당년 늙은 모친은 병들어 누워 있거늘 불효 막심 옹고집은 닭 한 마리, 약 한 첩도 봉양을 아니 하고, 조반석죽 겨우 바쳐 남의 구설만 틀어막고 있었다.

불기 없는 냉돌방에 홀로 누운 늙은 어미 섧게 울며 탄식하기를,

"너를 낳아 길러 낼 제 애지중지 보살피며, 보옥 같이 귀히 여겨 어르면서 하는 말이 '은자동아, 금자동아, 고이 자란 백옥동아, 천지 만물 일월동아, 아국사랑 간간동아, 하늘같이 어질거라, 땅같이 너릅거라! 금을 준들 너를 사며 은을 준들 너를 사랴? 천생 인간 무가보는 너 하나뿐이로다.' 이같이 사랑하며 너 하나를 키웠거늘, 천지간에 이러한 어미 공을 네 어찌 모르느냐? 옛날에 효자 왕상이는 얼음 속의 잉어를 낚다가 병든 모친 봉양하였거늘, 그렇지는 못할망정 불효는 면하렷다!"

불측한 고집이놈, 어미 말에 대꾸하되,

"진시황 같은 이도 만리장성 쌓아놓고, 아방궁을 이룩하여 삼천 궁녀 두루 돌아 찾아들며 천년만년 살고지고 하였으되, 그도 또한 이산에 한분총 무덤 속에 죽어 있고, 백전백승 초 패왕도 오강에서 자결하였고, 안연 같은 현학사도 불과 삼십 세에 요절하였거늘 오래 살아 무엇하리? 옛글에 일렀으되 '인간 칠십 고래희라' 하였으니, 팔십이 된 우리 모친 오래 산들 쓸데없고, '오래 살면 욕심이 많아진다.' 하니, 우리 모친 그 뉘라서 단명하랴? 도척같이 몹쓸 놈도 천추에 유명하거늘, 어찌 나를 시비하리요?"

이 놈의 심사 이러한 가운데에, 또한 불교를 업신여겨 허물없는 중을 보면, 결박하고 귀 뚫기와 어깨 타고 뜸질하기가 일쑤였다. 이 놈의 심보가 이러하니, 옹가집 근처에는 동냥중이 얼씬도 못 하였다.

이 무렵, 저 멀리 월출봉 취암사에 도사 한 분이 있었으니, 그의 높은 술법은 귀신도 감탄할 경지에 이르러 있었다. 하루는 도사가 학대사를 불러 이르기를,

"내 들건대, 옹당촌에 옹좌수라 하는 놈이 불도를 업신여겨 중을 보면 원수같이 군다 하니, 네 그 놈을 찾아가서 책망하고 돌아오라."

분부 받고 학대사는 나섰것다. 헌 굴갓 눌러쓰고 마의 장삼 걸쳐 입고, 백팔염주 목에 걸고 육환장을 거머짚고 허위적 허위적 내려오니, 계화는 활짝 피고 산새는 슬피 울며 가는 길을 재촉한다.

노을진 석양녘에 옹가집에 다다르니, 어간대청 너른 집에 네 귀에 풍경 달고, 안팎 중문 솟을대문이 좌우로 활짝 열어젖혔기에, 목탁을 딱딱 치며 권선문을 펼쳐 놓고 염불로 배례할 새,

"천수천안 관자재보살, 주상 전하 만만세, 왕비전하 수만세, 시주 많이 하옵시면 극락 세계로 가오리다. 아미타불 관세음보살……."

중문에 기대어서 이 광경을 보던 할미종이 넌지시 이르는 말이,

"노장 노장, 여보 노장, 소문도 못 들었소? 우리 댁 좌수님이 춘곤을 못 이기사 초당에서 낮잠이 드셨으매, 만일 잠을 깰라치면 동냥은 고사하고 귀 뚫리고 갈 것이니 어서 바삐 돌아가소."

학대사가 대답하되,

"고루거각 큰집에서 중의 대접이 어찌하여 이러할까? '적악지가에 필유여앙이요, 적선지가에 필유여경이라' 이르나이다. 소승은 영암 월출봉 취암사에 사옵는데, 법당이 퇴락하여 천리 길 멀다 않고 귀댁에 왔사오니 황금으로 일천 냥만 시주를 하옵소서."

합장배례하고 다시 목탁을 두드리니, 옹좌수 벌떡 일어나 밀창문을 드르르 밀치면서,

"어찌 그리 요란하냐?"

종놈이 조심조심 여쭈기를,

"문밖에 중이 와서 동냥 달라 하나이다."

옹좌수 발칵 화를 내어 성난 눈알 부라리며, 소리질러 꾸짖기를,

"괘씸하다 이 중놈아! 시주하면 어쩐다냐?"

학대사는 이 말 듣고 육환장을 눈 위로 높이 들어 합장 배례로 대답하기를,

"황금으로 일천 냥만 시주하옵시면, 소승이 절에 가서 수륙제를 올릴 적에, 아무 면 아무 촌 아무개라 외우면서 축원을 드리오면 소원대로 되나이다."

옹좌수가 쏘아붙이되,

"허허, 네놈 말이 가소롭다! 하늘이 만백성을 마련할 제, 부귀빈천, 자손유무, 복불복을 분별하여 내셨거늘, 네 말대로 한다면 가난할 이 뉘 있으며, 무자할 이 뉘 있으리? 속세에서 일러오는 인중 마른 중이렷다! 네놈 마음 고약하여 부모 은혜 배반하고, 머리 깎고 중이 되어 부처님의 제자인 양, 아미타불 거짓 공부하는 듯이 어른 보면 동냥 달라, 아이 보면 가자 하니, 불충불효 태심하며, 불측한 네 행실을 내 이미 알았으니 동냥 주어 무엇하리?"

학대사는 다시금 합장 배례하며 공손히 하는 말이,

"청룡사에 축원 올려 만고영웅 소대성을 낳아 갈충보국하였으며 천수경 공부 고집하여 주상 전하 만수무강하옵기를 조석으로 발원하니, 이 어찌 갈충보국 아니오며, 부모 보은 아니리까? 그런 말씀 아예 마옵소서."

옹좌수 하는 말이,

"네 무엇을 배웠기로 그렇듯 말하느냐? 지식이 있을진대 나의 관상 보아다고."

학대사가 일러 주되,

"좌수님의 상을 살피건대, 눈썹이 길고 미간이 넓으시니 성세는 드날리되, 누당이 곤하시니 자손이 부족하고, 면상이 좁으시니 남의 말을 아니 듣고, 수족이 작으시니 횡사도 할 듯하고, 말년에 상한병을 얻어 고생하다 죽사오리다."

이 말을 듣고 성난 옹좌수가 종놈들을 소리쳐 불렀다,

"돌쇠, 뭉치, 깡쇠야! 저 중놈을 잡아내라!"

종놈들이 일시에 달려들어 굴갓을 벗겨던지고 학대사를 휘휘 휘둘러 돌위에 내동댕이치니 옹좌수가 호령하되,

"미련한 중놈아! 들어 보라. 진도남 같은 이도 중을 불가하다 하고서 운림처사 되었거늘, 너 같은 완승놈이 거짓 불도 핑계하여 남의 전곡 턱없이 달라 하니, 너 같은 놈 그저 두지 못하렸다!"

종놈 시켜 중을 눌러 잡고, 꼬챙이로 귀를 뚫고 태장 사십 도를 호되게 내리쳐서 내쫓았다. 그러나 학대사는 술법이 높은지라, 까딱없이 돌아서서 사문에 들어서니 여러 중이 내달

아 영접하여 연고를 캐물으니, 학대사는 태연자약 대답하기를,

"이러저러하였노라."

중 하나가 썩 나서며,

"스승의 높은 술법으로 염라대왕께 전갈하여 강임도령 차사 놓아 옹고집을 잡아다가 지옥 속에 엄히 넣고, 세상에 영영 나지 못하게 하옵소서."

학대사는 대답하되,

"그는 불가하다."

다른 중이 나서면서,

"그러하오면 해동청 보라매 되어 청천운간 높이 떠서 서산에 머물다가 날쌔게 달려들어, 옹가놈 대갈통을 두 발로 덥석 쥐고 두 눈알을 꼭지 떨어진 수박 파듯 하사이다."

학대사는 움칠하며 대답하되,

"아서라, 아서라! 그도 못 하겠다."

또 한 중이 썩 나서며,

"그러하오면 만첩청산 맹호 되어 야심경 깊은 밤에 담장을 넘어들어 옹가놈을 물어다가, 사람 없는 험한 산 외진 골에서 뼈까지 먹사이다."

학대사는 여전하게,

"그도 또한 못 하겠다."

다시 한 중이 여쭈기를,

"그러하오면 신미산 여우 되어 분단장 곱게 하고 비단옷 맵시 내어, 호색하는 옹고집 품에 누워 단순호치 빵긋 벌려 좋은 말로 옹고집을 속일 적에 '첩은 본디 월궁 선녀이옵는데, 옥황사제께 죄를 얻어 인간계로 내치시매 갈 바를 몰랐더니, 산신님이 불러들여 좌수님과 연분이 있다 하여 지시하옵기로 이에 찾아왔나이다.' 하며 온갖 교태 내보이면, 호색하는 그 놈이라 필경에는 대혹하여, 등치며 배만지며 온갖 희롱 진탕하다 촉풍상한 덧들려서 말라죽게 하옵소서."

학대사 벌떡 일어나며 하는 말이,

"아서라, 그도 못 하겠다."

술법 높은 학대사는 괴이한 꾀 나는지라, 동자 시켜 짚 한 단을 끌어내어 허수아비 만들어 놓고 보니 영락없는 옹고집의 불측한 상이렷다. 부적을 써 붙이니 이 놈의 화상, 말대가리 주걱턱에 어디로 보나 영락없는 옹가였다.

허수아비 거드럭거드럭 옹가집을 찾아가서 사랑문 드르륵 열며 분부할 제,

"늙은 종 돌쇠야, 젊은 종 몽치, 깡쇠야, 어찌 그리 게으르고 방자하냐? 말 콩 주고 여물 썰어라! 춘단이는 바삐 나와 발 쓸어라."

하며 태연히 앉았으니, 이리 보나 저리 보나 분명한 옹좌수였다.

이 때 실옹가 들어서며 하는 말이,

"어떠한 손이 왔기로 이렇듯 사랑채가 소란하냐?"

허옹가가 이 말 듣고 나았으며,

"그대 어쩐 사람이기로 예 없이 남의 집에 들어와 주인인 체하느뇨?"

실옹가 버럭 성을 내며 호령하되,

"네가 나의 형세 유족함을 듣고 재물을 탈취코자 집안으로 당돌히 들었으니 내 어찌 그저 두랴! 깡쇠야, 이 놈을 잡아내라."

노복들이 얼이 빠져 이도 보고 저도 보고, 이리 보고 저리 보나 이옹 저옹이 같은지라, 두 옹이 아옹다옹 맞다투니 그 옹이 그 옹이요, 백운심처 깊은 곳에 처사 찾기는 쉬울망정, 백주당상 이 방 안에 우리 댁 좌수님 찾을 가망 전혀 없어, 입 다물고 말 없더니, 안채로 들어가서 마님께 아뢰기를,

"일이 났소, 일이 났소! 아씨님 일이 났소! 우리 댁 좌수님이 둘이 되었으니 보던 중 처음입니다. 집안에 이런 변이 세상에 또 있겠습니까?"

마님이 이 말 듣고 대경실색하는 말이,

"애고 애고, 이게 웬 말이냐? 좌수님이 중만 보면 당장에 묶어 놓고 악한 형벌 마구 하여 불도를 업신여기며, 팔십 당년 늙은 모친 박대한 죄 어찌 없을까보냐? 땅 신령이 발동하고 부처님이 도술 부려 하늘이 내리신 죄, 인력으로 어찌하리?"

마나님은 춘단 어미를 불러들여 분부하되,

"바삐 나가 네가 진위를 가려 보라."

춘단 어미가 사랑채로 바삐 나가, 문 틈을 열고 기웃기웃 엿보는데, '네가 옹가냐? 내가 옹가다!' 하고 서로 고집하여 호령 호령하니 말투와 몸놀림이 똑같은데, 이목구비도 두 좌수가 흡사하니, 춘단 어미 기가 막혀 하는 말이,

"뉘라서 까마귀 암수를 알아보리요?" 하더니, 뉘라서 어찌 두 좌수의 진위를 가리리요?"

춘단 어미 허겁지겁 안으로 들어서며,

"마님 마님! 두 좌수님 모두가 흡사하와, 소비는 전혀 알아볼 수 없사옵니다."

마나님이 생각난 듯 하는 말이,

"우리 집 좌수님은 새로이 좌수 되어 도포를 성급히 다루다가 불똥이 떨어져서 안자락이 탔으므로, 구멍이 나 있으니, 그것을 찾아보면 진위를 가릴지라, 다시 나가 알아오라."

춘단 어미 다시 나와 사랑문을 열어젖히면서,

"알아볼 일 있사오니 도포를 보사이다. 안자락에 불똥 구멍 있나이다."

실옹가가 나았으며 도포 자락 펼쳐 뵈니, 구멍이 또렷하니 우리댁 좌수님이 분명하것다. 허옹가도 뒤따라 나았으며,

"예라 이 년! 요망하다, 가소롭다! 남산 위에 봉화 들 때 종각 인경 땡땡 치고, 사대문을 활짝 열 때 순라군이 제격이

라, 그만 표는 나도 있다."

허웅가가 앞자락을 펼쳐 뵈니 그도 또한 뚜렷하것다. 알 길이 전혀 없는지라, 답답한 춘단 어미 안으로 들어서며 마님 불어 아뢰기를,

"애고 이게 웬 변일꼬? 불구멍이 두 좌수께 다 있으니 소비는 전혀 알 수 없소이다. 마님께서 몸소 나가 보옵소서."

마나님 이 말 듣고 낯빛이 흐려지며 탄식하되,

"우리 둘이 만났을 제 '여필종부 본을 받아 서사에 지는 해를 긴 노를 잡아매고 길이 영화 누리면서 살아서 이별말고 죽어도 한날 죽자.' 이렇듯이 천지에 맹세하고 일월도 보았거늘, 뜻밖에 변이 나니 꿈인가 생시인가? 이 일이 웬일일꼬? 도덕 높은 공부자도 양호의 화액을 입었다가 도로 놓여 성인 되셨으매, 자고로 성인들도 한때 곤액 있거니와, 이런 괴변 또 있을꼬? 내 행실 가지기를 송백같이 굳었거늘, 두 낭군을 어찌 새삼 섬기리요?"

이렇듯 탄식할 제 며늘아기 여쭈기를,

"집안에 변을 보매 체모가 아니 서니 이 몸이 밝히오리다."

사랑방문 퍼뜩 열고 들어가니, 허웅가 나앉으며 이르기를,

"아가 아가, 게 앉아 자세히 들어 보라. 창원 땅 마산포서 너의 신행하여 올 제, 십여 필마 바리로 온갖 기물 실어 두고 내가 후행으로 따라올 제. 상사마 한 놈이 암말 보고 날뛰다가 뒤뚱거려 실은 것을 파삭파삭 결딴내어, 놋동이는 한복판이 뚫어져서 못 쓰게 되었기로 벽장에 넣었거늘, 이도 또한 헛말이냐? 너의 시아비는 바로 내로다!"

기가 막힌 실웅가도 앞으로 나앉더니,

"애고 저놈 보게. 내가 할 말 제가 하니, 애고 애고 이 일을 어찌하리? 새아기야, 내 얼굴을 자세히 보라! 네 시아비는 내 아니냐?"

며느리가 공손히 여쭈기를,

"우리 아버님은 머리 위로 금이 있고, 금 가운데 흰머리가 있사오니 이 표를 보사이다."

실웅가가 얼른 나앉으며 머리 풀고 표를 뵈니, 골통이 차돌 같아 송곳으로 찔러 본들 물 한 점 피 한 방울 아니 나겠더라. 허웅가도 나앉으며 요술부려 그 흰털 뽑아 내어 제 머리에 붙인지라, 실웅가의 표적은 없어지고 허웅가의 표적이 분명하것다.

"며느리야! 내 머리를 자세히 보라." 하니, 며늘아기 살펴보고,

"틀림없는 우리 시아버님이오."

실웅가는 복통할 노릇이라, 주먹으로 가슴치고 머리를 지끈지끈 두드리며,

"애고 애고, 허웅가는 아비삼고 실웅가를 구박하니, 기막혀 나 죽겠네! 내 마음에 맺힌 설움 누구보고 하소연하랴?"

종놈들 거동 보니, 남문 밖 사정으로 걸음을 재촉하여 서

방님을 찾아간다.

"가사이다, 가사이다. 서방님 어서 바삐 가사이다! 일이 났소, 변이 났소. 우리 댁 좌수님이 두 분이 되어 있소."

서방님이 이 말 듣고, 화살전통 걸어멘 채 천방지축 집에 와서 사랑으로 들어가니, 허웅가가 태연자약 나앉으며 탄식하되,

"애고 애고, 저 놈 보게, 내가 할 말 제가 하네."

아들놈의 거동 보니, 맥맥상간 살펴보나 이도 같고 저도 같아 알 길이 전혀 없어 어리둥절 서 있것다. 허웅가가 나앉으며 실웅가의 아들 불러 재촉하여 이르기를,

"너의 모께 알아보게 좀 나오라 하여다고! 이렇듯이 가변 중에 내외할 것 전혀 없다!"

하니, 실웅가 아들놈이 안으로 들어가서,

"어머님 어머님, 사랑방에 괴변 나서 아버님이 둘이오니, 어서 나가 자세히 살펴보소서."

내외도 불구하고 마나님이 사랑에 썩 나서니, 허웅가가 실웅가의 아내보고 앞질러 하는 말이,

"여보 임자! 내 말을 자세히 들어 봐요. 우리 둘이 첫날밤 신방으로 들었을 때, 내가 먼저 옹품하자 하였더니 언짢은 기색으로 임자가 돌아앉기로, 내 다시 타이르며 좋은 말로 임자를 호릴 적에 '이같이 좋은 밤은 백년에 한번 있을 뿐인지라 어찌 서로 허송하랴?'하지 그제서야 임자가 순응하여 서로 동품하였으니, 그런 일을 더듬어서 진위를 분별하소."

실웅가의 아내가 굽이굽이 생각하니, 과연 그 말이 맞은지라, 허웅가를 지아비라 일컬으니, 실웅가는 복장을 쾅쾅 치나 눈에서 불이 날 뿐 어찌할 수 없으렷다.

실웅가 아내 측은하여 하는 말이,

"두 분이 똑같으니, 소첩인들 어이 아오? 애통하오, 애통하오!"

안으로 들어가도 마음이 아니 놓여 팔자 한탄 소란하다.

"애고 애고 내 팔자야! 여필종부 옛말대로 한 낭군 모셨거늘, 이제 와 이도 같고 저도 같은 두 낭군이 웬 변인고? 전생에 무슨 득죄하였기로 이년의 드센 팔자 이렇듯 애통할꼬? 애고 애고 내 팔자야!"

이럴 즈음 구불촌 김별감이 문 밖에 찾아와서,

"옹좌수 게 있는가?"

하니, 허웅가가 썩 나서며,

"그게 뉘신가? 허허 이거 김별감 아닌가. 달포를 못 보았는데, 그 새 댁내 무고한가? 나는 요새 집안에 변괴 있어 편치도 못하다네. 어디서 온 누구인지 말투와 몸놀림에 형용도 흡사하여, 나와 같은 자 들어와서 옹좌수라 일컬으며, 나의 재물 빼앗고자 몹쓸 비계 부리면서 낸 체하고 가산을 분별하니 이런 변이 어디 또 있을꼬? '그의 아내는 알지 못하되 그의 벗은 알지로다.' 하였으니, 자네 나를 모를까보냐? 나와

자네는 지기 상통하는 터수, 우리 뜻을 명명백백 분별하여 저 놈을 쫓아 주게."

실옹가는 이 말 듣고 가슴을 꽝꽝 치며 호령하기를,

"애고 애고 저놈 보게! 제가 낸 체 천연히 들어앉아 좋은 말로 저렇듯 늘어놓네! 이 놈 죽일 놈아, 네가 옹가냐 내가 옹가제!"

이렇듯이 두 옹가 아옹다옹 다툴 적에, 김별감은 이리 보고 저리 보고 어이없어 하는 말이,

"양옹이 옹옹하니 이옹이 저옹 같고 저옹이 이옹 같아 양옹이 흡사하니 분별치 못하겠네! 사실이 이럴진대 관가에 바삐 가서 송사나 하여 보게."

양옹이 이 말을 옳게 여겨, 서로 잡고 관정에 달려가서 송사를 아뢰었다. 사또가 나앉으며 양옹을 살피건대, 얼굴도 흡사하고 의복도 같은 고로 형방에게 분부하되,

"저 두 놈 옷을 벗겨 가려 보라."

하니, 형방이 썩 나서며 양옹을 발가벗기었다.

차돌 같은 대갈통이 같거니와, 가슴, 팔뚝, 다리, 발이 모두 같고 불알마저 흡사하니, 그 진위를 뉘라서 가리리요.

실옹가가 먼저 아뢰기를,

"민이 조상 대대로 옹당촌에 사옵는데, 천만의외로 생면부지 모를 자가 민과 행색 같이하고 태연히 들어와서, 민의 집을 제 집이라, 민의 가솔을 제 가솔이라 이르오니 세상에 이런 변괴 어디 또 있나이까? 명명하신 성주께서 저 놈을 엄문하와 변백하여 주옵소서."

허옹가도 또한 아뢰기를,

"민이 사뢰고자 하던 것을 저 놈이 다 아뢰매 민은 다시 사뢸 말씀 없사오니, 명철하신 성주께서 샅샅이 살피시와 허실을 밝혀 가려 주옵소서. 이제는 죽사와도 여한이 없겠나이다."

사또가 엄히 꾸짖어 양옹을 함구케 한 연후에 육방의 아전과 내빈 행객 불러내어 두 옹가를 살펴보게 하였으나, 실옹이 허옹 같고 허옹이 실옹 같아 전혀 알 수 없는지라, 형방이 아뢰기를,

"두 백성의 호적을 상고하여 보사이다."

사또는,

"허허 그 말이 옳도다." 하고 호적색을 부려 놓고, 양옹의 호적을 강반을 때, 실옹가가 나앉으며 아뢰기를,

"민의 아비 이름은 옹송이옵고 조는 만송이옵나이다."

사또가 이 말 듣고 하는 말이,

"허허 그 놈의 호적은 옹송망송하여 전혀 알 수 없으니, 다음 백성 아뢰라."

이 때 허옹가 나앉으며 아뢰기를,

"자하골 김등네 좌정하였을 적에, 민의 아비 좌수로 거행하며 백성을 애휼하온 공으로 말미암아 온갖 부역을 삭감하였

기로 관내에 유명하오니, 옹돌면 제일호 유생 옹고집이요, 고집의 나이 삼십 칠 세요, 부학생은 옹송이온데 절충장군이옵고, 조는 상이오나 오위장 지내옵고, 고조는 맹송이요, 본은 해주이오며, 처는 진주 최씨요, 아들놈은 골이온데 나이는 십구 세 무인생이요, 하인으로 천비 소생 돌쇠가 있소이다.

다시 민의 세간을 아뢰리다. 논밭 곡식 합하여 이천 백 석이요, 마굿간에 기마가 여섯 필이요, 암수퇘지 합하여 스물두 마리요, 암탉 장닭 합 육십 수요, 기물 등속으로 안성 방자유기 열 벌이요, 앞닫이 반닫이에, 이층장, 화류문갑, 용장, 봉장, 가께수리, 산수병풍, 연병풍 다 있사옵고, 모란 그린 병풍 한 벌은 민의 자식 신혼시에 매화 그린 폭이 없어저 고치고자 다락에 따로 얹어 두었사오니 그것으로도 아옵시고, 책자로 말하오면 천자 · 당음 · 당률 · 사략 · 통감 · 소학 · 대학 · 논어 · 맹자 · 시전 · 서전 · 주역 · 춘추 · 예기 · 주벽 · 총목까지 쌓아 두었소이다.

또 은가락지가 이십 걸이, 금반지는 한 죽이요, 비단으로 말하오면 청 · 홍 · 자색 합쳐서 열세 필이요, 모시가 서른 통이요, 명주가 마흔 통이온 중, 한 필은 민의 큰 딸아이가 첫 몸을 보았기로 개짐을 명주통에 끼웠더니, 피가 조금 묻었으매, 이것을 보아도 명명백백 알 것이오. 진신 · 마른신이 석 죽이요, 쌍코 줄변자가 여섯 켤레 중에 한 켤레는 이달 초사흘 밤에 쥐가 코를 갉아먹어 신지 못하옵고 안 벽장에 넣었으니, 이것도 염문하와 하나라도 틀리오면 곤장 맞고 죽사와도 할 말이 없사오나, 저 놈이 민의 세간 이렇듯이 넉넉함을 얻어듣고, 욕심내어 송정 요란케 하오니, 저렇듯 무도한 놈을 처치하사 타인을 경계하옵소서."

관가에서 듣기를 다 하더니 이르기를,

"그 백성이 참 옹좌수라."

하고 당상으로 올려 앉히며 기생을 불러들이더니,

"이 양반께 술 권하라."

하였다. 일색 기생이 술을 들고 권주가를 부르는데,

"잡으시오, 잡으시오, 이 술 한잔 잡으시오. 이 술 한잔 잡으시면 천년 만년 사시리라. 이는 술이 아니오라 한무제가 승로반에 이슬 받은 것이오니 쓰나 다나 잡수시오."

흥이 나는 옹좌수가 술잔을 받아 들고 화답하여 하는 말이,

"하마터면 아까운 가장집물 저 놈한테 빼앗기고, 이러한 일등 미색의 이렇듯 맛난 술을 못 먹을 뻔하였구나! 그러나 성주께서 흑백을 가려 주시니, 그 은혜는 백골난망이옵니다. 겨를을 내시어서 한 차례 민의 집에 나오시오. 막걸리로 한잔 술대접하오리다."

"그는 염려 말게. 처치하여 줌세."

뜰 아래 꿇어앉은 실옹가를 불러 분부하되,

"네놈은 흉측한 인간으로서, 음흉한 뜻을 두고 남의 세간 탈취코자 하였으니, 죄상인즉 마땅히 의율 정배할 것이로되,

가벼이 처벌하니 바삐 끌어내어 물리쳐라."

대곤 삼십 도를 매우 치고, 죄목을 엄히 문초하되,

"네 이 놈! 차후에도 옹가라 하겠느냐?"

실옹가는 곰곰이 생각건대, 만일 다시 옹가라 우길진대 필시 곤장 밑에 죽겠기에,

"예, 옹가가 아니오니, 처분대로 하옵소서."

아전이 호령하기를,

"장채 안동하여 저 놈을 월경시키라."

하니, 군노사령 벌떼같이 일시에 달려들어 옹가놈의 상투를 움켜잡고 휘휘 둘러 내쫓으니, 실옹가는 할 수 없이 걸인 신세가 되고 말았다.

고향 산천 멀리하고 남북으로 빌어먹을 새, 가슴을 탕탕 치며 대성통곡하며 하는 말이,

"답답하다 내 신세야! 이 일이 꿈이냐 생시냐? 어찌하면 좋을는고? 이른바 낙미지액이로다."

무지하던 고집 이놈 어느덧 허물을 뉘우치고 애통하여 하는 소리가,

"나는 죽어 싼 놈이로되, 당상학발 우리 모친 다시 봉양하고 싶고, 어여쁜 우리 아내 월하의 인연 맺어 일월로 다짐하고 천지로 맹세하여 백년종사 하렸더니, 독수공방 적막한데, 임도 없이 홀로 누워 전전반측 잠 못들어 수심으로 지내는가? 슬하에 어린 새끼 금옥 같이 사랑하여 어를 적에 '섬마둥둥 내 사랑아! 후두둑후두둑, 엄마 아빠 눈에 암만' 나 죽겠네, 나 죽겠어! 이 일이 생시는 아니로다. 아마도 꿈이니, 꿈이거든 어서 바삐 깨어나라!"

이럴 즈음 허옹가의 거동 보세. 송사에 이기고서 돌아올 때 의기 양양하는 거동, 진소위 제법이것다. 얼씨구나 좋을시고! 손춤을 휘저으며 노래가락 좋을시고! 이러저리 다니면서 조롱하여 하는 말이,

"허허 흉악한 놈 다 보겠다! 하마터면 고운 우리 마누라를 빼앗길 뻔하였구나."

하고 집으로 들어서며 회색이 만면하니, 온 집안 식솔들이 송사에 이겼다는 말을 듣고 반가이 영접할 새, 실옹가의 마누라가 왈칵 뛰쳐 내달으며 허옹가의 손을 잡고 다시금 묻는 말이,

"그래 참말 송사에 이겼소이까?"

"허허 그리하였다네. 그사이 편안히 있었는가? 세간은 고사하고 자칫하면 사네마저 놓칠 뻔하였다네! 원님이 명찰하여 주시기로, 자네 얼굴 다시 보니 이런 경사 또 있는가? 불행 중 행이로세!"

그럭저럭 날 저물매, 허옹가는 실옹가의 아내와 더불어, 긴긴 밤을 수작타가 원앙금침 펼쳐놓고 한자리에 누웠으니, 양인 심사 깊은 정을 새삼 일러 무엇하랴!

이같이 즐기다가 잠시 잠이 들어 실옹가의 아내가 한 꿈을 얻으매 하늘에서 허수아비가 무수히 떨어져 보이기에 문득 깨달으니 남가일몽이라. 허옹가한테 몽사를 말하니, 허옹가 고개를 끄덕이며,

"그 일이 분명하면 아마도 태기가 있을 듯하나, 꿈과 같을진대 허수아비를 낳을 듯 하네마는, 장차 내 두고 보리라."

이러구러 십 삭이 차매 실옹가의 아내 몸이 고단하여 자리에 누워 몸을 풀 새 진양 성중 가가조에 개구리 해산하듯, 돼지가 새끼 낳듯 무수히 퍼낳는데 하나 둘 셋 넷 부지기수로다. 이렇듯이 해산하니 보던 바 처음이며 듣던 바 처음이다.

실옹가의 마누라는 자식 많아 좋아라고 괴로움도 다 잊으며 주렁주렁 길러 내었다.

이렇듯이 즐거이 지낼 무렵, 실옹가는 할 수 없이 세간 처자 모조리 빼앗기고 팔자에 없는 곤장 맞고 쫓겨나니 세상에 살아본들 무엇하리? '애고 애고 내 팔자야. 죽장망혜 단표자로 만첩청산 들어가니 산은 높아 천봉이요, 골은 깊어 만학이라. 인적은 고요하고 수목은 빽빽한데 때는 마침 봄철이라. 출림비조 산새들은 쌍거쌍래 날아들 새, 슬피 우는 두견새는 이내 설움 자아내어 꽃떨기에 눈물 뿌려 점점이 맺어두고, 불여귀는 이로 삼으니 슬프다, 이런 공산 속에서는 아무리 철석같은 간장이라도 아니 울지는 못하리라.'

자살을 결심하고 슬피 울 새 한 곳을 쳐다보니 층암절벽 벼랑 위에 백발도사 높이 앉아 청려장을 옆에 끼고 반송 가지를 휘어 잡고 노래 불러 하는 말이,

"뉘우쳐도 미치지 못하느니라. 하늘이 주신 벌이거늘, 누구를 원망하며 누구를 탓하고자 하는가?"

실옹가는 이말을 다 들으매 어찌할 줄 모르는 듯, 도사 앞에 급히 나아가 합장 배례 급히 하며 애원하되,

"이 몸의 죄 돌이켜 생각하면 천만 번 죽사와도 아깝지 아니하오나, 밝으신 도덕하에 제발 덕분 살려 주사이다. 당상의 늙은 모친, 규중의 어린 처자, 다시 보게 하옵소서. 이 소원 풀고 나면 지하로 돌아가도 여한이 없을 줄로 아나이다. 제발 덕분 살려 주옵소서."

온갖 정성 다 기울여 애걸하니, 도사가 소리 높여 꾸짖기를,

"천지간에 몹쓸 놈아! 이제도 팔십 당년 병든 모친 구박하여 냉돌방에 두려는가? 불도를 업신여겨 못된 짓 하려는가? 너 같은 몹쓸 놈은 응당 죽여 마땅하되, 정상이 가긍하고 너의 처자 불쌍하기로 풀어 주겠으니 돌아가 개과천선하여라."

도사는 부적 한 장을 써 주면서 일러두길,

"이 부적 간직하고 네 집에 돌아가면 괴이한 일이 있으리라."

하고 슬며시 사라지니, 도사는 간데온데없었다.

즐거운 마음으로 고향에 돌아와서 제 집 문전 다다르니,

고루거각 높은 집에 청풍명월 맑은 경개는 이미 눈에 익은 풍취로다. 담장 안의 홍련화는 주인을 반기는 듯, 영산홍아 잘 있었느냐? 자산홍아 무사하냐? 옛일을 생각하매 오늘이 옳으며 어제는 잘못임을 깨닫고 옛집을 다시 찾아오니 죽을 마음 전혀 없다.

"가소롭다, 허옹가야! 이제도 네가 옹가라고 장담을 할 것이냐?"

늙은 하인 내달으며,

"애고 애고 좌수님, 저 놈이 또 왔소이다. 천살 맞았는지 또 와서 지랄하니 이 일을 어찌하오리까?"

이럴 즈음에, 방에 있던 옹가는 간 데 없고, 난데없는 짚 한 뭇이 놓여 있을 따름이요, 허옹가와 수다한 자식들도 홀연히 허수아비 되므로, 온 집안이 그제야 깨달은 듯 박장대소하였다.

좌수가 부인에게 하는 말이,

"마누라, 그 사이 허수아비 자식을 저렇듯이 무수히 낳았으니, 그 놈과 한가지로 얼마나 좋아하였을꼬? 한상에서 밥도 먹었는가?"

얼이 빠진 부인은 아무 말 못 하고서, 방안을 돌아가며 허옹가의 자식들 살펴보니, 이를 보아도 허수하비요, 저를 보아도 허수하비라, 아무리 다시 보아도 허수아비 무더기가 분명하였다. 부인은 실옹가를 맞이하여 반갑기 그지없되 일변 지난 일을 생각하고 매우 부끄러워하였다.

도승의 술법에 탄복하여, 옹좌수 그로부터 모친께 효성하며 불도를 공경하여 잘못을 뉘우치고 착한 일 많이 하니, 모두들 그 어즮을 칭송하여 마지아니하였다.

■ 해설

「옹고집전」을 누가 언제 지었는지 확인할 길은 없습니다. 흔히 작자 미상이라 하는데, 이 말은 맨 처음 누가 지었는지 모른다는 뜻과 작자는 여럿이라 꼬집어 말할 수 없다는 뜻으로 보면 적절하겠습니다. 19세기 전반 이전의 판소리 「옹고집타령」은 송만재의 「관우희(觀優戱)」에서 확인되는데, "옹생원이 허수아비[芻偶]와 싸운다는(雍生員鬪一芻偶), 맹랑한 이야기가 맹랑촌에 퍼졌네(孟浪談傳孟浪村). 부처님 영험 담긴 부적 아니면(丹籙若非金佛力), 진짜와 가짜를 누가 가를까(疑眞疑假竟誰分)."가 그것입니다. 이게 대부분의 이본이 가지는 공통점이자 이 작품의 핵심인 셈입니다.

옹고집은 여러 종류의 악행을 저지르지만, 특히 학승(虐僧)과 불효라는 악행으로 여느 작품과 다른 특성을 지닙니다. 효도는 유교나 불교 가릴 것 없이 권장하던 윤리적 덕목이라 불효가 악행임은 당연하다. 그런데 조선조는 불교를 배척하고 유교를 숭상하는 이념적 바탕 위에 세워졌으므로 학승이

곧 악행이지는 않을 수도 있습니다. 따라서 중을 학대하는 일을 악행으로 여기는 사람들에 의해 「옹고집전」이 생성되고 향유되는 일은 매우 자연스럽습니다.

주인공 옹고집의 신분으로 설정된 '좌수(座首)'는 신분적으로 독특한 성격을 지닙니다. 일반적으로 좌수는 중인 계층에 속한 토호 세력으로 지방 관아(官衙)의 행정 실무를 보좌하는 기능을 담당하는데, 벼슬에서 물러난 고관이나 과거에 급제하고 벼슬길에 나아가지 않은 인물들이 맡는 경우도 있었습니다. 이들의 신분이 이처럼 양면적 특성을 띠면서 사대부와 양민 모두에게 긍정적 또는 부정적인 존재로 인식되었던 것이다. 이런 점을 형상화한 것이 바로 「옹고집전」이라 할 수 있습니다.

또한 옹고집은 상당한 재력을 가진 인물로 그려집니다. 옹고집 스스로가 이룩한 것은 아니라 하더라도 많은 사유 재산을 통하여 풍요한 삶을 영위할 수 있었던 시대적 변모를 이 작품이 담고 있는 셈입니다. 이런 사정은 「계우사」나 「흥부가」, 이른바 '한문 단편'에서도 거듭 확인되어 보편적 경향으로까지 이해할 수 있습니다. 옹고집이 그런 부류의 인물로 그려지면서 지탄의 대상이 된 점은 이 작품의 풍자 대상이 누구이고 풍자의 목표가 어디에 있는가를 알려 줍니다.

주인공 옹고집 못지않게 주목을 끄는 인물은 '도사'입니다. 옹고집의 악행을 선행으로 변환시키는 기능을 가진 점이나 유교적 인물인 옹고집과 불교적 인물인 도사를 대립시킨 설정이 이 작품의 중요한 특성이기 때문입니다. 옹고집과 도사의 대립을 중심으로 전개되면서 향수자는 주인공의 성격이 변화하는 과정에 흥미의 초점을 맞추게 됩니다. 악인을 어떻게 징치할 것인가, 진짜와 가짜를 어떻게 가릴 것인가, 결말을 어떻게 처리할 것인가 하는 문제는 향수자의 관심이 어떻게 흘러가는가를 구체적으로 보여 줍니다.

도사는 옹고집의 악행을 징치하는 방법으로 가짜 옹고집을 만들어 진짜와 가짜가 대립하게 하는 것을 채택합니다. 옹고집으로부터 곤욕을 당하고 돌아온 도사가 상좌들에게 징치의 방법을 제안하게 하자, 상좌들이 백호·여우·보라매 등이 되어 옹고집을 죽이자고 하나 도사는 각각의 부당성을 들면서 결국 자신의 의지에 따라 가짜 옹고집을 만듭니다. 향수자는 옹고집의 행위가 징치되어야 한다고 생각하므로 가짜 옹고집의 편에 섭니다. 진짜와 가짜의 싸움에서 진짜가 이기는 것은 규범에 합당한 일이기는 하지만 향수자는 규범을 어기는 데에서 흥미를 찾는 것입니다.

식구나 노비들이 진짜와 가짜를 구분하지 못하자 관청 송사(訟事)가 이루어집니다. 죄의 있고 없음이나 행동의 옳고 그름을 판단하기 위해서 송사가 이루어지는데, 그것은 반드시 승패가 갈려지는 속성을 가지고 있어 그 자체로서도 흥미거리가 되기에 충분합니다. 이 때문에 송사 과정을 소재로

삼은 고전소설 작품이 많이 생산되었던 것입니다. 어떤 경우이든 송사는 적법한 절차에 따라 진행되어야 하지만, 진짜와 가짜 옹고집을 구분하는 일은 그럴 수 없습니다. 더구나 향수자들은 진짜와 가짜를 이미 알고 있으므로 구경꾼의 위치에 서서 관청 송사 자체를 흥미거리로 전락시키고 즐거움을 만끽하게 됩니다.

진짜 옹고집은 관청 송사에서 패소하여 축출당합니다. 거짓이 참을 이긴 이율배반(二律背反)을 깨닫게 된 향수자는 옹고집의 개과천선을 기대하게 되면서 결말 처리 과정이 마련됩니다. 사고와 행동이 바뀐 옹고집에게 징치가 종결되어야 하는 것은 당연하며, 이 일도 징치를 주도하였던 도사에 의해 이루어져야 어울립니다. 이때 부적을 붙이거나 주문을 외우는 일이 가짜를 제거하는 방법으로 사용됩니다. 진짜가 가짜를 이기는 최선의 길은 선(善)을 회복하는 데에 있음을 확인한 셈입니다.

주인공 옹고집의 거주지는 이본에 따라 '맹랑촌' 또는 '옹돌촌' 등으로 불리는 경상도의 어느 곳이거나 '안동'으로 설정하였고, 도사가 거주하는 곳은 금강산에 있는 사찰로 되어 있어서 관심을 끕니다. 물론 이것은 대부분의 고전소설이 그 배경을 중국으로 잡고 있는 것과 다르다는 점뿐만 아니라 대부분의 판소리계 작품이 작품의 성격과 어울리는 우리나라의 특정 공간을 배경으로 하는 관습과도 일치한다는 점에서 드러난 것입니다. 맹랑촌 또는 옹돌촌은 경상도의 어느 곳인 허구적 공간입니다. 맹랑한 이야기가 전해져 오는 곳이라 맹랑촌이고, 옹고집이 사는 곳이라 옹돌촌일 것이지만, 이들이 유교 문화의 영향력이 어느 곳보다도 강한 경상도에 있다는 것이 특이합니다.

모든 이본을 아우를 수 있는 「옹고집전」의 구조는 옹고집이란 주인물이 악인에서 선인으로 변화하는 과정으로 파악될 수 있습니다. 학승이나 불효라는 악행이 불도를 숭상하고 부모를 공대하는 선인으로 바뀌는 과정이 이 작품을 지탱하는 뼈대임에 틀림없습니다. 그런데 학승이나 불효의 구체적인 내용은 이본마다 다르고, 그런 사정을 설명하는 데에는 서로 다른 틀을 마련해야 합니다. 이 작품은 크게 보아 세 가지의 이야기로 구성되어 있습니다. 옹고집이 악행을 저지르는 악행담과 진짜와 가짜가 서로 진짜 주인임을 다투는 진가 쟁주담, 그리고 옹고집이 선인이 되는 선행담 등이 그것입니다. 이들은 작품 전체의 한 부분이면서 하나의 이야기로 독자성을 가지기도 하며, 시간적 순차성에 따른 인과 관계로 결합되어 있기도 합니다. 작품의 처음과 끝인 악행담과 선행담은 인간의 보편적 사고방식을 충실히 반영하면서 향수자에게 낯익은 일반성을 가집니다. 그러나 진가 쟁주담은 진짜와 가짜를 첨예하게 대립시켜 향수자를 낯선 상황으로 몰아감으로써 흥미를 극대화하고, 여느 작품과는 구별되는 특수성을 가집니다.

「옹고집전」의 주제는 단일하지 않습니다. 주제를 파악하는 방법, 작품의 생산자와 소비자, 향수의 시기와 장소 등에 따라 다를 수 있기 때문입니다. 다시 말하면 이 작품의 주제는 인물의 성격 변화 과정이나 작품의 유통 과정을 추적하는 방법, 작품의 내·외적 배경을 파악하고 해석하는 방법 등에 의해 도출될 수 있습니다. 그뿐만 아니라 작품의 생산자로서 작자 또는 개작자가 이 작품에 담으려 한 주제와, 공연물로서의 판소리 또는 독서물로서의 소설로 이 작품을 소비하는 이들이 발견하는 주제가 언제나 같을 수는 없습니다. 또 이 작품이 인기를 누리던 때와 그렇지 않은 때는 그 주제까지 달라질 수 있습니다.

주인공 옹고집은 악인에서 선인으로의 질적 변화를 겪고, 그런 과정은 불교적 인물인 도사에 의해 주도됩니다. 그의 악행이 학승에만 국한되든 불효로까지 확대되든 간에 이런 사정이 달라지지는 않습니다. 효도가 누구나 지켜야 할 도리이듯 불도 또한 그와 다르지 않음을 「옹고집전」은 구체적으로 보여 줍니다. 송사 과정에서 가짜 옹고집에게 패소한 진짜 옹고집에게 연민과 동정을 보내고 개과천선한 주인공에게는 그에 상응하는 보답이 필요하다는 향수자의 의식이 이런 주제를 이끌어 냈다고 할 수 있습니다. 이런 점에서 이 작품은 윤리적이고 교훈적인 주제를 가집니다.

「옹고집전」이 가진 사회사적 의미도 주제 파악의 일환으로 주목할 만합니다. 이본에 따라 차이를 보이기는 하지만 이 작품은 조선조 후기의 향촌 사회가 가진 일반적 특성을 반영하고 있기 때문입니다. 주인공 옹고집이 획득한 신분과 재력은 사회 동향과 밀접하게 연관되고 그런 이권의 수혜자는 제한적일 수밖에 없습니다. 이에 따라 주인공의 사고와 행동은 사회 구성원 대다수의 공동 관심사와는 상반되면서 작품의 또다른 의미가 생성되는 셈입니다. 이런 점에서 이 작품은 비판적이고 풍자적인 주제를 가진 작품이라 할 수 있습니다.

「옹고집전」의 위상은 적지 않은 변모를 겪었습니다. 판소리로서의 「옹고집타령」은 열두 바탕에 속할 만큼 많은 향수자를 가지고 있었지만 다른 작품들과의 경쟁에서 패배하여 전승마저 끊겼습니다. 독서물로서의 「옹고집전」은 적지 않은 필사본 독자를 가졌던 것으로 보이지만 방각본이나 활자본 생산자의 관심을 끌지 못해 대량 유포의 혜택을 받지는 못했습니다. 그렇지만 「옹고집전」은 불교를 중요한 사상적 배경으로 삼은 점, 주인공이 제삼자적 위치에 있는 인물에 의해 질적 변화를 겪는다는 점, 시대적 동향에 적절히 대응되는 인물을 창조한 점, 판소리나 독서물로 존재하여 다양한 향수자를 확보한 점 등의 특성을 가지고 있어서 판소리사나 문학사에서 일정한 위상을 차지하고 있음은 분명한 사실입니다.

이생규장전(李生窺墻傳)

김시습(金時習)

■ 줄거리

송도(松都)의 낙타교 옆에 사는 이생은 나이가 열여덟으로 풍류와 운치가 맑고 재주가 뛰어나 일찍부터 국학에 다닌다. 그때 선죽리 부근의 큰 집에 최랑이 살았는데, 나이가 열여섯쯤 되었고, 여공(女工)과 시문(詩文)에 뛰어난 재주를 가져 세상 사람들의 칭찬을 듣는다.

이생은 국학에 가는 길에 늘 최랑의 집 담 밖을 지나가곤 하였는데, 거기에는 수양버들이 수십 그루 있어서 그 그늘에 앉아 쉬곤 한다. 그런데 어느 날도 여느 때와 마찬가지로 그 늘에 앉아 쉬다가 우연히 담 안을 엿보게 되었는데, 최랑이 수를 놓다가 지겨운 듯 시를 읊고 있었다. 이생이 국학에서 돌아오는 길에 최랑의 시에 답하는 시 세 수를 써서 담 안으로 던지니, 최랑이 황혼에 만나자는 사연을 적은 종이를 담 밖으로 던진다.

그날 저녁 이생이 최랑의 집으로 가니 담 밖으로 그넷줄에 묶인 바구니가 넘어오고, 그것을 타고 담 안으로 들어가서 비로소 둘은 만난다. 이후 두 사람은 매일 저녁이면 만나 사랑을 나누다 새벽이면 헤어진다. 이생의 행동을 수상히 여긴 그의 부친이 이생을 꾸짖은 후 영남 울주로 내려가서 종들을 데리고 농사나 감독하라고 하고, 이생은 부친의 명을 따를 수밖에 없다.

이런 형편을 모르는 최랑은 매일 이생을 기다리지만 만나지 못하자 몸종을 시켜 그간의 사정을 알게 되고, 식음을 전폐한 채 자리에 눕게 된다. 최랑의 부모가 그간의 사정을 알고 즉시 이생의 집에 중매쟁이를 보내어 두 사람을 혼인시킨다. 이생은 문과에 장원급제하여 높은 벼슬에 오르고, 둘은 서로 사랑과 공경으로 행복하게 산다.

신축년(辛丑年) 홍건적이 도성에 쳐들어오자 이생은 목숨은 부지하지만 가족과 헤어지고, 최랑은 홍건적에게 잡혀 절개를 지키려다 죽임을 당한다. 홍건적이 물러가자 이생은 살던 곳으로 돌아오지만 집은 불타 없어지고, 최랑의 집을 찾아가도 마찬가지였다. 누각에 올라 쓸쓸해하는데 최랑이 나타난다. 양가 부모의 유골을 거두어 합장하고 함께 옛날처럼 즐겁게 보낸다. 몇 해 후 최랑은 인간 세상을 떠날 때가 됐음을 말하고, 자신의 유골을 거두어 달라고 부탁한 뒤 사라진다. 이생은 최랑이 부탁한 대로 유골을 거두어 안장하고, 병이 들어 두어 달 만에 세상을 떠난다.

■ 원문

송도(松都)에 이생(李生)이란 사람이 있었는데, 낙타교(駱駝橋) 옆에 살았다. 나이는 열여덟에, 풍류와 운치가 맑고, 타고 난 재주가 뛰어났다. 늘 국학(國學)에 다니면서 길가에서도 시를 읽었다.

선죽리(善竹里)에 있는 큰 집에 최씨가 살았는데, 나이는 열대여섯쯤 되었다. 태도가 아리땁고 자수(刺繡)의 재주가 빼어나며, 시와 문장도 잘 지었다. 세상 사람들이 그들을 이렇게 칭찬하였다.

풍류로워라 이씨의 아들,
아리따워라 최씨의 아가씨.
그 재주와 고움을 먹을 수 있다면
굶주린 창자 낫게 할 수 있겠지.

이생은 날마다 책을 끼고 국학(國學)에 갔는데, 늘 최씨 집 북쪽 담장 밖을 지나다녔다. 그곳에는 하늘거리는 수양버들 수십 그루가 빙 둘러 있었고, 이생은 그 나무 아래에서 쉬어 가곤 하였다.

하루는 이생이 담장 안을 엿보았더니, 아름다운 꽃들이 활짝 피어 있고, 벌과 새들이 다투어 시끄럽게 하고 있었다. 뜰 한쪽에는 작은 누각이 꽃나무 수풀 사이에 숨듯이 보였다. 문에는 구슬발이 반쯤 걷혀 있고, 그 안에 비단 장막이 드리워 있는데, 그 안에 아름다운 여인이 수를 놓다가 지겨운 듯 바늘을 멈추고 턱을 괴더니 시를 읊었다.

홀로 사창(紗窓)에 기대어 수놓기도 지겨운데,
온갖 꽃떨기마다 꾀꼬리 지저귀네.
괜스레 마음속으로 봄바람 원망하다가
말없이 바늘 멈추고 누군가를 그리워하네.

길 가는 멀쑥한 선비, 뉘 댁 총각이신지
파란 옷깃 넓은 띠 버들 사이로 어른거리네.
어떻게는 저 집의 제비가 될 수 있다면
구슬발 헤치고 나가 담장을 스쳐 넘으리.

이생은 그 소리를 듣고 들뜬 마음을 참을 수가 없었다. 그

러나 그 집 문은 높디높고, 규방은 깊디깊으니 그저 속만 끓
이다 떠났다.

이생은 국학에서 돌아오는 길에 흰 종이 한 폭에 자신이
지은 시 세 편을 써서 기왓장에 묶어 담장 안으로 던졌다.
그 시는 다음과 같다.

무산 열두 봉우리 첩첩이 쌓인 안개 속에
반쯤 드러난 봉우리가 붉고도 푸르구나.
양왕(襄王)의 외로운 봄꿈을 수고롭게 하지 마오.
구름 되고 비가 되어 양대(陽臺)에서 만나 보세.

사마상여(司馬相如)가 되어 탁문군(卓文君)을 꾀어내려니
마음속에 품었던 생각은 이미 다 이루어졌네.
붉은빛 담머리의 어여쁜 복사꽃과 자두꽃,
바람에 날려서 어디로 떨어지나.

좋은 인연 되려는지 나쁜 인연 되려는지
부질없는 이내 시름 하루가 일 년 같구나.
스물여덟 자(字)로 황혼의 기약을 맺었으니
남교(藍橋)에서 어느 날 신선을 만나려나.

최씨가 몸종 향아(香兒)를 시켜서 그것을 주워 보니, 바로
이생이 지은 시였다. 최씨는 그 시를 펼쳐서 두세 번 읽고는
마음속으로 혼자 기뻐하였다. 종이쪽지에 여덟 자를 써서 담
밖으로 던져 주었다.

"그대는 의심하지 마시고, 황혼에 만납시다."

이생이 그 말대로 황혼이 되자 최씨의 집을 찾아갔다. 갑
자기 복사꽃 한 가지가 담 위로 넘어오면서 하늘거리는 그림
자가 나타났다. 이생이 가까이 가서 살펴보니 그넷줄이 대바
구니를 매어서 아래로 늘어뜨려 놓았다. 이생을 그 줄을 잡
고 담을 넘었다.

마침 달이 동산에 떠오르고 꽃 그림자가 땅에 비치며, 맑
은 향내가 사랑스러웠다. 이생은 자기가 신선 세계에 들어왔
다고 생각하여 마음은 비록 기뻤지만, 자기의 마음이나 지금
사정이 너무나 비밀스러워서 머리칼이 모두 곤두섰다.

이생이 좌우를 둘러보았더니, 최씨는 꽃떨기 속에서 향아
와 같이 꽃을 꺾어 머리에 꽂고는, 외진 곳에 자리를 펴고
앉아 있었다. 최씨가 이생을 보고 방긋 웃으면서 시 두 구절
을 먼저 읊었다.

복숭아와 자두 가지 속에 꽃송이 탐스럽고
원앙의 베개 위엔 달빛이 곱구나.

이생이 뒤를 이어 시를 읊었다.

다음날 어쩌다가 봄소식이 새나간다면
무정한 비바람에 더욱 가련해지리라.

최씨가 얼굴빛이 변하면서 말하였다.

"저는 본디 당신과 함께 부부가 되어 끝까지 남편으로 모
시고 영원히 즐거움을 누리려고 하였어요. 그런데 당신은 어
찌 이렇게 말씀하십니까? 저는 비록 여자의 몸이지만 마음이
태연한데, 장부의 의기를 가지고도 이런 말씀을 하십니까?
다음날 규중의 일이 누설되어 친정에서 꾸지람을 듣게 되더
라도, 제가 혼자 책임을 지겠습니다."

"향아야, 방 안에서 술과 안주를 가져오너라."

향아가 시키는 대로 가버리자, 사방이 고요하여 아무런 인
기척도 없었다. 이생이 최씨에게 물었다.

"이곳은 어디입니까?"

최랑이 말하였다.

"이곳은 뒷동산에 있는 작은 누각 아래이지요. 저희 부모님
께서는 제가 외동딸이기 때문에 여간 사랑하지 않으십니다.
그래서 연못가에다 이 누각을 따로 지어 주셨지요. 봄이 되
어 이름난 꽃들이 활짝 피면 몸종 향아와 함께 즐겁게 놀라
고 하신 거지요. 부모님이 계신 곳은 여기서 멀기 때문에 아
무리 웃으며 크게 이야기해도 쉽게 들리지는 않는답니다."

최랑이 술 한 잔을 따라 이생에게 권하면서 고풍(古風)으
로 한 편을 읊었다.

굽은 난간이 연꽃 못을 누르니
못 위에 꽃떨기 사람과 함께 속삭이네.
향기로운 안개 깔린 속에 봄빛이 화창해서
새로 지은 가사 '백저사(白紵詞)'를 부르는구나.
꽃그늘에 달빛이 비껴 털방석에 스며들고
긴 가지 함께 잡으니 붉은 꽃비가 떨어지네.
바람이 향내를 끌어와 옷 속에 스며들자
첫봄을 맞은 아가씨가 햇살 속에 춤추네.
비단 적삼 가볍게 해당화 가지 스쳤다가
꽃 사이에 졸던 앵무새 놀라 깨게 하네.

이생도 바로 시를 지어 화답하였다.

도원에 잘못 들어와 복사꽃이 만발한데
많고 많은 이내 정회(情懷)를 말로 다 할 수 없네.
구름같이 쪽찐 머리에 금비녀 낮게 꽂고
산뜻한 봄 적삼을 모시 베로 지었구나.
나란히 달린 꽃가지를 봄바람에 꺾다니
뒤엉킨 꽃가지에 비바람아 부지 마소.

선녀의 소맷자락 나부껴 그림자도 하늘거리고
계수나무 그늘 속에선 시름이 따를 테니
함부로 새 곡조 지어 앵무새에게 가르치지 마오.

시 읊기를 마치자 최씨가 이생에게 말하였다.
"오늘의 일은 반드시 작은 인연이 아니랍니다. 당신은 모름
지기 저를 따라오셔서 정을 나누어야 하겠어요."
말을 마치고 최씨가 북쪽 창문으로 들어가자 이생도 그 뒤
를 따라갔다. 누각에 달린 사다리가 있었는데, 그 사다리를
타고 올라갔더니 과연 그 다락이 나타났다. 문방구와 책상들
이 아주 말끔했으며, 한쪽 벽에는 '연강첩장도(烟江疊嶂圖)'와
'유황고목도(幽篁古木圖)'가 걸려 있었는데, 모두 이름난 그림
이었다. 그 그림 위에는 시가 씌어 있었는데, 누가 지은 시인
지는 알 수 없었다.
첫째 그림에 쓰인 시는 이러하였다.

어떤 사람의 붓끝에 힘이 넘쳐
이 강 가운데에 겹겹의 산을 그렸던가?
웅장하구나, 삼만 길의 저 방호산(方壺山)은
아득한 내와 구름 사이로 반쯤만 드러났네.
저 멀리 산세(山勢)는 몇 백 리까지 뻗어 있는데
푸른 소라처럼 쪽진 머리가 가까이 보이네.
끝없이 푸른 물결 공중에 닿았는데
저녁노을 바라보니 고향이 그리워라.
이 그림 구경하니 사람 마음이 쓸쓸해져
소상강 비바람에 배 띄운 듯하구나.

둘째 그림에 쓰인 시는 이러하였다.

쓸쓸한 대숲에선 가을 소리가 들리는 듯
비스듬히 누운 고목은 옛정을 품은 듯해라.
구부러진 늙은 뿌리엔 이끼가 가득 끼었고
굵고 곧은 가지는 바람과 천둥을 이겨 왔네.
가슴속에 간직한 조화가 끝이 없으니
미묘한 이 경지를 누구에게 말할 텐가.
위언(韋偃)과 여가(與可)도 이미 귀신이 되었으니
천기(天機)를 누설할 자가 그 몇이나 되려나.
갠 창가 그윽한 곳에서 말없이 바라보니
삼매경에 든 필법이 못내 사랑스러워라.

한쪽 벽에는 사철의 경치를 읊은 시를 각각 네 수씩 붙였
는데, 역시 누가 지었는지는 알 수 없었다. 그 글씨는 송설
(松雪)의 서체를 본받아 글자 모양이 아주 곱고도 단정하였
다.

그 첫째 폭에 쓰인 시는 이러하였다.

연꽃 그린 휘장은 따뜻하고 향내는 실 같은데
창밖에 붉은 살구꽃이 비 내리듯 하는구나.
다락 머리에서 새벽 종소리에 남은 꿈을 깨고 보니
개나리 무성한 둑에 때까치가 우짖네.

제비새끼 커 가는데 안방 깊숙이 들어앉아
귀찮은 듯 말도 없이 금바늘을 멈추었네.
꽃 아래로 쌍쌍이 나비들 짝 지어 날며
그늘진 동산으로 지는 꽃을 따라가네.

꽃샘추위가 초록 치마를 스쳐 가면
무정한 봄바람에 이내 간장 끊어지네.
말없는 이 심정을 그 누가 안다더냐.
온갖 꽃 만발한 속에 원앙새가 춤추는구나.

깊어 가는 봄빛을 뉘 집 동산에 간직했나?
붉은 꽃잎 푸른 나뭇잎 사창에 비치었네.
뜨락의 꽃과 풀들은 봄 시름에 겨웠는데
주렴을 가볍게 걷고 지는 꽃을 바라보네.

그 둘째 폭에 쓰인 시는 이러하였다.

밀 이삭 처음 베고 제비 새끼 날아드는데
남쪽 뜰엔 석류꽃이 두루 피었구나.
푸른 창가에 앉아 길쌈하는 아가씨는
붉은 비단을 마름질하여 새 치마를 지으려네.

매실이 익는 철에 부슬부슬 비가 내리는데
홰나무 그늘에 꾀꼬리 울고 제비는 주렴으로 날아드네.
또 한 해 봄 풍경이 시들어 가니
고련(苦棟) 꽃 떨어지고 죽순이 삐죽 솟았네.

푸른 살구 손에 쥐고 꾀꼬리에게 던져 보네.
남쪽 난간에 바람 일고 해 그림자 더디어라.
연잎에 향내 가시고 못에는 물이 가득한데
푸른 물결 깊은 곳에서 원앙새가 목욕하네.

등 평상 대자리에 무늬가 물결 지고
소상강 그린 병풍에는 구름이 한 자락 있네.
낮 꿈을 깨고도 나른해 누웠더니
반창에 비긴 햇살이 뉘엿뉘엿 넘어가네.

그 셋째 폭에 쓰인 시는 이러하였다.

가을 바람이 쌀쌀해서 찬이슬이 맺히고
달빛도 고와서 물빛 더욱 푸르구나.
한 소리 또 한소리 기러기 울며 돌아가는데
우물에 오동잎 지는 소리를 다시금 듣고파라.

침상 밑에서는 온갖 벌레들이 처량하게 울고
침상 위에서는 아가씨가 구슬 눈물을 떨어뜨리네.
만 리 밖 싸움터에 몸을 바친 임에게도
오늘밤 옥문관(玉門關)에 달빛이 환하겠지.

새 옷을 마르려니 가위가 차가워라.
나직이 아이 불러 다리미를 가져오라네.
다리미에 불 꺼진 걸 살피지 못하다가
머리를 긁으며 피릿대로 가만히 헤치네.

작은 연못에 연꽃도 지고 파초 잎도 누래지자
원앙 그린 기와 위에 첫서리가 내렸네.
묵은 시름 새 원한을 막을 길이 없는데
귀뚜라미 울음까지 골방에 들리네.

그 넷째 폭에 쓰인 시는 이러하였다.

한 가지 매화 그림자가 창 앞으로 뻗었는데
바람 센 서쪽 행랑에 달빛 더욱 밝아라.
화롯불 꺼졌는지 부저로 헤쳐 보고는
아이를 불러다 차 솥을 바꾸라네.

밤 서리에 놀란 잎이 자주 흔들리고
돌개바람이 눈을 몰아 긴 마루로 들어오네.
임 그리워 밤새도록 꿈속에 뒤척이니
빙하(氷河)가 어디런가, 그 옛날 전쟁터일세.

창에 가득한 붉은 해는 봄날처럼 따뜻한데
시름에 잠긴 눈썹에 졸음까지 더하네.
병에 꽂힌 작은 매화는 필 듯 말 듯 하는데
수줍이 말도 못하고 원앙새만 수놓는구나.

쌀쌀한 서리 바람이 북쪽 숲을 스치는데
처량한 까마귀가 달을 보며 우는구나.
등불 앞에 임 생각 눈물 되어 흐르니
실에도 떨어지고 바늘에도 떨어지네.

한쪽에 작은 방 하나가 따로 있었는데, 휘장, 요, 이불, 베개 들이 또한 아주 깨끗하였다. 휘장 밖에는 사향을 태우고 난향의 촛불을 켜놓았는데, 환하게 밝아서 마치 대낮 같았다. 이생은 최씨와 더불어 마음껏 즐거움을 누리면서 여러 날 머물렀다.

이생이 최씨에게 말하였다.

"옛 성인의 말씀에, '어버이가 계시면 나가 놀더라도 반드시 일정한 곳에 있어야 한다.'고 하였는데, 이제 내가 부모님을 떠난 지가 사흘이나 되었소. 부모님께서 반드시 대문에 기대어 기다리실 테니, 이 어찌 아들의 도리라고 하겠소?"

최씨는 서운하게 여기면서도 고개를 끄덕이고는, 담을 넘어 보내 주었다. 이생은 이 후부터 최씨를 찾아가지 않는 날이 없었다.

어느 날 저녁에 이생의 아버지가 물었다.

"네가 아침에 나갔다가 저녁에 돌아오는 것은 옛 성인의 어질고 의로운 가르침을 배우기 위해서이다. 그런데 요즘은 저녁에 나갔다가 새벽에 돌아오니, 이게 어찌 된 일이냐? 반드시 경박한 놈들의 행실을 배워 남의 집 담을 넘어서 아가씨나 엿보고 다닐 게다. 이런 일이 만일 탄로되면 남들은 모두 내가 자식을 엄하게 가르치지 못했다고 책망할 것이다. 또 그 처녀도 지체 높은 집안의 딸이라면 반드시 네 미친 짓 때문에 그 집안을 더럽히게 될 것이다. 남의 집에 죄를 지었으니, 이 일이 작지 않다. 너는 빨리 영남(嶺南)으로 내려가서 종들을 데리고 농사나 감독하고, 다시는 돌아오지 마라."

그 이튿날 곧장 울주(蔚州)로 내려 보냈다.

최씨는 저녁마다 꽃밭에서 이생을 기다렸지만, 여러 달이 되어도 돌아오지 않았다. 최씨는 이생이 병에 걸렸다고 생각하여, 향아를 시켜 이생의 이웃들에게 물래 물어 보게 하였다. 이웃들이 이렇게 대답하였다.

"이 도령은 그 아버지에게 죄를 지어 영남으로 떠난 지가 벌써 여러 달이나 되었다오."

최씨가 이 소식을 듣고 병을 얻어 침상에 누웠다. 엎치락뒤치락하며 일어나지 못하고, 입으로 음식도 먹지 못하였다. 말도 지루해지고 살도 초췌해졌다.

최씨의 부모가 이상하게 여겨 그 병의 증상을 물었지만, 묵묵히 아무런 말도 하지 않았다. 딸의 상자 속을 들추어보았더니, 이생과 지난날에 주고받은 시들이 있었다. 최씨의 부모들이 그제야 놀라서 무릎을 치며 말하였다.

"아아, 우리 딸자식을 잃어버릴 뻔했구려."

그리고는 딸에게 물었다.

"이생이 누구냐?"

이렇게 되자 최씨도 더 이상 숨길 수 없어 목구멍에서 겨우 나오는 소리로 부모에게 아뢰었다.

"아버님과 어머님께서 길러 주신 은혜가 깊으니, 어찌 사실을 숨길 수 있겠습니까? 저 혼자 생각해보니 남녀가 서로 사랑을 느끼는 것은 인정 가운데서도 가장 중요합니다. 그러므로 '결혼할 좋은 시기를 놓치지 마라.'는 말은 『시경(詩經)』의 주남(周南)편에도 나타나고, '여자가 정조를 지키지 못하면 흉하다.'는 말은 『주역(周易)』에서도 경계하였습니다. 저는 버들처럼 가냘픈 몸으로 얼굴빛이 시드는 것은 생각지 않고서 절개를 지키지 못하여, 옆 사람들에게 비웃음을 받게 되었습니다. 새삼 덩굴이 다른 나무에 의지해서 살듯이 저는 벌써 위당(渭塘)의 처녀 노릇을 가게 되었으니, 죄가 이미 가득 차 집안에까지 누를 끼치게 되었습니다. 그러나 저 아름다운 도련님과 한 번 정을 통한 뒤부터는 도련님께 대한 원망이 천만 번 생기게 되었습니다. 연약한 몸으로 괴로움을 참으며 홀로 살아가려니, 그리운 정은 나날이 깊어 가고 아픈 상처를 나날이 더해 가서 죽을 지경에 이르렀습니다. 이제는 원한 맺힌 귀신으로 화(化)해 버릴 것 같습니다. 부모님께서 제 소원을 들어주신다면 남은 목숨을 보존하게 되고, 이 간절한 청을 거절하신다면 죽음만이 있을 뿐입니다. 이생과 저승에서 다시 만나 노닐지언정, 맹세코 다른 가문에는 오르지 않겠습니다."

그러자 부모도 이미 그의 뜻을 알았으므로 다시는 병의 증세를 묻지 않았다. 타이르고 달래면서 그의 마음을 누그러뜨려 주었다. 그리고는 중매쟁이의 예를 갖추어 이생의 집으로 보냈다.

이생의 아버지가 최씨 집안이 얼마나 번성한지 물은 뒤에 말하였다.

"우리 집 아이가 비록 어린 나이에 바람이 났지만, 학문에 정통하고 사람답게 생겼소. 앞으로 장원급제할 것이며 훗날 이름을 세상에 떨칠 것이니, 서둘러 혼처를 정하고 싶지 않소."

중매쟁이가 돌아가서 그대로 아뢰자, 최씨의 부모가 다시 보내어 말하게 하였다.

"한때의 친구들이 모두들 '그 댁의 영식(令息)은 재주가 남달리 뛰어나다.'고 칭찬하였습니다. 아직은 똬리를 틀고 있지만, 어찌 끝까지 연못 속에 잠겨만 있겠습니까? 빨리 혼삿날을 정해 두 집안의 즐거움을 이루는 것이 좋겠습니다."

중매쟁이가 돌아가서 또 그 말을 이생의 아버지에게 전하였더니, 이생의 아버지가 말하였다.

"나도 젊었을 때부터 책을 잡고 학문을 닦았지만, 나이 늙도록 성공하지 못하였소. 종들도 흩어지고 친척의 도움도 적어, 생업이 신통치 않고 살림도 궁색해졌소. 그러니 문벌 좋고 번성한 집안에서 어찌 한갓 빈한한 선비를 사위로 삼으려 하시겠소? 이는 반드시 일 만들기 좋아하는 이들이 우리 집안을 지나치게 칭찬해서 귀댁을 속이려는 것일 거요."

중매쟁이가 돌아와서 또 최씨 집안에 전하자, 최씨 집안에서는 이렇게 말하였다.

"예물 드리는 모든 절차와 옷차림은 모두 저희 집에서 갖추겠습니다. 좋은 날을 가려서 화촉의 시기만 정해 주시면 좋겠습니다."

중매쟁이가 또 돌아가서 이 말을 전하였다.

이씨 집안에서도 이렇게까지 되자 뜻을 돌려, 곧 사람을 보내어 이생을 불러다 그의 생각을 물었다. 이생을 스스로 기쁨을 이기지 못하여 곧 시 한 수를 지었다.

깨어진 거울이 다시 둥글게 되니 만남도 때가 있어
하늘 나루터의 오작(烏鵲)이 아름다움 기약을 도와주었네.
이제야 월하노인(月下老人)이 붉은 실을 잡아매었으니
봄바람이 건듯 불더라도 소쩍새를 원망 마소.

최씨가 이 시를 듣고는 병도 차츰 나아져, 자기도 시를 지었다.

나쁜 인연이 바로 좋은 인연이던가?
그 옛날 맹세가 마침내 이루어졌네.
어느 때나 임과 함께 사슴이 끄는 수레를 끌고 갈까?
아이야, 나를 일으켜 다오 꽃비녀 손질 하련다.

이에 좋은 날을 가려 마침내 혼례를 이루니, 끊어졌던 사랑이 다시 이어지게 되었다. 그들은 부부가 된 이후에 서로 사랑하면서도 공경하여 마치 손님처럼 대하니, 비록 양홍·맹광이나 포선(鮑宣)·환소군(桓少君)이라도 그들의 절개와 의리를 따를 수가 없었다.

이생이 이듬해 문과에 급제하여 높은 벼슬에 오르자, 그의 이름이 조정에 알려졌다.

신축년(1361)에 홍건적이 서울을 점거하자 임금은 복주(福州)로 피난 갔다. 도적들은 집을 불태워 없애버렸으며, 사람을 죽이고 가축을 잡아먹었다. 부부와 친척끼리도 서로 보호하지 못했고 동서로 달아나 숨어서 제각기 살길을 찾았다.

이생은 가족들을 데리고 외진 산골로 숨었는데, 한 도적이 칼을 빼어들고 뒤를 쫓아왔다. 이생은 달아나 목숨을 건졌지만, 최씨는 도적에게 사로잡혔다. 도적이 최씨의 정조를 빼앗으려 하자, 최씨가 크게 꾸짖었다.

"호귀(虎鬼) 같은 놈아. 나를 죽여 먹어라. 내 차라리 죽어서 시랑(豺狼)의 뱃속에 장사지낼지언정 어찌 개돼지 같은 놈의 짝이 되겠느냐?"

도적이 노하여 최씨를 죽이고 살을 도려내었다.

이생은 거친 들판에 숨어서 겨우 목숨을 보전하다가, 도적이 이미 다 없어졌다는 소식을 듣고 부모님이 사시던 옛집을 찾아갔다. 그러나 그 집은 이미 싸움 통에 불타 없어졌다. 또 최씨의 집에도 가보았더니 행랑채는 황량했으며, 쥐가 찍찍거리고 새가 시끄럽게 울었다.

이생은 슬픔을 이기지 못하여 작은 누각으로 올라가서 눈물을 거두며 길게 한숨을 쉬었다. 날이 저물도록 우두커니 홀로 앉아 지나간 일들을 생각해 보니 완연히 한바탕 꿈만 같았다.

이경(二更)쯤 되어 달빛이 희미한 빛을 토하며 들보를 비추었다. 그런데 회랑 끝에서 웬 발걸음 소리가 점점 들려왔다. 그 소리는 멀리서부터 들려오더니 차츰 가까워졌다. 발걸음 소리가 이생 앞에 이르렀을 때 보니 바로 최씨였다. 이생은 비록 그녀가 이미 죽은 것을 알고 있었지만, 너무도 사랑하는 나머지 조금도 의심 없이 물었다.

"당신은 어디로 피난하여 몸과 목숨을 지켰소?"

최씨는 이생의 손을 잡고 한바탕 통곡하더니 그간의 사정을 이야기하기 시작했다.

"저는 본디 양가의 딸로서 어려서부터 어버이의 가르침을 받들어 수놓기나 바느질 같은 일에 힘쓰고 시서(詩書)와 인의(仁義)의 방도를 배웠습니다. 오로지 규문(閨門)의 법도만 알았을 뿐 어찌 집 밖의 일을 헤아릴 수 있었겠습니까? 그런데 당신께서 붉은 살구꽃이 핀 담장 안을 한 번 엿보신 후에 제가 스스로 푸른 바다의 구슬을 바쳤지요. 꽃 앞에서 한 번 웃고는 평생의 은혜를 맺었고, 휘장 안에서 다시 만났을 때에는 애정이 백 년도 더 된 것 같았지요. 말이 여기에 이르고 보니, 슬프고 부끄러움을 어찌 이겨낼까요? 장차 평생을 함께하려고 하였는데 뜻밖의 횡액을 만나 구덩이에 뒹굴게 될 줄 어찌 뜻하였겠습니까? 그러나 저는 끝내 승냥이나 범에게 몸을 내맡기지 않고 스스로 진흙탕 모래밭에서 육신이 찢기는 길을 택하였지요. 그건 천성이 저절로 그렇게 한 것이지 인정으로야 차마 견딜 수 있는 일이 아니었답니다. 외진 산골짜기에서 당신과 헤어진 후로 마침내 짝을 잃고 홀로 날아가는 새의 신세가 된 것이 너무 한스러웠습니다. 집도 없어지고, 부모님도 돌아가셨으니 고단한 혼백조차 의지할 곳이 없었지만 절의는 귀중하고 목숨은 가벼우니 쇠잔한 몸뚱이일망정 치욕을 면한 것만으로도 다행이라 생각했지요. 하지만 마디마디 끊어져 재처럼 식어 버린 제 마음을 누가 불쌍하게 여기겠습니까? 한갓 조각조각 끊어진 썩은 창자만 묶었을 뿐, 해골은 들판에 팽개쳐졌고 간과 쓸개는 땅바닥에 버려져 흙이 발리졌지요. 가만히 지난날의 즐거움을 헤아려 보기도 하지만 오늘의 근심과 원한만이 마음에 가득 차 버렸습니다. 이제 추연(鄒衍)이 피리를 불어 적막한 골짜기에 봄바람을 일으켰으니 저도 천녀의 혼이 이승으로 돌아왔듯이 이곳으로 돌아오렵니다. 봉래산에서 십이 년 만에 만나자는 약속을 이미 단단히 맺었고, 취굴(聚窟)에서 삼생(三生)의 향이 그윽하게 풍겨 나오니, 그동안 오래 떨어져 있던 정을 되살려서 지난날의 맹세를 저버리지 않겠다고 약속하겠어요. 만약 당신이 아직도 그 맹세를 잊지 않으셨다면 저는 끝까지 잘해 볼 거예요. 당신도 허락하시는 거지요?"

이생은 기쁘고도 감격하여 말하였다.

"그건 바로 내가 바라던 바요."

두 사람은 다정하게 마주 앉아 그간의 정을 풀었다. 그러다가 이생이 재산을 얼마나 도적에게 약탈당했는가에 대해 묻자 최씨가 말하였다.

"조금도 잃지 않았어요. 아무 산 아무 골짜기에 묻어 두었답니다."

이생이 또 물었다.

"양가 부모님의 유해는 어디에 있소?"

최씨가 대답하였다.

"아무 곳에 그냥 버려져 있습니다."

두 사람은 그간의 정회를 펼친 다음 함께 잠자리에 들었는데, 그 지극한 즐거움이 예전과 같았다.

다음 날 최씨와 이생은 함께 재물이 묻혀 있다는 곳을 찾아갔다. 과연 금은(金銀) 여러 덩이와 약간의 재물을 얻을 수 있었다. 또 그들은 양가 부모님의 유골을 수습한 후 금과 재물을 팔아 각각 오관산(五冠山) 기슭에 합장하였다. 산소 주변에 나무를 심고 제사를 드려 예를 극진히 갖추었다.

그 뒤 이생은 벼슬을 구하지 않고 최씨와 함께 살았다. 목숨을 구하고자 달아났던 종들도 다시 스스로 돌아왔다. 이생은 이때부터 인간사(人間事)에 게을러져서 비록 친척이나 손님들의 길흉사에 하례하고 조문해야 할 일이 있더라도 문을 걸어 잠그고 밖으로 나가지 않았다. 그는 항상 최씨와 더불어 시를 지어 서로 주고받으며 금실 좋게 행복한 시간을 보냈다. 그렇게 몇 년이 흘러갔다.

어느 날 저녁에 최씨가 이생에게 말했다.

"세 번이나 좋은 때를 만났지만, 세상일은 뜻대로 되지 않고 어그러지는군요. 기쁨과 즐거움이 다하기도 전에 슬픈 이별이 갑자기 닥쳐오니 말이에요."

그리고는 마침내 울부짖었다. 이생은 깜짝 놀라서 물었다.

"무슨 일로 그러시오?"

최씨가 대답하였다.

"저승의 운수는 피할 수가 없답니다. 하느님께서 저와 당신의 연분이 아직 끊어지지 않았고, 또 저희가 아무런 죄악도 저지르지 않았음을 아시고 이 몸을 환생시켜 당신과 시내며 잠시 시름을 잊게 해 주신 것이었어요. 그러나 인간 세상에 오랫동안 머물면서 산 사람을 미혹시킬 수는 없답니다."

그리고는 몸종 아이를 시켜서 이생에게 술을 올리게 하고는, '옥루춘(玉樓春)' 한 곡을 불렀다.

칼과 창이 어우러져 싸움이 가득한 판에

옥 부서지고 꽃 떨어지니 원앙도 짝을 잃었네.
흩어진 해골을 그 누가 묻어 주랴.
피에 젖어 떠도는 혼이 하소연할 곳도 없었네.
무산의 선녀가 고당에 한번 내려온 뒤에
깨어진 종(鐘)이 거듭 갈라지니 마음 더욱 쓰려라.
이제 한번 작별하면 둘이 서로 아득해질 테니
하늘과 인간세상 사이에 소식마저 막히리라.

노래를 한마디 부를 때마다 눈물이 자꾸 내려 거의 곡조를 이루지 못하였다.

이생도 슬픔을 걷잡지 못하여 말하였다.

"내 차라리 당신과 함께 저세상으로 갈지언정 어찌 무료히 홀로 살아남을 수 있겠소? 지난번 난리를 겪은 후에 친척과 종들이 뿔뿔이 흩어지고, 돌아가신 부모님의 유해가 들판에 버려져 있을 때 당신이 아니었다면 누가 부모님을 묻어 드릴 수 있었겠소? 옛 성현이 말씀하시기를 '살아 계실 때는 예로써 섬기고, 돌아가신 후에는 예로써 장사 지내야 한다.'라고 했는데 당신의 천성이 정말 효성스럽고 인정이 두터웠기 때문에 이런 일을 다 처리할 수 있었던 것이오. 너무도 감격스럽지만, 한편으로는 나 자신에 대한 부끄러움을 이길 길이 없었소. 부디 그대는 인간 세상에 더 오래 머물다가 백 년 후 나와 함께 흙으로 돌아가시기를 바라오."

최씨가 대답하였다.

"당신의 목숨은 아직도 더 남아 있지만 저는 이미 귀신의 명부에 이름이 실렸으니 이곳에 더 오래 머물 수가 없답니다. 만약 제가 굳이 인간 세상을 그리워하며 미련을 두어 운명의 법도를 어기게 된다면 단지 저에게만 죄과가 미치는 게 아니라 당신에게도 누를 끼치게 될 거예요. 다만 저의 유해가 아무 곳에 흩어져 있으니 만약 은혜를 베풀어 주시려면 그것이나 바람과 햇빛 아래 그냥 나뒹굴지 않게 해 주세요."

두 사람은 서로 바라보며 눈물만 줄줄 흘렸다.

"서방님, 부디 몸 건강히 지내세요."

말을 마치자 최씨의 자취가 점차 희미해지더니 마침내 흔적도 없이 사라져 버렸다.

이생은 최씨의 유골을 거두어 부모님의 무덤 곁에다 장사를 지내 주었다. 장사를 지낸 뒤에는 이생도 또한 지나간 일들을 생각하다가 병을 얻어, 몇 달 만에 세상을 떠났다. 이 이야기를 들은 사람들마다 마음 아파 탄식하며, 그들의 의로움을 사모하지 않는 사람이 없었다.

■ 해설

김시습(金時習)(1435~1493)이 한문 소설 다섯 편을 『금오신화(金鰲新話)』라는 이름으로 묶었습니다. '금오(金鰲)'는 산 이름으로 경상북도 경주의 남산을 다르게 부르는 이름이고, '신화(新話)'는 '새로운 이야기'라는 뜻입니다. 이 다섯 편의 작품은, 양생(楊生)이 만복사에서 부처와 저포(樗蒲)놀이를 한 이야기인 「만복사저포기(萬福寺樗蒲記)」, 홍생(洪生)이 술에 취하여 부벽정에서 기씨(箕氏)와 놀았던 이야기인 「취유부벽정기(醉遊浮碧亭記)」, 한생(韓生)이 용궁의 잔치에 참여한 이야기인 「용궁부연록(龍宮赴宴錄)」, 박생(朴生)이 꿈속에서 남쪽 염부주에 염라대왕을 만나고 왔다는 이야기인 「남염부주지(南炎浮洲志)」, 그리고 이생(李生)이 최랑(崔娘)의 집 담 안을 몰래 엿본 이야기인 「이생규장전(李生窺牆傳)」 등입니다. 이 중 어느 것도 신을 주인공으로 하는 이야기인 '신화(神話)'는 아니고, 모두 인간을 주인공으로 하여 낭만적(浪漫的)인 사건을 형상화한 이야기입니다.

특히 「이생규장전」은 남녀의 만남과 헤어짐이라는 평범하다고까지 할 수 있는 소재인데, 살아 있는 사람끼리 이루어지는 것이 아니라 살아 있는 사람과 죽은 사람 사이에서 이루어진다는 점에서 낭만적입니다. 여기서 낭만적이라는 말은 비현실적(非現實的)이란 말과 비슷한 뜻입니다. 이루어질 수 없는 사랑이 이루어졌으니 비현실적이고 그런 사랑이 낭만적 사랑입니다.

이 작품의 줄거리는 이렇게 요약할 수 있습니다. 고려 시대 송도에서 국학에 다니며 공부하던 이생이 귀족 집의 아름다운 처녀 최씨를 보고 반하게 됩니다. 이생이 최씨를 사모하는 마음을 시로 써서 최씨 집 담 너머로 던진 것을 계기로 두 사람은 밀회하고 연인이 됩니다. 하지만 이생의 아버지가 반대하여 두 사람은 이별하게 되고 최씨는 이생을 그리워한 나머지 상사병에 걸려 죽음의 위기에 이릅니다. 최씨 부모의 간청에 의한 이생 아버지의 허락으로 결국 두 사람은 부부가 되고 이생은 과거에 급제합니다. 갑자기 홍건적의 난이 일어나 이생은 피신하였지만 최씨는 도적의 칼에 죽임을 당합니다. 난이 끝나고 가족을 잃고 실의에 빠져 홀로 지내던 이생에게 어느 날 최씨의 환신(幻身)이 찾아와 두 사람은 못다한 인연을 이어 갑니다. 3년이 지나 최씨는 저승으로 가야만 하는 운명임을 말하고 이생과 또 다시 이별합니다. 이생은 아내의 유언대로 장사를 지내고 홀로 살다가 자신도 병이 들어 세상을 떠납니다.

이것을 크게 두 부분으로 나눌 수 있습니다. 이승의 현실적 사건을 다룬 부분과, 이승과 저승을 초월한 세계를 그린 부분이 그것입니다. 앞부분은 이생과 최씨가 부모의 완강한 반대를 이겨내고 결혼하는 것이고, 뒷부분은 어렵게 이뤄낸 두 사람의 사랑이 홍건적의 난이라는 외부적 요인에 의하여 깨지는 것입니다. 앞뒤의 두 부분은 시간의 순서라는 단순한 결합을 넘어서 운명론적 세계관이나 인과론적 윤리관 등으로 해석될 수 있는 당위성을 지닐 수도 있습니다. 이렇게 앞뒤 부분이 가지는 의미를 깊고 넓게 따져야 하는 까닭은 이 작업이 이 작품의 주제를 도출하는 지렛대가 될 수 있다는 데에 있습니다.

이생과 최씨가 결혼을 하는 과정은 순탄하지 않았습니다. 이생은 부친의 엄격한 질책을 받고 강제로 삶의 양식을 바꾸어야 했습니다. 최씨는 죽음 직전까지 가는 모험을 감수해야 했습니다. 양가를 매파가 세 번씩이나 왕래해야 했고, 한쪽에서 혼인에 필요한 모든 경제적 부담까지 지는 불균형을 극복해야 했습니다. 그렇게 어려움을 극복하고 얻은 행복이었으므로 두 남녀를 죽음의 횡포로부터 지켜내야 한다는 명분이 생기고, 비극적 결말을 용인할 만큼 쉽사리 포기할 수 없는 의무감이 생긴 것입니다. 결국 최씨로 하여금 인간 세계에 환생하게 함으로써 못다한 사랑을 이어가도록 배려하게 된 것입니다.

이생과 최씨의 결합은 당사자가 스스로 결정하여 이루어졌다는 점에서 그들이 부딪힐 세계와의 대결이나 갈등도 치열할 수밖에 없어 보입니다. 이러한 대결이 둘 중에서 더 강하게 부각되는 것은 최씨일 겁니다. 최씨는 여자이기 때문입니다. 이 작품의 시대적 배경이 고려(高麗) 시대이지만 작품이 생성되는 시기는 조선(朝鮮) 시대입니다. 조선은 고려보다 성리학적 윤리관을 더욱 공고히 한 시대입니다. 이런 시대적 상황으로 보아 세계의 횡포가 남자보다 여자에게 훨씬 더 가혹했을 것입니다. 최씨가 대결할 일차적 대결 상대는 부모였습니다. 그런데 최씨가 외동딸이라는 점이 그 대결에서 절대적 우위를 차지하는 힘이 되었습니다. 최씨의 부모는 아들을 못 낳아 조상의 제사를 못 모실 것이라는 걱정은 하지 않던, 유교적(儒敎的)이지 않은 사람이었습니다. 그들에게는 도덕적 명분보다 딸의 목숨이 더 중요한 것이었습니다.

이생과 최랑의 결합을 방해하는 또다른 대결 상대는 문벌(門閥)이었습니다. 이것을 신분이라고 해도 되겠습니다. 최씨 집안은 부자이면서 귀족이었다면, 이생의 집안은 가난한 한사(寒士)였습니다. 이생의 집안은 이생이 과거를 통해 신분 상승이 이루어지기를 바랐을 것이고, 그런 꿈을 방해하는 최씨를 용납하기 어려웠을 것입니다. 그러나 최씨의 부모가 이생을 사위로 받아들이는 것은 이생이 미래에 어떤 인물이 되어야 한다는 것과는 무관한 것이었습니다. 딸의 목숨을 살리는 일이라면 상대방은 어떤 존재여도 괜찮은데, 다행히 또는 운이 좋게 이생 같은 재주 있는 사람을 만났을 뿐이지요. 바꾸어 말하면 이 작품에서 인물이 만나는 세계의 횡포 중에 명분이나 신분 같은 요인은 포함되지 않는다는 것입니다.

그런데 이생과 최랑이 극복해야 할 세계의 횡포는 홍건적의 난이라는 전쟁이었습니다. 주지하다시피 홍건적의 난은 원(元)나라 시대에 몽골 족의 지배에 항거하여 일어난 한족(漢族)의 농민 반란입니다. 이 반란은 이민족 왕조인 원나라를 쓰러뜨리고 한족 왕조인 명(明)나라를 성립시키는 계기가 되었지요. 그래서 이 난이 개인의 행복을 깨뜨릴 뿐만 아니라 국가의 존립에 영향을 미칠 수도 있을 만큼 강력한 횡포로 받아들여집니다. 이 작품의 작자인 김시습의 눈에는 이 난이 고려를 망하게 하고 조선이 세워지는 원인을 제공한 것으로 볼 수도 있을 테니까요.

현실적으로 중국 땅에서 일어난 전쟁이 이생과 최랑에게까지 영향을 미치느냐는 의문은 이 작품을 소설이라 생각지 않아야 나올 수 있는 것입니다. 어쨌든 전쟁은 일상을 파괴하는 것이고, 그 일상은 의식주뿐만 아니라 윤리와 도덕이라는 정신적인 것까지 포함됩니다. 이 전쟁도 그랬습니다. 이생과 최씨가 이룩한 사랑을 쉽게 무너뜨렸습니다. 이생은 살기 위해 도망을 쳐서 최씨를 지키지 못했습니다. 최씨는 살 수는 있었지만 여성으로서의 도덕성을 지키기 위해 죽음을 택했습니다. 이렇게 죽은 최씨에게 다시 살아나 사랑을 완성하게 해야 하는데, 그 상대가 자기를 지켜주지 못한 남성이라는 것까지 문제 삼지는 않았습니다. 다만 이생이 과거에 급제하여 영달하는 것이 삶의 목표이기도 하였지만 그런 것을 버리고 오로지 살아온 최씨만을 사랑하고 이별 후 몇 달 되지 않아 최씨를 따라간다는 설정으로 합리화했다고 볼 수도 있겠습니다. 이 결말의 비극성을 소외된 자의 고독을 형상화하고 있다거나, 작가인 김시습의 파란만장했던 삶과 관련한 우의(寓意)라는 해석도 가능해 보입니다.

귀신과 사람이 사랑하는 모티프를 가진 소설을 명혼소설(冥婚小說) 또는 시애소설(屍愛小說)이라는 이름으로 부르기도 합니다. 『수이전(殊異傳)』에 있었다고 하는, 최치원(崔致遠)이 쌍녀분(雙女墳)에 묻힌 두 여자와 사랑을 나눴다는 이야기 같은 설화가 이 작품을 창작하는 데 영향을 줄 수도 있었을 겁니다. 그런 설화와 이 작품을 구분할 수 있는 것은 사랑을 좌절시키려는 세계의 횡포에 대해 주인공들이 치열하게 저항하는, 즉 주인공과 세계 사이의 갈등이 치열하게 나타나고 있다는 데에 있습니다. 현실적으로 좌절된 사랑을 귀신과의 사랑으로 바꾸어 성취시키는 것은 분명히 역설(逆說)이지만, 이 점이 이 작품의 전기적(傳奇的) 특성을 드러내는 요소이기도 합니다. 한편 이 작품은 명(明)나라 구우(瞿佑)의 『전등신화(剪燈新話)』의 영향을 받았을 가능성도 있지만, 단순한 모방이 아니라 등장인물의 개성적인 성격이나 구성, 장면 묘사에 있어서 독창성을 확보하고 있습니다. 한편 이 작품은 전기적 요소가 있지만 그것이 현실적이고 사실적인 사건을 위해 필요한 것으로 인정하여 『금오신화』에 실린 다른 작품보다 우수하다는 평가를 받고 있습니다.

최척전(崔陟傳)

조위한(趙緯韓)

■ 줄거리

　전라도 남원에 최척은 정상사란 선비를 찾아가 제자가 되었는데, 난리를 피해 친척 집인 이곳에 와 있던 이옥영이란 처녀와 사랑을 나누게 된다. 결혼 날짜를 잡고 행복한 미래를 꿈꾸던 중, 최척이 의병에 뽑혀 나가게 되고, 결혼 날짜에 맞춰 돌아올 수도 없었다. 그때 옥영을 마음에 두고 있던 양씨라는 부자가 재물을 보내며 옥영에게 청혼하고, 그의 어머니 심씨는 양씨에게 마음이 기울어 결혼 날짜도 정한다. 충격을 받은 옥영은 목을 매었다가 겨우 살아난다.

　그 무렵 최척도 병들어 누워 있었는데 의병장은 최척의 처지를 알고 집으로 돌아가게 해 주었다. 집에 돌아온 뒤 최척의 병은 씻은 듯 나았고, 두 사람은 결혼하여 행복한 하루하루를 보낸다. 뒤이어 아들도 태어난다. 아들 몽석의 등에는 손바닥 만한 붉은 점이 있었다. 행복도 잠시, 왜적이 이 마을로 쳐들어왔다. 최척의 가족은 지리산 계곡으로 피난했다. 난리 통에 최척과 옥영은 헤어지게 되었다.

　왜병에게 잡혀간 옥영은 남장을 하고 남자로 살아간다. 가족을 잃고 죽으려던 최척은 명나라 군대를 따라 명나라에 가서 살게 된다. 최척은 명나라에서 이리저리 떠돌이 삶을 살고, 옥영은 장사하는 일본인 주인을 따라 뱃길로 중국을 왕래하곤 했다. 어느 날 일본 배에서 들려오는 염불소리에 퉁소를 불던 최척은 전날 아내가 지어 읊던 시 구절을 듣고 놀란다. 이렇게 해서 두 사람은 명나라 땅에서 다시 만나 새 삶을 시작하고 아들 몽선을 낳았다. 몽선이 자라 장가들 나이가 되어, 홍도라는 명나라 처녀를 아내로 맞았다.

　그러던 중 청나라 누르하치가 요양 땅으로 쳐들어오자 최척도 출전하게 되었다. 최척은 전쟁터에서 포로가 되었는데 거기서 자기 큰아들 몽석을 만난다. 두 사람은 옥지기의 도움으로 빠져나와 고국으로 가던 중 병이 든 최척은 진위경이란 명나라 사람을 만나 도움을 받게 되는데 그가 바로 홍도의 아버지였다.

　한편 옥영은 남편이 탈출하여 조선으로 갔을 것이라는 이야기를 듣고 자기도 조선으로 갈 계획을 세운다. 아들과 며느리를 설득하여 배를 구하여 떠났으나 해적을 만나 배를 빼앗기고 무인도에 표류한다. 때마침 그곳을 지나던 조선 배를 만나 고국에 돌아온 이들은 옥영이 살던 옛집을 찾고, 거기서 모든 가족이 다시 만나 행복한 삶을 누린다.

■ 원문

　전라도 남원(南原) 땅에 한 소년이 있었으니 이름은 최척(崔陟)이요, 자는 백승(伯昇)이라 했다. 최척은 어려서 어머니를 여의고, 서문 밖 만복사(萬福寺) 동쪽에서 아버지와 외로이 살고 있었다.

　최척은 나이가 어렸지만 생각이 깊고 마음은 한없이 착했으며, 벗과 사귀기를 좋아하였다. 그래서 사소한 일에는 마음을 두지 않았다. 소년의 아버지는 일찍부터 이런 충고를 했다.

　"네가 공부를 즐겨하지 않는다면 커서 무뢰한밖에 더 되겠느냐. 도대체 너는 어떤 인물을 본받고자 하느냐. 지금 한창 난리가 일어나 고을마다 장정을 널리 뽑고 있다는 걸 너도 들어 알 게다. 그런데 너는 오직 놀기에만 힘쓰니 어찌 이 늙은 애비를 기쁘게 할 수 있겠느냐. 이제 책을 마련해 줄 터인즉 선비를 찾아가 배우도록 하려무나. 비록 과거 급제하여 명성을 얻지는 못한다 할지라도 전쟁터에는 끌려가지 않을 것이다. 저 성남(城南)에 정상사(鄭上舍)란 선비가 있다. 그와는 소시적부터 친구여서 잘 아는 사이다. 그는 면학에 힘써 문장이 능하니 초학자(初學者)를 가르침에 부족하지 않을 것이다. 그러니 네가 찾아가 스승으로 모시고 공부하도록 해라."

　최척은 당일로 정 상사를 찾아갔다. 그는 간곡히 가르침을 청했다. 그래서 정 상사는 끝내 거절을 못하고 문하(門下)로 받아들이게 되었다.

　그가 공부를 시작한 지도 몇 달이 지났다. 이미 학문은 크게 진전을 보았다. 동네 사람들은 소년의 총명함을 칭찬해 마지않았다.

　최척이 글을 배울 때면 한 소녀가 숨어 들어 글 읽는 소리를 몰래 엿듣곤 했다. 나이는 열일곱여덟쯤 됐을까. 새까만 윤기어린 머리를 가진, 그림같이 아름다운 소녀였다.

　어느 날이었다. 정상사가 식사를 하느라고 글방을 비워 최척 혼자서 글을 읽고 있었다. 갑자기 창틈으로 조그만 쪽지가 들어왔다. 최척은 이상히 여겨 그것을 주워서 펴 보았다. 그 쪽지에는 『시경(詩經)』에 있는 「표유매(摽有梅)」의 마지막 장('매실을 따 대나무광주리에 담았네. 날 맞을 임자는 말할 때를 놓치지 말라'라는 내용임)이 씌어 있었다.

　그는 이 글을 읽자 마음이 마냥 들떴다. 마음을 억제할 수 없었다. 언제 밤이 오려나 몹시 기다려졌다. 그러다가 공부하는 사람이 쓸데없는 일에 관심을 쏟아서는 안 된다고 마음을 다잡기도 했다. 그럴수록 마음이 달아올랐다. 이윽고 스승이 글방으로 나오는 기미를 알고 그는 쪽지를 소매 속에 넣었다.

최척은 공부를 다 하고 글방을 나섰다. 문 밖에 지켜 서 있던 푸른 옷을 입은 계집아이가 뒤를 따라오며,

"저, 긴히 드릴 말씀이 있사옵니다."

했다. 최척은 계집아이를 보자 쪽지 생각이 났다. 그가 집으로 가는 길에 자세히 물으니, 계집아이가 대답했다.

"저는 이 낭자(李娘子)의 시녀인 춘생(春生)이라 하옵니다. 낭자께서 저를 보내시며 낭군님에게 청하여 화답(和答)의 시를 받아 가지고 오라고 하시었사와요."

최척은 이 계집아이가 의심쩍어 물었다.

"너는 정가(鄭家)의 사람이 아니야? 어째서 이 낭자라고 하느냐?"

"저의 낭자께서는 원래 서울 숭례문(崇禮門) 밖 청파동(靑坡洞)에 살고 있었어요. 아버지이신 이경신(李景新) 어른은 일찍 돌아가셔서 어머니 심씨(沈氏) 홀로 딸을 데리고 살고 있답니다. 이름은 옥영(玉英)이라 하옵는데, 오늘 낮 창 너머로 시를 던져준 사람이 바로 저의 낭자이옵니다. 지난 해, 난리를 피해 강화(江華)에서 배를 타고 나주(羅州)로 피난 나왔습니다. 올 가을에 거기서 다시 여기 정씨 댁으로 옮겨왔답니다. 그것은 한 과년한 딸을 두었기 때문이랍니다. 표형(表兄 : 외사촌 형)되시는 정 상사에게 혼사(婚事)를 부탁하기 위해서였사옵니다."

최척은 아버지를 뵙고 청혼을 해 보도록 간청했다. 아버지는 말했다.

"그들은 화족(華族)이니까, 반드시 부자가 아니면 혼인하려 들지 않을 것이다. 우리 집은 빈한해서 응하지 않을 것이 분명해."

하고 뚝 잘라 말했다. 최척은 몸이 달아 재삼 아버지를 졸라 댔다. 마침내 아버지는 말했다.

"네가 굳이 원한다면 내 한 번 청혼을 해 보긴 하겠다만 성패는 하늘에 달렸느니라."

이튿날이었다. 최 공(公)은 정 상사를 찾아가 아들의 혼사 이야기를 꺼냈다.

그러나 정 상사는 이렇게 말했다.

"나에게 표매(表妹)가 와 있긴 있다네. 그 딸은 재색과 행실이 아주 뛰어나 내가 신랑감을 널리 구하고 있는 중일세. 자네 아들의 재주가 뛰어나고 또한 준수하니 신랑감으로는 적합하다고 생각되나 집안이 가난한 것이 한일세그려. 그러나 한 번 누이와 상의해 가부간에 알려 줌세."

최 공이 돌아와 이런 이야기를 했다. 최척은 초조하고 불안한 마음으로 소식이 오기만을 기다렸다. 정 상사는 최 공을 보낸 다음 안으로 들어가 심씨(沈氏)와 상의했다. 그녀는

단호히 말했다.

"제가 집을 버리고 피난을 나와 외롭고 위태로워도 의탁할 곳이 없잖아요. 다만 딸 하나밖에 없으니 부잣집으로 출가시키기를 원해요. 가난한 집의 아들은 비록 그 마음이 아무리 어질다 하더라도 원치 않아요."

그 날 밤이었다. 옥영은 어머니와 함께 잠자리에 들어 최척의 말을 할까 망설이며 눈치를 살폈다. 옥영이 눈물을 흘리니 어머니가 알고,

"너는 무슨 생각을 하고 있는지 모르나 나를 실망시키지 않도록 하려무나."

했다. 옥영은 이 말을 듣고 얼굴을 붉혔으나, 다시 마음을 가다듬고 말했다.

"어머님이 사윗감을 고르시는 데 부잣집만 바라고 있으니, 자식을 생각하는 어머님의 그 뜻을 저인들 어찌 모르겠어요. 부잣집인 데다 사윗감이 어질다면 오죽이나 좋겠어요. 그러나 생활은 부유하더라도 남편이 변변치 못하다면, 그 넉넉한 살림을 관리하기가 어려울 것이 아니옵니까? 저는 집안이 부자라 하더라도 남편 될 사람이 어질지 못하다 하오면 그런 집으로는 시집을 가지 않겠어요."

"너 그게 무슨 당돌한 소리냐?"

"당돌한 말이 아니옵고 제 의견을 말했을 뿐이어요. 제가 알기로는 최척이라는 사람이 아저씨 댁에 와 공부를 하고 있습니다. 그는 인품이 충후(忠厚)하고 성실하와 단연코 경박(輕薄)한 탕자(宕子)는 아닌가 합니다. 그런 분을 남편으로 섬긴다면 죽어도 한이 없겠어요. 더구나 가난한 것은 선비로서 떳떳한 길이 아니옵니까? 저는 원래부터 불의의 재물을 모아 부자가 되는 것은 원치 아니합니다. 부디 그 댁으로 혼사를 정해 주시어요. 이런 말은 처녀로서 드릴 말씀이 아닌 줄 아옵니다만, 혼사는 일생에 있어 가장 중대한 일이옵기에 감히 부끄러움을 무릅쓰고 말씀드리옵니다. 만일에 부잣집으로 출가를 했다 하더라도 남편이 어질지 못하여 일생을 그르친다면 어찌할 것이옵니까? 이것은 깨진 병을 다시 원상(原狀)대로 할 수 없으며, 물들인 실을 다시 희게 할 수 없는 것과 마찬가지이옵니다. 제 아무리 가슴 아파 한들 또한 후회한들 아무 소용이 없는 일이옵니다. 더구나 이 몸은 남의 집에 얹혀 있사오며, 거기다 아버지마저 돌아가시잖았어요? 그리고 적병(敵兵)이 이웃 고을까지 쳐들어오지 않았습니까? 이런 다급한 시기에 정말 충실한 사람이 아니라면 누가 장모를 잘 받들어 모시겠어요?"

심씨는 딸의 말을 듣고 크게 깨달은 바가 있었다. 이튿날, 심씨는 정 상사와 마주앉아 말했다.

"제가 지난 밤 동안 곰곰 생각해 보았어요. 최랑(崔郞)은 비록 가난하지만 훌륭한 선비인 것 같아요. 부귀는 하늘에 달린 것, 인력으로서는 어찌할 수 없는 것이 아니겠어요? 아

무 것도 모르는 사람에게 출가시키기보단, 차라리 잘 아는 처지인 최랑으로 사위를 삼는 것이 좋지 않을까 해요."

"누이가 그렇게 원한다면 내 반드시 성사시켜 줌세. 최생은 가난하나 그 사람됨이 옥과 같네. 비록 서울 넓은 바닥에서 구한다 하더라도 그만한 사람은 드물 걸세. 앞으로 뜻을 이루어 학업이 대성한다면 우물 안의 개구리는 되지 않을 것이니 안심하게."

그날로 매파(媒婆)를 보냈다. 사주를 써 약혼했다. 내친걸음에 9월 보름날로 혼인날까지 받아 두었다. 부모보다도 당사자들이 크게 기뻐했다. 혼인날이 어서 오기를 손꼽아 기다리며 마음을 태우고 있었다.

얼마 동안의 세월이 흘렀다. 남원부에서 의병이 일어났다. 의병장은 참봉(參奉)을 지냈던 변사정(邊士貞)이었다. 이 의병들이 영남(嶺南)으로 진격할 때였다.

최척은 활을 잘 쏠 뿐만 아니라 말 타는 재주가 비상하다 하여 의병으로 뽑혔다. 최척은 진중에서 고민하다 못해 병이 들었다. 결혼 날은 하루하루 다가왔다. 그는 의병장을 찾아가 휴가를 신청했다. 의병장은 말했다.

"이 때가 어느 때라고 감히 결혼한다고 휴가를 달라는고? 상감께서도 몽진(蒙塵)하셔서 풀밭, 진흙 속에서 갖은 고생을 다하고 계셔, 신자(臣子)된 도리로서 마땅히 총칼을 들어 적을 무찔러야 함이 옳은 일이 아니고? 하물며 넌 아직도 장가들 나이가 아니잖느냐. 왜적을 격파하고 난 후에 장가들어도 늦지 않을 것이니, 앞으로는 내색도 하지 말라."

이렇듯 엄하게 책망하며 끝내 허락해 주지 않았다. 최척은 종군(從軍)한 뒤로 혼인날이 박두(迫頭)해도 돌아오지 않았다. 옥영은 혼인날을 헛되이 보냈다. 그녀는 하루하루 수심 속에서 지내고 있었다.

옥영의 이웃에 양씨(梁氏) 성(姓)을 가진 부자가 살고 있었다. 그자는 옥영의 아름다운 미모(美貌)며 착한 마음씨를 알고 있었다. 그래서 약혼자인 최척이 출정(出征)하여 돌아오지 않음을 틈타 구혼(求婚)을 했다. 몰래 보화(寶貨)를 정가(鄭家)로 들여댔고 매파를 충동질했다. 매파는,

"최생이라는 자는 빈곤하기 그지없나이다. 날이면 날마다 때 걱정을 하니 부친 봉양하기에도 어렵습니다. 항상 남한테서 쌀을 꾸어 오는 처지라 합니다. 그런 처지에 아내를 얻는다면 그 어려움이란 이루 헤아릴 수가 없을 것이요, 더구나 최생이란 자는 전장(戰場)에 나가 돌아오지 않으니 그 생사를 알 수 없지 않는가요? 그런데 비해 양씨는 원래부터 한다한 부자가 아닌가요? 그의 아들 또한 어질어 최생만 못잖으니, 아주 금실 좋은 부부가 될 것이 뻔하지요."

하며, 성가시게 보챘다.

열 번 찍어 안 넘어가는 나무 없다는 격으로 심씨는 마음이 소롯이 기울어졌다. 그리하여 끝내 승낙을 하고 말았다.

결혼 날짜도 열흘 앞세워 정하기까지 하였다.

옥영은 이를 알았다. 그날 밤, 옥영은 어머니와 마주하자 단연코 반대하여 말했다.

"최랑이 오지 못한 것은 그 몸이 의병장에게 매인 때문이어요. 고의로 약속을 저버린 것이 아니온데, 최랑을 기다리지도 아니하고 스스로 파혼하는 불의를 저는 원하지 않사옵니다. 만약 딸의 뜻을 꺾고자 한다면 저는 당장 죽어 버리겠어요. 어머니마저 이 마음을 몰라주는데, 어찌 하늘인들 알아줄 리 있겠어요?"

"너는 어찌 제 고집만 부리느냐? 응당 남의 딸이 되었으면 부모의 처분만 기다려야 할 것이 아니냐? 감히 어느 앞이라고 시집가는 것까지 간섭을 하려 드느냐?"

하고 심씨는 딸을 몹시 책망했다.

밤이 깊었다. 심씨는 잠결에 이상한 숨소리를 들었다. 놀라 깨어났다. 옆에 누워 자던 딸이 없었다. 당황하여 급히 찾아 나섰다.

옥영은 창 밑에 쓰러져 있었다. 수건으로 목을 졸라 맨 것이었다. 이미 손발은 싸늘하게 식었고, 가느다란 숨소리만 가쁘게 들렸다. 이것마저 점점 희미해지더니 뚝 끊어지고 말았다.

심씨는 통곡했다. 부랴부랴 목을 맨 수건을 풀었다. 손길은 마냥 떨렸다. 이 때 춘생이 깨어나서 불을 밝혔다. 그녀도 주저앉아 통곡했다. 급히 서둘러 물 몇 모금을 입을 벌리고 흘려 넣었다. 손에 땀을 쥐게 하는 시간은 흘렀다. 이윽고 가느다란 숨결이 되살아났다. 온 집안이 발칵 뒤집혔다. 너나 없이 달려와 구완했다.

이런 일이 있은 후부터였다. 심씨는 양가와의 혼사 문제는 입에 담지도 않았다. 발 없는 소문이 널리 퍼져 나갔다. 최공의 귀에도 이 사실이 들어왔다. 그는 그 사실을 아들에게 알렸다.

그 무렵, 최척은 병으로 몸져 누워 있었다. 그는 아버지의 서신(書信)을 읽고 충격을 받았다. 병세(病勢)는 다급해졌다. 의병장도 이를 알고 최척을 불렀다. 곧 귀가 조치를 취해 주었다.

최척이 집으로 돌아온 지도 수일이 지났다. 그렇게 위독하던 병세도 씻은 듯이 나았다.

마침내 그 날, 섣달 초사흘이 다가왔다. 최척은 정 상사의 집으로 가 옥영과 혼례를 치렀다. 두 사람의 기쁨이란 이루 형언할 수 없었다.

최척은 아내와 장모를 모시고 집으로 돌아왔다. 집안에 들어서기도 전이었다. 친척들이 몰려와 신부의 아름다움을 칭송해 마지않았다. 이웃사람들도 어진 아내를 데려왔다고 부러워들 했다.

옥영은 시집온 지 3일도 채 안되어 시집 일을 열심히 했다.

베틀에 올라 베를 짜고 들로 나가 김을 맸다. 그녀는 지성으로 시아버지를 공경했고 남편을 정성스레 섬겼다. 윗사람들을 공손히 받들었고 아랫사람들에게는 극히 자상했다. 그녀는 인정과 사랑을 골고루 베풀었다. 원근 사람들의 칭찬이 자자했다. 양홍(梁鴻)의 아내며 포선(鮑宣)의 며느리도 이보다는 못했을 것이라고들 했다.

최척은 옥영을 아내로 맞이한 후 부족함이 없었다. 그토록 원하던 사람과 혼인을 했으니 더 이상 바랄 것이 없었다. 살림도 나날이 넉넉해져 갔다. 이래서 아기자기한 세월은 흘러갔다. 그러나 최척은 시간이 흐를수록 대를 이을 아들이 늘 걱정이 됐다. 생각다 못해 매달 초하루가 되면 부부 동반해서 만복사로 올라가 자식 하나 점지해 달라고 빌었다.

이듬해는 갑오년이었다. 이 해도 정초에 만복사로 올라가 불공을 지성으로 드렸다.

그 날 밤이었다. 부인의 꿈 속에 부처님이 나타나 말씀하셨다.

"나는 만복사의 부처로다. 내가 그대들의 지극한 정성에 크게 감동되었도다. 그래서 기남자(奇男子)를 점지(點指)해 줄 것인즉, 이후 부인의 몸에는 태기(胎氣)가 있을 것이로다."

과연 그 달로부터 태기가 있었다. 만삭이 되어 순산하니 아들이었다. 등에는 손바닥만 한 붉은 점이 있었다. 그래서 이름을 몽석(夢釋)이라 지었다.

최척은 피리를 썩 잘 불었다. 그는 달 밝은 밤이나 꽃피는 아침나절에 피리를 불었다. 그가 피리를 불 때면 저무는 봄날하며 아름다운 밤으로 미풍(微風)이 간드러지게 살랑거렸고, 밝은 달은 빛을 더해 현란(眩亂)하게 비쳤다. 바람에 나는 꽃잎은 옷에 나앉았고, 그윽한 향기가 코끝에 맴돌았다. 그러면 술독에서 빚어 놓은 술을 퍼, 잔 가득히 부어 마셨다. 취기가 한껏 돌면 책상에 기댄 채 피리를 불었다. 그 피리소리는 간드러지게 울려 퍼져 멀리까지 번졌다.

옥영은 깊은 상념에 잠겨 있었다. 이윽고,

"첩은 오래 전부터 아녀자들이 시를 읊는 것을 못마땅해 했었어요. 그렇지만 이런 정경(情景)에 이르러선 도저히 참을 수가 없군요."

최척이,

"어디 부인이 한 수 읊어 보오."

하니, 옥영은 칠언절구 한 수를 읊었다.

왕자진이 피리를 부니 달도 내려와 들으려하네.
푸른 난초 나는 것을 막아나 보리.
푸른 하늘은 바다와 같고 이슬은 차기만 한데,
봉래산 가는 길은 안개와 노을에 싸여 찾을 수가 없네.

최척은 이제까지 시를 지어 본 적이 없었다. 부인이 읊은 시를 듣고 크게 놀랐다. 너무나 감동해 시흥(詩興)이 절로 솟았다. 화답(和答)의 시를 읊었다.

요대(瑤臺)는 멀고도 아득한데, 새벽 구름은 붉게 물들었네.
이제도 남은 소리 공산을 채우니 달이 덜어지네.
난조 날게 한 피리소리 아직도 다함 없는데
뜰에 가득한 그림자 향기로운 바람에 흐늘리네.

읊기를 마치자 옥영은 몹시 즐거워했다. 그러나 이런 즐거움도 오래 가지 못할 것을 지레짐작하고 눈물을 흘리며 말했다.

"세상살이에는 불의(不意)의 변고(變故)가 많사옵니다. 좋은 일에는 반드시 마(魔)가 끼어들기 마련이옵고 헤어지고 만남이 무상할 것이오니, 어찌 마음이 슬퍼지지 않을 수 있겠어요."

최척은 부인의 눈물을 소매로 훔쳐 주며 위로했다.

"굴신(屈伸)과 영허(盈虛)는 천도(天道)의 상리(常理)요, 길흉(吉凶)과 회린(悔吝)은 인사(人事)의 당연(當然)함이라 하지 않소. 설혹 타고난 운명을 변경할 수야 없다손 치더라도, 얽매여 살 필요가 어디 있겠소. 그러니 너무 슬퍼하거나 근심하지 마오. 옛 사람이 말하되 '길한 말만 하고 흉한 말은 하지 말라'는 속담이 있듯이, 부질없는 마음을 써 이 즐거운 마음을 상하게 할 것까지야 없지 않소?"

이로부터 부부의 사랑은 나날이 깊어갔다. 이들 부부는 지음(知音)이라고 자처(自處)하면서 하루도 떨어져 있는 일이 없었다.

정유년(丁酉年) 8월이었다. 왜적이 남원으로 쳐들어와 성을 함락시켰다. 사람들은 뿔뿔이 흩어져 산 속으로 피난했다. 최척의 가솔은 지리산(智異山) 연곡(燕谷) 깊숙이 피난했다. 난리통이라 인심이 흉흉했다. 어디서 무슨 변을 당할지 몰랐다. 최척은 옥영더러 남장을 하라고 일렀다. 남복을 입으니 아무도 여자인 줄 짐작 못했다.

산 속으로 피난온 지 여러 날이 지났다. 이미 가져온 양식은 동이 났다. 식솔이 굶주리게 되었다.

최척은 장정 서너 명과 작당하여 산속을 벗어났다. 양식도 구할 겸 전쟁의 형세도 알아볼 겸 해서 산을 내려와 구례(求禮)까지 갔었다.

그곳에서 갑자기 적병을 만났다. 그들은 몸을 신속히 날려 바위틈에 숨었다. 적병이 지나가기를 기다렸다.

왜적들은 곧장 지리산 연곡으로 쳐들어갔다. 적들은 피난 나온 사람들을 남김없이 잡아 끌고 갔다.

최척은 길이 막혀 거동을 할 수 없었다. 사흘이 애타게 지나갔다. 그는 적병이 물러간 다음에 연곡으로 급히 달려갔다. 연곡은 이미 생지옥이었다. 처참했다. 시체는 산골짜기마다 내동댕이쳐 있었고 유혈이 내를 이루었다.

혈안이 되어 식솔을 찾는 그때였다. 숲 속에서 신음소리가 들렸다. 소리나는 곳으로 찾아갔다. 그곳에는 노약한 몇 사람이 온몸에 상처를 입고 신음하고 있었다. 그 중 다소 성한 사람이 최척을 알아보고 눈물을 뚝뚝 흘리며 말했다.

"적병이 이곳으로 쳐들어 왔네. 재화를 약탈하고 사람들을 닥치는 대로 죽였지. 젊은 여자들은 섬강(蟾江)으로 끌고 갔다네."

최척은 주먹을 불끈 쥐고 대성통곡했다. 땅을 치며 피를 토했다.

이윽고 그는 섬강으로 달려갔다. 얼마 못 가서 흩어진 시체 속에서 신음소리를 들었다. 그는 그 소리 나는 곳으로 다가갔다. 가서 보니, 살았는지 죽었는지 분간할 수 없었다. 시뻘건 선지피가 온 얼굴을 감싸 누구인지 알 도리가 없었다. 최척은 옷을 살펴보았다. 어딘가 낯이 익은 것만 같았다. 크게 소리쳐 불렀다.

"네가 혹 춘생이 아니냐?"

춘생은 젖 먹던 힘까지 내어 눈을 떴다. 그 표정은 고통으로 일그러졌다. 그녀는 다 기어드는 소리로 간신히 말했다.

"오, 서방님! 아씨가 적병에 잡혀갔어요. 저 저도 붙잡혀 따라가다가, 따라가지를 못하니 칼로 찔렸어요. 칼 맞은 지 한 나절 만에 겨우 사 살아났으나, 드 등에 업힌 아기의 새 생사를 아 알……"

말을 다 하지 못하고 숨이 넘어갔다. 최척은 주먹으로 가슴을 쳤다. 발로는 땅을 차면서 통곡하다가 정신을 잃었다. 얼마가 지나 정신이 들었다. 또 기운을 차려 섬강으로 달려갔다.

섬강으로 가 보니, 강둑에는 칼 맞은 시체들이 너저분하게 널려 있었다. 자세히 살펴보니, 연곡으로 피난왔던 사람들이었다. 최척은 더 이상 기대를 걸 수 없었다. 그는 실성하여 통곡하며 시체 속을 누볐다.

그는 마침내 자살하려고 강가로 갔다. 막 물로 뛰어들려는 찰나, 어떤 사람이 옷을 잡으며,

"이 난리통에 당신 같은 이가 한 사람뿐인가? 그럴수록 용기 백배해야지."

하고 말리는 것이었다. 그래서 죽지도 못하고, 식솔을 찾아 강둑을 사흘이나 밤낮으로 찾아 헤맸으나 허사였다.

그는 기진맥진해서 옛집으로 돌아왔다. 집은 적화(賊火)에 타 버렸다. 무너진 담장과 깨진 기왓장만이 흩어져 있었다. 한 곳엔 피난 가지 못하고 적병에게 붙들려 죽은 사람의 뼈가 언덕을 이루고 있었다. 발을 옮겨 놓을 만한 틈새가 없었다.

최척은 먹지도 자지도 못하고 금교(金橋) 밑을 헤매고 다녔다. 마침내는 지쳐 쓰러지고 말았다.

어느 날이었다. 홀연히 명(明) 나라 장수가 수십 기를 이끌고 성에서 나왔다. 금교 밑에 와 말을 씻고 있었다. 최척은 의병으로 진중에 있을 때, 명나라 병사를 응접하여 수작을 오랫동안 했었다. 그래서 명나라 말을 어느 정도 알고 있었다.

최척은 집도 불타 버렸고 가족마저 잃어 버려 몸 하나 의탁할 곳이 없었다. 그래서 명장을 붙들고 명나라로 들어가 살겠다고 애원했다. 명장은 그의 말을 듣자 측은히 여겼고, 그 뜻을 동정하여 말했다.

"나는 오총병(吳摠兵)의 천총(千摠) 여유문(余有文)이오. 내 집은 절강 요흥부에 있는데, 비록 가난하지만 먹고 살기에는 부족함이 없소. 인생을 살아가는 데 있어 마음을 알아주는 사람끼리 서로 만나 마음껏 즐기는 것보다 더 귀한 것이 없다 하오. 내 좁은 소견에만 매달려 뜻에 맞는 사람의 청을 어찌 들어주지 않으리오."

그리고는 말 한 필을 내주었다 그리고 진중에 함께 유(留)하도록 했다.

최척은 용모가 준수했다. 헤아리고 생각함이 또한 깊었다. 그리고 궁마(弓馬)가 능숙할 뿐만 아니라 문장도 넉넉했다. 그래서 여공이 지극히 생각해 주었다. 식사도 같이했고 잠자리에도 함께 들었다.

왜적이 어느 정도 평정되자, 오총병은 군사를 이끌고 철수했다. 여공은 최척을 데리고 함께 환국했다. 그는 오총병을 떠나 고향인 요흥부로 가서 살았다.

최척의 마을에 왜적이 습격했을 때였다. 최공과 심씨는 늙고 병들어 멀리 피난 갈 수 가 없었다. 두 사람은 적병을 피해 산골짜기에 숨어 있었다. 적병이 물러가자 골짜기를 나왔다. 이 마을 저 마을로 걸식하며 다녔다. 그러다가 연곡사라는 절에 발길이 닿았다. 그때 승방에서 아기의 울음소리가 째지게 났다. 심씨가 최공을 보며 말했다.

"누구의 아이인지는 모르나 꼭 손자의 울음소리와 같군요."

그래서 최공이 문을 열고 살펴보았다. 틀림없는 몽석이었다. 달려들어가 어루만지며 얼렀다. 얼마쯤 아기를 돌보다가 옆에 있는 스님에게,

"이 아이를 어디서 어떻게 데려왔습니까?

하고 물었다. 혜정(慧正)이란 스님이 대답했다.

"소승이 쌓여 있는 시체 속에서 아기의 울음소리를 듣고 불쌍히 여겨 데려왔소이다. 지금 아기의 부모를 기다리고 있는 중이옵니다."

최공은,

"정말 부처님의 힘이 아니었다면 이 아이가 어찌 살아났겠소."

하고 극구 사례했다.

그날로 최공은 손자를 데리고 불타버린 집으로 돌아왔다.

심씨와 번갈아가면서 타다 남은 집을 수리해 겨우 비바람을 피하며 살았다.

옥영은 왜놈에게 붙잡혀 왜국으로 끌려갔다. 왜병 중에 늙은 병사가 있었다. 비록 글은 배우지 못했지만 부처님을 믿어 그 마음은 자비로웠다. 그는 장사를 생업으로 했다. 그리고 배 타기를 익혔다. 그래서 왜장 소서행장(小西行長)이 선주(船主)로 삼아 조선으로 나오게 되었던 것이었다.

이 늙은 왜인은 옥영을 아껴 주었다. 부인을 집으로 데려가 좋은 옷과 맛있는 음식을 주어 환심을 사려고 했다. 그렇게 하면 도망치지 않으려니 여겼다. 옥영은 바다에 몸을 던져 자살하려는 직전에 발각되어 뜻을 이루지 못했다. 그리고 몇 번이나 배를 내어 도망치려 했으나 감시가 심해 들키곤 했다.

어느 날 밤이었다. 옥영은 웅크리고 있다가 선잠이 들었다. 꿈결에 부처님이 나타나,

"나는 만복사의 부처로다. 부인이 죽지 않고 살아 있으면 반드시 후일이 있을 것이다."

하고 계시해 주었다. 옥영은 깨어나 그 꿈을 곰곰이 생각했다. 부처님을 굳게 믿어 후일이 있을 것을 기약하고는 자살하려던 뜻을 굽혔다.

이 왜인의 집에는 늙은 아내와 딸이 하나 있을 뿐 아들이 없었다. 늙은 왜인은 옥영을 집에만 있게 했고 바깥 출입을 못하게 했다. 그래서 옥영은 말했다.

"저는 몸이 작은 데다 약골이라 병이 잦습니다. 본국에 있을 때도 장정으로 안 뽑혀 출전도 못했습니다. 단지 바느질과 밥짓는 것만 배워 다른 일은 전혀 할 수 없습니다."

그러자 왜인은 더욱 가상히 여겼다. 아들같이 사랑했다. 이 왜인은 언제나 배를 타고 다니며 장사를 했다. 장사를 나서면 옥영을 배 안에 두고 밥을 짓게 했다. 왜인은 중국 민절지간(閩浙之間)을 왕래하며 장사했다.

그 때쯤이었다. 최척은 요흥부에 여공과 함께 형제지의(兄弟之義)를 맺고 있었다. 여공은 매부를 삼으려고 했다. 그러나 최 척은 굳이 사양했다.

"나는 집을 적화(敵火)에 잃고 또 노부(老父)며 약처(弱妻)하며 자식의 생사를 알지 못하고 있습니다. 더구나 지금껏 발상(發喪)이나 복상(服喪)도 못하고 있는 처지에 어찌 마음 놓고 아내를 얻어 평안한 생활을 도모할 수 있겠습니까?"

한 마디로 뚝 잘라 거절했다. 이후 여공은 두 번 다시 권유하지 않았다.

그 해 겨울이었다. 여공은 마침내 병들어 죽고 말았다. 최척은 더 이상 의탁할 수 없었다. 그래서 정처없이 방랑의 길로 들어섰다. 각지의 명승 고적을 찾아다녔다. 소상강(瀟湘江)·동정호(洞庭湖)·악양루(岳陽樓)·고소대(姑蘇臺) 등을 돌아보며 시를 지어 읊었다. 그는 어느 새 이렇게 세상을 떠

돌아다니며 한 세상을 보내겠다는 뜻을 굳혔다.

그러다가 해섬도사(海蟾道士) 왕용(王用)이라는 사람이 청성산(青城山)에 은거하며 황금연단(黃金煉丹)을 복용하여, 백일만에 승천하는 도술을 지니고 있다는 소문을 들었다. 그래서 장차 촉(蜀) 땅으로 들어가 그 도사를 찾아서 배우기를 청하리라 마음먹었다.

그 때였다. 다행히도 송우(宋佑)란 사람을 만났다. 그의 집은 항주(杭州) 용금문(湧金門) 안에 있었고, 경사(經史)에는 일가견(一家見)을 가졌지만 공명에는 뜻을 두지 않았다. 그는 저서(著書)로 생업을 삼았다. 또한 남을 도와주기를 좋아하는 성미였다. 최척은 이 사람과 사귀어 지기(知己)가 되었다.

송공은 최척이 촉으로 들어간다는 말을 듣고 술을 마련해서 찾아왔다. 서로 주거니 받거니 하며 얼근히 취한 후였다. 송공이 최척을 돌아보며 말했다.

"이 난세에 백일 승천하는 도술을 누구인들 원치 않으리요. 그러한 이치는 고금을 통하여 없을 뿐만 아니라, 여생이 얼마나 남았다고 그런 마음을 다 먹소. 복식(服食)하기 위하여 굶주림을 참고 스스로 고생을 사서 할 필요까지야 뭐 있소. 그래 산귀(山鬼)와 더불어 벗하려고 그러는가? 최공은 그러지 말고 나는 따라 배를 타세. 오월(吳越)로 다니면서 비단이나 팔고 차나 팔면서 여생(餘生)을 보낸다면, 이 또한 달인(達人)의 업이 아니겠는가?"

최척은 듣고 깨달은 바가 있었다. 그래서 송공을 따라 항주로 갔다. 그 해는 경자년(庚子年) 봄이었다. 최척은 송공과 함께 상선(商船)을 타고 안남(安南)을 왕래했다.

이 항구에는 왜선 10여 척이 열흘 전부터 정박하고 있었다. 때는 4월이라 모두들 노곤하여 곯아 떨어졌다.

하늘은 구름 한 점 없이 맑게 개었다. 물빛은 비단같이 아름다웠고, 바람이 자 물결은 잔잔했다. 물결소리조차 조금도 들려오지 않았다. 배 안에 있는 사람들도 잠이 들어 코 고는 소리만 높은데, 이따금 물새 우는 소리만이 들려왔다.

그 때 왜선에서 염불하는 소리가 매우 구성지게 들려왔다. 최척은 홀로 선창에 기댄 채 신세타령을 했다. 모든 것을 잊으려는 듯 품 속에서 통소를 꺼내어 계면조(界面調) 한 곡을 불면서 가슴 속에 맺힌 애원(哀怨)한 정을 풀고 있었다.

이 통소 소리에 하늘마저 근심스런 빛을 띤 듯했고, 구름과 연기조차 침울하기 그지없다. 배 안에서 잠을 자던 사람들도 놀라 깨어났다. 그들은 하나같이 슬픈 낯빛을 지었다. 통소 소리가 울려 퍼졌다. 그 때 왜선에서는 염불 소리가 갑자기 멎었다. 염불 소리 대신에 조선어(朝鮮語)로 칠언 절구(七言絶句)를 한 수 읊는 소리가 들렸다. 읊기를 다하자 한숨을 휴 내쉬는 것이었다.

최척은 이 시 읊는 소리를 듣고 너무도 뜻밖이어서 들었던 통소마저 떨어뜨렸다. 넋을 잃은 듯 마치 죽은 사람 같았다.

송공이 이상히 여겨,

"자네는 어째서 그런 모양을 하고 있는가?"

하고 물어도 대답이 없었다. 연해 큰 소리로 묻자, 최척은 자리에서 쓰러지며 기절해 버렸다. 얼마가 지나서야 겨우 정신을 차리고 일어나 앉으며 말했다.

"저 시는 내 아내가 지은 시요. 둘만이 알지 다른 사람은 아무도 모르오. 더욱이 시 읊는 소리가 아내와 흡사하니 어찌 놀라지 않겠소. 아내가 저 배를 타고 있는 것이 아닌지. 아니, 도저히 그럴 리 없지."

그리고는 왜적의 습격을 당하여 가족들이 흩어진 내력을 들려주었다. 사람들은 놀라며 이상히 여겼다.

그 속에 두홍(杜洪)이라는 사람이 있었다. 나이가 젊고 용감한 반면에 좀 덤벙대는 선비였다. 그는 최척의 말을 듣자 의기를 나타내어 주먹으로 뱃전을 쳤다. 분연(奮然)히 일어서며,

"내가 당장 찾아 보겠소."

하고 급히 서둘렀다. 송공이 만류하며,

"깊은 밤에 일을 꾸몄다가는 무슨 변을 당할지 두려우이. 내일 아침에 정중히 찾아보는 것이 좋을 것이오."

하니, 모두들 찬성했다.

그 날 밤 최척은 잠 한숨 자지 못했다. 아침을 기다리며 뜬눈으로 날을 밝혔다. 이윽고 동쪽이 밝아왔다. 그는 조금도 지체할 수 없어 배에서 내려왔다. 곧장 언덕으로 내려가 왜선으로 다가가서 조선어로 크게 외쳤다.

"어젯밤 시를 읊은 사람은 틀림없이 조선인일 거요. 나도 조선인이오. 이 머나먼 안남까지 와서 고국 사람을 한 번 만나보는 것도 이 또한 기쁜 일이 아니겠습니까?"

옥영은 배 안에서 통소 소리를 들었다. 그것은 곧 조선의 곡조요, 또한 옛날에 귀에 익었던 소리였다. 그래서 남편이 그 배에 와 있지 않나 해서 시를 시험삼아 읊었던 것이었다.

이 때 남편이 자기를 찾는 말을 듣자, 옥영은 황망(遑忙)하여 몸둘 바를 몰랐다. 엎어지고 넘어지면서 급히 난간을 내려갔다. 두 사람은 서로를 알아보고, 소리치면서 끌어안고 흐느껴 울었다. 너무나 감격해 가슴이 막혔다. 심정이 격하여 말도 제대로 안 나왔다. 이윽고 정신을 차렸다.

이 극적인 광경을 보느라고 양국의 뱃사람들이 담장처럼 늘어섰다. 그들은 처음에 친척이나 친구인 줄로만 알다가 급기야 부부지간이란 것을 알고는 서로 쳐다보며 큰소리로,

"이상하고도 기이하도다. 이것은 하늘이 돕고 귀신이 도와도다. 일찍이 이런 일은 보지 못했는데 정말 기쁜 일이로다."

하며 경탄하지 않는 사람이 없었다.

최척은 집안 소식을 물었다. 옥영은,

"그때 저희들은 산중에서 도망하여 강가로 나왔어요. 시아버님과 어머님은 그 때까지 무사했어요. 날은 저물고 창황

중에 배를 타느라고 그만 서로 헤어지고 말았어요."

하고 말했다.

두 사람은 또 한 번 통곡했다. 이 정경을 지켜보는 사람들마저 눈시울이 뜨거워졌다. 송공이 왜인을 청하여 백금 세 덩이를 주며 옥영이를 사겠다고 나섰다. 왜인은 손을 내저으며 말했다.

"내가 이 사람을 얻은 지 4년이나 흘렀습니다. 그 단정한 거동을 사랑하여 친자식같이 사랑했고, 침식도 함께 하며 잠시도 서로 떨어진 적이 없었습니다. 그러나 지금껏 부인인 줄은 미처 몰랐소이다. 이제 이런 해후를 보고 하늘과 귀신마저 감동하거늘, 내 비록 완고하고 미련하나 어찌 목석과 같으리요. 어찌 값을 받을 수가 있겠소이까?"

그리고는 주머니에서 열 냥의 은자(銀子)를 꺼내어 옥영에게 주며 말했다.

"4년 동안이나 동거하다가 하루 아침에 이별하게 되니, 슬픈 심정을 참을 수 없구려. 잃었던 남편을 만 리 바다 밖에서 다시 만난 것은 이 세상에 일찍이 없었던 일이오. 내가 욕심을 낸다면 하늘이 벌할 것이오. 부인은 남편에게 돌아가 부디 몸조심하고 행복하게 사시오."

"주인 영감님의 도움을 입어 다행히 죽지 않고 살아서 남편을 만났으니, 그 베푼 은혜가 이미 깊사옵니다. 더욱이 이렇게 많은 돈까지 주시니 어떻게 보답할 길을 모르겠사옵니다."

옥영은 왜인의 손을 잡고, 치사(致謝)했다. 최척도 왜인에게 극구 사례(謝禮)했다.

그는 옥영을 데리고 배로 돌아왔다. 이웃 배에서 모두들 찾아와 채단(綵緞)과 금은(金銀)을 주며 축하했다. 최척과 옥영은 그 사례를 말로 다 할 수 없었다. 송공은 최척의 부부와 함께 고향으로 돌아왔다. 그는 집 한 칸을 마련해 주었다. 그들 부부로 하여금 평안히 살게 했다.

최척은 난중에 잃었던 아내를 찾아 한시름 놓았다 그러나 만리 타국이라 의탁할 곳이 없었으며, 사방을 돌아봐도 친척 하나 없었다. 더욱이 늙은 아버지와 어린 자식의 생사를 생각하며 밤낮으로 상심했다. 근심 걱정이 끊어질 날 없이 고향으로 돌아가기만 기원했다.

1년이란 세월이 흘렀다. 옥영은 또 아들을 낳았다. 해산을 하던 날 밤, 부처님이 꿈에 나타나서,

"아기를 낳으면 이번에도 등에 붉은 점이 있으리라."

하고 계시했다.

과연 아기의 등에는 큼직한 붉은 점이 있었다. 부부는 몽석이가 다시 태어난 듯이 여겨 몽선(夢仙)으로 이름지었다.

고향으로 돌아가려는 염원은 아랑곳없다는 듯이, 세월은 흘러만 갔다. 몽선이도 점점 자랐다. 장성하여 현부(賢婦)를 구할 만큼 세월이 흘렀다.

이웃에 진가(陳家)의 딸이 살고 있었다. 이름은 홍도(紅桃)라고 하였다. 돌이 되기도 전에 홍도는 아버지를 여의었다. 아버지 진위경(陳偉慶)은 유총병을 따라 조선으로 출전한 뒤 소식이 없었다. 어머니는 홍도가 다 자라기도 전에 돌아갔다. 그래서 이모부(姨母夫) 밑에서 자랐다. 장성하자, 그녀는 아버지가 이역(異域)에서 전사했음을 알고 몹시 가슴 아파했다. 얼굴도 모른 채 아버지를 잃어 더욱 상심했다.

그녀는 한 번이라도 부친이 돌아가신 나라에 가보기를 원했다. 그녀는 오래도록 맺힌 한을 품고 가슴에 소원을 새겨 두었다. 그러나 아녀자의 몸이라 어찌할 줄을 모르고 있었다.

그러던 차였다. 조선 사람 몽선이 아내를 얻으려 한다는 소문을 들었다. 그래서 그녀는 이모부에게,

"저는 최가의 아내가 되어 한 번 동국(東國)으로 가기를 원합니다."

하고 의견을 말했다.

그렇지 않아도 이모부는 그녀의 심정을 알고 있었다. 그래서 말이 난 터에 최척을 찾아갔다. 찾아온 내력을 이야기했다. 최척 부부는,

"여자로서 그 뜻이 이와 같으니 매우 가상한 일입니다."

하고 마침내 홍도를 며느리로 맞이했다.

며느리를 맞이한 이듬해, 기미년(己未年)이었다.

누루하치가 군사를 몰아 요양(遼陽)으로 쳐들어왔다. 요양은 적의 손아귀에 떨어졌다. 요양이 적에게 함락되었다는 소식을 들은 황제는 대로했다. 그래서 천하의 병마를 동원하여 이를 평정하려 했다.

이때 소주인(蘇州人) 오세영(吳世英)은 유격백총(遊擊百摠)이 되어 출전했다. 그는 최척의 재용(才勇)을 잘 알고 있었다. 그래서 서기를 삼아 진중으로 뽑아갔다.

출전하는 날이었다. 옥영이 떠나는 남편의 손목을 잡고 작별을 서러워하며 말했다.

"첩이 박명(薄命)하여 일찍이 난리를 만나 천신만고 끝에 간신히 목숨을 부지했습니다. 그러다가 하늘이 도와 낭군님을 다시 만났습니다. 그래서 끊어진 거문고 줄을 잇고 깨진 거울을 원상대로 둥글게 해 새로운 인연을 맺었사옵니다. 더욱이 늙어서 의탁할 아들까지 얻어 즐거움을 함께 나누며 지금까지 살아왔습니다."

그리고는 흐느껴 울며 말을 잇지 못했다. 한참이나 눈물 짓다가 다시 말했다.

"……지난 일을 돌아보니 이제 죽어도 여한이 없겠나이다. 항상 저는 이 몸이 먼저 죽어 낭군님의 은혜에 보답하려 하였사옵니다. 뜻밖에도 늘그막에 이르러 삼상(參商)의 이별을 하게 되니 이 무슨 얄궂은 운명이오니까? 이제 수만 리 밖인 요양으로 가신다면 살아 돌아오기 어려우니, 어찌 다시 만날 기약인들 할 수 있겠습니까? 작별하는 이 마당에 스스로 목

숨을 끊고자 하나이다. 그래서 낭군님께서 아내를 그리워하는 마음을 없애오며, 이 첩이 주야로 겪는 괴로움을 덜까 하나이다. 부디 떠나시는 낭군님은 천만 번 몸을 보중(保重)하옵소서. 저는 이로 영결(永訣)하겠어요."

옥영은 품에 지닌 장도칼을 꺼내어 목을 찌르려 하였다. 최척은 황급히 칼을 뺏으며 말했다.

"하찮은 오랑캐 무리가 감히 대국과 대적하였으니 자승자박이 아니겠소. 왕사(王師)가 한 번 나아가면 달걀을 바위로 치는 것과 마찬가지요. 출전하는 이 사람에게 괴로움만 더할 뿐이니, 망령된 것은 아예 하지 마오. 내가 하루 속히 무사히 돌아오기를 바라며 술잔을 기울여 축하나 하는 것이 좋겠소이다. 이제 몽선이도 성장해서 얼마든지 의탁할 수 있지 않소. 효성이 지극해 모친을 잘 모실 것이어늘, 다른 일도 아닌 싸움터에 나가는 이 사람에 그런 근심은 주지 마오."

드디어 행장을 수습하여 요양으로 떠나갔다. 요양에 이르러 호지(胡地) 수백 리까지 깊숙이 들어갔다. 명군은 조선 군마와 함께 중모채에 진을 쳤다. 주장(主將)은 적을 가볍게 보고 싸우다가 전군이 대패했다. 오랑캐들은 명군을 닥치는 대로 죽였다. 조선 군마도 무수히 살상을 당하였다.

명나라 오유격은 패졸 10여 명을 이끌고 조선 군영으로 들어가 의탁했다 조선의 원수(元帥) 강홍립(姜弘立)은 그들을 보살펴 주었다.

최척은 조선인의 덕을 보았다. 게다가 격전 중에 숨어 다니다 샛길로 도망쳐 죽음만은 면할 수 있었다.

종사관 이민연(李民宴)은 적을 몹시 두려워했다. 그래서 오랑캐에게 환심을 사기 위하여 강 원수의 진지를 염탐해서 적에게 고자질했다. 오랑캐가 일시에 쳐들어왔다. 강홍립의 군사는 적 앞에 나아가 무릎을 꿇었다. 이때 살아남은 명군은 오랑캐에게 사로잡혔고, 최척도 사로잡힌 몸이 되었다.

조선인의 포로 중에는 몽석이도 끼어 있었다. 그는 고향에서 무술을 익히다. 종군했다. 바로 강 원수의 진중에 있었다. 오랑캐들은 장졸을 분치(分置)할 때 명군과 조선인으로 나누었다. 최척은 조선인으로 행세해 몽석과 함께 갇혀 부자가 상봉했으나 서로 알아보지 못했다.

몽석은 최척이라는 사람이 조선어에 서툰 것을 알았다. 필시 명군인데 죽음이 두려워 조선인 행세를 하는가 보다고 여겼다. 그래서 고향을 물어 보았다. 그러나 최척은 오랑캐의 밀정(密偵)이 아닌가 해서 횡실수실했다. 전라도라거니, 충청도라거니 갈피를 잡을 수 없었다. 몽석은 이에 더욱 의심이 부쩍 들었으나 그 심중을 헤아릴 수 없었다.

며칠이 지났다. 서로 친숙해지고 정이 깊어갔다. 침식도 같이하고 서로의 처지를 동정하게끔 되었다. 서로 숨김이 없는 허심탄회한 사이가 되었다.

최척은 평생 겪은 사연을 숨김없이 털어놨다. 이야기를 들

는 동안 몽석은 얼굴빛이 여러 번 변했다. 마음이 마냥 떨렸다. 한편으로는 믿어지지 않았고, 한편으로는 의심이 부쩍 났다. 그래서 몽석은,

"그렇다면 잃었던 아들의 나이가 몇이며, 신체에는 어떤 특징을 지녔는지 생각나십니까?"

하고 불쑥 물었다. 최척은 웬일인가고 이상히 여기며 대답했다.

"갑오년(甲午年) 10월에 나서 정유년(丁酉年) 8월에 잃었오. 등에는 붉은 점이 있는데, 어린아이의 손바닥만 하오."

이 말을 들은 몽석은 넋을 잃고 쓰러졌다. 이윽고 일어나며 옷을 벗고 등을 돌려대며,

"저는 대인의 유체(遺體)이옵니다."

했다. 최척도 이때에야 몽석이가 자기의 아들이라는 것을 알게 되었다. 부자의 기쁨은 하늘 끝닿는 줄을 몰랐다. 서로 얼싸안고 오랫동안 울었다. 더욱이 부모가 구존(俱存)해 있다는 소식을 듣고는 더할 수 없이 기뻤다.

포로를 감시하는 오랑캐 병사는 자주 드나들다 이런 사정을 알고는 불쌍히 여기는 빛이 완연했다. 하루는 오랑캐들이 다 나갔다. 그 늙은 오랑캐만이 남아 있었다. 그는 최척을 몰래 불러내어 자리를 같이했다. 조선어로 물었다.

"당신들이 우는 것이 처음과 다르니, 어떤 내력이 있소? 내 듣기 원하니 들려 주시오."

그러나 최척은 어떤 변을 당할지 몰라 망설였다. 늙은 오랑캐는 말했다.

"나를 두려워하지 마오. 나는 원래 삭주(朔州)의 토병(土兵)이었소. 부사(府使)의 학정이 심해 견딜 수가 없어서 가족을 데리고 오랑캐 땅으로 들어와 산 지가 이미 10년이나 지났소. 오랑캐들은 솔직하고 학정이 없소. 인생은 아침 이슬과 같을진대, 굳이 고초를 받으며 살 것까지야 어디 있겠소. 오랑캐의 추장이 80여 명의 정병을 주어 나로 하여금 포로들을 도망가지 못하게 감시케 하고 있다오. 내가 당신들의 사정 여하에 따라 비록 추장에게는 문책을 당하더라도 보내줄까 하니, 숨김없이 사정을 이야기해 보오."

그래서 최척은 마음 놓고 지나온 사연을 장황하게 늘어놓았다. 늙은 오랑캐는 무릎을 치며 몹시 딱하게 여겼다. 백방으로 탈출구를 모색해 주겠다고 약속까지 했다.

이튿날 새벽이었다. 모두가 깊은 잠에 빠진 틈을 탔다. 그 늙은 오랑캐는 양식을 마련해 주며 떠나가도록 주선해 주었다. 자식을 시켜 샛길을 가리켜 주기까지 해서 무사히 탈출시켰다.

이래서 최척은 아들과 함께 20년 만에 고국 땅을 밟게 되었다. 부친과 장모를 만날 생각으로 마음은 조급하기 짝이 없었다. 남으로 발길을 서둘렀다. 등창까지 나 치료를 하며 은진(恩津)까지 왔다. 그러나 등창이 도져서 더 이상 길을 갈

수가 없었다. 급기야 여관을 찾아들었으나 병이 더해 죽게 되었다.

몽석은 어찌할 줄 몰랐다. 이리 뛰고 저리 뛰며 돌아다녔으나 침약(鍼藥)을 구할 수가 없었다.

그때 명인(明人) 진위경이 숨어 다니며 호남에서 영남으로 가는 길에 이 여관에 묵게 되었다. 그는 최척의 병이 위독함을 보고,

"굉장히 위독하오. 오늘이나 넘길까 생명을 건질 수가 없을 것이오."

하며 주머니에서 침을 뽑아 등창의 고름을 땄다. 그 날로 병은 차도가 있었다. 이틀이 지났다. 지팡이를 짚고서 집으로 돌아갔다.

집 안에 들어서니 모두들 놀라 기절했다. 죽었던 사람이 살아온 것만 같았다. 부자가 부둥켜안고 한바탕 흐느껴 울었다.

심씨는 딸을 잃은 후로 넋나간 사람이 되다시피 했다. 다만 몽석이만 의지하고 살다가 그마저 전쟁터에 끌려나가 소식이 없어 상심하다 못해 병상에 누운 지 두어 달이 지났다. 심씨는 사위와 외손자가 함께 돌아온 후, 무엇보다 궁금한 딸의 생사를 물었다. 살아 있다는 말을 듣자 딸의 이름을 부르며 미친 듯이 울어대는데, 슬픔인지 기쁨인지 알 수 없었다.

몽석은 명인이 아버지의 목숨을 살려주자 몹시 감격했다. 그래서 함께 데려와 그 은혜를 갚으려고 했다. 어느 정도 기쁨이 가시자 명인을 불러 함께 자리를 했다. 최척이 물었다.

"당신이 명나라 사람이라면 그래 집은 어디 있소?"

"제 고향은 항주 용금문 안이오. 만력(萬曆) 25년 유도독 휘하로 종군해서 조선으로 왔소. 전라도 순천에 와 진을 치고 있을 때였소. 하루는 적세를 염탐하러 나갔다가 주장(主將)의 뜻을 거스르고 군법을 어겼소. 밤중에 도망쳐 나왔는데, 본국으로 돌아가지 못해 이곳에 머물고 있소."

최척은 그의 고향이 용금문 안이라는 말을 듣고 놀랍고 반가워,

"당신의 고향에는 부모와 처자가 있소?"

하고 물었다.

"고향에는 아내가 있었소. 내가 출정하기 전에 한 딸을 두었소. 겨우 두 달 된 것을 떠나와 소식을 모른다오."

최척은 다시,

"그렇다면 딸의 이름은 알고 있소?"

하고 물었다.

"아이를 낳는 날, 이웃사람이 귀한 복숭아를 갖다 주어 이름을 홍도(紅桃)라고 지었소."

최척은 진위경의 손을 덥석 잡고 말했다.

"정녕 이상한 인연이외다. 제가 항주에 있을 때 진공의 집

과 이웃해 살고 있었소. 진공의 부인은 신해년에 병들어 돌아갔다고 들었소. 홀로 남은 홍도는 이모부인 오봉림의 집에서 자라났소이다. 제 아들이 성장하여 며느리로 맞이했소이다. 오늘 이 자리에서 사돈지간이 만날 줄은 정녕 몰랐구려."

이에 진공도 놀라 어쩔 줄 몰라했다. 한편으로는 기구한 운명을 탄식하기도 했다.

"내가 대구(大邱)에서 박성(朴姓)을 가진 사람의 집에서 의탁하고 있을 때였소. 한 노옹에게서 침술을 배워 호구지책을 삼고 살아왔소이다. 이제 사돈의 말을 들으니, 고향에 있는 것과 다름이 없소이다. 이곳에 와 같이 살겠소이다."

이 말을 듣고 있던 몽석이,

"사장(査丈) 어른께서는 아버님을 살려주신 그 은혜가 깊삽고, 어머님과 동생이 제수님께 의탁하고 있지 않습니까? 이미 한 집안 사람이 되었는데 무슨 어려운 일이 있겠습니까?"

하면서, 진공이 돌아와 함께 살기를 원했다.

몽석은 어머니의 생존을 알고 밤낮으로 마음을 태웠다. 명나라로 들어가 어머니를 모셔올 일을 계획했으나, 별 신통한 방법이 없어 한갓 눈물만 흘릴 뿐이었다.

항주에 있는 옥영은 관군이 호병(胡兵)에게 전멸했다는 소문을 들었다. 그러니 남편은 전쟁터에서 횡사(橫死)했음이 틀림없다고 생각하고 밤낮으로 눈물이 마를 날이 없었다. 죽기를 기약하고 물 한 모금 입에 대지 않았다.

어느 날이었다. 꿈에 부처님이 나타나 어루만지며,

"죽음을 헛되이 하지 말지어다. 죽지 않고 살아 있으면 후에 반드시 좋은 일이 있을 것이로다.

하고 일깨워 주었다. 잠에서 깨어난 옥영은 몽석을 붙잡고 말했다.

"내가 포로가 되어 끌려갈 때 물에 빠져 죽으려 하였는데 남원 만복사의 부처님이 꿈에 나타나셨다. 그 후 4년 만에 네 아버지를 안남 바다 가운데서 만나지 않았느냐. 이제 내가 죽기로 마음먹었는데, 또 그 부처님이 나타나셔서 일깨워 주는구나. 이러니 아무래도 네 아버님은 적의 칼을 피했음이 분명하다. 만약 네 아버님이 살아 계신다면, 내 죽어도 오히려 산 것과 다를 바 없으니, 무엇을 원망하리."

몽석은 어머니를 위로하며 말했다.

"요새 듣자니, 오랑캐들이 명군은 죽었으나 조선 사람은 탈출했다고 해요. 아버지는 조선사람이니 틀림없이 도망쳤을 것입니다. 부처님의 꿈이 참으로 영험합니다. 그러하오니 어머님은 부디 살아 계셔 아버님 돌아오시기를 기다리소서."

그러자 옥영은 기운을 차리고 말했다.

"오랑캐의 소굴이 조선과 인접해 있지 않느냐. 네 아버지가 도망쳤다면, 그 형세를 보아 조선 땅으로 달아났을 것이다. 어찌 만 리 길을 건너와 처자를 찾을 수 있겠느냐. 나는 이

제 본국으로 돌아가다 죽는 한이 있어도 돌아가겠다. 창주(昌州)로 가다가 국경이나 넘어서 죽는다면, 선영(先塋)에 묻히는 것과 다름없다. 그러면 이역 만리에서 헤매는 귀신은 면할 수 있지 않겠느냐? 월조(越鳥)는 남쪽에 집을 짓고 호마(胡馬)는 북쪽을 향해 운다 하니, 이제 죽을 날을 앞두고 더욱 고향이 그리워지는구나."

몽선은,

"너무 걱정하지 마시고 자중(自重)하소서."

하며 위로했다. 옥영은 말을 이었다.

"외로운 시아버님, 어머님이며, 어린 아들을 왜란에 모두 잃고 그 생사조차 알지 못하니 답답하기가 이루 말할 수 없구나. 요새 상인들을 말을 들으니, 왜적이 잡아간 조선사람을 본국으로 내려 보낸다더구나. 이 말이 사실이라면 어찌 한 사람도 살아 돌아오지 않았겠느냐. 네 조부와 부친이 비록 이역 땅에서 죽어 백골이 비바람에 굴러다니는 것은 차치하고라도, 선을 누가 돌보겠느냐. 원근 친척들이 난리에 다 죽었다 한들, 어찌 한 사람도 살아 있지 않겠느냐. 그러니 고국으로 돌아가자꾸나."

"네? 고국으로 돌아간다니요?"

"그렇다. 너는 배를 사서 준비해라. 여기서 조선까지는 수로로 수천 리나 되지만 순풍에 돛만 달면 한 달이 못되어 고국 바닷가에 닿을 것이다. 이미 내 마음은 결정됐다."

이에 몽선은 울며 어머니의 마음을 돌리려고 애썼다.

"어머님은 어찌하여 이런 말씀을 하십니까? 닿기만 한다면야 그 얼마나 다행이겠어요. 그렇다고 만리 창파 험한 바다를 작은 배로는 건널 수가 없어요. 풍파하며 교룡(蛟龍)과 상어의 습격을 예측할 수 없나이다. 더구나 해적들이 도처에서 떼지어 출몰하니 어복(魚腹)에 장사지내기 십상입니다. 어찌하여 생사도 확실히 모르는 아버님만을 생각하시어 이런 결정을 내리셨어요? 자식이 비록 어리석으나 큰 일을 앞두고 어찌 깊이 생각하지 않을 수 있겠습니까?"

홍도가 옆에서 남편의 말을 막으며 말했다.

"너무 어머님을 탓하지 마셔요. 어머님의 마음은 이미 결정됐으니 아무 말씀도 마셔요. 비록 수화(水禍)나 해적을 만난다 하더라도 능히 면할 수 있을 거예요."

하고 말했다. 옥영은 며느리의 말을 듣고 나서 말했다.

"수로는 예측하기 어려우나 내 일찍이 많은 경험을 얻었다. 일본에 잡혀 있을 때다. 장사하는 주인을 따라 봄이면 민경(閩慶) 지방으로, 가을에는 유구(琉球)로 다니며 배를 탔다. 산 같은 파도 속에서도 헤어났고 조수의 흐름도 알 수 있다. 선박의 안위며 풍파의 험난함도 내가 다 해낼 것이다. 아무리 불행한 일이 닥쳐온다 하더라도 어찌 벗어날 방편이 없겠느냐."

이어서 조선 옷과 일본 옷을 만들었다. 며느리로 하여금

양국의 언어를 배우도록 했다. 그리고 몽선에게 주의하기를,

"배는 오로지 돛대와 노에 달려 있으니 견고하게 만들어라. 그리고 지남철은 없어서 안 되는 것이니 꼭 마련하도록 해라. 떠날 날은 정해졌으니 내 뜻을 어기지 말아라."

했다.

몽석은 어머니 앞을 물러나오자 아내를 책망했다.

"어머님은 여생을 돌보지 않고 만 번 죽을 곳으로만 가시려고 하시니…… 돌아가신 아버님은 그만이거니와, 살아 있는 어머님마저 어느 땅에 묻고 싶어서 찬성하는 거요? 어찌 생각이 그리도 깊지 못하오?"

"어머님은 지성으로 계획하신 것입니다. 말로만 다툴 수는 없는 것 아니어요? 이제 만류한다 하더라도 돌이킬 수 없는 후회가 될까 봐 찬성했어요. 순순히 따라 나서는 것이 좋아요. 제 근심스런 심정이야 오죽 하겠어요?"

수일 후였다. 옥영 일행은 배를 띄워 조선을 향해 떠났다. 며칠을 가다가 산 같은 파도를 만나 한 무인도에 표착하게 되었다. 이 무인도에 해적이 나타나 금은 보화를 내놓으라고 협박했다. 옥영이 나서서 중국말로,

"우리는 명나라 사람인데 바다로 고기잡이를 나왔다가 풍파를 만나 이 지경이 되었으니 무슨 보화를 가졌겠습니까?"

하면서 살려 달라고 간청했다. 해적들도 사정을 살피다가 다만 배만 빼앗아 저희 배 뒤에 달고 사라졌다.

해적들이 사라지자 옥영은 눈물을 거두면서 말했다.

"필시 저놈들은 해랑적(海浪賊)이 분명하다. 내가 알기로는, 저놈들은 중국과 조선 사이를 출몰하면서 약탈만 할 뿐 사람을 죽이지는 않는다는구나. 내가 아들의 말을 듣지 않고 무모하게 나왔다가, 하늘이 돕지 않아 끝내 이런 낭패를 당했구나. 배마저 잃었으니 어찌하면 좋단 말인가."

몽선은,

"어머님, 이럴 때일수록 용기를 가지셔야 합니다."

하고 위로했다. 그러나 옥영은,

"저 넓은 바다를 날아갈 수도 없고 뗏목으로 갈 수도 없으니, 단지 죽음만이 있을 뿐이다. 내가 죽는 것은 아까울 게 없으나, 아들과 며느리가 나 때문에 죽게 되었으니 이것이 한이로다."

하면서 며느리를 붙들고 통곡했다. 그 울음이 어찌나 처절했던지 바위 언덕을 떨치고 굽이치는 물결에 닿으니, 바다도 슬퍼하고 귀신도 신음하는 것 같았다.

옥영은 절벽으로 올라가 바다로 몸을 던지려 했다. 이때 아들과 며느리가 붙들어 뜻을 이루지 못하자, 몽선에게 말했다.

"너희가 나를 죽지 못하게 하니 어느 때를 기다리느냐? 양식도 사나흘분밖에 남지 않았는데 그 양식이 떨어지기를 기다린단 말이냐? 그럴 바에야 일찌감치 죽는 것이 차라리 낫다."

"양식이 떨어진 뒤에 죽어도 늦지 않습니다. 사는 데까지 살아 봅시다. 그 새 어떤 도움이 생길지 알 수 있나요?"

몽선은 어머님을 부축하여 바위산을 내려왔다. 바위틈에 웅크리고 잤다. 날이 밝았다. 옥영이 며느리에게 말했다.

"내가 기운이 빠지고 정신이 없어 잠시 조는 사이였다. 부처님이 나타나 전과 같이 일러 주시니 정말 이상하구나."

세 사람은 함께 염불을 외우며,

"부처님, 대자대비하신 부처님! 저희를 돌보아 주시옵소서. 저희를 보살펴 주시옵소서!"

하고 기원했다.

이틀이 지났다. 저 먼 수평선에서 한 돛단배가 다가오고 있었다. 몽선이 놀라며,

"저런 배는 아직 본 적이 없으니 걱정이 됩니다."

하니, 옥영이 보고 말했다.

"어디? 우리는 이제 살았구나. 저 배는 조선 배가 틀림없다."

모두 한복으로 급히 갈아 입었다. 언덕으로 올라가 옷을 벗어 흔들었다. 배가 가까이 다가와 닻을 내렸다. 뱃사람이 나서며,

"당신들은 어떤 사람들이오? 이 고도(孤島)에 살고 있소?"

하고 큰 소리로 물었다. 옥영이 조선말로 대답했다.

"우리는 본래 한양의 사족(士族)이었어요. 나주(羅州)로 내려가다가 졸지에 풍파를 만나 배가 전복되었어요. 다른 사람들은 모두 죽고 우리만 정신을 차려 부서진 판자조각을 타고 여기까지 표류해 왔습니다."

뱃사람들은 듣고 불쌍히 여겼다. 밧줄을 내려 배에다 태워 주며,

"이 배는 통제사의 무역선이오. 갈 길이 정해져 한양으로 갈 수 없소."

했다. 마침내 순천에 이르러 정박했다. 세 사람을 뭍으로 내리게 했다.

때는 경신년(庚申年)이었다. 옥영은 아들과 며느리를 데리고 지름길을 따라 대엿새만에 남원에 이르렀다. 마을이 왜적에게 불타 없어졌으니 많이 변화했으리라 짐작이 들었다. 옛집을 찾아 보려고 만복사를 찾아 나섰다. 금교에 이르러 성곽을 바라보니 옛날이나 다름이 없었다.

옥영은 아들을 돌아보며 손가락으로 가리키며 말했다.

"저 집이 바로 너의 아버님의 옛집이란다. 지금은 누가 들어가 살고 있는지는 모르나, 찾아가 하룻밤 신세지면서 자세히 물어보자꾸나."

어느덧 옛집에 당도했다. 최척은 버드나무 밑에서 사람들과 담소하고 있는 중이었다. 옥영이 그들 가까이 다가가 보니 바로 남편이었다. 모자, 며느리가 일시에 달려들어 울음이

터졌다. 한바탕 울음바다가 되었다. 최척도 곧 알아보고 대성 통곡하며 말했다.

"몽석 어멈이 살아오다니, 이것이 꿈이냐, 생시냐?"

몽석은 이 말을 듣자 달려와 얼굴도 모르는 어머님을 끌 어안고 흐느꼈다. 온 가족이 상봉하는 그 광경은 가히 짐작 할 수 있으리라. 서로 붙들고 늘어지며 방으로 들어갔다. 심 씨는 병이 깊어 정신이 없다가 딸이 살아 돌아왔다는 말을 듣고는 기절했다. 옥영이 끌어안고 갖은 정성을 다하니 얼마 후에 깨어났다. 최척은 진공을 불러,

"오늘에야 온 가족이 상봉을 하는구려."

하면서 홍도를 불러 인사시켰다. 죽었고 믿었던 사람들이 상 봉했으니, 고금 천하에 다시 이와 같이 신기하고 극적인 일 이 있을 수 없었다.

이 소문은 일시에 사방으로 퍼졌다. 구경꾼들이 구름같이 모여들었다. 더구나 험난을 뚫고 나온 옥영과 홍도의 자초지 종(自初至終)을 듣고는 무릎을 치며 찬탄해 마지않았다. 다투 어 가며 그런 이야기를 이웃과 이웃으로 전하는 것이었다. 옥영이 남편에게 말했다.

"우리 가족에 오늘이 있게 된 것은 오로지 부처님의 음덕 (陰德)이옵니다. 이제 와서 보니, 만복사가 황폐해지고 부처 도 파괴되어 없어져서 의지하고 불공을 드릴 곳조차 없습니 다. 우리가 어찌 그냥 앉아만 있으리까?"

이래서 음식을 갖추어 폐사로 올라갔다. 주위를 깨끗이 하 고 지성껏 제를 올렸다.

이후로 최척과 옥영은 위로는 부모를 받들고 아래로는 자 녀를 돌보면서, 남원부 동쪽에 있는 옛집에서 행복하게 살았 다.

■ 해설

이 작품은 조선 선조(宣祖) 때 조위한(1559~1623)이 쓴 작 품입니다. 이 작품은 유몽인(柳夢寅)의 『어우야담(於于野譚)』 에 실린 「홍도(紅桃)」의 줄거리와 유사하여 임진왜란 때 실 제 있었던 일을 소설화한 것으로 보입니다. 설화 또는 야담 에 영향을 받아 소설을 짓는다는 일반적인 원칙에 따라 이 작품이 「최척전」에 「홍도」를 근원으로 이루어졌다는 단정은 위험합니다. 먼저 창작된 소설을 바탕으로 야담집에 넣었을 가능성도 있기 때문이며, 실제로 이 작품과 『어우야담』이 같 은 해인 1621년에 지어진 것으로 확인되었습니다. 임진왜란 (壬辰倭亂)을 만나 서로 뿔뿔이 헤어져야 했던 최척과 옥영, 그의 아들 몽석 등 한 가족의 기구한 삶을 그린 작품인데, 한국, 중국, 일본 세 나라를 무대로 펼쳐지는 이 작품은 전쟁 으로 인한 헤어짐과 우연한 만남 등 기이한 이야기로 엮어져 있습니다.

이 작품의 줄거리는 이렇습니다. 남원에 사는 최척은 옥영 과 약혼을 하였으나 전쟁이 일어나서 갑자기 징발됩니다. 옥 영의 부모는 이웃의 양생을 사위로 맞으려 하자 옥영이 목을 매고, 이 사실을 안 최척은 진중에서 달려와 두 사람은 드디 어 혼인을 하게 됩니다. 그러나 정유재란으로 남원이 함락되 자 옥영은 왜병의 포로가 되어 끌려가고, 최척은 명나라 장 수 여유문을 따라 중국으로 건너갑니다. 몇 년 뒤 최척은 안 남에서 왜국의 상선을 따라 안남(安南)에 온 아내 옥영을 우 연히 만나게 됩니다. 이들은 중국으로 가 살며 둘째 아들 몽 선을 낳습니다. 몽선이 장성하여 임진왜란 때 조선에 출전한 진위경의 딸 홍도를 아내로 맞습니다. 이듬해 최척은 명나라 병사로 출전하였다가 청(淸)나라 군대의 포로가 되고, 포로수 용소에서 맏아들 몽석을 극적으로 만나게 됩니다. 부자는 함 께 수용소를 탈출하여 고향으로 향하던 중 몽선의 장인인 진 위경을 만납니다. 옥영 역시 몽선·홍도와 더불어 천신만고 끝에 고국으로 돌아와 일가가 다시 만나서 행복하게 살았습 니다.

이 작품의 원본 끝 부분에, '남원의 주포(周浦)에 살고 있 을 때 최척의 방문을 받고 그의 이야기를 들어 적는다.'라는 기록이 있습니다. 이로 보면 최척이라는 인물은 당시에 실존 했던 것으로 보이지만, 작품의 내용은 대부분 작가의 경험과 문학적 상상력이 투영되어 허구적으로 창조된 것이라고 보는 게 옳을 겁니다. 신기하고 우연한 사건으로 얽혀 있지만 이 작품은 바로 우리 역사와 그 속에 살던 인물들을 그려냈 다는 점에 큰 의의가 있으며, 당시 우리나라와 일본, 중국의 힘의 관계도 짐작하게 하여 일정한 의미를 가지는 작품입니 다. 또 과거의 고전소설에서 도외시되었던 역사적·지리적 감각에 사실적으로 접근하고 있어, 이 작품의 가치는 높게 평가할 만합니다.

이 작품에서 다뤄지는 이야기는 단순히 몇 달, 몇 년에 걸 친 이야기가 아닙니다. 수십 년에 걸친 가족사이며 동시에 우리 민족의 수난사이기도 합니다. 실제로 임진왜란 당시에 일본에 포로로 끌려갔던 사람들이 많았습니다. 그들은 오랜 세월 고국을 그리다가 죽기도 하고 또 더러는 돌아오기도 했 습니다. 이런 체험을 다룬 것으로 「남윤전(南允傳)」이란 소설 이 있으며 실제 이런 체험을 한 사람들의 이야기가 여럿 전 해집니다. 노인(魯認 1566~1622)의 「금계일기(錦溪日記)」의 내용도 이 작품과 비슷합니다. 그는 정유재란 때 남원 전투 에 참가했다가 왜군의 포로가 되고, 몇 번의 탈출 끝에 배를 타고 중국의 이곳저곳을 다니다가 몇 년 만에 고국에 돌아옵 니다. 정유재란 때 일본에 포로로 끌려갔던 강항(姜沆, 1567~ 1618)의 「간양록(看羊錄)」이라는 글도 그런 부류의 글입니다.

설생전(薛生傳)

오도일(吳道一)

■ 줄거리

서울 청파리(靑坡里)에 살던 설생(薛生)이라는 선비는 과거(科擧)를 준비했으나 기이한 성격 때문에 잘 되지 않았다. 계축옥사(癸丑獄事)가 일어나자 세상을 버리고 은거하기로 결심하였다. 그와 함께 세상을 개탄하던 친구는 은거가 선비의 바른 처신이라는 설생의 생각에는 동의했으나, 부모님을 모시고 있다는 현실적 제약 때문에 은거하는 일을 선뜻 결정하지 못한다. 친구가 한 달 뒤에 다시 그를 찾았으나 이사를 가 버리고 없다. 이웃에게 물었지만 이 달 초에 떠났는데 어디로 갔는지는 모른다고 하고, 그가 왜 떠났는지도 친구는 알 길이 없었다.

친구는 임금이 새로 바뀌자 등용되어 내직과 외직을 두루 거치면서 점점 벼슬이 높아지게 된다. 계해년(癸亥年)에 강원도 관찰사가 된 친구는 간성 지방을 순시하다가 영랑호에서 배를 타게 된다. 이곳이 경치가 아름답다는 것은 익히 들어 알지만, 실제로 보니 명실상부함을 느낀다. 그러다가 우연히 배를 타고 오는 설생을 만나게 된다. 그동안 살아온 이야기를 하면서 둘은 시간 가는 줄 모른다. 친구는 설생의 초대에 응해, 설생이 사는 회룡굴(回龍窟)에서 며칠을 머물게 되는데, 그곳은 속세와는 단절된 이상향 같은 곳으로서 풍요롭고 평화로웠다. 채소를 내어 왔는데 그 맛이 속세의 것과는 다르고, 물고기나 새도 사람과 친한 것처럼 보인다.

설생은 살아온 날들을 친구에게 들려준다. 설생은 계속 한 곳에만 머무는 것이 아니라 경치 좋은 곳을 두루 돌아다니다가 괜찮다고 여겨지면 거기에 집을 짓고 밭을 일구어 살다가 다시 싫어지면 다른 곳을 찾아나선다는 것이다. 우리나라에는 산이 기이하고 물이 아름다우며 밭이 넓고 집이 좋기가 여기보다 열 배나 더한 곳도 여러 군데 있다는 말까지 들려준다.

친구는 설생에게 나중에 서울로 자신을 찾아와 달라며 오언시를 한 편 주고 작별한다. 설생이 몇 년 후에 서울로 가서 친구를 찾았더니, 벼슬이 더 높아져서 인물을 뽑아 쓰는 자리에 있었다. 친구가 설생에게 벼슬을 주려 하였는데, 설생은 이 일을 수치스럽게 여기며 떠났다. 훗날 친구가 회룡굴을 다시 찾았는데 그곳은 폐허가 되어 있었고, 설생은 어디로 갔는지 알 수 없었다.

■ 원문

청파리(靑坡里)[1]는 지금의 서울 남쪽 멀지 않은 곳에 있는 곳이다. 이곳에 어떤 추생(鯫生)[2]이 살았는데, 기운이 의롭고 문학을 좋아하는, 기이한 선비였다. 그는 과거(科擧)를 일삼았으나 기이한 것에 머물러 마침내 급제하지 못했다.

광해군(光海君) 말에 계축옥사(癸丑獄事)[3]가 일어나자 세상에서 즐겁지 않아 도망하여 숨어 지내려 했다. 마침 그의 친구가 그의 집을 조심스럽게 방문했다. 그 친구는 평소에 선비와 뜻을 같이하던 이였다. 두 사람은 손바닥을 치며 강개(慷慨)[4]하여 시사(時事)를 논하다가 눈물을 뚝뚝 흘렸다.

선비가 이렇게 말했다.

"윤상(倫常)[5]이 무너졌으니 선비가 이 세상에서 어찌 처신해야 하겠는가? 나는 이제 숨으려 하는데, 자네도 그런 생각이 있는가?"

친구가 대답했다.

"그게 정말 내 생각이야. 하물며 지금 자네 말도 있고 하니 함께 숨고 싶지만, 부모님이 계셔서 감히 가볍게 허락할 수가 없네."

친구는 곧 작별 인사를 하고 돌아갔다.

한 달 뒤에 또 가서 보니 그 집은 이미 주인이 바뀌어 있었다. 친구는 이웃에 이 집에 살던 사람이 어디로 갔는지 물었다.

이웃 사람이 말했다.

"이 달 초에 처자식을 태우고 옮겨 갔습니다. 우리한테는 무슨 일을 하고 어디로 가는지 아무 말도 안 했습니다."

그날 친구는 지난번 선비의 말을 들었기에 마음속으로는 알았지만, 그가 그렇게 급하게 떠났는지 괴이했고, 또한 그가 어디로 갔는지 알 수도 없었다. 그 뒤로 멀리 있는 산이나 외진 땅에서 오는 사람을 만나면 번번이 선비의 거취(去就)를 물어 보았지만 이른 곳을 아는 사람을 얻지 못했다.

---

1) 청파리(靑坡里) : 현재 서울특별시 용산구 청파동 일대.
2) 추생(鯫生) : 작고 변변하지 못한 사람이라는 뜻으로, 말하는 이가 자기를 낮추어 이르는 일인칭 대명사.
3) 계축옥사(癸丑獄事) : 조선 광해군 5년(1613)에 대북파(大北派)가 영창대군(永昌大君) 및 서인, 남인 세력을 제거하기 위해 일으킨 옥사(獄事). 계축년에 일어났기 때문에 계축옥사라 함. 인조반정(仁祖反正)의 원인이 되었음.
4) 강개(慷慨) : 의롭지 못한 것을 보고 의기가 북받쳐 원통하고 슬픔.
5) 윤상(倫常) : 인류의 떳떳하고 변하지 아니하는 도리.

　　계해년(1623)에 새 임금이 즉위하자[6] 그 친구는 임금과 뜻이 잘 맞아[7] 중앙과 지방의 여러 관직을 두루 맡으며 점점 빛나고 두드러졌다. 갑술년(1634)에는 관동(關東)의 부절(符節)[8]을 가지고 나아갔는데, 그해 3월에 간성(杆城)[9] 지역을 순시(巡視)하다가 청간정(清澗亭)[10] 남쪽에 있는 영랑호(永郎湖)[11]에서 배를 타게 되었다. 영랑호는 빼어나고 특별한 곳으로 불리고, 관동에서 가장 아름다운 곳으로 여겨졌는데, 마침 비가 내려 호숫가가 씻은 듯했다. 물결은 푸른빛으로 일렁이고, 먼 산이 취대(翠黛)[12]처럼 아지랑이 기운 속으로 보였다 사라졌다 했으며, 물가에는 해당화가 활짝 피어 목욕이나 한 듯 흐드러져 있었다.

　　갑자기 저 멀리서 가볍게 배를 저어 오는 사람이 있었다. 안개와 구름이 짙게 끼어 있는 듯 없는 듯 하더니 가까이 다가오자 비로소 뚜렷이 보였다. 그는 바로 그 선비였다. 관찰사가 깜짝 놀라 배를 불렀다. 그러고는 선비를 맞아 자기가 탄 배에 오르게 하여 손을 잡고 몹시 기뻐했는데, 저 세상 사람을 만난 듯했다. 관찰사가 선비에게 지금 사는 것이 어디인지, 이곳으로 배를 타고 온 이유가 무엇인지 묻자 선비는 대답했다.

　　"내가 사는 곳은, 지금 양양부(襄陽府)[13] 관아에서 동남쪽으로 60리쯤 떨어진 곳, 이른바 회룡굴(回龍窟)이라 불리는 곳이라네. 거기는 몹시 외진 곳이라서 속인은 오는 이가 드물고, 그 때문에 세상에 알려지지 않았지. 마침 오늘이 길일이고 시절도 좋기에 흥이 나서 너를 이끌어 여기까지 오게 되었구려."

　　두 사람이 서로 마주 보고 옛날 같이 지내던 때와 헤어진 뒤의 잡다한 일을 이야기하면서 그 재미가 진진하여 그칠 줄 몰랐다. 잠시 후 비가 조금 그치면서 바람이 일자 바야흐로 배가 쏜살같이 움직여, 눈을 깜빡하는 사이에 앞산을 놓치기가 몇 번이나 지났는지 깨닫지 못했다. 이에 선비가 일어나 말했다.

　　"내가 사는 곳까지 거리가 여기서 그리 멀지 않다네. 땅으로 걸어가면 가히 수십 리쯤 되겠지만 배를 타고 순풍을 만나 가면 반나절도 안 돼 갔다 올 수 있지. 내가 지난날에 '평생 서로 좋은 벗으로 지내며 서로 잊지 말자.'라고 하였는데, 들렀다 가기를 바라네."

　　관찰사가 허락하고 노 젓기를 재촉하여 선비와 함께 그곳으로 갔다.

　　해가 저물어 갈 즈음 육지에 이르렀다. 관찰사는 말과 따르는 사람들을 가로막고, 백족(白足)[14]으로 하여금 가마를 메게 하여 숲이 우거진 골짜기로 밟아 들어갔다. 힘들게 몇 리 걸어가니 푸른 벼랑이 우뚝 서 있었다. 쪼개지지 않고 저절로 깎여서 모양이 매우 기괴(奇怪)했는데, 높이가 수십 길은 되어 보였으며, 가운데가 벌어져 있었다. 벼랑을 둘러싸고 좌우로 물이 콸콸 울어대고, 서로 엷게 뿜으며 소리에 응하는 것 같았다. 벼랑 앞에는 문이 하나 있었는데, 문의 나뭇조각에 이른바 '회룡굴'이라고 쓰여 있었다. 문 앞으로는 돌길이 감기고 굽어서 오른쪽으로 꺾여 있고, 좁고 험해 새들이나 다닐 수 있을 길의 모양이었다.

　　둘은 벼랑의 벌어진 곳을 지나고 서로 등나무나 칡의 덩굴을 붙잡거나 매달리기도 하고, 어깨를 구부려 회룡굴 안으로 들어갔다. 여기가 바로 선비의 집이었다. 굴 안의 땅은 터가 넓어 집 100여 채가 들어설 만한데, 집들이 즐비하게 늘어서 있고 토지가 기름지고 비옥했다. 물에서는 물고기를 잡고 산에서는 산나물을 뜯을 수 있으며, 나무로는 뽕나무·배나무·밤나무 등이 많았다. 아마도 여기는 옛사람이 일컫던 도원(桃源)[15]이나 귤주(橘洲)[16]의 부류로 여겨졌다.

　　선비가 관찰사를 인도해 마루 위에 오르게 하고는 아이를 불러 말했다.

　　"채소를 담아 오너라."

　　소반에 담아온 채소를 먹어 보니 맛이 담박하면서도 달아 속세의 음식 맛과는 아주 달랐다. 이윽고 두 사람은 아름다운 나무그늘 아래 앉기도 하고, 물가 자갈밭에서 고기를 잡기도 하고, 숲 속을 가볍게 거닐기도 하고, 연못가를 산보하기도 했다. 물고기와 새들은 사람을 친하였고, 구름과 안개가

---

6) 계해년(1623)에 새 임금이 즉위하자 : 인조반정(仁祖反正)을 의미한다. 1623년 4월 11일(음력 3월 12일)에 이서(李曙)·이귀(李貴)·김유(金瑬) 등 서인(西人) 세력이 정변을 일으켜 광해군을 왕위에서 몰아내고 능양군(綾陽君) 이종(李倧)을 왕으로 옹립한 사건이다.

7) 임금과 뜻이 잘 맞아 : 원문 '제우(際遇)'를 번역한 말이다. '제우'는 '임금과 신하 사이에 뜻이 잘 맞음.'의 뜻이다.

8) 관동(關東)의 부절(符節) : 관동지방 관찰사의 신분증. '관찰사(觀察使)'는 조선 시대에 둔, 각 도의 으뜸 벼슬. 그 지방의 경찰권·사법권·징세권 따위의 행정상 절대적인 권한을 가진 종이품 벼슬이다.

9) 간성(杆城) : 강원도 고성군에 있는 지명.

10) 청간정(清澗亭) : 강원도 고성군 토성면(土城面) 해안에 있는 정자. 관동 팔경의 하나이다.

11) 영랑호(永郎湖) : 강원도 속초시 교외에 있는 호수. 옛날에 영랑이라는 신선이 놀았다고 한다. 둘레의 길이는 7.8km, 넓이는 약 1㎢.

12) 취대(翠黛) : 눈썹을 그리는 데에 쓰는 푸른 먹. 미인의 눈썹. 멀리 보이는 푸른 산의 모양을 비유적으로 이르는 말.

13) 양양부(襄陽府) : 강원도의 지명. '부(府)'는 조선 시대의 행정 구역 단위.

14) 백족(白足) : 세속에 더러움에 물들지 않은 스님. 중국 동진(東晉)의 스님 담시(曇始)는 발이 얼굴보다 희었으며, 또 비록 진흙물을 건너더라도 일찍이 발이 젖지 않았으므로 세상 사람들은 모두 그를 백족화상(白足和尚)이라 불렀던 것에서 나온 말이다.

15) 도원(桃源) : 무릉도원(武陵桃源). 도연명의 <도화원기>에 나오는 말로, '이상향', '별천지'를 비유적으로 이르는 말. 중국 진(晉)나라 때 호남(湖南) 무릉의 한 어부가 배를 저어 복숭아꽃이 아름답게 핀 수원지로 올라가 굴속에서 진(秦)나라의 난리를 피하여 온 사람들을 만났는데, 그들은 하도 살기 좋아 그동안 바깥세상의 변천과 많은 세월이 지난 줄도 몰랐다고 한다.

16) 귤주(橘洲) : 중국 호남성 장사현의 상강(湘江) 가운데 있는 섬으로, 오(吳)나라의 이형(李衡)이 무릉(武陵)의 용양주(龍陽洲)에 감귤(柑橘) 천 그루를 심었다는 곳이다.

마음을 즐겁게 했다. 모든 산봉우리와 수석(水石)의 괴이하고 웅장한 모습이 사랑스럽고도 볼 만한 것이어서 아침저녁으로 만 가지 모습과 천 가지 자태를 보여 주니, 비록 셈을 잘하는 사람이라도 그 모습을 셀 수 없을 것 같았다. 관찰사는 기쁜 마음에 돌아갈 것을 잊고 여러 날을 그곳에 머물렀다.

바야흐로 떠날 차비를 하고 작별하면서 선비에게 우스갯소리를 했다.

"산수가 맑고 기이한 곳이야 은자들의 그러려니 한 것이지만, 자네는 집도 이렇게 부유하니 산속에 살면서 어찌 이렇게까지 될 수 있단 말인가?"

선비가 웃으며 말했다.

"내가 노닐며 오가는 곳은 여기만 있는 게 아니네. 내가 스스로 세상을 벗어나 살게 된 뒤로는 산수를 구경하며 다니는 것을 몹시 좋아해서 하루도 안 다닌 적이 없네. 서쪽으로는 속리산(俗離山)의 기이한 경치를 찾고, 북쪽으로는 조향령(眺香嶺)의 아름다운 풍경을 보았으며, 가야산(伽倻山)에 오르고 두류산(頭流山)을 넘었지. 우리나라 산천 중 기이하고 빼어나다고 특별히 일컫는 곳이라면 거의 절반은 가 보았을 걸세. 그러다 마음에 맞는 곳을 만나면 문득 풀을 베어 집을 짓고 비탈을 깎아 밭을 만들었지. 그렇게 2년도 살고 3년도 살다가 즐겁지 않으면 또 다른 곳으로 옮겨 가서 살았지. 이런 까닭에 내가 살았던 곳은 산이 기이하고 물이 아름다우며 밭이 넓고 집이 좋기가 여기보다 열 배나 더한 곳도 여러 군데 있다네. 특별히 세상에는 그것을 알 수 있는 사람이 없을 뿐이지."

관찰사가 그 말을 듣고 기이하고 괴이하게 여기며 오래도록 탄식했다. 드디어 관찰사는 오언(五言)의 시 한 편을 지어 설생에게 주면서 말했다.

"자네가 훗날 마땅히 서울로 나를 찾아오게."

그렇게 약속하고 떠났다.

3년 뒤 선비가 과연 서울에 가 관찰사를 방문했다. 관찰사는 마침 벼슬아치를 뽑는 자리에 있었는데, 그에게 벼슬을 주고자 했다. 선비는 그것을 부끄럽게 여겨 달아나 다시는 나타나지 않았다.

그 뒤 관찰사가 예전에 갔던 이른바 '회룡굴'이란 곳에 다시 가 보았지만 그곳은 이미 폐허가 되었고, 선비가 어디로 갔는지도 알 길이 없었다.

선비의 성은 설씨(薛氏)인데, 그 이름은 알 수 없다. 관찰사 역시 성과 이름을 알 수 없는데, 아마도 인조(仁祖) 때의 높은 관리였으리라 한다. 그 일을 내게 말해 준 사람은 수성(隋城)에 사는 최성윤(崔聖胤)이라는 선비다.

나는 이렇게 평한다.17)

"즐거우면 행하고, 근심스러우면 피한다는 것이 진실로 군자가 때에 따라 나타나기도 하고 숨기도 하는 도(道)이다. 설생(薛生)은 혼란한 시절에 정치가 어지러우므로 은둔했지만, 어진 새 임금이 다시 나라를 일으키고 여러 어진 선비들이 함께 일어서던 때에 관(冠)을 털고 기운을 내어 조정에서 벼슬을 했어도 또한 옳았을 것이다. 그러나 자신의 빛과 그림자를 감추고 자신의 모든 흔적을 세상에서 없애고자 했으니, 참으로 가히 기이하다 하겠다.

그 뜻을 생각건대, 설생은 본래 이 세상이 자기에게 맞지 않아 은둔을 고상하게 여겼던 사람일까? 그렇지 않으면 처음부터 속세를 떠나려던 것이 아니라 다만 어지러운 세상을 피하고자 했을 따름이지만, 어쩌다가 욕망을 없애는 오묘한 이치를 깨달아 마침내 어떤 것과도 바꿀 수 없는 즐거움을 얻은 사람일까?

옛날 주(周)나라가 쇠퇴하자 노자(老子)18)가 나라를 떠났는데, 그의 학문 역시 자신을 깊이 감추고 비우거나, 스스로 숨어 이름을 없애는 것을 높은 경지로 여겼다. 지금 설생의 처음과 끝의 행적도 그와 같으니 혹 그가 그와 같은 부류의 사람들에게 배운 것이 아닐까? 비록 그러하지만, 세상에서 평생토록 이익과 명성을 얻으려고 급급하며, 더러운 곳에 있으면서도 부끄러운 줄 모르고, 죽을 형벌을 당해서도 런 짓을 그칠 줄 모르는 자들을 보면, 설생은 현명하고도 심원한 사람이라 하겠다."

■ 해설

이 작품은 조선 숙종(肅宗) 때의 문신인 오도일(1645~1703)이 기록한 한문 소설입니다. 이 작품은 그의 문집 『서파집(西坡集)』에 실려 있습니다.

조선 숙종 때의 문인 신돈복(辛敦復 1692~1779)이 그가 견문한 이야기들을 모아놓은 야담집인 『학산한언(鶴山閑言)』에 이병연(李秉淵, 1671~1751)에게 들은 이야기이고, 『서파집』에 있는 것을 확인해 보니 대동소이하더라고 밝혀 놓은 것이 있습니다. 이 책에는 설생의 친구인 관찰사가 오도일의 조부인 오윤겸(吳允謙)이라고 명시되어 있습니다. 이로 보아 이 작품은 글로 읽거나 말로 들은 사람이 적지 않았을 것으로 짐작됩니다.

오윤겸은 강원도 관찰사, 이조판서, 좌의정 등을 지낸 문신입니다. 중앙 정계에 있던 1613년(광해군 5)에 대북파가 영창대군 및 반대파 세력을 제거하기 위하여 일으킨 계축옥사(癸丑獄事)가 일어나자 그는 광해군에 반대하는 뜻을 품

---

17) 나는 이렇게 평한다. : 전(傳)의 일반적인 형식으로, 주인공에 대한 글쓴이의 평결(評決)로 이루어진다. '찬(贊)'이란 장르는 남의 아름다

울 행적(行蹟)을 기리는 글의 한 가지이다. 또 다른 사람의 서화(書畫)를 기리는 글이나 글제로 쓰는 글이다.

18) 노자(老子) : 중국 고대의 사상가이며 도가(道家)의 시조이다. 성은 이(李), 이름은 이(耳), 자는 담(聃).

고 광주 목사로 물러앉기를 자원하기도 했지만 결국 관직을 그만두지는 않았으며, 인조(仁祖)가 반정으로 권좌에 오른 후에도 그 밑에서 고위직을 역임했습니다. 손자인 오도일 또한 인조의 계보를 잇는 임금 밑에서 부제학, 이조참판, 병조판서 등 요직을 거쳤기에 광해군에 대해 긍정적 평가를 할 수는 없었습니다. 그가 이 작품을 쓴 데에는 이러한 자기 가문에 대한 옹호도 창작 동기로 작용했다는 분석이 있습니다.

젊은 시절에 함께 어두운 세상을 개탄했던 친구가 벼슬을 하는 동안, 설생은 산수를 두루 유람하며 유유자적한 삶을 삽니다. 관찰사가 된 친구는 우연히 다시 만난 설생의 인도로 '회룡굴'이라는 곳에 다녀오는데, 이곳은 풍요롭고 아름다우며 신비로운 곳입니다. 설생과 함께 지내는 동안 관찰사는 세상일을 잊고 즐거움을 만끽하지만, 결국 설생이 자신과는 다른 삶의 지향을 지녔음을 확인하게 됩니다.

세상을 살아가는 방법은 서로 다릅니다. 어떤 이는 자연에서 안빈낙도(安貧樂道)를 꿈꾸지만 어떤 이는 입신양명(立身揚名)을 위해 무슨 일이든 하려고 합니다. 이런 두 가지 경향을 이 작품이 잘 드러내고 있다고 할 수 있습니다. 이 작품의 이본이라 할 수 있는, 신돈복의 야담집 『학산한언』에 실려 있는 이야기는 이렇습니다. 특히 글자의 색깔이 다른 부분에 주의하며 읽어 보세요.

광해군 때 설생이라는 자가 청파에 살았다. 글[辭藻]을 잘하였고 기개와 절개를 숭상하였다. 과거공부를 하였으나 운수가 불운하여 몇 차례나 때를 만나지 못하여 낙방하였다. 일찍이 추탄(楸灘) 오공(吳公)과 더불어 매우 친하게 지냈다.

계축년(광해5년, 1613년)에 폐모(廢母)시키는 변(變)이 일어나자 설생은 개연(慨然)히 추탄에게 말했다.

"윤리와 기강이 이미 멸하였으니, 벼슬은 해서 무엇 하겠소. 그대는 나와 함께 은둔하지 않겠소?"

추탄은 부모님이 계시므로 멀리 갈 수 없다는 것을 이유로 설생의 말을 사절했다. 그런지 한 달이 지난 후 추탄이 청파동을 지나게 되었는데 설생은 이미 그 곳을 떠나버려 간 곳을 알 수 없었다.

인조(仁祖) 반정(反正) 후 갑술년(인조8년, 1634년)에 이르러 오공은 관동의 관찰사가 되어 순력하다 간성(杆城)에 이르러서 영랑호에 배를 띄웠는데, 안개가 아득히 피어오르는 가운데 문득 배를 끌고 오는 자가 있어 다가가 보니 설생이었다. 공은 크게 놀라 그를 배 안으로 맞아들였다. 기쁨이 극에 다다라 마치 구름 낀 하늘로부터 떨어진 것만 같았다. 살고 있는 곳을 물으니 설생이 대답하였다.

"나는 양양의 관부에서 동남쪽으로 60리 되는 곳, 이름이 회룡굴이라고 하는 곳에 살고 있소. 그 곳은 매우 궁벽한지라 사람의 인적이라곤 거의 도달하지 않는 곳이오. 그러나 이곳에서는 그리 멀지 않아 반나절이면 갔다 돌아올 수 있으니 함께 가보지 않겠소?"

오공은 그를 뒤따라갔다. 어스름에 산에 이르자 길을 인도하던 무리들을 모두 물리치고 중이 메는 가마를 이용해 계곡으로 들어갔다. 험악한 산길을 몇 리 지나니 푸른 절벽이 우뚝 서 있는데 마치 깎은 듯해 그 기이하고 웅장한 형세가 눈을 휘둥그렇게 했고, 중간이 성문처럼 갈라져 있어 좌우로 청류가 쏟아져 나왔는데 그 석문 곁이 곧 회룡굴이었다.

돌길이 절벽이 갈라진 곳으로부터 우측으로 굽어 올라갔는데 구불구불하고 깎아지른 듯한 바위여서 칡덩굴을 잡고 나무에 매달려 나아가니 비로소 굴이 있었다. 몸을 거꾸로 매달려 구부리고 들어가니 별천지가 전개되었다.

땅은 몹시 넓고 평탄했으며 토질이 기름져 있었고 그곳에 사는 사람들 또한 많았다. 뽕나무와 삼나무가 그늘진 동산을 이루었고 배나무와 대추나무가 숲을 이루고 있었다.

설생의 거처는 굴의 한 가운데 있었는데 지극히 화려하고 깊었다. 오공을 당상으로 인도하여 음식을 대접하는데 음식들은 모두 산의 진미인 맛있는 나물과 기이한 과실로 향과 단맛이 몹시 특이했고, 인삼은 실로 그 크기가 팔뚝만 하였다.

서로 이끌고 나가 노는데, 수풀과 산봉우리 개천과 돌의 기괴하고 장려함은 가히 형용할 수 없을 정도였다. 공은 마치 신선이 살고 있는 곳에 온 듯 황홀한지라 자신이 탄 수레와 머리에 쓴 관이 오히려 더럽게 느껴졌다.

오공이 설생에게 말했다.

"산수가 청개한 것은 진실로 은자의 처소요. 가계가 넉넉지 않을 텐데 산중에서 어떻게 이같이 갖추어 놓았소?"

설생은 웃으면서 말했다.

"내가 일찍이 노닐었던 곳과 왕래하였던 지방은 비단 이곳만이 아니오. 나는 세상에서 은둔한 이래로 마음대로 유람하며 관람하느라 하루도 한가한 적이 없었소. 서쪽으로는 속리산에 들어갔었고, 북쪽으로는 묘향산을 다 섭렵하였고, 남쪽으로는 가야산과 두류산의 절승을 탐방하였소. 그래서 무릇 동방 산천의 절승으로 특히 이름난 곳을 모두 두루 돌아다녔소. 그러다가 마음이 맞는 곳을 만나면 그때마다 풀을 베어 집짓고 황무지를 개간하여 김을 맸소. 혹 2년을 살기도 하고 혹 3년을 살기도 하다가 흥이 다하면 문득 그때마다 이동하여 다른 곳으로 옮겼소. 지금 내가 살고 있는 곳보다 산수가 아름답고 밭이 화려하고 넓어 이곳보다 열 배쯤 되는 곳도 많았소. 다만 세상 사람들이 그 사실을 모르고 있을 뿐이오."

오공이 설생의 종복들을 보니 모두 아름답고 준수한 자들로, 그 중 많은 수가 악기를 익히고 있었다. 물어보니 모두 다 첩의 아들들이라고 말했다. 노래하고 춤추는 미희들도 십수 명 있었는데 모두 빼어나게 아름다웠다. 공은 더욱 기이하게 여기며, 설생이 득의한 것을 보고 세속의 번뇌를 스스로 돌아보다가 흐느껴 울며 눈물을 흘리면서, 시를 지어 설생에게 주었다. 그 곳에서 이틀을 머문 후 떠나오면서 설생과 약속하며 말했다.

"나중에 서울에 오면 반드시 나를 방문하시오."

그 후 3년의 세월이 지나 과연 설생이 오공을 찾아왔는데, 공은 그때 마침 전조(銓曹)를 잡고 있었던지라 설생을 천거해 벼슬을 주고자 했다. 그러자 설생은 그것을 수치스럽게 여기고 하직 인사도 없이 떠나버렸다. 공이 휴가를 틈타 고개를 넘어 회룡굴을 찾아가 설생을 방문하니 그 곳은 이미 빈 터가 되어 있었고 설생은 간 곳을 알 수 없었다. 사람들 또한 아는 자가 없었다. 오공은 그 기이한 행적에 크게 감탄하고 애석하게 여기다가 되돌아왔다.

나(신돈복)는 설생에 관한 일을 사천(槎川) 이병연에게 듣고 이와 같이 기록하였다. 그 뒤에 상서(尙書) 오도일이 저술한 『서파집(西坡集)』에도 「설생전」이 있는 것을 볼 수 있었는데, 내가 기록한 것과 대동소이(大同小異)했다. 설생을 어찌 우리나라의 이인(異人)이 아니라고 하겠는가? 이는 마땅히 후세에 가르쳐 사라지지 않도록 해야 할 따름이다. 오도일은 추탄의 손자이다.

서재야회록(書齋夜會錄)

신광한(申光漢)

■ 줄거리

한 선비가 너무 곧아 세상과 화합하지 못하고 별서(別墅)를 지어 두고 여러 해 두문불출하며 책 읽기만 즐긴다. 어느 달 밝은 날, 서재 밖에서 시를 읊으며 탄식하다, 오동나무에 기대어 앉아 있는데, 자신의 서재에서 이상한 소리가 들려 엿보게 된다.

서재에는 검은 비단옷을 입고 검은 관(冠)을 쓴 사람, 무늬가 그려진 옷을 입고 모자를 벗은 사람, 흰 옷을 입고 윤건(綸巾)을 쓴 사람, 검은 옷을 입고 검은 모자를 쓴 사람 등 네 사람이었다. 그들은 서로 자신들이 처한 형편을 시로 지어 이야기하고 있다. 그것을 본 선비는 처음에 도둑인 줄로 의심했다가 이들이 문방사우(文房四友), 곧 벼루·먹·종이·붓의 물괴(物怪)임을 알게 되었다. 그러자 마음에 두려움이 없어지고, 그들이 하는 바를 자세히 들어 보고 싶은 마음이 생겼다.

선비는 그들이 장차 흩어질 것이라 여겨 헛기침을 하자 방 안이 텅 비며 보이는 게 아무것도 없었다. 선비는 즉시 그들과 만나보고 싶은 진심을 축원하고 한참 기다리자 그들이 나타났다. 선비와 네 사람은 서로 자신들의 가계와 생활담을 이야기하였다. 선비는 고양씨(高陽氏), 검은 비단옷을 입은 사람은 감배씨(堪坏氏), 검은 옷을 입은 사람은 수인씨(燧人氏), 흰 옷을 입은 사람은 구망씨(勾芒氏), 모자를 벗은 사람은 포희씨(庖義氏)의 후손이라 하고, 각각 집안의 계통과 인물에 대해 이야기를 나눈다. 선비는 네 사람의 이야기를 듣기는 하지만 무슨 뜻인지는 잘 모른다.

선비는 날이 밝아져 헤어질 시간이 다가온다며 남은 회포를 풀기 위해 시 짓기를 제안한다. 이번에는 네 사람이 각각 먼저 짓고, 선비가 맨 끝에 짓는다. 시를 지어 생각을 나눈 후, 네 사람은 지금껏 주인의 은혜를 입었으니 자신들을 멀리 버리지 말라는 당부를 주인에게 하고 사라진다.

선비는 날이 밝자 자신이 쓰던 벼루와 붓과 먹을 닥종이에 싸서 땅에 묻었다. 그러고 나서 제문(祭文)을 지어 이들의 신위 앞에 정중한 제사를 드렸다. 그런 뒤에 이들 넷은 주인을 찾아와 사례하고는 선생은 40년을 더 살 수 있을 것이라 축수하고 사라졌다. 그 뒤에 다시 이러한 괴변이 일어나지 않았다.

■ 원문

한 선비가 있었다. 이름은 생략하고 적지 않는다. 옛것을 좋아하고 보잘것없이 되어 세상 사람들로부터 따돌림을 받았다. 집은 아주 군색하였으나 뜻은 활달하였다. 일찍이 달산촌(達山村)에다가 작은 별서(別墅)1)를 하나 지어놓고 문을 걸고 바깥 출입을 끊은 채 오직 책 읽는 일에만 재미를 붙이고 살다 보니 이웃조차도 그의 얼굴을 못 본 지가 여러 해 되었다.

세상이 대황락(大荒落)2)에 든 해, 중추(仲秋) 보름 이틀 전에 서당엔 산비가 막 개어 밤기운이 맑고 서늘하였다. 하늘은 맑고 은하수가 흐르며, 밝은 달빛이 날리고 맑은 이슬이 내렸다. 오싹하게 송옥(宋玉)3)이 가을을 슬프게 노래하던 심정이 느껴지고, 아득하게 이백(李白)4)이 달을 감상하던 감흥이 생겼다. 서당을 걸어 나와 뜰을 거닐며 혼자서 시를 읊었다.

쩡, 쩡, 나무 찍는 골짜기 시냇가
언덕에 고요한 서재엔 이웃도 적다.
약 찧는 옥토끼를 불쌍하게 여기며
술잔 들고 누구에게 밝은 달을 물을까?
단풍 숲엔 때때로 이슬방울 듣는 소리
문 앞 골목 맑고 깊어 먼지 한 점 안 보이네.
봉황루(鳳凰樓) 떠나온 지 이제 몇 해인지,
미인(美人)은 어찌 다시금 사람을 근심스럽게 할까?

말을 마치고 마음이 상해 서너 번 탄식하였다. 씨늘해서

---

1) 별서(別墅) : 농장이나 들이 있는 부근에 한적하게 따로 지은 집. 세속의 벼슬이나 당파 싸움에 야합하지 않고 자연에 귀의하여 전원이나 산속 깊숙한 곳에 따로 집을 지어 유유자적한 생활을 즐기기 위해 마련한 공간.
2) 대황락(大荒落) : 고갑자(古甲子)에서, 지지(地支)의 여섯째인 사(巳)를 이르는 말.
3) 송옥(宋玉) : 중국 춘추 전국 시대 초나라의 문인. '운우지락(雲雨之樂)'의 배경을 노래한 <고당부(高唐賦)>를 지었다.
4) 이백(李白) : 중국 당(唐)나라 시인. 중국 최고의 시인으로 추앙되며 시선(詩仙)으로 불린다. 자는 태백(太白). 호는 청련거사(靑蓮居士). 젊어서 여러 나라에 만유(漫遊)하고, 뒤에 출사(出仕)하였으나 안녹산의 난으로 유배되는 등 불우한 만년을 보냈다. 칠언 절구에 특히 뛰어났으며, 이별과 자연을 제재로 한 작품을 많이 남겼다. 현종과 양귀비의 모란연(牧丹宴)에서 취중에 <청평조(淸平調)> 3수를 지은 이야기가 유명하다.

잠을 이루지 못하고 마른 오동나무를 손으로 잡고 기대어 바깥에 앉았다. 이때 밤은 이미 삼경(三更)이었고, 전혀 사람의 발자취가 없었다.

문득, 서실 안에서 엉엉 우는 듯한 소리가 들리고, 웃는 것 같기도 하고 말하는 것 같기도 한 소리도 있었다. 선비는 가슴이 두근거려 왔다갔다하다가 숨을 죽이고 가만히 귀를 기울이니, 과연 서실에 사람이 있는 듯했다. 선비는 혹시 그게 도둑인가 의심하고 몰래 맨발로 몇 걸음 걸어가 살펴보았다. 이때 달빛이 빈 창문으로 들어와 방 안은 대낮 같았다.

창틈으로 가만히 엿보니, 방 안에는 네 사람이 둘러앉아 있는데, 생김새가 다 같지 않고 옷차림도 모두 달랐다. 한 사람의 검은 비단옷을 입고 검은 관[玄冠]을 썼는데 무게가 있고 꾸밈이 적으며 나이가 가장 많았다.5) 한 사람은 무늬가 있는 옷[班衣]6)를 입고 모자를 벗었는데, 맨머리 상투가 위로 불쑥 솟았고 기우(器字)7)가 매우 날카로웠다.8) 한 사람은 흰 옷을 입고 윤건(綸巾)9)을 썼는데 용모가 옥(玉)이나 눈처럼 깨끗했다.10) 한 사람은 검은 옷을 입고 검은 모자를 썼는데 얼굴이 검푸르고 매우 못생기고 키가 작았다.11)

네 사람이 서로들 말하였다.

"누가 능히 무(無)로 몸을 삼고 생(生)으로 거짓을 삼으며 죽음을 참으로 여길 수 있을까? 누가 움직임[動]과 가만히 있음[靜], 흑(黑)과 백(白)이 같은 이치라는 것을 알까? 내가 그런 자와 더불어 벗이 되리라."

네 사람이 서로 쳐다보며 웃고 말했다.

"사(祀)와 여(與)와 이(犂)와 내(來)12) 정도라면 막역(莫逆)한 친구 사이였다고 할 수 있겠지?"

그러면서 무릎을 당겨 앉았다.

흰 옷 입은 사람이 말했다.

"오늘밤 주인이 집에 없는 틈을 타서 우리가 방을 차지하여 즐기니, 너무 편안하지 않은가?"

모자를 벗은 사람이 머리를 가로저으며 말했다.

"주인이 무리를 떠나서 쓸쓸하게 살면서 함께 지내는 자라

곤 우리들뿐이다. 우리가 살갗을 문지르고 뼈를 갈며, 머리를 적시고 등을 젖게 하는 일을 맡아 해온 지 이미 오래다. 그런데 나는 늙어 둔하다는 놀림을 당했고, 자네는 가볍고 얇다는 나무람을 들었지. 저 사람은 운명이 다하였고 이 사람 또한 흠결이 생겼어. 앞으로 주인과 더불어 지낼 날이 얼마나 더 되겠는가? 이런 자리에서 한 마디 말도 안 한다면 어찌 밝은 달이라 하겠는가?"

그러고는 원진(元積)13)의 '흰 머리 늙은이 어디로 갈거나? 임 향한 붉은 마음 아직도 남았는데.'라는 시구를 읊으며 오열하는 소리가 여러 번 들리고, 좌중이 모두 얼굴을 가리고 울거나, 눈물을 뿌리거나 닦았다.

흰 옷 입은 사람이 말했다.

"한갓 남관초수(南冠楚囚)14)의 행실이나 본받아 네 자리에 둘러앉아 눈물을 흘린다고 해서 어떻게 회포를 달래겠는가?"

그러면서 모자 벗은 사람을 놀리며 말했다.

"자네는 '검은 머리'이면서 '흰 머리' 하고 '가운데가 비었으면서[無心]' '붉은 마음[丹心]'이 있다고 여기니, 그래도 되겠는가?"

모자를 벗은 사람이 웃으며 말했다.

"고루하구나, 구망씨(勾芒氏)15)가 시(詩) 배움이여! 이 사람이 어찌 흰 바탕에 채색을 한다는 뜻을 알겠는가?"16)

검은 옷을 입은 사람이 검은 비단옷 입은 사람에게 눈짓하며 말했다.

"두 사람은 입을 다물게. 자르듯, 갈 듯, 쪼듯, 다시 갈 듯 하여야 비로소 더불어 시를 이야기할 수 있는 거라네."17)

---

5) 치의(緇衣)를 입고~나이가 가장 많았다. : '벼루'를 의인화한 것이다.
6) 반의(班衣) : 여러 빛깔의 옷감으로 지어 만든 옷. 반의(斑衣).
7) 기우(器字) : 기량(器量). 사람의 어질고 너그러운 마음씨와 재주.
8) 반의(班衣)를 입고~날카로웠다. : '붓'을 의인화한 것이다.
9) 윤건(綸巾) : 굵은 실로 만든 두건의 하나.
10) 백의(白衣)를 입고~깨끗했다. : '종이'를 의인화한 것이다.
11) 흑의(黑衣)를 입고~작았다. : '먹'을 의인화한 것이다.
12) 사(祀)와 여(與)와 여(犂)와 내(來) : 『장자(莊子)』 내편(內篇)에 나오는 가상의 네 친구. '犂'를 '려'로 읽고, '來'를 '뢰'로 보고 '뢰'로 읽기도 한다. 막역지우(莫逆之友)와 관련된 고사로, 원문은 다음과 같다. "자사. 자여, 자리, 자래. 네 사람이 서로 함께 말했다. '누가 무(無)를 머리로 삼고, 삶을 등뼈로 삼고, 죽음을 엉덩이로 삼을 수 있겠는가 생사존망이 본디 한몸과 같음을 누가 알겠는가? 이를 아는 사람이 있다면 나는 그와 벗이 되리라.' 네 사람이 서로 바라보면서 웃다가, 마음에 거스름이 없어 마침내 서로 벗이 되었다.(子祀子輿子犂子來四人相與語曰. 孰能以無爲首 以生爲脊 以死爲尻 孰知死生存亡之一體者 吾與之友矣. 四人相視而笑, 莫逆於心, 遂相與爲友)."

13) 원진(元積) : 중국 남송(南宋) 초기의 정치가・문학가・재상인 조정(趙鼎)의 자(字). 금(金)나라와의 화친을 반대하여 진회(秦檜)에게 배척을 받아 지방으로 좌천되고, 뇌물을 받았다고 무고(誣告)를 당하자 "백수가 어디로 돌아가리오, 내 남은 인생이 얼마 안 됨을 슬퍼하고, 붉은 마음은 없어지지 않고 아홉 번 죽어도 바꾸지 않으리라 맹세합니다(白首何歸 悵餘生之無幾 丹心未泯 誓九死以不移)."라고 억울함을 밝혔다.
14) 남관초수(南冠楚囚) : 죄수나 전쟁터의 포로를 이르는 말. 춘추(春秋) 시대 종의(鍾儀)가 초(楚)나라 사람으로서 진(晉)나라에 포로가 되어 갔으므로 초수(楚囚)라 하였고, 그 곳에서도 남쪽인 초나라의 관을 썼으므로 남관(南冠)이라 한 데서 나온 말이다.
15) 구망씨(勾芒氏) : 새의 몸에 사람의 얼굴을 하고, 두 마리의 용을 타고 다니는 나무의 신이며, 그가 다스리는 지역은 흰 옷[素服]을 입는다는 기록이 있다. 그에 따라 여기서는 '종이'를 가리키는 말로 쓰였다.
16) "고루하구나~뜻을 알겠는가?" : 자하(子夏)가 '귀엽게 웃는 모습이 예쁘고, 아름다운 눈이 예쁘니, 흰 것으로 아름다운 빛을 내는구나.'라는 말의 뜻을 물으니, 공자(孔子)가 '그림을 그리는 데는 흰 빛을 제일 나중에 칠하여 딴 빛을 한층 선명하게 하는 것'이라 답하자, 자하가 '예(禮)가 뒤에 오겠군요.'라고 하니, 공자가 '나를 일깨워주는 사람은 바로 상(商)이로다. 비로소 더불어 시(詩)를 논하겠구나.'라고 한 『논어(論語)』의 한 구절을 원용하여 언급한 것이다. '상(商)'은 자하의 본명 '복상(卜商)'이다. 이것을 원문에서는 '흰 것과 무늬의 뜻(素絢之義)'이라 하였다.
17) 자르듯, 갈 듯~이야기할 수 있는 거라네. : 『논어(論語)』에 나오는, 자공(子貢) 한 말, "『시경(詩經)』에 '자른 듯하고 간 듯하며 쫀 듯하고 간 듯하다.' 하였으니, 아마 이것을 말한 것이군요(詩云 如切如磋 如

검은 비단옷을 입은 사람이 우스갯소리를 했다.

"나는 타산지석(他山之石)[18]이 옥(玉)을 다듬을 수 있다는 말은 들었으나, 먹을 다듬는다는 말은 못 들었네."

검은 옷을 입은 사람이 말했다.

"그래, 과연 옥이 아니란 말이지?"

드디어 서로들 손을 잡고 웃었다.

모자를 벗은 사람이 말했다.

"시를 읊고 싶은 흥이 한 번 일어나니, 저절로 늙은 줄도 모르겠네. 짧은 작품을 지어 세 분을 위해 읊기를 청하네."

이에 시를 읊었다.

성긴 주렴 빈 휘장 낮 같은 밤에
영롱한 이슬 빛에 가을 달 높이 떴네.
머리는 하얗지만 작은 글씨도 쓸 수 있고
눈은 밝아 도리어 서리 같은 터럭 헤려 하네.

이어 검은 비단옷을 입은 사람이 읊었다.

금두꺼비 이슬방울 씻은 듯 맑고
옥토끼 가을 털은 추워서 잠 못 자네.
힘껏 시 한 구절 쓰고 나니 마음 괴로워
아직도 눈물 자국 눈썹 가에 남아 있네.

흰 옷 입은 사람이 말했다.

"내가 자네를 사모하는 것은 두터운 덕(德)과 무거운 명망(名望)이 있기 때문인데, 삼가 그것을 본받고자 하였으나 할 수 없었네. 지금 자네의 시 마지막 연(聯)은 자못 부인네들의 생각과 같아 뜻이 무겁기도 두텁지도 못하네. 자네도 늙었는가?"

검은 비단옷을 입은 사람이 말하였다.

"자네가 제대로 짚었네. 내가 늙었다고 한탄한 지가 오래네."

흰 옷 입은 사람이 말했다.

"또한 이을 수 있을까?"

그러고 낭랑하게 시를 읊었다.

선명한 가을 달이 흰 빛을 더하는데
단청을 시험하여 좋은 시 써 볼까.
진중한 네 벗들이 글 잔치로 모였는데

백 년 남길 자취 끝내 누가 전해 줄까?

검은 옷을 입은 사람은 과묵하여 어쩔 수 없는 듯이 한 수를 지어 읊었다.

쪼고 갈아 물들여 능히 도를 보존하니
그 공(功) 당년(當年)에 쓰기 누가 진(陳)[19]만 하리.
세 벗을 다시 만나 굳게 친분 다졌는데
세상 보기 싫으니 흰 머리 새롭더라.

흰 옷 입은 사람이 말했다.

"진(陳)의 시는 폄하(貶下)되어야 하겠다. 자기 이야기만 늘어놓았지 광경(光景)에 대한 언급은 한 마디도 없으니, 고루(固陋)하지 않은가?"

모자를 벗은 사람이 말하였다.

"고(藁)[20]는 견(甄)[21]을 무시하고 진(陳)을 헐뜯으니, 고는 대단한가?"

이에 검은 옷[치의]를 입은 사람이 한숨을 쉬고 탄식하며 말했다.

"오늘날은 벗의 도가 없어진 지 오래로다. 이미 거스르지 말자[莫逆]고 해놓고 자르고 가는[切磋] 것을 꺼리는구나."

모자를 벗은 사람이 곧 머리를 조아리며 사과하니 모두들 크게 웃었다.

선비는 처음에 도둑인 줄로 의심했다가 물괴(物怪)[22]임을 알고는 마음에 두려움이 없어지고, 그들이 하는 바를 자세히 보려고 하였다.

검은 비단옷을 입은 사람이 말했다.

"『시경(詩經)』에서 말하지 않았는가? '지나치게 즐기지 말고 집안일을 생각하라. 분수에 넘치지 않으려고 훌륭한 선비들은 조심조심 하였느니라.'라고 말야. 조금이라도 틈이 있으면 셀 수 있음을 두려워해야 돼."

세 사람은 서로 돌아보며 대답하지 않았다.

선비는 그들이 장차 흩어질 것이라고 생각하고 드디어 헛기침 소리를 냈다. 방안이 텅 비며 보이는 게 아무것도 없었다. 선비는 즉시 물러나 축원했다.

"그대들의 벗은 셋도 아니고 여섯도 아니며, 두 더벅머리라 하면 둘이 더 있고, 다섯 귀신이라 하면 하나를 빼야. 그대들은 나를 곤란하게 한 것들이 아니요, 궁핍하게 한 것도 아니오. 내 이미 그대들의 형편을 아는데, 구태여 그대들 모습 감출 것인가? 지금 나는 풀을 묶어 보낼 노복(奴僕)이 없고,

---

琢如磨 其斯之謂與)."를 의미한다. '자르고 간 것 같다는 것은 학문을 닦는 자세를 뜻하고(如切如磋者 道學也)', 쪼고 다듬는 듯하다는 것은 스스로 수양하는 것을 뜻한다(如琢如磨者 自修也). 여기서 '절차탁마(切磋琢磨)'가 나왔다.

18) 타산지석(他山之石) : 다른 산에서 나는 보잘것없는 돌이라도 자기의 옥을 가는 데에는 소용이 된다는 뜻이다.

19) 진(陳) : 한유(韓愈)의 「모영전(毛穎傳)」에서 '먹'을 '진현(陳玄)'이라 한 데서 연유한다.

20) 고(藁) : '원고(原稿)'를 뜻하므로 '붓'을 가리킨다.

21) 견(甄) : '질그릇'을 뜻하므로 '벼루'를 가리킨다.

22) 물괴(物怪) : 물건에 귀신이 붙어 스스로 움직이는 것.

빈자리에 맞을 상객(上客)만 있다오. 비록 이 세상과 저 세상의 사이가 있지만 지성이면 필시 통할 수 있을 것이오. 네 분은 끝내 나를 버릴 수 있겠소?"

축원을 마치자 옷깃을 여미고 섰다. 그와 같이 기다리기 꽤 오래되었으나 게을러하지 않았다. 문득 서재 북쪽 창 밖에서 소곤거리는 소리가 들리더니, 그 소리가 점점 가까워졌다. 선비는 변화가 있음을 알고 마음을 단단히 먹고 꼼짝하지 않고 있었다. 이 때에 산의 달이 지려 하고 기울어진 그림자가 마루에 있었다. 세 사람이 잇따라 오는데, 의관(衣冠)과 생김새가 서실 안에서 본 것과 똑같았다. 서실에 이르러서는 늘어서서 앞에 절을 하였다. 선비도 답배(答拜)하고 재빨리 물었다.

"한 분은 어디 계십니까?"

대답했다.

"관(冠)을 쓰지 않아서 뵈올 수가 없습니다."

선비가 말했다.

"산 속 서재에서 밤에 모이는 것이니, 예법을 따지지 못합니다. 빨리 서로 맞기를 바랍니다."

모자를 벗은 사람이 이 말을 듣고 서재 뒤에서부터 머뭇머뭇 나와서 머리를 조아리며 무례함을 사과하였다. 선비가 위로하는 답을 하고는, 그들과 마주앉았다. 성명과 집안의 내력을 물어서 산의 요정인지 나무 도깨비인지를 분별해보고자 하다가, 그들의 뜻을 거스를까 염려되어 감히 선뜻 발설하지 못하고 먼저 스스로를 소개하였다.

"나는 고양씨(高陽氏)[23]의 후손입니다. 집안이 좋은 일을 많이 하여 경사가 많아 높은 벼슬을 대대로 세습해왔습니다. 그러나 형설(螢雪)의 뜻을 간직하여 화려한 생활에 대한 생각을 끊고, 박학(博學)·심문(審問)·신사(愼思)·명변(明辯)의 교훈을 스승 삼고, 격물(格物)·치지(致知)·성의(誠意)·정심(正心)의 학문을 몸소 실천하며, 우러러 하늘에 부끄럽지 않고 굽어 사람에 부끄럽지 않고 거처함에 아랫목에게 부끄럽지 않고 잠자리에서는 이부자리에게 부끄럽지 않으려고 스스로 기약한 지가 여러 해 되었습니다. 네 분도 어찌 그렇다 하지 않겠습니까?"

네 사람이 답하였다.

"그렇습니다."

"궁벽한 땅에 늦게야 태어나서 외롭고 쓸쓸하게 마음은 옛 것을 사모할 줄만 알고 행실은 히물을 덮지 못하여, 아홉 번이나 죽을 고비를 넘기고 깊은 함정에서 겨우 빠져나왔는데, 친구들도 나를 버렸고 집안사람들까지도 다투어 비난했습니다. 이처럼 횡액을 당했는데도 일찍이 원망한 적이 없습니다.

네 분도 어찌 그렇다고 이르지 않겠습니까?"

네 사람이 말했다.

"그렇습니다."

"이제 몸은 늙고 지혜는 나지 않아 세상을 등지고 혼자 적막한 산 속에 외따로 초당을 하나 지어놓고 삽니다. 정신은 안씨(顔氏)와 사귀지만 꿈에서는 더 이상 주공(周公)을 뵈올 수가 없습니다. 혹 인의(仁義)를 깊이 연구하기도 하고 혹 부질없이 글 장난을 하기도 하며 지냅니다. 네 분이 없었다면 누가 와서 놀아주겠습니까? 끝자리에나마 참여하여 좋은 말씀 듣고 싶습니다. 여러분은 가르침 주시기 바랍니다."

이에, 네 사람이 일제히 절을 하고 사양하며 일렀다.

"저희들이 하찮은 자질을 갖추고 군자께 의탁하여, 외람되이 조화(造化)의 화로(火爐)에 들어가서 감히 날뛰는 쇠붙이가 되었는데, 명공(明公)께서는 상서롭지 못하다고 죄주지 않으시고, 또한 따라 놀 수 있도록 허락까지 하셨습니다. 평소의 생각을 다 말씀하시고 깊은 속마음도 드러내 보이셨습니다. 보잘것없는 저희들이 어찌 이런 영광을 얻을 수 있으며, 하찮은 생각을 펼쳐 우러러 명공의 귀를 더럽히고자 하는데, 괜찮겠습니까?"

선비가 기뻐하며 말했다.

"참으로 바라는 바입니다."

검은 비단옷 입은 사람이 일어나 절하고 앉아서 다시 말했다.

"저는 감배씨(堪坏氏)[24]의 후손입니다. 바야흐로 순(舜) 임금께서 미천하던 때에 이름이 기(器)라는 분이 계셨는데, 순 임금과 함께 하수(河水) 가에서 질그릇을 구웠습니다. 그러다가 순 임금께서 황제의 자리에 오르시자, 드디어 도씨(陶氏)로 성을 삼았습니다. 그 일은 우전(虞典)에 실리지 않았습니다. 그 후손들이 저 저칠(沮柒) 땅으로부터 고공(古公)을 따라 도혈(陶穴)로 와서는 서토(西土)에 집을 짓고 살았습니다. 무왕(武王)이 주(紂)를 칠 때에 이르러 태서(泰誓)[25]를 함께 들었습니다. 자손 가운데 서토를 떠나 위(魏)나라 땅에 옮겨 살던 자들은 와씨(瓦氏)로 성을 고쳤었는데, 위나라가 망하고 나서 비로소 드러났습니다. 당(唐)나라 정원(貞元) 연간에 와씨 가운데 이관(李觀)과 사귀던 분이 있었는데, 장안(長安)에 놀러 갔다가 그곳에서 객사하자, 이관이 그를 예를 갖춰 장사지내 주었습니다. 사람들이 오늘날까지도 그 일을 영광으로 여기고 있습니다. 그러나, 와씨는 지손(支孫)이고 견씨(甄氏)가 종손(宗孫)입니다. 저의 실제적인 조상은 견(甄)입니다.

─────────

23) 고양씨(高陽氏) : 중국 전설에 나오는 삼황오제의 하나인 전욱(顓頊). 황제(黃帝)의 의 증손자이고, 소호의 뒤를 이어 제위에 올랐다. 『사기(史記)』의 오제본기(五帝本紀)에 의하면 '인품은 고요하고 그윽하며 항상 심모(深謀)를 갖추고 있다'고 전한다.

24) 감배씨(堪坏氏) : 곤륜산(崑崙山)의 신(神). 벼루는 흙으로 만든 다음 불에 구워 완성하는 질그릇의 일종이라 이렇게 설정되었다. 이름이나 성으로 등장하는 기(器), 도(陶), 와(瓦), 견(甄) 등도 모두 이와 관련이 있다.

25) 태서(泰誓) : 무왕은 군대를 일으켜 서방과 서남의 부락들과 연합하여 맹진을 건너 제후들과 회동한 자리에서 선전포고문을 지어 주왕의 죄악을 나무란 글.

처음 태어나던 날, 잘리지도 갈라지지도 않았는데, '지(池)'라는 글자가 손바닥에 있어서 그것으로 이름을 삼았습니다. 저의 계보(系譜)와 성명(姓名)은 이와 같습니다. 어찌 감히 감추어 저를 알아주시는 분을 속이겠습니까? 다만 지금은 너무 늙어 하나같이 깨져서 온갖 일이 다 기와조각처럼 터져 버렸으니, 비록 사문(斯文)26)에 약간의 공로가 있기는 하나 누가 다시 기억해 주겠습니까? 와씨와 이관이 사귀었던 일로써 부탁하고 싶은데, 명공께서는 기꺼이 허락해 주시겠습니까?"

선비는 그 뜻도 알지 못한 채, 다만 "예예."라고 대답만 하였다.

검은 옷을 입은 사람이 앞으로 나아와 절을 하고 말하였다.

"저는 수인씨(燧人氏)27)의 후손입니다. 선대에 이름이 '상(霜)'이라는 분이 계셨는데, 신농씨(神農氏)와 더불어 온갖 풀들을 맛을 보아 분류한 일은 『본초(本草)』에 기록되어 있습니다. 또 이름이 '오(烏)'라는 분이 계셨는데, 창힐(蒼黠)과 더불어 글자를 만들었는데, 그 일은 『사기(史記)』에 기록되어 있습니다. 그 뒤로 대대로 문한(文翰)을 맡았고 인재가 대대로 끊임없이 나왔습니다. 주(周)나라 시대에 이르러서는 묵씨(墨氏)가 되었는데 노담(老聃)과 더불어 주하사(柱下史)가 된 분이 있었는데, 그 사적에는 그의 이름이 실려 있지 않습니다. 이십대(二十代) 할아버지 적(翟)은 이마가 닳고 발꿈치까지 닳도록 일을 하여 천하를 이롭게 해서 공씨(孔氏)와 더불어 '두 스승'이라고 함께 일컬어졌습니다. 현조(玄祖)에 이르러 성을 진씨(陳氏)로 바꾸고 소나무와 잣나무 사이에 몸을 감추고 숨어 지내며 세상에 나오지 않았습니다. 돌아가신 아버지께서 나를 '갈고 닦으면 쓸 만하게 될 자질이 있으니, 조상들이 남긴 훌륭한 업적을 더 보탤 수 있으리라.' 여기시고 사랑하여 '옥(玉)'이란 이름을 지어 주셨습니다. 어렸을 때부터 서적을 탐독하여 꼿꼿이 앉아서 해를 넘기곤 하였는데, 늙어서는 점점 소갈병(消渴病)이 들어서 비록 저를 알아주시는 명공께 의탁은 하나 칠신(漆身)의 보답은 해 드리기 어렵습니다. 감히 어진 분께 의지하여, 늙어 버려졌다는 탄식은 하지 않겠습니다. 명공께서는 가련히 보아주시기 바랍니다."

선비는 "예예."라고 하였다.

흰 옷 입은 사람이 공경(恭敬)하게 일어나 절을 하고 말하였다.

"저는 구망씨(勾芒氏)의 후손입니다. 저의 옛 조상들은 풀과 나무들 사이에 모습을 감추고, 벼슬이나 지위가 높아지는 일은 구하지 않았습니다. 세상에 나와서는 혼돈(渾沌)의 술법

을 많이 닦아 분명하고 명백함이 본바탕으로 들어가고, 무위(無爲)가 태초의 순박함을 회복하게 하였습니다. 진시황(秦始皇) 때에 이르러 많은 책들을 불태워 없애고 학사(學士)들을 묻어 죽일 때에도 또한 그 화(禍)에서 벗어날 수 있었습니다. 공적이 두터운 사람은 그 은택이 먼 후손에게까지 흐르지 않습니까? 자손들이 번창한 것은 한(漢)나라 때로부터였습니다. 세상에 '등(藤)'이라는 분이 유명하셨는데, 귀와 눈이 밝고 기억력이 좋아 경전(經典)과 사서(史書)를 줄줄 외어서, 무제(武帝)가 없어진 책들을 구할 때 바쳐 올린 바가 많았습니다. 석거(石渠)와 천록(天祿)이 이루어진 데에는 저의 선조들의 공로가 자못 많았습니다. 진(晋)나라 때에 이름이 '견(繭)'이라는 분이 계셨는데 왕우군(王右軍)과 잘 지내어 그 평가가 세상에서 매우 높았습니다. 당(唐)나라 때에는 소릉(昭陵)을 섬김으로 인하여 순장(殉葬)을 당했는데, 세상 사람들이 매우 애석히 여겼습니다. 아버지와 할아버지 때부터 섬계(剡溪)에 집을 짓고 살았습니다. 처음 모습을 갖추어 태어났을 때에 비로소 이름을 '고(藁)'라고 하였습니다. 다시 혼돈(渾沌) 수업을 닦았는데, 비록 심지(心志)를 씻어내고 정신(精神)을 깨끗이 하였으나, 본래 채색을 받아들일 바탕이 아닌지라 경박하다는 참소를 입어 끝내 장(醬) 담는 단지의 덮개가 되었습니다. 감히 다시 거두어주시기를 바라오니, 명공은 살펴주십시오."

선비는 "예예."라고 대답하였다.

모자를 벗은 사람이 손을 모아 절을 하고 머리를 조아리며 말했다.

"저는 포희씨(庖羲氏)28)의 후손입니다. 저의 옛 조상은, 희생(犧牲)을 잡아 처음으로 하늘의 신과 땅의 신께 제사를 올릴 때에, 털을 뽑고 제물(祭物)로 썼는데, 그 공으로 모씨(毛氏)라는 성을 얻었습니다. 세상에서는, 포희씨 시대에는 털을 태우고 먹었다고 하나, 그것은 잘못된 말입니다. 모씨는 대대로 역사 기록을 담당하는 관리가 되었는데, 붓을 귀 뒤에 꽂고 일어난 일들을 기록하였고 대부분 스스로 글을 짓지는 않았습니다. 공자(孔子)가 『춘추(春秋)』를 지을 적에 자유(子游)와 자하(子夏)의 도운 바가 없었는데, 모공(毛公)이 결국 연차(年次)를 정하였습니다. 당(唐)나라 한유(韓愈)가 '공자(孔子)에게 절교를 당하였다.'라고 한 것은 우리 조상을 매우 모함하는 말입니다. 전국시대(戰國時代)에 모수(毛遂)라는 분이 있었는데 주머니 속에 들어가기를 청했고, 한(漢)나라 때에는 모장(毛萇)이라는 분이 있었는데 『시전(詩傳)』을 저술하였습니다. 이분들이 저희 정파(正派)인데도, 한유가 자기의 문장력을 믿고 허공을 파고 타는 이야기를 억지로 끌어다 붙여

---

26) 사문(斯文) : 유교(儒敎)의 도의(道義)나 또는 문화(文化)를 일컫는 말. 유학자(儒學者)를 달리 일컫는 말.

27) 수인씨(燧人氏) : 중국 고대의 세 황제의 한 사람. 전설적 인물로 복희씨(伏羲氏) 이전의 사람인데, 불을 쓰는 법과 식물의 조리법을 전했다고 한다. '먹'은 아교를 녹인 물에 그을음을 반죽하여 굳혀서 만들기 때문에 '불'과 관련시킨 것으로 보인다. '상(霜)'은 그을음의 가루, '오(烏)' '묵(墨)' 등은 검은색과 관련이 있다.

28) 포희씨(庖羲氏) : 복희씨(伏羲氏). 중국 고대 전설상의 제왕. 삼황(三皇)의 한 사람으로, 팔괘를 처음으로 만들고, 그물을 맺고, 활과 화살을 만들며, 여섯 가축을 기르고, 희생을 잡으며 오곡을 심었다고 한다. 붓은 짐승의 털로 만들기 때문에 희생을 잡는 포희씨를 끌어왔다.

모씨의 종파를 어지럽혔습니다. 이른바 모영(毛穎)이라 일컫는 자는 도대체 어떤 사람입니까? 유우씨(有虞氏)께서 남쪽으로 순수(巡狩)나가셨다가 창오(蒼梧)에서 돌아가셨을 때, 두 분의 왕비께서도 따라가시려고 피눈물을 흘렸으나 다다르지 못하고 상강(湘江)에 뛰어들었습니다. 두 왕비의 후손들이 초(楚)나라 땅에 흩어져 살다가 드디어 관씨(管氏)로 불렸는데, 저의 15대조께서 혼인하여 배우자로 삼았습니다. 이로부터 관씨가 아니면 아내로 삼지 않았으니, '반드시 제(齊)나라 강씨인가.'29)라고 하는 것과 같은 것입니다. 한유가 '관성(管城)에 봉해졌다.'고 한 것도 역시 잘못 전해진 것입니다. 할아버지께서 중서성(中書省)에 들어가시던 해에 아버지는 지제고(知制誥)가 되셨습니다. 저를 나이가 젊고 기개가 날카롭다고 여기시어, 할아버지께서 이름을 지어주시고 아버지께서 자(字)를 지어주셨는데, 이름을 예(銳)라고 하고 자를 퇴지(退之)라고 하여, 저로 하여금 이름을 돌아보고 뜻을 생각하도록 하였습니다. 이제 늙고 둔해져서 일찍이 품었던 뜻은 다 꺾여 버렸고, 짧은 머리가 모지라져 모자를 벗었으니, 곁에 있는 사람이 볼까 부끄럽습니다. 무덤이나 지어 주시는 영광을 받기를 바랄 뿐 탑전(榻前)에 올리는 시를 쓰려고 하지는 않겠습니다. 명공께서는 무정할 수 있으시겠습니까?"

선비는 비록 "예예."라고 대답은 했으나, 네 사람의 말이 무슨 뜻인지 끝내 알 수가 없어서 네 사람에게 말하였다.

"오늘밤 이런 만남은 사실 하늘이 도운 것입니다. 다만, 별들이 돌고 북두성도 회전하였으며, 새벽달은 장차 지려 하니, 느긋이 남은 회포를 다 펴지 못할까 두렵습니다. 아까 방안에서 여러분들이 각각 시를 지으시던데, 잘 모르겠지만 그것을 계속할 수 있겠습니까?"

네 사람이 답하였다.

"감히 명(命)대로 아니할 수 있겠습니까?"

검은 비단옷 입은 사람이 시를 지었다.

빗긴 구름 밀어낸 달이 아름다움 다투는데
온 세상에 누가 옛 견씨(甄氏)를 어여삐 여길까?
웃지들 마라, 돌 창자가 지금 모두 닳은 것을
눈으로 보았네, 한유(韓愈)가 명(銘) 짓던 봄을.

검은 옷을 입은 사람이 지는 시는 이랬다.

현상(玄霜)30)을 다 찧는 건 흰 토끼의 근심

창힐(蒼黠)이 다 늙은 건 건 글 배우던 때.
이마 다 닳도록 가르쳐 세상 건지는 일
양주(楊朱)에게 머리를 양보하지 않으리.

모자를 벗은 사람이 시를 지었다.

시서(詩書)를 얻어 전한 세월이 길어
호기롭게 돌아보니 검은 털이 안 남았네.
풍류롭던 옛일은 알아줄 사람 없으니,
술동이 앞을 싸움터 만드는 일 얻기 어렵겠네.

흰 옷 입은 사람이 시는 이랬다.

유유한 죽백(竹帛) 모두 연기 되어버리고
백공천창(百孔千瘡)31)이 나로부터 전해졌네.
무너진 석거각(石渠閣)32)에 힘들게 거두어
달 밝은 섬계(剡溪)의 뱃놀이에 아쉽게 저버렸네.

선비는 세 번이나 반복해 읊어보고 진심으로 훌륭하다고 칭찬하였다. 이에 응수(應酬)하였다.

백 년 교우를 누구와 맺을까 하다
우연히 산중에서 네 노인을 알았네.
뒷날 다시 오늘밤 맑은 이야기를 기억할 수 있게
서재의 책장 서랍 속에 보배로 남기리라.

네 사람이 또 감사해하고 또 절을 하며 말했다.
"저희를 알아주신 은혜 오래도록 버리지 않기 바랍니다."
드디어 떠나겠다고 말하고는 쭈뼛쭈뼛하더니 보이지 않았다.

선비는 홀로 방안에 누워 눈을 깜빡이며 잠을 이루지 못하고, 그들을 만났던 일을 곰곰이 생각해보니, 거의 알 것도 같았다. 햇빛이 벌써 창을 비추었다.
시중드는 아이가 이상히 여기며 와서 물었다.
"오늘 어찌 늦게 일어나시는지요?"
선비가 대답하였다.
"지난 밤 달이 너무 밝아 정신없이 시를 읊다가 아침잠이 너무 깊이 들었구나. 네 어찌 그것도 모르고 와서 묻느냐?"
그리고 일어나서 방안의 붓, 벼루, 종이, 먹을 찾아 살펴보았다. 옛날에 보관해 두었던 벼루는 바람벽의 떨어진 흙덩이

---

29) '반드시 제(齊)나라 강씨(姜氏)로세.' : 『시경(詩經)』 진풍(陳風) '형문(衡門)'에 나오는, '어찌 물고기 먹음을 반드시 하수의 방어로 하리오. 어찌 그 아내 취함을 반드시 제나라의 강씨리오(豈其食魚 必何之魴 豈其取妻 必齊之姜).'에서 따온 구절이다.

30) 현상(玄霜) : 검은 가루로 되어 있는, 신선이 먹는다는 불로장생의 선약. 『한무제내전(漢武帝內傳)』에 '선가(仙家)의 상약(上藥)에 현상·강설(絳雪)이 있다.'라고 하였다.

31) 백공천창(百孔千瘡) : '백의 구멍과 천의 상처(傷處)'라는 뜻으로, 갖가지 폐단으로 엉망이 된 상태를 이르는 말.

32) 석거각(石渠閣) : 중국 한(漢)나라 때 소하(蕭何)가 만든 장서각(藏書閣)의 이름. 각(閣)의 아래에 돌을 쌓아 도랑을 만들고 물을 끌어내어 이런 이름이 붙여짐.

를 맞고 깨어져 있었다. 붓 한 자루는 무늬 있는 대나무로 대롱을 만들었는데 뚜껑이 없고, 너무 닳아 글씨 쓰기에 알맞지 않았다. 먹 한 개는 다 닳아 남은 것이 한 치도 안 되었다. 종이는, 며칠 전에 시중드는 아이가, "이곳에 투박한 종이가 있는데 장단지를 덮어도 되겠습니까?" 하여, 선비가 "그래라." 했었는데, 아이를 불러 그 종이를 가져오게 하여 살펴보니 바로 깨끗하고 두꺼운 고정지(藁精紙)33)였다. 이에 짐을 벗어 던진 듯이 모든 것을 깨달았다. 즉시 종이로 세 물건을 싸서 담장 밑에 묻어주고 글을 지어 제사를 지냈다.

그 글은 이랬다.

"유세차 모년 모월 모일에 고양씨의 후손 아무개는 삼가 좋은 술과 여러 음식을 장만하여, 감배씨의 후손 견군(甄君) 지(池)와 수인씨의 후손 진군(陳君) 옥(玉)과 구망씨의 후손 혼돈자(渾沌者) 고(藁)와 포희씨의 후손 모군(毛君) 예(銳) 네 친구의 신령께 경건히 제사를 올립니다. 아, 하늘이 성명(性命)을 부여하심에 물칙(物則)도 함께 주셨습니다. 윤리에는 오륜(五倫)이 있고 덕에는 오덕(五德)이 있습니다. 깊이 생각건대, 붕우(朋友)는 두 다섯 가운데 하나, 저녁에 죽어도 오히려 괜찮으나 신의(信義)가 없으면 설 수 없습니다. 아득히 신의가 없어지자 대도(大道)가 이에 막혔습니다. 사생(死生)과 귀천(貴賤)은 구름이나 비처럼 하찮은 것이라, 까닭 없이 뭉치는 것은 장주(莊周)가 기롱(譏弄)했고, 이끗이 다하자 멀어지는 것은 달인(達人)이 슬퍼했으니, 누가 함께 같은 소리를 내겠습니까? 산엔 나무가 푸르고 골짜기엔 새가 지저귑니다. 아, 나의 방에는 쓸쓸한 그림자만 있었는데, 줄줄이 네 벗이 천천히 모였습니다. 좋은 밤 환한 달빛에 명랑하게 시를 읊고 맑게 이야기를 나누니, 그 말이 세속과 멀었습니다. 고양으로 시작해서, 감배, 수인, 포희, 구망, 본초(本草)를 만든 신농씨, 글자를 만든 창힐, 순(舜) 임금이 살던 물가, 고공(古公)이 살던 저칠 땅, 춘추에 붓 꺾기, 전국 시대에 주머니에 들어가기, 석거각과 천록각, 한(漢)나라의 황제와 당(唐)나라의 황제에 이르기까지, 이리저리 두루 섞어 빠짐없이 거론했습니다. 아득아득하고 넓디넓게 어느 것이나 징표(徵標)와 근거(根據)가 있었으니, 풍류 넘치는 특별한 모임이 참으로 밝고 성실함에 말미암았습니다. 형체가 없는 형체는 형체가 없는 것에서 형체가 되고, 사귐이 없는 사귐은 사귐이 없는 것에서 사귐이 됩니다. 백년의 벗을 중히 여기고 세상일을 토론했으니, 살아서는 막역한 벗이 되고, 죽어서는 같은 무덤에 묻힐 터이니, 하물며 사람인데 사물만도 못하겠습니까? 낭랑한 석별의 말, 뒷일에 대한 부탁을 감히 잊을 수 있으니 무릇 내가 무엇을 상심하리오? 그대들이 갈무리된 자리에 그대들의 마음이 남았다면, 이 글에 감응하기 바라나이다."

---

33) 고정지(藁精紙) : 보리·벼·귀리 등의 단섬유 식물과 닥나무 등의 장섬유를 혼합하여 만든 종이.

이날 밤 꿈에 네 사람이 와서 사례하며 말하였다.

"공(公)의 목숨은 지금부터 사십 년이 남았습니다. 이것으로 보답합니다."

그 뒤 다시는 이런 변괴가 없었다고 한다.

■ 해설

「서재야회록(書齋夜會錄)」은 조선 초기의 문인 신광한(申光漢, 1484~1555)이 엮은 『기재기이(企齋記異)』에 「안빙몽유록(安憑夢遊錄)」·「최생우진기(崔生遇眞記)」·「하생기우록(何生奇遇錄)」 등과 함께 수록되어 있습니다. 이 책의 제목은 '기재(企齋)가 기이(奇異)한 것을 기록(紀錄)하다'는 뜻인데, '기재'는 지은이의 호입니다. 그러므로 「서재야회록」도 기이한 내용이겠지요. 제목만 보면 '서재에서 밤에 모꼬지한 기록'이라 기이할 게 없는데, '누가' '어떻게' 했는지에 따라 평범할 수도 있고 기이할 수도 있을 겁니다.

한 선비가 달산촌(達山村)의 한 별장에서 책이나 읽으면서 지냅니다. 이 사람은 세상에서 배척을 받았습니다. 그래서 세상을 멀리하려 합니다. 강호가도(江湖歌道)하며 안빈낙도(安貧樂道)하는 쪽이 아니라 신세모순(身世矛盾)하고 세여불합(世與不合)하여 비분강개(悲憤慷慨)하는 쪽입니다. 그래도 그의 시에는 미인(美人)이 등장합니다. 봉황루(鳳凰樓)를 떠나온 화자가 그리워하는 이는 여인이 아니라 임금이겠지요.

어느 날, 달이 밝은 밤, 그날도 시를 읊으며 거닐다 오동나무에 기대앉아 쉽니다. 그런데 그의 서재에서 이상한 소리가 들립니다. 다가가서 보니 도둑은 아니었습니다. 거기에서는 치의(緇衣)를 입고 현관(玄冠)을 쓴 사람, 반의(班衣)를 입고 탈모(脫帽)한 사람, 백의(白衣)를 입고 윤건(綸巾)을 쓴 사람, 흑의(黑衣)를 입고 흑모(黑帽)를 쓴 사람 등 넷이 모여 앉아 대화나 시를 통해 자신들의 처지를 토로하고 있었습니다. 그들의 대화나 시에는 하나같이 늙음이나 죽음, 절망이나 좌절 같은 어두운 내용으로 되어 있습니다. 하나같이 그의 처지를 대변하는 듯합니다.

그래서 그는 그들과 함께하고 싶었습니다. 헛기침을 했지요. 그랬더니 그들은 사라져 버렸습니다. 그들은 바로 물괴(物怪)였습니다. 물괴는 물건에 귀신이 붙어 스스로 움직이는 것입니다. 그 물건이란 알고 보니 벼루와 붓과 종이와 먹, 곧 문방사우(文房四友)였습니다. 물괴이니 사람처럼 생각하고 행동할 수 있을 테고 자연스럽게 의인화(擬人化)가 이루어질 수 있었습니다. 그들이 '주인'이라 한 대상은 바로 그 물건들을 쓰던 선비 자신이었음을 알았습니다. 그래서 더욱 그는 그들과 이야기를 나누고 싶어졌습니다. 그들과 만나고 싶은 뜻을 이렇게 전합니다.

"그대들의 벗은 셋도 아니고 여섯도 아니며, 두 더벅머리라 하면 둘이 더 있고, 다섯 귀신이라 하면 하나를 빼야지. 그대들은 나를 곤란하게 한 것들이 아니요, 궁핍하게 한 것도 아니오. 내 이미 그대들의 형편을 아는데, 구태여 그대들 모습 감출 것인가? 지금 나는 풀을 묶어 보낼 노복(奴僕)이 없고, 빈자리에 맞을 상객(上客)만 있다오. 비록 이 세상과 저 세상의 사이가 있지만 지성이면 필시 통할 수 있을 것이오. 네 분은 끝내 나를 버릴 수 있겠소?"

이렇게 하고 한참 기다렸더니 그들이 나타났습니다. 그는 그들이 어떤 사람인지 알고 싶었습니다. 그렇다고 바로 들이대어 물을 수는 없어서 자신을 소개하여 대화의 폭과 깊이를 알려 줍니다. 그들은 각자의 가계(家系)를 이야기합니다. 이것이 이 작품을 가전체(假傳體)라 하는 이유 중의 하나가 됩니다.

검은 비단옷을 입고 검은 관을 쓴 '벼루'는 감배씨(堪坯氏)의 후손이라 했습니다. 감배씨가 곤륜산(崑崙山)의 신(神)으로 흙과 연관되나 봅니다. 벼루는 흙으로 만든 다음 불에 구워 완성하는 질그릇의 일종이니까요. 가계에 등장하는 이름이나 성(姓)이 기(器), 도(陶), 와(瓦), 견(甄) 등인데, 이들도 다 흙으로 만든 그릇입니다. '먹'은 아교를 녹인 물에 그을음을 반죽하여 굳혀서 만들기 때문에 '불'과 관련되고, 인간에게 불을 쓰는 법을 가르친 수인씨(燧人氏)가 그의 조상이 됩니다. 가계에 등장하는 '상(霜)'은 그을음의 가루, '오(烏)' '묵(墨)' 등은 검은색과 관련이 있습니다. 구망씨(句芒氏)는 새의 몸에 사람의 얼굴을 하고, 두 마리의 용을 타고 다니는 나무의 신이며, 그가 다스리는 지역은 흰 옷[素服]을 입는다는 기록이 있으니 '종이'의 조상입니다. 또 포희씨(庖羲氏)는 희생(犧牲)을 잡으니 짐승의 털로 만드는 '붓'의 조상이 되는 것이지요.

가계에 대한 이야기를 끝내자 선비는 시를 한 수씩 짓기를 제안합니다. "날이 밝으면 남은 회포를 다 펴지 못할" 수도 있기 때문이지요. 물괴는 밝은 낮에는 나타나지 않나 봅니다. 그래서 이 작품의 제목이 '야회(夜會)'일 수밖에 없겠군요. 네 사람은 각자 자신의 가계를 염두에 두고 현재의 처지를 담은 시를 한 수씩 짓습니다. 마지막으로 그가 이렇게 답하는 시를 짓습니다.

백 년 교우를 누구와 맺을까 하다
우연히 산중에서 네 노인을 알았네.
뒷날 다시 오늘밤 맑은 이야기를 기억할 수 있게
서재의 책장 서랍 속에 보배로 남기리라.

그러자 네 사람은 함께해 주어 고맙다고 인사하고는 사라집니다. 결국 잠을 못 이루고 아침을 맞은 그는 방안에서 붓, 벼루, 종이, 먹을 찾습니다. 벼루는 바람벽의 떨어진 흙덩이를

맞고 깨어져 있고, 무늬 있는 대나무로 대롱을 만든 붓은 뚜껑이 없고 너무 닳아 글씨 쓰기에 알맞지 않았습니다. 먹 한 개는 다 닳아 남은 것이 한 치도 안 되었습니다. 종이는, 며칠 전에 시중드는 아이가 장독을 덮어 두었습니다. 그는 그 종이에 세 물건을 싸서 땅에 묻고 제문을 지어 제사를 지내 주자, 그날 밤 꿈에 네 사람이 찾아와 그의 수명이 40년 연장되었다고 말합니다.

이 작품은 물괴가 출현하여 그들만의 모임을 갖는 부분과 선비의 요청으로 물괴와 선비가 함께하는 부분으로 구성되어 있습니다. 앞부분은 물괴들끼리 서로 위로하는 것이고, 유명(幽明)을 달리하는 세계이므로 사람에게 누설되어서는 안 될 것이지만 회한(悔恨)을 말하지 않을 수 없어서 마련된 것입니다. 이런 물괴의 모임은 선비가 주관하는 야회(夜會)로 이어지고, 각자의 정체와 심회를 말해 달라는 선비의 요청에 따라 자연스럽게 자신들의 참담한 처지와 정회를 토로하게 됩니다. 이렇게 의인화된 작중인물들이 자발적이고도 능동적으로 이야기하는 존재로 나타나서, 사물성 자체에 머물지 않고 개성화된 면모를 보이도록 형상화되어 있다는 측면에서 후대의 의인소설의 영역으로 넘어오는 과정을 이해할 수 있게 됩니다.

또 이 작품은 다양한 전고(典故)를 활용하여 박학(博學)을 지향하고, 주변의 사물을 세심하게 살피고 의심되는 바를 곡진히 묻고 되돌아 생각하여 물정(物情)을 환하게 깨닫는 관물(觀物)의 공부법을 서사화했다고 할 수 있습니다. 유학자 신광한이 이 작품을 통해 성리학적 공부법인 관물의 방식을 통한 궁리(窮理)의 요체를 사례를 들어 보여 준 셈이지요.

이 작품은 고려말에 유행하여 이 시기까지 이어져온 사물을 의인화한 가전체의 형식에 꿈을 소재로 한 액자형식의 몽유록 양식을 결합한 점에서 같은 책에 실려 있는 「안빙몽유록」과 유사합니다. 또 '지팡이'를 의인화한 인물을 작자가 만나 경험하는 내용을 담은 「정시자전(丁侍者傳)」과도 맥락이 닿아 있습니다. 꿈은 아니지만 꿈 같은 상황이란 점에서 몽유록(夢遊錄) 작품과도 긴밀하게 연관되는 것으로 보입니다. 사물을 사람처럼 여기고 조상(弔喪)하는 글을 지어 영결하는 「조침문(弔針文)」과도 닮아 있습니다.

한편 이 작품은 중국 당(唐)나라 문인 한유(韓愈)의 「모영전(毛穎傳)」이나 조선 후기 문인 남유용(南有容)의 「모영전보(毛穎傳補)」에서 사용된 구성법, 곧 선비가 오랫동안 애용하던 문방구를 의인화하여 주인과의 사이에서 자기 조상들의 역사적 계보와 내력을 이야기하고, 남은 사연들을 시로써 읊어가는 서술 방법을 따르고 있습니다. 그러나 선비인 주인이 사용하던 문방구가 주인과 대화를 하고 제문을 지어 위로하자 수명까지 연장시켜 사례한다는 감응의 방법은 이 작품만의 독창성이라 하겠습니다.

국선생전(麴先生傳)

이규보(李奎報)

■ 줄거리

주인공인 국성(麴聖)은 주천(酒泉) 고을 사람으로 아버지는 차(醝)이고 어머니는 곡씨(穀氏)이다. 서막(徐邈)은 어린 국성을 사랑하여 그의 이름과 자를 지어 주었다. 국성은 어려서부터 이미 깊은 국량(局量)이 있었다. 손님이 국성의 아버지를 찾아왔다가 국성을 눈여겨보고 "이 아이의 마음과 그릇이 만경(萬頃)의 물결과 같아서 맑게 해도 더 맑지 않고, 뒤흔들어도 흐려지지 않는다."라고 칭찬하였다. 국성은 자라서는 유영(劉伶)·도잠(陶潛)과 더불어 친구가 되었다.

공경(公卿)들이 청주종사(靑州從事)로 불러 진출하기를 천거하자, 임금도 그를 불러 향기로운 이름을 들었노라며 주객낭중(主客郎中)을 시키고, 국자좨주(國子祭酒) 겸 예의사(禮儀使)로 올렸다. 국성은 조회(朝會)의 잔치나 종묘(宗廟)의 모든 의식에서 임금의 뜻에 맞았고, 이름 대신 국선생(麴先生)이라 부르며 날로 친근하여 거슬림이 없었고, 잔치에도 함부로 노닐었다.

국성의 아들 삼형제 혹(酷)·포(醻)·역(醒)은 아버지의 총애를 믿고 방자히 굴다가 모영(毛穎)의 탄핵을 받았다. 이로 말미암아 이들은 자살했고, 일찍이 그와 농담을 주고받을 정도 친했던 치이자(鴟夷子)는 수레에서 떨어져 자살하였다. 이 일로 국성은 폐직되어 서인(庶人)으로 떨어졌다.

국성이 물러나자 제(齊) 고을과 격(鬲) 고을 사이에 뭇 도둑이 떼 지어 일어나고, 토벌하고자 하나 적당한 사람이 없었다. 결국 임금은 다시 국성을 발탁하여 원수(元帥)로 삼으니, 그가 군사를 통솔함이 엄(嚴)하고 사졸과 더불어 고락(苦樂)을 같이하여 수성(愁城)에 물을 대어 한 번 싸움에 도적을 물리치고 장락판(長樂阪)을 쌓는 공을 세웠다. 임금은 그를 상동후에 봉했다.

1년 뒤 국성은 스스로 분수를 알아 칭병(稱病)하고 물러나고자 하나 임금이 허락하지 않고 약물을 보내어 병을 치료하게 하였다. 성이 여러 번 표(表)를 올려 굳이 사직하니, 임금이 부득이 윤허하자 그는 마침내 고향에 돌아와 살다가 천명(天命)으로 세상을 마쳤다.

사신(史臣)이, "국씨는 대대로 농가 출신이다. 국성이 순후한 덕과 맑은 재주로 임금의 심복이 되어 나라 정사를 짐작하고, 임금의 마음을 윤택하게 함에 있어 거의 태평한 경지의 공을 이루었으니 장하도다!"라고 기렸다.

■ 원문

국성(麴聖)의 자(字)는 중지(中之)[1]이니, 주천(酒泉)[2] 고을 사람이다. 어려서 서막(徐邈)[3]에게 사랑을 받아, 막(邈)이 이름과 자를 지어 주었다. 먼 조상은 본디 온(溫) 땅 사람으로 항상 힘써 농사지어 자급(自給)하더니, 정(鄭)나라가 주(周)나라를 칠 때에 잡아 데려 왔으므로, 그 자손이 혹 정나라에 퍼져 있기도 하다. 증조(曾祖)는 역사에 그 이름을 잃었고, 조부 모(牟)[4]가 주천(酒泉)으로 이사하여 거기서 눌러 살아 드디어 주천 고을 사람이 되었다. 아비 차(醝)[5]에 이르러 비로소 벼슬하여 평원독우(平原督郵)[6]가 되고, 사농경(司農卿)[7] 곡(穀)[8]씨의 딸과 결혼하여 성(聖)을 낳았다.[9]

성(聖)이 어려서부터 이미 깊숙한 국량(局量)[10]이 있어, 손님이 그 아버지를 보러 왔다가 눈여겨보고 사랑스러워서 말하기를,

"이 아이의 마음과 그릇이 넘실거리는 만경(萬頃)의 물결과 같아 맑혀도 맑지 않고, 뒤흔들어도 흐리지 않으니 그대와 더불어 이야기함이 성(聖)과 즐거함보다 못하네."

라고 하였다.

자라나자 중산(中山)[11] 유영(劉伶)[11]과 심양(潯陽) 도잠(陶

---

1) 중지(中之) : 술이 취해 걷는 모습.
2) 주천(酒泉) : 춘추 전국 시대의 주나라에 있던 땅 이름, 이 곳에서 나는 물로 술을 빚으면 술맛이 좋다고 함.
3) 서막(徐邈) : 중국 삼국 시대 위(魏)나라의 관료·화가(172~249). 자는 경산(景山). 대사공(大司空) 벼슬을 역임했으며 도정후(都亭侯)에 봉해졌다. 그가 그린 물고기를 먹으려고 수달이 몰려들었다는 일화가 전해진다. 지독한 애주가로 국법으로 금하는 밀주를 만들어 마셨다 한다.
4) 모(牟) : '밀' 또는 '보리'를 의인화한 말.
5) 차(醝) : '흰 술'을 의인화한 말.
6) 평원독우(平原督郵) : 평원(平原)에 격현(隔縣)이란 고을이 있는데. '격'을 '膈'으로 쓰면 횡경막이고, 여기에 걸려 숨이 막히는 술, 곧 맛이 좋지 않은 술을 의미한다. '독우'는 우역(郵驛)에 관한 일을 감독한다는 뜻으로, 찰방(察訪)을 달리 이르는 말인데, '郵'를 '憂'로 바꾸어 근심에 관한 일을 하는 벼슬을 의미한다. '청주종사(淸州從事)'와 반대되는 의미로 쓰인다.
7) 사농경(司農卿) : 사농시(司農侍)의 벼슬아치. 사농시는 고려 때 제사에 쓰이는 米穀(미곡)과 적전(籍田) 일을 맡아보던 관아.
8) 곡(穀) : 곡식을 의인화한 말, 술은 누룩과 곡물로 만듦.
9) 곡(穀)씨의~성(聖)을 낳았다. : 이 구절이 함축하고 있는 의미는 누룩과 곡물로써 술을 만들었다는 것이다.
10) 국량(局量) : 남의 잘못을 이해하고 감싸 주며 일을 능히 처리하는 힘.
11) 유영(劉伶) : 중국 서진(西晉)의 사상가. 죽림칠현의 한 사람으로 장자의 사상을 실천하였으며, 신체를 토목(土木)으로 간주하여 의욕

潛)12)과 더불어 벗이 되었다. 두 사람이 일찍이 말하기를,

"하루만 이 친구를 보지 못하면 비루함과 인색함이 싹튼다."13)

하며 서로 만날 때마다 며칠이 가도 피로(疲勞)를 잊고 번번이 마음에 취(醉)하고야 돌아왔다.

그 고을에서 조구연(糟丘掾)14)을 시켰으나 미처 나아가지 못하였고, 또 공경(公卿)들이 청주종사(靑州從事)15)로 불러 번갈아 가며 진출하기를 천거하니, 임금이 명하여 조서(詔書)를 공거(公車)16)에서 기다리라 하였다. 얼마 있지 않아 불러 보시고 목송(目送)17)하며 말하기를,

"이 사람이 주천(酒泉)의 국생(麴生)인가? 짐(朕)이 향기로운 이름을 들은 지 오래였노라."

하였다. 이보다 앞서 태사(太史)가 '주기성(酒旗星)18)이 크게 빛을 낸다.'라고 아뢰더니, 얼마 안 되어 성(聖)이 이른지라 임금이 또한 이로써 더욱 기특히 여기었다.

곧 주객낭중(主客郎中)19) 벼슬을 시키고, 이윽고 국자좨주(國子祭酒)20)로 올리어 예의사(禮儀使)21)를 겸하게 하니, 무릇 조회(朝會)의 잔치와 종묘(宗廟)22)의 제사(祭祀)·천식(薦食)23)·진작(進酌)24)의 예(禮)에 임금의 뜻에 맞지 않음이 없는지라, 임금이 그의 기국(器局)25)을 든직하다 하여 후설(喉舌)

舌)26)에 올려 두고, 우례(優禮)27)로 대접하여 매양 들어와 뵐 적에 교자(轎子)28)를 탄 채로 전(殿)에 오르라 명하며, '국선생(麴先生)'이라 하고 이름을 부르지 않았다.29) 임금의 마음이 불쾌함이 있어도 성(聖)이 들어와 뵈면 임금은 비로소 크게 웃으니, 무릇 사랑 받음이 모두 이와 같았다. 성질이 흐뭇하고 온순하므로 날로 친근하며 임금과 더불어 조금도 거스름이 없으니, 이런 까닭으로 더욱 사랑을 받아 임금을 따라 함부로 잔치에 노닐었다.

그의 아들 혹(酷), 포(醥), 역(醳)30)이 아비의 총애를 받고 자못 방자(放恣)하니, 중서령(中書令)31) 모영(毛穎)32)이 상소하여 탄핵(彈劾)하기를,

"행신(倖臣)33)이 총애를 독차지함은 천하가 병통으로 여기는 바이온데, 이제 국성이 보잘것없는 존재로서 요행히 벼슬에 올라 위(位)가 3품에 놓이고, 내심이 가혹하여 남을 중상(中傷)하기를 좋아하므로 만인이 외치고 소리지르며 골머리를 앓고 마음 아파하오니, 이는 나라의 병을 고치는 충신이 아니요, 실로 백성에게 독을 끼치는 적부(賊夫)34)입니다. 성의 세 아들이 아비의 총애를 믿고 횡행 방자하여 사람들이 다 괴로워하니, 청컨대 폐하께서는 아울러 사사(賜死)하여 뭇사람의 입을 막으소서."

하니, 아들 혹 등이 그 날로 독이 든 술을 마시고 자살하였고, 성은 죄로 폐직되어 서인(庶人)이 되고, 치이자(鴟夷子)35)도 역시 일찍이 성과 친했기 때문에 수레에서 떨어져 자살하였다.

일찍이 치이자가 익살로 임금의 사랑을 받아 서로 친한 벗이 되어 매양 임금이 출입할 때마다 속거(屬車)36)에 몸을 의탁하였는데, 치이자가 일찍이 곤하여 누워있으므로 성이 희롱하여 말하기를,

"자네 배가 비록 크나 속은 텅 비었으니, 무엇이 있는고?"

의 자유를 추구하고 술을 즐겼다. 작품에 「주덕송(酒德頌)」 등이 있다.

12) 도잠(陶潛) : 중국 동진의 시인. 호는 오류선생(五柳先生), 자는 연명(淵明). 405년에 팽택현(彭澤縣)의 현령이 되었으나, 80여 일 뒤에 <귀거래사>를 남기고 관직에서 물러나 귀향하였다. 자연을 노래한 시가 많으며, 당나라 이후 육조(六朝) 최고의 시인이라 불린다. 술을 좋아했다고 한다.

13) 하루만 이~싹튼다 : 술을 몹시 좋아하여 '주덕송'을 지은 유영과 애주가로 유명한 도연명이 술의 속성에 대해 말한 내용이다. 국성은 의인화된 대상임을 감안하여 풀이한다.

14) 조구연(糟丘掾) : 조구라는 아전. 원래는 술지게미가 처마까지 닿았다는 뜻이다.

15) 청주종사(靑州從事) : '청주(靑州)'는 제군(齊郡)이란 고을에 있고, '齊'를 '臍'로, '州'를 '酒'로 보아, 배꼽 아래까지 시원하게 넘어가는 좋은 술을 의미한다. '청주'를 '淸酒'로 바꾸면 맑은 술이 되고, '종사'는 훗날 참군(參軍)이라 불린, 각 부군(部郡)이나 각 조(曹)에 두었던 보좌관이므로, 맑은 술을 보좌하는 벼슬이란 뜻이 된다.

16) 공거(公車) : 장주(章奏)를 받아들이고, 상소(上疏)하는 자들이 나와 대기하던 곳. 천자에게 올리는 상서를 받는 일을 맡은 관서(官署).

17) 목송(目送) : 작별한 사람이 멀리 갈 때까지 바라보며 보냄

18) 주기성(酒旗星) : 향연(饗宴), 음식을 맡은 별 이름.

19) 주객낭중(主客郎中) : 주객(主客)은 옛날 빈객(賓客)의 접대를 맡던 벼슬 이름. '낭중(郎中)'은 상서(尚書)를 도와 정무(政務)를 맡던 벼슬 이름.

20) 국자좨주(國子祭酒) : 국자학(國子學)의 교장. '국사학'은 고려시내 국립대학이라 할 수 있는 국자감 안에 설치되었던 한 과이고, '좨주'란 옛날에 잔치를 베풀 때 나이 많은 어른이 먼저 술을 땅에 따라 신에게 제사 지낸 데서 나온 말로, 고려와 조선 초에는 종3품 벼슬을 일컫는 말로 쓰였다.

21) 예의사(禮儀使) : 예의범절을 관리하는 관리.

22) 종묘(宗廟) : 역대 임금과 왕비의 위패를 모시던 사당.

23) 천식(薦食) : 천신할 때 올리는 음식으로, '천신'이란 계절 따라 새로 난 과일이나 농산물을 신에게 바치는 일을 말한다.

24) 진작(進酌) : 임금께 나아가 술을 올림.

25) 기국(器局) : 사람의 도량과 재간.

26) 후설(喉舌) : '목구멍과 혀'의 뜻이나, 여기서는 벼슬 이름으로 쓰였다.

27) 우례(優禮) : 두터운 예우, 국성에 대한 임금의 태도.

28) 교자(轎子) : 고관들이 타는 가마. '술상'의 의인화.

29) 우례(優禮)로~부르지 않으며 : 임금이 국성에 대해 두터운 예우로 대하고 고관들이 타는 가마로 궁궐에 들어옴에 허락하여 이름 대신 선생으로 칭하는 내용이다. 임금의 국성에 대한 예우와 대접을 구체적으로 서술해 주고 있는 구절이다.

30) 혹(酷), 포(醥), 역(醳) : 술 이름. 독주(毒酒).

31) 중서령(中書令) : 조서(詔書), 민정(民政), 기무(機務) 등을 맡은 중서성(中書省)의 장관.

32) 모영(毛穎) : 붓. 중국 당나라 문인 한유(韓愈)가 붓을 의인화한 가전체 「모영전(毛穎傳)」이 있다.

33) 행신(倖臣) : 임금의 총애를 받는 신하. 총신(寵臣).

34) 적부(賊夫) : 도둑. 도적(盜賊).

35) 치이자(鴟夷子) : 말가죽으로 만든 주머니로, 술을 넣는 데 쓰임. 또는 술항아리.

36) 속거(屬車) : 바꾸어 탈 경우에 대비하여 여벌로 따라가는 수레. 부거(副車).

하니 대답하기를,

"자네들 따위 수백은 담을 수 있네."

하였으니, 서로 희학(戲謔)[37]함이 이와 같았다.

성이 파면되자, 제(齊) 고을[38]과 격(鬲) 고을[39] 사이에 뭇 도둑이 떼 지어 일어났다. 임금이 명하여 토벌하고자 하나 적당한 사람이 없어 다시 성을 발탁하여 원수(元帥)로 삼으니, 성이 군사를 통솔함이 엄(嚴)하고 사졸과 더불어 고락(苦樂)을 같이하여 수성(愁城)[40]에 물을 대어 한 번 싸움에 함락시키고 장락판(長樂阪)[41]을 쌓고 돌아오니, 임금이 공으로 상동후(湘東侯)[42]에 봉했다.

1년 뒤에 상소하여 물러나기를 빌기를,

"신(臣)은 본시 옹유(甕牖)[43]의 아들로 어려서 빈천하여 사람에게 이리저리 팔려 다니다가, 우연히 성주(聖主)를 만나 성주께서 허심탄회하게 저를 후하게 받아 주시어 침닉(沈溺)에서 건져내어 하해 같은 넓은 도량으로 포용해 주심에도 불구하고 홍조(洪造)[44]에 누만 끼치고 국체(國體)에 도움을 주지 못하며, 앞서 삼가지 못한 탓으로 항리에 물러가 편안히 있을 때 비록 엷은 이슬이 거의 다하였으나 요행히 남은 물방울이 유지되어, 일월의 밝음을 기뻐하여 다시 벌레가 덮인 것을 열어 젖혔습니다. 또한 그릇이 차면 넘치는 것은 물(物)의 떳떳한 이치입니다. 이제 신(臣)이 소갈병(消渴病)[45]을 만나 목숨이 뜬 거품보다 급박하니, 한 번 유음(兪音)[46]을 내리시어 물러가 여생을 보전하게 하소서."

하였으나 임금은 윤허(允許)하지 않고 궁중의 사신을 보내어 송계(松桂), 창포(菖蒲) 등 약물을 가지고 그 집에 가서 병을 치료하게 하였다. 성이 여러 번 표(表)를 올려 굳이 사직하니, 임금이 부득이 윤허하자 그는 마침내 고향에 돌아와 살다가 천명(天命)으로 세상을 마쳤다.

아우 현(賢)[47]은 벼슬이 이천 석에 이르고, 아들 익(釅), 두(酘),

앙(醠), 임(醯)[48] 등은 도화(桃花)의 즙을 마셔 신선술을 배웠고, 족자(族子)[49] 주(酎), 만(醶), 염(醶) 등은 다 호적(戶籍)이 평씨(萍氏)[50]에 속하였다.

사신(史臣)은 이렇게 말한다.

"국씨는 대대로 농가(農家) 태생이며, 성은 순덕(順德)과 청재(淸才)로 임금의 심복이 되어 국정을 돕고 임금의 마음을 흐뭇하게 하여 거의 태평을 이루었으니, 그 공이 성대하도다. 그 총애를 극도로 받음에 미쳐서는 거의 나라의 기강을 어지럽혔으니, 그 화가 비록 자손에 미쳤더라도 유감(遺憾)될 것이 없었다. 그러나 만년(晩年)에 분수에 족함을 알고 스스로 물러가 능히 천명으로 세상을 마쳤다. 「주역(周易)」에 이르기를 '기미를 보아 일을 해 나간다[見機而作(견기이작)].'[51] 하였으니, 성(聖)이 거의 그에 가깝도다."

■ 해설

이 작품은 이규보(李奎報, 1168~1241)가 '술'을 의인화(擬人化)하여 교화(敎化)를 목적으로 한 가전체(假傳體)입니다. 의인화는 기법, 교화는 주제, 가전체는 형식을 가리킵니다. 지은이 이규보는 12세기 후반과 13세기 전반을 살았습니다. 이 작품은 약 780년 전에는 '술'이라는 특정한 사물이 인간의 삶에 어떤 의미를 지닌 것이었는지에 관한 깊은 통찰을 담고 있습니다.

가전(假傳)은 '가짜 전(傳)'이란 뜻이고 이런 형식을 가전체라고 부릅니다. '전'은 한문 문체의 하나로, 어떤 사람의 독특한 행적을 기록하고, 여기에 교훈적인 내용이나 비판을 덧붙인 글입니다. 이것을 가계(家系)와 생애 및 공과(功過)를 전기 형식으로 서술한 한문 문학 양식이라도 바꾸어 쓸 수도 있습니다. 전은 크게 열전(列傳), 사전(私傳), 탁전(托傳), 가전(假傳)으로 나뉩니다. '가짜'라는 말은 '사물'을 역사적 인물처럼 의인화하였기 때문에 붙여진 말입니다. 인물의 전기인 '실전(實傳)'에 상대되는 뜻으로 '가전(假傳)'이라 하며, 그래서 이를 '의인 전기체'라고도 합니다. 이 양식은 고려 중엽부터 창작된 양식으로서, 가전 속의 사물은 사람과 마찬가지로 그 나름의 개성과 기질, 욕구를 가지고 희비와 성쇠를 겪으며 살아가는 것으로 그려져 있습니다.

이 작품의 주인공은 '술'을 의인화한 '국성(麴聖)'입니다. '국(麴)'은 '누룩'이나 '술'을 뜻합니다. '성(聖)'은 '신성하다, 성스

37) 희학(戲謔) : 우스개로 장난함.
38) 제(齊) 고을 : 제군(齊郡). 청주(靑州)에 있는 고을. 여기서는 '배꼽'을 뜻하는 '제(臍)'와 음이 같아 '배꼽 주변'을 뜻한다.
39) 격(鬲) 고을 : 격주(鬲州). 평원(平原)에 있는 고을. 여기서는 '가슴 속'을 뜻하는 '격(膈)'과 음이 같아 '가슴 주변'을 뜻한다.
40) 수성(愁城) : 성(城)의 이름. 여기서는 '근심, 걱정'을 뜻한다.
41) 장락판(長樂阪) : 둑의 이름. 여기서는 '오래도록 즐기는 터전'을 뜻한다.
42) 상동후(湘東侯) : 상동군의 제후. '상동'은 오(吳)나라가 설치한 고을 이름.
43) 옹유(甕牖) : 깨진 항아리의 입 크기만 한 창문. '옹유승추(甕牖繩樞)', 곧 깨진 항아리 주둥이로 창틀을 하고 새끼줄로 문을 단, 매우 가난한 집을 형용하는 말이다.
44) 홍조(洪造) : 너른 세상.
45) 소갈병(消渴病) : 음식을 자주 먹고, 갈증이 나며, 오줌을 자주 누는 증상. 당뇨병(糖尿病).
46) 유음(兪音) : 신하가 말이나 글로 아뢴 것에 대해 임금이 답하는 것, 혹은 답한 글.
47) 현(賢) : 탁주(濁酒), 곧 청주(淸酒)를 걸러낸 다음에 남은 술지게미에 물을 부어서 만든 술을 '현인(賢人)'에 비유한 것이다.
48) 익(釅), 두(酘), 앙(醠), 이(醯) : 술의 종류. 각각 색주, 중량주, 막걸리, 감을 우려내어 만든 술을 이른다.
49) 족자(族子) : 일가의 자식.
50) 평씨(萍氏) : 고대 중국의 삼황오제(三皇五帝) 시절에 술에 관련된 직책인 기주(幾酒)를 맡은 사람. '萍은 부평초인데, 이것에 술기운을 제어하는 성질이 있다고 한다.
51) '기미를 보아 일을 해 나간다(見機而作).' : 기미를 보아서 미리 변통하여 조처함. 순리를 알고 처신함.

럽다'는 뜻을 가집니다. 이 명명법(命名法)에서 이미 주인공에 대한 지은이의 태도가 드러납니다. 그래서 제목에 '선생(先生)'이란 말이 붙었습니다. 요즘은 '선생'이 '가르치는 사람'의 뜻으로 주로 쓰이지만 옛날에는 '학예가 뛰어난 사람을 높여 이르는 말'로 쓰여 최고의 높임말이었습니다. 그는 주천(酒泉) 고을 사람입니다. '주천'이란 고을 이름 역시 술과 연관됩니다. 아버지는 차(醝), 어머니는 곡씨(穀氏)의 딸이라는 것도 술과 연관되기는 마찬가지입니다.

어려서 서막(徐邈)의 사랑을 받았다고 하는데, 이 말은 실존 인물인 서막이 술을 몹시 좋아했던 것과 연관되어 있습니다. 도잠(陶潛)이나 유영(劉伶)이 국성의 친구였다는 설정도 마찬가지입니다. 작품 외적 세계가 작품 내적 세계에 개입된 셈이군요. 그래서 가전체는 소설이라 할 수 없다는 주장이 있습니다. 또 국성은 어려서부터 깊숙한 국량을 지니고 있어 여러 사람의 사랑을 받았다고 하는데, 이것 역시 술을 좋아하는 사람이 많았다고 해석할 수 있습니다. 그뿐만 아니라 임금이 국성의 명성을 듣고 총애하여 주객낭중(主客郎中)을 시키고, 국자좨주(國子祭酒) 겸 예의사(禮儀使)로 겸하게 하였다는 것도 술로 손님을 접대하고 제사를 비롯한 의식에 술이 필요하였음을 표현한 것입니다.

임금의 총애가 깊어지자 국성의 아들들, 혹(酷), 포(醥), 역(醳)이 방자하게 굴다가 모영(毛穎)의 탄핵을 받았다고 했습니다. 국성의 아들들은 다른 종류의 술입니다. 그들의 이름에 '술'을 의미하는 '酉(유)'로 보면 알 수 있습니다. 이로 인해 국성의 아들들은 죽고 국성은 서인(庶人)이 되었습니다. 이후 국성은 제(齊) 고을과 격(鬲) 고을 사이에 떼로 일어난 도적을 토벌한 공으로 상동후(湘東侯)에 봉해졌습니다. '제(齊)'는 '배꼽'을 뜻하는 '제(臍)', '격(鬲)'은 '가슴'을 뜻하는 '격(膈)' 대신 쓰인 말입니다. 이 두 고을 사이는 곧 '배' 또는 '가슴'이고 이곳에 전쟁이 일어났다는 것은 '마음이 아프다'는 뜻입니다. 두 고을 사이에 일어난 도적은 바로 슬픔이나 두려움, 미움 같은 부정적인 마음일 테고, 그것을 술로써 치료하였다는 뜻입니다. 그 후 국성은 임금의 허락을 받아 고향에 돌아가 천수(天壽)를 마쳤다고 함으로써 한 인물의 전기(傳記)가 완성됩니다.

여기에 전(傳)만의 형식적 특징인 평결부가 붙습니다. 지은이의 인물에 대한 생각을 '태사공(太史公)'이니 '사관(史官)'이니 하는 이의 입을 빌려 드러내는 부분입니다. 이 작품에는 이렇게 되어 있습니다.

"국씨는 대대로 농가(農家) 태생이며, 성은 순덕(順德)과 청재(淸才)로 임금의 심복이 되어 국정을 돕고 임금의 마음을 흐뭇하게 하여 거의 태평을 이루었으니, 그 공이 성대하도다. 그 총애를 극도로 받음에 미쳐서는 거의 나라의 기강을 어지럽혔으니, 그 화가 비록 자손에 미쳤더라도 유감(遺憾)될 것

이 없었다. 그러나 만년(晩年)에 분수에 족함을 알고 스스로 물러가 능히 천명으로 세상을 마쳤다. 「주역(周易)」에 이르기를 '기미를 보아 일을 해 나간다[見機而作(견기이작)].' 하였으니, 성이 거의 그에 가깝도다."

이렇게 지은이는 이 작품을 통해 술과 인간과의 관계에서 빚어지는 덕(德)과 패가망신(敗家亡身)의 인과(因果) 관계를 군신(君臣) 사이의 인과 관계로 옮겨 놓고, 그 성공과 실패를 비유적으로 다루고 있습니다. 특히, 주인공 국성을 신하의 입장으로 설정하고 있는 것이 주목되는데, 이는 유생(儒生)의 삶이란 근본적으로 신하로서 군왕을 보필하여 치국(治國)의 이상을 바르게 실현하는 데 있음을 드러내기 위한 의도였다고 할 수 있습니다. 신하는 국왕으로부터 총애를 받다보면 자칫 방자하여 신하의 도리를 잃게 되어, 국가나 민생에 해를 끼치는 존재로 전락하기 쉽고, 마침내 자신의 몰락까지 자초하고 마는 경우가 허다하기 때문에, 신하는 신하의 도리를 굳게 지켜나감으로써 어진 신하가 될 수 있음을 보여 주면서, 동시에 때를 보아 물러날 줄도 알아야 함을 전고(典故)를 통해 제시하고 있는 것입니다.

이 작품은 임춘(林椿)의 「국순전(麴醇傳)」에 영향을 받아 창작되었다고 합니다. 임춘의 생몰 연대는 알 수 없으나 이규보보다 앞선 시대에 살았던 것으로 보입니다. 그러니 이규보가 「국순전」을 읽어 보았을 가능성은 충분하지요. 하지만 '술'이라는 소재와 가전체라는 형식이 동일하지만 두 작품의 주제는 서로 다릅니다. 「국순전」은 주인공인 국순이 세상에서 귀하게 대접받고, 방탕한 군주에게 크게 등용되었다가 나라를 어지럽혀서 내침을 당하고, 분한 나머지 병이 들어 죽는다는 내용으로, 인간이 술을 좋아하게 된 것과 때로는 술 때문에 타락하고 망신하는 형편을 풍자하고 있습니다. 또 인간과 술의 관계를 통해서 임금과 신하의 관계를 조명하는 점에서 두 작품은 서로 통하지만, 「국순전」은 당시의 여러 가지 국정의 문란과 병폐, 특히 벼슬아치들의 발호와 타락상을 증언하고 고발하려는 의도의 산물이란 점에서 차이가 있습니다. 그리고 작품에 드러나는 인물의 행동 양식에서도 두 작품의 주인공은 차이를 가집니다. '국순'은 돈과 관련된 추문(醜聞)도 있었고, 벼슬자리에서 물러날 때조차 "사양하지 않으면 마침내 망신할 염려"라는 이기적인 태도를 보입니다. 그런데 '국선생'은 비록 미천한 몸이었지만 성실히 행동하였기 때문에 관직에 등용될 수 있었습니다. 또 임금의 총애가 지나쳐 잘못을 저지르고 자식들의 문제로 물러난 후에는 후회할 줄 알았으며, 국난을 당해서는 최선을 다하여 해결하였습니다. 이를 통해 볼 때, 이 작품은 개인이 지향할 바람직한 삶뿐만 아니라 사회가 나아갈 올바른 방향까지 제시하는 의의를 지닌다고 할 수 있습니다.

저생전(楮生傳)

이첨(李詹)

■ 줄거리

생(生)의 성은 저(楮), 이름은 백(白)이고, 자(字)는 무점(無玷)이다. 그는 회계(會稽) 사람으로서 한(漢)나라 중상시(中常侍) 상방령(尙方令) 채륜(蔡倫)의 후손이다.

그는 태어날 때 난초 탕에 목욕하고, 흰 구슬 희롱하고 흰 띠로 꾸렸기 때문에 깨끗하고 희다. 그는 아우 19명과 서로 화목하여 잠시도 서로 떨어지거나 차서를 잃는 법이 없다. 이들은 성질이 정결하고 무인을 좋아하지 않고, 모학사(毛學士)가 가까운 친구다.

그는 천지·음양의 이치, 학문의 근원까지 훤하고, 글로 된 모든 것을 연구하고 보았다. 그가 방정과(方正科)에 응시하여 댓조각이나 비단을 대신한 공으로 저국공(楮國公) 백주자사(白州刺史)의 벼슬을 얻고, 만자군(萬字軍)을 통솔하며, 봉읍으로 그의 씨(氏)를 삼았다.

저생은 왕희지(王羲之)의 필법으로 해자(楷字)를 잘 썼고, 양(梁)나라 태자 통(統)을 섬겨 함께 고문선(古文選)을 편찬하였으며 위수(魏收)와 함께 국사를 편찬하였다. 진(陳) 후주(後主)의 사랑을 받았고, 수(隋)나라 양제(煬帝)를 섬기기도 했다. 당(唐)나라 때 홍문관(弘文館)에서 저수량(楮遂良), 구양순(歐陽詢) 등과 역사를 강론하고 정사를 상고하여 처리했다. 송(宋)나라가 일어나자 정주학(程朱學)의 선비들과 문명(文明)의 좋은 정치를 이룩하기도 했다. 사마온공(司馬溫公)은 그를 사랑하였으나 왕안석(王安石)은 배척했다. 원(元)나라 때는 장사만 했고, 명(明)나라에서 벼슬을 하며 사랑을 받았다.

저생의 삶을 태사공은 비유적으로 평설한다. 채숙(蔡叔)의 아들 호(胡)가 주공(周公)의 추천으로 벼슬을 하고, 성왕(成王)으로부터 신채(新蔡)에 봉해진다. 그 후 이 땅에서는 온갖 흥망성쇠가 일어난다. 이와 같이 왕자(王者)의 후손들은 그 조상이 대대로 쌓은 두터운 덕으로 해서 국가를 차지하지만 그들이 융성해지고 쇠약해지는 것은 모두 운명과 교화의 탓으로 변해갔다. 채(蔡)는 본래 주(周)와 같은 성(姓)이었다. 이 나라는 양쪽 강국 사이에 끼여 공연한 공격을 받아왔다. 그러면서도 길이 그 자손이 없어지지 않고 있다가 한(漢)의 말년에 이르러 드디어 봉읍을 받고 그 성을 바꾸게 되었다. 나라가 변해서 사사로운 집이 되고, 집이 커져서 그 자손이 천하에 가득해지는 것을, 채씨의 후손에게서 볼 수 있다.

■ 원문

생(生)[1]의 성은 저(楮)요, 이름은 백(白), 자는 무점(無玷)이다. 그는 회계(會稽) 사람으로 한(漢)나라 중상시(中常侍) 상방령(尙方令)[2]을 지낸 채륜(蔡倫)[3]의 후손이다.

생은 태어날 때 난초탕에서 목욕을 하고, 흰 구슬을 희롱하고 흰 띠로 꾸렸기 때문에 그 모양이 깨끗하고 빛난다. 그의 아우는 모두 19명이나 된다.[4] 이들은 저생과 같은 어머니에게서 태어나 서로 화목하고, 차서(次序)를 만들어 잠시도 그것을 어기지 않았다.

이들은 원래 성질이 정결하고 무인(武人)을 좋아하지 않았다. 언제나 문사(文士)들만 사귀어 놀았다. 그 중에서도 중산(中山)[5] 모 학사(毛學士)[6]가 가까운 친구이다. 저생과 모 학사는 마냥 친하게 놀아서 혹시 모 학사가 저생의 얼굴에 먹칠을 하고 더럽혀도 씻지 않고 그대로 있었다.

학문으로 말하면 저생은 천지·음양의 이치를 널리 통하고, 성현(聖賢)과 명수(命數)[7]에 대한 근원까지 모르는 것이 없었다. 심지어 제자백가(諸子百家)[8]의 글과 이단(異端)·적멸(寂滅)의 교(敎)[9]에 이르기까지도 모조리 기록하고 모르는 게 없었으며, 그것을 역력히 징험(徵驗)하여 볼 수 있었다.

한(漢)나라에서 선비를 책(策)[10]으로써 시험할 때 저생은 방정과(方正科)[11]에 응시하여 임금께 말하였다.

"옛날이나 지금의 글은 대게 여러 댓조각을 엮어서 쓰기도 하고, 흰 비단에 쓰기도 합니다. 그러나 이 둘은 모두 불편하기 짝이 없습니다. 신(臣)은 비록 두텁지는 못하오나 진심으

---

1) 생(生) : 성 뒤에 붙여 젊은 사람이라는 뜻으로 나타내는 말.
2) 상방령(尙方令) : 천자가 사용할 기물을 담당하는 상방의 우두머리.
3) 채륜(蔡倫) : 한나라 화제(和帝 재위 기간 88~105) 때의 환관으로, 종이의 발명자로 알려져 있음
4) 그의 아우는 모두 19명이나 되었다. : 한지 1권이 20장이기 때문에 한 말이다.
5) 중산(中山) : 중국에 있는 지방의 하나로 예로부터 품질 좋은 붓이 많이 나오는 곳으로 유명하다.
6) 모 학사(毛學士) : 털로 만든 '붓'을 의인화한 것이다.
7) 명수(命數) : 운명 또는 수명.
8) 제자 백가(諸子百家) : 중국 춘추 시대 말기부터 전국 시대까지, 곧 B.C 5세기에서 3세기 사이에 활동한 여러 학자·학파의 총칭. 유가(儒家)인 공자·맹자·순자, 도가(道家)인 노자·장자 등이 있다.
9) 이단(異端)·적멸(寂滅)의 교(敎) : 유가적 관점에서 이단(異端)으로 여겨지는 학문과 적멸(寂滅)을 중시하는 가르침 또는 종교.
10) 책(策) : 과거 시험 과목의 한 가지. 정치에 관한 계책을 서술하던 시험.
11) 방정과(方正科) : 한나라 때 시행되던 과거 시험 종류의 하나.

로 댓조각이나 비단을 대신하려 하옵니다. 저를 써 보시다가 만일 효력이 없으시거든 신의 몸에 먹칠을 하시옵소서."

이 말을 듣고 화제(和帝)가 사람을 시켜 시험해 보니, 그의 말대로 과연 능히 똑똑하게 적을 수 있고, 백(百)에 한 가지도 놓침이 없어 방책(方策)을 쓸 필요가 없었다. 이에 저생을 포상하여 저국공(楮國公) 백주자사(白州刺史)12)의 벼슬에 임명하였다. 그리고 만자군(萬字軍)13)을 통솔케 하고 봉읍(封邑)14)으로 그의 씨(氏)를 삼았다.

나무껍질[樹膚(수부)], 삼[麻頭(마두)], 고기 그물[魚網(어망)], 칡뿌리[葛根(갈근)] 네 사람이 자기들도 써 주기를 청했다. 하지만 이들은 자신들의 말처럼 완전하지 못하여 파면되고 말았다.

이윽고 저생은 오래 사는 술법을 배워, 비나 바람이 그 몸에 침입하지 못하고 좀이 먹어 들어가지 못하게 했다. 항상 7일이면 양기(陽氣)를 빨아들이고 먼지를 털며, 입을 옷을 볕에 쬐면서 조용히 거처하고 있었다.

그 뒤에 진(晋)나라 좌태충(左太沖)15)이 「성도부(城都賦)」를 지은 일이 있었다. 그런데 저생이 그 글을 한 번 보더니 이내 외워 버리는 것이었다. 사람들은 그가 외우는 대로 다투어 베껴 썼으나, 그것은 풍류를 아는 선비나 알 수 있는 글이었다.

뒤에 와서는 왕우군(王右軍)16)의 필적을 본받아서 해자(楷字)17) 쓰는 법이 천하에서 제일 묘했다. 그는 다시 양(梁)나라 태자 통(統)을 섬겨 함께 『고문선(古文選)』을 편찬하여 세상에 전했다. 또 임금의 명령을 받고 위수(魏收)18)와 함께 국사를 편찬하기도 했다. 하지만 위수가 칭찬하고 깎아 내리는 것을 공정하게 하지 못한 까닭에 후세 사람들은 이 역사서를 예사(穢史)19)라고 했다. 이에 저생은 자진하여 사직하고 소작(蘇綽)20)과 함께 장부나 기록하겠다고 청했다. 임금이 이를 허락하자 지출(支出)은 붉은 글씨로 쓰고, 수입(收入)은 먹으로 써서 분명하게 장부를 꾸몄다. 이것을 보고 세상 사람은 그의 재능을 칭찬했다.

그런 뒤로 진(陳)나라 후주(後主)21)의 사랑을 받게 되었다. 후주는 그의 행신(幸臣)22) 안(安)23) 학사(學士)의 무리들과 함께 항상 임춘각(臨春閣)에서 시를 지었다. 이때 수(隋)나라 군사가 경구(京口)를 지나자, 진나라 장수가 이를 비밀리에 임금에게 급히 알렸다. 그러나 저생은 이것을 숨기고 봉한 것을 열어 보이지 않았다. 이 때문에 진나라는 수나라에 패하고 말았다.

대업(大業) 연간24)의 일이다. 저생은 왕주(王胄), 설도형(薛道衡)25)과 함께 양제(煬帝 569~618)를 섬겨, 그들과 같이 정초(庭草), 연니(燕泥)의 글귀를 읊었다. 그러나 양제는 딴 사람이 자기보다 나은 것을 싫어해서 저생을 돌보지 않았다. 저생은 마침내 소박을 당하자 말아서 품고 대궐을 나오고 말았다.

당(唐)나라가 흥하자 홍문관(弘文館)26)이란 기구를 설치하게 되었다. 이에 저생은 저수량(楮遂良 596~658),27) 구양순(歐陽詢 557~641) 등과 함께 옛날 역사를 강론(講論)하고 모든 나라 일을 상고(相考)하여 처리했다. 이리하여 세상에서 말하는 '정관(貞觀)의 치(治)'28)를 이룩했다.

또 송(宋)나라가 일어나자 정주학(程朱學)29)의 모든 선비들과 함께 문명(文明)의 좋은 정치를 이룩하기도 했다. 사마온공(司馬溫公, 1019~1086)30)은 『자치통감(資治通鑑)』31)을 편찬할 때 박식하고 아담하다 해서 저생을 늘 옆에 두고 물어서 썼다. 그때 마침 왕안석(王安石, 1021~1068)32)이 권세를

---

12) 저국공(楮國公) 백주 자사(白州刺史) : 닥나무 저(楮)자를 써서 저국공이라 하였고, 희기 때문에 백주라 한 말.
13) 만자군(萬字軍) : 종이 위에 글자가 1만 자나 있기 때문에 한 말.
14) 봉읍(封邑) : 제후로 봉하여 내 준 땅
15) 좌태충(左太沖) : 이름은 좌사(左思), 태충은 자(字)임. 중국 진나라 때의 시인으로, 그가 10년을 구상하여 완성한 '삼도부(三都賦)'는 그 당시의 부호들이 다투어 베끼느라 뤄양의 종이 값이 올랐을 정도로 뛰어난 작품으로 알려져 있다.
16) 왕우군(王右軍) : 왕희지(307~365). 중국 진나라의 서예가로서 그 당시 아직 발달하지 못했던 해서·행서·초서의 3체를 예술적인 서체로 완성하였다.
17) 해자(楷字) : 해서(楷書). 한자 글씨체의 하나로서 예서(隷書)에서 변한 것으로 정자(正字)로 쓴 글씨. 후한(後漢) 때 왕차중이 만들었다고 전해진다.
18) 위수(魏收) : 남북조 때 학자로서 황제의 명으로 역사 책인 <위서>를 지었다.
19) 예사(穢史) : 여기서 예(穢)는 더럽고 거칠다는 뜻으로 예사란 '더러운 역사'라는 말이다.
20) 소작(蘇綽) : 북조 때 사람, 산수(算數)를 잘하였다.

21) 후주(後主) : 진나라의 마지막 황제. 놀이와 향락에 빠져 나라일을 태만이 하다가 수나라에 멸망당하였다.
22) 행신(幸臣) : 임금의 총애를 받는 신하.
23) 안(安) : 이 글을 싣고 있는, 서거정(徐居正)이 편찬한『동문선』에는 '여(女)'로 되어 있다.
24) 대업(大業) 연간 : 대업은 수나라 제 2대 황제인 양제의 연호이며, 연간은 어느 왕이 재위한 동안을 가리킴. 따라서 '대업 연간'은 '양제가 왕으로 있던 때'라는 뜻이다.
25) 왕주(王胄) 설도형(薛道衡) : 중국 수(隋)나라 때 문인(文人).
26) 홍문관(弘文館) : 관리를 교육시키고 조정의 제도·의례에 관해 논의하는 기구.
27) 저수량(楮遂良) : 중국 당(唐)나라 때의 서예가로서 우세남, 구양순과 더불어 초당(初唐) 3대가로 불렸다.
28) 정관(貞觀)의 치(治) : 당나라 태종이 나라를 잘 다스려 그를 기려하는 말. 방현령 등 이름 난 신하를 등용하여 율령을 정하고 학예를 장려하는 등 좋은 정치를 펴 세력을 내외에 떨쳤다.
29) 정주학(程朱學) : 중국 송나라 때 일어난 유학의 새로운 학파. 정명도와 정이천이 제창하고 주희가 계승·발전기킨 학설로서 주자학 또는 송학이라고도 불린다.
30) 사마 온공 : 사마광. 북송(北宋) 때의 정치가·사학자로서 죽은 뒤에 온국공(溫國公)에 봉해졌다.
31) 자치 통감 : 사마광이 지은 통사적 사서. 중국의 전국 시대부터 오대 왕조(후당·후량·후주·후진·후한)까지 1362년 간의 역사를 다룬 이 책은 주자학의 형성을 비롯해, 마오쩌뚱(毛澤東) 사상에 이르기까지 폭넓게 영향을 끼쳤다.
32) 왕안석(王安石) : 중국 송나라 때의 정치가. 재상으로 있을 때 부국강병을 위해 파격적인 개혁 정치를 실시한 것으로 유명하다. 원문의

부려 『춘추(春秋)』33)의 학문을 좋아하지 않았다. 왕안석은 『춘추』를 가리켜 '너덜너덜해진 조보(朝報)34)'라고 평했다. 저생은 이를 옳지 못하다고 하자 마침내 배척당하고 쓰이지 못했다.

드디어 원(元)나라 초년이 되었다. 저생은 본업에 힘쓰지 않고 오직 장사만을 좋아했다. 몸에 돈 꾸러미를 두르고35) 찻집이나 술집을 드나들면서 한 푼 한 리의 이익만을 도모했다. 세상 사람들은 간혹 이를 비루(鄙陋)하게 여겼다.

원나라가 망하자 저생은 다시 명(明)나라에서 벼슬을 하여 비로소 사랑을 받게 되었다. 이로부터 자손이 번성하여 대대로 역사를 맡아 쓰는 사씨(史氏)가 되기도 하고, 시가(詩家)36)의 일가(一家)37)를 이루기도 했다. 발탁되어 관직에 있는 자는 돈과 곡식의 수효를 알게 되었고, 군사에 관한 사무에 종사하는 자는 군대의 공로를 기록했다. 그들이 맡은 직업에는 비록 귀천이 있기는 했지만 모두 직무에 태만하다는 비난을 받지 않았다. 대부(大夫)38)가 된 뒤부터 그들은 거의 다 흰 띠를 두르기 시작했다 한다.

태사공(太史公)39)은 말한다.

무왕40)(武王 재위 기간 B.C 1122~1116)이 은(殷)을 이기자, 아우 숙도(叔度)41)를 채(蔡) 땅에 봉하여 주(紂)42)의 아들 무경(武庚)을 도와서 은(殷)나라의 유민들을 다스리게 했다.

무왕이 죽자 성왕43)(成王 재위 기간 B.C 1115~1079)이 주나라를 다스리게 됐는데 나이가 어려서 주공(周公)44)이 이를 도왔다. 이때 채숙(蔡叔)이 나라 안에 근거 없는 풍설(風說)을 퍼뜨리자 주공은 그를 귀양 보냈다. 그의 아들 호(胡)는 과거의 행동을 고쳐서 덕을 닦았다. 이에 주공은 그를 천거

(薦擧)하여 높은 벼슬에 썼다. 성왕은 다시 호를 신채(新蔡)로 봉했으니 그가 곧 채중(蔡仲)이었다.

그 뒤에 초(楚)나라 공왕45)(共王 재위 기간 B.C 591~560)이 애후(哀侯)를 잡아 가지고 돌아왔다. 그가 식부인(息夫人)을 공경하지 않았기 때문이다. 이에 채(蔡) 땅 사람들은 그 아들 힐(肸)을 세웠다. 그가 바로 무후(繆侯)다. 그런데 이번에는 제(齊)의 환공46)(桓公 재위 기간 B.C 685~643)이 그가 채 땅의 여인과 헤어지지 않은 채 다시 딴 곳에 장가갔다 해서 무후를 사로잡아 돌아왔다.

무후가 죽자 그 아들 갑오(甲午)가 섰다. 그러나 초의 영왕47)(靈王 재위 기간 B.C 541~529)이 영후(靈侯) 아버지의 원수를 갚으려고 군사를 매복하고 갑오에게 술을 먹여 죽였다. 그리고 채 땅을 포위하고 멸한 다음에 경후(景侯)의 아들 여(廬)를 구하여 세웠다. 그가 바로 평후(平侯)다. 이들은 그로부터 채나라 아래쪽으로 옮겨 살았다. 그 뒤에 초의 혜왕48)(惠王 재위 기간 B.C 489~432)이 다시 채 땅의 제후들을 멸해서 그 뒤로는 마침내 쇠약해졌다.

아아! 왕자(王者)의 후손들이 그 조상이 대대로 쌓은 두터운 덕으로 해서 국가를 차지하고 있었다. 그러나 그들이 융성해지고 쇠약해지는 것은 모두 운명과 교화의 탓이었다. 채(蔡)는 본래 주(周)와 같은 성을 가지고 있었다. 이 나라는 양쪽 강국 사이에 끼여 있어서 공연한 공격을 받아 왔다. 그러면서도 길이 그 자손이 없어지지 않고 있다가 한(漢)의 말년에 이르러 드디어 봉읍을 받고 그 성을 바꾸게 되었다. 그러니 나라가 변해서 사사로운 집이 되고, 집이 커져서 그 자손이 천하에 가득해지는 것을 채씨의 후손에게서 볼 수 있는 것이다.

■ 해설

이 작품은 종이를 의인화한 가전체(假傳體)입니다. 가전도 전(傳)이니 주인공의 생애를 중심으로 그 줄거리를 간단히 정리하면 이렇습니다. 주인공 저생의 성은 저(楮), 이름은 백(白)입니다. 회계 사람으로 한나라 채륜(蔡倫)의 후손입니다. 그는 천성이 정결하고 문사들을 좋아하였습니다. 천지 음양의 이치와 성명(性命)의 근원을 통달하였으며, 제자백가의 글까지 모두 기록하였습니다. 한(漢)나라부터 진(秦), 수(隋), 당(唐), 원(元), 명(明)나라에 걸쳐 유학자로서 사람들의 사랑을 받기까지의 다양한 행적을 남겼고, 후손들 역시 저생의 뜻을

'형공(荊公)'은 그가 받은 봉작(封爵)이다.
33) 춘추(春秋) : 유교 5경(五經) 중의 하나로서 최초의 편년체(연대에 따라서 기술하는 편찬 방식) 역사서이다.
34) 조보(朝報) : 조정의 소식 또는 조정에서 내는 신문.
35) 몸에 돈 꾸러미를 두르고 : 남송(南宋) 말년에 종이로 돈을 만들어 쓰는 법이 생겼기 때문에 한 말.
36) 시가(詩家) : 시인(詩人).
37) 일가(一家) : 학문이나 예술, 기예 등의 분야에서 뛰어난 능력으로 독자적인 유파를 이룬 상태.
38) 대부(大夫) : 벼슬 품계에 붙이던 칭호.
39) 태사공(太史公) : 사마천. 중국 전한(前漢)의 역사가. 그가 저술한 〈사기(史記)〉는 중국 정사(正史)와 가전체의 효시로 일컬어지며 역사적으로나 문학적으로 높이 평가받고 있다.
40) 무왕(武王) : 주(周)나라 제1대 왕.
41) 숙도(叔度) : 채숙이라고도 함. 주공을 의심하고 무경과 반란을 일으켜 주나라를 배반하였는데, 주공이 이를 알고 무경을 죽이고 채숙을 귀양 보냈다.
42) 주(紂) : 은나라의 마지막 왕. 중국 하(夏)나라의 걸왕(桀王)과 함께 폭군으로 일컬어진다.
43) 성왕(成王) : 주나라 제2대 왕.
44) 주공(周公) : 중국 주나라의 정치가로 무왕의 동생임. 그는 무왕을 도와 은나라를 멸망시켰으며 무왕이 죽은 뒤에는 성왕을 왕위에 앉히고 7년 동안 섭정을 하였음. 주나라 왕실의 기초를 튼튼히 닦고 제도와 예의를 정하는 등 어진 정치를 펼쳤다.
45) 공왕(共王) : 초나라 23대 왕.
46) 환공(桓公) : 중국 춘추 시대 제나라의 15대 왕. 관중과 포숙을 재상으로 뽑아 어진 정치를 하였고, 나라를 안정시켜 부유하게 만들었다.
47) 영왕(靈王) : 초나라 26대 왕.
48) 혜왕(惠王) : 초나라 29대 왕.

이어 본분을 지켜나갔습니다. 이렇게 요약되는 주인공의 생애는 평범해 보입니다. 좀 더 자세히 주인공의 생애를 더듬어 보기로 합시다.

생(生)의 성은 저(楮)이니 저생(楮生)이라 했습니다. 저(楮)는 닥나무입니다. 종이를 닥나무 껍질로 만들기 때문에 이런 성이 되었습니다. 종이는 흰색이니 그의 이름은 백(白)이라 하고, 깨끗하여 티가 없고 이지러지지 않아서 그의 자는 무점(無玷)입니다. 종이를 처음으로 만든, 중상시(中常侍) 상방령(尙方令) 벼슬을 하던 채륜(蔡倫)이 그의 선조이고, 회계(會稽)에서 종이를 많이 생산하였기에 그곳 사람이라 하였습니다.

종이를 만들 때 닥나무 껍질을 벗겨 물에 담가 불리니 난초탕에 목욕을 한다고 하고, 절구통 속에 넣고 찧거나 넓은 돌이나 나무판 위에 놓고 방망이로 두들기는 과정을 흰 구슬을 희롱한다고 하였습니다. 완성된 종이는 20장을 흰 띠로 묶기 때문에 아우가 19명이라 하였고, 종이들은 주로 한데 묶여서 책으로 만들어지므로 서로 화목하여 잠시도 서로 떨어지지 않는다 하고, 한 장씩 뽑아 쓰니 순서를 잃는 법이 없다고 했습니다.

종이는 언제나 깨끗한 상태로 보관되거나 사용되므로 성질이 정결하다 하였고, 무인(武人)보다는 종이를 많이 쓰는 문인(文人)들과 친하다고 했습니다. 종이에 붓으로 글씨를 쓰므로 붓을 의인화한 모학사(毛學士)가 가까운 친구라 하고, 종이에 붓으로 그림을 그리거나 글씨를 쓰는 것을 '모학사가 저생의 얼굴에 먹칠을 하고 더럽힌다.'라고 하며, 종이에 쓰인 것을 지울 수 없으니 씻지 않는다고 하였습니다.

종이에 온갖 것을 기록하니 천지·음양의 이치, 학문의 근원, 제자백가의 글, 이단이나 불교 등 모든 것을 알고 있습니다. 댓조각이나 흰 비단에 쓰던 글을 종이에 쓰는 것으로 바뀐 것을 두고 과거에서 책(策)으로 답하고, 후한의 화제(和帝) 때 채륜이 종이를 만들었으니 그때부터 댓조각이나 비단을 쓸 필요가 없어진 것을 저생의 책이 증명되었다고 하였습니다. 그의 벼슬은 '닥나무'와 관련된 저국공(楮國公), 흰 색과 관련된 백주자사(白州刺史)이고, 글자를 쓰니까 만자군(萬字軍)을 통솔케 하는 것으로, 봉읍(封邑)이 저국이니 그의 성씨가 저씨(楮氏)가 되었다고 합니다. 닥나무로 종이를 만들 듯이 닥나무의 껍질과 비슷한 나무껍질이나 삼, 고기 그물 등으로도 해 보았으나 되지 않으니 파면되었다고 하고, 송이처럼 비나 바람, 좀 때문에 훼손되지 않아 오래 살았다고 하였습니다.

왕희지(王羲之)가 종이에 해자(楷字)의 필적을 남기고, 양(梁)나라 태자 통(統)이 종이를 이용하여 고문선(古文選)을 편찬한 것을 두고 저생과 함께하였다고 하였습니다. 국사를 편찬하는 것 또한 종이 위에 쓰니까 위수(魏收)와 함께 하였

다 하고, 그 역사가 공정하게 하지 못하여 '더러운 역사[穢史]'라 비판받자 산수를 잘하였던 소작(蘇綽)을 끌어와서 장부를 꾸미는 데 참여했다고 합니다.

그 뒤 진(陳) 후주(後主)가 시를 짓고 놀기를 좋아한 것으로 그의 사랑을 받았다 하고, 그렇게 놀다가 수(隋)나라 군사가 침략한 것을 알리는 글을 종이에 썼는데 그것을 읽지 않은 것을 저생의 잘못이라 하였습니다. 수나라 대업(大業) 연간에 양제(煬帝)가 딴 사람이 자기보다 나은 것을 싫어해서 글을 쓰지 않은 것을 두고 저생을 돌보지 않았다 하고, 이것을 소박당하여 종이처럼 몸이 말려 품속에 품고 대궐을 나오고 말았다고 하였습니다.

당(唐)나라 때 홍문관(弘文館)을 설치하여 저수량(楮遂良), 구양순(歐陽詢) 등이 역사를 강론하고 모든 정사를 상고하여 처리하는 것도 종이를 통해 한 것과, 송(宋)나라에서 확립된 정주학(程朱學)의 발전도 종이를 통해 이루어진 것으로 언급하고 있습니다. 사마온공(司馬溫公)이 『자치통감』을 편찬할 때 원고를 종이에 쓴 것을 자신이 박식하고 아담해서 그랬다 하고, 왕안석(王安石)이 『춘추』를 비하하자 저생이 이의를 제기하다 배척당했다고 하고 있습니다. 원(元)나라 때는 문학보다 상업을 권장한 것을 저생이 장사를 좋아하고 이익을 도모하여 비루하다는 비난을 들었다고 합니다. 명(明)나라 때 다시 문학을 숭상하여 벼슬을 하고, 자손이 사씨(史氏)가 되고, 시(詩)의 일가(一家)를 이루는 일 따위를 하고, 돈과 곡식의 수효를 알고, 군대의 공로를 기록하는 일을 했다고 합니다.

이 작품에 의인화되어 있는 저생(楮生)의 생애는 작자 이첨(李詹)의 실제 생애와 아주 유사합니다. 그는 고려 말에서 조선 초기에 이르기까지 9명의 임금을 섬기는 동안 화려한 벼슬살이를 하기도 하였지만, 직언을 하다가 여러 번 귀양살이도 하였으니, 그야말로 영욕의 삶을 살았던 인물입니다. 작가는 자신의 파란만장한 생애를 종이의 역사나 기능에 의탁하여 당시 부패한 선비의 도에 대하여 경종을 울리려고 이 작품을 썼다고 볼 수 있습니다.

이 작품은 다른 가전체 작품들에 비하여 전개 형식에 약간의 변이를 보이고 있습니다. 가전에서는 먼저 주인공이 소개되고 이어서 그의 가계에 대한 서술이 장황하게 작품의 서두를 장식하는 것이 일반적이나 이 작품의 경우에는 '태사공은 말한다.'로 시작되는 평설부(評說部) 가운데에 주인공의 가계가 서술되어 있어 일반적인 전개 형식을 파괴하고 있는 것입니다. 이러한 형식적 파격은 주인공의 행적에 작품의 초점을 맞추려는 의도에서 생겨난 변화하고 할 수 있겠는데, 이러한 전개 형식상의 파격은 「정시자전(丁侍者傳)」에 이르러 더 광범위하게 이루어짐으로써 가전의 형식적 변화를 엿볼 수 있게 합니다.

정시자전(丁侍者傳)

식영암(息影庵)

■ 줄거리

입동(立冬) 날 꼭두새벽에 식영암은 암자 안에서 벽에 기대앉은 채 졸고 있었다. 이때 밖에서 누군가가 찾아온다. 그 사람은 몸이나 빛깔, 뿔이나 눈은 기이하게 생겼는데, 기우뚱거리면서 걸어와서 우뚝 섰다.

식영암이 처음엔 놀랐으나 그를 불러 이름이 정(丁)인 까닭을 묻고, 어디서 무엇 하러 왔는지, 스스로 시자(侍者)가 되려는 까닭을 묻는다. 그는 가까이 와서 공손하고 차분하게 대답한다.

그의 아버지는 포희씨(包犧氏)이고 어머니는 여와(女媧)이다. 어머니가 낳아서 숲속에 버리고 기르지 않아 온갖 고생을 하며 자랐고, 비로소 인재(人材)가 되었다. 여러 대를 지나 진(晋)나라 세상에 이르러 범씨(范氏)의 가신(家臣)이 되어 몸에 옻칠을 하는 방법 배웠다. 당(唐)나라 시대에 조로(趙老)의 문인(門人)이 되어 철취(鐵嘴)라는 호를 받았다. 그 뒤에 정도(定陶) 땅에서 놀다가 정삼랑(丁三郞)을 만나고, 그의 성 정(丁)을 받는다. 그의 직책은 항상 사람을 붙들어 도와주는 데 있어 고달프지만, 진심으로 모시는 분은 몇 되지 않는다. 그러다 보니 돌아가 의지할 곳이 없게 되었고, 흙으로 만든 우인(偶人)에게까지 비웃음을 당하는 처지가 된다. 그의 처지를 불쌍히 여긴 하느님이 화산(花山)의 시자(侍者) 직책을 내려 주자, 식영암을 찾아와 받아 주기를 청한다.

식영암은 그의 말을 듣고 그의 인품이 후덕(厚德)스럽다고 감탄하고, 옛 성인이 남겨준 사람이라 칭찬한다. 뿔은 씩씩함[壯], 눈은 용맹스러움[勇], 몸에 옻칠을 하고 은혜와 원수를 생각한 것은 믿음[信]과 의리[義]를 드러내는 것이라 한다. 또 재치 있게 묻고 대답하는 입은 지혜[智]롭게 변론[辨]을 잘하는 것이고, 사람을 잘 모시는 것은 어질고[仁] 예의 바른[禮] 것이며, 돌아가서 의지할 곳을 택하는 것은 바르고[正] 밝은[明] 것이라 한다. 그러니 성인(聖人)이 아니면 신(神)인데, 그런 이를 시자로 삼아 부릴 수 없으며, 스승은커녕 친구도 될 수 없다고 하며, 화도(華都)에 있는 화산에 사는 각암 화상(和尙)에게 가라며 노래를 부른다.

"정(丁)이여! 어서 빨리 각암이 있는 곳으로 가도록 하라. 나는 여기에 박(匏)과 오이(瓜)처럼 매여 사는 몸이니, 그대만 못한가 하노라."

■ 원문

입동(立冬)[1] 날 어둑한 새벽, 식영암은 암자(庵子) 안에서 벽에 기대앉은 채 졸고 있었다. 이때, 밖에서 누군가가 뜰에서 절을 하며 말했다.

"새로 온 정시자(丁侍者)가 문안 여쭙니다."

식영암은 이상히 여기며 밖을 내다보았다. 거기에는 어떤 사람이 서 있었다. 그의 몸은 몹시 가늘고 길며, 빛깔은 검고 빛났다. 붉은 뿔은 우뚝하고 뾰족하여 마치 싸우는 소의 뿔과 같고, 새까만 눈망울은 툭 튀어 나와서 마치 부릅뜬 눈과 같았다. 그 사람은 기우뚱거리면서 걸어[2] 들어오더니 식영암 앞에 우뚝 섰다.

식영암은 처음엔 놀랐으나 이윽고 그를 불러 말했다.

"자네, 이 앞으로 오게. 우선 자네에게 물어 볼 것이 있네. 왜 자네는 이름이 정(丁)인가? 또 어디서 왔으며, 무엇하러 왔는가? 나는 평소에 자네 얼굴도 모르는데, 스스로 시자(侍者)[3]라고 하니, 그건 또 무슨 까닭인가?"

말이 채 끝나기도 전에 정 시자는 깡충깡충 뛰어 더 앞으로 나오더니 공손한 태도로 차분하게 대답했다.

"옛날 성인(聖人)으로 소의 머리를 한 분이 있어 포희씨(包犧氏)[4]라 했는데, 그 분이 바로 저의 아버지이십니다. 또 몸이 뱀의 모양을 하고 있는 분이 여와(女媧)[5]인데, 그 분은 제 어머니이십니다. 어머니는 저를 낳아서 숲 속에 버리고 기르지 않았습니다. 저는 서리를 맞고 우박을 맞으며 얼고 말라서 거의 죽은 듯하였습니다. 그러나, 따스한 바람과 비를 만나 다시 살아나게 되었습니다. 이처럼 추위와 더위를 천백 번 겪고 난 뒤에야 비로소 자란 인재(人材)가 되었습니다.

여러 대(代)를 지나서 진(晋)나라 세상에 이르러 저는 범씨

---

1) 입동(立冬) : 이십사절기의 하나. 겨울이 들어선다는 뜻으로 상강(霜降)과 소설(小雪) 사이인 11월 8, 9일경이다.
2) 기우뚱거리면서 걸어 : 원문에는 '걸어가다'는 뜻의 '行'을 '彳亍'이라 나누어 써서 불편하게 걷는 모습을 표현하고 있다.
3) 시자(侍者) : 귀한 사람을 모시는 사람.
4) 포희씨(包犧氏) : 중국 전설에 나오는 삼황(三皇) 중의 하나인 복희씨(伏羲氏). 『열자(列子)』에 '뱀의 몸, 사람의 얼굴, 소의 머리, 범의 꼬리(蛇身人面牛首虎尾)'라 하였는데, 이 모양이 지팡이의 모양, 곧 긴 몸, 큰 손잡이, 뾰족한 끝부분을 연상할 수 있어 정 시자의 아버지라 한 것으로 보인다.
5) 여와(女媧) : 중국 천지 창조 신화에 나오는 여신. 복희씨(伏羲氏)와 남매라고도 하고 부부라고도 한다. 몸이 뱀 모양이라 정 시자의 긴 몸과 연관된 것으로 보인다.

(范氏)의 가신(家臣)6)이 되었습니다. 이때, 비로소 몸에 옻칠하는 방법7)을 배웠습니다. 당(唐)나라 시대에 와서는 조로(趙老)8)의 문인(門人)이 되어 거기에서 '철취(鐵嘴)9)'라는 호(號)를 받았습니다. 그 뒤 저는 정도(定陶)10) 땅에서 놀았습니다. 이때 정삼랑(丁三郎)11)을 길에서 만났지요. 그는 저를 한참 보더니 이렇게 말했습니다. '자네 생김새를 보니 위로는 가로 그어졌고, 아래로는 내리 그어졌으니, 내 성(姓) 정(丁)을 자네에게 주겠네.' 저는 이 말을 듣고 참으로 그의 말이 마땅하여 성을 정으로 하고, 앞으로도 고치지 않으려 합니다. 무릇 저의 직책은 사람의 옆에서 그를 붙들어 도와주는 데 있습니다. 모든 사람들이 저를 부리기만 해서 제 몸은 항상 천하고 고달프기만 합니다. 하지만 저를 나쁘다고 생각하는 사람은 함부로 저를 부리지 못하므로 제가 진심으로 붙들어 모시는 분은 몇 되지 않습니다. 이렇게 되고 보니, 제가 원하는 사람을 만나지 못해서, 이제 저는 돌아가 의지할 곳도 없게 되었습니다. 나라 안을 두루 돌아다니면서 토우인(土偶人)에게 비웃음을 당한12) 지 이미 오래되었습니다. 그런데 어제 하느님께서 저의 기구(崎嶇)13)한 운명을 불쌍히 여겼던지 저에게 명하셨습니다. '너를 화산(花山)의 시자(侍者)로 삼을 것이니, 이제 그 곳으로 가서 직책(職責)을 받들고 스승을 오직 삼가서 섬길지어다.' 이에 저는 하느님의 명을 받들고 기뻐서 외다리로 뛰어서 여기에 온 것입니다. 바라옵건대 장로(長老)14)께서는 용납(容納)15)해 주십시오."

이 말을 듣고 식영암이 말했다.

"아! 후덕(厚德)16)스럽구나! 정 상좌(上座)17)여! 옛 성인이 남겨 준 사람이로다. 몸의 뿔이 허물어지지 않은 것은 씩씩함이요, 눈이 없어지지 않은 것은 용맹스러움[勇]이로다. 몸에 옻칠을 하고 은혜와 원수를 생각한 것은 믿음[信]과 의리[義]가 있는 것이로다. 쇠주둥이를 가지고 재치 있게 묻고 대답하는 것은 지혜[智]가 있는 것이요, 변론18)[辯論]을 잘하는 것이로다. 사람을 붙들어 모시는 것을 직책으로 삼는 것은 어진 것[仁]이요, 예의[禮]가 있는 것이며, 돌아가서 의지할 곳을 택하는 것은 바름[正]이요 밝은 것[明]이로다. 이러한 여러 가지 아름다운 덕을 보아서 길이 오래 살고, 조금도 늙거나 또 죽지도 않으니, 이것은 성인(聖人)이 아니면 신(神)이로다. 그러니 너를 내가 어찌 부릴 수 있단 말이냐? 이 여러 가지 아름다운 일 중에 나는 하나도 가진 것이 없다. 그러니 너의 친구가 될 수도 없는데 하물며 네 스승이 될 수가 있겠느냐? 화도(華陶)에 화(花)라는 이름의 산이 하나 있다. 이 산 속에 각암이라는 늙은 화상(和尙)19)이 지금 2년 동안 머물고 있다. 산 이름은 비록 같지만 사람의 덕은 같지 않으니, 하늘이 그대에게 명하여 가라고 한 곳은 여기가 아니고 바로 그 곳일 것이다. 그대는 그 곳으로 가도록 하라."

말을 마치고 식영암은 노래를 부르면서 그를 보냈다. 그 노래는 이랬다.

"정(丁)이여! 어서 빨리 각암이 있는 곳으로 가도록 하라. 나는 여기서 박[瓠]과 오이[瓜]처럼 매여 사는 몸이니, 그대 정(丁)만 못한가 하노라."

---

6) 가신(家臣) : 정승의 집안일을 맡아보던 사람.
7) 몸에 옻칠하는 방법 : 칠신지술(漆身之術). 중국 전국(戰國) 시대 진(晉)나라 지씨(智氏)의 가신(家臣)이던 예양(豫讓)이, 범씨(范氏)와 중항씨(中行氏)를 섬기다가 뒤에 지백(智伯)을 주인으로 섬겼는데, 자기 주인이 조양자(趙襄子)에게 망한 것을 보고 그 원수를 갚으려고 몸에 옻칠을 하여 문둥이 행세를 하였다는 고사.
8) 조로(趙老) : 중국 당(唐)나라 때의 유명한 중 조주(趙州). 그는 말을 잘하여 쇠주둥이[鐵嘴]라고 불리었다.
9) 철취(鐵嘴) : 쇠로 된 입부리. 쇠주둥이. '화술이 능한 사람'을 이름.
10) 정도(定陶) : 중국 산동성(山東省)에 있는 지명. 진(秦)나라와 초(楚)나라와 싸워 대승한 곳으로 유명하다.
11) 정삼랑(丁三郎) : 정씨(丁氏) 성의 삼랑. 문맥으로 보아 실존인물이지만 누구인지 알 수 없다. '삼랑'은 중랑(中郎)·외랑(外郎)·산랑(散郎)이며 하위직이다.
12) 토우인(土偶人)에게 비웃음을 당한 : '토우인'은 토우(土偶), 곧 흙으로 만든 사람. 목우(木偶), 곧 나무로 만든 사람이 투우(土偶)에게 비만 오면 풀어져 없어질 것이라 하자, 자기는 흙으로 만들어졌기에 풀리면 고향으로 돌아가지만, 목우는 비만 오면 물에 떠서 어디로 갈는지 모를 것이라 했던, 전국(戰國) 시대의 웅변가 소대(蘇代)가 한 말. 지팡이가 '나무'로 만들어진 것과 연관된다.
13) 기구(崎嶇) : 사람의 세상살이가 순탄하지 못하고 가탈이 많음.
14) 장로(長老) : 나이가 지긋하고 덕이 높은 사람.
15) 용납(容納) : 남의 언행을 너그러운 마음으로 받아들임.
16) 후덕(厚德) : 언행이 어질고 두터움.
17) 상좌(上座) : 절의 주지, 강사, 선사, 원로 들이 앉는 자리로, 여기서는 덕이 많은 정시자를 높여 부른 말.

■ 해설

이 작품은 고려 때의 승려 식영암(息影庵)이 지팡이를 의인화하여 지은 가전체(假傳體)입니다. 조선 성종(成宗) 9년(1478년) 12월에 당시의 예문관(藝文館) 대제학(大提學) 서거정(徐居正)이 홍문관(弘文館) 대제학 양성지(梁誠之) 등과 함께 왕명으로 삼국 시대 후기(대부분 신라) 때부터 고려 시대를 거쳐 조선 초기에 이르는 시인, 문사들의 시문 가운데 우수한 것을 모아 편찬한 시문집 『동문선(東文選)』 제101권에 전하고 있습니다. 유교를 숭상하고 불교를 배척하는 숭유척불(崇儒斥佛)을 국가의 이념으로 삼고 있는 조선 시대에 승려의 작품을 골라 실었다는 것은 이 작품이 지닌 특별한 의미에 주목했기 때문입니다. 그 의미가 어떤 것인지 줄거리를 중심으로 살펴보기로 합시다.

어느 날 '정시자'가 식영암에게 찾아가서 제자가 될 것을 청합니다. 식영암의 눈에는, 그의 몸은 몹시 가늘고 길며, 빛깔은 검고 빛나고, 붉은 뿔은 우뚝하고 뾰족하여 마치 싸우는 소의 뿔과 같고, 새까만 눈망울은 툭 튀어 나와서 마치

---

18) 변론(辯論) : 사리를 밝혀 옳고 그름을 말함.
19) 화상(和尙) : 수행을 많이 한 승려. 승려의 높임말.

부릅뜬 눈과 같이 보였습니다. 이런 외양은 그가 지팡이를 의인화한 대상임을 짐작할 수 있습니다. 그와 식영암의 대화를 통해 그의 외양에 대한 유래가 드러납니다.

정시자의 부모는 포희씨(包犧氏)와 여와(女媧)라 하였습니다. 아버지 포희씨는, 성은 열(列)이고 이름은 어구(禦寇)인 사람을 높여 부른 열자(列子)가 썼다는 중국 도가(道家) 경전의 하나인 『열자(列子)』에 '뱀의 몸, 사람의 얼굴, 소의 머리, 범의 꼬리(蛇身人面牛首虎尾)'를 하고 있다고 했습니다. 정시자의 몸이 가늘고 길며 뿔이 우뚝한 것은 아버지를 닮았기 때문입니다. 그의 어머니 여와도 몸이 뱀 모양이니 아들의 몸이 가늘고 길 수밖에 없습니다. 그의 어머니는 그를 낳아 기르지 않고 버렸답니다. 그래서 수백 년 풍상을 겪으면서 자랐다고 합니다. 그가 식영암을 찾아왔고, 고려 시대에 살았던 식영암과 만났으니 그렇게 말할 만합니다. 풍상을 겪었다고 한 것은 지팡이가 바싹 마른 나무이기 때문입니다.

중국 전국(戰國)시대 진(晉)나라 지씨(智氏)의 가신(家臣)이던 예양(豫讓)이, 범씨(范氏)와 중항씨(中行氏)를 섬기다가 뒤에 지백(智伯)을 주인으로 섬겼는데, 자기 주인이 조양자(趙襄子)에게 망한 것을 보고 그 원수를 갚으려고 몸에 옻칠을 하여 살갗이 헐게 하여 문둥이 행세를 하였다는 고사가 있습니다. 이 고사의 주인공은 예양인데, 정시자가 자신이었다고 한 것은 그의 몸이 검고 빛나게 칠해져 있기 때문입니다. 지팡이가 땅에 닿는 부분은 뾰족하게 쇠를 박아 놓는데, 이것을 두고는 당(唐)나라 때 말을 잘하여 철취(鐵嘴), 곧 쇠주둥이라는 별명으로 불린 조로(趙老)의 문인(門人)이었다고 둘러댑니다.

그 뒤에 정도 땅에서 정삼랑(丁三郞)을 만났는데 그가 정시자의 생김새가 정(丁)자와 같다며 자기의 성을 쓰게 합니다. 정시자는 자신의 직책이 항상 사람을 붙들어 도와주는 것인데, 지금은 자신이 원하는 사람을 만나지 못하여 의지할 곳이 없고, 토우인(土偶人)에게까지 비웃음을 당한 뒤에 하느님이 화산(花山)으로 가 스승을 만나라고 하였다고 했습니다. 지팡이니 남을 붙들어 도와주는 게 맡고, 지팡이 하나로 둘이 짚을 수 없으니 외로웠을 겁니다. 토우인이 자기는 흙으로 만들어서 비가 오면 물에 풀려 고향에 갈 수 있지만 나무로 만든 목우인은 물에 둥둥 떠서 어디로 갈지 모른다고 전국(戰國) 시대의 웅변가 소대(蘇代)가 한 말이 정시자에게 자극이 되었나 봅니다. 정시자, 곧 지팡이는 나무로 만들어졌으니까요.

이 말을 들은 식영암은 정시자에게 후덕(厚德)스럽다고 칭찬합니다. 정시자의 외양을 하나하나 들면서, 그것이 상징하는 바를 용기, 믿음, 의리, 지혜, 웅변, 어짊, 바름, 밝음 등으로 들면서 성인이 남겨 준 사람이라 합니다. 그래서 식영암은 정시자의 스승이 될 수 없다면서 화산으로 각암이라는 늙은 화상을 찾아가라고 합니다.

이 작품은 다른 가전체 작품과 달리 주인공의 일대기를 쓴 것이 아니라 하루 동안, 그것도 꼭두새벽에 일어난 상황을 그리고 있습니다. 대화체로 이야기를 전개하고 있으니 작중 시간과 실제 시간이 일치하며, 정시자의 기이한 형상을 사물에 비유하여 묘사하면서, 각각의 형상과 관련된 전고(典故)를 드러내고 있습니다. 특히 끝부분에 작자의 평론이 없는 대신 식영암의 삶의 태도와 정시자를 기리는 노래로 마무리하고 있습니다.

이 글의 작자인 식영암이 문제 삼는 현실은 정시자가 그를 찾아온 연유에 대해 말하는 이야기 속에 함축적으로 제시되어 있습니다. 정시자는 인간이 갖추어야 할 덕목을 모두 갖추고 있어서 길이길이 오래 살고, 조금도 늙거나 또 죽지도 않아 성인(聖人)이 아니면 신(神)이라 할 만한 인물이지만 그런 능력을 알아주는 사람을 만나지 못해 떠돌아다닌다고 합니다. 이런 일은 있을 수 없다고 식영암은 자신의 생각을 드러냅니다. 이렇게 이 작품은 인재를 외면하는 현실 세태를 신랄하게 비판하는 작자의 의식을 고스란히 담고 있는 셈입니다.

식영암은 의인화의 기법을 동원하여 당시의 사회상과 배불사상을 비판하였고, 사람을 붙들어 도와주는 시자(侍者)를 통하여 중생을 구제(救濟)한다는 크나큰 사명감을 가지는 대승적(大乘的) 승려를 비유적으로 표현하였다고 보기도 합니다. 정시자와 같은 인물의 성격을 강조하여 고려 말 불교의 전횡과 그 사회적 혼란을 그려냄으로써 부패한 불교 사회의 단면을 고발하고 승려와 지도층에 자각과 반성을 촉구하는 일종의 우화(寓話) 문학적 성격을 띤다고도 할 수도 있습니다. 그런 사정을 식영암은 자신이 '박[瓠]과 오이[瓜]처럼 매여 사는 몸'이라 한 것에서 드러나는데, 이 말은 곧 자신이 중생을 위해 하려는 일을 가로막아 구속하는 '줄(덩굴)'이 있는 것으로 볼 수 있기 때문입니다.

무엇보다도 「정시자전」의 문학적 성과는 지팡이를 의인화하여 천하를 편력하면서 성인이 되어 인간에게 교훈을 주는 데에 있습니다. 이런 주제는 불교계에 몸을 담은 지은이가 유교의 이데올로기가 사회를 지배하는 상황에서 두 종교 또는 사상의 장점을 취하여 새로운 삶의 방향을 모색하는 과정에서 나왔을 겁니다. 승려가 꿈꾸는 세상, 곧 '모든 중생이 다 부처가 되(一切衆生悉皆成佛)'는 세상을 이루려는 불교의 바탕 위에 풍부한 상상력이 동원되어 이루어지고, 거기에 과거제(科擧制) 실시, 국자감(國子監) 설치, 주자학(朱子學) 도입 같은 성과를 바탕으로 발전한 유교적 이데올로기를 담아 완성한 것입니다. 이러한 사정을 『동문선』의 편집자들이 주목하였을 것입니다.

적벽가(赤壁歌)

작자 미상

■ 줄거리

유비(劉備), 장비(張飛), 관우(關羽)가 도원결의(桃園結義)로 형제의 의를 맺고, 남양초당(南陽草堂)으로 제갈공명(諸葛孔明)을 찾아간다. 그러나 제갈공명은 낮잠을 자면서 일행을 기다리게 하고, 이에 성격이 불같은 장비는 초당에 불을 질러 공명의 재주를 보자며 달려든다. 유비는 장비를 진정시킨 후, 공명에게 도탄에 빠진 백성을 구하고자 하는 자신의 뜻을 밝힌다. 공명은 처음에 거절하는 의사를 밝히나, 유비가 삼고초려(三顧草廬)하여 진심으로 설득하자 그의 책사(策士)가 되기로 결심한다.

한편 조조(曹操)는 하후돈(夏侯惇)과 조인(曹仁)이 패배했다는 소식을 듣고, 크게 노하여 직접 대군을 이끌고 출정한다. 유비는 조조의 대군에 밀려 후퇴하면서 조자룡(趙子龍)에게는 자신의 가솔을, 장비에게는 백성들을 부탁한다. 장비는 백성들을 무사히 피신시키고, 장판교대전(長坂橋大戰)을 승리로 이끈다. 오(吳)나라에서는 공명의 높은 이름을 듣고 노숙(魯肅)을 보내 그를 회유하고, 이를 예상하고 있던 공명은 유비를 안심시킨 뒤 떠난다.

이때 조조는 장강에 진을 치고 미리 승리를 기뻐하면서 자축하는 잔치를 벌인다. 전쟁에 끌려나온 병사들은 술에 취해 각자의 억울한 사연과 심정을 토로하고, 어떤 군사는 설움을 늘어놓는 다른 군사들을 꾸짖으며 전쟁에 나선 남아로서의 포부를 밝힌다. 이때 까마귀 한 마리가 남쪽으로 날아가는 것을 보고 한 장수가 불길조(不吉鳥)라고 예측하자, 조조는 그를 죽인다.

한편 주유(周瑜)는 화공(火攻)을 펴기 위해서는 반드시 동남풍이 필요한데, 별다른 방법이 없어 고민에 빠지고 결국 병을 얻는다. 이때 노숙과 함께 주유를 찾아온 공명은 자신에게 동남풍을 불게 할 계책이 있다고 말한 뒤, 남병산(南屛山)에 올라가 칠성단을 쌓고 제를 지낸다. 동남풍이 불어오는 것을 확인한 공명은 자신을 기다리고 있던 조자룡을 따라 자리를 뜬다. 주유는 공명의 계책을 의심했지만, 정말 동남풍이 부는 것을 보고 그제야 공명이 범상치 않은 인물임을 감지한다. 위협을 느낀 주유는 서성(徐盛)과 정봉(丁奉)에게 공명을 죽이라는 명을 내리지만, 뒤따라오던 두 장수는 조자룡의 활솜씨에 놀라 달아난다. 주유는 우선 조조부터 치기로 하고, 서둘러 출정한다.

돌아온 공명은 조조의 패주를 예상하고 그 퇴로까지 막고자 한다. 장비는 오림산((烏林山) 좁은 길에 매복(埋伏)하기로 하고, 관우는 만약 조조를 잡아 오지 못하면 자신의 목숨을 내놓겠다는 군령장(軍令狀)을 올린 뒤 화용도(華容道)로 간다. 이때 조조 진영 앞에 황개(黃蓋) 장군의 화선(火船)이 도착하고, 조조의 책사 정욱(程昱)은 만약 황개가 양초를 싣고 온다면 선체가 묵직할 텐데 둥덩실 떠서 오므로 수상하다고 보고한다. 그러나 이미 황개 장군의 신호로 화공(火攻)이 시작되고, 조조의 백만 대군은 아무런 반격도 하지 못한 채 무너지고 만다.

주유 군사에 크게 패하고 정욱과 함께 도망가던 조조는 작은 메추리에도 놀라 방정을 떤다. 적벽강(赤壁江)에서 죽은 군사들의 원혼(冤魂)은 새가 되어 울고, 조조는 여전히 정신을 차리지 못하고 실없이 웃는다. 조조의 웃음이 떨어지기가 무섭게 조자룡이 나타나고, 그는 서둘러 남은 군사들을 이끌고 호로곡(葫蘆谷)으로 도주한다. 조조가 가는 길에 또다시 실없이 웃자, 정욱은 조조가 웃으면 꼭 복병(伏兵)이 나타난다며 걱정한다. 정말로 그곳에 매복해 있던 장비가 나타나 호령하자, 조조는 갑옷까지 벗어 던지고 군사들에 섞여 도망한다.

정욱이 복병이 있을 것을 예상하고 큰길로 가야 한다고 말하지만, 조조는 듣지 않는다. 화용도로 들어가던 조조는 장승을 장비로 착각하고, 장승이 감히 자신을 속였다며 군법(軍法)으로 잡아들이라 명한다. 그러자 장승은 잠깐 졸던 조조의 꿈에 나타나 억울함을 호소하고, 놀라서 잠이 깬 조조는 장승을 다시 제자리에 갖다 세울 것을 명한다. 조조는 술에 취해 유비, 관우, 장비, 조자룡, 공명 등에 대한 험담을 늘어놓다가, 정욱에게 군사 점고(點考)를 시킨다. 그러자 겨우 살아남은 허무적이, 골래종이, 전동다리, 구먹쇠 등이 차례로 등장해 조조를 비판한다.

화용도에 들어선 조조는 또 방정맞게 웃고, 그러자 잠복해 있던 관우와 그의 군사들이 나타난다. 조조는 정욱의 제안을 받아들여 관우에게 살려달라고 애걸한다. 관우는 조조와 그의 군졸들을 놓아주고, 본국으로 돌아가 공명에게 이 일을 알린다. 그러자 공명은 조조는 죽일 사람이 아니므로, 이전에 조조의 은혜를 입었던 관우를 그곳에 보낸 것이었다고 이야기한다.

■ 원문

<아니리>

한(漢)나라 말엽 위한오(魏漢吳) 삼국 시절에 황후유약(皇后幼弱)허고 군도병기(群盜竝起)헌디, 간흉(奸凶)허다 조맹덕(曹孟德)은 천자를 가칭(假稱)하야 천하를 엿보았고 범람(汎濫)타 손중모(孫仲謀)는 강하(江夏)에 험고(險固) 믿고 제업(帝業)을 명심(銘心)허며 창의(倡義)헐사 유현덕(劉玄德)은 종사(宗社)를 돌아보아 혈성(血誠)으로 구치(驅馳)허니 충간(忠奸)이 공립(共立)허고 정족(鼎足)이 三分(삼분)헐새, 謀士(모사)는 운집(雲集)이요 名將(명장)은 봉기(蜂起)로다. 북위(北魏) 모사 정욱(程昱)・순유(荀攸)・순문약(荀文若)이며 동오(東吳) 모사 노숙(魯肅)・장소(張紹)・제갈근(諸葛瑾)과 경천위지(經天緯地) 무궁조화(無窮造化) 잘긴들 아니허리. 그때여 한나라 유현덕은 관우(關羽)・장비(張飛)와 더불어 도원(桃園)에서 의형제 결의(結義)를 허는디,

<중머리>

도원이 어데인고? 한나라 탁현(涿縣)이라 누상촌(樓桑村) 봄이 들어 붉은 안개 빚어나고 반도하(蟠桃河) 흐르난 물 아침 노을에 물들었다. 제단(祭壇)을 살펴보니 금(禁)줄을 둘러 치고 오우백마(烏牛白馬)로 제(祭) 지내며 세 사람이 손을 잡고 의맹(義盟)을 정하는디, 유현덕으로 장형(長兄) 삼고 관운장(關雲長)은 중형이요 장익덕(張翼德) 아우 되어, 몸은 비록 삼 인이나 마음과 정신은 한 몸이라, 유・관・장(劉關張) 의형제는 같은 연월(年月) 한 날 한 시에 죽기로써 맹약(盟約)허고 피 끓는 구국충심 도원결의(桃園結義) 이루었구나. 한말(漢末)이 불운하여 풍진(風塵)이 뒤끓는다. 황건적(黃巾賊)을 평란(平亂)허니 동탁(董卓)이 일어나고 동탁 난을 평정허니 이곽(李郭)이 난을 짓고 이곽을 평정헌 후 난세간웅(亂世奸雄) 조아만(曹阿瞞)은 협천자이(狹天子而) 횡폭(橫暴)허고 벽안자염(碧眼紫髯) 손중모(孫仲謀)는 강동(江東)을 웅거(雄據)허여 부국강병(富國强兵)을 자랑헌다.

<아니리>

그때여 유・관・장은 삼 인이 결심하야 한실(漢室)을 회복코저 적군과 분투(奮鬪)허나 장중(帳中)에 모사 없어 주야로 한(恨)헐 적에 뜻밖에 원직(元直) 만나 공명(孔明)을 천거(薦擧)허되 전무후무(前無後無) 제갈공명(諸葛孔明) 와룡강(臥龍崗)의 복룡(伏龍)이요 초당에 깊이 묻혀 상통천문(上通天文)이요 하달지리(下達地理) 구궁팔괘(九宮八卦) 둔갑장신(遁甲藏身) 흉중(胸中)에 품었으니 긍만고지인재(亘萬古之人才)이요 초인간(超人間)의 철인(哲人)이라. 이렇듯 말을 허니 유현덕 반기 여겨 관장과 와룡강을 찾아갈 제

<진양조>

당당헌 유현주(劉賢主)는 신장은 칠 척 오 촌이요 얼굴은 관옥 같고 자고기이(自顧其耳)허며 수수과슬(手垂過膝) 영웅이라. 적로마(赤驢馬) 상(上)에 앞서시고, 그 뒤에 또 한 장군의 위인을 보니 신장은 구 척이나 되고 봉(鳳)의 눈 삼각수(三角鬚) 청룡도 비껴들고 적토마(赤兎馬) 상에 뚜렷이 앉은 거동 운장(雲長) 위세(威勢)가 분명허고, 그 뒤에 또 한 사람의 위인을 보니 신장은 팔 척이요 얼굴이 검고 제비 턱 쌍고리 눈에 사모장창(蛇矛長槍)을 눈 우에 번듯 들고 세모마(細毛馬) 상에 당당히 높이 앉어 산악을 와그르르 무너낼 듯 세상을 모도 안하(眼下)에 내려다보니 익덕(翼德)일시가 분명쿠나. 이때는 건안(建安) 12년 중춘(仲春)이라. 와룡강을 당도허니 경개무궁(景槪無窮) 기이허구나. 산불고이수려(山不高而秀麗)허고 수불심이징청(水不深而澄淸)이요 지불광이평탄(地不廣而平坦)하고 임불대이무성(林不大而茂盛)이라. 원학(猿鶴)은 상친(相親)허고 송죽은 교취(交翠)로다. 석벽부용(石壁芙蓉)은 구름 속에 잠겨 있고 창송(蒼松)은 천고절(千古節) 푸른빛을 띠었어라. 시문(柴門)에 다다라 문을 뚜다리며,

"동자야, 선생님 계옵시냐?"

<아니리>

동자(童子) 여짜오되

"선생님께옵선 박릉(博陵)의 최주평(崔州平)과 영주(潁州)에 석광원(石廣元), 여남(汝南)의 맹공위(孟公威)며 매일 서로 벗이 되어 강호에 배 띄워 선유(船遊)타가 임간(林間)에 바둑 뒤러 나가신 지 오래이다."

현덕이 이른 말이,

"선생님이 오시거든 한종실(漢宗室) 유황숙(劉皇叔)이 뵈오러 왔더라고 잊지 말고 여쭈어라."

동자다려 부탁허고 신야(莘野)로 돌아와 일삭(一朔)이 넘은 후에 두 번 다시 찾아가서도 못 뵈옵고 수삼삭(數三朔) 지낸 후에 현훈옥백(玄纁玉帛)으로 예물을 갖추고 관・장(官張)과 삼고초려(三顧草廬) 찾아갈 제,

<중머리>

남양융중(南陽隆中) 당도허여 시문을 뚜다리니 동자 나오거늘,

"선생님 계옵시냐?"

동자 여짜오되,

"초당에 춘수(春睡) 깊어 계시나이다."

현덕이 반기 여겨 관공 장비를 문 밖에 세워두고 완완(緩緩)이 들어가니 소슬(蕭瑟)한 송죽성(松竹聲)과 청량(淸亮)한 풍경(風磬)소리 초당이 한적(閑寂)쿠나. 계하(階下)에 대시(待侍)허고 기다려 서 있으되 공명은 한와(閑臥)허여 아무 동정이 없는지라.

<중중머리>

익덕이 성질을 급히 내어 고리눈 부릅뜨고 검은 팔 뒤걷으며 고성대질(高聲大叱) 왈,

"아, 우리 가가(哥哥)는 한주(漢胄) 금지옥엽이라. 저만헌

사람을 보라 허고 수차 수고를 허였거든 요망(妖妄)을 피우고 누워 일어나지를 아니허니, 부러 거만(倨慢)허여이다. 소제(小弟)가 초당을 들어가 초당에 불을 버썩 지르면 공명이 재주가 있다 허니 자나 깨나 죽나 사나 동정을 보아 제 만일 죽기 싫으면 응당 나올 테니 노끈으로 결박(結縛)하야 신야로 돌아가사이다."

엄불(掩拂)에 다방 쓰러지고 끄르럼에 불을 들고 초당 앞으로 우루루루 달려드니 현덕이 깜짝 놀래 익덕의 손을 잡고,

"현제(賢弟)야 현제야, 이런 법이 없나니라. 은왕성탕(殷王聖湯)도 이윤(李尹)을 삼빙(三聘)허고 문왕(文王)도 여상(呂尙)을 보라 허고 위수에 왕래허니 삼고초려가 무엇이랴?"

좋은 말로 경계(警戒) 후(後)에,

"운장은 익덕 다리고 문 밖에 멀리 서 동정을 기다려라!"

<아니리>

공명이 그제야 잠에 깨어 풍월 지어 읊으는디,

"초당(草堂)에 춘수족(春睡足)허니 창외(窓外) 일지지(日遲遲)요 대몽(大夢)을 수선교(誰先覺)요 평생을 아자지(我自知)라."

동자 들어와 여짜오되,

"전일 두 번 찾어 왔던 유황숙이 밖에서 기대린 지가 거운 반일이 넘었나이다."

<중머리>

공명이 그제야 놀랜 체허고 의관을 정제(整齊)헌다. 머리에는 팔각윤건(八角輪巾) 몸에는 학창의(鶴氅衣)로다. 백우선(白羽扇) 손에 들고 당하에 내려와 현덕을 인도하야 예필좌정(禮畢坐定) 후에 공명이 눈을 들어 현덕의 기상을 보니 수수(秀粹)한 영웅이요 창업지주(創業之主)가 분명허고, 현덕도 눈을 들어 공명의 기상을 보니 신장은 팔 척이요 얼골은 관옥 같고 미재강산정기(美哉江山精氣)하야 담연청기(淡然淸氣)허고 맑은 기운이 미간에 일어나니 만고영웅 기상이라. 현덕이 속으로 칭찬허며 공손히 앉어서 말을 헌다.

<아니리>

"선생님을 뵈옵고저 세 번 찾아온 뜻은 다름이 아니오라 한실이 경복(傾覆)허고 간신이 농권(弄權)하와 종묘사직이 망재조석(亡在朝夕)이라. 이 몸이 제주(帝胄)로서 갈충보국(竭忠報國)허랴 허되 병미장과(兵微將寡)허고 재주 단천(短淺)하와 흥복(興復)치 못하오니 사직(社稷)이 처량허고 불쌍한 게 창생(蒼生)이라. 원컨대 선생께옵선 유비와 백성을 아끼시와 출산상조(出山相助)허사이다."

공명이 대답허되,

"양(亮)은 본래 지식이 천박하야 포의야부(布衣野夫)로 남양 땅에서 춘풍세우(春風細雨) 밭이나 갈고 월하에 풍월이나 지어 읊을지언정 국가대사(國家大事)를 내 어찌 아오리까? 낭설(浪說)을 들으시고 존가(尊駕) 허행(虛行)하였나이다."

군이 사양 마다 허니 현덕이 하릴없어,

<진양조>

서안(書案)을 탕탕 뚜다리며,

"여보 선생, 들조시오. 천하대세가 날로 기울어져서 조적(曹賊)이 협천자이령제후(狹天子而令諸侯)를 허니 사백 년 한실(漢室) 운(運)이 일조일석에 있삽거든 선생은 청렴(淸廉)한 본을 받고 세상공명을 부운(浮雲)으로 생각허니 억조창생(億兆蒼生)을 뉘 건지리까?"

말을 마치고 두 눈에 눈물이 듣거니 맺거니 방울방울 떨어지고 가슴을 뚜다려 복통단장(腹痛斷腸) 울음을 우니 용의 음성이 와룡강(臥龍崗)을 진동헌 듯, 뉘랴 아니 감동허리.

<아니리>

두 눈에 눈물이 떨어져 양 소매를 적시거날 공명이 감동하야 가기로 허락한 후 벽상(壁上)을 가리키며,

"이건 형주(荊州) 지도(地圖)요, 저것은 서천(西川) 사십일주(四十一州)라. 현주(賢主)께옵선 이 지도로 근본을 삼아 형주(荊州) 병(兵)을 일으켜 양양(襄陽)에 나가고 서천 병을 일으켜 기산(祁山)으로 나가면 중원(中原)은 가히 회복될 것이요 중원만 회복된다면 강동(江東)은 자연 황숙의 휘하(麾下)로 돌아오리다."

현덕이 듣고 좋아라고,

"선생의 말씀을 듣고 보니 운무(雲霧)를 헤치고 일월을 대하는 듯하나이다."

현덕이 형주 지도와 서천 사십일주로 기업(基業)을 삼은 후 관우 장비를 불러 공명과 상면시킨 뒤에 예단(禮單)을 올려 그날 밤 사 인(四人)이 초당에서 유숙허고 이튿날 길을 떠날 적에, 공명이 아우 균(均)을 불러,

"내 유황숙에게 삼고지은혜(三顧之恩惠)를 갚으려고 세상에 출세허니 너는 부디 송학(松鶴)을 잘 가꾸고 학업을 잃지 말라."

신신이 부탁허고 사륜거(四輪車)에 높이 앉어,

<중머리>

와룡강(臥龍崗)을 하직허고 신야로 돌아오니 병불만천(兵不滿千)이요 장불십여인(將不十餘人)이라. 공명이 민병을 초모(招募)하야 스사로 팔진법(八陣法) 가르칠 제 방포일성(放砲一聲)허고 장담(壯談)허던 하후돈(夏候惇)과 승기(勝氣)내던 조인(曹仁) 등 기창도주(棄槍逃走) 패한 분심(憤心) 수륙대병을 조발(調發)하야 남으로 지쳐 내려갈 제 원망이 창천(漲天)이요 민심이 소요(騷擾)로구나. 현덕이 하릴없어 강하로 물러나니 신야(莘野) 번성(樊盛) 양양(襄陽) 백성들이 현덕의 뒤를 따르거날 따라오는 저 백성을 차마 버릴 길이 전혀 없어 조운(趙雲)으로 가솔(家率)을 부탁허고 익덕으로 백성을 이끌어 일행십리 행할 적에 그때 마침 황혼이라 광풍이 우루루 현덕 면전에 수자기(帥字旗) 부러져 펄펄 날리거날 경산(景山)에 올라 바라보니 조조(曹操)의 수륙대병(水陸大兵)이 물밀 듯이 쫓아온다. 기치창검(旗幟槍劍)은 팔병산(八屛山) 나

뭇잎 같고 제장(諸將)이 앞으로 공을 다툴 적에 문빙(文聘)이 말을 채쳐 달려드니 익덕이 분기충천(憤氣衝天) 불같이 급한 성품 창을 들어 문빙을 물리치고 현덕을 보호하야 장판교(長坂橋)를 지내갈 제 수십만 백성 울음소리 산곡중(山谷中)에 가득허고 제장은 사생(死生)을 모르고 앙천통곡(仰天痛哭)허며 진을 헤쳐 도망을 간다.

<아니리>

한 모롱이 돌아드니 현덕의 일행이 나무 아래 쉬어 앉어 제장(諸將) 모이기를 기다릴 제,

<중중머리>

그때여 조운은 공자(公子) 선(禪)과 양부인(兩夫人)을 잃고 일편단심 먹은 마음 분함이 추상(秋霜)이라. 위진(魏陣)을 바래보니 번차휘마(番次揮馬) 가는 거동 만 리 창천 구름 속에 편진(翩進)허는 용의 모양 구십춘광(九十春光) 새벽 밤에 빠르기는 유성(流星) 같고 단산맹호(丹山猛虎) 기상이라. 풍우같이 지내다가 한 곳을 바래보니 헤여진 남녀노소 서로 잡고 울음을 우니 조운이 크게 웨여,

"여봐라 남녀 백성들아 너의 총중(叢中) 가는 중에 감부인(甘夫人)을 보았느냐?"

그때여 감부인은 오는 장수(將帥)를 바래보며 나삼(羅衫)을 무릅쓰고 일장통곡(一場痛哭)헐 제, 조조의 제장 순우도(淳于導)가 미축(麋竺)을 생금(生擒)하야 제 진으로 돌아갈 제, 조운이 얼른 보고 일성포향(一聲咆響)에 수년도를 선듯 들어 탈마위진(奪馬魏陣)하야 감부인을 호송허고 또 한 곳 바래보니 양양으로 가는 백성 막지소향(莫知所向) 길을 잃어 갈 바를 방황커늘,

"여봐라 남녀 백성들아 너희들 모인 중에 미부인(麋夫人)을 보았느냐?"

저 백성 이른 말이,

"어떠한 부인인지 전면 빈 집 안에 아이 안고 우더이다."

조운이 말을 채쳐 그곳을 당도허니, 과연 부인이 공자를 안고 좌편 팔 창을 맞고 우편 다리 살을 맞어 일신(一身) 운동을 못 허고 슬피 앉어서 울음을 운다.

<아니리>

조운이 말게 내려 부축허며 위로허되,

"부인께서 고생하심은 소장(小將)의 불충지심이라 죄사무석(罪死無惜)이오나 추병(追兵)이 급하오니 부인은 승마서행(乘馬徐行)하옵시면 소장이 보호하야 뒤를 닦고 가오리다."

부인이 이른 말씀,

"장군께옵선 갈성단력(竭誠單力)으로 어찌 두 목숨을 건지리까? 한나라 제실지체(帝室之體) 골육이 이뿐이니 부디 이 아이를 살려 부자상봉(父子相逢)케 함은 장군의 장중(掌中)에 있는가 하나이다."

공자를 부탁허고 우물에 뛰어들어 자문지사(自刎之死)커늘 하릴없이 담을 헐어 시신을 묻고 공자 일신 보존하야 갑옷으로 장신(藏身)허고,

<자진머리>

마상에 선뜻 올라 채를 쳐 도망헐 제 앞으로 마연(馬延)·장의(張顗) 뒤로 초촉(焦觸)·장남(張南) 앞을 막고 뒤를 치니 조운 일시 함정(陷穽)이라. 청강검(青剛劍) 빼어들고 동에 가 번듯 서장(西將)을 땡그렁 남장(南將)을 얼러서 북장을 선뜻 이리저리 헤쳐가다 토항[土坑] 중에 가 뚝 떨어져 거의 죽게 되었을 제, 장합(張郃)이 바라보고 쫓아오니 조운의 생명이 급한지라. 뜻밖에 오색채운(五色彩雲)이 토항 중에서 일어나고 천붕지탑(天崩地塌)이 와그르르 번갯불이 번뜻 조운 탄 말 용총(龍驄)이라 벽력(霹靂)같이 소리 질러 토항 밖으로 뛰어나니 장합이 겁을 내어 달아나고 조운이 말을 놓아 행운유수(幸運有數)로 도망헐 제, 장판교 바래보니 일원대장(一員大將) 먹장얼굴 장팔사모(丈八蛇矛) 들고,

"조운은 속래(速來)하라, 오는 추병은 내 막으마!"

조운이 말을 놓아 장판교를 지낼 제 인피마곤(人疲馬困)하야 기사지경(幾死之境)이 되었구나.

<아니리>

한 곳을 당도허니 현덕의 일행이 중인(衆人)들과 언덕 아래 쉬었거날 조운이 말게 내려 복지(伏地)하야 여짜오되,

"감부인을 호송허고 미부인을 모셔 올랴 허였더니 공자를 부탁허고 우물에 뛰어들어 자문지사(自刎之死)커늘 하릴없이 담을 헐어 시신을 묻고 공자 일신 보존하야 근근이 살아 왔나이다."

갑옷을 끌러놓고 보니 아두(阿斗)는 잠이 들어 아직 깨지 아니헌지라 조운이 아두 받들어 현덕에게 드리니 현덕이 아두 받어 땅에 내던지며,

"어린 유자(幼子) 살리려다 중헌 장군을 손상할 뻔허였고!"

조운이 급히 내려가 아두 안고 여짜오되,

"소장은 심혈을 다 바쳐도 만분의 일을 갚지 못하겠나이다."

이렇듯 서로 위로헐 제 한 곳을 바래보니 그때여 장익덕은 장판교 마상에 높이 앉어 조적(曹賊)과 대결을 허는디,

<엇머리>

위진(魏陣)을 바래보니 조조의 수륙대병이 물밀 듯이 쫓아온다. 진도(塵塗)는 편야(遍野)허고 함성(喊聲)은 통창(通敞)이라. 장판교상 바래보니 일원대장 먹장얼굴 장팔사모 들고 조진(曹陣)을 한번 일컬으며 일원(一員) 연(燕) 장익덕은 이곳에 와서 머무른다. 한 번을 호통허니 하날이 떼그르르 무너져 백호가 뒤넘난 듯, 두 번을 고함 질러노니 땅이 뚝 꺼지난 듯, 세 번을 호통허니 십이간(十二間) 장판교가 중등(中嶝) 절컥 무너져 흐르난 물이 위로 출렁 나는 새도 떨어지니 조군이 황황허여 하후걸(夏侯傑)이가 낙마허고 조진이 쟁(錚)을 쳐서 퇴병하야 물러나니 익덕의 위엄 장허다.

<아니리>

강하로 물러 나와 견벽불출(堅壁不出)헐 제, 그때여 강동의 손권(孫權)·주유(周瑜), 한(漢)나라 공명선생 높은 이름 듣고 노숙(魯肅)을 보내여 좋은 말로 유인커널 공명의 깊은 지혜 거짓 속는 체 가기로 허락헌 후 현주(賢主) 전(前) 하직허니 현주 대경탄왈(大驚歎曰),

"분분한 천하득실 선생만 믿삽는디 출타국(出他國)이 웬일이요, 심량처분(深諒處分)하옵소서."

공명이 가만히 여짜오되,

"이때를 타 오(吳)나라 들어가 손권·주유를 격동하야 조조와 싸움을 붙이고 신(臣)은 도주이환(逃走而還)하야 중도이기(中途而起)하오면 오위양국(吳魏兩國) 형세를 일안(一眼)으로 도취(圖取)하야 좌이득공(坐而得功)할 터이오니 현주는 염려치 말으시고 금(今) 동짓달 이십일 자룡(子龍)을 일엽선(一葉船) 주어 남병산하(南屏山下) 오강(吳江) 어구로 보내소서. 만일 때를 어기오면 신을 다시 대면치 못허리다."

하직허고 물러나와,

<중머리>

공명선생 거동 보소. 노숙 따라 오나라 들어갈 제 일엽편주 빨리 저어 강동에 당도허니 노숙이 인도하야 관역(館驛) 안헐(安歇)할새, 공명이 눈을 들어 좌우를 살펴보니 아관박대(峨冠博帶)로 장소(張昭) 등 십여 인이 일좌로 늘어앉어 설전군유(舌戰群儒)가 분분헐 제 수다(數多)이 묻는 말씀 한두 말로 물리치니, 기이허구나 공명선생, 손중모의 호의(狐疑)험에 주유를 격동헐 제 대략(大略)이 무궁허니 주유 부질없이 시기(猜忌)하야 제 죽을 줄 모르고서 욕살공명(慾殺孔明) 가소롭다. 삼일위한(三日爲限) 십만(十萬) 전(箭)을 일야무중(一夜霧中) 차득(借得)허니 만고의 높은 재주 귀신도 난측(難測)이라. 방통(龐統)의 연환계(連環計)와 황개(黃蓋)의 고육계(苦肉計)를 공명기풍(孔明祈風) 아닐진대 게 뉘라서 성공허리.

<아니리>

그때여 적벽강(赤壁江) 조맹덕(曹孟德)은 백만 대병을 조발(調發)하야,

<진양조>

천여 척 전선(戰船) 모아 연환계를 굳이 무어 강상육지(江上陸地) 삼어 두고 일등명장이 유진(留陣)헐 제 말 달려 창 쓰기며 활 쏘아 총 놓기 십팔기 사습(私習)허기 백만군중이 요란헐 제, 조조 진중에 술 많이 빚고 떡도 치고 밥도 짓고 우양(牛羊)을 많이 잡어 장졸을 호궤(犒饋)헐 제, 동산월색(東山月色)은 여동백일(如東白日)이요 장강일대(長江一帶)는 여횡소련(如橫素鍊)이라. 그때 조조는 장대상(將臺上)에 가 높이 앉어 남병산색 그림 경(景)을,

"동을 가르켜 시상(柴桑)이요 서를 보니 하구강(夏口江)이요 남을 가르켜 번성(樊城)이요 북을 보니 오림(烏林)이로구

나. 사면이 광활커던 어찌 성공 못 헐소냐. 내 나이 오십사 세로 여득강남(如得江南)이면 향부귀혜(享富貴兮) 낙태평(樂太平), 동작대(銅雀臺) 좋은 집에 이교녀(二喬女)를 가취(可取)허면 모년향락(暮年享樂)이 나의 원에 족할지라. 어와 장졸 영(令) 들어라. 너희들도 주육간(酒肉間)에 실컷 먹고 위·한·오(魏漢吳) 승부를 명일로 결단허자. 만승제업(萬乘帝業)을 한 사람께 맽겼으랴. 득천하(得天下) 헌 연후에 천금상(千金賞) 만호후(萬戶侯)를 차례로 봉하리라."

문무장졸이 영을 듣더니 군례(軍禮)로 모두 늘어서서,

"원득개가(願得凱歌)허오리다!"

<아니리>

군사들이 승기(勝氣) 내여 주육(酒肉)을 쟁식(爭食)허고,

<중머리>

노래 불러 춤도 추고 설움겨워 곡허는 놈, 이야기로 히히하하 웃는 놈, 투전(鬪錢)허다가 다투는 놈, 반취 중에 욕허는 놈, 진취 중에 토허는 놈, 잠에 지쳐 서서 자다 창끝에다 택 페인 놈, 처처 많은 군병 중에 병루즉장위불행(兵淚則將爲不幸)이라 장하(帳下)의 한 군사 벙치 벗어 손에 들고 여광여취(如狂如醉) 실성발광(失性發狂) 그저 퍼버리고 울음을 우니,

<아니리>

한 군사 내다르며,

"아나 이애, 승상(丞相)은 지금 대군을 거나리고 천리전장(千里戰場)을 나오시여 승부가 미결되여 천하대사를 바래는디 왜 요망(妖妄)스럽게 울음은 우느냐? 우지 마고 이리 오니라. 나하고 술이나 먹고 노자."

저 군사 연(然)하여 왈(曰),

"네 말도 옳다마는 내의 설움을 들어 봐라."

<진양조>

"고당상(高堂上) 학발양친(鶴髮兩親) 배별(拜別)헌 지가 몇 날이나 되며, 부혜(父兮)여 생아(生我)시고 모혜(母兮)여 육아(育我)시니 욕보기은(慾報其恩)인댄 호천망극(昊天罔極)이로구나. 화목허던 절내권당(節內眷黨) 규중의 홍안처자(紅顏妻子) 천리전장에다가 나를 보내고 오날이나 소식이 올거나 내일이나 기별이 올거나 기두리고 바래다가 서산의 해는 기울어지니 출문망(出門望)이 몇 번이며 바람 불고 비 죽죽 오난디 의려지망(倚閭之望)이 몇 번이나 되며 소중(蘇中)의 홍안거래(鴻雁去來) 편지를 뉘 전허며 상사곡(相思曲) 단장회(斷腸懷)는 주야수심(晝夜愁心)이 맺혔구나. 조총환도(鳥銃還刀)를 들어메고 육전수전(陸戰水戰)을 섞어 헐 적에 생사가 조석이로구나. 만일 객사를 허거드면 게 뉘라서 안장(安葬)을 허며 골폭사장(骨曝沙場)이 희여져서 오연(烏鳶)의 밥이 된들 뉘랴 손뼉을 뚜다리며 날려 줄 이가 뉘 있드란 말이냐. 일일사친(一日思親) 십이시(十二時)로구나."

<아니리>

이렇듯이 설리 우니 또 한 군사 내다르며,

"아나 이애, 부모 생각 네 설움은 성효지심(誠孝之心)이 기특허다. 전장에 나와서도 효성이 지극헌 것 본께 너는 안 죽고 살아 가겠다."

그 중에 또 한 군사 나서면서,

〈중중머리〉

"여봐라 군사들아, 니 내 설움을 들어라. 너희 내 설움을 들어 봐라. 나는 남에 오대 독신으로 열일곱에 장가들어 근 오십 장근(將近)토록 슬하 일점혈육이 없어 매일 부부 한탄했다. 우리 집 마누래가 왼갖 공을 다 드릴 제 명산대찰 영신당(靈神堂) 고묘총사(古廟叢祀) 석왕사(釋王寺) 석불보살 미륵님 노구맞이 집짓기와 칠성불공 나한불공(羅漢佛供) 백일산제 신중마지(神衆摩旨) 가사시주(袈裟施主) 인등시주(引燈施主) 다리 권선(勸善) 길 닦기, 집에 들어있는 날은 성주조왕(成主竈王) 당산천룡(堂山天龍) 중천군웅(衆天群雄)의 지신제(地神祭)를 지극 정성 드리니, 공든 탑 무너지며 심근 남기가 꺾어지랴. 그 달부터 태기 있어 석부정부좌(席不正不坐)허고 할부정불식(割不正不食)허고 이불청음성(耳不聽淫聲) 목불시악색(目不視惡色) 하야 십 삭(十朔)이 점점 차드니 하루난 해복기미(解腹幾微)가 있든가 보더라. 아이고 배야 아이고 허리야 아이고 다리야 혼미(昏迷) 중에 탄생허니 딸이라도 반가울디 아들을 낳았구나. 열 손에다 떠받들어 땅에 뉘일 날이 전혀 없이 삼칠일이 다 지내고 오륙 삭 넘어가니 방바닥에 살이 올라 터덕터덕 노는 양 빵긋 웃는 양 엄마 아빠 어루며 주야 사랑 애정(愛情)헌 게 자식밖에 또 있느냐. 뜻밖에 급한 난리 위국(魏國)땅 백성들아 적벽으로 싸움 가자 나오너라 외난 소리 아니 올 수가 없든구나. 사당문 열어놓고 통곡재배(痛哭再拜) 하직헌 후 간간헌 어린 자식 유정헌 가솔(家率) 얼굴 안고 누워 등 치며 부디 이 자식을 잘 길러 나의 후사를 전해주오. 생이별 하직허고 전장에를 나왔으나 언제나 내가 다시 돌아가 그립든 자식을 품안에 안고 아가 응아 어루어 볼거나. 아이고 아이고 내 일이야."

〈아니리〉

이렇듯이 울음 우니 여러 군사 허는 말이,

"자식 두고 우는 정은 졸장부의 말이로다. 전장에 네 죽어도 후사(後嗣)는 전컸으니 네 설움은 가소롭다."

그 중에 또 한 군사 나서면서,

〈중머리〉

"니 내 설움 들어봐라. 나는 부모님을 조실(早失)하고 일가친척 바이없어 혈혈단신 이내 몸이 이성지합(二姓之合) 우리 아내 얼굴도 어여쁘고 행실도 조촐하야 종가대사(宗家大事) 탁신안정(托身安定) 일시 떠날 뜻이 바이없어 철 가는 줄 모를 적에, 불화평 일어나며 위국땅 백성들아 적벽(赤壁)으로 싸움 가자 천아성(天鵝聲) 외난 소리 족불리지(足不履地) 나를 끌어내니 아니 올 수 없든구나. 군복 입고 전립(戰笠)을 쓰고 창대 끌고 나올 적에 우리 아내 내 거동을 보더니 버선발로 우루루루 달려들어 나를 안고 엎더지며 '날 죽이고 가오 살려두고는 못 가리다. 이팔홍안(二八紅顔) 젊은 년을 나 혼자만 띠여 두고 전장을 가랴시오.' 내 마음이 어찌 되겠느냐. 우리 마누래를 달래랄 제 '허허 마누라 우지 마오. 장부가 세상을 태어났다 전쟁출세(戰爭出世)를 못 허고 죽으면 장부 절개(丈夫節槪)가 아니라고 허니 우지 말라면 우지 마오.' 달래어도 아니 듣고 화를 내도 아니 듣든구나. 잡었던 손길을 에후리쳐 떨치고 전장을 나왔으나 일부지전쟁(日復之戰爭)은 불식(不息)이라. 살어가기 꾀를 낸들 동서남북으로 수직(守直)허니 함정(陷穽)에 든 범이 되고 그물에 걸린 내가 고기로구나. 어느 때나 고향을 가서 그립든 마누라 손을 잡고 만단정회(萬端情懷) 풀어 볼거나 아이고 아이고!"

울음을 우니,

〈아니리〉

여러 군사 허는 말이,

"가속(家屬)이라 허는 것은 불가무자(不可無字)라 어쩔 수가 없느니라. 네 설움은 울 만허다."

또 한 군사가 나서는디 그 중에 키 작고 머리 크고 모구눈 주벅택에 쥐털수염 거사리고 작도만 한 칼을 막 내두르며 만군중이 송신(送神)을 허게 말을 허겄다.

〈중중머리〉

"이 놈 저 놈 말 듣거라. 너희 울 제 좀놈일다. '위국자(爲國者) 불고가(不顧家)라.' 옛글에도 일러 있고 남아하필연처자(男兒何必戀妻子)요 막향강촌(莫向江村) 노각년(老却年)허소. 우리 몸이 군사 되어 전장 나왔다가 공명도 못 이루고 속절없이 돌아가면 부끄럽지 않겠느냐. 이내 심사 평생 한(恨)이 요하삼척(腰下三尺) 드는 칼로 오한양진(吳漢兩陣) 장수 머리를 번뜻 땡그렁 비어 들고 창끝에 높이 달아 개가성(凱歌聲) 부르면서 득승고(得勝鼓) 쿵쿵 울려 본국으로 돌아올 제 부모 동생 처자 권솔 일가친척 반기허여 펄쩍 뛰어나오며, '다녀온다 다녀와. 전장 갔든 낭군이 살아를 오니 반갑네. 이리 오오 이리 와.' 울며불며 반기힐 제 원근당(遠近黨) 기쁨을 보이면 그 아니 좋드란 말이냐 우지 말라면 우지 마라."

〈아니리〉

이렇듯이 말을 허니 여러 군사 허는 말이

"네 말이 정 그렇다면 천하장사 항도령(項道令)이라고 불러주마."

또 한 군사 내다르며 싸움타령으로 노래를 허겄다.

〈중머리〉

"시용간과(始用干戈) 헌원씨(軒轅氏) 여염제(與炎帝)로 판천(阪泉) 싸움, 능작대무(能作大霧) 치우작란(蚩尤作亂) 사로잡던 탁록(琢鹿) 싸움, 주(周)나라 쇠진천지(衰盡天地) 분분헌 춘추(春秋) 싸움, 위복진황(威福秦皇) 늙은 후에 잠식산동(蠶

食山東) 육국(六國) 싸움, 봉기지장(蜂起之將) 요란허다 팔년 풍진(八年風塵) 초한(楚漢) 싸움, 칠십여전(七十餘戰) 공이 없다 항도령의 우벽(羽壁) 싸움, 통일천하 언제 헐고 위·한·오 삼국 싸움, 동남풍이 훨훨 부니 위텁구나 적벽 싸움, 에 아서라 싸움타령 가삼 끔쩍 기맥힌다. 싸움타령 허지 말고 공성신퇴(功成身退)허고지고."

또 한 군사 나서면서,

"너희 아직 술잔 먹고 재담 취담(醉談) 실담(實談) 허담(虛談) 장담(壯談) 패담(悖談)허거니와 명일대전(明日大戰) 시살(弑殺)헐 제 승부를 뉘 알소냐. 유능제강(柔能制剛)이요 약능적강(弱能適剛)이라 병가(兵家)의 징험(徵驗)이요 흥망성쇠재덕(興亡盛衰在德)이니 승부 간에 직사(直死) 악사(惡死) 몰살(沒殺)헐 제 너희들 어찌 허랴느냐?"

뭇 군사들이 모도 이 말을 듣고 회심(悔心) 걱정을 허올 적에,

<진양조>

떴다 저 까마귀 월명심야(月明深夜) 고요헌디 남천을 무릅쓰고 반공에 둥둥 높이 떠서 까옥까옥 까르르르 울고 가니 조조 듣고 묻는 말이,

"저 까마귀 여하명(如何鳴)고?"

<아니리>

좌우제장(左右諸將)이 대답허되,

"달이 밝으매 별이 드무니 까마귀가 새벽인가 하야 남으로 떠 우나 보이다."

조조 듣고 취흥(醉興)이 도도(滔滔)하야 글 지어 읊었으되,

"월명성희(月明星稀)에 오작(烏鵲)이 남비(南飛)허니 요수삼잡(繞樹三匝)에 무지가의(無枝可依)라. 까마귀가 남으로 떠 울고 우리 진(陣)을 지내가니 어떻다 하리오."

제장(諸將) 중 유복(劉馥)이가 여짜오되,

"월명성희에 오작이 남비하고 요수삼잡에 무지가의란 곡조는 명일 임전(臨戰) 시(時)에 불길조(不吉兆)로소이다."

조조 듣고 화를 내어,

"네 이놈! 니가 어찌 나의 심중에 있는 말을 허는고!"

요설(妖說)이라 집단(執斷)허고, 칼을 빼어 유복의 목을 콱 찔러 놓니, 애석한 그 죽엄은 근들 아니 불쌍허냐. 이렇게 유복이를 죽여 놓고 그대로 조조는 허허 웃고 장담허며 전쟁을 헐 양으로 수육군을 분발헐 제,

<자진머리>

차일(此日) 수군도독(水軍都督) 모개(毛玠)·우금(于禁)이요 연쇄(連鎖) 전선(戰船) 필쇄(必鎖)허고 즉일군병(卽日軍兵) 재촉하야 조조 누선(樓船)에 높이 앉어 수육군제장을 분발헐 제 수진(水陣)의 중협총(中挾摠) 모개(毛玠)·우금(于禁)이요 전협총(前挾摠) 장합(張郃)이요 좌협총(左挾摠) 문빙(文聘)이며 우협총(右挾摠) 여통(呂通) 후협총(後挾摠) 여건(呂虔)이라. 육진(陸陣)의 전사파(前司把) 서황(徐晃)이며 좌사파 악진

(樂進)이요 우사파 하후연(夏侯淵)이며 수륙접응사(水陸接應使) 하후돈(夏侯惇)이며 조홍(曹洪)이요 좌우호위장 허저(許褚)·장요(將遼)라. 수진(水陣)의 발방(發榜) 왈(曰),

"관기정착(官旗定捉) 이청금고(耳聽金鼓) 목시정기(目視旌旗) 가선여마(駕船如馬) 견적쟁선(見敵爭先) 동주공명(同舟共命) 종도적주(縱逃敵舟)며 군법부대(軍法不貸) 관초고동(關哨鼓動) 기거(旗擧)아."

육진에 분부허되,

"약유소설(若有所說)허면 적유소시(適有所施)하야 시여청여(視如聽如)라. 가증여탈퇴(假曾汝脫退)면 적불급거(敵不急遽)니 각대정제(各隊整齊)하야 불허참전(不許參戰) 월후(越後)하라."

각응성필(各應聲畢)에 전선(戰船) 풍기범(風旗帆)으로 연선(連船) 평지같이 왕래하야 이리저리 다닌다.

<아니리>

조조 연습을 관광허고 마음이 대희(大喜)하야 방사원(龐士元)의 묘한 계책을 진중(陣中)에 자랑허니 정욱(程昱)·순욱(荀昱)이 여짜오되,

"만일 불로 치올진댄 어찌 회피하오리까?"

조조 듣고 대답허되,

"내의 진(陣)은 북에 있고, 저의 진은 남에 있으니 만일 불로 치면 저의 진이 먼저 탈 것이니, 이는 반드시 승전할 묘법이로다."

수륙군 정돈하야 싸움을 재촉헐 제,

<중머리>

그때에 오나라 주유는 진세를 가만히 살피더니 광풍이 홀기(忽起)허여 조채황기(曹寨黃旗)는 강중에 떨어지고 오진(吳陣) 깃발은 주유(周瑜) 면상(面上) 치고 가니 화공(火攻)할 징조로되 동남풍이 없었으니 욕파무계(慾破無計)하야 한 소리 크게 허고 토혈(吐血) 기색이 가련토다.

<아니리>

주유 병세가 점점 치중허여 눕고 일지 못헐 적에 공명이 노숙을 반연(攀緣)허여 주유의 병을 볼 제 좌우를 물리치고 양약(凉藥)을 먹일지라.

"양(凉)은 서늘한 게요 서늘한즉 바람이라."

주유 질색하야 아무 대답을 아니 허니 공명이 다시 십육 자 글을 써서 주유를 주니, 주유 받아 본즉 허였으되, '욕파조병(慾破曹兵)이면 의용화공(宜用火攻)허고 만사구비(萬事具備)허나 흠동남풍(欠東南風)이라' 주유 보고 탄복허여 물어 왈,

"바람은 천지 조화온디 어찌 인력으로 얻으리까?"

공명이 대답허되,

"모사(謀事)는 재인(在人)이요 성사(成事)는 재천(在天)이라, 내 헐 일 다 헌 후에 천의(天意)야 어찌 아오리까? 오백 장졸만 명하야 주시면 노숙(魯肅)과 남병산(南屛山)에 올라가 동남풍을 비오리다."

〈자진머리〉

주유가 반겨들고 오백 장졸을 영솔(領率),

"일백이십 정군(精軍)은 기(旗) 잡고 단(壇)을 지켜 청령사후(聽令伺候)허라!"

그때여 공명은 기풍삼일(祈風三日)허랴 허고 노숙과 병마(竝馬)허여 남병산 올라가서 지세를 살피더니 동남방 붉은 흙을 군사로 취용(取用)하야 삼층단(三層壇)을 높이 쌓으니 방원(方圓)은 이십사 장(丈)이요 매일층(每一層) 고(高) 삼 척, 합허니 구 척이로구나. 하일층 이십팔수 각색기를 꽂았다. 동방칠면 청기(靑旗)에는 교룡학호토호표(蛟龍貉狐兔虎豹)로다. 포창룡지형(布蒼龍之形)하야 동방 청기(靑旗)를 세우고 북방칠면 흑기(黑旗)에는 해우복서연저유(懈牛蝠鼠燕猪貐)로다. 작현무지세(作玄武之勢)하야 북방 흑기를 세우고 서방 칠면 백기(白旗)에는 낭구치계오후원(狼狗稚鷄烏猴猿)이라. 거백호지위(踞白虎之威)하야 서방 백기를 세우고 남방 칠면 홍기(紅旗)에는 간양장마녹사인(犴羊獐馬鹿蛇蚓)이라. 성주작지상(成朱雀之狀)하야 남방 홍기를 세우고 제일층 중류에는 황신대기(黃神大旗)를 세웠으되 하도낙서(河圖洛書) 그린 팔괘(八卦) 육십사괘를 안검(按檢), 팔위(八位)를 배립(排立)하야 한 가운데 둥두렷이 꽂고 상일층 용사인(用四人) 각인(各人)을 속발관대(束髮冠帶)허고 검은 나포봉의(羅布鳳衣)와 박대주의(博帶周衣) 방군(方裙)을 입히고 전좌입일인(前左立一人)하야 수집장간(手執長竿)허고 간첨상(竿尖上)에 용계우보(用鷄羽葆)하여 이표풍신(以表風信)허고 전우입일인(前右立一人) 계칠성호대(繫七星號帶) 이표풍신허고, 후좌입일인 봉보검(捧寶劍)허고 후우입일인 봉향로(捧香爐)하야 단하에 이십사 인은 각각 정기보검(旌旗寶劍) 대극장창(大戟長槍) 황모백월(黃耗白鉞)과 주번조독(朱旛皁纛)을 가져 환요사면(環繞四面)하라. 차시(此時)에 공명은 목욕재계(沐浴齋戒) 정히 허고 전조단발(剪爪斷髮) 신영백모(身嬰白茅) 단상에 이르러서 노숙의 손을 잡고,

"여보 자경(子敬)."

"예."

"자경은 진중에 내려가 공근(公瑾)의 조병(操兵)함을 도우되 만일 내가 비는 바 응(應)함이 없드래도 괴이함을 두지 마오."

약속을 정하야 노숙을 보낸 후 수단장졸(守壇將卒)에게 엄숙히 영을 허되,

"불허천이방위(不許遷移方位)허며 불허실구난언(不許失口亂言)허며 불허교두접이(不許咬頭接耳)허며 불허대경소괴(不許大驚小怪)허라. 만일 위령자(違令者)면 군법으로 참허리라."

그때여 공명은 완보(緩步)로 단에 올라,

〈아니리〉

분향헌작(焚香獻酌) 후에 하날을 우러러 독축(讀祝)을 허는디 이 축문의 조화를 뉘 알리 있겠느냐. 삼 일을 제 지내고 하단(下壇), 장중에 잠깐 쉬어 풍색을 살피더니 바람을 얻은 후에,

〈중머리〉

머리 풀고 발 벗고 학창의를 거듬거듬 흉당(胸膛)에다가 딱 붙이고 장막 밖으로 선뜻 퉁퉁 남병산 얼른 넘어 상류를 바래보니 강천(江天)은 요락(遙落)허고 샛별이 둥실둥실 떠 지난 달빛 비꼈난디 오강변(吳江邊)을 당도허니 상산(常山) 조자룡(趙子龍)은 배맡이 등대(等待)허고 선생 오기를 기다리다. 선생 오심을 보고 자룡의 거동 봐라 선미에 바삐 내려 공명 전 절허며,

"선생은 위방진중(危邦陣中)을 평안히 다녀오시니까?"

공명 또한 반가라고 자룡 손길 잡고,

"현주 안녕허옵시며 제장 군졸이 무사허오?"

"예."

둘이 급히 배에 올라 일편 풍석(風席)을 순풍에 추여달고 도용도용(滔溶滔溶)떠나간다.

〈아니리〉

그때에 주유는 일반문무(一般文武) 장대상(將臺上)에 모여 앉어 군병 조발을 예비헐새 이 날 간간근야(間間近夜)에 천색은 청명허고 미풍이 부동(不動)커날 주유 노숙다려 왈,

"공명이 나를 속였다! 이 융동(隆冬) 때에 동남풍이 있을쏘냐?"

노숙이 대답허되

"제 생각에는 아니 속일 듯하여이다."

"어찌 이니 속일 줄을 아느뇨?"

"공명을 지내보니 재주는 영웅이요 사람은 또한 군자라. 군자 영웅이 이러한 대사에 어찌 거짓으로 남을 속이리까? 조금만 더 기다려 보사이다."

〈자진머리〉

말이 맞지 못하야 이날 밤 삼경(三更) 시에 바람이 차차 일어난다. 뜻밖에 광풍이 우루루루 풍성(風聲)이 요란커늘 주유 급히 장대상에 퉁퉁 내려 깃발을 바래보니 청룡주작(靑龍朱雀) 양기각(兩旗脚)이 백호현무(白虎玄武)를 응하야 서북으로 펄펄 삽시간(霎時間)에 동남대풍(東南大風)이 일어 기각이 와직끈 움죽 기폭판(旗幅版)도 떼그르르 천동(天動)같이 일어나니, 주유가 이 모양을 보더니 간담이 떨어지는지라. '이 사람의 탈조화(奪造化)는 귀신도 난측(難測)이다. 만일 오래두어서는 동오(東吳)에 화근이매 죽여 후환(後患)을 면하리라.' 서성(徐盛)·정봉(丁奉)을 불러 은근히 분부허되,

"너희 수륙으로 나누어 남병산 올라가 제갈량(諸葛亮)을 만나거든 장단을 묻지 말고 공명의 상투 잡고 드는 칼로 목을 얼른 싹, 미명(未明)에 당도허라. 공명을 지내보니 재주는 영웅이요 사람은 군자라 죽이기는 아까우나 그대로 살려 두어서는 장차에 유환(有患)이니 명심불망(銘心不忘)허라!"

서성은 배를 타고 정봉은 말을 놓아 남병산 높은 봉을 나는 듯이 올라가 사면을 살펴보니 공명은 간 데 없고 집기장

사(執旗壯士)에 당풍립(當風立)하야 끈 떨어진 차일(遮日) 장막 동남대풍에 펄렁펄렁, 기 잡은 군사들은 여기저기가 이만 허고 서 있거날,

"이놈! 군사야."

"예."

"공명이 어디로 가드냐?"

저 군사 여짜오되,

"바람을 얻은 후 머리 풀고 발 벗고 이 너머로 가더이다."

두 장수 분을 내어,

"그러면 그렇지 지재차산중(只在此山中)이여든 종천강(從天降)허며 종지출(從地出)헐따. 제 어디로 도망을 갈까."

단하로 쫓아가니 만경창파(萬頃蒼波) 너룬 바다 물결은 휘흥헌디 공명의 내거종적(來去踪跡) 무거처(無去處)여늘 수졸을 불러,

"이놈! 수졸아."

"예."

"공명이 어디로 가드냐?"

"아니 소졸 등은 공명은 모르오나 차일(此日) 인묘시(寅卯時) 강안(江岸)의 매인 배, 양양(瀁瀁) 강수 맑은 물에 고기 낚는 어선배, 십리장강 벽파상(碧波上) 왕래하던 거룻배, 동강(桐江)의 칠리탄(七里灘) 엄자릉(嚴子陵)의 낚싯배, 오호상연월(五湖上煙月) 속에 범상공(范相公) 가는 밴지 만단(萬端) 의심을 허였더니 뜻밖에 어떤 사람 머리 풀고 발 벗고 창황분주(蒼惶奔走) 내려와 선미(船尾)에 다다르매 그 배 안에서 일원대장이 우뚝 나서난디, 한 번 보매 두 번 보기 엄숙한 장수 선미에 통통 내려 절하매 읍(揖)을 치며 둘이 귀를 대고 무엇이라고 소근소근, 고개를 까딱까딱, 입을 쫑긋쫑긋 허더니 그 배를 급히 잡어타고 상류로 가더이다."

"옳다, 그것이 공명일다."

날랜 배를 잡어타고,

"이놈, 사공아!"

"예."

"네 배를 빨리 저어 공명 탄 배를 잡어야 망정 만일에 못 잡으면 이내 장창으로 네 목을 땡그렁 비어 이 물에 풍덩 드리치면 니 백골을 뉘 찾으리."

사공들이 황겁하야,

"여봐라 친구들아. 우리가 까딱 잘못허다가는 오강(吳江)의 고기밥이 되겠구나. 열두 친구야, 치다리 삽아라 워겨라 저어라 저어라 워겨라 어기야뒤야 어기야 어기야뒤여 어어어허 어어어허어기야 엉어그야 엉어그야."

은은히 떠들어 갈 제 상류를 바래보니 강 여울 떴난 배 흰 부채 뒤적뒤적 공명일시 분명쿠나. 서성이 크게 외쳐,

"저기 가는 공명 선생! 가지 말고 게 머무러 내의 한 말 듣고 가오."

공명이 허허 대소허며,

"너의 도독 살해(殺害) 마음 내 이미 아는지라 후일(後日) 보자 회보(回報)하라."

서성·정봉 못 듣는 체 빨리 저어서 쫓아오며,

"긴히 헐 말 있사오니 게 잠깐 머무소서."

자룡이 분을 내어,

"선생은 어찌 저런 범람(氾濫)한 놈들을 목전에다가 두오니까? 소장의 한 살 끝에 저 놈의 배아지를 산적(散炙) 꿰듯 허오리다."

공명이 만류(挽留)허되,

"아니 그는 양국대사(兩國大事)를 생각하야 죽이든 말으시고 놀래여서나 보내소서."

자룡이 분을 참고 선미에 우뚝 나서,

"이놈! 서성·정봉아, 상산 조자룡을 아느냐 모르느냐, 우리나라 높은 선생 너의 나라 들어가서 유공이 많었거든 은혜는 생각잖고 해코저 따르느냐? 너희를 죽여 마땅허되 양국대사를 생각허여 죽이든 않거니와 내의 수단이나 네 보아라."

가는 배 머무르고 오는 배 바래보며 뱃보 안에가 드듯 마듯 장궁철전(長弓鐵箭)을 먹여 비정비팔(非丁非八)허고 흉허복실(胸虛腹實)하야 대두(大頭)를 숙이고 호무뼈 거들며 주먹이 터지게 좀통을 꽉 쥐고 삼지(三指)에 힘을 올려 궁현(弓弦)을 따르르르르 귀밑 아씩 정기일발(正旗一發) 깍지손을 딱 떼니 번개같이 빠른 살이 해상으로 피르르르 서성 탄 배 덜컥 돛대 와지끈 물에 풍 오든 배 가로저 물결이 뒤채여 소슬광풍(蕭瑟狂風)에 뱃머리 빙빙빙빙빙 워리렁 출렁 뒤둥그려져 본국으로 떠나간다.

<중머리>

자룡의 거동 보아라. 의기등등(意氣騰騰)하야 활 든 팔 내리고 깍지손 올려 허리 짚고 웅성(雄聲)으로 호령허되,

"이놈들! 당양(當陽) 장판교 싸움에 아두를 품에 품고 필마단창(匹馬單槍)으로 위국적병 십만대병을 한칼에 무찌르던 상산 조자룡이란 명망(名望)도 못 들었는다? 너희를 죽일 것이로되 우리 선생 명령하에 너희를 산적 주검을 못 시키는구나. 어 분헌지고! 사공아!"

"예."

"돛 달고 노 저어라!"

순풍에 돛을 달고 도용도용 떠나간다.

<아니리>

서성 정봉이 겁주(怯走)하야 돌아와 이 사연을 회보(回報)허니 주유 하릴없이 그러면 조조를 먼저 치고 현덕을 후도(後圖)하자는 약속을 허고 수륙군을 분발헐 제,

<중머리>

감녕(甘寧)은 채중(蔡中) 항졸(降卒) 거나리고 조조 진중 들어가서 거화위호(擧火爲號)허라. 전영(前營)의 태사자(太史慈)

는 각솔삼천(各率三千)허여 각처에 매복허고 영병군관(領兵軍官) 제일대 한당(韓當), 제이대 주태(周泰), 제삼대 장흠(蔣欽), 제사대 진무(陳武) 등은 삼백 전선(戰船) 일자로 파열(擺列)허고 상부도독(上部都督) 주유(周瑜), 정보(程普), 서성, 정봉, 선봉대장 황개(黃蓋)라. 주유 군중에 호령허되,

"병법에 일렀으되 승화연여운(乘火煙如雲)허고 일제응진(一齊應陣)허며 봉총휴봉(捧銃携棒)하야 산붕여장도(山崩如壯圖)라고 허였으니 황개 화선(火船) 거화(炬火) 보와 황혼 시 호령출(號令出)을 각선(各船)에 청후(聽侯)허라. 기거(起居)아!"

차시에 한나라 공명 선생 일엽편주를 빨리 저어 본국으로 돌아오니 일등 명장이 벌였난디 거기장군(車騎將軍) 장익덕과 진남장군(鎭南將軍) 조자룡 군례로 꾸벅꾸벅 현신(現身)허니 공명 또한 군중에 답배(答拜)허고 현주께 뵈온 후에 장대상에 가 높이 앉어 당폐(堂陛) 상(上)의 금고(金鼓)를 쿵쿵 울리며 장졸을 차례로 분발(分發)헌디 병과장소(兵寡將少)허니 필용파선(必用派先)이라, 진남장군 조자룡을 불러,

"그대는 삼천 군 거나리고 오림(烏林) 갈대숲에 둔병매복(屯兵埋伏)을 허였다가 조병(曹兵)이 지나거든 내닫지 말고 선순(先軍) 지내거든 불 놓아 엄습하야 사로잡아라. 기거아!"

거기장군 장익덕을 불러,

"그대는 삼천 군 거느리고 오림산등(烏林山嶝) 후(後) 호로곡(胡蘆谷)에 둔병매복을 허였으면 명일 오시(午時)에 조조 비를 맞고 그리 지내다가 군사 밥멕이노라 연기 날 것이니 엄습하야 사로잡아라."

미방(麋芳), 미축(麋竺), 유봉(劉封)을 불러들여

"너희는 각각 모두 전선(戰船) 타고 강상에 가 멀리 떴다 패군(敗軍) 기계(器械)를 앗아오너라."

＜아니리＞

이렇듯이 약속하야 분발할 제,

＜엇머리＞

한 장수 들어온다 한 장수 들어온다. 이난 뉜고 허니 한수정후(漢壽亭侯) 관공(關公)이라. 봉의 눈 부릅뜨고 삼각수 거사려 청룡도 비껴들고 엄연히 들어와 큰소리로 여짜오되,

"형장(兄長) 모아 전장마다 낙오(落伍)헌 일이 없삽드니 오늘날 대전(大戰) 시(時)에 찾난 일이 없사오니 그 어쩐 일이니까?"

＜아니리＞

공명이 허허 웃고 대답허되,

"장군을 제일 요긴한 화용도(華容道)로 보내랴 허였으나 전일 조조가 장군에게 후대(厚待)한 공이 적지 아니헌지라 장군께서는 조조를 잡고도 놓을 듯하야 정치 아니하오."

관공이 이 말을 듣더니 정색하야 칼을 짚고 궤고왈(跪告曰),

"군중은 무사정(無私情)이온디 어찌 사(私)를 두오리까? 만일 조조를 잡고도 놓으면 의율당참(依律當斬)하올 차로 군령

장(軍令狀)을 올리거늘……."

공명이 허락하야 관공을 화용도로 보낼 적에,

"장군은 제일 요긴한 화용도를 가시거든 화용도 소로(小路) 높은 봉에 불 놓아 연기내고 조조를 유인허여 묻지 말고 잡어 오오."

관공이 다시 꿇어 여짜오되,

"그 곳에 질이 둘이온디 만일 조조가 그 질로 아니오면 그는 어찌 허오리까?"

"예, 나도 그는 군령장을 두오니 그리 아오."

둘이 맞 군령장에 두 착함(着函)이 분명허니 관공이 대희(大喜)허사 관평(關平)·주창(周倉)을 거나리고 오교도수(五校刀手) 앞세워 원앙대(鴛鴦隊)로 배립(排立)하야 청도로 행군헐 제 청도기를 벌렸난디 행군 절차가 꼭 이렇게 생겼든가 보더라.

＜자진머리＞

청도기(靑纛旗)를 벌렸난디, 청도 한 쌍, 홍문 한 쌍, 청룡 동남각 동북각 청고초청문(靑高招靑門) 한 쌍, 주작 남동각 남서각 홍고초홍문 한 쌍, 백호 서북각 서남각 백고초백문 한 쌍, 현무 북동각 북서각 흑고초흑문 한 쌍, 황신표미(黃神豹尾) 금고(金鼓) 한 쌍, 나(螺) 한 쌍, 쟁(錚) 한 쌍, 바래[哱囉] 한 쌍, 영기(令旗) 두 쌍, 고(鼓) 두 쌍, 세악(細樂) 두 쌍, 중삼현(中三鉉) 좌우간에 우영전(右營前) 집사 한 쌍, 군뢰직열(軍牢直列) 두 쌍이 난후(欄後) 친병(親兵) 교사(敎師) 당보각(塘報各) 두 쌍으로 좌르르르 늘어서서 오마대(五馬臺)로 가는 거동 기색(氣色)은 여운(如雲)이요 검광(劍光)은 여상(如霜)이라. 위엄이 늠름허고 살기가 등등허니 이런 대군 행차가 세상에서는 드문지라.

＜아니리＞

현덕이 공명을 치사(致辭)허고 주유, 용병(用兵) 간심차(看審次)로 번구(樊口)를 내려서니 동남풍이 점기(漸起)로구나.

＜진양조＞

그때여 적벽강 조조는 장대상(將臺上)에 가 높이 앉어 장검을 어루만지며,

"이봐 장졸 들어서라, 이내 장창으로 황건 동탁(董卓)을 베고 여포(呂布) 사로잡어 사해를 평정허면 그 아니 천운이냐? 하날이 날 위허여 도움이 분명허니 어찌 아니가 좋을쏘냐?"

정욱이 여짜오되,

"분분헌 용동 때에 동남풍이 괴이허니 미리 예방을 허사이다."

＜아니리＞

조조 허허 웃고 대답허되,

"동지(冬至)에 일양(日陽)이 시생(始生)허니 기유동남풍(豈有東南風)인가. 의심 말다."

분부허고 황개 약속을 기다릴 제,

＜중머리＞

그때 오나라 황개는 이십 화선(火船) 거나리고 청룡아기(靑

龍牙旗) 선기상(船旗上)에 청포장(靑布帳)을 둘러치고 삼승(三乘) 돛 높이 달아 오강(吳江) 여울 바람을 맞춰 지국총 소리허며 조조 진중 바래보고 은은히 더 들어가니 조조가 보고 대희허여 장졸다려 이른 말이,

"정욱아 네 보아라 정욱아 정욱아 네 보아라. 황공복(黃公覆)이 나를 위허여 양초(糧草) 많이 싣고 저기 온다. 정욱아 정욱아 네 보아라."

허허 허허 대소허니,

<아니리>

정욱이 여짜오되,

"군량(軍糧) 실은 배량이면 선체(船體)가 온중(穩重)헐디 둥덩실 높이 떠 요요(搖搖)허고 범류(泛流)허니 만일 간계 있을진대 어찌 회피(回避)허오리까?"

조조 듣고 의심내어,

"그래 그래 그렇겠다잉. 네 말이 당연허니 문빙(文聘) 불러 방색(防塞)하라."

문빙이 우뚝 나서,

"저기 오는 배 어디 밴나? 우리 승상님 영전(令前)에는 진안을 들어서지 말랍신다."

<자진머리>

이 말이 지듯 마듯 살 한 개가 피르르르 문빙 맞어 떨어지니 황개 화선(火船) 이십 척 거화포(擧火砲) 승기전(乘機箭)과 때때때 나팔소리 두리둥둥 뇌고(雷鼓) 치며 좌우각선 부대가 동남풍에 배를 모아 불을 들고 달려들어 조조 백만군병에다가 한 번을 불이 버썩 천지가 떠그르르 강산이 무너지고 두 번을 불이 버썩 우주가 바뀐 듯 세 번을 불로 치니 화염이 충천 풍성(風聲)이 우르르 물결이 출렁 전선(戰船) 뒷등 돛대 외지끈 용총 활대 노사옥대 우비(雨備) 삼판다리 족판행장(足板行裝) 망어(網禦) 각포대(各布袋)가 물에 가 풍 기치(旗幟) 펄펄 장막 쪽쪽 화전(火箭) 궁전(弓箭) 당파창과 깨어진 통노구 거말장 바람쇠 나팔 큰북 쟁(錚) 꽹과리 웽그렁 쳉그렁 와그르르 철철 산산히 깨어져서 풍파강상(風波江上)에 화광이 훨훨 수만전선(數萬戰船)이 간 디 없고 적벽강이 뒤끓을 제 불빛이 난리가 아니냐. 가련할손 백만 군병은 날도 뛰도 오도가도 오무락 꼼짝딸싹 못 허고 숨맥히고 기맥히고 살도 맞고 창에도 찔려, 앉어 죽고 서서 죽고 웃다울다 죽고 밟혀 죽고 맞어 죽고 애타 죽고 성내 죽고 덜렁거리다 죽고 복장 덜컥 살에 맞어 물에 가 풍 빠져 죽고 바사져 죽고 찢어져 죽고 가이 없이 죽고 어이없이 죽고 무섭게 눈빠져 셔 빠져 등 터져 오사급사(誤死急死) 악사(惡死) 몰사(沒死)허여 다리도 작신 부러져 죽고 죽어보느라고 죽고 무단히 죽고 함부로 덤부로 죽고 맥때그르르 궁굴다 아뿔사 낙상하야 가슴 쾅코아 뚜다리며 죽고 이 놈 제기 욕허며 죽고 꿈꾸다가 죽고 떡 큰 놈 입에다 물고 죽고 한 놈은 주머니를 뿌시럭뿌시럭거리더니,

"워따 이 제기를 칠 놈들아. 나는 이런 다급한 판에 먹고 죽을라고 비상(砒霜) 사 넣드니라."

와삭와삭 깨물어 먹고 물에가 풍, 또 한 놈은 돛대 끝으로 뿍뿍뿍뿍뿍 올라가드니,

"아이고 하느님, 나는 삼대독자 외아들이요 제발 덕분 살려 주오."

빌다 물에 가 풍, 또 한 놈은 뱃전으로 우루루 퉁퉁퉁퉁퉁 나가드니 고향을 바라보며 망배(望拜) 망곡(望哭)으로,

"아이고 아버지 어머니 나는 하릴없이 죽습니다. 언제 다시 뵈오리까?"

물에가 풍 버끔이 부그르르, 또 한 놈은 그 통에 지가 한가(閑暇)한 칠허고 시조 반 장 빼다 죽고 즉사 몰사 대해수 중 깊은 물에 사람을 모도 국수 풀 듯 더럭더럭 풀며 적극(赤戟) 조총 괴암통 남날개 도래송곳 독바늘 적벽 풍파에 떠나갈 제 일등명장이 쓸 디가 없고 날랜 장수가 무용이로구나. 화전 궁전 가는 소리 여기서도 피르르르 저기서도 피르르르 허저·장요·서황 등은 조조를 보위하야 천방지축(天方地軸) 달아날 제 황개 화연(火煙) 무릅쓰고 쫓아보며 외는 말이,

"붉은 홍포(紅袍) 입은 것이 조조니라. 도망 말고 쉬 죽어라. 선봉대장에 황개라."

호통허니 조조가 황겁하야 입은 홍포를 벗어버리고 군사 전립(戰笠) 앗아 쓰고 다른 군사를 가리키며,

"참 조조 저기 간다!"

제 이름을 제 부르며,

"이놈 조조야, 날다려 조조란 놈 지가 진정 조조니라."

황개가 쫓아오며,

"저기 수염 긴 것이 조조니라."

조조 정신 기겁하야 긴 수염을 걷어잡아 와드득와드득 쥐여뜯고 꾀탈양탈 도망헐 제, 장요 활을 급히 쏘니 황개 맞어 물에 가 풍 꺼꾸러져 낙수허니 공의(公義)야 날 살려라 한당(韓當)이 급히 건져 살을 빼어 본진으로 보낼 적에 좌우편 호통소리 조조 장요 넋이 없어 오림(烏林)께로 도망을 헐 제 조조 잔말이 비상(非常)허여,

"문 들어온다 바람 닫아라. 요강 마렵다 오줌 들여라. 된중 낫다 똥칠세라. 배 아프다 농(弄)치지 마라. 까딱허면 똥 쓰겄다. 여봐라 정욱아 위급허다, 위급허다. 날 살려라, 날 살려라."

조조가 겁심에 말을 거꾸로 잡어타고,

"아이고 여봐라 정욱아. 어찌 이놈의 말이 오늘은 퇴불여전(退不如前)허여 적벽강으로만 그저 뿌두둥뿌두둥 들어가니 이것이 웬일이냐. 주유 노숙이 축지법을 못 허는 줄 알었드니 아마도 축천(縮天) 축지법을 허나 부다."

정욱이 여짜오되,

"승상이 말을 거꾸로 탔소."

"언제 옳게 타겠느냐. 말목아지만 쑥 빼다가 얼른 돌려 뒤에다 꽂아라. 나 죽겠다 어서가자. 아이고 아이고 아이고."

〈중머리〉

창황분주(蒼惶奔走) 도망을 갈 제 새만 푸르르 날아나도 복병인가 의심허고 낙엽만 버썩 떨어져도 추병(追兵)인가 의심을 허며 엎더지고 자빠지며 오림산(烏林山) 험한 곳을 반생반사 도망을 간다.

〈아니리〉

조조가 가다가 목을 움쑥움쑥 움치니 정욱이 여짜오되,

"아 여보시오 승상님, 무게 많은 중에 말 허리 느오리다. 어찌하야 목은 그리 움치시나니까?"

"야야 말 마라 말 말어. 내 귓전에 화살이 위윙 허고 눈 우에 칼날이 번뜻번뜻허는구나."

정욱이 여짜오되,

"이제는 아무 곳도 없사오니 목을 늘여 사면을 더러 살펴보옵소서."

"야야, 진정 조용허냐?"

조조가 막 목을 늘여 사면을 살피랴 헐 제 의외에도 말굽통 머리에서 메초리란 놈이 푸루루루 날아나니 조조 깜짝 놀래,

"아이고 여봐라! 정욱아 내 목 달아났다. 목 있나 좀 보아라."

"눈치 밝소. 그 조그마한 메초리를 보고 그대지 놀래실진대 큰 장꿩 보았으면 기절초풍할 뻔허였소그리여잉."

"야야 그게 메초리드냐? 허허 그놈 비록 조그마한 놈이지마는 털 뜯어서 가진 양념하야 보글보글 보글보글 볶아놓면 술 안주 몇 점 쌈박허니 좋니라마는."

"그 우환 중에도 입맛은 안 변했소그려잉."

조조가 목을 늘여 사면을 살펴보니 그 새 적벽강에서 죽은 군사들이 원조(冤鳥)라는 새가 되어 모도 조 승상을 원망을 허며 우는디 이것이 적벽강 새타령이라고 허든가 보더라.

〈중머리〉

산천은 험준허고 수목은 총잡(叢雜)헌디 만학(萬壑)에 눈 쌓이고 천봉(千峰)에 바람칠 제 화초목실(花草木實)이 없었으니 앵무원앙이 끊쳤난디, 새가 어이 울랴마는 적벽화전(赤壁火戰)에 죽은 군사 원조라는 새가 되어 조 승상을 원망허여 지지거려 우더니라. 나무나무 끝끝터리 앉어 우는 각 새소리 도탄(塗炭)에 싸인 군사 고향 이별이 몇 해런고. 귀촉도(歸蜀道) 귀촉도 불여귀(不如歸)라 슬피우는 저 초혼조(招魂鳥) 여산군량(如山軍糧)이 소진(消盡)헌디 촌비노략(村匪擄掠)이 한 때로구나. 소텡소텡 저 흉년새 백만군사를 자랑터니 금일 패군이 어인 일고. 입삣죽 입삣죽 저 뺏죽새 자칭 영웅 간 곳 없고 백계도생(百計圖生)의 꾀로만 판단 꾀꼬리 수리루리루 저 꾀꼬리 초평대로(草坪大路)를 마다허고 심산 총림(叢林)에 고리꺅 까옥 저 가마귀 가련타 주린 장졸 냉병(冷病)인들 아니 드리 병이 좋다고 쑥국 쑥쑥국 장요(張遼)는 활을 들고

살이 없다 설어 마라 살 간다 수루루루 저 호반(湖畔)새 반공에 둥둥 높이 떠 동남풍을 내가 막어 주랴느냐 너울너울 저 바람맥이 철망의 벗어났구나 화병(火兵)아 우지 말어라 노고지리 노고지리 저 종달새 황개 호통 겁을 내어 벗은 홍포를 내 입었네 따옥따옥이 저 따옥이 화용도(華容道)가 불원(不遠)이로다 적벽풍파가 밀어온다 어서 가자 저 게오리 웃난 끝에는 겁낸 장졸 갈수록이 얄망궂다 복병을 보고서 도망을 허리 이리 가며 팽당그르르 저리 가며 행똥행똥 사설 많은 저 할미새 순금 갑옷을 어데다가 두고 살도 맞고 창에도 찔려 기한(飢寒)에 골몰(汨沒)이 되어 내 단장(丹粧)을 부러 마라 상처의 뜩기를 좃아주마 뽀족헌 저 징구리로 속 텡빈 고목 안고 오르며 때그르르르 내리며 꾸벅 때그르르 뚜드럭 꾸벅 찍꺽 때그르르르르 저 때쩌구리는 처량(凄凉)허구나. 각 새소리 조조가 듣더니 탄식헌다.

"우지 마라 우지 마라, 각 새들아. 너무나 우지를 말어라. 너희가 모도 다 내 제장(諸將) 죽은 원귀(冤鬼)가 나를 원망허여서 우는구나."

〈아니리〉

한참 이리 설리 울다가 히히히 해해해 대소허니 정욱이 여짜오되,

"아 여보시오 승상님 근근도생(僅僅圖生) 창황중에 슬픈 신세를 생각잖고 어찌하야 또 그리 웃나니까?"

"야야 말 마라 말 말어. 내 웃는 게 다름이 아니니라. 주유는 실기(實技)는 좀 있으되 꾀가 없고 공명은 꾀는 좀 있으되 실기 없음을 생각하야 웃었느니라."

이 말이 지듯마듯,

〈엇머리〉

오림산곡 양편에서 고성화광(高聲火光)이 충천(衝天) 한 장수 나온다. 한 장수 나온다. 얼굴은 형산백옥(荊山白玉) 같고 눈은 소상강 물결이라. 인(麟)의 허리 곰의 팔 녹포엄신갑(鹿布掩身甲)에 팔척장창(八尺長槍)을 비껴들어 당당위풍 일포성(一砲聲) 큰 소리로 호령허되,

"네 이놈! 조조야 상산명장(常山名將) 조자룡(趙子龍) 아는다 모르는다, 조조는 닫지 말고 내 장창 받아라!"

우레 같은 소리를 벽력같이 지르며 말 놓아 달려들어 동에 얼른 서를 쳐 남에 얼른 북을 쳐 생문으로 드리몰아 사문에 와 번뜻 장졸의 머리가 추풍낙엽이라. 예 와서 번뜻허면 저가 땡그렁 베고 저 와서 번뜻허면 예 와서 땡그렁 베고 좌우로 충돌 허리파 허리파 허리파 백송두리 꿩 차듯 두꺼비 파리 잡듯 은장도 칼 빼듯 여름날 번개 치듯 횡행행행(橫行行行) 쳐들어갈 제 피 흘려 강수되고 주검이 여산이라. 서황 장합 쌍접(雙接) 겨우겨우 방어허고 호로곡(葫蘆谷)으로 도망을 간다.

〈아니리〉

이렇듯 도망을 허여 호로곡으로 들어가며 신세자탄(身世自

嘆) 울음을 우는디,

<진양조>

바람은 우루루루 지동(地動) 치듯 불고 궂은비는 퍼붓는디 갑옷 젖고 기계(器械) 잃고 어디메로 가야만 살끄나. 조조 군중(軍衆)에 영을 놓아 촌락노략(村落擄掠) 양식을 얻고 말도 잡아 약간 구급(救急)을 허며 젖은 옷은 쇄풍(曬風)에 달고 겨우 기어 살아갈 제 한 곳을 바래보니 한수(漢水) 여울 흐른 물은 이릉교(夷陵橋)로 닿었난디 적적산곡(寂寂山谷) 청계상(淸溪上)의 쌍쌍 백구(白鷗)만 흘리 떨구나. 두 쭉지를 쩍 벌리고 펄펄 수루루루 둥덩 우후청강(雨後淸江) 좋은 흥미 묻노라 저 백구야. 너는 어이 한가허여 홍료월색(紅蓼月色) 어인 일고. 어적수성(漁笛數聲)이 적막헌디 뉘 기약(期約)에를 나왔다가 백만 군사 몰사를 시키고 풍파에 곤한 신세 반생반사 되었으니 무슨 면목으로 고향을 갈끄나. 애둡고 분헌 뜻을 어이허면은 갚드란 말이냐.

<아니리>

이렇듯이 설리 울다 히히 허허 대소허니 정욱이 기가 맥혀

"애들아, 승상님이 또 웃으셨다. 승상님이 웃으시면 복병이 꼭꼭 나타나느니라."

조조 듣고 얕은 속에 화를 내여,

"야 이놈들아! 내가 웃으면 복병이 꼭꼭 나타난단 말이야? 아 이전에 우리 집에서는 아무리 웃어도 복병은커녕 뱃병도 안 나고 술병(甁)만 꼭꼭 들어오더라 이놈들아!"

이 말이 지듯 말듯 좌우산곡에서 복병이 일어나니 정욱이 기가 막혀,

"여보시오 승상님 죽어도 원이나 없게 즐기시는 웃음이나 싫컨 더 웃어 보시오."

조조 웃음 쑥 들어가고 미처 정신 못 차릴 적에,

<자진머리>

장비(張飛)의 거동 봐라. 표독(慓毒)한 저 장수 먹장낯 고리눈에 다박수염 거사리고 흑총마(黑驄馬) 칩더타고 사모장창(蛇矛長槍) 들고 불끝같이 급한 성정(性情) 맹호같이 달려들어,

"워따! 이 놈 조조야 날따 길따 길따 날따 파랑개비라 비상천(飛上天)허며 뒤저기라 땅을 팔따. 닫지 말고 창 받어라!"

우레 같은 소리를 벽력같이 뒤지르며 군중을 횡행(橫行)하야 조조 약간 남은 군령장(軍令狀) 일시에 다 뺏는다. 청도순시(靑道巡視) 사명영기(使命令旗) 언월환도(偃月還刀) 쟁(錚) 북 나팔 금고 세익수(細樂手) 화진(火箭) 숙정패(肅靜牌) 장창대검 쇠도리깨 투구 갑옷 화살 동개 고도리 세신(細身) 바늘 도리송곳 바람쇠 장막 통노구 부쇠 화심을 일시에 모도 앗고, 차시에 대장이 풍백(風伯)을 호령허니 웅성낙조(雄聲落鳥) 불견하야 나는 새도 떨어지고 땅이 툭툭 꺼지난 듯 조조가 황겁(惶怯)하야 아래 택만 까불까불.

"여봐라 정욱아 전일에 관공(關公) 말이 내 아우 장익덕은

만군중 장수 머리를 풀같이 비어온다. 주야장천 포장(襃奬)터니 그 말이 적실(的實)허니 이러한 영웅 중에 내가 어이 살어나리. 날 살려라 날 살려라."

허저·장요·서황 등은 안장(鞍裝) 없는 말을 타고 한사협공(限死挾攻) 방어헐 제 조조는 갑옷 벗고 군사한테 뒤섞이여 이리비틀 저리 비틀 천방지축의 도망을 갈 제,

<아니리>

한 곳을 당도허니 전면에 두 길이 있는지라. 조조 제장다려 물어 왈,

"어느 지경으로 닿았으며 저 길은 어느 지경으로 행허느냐?"

제장이 대답허되,

"두 길 모두 남군(南郡)으로 통하옵니다만 대로로는 초평(草坪)허오나 이십 리가 더 머옵고 소로로는 가까우나 화용도 길이 험악허오니 초평대로로 가사이다."

조조 위급함만 생각허고 소로로 가자 정욱이 여짜오되,

"소로 산상에 화광이 있사온즉 봉연기처(烽煙氣處)에 필유군마(必有軍馬) 유진(有陣)허리니 초평대로로 가사이다."

조조 듣고 화를 내어,

"네 이놈! 니가 병법도 모르고 그래갖고 장수라 어이 다니는고! 병서에 허였으되 실즉허(實卽虛)하고 허즉실(虛卽實)이라 허였느니라. 꾀많은 공명이가 대로에 복병허고 소로에 헛불 놓아 나를 못 가게 유인을 허제마는 내가 제까짓 놈 꾀에 빠질 성싶으냐? 잔말 말고 소로로 가자."

장졸을 억제(抑制)허고 화용도로 들어갈 제,

<중머리>

이때 인마 기진허여 대인 노약(老弱) 막대 짚고 상한 장졸 갱령(更令)허여 눈비 섞어 오는 날에 산고수첩(山高水疊) 험한 길로 휘여진 잡목이며 엉크러진 칡잎을 허쳐허쳐 검처잡고 후유 끌끌 서를 차며 촉도지난(蜀道之難)이 험타 헌들 이어서 더 헐쏘냐? 허저·장요·서황 등은 뒤를 살펴 방어허고 정욱이가 울음을 운다.

"아이고 아이고 내 신세야. 평생의 소학지심(所學之心) 운주결승(運籌決勝)허쟀더니 제부종시불여의(諸復終始不如意)로구나. 초행노숙(草行露宿) 어인 일고. 승상이 망상(妄想)허여 주색(酒色) 보면 한사(限死)허고 임전(臨戰)허면 꾀병터니 삼부육사(三傅六師) 간 곳 없고 백만군사가 몰사허니, 모사(謀事)가 허사(虛事)되고 장수(將帥) 또한 공수(空手)로다."

이렇다시 울음을 우니 전별장(全別將)도 울고 간다.

"박망(博望)의 소둔(燒屯) 게우 살어 적벽화전 또 웬일고. 우설에 상한 길을 고치라고만 호령허니 지친 군사가 원 없을까. 전복병(前伏兵)에 살아오나 후복병(後伏兵) 다시 나면 그 일을 뉘랴서 당허드란 말이냐. 아이고 아이고 아이고!"

울음을 우니,

<아니리>

조조 듣고 화를 내어,

"네 이놈들! 사생(死生)이 유명(有命)커든 너희 왜 우는고! 또 다시 우는 놈이 있으면 군법으로 참허리라."

초원산곡 아득헌디 두세 번 머물러 낙오패졸(落伍敗卒) 영솔(領率)하야 한 곳을 당도허니 적적산중 송림간에 소리없이 키 큰 장수 노목(怒目)을 질시(嫉視)허고 채수염 점잔헌디 엄연이 서 있거날 조조 보고 대경(大驚) 질겁하야,

"여봐라 정욱아. 나를 보고 우뚝 섰는 저 장수가 누군가 좀 살펴봐라. 어디서 보든 얼굴 같다."

정욱이 여짜오되,

"승상님 그게 장승이요."

조조 깜짝 놀래며,

"장승이라니, 거 장비네 한 일가냐?"

정욱이 기가 맥혀,

"아 여보시오 승상님 화용도 이수(里數) 표시헌 장승이온디 그대지 놀래시니까?"

조조 듣고 화를 내어,

"이 요망한 장승놈이 영웅 나를 속였그나잉. 네 그 장승놈 잡아들여 군법으로 시행하라!"

"예이."

좌우 군사 소리치고 달려들어 장승 잡아들일 적에 조조가 잠깐 조우더니 비몽사몽간에 목신이 현몽(現夢)을 허는디,

<중중머리>

"천지만물 삼겨날 제 각색 초목이 먼저 나 인황씨(人皇氏) 신농씨(神農氏) 구목위소(構木爲巢)를 허였고 헌원씨(軒轅氏) 작주거(作舟車) 이제불통(以濟不通)을 허였고 석상의 오동목(梧桐木)은 오현금 복판되어 대순슬상(大舜膝上)에 비껴누어 남풍가(南風歌) 지어내어 시르렁 둥덩 탈 제 봉황도 춤추고 산조(山鳥)도 날아드니 그 아니 태평이며 문왕지(文王之) 감당목(甘棠木)은 비파성(琵琶聲) 띄어 있고 사후영혼(死後靈魂) 관판목(棺板木)은 백골시체 안장(安葬)허고 신발실당(身發室堂) 허올 적에 율목(栗木)은 신주(神主)되어 사시절사(四時節祀) 기고일(忌故日)에 만반진수(滿盤珍羞) 설위(設位)허고 분향헌작(焚香獻爵) 독축(讀祝)허니 그 소중이 어떠하며, 목물팔자(木物八字)가 다 좋으되 이내 일신 곤궁(困窮)하야 하산작량(下山作樑)이 몇 해런고. 궁궐동냥(宮闕棟梁) 못 될진댄 차라리 다 보리고 대광(大廣)이나 바랬더니마는 무지헌 어떤 놈이 가지 찢어 방천(防川) 말과 동동이 끊어 내어 마판구시 작도판(斫刀版) 개밥통 뒷간 가래 소욕(所欲)대로 다 헌 후에 남은 것은 목수를 시켜 어느 험귀(險鬼) 얼굴인지 방울눈 다박수염 주먹코 주토(朱土)칠 팔자 없는 사모품대(紗帽品帶) 장승이라고 이름지어 행인거래 대도상에 엄연히 세워두니 입이 있으니 말을 허며 발이 있어 걸어갈까. 유이불 문(有耳不聞) 유목불견(有木不見) 불피풍우(不避風雨) 우뚝 서서 진퇴 중에 있는 나를 승상님은 모르시고 그대지 놀래시니 그리허고 대진(對陣)허면 기군찬역(欺君簒逆) 아닌 나를 무죄행형(無罪行刑)이 웬일이요. 분간방송(分揀放送) 허옵기를 천만 천만 바래내다."

<아니리>

조조 깜짝 놀래 잠에서 퍼떡 깨더니마는,

"애들아 애들아, 목신행형(木神行刑) 마라. 목신 보고 놀랜 게 내 도리어 실체(失體)이로구나. 분간방송(分揀放送)허여라."

도로 그 자리에 갖다 세웠겄다. 조조가 화찜에 일호주(一壺酒) 취케 먹고 앉어 오·한(吳漢) 양진(兩陣) 장수놈들 험구(險口)를 허는디 이런 가관이 없제.

"애들아, 내가 이번 싸움에 패를 좀 보기는 보았지마는 도대체 오·한 양진 장수놈들 근본인즉 그놈들 다 별 보잘것없는 숭헌 상놈들이니라. 유현덕인가 이 손은 지가 자칭 한종실이라 호되 양산채마전(梁山菜麻田)에서 돗자리 치기 짚신 삼아 생활허든 궁반(窮班)이요, 관공 그 손은 하동 그릇장사 점한(店漢)이요, 장비 그 손은 탁군(涿郡) 산육장사놈이라 그놈의 고리눈에 둘러 유·관·장 삼 인이 결의형제를 맺었겄다. 또한 조자룡인지 이 손은 지가 벼룩신령 아들놈인 체허고 진중을 팔팔팔팔 뛰어다니며 꼭 아까운 장수 목만 싹싹 비어가거든. 그 놈 근본 뉘 알 수 있나. 상산 돌틈에서 쑥 불거진 놈이라 뉘 놈의 자식인 줄 모르제마는 저희들끼리 차작(借作)허여 조자룡이라 허겄다. 내 나이가 실즉(實則) 존장(尊長)인디 아 이 놈이 여차허면 이놈 조조야 이놈 조조야 허니 내가 세욕(世欲)에 뜻이 없어지거든 그놈 뒈졌으면 좋겠지마는 죽지도 않고 웬수놈이었다. 또한 제갈량인지 이 손은 지가 술법 있는 체허고 말은 잘 허거니와 현덕이가 용렬(庸劣)헌 자라. 그 손을 데려다가 선생이니 후생이니 허지마는 남양에서 밭 갈던 농토생(農土生)이 아니냐? 제까짓놈이 알면 얼마나 알겠느냐. 너희들 그리 알고 그 손들게 미리 겁내지 마리잉. 그 놈들 다 별 보잘것없는 숭헌 보리붕태니라."

정욱이 여짜오되,

"왕후장상(王侯將相)이 영유종호(寧有種乎)아. 예로부터 일렀삽고 병교자(兵驕者)는 패(敗)라 허니 남의 험구 그만허고 남은 군사 점고(點考)나 허여 보사이다."

"점고 허잘 것 무엇 있나? 정욱이 너 나 나 너 모두 합쳐서 한 오십여 명쯤 되니 손가락으로 꼽아봐도 알겄구나. 정욱이 니가 점고허여 보아라."

정욱이가 군안(軍案)을 안고 군사점고를 허는디,

"대장의 안유명(安有名)이"

"물고(物故)요."

조조 듣고,

"앗차차차차차차! 아까운 놈이 죽었구나. 안유명이가 어찌허

여 죽었느냐?"

"오림에서 자룡 만나 죽었소."

"야 이놈들아, 너희들 급히 한나라 가서 안유명이 살인 물러 오너라."

"승상님이 혼자 가서 물러 오시오."

"야 이 놈들아! 나 혼자 가서 맞어 죽게야?"

"그러면 소졸들은 어찌 간단 말이요."

"워따 이놈들아, 그 놈이 하도 불쌍해서 허는 말이로다. 또 불러라."

"후사파(後司把)에 천총(千摠) 허무적(許無跡)이."

<중머리>

허무적이가 들어온다. 투구 벗어 손에 들고 갑옷 벗어 짊어지고 부러진 창대를 거꾸로 짚고 전동전동 들어오며 원한(怨恨)하니,

"제갈량 동남풍 아닐진대 백만대병이 다 죽을까. 어찌타 불에 쇠진(衰盡)하야 돌아가지 못할 패군 갈 도리(道理)는 아니허고 점고는 웬일이요. 점고 말고 어서 가사이다."

조조 화를 내어,

"이놈! 너는 천총지도례(千摠之道禮)로 군례도 없이 오연불배(傲然不拜) 괘씸하다. 네 저놈 목 싹 비어 내던져라!"

허무적이 기가 맥혀,

"예 죽여 주오. 승상 장하에 죽거드면 혼비중천(魂飛中天) 고향 가서 부모 동생 처자 권솔 얼굴이나 보겠내다. 당장에 목숨을 끊어 주오."

조조 감심(感心)허여,

"오냐 허무적아 우지 마라. 네 부모가 내 부모요 네 권솔이 내 권솔이니 우지 마라. 우지를 말어라. 이애 허무적아 우지 마라."

<아니리>

"우지 말고 거기 있다가 점고 끝에 함께 가자. 또 불러라."

"좌기병(左旗兵)에 골래종(骨內腫)이."

<엇머리>

골래종이 들어온다. 골래종이 들어온다. 좌편팔 창을 맞고 우편팔 살을 맞어 다리도 절룩절룩 반생반사 들어와,

"예!"

<아니리>

조조가 보더니 박장대소를 허며,

"워따! 그놈 병신부자(病身富者)로구나. 우리는 죽었다 살겠다 달아나면 저 놈은 뒤에 느즈막허니 떨어졌다가 우리 간 곳만 손가락질로 똑똑 가르쳐 줄 놈이니 너희들 여러 날 전쟁불식에 소증(消症)인들 없겠느냐. 네 저놈 큰 가마솥에다 물 많이 붓고 푹신 진케 대려라. 한 그릇씩 마시고 가자."

골래종이 골을 내어 눈을 찢어지게 흘기며

"승상님 눈 뿐이 인장식(人醬食) 많이 허게 생겼소."

"네 저 놈 보기 싫다! 쫓아내고 또 불러라."

"우기병(右旗兵)에 전동다리!"

<중중머리>

전동다리가 들어온다. 전동다리가 들어온다. 부러진 창대 들어메고 발세 치레 건조(乾調)로 세 발 걸음 중 띄엄 몸을 날려 껑정껑정 섭수(攝手) 있게 들어와,

"예!"

<아니리>

조조가 보더니,

"에게! 웬 놈이 저리 성허냐?"

"성허거든 회(膾)처 잡수시오."

"네 이놈! 그게 웬 말인고?"

"아 승상님도 생각을 좀 해보시오. 쌈할 때는 뒤로 숨고 쌈 아니할 때는 앞에서 저정(佇頂)거리고 다니면 죽을 배도 없고 병신될 배 만무허지요."

"워따 그 놈 됐다가 군중에 씨할까 무섭구나. 저놈 보기 싫다. 쫓아내고 또 불러라."

"마병장(馬兵將) 구먹쇠!"

"예!"

"너는 전장에 잃은 것은 없느냐?"

"예 잃은 건 별로 없소."

"야 그 놈 신통헌 놈이로구나. 말은 다 어쨌느냐?"

"팔았지요."

"야, 이놈아 말 없으면 무엇을 타고 간단 말이냐."

"아따 원 승상님도, 타고갈 건 걱정 마시오. 들것에다 담아 메고 가든지 정 편케 가실량이면 지게에다 짊어지고 설렁설렁 가면 짐 붓고 더욱 좋지요."

"야, 이놈아. 내가 앉은뱅이 의원이냐. 지게에다 지고 가게. 그놈 눈구녁 뿐이 큰 일 낼 놈이로고.."

"눈이사 승상님 눈이 더 큰 일 내게 생겼지라."

"워따 저 놈들 말말에 폭폭하야 나 죽겠다. 여봐라 정욱아 점고 그만허고 내 우선 시장허니 군량직(軍糧職) 불러 밥 지어라."

<중머리>

점고하야 보니 불과 백여 명이라. 그 중에 갑옷 벗고 투구 벗고 창 잃고 앉은 놈 누운 놈 엎진 놈 폐진 놈 배가 고파 기진헌 놈 고향을 바라보며 앙천통곡 우는 소리 화용산곡(華容山谷)이 망망허나. 조조 마상에서 채를 들어 호령허며 행군 길을 재촉허드니마는,

<아니리>

히히해해 대소허니 정욱이 기가 맥혀,

"애들아 승상님이 또 웃으셨다. 적벽에 한 번 웃어 백만군사 몰사허고 오림에 두 번 웃어 죽을 봉변당하고 이 병(瓶) 속 같은 데서 또 웃어 났으니 이제는 씨도 없이 다 죽는구나."

조조 듣고 화를 내어,

"야 이 놈들아! 느그는 내곧 웃으면 트집 잡지 말고 느그 놈들도 생각을 좀 해 봐라. 주유 공명이가 이곳에다가 복병은 말고 병든 군사 여나뭇만 묻어 두었드리도 조조는 말고 비조(飛鳥)라도 살어 갈 수가 있겠느냐."

히히해해 대소허니,

<자진머리>

웃음이 지듯 마듯 화용도 산상에서 방포성(放砲聲)이 꿍! 이 넘에서도 꿍 저 넘에서도 꿍 궁그르르르 화용산곡이 뒤끓으니 위국장졸(魏國將卒)들이 혼불부신(魂不附身)하야 면면상고(面面相顧) 서 있을 제 오백 도부수가 양편으로 갈라 서서 대장기(大將旗)를 들었난디 '대원수 관공 삼군 사명기(使命旗)'라 둥두렷이 새겼난디 늠름허다 주안봉목(朱顔鳳目) 와잠미(臥蠶眉) 삼각수(三角鬚)에 봉이 눈을 부릅뜨고 청룡도 비껴 들고 적토마 달려오며 우레 같은 소리를 벽력같이 뒤지르며,

"네 이놈 조조야! 짜른 목 길게 빼어 청룡도 받어라!"

조조가 기가 맥혀,

"여봐라, 정욱아 오는 장수가 누구냐?"

정욱이도 혼을 잃고,

"호통소리 장비 같고 날랜 모양 자룡 같소."

"자세히 좀 살펴봐라."

정욱이 정신 채려 살펴보고 허는 말이,

"기색은 홍색이요 위풍이 인후(仁厚)허니 관공일시 분명허오"

"더욱 관공이라면 욕도무처(欲逃無處)요 욕탈무게(欲脫無計)라.

<아니리>

"사세(事勢) 도차(到此)허니 암케나 한번 대전허여 볼 밖에 도리가 없다. 너희들도 힘껏 한번 싸워 보아라."

정욱이 어짜오되,

<중머리>

"장군님의 높은 재주 호통소리 한 번 허면 길짐생도 갈 수 없고 검광(劍光)이 번뜻허면 나는 새도 뚝 떨어지니 적수단검(赤手單劍)으로 오관참장(五關斬將)허던 수단 인마기진(人馬氣盡)허였으니 감히 어찌 당허리까? 만일 당적(當敵)을 허랴다는 씨없이 모도 죽일 테니 전일 장군님이 승상 은혜를 입었으니 어서 빌어나 보옵소서."

"빌 마음도 있다마는 내의 웅명(雄名)이 삼국에 으뜸이라 사즉사(死卽死)언정 이제 내가 비는 것은 후세의 웃음이 되리로다."

<아니리>

"애들아 내가 신통한 꾀를 하나 생각했다."

"무슨 꾀를 생각했소?"

"나를 죽었다고 홑이불 덮어놓고 군중에 발상(發喪)허고 너희들 모두 발 뻗어놓고 앉아 울면 송장이라고 피할 것이니

홑이불 뒤집어쓰고 살살 기다가 한 달음박질로 달아나자."

정욱이 어짜오되,

"아 여보시오 승상님! 산 승상 잡으려고 양국 명장이 쟁공(爭功)헌디 사승상(死丞相) 목 베기야 청룡도 그 잘 드는 칼로 누운 목 얼마나 그리 힘들어 베오리까? 공연헌 꾀 냈다가 목만 허비하고 보면 다시 움질어 날 수도 없고 화용원귀 될 테오니 옅은 꾀 내지 말고 어서 들어가 한 번 빌어나 보옵소서."

조조 하릴없이 장군마하(將軍馬下)에 빌러 들어가는디,

<중머리>

투구 벗어 땅에 놓고 갑옷 벗어서 말게 얹고 장검 빼어 땅에 꽂고 대아(大丫) 머리 고추상투 가는 목을 움뜨리고 모양 없이 들어가서 큰 키를 줄이면서 간교한 웃음소리로 히히 해해 몸을 굽혀 절허며 허는 말이,

"장군님 뵈온 지 오래오니 별래무양(別來無恙)허시니까?"

관공의 어진 마음 마상에서 몸을 굽혀 호언으로 대답허되,

"나는 봉명(奉命)하야 조 승상을 잡으려고 이 곳에 와 복병하야 기다린 지 오래겄다."

조조가 비는 말이,

"탁명한생(託命寒生) 조맹덕(曹孟德)은 천자의 명을 받아 만군을 거나리고 천 리 전장(戰場) 나왔다가 오적(吳敵)에 패(敗)를 보고 초수오산(楚水吳山) 험한 길에 황망이도 가옵다가 천만의외 이곳에서 장군님을 만났으니 어찌 아니 반가리까? 유정허신 장군님은 고정(古情)을 생각허여 살려 돌아보내 주심을 천만 천만 바래내다."

관공이 꾸짖어 왈,

"이놈 네 말이 간사헌 말이로다. 내 비록 전일에 후은(厚恩)은 입었으나 오늘날은 오·한(吳漢) 양진사(兩陣事)에 어찌 사(私)를 써 공(公)을 폐(廢)허리오 진직 죽일 것이로되 전일명분 생각고 문답은 서로 허거니와 필경은 죽이려니 네 누세(累世) 한녹지신(漢祿之臣)으로 능상겁(凌上劫)헐 뿐더러 삼분천하(三分天下) 분분험도 널로 하야 요란허고 기린각충후인(麒麟閣忠厚人)도 널로 하야 훼파(毁破)되니 난세지간웅(亂世之奸雄)이요 치세지능신(治世之能臣) 너를 뉘 아니 미워허리. 좋은 길 다 버리고 화용도로 들을 때는 네 운명이 그뿐이니 잔말 말고 칼 받어라."

조조가 다시 비는 말이

"장군님 들조시오. 절흉(絶凶) 같은 흉노로되 백등(白登) 칠일지위(七日之圍)허여 한고조(漢高祖)를 살렸삽고 지백지신(智伯之臣) 예양(豫讓)이는 조양자(趙襄子)를 죽이려고 협비수(挾匕首)허고 궁중도측(宮中塗厠)허였으되 조양자 어진 마음 의인(義人)이라 이르시고 오근피지(吾謹避之)를 허였으니 장군님도 그를 보아 소장을 살려주고 삼가이 피하소서."

관공이 꾸짖어 왈,

"예양은 의인이요 조양자는 천중대인(天中大人)이라 일이

그러허거니와 너는 한(漢)나라 적자(賊子)요 나는 한나라 의장(義將)이라 네 잡으러 예 왔으니 어찌 너를 살려서 보낼쏘냐? 갈 길이 총급(怱急)허니 잔말 말고 칼 받어라."

<중중머리>

우레 같은 호통소리 조조의 약간 남은 일촌간장(一寸肝臟)이 다 녹는다.

"아이고 여보 장군님 시각(時刻)에 죽일망정 나의 한 말을 들어보오. 전사(前事)를 잊으리까? 장군의 장략(將略)으로 황건적 패를 보아 도원형제 분산(分散)허고 거주를 모르실 제 내 나라로 모셔들여 삼 일 소연(小宴) 오 일 대연(大宴) 상마(上馬)에 천금(千金)이요, 하마(下馬)에 백금(百金)이라 금은보화 아끼잖고 말[斗]로 되어서 드렸으며, 천하일색 골라 들여 고대광실(高臺廣室) 높은 집 미녀충공(美女充空)허였으며 조석으로 문안등대(問安等待) 정성으로 봉양터니 그 정회(情懷)가 적다 허고 도원형제 만나려고 고귀(告歸) 없이 가실 적에 오관(五關) 육장(六將)을 다 죽여도 나는 원망을 아니허고 직지(直指) 호송을 허였는디 장군님은 어찌허여 고정(古情)을 저바리시고 원수같이 미워허니 의장이라 허신 말씀 그 아니 허사(虛事)니까."

<엇머리>

관공이 꾸짖어 왈,

"네 이 놈 조조야! 내 그때 운수불길하야 네 나라 갔을 적에 하북대장 안량(顔良)·문추(文醜)가 네 나라 수다장졸(數多將卒) 씨 없이 모도 죽이거날 은혜를 생각허니 그저 있기가 미안허여 나로서 자청허고 전장을 나갈 적에 네 손으로 술을 부어 내게 올리거날 잔을 잠깐 머무르고 적토마 상에 선뜻 올라 나는 듯이 달려가 안량·문추 두 장수 머리를 선뜻 땡그렁 비어들고 네 진으로 돌아오니 술이 식지 아니했고 적장(敵將)이 황겁하야 백마위진(白馬圍陣) 무너지고 벽산도 천 리 땅을 일전에 모도 앗아 내어 네 안책(案冊)에 기록허니 그 은혜 갚아 있고 오늘은 너를 잡을 때라 군령장 다짐을 두었으니 잔말 말고 칼 받어라."

<아니리>

칼을 번쩍 빼어 들고 조조 앞으로 바싹 달려 드니 조조 대경 질겁하야 옷깃으로 가리면서 칼 막으려고 방색(防塞)을 허니 관공이 웃으시며,

"니가 박작을 쓰고 벼락은 피헐망정 네 옷깃으로 내 청룡도를 피한딘 말이냐?"

"글쎄요. 초행노숙(草行露宿)허옵다가 겁결(怯結)에 잠이 깨어 초풍(招風)헐까 조급허니 장군님은 제발 가까이 서지는 마옵소서."

"네 말이 날다려 유정(有情)타 허며 어찌 가까이 서지는 말라는고?"

"글쎄요 장군님은 유정허오나 청룡도는 무정허여 고정을

베일까 염려로소이다."

관공이 청룡도를 높이 들어 조조 목을 베이난 듯,

"검여두이혼인(劍與頭而婚姻)허면 생기자유혈(生其子流血)이라. 네 목에 피를 내어 내 칼을 한 번 씻으랴 함이로다."

목을 넘겨 땅을 컥 찍어노니 조조 정신 아찔하야 군사들을 돌아보며,

"아이고 여봐라 군사들아. 청룡도가 잘 든다더니 과약기언(果若其言)이로구나. 아프잖게 잘도 도려 가신다. 내 목 있나 좀 봐라."

관공이 웃으시며,

"목 없으면 죽었으니 죽은 조조도 말을 허느냐?"

"예, 그는 정신이 좋삽기로 말은 겨우 허거니와 혼은 벌써 피란간 지가 오래로소이다."

관공은 본시 조조의 은혜를 태산같이 입었는지라. 조조의 애연이 비는 말에는 아무리 철석 같은 간장인들 감동 아니헐 이가 있겠느냐. 조조를 놀까말까 유예미결(猶豫未決)허든 차에,

<자진머리>

주창(周倉)이 여짜오되,

"장군님은 어찌허여 첫 칼에 베일 조조 여태까지 살려두니 옛 일을 모르시오. 강동의 모진 범이 함양(咸陽)을 파(破)헌 후 홍문연(鴻門宴) 앉은 패공(沛公) 무심히 그를 놓아 항장(項壯)의 날랜 칼이 쓸 곳이 없었고 계명산(鷄鳴山) 추야월에 장량(張良)의 옥퉁소 한 곡조 슬피 불어 팔천 병 흩었으니 오강풍낭(吳江風浪)의 자문사(自刎死)라. 하물며 조맹덕은 치세지능신이요 난세지간웅이라 양호유환(養虎遺患)이요 소양지인(小亮之人)이라. 장군이 만일 놓사오면 소장이 잡으리다."

별안간 달려들어 조조 멱살을 꽉 잡으며,

"왕지명(王之命)이 현어주창수(縣於周倉手)라. 내 손에 달린 목숨 네 어디로 피할쏘냐?"

냅다 잡아 흔들어 노니,

<아니리>

조조가 벌벌 떨며,

"아이고 여보 주 별감(周別監)! 이 다음에 만나거든 술 많이 받아 드릴 테니 제발 날 좀 놔주시오."

관공이 보시더니,

"아서라 아서라 그리 마라. 어디 차마 보겠느냐. 목불인견(目不忍見)이로구나. 목숨일랑 끊지 말고 사로잡어 가자."

좌우에 제장군졸들을 한편으로 갈라 세우고 관공이 말 머리를 막 돌리실 제 조조가 급히 말을 잡어 타고 일 마장을 달아난지라. 관공이 거짓 분을 내어,

"내 분부도 듣지 않고 제 마음대로 달아나니 그 죄로 죽어보리!"

<중머리>

조조 듣고 말 아래 뚝 떨어지니 장졸들이 황겁허여 장군

마하(馬下)에 가 두 손 합장 비는디,

"사람의 인류으로는 못 볼낼래. 비나니다 비나니다 장군님 전 비나니다. 살려 주오 살려주오 우리 승상 살려주오. 우리 승상 살려 주면 높고 높은 장군 은혜 본국천리 돌아가서 호호 만세를 허오리다."

조조 기가 맥혀,

"우지 마라 우지 마라. 불쌍헌 장졸들아 우지를 말어라. 나 죽기는 설찮으나 잔약(孱弱)헌 너의 정상(情狀) 불인견지목(不忍見之目)이로구나. 풍파에 곤한 신세 곤귀고향(困歸故鄕) 가는 길에 장군님을 만났으니 잔약헌 너의 정상 설마 살려주시제 죽일쏘냐?"

관공이 화를 내어,

"이 놈 조조야! 들어봐라. 내 너를 잡으러 올 때 군령장에다 다짐을 두었으니 그대 살고 나 죽기는 그 아니 원통허냐?"

조조가 애걸히 비는 말이,

"현덕과 공명 선생님이 장군님 아옵기를 오른팔로 믿사오니 초수(楚囚) 같은 이 몸 조조 아니 잡아 가드래도 군율시행(軍律施行)은 안 허리다. 장군님이 타신 적토마며 청룡도를 소장이 드리고 그 칼에 죽삽기는 그 아니 원통허오. 별반 통촉(別般洞燭)을 허옵소서."

관공이 감심허여 조조를 쾌히 놓고 회마(回馬)하야 돌아가니 세인(世人)이 노래를 허되,

'슬겁구나 슬겁구나 화용도 좁은 길에 맹덕이가 살아 가니 천추에 늠름한 대장부는 한수정후(漢壽亭侯)신가 허노매라.'

<아니리>

본국으로 돌아와 공명 전 배알(拜謁)허되,

"용렬(庸劣)한 관모(關某)는 조조를 잡고도 놓았사오니 의율시행(依律施行) 허옵소서."

공명이 급히 내려와 관공의 손을 잡고,

"조조는 죽일 사람이 아닌지라 장군을 그 곳에 보냈사온디 그 일을 뉘 알리요."

<엇중머리>

제갈량(諸葛亮)은 칠종칠금(七縱七擒)허고 장익덕은 의석엄안(義釋嚴顔)허고 관공은 화용도 좁은 길에 맹덕이를 살려주니 인후(仁厚)허신 관공 이름 천추에 빛나더라. 그 뒤야 누가 알리 더질더질.

■ 해설

「적벽가」는 중국 위(魏)나라, 한(漢)나라, 오(吳)나라의 삼국 시대에 조조(曹操)와 유비(劉備)와 손권(孫權)이 서로 싸우는 것이 내용의 중국 소설 「삼국지연의」 가운데, 적벽강에서의 싸움과 그 앞과 뒤로 벌어지는 이야기를 판소리로 짠 것인데, 「화용도」라고도 불립니다. 판소리 「적벽가」는 적벽 싸움 부분이 그대로 소리로 짜인 것이 아니고, 그 대목을 중심으로 몇몇 부분이 덧붙거나 빠져서 소리 사설이 되었으므로, 「적벽가」의 사설을 그대로 옮긴 소리책은 소설 「삼국지」와는 줄거리나 문체 따위가 사뭇 다릅니다. 소설 「삼국지」가 언제부터 판소리로 짜여 소리로 불리었는지 확실히는 알 수 없으나, 조선 순조(純祖) 때에 송만재(宋晩載)가 쓴 「관우희(觀優戱)」라는 글에 「적벽가」가 판소리 열두 마당 중의 하나로 꼽힌 점으로 미루어 보아, 적어도 영조, 정조 무렵에는 그것이 판소리로 불렸으리라고 짐작됩니다.

의형제를 맺은 유비, 관우(關羽), 장비(張飛)는 제갈공명(諸葛孔明)을 삼고초려 끝에 군사(軍師)로 모셔와 세력을 보강합니다. 권력을 쥔 조조는 남쪽을 정벌하기 위해 백만 대군을 일으키고, 조조의 군사들은 남정 길에서 각자의 설움을 늘어놓습니다. 조조의 선봉 부대는 제갈공명의 지략에 넘어가 전투에서 패하고, 장비는 장판교에서 조조의 대군을 물리칩니다. 제갈공명은 오나라의 손권과 주유(周瑜)를 설득하여 조조와 적벽대전을 벌이게 하고, 조조는 적벽대전에서 대패합니다. 퇴각하던 조조는 화용도에서 제갈공명이 보낸 관우에게 목숨을 구걸하여 겨우 살아 돌아갑니다.

이렇게 요약할 수 있는 「적벽가」는 판소리로 불린 창본이므로 서사문학적 성격보다는 극문학적 성격을 더 잘 드러냅니다. 특정 장면이 서사 문법을 깨뜨릴 정도로 지나치게 확장하고, 이야기의 전개와 무관한 대화가 아무렇지도 않게 삽입되거나 탈락됩니다. 그러므로 이 작품을 감상할 때는 줄거리에 연연하지 말고 각 장면이 주는 재미를 즐기는 방향으로 나아가는 게 좋습니다. 그나마 이 작품의 주요 등장인물인 조조, 정욱, 유비, 관우, 제갈공명, 그리고 이름 없는 여러 군사의 말과 행동을 따라가는 방법도 한 가지 감상법이 될 것 같습니다.

조조는 자신의 야망을 성취하기 위해 힘없고 가난한 백성들의 삶을 곤궁하게 만드는 지배층으로 형상화된 인물입니다. 실제 역사상의 조조는 이름 높은 영웅이나, 「적벽가」의 조조는 비판과 조롱, 야유의 대상이자 무책임하고 잔인하며, 허례와 위선으로 가득한 인물로 그려집니다. 전쟁 전에는 부하들의 인심을 얻지 못하고, 전쟁에 패한 후로는 부하들에게 조롱당하며, 억울하게 죽은 병사들의 원혼인 새들에게 비판받고, 가장 믿었던 부하인 정욱(程昱)마저 그를 놀려댑니다. 그는 어리석은 '간웅' 조조로, 철저히 희화화됩니다. 조조에 대한 회화화는 조조의 어리석은 모습 제시하기, 대립 관계에 있는 인물의 공격으로 궁지에 몰린 조조의 모습 제시하기, 조조와 대적하는 장수를 높이 평가함으로써 상대적으로 조조를 비하하기 등을 통해 이루어집니다. 적벽대전에서 대패한 후 패주하는 과정에서, 조조는 시간이 흐를수록 점점 더 골계적인 인물로 추락합니다. 한때는 큰 전쟁을 진두지휘했던

영웅이지만, 이들 대목에 이르러서는 눈앞의 상황조차 제대로 판단하지 못하는 경망스러운 범인(凡人)으로 형상화됩니다.

정욱은 「적벽가」 전반부에서는 조조가 가장 신임하는 부하로 엄숙함을 유지하나, 후반부에 이르러 가장 적극적으로 조조를 조롱하고 비웃는 인물로 나타납니다. 「조조 패주」 대목을 전후로 그 성격 및 역할이 전환되는 것입니다. 본래 「삼국지연의」의 정욱은 조조가 가장 신임하는 뛰어난 인물도 아니었으며, 조조를 조롱하거나 비웃는 일도 없었습니다. 그런데 「적벽가」에서 정욱은 불의한 권력과 지배층을 상징하는 인물인 조조의 측근에서 그를 매도하고 희화화하는 인물로 형상화되어 나타납니다. 정욱은 겉으로는 상전에 복종하는 듯하나, 실제로는 그들의 위선을 폭로하고 조롱한다는 점에서, 「춘향가」나 「배비장전」의 방자나 「봉산탈춤」의 말뚝이 등과 같은 방자형 인물로 볼 수 있습니다.

유비는 천하 획득의 정당성을 인정받은 인물입니다. 유비와 같은 인물상의 구현에는 긍정적인 영웅의 활약을 통해 현실에서 제기되는 문제가 해결되기를 바랐던 평민층의 기대가 반영되어 있습니다. 「삼국지연의」의 유비는 재덕과 용맹을 두루 겸비한 인물로, 백성들을 자식처럼 사랑하고 현인(賢人)들을 예로써 대우했습니다. 「적벽가」의 유비 형상도 이와 동일합니다. 제왕다운 아량과 풍모를 지닌 인물로, 유능한 인물을 적재적소에 등용할 줄 알며, 인애(仁愛)와 후덕함으로 백성들의 신망을 한 몸에 받습니다. 「삼고초려」 대목은 유비의 긍정적인 영웅상을 부각시키는 대표적인 소리 대목이라 할 수 있습니다.

관우는 충의(忠義)를 대표하는 인물로, 용맹과 무예에 뛰어날 뿐만 아니라 의리를 지킬 줄 아는 영웅입니다. 중국 삼국 시대에 용맹을 떨쳤던 인물인 관우는 후대로 내려오면서 재신(財神) 혹은 무신(武神)으로 신격화되었고, 중국의 관우 신앙은 임진왜란 중 명나라 장수들에 의해 관왕묘(關王廟)가 세워지면서 우리나라에도 도입되었습니다. 관우에 대한 이러한 인식은 「적벽가」에도 유사하게 드러납니다. 특히 조조와 그 장수들을 사로잡았다가 놓아주는 「적벽가」의 결말을 통해, 관우는 불의한 인물을 징계하고, 약자를 구하는 의로운 존재로 부각됩니다.

제갈공명은 충절과 지혜를 표상하는 전형적인 인물입니다. 「삼국지연의」에서 공명은 뛰어난 전략가로, 책임감이 강할 뿐만 아니라 문장과 서화, 탄금(彈琴)에도 두루 능한 인물로 그려졌고, 「적벽가」에서도 공명은 지혜로운 전략가로 등장해 유비의 책사로 활약합니다. 조조와 손권 사이에 싸움을 일으키기 위해 손권과 잠시 손을 잡는 계략을 도모하고, 신출귀몰한 재주로 동남풍을 불게 하여 적벽대전을 승리로 이끕니다. 특히 「동남풍 비는 대목」에서, 지모와 예지를 겸비한 신

이한 능력의 소유자로서의 공명이 크게 부각됩니다.

「적벽가」에는 이름 없는 다수의 군사들이 등장하여 직접 자기 목소리를 표출합니다. 이런 점에서, 「적벽가」는 왕후장상의 이야기요, 영웅 중심의 이야기인 「삼국지연의」와 구별됩니다. 군사들은 적벽대전 직전의 「군사설움타령」과 적벽대전 이후의 「군사점고」 대목에 등장합니다. 그들은 각각 고유 명사를 지닌 특정 개인으로 나오기보다, 직책이나 신체적 특징으로 붙은 별명으로 불립니다. 따라서 이들의 발언이나 행동은 특정한 개인 누구의 것이 아닌, 보통명사로서의 군사들의 그것이라 할 수 있습니다. 「군사설움타령」에는 나이 많은 부모를 걱정하는 군사, 조실부모하고 늦게나마 결혼하여 얻은 처를 염려하는 군사, 오대 독자로 마흔 넘어 낳은 어린 아들을 그리워하는 군사, 어려서 부모를 잃고 유리걸식하며 지내다 드디어 처를 얻었으나 첫날밤을 보내려던 차에 강제로 끌려온 것을 서러워하는 군사, 전쟁 중에 죽어도 묻어줄 사람이 없다며 슬퍼하는 군사, 이런저런 탄식 말고 전쟁에서 승리할 생각만 하자고 말하는 군사 등 여러 인물 군상들이 생생하게 재현됩니다. 그들은 권력자들만을 위한 명분 없는 전쟁으로부터 어서 빨리 벗어나 일상의 행복을 누릴 수 있는 공간으로 돌아가기를 소망할 뿐입니다.

「군사점고」 대목을 살펴보면, 팔이 부러지고 다리에는 화살을 맞은 허무적이, 뱃속에 종양이 생긴 골래종이, 상처 하나 없이 사지 멀쩡하게 나타난 전동다리 등 점고에 불려가는 군사들의 형상도 가지각색입니다. 조조를 죽일 놈에 빗대어 욕을 하기도 하고, 절을 올리는 대신에 배를 쑥 내밀어 조조를 무시하기도 합니다. 전쟁을 하다 말고 도망 다닌 것을 오히려 자랑스럽게 말하기도 하고, 무기를 팔아 아내에게 줄 바늘을 사려 했다고 밝히기도 합니다. 그들은 이렇게 부조리한 지배층으로 표상되는 조조에 대한 반감을 직설적으로 쏟아냅니다.

「적벽가」는 중국 소설 「삼국지연의」를 기반으로 하여 발생한 판소리 작품으로, 전통 사회에서 특히 인기가 높았습니다. 남성 영웅들의 쟁패를 다룬 적벽가는 공력을 들여 소리해야 제 맛이 나는 어렵고 진중한 소리로, 양반층의 취향과 잘 어울렸기 때문입니다. 「적벽가」는 우조 위주로 당당하고 진중하게 부르는 대목이 많아, 소리꾼들은 흔히 소리하기가 '되고 팍팍하다.'라고 말합니다. 어지간한 공력을 쌓은 명창이 아니면 「적벽가」를 제대로 소화해 내기 어려운 것입니다. 「적벽가」는 20세기로 접어들면서 전승이 위축된 면도 없지 않으나, 여전히 고졸(古拙)하고 웅장한 동편제의 멋을 가장 잘 보여주는 소리로 평가되고 있고, 그뿐만 아니라 창극·마당놀이·창작극 등의 갈래로 재창조되면서 새로운 의미 영역을 개척하고 있는 작품입니다.

연습 문제

[1~6] 다음 글을 읽고 물음에 답하시오.

[앞부분 줄거리] 대방 왈짜인 김무숙은 장안의 갑부이나, 소비적인 향락 생활로 재산을 낭비한다. 평양 기생으로 서울에 뽑혀 온 의양은 다른 왈짜들의 권유로 약방 기생을 그만두고 무숙의 첩이 된다. 의양은 성실하게 살림을 하나, 무숙의 방탕한 생활로 재산을 탕진하자, 본처 등과 짜고 무숙과 살기를 거절한다.

벼루에 먹을 갈 때 더운 눈물이 뚝 떨어져 사풍세우(斜風細雨) 비가 되고 붓대를 잡으려 하니 글자마다 수먹이 었다. 편지를 써서 하인에게 주어 의양에게 가만히 전하니, 의양이 받아 보니 사연에 하였으되,

"일봉서찰(一封書札)을 의외에 받아보니 탐탐(耽耽)함이 그지없네. 사연을 자세히 보니 의가 있는 사람이요, 점잖기 그지없네. 유유창천(悠悠蒼天)은 시하인(是何人)고? 부위처강(夫爲妻綱)은 사윤(嗣胤)의 으뜸이라. 근래 서방님이 십목소시(十目所視)와 십수소지(十手所指)의 엄한 줄을 모르고 자포자기(自暴自棄)의 패려(悖戾)한 사람 한 사람과 심술을 처결(處決)하니, 처자(妻子) 가솔(家率)이 돌아갈 곳이 없는지라. 여자의 몸이 되어 함원포통(含怨抱痛)은 시속(時俗) 부녀의 요망(妖妄)한 일이로되, 장강(莊姜) 비(妃) 백주(栢舟)의 글을 지으며, 반첩여(班婕妤) 단선(團扇)이 은원(恩怨)이 없는지라. 거기에는 당치 못하여도 장부(丈夫)의 무소불위(無所不爲)를 신설(伸雪)할 조각이 없더니, 평양집은 어떠한 사람으로 사사(事事)이 옳게 하고 남의 심간(心肝)을 통리(統理)하니, 일사능만사통(一事能萬事通)을 내 어이 모르리오. 종사(宗社)를 돌아보아 장부를 건져내면 구천타일(九泉他日)에 은혜를 사례하고 사당결환(死當結環)할 것이니, 수십 년 썩은 간장 평양집 헤아려 매사를 주밀(周密)히 도모함을 바라노라."

의양이 답장을 보고 하염없이 눈물이 흘러 옷자락이 모두 젖었다.

"천지간 몹쓸 무숙이가 이런 여중군자 어진 아내를 몰라보니, 나 같은 천한 첩이야 오래 계속 함께 있지 못할 것이니, 꽃이 지면 나비도 오지 않는다고 늙어지면 나도 고생될 것이니, 단단히 잡죄리라."

이날부터 막덕이와 속 안 말로 약속하고 한마음으로 힘을 합하여 무숙이를 결딴낼 때,

"막덕이 너는 ㉠내 하는 계교대로 명심하여 거행하라."

약속을 말 짜듯 하고, 하루는 막덕이를 불러,

"여봐라, 서방님 인색하지 않고 화통한 수단 돈 잘 쓰고 멋도 알고 알심 있고 어진 마음 부지불각 쓸데 있어 돈 없으면 발광하여 성화병이 났을진대, 하늘 같은 서방님을 누가 위로할 것인가. 패물 목물(木物)* 수정과 모물(毛物)* 금침 금옥진보 세간살이 약간 것이 몸 외에는 남은 것이

없게 될 것이니, 어서 바삐 팔아라."

막덕이 거동 보소. 골목 어귀 길가에 내달리더니 예인군 근 백 명을 약속하고 모두 얻어 지게 지고 들어와서, 방 안 세간 갖은 기물 모두 져낼 때에, 의양이 깊은 궁리를 건기*에 모두 적어 봉한 후에 길게 써 적은 편지를 평양 주인 의양이 수양부께 부쳐,

ⓐ"단단히 간직하여 달라."

소문나지 않게 막덕에게 말 이르니, 막덕이 세간짐을 경 주인집 안사랑에 힘을 다하여 간직하고, 집에 있던 돈 천 냥을 밖으로 에둘러서 세간을 팔아 왔다 무숙이를 주었더니, 천하 잡것 무숙이가 아무런 줄 모르고서 이새 돈을 좀 아니 쓰다 그날부터 또 놀아나는데, 신명을 쭈쩍 내어 골패 노름을 시작하였다.

<중략>

"애달프다 내 일이야 순환번복 쉽다 한들 갖은 풍류 일등 호사 어디 가고, 내 이 모양 웬일인고?"

또 한 편 바라보니 장안대도 넓은 길에 부두 부장 별감이며, 오입쟁이 왈짜들이 방약무인(傍若無人) 대취(大醉)하여 걸음 걸어 어식비식 노래 가락, 무숙이 주먹으로 땅을 치며,

"내하고 남 처지요, 방화시 좋은 때에 유산가는 협객들은 일등명기 승교 태워 계집에게 잘 뵐려고 없는 맵시 있는 듯이 살뜰 정성 부채질과 고리고 비린 노릇 내 한창 시절에는 웃고 지내던 내가 되려 거적자리 무슨 일고? 내 죄로다 내 죄로다. 섧은 일을 보자 하니 속이 터져 나 죽겠다. 저런 일로 생각하면 세상의 내가 짝이 없이 놓았으니 한이 없이 죽을망정 불쌍한 우리 처자 기사지경 뉘 탓인고?"

강개를 연해 하며

"저러한 오입장이 지식 없는 날 같으면 이 몰골이 가리로다."

설렁탕집 부엌간에 떼부덕이를 의지하여 거적 한 입 추켜 덮고 반생반사(半生半死) 잠을 잘 제, 아침 게 잡으려 하고 평양집 막덕이가 대바구니 옆에 끼고 그 앞으로 지나다가 무숙이 잠든 걸 보더니 그 궁기 막히고 눈물이 절로 흘려 무숙이를 흔들어,

"일어나오 일어나오. 서방님 정신 차려 자세히 보옵소서. 이게 무슨 잠자리오? 이 모양이 웬일이오? 전사(前事)를 생각하면 이리 될 줄 누구가 알까? 설한풍에 접옷 입고 몸이 추워 어찌 살며, 여러 때 실기하니 밴들 아니 고프리까? 천산지산 두 말 말고 소인네를 따라가사이다."

무숙이 기가 막혀,

"네 말이 기특하되 내 이미 파의하고 남북지별(南北之別) 나온 집에 무슨 염치 들어가며 억조만금 폐가하고 처

자 쫓아 망신되니 굶어죽어 한 있으며 강시(殭屍)한들 누구 탓이랴? 차라리 이 몰골로 전사구학(轉死溝壑)할지라도 나는 차마 못 가겠다."

막덕이 하하 웃고,

"서방님 하신 말씀 적난을 덜 하셨오. 옛사람 궁곤하여 부열(敷說)이 담을 쌓고, 백리해(百里奚)도 소를 몰고, 이윤(伊尹)이도 밭을 갈고, 한신(韓信) 같은 영웅호걸 표모(漂母)에게 기식(寄食)하고, 여상(呂尚)도 문왕(文王) 만나 선궁후달(先窮後達)하였으니 빈부궁달각유시(貧富窮達各有時)라. 개과천심(改過遷心)합시면 혹시 때가 있으리라. 어서 바삐 가사이다."

무숙이 할 수 없어 죽도 사도 못 하여서 막덕이를 따라갈 제, 화개동 접어들어 의양 문전 다다르니, 무숙이 심사 울적하여 주저주저 들어가니, 시문(柴門)에 누운 개는 옛 주인을 몰라보고 컹컹 짖고, 후원의 노죽창송 창외에 옛 절개는 너를 두고 일렀도다. 기창설매(綺窓雪梅) 피는 꽃은 옛 소식을 전하는 듯, 무숙이 거동 보소, 팔난봉 싸개발에 봉두난발(蓬頭亂髮) 거지 모양, 닫은 방문 펄쩍 열고,

"마누라 평안하고?"

의양이 막덕이를 부르더니,

"너 어인 사람이냐?"

무숙이 기가 막혀,

"허허 자네 나를 몰라보니 사람은 몹시 되었네."

의양이 속으로 우습기도 하고 불쌍하고 한심하여 눈물도 나고 섧기도 하되 풍화정난을 더 깨치게 하노라고 시이부지(視而不知)하고 청이불문(聽而不聞)하며 단정히 정색(正色)하고 이치로 천연히 말을 하되,

"내 들으니 의주 막걸리 집에서 허다한 심부름과 품팔기를 잘 한다 하니 동가홍상(同價紅裳)인즉 내 집에서 사환 되어 중노미로 치부하고 하인으로 있을진대 그대 마음에 어떠한고?"

무숙이 기가 막혀 허락하되 죽도 사도 못 한즉,

ⓑ"하면 그리하소."

무숙 같은 장안 왈짜 마음이 어찌 이렇듯 심란하리요만 세속의 이치가 돈 마르면 의복 줄고 의복 줄면 모양 없고 모양 없으면 마음까지 심란해지는 법이었다. 의양이 이른 말이,

"그 전같이 말씨도 함부로 말고, 서방님 태도 뵈지 말고, 안방에 오지 말고, 타인이 올지라도 사불여의하면 피차 망신될 것이니 부디 명심하여 거행하소."

무숙이 이윽고 생각하다가,

ⓒ"어 그 일 망연하다. 허나 어 그리하지."

행랑으로 돌아오며,

"허허 무숙 잘 된다."

의양이 속으로 간간대소하고, 연하여 속을 보려,

"종놈아!"

부르니, 무숙이 어이없어,

ⓓ"좋다 잘 부른다. 저 소리가 입으로 나오나."

의양이 밀창을 딱 열드리며,

"대답하기 치사하여 아니꼽고 더럽거든 어서 급히 갈 것이지 군사설이 웬일인고?"

무숙이 하릴없어

ⓔ"부른 줄 모른 것을 초판부텀 너무 과하군."

의양이 웃음 참고 성음을 더 크게 내어,

"중놈아."

부르니, 무숙이 대답 아니 할 수 없어, '예' 하자니 싫고, '무엇 하려고' 하여서는 노여워할 터이요, 바삐 나가 창문 밑에 서며,

"어!"

하니, 의양이 화를 내어 창문을 딱 열뜨리며,

"이 사람, '어'라니."

무숙이 마지못해,

"업더, 그러나 저러나 심부름이나 시키면 좋겠구만."

의양이 심부름을 시키는데 불이 펄쩍 나게 시키것다.

1. 윗글의 서술상 특징으로 적절하지 않은 것은?1)

① 곳곳에 4음보의 운문적 문체를 써서 가창(歌唱)의 흔적을 확인할 수 있다.

② 현실적 사건을 전기적(傳奇的)으로 구성하여 흥미를 강화하고 있다.

③ 인물의 대화와 행동을 중심으로 사건이 전개되어 희곡적 성격이 드러나고 있다.

④ 한문투의 표현과 일상적 구어체가 혼재되어 향수층의 다양한 분포를 보여 주고 있다.

⑤ 작중 화자의 개입을 통하여 전지적 작가 시점과 관찰자로서의 작가의 시점도 드러난다.

2. 윗글에 대한 이해로 적절하지 않은 것은?2)

① 무숙은 의양의 제안이 부당하다고 여기지만 어쩔 수 없이 따르고 있다.

② 의양은 무숙의 아내가 훌륭한 성품을 지녔기에 무숙이보다 뛰어난 사람이라고 평가했다.

③ 무숙의 아내는 자신이 하지 못한 일을 의양이 해내기를 바라고 있다.

④ 막덕이는 의양과 약속한 대로 집안 돈의 일부를 무숙에게 건네준다.

⑤ 의양은 막덕이의 뜻을 따라 무숙의 아내를 도울 방안을

찾으려 한다.

3. 윗글에 나타난 '의양'의 성격에 대해 바르게 파악한 사람은?3)

① 가은 : 방탕한 남편을 바로잡기 위해 극단적 방법도 마다하지 않는 적극적인 인물이군.

② 나은 : 부부유별(夫婦有別)의 유교 윤리에 충실한 정숙한 아내의 표본이라 할 수 있겠어.

③ 다은 : 남편의 경제적 몰락을 외면하고 하인으로 부릴 만큼 윤리적으로 타락한 인물이야.

④ 라은 : 무위도식(無爲徒食)하는 당대 사대부들의 위선을 꼬집어 풍자하려는 진보적 의식의 소유자야.

⑤ 마은 : 부채한 양반들의 재물을 빼앗고 파멸시키는 체제 저항적 인물의 전형이라 할 수 있겠어.

4. 윗글의 '의양'이 <보기>의 화자에게 해 줄 만한 말로 가장 적절한 것은?4)

─── < 보 기 > ───

天上(천상)의 牽牛織女(견우직녀) 銀河水(은하수) 막혀서도,

七月七夕(칠월칠석) 一年一度(일년일도) 失期(실기)치 아니거든,

우리 님 가신 후는 무슨 弱水(약수) 가렷관듸,

오거나 가거나 消息(소식)조차 쯔쳤는고.

欄干(난간)의 비겨 서서 님 가신 듸 바라보니,

草露(초로)는 맷쳐 잇고 暮雲(모운)이 디나갈 제,

竹林(죽림) 푸른 고듸 새 소리 더욱 셜다.

세상의 서룬 사람 수 업다 ᄒᆞ려니와,

薄命(박명)ᄒᆞᆫ 紅顔(홍안)이야 날 가트니 쏘 이실가.

── 허난설헌, <규원가>

① 진정으로 사랑한다면 경제적 궁핍 정도는 참을 수 있어야죠.

② 참고 기다리면 임도 당신의 사랑을 깨닫고 곧 돌아올 겁니다.

③ 그래도 임과 당신은 견우와 직녀처럼 서로 사랑한다니 부럽군요.

④ 돌아오지 않는 임을 기다리기만 할 것이 아니라 적극적으로 행동하세요.

⑤ 사람은 누구나 나이가 들면 아름다움이 시들게 되니 너무 슬퍼하지 마세요.

5. <보기 1>과 <보기 2>를 바탕으로 ㉠의 의미를 설명한 것으로 가장 적절한 것은?5)

─── <보기 1> ───
<계우사>의 전체 줄거리

성종 대왕 즉위 원년, 방탕한 짓을 일삼는 왈짜 우두머리인 김무숙은 어진 성품을 지닌 그의 아내와 살아간다. 어느 봄날, 무숙은 왈짜들에게 마지막으로 한번 크게 놀고 난 뒤에 착실히 살겠다고 말하지만, 평양 기생 의양이가 화개동에 머물고 있다는 말을 듣고 곧바로 의양을 찾아가 다정한 편지로 그녀의 환심을 얻는다. 무숙은 큰돈을 들여 의양을 기생 신분에서 벗어나게 하고 그녀와 호화롭게 살아간다. 돈을 물 쓰듯 하는 무숙을 걱정한 의양은 그의 아내, 하인 막덕이와 짜고 무숙이 돈을 탕진하게 하고, 일부러 무숙의 앞에서 무숙의 친구인 김 선달과 애정 행각을 벌인다. 이에 실망한 무숙은 전 재산을 잃고 집으로 돌아가고, 의양의 요청에 따라 그녀의 집에서 심부름을 하며 지낸다. 의양이 또다시 무숙 앞에서 김 선달과 애정 행각을 벌이자 무숙은 자신의 신세를 한탄하면서 의양과 김 선달에게 벌을 줄 것을 축원하는데, 이 말을 들은 의양이 무숙에게 그간의 사정을 이야기하자, 무숙은 눈물을 흘린다.

─── <보기 2> ───

「계우사」는 조선 후기 사회의 다양한 모습을 반영하고 있는 세태 소설이다. 당대 사회는 신분적 권위만을 내세운 채 부정부패를 일삼는 무능한 양반들이 횡행하고, 자본주의의 싹이 태동하고 경제적 가치가 중시되면서 신흥 계층이 부상하기도 하였다. 이 와중에 새로운 시대정신과 인간상에 대한 요구가 나타나기 시작하였다. 이 작품은 이와 같은 시대의 문제들을 잘 담아내고 있다.

① 무숙을 심부름꾼으로 부리는 의양의 모습을 보면 기생이 경제적 부(富)를 기반으로 새로운 계층으로 부상하고 있었음을 알 수 있어.

② 의양이 무숙의 아내와 의기투합하여 무숙을 그들의 기대에 걸맞은 인물로 바꾸려는 것은 당대의 부정부패한 양반의 모습을 보여 주는 것이군.

③ 기생이던 의양과 하인인 막덕이가 양반 계층인 무숙이를 구원하는 설정은 신흥 계층이 등장함으로써 조선조의 신분 구조를 와해시키는 모습을 보여 주는 것이군.

④ 의양이 무숙의 친구 김 선달을 통하여 '계우(戒友)' 곧 '친구를 경계'하는 것은 새로운 시대 정신과 인간상을 드러내는 것이라 할 수 있겠군.

⑤ 전통적 여성의 모습과는 달리 적극적으로 가정의 문제에 개입하고 해결하는 의양은 변화하는 시대의 새로운 여성

상을 보여 주는군.

6. ⓐ~ⓔ 중, <보기>의 밑줄 친 부분과 동일한 표현법이 사용된 것은?6)

> ─── < 보 기 > ───
>
> 자─ 부아라, 거리거리 순사요 골돌마다 공면헌 정사(政事), 오죽이나 좋은 세상이여…… 남은 수십만 명 동병(動兵)을 히여서, 우리 조선놈 보호하여 주니, 오죽이나 고마운 세상이여? 으응?…… 제 것 지니고 앉아서 편안하게 살 세상, 이걸 태평천하라고 하는 것이여. 태평천하……!
>   ─채만식, '태평천하'에서

① ⓐ   ② ⓑ   ③ ⓒ   ④ ⓓ   ⑤ ⓔ

[7~10] 다음 글을 읽고 물음에 답하시오.

호왕이 또한 계책을 생각하고 대장 겸한을 불러 말하기를,

"철기 일만을 거느리고 중국 도성에 들어가 성중을 엄살하면 응당 구완병을 청할 것이니 대성을 치운 후에 명제를 사로잡아 대군을 합세하여 대성을 없애리라."

하니 겸한이 군을 거느려 장안으로 가니라.

이때 원수가 적진을 대하여 진욕을 무수히 하되 호왕이 끝내 나오지 아니하거늘 원수 천자께 아뢰되,

"호왕이 소장의 살아남을 꺼려 접전치 아니하니 대군을 합세하여 짓밟고자 하나이다."

상이 말하기를,

㉠"호왕이 무슨 비계* 있는가 싶으니 잠깐 기다리라."

할 차에 원문 밖에서 기별이 왔으되 무수한 오랑캐 장안을 범하여 사직이 조모*에 있다 하거늘 상이 놀라 원수를 불러 말하기를,

"이놈이 여러 날 나지 아니하매 고이하게 여겼더니 장안을 범하였도다. 이제 호왕을 당적할 장수 없으니 이제 경이 가서 사직을 받들고 동군을 구완하여 잔명을 보존케 하라."

하시니 원수 총망* 중에 하직하고 일진 명마를 거느려 장안을 향하니라.

이때에 호장 체탐이 호왕께 고하되, 대성이 장안에 갔다 하거늘 호왕이 크게 기뻐하여 철기 삼천을 거느려 그 날 밤 삼경에 명진에 다다르니 일진이 고요하여 인마 다 잠을 들었는지라 고함하며 지쳐 엄살하니 명진이 불의에 난을 만나매 제장 군졸의 머리 추풍낙엽일네라 뉘 능히

당하리요?

이때 명진 천자가 중군에서 취침하여 계시다가 함성소리 천지진동하거늘 놀라 장 밖에 나와 보니 화광이 충천한 가운데 일원 대장이 크게 외쳐 말하기를,

"명제 어디 있느냐?"

하며 달려 들어오니 본즉 이는 곧 호왕이라.

상이 대경하여 제장을 부르니 제장 군졸이 다 흩어지고 없는지라 다만 삼장*을 겨우 찾아 일지병을 거느려 북문으로 달아나더니 날이 이미 밝으며 황강 강가에 다다르니 강촌 백성이 난을 피할 길이 없는지라.

상이 삼장을 돌아보아 가라사대,

"좌우에 태산 막혀 있고 앞에 황강이 있어 건널 길이 없고 호왕의 추병은 급하였으니 그 가운데 있어 어디로 가리요? 삼장은 힘을 다하여 뒤를 막으라."

하시니 삼장과 군사가 말 머리를 돌려 호적을 대하여 마음을 둘 곳이 없더니 호왕이 달려와 삼장과 군사를 다 죽이고 명제는 함정에 든 범이라 어찌 망극지 아니하리요? 명제 하늘을 우러러 통곡하여 말하기를,

"죽기는 서럽지 아니하되 사직이 오늘날 내게 와 망할 줄 알리요. 황천에 들어간들 태종 황제께 하면목으로 뵈오리요?"

하시고 슬피 울으실 새 호왕이 황제 탄 말을 찔러 거꾸러치니 상이 땅에 떨어지거늘 호왕이 창으로 상의 가슴을 겨누며 꾸짖어 말하기를,

"죽기를 서러워하거든 항서를 써 올리라."

상이 총망 중에 대답하되,

"지필이 없으니 무엇으로 항서를 쓰리요?"

호왕이 크게 소리하여 말하기를,

"목숨을 아낄진대 용포를 떼고 손가락을 깨물라."

하니

"차마 아파 못할네라."

소리 나는 줄 모르고 통곡하시니 용의 울음소리가 구천에 사무치는지라 하늘이 어찌 무심하리요?

이때 원수 장안으로 가 호왕을 찾으니 호왕은 없고 겸한이 삼군을 거느려 왔거늘 원수 분노하여 겸한을 한칼에 베고 제군에게 하령하기를,

"이제 호왕이 나를 치우고 우리 대군을 범하고자 함이니 나는 필마로 가서 대군을 급히 구완할 것이니 제군은 따라오라."

하고 달려가니 빠르기 풍우 같은지라.

대진을 향하여 오더니 홀연 공중에서 외쳐 말하기를,

"용부야, 대진으로 가지 말고 황강으로 가라. 지금 천자 강변에 꺼꾸러져 호왕의 창끝에 명이 다하게 되었으니 급히 구완하라."

하거늘 원수 황강으로 가며 분기충천하여 말하기를,

"앞에 큰 강이 가렸으니 건널 길이 없는지라."

때는 늦어 가고 분기는 울울하여 말더러 경계하여 말하기를,

"네 비록 짐승이나 사람의 급함을 알지라. 물을 건네라."

하니 청총마 그 임자의 충성을 모르리요? 고개를 들고 청천을 우러러 한소리를 벽력같이 지르고 강을 건너뛰니 이는 대성의 충심과 청총마 그 임자 아는 정을 하늘이 감동하사 건너게 함이라.

그제야 멀리 바라보니 상이 강변에 넘어졌는지라 원수가 우레 같은 소리를 벽력같이 지르며,

"호왕은 나의 임금을 해치 말라."

하는 소리 천지진동하니 호왕이 황겁하여 미처 회마치 못하여 청총마가 호왕의 탄 말을 물고 대성의 칠성검은 호왕의 머리를 베어 말 아래에 떨어지느니라. 원수가 호왕의 머리를 창끝에 꿰어 들고 말에서 내려 강변에 다다르니 천자 기절하여 누웠거늘 원수 엎드려 아뢰기를,

"대성이 호왕을 죽이고 왔나이다."

상이 혼미 중에 대성의 말을 들으시고 용안을 잠깐 들어보니 과연 대성이 호왕의 머리를 들고 엎드렸거늘 혼미 중에 일어나 대성의 손을 잡고 꿈인가 생신가 분별치 못할네라.

원수 여쭙기를,

"소신이 이제 반적 호왕을 죽였사오니 옥체를 진정하옵소서."

상이 정신을 차려 가라사대,

"어느 사이에 호왕을 죽이고 짐의 잔명을 보전케 하였느냐? 돌아가 천하를 반분하리라."

원수 천자를 모시고 본진에 돌아오니 상이 앙천통곡하기를,

"나로 말미암아 아까운 장졸이 원혼이 되었으니 어찌 슬프지 아니하리요?"

행군하여 대연을 배설하사 장졸을 상사하시고 좌우더러 일러 말하기를,

"원수는 만고에 짝 없는 충신이라 일방 봉작*으로 그 공을 갚을 길이 없어 천하를 반분하고자 하나니 제신들은 어떠하뇨?"

대성이 엎드려 아뢰기를,

ⓒ"천하를 평정함이 폐하의 넓으신 덕이요 신의 공이 아니오매 천하를 반분하오면 일천지하에 두 천자 없사오니 소신으로 하여금 후세에 역명을 면케 하옵소서."

　　　　　　　　　　　　　　　　－ 작자 미상,「소대성전」－

* 비계: 비밀스러운 계획.

* 조모: 어떤 일이 곧 결판나거나 끝장날 상황.
* 총망: 매우 급하고 바쁘다.
* 삼장: 세 명의 장수.
* 봉작: 제후로 봉하고 관작을 줌.

7. 윗글에 대한 설명으로 가장 적절한 것은?[7]

① 시간과 공간의 배경 묘사를 통해 해학적 분위기를 조성한다.

② 장면의 전환을 통해 인물의 성격 변화를 구체화하여 드러낸다.

③ 상징적 소재를 활용하여 작품이 비극적으로 마무리될 것임을 암시한다.

④ 서술자가 작중에 개입하여 인물이 처한 상황에 대해 주관적으로 논평한다.

⑤ 과거 사건과 현재 사건을 대비하여 인물이 겪는 갈등의 원인을 부각한다.

8. 윗글에 대한 이해로 가장 적절한 것은?[8]

① 겸한은 호왕에게 군사를 거느리고 장안으로 가겠다고 제안했다.

② 천자는 오랑캐의 침범으로부터 장안을 지키기 위해 대성을 장안으로 보냈다.

③ 호왕은 체탐을 보내어 대성이 떠났는지를 확인하게 하고 보고를 기다리고 있었다.

④ 대성은 호왕에게 속았음을 장안에 도착하고 나서야 알고 분노했다.

⑤ 천자는 본진으로 돌아오면서 장졸의 죽음을 예상하고 안타까워하였다.

9. <보기>를 바탕으로 윗글을 감상한 내용으로 적절하지 않은 것은?[9]

――――――――< 보 기 >――――――――

이 작품에서 주인공 소대성은 호국의 침략으로 위기에 처한 명나라를 지켜내는 인물로 제시된다. 영보산 청룡사에서 노승의 도움으로 병법과 무술을 공부하여 습득한 탁월한 무공을 바탕으로 천상계의 조력을 받아 위기를 해결하는 과정에서 드러나는 소대성의 영웅적 능력은 나라를 빼앗길 지경까지 가게 한 지배 계층의 무능과 뚜렷한 대비를 이룬다.

① 호국의 침략으로 군사들이 희생되고 백성들이 고난을 겪는 상황에서 명나라가 위기 상황에 처했음이 드러나고 있군.

② 호왕의 공격에 적절하게 대응하지 못하는 명나라 천자의 나약한 모습은 지배 계층의 무능함을 보여 주는 것이

라 할 수 있군.

③ 공중에서 들리는 '황강으로 가라'는 소리에 분기충천하는 소대성의 모습은 천상계의 질서를 극복하고자 하는 의지를 보여 주고 있군.

④ 항서를 요구받고 쓰러져 기절한 명나라 천자와 극적으로 천자를 구출하는 소대성이 대비되면서 소대성의 영웅적 면모가 부각되고 있군.

⑤ 명나라를 위협하는 오랑캐를 물리치고 호왕을 제압하는 모습에서 국가적 위기를 해결하는 소대성의 탁월한 능력이 나타나 있군.

10. ㉠과 ㉡을 비교하여 설명한 내용으로 가장 적절한 것은?10)

① ㉠은 단점을 중심으로, ㉡은 장점을 중심으로 상대의 제안을 구체화하고 있다.

② ㉠은 추측에 근거하여, ㉡은 군신 간의 도리를 내세워 상대의 제안을 수용하지 않고 있다.

③ ㉠은 자신의 공을 내세우며, ㉡은 상대에게 공을 돌리며 상대의 제안에 동의하고 있다.

④ ㉠은 실행으로 인한 결과를 우려하며, ㉡은 실행을 위한 방안을 요구하며 상대의 제안을 거부하고 있다.

⑤ ㉠은 유보적인 태도로, ㉡은 적극적인 태도로 상대의 제안을 수용하고 있다.

[11~15] 다음 글을 읽고 물음에 답하시오.

[앞부분 줄거리] 재상 윤현의 아들 지경과 참판 최홍일의 딸 연화가 혼례를 올리는 날, 임금은 지경에게 귀인 박씨의 딸 옹주와의 혼례를 하교한다. 이를 거부한 지경에게 임금은 위력으로 혼례를 강행하지만 지경은 옹주를 부인으로 인정하지 않고 연화와의 만남을 지속한다.

지경이 사은하고 물러와 옹주 박대하기 감치 않고 최 씨에게 가니, 박 씨 울고 상께 가로되,

"성상이 지경의 궤휼 흉언(詭譎凶言)을 경청하사 우답하시니, 더욱 자득(自得)하여 옹주를 박대하고 최녀의 집에 가 박혔으니, 옹주를 죽여 그 설워함을 보지 말고자 하나이다."

상(上)이 웃으시고 윤현에게 편지하사, 옹주 고단함을 위로하라 하시고, 최홍일에게 전교(傳敎)하사 가로되,

ⓐ"당초에 네 딸을 다시 혼인시키지 못했으면서도 이제 방자히 지경을 맡고 있음은 분에 넘치니, 이후 다시 이러한즉 사죄를 당하리라."

하시니 공이 황공 사죄하고, 윤공이 지경을 몹시 꾸짖으며 옹주궁에 보내어 여러 날을 지키고, 최공이 의견을

내어 윤공더러 이르되,

"최씨 병들어 낫지 않는다."

하더니, 여러 날이 됨에 위중타 하는지라. 지경이 듣고 즉시 가니 최공이 크게 노하여 가로되,

ⓑ"네 또 와 나를 죽이려 한다. 내 딸이 병들어 죽으나 사나 네 알 바가 아니다."

하고 밀어내어 문을 닫으니, 웃으며 쫓겨 밖에 나와 조카더러 물으니, 고모의 ㉠병이 중하여 곡기를 끊고 눈을 뜨지 못한다 하거늘, 그 말을 듣고 크게 슬퍼 가만히 들어가고자 하되 정당(正堂)에 누웠다 하는지라. 볼 길 없어 돌아와 편지하니, 답장도 없어 주야 번뇌하더니, 하루는 윤공이 가로되,

"최씨 병을 보니 너로 인하여 신세 참담함을 슬퍼하여 병이 난즉 아마도 살지 못할까 싶다라. 그런 잔인한 일이 어디 있으랴."

지경이 묵연히 퇴하니, 이윽고 최씨 부음이 와 일가가 통곡하고 지경이 실정 통곡하여 엎어져 기절하였더니 이윽고 깨어 일어나 말을 타고 바삐 들어가더라. 최공이 하인을 명하여 문에 들이지 말라 하고 윤공과 다른 사람들은 들이니, 지경이 뒤를 쫓아 들어가려 한즉, 여러 하인이 등을 밀어내고 문을 닫으며 이르되,

ⓒ"주인께서 가라사대 내 딸이 구태여 저와 혼인 아니하려 하거늘, 우격으로 혼인을 지내고 내 딸이 저로 인하여 죽었으니 붙이지 말라 하시더이다."

지경이 노하여,

"내 미워함이 아니야. 사세(事勢) 그렇게 되었거늘 어찌 그토록 협하게 구는고."

백 가지로 들어가려 하되 마침내 들지 못하고, 안에서 곡성이 진동하니, 절로 눈물이 비 오듯 하여 하인청에서 지내더라.

이튿날 또 갔으나 한결 같이 들이지 아니하니, 하릴없어 헐소청(歇所廳)에서 성복(成服)하고 돌아와 부형을 대하여 최가의 일이 괴이함을 고하니, 공이 가로되,

ⓓ"나와 다른 사람들은 들이되 너를 아니 들이기는 상사에 조관 재상이 많이 모이매 너를 거절함을 보임일러라."

지경이 가로되,

"그건 너무 과도하나이다. 이미 죽은 후 무슨 시비 있을 것이라 그러하리이까. 최공의 바란 것이 병일러니, 이 일을 보건대 오히려 작심이로소이다."

지경이 몹시 서러워하여 병이 나 누웠으나 잠깐 진정하여 낫거늘, 최부에 이르니 이날에야 들이더라. 바삐 빈소에 들어가 관을 붙들고 대성통곡하다가 기운이 막히니 부인과 한림이 겨우 진정케 하고 서로 참담함을 인사하고

비통하다가, 차후로 옹주 박대 더욱 심하더라. 옹주와 박씨는 최씨 죽은 것을 가장 기꺼워하고, 상은 들으시고 병으로 인해 죽은 것으로 알으사, 최공을 불러 전일 엄책하심을 뉘우치시니, 최공이 감은하여 지경 속임을 넌지시 아뢰며, 귀인께도 이같이 청하니 기꺼워 웃으시더라.

세월이 덧없어 장례를 치르게 되니 지경이 더욱 비통함을 이기지 못하여, 자가(自家) 선산에 묻기를 청하니, 최공이 가로되,

"이미 나라에서 이리하여 계시니 어찌 네 집 선산에 가리요. 부질없이 유의 말라."

지경이 더욱 설워하는 중 옹주 박대 갈수록 심하여 측량치 못할러라.

광음이 여류하여 최씨 일주기(一週忌) 돌아오매, 심사가 더욱 비감함을 이기지 못하여, 조카 등을 데리고 글도 가르치며, 이르다가 입번(入番)하는 날은 대군(大君)도 글을 가르치니, 대군은 명묘(明廟)시니 공경하고 사랑하시더라.

박씨는 지경이 미워 바로 보지 아니하니, 지경 또한 바로 보는 적이 없더라.

이러구러 최씨 삼년상이 지나니, 지경이 설움을 이기지 못하여 최부에 가 침소 밖에 이르러 배회하며 혼잣말로 이르되,

'종적은 의구하되 사람이 없으니 이 설움을 어찌 견디리요.'

두루 생각하니 심회 비감함을 정치 못하여 눈물이 한삼을 적시는지라. 옹주는 갈수록 싫고 최씨는 오랠수록 잊을 길 없으니, 이십 세 남자가 일생 홀아비로 어이 견디리오.

자연 신세를 비탄하니, 최공의 손자 선중이 나이 십 세라. 따라다니다가 이 거동을 보고 물어 가로되,

"숙부는 어찌 이대도록 우시나이까."

지경이 답하여 가로되,

"네 고모를 생각하고 우노라."

선중이 가로되,

"고운 부채와 필묵을 주면 고모 있는 곳을 아니 이르리이까."

지경이 가로되,

"죽은 사람 간 곳을 네 어이 아는가."

선중이 가로되,

"조부께서 숙부가 매양 본다 하고 죄다 감추었나이다."

지경이 마음속으로 뜻밖의 일에 몹시 기뻐하여 즉시 종을 보내어 ⓛ색부채와 필묵을 갖다가 주고 달래어 물으니, 선중이 가로되,

"나를 따라오소서."

뒤를 따라가니, 동산 너머 두 집 지나 큰 집이 있어 대문을 잠갔거늘 동산 협문으로 들어가니 최씨 바야흐로 종을 시켜 보거늘, 지경이 바로 들어가 부인을 붙들고 가로되,

ⓔ"이 어인 일고. 당명황(唐明皇)의 봉래산(蓬萊山) 꿈*인가, 초양왕(楚讓王)의 무산(巫山) 구름*인가."

최씨 역시 몹시 놀라며 감탄하여 눈물이 샘솟듯 하니, 모든 시비 이 거동을 보고 슬퍼 아니하는 이 없더라.

              - 작자미상, 「윤지경전」 -

* 당명황(唐明皇)의 봉래산(蓬萊山) 꿈: 당 현종이 죽은 양귀비를 보고 싶어 했다는 고사.
* 초양왕(楚讓王)의 무산(巫山) 구름: 초양왕이 무산의 선녀를 보고 싶어 했다는 고사.

11. 윗글에 대한 이해로 가장 적절한 것은?[11]

① 지경은 최 씨의 묘를 자신의 선산에 마련하고자 했으나 최 공이 이를 거절하고 있다.
② 윤 공은 최 씨의 장례에서 예의에 어긋난 행동을 보인 지경을 못마땅하게 여겼다.
③ 임금은 최 씨의 장례가 끝난 후 지경을 옹주와 맺어주기 위해 최 공을 불렀다.
④ 최 공이 마련한 계책은 박 씨와 미리 계획하여 면밀하게 준비된 것이다.
⑤ 옹주는 자신의 질투로 최 씨가 죽음에 이르자 이를 후회하고 있다.

12. 윗글과 <보기>를 비교하여 감상한 내용으로 적절하지 않은 것은?[12]

< 보 기 >

백제(百濟) 사람 도미(都彌)의 아내는 아름답고도 절행(節行)이 있어 사람들이 칭찬하였다. 개루왕(蓋婁王)이 도미를 불러 "부인의 덕이 정결(貞潔)하다고 하나, 만약 으슥한 곳에서 잘 꾀기만 하면 마음이 변할 것이다."라고 하였으나 도미는 왕의 말을 부정하였다. 왕이 도미의 부인을 시험하고자, 신하에게 왕복을 입혀 도미의 아내에게 보내 시험하였다. 왕복을 입은 신하는 도미의 아내에게 도미와 내기를 하고 왔다 하고 도미의 아내를 어지러이 하려 하였다. 도미의 아내는 옷을 갈아입고 온다 하고 내신 하녀를 들여보냈다. 뒤에 왕이 속은 것을 알고 크게 노하여, 도미의 두 눈을 빼고 배에 태워 강에 띄워 보냈다. 그리고는 도미의 아내를 붙잡아 들였지만. 도미의 아내는 몸이 더러우니 옷을 갈아입고 가겠다고 하고는 가지 않았다. 도미의 아내는 밤에 도망하여 강에 이르러 통곡하였다. 그때 별안간 배 하나가 나타나, 도미의 아내는 배를 타고 천성도(泉城島)에 가서 도미를 만났다.

도미와 도미의 아내는 고구려로 가서 여생을 마쳤다.

① 윗글의 '선중'과 <보기>의 '하늘'은 모두 주인공들이 재회할 수 있도록 도와주는 역할을 담당하고 있군.

② 윗글의 '상(上)'과 달리 <보기>의 '개루왕'은 계책을 직접 마련하여 주인공들에게 시련을 주는 인물이군.

③ 윗글의 '최씨'와 달리 <보기>의 '아내'는 자신에게 주어진 시련을 적극적으로 극복하려는 인물이군.

④ <보기>의 '도미'와 달리 윗글의 '지경'은 '최씨'의 정절을 지키려다가 시련을 당하는 인물이군.

⑤ <보기>의 '신하'에 비해 윗글의 '최공'은 임금을 의식하여 주인공들을 적극적으로 이별하게 하고 있군.

13. <보기>를 참고하여 윗글을 감상한 것으로 적절하지 않은 것은?13)

< 보 기 >

역사적인 사실과 허구를 적절히 조화시킨 「윤지경전」은 고전 소설의 보편적 특징 중 하나인 '애정 성취의 장애와 극복'이라는 점과 함께 '남성의 희생을 바탕으로 하는 애정 서사'라는 독창성을 드러내는 특이한 작품이다. 「윤지경전」에서는 남녀가 애정을 성취해 나가며 겪는 시련은 전적으로 남자 주인공에게 부여되는 양상을 보이고 있다. 이런 점은 남성에 종속됨으로써 여성이 겪는 희생이나 인고와는 그 양상을 달리하는 것이다. 이런 양상은 남성과 여성의 관계를 주종(主從) 관계가 아닌 인간 대 인간의 대등(對等)한 문제로 이해하려는 경향과 함께 인륜과 신의가 애정 관계를 형성하는 중요한 요소임을 보여 준다.

① 지경이 최 씨의 묘를 자신의 선산에 마련하려 하자 최 공이 이를 수락한 것은, 최 공이 남성과 여성의 관계를 인간 대 인간의 문제로 인식하여 지경의 진심을 받아들였기 때문으로 볼 수 있군.

② 지경이 최 씨를 만나 감격해하는 장면은, 애정 성취의 장애로 인해 어려움을 겪던 지경이 느끼는 재회의 기쁨을 드러낸다고 볼 수 있군.

③ 삼년상이 지나도 여전히 최 씨를 잃은 설움에 겨워 슬퍼하는 지경의 모습에서, 인륜과 신의를 강조한 애정 관계가 드러난다고 볼 수 있군.

④ 최 씨의 부음을 듣고 최 씨의 집에 들어가려 노력해 보지만 들어가지 못하는 지경의 모습에서, 남자 주인공에게 부여된 애정 성취의 시련을 확인할 수 있군.

⑤ 최 씨가 죽었다고 지경을 속이는 최 공은, 지경과 최 씨의 애정 성취를 방해하는 인물로 볼 수 있군.

14. ㉠과 ㉡에 대한 설명으로 가장 적절한 것은?14)

		㉠	㉡
①	차이점	주인공의 능력을 시험해 보려는 이유	주인공의 초월적 능력을 보여 주는 증거
②		주인공이 과거를 떠올리는 회상의 매개	주인공에게 현재의 상황을 환기하는 매개체
③		주인공의 고뇌를 유발하는 소재	주인공이 고뇌를 이길 계기를 제공하는 소재
④	공통점	앞으로 주인공에게 닥칠 위기 상황을 예견하는 기능	
⑤		주인공과 다른 인물 간의 갈등을 심화하는 역할	

15. ⓐ~ⓔ에 대한 이해로 적절하지 않은 것은?15)

① ⓐ : 지난날의 일을 들어 현재의 일이 잘못된 것임을 드러내고 있다.

② ⓑ : 속으로 생각을 감추고 겉으로 과장된 행위를 통해 간접적으로 의사를 밝히고 있다.

③ ⓒ : 들은 사실을 전달하는 방식을 통해 상대의 그릇된 생각을 지적하고 있다.

④ ⓓ : 정황을 들어 상대가 의아하게 생각한 점을 설명하고 있다.

⑤ ⓔ : 고사를 인용하여 상대를 만난 심정을 나타내고 있다.

[16~20] 다음 글을 읽고 물음에 답하시오.

(가)

"낭군이 이번 갔다가 노기를 띠어 돌아오니 알지 못하겠네. 노중에서 호협 방탕자를 만나 혹 봉변이라도 당하셨나이까."

다람쥐 가로되,

"그런 일은 없으나 그대 말을 듣지 않고 다만 굶어죽을 것을 면할까 하고 가서 서대주 보고 슬픈 소리와 애련한 말로 '생각하기를 바라노라.' 한즉 서대주 대답이 '가난한 이들을 구제할 여유가 없다.'하고 빈말로 불안한 말만 하는 중 언어 불순하고 여간 재물이 있어 집이 부요함을 드러내고 대접이 경박하니, 설사 본래 모아놓은 것이 없더라도 괴이하지 않을진대 대대로 전해 내려온 재산이 많을 뿐 아니라 요사이 천자께서 내려주신 밤나무가 사만여 주

라. 나를 생각하여 시원스레 도와준다면 수백 석 줄 것 아니요, 많으면 일이 석이요, 적으면 일이 두(斗) 줄 것이어늘 내가 이 같이 아무것도 얻지 못한 채 돌아가는 것에 대해 마음을 쓰지 아니하니 어찌 통분치 않으리오. 살아도 죽은 것만 못하고 욕됨에 죽으려도 죽을 자리가 없는지라. 내 마땅히 산군(山君)에게 송사(訟事)하여 이놈을 잡아다가 재물을 허비토록 엄중한 형벌로써 몸을 괴롭게 하여 나의 분을 풀리라."

계집 다람쥐가 이 말을 듣고 크게 꾸짖어 가로되,

"낭군의 말이 그르도다. 천하 만물이 세상에 나매 신의를 으뜸으로 삼나니, 서대주는 본래 우리와 항렬이 남과 다름이 없고, 하물며 내외를 상통함도 없으되 다만 한 번의 만남을 생각하고 다소간 곡식을 쾌히 허락하여 주었으니 서대주가 낭군 대접함이 옛날 주공(周公)이 일반(一飯)의 삼토포(三吐哺)하고, 일목(一沐)에 삼악발(三握髮)*보다 더하거늘, 한 번도 치하함이 없다가 무슨 면목으로 또 구활함을 청하매 허락지 아니하였다고 오히려 노함도 신의가 없는 일이거늘, 하물며 포악한 마음을 발하여 은혜 갚을 생각은 아니하고 오히려 관청에 송사를 이르고자 하니, 이는 이른바 적반하장(賊反荷杖)이요, 은혜를 원수로 갚음이라. 낭군이 만일 송사코자 할진대 서대주의 죄상(罪狀)을 무엇으로 말하고자 하느뇨. 옛말에 일렀으되 지은(知恩)이면 보은(報恩)이요, 지지(知之)면 불태(不怠)라* 하니 원컨대 낭군은 고서를 읽었을진대 소학(小學)을 익히 알리라. 다시 생각하고 깊이 헤아려 은혜 갚기를 힘쓰고 거친 말을 하는 마음을 버릴지라. 서대주는 본디 관후장자(寬厚長者)*라 반드시 후일에 낭군을 위하여 사례할 날이 있으리니 비록 천한 여자의 말이나 깊이 살펴서 후회하여도 어찌할 수 없는 지경에 이르지 않도록 하옵소서."

다람쥐 듣기를 마치고 크게 노하여 가로되,

"이 같은 천한 계집이 나를 가르치고자 하느냐. 계집이 마땅히 장부가 욕을 입음을 분히 여김이 옳거늘 오히려 서대주를 관후장자라 일컫고 나더러 포악하다 꾸짖으니 이 내 형세 곤궁함을 보고 배반할 마음을 두어 서대주를 얻고자 함이라. 예로부터 부창부수(夫唱婦隨)는 남녀의 정이요, 여필종부(女必從夫)는 부부의 의이어늘 부귀를 따라 딴 마음을 둘진대, 갈려면 빨리 가고 머뭇거리지 말라."

[중간 줄거리] 다람쥐는 양식이 없어 도와달라는 부탁을 거절한 서대주를 오히려 양식을 훔쳤다고 거짓말로 소송하는 글을 써서 백호산군에게 올린다. 백호산군은 송사의 자세한 내용을 알고자 서대주를 잡아오라고 오소리와 너구리에게 명한다.

(나)

오소리는 본디 마음이 순박한지라, 서대주의 대접이 심히 관후함을 보고 처음에 발발하던 마음이 춘산에 눈 녹는 듯이 스러지는지라. 서대주더러 왈,

"우리 백호산군의 명을 받아 서대주와 다람쥐로 더불어 재판코자 하여 빨리 잡아오라 분부 지엄하니 빨리 행함이 옳거늘 어찌 조금이나 지체하리오."

장자(長子) 쥐 왈,

"오 별감 말씀이 옳은지라. 어찌 두 번 청함이 있으리오마는 성인(聖人)도 융통성이 있나니 원컨대 오 별감은 두 번 살피라."

모든 쥐들이 일시에 간청하며 서대주는 오소리의 손을 잡고 장자 쥐는 너구리를 붙들고 들어가기를 청하니, 너구리는 본래 음흉한 짐승이라 심중에 생각하되,

'만일 들어가는 경우에는 죄인 다루는 데 거북할 테니 정신을 차려야 한다. 그리고 기왕에 뇌물을 받으려면 톡톡히 실속을 차려야 한다.'

하며 소매를 떨치고 거짓 노왈,

"관령은 지엄하고 갈 길은 멀고 날은 저물어 가는데 어느 때에 술 마시고 놀며 희롱하리오. 관령이 엄한 줄 알지 못하고 다만 한 잔의 술에 팔려 형장(刑杖)이 몸에 돌아오는 것은 생각지 못하는가. 나는 굴 밖에 있으리니 빨리 다녀오라."

하고 말을 마치며 나와 수풀 사이에 앉아 종시 들어가지 않는지라. 서대주 이 말을 듣고 오소리더러 너구리를 청하라 권하매, 오소리 나아가 너구리를 이끌어 가로되,

"서대주 이같이 간청하거늘 어찌 차마 거절하리오. 잠깐 들어가 동정을 봄이 좋도다."

너구리 가로되,

"그러면 전례(錢禮)*는 어찌한다 하느뇨."

오소리가 너구리 귀에 대고 대강 이르니, 너구리 그제야 오소리와 더불어 가니 화려한 누각이 굉장한지라. 전각에 올라 서대주와 더불어 좌정 후에 다람쥐 송사한 일을 두어 마디 주고 받더니 얼마 안 되어 안에서 술과 안주가 나오는지라. 잔을 잡아 서로 권할새 수십 배를 지난 후에, 장자 쥐 좋은 그릇에 황금 스무 냥을 담아 서대주 앞에 드리니, 서대주 황금을 가져다 오소리 앞으로 밀어 놓으며 가로되,

"이것이 대접하는 예는 아니나 서로 정을 표할 것이 없으매 마음에 심히 무정(無情)한고로 소소한 물건으로 옛 정을 표하나니 두 분 별감은 혐의치 말고 나의 적은 정성을 거두소서."

오소리 웃으며 왈,

"서대주의 관대함에 감사하던 중 이같이 후의(厚意)를 끼치시니 받는 것이 온당치 못하오나 감히 물리치지 못할

지라. 그러나 서대주는 조금도 염려치 말고 다람쥐와 결송(決訟)케 하면 내일 재판할 때에 우리 둘이 집장(執杖)할 터이오니 어찌 다람쥐를 중죄(重罪)하여 서대주의 분풀이를 못하리오."

하고 인하여 서대주와 더불어 떠나더라.

[중간 줄거리] 백호산군이 다람쥐가 서대주에 대한 결원(結怨) 때문에 제기한 소송의 내용을 보여 주고, 양자 대면을 통해 재판하려 하자 서대주도 소지를 올려 자신의 무죄함을 주장하고 그와 더불어 백호산군의 부족한 덕화를 지적한다.

(다)

백호산군이 서대주의 소지를 본 후 말이 없더니, 이윽고 제사(題辭)를 부르매 그 제사에 가로되,

"예로부터 일렀으되 재하자(在下者)는 유구무언이어늘, 당돌히 위를 범하여 나의 덕화 없음을 꾸짖으니 죄당만사라. 그러나 임금이 어질어야 신하가 곧다 하였나니, 위나라 임좌는 그 임금 무후의 그름을 말하였고, 한나라 신하 주운은 그 임금 한제의 그름을 말하였더니, 너는 이제 나의 무덕함을 말하니 너는 진실로 임좌와 주운이 되고 나는 진실로 무후와 한제 되리니, 너같이 곧은 자 어찌 다람쥐의 양식을 도적하리오. 어불성설이니 다람쥐는 엄형정배(嚴刑定配)하고 서대주는 즉시 방송(放送)하라."

– 작자 미상, 「서동지전(鼠同知傳)」–

* 일반(一飯)의~삼악발(三握髮): 민심을 모으고 보살피기에 잠시도 편안함 없이 정성을 다하는 것을 뜻함.
* 지은(知恩)이면~태(不怠)라: 은혜를 알면 반드시 갚아야 하고, 그것을 안다면 게을리 하지 말라.
* 관후장자(寬厚長者): 마음이 후덕하고 너그러우며 점잖은 사람.
* 전례(錢禮): 돈을 뇌물로 주는 일.

16. <보기>에서 윗글의 서술상 특징에 대한 설명으로 적절한 것끼리 묶인 것은?[16]

< 보 기 >

ㄱ. 서술자가 개입하여 인물의 성격을 제시하고 있다.
ㄴ. 공간의 이동에 따라 인물의 성격이 변화하고 있다.
ㄷ. 배경 묘사를 통해 인물 간의 갈등을 암시하고 있다.
ㄹ. 전기적(傳奇的) 요소로 인물의 비범함을 드러내고 있다.
ㅁ. 대립적 성향의 인물을 제시하여 주제를 선명하게 드러내고 있다.

① ㄱ, ㄴ　　② ㄴ, ㄷ　　③ ㄷ, ㄹ
④ ㄹ, ㅁ　　⑤ ㄱ, ㅁ

17. 윗글에 대한 이해로 적절하지 <u>않은</u> 것은?[17]

① 다람쥐와 계집 다람쥐의 서대주에 대한 평가는 서로 다르다.
② 다람쥐는 서대주의 부정을 바로잡기 위해 송사를 벌였다.
③ 다람쥐와 서대주는 평소 친분을 쌓아온 관계는 아니었다.
④ 서대주는 다람쥐의 말을 듣고 쾌히 곡식을 나누어 준 적이 있다.
⑤ 백호산군은 서대주가 곧은 자라 죄를 짓지 않을 것이라 보고 다람쥐를 유죄로 판단한다.

18. <보기>를 참고하여 윗글을 감상한 내용으로 적절하지 <u>않은</u> 것은?[18]

< 보 기 >

조선 후기에는 우의적(寓意的)인 방법으로 현실을 풍자하는 우화(寓話) 소설이 활발하게 창작되고 유통되었다. 이는 근대적 가치관의 태동으로 빈부의 문제나 봉건적 가치관과 사회 부조리에 대한 비판이 많았던 조선 후기의 모습을 그려내는 데에 우화 소설만큼 적절한 장르도 없었기 때문이다.

① 아내를 윽박지르는 다람쥐를 통해 가부장적인 가치관의 문제점을 드러내고 있군.
② 다람쥐와 서대주의 관계를 통해 빈부 문제가 당시에 갈등 요인이 되었다고 볼 수 있군.
③ 다람쥐의 부도덕한 행위를 비판하는 계집 다람쥐를 통해 새로운 근대적 여성상을 보여주고 있군.
④ 자신의 지위를 이용하여 뇌물을 얻으려는 너구리를 통해 부정이 심했던 당시의 세태를 풍자하고 있군.
⑤ 아버지의 부정한 행위를 금전으로 해결하려는 장자 쥐를 통해 전통적인 가치관이 무너진 모습을 드러내고 있군.

19. <보기>를 바탕으로 윗글을 감상한 것으로 적절한 것은?[19]

< 보 기 >

공권력(公權力)의 힘을 통해 문제를 해결하고자 하는 방법 중 하나는 소송이고, 이런 소송을 주요 사건으로 다룬 소설이 송사 소설이다. 이 송사 소설은 가족 간이나 향촌 사회 내에서 갈등이 발생했을 때 법에 의해 어떤 문제의 시비를 가리는 과정을 다루는 게 일반적이다. 이 송사 소설에서는 절도나 폭력 등의 범죄, 협박, 무고(誣告)* 등의 가해(加害) 유형을 보인다. 다각도로 심문이

이루어지는 송사의 과정에서는 뇌물 수수의 행태가 나타나기도 하며, 작품에 따라 진상 규명 방식과 그 결과도 다양한 양상을 보인다. 송사 소설은 '과제 부여'와 '과제 해결'의 구조로 전개되며 과제 해결 주체는 판관이 대부분이지만 원조자나 제삼자가 그 역할을 하기도 한다. 또 송사 소설은 법적(法的) 문제뿐만 아니라 진가(眞假)의 구분 같은 흥미 소재를 다루기도 하여 폭넓은 독자층을 형성하였다.

* 무고(誣告): 사실이 아닌 일을 거짓으로 꾸미어 해당 기관에 고소하거나 고발하는 일.

① 최근에 서대주와 '결원'이 생긴 다람쥐가 소송을 제기했다는 점으로 보아, 향촌 내의 세력다툼으로 인한 원한 관계가 주요 갈등 구조임을 알 수 있군.

② '양식을 도적'했다는 이유로 서대주가 잡혀 왔으나 실제로는 다람쥐가 거짓된 내용으로 소송한 점으로 보아, 가해 유형은 표면적으로 절도이지만 실제로는 무고에 해당한다고 할 수 있군.

③ 백호산군이 다람쥐가 미리 작성한 '소지'를 바탕으로 진상을 규명하려 했다는 점으로 보아, 다람쥐와 백호산군 사이의 부정한 결탁이 송사 과정에 중대한 영향을 미치고 있음을 알 수 있군.

④ 백호산군이 다람쥐를 '엄형정배'했다는 점으로 보아, 진상을 규명한 결과 공정하지 못한 판결로 억울하게 핍박받는 자가 발생했다는 것을 알 수 있군.

⑤ 서대주가 제출한 '소지'로 부여된 과제가 다람쥐가 작성한 '소지'에 의해 해결된다는 점으로 보아, 과제 해결의 주체인 서대주가 판관에 대해서 품고 있는 불신을 엿볼 수 있군.

20. <보기>를 활용하여 (다)를 적절하게 비판한 것은?

─── < 보 기 > ───

다람쥐가 먼저 소지(所志)를 제출하고, 서대주도 다람쥐의 소지 내용을 파악한 다음에 자기도 소지를 제출하고, 이런 절차로 진행된 재판에서 다람쥐는 패소하고 서대주는 승소한다. 재판관인 백호산군은 다람쥐의 소지에 따라 서대주를 소환했지만, 이후 재판을 진행하는 과정에서는 다람쥐의 소지를 진히 검토하지 않았을 뿐 아니라 서대주의 소지를 검토할 때에도 다람쥐의 고발 내용과 무관한 내용만을 검토한 후 판결을 내린다.

① 백호산군은 다람쥐의 죄와 무관한 인물됨을 근거로 판결하고 있다.

② 백호산군은 다람쥐가 올린 소지의 내용이 거짓임을 미리

알고 있었다.

③ 백호산군은 법적 근거도 없이 서대주의 덕성을 근거로 한 주관적 판결을 내리고 있다.

④ 백호산군은 구체적인 증거를 토대로 다람쥐의 유죄를 입증하려고 노력하고 있다.

⑤ 백호산군은 다람쥐와 서대주의 신분과 능력을 비교한 결과를 토대로 판결하고 있다.

[21~26] 다음 글을 읽고 물음에 답하시오.

[앞부분의 줄거리] 어느 시골에 한 부자가 있었는데, 그의 친척 중 한 명이 수시로 횡포를 부리더니, 어느 날은 재산의 절반을 달라고 위협한다. 그러자 부자는 서울 형조에 송사를 제기하지만 친척이 미리 관원들에게 뇌물을 준다. 부자는 결국 재판에 지게 되어 재산을 빼앗기게 된다.

부자 생각하되,

'내 관전에서 크게 소리를 하여 전후사를 아뢰려 하면 반드시 관전(官前) 발악(發惡)이라 하여 뒤얽어 잡고 법대로 할 양이면 청 듣고 송사도 지게 만드는데, 무슨 일을 할 것이며 무지한 사령 놈들이 만일 함부로 두드리면 고향에 돌아가지도 못하고 죽을 때까지 어혈(瘀血)만 될 것이니 어찌할꼬.'

이리 생각 저리 생각 아무리 생각하여도 그저 송사를 지고 가기는 차마 분하고 애달픔이 가슴에 가득하여 재판관을 뚫어지게 치밀어 보다가 문득 생각하되,

㉠'내 송사는 지고 가거니와 이야기 한 마디를 꾸며 내어 조용히 할 것이니, 만일 저놈들이 듣기만 하면 무안이나 뵈리라.'

하고, 다시 일어서 계단 아래에 가까이 앉으며 하는 말이,

"소인이 천 리에 올라와 송사는 지고 가옵거니와 들음 직한 이야기 한 마디 있사오니 들으심을 원하나이다."

관원이 이 말을 듣고 가장 우습게 여기나 평소에 이야기 듣기를 좋아하는 고로 시골 이야기는 재미있는가 하여 듣고자 하나 다른 송사도 결단치 아니하고 저놈의 말을 들으면 남들이 보는 눈이 걱정되는지라. 거짓 꾸짖는 분부로 일러 하는 말이,

"네 본디 시골에 있어 일이 돌아가는 상황을 잘 모르고 관전에서 이야기한단 말이 되지 못할 말이로되, 네 원이나 풀어 줄 것이니 무슨 말인고 아뢰어라."

[중간 부분의 줄거리] 이렇게 시작된 부자의 이야기는 다음과 같다. 꾀꼬리, 뻐꾹새, 따오기가 서로 자기의 우는 소리가 최고의 소리라고 다투다가 황새를 찾아가 송사를 제기한다. 그런데 소리에 자신이 없었던 따오기는 송사에서 이기기 위해 황새에게 미리

청탁을 한다. 날이 밝아 세 짐승이 황새 앞에서 소리를 시작한다.

황새놈이 덩싯 웃고 이르되, "이런 급한 일이 있기에 나를 보러 왔지, 그렇지 아니하면 어찌 왔으리요. 그러나 네 무슨 일인지 네 소회를 자세히 아뢰어라."

따오기 아뢰되,

"다른 일이 아니오라 꾀꼬리와 뻐꾸기와 소인과 세 놈이 우는 소리 겨룸하였더니 자과(自誇)를 부지(不知)라. 그 고하를 정하지 못하옵기로 결단치 못하여 왔삽더니 서로 의논하되 장군께옵서 심히 명철처분하시므로 명일에 댁에 모여 송사하려 하오니 그 중 소인의 소리 세 놈 중 참혹하여 아주 껑짜치오니* 필야 송사에 이기지 못하올지라. 미련하온 소견에 남 먼저 사또께 이런 사연을 아뢰어 청이나 하옵고 그 두 놈을 이기고자 하오니, 사또 만일 소인의 전정(前情)을 잊지 아니하옵시고 명일 송사에 아래 하(下)자를 웃 상(上)자로 도로 집어 주옵심을 바라옵나이다."

황새놈이 이 말을 듣고 속으로 퍽 든든히 여겨 하는 말이,

[A] ┌ "도시 상놈이란 것은 미련이 약차하여 사체경중(事體敬重)을 아지 못하고 제 욕심만 생각하여 아무 일이라도 쉬운 줄로 아는구나. 대저 송사에는 애증(愛憎)을 두면 칭원(稱寃)도 있고 비례 호송하면 정체에 손상하나니 어찌 그런 도리를 알리요. 그러나 송사는 곡직을 불계(不計)하고 꾸며대기에 있나니 이른바 이현령비현령(耳懸鈴鼻懸鈴)이라 어찌 네 일을 범연히 하여 주랴. 전에도 네 내 덕도 많이 입었거니와 이 일도 내 아무쪼록 힘을 써 보려니와 만일 내 네 소리를 이기어 주어 필연 청 받고 그릇 공사한다 하면 아주 입장이 난처하게 되리니 이를 염려하노라." └

따오기 고쳐 아뢰되,

"분부가 이렇듯 하시니 상덕(上德)만 믿고 가나이다."

황새 웃고 이르되,

"성사하기 전 세상사를 어찌 알리요, 어디 보자."

하거늘, 따오기 하직하고 돌아왔더니, 날이 밝으매 세 짐승이 황새집에 모여 송사할새 황새놈이 대청에 좌기하고 무수한 날짐승이 좌우에 거행하는지라. 그 중 수리는 율관(律官)이요 솔개미, 까치, 징경이, 올빼미, 바람개비, 비둘기, 부엉이, 제비, 참새 등 짐승이 좌우에 나열하여 불러들이니 세 놈이 일시에 들어와 아뢰되,

"소인 등이 소리 겨룸 하옵더니 능히 그 고하를 판단치 못하오매, 부월(斧鉞)을 무릅쓰고 사또 전에 송사를 올리오니 명철처분하옵심을 바라옵나이다."

하되, 황새 정색하고 분부하여 이르되,

"너희 등이 만일 그러할진대 각각 소리를 하여 내게 들

린 후 상하를 결단하리라."

하니, 꾀꼬리 먼저 날아들어 소리를 한번 곱게 하고 아뢰되,

"소인은 바야흐로 봄이 한창 화창한 좋은 시절에 이화도화(梨花桃花) 만발하고, 앞내의 버들빛은 초록장 드리운 듯, 뒷내의 버들빛은 유록장 드리운 듯, 금빛 같은 이내 몸이 날아들고 떠들면서 흥에 겨워 청아(淸雅)하고 옥을 깨뜨릴 만한 아름다운 목소리를 춘풍결에 흩날리며 봄의 석 달 동안 보낼 적에 뉘 아니 아름답게 여기리이까?"

황새 한 번 들으매 과연 제 말과 같아 심히 아름다운지라. 그러나 이제 제 소리를 좋다 하면 따오기에게 청 받은 뇌물을 도로 줄 것이요, 좋지 못하다 한즉 내 공정치 못한 판결로 정체가 손상할지라. 반나절이나 깊이 생각한 끝에 판결하여 이르되,

"네 들어라. 당시(唐詩)에 타기황앵아(打起黃鶯兒) 막교지상제(莫敎枝上啼)*라 하였으니, 네 소리 비록 아름다우나 애잔하여 쓸데없도다."

꾀꼬리 점즉히 물러 나올 새, 또 뻐꾹새 들어와 목청을 가다듬고 소리를 묘하게 하여 아뢰되,

"소인은 녹수청산(綠水靑山) 깊은 곳에 만학천봉(萬壑千峯) 기이하고 안개 피어 구름 되며, 구름이 걷히고 많은 신기한 봉우리로 별세계가 펼쳐졌는데 만장폭포 흘러내려 수정렴을 드리운 듯 송풍(松風)은 소슬하고 오동추야 밝은 달에 이내 소리 만첩청산의 아름다운 새 소리가 되오리니 뉘 아니 반겨하리이까."

황새 듣고 여러모로 생각해 본 후 판결하되,

"월락자규제(月落子規啼) 초국천일애(楚國千日愛)*라 하였으니, 네 소리 비록 깨끗하나 아주 어려웠던 옛날의 일을 떠오르게 하니, 가히 불쌍하도다."

하니, 뻐꾹새 또한 부끄러워하며 물러나거늘, 그제야 따오기가 날아들어 소리를 하고자 하되, 저보다 나은 소리도 벌써 지고 물러나거늘 어찌할꼬 하며 차마 남부끄러워 입을 열지 못하나, 그 황새에게 약 먹임을 믿고 고개를 나직이 하여 한 번 소리를 주하며 아뢰되,

"소인의 소리는 다만 따옥성이옵고 달리 풀쳐 고할 일 없사오니 사또 처분만 바라고 있나이다."

하되, 황새놈이 그 소리를 듣고 두 무릎을 탕탕 치며 좋아하며 이른 말이,

"쾌재(快哉)며 장자(長者)로다. 화난 감정이 일시에 터져 나와서 큰 소리로 꾸짖음은 옛날 황장군(黃將軍)의 위풍이요, 장판교(長坂橋) 다리 위에 백만 군병 물리치던 장익덕의 호통이로소이다. 네 소리 가장 웅장하니 짐짓 대장부의 기상이로다."

하고,

ⓛ "이렇듯이 처결하여 따옥성을 상성(上聲)으로 처결하여 주오니, 그런 짐승이라도 뇌물을 먹은즉 잘못 판결하여 그 꾀꼬리와 뻐꾹새에게 못할 노릇 하였으니 어찌 화가 자손에게 미치지 아니 하오리이까. 이러하온 짐승들도 물욕에 잠겨 틀린 노릇을 잘 하기로 그놈을 개아들 개자식이라 하였으니, 이제 서울 법관도 여차하오니, 소인의 일은 벌써 판이 났으매 부질없는 말하여 쓸데없으니 이제 물러가나이다."

하니, 형조 관원들이 대답할 말이 없어 가장 부끄러워하더라.

— 작자 미상, 「황새결송」 —

* 타기황앵아 막교지상제: '꾀꼬리를 날려 보내어 가지 위에서 울게 하지 마라.'는 뜻으로 전쟁으로 헤어진 임을 그리워하는 여인의 애절한 심정을 담고 있음.
* 월락자규제 초국천일애: '달이 지고 두견이 우니 초나라 천일의 사랑이라.'는 뜻으로 나라가 망할 것을 암시함.

21. 윗글에 대한 이해로 적절하지 <u>않은</u> 것은?[21]

① '부자'는 패소한 송사 결과에 대하여 자신이 품고 있는 생각을 제대로 말하지 못해 분해하였군.
② '관원'은 '부자'의 이야기에 흥미를 가지고는 있으나, 남들의 시선을 의식하여 생각과 다르게 행동하고 있군.
③ '황새'는 '따오기'에게 받은 뇌물 때문에 송사에서 공정하고 객관적인 판결을 내리지 못하고 있군.
④ '따오기'는 자기 소리를 자랑하기보다는 '황새'의 처분만 기다리는 것으로 보아 겸손한 자세를 지니고 있군.
⑤ '꾀꼬리'는 자신의 소리를 누구든 아름답게 여긴다고 말하는 것으로 보아 자신의 소리에 대한 자부심을 가지고 있군.

22. 윗글에 나타난 송사의 내용을 <보기>와 같이 정리해 보았다. (가), (나)에 대한 이해로 적절하지 <u>않은</u> 것은?[22]

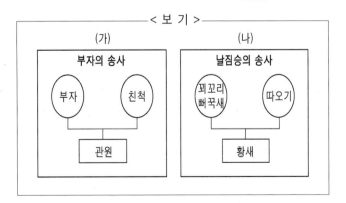

— 보 기 —

① (가)는 친척의 부당한 요구에서 비롯된 송사이다.
② (가)를 통하여 (나)의 판결 이유가 구체적으로 밝혀지게 된다.
③ (가)의 결과는 부자가 (나)의 이야기를 시작하는 계기가

된다.
④ (가)에서 송사의 원인은 '재산'이고 (나)에서는 '최고의 소리'이다.
⑤ (가)와 (나) 모두 부정한 청탁이 판결에 중요한 영향을 미친다.

23. '부자'가 이야기를 한 의도로 가장 적절한 것은?[23]

① 자신의 패배로 끝난 송사로 인해 잃게 된 재산을 되찾기 위해서
② 예상과 다른 판결에 대해 관원들과 논쟁을 벌이기 위해서
③ 비리와 관련된 관원들을 우회적으로 비판하기 위해서
④ 무식한 관원에게 자신의 지혜를 뽐내기 위해서
⑤ 관원들에게 다른 송사를 청탁하기 위해서

24. [A]에 나타난 '황새'의 태도로 가장 적절한 것은?[24]

	상대방에 대한 태도	자신에 대한 태도
①	존중(尊重)	권위 의식
②	무시(無視)	체면 고수
③	훈계(訓戒)	입장 고수
④	배려(配慮)	겸손 과시
⑤	고려(考慮)	관용 과시

25. <보기>를 참고할 때, 윗글을 통해 이끌어낼 수 있는 교훈으로 적절하지 <u>않은</u> 것은?[25]

— 보 기 —

* 우화(寓話) 소설은 상징성이 풍부한 우화 형식을 이용해 타락한 사회상을 비판하는 한편, 당대 사람들의 삶에 문제를 제기함으로써 새로운 가치와 윤리의식을 드러낸다. 이 형식은 인간 유형의 전형(典型)을 통해 인생과 사회의 단면을 압축적으로 제시한다는 특징을 지닌다.
* 송사(訟事) 소설은 송사 사건의 발생·경과·해결 과정 및 판결과 그 결과 등을 중심으로 이야기가 전개되면서 개인과 개인, 개인과 집단, 집단과 집단 사이의 다양한 갈등이 당대의 시대 사회적 변모 양상과 어떤 관련을 맺고 있는지를 보여준다.

① 무지가 많은 문제를 가져오는구나. 불치하문(不恥下問)이라는 말이 있듯이 누구에게나 배우는 자세가 필요하겠어.
② 공적인 일에 사사로운 관계를 개입시키면 안 되겠구나.

공평무사(公平無私)라고 모든 일을 합리적으로 처리해야 하겠어.

③ 한 쪽의 입장만을 두둔하면 판단이 잘못될 수 있구나. 불편부당(不偏不黨)이라고 공정하게 판정하는 일이 중요하겠어.

④ 잘못된 관행이 선의의 피해자를 만들겠구나. 파사현정(破邪顯正)이라는 말처럼 잘못된 행위를 바로잡는 일이 필요하겠어.

⑤ 거짓을 언제까지나 숨길 수는 없는 법이지. 사필귀정(事必歸正)이라고 옳지 못한 일은 밝혀진다는 사실을 깨달아야 하겠어.

26. ㉠을 고려할 때, ㉡의 발화 의도를 설명한 내용으로 가장 적절한 것은?26)

① '부자'는 '따오기'의 '틀린 노릇'을 비판하면서 동시에 사회에 대한 불만을 드러내고 있다.

② '부자'는 '꾀꼬리'와 '뻐꾹새'의 행동에 빗대어 자신의 융통성 없는 행동을 반성하고 있다.

③ '부자'가 '황새'를 '개의 아들'이라 칭한 것은 결국 '관원'을 모욕하고자 한 것이다.

④ '부자'는 송사에서 패한 일을 이야기하는 것이 '부질없는 말'임을 설명하고 있다.

⑤ '부자'는 '관원'이 내린 판결이 '물욕'에서 비롯된 일임을 증명하고자 한 것이다.

[27~32] 다음 글을 읽고 물음에 답하시오.

[앞부분의 줄거리] 명나라 때, 옥포산에 한 노루가 살고 있었다. 어느 날 노루는 산중의 짐승들을 초대하여 잔치를 열었다. 호랑이를 제외한 사슴, 토끼, 원숭이, 여우, 두꺼비, 고슴도치 등 여러 짐승들이 잔치에 참석하였다.

토끼 모든 손님을 돌아보며 가로되,

"내 일찍 들으니 조정(朝廷)엔 막여작(莫如爵)이요 향당(鄕黨)엔 막여치(莫如齒)라* 하오니 부질없이 다투지 말고 나이에 따라 자리를 정하소서."

노루가 허리를 숙이고 펄쩍 뛰어 내달아 왈,

"내가 나이 많아 허리가 굽었노라. 상좌에 앉음이 마땅하다."

하고, 암탉의 걸음으로 엉금엉금 기어 상좌에 앉으니, 여우란 놈이 생각하되,

'한갓 허리 굽은 것으로 나이 많은 체하고 상좌에 앉으니 낸들 어찌 나이 많은 체 못하리오.' 하고 수염을 쓰다듬으며,

"내 나이 많아서 수염이 세었노라."

노루 답하기를,

"네 나이 많다 하니 어느 갑자에 났느냐. 호패를 올리라."

하니 여우 답하기를,

"소년 시절에 기생집에 다닐 적에 술이 대취하여 오다가 대신(大臣) 가시는 길을 건넜다 하여 호패를 빼앗겨 이때까지 찾지 못하였거니와, 천지개벽한 후 처음에 황하수(黃河水) 치던 시절에 나더러 힘세다고 가래장부 되었으니 내 나이 많지 않으리오. 나는 이렇거니와 너는 어느 갑자에 났느냐."

노루 답하기를,

"천지개벽하고 하늘에 별 박을 때 나더러 궁통(窮通)*하다 하여 별자리를 분간하여 도수를 정하였으니 내 나이 많지 않으리오."

하고 둘이 상좌를 다투거늘 두꺼비 곁에 엎드렸다가 생각하되,

'저놈들이 서로 거짓말로 나이 많은 체하니 낸들 어찌 거짓말을 못하리오.'

하고 공연히 건넛산을 바라보고 슬피 눈물을 흘리거늘, 여우 꾸짖어 말하기를,

"저 흉간한 놈은 무슨 슬픔이 있기에 남의 잔치에 참례하여 상상치 못한 형상을 보이느냐."

두꺼비 말하기를,

"저 건너 고양나무를 보니 자연 슬퍼서 그러하노라."

여우 말하기를,

"고양나무 빈틈으로 네 고조 할아버지가 나오던 구멍이냐, 어찌 슬퍼하느냐."

두꺼비 정색하고 말하기를,

"내 슬퍼하는 바를 들어 보라. 소년 때에 저 나무 세 주(株)를 심었더니, 한 주는 맏아들이 별 박을 때에 방망이로 베어 가고, 또 한 주는 둘째 아들이 황하수 칠 때에 준천부사(濬川府使)하여 가래장부*하라 하고 베었더니 그 나무 베인 동티로 두 아들이 다 죽고, 다만 저 나무 한 주와 내 목숨만 살았으니, 내 그때 죽고만 싶되 천명인 고로 이때까지 살아 있다가 오늘날 저 나무를 다시 보니 몹시 슬프도다."

여우 말하기를,

"진실로 그러하면 우리들 중에서 나이가 제일 높단 말이냐."

두꺼비 답하기를,

"네 아무리 미련한 짐승인들 그 중에 소견이 있을 것이니 생각하면 내 고고조 존장(尊長)이 넘으리라."

토끼 이 말을 듣고 꿇어 여쭈되,

"그러하시면 두껍 존장이 상좌에 앉으소서."

두꺼비 사양하고 말하기를,

"그렇지 않다. 나이 많은 이 있으면 상좌할 것이니 좌중에 물어 보라."

한대, 좌객이 다 가로되,

"우리는 하늘에 별 박고 황하수 친단 말도 듣지 못하였으니 다시 물을 바 없다."

하거늘, 그제야 두꺼비 펄쩍 뛰어 상좌하자, 여우가 두꺼비에 상좌를 빼앗기고 억울하여 두꺼비에게 희롱하여 말하기를,

"존장이 춘추(春秋) 많을진대 분명 구경을 많이 하여 계실 것이니 어디어디를 보아 계시니이까?"

두꺼비 왈,

"내 구경한 바는 이루 측량치 못하거니와 너는 구경을 얼마나 하였는가 먼저 아뢰라."

한데, 여우 비창한 말로 대답하되,

"내 구경하온 바는 천하 구주(九州)를 편답(遍踏)하여 동으로 태산(泰山)이며 서로 화산(華山)이며 남으로 형산(衡山)과 북으로 항산(恒山)이며 중앙으로 숭산(崇山)이며 춘풍화류(春風花柳)와 추월단풍(秋月丹楓)에 곳곳마다 구경하니 족히 청춘 소년의 흥을 돋우매, 고소성(故蘇城) 한산사(寒山寺)에 야반종성(夜半鐘聲)이 도객선(到客船)이라. …＜중략＞… 역력히 다 본 후에 도로 조선으로 건너와 관동팔경 구경하고 압록강을 건너오니, 이만하면 사해 팔방을 다 구경하였으매 내 구경은 이러하거니와 존장은 얼마나 구경하셨나이까."

섬 동지(蟾同知)는 눈을 끔쩍이며 가만히 대답하되,

"네 구경인즉 무던히 하였다마는 풍경만 구경하고 돌아왔도다. 대저 천하별건곤(天下別乾坤)과 산천 풍속이 다 근본 출처가 있나니라. 근본을 다 안 후에야 구경이 무식(無識)지 아니하니라. 어른이 이렇거든 젊은 소년들은 근본 출처를 들어 보라. …＜중략＞… 네 구경을 많이 한 체하니 진소위(眞所謂) 두더지 수박 겉을 핥음 같고 하룻망아지 서울 다녀온 격이라."

한데, 여우 어이없어 물리쳐 앉으며 가로되,

"그러하면 존장은 하늘도 구경하여 계시니이까?"

두꺼비 답왈,

"너는 하늘 구경하였는가?"

여우 대왈,

"내 하늘은 구경한 지 오래지 아니하니 상년(上年) 3월 1일에 보았노라."

두꺼비 답왈,

"그러하면 구경한 말을 낱낱이 아뢰어라."

여우란 놈이 참 구경한 체하고 콧살을 찡그리며 공손히 대왈,

"내 하늘에 올라가 묘연히 삼십삼천을 두루 구경할새 은하수 다리 한 곳에 있으되 이름은 오작교라. 한낱 초목 금수들이 세상에 보지 못하던 바이며, 기화요초(琦花瑤草)는 향기롭고 계수나무와 죽백이 얼크러지고 뒤틀어진 곳에 청학백학이며 기린공작(麒麟孔雀)이며 봉황비취(鳳凰翡翠)들이 이리 펄쩍 저리 펄쩍 노닐며 각색 화초는 인간(人間)에 보지 못한 바이라. …＜중략＞… 구경을 다한 후에 한 곳에 다다르니 한 노인이 있거늘 동자를 명하여 차 한 그릇과 술 석 잔을 주면서 또 품속에서 붉은 구슬을 주매, 그 구슬을 먹고 그 길로 인간 세계에 내려오게 되었소이다."

두꺼비 답왈,

"그러하면 그때 나도 보탑(寶榻) 상에 올라가 남극 노인성과 더불어 바둑 두다가 술에 대취하여 난간에 의지하였더니 문 밖에서 들리는 소리에 잠을 깨어 동자더러 물은데, 동자 대왈, '밖에 어떠한 짐승이 빛은 누르고 주둥이 뾰족하고 도적개 모양 같은 것이 똥발치에 왔다.' 하거늘 동자를 명하여, '긴 장대로 쫓으라.' 하였더니 그 때 네가 왔던가 싶으다. 네가 온 줄 알았다면 천일주(千日酒) 먹은 똥덩이나 먹여 보냈더면 좋을 뻔하였도다."

하니, 좌중이 박장대소(拍掌大笑)하더라.

＜중략＞

여우 또 물어 말하기를,

"그러하면 등이 굽고 목청이 움츠러졌으니 그는 어찌한 연고이니이까."

두꺼비 답하기를,

"평양감사로 갔을 때에 마침 중추 팔월이라 연광정(練光亭)에 놀음을 배설하고 여러 기생들로 녹의홍상(綠衣紅裳)에 초립(草笠)을 씌워 좌우에 앉히고, 육방(六房) 하인을 대하여 세우고 풍악을 갖추고 술이 대취하여 노닐다가 술김에 계단 아래에 떨어져 곱사등이 되어 길던 목이 움츠러졌음이라. 술을 먹다가 종신(終身)을 잘못할 듯하기로 지금은 밀밭 근처에도 가지 않느니라. 이른바 소 잃고 외양간 고치는 격이라."

여우 또 묻기를,

"존장의 턱 밑이 벌덕벌덕 하시는 것은 웬일이오니까?"

두꺼비 답하기를,

"너희 놈들이 어른을 몰라보고 함부로 하기에 분을 참노라고 자연 그러하도다."

인하여 가로되,

"말씀이 무궁하여 즐김이 부족하니 좌객이 다 술에 취하고 날이 장차 함지(咸池)에 들라 하오니 그만저만 잔치를 마칠 것을 고하사이다."

- 작자 미상, 「두껍전」 -

* 조정(朝廷)엔~막여치(莫如齒)라: 조정에선 벼슬이 제일이고 향당에선 나이가 제일이라.
* 궁통(窮通): 성질이 가라앉고 진득하여 깊이 궁리를 잘함.
* 준천부사(濬川府使) 가래장부: 개천 치는 일을 맡은 관청의 우두머리

27. 윗글에 대한 설명으로 가장 적절한 것은?[27]

① 시·공간적 배경을 자연으로 설정하여 인물의 심리를 암시하고 있다.

② 보여주기(showing) 기법을 구사하여 극적인 효과를 거두고 있다.

③ 사건의 진행 속도를 높여서 긴박한 분위기를 조성하고 있다.

④ 서술의 시점을 바꾸어 가면서 사건을 다양하게 조망하고 있다.

⑤ 이야기 속에 또 하나의 이야기가 들어 있어 독자의 호기심을 유발하고 있다.

28. <보기> 중, 윗글을 통해 해결할 수 있는 의문으로 적절한 것끼리 묶은 것은?[28]

───── < 보 기 > ─────

ㄱ. 상좌를 차지한 등장인물은 누구인가?

ㄴ. 여우의 질책으로 마음의 상처를 받은 인물은 누구인가?

ㄷ. 노루가 동물을 초대하여 잔치를 베푼 이유는 무엇인가?

ㄹ. 자리다툼으로 인해 일어난 갈등을 해결하기 위한 방법은 무엇인가?

① ㄱ, ㄴ   ② ㄱ, ㄹ   ③ ㄴ, ㄷ
④ ㄴ, ㄹ   ⑤ ㄷ, ㄹ

29. <보기>는 윗글과 관련된 설화이다. <보기>와 비교하여 윗글의 특징을 말한 내용으로 적절하지 <u>않은</u> 것은?[29]

───── < 보 기 > ─────

토끼와 늑대, 그리고 거북이가 길을 가다가 땅에 떨어져 있는 고기 덩어리를 발견하였다. 세 동물은 이것을 혼자 독차지하려고 싸움을 하게 되었다. 그러다가 내기를 해서 이기는 동물이 먼저 먹기로 하자고 합의를 하였다.

첫 번째 내기는 가장 높이 오르는 것이었다. 토끼가 주위를 둘러보더니 나는 저 높은 산까지 오를 수 있다고 하였다. 그 말을 들은 늑대는 내 등이 하늘과 닿았다고 말했다. 가만히 있던 거북이는 늑대에게 물었다. "네 등

이 하늘에 닿았다고?" "응. 내 등이 하늘에 닿았지." 그렇게 말한 늑대는 의기양양해 하면서 자신이 이긴 것이나 다름없다고 생각하였다. 하지만 거북이는 "네 등이 닿은 곳은 바로 내 배야."라고 말하고 고기를 차지하려고 하였다.

토끼와 늑대는 다시 내기를 하자고 우겼다. 역시 토끼가 제일 먼저 나서서 무조건 자기는 천 살이나 먹었다고 말하였다. 그러자 늑대는 이 세상이 생겨날 때 같이 태어났다고 말했다. 그 말을 듣고 있던 거북이는 눈물을 흘리기 시작하였다. 그러면서 말하기를, "너를 보니까 죽은 내 손자가 생각나 슬프구나."라고 하였다. 두 동물은 왜냐고 묻자, "내 손자는 네가 태어날 때 죽었거든." 하였다.

① 윗글과 <보기>에 묘사된 의인화된 동물들의 성격은 독자들의 고정 관념에서 벗어나고 있다.

② 윗글과 <보기>의 대화 양상은 일정한 틀에 따라 진행되는 고정된 구조로 이루어져 있다.

③ 윗글과 <보기>의 서사 구조는 반복의 형태를 띰으로써 무한히 확장될 수 있을 것이다.

④ 윗글의 토끼, 여우, 두꺼비는 <보기>의 토끼, 늑대, 거북이에 대응한다.

⑤ 윗글은 <보기>보다 서술된 분량은 많지만, 서사 진행의 속도는 느리다.

30. <보기>와 관련하여 볼 때, '여우'가 대변하는 인물 유형으로 가장 적절한 것은?[30]

───── < 보 기 > ─────

이 작품은 향촌(鄕村) 사회를 배경으로 삼아, 봉건사회의 해체와 근대로의 이행을 요구하는 시대적 과제가 집약적으로 표출되고 있다. 특히 동물들을 통해 조선 후기 현실의 계층 관계를 암시·풍자하는 우화적(寓話的) 기법을 썼다고 볼 때, 잔치를 주재했던 장 선생(노루)은 부(富)의 축적으로 새롭게 자신의 지위를 상승시켜 나가는 부민(富民)의 모습이라 할 수 있다.

① 향촌 사회에서 계층 간의 갈등으로 어느 부류에도 속하지 못하는 주변인

② 향촌 사회에서 부조리한 사회 구조에 반발하는 신흥 상인 계층

③ 향촌 사회의 구성원들 사이의 결속력을 와해시키려는 매개자

④ 향촌 사회에서 점차 주도권을 빼앗기면서도 허세를 부

리는 계층

⑤ 향촌 사회의 모순을 극복하려고 적극적으로 노력하는 정치가

31. <보기>는 인물 간의 대화 양상을 도식화한 것이다. 인물의 말하기 방식에 대한 설명으로 적절하지 **않은** 것은?³¹⁾

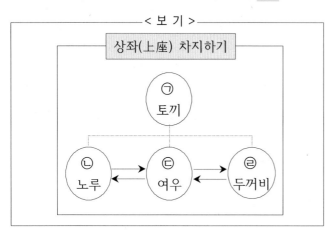

─────< 보 기 >─────

상좌(上座) 차지하기

㉠ 토끼

㉡ 노루 ↔ ㉢ 여우 ↔ ㉣ 두꺼비

① ㉠ : 갈등 상황을 조정하기 위해 적절한 기준을 제시하고 있다.

② ㉡ : 각각의 외양(外樣)을 주장의 논리적 근거로 삼고 있다.

③ ㉢ : 여러 사람들의 의견을 받아들여 갈등을 해결하고 있다.

④ ㉣ : 상대방의 의도를 간파하고 거짓말로 대응하고 있다.

⑤ ㉢, ㉣ : 각자가 자신의 주장을 뒷받침할 만한 근거를 들고 있다.

32. <보기>가 윗글의 결말이라고 가정할 때, 독자의 반응으로 적절한 것은?³²⁾

─────< 보 기 >─────

잔치에 초대를 받지 못했던 백호산군(호랑이)이 쳐들어와 온갖 짐승이 놀라 숨는다. 백호산군이 등장하자 장 선생(노루)의 부탁을 받은 여우는 백호산군에게 군신지례(君臣之禮)로 설득하여 백호산군을 돌려보내고, 나이 많은 체하며 상좌에 올랐던 두꺼비는 모래 속으로 숨어 버린다.

① 여우는 신분의 상승을 위해 호랑이에게 입에 발린 소리를 하고 있군.

② 노루는 자신으로 인해 빚어진 계층 간의 갈등을 해소하기 위해 발벗고 나섰군.

③ 호랑이와 노루는 서로 싫어하지만 자신들의 기득권 유지를 위해 서로 손을 맞잡았군.

④ 호랑이는 자신을 무시한 것이 노루의 본심이 아니었다는 것을 알고 얼굴이 붉어져 돌아갔군.

⑤ 두꺼비는 상좌를 차지하려고 온갖 언변을 동원하더니 결국 간이 콩알만 해져 도망치고 말았군.

[33~38] 다음 글을 읽고 물음에 답하시오.

[앞부분의 줄거리] 김선옥이 가출한 뒤 보상금에 욕심이 난 형옥은 가짜 선옥을 집으로 데려오는데, 부인 이씨만은 그가 남편이 아니라며 거부하다가 병자로 몰려 친정으로 쫓겨난다. 결국 조정에까지 이 일이 알려지면서 임금은 어사를 파견하고, 진어사는 삼 년 만에 상원암에서 진짜 김선옥을 찾는다. 그리고 이씨의 정절을 선옥에게 확인시키고자 그를 종인(從人)으로 변장시킨 후 재판을 재개한다. 이때 김선옥의 부친인 김 처사와 이씨의 부친인 이 통판을 비롯한 양가 가족들과 하인 등도 관청에 모이게 한다.

　　"옛말씀에 하였으되, '만승지군(萬乘之君)은 빼앗기 쉬우나 필부필부(匹夫匹婦)의 뜻은 빼앗지 못 한다.' 하였으니, 이제 왕명으로 죽이시면 진실로 달게 여기

[A] 는 바이오나, 다만 부군을 만나지 못하고 죽사오면 미망인의 원혼은 구제할 것이 없을 것이요, 일후에 부군이 비록 돌아와도 진위를 분변할 자가 없사오니 지아비의 신세가 마침내 걸인을 면치 못할지라."

라고 하고 죽기를 재촉하였다. 어사가 크게 노하여,

　　"네 일개 요망한 여자가 심성이 교활하고 사악하여 아래로 김씨 문중의 천륜을 의심케 하고, 위로 천청(天聽)*을 놀라게 하여 조정과 영읍이 분란케 되었으매, 벌써 거리에 머리를 달아 여러 백성을 징계할 것이로되, 성상의 호생지덕(好生之德)으로 나를 보내셔서 자세히 살피라 하시어, 내 열읍에서부터 너의 요사스럽고 교활한 심정을 이미 알았으나 성상의 너그럽고 어진 도를 본받아 형장(刑杖)*을 쓰지 아니하고 좋은 말로 자식같이 알아듣도록 타일렀으니, 사람이 목석(木石)이 아니거늘 일향 고집하여 조정 명관(命官)을 무단히 면박하며 어지럽고 사나운 말로 송정(訟庭)*에 발악함이 가하겠는가?"

하고 종인(從人)을 꾸짖어,

　　"이씨를 형추(刑推)* 거행하라." 하였다.

선옥이 소리를 크게하여 나졸을 불러,

　　"병인(病人) 이씨를 형추하라."

하니, 나졸들이 미처 거행치 못하여, 문득 이씨가 가마 속에서 크게 외쳐 이르기를,

　　"어사는 왕인(王人)*이라, 이 곧 백성의 부모요, 상하 관속(官屬)은 모두 나의 집 하인이라."

하고 가마의 주렴을 떨치고 바로 청상(廳上)에 올라 어사

의 종인을 붙들고,

"장부가 어디에 갔다가 이제야 왔나뇨?"

하며 인하여 혼절하니, 통판이 딸 아이의 혼절함을 보고 대경실색하여 약을 갈아 입에 넣고 사지를 만지며 부르짖었다. 낭자가 겨우 정신을 수습하여 눈을 들어 보니 부군이 또한 기절해 있었다. 부친으로 더불어 치료하니, 당상 당하에서 보는 자가 놀라 괴이하게 여기지 않는 자가 없었고 처사의 부부와 송정에 있던 자가 그 곡절을 알지 못하고 면면이 서로 보아 어떻게 할 바를 깨닫지 못하며, 가짜 선옥과 형옥은 낯이 흙빛이 되어 떨기를 마지 아니하였다.

이때 어사가 광경을 보니 이씨의 절개도 갸륵하거니와 그 선옥의 진위를 아는 지혜를 마음으로 더욱 탄복하고 몸소 창밖에 나아와 이씨와 선옥을 데리고 들어와 즉시 이씨로 수양딸을 정하였다. 이씨가 부녀지례(父女之禮)로 뵈니 어사가 선옥과 이씨를 가까이 앉히고 이씨더러 물었다.

"여아는 어찌 가부의 진가를 알았느뇨?"

이씨가 대답하였다.

"가부의 앞니에는 참깨만한 푸른점이 있사오매 이로써 안 것이요, 다른 데는 저 놈과 과연 추호도 차이가 없도소이다."

어사가 그 영민함을 차탄하고 선옥에게 일러,

"너의 부인이 나의 여아가 되었으니 너는 곧 나의 사위라. 너희 둘이 이제 만났으니 각각 정회도 펴려니와 우선 네가 절에서 떠난 연고를 자세히 하여 피차 의혹되는 마음이 없게 하라."

라고 하니, 선옥이 주저하고 즉시 말을 못하였다. 이씨가 말하였다.

"장부가 할 말이면 반드시 실상(實相)으로 할 것이거늘 어찌 이같이 주저하느뇨?"

선옥이 그제야 이씨를 향하여 말하였다.

"내 모년월일야(某年月日夜)에 중의 의관을 바꾸어 입고 내려와 그대의 처소 에 이르러 보니 그대 어떤 의관한 남자와 더불어 희롱하는 그림자가 창밖에 비쳤으매, 매우 분노하여 들어가 그대와 그 놈을 모두 죽이고자 하다가 도로 생각하니, ㉠'만일 그러하면 누명이 나타나 나의 집안의 명성이 더러워질 것이라. 차라리 내 스스로 죽어 통한한 모양을 아니 보리라.'하고 강변 에 나아가 굴원(屈原)을 찾고자 하다가 차마 물에 들지 못하고 도로 절을 향하고 오다가 또 생각하니, '내 만일 집으로 돌아가면 그 분한 심사를 항상 풀지 아니할지라. 이러할진댄 어찌 가정을 이룬 즐거움이 있으리오? 차라리 내 몸을 숨겨 세상을 하직하고 세월을 보내리라.'하여 그 길로 운산을

바라보고 창망히 내달려 우연히 함경도 단천 땅에 이르러 상원암이라 하는 절에 들어가 수운대사의 상좌가 되었으나, **대인을 만나** 종적을 감추지 못하고 이제 이같이 만났으니 알지 못하겠도다, 그때 그 사람이 어떠한 사람이더뇨?"

낭자가 눈물을 흘려 의상을 적시며 이르기를,

[B] "장부가 이렇게 나의 마음을 모르나뇨? 이같이 의심할진댄 어찌 그때 바로 들어와 한을 풀지 아니하였나뇨? 그때 그 사람은 지금 송정에 있으매 장부가 보고자 하나이까?"

하고 시비 옥란을 부르니 청하에 이르렀다. 낭자가 가리켜 말하기를,

"이 곧 그때의 의관한 남자라."

하니 선옥이 물었다.

"여자가 어찌 의관이 있으리오?"

낭자가 대답하였다.

"첩에게 묻지 말고 옥란에게 물어보소서."

하니, 선옥이 옥란에게 물었다.

"네가 육년전 모월 모일 밤에 어떤 의관을 입었더뇨?"

㉡옥란이 반나절이나 생각하더니 고하였다.

"소비(小婢)가 그때 아이 적이라, 낭자가 공자의 도복을 지으시매 앞뒤 수품과 길이 장단이 맞는가 시험코자 하여 소비에게 입히고 두루 보실 제, 소비가 어리고 지각이 없어 공자가 절에서 보낸 **갓**이 벽에 있거늘 **장난으로내려쓰**고 웃으며 낭자께 여쭈되, '소비가 공자와 어떠하나이까?' 하니, 낭자가 또한 웃으시고 꾸짖어 바삐 벗으라고 하기로 즉시 벗어 도로 걸었사오니 이밖에는 의관을 입은 적이 없사옵니다."

라고 하였다. 선옥이 듣기를 다하고 자기의 지혜가 없음과, 빙설 같은 이씨를 의혹하던 일과, 이씨의 중간 **축출**[*]**하던 일**을 일일이 생각하니 후회막급이라. 바로 한 번 죽어 낭자에게 사례(謝禮)하려고 하며 즉시 송정에 내려와 부친과 모친의 앞에 나아가 땅에 엎어져 통곡하고 말하였다.

"불초자(不肖子)가 그릇 가처(家妻)를 의심하여 양친의 슬하를 떠나 구로지은(劬勞之恩)을 저버렸고, 의려(倚閭)하시며 욕자(辱子)의 사생을 모르시고 주야 초절(憔切)하심과, 멸륜패상(滅倫敗常)한 저 놈으로 하여금 가도(家道)를 소요케 함이 모두 다 욕자(辱子)의 불초(不肖)한 탓이오니 소자의 죄는 만 번 죽어도 애석(哀惜)할 것이 없나이다."

라고 하니, ㉢처사와 부인이 몸둘 바를 모르고 말하였다.

"그대 어떤 사람이건대 우리를 부모라 하느뇨?"

선옥이 더욱 망극하여 고하였다.

"부친과 모친은 어찌 욕자(辱子)를 모르시나이까? 욕자가 분명 선옥이오니 자세히 보소서."

라고 하니, ㉣가짜 선옥이 또한 통곡하고 말하였다.

"가운(家運)이 불행하여 이제 이 같은 윤상(倫常)의 변고가 있으니 차라리 소자가 진작 세상을 버려 양친의 아혹(訝惑)하심을 없게 할 것이라."

라고 하였다. 처사 부부가 자세히 보니 가짜 선옥과 조금도 다름이 없었다. 그 진위를 분별치 못하여 두 선옥을 보며 더욱 심황(心惶)하여 미친 듯, 술에 취한 듯 정신 없이 있는데, 어사가 수증과 두 선옥을 당에 올려 앉히고 수증에게 물었다.

"그대는 지금도 두 선옥 중에서 진위를 모르느뇨?"

처사가 황공하게 대답하였다.

"오히려 분별하지 못하오니 눈이 있어도 없는 것과 다름이 없사오며, 늘그막에 이 같은 고금에 없는 가변(家變)을 만났으니 도무지 내가 혼암(昏暗)한 탓이리라. 누구를 한하리오? 바라건대 대인은 살피시어 부자의 천륜으로 문란함이 없게 결처(決處)하심을 천만 복축(伏祝)하나이다."

어사가 웃고 말하였다.

"옛글에 '지자(知子)는 막여(莫如父)라.' 하였나니, 그 아비가 분명치 못한 자식을 남이 어찌 알리오? 그러나, 그대 분명 선옥을 알려는가?"

라고, 하고 협실(夾室)을 열고 이씨를 불러 말하였다.

"너의 장부의 진위를 분석하여 존구(尊舅)의 고혹(蠱惑)함을 해석(解釋)케 하라."

낭자가 처사께 여쭈었다.

"가부의 앞니에 푸른 점을 알지 못하시나이까?"

㉤처사가 이 말을 듣고는 꿈을 처음 깬 듯이 비로소 두 선옥의 입을 열라 하고 보니, 과연 가짜 선옥의 이에는 아무 점도 없고 진짜 선옥의 이에는 이전 보던 푸른 점이 있었다. 그제야 처사가 해혹(解惑)하여 분명한 아들을 찾게 되었다.

- 작자 미상, 「화산중봉기」-

* 천청(天聽): 임금의 귀, 곧 임금을 가리킴.
* 형장(刑杖): 형벌을 집행하는 도구.
* 송정(訟庭): 송사를 처리하는 곳.
* 형추(刑推): 죄인을 치며 죄를 캐어 물음.
* 왕인(王人): 왕명에 의해 내려온 관원.
* 축출(逐出): 쫓아내거나 몰아냄.

33. 윗글에 대한 설명으로 적절하지 않은 것은?33)

① 등장인물의 대화 양상이 격조 있는 표현으로 나타나 있다.

② 외부 서술자의 시점으로 등장인물과 사건을 언급하고 있다.

③ 과거의 사건과 현재의 정황이 인과적으로 연관되어 있다.

④ 사건의 전개를 통해 의혹이 해소되는 과정을 밝히고 있다.

⑤ 전기적(傳奇的) 요소를 활용하여 인물의 성격을 부각하고 있다.

34. <보기>는 인물의 이동 경로를 구조화한 것이다. 이를 참고하여 윗글을 이해한 내용으로 적절하지 않은 것은?34)

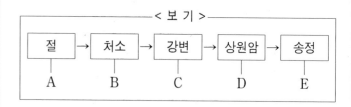

① '선옥'은 '이씨'를 만나기 위해 평소와는 다른 옷차림으로 A에서 B로 이동했다.

② '선옥'이 B에서 C로 이동한 이유는 '이씨'에 대한 분노 때문에 가문의 명예를 더럽힐 수는 없다고 판단했기 때문이다.

③ '선옥'이 C에서 다시 A로 돌아가지 않은 이유는 '이씨'와 앞으로 함께할 삶이 부질없다고 느꼈기 때문이다.

④ '선옥'이 C에서 D로 이동한 것은 '수운대사'에게 도움을 청하기 위해서였다.

⑤ '선옥'이 D에서 E로 이동한 사실을 '처사 부부'는 짐작하지 못했다.

35. <보기>를 바탕으로 윗글을 감상한 내용으로 적절하지 않은 것은?35)

< 보 기 >

이 작품에는 고전소설의 다양한 양상이 포함되어 있다. 우선 남녀 주인공이 헤어져 고통과 시련을 겪다가 재회하는 구조가 드러난다. 또한 남자 주인공의 실종으로 인해 진가(眞假) 여부를 밝히는 재판까지 벌어지는 등 송사 소설의 특징이 나타나기도 하며, 마지막으로 궁지에 몰리면서도 절개를 지키려는 여자 주인공의 모습을 통해 정절담(貞節談)의 특징도 지니고 있다.

① '어사'가 '이씨로 수양딸을 정'하는 것에는, 여자 주인공의 지조와 절개가 영향을 끼쳤다고 할 수 있군.

② '앞니'의 '푸른 점'은, 여자 주인공이 남자 주인공의 진가 여부를 판단하는 중요한 근거라고 할 수 있군.

③ '대인을 만나'게 된 사건은, 시련을 겪던 남녀 주인공이 재회하는 바탕이 되는군.

④ '갓'을 '장난으로 내려 쓰'는 것은, 여자 주인공의 정절을

시험하는 행위이자 남녀 주인공이 분리되는 원인이 되는 군.

⑤ '축출하던 일'은, 남자 주인공의 실종 이후에 일어난 사건이자, 여자 주인공이 궁지에 몰렸던 상황과 관련되는군.

36. [A]와 [B]에 나타난 인물의 태도로 가장 적절한 것은?36)

① [A]에는 상대방을 걱정하는, [B]에는 상대방을 신뢰하는 태도가 드러난다.

② [A]에는 타인의 권위를 인정하는, [B]에는 타인을 원망하는 태도가 드러난다.

③ [A]에는 자신의 진심을 숨기려는, [B]에는 자신의 처지를 호소하려는 태도가 드러난다.

④ [A], [B] 모두 과거의 일을 후회하는 태도가 드러난다.

⑤ [A], [B] 모두 자기 미래를 낙관적으로 전망하는 태도가 드러난다.

37. <보기>는 어느 전(傳)의 줄거리이다. 윗글(A)과 <보기>(B)를 비교한 내용으로 적절하지 않은 것은?37)

< 보 기 >

유연(柳淵)의 형 유유(柳游)가 대를 잇지 못한다는 이유로 부모와의 불화 끝에 가출한 뒤 소식이 없자, 유연의 매형인 지(禔)는 처가 재산을 노리고 가짜 인물인 채응규(蔡應珪)에게 유유 행세를 시킨다. 유연이 이 사실을 알아채자, 채응규는 거꾸로 유연이 형을 살해했다는 누명을 씌워 관가에 고소한다. 지는 위증자를 동원하고 재판을 맡은 형조의 관리를 움직여 유연을 모함한다. 결국 유연은 고문을 견디다 못해 허위 자백으로 죄를 뒤집어쓰고 처형된다. 유연이 죽은 지 16년 후 진짜 유유가 나타나자 비로소 이 사건의 진실이 밝혀지게 되었다.
-이항복, '유연전(柳淵傳)'

① A와 B에서는 모두 송사의 방법으로 문제를 해결하려 했다는 점에서 유사하군.

② A와 B에서는 모두 상속 문제에 얽힌 형제간의 불화가 사건을 일으키는 주요 계기가 되는군.

③ A와 B에서는 모두 재산을 노리고 가짜 인물을 내세워 주인공들을 곤경에 빠뜨리는군.

④ A는 '인물에 대한 진위 여부'가, B는 '범죄 여부'가 재판의 핵심이로군.

⑤ A와 달리 B에서는 재판에서 진실이 밝혀지지 않았군.

38. ㉠~㉤에 대한 설명으로 적절하지 않은 것은?38)

① ㉠ : 아내를 의심하여 가문의 명예를 더럽힌 사실을 자책하는 심정을 표현한 말이다.

② ㉡ : 옥란이 선옥의 옷을 입었던 것이 잊혀질 정도로 시간이 오래 지났음을 알 수 있다.

③ ㉢ : 처사와 부인은 선옥을 알아보지 못하여 당황하는 태도를 보이고 있는 것이다.

④ ㉣ : 자신이 가짜인 것이 탄로날까 봐 선수를 쳐서 과장된 행동을 하고 있는 것이다.

⑤ ㉤ : 선옥의 아비도 선옥의 이에 푸른 점이 있다는 사실을 알고 있었음을 알 수 있다.

[39~42] 다음 글을 읽고 물음에 답하시오.

[앞부분의 줄거리] 정수정은 남복을 하고 전쟁에서 공을 세워 장연과 함께 제후가 된다. 정수정이 자신을 부마로 삼으려는 황제에게 여인임을 밝히고, 황제는 정수정과 공주를 장연과 혼인시킨다. 한편 정수정은 장연의 첩이 방자하게 굴자 참수한다.

궁중 상하 크게 놀라 태부인께 고한대 태부인이 대경실색하여 즉시 장 후를 불러 대책(大責) 왈

"네 벼슬이 공후에 있어 한 여자를 제어하지 못하고 어찌 세상에 행신하리오? 며느리가 되어 나의 신임하는 시비를 매로써 벌하는 것도 불가하거든 하물며 참수지경에 이르니 이는 남이 듣는다면 참으로 부끄러운 일이라."

하거늘 장 후가 머리를 조아리며 사죄하고 물러나서 이에 정 후의 신임하는 시녀를 잡아내어 무수 곤책하고 죽이고자 하거늘 공주와 원 부인이 힘써 간하여 그치니라. 이후로부터 장 후가 정 후를 마뜩잖게 여겨 조석정성(朝夕定省)에 만나매 외대(外待)함이 많은지라. 정 후가 마음에 극히 불쾌하면서도 장 후의 냉대함은 거리끼지 않았다. 일일은 중당에서 장 후를 대하여 왈

"군후가 일개 희첩으로 말미암아 첩을 깊이 한하시나 군자의 제가(齊家)하시는 근본이 아닌가 하나이다."

장 후가 대로 왈

"그대 한낱 공후의 위를 믿고 여자의 경부(敬夫)하는 도리 없어 감히 가부의 희첩을 처살하여 교만 방자함이 이를 데가 없으니 가히 온순한 부덕(婦德)인가?"

정 후가 분해하여 함루(含淚) 왈

"내 일찍 이 같음이 본대 부모 유교(遺敎)를 저버리지 못함이요, 다시 황은을 받듦으로 옛 약속을 지키기 위하여 부부 되었으나 어찌 녹록한 아녀자의 소임을 기꺼이 하리오?"

하고 즉시 외당에 나와 진시회를 불러 분부하되

"내 이제 청주로 가려 하나니 군마를 대령하라."

하고 이에 정당에 들어가 태부인께 하직을 고한대 태부인 발연 왈

"어찌 연고 없이 가려 하나뇨?"

정 후 왈

"봉읍이 중대하옵고 군무 긴급하옵기 돌아가려 하나이다."

하고 공주와 원 부인을 이별하고 외당에 나와 위의(威儀)를 재촉하여 ㉠청주에 돌아와 좌정 후 전령하여 삼군을 호상하고 무예를 연습하며 성지(城地)를 굳게 하여 불의지변(不意之變)을 방비하라 하다.

차설. 이전에 철통골이 겨우 일명(一命)을 보전하여 호왕을 보고 패한 연유를 고한대 호왕이 대성통곡 왈

"허다 장졸을 죽여시니 어찌 원수를 갚지 아니하리오?"

하고 문무를 모아 대장을 의논할새 문득 한 장수가 왈

"마웅은 신의 형이라. 원컨대 병사를 주시면 당당히 형의 원수를 갚고 태종의 머리를 베어 대왕 휘하에 드리리다."

하거늘 모두 보니 이는 거기장군 마원이라. ㉡범의 머리에 잔나비의 팔이며 곰의 등에 이리 허리니 만부부당지용(萬夫不當之勇)이 있는지라. 호왕이 대희하여 마원으로 대원수를 삼고 철통골로 선봉장을 삼아 정병 오만을 징발하여 출사할새 수삭지내(數朔之內)에 하북 삼십여 성을 항복받고 이미 양성에 다다랐는지라. 양성 태수 범규홍이 대경하여 바삐 상표 고변한대 상이 대경하사 문무를 모아 의논할새 제신(諸臣)이 다 정수정 아니면 대적할 자 없나이다 하거늘 상 왈

"전일에는 정수정이 남장한 줄 모르고 전장에 보냈거니와 이미 여자인 줄 알진대 어찌 만 리 전진에 보내리오?"

제신 왈

"차인이 비록 여자이나 하늘이 각별 폐하를 위하여 내신 사람이오니 폐하는 염려 마소서."

하거늘 상이 마지못하여 사관(仕官)을 청주에 보내어 정 후를 명초(命招)하신대 정 후가 대경하여 즉시 사관을 따라 황성에 이르러 입궐 숙사하니 상이 반기시며 왈

㉢"이제 국운이 불행하여 북적(北狄)이 다시 일어나 여차여차 하였다 하니 가장 위급한지라. 만조가 경을 천거하나 짐이 차마 경을 전장에 보내지 못하여 의논함이니 경의 소견이 어떠하뇨?"

정 후가 왈

"신첩이 규중에 침몰하오나 성은을 감축하옵는 바라. 차시를 당하여 어찌 안연히 앉아 있으리잇고? 신첩의 몸이 바스러지는 한이 있더라도 북적을 소멸하여 천은을 만분지 일이나 갚사올까 바라나이다."

(중략)

원수가 소와 양을 잡아 삼군을 위로할새 원수가 또한 술이 연하여 나와 취흥이 도도하매 문득 생각하고 좌우를 호령하여 중군 장연을 나입하라 하니, ㉣무사 쇠사슬로 장연의 목을 옭아 장하에 이르매 장 후 꿇지 아니하거늘 원수가 대로 왈

"이제 도적이 지경을 침노함에 황상이 근심하사 나로 도적을 막으라 하시니 내 황명을 받자와 주야로 근심하거늘 그대는 어찌하여 막중 군량을 때에 맞추어 대령치 아니하였느뇨? 장령을 어긴 죄를 면치 못하였는지라. 군법은 사사 없으니 그대는 나를 원(怨)치 말라."

하고 무사를 명하여 내어 베라 한대 장 후가 대로 왈

"내 비록 용렬하나 그대의 가부이거늘 소소 혐의로써 군법을 빙자하고 가부를 곤욕하니 어찌 여자의 도리리오?"

하거늘 원수가 차언(此言)을 듣고 항복을 받고자 하는 뜻이 더욱 강해져 짐짓 꾸짖어 왈

"그대 일의 형세를 모르는도다. 국가 중임을 맡음에 그대는 내 수하에 있는데 그대 이미 범법하였은즉 어찌 부부지의를 생각하여 군법을 착란케 하리오. ㉤그대 나를 초개(草芥)같이 여기는데 내 또한 그대 같은 장부는 원치 아니하노라."

하고 무사를 재촉하는지라.   - 작자 미상, 「정수정전」 -

39. 윗글을 이해한 내용으로 적절하지 않은 것은?[39)]

① 장연은 정수정이 신임하던 시비를 꾸짖고 죽이고자 하였다.

② 정수정은 부모의 뜻과 황제의 명령에 따라 장연과 결혼했다.

③ 황제는 정수정을 남자인 줄 알고 전쟁터에 내보낸 적이 있었다.

④ 정수정은 전쟁 중에 장연에게 군량을 가져오는 임무를 맡겼다.

⑤ 정수정은 장연이 자신을 냉대하는 것이 마음에 걸려 낙심하였다.

40. <보기>를 참고하여 윗글을 이해한 내용으로 적절하지 않은 것은?[40)]

─── < 보 기 > ───

조선 후기에는 남성 중심의 가부장제에 균열이 생겨 여성의 역할에 대한 새로운 인식이 나타났다. 하지만 여전히 가부장제 질서를 중시하는 분위기가 만연하여 가부장의 권위를 약화시키려는 것을 억누르는 태도 역시 강하게 나타났다. 이와 같은 사회상을 반영하고 있는 이

작품은 여성을 주인공으로 삼아, 가부장적 질서에 대응하며 사회에서 공적 역할을 수행하는 능력을 인정받는 새로운 여성상을 보여 주고 있다.

① 장연의 행위를 만류하는 공주와 원 부인의 행동에서, 여성의 역할에 대한 새로운 인식을 엿볼 수 있겠군.

② 장연을 질책하는 태부인의 말에서, 남성 중심의 가부장제 질서를 중시하는 태도를 엿볼 수 있겠군.

③ 제신들이 황제에게 정수정을 천거하는 것에서, 공적 역할의 수행 능력을 인정받은 여성의 모습을 발견할 수 있겠군.

④ 장연이 정수정에게 남편을 공경하는 도리가 없음을 책망하는 것에서, 가부장의 권위를 약화시키려는 것을 억누르는 태도를 확인할 수 있겠군.

⑤ 정수정이 녹록한 아녀자의 소임을 기꺼이 할 수 없다고 말한 것에서, 가부장적 질서에 대응하는 새로운 여성상의 일면을 찾아볼 수 있겠군.

41. 윗글을 읽고 <보기>의 질문에 답한다고 할 때 그 답으로 가장 적절한 것은?⁴¹⁾

―――― < 보 기 > ――――

문학 작품의 가치는 읽는 사람들에게 흥미만을 주는 데 있지 않다. 문학 작품은 당시의 시대상을 역사적인 기록보다 더욱 구체적으로 보여 주는가 하면 사람들을 억압하는 현실이 무엇인가를 깨닫게 하고 거기에 대한 대안을 제시하기도 한다. 이처럼 인간 삶의 새로운 지평을 열어 가는 것이야말로 모든 문학 작품이 추구하고 있는 진정한 가치라고 할 수 있다. 그렇다면 어떤 이 작품이 새로운 지평을 열어주었다고 할 수 있을까?

① 전기적(傳奇的)인 요소를 배격함으로써 소설에서 사실성을 추구하였다.

② 당시 우리 민족이 지녔던 진취적인 기상을 발굴하여 보여 주었다.

③ 남성과 여성의 성 역할에 대해 과거와는 다른 인식을 보여 주었다.

④ 유교적 가치관에서 벗어나 이용후생의 가치가 필요함을 강조하였다.

⑤ 서민의 자각을 바탕으로 신분 질서에 대한 비판 의식을 보여 주었다.

42. ㉠~㉤에 대한 설명으로 적절하지 않은 것은?⁴²⁾

① ㉠: 정수정이 수행하고 있는 공적 업무를 구체적으로

제시하고 있다.

② ㉡: 비유적 서술을 통해 마원이 용맹한 인물임을 부각하고 있다.

③ ㉢: 황제는 사태의 위급성을 언급하며 정수정에게 전쟁에 참여할 수 있는지 의중을 물어보고 있다.

④ ㉣: 장연은 장수로서의 능력을 각인시키기 위해 정수정에게 굽히지 않는 모습을 보여주고 있다.

⑤ ㉤: 정수정은 장연의 태도를 문제 삼으며 자신의 입장을 드러내고 있다.

[43~49] 다음 글을 읽고 물음에 답하시오.

[앞부분의 줄거리] 조선 인조 때 이시백은 어려서부터 매우 총명하고 문무를 겸비하여 명망을 조야에 떨친다. 시백은 자라서 박 처사의 딸과 혼인을 한다. 그러나 시백은 신부의 용모가 천하의 박색임을 알고 실망하여 박씨와 대면조차 하지 않는다. 그러자 박씨는 후원에 피화당(避禍堂)을 짓고 소일한다. 이후 박씨가 허물을 벗고 절대가인이 되자, 시백은 크게 기뻐한다. 이 때 중국의 용골대 형제가 십만의 병사를 거느리고 조선을 침략한다.

용골대 더욱 분을 참지 못하여 칼을 잡고 땅을 두드리며 왈,

"그러하오면 울대의 원수를 어찌 갚사오리까?"

하고 기절(氣絕)하다가 또 하는 말이,

"타국에 형제 한가지 왔다가 대사(大事)를 성공하옵고 동생을 죽이고 그 원수를 갚지 못하고 어찌 일국 대장으로 조그마한 아녀자에게 죽음이 되었으니 후세에 남의 웃음이 되올지라. 어찌 그저 돌아가리오?"

한우 왈,

"그대가 일시 분을 참지 못하여 용력(勇力)만 믿고 저러한 함지에 들어갔다가 보수(報讐)하기 난사(難事)이로니 도리어 신명(身命)을 보존치 못할 것이니, 알지못게라, 아직 진정하여 그 신기한 재주를 살펴보라. 비록 억만 대병을 거느려 간대도 살아나지 못할 것을 하물며 단기(單騎)로 들어가고자 하니 어찌 일국 대장이라 하리오?"

용골대 그 말을 자세히 듣고 군사를 호령 왈,

"그 나무를 에워싸고 불을 질러라."

하니, 군사 영을 듣고 화약과 염초(焰硝)를 사면으로 불을 지른대, 홀연 일진광풍(一陣狂風)이 일어나며 오운(五雲)이 자욱한 가운데 수목이 변화하여 무수한 장졸(將卒)이 되어 금고함성(金鼓喊聲)이 천지진동하며, 허다한 비룡(飛龍)과 맹호(猛虎) 서로 수미(首尾)를 접응(接應)하며 풍운이 자욱한데, 전후좌우에 겹겹이 둘러싸고, 공중으로서 신장(神將)이 내려와 갑주(甲胄)를 갖추고 장창대검(長槍大劍)을 들고 무수한 귀졸(鬼卒)이 달려드니, 뇌고함성(擂鼓

喊聲(함성)은 천지진동하고 호령이 추상(秋霜) 같으니, 장졸이 넋을 잃고 항오(行伍)를 차리지 못하는지라. 서로 밟혀 죽는 자 추풍낙엽 같은지라. 호장 등이 황망히 남은 군사를 거느려 퇴진하니, 그제야 천지 명랑하고 살기(殺氣) 사라지고 신장도 간 데 없는지라.

호장 등이 그 거동을 보고 더욱 분기를 이기지 못하여 다시 칼을 들고 달려들고자 하니, 청명(淸明)하던 날이 순식간에 운무 자욱하며 지척을 분별치 못하는지라. 용골대 감히 들지 못하고 울대의 머리만 보고 앙천통곡(仰天痛哭)할새, 수목 간(間)으로 한 여자 언연(偃然)히 나서며 크게 외쳐 왈,

"무지한 용골대야, 네 동생 울대가 내 칼에 죽었거든, 너조차 내 칼에 죽고자 하여 목숨을 재촉하느냐?"

용골대 이 말을 듣고 더욱 분노하여 꾸짖어 왈,

㉠"너는 어떠한 여자건대 장부(丈夫)를 대하여 욕설로 희롱하느냐? 내 동생이 불행하여 네 손에 죽었으나, 우리는 이미 네 국왕의 항서(降書)를 받았으니 너희도 우리 백성이라. 어찌 우리를 해(害)하려 하느냐? 이는 가위(可謂) 나라를 모르는 사람이라. 살려 쓸 데 없고 죽을 죄를 범하였으니 빨리 나와 내 칼을 받아 제 죄를 속(贖)하라."

한대, 계화 그 말을 듣고 울대의 머리만 자주 가리키며 조롱하여 왈,

"나는 박 부인의 시비 계화이거니와 너를 보니 가련하고 녹록하도다. 네 동생 울대는 나 같은 잔약(孱弱)한 여자 손에 죽었는데, 너도 나를 대적(對敵)지 못하고 저다지 분하여 하니, 어찌 가긍치 아니하고 녹록지 아니하리오? 네 분을 네 이기지 못하거든 나 보는 데 자결(自決)하면 네 동생의 머리와 같이 달아 두리라."

한대 용골대 이 말을 듣고 분기대발(憤氣大發)하여 철궁(鐵弓)에 왜전(矮箭)을 달아 계화를 쏘니, 그 살이 오륙 보(步)에 떨어지고 능히 맞추지 못하는지라. 용골대 더욱 분하여 군중(軍中)에 호령하여 일시에 쏘라 하니, 군사 청령(聽令)하고 무수히 쏘되 누만(累萬) 명 군사 하나도 맞추지 못하는지라. 화살만 허비(虛費)하고 하나도 맞추는 자 없으니 용골대 흉중(胸中)이 막혀 아무리할 줄 모르는 중에 그 신기한 재주를 탄복하며 분심을 참지 못하여 서로 이르되,

"이제 우리는 백만 대병을 거느렸으되 감히 당할 자 없으니, 본국으로 하여금 쳐보리라."

하고 김자점을 불러 왈,

"너희도 우리나라 신하(臣下)라 바삐 도성(都城) 군사를 조발(調發)하여 팔문도진(八門圖陣)을 파(破)하고 박씨와 계화를 다 생금(生擒)하여 바치라. 만일 위령(違令)하면 군법(軍法)으로 시행(施行)하리라."

호령이 추상 같으니, 자점이 황공하여 왈,

"어찌 장군의 영을 거역하오리까?"

하고 즉시 방포일성(放砲一聲)에 군사를 호령하여 팔문진을 에워싸고 치돌하니, 문득 팔문진이 변하여 백여 장(丈)이나 한 금각봉이 되는지라. 호장이 그 변화 무궁함을 보고 분을 이기지 못하여 한 꾀를 생각하고 호군을 명하여 팔문진 사면에 해자(垓字)를 깊이 파고 화약 염초를 무수히 묻고 크게 외쳐 왈,

"네 아무리 천변만화지술(千變萬化之術)이 있은들 오늘이야 너희를 살려 두리오? 목숨을 아끼거든 빨리 나와 항복하라."

하고 욕설을 무수히 하되, 고요하여 아무 소리도 없는지라. 군사를 호령하여 일시에 불을 지르니, 화약 풍기는 소리 천지진동하고, 산천이 무너지는 듯하며 화광(火光)이 충천(衝天)하며 사방에 불이 일어나니, 박씨 계화를 명하여 부작(符作)을 던지고 좌수(左手)에 옥화선을 들고 우수(右手)에 백화선을 들고 오색실로 부작을 매어 화염 중에 던지니, 홀연 대풍(大風)이 일어나 화약 불이 도리어 호진(胡陣) 중(中)으로 풍기니, 호병이 화염 중에 들어 지척을 분별치 못하여 불에 타 죽은 자가 부지기수(不知其數)러라. 용골대 크게 놀래어 급히 퇴병(退兵)하고 하늘을 우러러 탄식 왈,

"우리 조선(朝鮮)을 나온 후 병불혈인(兵不血刃)하고 호통 일성(一聲)에 조선을 항복 받았거늘, 어찌 일개(一個) 아녀자를 만나 불쌍한 동생을 무죄(無罪)히 죽이고 십만 대병을 거의 다 죽였으니, 분막심언(忿莫甚焉)이라. 하면목(何面目)으로 우리 대왕과 왕비를 뵈오리오?"

하며 통곡을 마지아니하고 제장(諸將)을 불러 의논 왈,

"아무리 하여도 그 여자를 당치 못할지라."

하고, 장안 물색(物色)과 왕대비(王大妃)와 세자 삼형제를 거두어 발행(發行)할새, 상하(上下) 없이 곡성이 장안에 진동하거늘, 박씨 계화를 명하여 적진을 대하여 크게 외쳐 왈,

"무지한 오랑캐놈은 들으라, 네 왕이 무도(無道)하여 너 같은 구상유취(口尙乳臭)를 보내어 존중(尊重)하온 우리나라를 침노(侵虜)하니, 불행하여 패란(敗亂) 당하였거니와 무슨 연고(緣故)로 아국 인물을 거두어 가는가? 네 만일 우리 왕비를 모셔 가면 너희들을 함몰(陷沒)할 것이니 신명(身命)을 돌아보아 하라."

한대, 호장이 그 말을 듣고 웃으며 왈,

"네 말이 녹록하도다. 우리 이미 네 국왕에게 항서(降書)를 받았으니, 데려가고 아니 데려가고는 우리 할 탓이라, 그런 말은 하지도 말라."

하며, 능욕(凌辱)을 무수히 하니, 계화가 또다시 외쳐 왈,

"너희들이 일향(一向) 거역하면 내 재주를 보아라."
하고, 언필(言畢)에 무슨 진언(眞言)을 두어 번 외우더니, 홀연 공중에서 두 줄 무지개 일어나며 급한 대우(大雨) 폭주(暴注)하여 천지 아득하며, 또 풍설(風雪)이 대작(大作)하며 우박(雨雹)이 담아 붓듯이 하더니, 또 소나기와 우박, 풍설이 대작하여 얼음이 되어 호적(胡敵)의 말굽이 땅에 붙고 떨어지지 아니하며, 사람은 촌보(寸步)를 운동(運動)치 못하는지라, 호장이 그제야 깨닫고 왈,

"당초 기병(起兵)할 제 우리 왕비 분부하되, '조선에 나가거든 우의정 집 후원(後園)은 범(犯)차 말라.' 하시더니, 짐짓 깨닫지 못하고 일시(一時) 분(憤)만 생각하고 왕비 분부를 거역하다가 화(禍)를 당하여 십만 대병을 태반(太半)이나 죽이고 무죄한 동생을 죽였으니, 하면목으로 우리 대왕과 왕비를 뵈오리오? ⓛ이제 사세(事勢) 급하니 박씨께 비느니만 같지 못하다."
하고 호장들이 손을 묶어 팔문진 앞에 나아가 꿇어 애걸(哀乞) 왈,

ⓒ"소장(小將)이 기병하와 조선을 나와 주유(周遊)하오되 한 번도 무릎을 꿇은 바가 없삽더니, 박씨 신명지하(神明之下)에 비나이다."
하고, 또 애걸 왈,

ⓔ"이제 부인 말씀이 왕비는 데려가지 말라 하시니, 분부대로 하올 것이니 길을 열어 고국으로 돌아가게 하옵소서."

무수히 애걸하니, 박씨 그제야 주렴(珠簾)을 걷고 대질(大叱) 왈,

"너희들을 씨 없이 함몰(陷沒)하자 하였더니, 십분 짐작하여 순수천명(順受天命)하거니와, 우리나라가 불행하여 너희에게 강화(講和)를 당하였거니와 무슨 연고로 우리 왕비는 모셔 가려 하느냐? 너희 말대로 왕비는 모셔 가지 말며, 너희 부득이 세자를 모셔 간다 하니, 그도 또한 천의(天意)를 거역지 못하거니와 부디 조심하여 모셔 가게 하라. 내 앉아서도 아는 도리(道理) 있으니, 만일 불편하게 모시면 내 신장(神將)을 보내 너희 왕과 무죄한 백성 함몰할 것이니, 내 말을 헛되이 알지 말고 명심(銘心)하여 가게 하라."
하니 호장들이 백배사례하고, 다시 애걸 왈,

"소장(小將)의 동생 머리를 주시면 부인 덕택으로 고국에 돌아가겠삽나이다."
한데, 부인이 웃어 왈,

"조공(趙公) 양자(襄子) 지백(智伯)의 머리를 옻칠하여 술잔을 만들어 원수를 갚았으니, 나도 옛일을 효칙(效則)하여 네 동생의 머리를 옻칠하여 남한산성에서 욕보신 분(憤)을 만분지일(萬分之一)이나 풀리라."

한데, 용골대 이 말을 듣고 분심(忿心)을 진정하여 머리만 보고 통곡할 따름이라. 하릴없어 하직하고 가거늘, 박씨 또 가로되,

"너희들이 그저 가지 말고 의주(義州)로 가 임경업을 보고 가라."
하니, 호장이 내념(內念)에 생각하되,

ⓜ'조선 왕이 강화를 하였으니 서로 공경함이 전일과 다르리라.'
하고 다시 하직하고 왕비는 도로 보내고 장안 인물과 세자 동궁을 데리고 본국으로 돌아갈새, 잡혀가는 남녀노소 없이 하늘을 우러러 탄식 왈,

"박 부인은 무슨 복(福)으로 화(禍)를 면하고 본국에 있어 부귀를 누리고, 우리는 무슨 죄로 타국에 잡혀가는고?"
하니, 박씨 계화를 불러 잡혀가는 사람을 위로하여 왈,

"이게 다 인간(人間) 고락(苦樂)이니 너무 설워 말고 가 있으면 수년지내(數年之內)에 세자 동궁과 부인을 다 모셔올 사람 있으니, 부디 과념(過念)치 말고 평안히 가소서."
하더라.
— 작자 미상, 「박씨전」 —

43. 윗글을 통해 추리한 내용으로 적절하지 않은 것은?[43]

① 용골대는 박씨 부인의 초인적인 능력을 보고 싸움을 포기하였다.

② 임금이 용골대에게 항복 문서를 써 준 사실을 박씨 부인은 분하게 여겼다.

③ 왕비는 용골대를 불러 박씨 부인이 있는 곳은 침범하지 말라고 당부하였다.

④ 용골대는 동생이 박씨 부인에게 살해당했다는 소식을 듣고 복수를 다짐하였다.

⑤ 박씨 부인은 용골대가 세자와 대군을 볼모로 끌고 가지 못하게 하려고 노력하였다.

44. <보기>를 바탕으로 윗글을 감상할 때, 적절하지 않은 것은?[44]

< 보 기 >

전쟁을 다룬 소설 중에는 실재했던 전쟁을 제재로 한 작품들이 있다. 이런 작품들은 허구를 매개로 실재했던 전쟁을 새롭게 조명하고 있다. 가령, 「박씨전」의 후반부는 패전했던 병자호란을 있는 그대로 받아들이고 싶지 않았던 조선 사람들의 욕망에 따라, 허구적 인물 박씨가 패전의 고통을 안겼던 실존 인물 용골대를 물리치는 장면을 중심으로 허구화되었다. 외적에 휘둘린 무능한 관군 탓에 병자호란 당시 여성은 전쟁의 큰 피해자였다. 「박씨

전」에서는 이 비극적 체험을 재구성하여, 전화를 피하기 위한 장소인 피화당(避禍堂)에서 여성 인물과 적군이 전투를 벌이는 장면을 설정하고 있다. 이들 간의 대립 구도 하에서 전개되는 이야기는 조선 사람들의 슬픔을 위로하고 희생자를 추모함으로써 공동체로서의 연대감을 강화하였다.

　우리는 「박씨전」을 통해 전쟁의 성격을 탐색할 수 있다. 이 작품에서는 외적의 침략이라는 공동체 사이의 갈등이 드러나고 있다. 그런데 전쟁이 폭력적인 것은 이 과정에서 사람들이 죽기 때문만은 아니다. 전쟁의 명분은 폭력을 정당화하기에, 적의 죽음은 불가피한 것으로, 우리 편의 죽음은 불의한 적에 의한 희생으로 간주된다. 전쟁은 냉혹하게도 아군이나 적군 모두가 민간인의 죽음조차 외면하거나 자신의 명분에 따라 이를 이용하게 한다는 점에서 폭력성을 띠는 것이다. 이 작품에서 사람들이 죽는 장소가 군사들이 대치하는 전선만이 아니라는 점도 주목된다. 전쟁터란 전장과 후방, 가해자와 피해자가 구분되지 않는 혼돈의 현장이다. 이 혼돈 속에서 사람들은 고통 받으면서도 생의 의지를 추구해야 한다는 점에서 전쟁은 비극성을 띤다. 이처럼, 전쟁의 허구화를 통해 우리는 전쟁에 대한 인식을 새롭게 할 수 있다.

① 장안 삼십 리에 불길이 충천하고 장안 미색이 끌려가는 장면은 조선 백성들의 비극적 체험을 드러내고 있다.
② 용골대에게 조선 도원수가 복종하여 명령을 따르는 장면은 관군의 무능함을 허구를 매개로 조명하고 있다.
③ 박씨의 재주에 오랑캐 장수들이 황겁해 하는 장면에서, 패전의 고통이 허구적 인물의 활약을 통해 위로받고 있다.
④ 오랑캐군의 침략이 존중하는 나라에 대한 침범이라는 박씨의 비난은 용골대를 비롯한 오랑캐군이 불의한 존재임을 드러내고 있다.
⑤ 용골대가 장졸들의 죽음에 탄식하는 장면에서, 죽음의 책임을 폭력적인 방식으로 박씨에게 돌리려는 오랑캐의 모습이 드러나고 있다.

45. <보기>를 참고할 때, 윗글 이후의 사건 전개에서 반드시 밝혀져야 할 내용은?[45]

──── < 보 기 > ────
　사건이 현실화될 수 있는 확실성의 정도 또는 가능성의 정도를 개연성(蓋然性, probability)이라 한다. 허구적인 작품의 어떤 내용이 실제로 있다는 충분한 근거는 없지만, 현실화될 수 있거나 참이 될 수 있는 가능성이 있는 것을 가리킨다. 이 말은 아리스토텔레스가 『시학(詩學)』에서 사용하

였다. 흔히 허구는 거짓을 뜻하지만, 문학에서 허구는 개연성을 띤 허구, 곧 현실성이나 진실성을 띤 허구로 간주된다. 아리스토텔레스는 허구의 이러한 성격을 두고, 그것이 역사적 사실보다 더 철학적이라고 말한 바 있다. 이는 허구가 개연성을 통해 보편성에 접근하게 된다는 것을 의미한다.
　개연성이 문제시되는 것은 특히 소설과 같은 서사 장르이다. 소설이란 허구의 산물이므로, 그 허구를 독자들이 사실로 받아들일 수 있게끔 신뢰감과 설득력을 갖추어야 하는데, 그렇게 신뢰할 수 있게 만드는 장치 중 대표적인 문학적 장치들을 인과 관계에 의한 연결(필연성), 복선에 의한 암시 등으로 보았다.

① 박씨 부인이 싸움에 진 용골대를 죽이지 않은 이유
② 조선 국왕이 골대 형제에게 항복 문서를 써 준 이유
③ 박씨 부인이 계화로 하여금 용골대를 상대하게 한 이유
④ 박씨 부인이 용골대에게 임경업 장군을 만나라고 한 이유
⑤ 용골대가 박씨 부인에게 용울대의 머리를 내어 달라고 한 이유

46. 윗글의 내용을 <보기>와 같이 나타낼 경우, 그에 대한 설명으로 적절하지 않은 것은?[46]

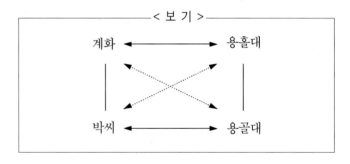

① 계화와 용홀대의 대결은 박씨와 용골대의 대결을 예비하는군.
② 왼쪽 인물과 오른쪽 인물의 대비는 민족간의 대립을 보여주는군.
③ 김자점이라는 인물은 오른쪽 자리에 위치하게 해야 할 것 같군.
④ 박씨는 계화를 통해서 용홀대에 대한 승리를 쟁취했다고 해야겠지.
⑤ 위쪽 인물과 아래쪽 인물의 관계는 피지배층과 지배층의 대결 관계를 나타내고 있군.

47. ㉠~㉤과 관련한 설명으로 적절하지 않은 것은?[47]
① ㉠에서 호장은 자신들의 우월한 정치적 입지를 의식하고 있다.
② ㉡에서 호장은 자신의 불리함을 깨닫고 태도 변화를 결

심하고 있다.

③ ㉢에서 호장은 자신의 행동을 통해 상대방의 태도 변화를 기대하고 있다.

④ ㉣에서 호장은 상대방의 요구를 거부하고서 새로운 요구 조건을 내세우고 있다.

⑤ ㉤에서 호장은 상대방의 요구를 수용해도 손해가 나지 않는다고 판단하고 있다.

48. <보기>를 참고하여 윗글을 감상한 내용으로 적절하지 않은 것은?48)

> ──────< 보 기 >──────
>
> **1636년(인조 14, 병자년)**
>
> 2월 : 용골대(龍骨大)·마부태(馬夫太) 등이 사신으로 와서 군신(君臣)의 의(義)를 강요함.
>
> 3월 : 이시백(李時白)을 남한산성 수어사(守禦使)에 임명함.
>
> 12월 : 12만 대군과 용골대(龍骨大) 형제 등의 장수를 이끌고 청 태종이 침입함. 임경업(林慶業) 장군이 지키는 의주 백마산성을 우회하여 한양으로 진격함.
>
> **1637년(인조 15, 정축년)**
>
> 1월 : 인조가 강화도로 피난하려다 길이 막혀 남한산성으로 들어감. 강화도 함락됨. 삼전도에서 청 태종에게 항복함.
>
> 2월 : 청군이 철수함.
>
> 4월 : 소현세자(昭顯世子), 봉림대군(鳳林大君), 삼학사(三學士) 등이 청에 볼모로 잡혀감.

① 1637년 1월 강화도 함락 전후의 역사적 사실을 토대로 형상화한 내용이구나.

② 이시백이 아니라 그 부인을 주인공으로 설정한 것은 당대로서는 획기적인 일이야.

③ 임경업, 이시백, 용골대 등 역사적으로 실재했던 인물들을 등장인물로 삼았구나.

④ 조선이 청나라에 항복한 사실을 부정하고 오히려 청이 조선에게 항복한 것으로 되어 있구나.

⑤ 청나라 군대의 철군 두 달 후에 세자와 대군이 볼모로 잡혀간 역사적 사실과 다르게, 철수할 때 잡혀가는 것으로 설정했구나.

49. <보기>를 바탕으로 윗글을 감상한 것으로 적절하지 않은 것은?49)

> ──────< 보 기 >──────
>
> 「박씨전」은 병자호란이라는 역사적 사건을 바탕으로 인조, 이시백, 임경업, 김자점, 오랑캐 장수 용골대 등 병

자호란 때 활약을 했던 실제 인물과 박 씨라는 허구의 인물을 중심인물로 하여 이야기를 전개하고 있다. 흥미로운 것은 허구적 인물인 박 씨가 영웅적 기상과 재주로 적장을 농락한다는 점인데, 사대부 여성의 공적 영역 진출이 제한된 시대에 박 씨는 대리인을 내세워 적장과 싸우거나, 국가의 위기를 예견하고 피화당을 지어 위기를 극복하는 등의 방법을 통해 자신의 능력을 발휘하고 있다. 뿐만 아니라 병자호란은 임금인 인조가 삼전도에서 굴욕적으로 항복한 데다가 소현세자와 봉림대군이 볼모로 가게 된 조선 역사상 유례 없던 치욕적인 사건이었다. 「박씨전」에서는 병자호란의 패배와 고통을 문학적 상상력을 통해 승리로 탈바꿈했다는 점에서 민족적 자긍심을 회복하고자 했던 민중들의 심리적 욕구가 반영된 작품으로 볼 수 있다.

① 용골대가 조선의 화친 언약을 받은 것은 문학적 상상력의 소산이로군.

② 위기를 예견한 박 씨는 피화당에서 적들의 공격을 방어함으로써 위기를 극복하고 있군.

③ 용골대가 세자·대군을 볼모로 잡아간 것은 병자호란이라는 역사적 사실을 반영한 것이로군.

④ 사대부 여성의 공적 영역 진출이 제한된 상황에서 박 씨는 계화라는 대리인을 내세워 용골대와 싸우며 능력을 발휘하고 있군.

⑤ 역사적 실제 인물인 용골대와 허구적 인물인 박 씨가 대결해 박 씨가 승리하는 것에서 당시 민중들의 심리적 욕구를 엿볼 수 있군.

[50~55] 다음 글을 읽고 물음에 답하시오.

한림은 한동안 조용히 생각하다가 교씨를 위로하였다.

"내가 자네를 취한 것은 본디 부인의 권고를 따른 일이었네. 또 부인이 일찍이 자네에게 해로운 소리를 한 적도 없었지. ㉠이 일은 아마 비복들 가운데서 누군가가 참언을 하였기에 부인이 잠시 노하여 하신 말씀에 지나지 않을 것이네. 그러나 성품이 본시 유순하니 자네를 해치려 하지는 않을 것이야. 염려하지 말게. 하물며 내가 있질 않나? 자네를 어떻게 해칠 수 있겠는가?"

㉡교씨는 끝내 마음을 풀지 않은 채 다만 한림에게 사례할 따름이었다.

아아! 옛말에 이르기를, "호랑이를 그리는 데는 뼈를 그리기 어렵고, 사람을 사귀는 데는 마음을 알기 어렵다."라고 하였다. 교씨는 얼굴이 유순하고 말씨가

공손하였다. 따라서 사 부인은 단지 좋은 사람으로 여
겼을 따름이었다. 경계한 말씀은 오직 음란한 노래가
장부를 오도할까 염려한 것이었다. 또한 교씨를 바른
[A] 길로 인도하려는 것이었다. 본디 사랑하는 마음에서
한 말이었다. 추호도 시기하는 생각은 없었던 것이다.
그런데 교씨는 문득 분한 마음을 품고 교묘한 말로
참소하여 마침내 큰 재앙의 뿌리를 양성하였다. 부부
와 처첩의 사이는 진정 어려운 관계라 아니할 수 있
겠는가?

한림은 교씨의 **간계를 깨닫지 못했다.** 하지만 사 부인
의 본의도 역시 의심하지는 않았다. 그러므로 교씨는 다
시 참소를 행할 수 없었다.

어느 날 납매가 교씨에게 고했다.

ⓒ"방금 추향에게 들으니 부인께서 회임(懷妊)을 하셨
다 합니다."

교씨는 깜짝 놀랐다.

"십 년이나 지난 후에 비로소 잉태한다는 것은 세상에
드문 일이다. 혹시 월사(月事)가 불순한 것은 아니겠느
냐?"

교씨는 속으로 생각하였다.

'저 사람이 만일 아들을 낳기라도 한다면 나는 자연 무
색할 뿐인 것인데…….'

하지만 계책 또한 마땅히 쓸 만한 것이 없었다.

한두 달이 지나면서 부인의 태기가 확실하게 나타났다.
온 집안의 사람들은 모두 기뻐하였다. 그러나 교씨만은
홀로 앙앙불락하였다.

<중략>

교씨는 더욱 근심하면서 속으로 생각했다.

'ⓓ내가 저 사람과 비교할 때 용모의 아름다움은 전혀
나은 것이 없지. 그러나 적첩(嫡妾)의 분의(分義)에는 현
격한 차이가 있어. 단지 나는 아들을 낳고 저 사람에게는
아들이 없었어. 그 때문에 내가 장부의 후대를 받을 수
있었던 것이야. 그런데 이제 저 사람이 아들을 낳았어. 저
아이가 장차 이 집의 주인이 될 것이야. 내 아이는 아무
쓸데가 없게 될 것이 아닌가? 저 사람이 겉으로는 어진
체하고 있지. 하지만 화원에서 나를 책망한 말은 분명히
시기를 부린 것이었어. 하루아침에 나를 한림에게 참소한
다면, 한림이 평소 저를 믿고 있으니 내 신세를 염려하지
않을 수 있겠는가?'

교씨는 다시 이십낭을 불러 의논하였다.

십낭은 전에 이미 교씨로부터 많은 금은을 받은 터였다.
마침내 서로 한 마음이 되어 간악한 음모와 사특한 계교
를 만들어 내지 않는 것이 없었다. 그렇지만 그 기미가
워낙 은밀하였다. 누구도 그것을 눈치채는 사람이 없었다.

<중략>

한편 한림학사 유연수는 유배지에 도착하니 바람이 거
세고 **인심이 사나워** 갖은 고초를 겪게 되었다. 외로운 가
운데 이러한 고생을 하니 **예전의 총명함**이 점점 돌아와
뉘우치며 말했다.

"사 씨가 동청을 꺼렸는데 이제 와서 생각하니 그 말이
옳도다. 어진 아내를 의심했으니 무슨 면목으로 조상을
대하리오."

밤낮 이런 생각을 하면서 탄식하니 병에 걸리고 말았
다. 이곳에는 마땅한 의약이 없었다. 병세는 날로 심해져
죽을 지경에 이르렀다. ⓔ하루는 흰 옷 입은 노파가 병
(瓶)을 들고 와서 말했다.

"상공의 병이 위독하니 이 물을 먹으면 좋아지리라."

한림이 물었다.

"그대는 누구인데 유배당한 사람의 병을 구하시오?"

노파가 말했다.

"나는 동정 군산에 사는 사람이로다."

그러고는 병을 뜰 가운데 놓고 사라졌다. 한림이 놀라
일어나니 **꿈**이었다. 이상하게 생각했는데 다음 날 아침
하인이 뜰을 청소하다가 들어와 고했다.

"뜰에서 물이 솟아나옵니다."

한림이 이상하게 여겨 창을 열고 보니 꿈에 노파가 병
을 놓았던 자리였다. 물을 한 그릇 떠오라고 해서 마시니
맛이 달고 상쾌한 것이 마치 **단 이슬**을 먹은 것 같았다.
원래 행주는 수질이 좋지 않은 곳이다. 한림의 병도 그렇
게 좋지 않은 물 때문에 생긴 것이었다. 그런데 이 물을
먹은 즉시 병세가 사라지고 예전의 얼굴과 기력을 회복하
였다. 그것을 본 사람들이 모두 신기하게 여겼다. 이후로
도 그 샘은 마르지 않아 마을 사람들이 나누어 마셨다.
이로 인해 물로 인한 병이 없어지자 사람들이 그 샘을 학
사정이라고 하였는데 **지금까지 전해진다.**

– 김만중, 「사씨남정기」 –

* 장강: 춘추 전국 시대 위나라 장공의 아내.
* 반첩여: 한나라 성제의 후궁.
* 황릉묘: 순임금의 두 왕비인 아황과 여영을 추모하기 위해 세운
사당.

**50. 윗글에서 등장인물들의 특성에 대한 설명으로 적절하지
않은 것은?**[50]

① 교씨는 탐욕스럽고 교활한 악인형 인물의 전형으로 등
장하고 있다.

② 사씨는 사대부가의 부녀자로 유교적 가치관에 부합하는
인물의 전형이다.

③ 대체로 등장인물들의 특성을 대화나 행동을 통해 간접
으로 제시하고 있다.

④ 인물들의 특성을 서술자가 직접 제시한 부분도 있어 독자의 상상력을 넓혀 주고 있다.

⑤ 한림은 자신의 판단력으로 어느 쪽에 치우치지 않으면서 가정의 화목을 지키려 하고 있다.

51. 윗글을 통해 알 수 있는 당시의 사회상으로 적절한 것은?[51]

① 축첩(蓄妾) 제도 때문에 부부(夫婦) 및 처첩(妻妾) 간의 갈등이 발생했다.

② 가부장적(家父長的) 사회지만 여성들의 사회적 역할이 강조되었다.

③ 첩(妾)을 들여서라도 아들을 낳아 가문의 대를 잇고자 하는 의식이 매우 강했다.

④ 남존여비(男尊女卑)의 신분 제도가 흔들림에 따라 평민 의식이 성장하기 시작했다.

⑤ 능력과 상관없이 벼슬길로 나아가는 출발부터 적자(嫡子)와 서자(庶子)의 차별이 있었다.

52. <보기>를 참고하여 윗글을 감상한 내용으로 적절하지 않은 것은?[52]

─────< 보 기 >─────

• 예로부터 사물은 변하지 않으면 그 재목을 이룰 수 없고 사람은 일을 겪지 않으면 지혜를 기를 수 없다. 유연수가 일을 겪고 변화를 겪는 가운데 상연히 그릇된 것을 깨닫고, 착한 데로 옮겨가는 마음이 있었으니 많은 경험을 쌓아 세상일에 익숙해지는 경험이 된 것이니 재앙이 상서로움으로 바뀐 것이다.

• 이 전은 성현의 글이 아니기에 감히 그릇된 것을 판별하여 지우고 고쳤다. 그 사건들에 대해 논단하여 세상의 경계로 삼으니 권선징악의 도리에 또한 조금이나마 도움이 될 것이기에 말한다.

• 유 한림이 여기에 이르러 바야흐로 동청이 가문을 더럽히고 교씨가 집안에 화를 불러왔음을 깨달았다. 애석하다, 좀 일찍 깨달았더라면!

• 이것은 사랑이 편중되어 사악함과 올바름을 잘못 깨닫는 것이요, 마음이 가리어져 나아감과 물러남이 어그러진 것이다. 군자는 마땅히 그 마음을 바르게 하여 외물에 흔들리지 말아야 한다.

• 외사가 말하되 황릉묘에 꿈을 이룬 것과 백의를 읽은 부처님이 나타났다는 말은 너무도 이상하지마는 옛날부터 좋은 사람이 액을 당하였을 때는 신의 도움이 없는 것도 아니니 결초보은하던 귀신과 신발을 떨어뜨리던 황석공을 전혀 허무했다 할 수 없다.

　　　　　　　－이양오, '사씨남정기 후서(後序)'

① 유 한림이 교 씨의 '간계를 깨닫지 못'한 것은 사랑이 편중되고 마음이 가리어진 때문이므로, 외물에 흔들리지 않아야겠다고 깨달았을 거야.

② 유 한림이 유배지에서 고초를 겪는 가운데 '예전의 총명함'을 회복하는 장면에서, 과오가 있는 사람이라도 잘못을 깨닫고 착한 데로 나아가는 과정을 엿볼 수 있어.

③ 유 한림이 유배지에서 얻은 질병이 '단 이슬'과 같은 물로써 치료된다는 설정에서, 유 한림의 재앙이 상서로움으로 전환되는 양상을 엿볼 수 있어.

④ 학사정이 생기게 된 유래가 신이하지만 사람들에게 받아들여져 '지금까지 전해진다'고 한 점에서, 허구적인 이야기일지라도 사람의 일에 연관되므로 괴이한 것만으로는 볼 수 없어.

⑤ 유 한림에게 갖은 고초를 줄 만큼 '인심이 사나웠'던 행주 사람들이 샘에 얽힌 이야기를 듣고 권선징악의 이치를 깨달은 데서, 그 이야기를 맹랑한 것으로 치부해서는 곤란하다는 점을 알 수 있군.

53. [A]에 대한 설명으로 적절한 것은?[53]

① 서술자가 소설의 진행 중 개입하여 다른 등장인물의 견해를 대신하여 전달하고 있다.

② 서술자가 인물의 특성을 보여주기의 방법으로 간접적으로 제시하고 있는 부분이다.

③ 갈등의 시작에 대한 책임이 두 인물 모두에게 있음을 암시하고 있다.

④ 상반된 두 인물 모두에게 공정하고 타당한 평가가 이루어지고 있다.

⑤ 옛말을 인용하여 사람의 본질을 파악하는 것이 쉽지 않음을 말하고 있다.

54. 윗글의 꿈(ⓐ)과 <보기>의 꿈(ⓑ)에 대한 이해로 가장 적절한 것은?[54]

─────< 보 기 >─────

여러 부인이 혼연히 답사하더라. 사씨 인하여 사배(四拜) 하직하니 낭랑이 가로되,

"매사에 힘써 하면 오십 년 후 이곳에 자연 모일 것이니 다만 삼가 보중하라."

하고, 청의(靑衣) 여동(女童)을 향하여,

"모셔 가라."

하니, 사씨 절하고 뜰 아래 내릴새 전상(殿上)에서 열두 주렴(珠簾) 내리는 소리에 놀라 잠을 소스라치니, 유모 등이 부인이 오래도록 혼절함을 망극하여 깨기를 기다리더니 오랫동안에야 몸을 움직이거늘 기뻐하여 급히 구하니, 사씨 일어나 어느 때나 되었음을 물으니 잠든 후 서

너 시간이나 되었다 하더라. 이에 유모 등이 가로되,

"부인이 기절하여 계시거늘 저희들이 구원하여 이제야 정신을 진정하여 계시니이다."

사씨 낭랑의 말씀을 다 이르고 가로되,

"내 몽중에 대숲 속으로 갔으니 너희들이 믿지 않거든 나를 따라오라."

하고, 붙들어 수풀로 들어가니 한 사당이 있는데 현판에 '황릉묘(皇陵廟)'라 하였으니 이는 곧 두 왕비의 사당이라. 꿈에 보던 곳과 같되 단청이 투색(渝色)하고 심히 황량하더라. 즉시 전상을 바라보니 두 왕비의 화상이 완연히 몽중에 뵈옵던 바와 다름이 없거늘 사씨 절하고 축원하여 가로되,

"첩이 낭랑의 가르치심을 입사오니 다른 날 좋은 때를 만날진대 낭랑의 성덕을 어찌 명심히 아니하리꼬?"

하며 물러나와 차환으로 하여금 묘지기의 집에 나아가 밥을 구하여 삼 인이 요기하였다.

① ⓐ와 ⓑ에는 모두 꿈을 꾼 주체가 처한 고난이 심화될 것임을 암시하는 징표가 제시된다.

② ⓐ와 ⓑ에는 모두 꿈을 꾼 주체가 만나고 싶어 하던 역사적 인물이 등장한다.

③ ⓐ와 ⓑ에는 모두 꿈을 꾼 주체를 돕는 역할을 하는 존재가 출현한다.

④ ⓐ에는 ⓑ에서와 달리, 꿈을 꾼 주체의 출생 내력이 제시되어 있다.

⑤ ⓑ에는 ⓐ에서와 달리, 꿈을 꾼 두 주체가 공유하고 있는 과거의 기억이 나타나고 있다.

55. ㉠~㉤에 대한 설명으로 적절하지 <u>않은</u> 것은?[55)

① ㉠ : 사씨가 비복들의 말을 오해하여 들은 결과라며 한림이 교 씨를 위로하고 있는 말이다.

② ㉡ : 한림의 말이 교씨에게 설득력이 없었다는 것을 알 수 있다.

③ ㉢ : 교씨가 자신의 불안해질 입지에 대해 본격적으로 생각하는 계기가 된다.

④ ㉣ : 자신이 여성적 매력에서 우위를 점할 수 없음을 인정하고 있다.

⑤ ㉤ : 한림이 초월적 존재에 의해 위기를 극복하고 있음을 드러내고 있다.

[56~61] 다음 글을 읽고 물음에 답하시오.

(가)

이혈룡이 어이가 없어서,

"오냐, 내가 너를 친구라고 찾아왔다가 통지를 할 수 없어 한 달이나 지나서 노자도 떨어지고 기갈을 견디지 못하여 문전걸식하고 다니다가 오늘에야 이 자리에서 너를 보니 죽어도 한이 없다. 나는 너를 친구라고 찾아왔는데 어찌 이같이 괄시한단 말이냐? ㉠오랜 친구도 쓸데없고 결의형제도 쓸데없구나. 내가 네 처지라면 이같이는 괄시하지 않을 거다. 다만 돈백이라도 준다면 모친과 처자를 먹여 살리겠다."

하면서 대성통곡하였다. 이혈룡은 다시 울먹이는 말로,

"이 몹쓸 김진희야, 내가 지금 푼전의 노자가 없으니 멀고 먼 서울 길을 어찌 돌아가랴."

하니, 김 감사는 노발대발,

"이 미친놈 봤나."

호통을 치면서 사공을 불러 엄명하였다.

"이놈을 배에 싣고 가서 강물 한가운데 던져라."

이에 사공들이 영을 받고 물러 나와 이혈룡을 묶어서 배에 실을 때에 연회장에 있던 옥단춘이 넌지시 보니, 비록 의복은 남루하나 얼굴이 비범한 것을 보고 불쌍히 여기고 감사에게 거짓말하여 고하기를,

"소녀 지금 오한이 일어나며 온몸이 괴로워 견딜 수가 없습니다."

하니 감사가,

"그러면 물러가서 치료하라."

하였다. 옥단춘이 물러 나와서 사공을 급히 불렀다.

"저기 가는 저 사공들, 잠깐 기다리시오."

하니 사공들이 머무르거늘 옥단춘이 하는 말이,

"내 이 양반의 몸값을 후하게 줄 것이니 이 양반을 죽이지 말고 죽인 듯이 모래를 덮어서 숨겨 두고 오시오."

하였다.

옥단춘의 부탁을 받은 사공들이,

㉡"아무리 사또 영이 지중하지만 어찌 우리 손으로 죄 없는 사람을 죽이겠는가."

하고 사공들이 이혈룡을 배에 싣고 만경창파 깊은 물에 둥기둥실 떠나갔다. 이혈룡은 이런 사실을 전혀 모르고 속절없이 죽는 줄로만 알고 하늘을 우러러 방성통곡하였다.

(나)

그러자 모친과 부인은 그 사실을 듣고 혈룡의 죽을 고생을 생각하고 서로 슬픈 눈물을 흘렸다. 동시에 옥단춘

이혈룡을 구제한 전후 사실을 듣고, 그 은혜를 서로 치사하여 마지않았다. 오래간만에 만난 가족들은 그동안의 회포를 서로 다 이야기하여 풀고 다시 원만한 가정을 이루게 되었다. ⓒ모친도 죽었던 자식 다시 본 듯, 부인도 잃었던 낭군 다시 본 듯 잠시도 서로 떠날 마음이 없이 행복하게 살게 되었다.

이때에 과거 날이 되었으므로 혈룡이 모친의 슬하를 떠나서 대궐 안 과거장에 들어가니 팔도에서 글 잘한다는 선비들이 구름같이 모여 있었다.

이윽고 글제를 살펴보니 ⓐ천하태평춘(天下泰平春)이라 걸려 있었다. ㉣글을 지을 생각을 가다듬은 후에 용벼루에 먹을 갈아 조맹부의 필체로 단숨에 일필휘지하여 바쳤는데, 전하께서 보시고는 글자마다 비점(批點)이요 글귀마다 관주(貫珠)를 치는 것이었다.

전하께서 칭찬하시는 말씀이,

"참으로 신묘하다. 이 글씨와 글 지은 사람은 범상치 않은 사람이다."

하시고, 알성시(謁聖試) ⓑ장원급제로 한림학사를 제수하시고, 곧 어전입시(御前入侍)라는 분부를 내리셨다. 이 한림이 입시하여 천은을 사례하자 전하께서 칭찬하시기를,

"충신의 자식은 충신이요, 소인의 자식은 소인이다. 용모를 살펴보니 용안호두(龍顔虎頭)요, 목목지인(穆穆之人)이로다."

하고 칭찬을 아끼지 않으셨다.

이한림은 어전에 엎드려,

㉤"소신과 같이 무재무능한 자를 이처럼 충신지자충신(忠臣之子忠臣)이라 하시오니 황공무지하오며, 또한 한림을 제수하시니 더욱 황공하옵니다."

하고, 수없이 치사하고 물러 나와 집에 큰 잔치를 베풀고 향당과 친지를 청하여 경사를 축하하였다. 그리고 한편으로,

'평양 감사 김진희의 불의무도한 소행을 나만 당하였으랴. 무고한 백성들은 무슨 죄로 한 사람의 ⓒ학정으로 평양 일도에서 어육(魚肉)이 된다는 말인가. 곰곰 생각하니 나라와 백성을 위해서 마땅히 성상께 여쭙지 않을 수 없다.' 생각하고, 전후 사실을 일일이 밀록(密錄)하여 전하께 바쳤다. 전하께서는 그 ⓓ밀록을 받아 보시고 수없이 탄식한 뒤에 ⓔ봉서(封書) 삼장을 내리셨다. 또 친히 하교하시기를,

"첫 봉서는 새문 밖에 가서 뜯어보고, 둘째 봉서는 평양에 가서 뜯어보고, 셋째 봉서는 그 후에 뜯어보라."

하시고, 조심하여 다녀오라 하셨다. 이한림이 사은숙배하고 바로 나와서 모친과 부인에게 하직하였다. 새문 밖에 나가서 첫째 봉서를 뜯어보니, '평안도 암행어사 이혈룡'이라는 사령장과 마패가 들어 있었다.

(다)

사공들이 대답하기를,

"아무리 야속해도 감사님 명령이 지엄하시니 살릴 묘책이 없소이다. 어서 바삐 조처하쇼."

하였다. 옥단춘은 단념하고 하는 수 없어 두 눈을 꼭 감고 치마를 걷어 올려서 머리에 쓰고 이를 박박 갈고 벌벌 떨면서,

"애그머니 나 죽는다!"

한 마디 지르고는 풍덩 뛰어 들려고 하는 순간이었다. 이혈룡이 깜짝 놀라서 옥단춘의 손을 부여잡고 하는 말이,

"죽어도 같이 죽고 살아도 같이 살자."

하고 잡아서 옆에 앉히고 저쪽 연광정을 건너다 보면서,

"애들, 서리 역졸들아! 어디 갔느냐?"

하고 소리치는데 그 소리 천지를 진동할 듯하였다. 그러자 난데 없는 역졸들이 벌떼처럼 내달으며 달과 같은 마패를 일월(日月)같이 치켜 들고 우레와 같은 큰 소리를 벽력(霹靂)같이 지르면서,

"암행어사 출도요! 암행어사 출도요!"

하고 두세 번 외치는 소리가 연광정과 대동강을 뒤엎을 듯하였다. 또한,

"저기 가는 저 뱃사공아, 거기 타신 어사또님 놀라시지 않도록 고이고이 잘 모셔 오라!"

하는 소리 천지를 진동할 듯하였다. 이때 암행어사 이혈룡이 비로소 배 안에서 일어서면서 사공에게 호령하였다.

"이 배를 빨리 연광정에 돌려 대라!"

사공들이 귀신에 홀린 듯이 어찌할 바를 모르고 허둥지둥 배를 몰아 연광정 밑으로 대었다. 옥단춘이 그제서야 정신을 차리고 원망스러운 듯이,

"임아 임아, 암행어사 서방님아. 이것이 꿈인가요 생시인가요. 만일에 꿈이기라도 한다면 행여 깰까 걱정이오."

하고 푸념했다. 어사또가 옥단춘을 위로하며,

"사람은 죽을 지경에 빠진 후에도 살아나는 법인데, 너 이런 재미 보았느냐?"

하고 여유 있게 말하였다. 옥단춘이 비로소 마음 턱 놓고 재담으로 대꾸하여,

"구중궁궐 아녀자가 어디 가서 이런 재미 보오리까?"

라고 하였다. 어사또 출도하여 연광정에 좌정하고 사방을 살펴보니 오는 놈 가는 놈이 모두 넋을 잃고, 역졸에게 맞은 놈은 유혈이 낭자하였다. 눈 빠진 놈, 코 깨진 놈, 머리 깨고 팔 부러진 놈, 다리 부러진 놈, 엎드러진 놈,

자빠진 놈 등이 오락가락 무수했다. 그 중에서 각읍의 수령들은 불의의 변을 당하고 겁내는 거동이 가관이었다. 칼집 쥐고 오줌 싸고, 안장 없는 말을 타고 개울로 들어가고, 또 어떤 수령은 말을 거꾸로 타고, 동서를 분별치 못하여 이리저리 갈팡질팡 도망을 쳤다. 오다가 혼을 잃고 가다가 넋을 잃고 한참 이렇듯 요란한데, 평양 감사 김진희의 거동이 가장 볼 만하였다.

[A]
> 　　　김 감사는 수령들과 기생들을 거느리고 의기양양 노닐다가 '암행어사 출도' 소리에 다급하여 혼불부신(魂不附身) 달아나는데, 연광정 마루 끝에서 떨어져서 삼혼칠백(三魂七魄) 간 데 없고, 왼쪽 눈의 동자(童子) 부처는 벌써 떠나 멀리 가고, 오른 눈의 동자 부처는 이제야 떠나려고 파랑보에 짐을 싸고 신들메 하느라고 와싹바싹 야단이었다.

(라)

　형벌 제구(刑罰諸具)와 숙정패(肅靜牌)를 내어 놓고, 팔십 명 나졸 중에서 날랜 놈 십여 명을 골라서 형장을 잡게 하고 엄하게 호령하였다.

　"너희놈들 매질에 사정을 두면 죽고 남지 못하리라."

　대상의 호령이 지엄하니 누가 상쾌치 않을까. 곤장 육십 대씩때려서 큰칼을 씌워 옥에 가두고, 김 감사를 붙잡아 들일 때 서리나 역졸들이 호령을 받들어 물러 나와 감사의 상투를 거머쥐고 끌어 내어,

　"평양 감사 김진희 잡아 들였습니다."

하고 복명하는 소리가 천지를 진동할 듯하였다. 어사또가 감사를 당장에 봉고 파직하였다. 이혈룡은 옛일을 생각하니 슬픈 생각도 솟아나고 분한 마음 또한 측량할 수 없었다. 엄명을 받은나졸들은 형구를 갖추어 형틀 위에 달아매고 팔십 명의 나졸과 서리 역졸이 좌우로 나열하여 어사또의 영을 기다렸다. 형장(刑杖) 든 놈, 곤장(棍杖) 든 놈, 능장(稜杖) 든 놈, 태장(笞杖) 든 놈이 각각 서로 골라 들고 팔을 걷어 올리고 명령을 기다리고 있었다. 이윽고 어사또가,

　"여봐라 김진희야! 너는 나를 자세히 보라. 나 이혈룡을 지금도 모르겠느냐. 천하에 몹쓸 김진희 놈아. 너와 내가 전일에 사생 동거를 맹세하고 공부할 적에, 성은 서로 다를망정 대대로 친구의 두 집안이요 그 정의를 생각하면 동태동골인들 이에서 더하겠는가? 그 시절에 우리가 맹세하기를 네가 먼저 귀하게 되면 나를 살게 해 주고, 내가 먼저 귀하게 되면 너를 살게 해 달라고 네 입으로 맹세했지 내가 먼저 하자 했더냐. 마침 네가 먼저 등과(登科)하여 평양 감사로 갔다는 소문을 듣고 옛일을 생각하여 태산같이 맺은 언약이 있었기에 혹여(或如)나 도와 줄까 하

고 너를 찾아가려 하였으나 푼전 노자가 없어서 할 수 없이 궁여지책(窮餘之策)으로 나의 아내가 첫 근친(覲親) 갈 때에 입었던 옷을 팔아 준 돈을 가지고 너를 찾아 평양까지 왔다. 그러나 너에게 통지(通知)도 못하고 여러 날을 묵다가 노자도 떨어지고 여관 주인도 가라고 박대하여 이리저리 방황하다가 기갈이 심해서 입은 옷을 벗어 팔아서 밥을 사먹으니 이도 한 때뿐이었다. 거지꼴로 전전(輾轉) 걸식(乞食) 다닐 적에, 네가 마침 대동강에서 큰 잔치를 벌이고 논다는 소문을 듣고, 그 날 너를 만나 볼까 하고 근근히 틈을 타서 네가 노는 근처를 찾았었다. 배반이 낭자하고 음식이 푸짐하고 풍악이 굉장할 제 굶주린 내 구미가 얼마나 동했겠느냐. 네가 그때 먹고 남아 버리는 음식이라도 조금만 주었으면 너도 생색내고 나도 좋았을 것을, 너는 나를 모른 체하고 미친 놈이라고 배에 실어다가 대동강 물 속에 넣어 죽이라 했으니 그 무슨 까닭이냐. 이 악독한 김진희 놈아! 바른대로 고하여라!"

하고 추상같이 호령하니, 좌우의 나졸들이 벌떼같이 달려들어서 육칠 월 번개같이 투드락 탁탁 한참 치는 것이었다. 그러니 김 감사가,

　"애고애고, 어사또님 제발 적선 살려 주십시오. 제가 죽을 죄를 지을 때가 되어 저도 모를 귀신이 시켜서 그랬사오니, 죽고 사는 것은 어사또 처분입니다. 죽을 죄를 지은 놈이 무슨 말씀 하오리까."

하는 것이었다. 어사또가 듣고 있다가 또 호령하기를,

　"네 이놈, 나뿐 아니라 죄 없는 옥단춘까지 나와 함께 죽이려 한 것은 또 무슨 까닭이냐. 네 죄를 생각하면 도저히 살려둘 수 없도다."

하였다.

> 　어사또는 여기서 사공들을 불러 분부하기를,
> 　"너희들, 이놈을 전의 나처럼 배에 싣고 대동강 깊은 물에 던져 버려라."
> 　하니 사공들이 어사또의 영을 듣고 김진희를 끌어다 배에 싣고 만경창파 물 위로 둥둥 떠나기 시작하였다. 이 때 어사또가 어진 마음으로 다시 생각하고 불쌍히 여겨서,
> [B] 　"저놈은 제 죄로 죽을망정 윗대의 의리를 생각하고 옛정을 생각하면 나 또한 저와 같이 차마 죽일 수가 없구나."
> 　하고 나졸 한 놈을 급히 불러서 분부하기를,
> 　"너는 급히 배에 가서 그 양반을 물 속에 한참 넣었다가 거의 죽게 되었을 때에 도로 건져서 배에 싣고 오너라."
> 　하였다. 그 나졸이 영을 받고 강을 향하여 달려갈 적에, 별안간 뇌성벽력이 일어나더니 김진희에게 벼락을

└ 처서 눈 깜짝하는 사이에 김진회는 시신도 없이 사라
└ 졌다.

나졸과 사공들이 돌아와서 그 연유를 아뢰었다. 어사또
는 김진회가 죽었다는 말을 듣고 옛일을 생각하여 슬퍼하
였다. 연후에 김진회의 처자와 노비와 비장 등 여덟 명을
불러 들여서 이르기를,

"나는 진회와 같이 차마 못하고 정배(定配)하려 하였더
니 하늘이 괘씸히 여기시고 천벌로 죽였으니 내 원망은
하지 말라."

하고,

"각기 노자를 후하게 주어 집으로 돌려 보내라."

하였다.

— 작자 미상, 「옥단춘전」 —

56. 윗글의 등장인물에 대한 평가로 적절하지 않은 것은?56)

① 옥단춘은 삶을 포기하고 이혈룡과 함께 죽을 각오를 하
고 있군.

② 이혈룡은 자신에게 했던 악행으로 인해 감사를 증오하
고 있군.

③ 이혈룡은 김진회에 대한 친구로서의 정을 끝까지 잃지
않고 있군.

④ 김진회는 진심으로 자기 죄를 깨닫고 이혈룡에 대해 사
죄하고 있군.

⑤ 사공들은 이혈룡과 옥단춘의 처지에 대해 동정심을 갖
고 있군.

**57. <보기>를 참조하여 윗글을 이해한 것으로 적절하지 않은
것은?57)**

< 보 기 >

「옥단춘전」에서 '옥단춘'은 인물의 비범함을 알아보는
지인지감(知人之鑑)의 소유자이자 기지를 발휘하여 위기
에 빠진 인물을 구해 내는 적극적인 조력자(助力者)로
그려진다. 그는 자신의 조력을 통해 대상 인물의 사회적
지위를 상승시키고, 애정의 대상을 능동적이고 주체적으
로 선택하는 인물이다.

① 옥단춘이 사공들에게 이혈룡의 몸값을 후하게 제시하고
구체적 방안을 알려 준 것에서 그녀의 적극적인 조력 의
지를 엿볼 수 있군.

② 옥단춘이 이혈룡을 구해 줄 수 있는 인물로 김 감사를
선택한 것에서 여성으로서의 주체적 판단이 작용했음을
알 수 있군.

③ 옥단춘이 김 감사에게 괄시받던 남루한 행색의 이혈룡
이 비범한 인물임을 발견한 데서 그녀의 지인지감을 엿

볼 수 있군.

④ 가족들이 어려움에 처했던 이혈룡을 구해 준 옥단춘의
은혜에 감사한 것에서 조력자인 옥단춘의 역할을 인정한
것임을 알 수 있군.

⑤ 옥단춘이 오한을 핑계로 김 감사의 허락을 받은 후 연
회장을 빠져나온 것에서 그의 기지를 엿볼 수 있군.

**58. 표현과 효과의 측면에서 볼 때, [A]와 <보기>에 공통적으
로 나타나는 특징으로 가장 적절한 것은?58)**

< 보 기 >

장끼란 놈 하난 말이,

"맥은 그러하나 눈청을 살펴보소. 동자(瞳子) 부처 온
전한가."

까토리 한심 쉬고 살펴보며 하난 말이

"인제는 속절없네. 저 편 눈에 동자 부처 첫 새벽에
떠나가고 이편 눈에 동자 부처 지금에 떠나려고 파랑보
에 봇짐 싸고 곰방대 붙여 물고 길목 버선 감발하네, 애
고 애고 이내 팔자 이대지 기박(奇薄)한가, 상부(喪夫)도
자주 하네. 첫째 낭군 얻었다가 보라매에 채여 가고, 둘
째 낭군 얻었다가 사냥개에 물려 가고, 셋째 낭군 얻었
다가 살림도 채 못 하고 포수에게 맞아 죽고, 이번 낭군
얻어서는 금실도 좋거니와 아홉 아들 열두 딸을 남겨 놓
고 아들 딸 혼사도 채 못해서 구복(口腹)이 원수로 콩
하나 먹으려다 덫에 덜컥 치였으니 속절없이 영 이별하
겠구나."

— 작자 미상, 「장끼전」 —

① 사실적이고 핍진한 묘사를 통해 장면을 생생하게 전달하
는 효과를 높이 있다.

② 이야기가 전개되는 상황을 해학적으로 드러내어 독자의
흥미를 고조시키고 있다.

③ 서로 다른 작품에 사용된 표현을 이용하였으나 작품에서
의 효과를 드러낸 것은 아니다.

④ 현실에서 벌어지고 있는 상황과 반대되는 상황을 설정하
여 독자에게 신선한 느낌을 전하고 있다.

⑤ 앞뒤가 맞지 않는 말의 연결을 통해 장면의 비현실성을
노출하여 현장감과 사실성을 떨어뜨리고 있다.

**59. [B]와 <보기>를 관련지어 생각할 때, 윗글의 작자가 소설
을 창작한 이유로 적절한 것은?59)**

< 보 기 >

「동파지림(東坡志林)」에 이르기를, '골목집에서 아이
들이 천박하고 용렬하여 그 집이 골치가 아프면, 돈을
주어 모여서 옛날 이야기를 듣게 한다. 삼국(三國)의 일

을 이야기할 때 유(劉) 현덕(賢德)이 졌다는 말을 들으면 아이들은 찡그리며 눈물을 흘리기도 하고, 조조(曹操)가 패한다고 하면, 기뻐서 즐겁다고 소리치기도 한다.'라고 하였다. 이것이 나관중(羅貫中)의 「삼국지연의(三國志演義)」의 시원(始原)일 것이다. 이제 진수(陳壽)의 『삼국지(三國志)』나 사마광(司馬光)의 『통감(通鑑)』 같은 것을 가지고 여리 사람을 모아 놓고 이야기를 하여도 반드시 눈물을 흘리는 사람은 없을 것이다. 이것이 통속소설(通俗小說)을 짓는 까닭이다.

— 김만중(金萬重), 『서포만필(西浦漫筆)』

① 실리에 집착하지 않고 순수한 마음으로 사회 개혁에 여력을 모으기 위해
② 역사책보다 구체적이면서도 호소력 있게 신의에 관한 교훈을 주기 위해
③ 역사적 근거가 있는 이야기를 통해 현실을 극복하는 길을 암시하기 위해
④ 역사를 가공하여 세상살이에 대해 더욱 많은 정보를 독자에게 주기 위해
⑤ 조선 사회의 현실로부터 벗어나 독자에게 환상을 심어 주기 위해

60. 윗글의 ㉠~㉤에 대한 설명으로 적절하지 않은 것은?60)

① ㉠ : 반복을 통해 상대방에 대한 배신감을 드러내고, 역지사지(易地思之)를 가정하여 상대방을 질책하고 있다.
② ㉡ : 옥단춘의 회유로 '사또의 영'을 따르지 않기로 한 사공들의 생각이 설의적 표현으로 나타나고 있다.
③ ㉢ : 이혈룡과 재회한 기쁨을 모친과 부인 각자의 입장에 어울리는 비유를 통해 표현하고 있다.
④ ㉣ : 이혈룡의 글 짓는 과정을 행동의 순차적 나열로 보여 주고, 타인의 평가를 통해 이혈룡의 재능이 확인되고 있다.
⑤ ㉤ : 이혈룡은 겸양의 어조를 통해 상대방이 내린 지위에 대해 수용할 수 없다는 뜻을 드러내고 있다.

61. 윗글의 ⓐ~ⓔ에 대한 이해로 적절하지 않은 것은?61)

① 이혈룡은 ⓐ라는 과제에 탁월한 답안을 제출하여 임금으로부터 ⓑ에 합당한 인재로 인정받았다.
② ⓑ는 이혈룡이 공적 임무를 수행할 수 있는 자격이 주어졌음을 뜻하고, 임금에게 ⓓ를 올릴 수 있는 계기로 작용한다.
③ ⓒ는 이혈룡이 평양에서 겪었던 일을 반어적으로 표현하며 ⓐ가 구현되는 것을 방해한다.
④ ⓓ는 ⓒ를 계기로 작성되었으며 현재 ⓐ가 완전하게 실

현되지 않았음을 보여 준다.
⑤ ⓔ는 임금이 이혈룡에게 ⓒ를 바로잡는 공적인 임무를 수행하도록 하는 내용을 담고 있다.

[62~67] 다음 글을 읽고 물음에 답하시오.

늙은 모친 병들어 누웠는데, 닭 한 마리, 약 한 첩도 봉양은 아니하고 잘 먹이지 아니하니, 냉돌방에 홀로 누워 서럽게 울며 하는 말이,

"너를 낳아 길러낼 제 애지중지 나의 마음 보옥같이 사랑하여 어루만져 하는 말이 ㉠'은자동아 금자동아 무하자태 백옥동아 천지만물 일월동아 아국사랑 간간동아 하늘같이 어지어라 땅같이 너릅거라. 금을 준들 너를 사랴. 천상 인간 무가보(無價寶)는 너 하나뿐이로다.' 이같이 사랑하여 너 하나를 길렀더니 천지간에 이런 공을 모르느냐. 옛날 왕상(王祥)이는 얼음 속에 잉어 낚아 부모 봉양 하였으니 그렇지는 못하여도 불효는 면하여라."

불측한 고집이놈이 어미 말에 대답하되,

"진시황 같은 이도 만리장성 쌓아 두고 아방궁 높이 지어 삼천 궁녀 호위를 받으며 천년이나 사잤더니, 일분총(一墳塚)을 못 면하여 죽어 있고 백전백승 초패왕도 오강에 죽어 있고, 안연 같은 현학사도 삼십에 조사(早死)커든 오래 살아 무엇하리. 옛글에 인간칠십(人間七十) 고래희(古來稀)라 하였으니, 팔십 당년 우리 모친 오래 살아 쓸데없네. 오래 살수록 욕됨이 많으니 우리 모친 뉘라서 단명하리. 도척이 같은 몹쓸 놈도 천추에 유명커든 무슨 시비 말할손가."

(중략)

"애고 애고 저놈 보소. 제가 나인 체하고 천연히 앉아 좋은 말로 그렇듯 말하네. 네가 옹가냐, 내가 옹가지." 하고 서로 다툴 적에 김 별감 하는 말이,

"양 옹이 옹옹하니 이 옹 저 옹을 분별하지 못하겠네. 관가에 송사나 하여 보소."

양 옹이 이 말을 듣고 서로 붙들고 관청에 들어가는데, 얼굴도 같고 의복도 같고 머리 가슴 팔뚝 다리까지 같았으니, 그동안의 진위를 뉘가 알리오.

실옹이 먼저 아뢰되,

"민(民)이 옹당촌에서 대대로 살아왔사온데 천만의외 알지 못하는 허인이 민의 행색같이 하고 들어와 민의 집을 제집이라 하고, 민의 가속을 제 가속이라 하오니 세상에 이러한 흉한 일이 어데 또 있사오리까? 명명하신 성주

는 이놈을 엄문하와 사리를 분명히 밝혀 주옵소서."

허옹가 또 아뢰되,

"민이 아뢸 말씀을 저놈이 다하였사오니 민은 아뢸 말씀 없사오니 명백하신 성주는 통촉하시어 허실을 가려 주옵소서. 인제 죽사와도 여한이 없겠나이다."

사또 분부하되,

"양 옹은 서로 이러쿵저러쿵 하지 말라."

하고, 육방 하인이며 내빈 행객 모두 살피되 전혀 알 수 없는지라.

형방이 아뢰되,

"두 백성의 호적을 상고하여지이다."

허허, 그 말을 옳다 하고 호적을 담당하는 관리를 불러 양 옹의 호적을 들을 제 실옹이 나앉으며 아뢰되,

"민의 애비 이름은 옹송이옵고 조부는 만송이로소이다."

사또 왈,

"그놈 호적은 옹송만송하다. 알 수 없으니 저 백성 아뢰라."

(중략)

사또 듣기를 다하매 왈,

"그대가 참 옹 좌수라."

하고 당상에 올려 앉히고 기생을 불러

"이 양반께 술 권하여라."

일색 기생 술을 들고 권주가 화답하되,

"잡수시오 잡수시오 이 술 한 잔 잡수시오. 이 술은 술이 아니라 한무제(漢武帝) 승로반(承露盤)에 이슬 받은 것이오니, 쓰다 다나 잡수시오."

옹 좌수 흥을 내어 술잔을 받아 들고 하는 말이,

"하마터면 아까운 세간을 저 놈에게 빼앗기고 이런 일등 미색의 이렇듯 맛난 술을 못 먹을 뻔하였다. 그러나 성주 덕택에 흑백을 가려 주옵시니 은혜 백골난망이로소이다. 한번 민의 집에 나오시오. 막걸리 한잔 대접하오리다."

"그는 염려 말게. 처치하여 줌세."

실옹을 불러 분부하되,

"네가 흉측한 놈으로 음흉한 뜻을 두고 남의 세간 탈취하려하니 네 죄상은 마땅히 법에 따라 귀양을 보낼 것이로되 가벼이 처벌하니 바삐 어서 물리치라."

대곤 삼십 도를 매우 쳐서 엄문죄목하되,

"인제도 옹가라 하겠느냐?"

실옹이 생각하되 만일 옹가라 하다가는 곤장 밑에 죽을 듯하니,

"예, 옹가 아니오. 처분대로 하옵소서."

아전이 호령하여,

"관원을 시켜 저놈을 마을 밖으로 내쫓게 하리라."

하니 벌떼 같은 군노 사령 일시에 달려들어 옹가 상투를 잡아 휘휘 둘러 내쫓으니 실옹이 하릴없이 거리에서 빌어 먹어 가슴을 탕탕 두드리며 대성통곡 우는 말이,

"답답하다 내 일이야. 꿈이냐 생시냐. 어찌하여야 옳단 말이냐. 뜻밖에 일어난 횡액이로다."

무지한 고집이놈 인제는 개과하여 애통해 하는 말이,

"나는 죽어 마땅한 놈이거니와 당상 학발(堂上鶴髮) 우리 모친 다시 봉양하여지고. 어여쁜 우리 아내 월하(月下)의 인연 맺어 일월(日月)로 본증(本證) 삼고 천지로 맹세하여 백년 종사 하겠더니 독수공방 적막한데 임 없이 홀로 누워 전전반측 잠 못 들어 수심으로 지내는가. 슬하의 어린 새끼 금옥같이 사랑하여 어를 제 ⓒ'섬마둥둥 내 사랑 후두둑 후두둑 엄마 아빠 눈에 암암' 나 죽겠네. 아매도 꿈인가 생신가. 꿈이거든 깨거라."

허옹가 거동 보소. 승소하고 돌아올 제 의기양양하는 거동 그야말로 제법이다. 얼씨구나 좋을시고. 손춤 치며 노랫가락 좋을시고. 이리저리 다니면서 조롱하여 하는 말이,

"허허 흉악한 놈, 하마터면 우리 고운 마누라 빼앗길 뻔하였다."

<중략>

실옹가 듣기를 다하여, 천방지방 도사 앞에 급히 나아가 합장 배례하며 공손히 하는 말이,

"이놈의 죄를 생각하면 천사(千死)라도 무석(無惜)이요 만사라도 무석이나, 명령하신 도덕하에 제발 살려 주오. 당상의 늙은 모친, 규중의 어린 처자 다시 보게 하옵소서. 원견지 하온 후는 돌아가도 여한이 없을까 하나이다. 제발 살려 주옵소서."

만단으로 애걸하니 도사 하는 말이,

"천지간에 몹쓸 놈아, 인제도 팔십 당년 늙은 모친 냉돌방에 구박할까, 불도를 능멸할까, 너 같은 몹쓸 놈은 응당 죽일 것이로되, 정상이 가긍하고 너의 처자 불쌍한 고로 방송(放送)하나니, 돌아가서 개과천선하라."

하며, 부적을 써 주며 가로되,

"이 부적을 몸에 붙이고 네 집에 돌아가면 괴이한 일이 있으리라."

하고 인홀불견 간데없거늘, 실옹이 질거 돌아와서 제집 문전 다다르니, 고루거각 높은 집에 청풍명월 맑은 경은 옛 놀던 풍경이라. 담장 안에 홍련화는 나를 보고 반기는 듯, 영산홍아 잘 있더냐, 자산홍아 무사하냐. 옛일을 생각하니 각금시이작비(覺今是而昨非)*로 옛집을 다시 찾아오니 죽을 마음 전혀 없다.

"가소롭다 허옹가야, 이제도 네가 옹가라 장담할까?"

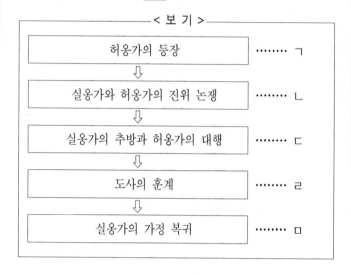

하며 들어가니, 마누라 이 거동을 보고 심히 대경실색하여 하는 말이,

"애고애고 좌수님, 저놈 천살 맞았는지 또 와서 지랄하고 들어오니, 이 일을 어찌하리까."

이러할 즈음에 방에 있던 옹가 간데없고 짚 한 묶음이 놓여 있고, 허옹가의 자식들도 문득 허수아비 되니, 가중 제인이 박장대소하더라.

좌수가 부인보고 하는 말이,

"마누라 그새 허수아비 자식을 저렇듯 무수히 낳았으니, 그놈과 한가지로 얼마나 좋아하였는가, 한상에 밥도 먹었는가?"

부인이 어처구니없어 묵묵부답하고 방 안에 돌아다니며 허옹가의 자식 살펴보니, 이리 보아도 허수아비, 저리 보아도 허수아비 떼가 분명하다. 부인이 일변은 반갑고 일변은 부끄러워하더라.

도사의 술법을 탄복하여, 옹좌수 모친께 효성하고, 불도를 공경하여 개과천선하니 그 어짊을 칭찬하더라.

* 수지오지자웅: 누가 까마귀의 암컷과 수컷을 구별할 수 있으랴는 뜻.
* 각금시이작비: 이제는 옳고 지난날은 그릇되었음을 깨달았다는 뜻.

　　　　　　　　　　　　　　　　　- 작자미상, 「옹고집전」 -

62. 윗글을 통해 알 수 있는 내용으로 적절하지 않은 것은?

① 허옹은 자신을 참옹으로 인정해 준 성주(城主)의 공을 치켜세우고 있다.
② 허옹은 성주로부터 참옹으로 인정받은 후 실옹을 조롱하고 있다.
③ 사또는 외모를 판단의 근거로 허옹을 참옹으로 인정하고 있다.
④ 실옹은 송사(訟事)에서 패한 후에 거리를 떠돌며 빌어먹고 있다.
⑤ 실옹은 조상 대대로 살던 곳에서 살고 있다.

63. 윗글에 대한 감상으로 가장 적절한 것은?

① 주어진 상황에 따라 다른 모습을 보이는 인간의 이중성을 비판한 작품이야. 진실은 결국은 밝혀지고 마는 것임을 다루고 있어.
② 이상적 자아와 현실적 자아의 갈등을 다룬 작품이야. 인간은 이러한 내면적 갈등이나 사회적 갈등을 감내할 수밖에 없는 존재야.
③ 가부장 중심의 봉건사회의 여성에게 요구되는 윤리 의식을 다룬 작품이야. 무엇보다 여성의 정절이 요구되었던 사정을 알 것 같아.
④ 육체적 고난을 통한 종교적 수행 과정을 형상화한 작품

이야. 깨달음이 없는 존재는 결국 허수아비와 같을 뿐임을 보여 주고 있어.
⑤ 인간의 참된 도리에 대한 교훈을 다루고 있는 작품이야. 도덕과 인륜을 저버리는 행동은 사회적으로 용납될 수 없는 거야.

64. <보기>는 윗글의 서사 구조를 정리한 것이다. 이에 대한 반응으로 적절하지 않은 것은?

> ─── < 보 기 > ───
> 허옹가의 등장 ········ ㄱ
> ⇩
> 실옹가와 허옹가의 진위 논쟁 ········ ㄴ
> ⇩
> 실옹가의 추방과 허옹가의 대행 ········ ㄷ
> ⇩
> 도사의 훈계 ········ ㄹ
> ⇩
> 실옹가의 가정 복귀 ········ ㅁ

① ㄱ에서 허옹가가 등장한 이유는 실옹가의 악행 때문이겠군.
② ㄴ에서 실옹가는 도사가 변신한 허옹가와 진위를 가리고 있군.
③ ㄷ에서 허옹가는 주인 행세를 하며 실옹가의 부인과 많은 자식을 낳았겠군.
④ ㄹ에서 도사는 실옹가의 가족을 고려하여 실옹가의 호소를 수용하고 있군.
⑤ ㅁ에서 실옹가는 선한 인물로 거듭나 새로운 삶을 살게 되었군.

65. ㉠과 ㉡에 대한 설명으로 가장 적절한 것은?

① ㉠과 ㉡ 모두 특정한 대상에 대한 원망을 표현하고 있다.
② ㉠과 ㉡ 모두 자신이 처한 안타까운 상황에서의 심리를 드러내고 있다.
③ ㉡과 달리 ㉠은 자신의 미래에 대한 부정적 전망을 나타내고 있다.
④ ㉠과 달리 ㉡은 다른 대상과 비교하여 특정 인물의 우월함을 드러내고 있다.
⑤ ㉠에 비해 ㉡은 특정 인물로부터 벗어나고자 하는 태도를 강하게 나타내고 있다.

66. <보기>를 바탕으로 윗글을 감상할 때 적절하지 않은 것

은?66)

> ─── < 보 기 > ───
> 인간은 기본적으로 가족 공동체를 이루어 살면서 삶의 안정을 꾀한다. 그런데 가족 공동체가 유지되기 위해서는 가족 구성원이 지켜야 할 의무가 있다. 이런 의무를 다하지 않으면 여러 종류의 사회적 경고를 받게 되는데, 이런 경고를 무시하면 결국 개인은 가족으로부터 격리되는 결정적 사건을 맞이하게 된다. 가족 공동체로부터 격리되어 삶이 황폐해진 개인은 자신의 지난날을 되돌아보면서 잘못을 반성하고 가족 공동체로의 복귀를 소망하게 된다.

① 실옹이 노모에게 불효를 저지르는 것은 가족 공동체로서 지켜야 할 가족의 의무를 다하지 않은 것으로 볼 수 있군.
② 실옹이 모친의 말에 진시황이나 초패왕 등을 들며 대답하는 것은 자신에 대한 경고를 받아들인 것으로 볼 수 있군.
③ 실옹이 진가(眞假)를 다투는 송사에 져서 마을 밖으로 쫓겨나는 것은 가족 공동체로부터 격리되는 결정적 사건으로 볼 수 있군.
④ 실옹이 마을에서 쫓겨난 후에 자신을 죽어 마땅한 존재라고 말하는 것은 자신의 지난날을 돌아보며 반성하는 것으로 볼 수 있군.
⑤ 실옹이 늙은 모친과 어린 처자식을 그리워하는 것은 황폐된 삶을 회복하고 가족 공동체로의 복귀를 소망하는 것으로 볼 수 있군.

67. 위 글과 <보기>를 함께 읽고 두 작품을 대비하여 설명한 것으로 적절하지 않은 것은?67)

> ─── < 보 기 > ───
> 옛날 어느 마을에 마음씨 고약한 부자 영감 장자가 살고 있었다. 하루는 장자가 자기 집 외양간에서 쇠똥을 치우고 있는데 어떤 스님이 와서 시주를 청했다. 인색한 장자는 그 스님의 바랑에 쇠똥을 퍼 주었다. 부엌에서 그 광경을 본 며느리가 놀라 뒤꼍에서 몰래 스님을 불러 쌀을 퍼 주며 시아버지의 무례함을 용서해 달라고 빌었다. 그러자 스님은 며느리에게 빨리 집을 나와 자기를 따라오되 어떤 경우에도 절대로 뒤를 돌아보지 말라고 당부하였다. 며느리가 집을 나서 스님의 뒤를 쫓아가다가 산 중턱에 이르렀을 때 갑자기 등 뒤에서 뇌성벽력이 치는 소리가 들렸다. 놀란 며느리는 집에 두고 온 빨래, 뚜껑을 덮지 않은 장독, 베틀 따위가 생각나서 뒤를 돌

아보았고 그 순간 그 자리에서 돌로 변해 버렸다. 장자의 집은 큰 연못으로 변해 버렸는데 요즈음도 비가 오는 날이면 그 속에서 다듬이질 소리가 들린다고 한다.

① 두 이야기의 인물 설정과 사건 전개에서 공히 권선징악의 주제 의식을 발견할 수 있다.
② 위 글과 달리, <보기>에는 이야기의 진실성을 확보하고자 하는 증거물이 제시되어 있다.
③ 위 글의 '옹고집'과 <보기>의 '영감'은 세속적이고 탐욕적인 인물로 설정되어 있다.
④ 위 글의 '스님'과 <보기>의 '스님'은 초월적 세계의 절대적 질서를 대변하는 존재로 볼 수 있다.
⑤ 위 글의 '사또'와 <보기>의 '스님'은 도덕적 잣대를 공정하게 적용하는 심판자 역할을 하고 있다.

[68~72] 다음 글을 읽고 물음에 답하시오.

> 송도에 이생(李生)이라는 사람이 낙타교 옆에 살았다. 나이는 열여덟, 풍모가 맑고도 말쑥했으며, 타고난 재주가 대단히 뛰어났다. 그는 국학에 다니면서, 길가에서 시를 읽고는 했다.
>
> 그때 선죽리의 명문가에 최씨(崔氏) 처자가 있었는데, 나이는 15, 6세쯤 되었다. 그녀는 자태가 아리따웠고, 자수를 잘했다. 게다가 시문에도 뛰어났다. 그래서 세상 사람들은 그 두 사람을 두고 다음과 같이 칭찬했다.
>
> 풍류재자 이 도령
> 요조숙녀 최 낭자.
> 그 재주 그 모습, 듣기만 해도
> 주린 창자를 배불리지오.
>
> 이생은 책을 옆에 끼고 학교에 갈 때 항상 최 씨의 집을 지나쳐 다녔다. 북쪽 담 밖에는 버드나무 수십 그루가 빙 둘러 줄지어 있어, 수양버들의 가지가 간드러지게 흔들거리고 있었다. 이생은 그 나무 아래서 쉬고는 했다.
>
> 어느 날 이생은 담장 안을 들여다보았다. 거기에는 이름난 꽃들이 만발했고 벌과 새들이 다투어 재잘거리고 있었다. 담장 곁에는 작은 누각이 꽃떨기 사이로 은은히 비치는데, 주렴이 반쯤 내려져 있고 비단 휘장은 낮게 드리워져 있었다. 거기에 한 미인이 있었다. 그녀는 자수를 하다가 조금 지쳐서 바늘을 잠시 멈추고 있는 참이었다. 미인은 턱을 괴고서 이런 시를 읊었다.
>
> ┌ 홀로 깁창* 가에 수놓는 손길 더디나니

만발한 꽃떨기 속에 꾀꼬리 울음 곱기에
괜스레 봄바람을 가만히 원망하여
바늘 멈추고 묵묵히 님 생각을 한다오.

[A]
길 가는 저이는 어느 댁 서생이신지
푸른 깃에 너른 띠 버들 사이에 어른거리네.
어떡하면 대청 안 제비가 되어
나지막히 주렴을 스치곤 담장 위로 비껴 넘으랴.]

이생은 이 시를 듣고 자기의 글재주를 한번 펴 보고 싶
어 참을 수가 없었다. 그러나 그 집의 문호*는 아스라히
높았고, 뜨락과 안채도 깊숙했다. 그래서 불만에 차고 서
운한 마음으로 하릴없이 그 자리를 떠났다.

학교에서 돌아올 때에 이생은 시 세 수를 지어 흰 종이
한 폭에다가 적고는 그것을 기와쪽에 매달아 담 안으로
던졌다.

무산 열두 봉에 안개가 겹겹인데
반쯤 드러난 뾰족 봉은 자색빛 비췻빛 쌓였구나.
초양왕*의 외로운 베갯꿈이 안쓰러워
선뜻 구름과 비 되어 양대로 내려오려니.

사마상여가 탁문군을 꾀려 할 때*
[B]
마음에 품은 정이 이미 흠씬 깊었도다.
단청 고운 담머리의 요염한 도리꽃
바람 따라 어디로 어지러이 떨어지나.

좋은 인연이냐 궂은 인연이냐
부질없이 시름 앓아 하루가 일년이네.
스물여덟 자 시로 중매가 이뤄졌으니
남교*에서 어느 날 신선을 만나랴.]

최 처녀는 시녀 향아를 시켜, 가서 살펴보라고 했다. 향
아가 그것을 가져다주어서, 최 처녀가 그것을 보니 바로
이생의 시였다. 최 처녀는 종이를 펼쳐서 시를 여러 번
읽은 후, 마음속으로 혼자 기뻐했다. 그래서는 종이쪽지에
다시 여덟 글자를 적어서 담 밖으로 던졌다. 그 쪽지에는
"그대는 의심하지 말고 황혼을 기약하세요."
라고 쓰여 있었다.

이생은 그 언약대로 날이 어둑어둑해진 틈을 타서 최
처녀의 집으로 갔다. 문득 복숭아나무 한 가지가 담 너머
로 휘어져 넘어와 한들한들하는 모습이 눈에 들어왔다.
이생은 가까이 가서 살펴보았다. 거기에는 그네 밧줄에
대나무 교자가 매여 아래로 드리워져 있었다.

이생은 그것을 붙잡고 담을 넘었다. 때마침 달이 동산
에 떠올라서 꽃 그림자가 땅에 가득했으며 맑은 향기가
사랑스러웠다. 이생은 자기가 신선 세계에 들어오지 않았
나 하는 생각이 들었다. 그래서 마음속으로는 은근히 기
뻤다. 하지만 한편으로 일이 너무도 비밀스러워 머리칼이
곤두설 정도로 조마조마했다.

<중략>

신축년에 홍건적이 서울을 침략하여 임금이 복주(福州,
안동)로 피난하였다. 홍건적은 가옥을 불태우고 사람과 가
축을 닥치는 대로 죽였다. 이생 부부와 친척들 또한 위험
을 피할 길이 없어 동서로 달아나 목숨을 부지하고자 했
다.

이생은 가족을 이끌고 깊은 산에 들어가 숨으려 했다.
이때 홍건적 하나가 나타나 칼을 뽑아들고 쫓아 왔다. 이
생은 있는 힘껏 달려 겨우 벗어날 수 있었다. 그러나 최
씨는 결국 홍건적에게 사로잡히고 말았 다. 홍건적이 최
씨를 겁탈하려 하자 최씨는 큰 소리로 꾸짖었다.

"짐승만도 못한 놈! 나를 죽여라! 죽어서 승냥이의 밥
이 될지언정 내 어찌 개돼지의 아내가 될 수 있겠느냐?"
홍건적은 노하여 최씨를 죽이고 난도질하였다.

이생은 황야에 몸을 숨겨 겨우 목숨을 건질 수 있었다.
홍건적이 물러갔다는 소식을 듣고 집으로 돌아와 보니 이
미 모두 불타 잿더미가 되어 있었다.

이생은 발길을 돌려 최씨의 집으로 갔다. 황량한 집에
쥐가 찍찍거리고 새들이 지저귀는 소리만이 들려왔다. 슬
픔을 가눌 수 없어 작은 정자에 올라가 눈물을 훔치며 길
게 한숨을 쉬었다.

날이 저물도록 이생은 덩그러니 홀로 앉아 있었다. 멍
하니 예전에 최씨와 함께 즐겁게 보낸 시간들을 회상하노
라니 한바탕 꿈을 꾼 듯싶었다.

어느덧 이경(二更) 무렵이 되었다. 달빛이 희미하게 들
보를 비추었다. 문득 행랑 아래쪽에서 어떤 소리가 들려
왔다. 멀리서부터 발자국 소리가 점점 다가오는 것이었다.
최씨였다. 이생은 최씨가 이미 죽은 줄 알면서도 사랑하
는 마음이 간절했던 까닭에 의심하지 않고 곧바로 이렇게
물었다.

"어디로 피해서 목숨을 건졌소?"
최씨는 이생의 손을 잡고 목 놓아 통곡하더니, 이윽고
마음을 토로하였다.

"저는 본래 사대부 가문에 태어나 어려서부터 부모님의
가르침을 따라 수놓고 옷 짓는 일을 열심히 익혔고, 시
짓기며 글씨 쓰기며 인의(仁義)의 도리도 배웠어요. 하지
만 오직 규방(閨房) 여성의 일이나 알 뿐 바깥세상의 일
이야 아는 것이 없었지요.

그러던 터에 어쩌다 붉은 살구가 있는 담장을 넘겨다 보고는 그만 제가 먼저 마음을 바치고 말았고, 꽃 앞에서 한번 웃음 짓고는 평생의 인연을 맺게 되어 장막 안에서 거듭 만나며 백 년의 정을 쌓았지요. 처음 만나던 시절을 얘기하다 보니 슬픔을 견딜 수 없군요.

백년해로할 것을 약속하고 함께 살았건만, 도중에 일이 어그러져 구덩이에 뒹굴게 될 줄 어찌 생각이나 했겠어요. 끝내 승냥이의 손에 몸을 망치지 않고 저 스스로 모래 구덩이에서 살을 찢기는 길을 택했지요. 이는 하늘의 이치로 보자면 당연한 것이지만, 인간의 정으로는 견디기 어려운 일입니다. 깊은 산에서 우리 부부가 헤어진 뒤 결국 서로 다른 곳으로 날아가는 두 마리 새와 같이 영영 떨어지게 되었으니, 한스럽고 한스러울 뿐이어요.

집은 사라지고 가족들은 모두 세상을 떠 이제 고단한 영혼이 의지할 곳 없으니 서글프기 그지없지만, 소중한 의리를 지키기 위해 가벼운 목숨을 버리고 치욕을 면할 수 있었으니 다행이지요. 마디마디 재가 되어 버린 제 마음을 누가 가여워해 줄까요? 갈기갈기 찢어진 제 창자에 원한만이 가득합니다. 제 해골은 들판에 널브러졌고, 간담은 땅에 뒹굴고 있어요.

가만히 생각해 보니 지난날의 기쁨과 즐거움이 오늘의 슬픔과 원한이 되고 말았네요. 하지만 지금 깊은 산골에 추연의 피리 소리 들려오고, 천녀의 혼령은 자기 몸을 찾아 돌아왔으니, 봉래도에서 기약 한 만남이 이루어지고, 취굴에 삼생*의 향기가 가득합니다. 이제 다시 만났으니 지난날의 맹세를 저버리지 않으시기 바랍니다. 저를 잊지 않으셨다면 다시 행복하게 살아요. 허락해 주시겠어요?" 이생은 기쁘고 마음이 뭉클해져 "그건 진정 내가 바라던 바라오!"라고 말했다.

－ 김시습, '이생규장전' －

* 깁창: 깁으로 바른 창.
* 문호: 집으로 드나드는 문. 혹은 문벌(門閥).
* 초양왕: 초나라 양왕. 무산(巫山) 선녀와의 사랑 이야기가 전해짐.
* 사마상여가 탁문군을 꾀려 할 때: 사마상여는 전한 때의 문인으로, 젊었을 때 과부 탁문군을 꾀어내 부부가 되어 살았다는 이야기가 전해짐.
* 남교: 남교에서의 배항과 운영의 만남 이야기가 전해짐.
* 삼생: 전생(前生), 현생(現生), 내생(來生)의 세 가지.

68. 윗글의 서술상 특징에 대한 설명으로 가장 적절한 것은?68)

① 같은 시간에 벌어진 여러 사건을 병치하여 사건 간의 연관 고리를 나타내고 있다.
② 추리의 기법을 사용하여 인물 간 갈등 원인에 대한 궁금증을 고조하고 있다.
③ 환몽 구조를 이용하여 인간사에 대한 인물의 깨달음을 보여 주고 있다.

④ 공간적 배경에 대한 구체적인 묘사를 통해 인물의 심리 변화의 계기를 암시하고 있다.
⑤ 시가를 삽입하여 과거 사건을 요약적으로 제시하면서 정서를 효과적으로 드러내고 있다.

69. <보기>를 바탕으로 윗글을 감상한 내용으로 적절하지 않은 것은?69)

─ < 보 기 > ─

이 작품의 제목 '이생규장'은 '이생이 담 안을 엿보다.'라는 의미이다. '이생규장전'에서 담[墻]이란 단순히 이생과 최 처녀의 만남을 가로막는 물리적 경계만을 의미하지는 않는다. 그것은 지위의 차이를 드러냄과 동시에 그로 인해 넘어서기 어려운 사회적 장벽을 의미하기도 한다. 특히 이생이 머물고 있던 공간인 담 밖은 그러한 현실적 규범과 질서들이 통용되는 세계이다. 그런데 이생이 그 담 안을 엿보게 되면서[窺墻] 둘 사이에 놓인 장애 요소가 허물어질 가능성이 생기게 되는 것이다.

① 이생은 시(詩) 세 수를 담장 안으로 던지며 최 처녀와의 사랑을 이루고자 노력하고 있군.
② 이생의 시를 읽은 후 최 처녀는 자신의 사회적 지위와 사랑 사이에서 갈등하고 있군.
③ 최 처녀 집의 문호가 높아 자리를 뜬 이생의 모습에서 둘 사이를 가로막고 있는 사회적 장벽을 알 수 있군.
④ 담을 넘는 이생의 모습에서 둘 사이의 장애 요소를 허물려는 노력을 엿볼 수 있군.
⑤ 최 처녀가 담장을 넘어 나간다면 담 밖의 현실적 규범과 질서들에 부딪혀 어려움을 겪었겠군.

70. <보기>를 바탕으로 위 글을 감상한 내용으로 적절하지 않은 것은?70)

─ < 보 기 > ─

이 작품은 이승과 저승의 공간적 한계를 뛰어넘는, 죽음을 초월한 남녀 간의 지극한 사랑을 이야기하고 있다. 이 작품에서 보여 준 이생과 최랑의 현실적 사랑은 당시 유교적 윤리가 지배하는 사회에서는 용납될 수 없는 것이었다. 어렵게 이루어진 그들의 사랑은 홍건적의 난으로 깨어지고 마는데, 작가는 두 사람의 사랑을 최랑의 환생(幻生)이라는 비현실적 구성으로 다시 이어 놓고 있다.

① '담'은 이생과 최랑의 현실적 사랑의 어려움을 압축적으로 표현한 것이겠군.
② 최랑의 환생이라는 비현실적 구성은 이 작품의 전기적

성격을 잘 드러내는군.

③ 이생과 최랑의 현실적 사랑은 당시의 관습을 과감히 깨뜨린 것이라고 할 수 있어.

④ 최랑의 환생 후 이생이 속세와 인연을 끊은 것은 최랑을 지키지 못한 죄책감에서 비롯된 것이구나.

⑤ 최랑의 환생은 비극적 현실을 환상적으로 극복하고자 하는 작가의 현실 극복 의지가 드러난 것이야.

71. [A]와 [B]에 대한 설명으로 적절한 것은?71)

① [A]의 최 처녀는 [B]의 이생과 달리 시각적 심상을 활용해 자신의 감정을 구체화하고 있다.

② [A]에서 최 처녀는 이생을 원망하고 있는 반면, [B]에서 이생은 최 처녀를 그리워하고 있다.

③ [A]의 최 처녀가 만남을 유도하고 있다면, [B]의 이생은 만남에 대한 구체적 조건을 내걸고 있다.

④ [A]의 최 처녀는 자연물을 통해, [B]의 이생은 고사(故事)를 활용하여 이성 간의 만남에 대한 기대와 설렘을 드러내고 있다.

⑤ [A]의 최 처녀와 [B]의 이생 모두 특정한 수신자를 전제하지 않고 시를 지었다.

72. <보기>를 바탕으로 윗글을 감상한 내용으로 적절하지 않은 것은?72)

───── < 보 기 > ─────

'이생규장전'은 현실 세계에서 이룰 수 없는 일을 작품 속에서 성취하도록 하는 내용을 담은 전기 소설(傳奇小說)이다. 현실에서 발생한 인물들의 욕망이 장벽에 부딪혀서 성취될 수 없을 때, 환상적(幻想的)인 기이함을 빌려 성취하게 하는 내용 구조를 취하고 있는데, 여기에는 인간의 욕망 성취라는 인간적이며 현실적인 사고가 반영되어 있다.

① 홍건적의 난은 이생과 최씨의 사랑을 가로막는 현실적인 장벽이라 할 수 있겠군.

② 이생이 담 너머로 시를 전한 것은 인간적 욕망을 성취하려는 노력이라 할 수 있겠군.

③ 죽은 최씨와의 재결합은 장벽에 부딪힌 욕망이 환상적으로 성취된 것이라 할 수 있겠군.

④ 이생이 난 속에서 홀로 목숨을 보전한 것은 환상적 기이함을 보여 주는 장치라 할 수 있겠군.

⑤ 최씨의 집은 현실 세계에 속하지만 욕망이 실현되는 환상 세계의 성격을 함께 지녔다고 할 수 있겠군.

[73~78] 다음 글을 읽고 물음에 답하시오.

경자년(庚子年) 늦봄, 최척(崔陟)은 주우(朱佑)*와 함께 배를 타고 이곳저곳을 돌아다니며 차(茶)를 팔다가 마침내 안남*에 이르게 되었다. 이때 일본인 상선(商船) 10여 척도 강어귀에 정박하여 10여 일을 함께 머물게 되었다.

[A] 날짜는 어느덧 4월 보름이 되어 있었다. 하늘에는 구름 한 점 없고 물은 비단결처럼 빛났으며, 바람이 불지 않아 물결 또한 잔잔하였다. 이날 밤이 장차 깊어 가면서 밝은 달이 강에 비치고 옅은 안개가 물 위에 어리었으며, 뱃사람들은 모두 깊은 잠에 빠지고 물새만이 간간이 울고 있었다.

이때 문득 일본인 배 안에서 염불하는 소리가 은은히 들려왔는데, 그 소리가 매우 구슬펐다. 최척은 홀로 선창에 기대어 있다가 이 소리를 듣고 자신의 신세가 처량하게 느껴졌다. 그래서 즉시 행장에서 피리를 꺼내 몇 곡을 불어서 가슴속에 맺힌 회한을 풀었다. 때마침 바다와 하늘은 고요하고 구름과 안개가 걷히니, 애절한 가락과 그윽한 흐느낌이 피리 소리에 뒤섞이어 맑게 퍼져나갔다. 이에 수많은 뱃사람들이 놀라 잠에서 깨어났으며, 그들은 처연하게 앉아 피리 소리에 조용히 귀를 기울였다. 격분해서 머리가 곤추선 사람도 피리 소리에 분을 가라앉힐 정도였다.

잠시 후에 일본인 배 안에서 조선말로 칠언절구(七言絶句)를 읊었다.

왕자진*의 피리 소리에 달마저 떨어지려 하는데,

[王子吹簫月欲底]

바다처럼 푸른 하늘엔 이슬만 서늘하구나.

[碧天如海露凄凄]

시를 읊는 소리는 처절하여 마치 원망하는 듯, 호소하는 듯하였다. 시를 다 읊더니, 그 사람은 길게 한숨을 내쉬었다. 최척은 그 시를 듣고 크게 놀라서 피리를 땅에 떨어뜨린 것도 깨닫지 못한 채, 마치 실성한 사람처럼 멍하니 서 있었다. 이를 보고 주우(朱佑)가 말했다.

"어디 안 좋은 곳이라도 있는가?"

최척은 대답을 하고 싶었으나 목이 메고 눈물이 떨어져 말을 할 수 없었다. 시간이 조금 흐른 뒤에 최척은 기운을 차려 말했다.

"조금 전에 저 배 안에서 들려왔던 시구는 바로 내 아내가 손수 지은 것이라네. 다른 사람은 평생 저 시를 들어도 절대 알아내지 못할 것일세. 게다가 시를 읊는 소리마저 내 아내의 목소리와 너무 비슷해 절로 마음이 슬퍼진 것이라네. 하지만 어떻게 내 아내가 여기까지 와서 저배 안에 있을 수 있겠는가?"

이어서 온 가족이 왜군에게 포로로 잡혀간 일을 말하자, 배 안에 있던 사람들 가운데 비탄에 젖지 않은 사람이 없었다. 그 가운데는 두홍(杜洪)*이라는 사람이 있었는데, 젊고 용맹한 장정이었다. 그는 최척의 말을 듣더니, 얼굴에 의기를 띠고 주먹으로 노를 치면서 분연히 일어나며 말했다.

"내가 가서 알아보고 오겠소."

주우가 저지하며 말했다.

"깊은 밤에 시끄럽게 굴면 많은 사람들이 동요할까 두렵네. 내일 아침에 조용히 물어보아도 늦지 않을 것일세."

주위 사람들이 모두 말했다.

"그럽시다."

최척은 앉은 채로 아침이 되기를 기다렸다. 동방이 밝아 오자, 즉시 강둑을 내려가 일본인 배에 이르러 조선말로 물었다.

"어젯밤에 시를 읊었던 사람은 조선 사람 아닙니까? 나도 조선 사람이기 때문에 한번 만나 보았으면 합니다. 멀리 다른 나라를 떠도는 사람이 비슷하게 생긴 고국 사람을 만나는 것이 어찌 그저 기쁘기만 한 일이겠습니까?"

옥영(玉英)도 어젯밤에 들려왔던 피리 소리가 조선의 곡조인데다 평소에 익히 들었던 것과 너무나 흡사하여 남편 생각에 감회가 일어 저절로 시를 읊게 되었던 것이다. 옥영은 자기를 찾는 사람의 목소리를 듣고는 황망하게 뛰어나와 최척을 보았다.

두 사람은 서로 마주 바라보고는 놀라서 소리를 지르며 끌어안고 모래밭을 뒹굴었다. 목이 메고 기가 막혀 마음을 안정할 수가 없었으며, 말도 할 수 없었다. 눈에서는 눈물이 다하자 피가 흘러내려 서로를 볼 수도 없을 지경이었다. 두 나라의 뱃사람들이 저잣거리처럼 모여들어 구경하였는데, 처음에는 단지 친척이나 잘 아는 친구인 줄로만 알았다. 뒤에 그들이 부부 사이라는 것을 알고 사람마다 서로 돌아보며 소리쳐 말했다.

"이상하고 기이한 일이로다! 이것은 하늘의 뜻이요, 사람이 이룰 수 있는 일이 아니로다. 이런 일은 옛날에도 들어 보지 못하였다."

최척은 옥영에게 그간의 소식을 물으며 말했다.

"산속에서 붙들려 강가로 끌려갔다는데, 그때 아버님과 장모님은 어떻게 되었소?"

옥영이 말했다.

"날이 어두워진 뒤에 배에 오른 데다 정신이 없어 서로 잃어버리게 되었으니, 제가 두 분의 안위를 어찌 알 수 있었겠습니까"

두 사람이 손을 붙들고 통곡하자, 옆에서 지켜보던 사람들도 슬퍼하며 눈물을 닦지 않는 이가 없었다.

주우는 돈우(頓于)*를 만나 백금 세 덩이를 주고 옥영을 사서 데려 오려고 하였다. 그러자 돈우가 얼굴을 붉히며 말했다.

"내가 이 사람을 얻은 지 이제 4년 되었는데, 그의 단정하고 고운 마음씨를 사랑하여 친자식처럼 생각해 왔습니다. 그래서 침식을 함께하는 등 잠시도 떨어진 적이 없었으나, 지금까지 그가 아낙네인 것을 몰랐습니다. 오늘 이런 일을 직접 겪고 보니, 이는 천지신명도 오히려 감동할 일입니다. 내가 비록 어리석고 무디기는 하지만 진실로 목석은 아닙니다. 그런데 차마 어떻게 그를 팔아서 먹고살 수 있겠습니까?"

돈우는 즉시 주머니 속에서 은자(銀子) 10냥을 꺼내어 전별금(餞別金)으로 주면서 말했다.

"4년을 함께 살다가 하루아침에 이별하게 되니, 슬픈 마음에 가슴이 저리기만 하오. 온갖 고생 끝에 살아남아 다시 배우자를 만나게 된 것은 실로 기이한 일이며, 이 세상에는 없었던 일일 것이오. 내가 그대를 막는다면 하늘이 반드시 나를 미워할 것이오. 사우(沙于)*여! 사우여! 잘 가시게! 잘 가시게!"

<중략>

다음 해 무오년에 오랑캐 추장이 요양으로 쳐들어 와 연달아 몇 개의 진지를 함락하고, 수많은 장졸들을 죽였다. 천자는 크게 화가 나서 온 나라의 모든 병사를 동원하여 이를 토벌케 하였다. 소주 사람인 오세영이 교유격의 부총(副摠)으로 출전하게 되었는데, 그는 예전에 여유문에게 들어서 최척이 재주가 있고 용맹하다는 것을 잘 알고 있었다. 그래서 최척을 서기로 삼아 데려가려고 하였다. 최척이 거절을 할 수 없어 행장을 꾸려 가려고 할 때, 옥영이 손을 잡고 눈물을 흘리며 작별하여 말했다.

"저는 타고난 운수가 좋지 않아 일찍이 난리를 만나 천신만고 끝에 간신히 목숨을 부지하였습니다. 하느님의 도움으로 다행히 낭군을 만나, ㉠끊어진 거문고 줄을 다시 잇고 나뉜 거울을 다시 둥글게 하듯이, 이미 끊어진 인연을 다시 맺었습니다. 게다가 늙어서 의탁할 아들까지 얻어 함께 24년 동안을 즐겁게 살아왔습니다. 지난 일을 돌아보건대, 이제 죽어도 여한이 없습니다. 저는 항상 이 몸이 먼저 갑자기 죽어 낭군의 은혜에 보답하고 싶었기 때문에 늙어 가는 것을 걱정하지 않았습니다. 그런데 또 이렇듯 이별하게 되었으니, 이제 수만 리나 떨어진 요양으로 가시면 다시 살아서 돌아오기 어려울 것입니다. 원컨대, 불미스러운 제가 이별하는 자리에서 자결하여 ㉡한편으로는 낭군께서 아내를 그리워하는 마음을 끊고, 다른 한편으로는 밤낮으로 겪게 될 제 근심에서 벗어나고자 합니다. 아아! 이제 낭군을 영영 이별하게 되었으니, 낭군께서는 천금같이 귀중한 몸을 스스로 잘 보존하시기를 간절히 바라옵니다."

옥영은 말을 마치고 칼을 뽑아서 목을 찌르려고 하였다. 최척이 칼을 빼앗으며 달래어 말했다.

"하찮은 오랑캐 추장이 감히 팔을 걷어붙이고 달려들기에 제왕의 군대가 깨끗이 쓸어버리기 위해 가는 것이니, ㉢ 형세는 계란을 깨는 것과 같소. 멀리 이역(異域)에 종군한다고 해서 어찌 반드시 다 죽겠소? 삼가 근심하거나 고민하지 마시오. 내가 공을 이루고 돌아오면 중당에 술상을 차려 놓고 맞이하여 축하나 해주시오. 하물며 몽선이 건장하여 의지하기에 부족함이 없으니 되도록 많이 먹고, 먼 길을 가는 사람에게 걱정을 끼치지 마시오."

마침내 최척을 포함한 명나라 군사는 길을 떠나 요양에 이르렀으며, 여기에서 오랑캐 땅으로 수백 리 걸어 들어가 조선 군사와 나란히 우미새에 진을 쳤다. 그러나 주장(主將)이 적을 가볍게 여기고 싸우다가 전군이 크게 패하였다. 오랑캐들은 명나라 병사는 부류를 가리지 않고 남김없이 다 죽이되, 조선 병사는 유혹하거나 위협하기만 하고 하나도 죽이지 않았다. 이에 교유격이 패졸 10여 명을 거느리고 조선 진영으로 들어가 조선옷을 구걸하자, 조선의 원수(元帥)인 강홍립은 남은 옷을 지급하여 죽음을 면하게 하였다. 그런데 종사관 이민환이 이러한 사실이 오랑캐에게 발각될까 두려워 다시 옷을 뺏고 중국 사람들을 붙잡아 적진에 보내버렸다. ㉣ 최척은 본래 조선 사람이었기 때문에 분주하고 어지러운 순간을 틈타 명나라 사람을 세워놓은 줄에서 홀로 빠져 나와 죽음을 면하였다. 강홍립이 투항하자 최척은 조선의 장졸들과 함께 오랑캐 추장의 뜰에 감금되었다.

이때 몽석도 남원에서 무예를 익히다가 출전하여 원수의 진중에 있었다. 오랑캐가 항복한 군졸들을 나누어 놓을 때 최척은 몽석과 같은 곳에 갇히게 되었다. 그래서 부자가 서로 만나게 되었으나, 최척은 그가 어떤 사람인지를 몰랐다. 몽석은 최척이 말을 더듬거리는 것을 보고, 조선말을 할 줄 아는 명나라 병사가 죽음을 당할까 두려워서 조선 사람 행세를 한다고 의심했다.

그래서 최척에게 어디서 왔느냐고 따져 물었다. ㉤ 최척도 오랑캐가 실상을 조사하는 것으로 의심해 말을 이리저리 돌리며 전라도에 있었다고 하기도 하고, 충청도에 산다고 말하기도 했다.

몽석은 마음속으로 더욱 이상하게 생각했으나 그 실상을 알 수가 없었다.

이윽고 몇 개월이 지난 후에 최척과 몽석은 정의(情誼)

가 매우 두터워지고 서로 동병상련하는 처지인지라, 조금도 시기하거나 의심하지 않게 되었다. 최척은 마침내 자기가 평생 동안 겪어왔던 내력을 조금도 숨김없이 사실대로 털어놓게 되었다. 몽석은 최척의 말을 듣고 놀라서 낯빛이 변하더니, 슬픈 듯 기쁜 듯 어쩔 줄을 몰라 하다가 갑자기 물었다.

"잃어버린 아이는 나이가 몇 살이며, 신체의 모양은 어떻게 생겼습니까?"

최척이 말했다.

"갑오년 10월에 아이를 낳았으며, 정유년 8월에 잃어버렸다네. 그리고 등 위에 붉은 사마귀가 있는데, 마치 어린아이의 손바닥 같다네."

몽석이 말을 못하고 놀라 쓰러졌다가 웃통을 벗어 등을 보이며 말했다.

"제가 바로 그 아이입니다."

최척은 비로소 몽석이 자기 아들임을 확인한 후 부친과 장모님의 생사 여부를 물었으며, 그들이 아직 살아있다는 것을 알고는 희비가 교체하여 서로 붙들고 통곡하였다.

– 조위한, '최척전(崔陟傳)' –

* 주우, 두홍: 최척과 함께 장사를 하는 중국인들.
* 안남: 베트남.
* 왕자진: 주나라 영왕의 태자로, 죄를 입어 서인이 되었음.
* 돈우: 옥영을 데리고 장사를 하는 일본인.
* 사우: 돈우가 옥영에게 붙여 준 이름.

73. <보기>를 참고하여 윗글을 감상한 내용으로 적절하지 않은 것은?73)

――――― < 보 기 > ―――――

임진왜란(1592~1598년) 등 16세기 말~17세기 초 동아시아에서 발생한 전쟁들은 각국 백성들의 삶에 심대한 수난을 초래했다. 이러한 역사를 반영한 대표적인 작품이 조위한의 '최척전'이다. 최척에게서 체험의 전말을 전해 듣고 이 작품을 썼다는 후기로 보면 이 작품이 실제 체험에 바탕을 둔 인물들의 이산(離散)과 귀향의 과정을 그린 유랑의 서사임을 알 수 있다. 특히 서사 공간이 조선을 포함하여 아시아 여러 국가에 걸쳐 있고 국가 간 갈등을 넘어선 개인 간의 인간적 배려 및 전쟁의 참상에 대해 각국 백성들이 보인 인류애적 연민의 모습도 형상화하고 있다는 점이 주목할 만하다.

① '경자년', '4년' 등은 최척과 옥영이 겪어야 했던 전란과 유랑의 체험이 역사적 실제성을 지닌 것임을 알려 주는군.

② 처절하게 시를 읊고 한숨까지 내쉰 것은 시가 옥영 자신의 이산과 유랑 체험을 계기로 지어진 것임을 알려 주

는군.

③ '조선말', '조선의 곡조' 등이 사건 전개에 중요한 역할을 하는 것은 최척 부부의 재회가 외국에서 이루어지고 있기 때문이겠군.

④ 최척 가족의 이산의 사연을 듣고 주변 사람들이 눈물 흘린 것은 전쟁의 참상에 대한 인류애적인 연민을 보여 준 사례이겠군.

⑤ 돈우가 백금을 받고 옥영을 파는 대신 오히려 옥영에게 전별금을 주며 안타까이 보낸 것은 국가 간 갈등을 넘어선 인간적 배려를 보여 주는 사례이겠군.

74. '최척'과 '옥영'의 재회에 대한 이해로 가장 적절한 것은?⁷⁴⁾

① 다른 나라에서 만난 동포의 도움을 통해 우연히 이루어진다.

② 두 인물이 공유하고 있는 과거의 기억을 매개로 하여 이루어진다.

③ 두 인물이 평소에 주변 사람들에게 베푼 자비로 인해 이루어진다.

④ 주변 사람들의 오해로 인해 우여곡절을 겪다가 기적적으로 이루어진다.

⑤ 주변 인물들 중 대다수에게는 환영을 받지만 일부에게는 의구심을 유발한다.

75. 윗글의 '밤'과 '아침'에 대한 설명으로 가장 적절한 것은?⁷⁵⁾

	밤	아침
①	주인공이 초월적 존재와 교감하는 시간	주인공이 현실적 문제와 대결하는 시간
②	운명과의 대결을 통해 주인공이 위기에 처하는 시간	조력자의 등장으로 그 위기에서 벗어나는 시간
③	폐쇄적인 공간에서 새로운 계획이 구상되는 시간	개방적인 공간에서 그 계획을 실행할지 논의하는 시간
④	인물의 내면적 갈등이 점진적으로 심화되는 시간	인물의 내면적 갈등이 새로운 인물들 간의 갈등으로 비화되는 시간
⑤	주인공이 새로운 상황을 맞이하면서 서사적 긴장이 조성되는 시간	극적 장면이 펼쳐지면서 그 긴장이 해소되는 시간

76. [A]의 표현 효과로 가장 적절한 것은?⁷⁶⁾

① 조용하고 평안한 자연의 상태를 바탕으로 새로운 길을

찾아 떠나며 마음의 평안 상태를 찾은 주인공의 모습을 간접적으로 드러내고 있다.

② 아름답고 흥겨운 자연의 이미지가 초라한 주인공의 모습과 대조되며 주인공의 처지를 더욱 비극적으로 부각하고 있다.

③ 속세와 대조되는 이미지의 자연을 활용하여 세속적 이익을 추구하는 주인공의 속물적 모습을 비판적으로 드러내고 있다.

④ 적막한 배경에서 구슬픈 염불 소리가 부각되게 하여 불교적 깨달음을 얻고자 노력하는 주인공의 심리를 간접적으로 드러내고 있다.

⑤ 자연 현상의 변화를 통하여 고요하고 애상적인 분위기를 형성하여 주인공의 슬프고 안타까운 심리를 강조하고 있다.

77. <보기>를 바탕으로 윗글을 감상한 내용으로 적절하지 않은 것은?⁷⁷⁾

> ─── < 보 기 > ───
> 「최척전」은 '기우록(奇遇錄)'이라고도 한다. '기이한 만남의 기록'이라는 말에서 알 수 있듯이 최척 일가의 상봉은 참으로 요행이며 기적 같은 일에 속한다. 당대의 일반적 현실은 작품 속에 그려진 현실보다 훨씬 암담하고 비극적이었다. 이 작품은 16세기 말에서 17세기 초의 전란을 배경으로 한 「임진록」, 「박씨전」, 「임경업전」 등이 대개 환상적인 요소를 강하게 갖거나 영웅을 주인공으로 설정하면서 민족적 자존심의 고취에 역점을 두고 있다는 공통점을 보이는 것과 달리 당대의 대다수 인간들이 겪었던 전쟁의 피해, 당시의 전쟁이 이들 인간의 운명에 끼친 영향에 관심의 초점을 두고 있다.

① 최척, 옥영, 몽석은 당대 민중들의 비극적인 운명을 대변하고 있다.

② 포로로 잡힌 최척과 몽석의 삶을 통해 시대적 상황을 구체화하고 있다.

③ 옥영이 전란으로 최척과 두 번이나 헤어지게 된 것에서 당대의 현실이 암담했음을 알 수 있다.

④ 최척이 재주와 용맹을 인정받아 출전한 것은 주인공을 영웅적으로 형상화한 부분이라 할 수 있다.

⑤ 최척과 몽석이 우연히 재회하게 되는 것은 '기우록'이라는 제목의 의미를 보여주는 일이라 할 수 있다.

78. ㉠~㉤에 대한 설명으로 가장 적절한 것은?⁷⁸⁾

① ㉠ : 옥영이 끊어진 거울과 나뉜 거울을 통하여 자신의 처지를 비유적으로 말하고 있다.

② ⓛ : 옥영이 적극적으로 만남을 추진하지 않는 최척을
　　원망하는 마음을 보여주고 있다.
③ ⓒ : 최척이 참전하게 될 앞날에 대한 불안한 심리를 감
　　추고 있다.
④ ⓔ : 최척이 위기를 벗어나기 위해 자신이 조선 사람임
　　을 드러내고 있다.
⑤ ⓜ : 최척이 몽석의 정체를 파악하기 위해 이런저런 말
　　로 시험하고 있다.

[79~83] 다음 글을 읽고 물음에 답하시오.

　국성(麴醒)의 자는 중지(中之)니, 주천 고을 사람이다.
어려서 ㉠서막(徐邈)에게 사랑을 받아, 그가 이름과 자를
지어 주었다.
　그의 먼 조상은 원래 ㉡온(溫)이라는 땅에서 살았다.
농사를 지어서 넉넉하게 먹고 살았는데 정나라가 주나라
를 칠 때 포로가 되었다가 본국으로 돌아가지 못하여, 그
자손들은 간혹 정나라에 흩어져 살기도 했다. 국성의 증
조부는 그 이름이 역사에 실려 있지도 않다가, 조부 모
(牟)가 주천으로 이사하여 눌러 살면서 드디어 주천 고을
사람이 되었다. 아비 차(醝)에 이르러 비로소 벼슬을 하였
다. 차는 평원 독우(督郵)가 되어 사농경(司農卿) ㉢곡씨
의 딸과 결혼해서 성을 낳았다.
　성은 어려서부터 도량이 넓었다. 손님들이 그 아비를
보러 왔다가도 성을 눈여겨보고 사랑스러워서 말하기를,
　"이 아이의 마음과 도량이 출렁출렁 넘실넘실 마치 끝
없이 넓은 물결과도 같아서, 더 맑게 하려 해도 맑아지지
않고, 흔들어도 흐려지지 않으니 성과 함께 즐기는 것이
좋겠네." 하였다.
　성은 자라서 중산의 유영(劉伶), 심양의 도잠(陶潛)과
더불어 벗이 되었다. 이 두 사람이 서로 말하기를,
　"하루라도 이 친구를 만나지 못하면 마음속에 비루하고
이상한 생각이 싹튼다."
하며, 서로 만날 때마다 며칠 동안 모든 일들을 잊고 마
음으로 취해야만 헤어졌다.
　국가에서 성에게 조구연이란 벼슬을 시켰지만 부임하지
않았다. 또 청주 종사로 불러, 공경(公卿)들이 계속하여
그를 조정에 천거했다. 이에 임금은 조서를 내리고 공거
(公車)를 보내어 불러서 보고 눈짓하며 말하였다.
　"저 사람이 바로 주천의 국생(麴生)인가? 내 그대의 향
기로운 이름을 들은 지 오래다."
　이보다 앞서 태사(太史)가 임금께 아뢰었다.
　"지금 주기성(酒旗星)이 크게 빛을 냅니다."

　이렇게 아뢰고 나서 얼마 안 되어 성이 도착하니 임금
은 태사의 말을 생각하고 더욱 성을 기특하게 여겼다. 임
금은 즉시 성에게 주객낭중(主客郞中) 벼슬을 주고, 얼마
안 되어 국자 좨주(國子祭酒)로 옮겨 예의를 관장하는 일
을 겸하게 했다.
　이로부터 모든 조회(朝會)의 잔치나 종묘의 제사, 천식
(薦食), 진작(進酌)의 예(禮) 모두 임금의 뜻에 맞지 않는
것이 없었다. 이에 임금은 그의 그릇이 믿음직하다 해서
승진시켜 승정원 재상으로 있게 하고 융숭한 대접을 했
다. 출입할 때에도 가마를 탄 채로 대궐에 오르도록 하고,
이름을 부르지 않고 국선생이라 일컬었다. 혹 임금의 마
음이 불쾌할 때라도 성이 들어와 뵙기만 하면 임금의 마
음은 풀어져 웃곤 했다. 성이 사랑을 받는 것은 대체로
이와 같다.
　원래 성은 성질이 구수하고 아량이 있었다. 날이 갈수
록 사람들과 친근해졌고 특히 임금과는 조금도 스스럼없
이 가까워졌다. 자연 임금의 사랑을 받게 되어 항상 따라
다니면서 잔치 자리에서 함께 놀았다.
　성에게는 세 아들이 있었다. 혹(酷), 포(醻), 역(醳)이다.
혹은 독한 술, 포은 진한 술, 역은 쓴 술이다. 이들은 그
아비가 임금의 사랑을 받는 것을 믿고 방자하게 굴었다.
중서령 모영(毛穎)이 임금에게 글을 올려 탄핵했다. 모영
은 곧 붓이다. 그 글은 이러했다.
　"성이 폐하의 사랑을 독차지하고 있는 것을 천하 사람
들은 모두 병통으로 알고 있습니다. 이제 국성이 조그만
신임을 받고 조정에 쓰이고 있어 요행히 벼슬 계급이 3품
에 올라서, 많은 도둑을 궁중으로 끌어들이고 사람들을
휘감아서 해치기를 일삼고 있사옵니다. 이것을 보고 모든
사람들이 분하게 여겨, 소리치고 반대하며 머리를 앓고
가슴 아파합니다. 이 자야말로 국가의 병통을 바로잡는
충신이 아니옵고, 실상 만백성에게 해독을 주는 도둑이옵
니다. 더구나 성의 자식 셋은 제 아비가 폐하께 총애받는
것을 믿고, 제 마음대로 세상에 횡행하고 방자하게 굴어
서 모든 사람들이 다 괴로워하고 있사옵니다. 바라옵건대
이들에게 모두 사형을 내리셔서 모든 사람들의 입을 막으
시옵소서."
　이에 성의 아들 셋은 즉시 독약을 마시고 자살했다. 성
은 죄로 폐직되어 서인(庶人)이 되고, 치이자(鴟夷子)도
역시 일찍이 성과 친했기 때문에 수레에서 떨어져 자살하
였다.
　일찍이 치이자가 익살로 임금의 사랑을 받아 서로 친
한 벗이 되어 매양 임금이 출입할 때마다 속거(屬車)에
몸을 의탁하였는데, 치이자가 일찍이 곤하여 누워있으므
로 성이 희롱하여 말하기를,

"자네 배가 비록 크나 속은 텅 비었으니, 무엇이 있는고?"

하니 대답하기를,

"자네들 따위 수백은 담을 수 있네."

하였으니, 서로 희학(戲謔)함이 이와 같았다.

성이 벼슬을 그만두자 '제(齊)'와 '격(鬲)' 사이에 ㉣도둑들이 떼 지어 일어났다. 이에 임금은 이 고을의 도둑들을 토벌하라는 명을 내렸다. 하지만 적임자가 쉽게 물색되지 않았다.

[A] ┌ 하는 수 없이 다시 성을 장수로 삼아 보내니, 부하를 몹시 엄하게 통솔하였고, 모든 고생을 군사들과 같이 하였다. 성은 수성(愁城)에 물을 대어 한 번에 함락시키고, 거기에 장락판(長樂阪)을 쌓고 돌아왔다.

임금은 그 공로로 성을 상동후로 봉하였다.

그 후 2년이 지나 성이 벼슬에서 물러나기를 청하며 아뢰기를,

"신은 본래 가난한 집 자식이었습니다. 어려서는 몸이 빈천해서 이곳 저곳으로 남에게 팔려다니는 신세였습니다. 그러다가 우연히 폐하께서 마음을 터놓고 신을 받아들이셔서 할 수 없는 몸을 건져 주시고 강호의 모든 사람들과 같이 용납해 주셨습니다. 하오나 신은 나라의 일을 크게 하시는 데 더함이 없었고, 나라의 체면을 더 빛나게 하지 못했습니다. 앞서 제 몸을 삼가지 못한 탓으로 시골로 물러가 편안히 있었을 때, 비록 엷은 이슬은 거의 다 말랐으나 ㉤그래도 남은 이슬방울이 있어, 감히 해와 달이 밝은 것을 기뻐하며 다시금 찌꺼기와 티가 덮인 것을 열어젖히나이다. 또한 그릇에 물이 차면 엎어지는 것은 모든 물건의 올바른 이치옵니다. 이제 신은 목이 말라 물을 자꾸 먹는 소갈의 병을 만나 목숨이 경각에 달려 있사옵니다. 바라옵건대 폐하께서는 명을 내리시어 신으로 하여금 물러가 여생을 보내게 해 주옵소서."

하였다. 임금은 승낙하지 않고 신하에게 송계(松桂), 창포 등의 약물을 가지고 그 집에 가 병을 살피게 했다. 그러나 성은 여러 번 글을 올려 굳이 사양하자 임금이 부득이 허락하고 마침내 고향으로 돌려보냈다. 성은 고향에 돌아와 천수(天壽)를 다하고 조용히 세상을 떠났다. 그의 아우 현(賢)은 벼슬이 이천 석에 오르고, 아들 익(酖), 두(酘), 앙(醠), 람(醂)은 복숭아꽃 즙을 마셔 신선이 되는 법을 배웠다.

[B] ┌ 사신(史臣)은 이렇게 말한다.

"국씨는 대대로 농가 태생이며, 성은 순덕(順德)과 청재(淸才)로 임금의 심복이 되어 국정을 돕고 임금의 마음을 흐뭇하게 하여 거의 태평을 이루었으니, 그 공이 성대하도다. 그 총애를 극도로 받음에 미쳐

서는 거의 나라의 기강을 어지럽혔으니, 그 화가 비록 자손에 미쳤더라도 유감(遺憾)될 것이 없었다. 그러나 만년(晩年)에 분수에 족함을 알고 스스로 물러가 능히 천명으로 세상을 마쳤다. 「주역(周易)」에 이르기를 '기미를 보아 일을 해 나간다.[見機而作(견기이작)]' 하였으니, 성이 거의 그에 가깝도다."

　　　　　　　　　　　　　　-이규보, '국선생전(麴先生傳)'

79. 윗글에 대한 설명으로 적절하지 않은 것은?[79]

① 주인공 집안의 내력을 자세하게 서술함으로써 주인공의 속성을 암시하고 있다.

② 주인공의 특성을 설명하기 위해 실존했던 역사적 인물을 동원하고 있다.

③ 주인공에 대한 주변 인물의 평을 통해 술의 속성을 묘사하였다.

④ 주인공은 자신의 재능과 인맥을 주변에 과장함으로써 출세하였다.

⑤ 주인공과 비슷한 속성을 지닌 존재들을 주인공의 친족으로 내세우고 있다.

80. 윗글의 서술상 특징으로 적절한 것을 <보기>에서 고른 것은?[80]

─────── < 보 기 > ───────

ㄱ. 교훈을 직접 제시하여 독자들의 생각과 행동의 변화를 효과적으로 유도하고 있다.

ㄴ. 갈등 상황에 처한 인물들의 치밀한 심리 묘사를 통해 극적인 효과를 나타내고 있다.

ㄷ. 인물의 태어나서 죽을 때까지의 행적을 시간의 흐름에 따라 서술하고 있다.

ㄹ. 사물을 의인화하는 우화적인 방법을 사용하여 독자들의 흥미를 자극하고 있다.

ㅁ. 공동체 사회에서 일어날 수 있는 갈등 상황을 해결하기 위한 의도로 지어졌다.

① ㄱ, ㄴ　② ㄱ, ㄷ　③ ㄴ, ㄹ　④ ㄷ, ㄹ　⑤ ㄷ, ㅁ

81. <보기>는 [A]와 같은 소재를 지닌 후대의 작품에 대한 설명이다. 윗글과 비교한 내용으로 적절한 것은?[81]

─────── < 보 기 > ───────

임제(林悌)의 「수성지(愁城誌)」는 인간의 심성(心性)을 의인화한 것이다. 이 글은 인간의 심성을 천군(天君)으로 삼고, 온갖 감정을 신하로 하여 나라를 다스리게 한 다음, 인간의 수심을 술로써 푼다는 것이 그 주제이다. 충

신과 간신의 다툼 대신에 마음의 편안함과 근심의 관계를 문제 삼은 점이 특이하다. 천군의 위기가 극복되고 해소되는 과정에서 국(麴) 장군이 등장하는 단계는 술이 수심을 몰아내는 데 중요한 구실을 한다는 작자의 의식을 강하게 드러내고 있다. 이 글의 내용에 따르면 근심의 성에서 일어난 반란은 악인의 폐단처럼 비난해서 해결될 일이 아니다. 억울하고 원통한 일이 거듭 일어나고, 마땅한 도리가 실현된다는 것을 믿을 수 없기에 일어난 반란이기 때문이다.

① 윗글과 <보기>는 모두 술의 제조 과정에 관심을 기울이고 있다.
② 윗글과 <보기>는 모두 실제 역사적 사실에 대한 풍자로 이루어져 있다.
③ 윗글과 <보기>는 모두 술이 개인의 마음에 끼치는 영향을 서술하고 있다.
④ 윗글은 술의 긍정적 효용을, <보기>는 술의 부정적 효과를 제시하고 있다.
⑤ 윗글은 다양한 술의 종류에 대한 관심을, <보기>는 술로 인해 생기는 다양한 마음의 모습을 보여 주고 있다.

82. <보기>는 윗글과 같은 소재를 다룬, 임춘이 지은 '국순전'의 평결부이다. '술'에 대한 태도면에서 [B]와 <보기>에 대한 설명으로 알맞은 것은?[82]

─── < 보 기 > ───

사신(史臣)이 말하기를,
"국씨(麴氏)의 조상이 백성에게 공(功)이 있었고, 청백(淸白)을 자손에게 끼쳐 창(鬯)이 주(周)나라에 있는 것과 같아 향기로운 덕(德)이 하느님에까지 이르렀으니, 가히 제 할아버지[祖]의 풍이 있다 하겠다. 순(醇)이 들병[挈瓶]의 지혜로 독 들창[甕牖]에서 일어나서, 일찍 금구(金甌)의 뽑힘을 만나 술단지[樽]와 도마에 서서 담론하면서도 가(可)를 들이고 부(否)를 마다하지 아니하고, 왕실(王室)이 미란(迷亂)하여 엎어져도 붙들지 못하여 마침내 천하의 웃음거리가 되었으니, 거원(巨源)의 말이 족히 믿을 것이 있도다."라고 하였다.

① [B]는 '술'을 풍자적으로 표현하는 데 비해, <보기>는 해학적으로 표현한다.
② [B]는 '술'에 대해 긍정적 태도를 보이지만, <보기>는 부정적 태도를 보인다.
③ [B]는 '술'의 고유한 특성을 강조하지만, <보기>는 일반적 보편성을 강조한다.

④ [B]는 '술'을 우의적(寓意的)으로 다루었지만, <보기>는 직설적으로 다루었다.
⑤ [B]는 '술'에 대해 객관적인 태도를 취하지만, <보기>는 주관적인 태도를 취한다.

83. ㉠~㉤에 대한 설명으로 적절하지 **않은** 것은?[83]
① ㉠에서 '서막(徐邈)'은 실존 인물로 대단한 애주가였음을 짐작할 수 있다.
② ㉡에서 '온'은 '따뜻하다'는 뜻이라 술이 익기 알맞은 조건을 뜻하는 것임을 짐작할 수 있다.
③ ㉢에서 '곡씨'라는 어머니의 성(姓)을 통해 술의 원료가 곡식임을 짐작할 수 있다.
④ ㉣에서 '도둑들'은 술이 사라지면 나타나는 온갖 근심이나 걱정을 빗댄 것임을 짐작할 수 있다.
⑤ ㉤에서 '이슬방울'은 좋은 술을 빚기 위해 필요한 고급 원료였음을 짐작할 수 있다.

[84~88] 다음 글을 읽고 물음에 답하시오.

생(生)의 성은 저(楮)인데, 저란 닥나무로 종이의 원료이다. 그의 ㉠이름은 백(白)이요, 자는 무점(無玷)이다. 그는 회계(會稽) 사람으로 한나라 채륜의 후손이다.

생은 태어날 때 난초탕에서 목욕을 하고, 흰 구슬을 희롱하고 흰 띠로 꾸렸기 때문에 그 모양이 깨끗하고 희었다. 그의 아우는 모두 19명이나 된다. 이들은 저생과 같은 어머니에게서 태어났다. 이들은 서로 화목하고 사이가 좋아서 잠시도 서로 떨어지는 법이 없었다.

이들은 원래 성질이 정결하고, 무인(武人)을 좋아하지 않아, 언제나 문사(文士)들만 사귀어 놓았다. 그 중에서도 중산(中山) 모학사(毛學士)가 가까운 친구인데, 모학사란 곧 붓을 가리킨다. 저생과 모 학사는 마냥 친하게 놀아서 혹시 모 학사가 저생의 얼굴에 먹칠을 하고 더럽혀도 씻지 않고 그대로 있었다.

저생은 학문으로 말하면 천지·음양의 이치를 널리 통하고 성현과 명수(命數)에 대한 학문의 근원까지도 모르는 것이 없었다. 심지어 ㉡제자백가의 글과 이단(異端) 불교에 이르기까지도 모조리 써서 기억하지 않는 것이 없었다.

한(漢)나라에서 선비를 뽑는데 책(策)을 지어 재주를 시험했다. 이 때 저생은 **방정과(方正科)에 응시**하여 임금께 말하였다.

"옛날이나 지금의 글은 대개 댓조각을 엮어서 쓰기도 하고, 흰 비단에 쓰기도 합니다. 그러나 이것은 모두 다 불편하기 짝이 없습니다. 신은 비록 두텁지는 못하오나 진심으로 댓조각이나 비단을 대신하려 하옵니다. ⓒ그러니 저를 써 보시다가 만일 효력이 없으시거든 신의 몸에 먹칠을 하시옵소서."

이 말을 듣고 화제(和帝)는 사람을 시켜서 시험해 보라 했다. 시험해 보니 그의 말대로 과연 편리하여 전혀 댓조각이나 비단을 쓸 필요가 없었다. 이에 저생을 포상하여 **저국공(楮國公) 백주 자사(白州刺史)**의 벼슬에 임명하였다. 그리고 만자군을 통솔케 하고 봉읍으로 그의 씨(氏)를 삼았다.

이것을 보고 나무껍질, 삼(麻), 고기 그물, 칡뿌리 네 사람이 자기들도 써 주기를 청했다. 하지만 이들은 자신들의 말처럼 완전하지 못하여 파면되고 말았다.

저생은 마침내 오래 사는 술법을 배워, 비나 바람이 그 몸에 침입하지 못하고 좀이 먹어 들어가지 못하게 했다. 항상 7일이면 양기(陽氣)를 빨아들이고 먼지를 털며, 입은 옷을 볕에 쬐면서 조용히 거처하고 있었다.

그 뒤에 진(晉)나라 좌태충(左太沖)이 <성도부(城都賦)>를 지은 일이 있었다. 그런데 저생이 그 글을 한 번 보더니 이내 외워 버리는 것이었다. 사람들은 그가 외우는 대로 다투어 베껴 썼으나, 그것은 풍류를 아는 선비나 알 수 있는 글이었다. 뒤에 와서는 왕우군(王右)의 필적을 본받아서 해자(楷字)로 쓴 글씨가 천하에서 제일 묘했다.

그는 다시 양(梁)나라 태자 통(統)을 섬겨 함께 『고문선』을 편찬하여 세상에 전했다. 또 임금의 명령을 받고 위수와 함께 국사를 편수하기도 했다. 하지만 위수가 칭찬하고 깎아 내리는 것을 공정하게 하지 못한 까닭에 후세 사람들은 이 역사서를 예사(穢史, 더러운 역사)라고 했다. ㉣이에 저생은 자진하여 사직하고 소작(蘇綽)과 함께 **장부나 상고하겠다고 청했다.** 임금이 이를 허락하자 지출은 붉은 글씨로 쓰고, 수입은 먹으로 써서 분명하게 장부를 꾸몄다. 이것을 보고 세상 사람들은 그의 재능을 칭찬했다.

그런 뒤로 진(陳)나라 후주의 의 사랑을 받게 되었다. 후주는 그의 행신(幸臣)인 학사의 무리들과 함께 항상 임춘각에서 시를 지었다. 이 때 수(隋)나라 군사가 경구(京口)를 지나자, 진나라 장수가 이를 비밀리에 임금에게 급히 알리었다. 그러나 저생은 이것을 숨기고 봉한 것을 열어 보이지 않았다. 이 때문에 진나라는 수나라에 패하고 말았다.

수나라 대업(大業) 연간의 일이다. 저생은 왕주(王胄), 설도형(薛道衡)과 함께 양제(煬帝) 섬겨, 그들과 같이 정초(庭草), 연니(燕泥)의 글귀를 읊었다. 그러나 얼마 지나지 않아 ㉤양제는 딴 사람이 자기보다 나은 것을 탐탁히 여기지 않는 바람에 저생을 돌보지 않았다. 저생은 마침내 **홀대를 당하여** 대궐을 나오고 말았다.

당(唐)나라 때였다. 홍문관이란 기구를 설치하게 되었다. 이에 저생은 저수량, 구양순 등과 함께 역사를 강론하고 모든 나라일을 상고하여 처리하였다. 이리하여 세상에서 말하는 '정관(貞觀)의 좋은 정치'를 이룩했다. 또, 송나라가 일어나자 정주학의 모든 선비들과 함께 문명의 좋은 정치를 이룩하기도 하였다.

사마온공은 <자치통감>을 편찬할 때 저생이 박식하고 아담하다 해서 늘 옆에 두고 물어서 썼다. 그 때 마침 왕안석은 권세를 부려 <춘추>의 학문을 좋아하지 않았다. 왕안석은 <춘추>를 가리켜 다 찢어진 소식라고 평하였다. 저생은 이를 옳지 못한 평론이라고 했다. 이리하여 마침내 **배척당하고 쓰이지 못하였다.**

원(元)나라 초년이 되었다. 저생은 **본래의 사업**에 힘쓰지 않고 오직 **장사를 좋아** 하였다. 몸에 돈 꾸러미를 두르고 찻집이나 술집을 드나들면서 **한 푼 한 리의 이익만을 도모**하였다. 세상 사람들은 간혹 이를 비루하게 여겼다. 원나라가 망하자 저생은 다시 명나라에서 벼슬을 하여 비로소 사랑을 받게 되었다. 이로부터 자손이 번성하여 대대로 역사를 맡아 쓰는 사씨(史氏)가 되기도 하고, 시가(詩家)의 일가를 이루기도 하였다. 발탁되어 관직에 있는 자는 돈과 곡식의 수효를 알게 되었고, 군사에 관한 사무에 종사하는 자는 군대의 공로를 기록하였다. 그들이 맡은 직업에는 비록 귀천이 있기는 했지만 모두 직무에 태만하다는 비난을 받지는 않았다. 대부(大夫)가 된 뒤부터 그들은 거의 다 흰 띠를 두르기 시작했다.

태사공(太史公)은 말한다.

무왕(武王)이 은(殷)을 이기자, 아우 숙도(叔度)를 채(蔡) 땅에 봉하여 주(紂)의 아들 무경(武庚)을 도와서 은나라의 유민들을 다스리게 했다.

무왕이 죽자 성왕(成王)이 주나라를 다스리게 됐는데 나이가 어려서 주공(周公)이 이를 도왔다. 이 때 채숙(蔡叔)이 나라 안에 근거 없는 풍설(風說)을 퍼뜨리자 주공은 그를 귀양 보냈다. 그 아들 호(胡)는 과거의 행동을 고쳐서 덕을 닦았다. 이에 주공은 그를 천거하여 높은 벼슬에 썼다. 성왕은 다시 호를 신채(新蔡)로 봉했으니 그가 곧 채중(蔡仲 : 채륜의 조상)이었다. <중략>

채(蔡)의 후손들은 그 조상이 대대로 쌓은 두터운 덕으로 해서 국가를 차지하고 있었다. 그러나 그들이 융성해지고 쇠약해지는 것은 모두 운명과 교화(敎化)의 탓이었다. 채(蔡)는 본래 주(周)와 같은 성(城)을 가지고 있었다. 이 나라는 양쪽 강국 사이에 끼여 있어서 공연한 공격을 받아 왔다. 그러면서도 길이 그 자손이 없어지지 않고 있다가 한(漢)의 말년에 이르러 드디어 봉읍을 받고 그 성을 바꾸게 되었다. 그러니 나라가 변해서 사사로운 집이 되고, 집이 커져서 그 자손이 천하에 가득해지는 것을 채씨의 후손에게서 볼 수 있는 것이다.

　　　　　　　　　　　　　　　- 이첨, '저생전(楮生傳)'

84. 윗글의 서술상의 특징으로 적절하지 <u>않은</u> 것은?[84]

① 읽는 사람들에게 삶의 지혜를 일깨워 주기 위한 목적이 바탕에 깔려 있어서 대상에 대해 주로 긍정적인 태도로 서술하고 있다.

② 한 인물의 생애를 시간적인 순서에 따라 도도하게 흘러가는 인간사의 물결처럼 서술하고 있다.

③ 인간 현실에서 일어날 수 있는 이야기처럼 꾸며 낸 인물의 고난 극복 과정에서 전기적(傳奇的)인 요소를 드러내고 있다.

④ 다른 인물과의 대립을 통해 주인공의 업적과 성격을 드러내고 있어서 서사 문학적 성격이 농후하게 드러나고 있다.

⑤ 사물에 인간의 생명과 감정을 불어 넣는 방법을 사용하여 만들어진 대상 외의 등장인물은 실존 인물의 업적을 바탕으로 서술하고 있다.

85. <보기>와 위 글을 비교하여 설명한 내용으로 적절하지 <u>않은</u> 것은?[85]

―――――― < 보 기 > ――――――

가전체(假傳體)는 일반적으로 '도입부 — 전개부 — 평설부'의 3단계로 구성되어 있다. 즉, 도입부는 주인공의 출생과 신분, 가계 등을 서술하는 부분이며, 전개부는 주인공의 행적을 중심으로 서술하는 부분이며, 평설부는 작자가 작품의 주인공에 대하여 평가를 내리는 부분이다. 이때 평설부는 사관(史官)의 말이라는 형식을 빌려서 시작된다. 그러나 이 작품에서는 이러한 일반적인 전개 방식에 약간의 변화를 보이고 있다.

① 윗글은 가전체의 일반적인 구성 방식과 같이 3단계로 나누어 볼 수 있다.

② 윗글의 도입부에는 주인공의 출생과 신분에 대한 작가의 평가가 제시되어 있다.

③ 윗글의 전개부에서는 주인공의 행적에 대해 시대 순서에 따라 서술하고 있다.

④ 윗글에서는 '태사공(太史公)은 말한다.'부터 평설부가 시작되는 것으로 볼 수 있다.

⑤ 윗글의 평설부에서는 주인공의 가계(家系)에 대해서 자세하게 서술하고 있다.

86. <보기>를 참고하여 윗글을 감상할 때, 적절하지 <u>않은</u> 것은?[86]

―――――― < 보 기 > ――――――

『저생전(楮生傳)』의 작가인 이첨(李詹)은 고려 말 조선 초에 이르기까지 충목왕, 충정왕, 공민왕, 우왕, 창왕, 공양왕, 태조, 정종, 태종 등 9명의 임금을 섬기는 동안 화려한 벼슬살이를 하기도 하였지만, 바른 말을 하다가 여러 번 귀양살이를 하였으니 그야말로 영욕의 삶을 살았던 인물이다. 문장과 글씨에 뛰어나 하륜(河崙) 등과 함께 『삼국사략(三國史略)』을 찬수했고, 『신증동국여지승람(新增東國輿地勝覽)』에 많은 시를 남기고 있으며, 유저(遺著)로는 『쌍매당협장문집(雙梅堂篋藏文集)』이 있다.

① 저생(楮生)이 여러 왕조를 거친 것과 작가가 여러 왕을 섬긴 사람에는 유사성이 있군.

② 작가의 영욕(榮辱)의 생애 중에서 욕된 삶은 작품에 반영하지 않고 있군.

③ 저생이 중국을 배경으로 활동한 것은 작가가 살았던 공간과는 차이가 있군.

④ 문장과 글씨에 능통했던 작가의 재주가 저생에게 그대로 나타나고 있군.

⑤ 작가 자신이 살고 싶어 하는 삶이 저생의 삶을 통해 드러나고 있군.

87. <보기>를 참고하여 윗글을 이해한 내용으로 적절하지 <u>않은</u> 것은?[87]

―――――― < 보 기 > ――――――

'저생전'은 종이를 저생이라는 가상 인물로 만들어, 한(漢)에서 명(明)에 이르는 역사 속 인물로 형상화한 고려의 가전(假傳)이다. 종이의 특성을 적절하게 반영하여, 시대마다 저생이 능란하게 처세한 내용을 관리의 생애로 표현하여 서술하고 있다. 이러한 저생의 생애는 상승기와 하강기의 반복적 구조 가운데, 시대에 따라 공을 쌓거나 화를 입기도 하며, 벼슬에 나아가 등용되거나 직언(直言)으로 인해 배척되는 등의 모습으로 나타난다.

① 한(漢)나라 때 저생이 '방정과에 응시'하는 것은, 저생의 생애를 관리의 생애로 표현하여 서술하는 특징과 관련되는 것으로 볼 수 있군.

② 한(漢)나라 때 저생이 '저국공에 백주자사'가 된 것은, 저생이 등용되는 상승기의 초기에 해당한 다고 볼 수 있군.

③ 양(梁)나라 때 저생이 벼슬을 하여 『고문선』을 엮어' 알

리고, '국사를 편수'하고, '장부나 상고'하는 일을 본 것은, 저생이 공을 쌓는 상승기의 모습을 표현한 것으로 볼 수 있군.

④ 수(隋)나라 때 '소외와 홀대를 당하'거나, 송나라 때 '쫓겨나 쓰이지 못하'게 된 것은, 저생이 배척당하는 하강기 모습을 표현한 것으로 볼 수 있군.

⑤ 원(元)나라 때 저생이 '본래의 사업'보다 '장사'를 익히고 '한 푼 한 리의 이익을 도모'한 것은, 저생이 관리로서 능란하게 처세하는 긍정적인 모습을 표현한 것으로 볼 수 있군.

88. ㉠~㉤을 <보기>의 주제 혹은 교훈과 연관시켜 해석할 때, 적절하지 <u>않은</u> 것은?[88]

─── < 보 기 > ───

「저생전」은 종이를 의인화하여 자서전의 방식으로 써 나간 것으로, 임금에 대한 신하의 직간(直諫)을 주제로 하여 세상 사람들을 경계하고. 나아가 위정자들에게 올바른 정치를 권유하는 교훈이 담긴 작품으로, 고려 말과 조선 초의 가전체(假傳體) 문학의 대표적인 작품이라고 할 수 있다.

① ㉠ : 희고 티가 없이 깨끗하다는 뜻이므로, 부조리와 타협하지 않는 순수하고 깨끗한 위정자의 모습을 담은 호칭이다.

② ㉡ : 종이에는 좋은 내용과 나쁜 내용이 함께 기록되어 있어서, 위정자들의 사소한 부정까지 찾아내고 기록하고자 하는 마음이 드러난다.

③ ㉢ : 자신의 쓰임에 대한 자신감과 자부심을 드러내는 말로, 자신의 임무를 다하지 못하면 어떤 처벌도 달게 받겠다는 각오가 드러난다.

④ ㉣ : 역사 편찬 작업을 함께 한 위수의 역사서가 비판받자 자리를 그만두고 한 일로, 공정하게 일 처리를 하지 않는 사람과 함께하지 않겠다는 다짐이 드러난다.

⑤ ㉤ : 황제인 양제에게 그이 성격이 올바르지 않음을 간하다 쫓겨난 일로, 자신의 지위에 연연하지 않고 윗사람에게 올바른 소리를 하는 행동이 드러난다.

[89~92] 다음 글을 읽고 물음에 답하시오.

입동(立冬)날 새벽, 식영암은 암자 안에서 벽에 기대앉은 채 졸고 있었다. 이때, 밖에서 누군가가 뜰에 대고 절을 하며 말했다.

"새로 온 정시자(丁侍者)가 문안 여쭙니다."

식영암은 이상히 여기며 밖을 내다보았다. 거기에는 사람 하나가 서 있는데, 몸은 몹시 가늘고 키는 크며, 색이 검고 빛났다. 붉은 뿔은 우뚝하고 뾰족하여 마치 싸우는 소의 뿔과 같았다. 새까만 눈망울은 툭 튀어 나와서, 마치 부릅뜬 눈과 같았다. 그 사람은 기우뚱거리면서 걸어 들어오더니 식영암 앞에 우뚝 섰다.

식영암은 처음엔 놀랐으나 천천히 그를 불러 말했다.

"이리 가까이 오게. 물어 볼 것이 있네. 왜 자네의 성(姓)은 정(丁)인가? 또 어디서 왔으며, 무엇하러 왔는가? 나는 평소에 자네 얼굴도 모르는데, 스스로 시자(侍者)라고 하니, 그건 또 어찌된 연유인가?"

말이 채 끝나기도 전에 정시자는 깡충깡충 뛰어 더 앞으로 나오더니 공손한 태도로 차분하게 대답했다.

"옛날 성인(聖人)에 소의 머리를 한 분이 있어 포희씨(包犧氏)라 했는데, 그 분이 바로 저의 아버지이십니다. 또 여와(女蝸)는 뱀의 몸을 하고 있었는데, 그 분이 제 어머니이십니다. 어머니는 저를 낳아서 숲 속에 버리고 기르지 않았습니다. 저는 서리를 맞고 우박을 맞으며 얼고 말라서 거의 죽기는 했습니다. 그러나, 따스한 바람과 비를 만나 다시 살아나게 되었습니다. 이처럼 추위와 더위를 천백 번 겪고 난 뒤에야 비로소 자란 인재(人才)가 되었습니다. 여러 대(代)를 지나서 진(晉)나라 세상에 이르러 저는 범씨(范氏)의 가신(家臣)이 되었습니다. 이때, 비로소 몸에 옻칠하는 방법을 배웠습니다. 당(唐)나라 시대에 와서는 조로(趙老)의 문인(門人)이 되어 거기에서 '철취'(鐵嘴)라는 호를 받았습니다. 그 뒤 저는 정도(定陶) 땅에서 놀았습니다. 이때 정삼랑(丁三郎)을 길에서 만났지요. 그는 저를 한참 보더니 이렇게 말했습니다. '자네 생김새를 보니 위로는 가로 그어졌고, 아래로는 내리 그어졌으니, 내 성 정(丁)자와 꼭 같이 생겼네. 내 성을 자네에게 주겠네.' 저는 이 말을 듣고 그의 말이 좋아서 성을 정으로 하고, 앞으로도 고치지 않으려 합니다. 저의 직책은 사람들의 옆에서 붙들어 도와 주는 데 있습니다. 자연 모든 사람들이 저를 부리기만 해서 제 몸은 항상 천하고 고달프기만 합니다. 하지만 저를 나쁘다고 생각하는 사람은 감히 저를 부리지 못합니다. 그러므로 제가 진심으로 붙들어 모시는 분은 몇 되지 않습니다. 이렇게 되고 보니, 제가 원하는 사람을 만나지 못해서, 이제 저는 돌아가 의지할 곳도 없게 되었습니다. 나라 안을 두루 돌아다니면서 토우인(土偶人)에게 비웃음을 당한 지 이미 오래되었습니다. 하온데 어제 하느님께서 저의 기구한 운명을 불쌍히 여겼던지 저에게 명하셨습니다. '너를 화산(花山)의 시자(侍者)로 삼을 것이니, 이제 그 곳으로 가서 직책을 받들고 스승을 오직 삼가서 섬길지어다.' 이에 저는 하느님의 명을 받고 기뻐서 외다리로 뛰어서 여기에 온 것입니다. 바라옵건대 장로(長老)께서는 용납해 주십시오.”

이 말을 듣고 식영암이 말했다.

“아! 후덕(厚德)스러운 일이로구나. 정 상좌(上座)는 옛 성인이 남겨 준 사람이로다. 몸의 뼈가 허물어지지 않은 것은 씩씩함이요, 눈이 없어지지 않은 것은 용맹스러움[勇]이로다. 몸에 옻칠을 하고 은혜와 원수를 생각한 것은 믿음[信]과 의리[義]가 있는 것이로다. 쇠주둥이를 가지고 재치 있게 묻고 대답하는 것은 지혜[智]가 있는 것이요, 변론[辯]을 잘하는 것이로다. 사람을 붙들어 모시는 것을 직책으로 삼는 것은 어진 것[仁]이요, 예의[禮]가 있는 것이며, 돌아가서 의지할 곳을 택하는 것은 바름[正]이요 밝은 것[明]이로다. 이러한 여러 가지 아름다운 덕을 보아서 길이 오래 살고, 조금도 늙거나 또 죽지도 않으니, 이것은 성인(聖人)이 아니면 신(神)이로다. 그러니 너를 내가 어찌 부릴 수 있단 말이냐? 이 여러 가지 아름다운 일 중에 나는 하나도 가진 것이 없다. 그러니 너의 친구가 될 수도 없는데 하물며 네 스승이 될 수가 있겠느냐? 화도(華陶)에 화(花)라는 산이 하나 있다. 이 산 속에 각암이라는 늙은 화상(和尙)이 지금 2년 동안 머물고 있다. 산 이름은 비록 같지만 사람의 덕은 같지 않으니, 하늘이 그대에게 명하여 가라고 한 곳은 여기가 아니고 바로 그 곳일 것이다. 그대는 그 곳으로 가도록 하라.”

말을 마치고 식영암은 노래를 부르면서 그를 보냈다. 그 노래는 다음과 같다.

“정(丁)이여! 어서 빨리 각암이 있는 곳으로 가도록 하라. 나는 여기서 박과 외(오이)처럼 매여 사는 몸이니 그대만 못한가 하노라.

89. 윗글의 서술상 특징으로 적절한 것끼리 묶은 것은?[89]

< 보 기 >
ㄱ. 의인화한 사물의 전기(傳記) 형식으로 교훈적 의미를 전달하고 있다.
ㄴ. 과거 회상을 통해 인물의 내면을 솔직하게 드러내고 있다.
ㄷ. 갈등의 양상을 첨예하게 표현하여 긴장감을 고조시키고 있다.
ㄹ. 인물 간의 대화를 통해 인물의 내력을 구체적으로 제시하고 있다.
ㅁ. 작가가 작품 속 인물로 등장하여 작품의 의미를 드러내는 데 기여하고 있다.

① ㄱ, ㄴ, ㄷ　② ㄱ, ㄷ, ㅁ　③ ㄱ, ㄹ, ㅁ

④ ㄴ, ㄷ, ㄹ　⑤ ㄴ, ㄹ, ㅁ

90. 윗글의 인물에 대한 설명으로 적절하지 <u>않은</u> 것은?[90]
① ‘식영암’은 ‘정시자’가 지닌 긍정적 속성을 열거한 후 자신과 비교하여 부각하고 있다.
② ‘식영암’은 노래를 불러 ‘정시자’와의 헤어짐에 대한 아쉬움을 노래를 불러 드러냈다.
③ ‘식영암’은 ‘정시자’에게 자신보다 덕이 높은 인물을 소개해 주었다.
④ ‘정시자’는 식영암의 시자가 되는 것을 정당한 일이라고 생각하였다.
⑤ ‘정시자’는 ‘식영암’의 여러 물음에 침착하고 차분하게 답하였다.

91. 윗글에 대한 발언으로 적절하지 <u>않은</u> 것은?[91]
① 장풍운 : 이 작품은 사물을 의인화한 인물을 주인공으로 내세워 사람과 대화하는 형식으로 이야기를 전개한다는 점이 흥미로웠어.
② 박문수 : 그 주인공의 인물 됨됨이가 완벽하다는 생각이 들어. 유교적인 덕을 갖춘 인재이며, 그 인품이 성인에 가까운 경지에 다다랐다고 했으니까 말이야.
③ 사정옥 : 주인공이 탁월한 인물이라는 점은 분명한데, 그렇다고 해서 그 인물이 지니고 있는 성격적 결함을 간과해서는 안 된다고 생각해.
④ 국추절 : 우리가 이 작품을 읽을 때, 글쓴이의 창작 의도에 대해서도 관심을 가져야 하는데, 이 작품은 인재 등용을 잘못하는 불합리한 세태를 풍자하고 있다고 생각해.
⑤ 어면순 : 작가의 창작 의도를 생각해 보면 이 작품은 교훈적인 성격이 있다고 생각해. 그런 점에서 이 작품은 오늘날을 사는 우리들에게도 시사하는 점이 있지.

92. 윗글과 <보기>의 글쓴이가 공통적으로 주장하는 내용과 가장 잘 어울리는 것은?[92]

< 보 기 >
우리나라는 어머니가 신분이 낮거나 개가했으면 그 자손은 모두 벼슬길에 오르지 못한다. 변변찮은 나라로서 두 오랑캐 나라 사이에 끼여 있으니, 오히려 모든 인재들이 쓰이게 되지 못할까 염려하더라도 나라 일이 구제될지 예측할 수 없다. 그런데 하물며 그러한 길을 막고 자탄하기를, “인재가 없군. 인재가 없어.” 하니, 남쪽에 있는 월(越)나라로 가면서 수레를 북쪽으로 돌리는 것과 무엇이 다르랴! 이웃 나라에 알리지 못할 일이다.
－ 허균, ‘유재론(遺才論)’

① 비록 그렇지 못해서 궁한 선비의 몸으로 시골살이를 하더라도 오히려 무단적(武斷的)인 행위를 감행할 수 있다. 이웃 집 소를 몰아다가 내 밭을 먼저 갈고, 동네 농민들을 잡아내어 내 김을 먼저 매게 하되, 어느 놈이 감힌들 나를 괄시하랴. 네놈의 코엔 잿물을 따르고, 상투를 범벅이며, 수염을 뽑더라도 원망조차 못하리라.

② 하늘과 땅이 비로소 열릴 때 만물이 번성하니, 그 가운데 귀한 것은 인생이며 천한 것은 짐승이었다. 날짐승이 삼백이고 길짐승도 삼백인데 꿩의 모습을 볼라치면 의관은 오색이요 별호는 화충이다. 산새와 들짐승의 천성으로 사람을 멀리하여 푸른 숲속 시냇가에 휘두러진 소나무를 정자 삼고, 상하로 펼쳐진 밭과 들 가운데 널려 있는 곡식을 주워 먹고 살아간다.

③ 어허, 자고로 묻혀 지낸 사람이 한둘이었겠소? 우선, 졸수재 조성기 같은 분은 적국에 사신으로 보낼 만한 인물이었건만 베잠방이로 늙어 죽었고, 반계 거사 유형원 같은 분은 군량을 조달할 만한 재능이 있었건만 저 바닷가에서 소요하고 있지 않습니까?

④ 그런데 너희들은 소나 말들이 태워 주고 일해 주는 공로와 따르고 충성하는 정성을 다 저버리고 날마다 푸줏간을 채워 뿔과 갈기도 남기지 않고, 다시 우리의 노루와 사슴을 침노하여 우리들로 하여금 산에도 들에도 먹을 것이 없게 만든단 말이냐?

⑤ 하늘이 날짐승과 길짐승에게 발톱과 뿔을 주고 단단한 발굽과 예리한 이빨을 주었으며 여러 가지 독을 주어서, 각기 하고 싶어하는 것을 얻게 하고 외부로부터의 습격을 막아낼 수 있게 하였는데, 사람에게는 벌거숭이로 유약하여 제 생명을 보호하지 못할 듯하였으나, 어찌하여 하늘은 천하게 하여야 할 금수에게 후하게 하고, 귀하게 하여야 할 인간에게는 박하게 하였는가.

[93~95] 다음 글을 읽고 물음에 답하시오.

> 한 사부가 있었다. 성명은 생략하고 적지 않는다. 옛것을 좋아하고 실의에 차 있었으며 세상으로부터 배척당했다. 가세가 비록 군색해도 품은 뜻만은 크고 넓었다. 일찍이 달산촌에 별채를 지은 적이 있는데, 문을 닫아걸고 왕래를 끊고는 오직 책만을 즐겼다. 이웃집도 그 얼굴을 보지 못한 지가 몇 년이나 되었다.
>
> 세월이 대황락*에 든 해, 한가위를 이틀 앞둔 때였다. ㉠산비가 개고 나니 밤기운이 깨끗하고 고요했다. 먼 하늘이 맑았고 은하수가 흐르고 있었다. 밝은 달이 빛나고 맑은 이슬이 영롱했다. 송옥이 가을을 슬퍼하던 뜻이 오

싹 생겨나고, 이백이 달을 즐기던 홍취가 은근히 일어났다. 서당을 걸어 나와 뜰을 거닐며 혼자 읊조렸다.

> 쩽! 쩽! 시냇가나무 찍어 내는 소리뿐
> 고즈넉한 서재에는 이웃도 적다
> 약을 찧노라니 옥토끼만 불쌍한 듯하고
> 술잔을 멈추어도 누가 있어 달에게 물어볼꼬
> 단풍나무 숲속에선 이슬방울 듣는 소리 들리고
> 대목 골목 깊고 깨끗해 먼지조차 일지 않네
> 봉황 새긴 누각 떠나온 지 지금 몇 해런가
> 미인을 어찌 만나 뵈랴 더욱 시름겹도다

말을 마치고 마음 슬피 탄식하기를 서너 차례 하였더니 도저히 잠을 이룰 수가 없었다. 손으로 마른 오동나무를 더듬어 바깥에 자리 잡고 앉았다. 때는 밤도 이미 삼경인지라 전혀 인적이 없었다.

홀연 글방 안에서 두런두런 웃는 듯 말하는 듯한 소리가 들려왔다. 선비는 가슴이 두근거려 왔다 갔다 하면서 숨을 죽이고 귀 기울여 들어 보니 과연 누군가 글방에 있는 듯했다. 선비는 도둑인가 의심하여 살그머니 맨발로 몇 걸음 다가서서 살펴보았다. 이때 달빛은 빈 창으로 흘러들어 방 안이 대낮 같았다. 창틈으로 은밀하게 엿보니, 모습도, 의관도 각기 다른 네 사람이 둘러앉아 있었다.

㉡그 중 한 사람은 까만 비단옷에 검은 관을 썼는데, 중후하고 꾸밈이 적었으며 가장 연장자였다. 또 한 사람은 알록달록한 옷을 입고 모자를 벗어 맨상투가 위로 도드라져 있었으며 기품이 심히 날카로웠다. 또 한 사람은 흰옷에 관건을 썼으며 용모가 백옥같이 희고 깨끗한 눈 같았다. 또 한 사람은 검은 옷 검은 모자에 얼굴은 푸르게 칠한 것 같았으며 극히 못생기고 작달막했다. 네 사람이 서로 말하기를,

"누가 능히 없음을 몸뚱이 삼아 삶을 거짓으로 삼고 죽음을 참으로 삼을 수 있을까? 누가 움직임과 고요함, 흑과 백이 한 가지 이치임을 알 것인가? 내 그와 벗하리라!"

하고, 네 사람이 서로를 바라보면서 웃으며 말하기를,

"사, 여, 여, 뇌*라면 충분히 막역한 벗이 될 만하지?"

하면서 무릎들을 당겨 앉았다.

흰옷이 말했다.

"오늘 밤 주인이 안 계시다고 우리가 방을 독차지해 즐기는 것이 너무 교만하지는 않은가?"

벗은 모자가 머리를 가로저으며 말했다.

"주인이 무리와 떨어져 홀로 살면서 함께 거처하는 자는 우리뿐이다. 살갗을 문지르고, 뼈를 부딪치고, 머리를

적시고, 등에 물이 스며드는 등 수고로운 일을 한 지도 아주 오래되었다. 나는 노둔하다는 놀림을 받았고, 자네는 경박하다는 꾸지람을 들었네. 저 사람은 운명이 다하고, 이 사람 또한 흠결이 생겼다. 주인과 함께 거처하는 때가 얼마나 더 되겠는가? 그러니 이토록 밝은 달 아래 어찌 한마디 하지 않을 수 있단 말인가?"

그러고는 조원진이 올린 사표의 "흰머리 늙은이 어디로 갈꼬? 일편단심이야 스러지지 않으리."라는 구절을 읊으며 몇 차례 오열하는 소리를 내니, 좌중이 모두 얼굴을 감싸 쥐고 흐느끼며 눈물을 뿌리기도 하고 닦기도 했다.

흰옷이 말하기를,

"한갓 남녘 관을 쓴 초나라 포로처럼 사좌*에서 눈물만 흘리고 있으니, 무엇으로 회포를 달랠 것인가?"

하고 벗은 모자를 희롱하였다.

"자네는 검은 머리이면서 흰머리라 말하고, 속이 비었으면서 단심이라 일컬으니 되겠는가?"

벗은 모자가 웃으며 말했다.

"고루하도다. 구망씨*는 시를 모르는구나! 이런 사람이 흰 바탕에 색을 칠한다는 뜻을 어찌 알겠는가?"

검은 옷이 까만 비단옷에게 눈짓하며 이르기를,

"두 사람은 입을 닫게나! 깎는 듯 가는 듯, 쪼는 듯 문지르는 듯하는 자라야 비로소 함께 시를 말할 만도다."

하니, 까만 비단옷이 희롱하기를,

"다른 산의 돌이라도 내 옥을 다듬을 수 있다는 소리는 들었어도, 먹을 다듬는다는 말은 못 들었네."

하였다.

그러자 검은 옷이 말하기를,

"그렇군! 과연 옥은 아니지!"

하고는 서로들 손을 한데 잡고 웃었다.

〈중략〉

한참을 그렇게 서 있었다. 문득 서재 북쪽 창밖에서 소곤거리는 소리가 들리더니, 점점 가까워졌다. 선비는 변화가 있음을 알고 마음을 단단히 먹고 꼼짝 않고 있었다. 때는, 서산에 달이 지고 있었고 달그림자가 청(廳)에 올랐다. ⓒ 세 사람이 잇따라 오는데, 옷차림과 생김새가 서실 안에서 본 것과 똑같았다. 와서는 늘어서서 절을 하였다. 선비도 답배를 하고 묻기를,

"한 분은 어디에 계십니까?"

하니, 대답하기를,

"관(冠)을 쓰지 않아서 뵈올 수가 없습니다."

하였다.

선비가 말하기를,

"산 속 서재에서 밤에 모이는 것이니, 예법은 따질게 못 됩니다. 어서 나오십시오."

하니, 탈모자가 이 말을 듣고 서재 뒤에서 머뭇머뭇 나와서 머리를 조아리며 무례함을 사과하였다. 선비가 위로하는 답을 하고는, 그들과 마주 앉았다. 성명과 집안의 내력을 물어서 산의 요정인지 나무 도깨비인지를 분변해보고자 하나, 그들의 뜻을 거스를까 염려되어 감히 선뜻 발설하지 못하고 먼저 자기소개부터 하였다.

〈중략〉

ⓐ 선비가 방 안에 혼자 누웠으나 말똥말똥 잠을 이룰 수가 없었다. 만났던 일을 뒤미처 생각하니 거의 알 듯도 한데 해가 이미 창문을 비추고 있었다. 시동이 이상하게 여겨 와서 여쭈기를,

"오늘은 어째 늦게 일어나시는군요!"

하니, 선비가 답하기를

"간밤에 달이 너무 밝아 시를 읊조리며 정을 풀다 보니 아침에 곤하게 잠이 들었구나. 그걸 몰라서 지금 물어보는 것이냐?"

하고는 일어나 방 안의 붓, 벼루, 종이, 먹을 살펴보았다. 옛날부터 소장하던 도기 벼루는 바람벽 흙덩이 때문에 떨어져 깨져 있었다. 한 자루 있는 붓은 붓대가 알록달록한 대나무였지만 머리 갑이 없었고 낡아서 글씨 쓰기에 적당치 않았다. 하나 있는 먹은 갈지 않고 남은 부분이 채 손끝 마디만큼도 되지 않았다. 종이는, 며칠 전 시동이

"여기 투박한 닥나무 종이가 있으니 장독 뚜껑을 덮겠습니다."

하여, 선비가

"그러려무나."

한 것이었다. 아이에게 종이를 가져오라 하여 살펴보았더니, 깨끗하고 두꺼웠다.

이로써 모든 것이 분명하게 이해되었다. 즉시 ⑩ 그 종이로 나머지 세 물건을 싸고 으슥한 곳에 묻으면서 글을 지어 제사를 지내 주었다.　－신광한, 「서재야회록」－

* 대황락: 십이지 중 '사(巳)'자가 들어 있는 해.
* 사(祀)와 여(與)와 여(犁)와 내(來): 『장자』에 나오는 가상의 네 친구. 서로 막역지우임을 의미함
* 흰머리~않으리.: 남송 시대의 명재상 조원진이 참소를 받아 귀양을 가며 올린 사표의 일부임.
* 사좌: 모든 사람이란 뜻 여기서는 특히 네 사람을 강조하는 말로 쓰임.
* 구망씨: 고대에 나무를 주관하는 관리. 여기서는 종이를 일컫고 있음.

93. 〈보기〉를 바탕으로 윗글을 감상할 때, 적절하지 않은 것은?93)

───〈 보 기 〉───

(가) '몽유록(夢遊錄)'은 꿈속의 일을 소재로 하여 구성된 작품으로 내용의 대부분은 작자가 꾼 꿈으로 이루어져

있다. 현실 세계의 주인공이 꿈을 통해 다른 세계로 들어가 여러 가지 경험을 하고, 꿈에서 깨어 다시 현실 세계로 되돌아온다는 이야기이다. 현실, 꿈, 현실로 진행되는 액자구성을 취하고 있다. 거의 한문으로 이루어져 있고 작자도 한문을 자유롭게 구사할 수 있었던 식자층의 인물들이다. 현실세계에서 느꼈던 소외 및 불만 등을 그들은 꿈이라는 장치를 통해 진술했던 것이다. 따라서 몽유록의 작품 내적 분위기는 우울하거나 비탄적(悲嘆的) 정조를 띠게 된다. 결말 또한 허무한 것으로 끝나는 것이 일반적인 현상이다.

(나) 가전체(假傳體)는 입으로 전하는 설화에서 탈피하여 우화(寓話)·의인화(擬人化) 수법을 써서 지은 짧은 전기체(傳記體)의 설화로서, 그 내용은 대개 사람들을 경계하고 권선(勸善)할 목적으로 이루어진 것이다. 고려 후기에 가전이 발달하게 된 데에는 창작계층인 사대부들이 옛 귀족들과 달리 실제적인 사물에 깊은 관심을 가지고 합리적으로 이해하려 했던 풍조와 관련이 깊다. 이에 따라 사물과 관념을 긴밀하게 통합하여 파악하는 양식인 가전이 등장하게 된 것이라 할 수 있다. 이처럼 가전은 구체적 사물과 경험을 중시하되 그것들을 철저한 이념적 해석으로 걸러내려 하는 점에서 교술적이며, 그것을 단순한 지식 또는 이념으로 전달하지 않고 어떤 인물의 구체화된 생애로 서술한다는 점에서 서사적이다. 이들은 그 끝에 대개 '사신(史臣)'의 목소리로 인세(人世)를 경계하는 구절을 첨가하는 방법으로 지은 의도를 밝혔다.

① '주인'이 현실 세계에서 비현실적 존재를 만나고 다시 현실로 돌아오지만 '꿈'이 아니므로 몽유록이라 할 수는 없다.

② 사물을 의인화하고 우화적 수법으로 이루어졌으나 대상이 된 사물의 '일대기'는 아니므로 가전체라 보기도 어렵다.

③ '네 사람'이 삶과 죽음, 있음과 없음 등의 주제로 토론을 벌이지만 그것이 인물 간의 갈등을 드러낸 것이라 할 수 없으므로 교술적이라 할 수 있다.

④ '주인'이 현실에서의 불만과 소외 같은 감정을 '네 사람'과의 만남을 통해 해소하고 있어서 몽유록의 일반적 성격과는 거리가 있다.

⑤ 문방사우(文房四友)를 의인화의 대상으로 삼아 생활과 밀접하게 연관되는 사물에 대한 관심이 창작 동기가 되었을 것이므로 가전체와 유사한 특성을 지닌다.

94. 윗글의 네 사람의 말하기 방식으로 적절하지 않은 것은?94)

① 의문형 종결 표현을 사용하였으나 답을 요구하는 것이 아닌 의문문을 활용하여 말하고자 하는 바를 강조하고 있다.

② 표면적으로는 모순적으로 보이도록 한 표현 안에 전달하고자 하는 의미를 숨김으로써 강조의 효과를 얻고자 하고 있다.

③ 대화 상대의 특성과 연관된 발언을 통하여 웃음을 유발하는 표현을 사용하고 있다.

④ 성현이 남긴 말이나 다양한 역사적 사실을 인용함으로써 현학적 태도를 드러내고 있다.

⑤ 상대를 고려한 완곡한 표현을 통해 상대의 제안을 거절하는 의사를 드러내고 있다.

95. 윗글을 도식화한 <보기>를 참고하여 ㉠~㉤을 이해한 것으로 적절하지 않은 것은?95)

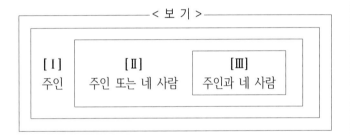

＜ 보 기 ＞

| [Ⅰ] 주인 | [Ⅱ] 주인 또는 네 사람 | [Ⅲ] 주인과 네 사람 |

① ㉠ : [Ⅰ]에서 '주인'이 자연 현상을 비유적으로 묘사함으로써 자신의 심리를 드러내고 있다.

② ㉡ : [Ⅱ]에서 '주인'이 '네 사람'의 외양을 묘사하고 각각에 대한 주관적 평가를 하고 있다.

③ ㉢ : [Ⅲ]에서 '네 사람'이 '주인'과 만나는 장면이다.

④ ㉣ : [Ⅱ]에서 '주인'이 '네 사람'을 만난 이후 그들을 생각하느라 잠을 못 이루고 있다.

⑤ ㉤ : [Ⅰ]에서 '주인'이 '네 사람'과 이별하면서 예의를 갖추고 있다.

[96~100] 다음 글을 읽고 물음에 답하시오.

[아니리]
㉠ 군사들이 승기(勝氣) 내어 주육을 장식하고,

[중모리]
노래 불러 춤추는 놈, 서럽게 곡하는 놈, 이야기로 히히 하하 웃는 놈, 투전(鬪牋)하다 다투는 놈, 반취(半醉) 중에 욕하는 놈, ⓐ 잠에 지쳐 서서 자다 창 끝에다가 턱 꿰인

놈, 처처(處處) 많은 군병 중에 눈물 흘리는 놈 있더라. 장하(帳下)의 한 군사 전립 벗어 또루루루 말아 베고 누워 봇물 터진 듯이 울음을 운다. 아이고 아이고 아이고 울음을 우니,

[아니리]

　한 군사 내달으며,

　"아나 이 애, 승상(丞相)은 지금 대군을 거나리고 천 리 전쟁을 나오시어 승부를 미결(未決)하야 천하 대사를 바라는데, 이놈 요망스럽게 왜 울음을 우느냐. 우지 말고 이리 오느라. 술이나 먹고 놀자."

　저 군사 연하여 왈,

[　　　　]

> [A]
> "네 설움 제쳐 놓고 내 설움 들어 보아라. 고당상학발양친* 배별한 지가 몇 날이나 되며 아버님 날 낳으시고 어머님 날 기르시니, 그 은혜를 다 갚으려 하여도 하늘과 같아 갚을 길이 없구나. 화목하던 일가친척, 규중의 홍안처자 천 리 전장 나를 보내고 오늘이나 소식 올까 내일이나 기별이 올거나 기다리고 바라다가, 서산에 해는 기울어지니 출문망이 몇 번이며, 바람 불고 비 죽죽 오는데 의려지망*이 몇 번이나 되며, 서중의 홍안거래 편지를 뉘 전하며, 상사곡(相思曲) 단장해는 주야 수심에 맺혔구나. ⓑ조총, 환도 둘러메고 육전, 수전을 섞어 헐 제 생사가 조석(朝夕)이로구나. 만일 객사를 하게 되면 게 뉘라서 엄토를 하며 모래밭에 흩어져서 까마귀 솔개 밥이 된들, 뉘라 손뼉을 두다리며 후여쳐 날려 줄 이 있드란 말이냐. 온종일 부모 생각이로구나."

[아니리]

　이렇듯이 설리 우니 여러 군사 하는 말이,

　"부모 생각 너 설움이 충효지심 기특허다."

　또 한 군사 나서며,

[중모리]

　"여봐라 군사들아, 이내 설움을 들어라. 너 내 이 설움을 들어 봐라. 나는 남의 오대 독신으로 어려서 장가들어 근 오십이 장근토록 슬하에 일점 혈육이 없어, 매월 부부 한탄헐 제, 어따, 우리 집 마누라가 온갖 공을 다 들일 제, ⓒ명산대찰 성황신당, 고묘총사, 석불 보살 미륵 노구맞이 집짓기와 칠성 불공, 나한 불공, 백일산제, 신중맞이, 가사 시주, 연등 시주, 다리 권선 길 닦기며, 집에 들어

있는 날은 성조조 왕, 당산 천룡, 중천군웅 지신제를 지극 정성 드리니, 공든 탑이 무너지며 심든 남기가 꺾어지랴. 그달부터 태기(胎氣)가 있어 옳은 자리가 아니면 앉지를 않고 부정한 음식이면 먹지를 않고 음탕한 소리는 듣지를 않고 사악한 행동은 보지를 않고, 십 삭이 절절 찬 연후에 하루는 해복 기미가 있던가 보더라. 아이고 배야, 아이고 허리야, 아이고 다리야. 혼미(昏迷) 중 탄생하니 딸이라도 반가울데 아들을 낳었구나. 열 손에 다 떠받들어 땅에 누일 날 전혀 없어 삼칠일(三七日)이 지나고 오륙 삭이 넘어 발바닥에 살이 올라 터덕터덕 노는 모양, 방긋방긋 웃는 모양, 엄마 아빠 도리도리, 쥐암잘강 섬마둥둥, 내 아들 옷고름에 돈을 채워, 감을 사 껍질 벗겨 손에 주며 주야 사랑 애정한 게 자식밖에 또 있느냐. 뜻밖에 이 한 난리, '위국 땅 백성들아, 적벽으로 싸움 가자 나오너라' 외는 소리, 아니 올 수 없더구나. 사당 문 열어 놓고 통곡 재배 하즉한 후 간간한 어린 자식 유정한 가족 얼굴 안고 누워 등치며, 부디 이 자식을 잘 길러 나의 후사(後嗣)를 전해 주오. 생이별 하직하고 전장에를 나왔으나 언제 내가 다시 돌아가 그립던 자식을 품에 안고 '아가 응아' 업어 볼거나, 아이고 내 일이야."

[아니리]

　이렇듯이 설리 우니 여러 군사 꾸짖어 왈,

　"어라 이 놈 자식 두고 생각은 정 졸장부의 말이로다. 전장에 너 죽어도 후사는 전하겠으니 네 설움은 가소롭다."

　또 한 군사가 나서면서,

[중모리]

　"이내 설움 들어 봐라. 나는 부모 일찍 조실하고 일가 친척 바이 없어 혈혈단신(孑孑單身) 이 내 몸이, 이성지합 우리 아내 얼굴도 어여쁘고 행실도 조촐하야 집안 큰일 지극정성 떠날 뜻이 바이 없어 철 가는 줄 모를 적에, 불화병 외는 소리 위국 땅 백성들아 적벽으로 싸움 가자 외는 소리 나를 끌어내니 아니 올 수 있는가. 군복 입고 전립 쓰고 창을 끌고 나올 적에, 우리 아내 내 거동을 보더니 버선발로 우루루루 달려들어 나를 안고 엎더지며, '날 죽이고 가오. 살려 두고는 못 가리다. 이팔 홍안 젊은 년을 나 혼자만 떼어 놓고 전장을 가랴시오.' 내 마음이 어찌 되것느냐. 우리 마누라를 달래랄 제, '허허 마누라 우지 마오. 장부가 세상을 태어나서 전장출세를 못 하고 죽으면 장부 절개가 아니라고 하니 우지 말라면 우지 마오.' 달래어도 아니 듣고 화를 내도 아니 듣더구나. ⓓ잡았던 손길을 에후리쳐 떨치고 전장을 나왔으나, 날이 가고 또

가도 전쟁은 그치지 않는구나. 살아가기 꾀를 낸들 동서 남북으로 수직(守直)을 허니, 함정에 든 범이 되고 그물에 걸린 내가 고기로구나. 어느 때나 고국을 갈지, 무주공산 해골이 될지, 생사가 조석이라. 어서 수이 고향을 가서 그립던 마누라 손길을 부여잡고 만단정회* 풀어 볼거나. 아이고 내 일이야."

[아니리]

　이렇듯이 설리 우니, 또 한 군사 나오난디, ⓛ그중에 키 작고 머리 크고 작도만 한 칼을 내두르며 만 군중이 송신하게 말을 허겄다.

[　　　]

[B]
　"이놈 저놈, 말 듣거라. 너희 울 제 좀놈일따. 위국자는 불고가라* 옛글에도 일러 있고, 남아하 필연처자오.* 우리 몸이 군사 되야 전장 나와 공명도 못 이루고 속절없이 돌아가면 부끄럽지 아니 허냐. 이내 심사 평생 한이 요하 삼척 드는 칼로 오·한 양진 장수 머리를 번뜻 뎅기렁 베어 들고 창 끝에 높이 달아 개가성을 부르면서 승전고(勝戰鼓) 쿵쿵 울리면서 본국으로 돌아갈 제, 부모 처자 친구 벗님 펄쩍 뛰어 나오며' 다녀온나 다녀와, 전장 갔던 벗님이 살어를 오니 반갑네. 이리 오서 이리 오라면 이리 와.'울며 반겨 헐 제, 원근당 기쁨을 보이면 그 아니 좋더란 말이냐. 우지 말라면 우지 마라."

<중략>

[아니리]

　불 쬐고 늘어앉아 **조조** 산 쪽을 가만히 둘러보더니, 또 공연한 웃음을 내어 '히히 하하하하' 웃거늘, **중관**이 여짜오되,

　"승상님, 왜 또 웃소?"

　"너 이놈들. 승상이니 망상(亡相)이니 하면서, 내 평생 즐겨 하는 웃음도 못 웃게 한단 말이냐?"

　"승상님만 웃으시면 꼭꼭 복병(伏兵)이 일어납니다."

　"이놈들아. 내 집에서는 날마다 웃어도, 복병은커녕 뱃병도 안 나고, 술병만 들오더라."

　헛된 장담 이 말 끝에,

[자진모리]

　뜻밖에 산 위에서 북소리 꿍 두리둥 둥 둥 둥. 한 장수 나온다. 한 장수 나와. 얼굴이 먹장 같고, 고리눈 다 복수염, 긴 창을 비껴들고, 우레 같은 큰 소리를 벼락같이 뒤지르며,

　"네 이놈, 조조야! 닫지 말고 창받아라!"

불꽃 같은 급한 성정 번개같이 달려들어 좌우익을 몰아치니, 조조 진영 장졸 주검 산처럼 쌓였구나. **장비**의 호통 소리 나는 새도 떨어지고, 길짐승도 머무르니, 조조 정신 있을쏘냐.

　"아이고, **정욱**아! 저기 오는 장수 뉜가 보아라!"

　정욱이도 겁이 나서 끝만 따서 하는 말이,

　ⓒ"아이고, 승상님. 떡이요. 떡이로소이다!"

　"떡이라니, 먹는 떡이란 말이냐? 이 판에 무슨 떡이냐?"

　"장비, 장익덕이란 말이오!"

　"아이고, 이 무서운 떡이로구나!"

　조조가 황급하여 말 아래 뚝 떨어져 거의 죽게 되었는데, 허저, 장요, 장합 등이 죽도록 구원하여 간신히 도망을 하는구나.

[중모리]

[C]
　늘어진 잡목, 펑퍼진 떡갈잎, 얼크러진 칡넝쿨 휘청 휘청 거머잡고, 후유 끌끌 한숨 쉬며,

　"촉도지난(蜀道之難)*이 험타 한들 이에서 더할쏘냐?"

　솔숲 혜쳐 넘어갈 적, 이곳은 화용도(華容道) 경계로구나. 새만 푸루루루루루 날아가도 복병인가 놀래이고, 낙엽만 버썩 휘날려도 장수가 오는지 놀래이며, 말갈기를 두 손으로 붙들고, 말등에다 얼굴 대고 두 눈을 뜨지 못하고, 벌렁벌렁 떠는 모양 가련하고 불쌍하다.

[아니리]

　정욱이 여짜오되,

　"승상님, 일어앉어 허리 좀 펴고, 눈 좀 뜨시오."

　"윗다, 애, 듣기 싫다. 아무 말도 말아라. 귀에서는 화살 소리가 횟횟 나고, 눈에서는 칼날이 번뜻번뜻하여, 내가 눈을 못 뜨것다."

　"여기는 아무것도 없사오니, 정신 좀 차리시오."

　조조 일어앉어 눈을 뜨고 사면을 막 바라볼 제, 뜻밖에 말 굽통 밑에서 메추리 한 쌍이 푸루루루루루. 조조 질색하여 엎더지며,

　"아이고, 정욱아! 이 장수가 뉜가 보아라! 조자룡보다 날래구나."

　"승상님, 그게 장수가 아니라 메초리올시다."

　조조 정신 차려,

　"그게 메추리란 말이냐? 내가 메추리에게 놀랬단 말은 혹시 딴 사람들 들을까 두렵구나. 그러나 그놈 잡어 볶아 놓으면 술 안주감 좋느니라. 걸망에 술 내려라. 좋은 안주 본 김에 한잔 먹자."

<중략>

[진양조]

흩어진 군사 모여들 제, 갑옷 벗은 여러 장수, 군복 벗어 둘러멘 놈, 부러진 창 짚은 놈, 꺾인 활 둘러멘 놈, 깨어진 노구솥 멘 놈, 불에 타서 검은 군사들은 반신불수 갈 수 없고, 창에 찔려 오는 군사, 엉망진창 피 흘린 놈, 배고파 기진한 놈, 냉병 들어 설사 난 놈은 뒤보느라고 갈 수 없고, "어서 오너라!" 부르는 놈, 어떠한 군사 하나는 벙거지 벗어 목에 걸고, 군복 벗어 팔에다 메고, 부러진 창대를 거꾸로 짚고, 절뚝절뚝 들어오며 대성통곡 설리 운다.

"아이고, 아이고, 어이 갈거나. 천 리 고국을 어이 갈거나. 높고 귀한 우리 부모, 규중의 젊은 아내 천 리 전장(戰場) 날 보내고, 오늘이나 소식 올거나, 내일이나 기별이 올거나, ⓒ의려망(倚閭望)*이 몇 밤이며, 화석지탄(化石之嘆)*이 몇 날이나 되는고. 엉엉."

울음을 운다.

[아니리]

조조 듣고 분을 내어,

"네 이놈들. 생사(生死)가 걸린 마당인데 진중에 요망한 곡소리가 웬일이냐? 만일 다시 우는 놈은 군법으로 목을 베리라!"

한 군사 듣더니 저 혼잣말로,

ⓛ"허허, 이것도 군중(軍中)인 체라고. 이게 어디 군중인가? 영락없는 산중(山中)인다."

정욱이 기 두르며 차례로 호명하되,

"일대장에 안우병이!"

한 군사 보고하되,

"죽었습니다."

조조 듣고 무릎을 치며,

"에이? 안우병이가 죽다니, 아까운 놈 죽었다. 그래 어디서 죽었느냐?"

"오림에서 자룡 손에 죽었나이다."

"그렇지. 아, 고 방정맞은 놈은 그런 그 아까운 인물만 꼭꼭 그렇게 도린단 말여. 또 불러라."

"좌사천총에 허무적이!"

[중모리]

허무적이가 들어온다. 부러진 창대를 거꾸로 짚고 절뚝절뚝 들어오며,

ⓜ"아이고, 아이고, 어이 갈거나. 고향 천리를 어이 갈거나. 야속하지, 제갈 선생. 부질없이 동남풍을 빌어 내어,

---

이리 고달프게 하시네그려. 애닲도다, 우리 승상. 일각삼추 바쁜 길에 가기나 할 일이지, 점고하기 웬일인고."

이렇듯 울음을 우니, 조조 가만히 듣더니만, 분을 내어 하는 말이,

"이놈! 너는 인사도 하지 않고 우는 일이 웬일이냐? 저런 놈 그저 두면, 다른 놈 본볼 테니, 잡어 내어 목 베어라!"

천총*이 기가 막혀 죽기로 달려든다.

"여보시오, 승상님! 여보, 승상님, 들조시오. 죄 없는 백만 대군 한꺼번에 다 죽이고, 무슨 염치로 목 베라 하시오? 살아 고향 못 갈 인생 어서 바삐 죽여 주면, 혼이라도 높이 날아 위국 고향 돌아가서, 그립던 부모 처자를 혼이라도 나는 만날래요. 어서 바삐 죽여 주오."

어서 급히 죽여 달라고 벌벌벌 떨면서 울음을 운다.

           - 작자 미상, '적벽가' -

* 고당상학발양친(高堂上鶴髮兩親): 학처럼 머리가 센 늙으신 부모님. '고당'은 부모님이 계신 집을 이름.
* 의려지망(倚閭之望): 자녀나 배우자가 돌아오기를 초조하게 기다리는 마음.
* 만단정회(萬端情懷): 여러 가지 정서와 회포.
* 위국자(爲國者)는 불고가(不顧家)라: 나라를 위하는 사람은 집안을 이야기하지 않는 법이라.
* 남아하필연처자(男兒何必戀妻子)오: 남자가 어찌 처자를 그리워하리오.
* 망상: '망할 승상'이라는 뜻으로 지어 붙인 말.
* 촉도지난: 촉 지방으로 가는 길의 어려움. 촉나라로 가는 길이 매우 험했다고 함.
* 화석지탄(化石之嘆): 돌이 되어 버릴 때까지 우두커니 기다리면서 하는 탄식.
* 천총: 무관 벼슬의 하나로, 여기서는 '허무적이'를 가리킴.

96. 윗글의 인물들에 대한 설명으로 적절하지 않은 것은?96)

① '정욱'은 선의의 거짓말로 조조를 달래며 안심시키고 있다.

② '조조'는 부적절한 언행으로 다른 인물들의 빈축을 사고 있다.

③ '장비'는 단숨에 적진을 제압하여 조조를 공포에 빠뜨리고 있다.

④ '허무적'은 조조에게 불만을 품고 노골적으로 반항심을 드러내고 있다.

⑤ '중관'은 조조의 행동을 반복된 불운과 연관 지어 위기를 예고하고 있다.

97. <보기>는 판소리 장단에 대한 설명이다. 상황과 내용을 고려할 때 [A]나 [B]에 사용될 장단을 잘 판단한 것은?97)

               ── < 보 기 > ──

판소리에 주로 쓰이는 장단으로는 진양, 중모리, 중중

모리, 자진모리, 휘모리 등이 있다. '진양조'는 비교적 느리고 구슬픈 느낌이 드는 장단으로 극적 전개가 느슨하고 서정적인 장면에서 많이 쓴다. '중모리'는 보통 빠르기의 장단으로 상황을 평탄하게 서술하는 대목에 주로 쓰인다. '중중모리'는 흥겨운 장단으로, 활발하게 걷는 장면이나 춤을 추는 장면 등에 쓰인다. '자진모리'는 속도가 빨라 명랑하면서도 상쾌한 장단으로 어떤 일이 차례로 벌어지거나, 격동적인 대목 에서 흔히 사용한다. '휘모리'는 자진모리를 더욱 빠르게 몰아 나가는 장단으로 흥분과 긴장감을 발생시키는 장단이다.

① [A]는 서럽고 애잔하므로 느리게 진행되는 '진양조'로 불러야겠군.

② [A]는 간결한 문장이 많고 활발함이 느껴지니 '중모리'로 진행해야겠군.

③ [B]에는 인물 사이의 갈등이 두드러지게 나타나므로 '휘모리'가 어울리겠군.

④ [A]와 [B]는 모두 자신의 바람을 담담하게 서술하고 있으므로 '자진모리'가 좋겠군.

⑤ [A]와 [B]는 모두 어떤 일이 빠른 속도로 벌어지는 상황이므로 '중중모리'가 무난하겠군.

98. <보기>는 '적벽가'의 다른 창본이다. [C]와 <보기>를 비교하여 감상한 내용으로 적절하지 **않은** 것은?[98]

— < 보 기 > —
휘어진 잡목이며, 엉클어진 칡잎을 허청허청 검처 잡고, 후유 끌끌 혀를 차며, "촉도지난이 험타 한들 이에서 더할쏘냐?" 허저, 장요, 서황 등은 뒤를 살펴 방어하고, 정욱이가 울음을 운다. "아이 고, 아이고, 내 신세야. 평생에 먹은 마음 이리저리 궁구하여 승패를 짓겠더니 뜻대로 안 되는구나. 풀밭 한뎃잠이 어인 일인고? 승상이 헛된 생각으로 술과 여자라면 죽기를 마다 않고, 싸움에 임하면 꾀병터니, 여러 신하 간곳없고, 백만 군사가 몰사하니, 꾸민 일이 헛일 되고, 장수 또한 빈손이로다." 이렇듯이 울음을 우니 전별장도 울고 간다.

① [A]와 달리 <보기>는 조조에 대한 비판적 인식을 직접적으로 드러내고 있군.

② <보기>와 달리 [A]는 구체적인 지명을 사용하여 인물들의 행방을 드러내고 있군.

③ [A]는 도망가는 조조의 외적 양상에, <보기>는 신세타령하는 정욱의 내면에 초점을 두고 있군.

④ [A]와 <보기> 모두 서술자가 개입하여 인물을 평가하는 편집자적 논평이 드러나 있군.

⑤ [A]와 <보기> 모두 인물이 처한 상황의 어려움을 강조하는 설의적 표현이 나타나 있군.

99. ㉠~㉤ 중, <보기>의 설명을 뒷받침하는 사례로 가장 적절한 것은?[99]

— < 보 기 > —
'적벽가'는 소설 '삼국지연의'의 내용 일부를 판소리화한 것이다. 이 과정에서 '삼국지연의'에서 전쟁 영웅을 빛내 주기 위한 장식품 구실을 하던 일반 군사들이 '적벽가'에서는 주동적인 역할을 하는 인물로 변모되기도 한다. '적벽가'에 나타난 군사들의 언행은 '삼국지연의'에서의 엄숙하고 숭고한 분위기를 파괴하고 희극미를 표출하는데, 여기에 현실 비판 의식이 결합되면서 풍자적인 성격이 두드러진다.

① ㉠   ② ㉡   ③ ㉢   ④ ㉣   ⑤ ㉤

100. ⓐ~ⓔ에 대한 이해로 적절하지 **않은** 것은?[100]

① ⓐ : 작품에 해학성을 부여하기 위해 설정한 장면으로 볼 수 있다.

② ⓑ : 작품 속 시대 배경과는 어울리지 않는 소재가 등장하고 있다.

③ ⓒ : 관련 있는 대상을 폭넓게 열거하면서 장면을 극대화하고 있다.

④ ⓓ : 나라를 위해 전쟁에 나서는 충성스러운 마음을 강조한 표현이다.

⑤ ⓔ : 판소리의 연행에 한문 구절이 차용되고 있음을 확인할 수 있다.

정답 및 해설

1) ② [서술상 특징 파악] 이 글에 전기적(傳奇的) 성격은 나타나지 않는다. ① 무숙의 신세 한탄 부분과 막덕의 대사에서 4·4조의 음수율과 4음보의 운문적 문체를 확인할 수 있다. ④ 무숙과 막덕의 대화 부분에서 한자어와 고사 성어 등 양반의 언어 사용과 서민의 일상적 언어를 확인할 수 있다. ⑤ '무숙이 거동 보소', '무숙 같은 장안 왈짜 마음이~심란해지는 법이었다.' 등에서 작중 화자의 개입에 의한 편집자적 논평을 확인할 수 있다.

2) ⑤ [작품의 내용 파악] 의양은 무숙을 길들이기 위해 계획을 세우고 이를 실행하기 위해 막덕이에게 일을 시킨다. 따라서 막덕이의 뜻을 따랐다는 것은 적절하지 않다. ① '유정 부부 해로하여', '자손을 대대로 이으리라'라는 데서 확인할 수 있다. ② 의양이 무숙에게 호기 있게 노는 것과 돈 쓰는 구경을 한번 하면 좋겠다고 말하자 무숙은 기뻐하며 유산 놀음을 벌여 설치하고 천여 금을 들였다고 한 데서 확인할 수 있다. ③ 무숙의 아내가 의양에게 보낸 편지에 '장부의 무소 불위를 신설할 조각이 없더니'라고 한 데서 자신은 무숙의 태도를 바꿀 수 없었다는 뜻을 내비치고 있다. 그리고 '수십 년 썩은 간장 평양집 헤려 매사를 주도면밀하게 도모함을 바라노라.'에서 자신이 못한 일을 의양이 해내기를 바라고 있음을 알 수 있다. ④ 의양은 '이날부터 막덕이와 속 안 말로 약속'하였고, 막덕은 '집에 있던 돈천 냥을 밖으로 에둘러서 세간을 팔아 왔다 무숙이를 주었다'고 한 데서 확인할 수 있다.

3) ① [인물의 성격 파악] '의양'이 방탕한 남편을 건실한 생활인으로 바꾸기 위해 중노미로 부리는 부분에서 조선 후기의 적극적이고 주체적인 여성상을 확인할 수 있다. ③ 의양이 무숙을 경제적으로 몰락시킨 것은 무숙을 건실한 생활인으로 만들기 위한 방법으로 선택한 것이므로 윤리적으로 타락한 인물이라고 볼 수는 없다. ⑤ 무숙을 부패한 양반으로 볼 근거도 없고, 의양에게서 체제 저항적 성격을 파악할 수도 없다.

4) ④ [외적 준거와 비교 감상] '의양'은 매우 적극적으로 무숙의 잘못을 고치려고 한다. 반면, <보기>의 화자는 임이 자신을 찾지 않음을 한탄만 할 뿐 적극적인 행동을 취하지는 않고 있다. 따라서 춘풍의 처가 <보기>의 화자에게 충고를 한다면 ④와 같이 이야기할 수 있을 것이다.

5) ⑤ [외적 준거에 따른 작품 감상] '의양'은 무숙이 탕진한 가산을 회복할 뿐만 아니라 무숙으로 하여금 잘못을 뉘우치게 하고 그의 삶의 태도를 변화시켰다는 점에서 능동적인 여성상을 보여 주고 있다고 할 수 있다. 이는 수동적이고 순종적인 기존의 전통적인 여성의 모습을 벗어난 것이라는 점에서 당대의 새로운 시대정신을 반영한 모습이라 할 수 있다. ① 무숙을 심부름꾼으로 부리는 의양의 모습을 보면 기생이 경제적 부(富)를 기반으로 새로운 계층으로 부상하고 있는 것과는 무관하다. ② 의양이 무숙의 아내와 의기투합하여 무숙을 그들의 기대에 걸맞은 인물로 바꾸려는 것이 무숙이 부정부패한 양반의 모습을 드러내기 때문은 아니다. ③ 기생이던 의양과 하인인 막덕이가 신흥 계층이 등장한 것도 아니고 그들의 행위가 조선조의 신분 구조를 와해시키는 것이라고 볼 수도 없다. ④ 의양이 무숙의 친구 김 선달을 통하여 '계우(戒友)' 곧 '친구를 경계'하는 것은 새로운 시대정신과 인간상과는 무관하다.

6) ④ [표현상 특징 파악] <보기>눈 채만식의 '태평천하'의 일부분으로, 일제 강점기를 '태평천하'로 칭하는 윤직원의 현실 인식을 반어적 표현으로 풍자하고 있다. ⓐ~ⓔ 중 '의양'의 계교에 빠져 파산한 후 의양의 집 중노미로 채용된 '무숙'이 의양의 조롱에 대해 반어적 태도를 나타낸 부분을 찾으면 된다. 따라서 ④가 가장 적절하다.

7) ④ [서술상 특징 파악] '제장 군졸의 머리 추풍낙엽일네라 뉘 능히 당하리요?', '명제는 함정에 든 범이라 어찌 망극지 아니하 리요?', '용의 울음소리가 구천에 사무치는지라 하늘이 어찌 무심하리요?' 등과 같은 구절에서 작품 속 상황에 대한 서술자의 감상이나 느낌, 논평을 드러내는, 서술자의 개입이 드러난다. ① '일진이 고요하여~', '화광이 충천한 가운데~', '날이 이미 밝으니~', '좌우에 태산 막혀 있고~' 등과 같은 표현에서 배경이 일부 드러나기는 하지만 이 표현들은 사

건 진행 상황을 드러내는 데에 사용되고 있어 이를 통해 해학적 분위기가 드러난다고 보기 어렵다. ② '이때에 원수가~', '이때에 호장 체탐이~' 등에서 장면 전환이 드러나지만 이는 인물의 성격 변화를 드러내기 위한 장치라고 보기 어렵다. ③ 이 작품에서는 비극적 결말을 위해 사용된 '상징적 소재'를 찾기 어렵다. '청총마' 등을 일부 상징적 소재로 볼 수 있으나 이 소재를 활용하여 비극적 결말을 암시하고 있다고 보기 어렵다. ⑤ 장면이나 상황이 변화되는 경우는 있지만 이는 과거와 현재 사건의 대비에는 해당되지 않는다. 또한 본문에서는 갈등의 원인이 드러나 있다고 보기 어렵다.

8) ④ [행위의 의도 파악] '원수 장안으로 가~풍우 같은지라'를 통해 대성이 장안에 도착한 후 호왕이 자신을 속이기 위해 겸한을 장안으로 보냈다는 것을 알았음을 확인할 수 있다. ① '호왕이 또한 계책을 생각하고~' 이 후에 이어지는 부분에서 호왕이 자기가 장안을 치면 명제가 장안을 구하기 위하여 소대성을 구원병으로 보낼 것이라고 예상하고 대성을 장안으로 유인하여 명제 곁에서 '치운 후'에 '명제'를 '사로잡'겠다는 계책을 세웠음을 알 수 있다. 호왕은 이를 실행하기 위해 겸한에게 장안으로 가도록 한 것이지, 겸한이 호왕에게 제안한 것은 아니다. ② '이 놈이 여러 날 나지 아니하매~잔명을 보존케 하라.'에서는 장안을 구하기 위해 천자가 대성을 장안에 보냈음을 확인할 수 있다. ③ '이때에 호장 체탐이 호왕께 고하되~'에 이어지는 부분에서 호왕이 '체탐'의 보고를 듣고 명진을 공격했음을 알 수 있다. ⑤ '원수 천자를 모시고~어찌 슬프지 아니하리요?'에서 '장졸들의 죽음에 대한 천자의 안타까움이 나타나 있다.

9) ③ [외적 준거에 따른 작품 감상] 소대성이 '앞에 큰 강이 가렸으니 건널 길이 없는지라.'라고 분기충천하여 말하는 것은 '공중'에서 들려온 '대진으로 가지 말고 황강으로 가라.'라는 말이 옳지 않음에 분기충천하고 있는 것이라고 보기 어렵다. 작품의 흐름을 고려할 때 대성이 '공중'의 말에 따라 '황강'으로 왔기 때문에 건너편 강가에 천자가 엎드려 있는 것을 보고 천자를 구완할 수 있었다고 볼 수 있다. 또한 <보기>에서 천상계의 조력을 받아 위기를 해결하고 있는 영웅으로 소대성을 설명하고 있기 때문에 소대성이 분기충천하는 모습을 통해 소대성이 천상계의 질서를 극복하고자 하는 의지를 드러냈다고 보기 어렵다. ① '명진이 불의의 난을 만나니 제장 군졸의 머리 추풍낙엽일네라.', '강촌 백성들이 난을 피할 일이 없는지라.' 등과 같은 표현을 통해서 장졸들의 죽음, 난을 만난 백성들의 모습 등이 드러나며 이는 명나라의 위기를 보여준다고 할 수 있다. ② 호왕의 급습을 받은 명제가 '하늘을 우러러 통곡하여' 탄식하는 장면 등에서 명나라의 위기에 대응하지 못하는 지배층의 모습이 나타난다. ④ 항서를 쓰라는 호왕의 요구에 '차마 아파 못할네라.'라고 통곡하는 모습과 소대성이 '칠성검'으로 호왕을 단칼에 죽이고 천자를 구원하는 모습을 천자와 소대성을 대비적으로 표현한 것으로 볼 수 있다. ⑤ '청총마가~떨어지느니라.'와 같은 언급에서 탁월한 능력으로 호왕을 제압하는 소대성의 모습이 나타나 있다.

10) ② [인물의 발화 의도 이해] ㉠에서 천자가 '호왕이 소장의~짓밟고자 하나이다.' 라는 제안을 호왕이 '비계'를 가지고 있을지도 모른다는 자신의 추측을 바탕으로, ㉡에서 대성은 '천하를 반분하'여 대성에게 주고자 하는 제안을 군신과의 도리를 근거로 들어 수용하지 않고 있다. ① ㉠에서는 단점에 대한 서술은 찾기 어려우며, ㉡에서 대성은 '폐하의 덕'과 같은 천자의 장점을 언급하고 있지만 이는 천자의 제안을 구체화하기 위한 것이라고 보기 어렵다. ③ ㉠에서는 자신의 공을 내세우는 서술을 찾기 어려우며, ㉡에서 대성은 '신의 공이 아니오매~'라고 언급하면서 '천하를 평정함'이 가능했던 것이 '폐하' 덕분임을 드러내고 있지만 천자의 제안에 동의하고 있다고는 볼 수 없다. ④ ㉠에서는 실행으로 인해 어떤 결과가 일어날 것인지에 대한 언급은 찾기 어려우며, ㉡에서 대성은 천자의 제안을 거부하고는 있지만 이를 위해 실행을 위한 방안을 언급하고 있다고 볼 수 없다. ⑤ ㉠에서 천자는 '잠깐 기다리라'와 같이 말하며 제안에 대해 유보적 태도를 드러내지만 그 제안을 수용하고 있지는 않다. ㉡에서 대성은 '소신으로 하여금 후세에 역명을 면케 하옵소서.'와 같이 말하며 제안에 대해 적극적인 태도로 거절하고 있다.

11) ① [작품의 종합적 이해] 지경은 최씨의 장례 후에 그 비통함을 이기지 못해 최씨의 묘라도 자신의 선산에 두기를 최공에게 부탁한다.

그러나 최공은 정황을 들어 지경에게 그러한 뜻을 두지 말라고 하면서 지경의 부탁을 거절하고 있다. ② 윤공은 최씨의 장례와 관련된 상황을 지경에게 이해시키려고 하고 있지, 못마땅하게 여기고 있지는 않다. ③ 최씨의 장례가 끝난 후 임금이 최공을 부른 이유는 최공에 대한 미안함 때문이다. ④ 최공이 계책을 마련하기 위해 함께 한 사람은 박씨가 아니라 윤공이다. ⑤ 옹주로 인해 최씨가 죽음에 이른 것이 아니다.

12) ④ [외적 준거와 비교 감상] 윗글의 '지경'은 부인 '최씨'에 대한 깊은 애정을 가지고 있었고 <보기>의 '도미'는 부인의 정절에 대해 믿음을 가지고 있었다. 즉, '지경'의 애정과 '도미'의 믿음은 모두 인물이 시련을 당하게 되는 원인이라 할 수 있다. 따라서 '지경'이 부인의 정절을 지키려다가 시련을 당한다는 감상은 적절하지 않다. ② <보기>의 '개루왕'은 '도미'와 '아내'를 이별시키는 계획을 자신이 직접 세우고 또한 이별하게 하고 있다. 그러나 '상(上)'은 '개루왕'과 같은 계획을 자신이 직접 세우지 않았다. ⑤ '최공'은 임금의 전교를 받고 '지경'과 '최씨'를 이별하게 하려는 계책을 내놓는다. 그러나 <보기>의 '신하'는 임금의 명을 따른 것일 뿐이다.

13) ① [외적 준거에 따른 작품 감상] 지경이 최 씨의 묘를 자신의 선산에 마련하려 했지만 최 공은 이를 거절했으며 지경과 최 씨의 만남을 계속해서 방해하려 하고 있다. 따라서 지경이 최 씨의 묘를 자신의 선산에 마련하려 하자 최 공이 이를 수락한 것은, 최 공이 남성과 여성의 관계를 인간 대 인간의 문제로 인식하여 지경의 진심을 받아들였기 때문이라는 진술은 적절하지 않다. ③ 지경은 최 씨의 삼년상이 지나도 '심회 비감함을 정치 못하여 눈물이 한삼을 적시는' 모습을 보이고 있다. 이렇듯 삼년상이 지나도 여전히 최 씨를 잃은 설움에 겨워 슬퍼하는 지경의 모습은 인륜과 신의를 강조한 애정 관계를 드러낸다고 볼 수 있다. ④ 지경은 최 씨의 부음을 듣고 통곡하며 최 씨의 집에 들어가려 하지만 거절당하여 병을 얻기도 한다. 따라서 최 씨의 부음을 듣고 최 씨의 집에 들어가려 노력해 보지만 들어가지 못하는 지경의 모습은 남자 주인공에게 부여된 애정 성취의 시련을 드러낸다고 볼 수 있다.

14) ③ [소재의 의미와 기능] ㉠의 '병'은 최 씨의 병을 가리키는 것으로, 이로 인해 지경은 최 씨와 만나지 못하게 되고 최씨가 죽음에 이르렀다고 생각하게 되어 괴로워하므로 ㉠은 주인공의 고뇌를 유발한다고 볼 수 있다. ㉡의 '색부채와 필묵'은 지경이 선종에게 이를 가져다줌으로써 최 씨가 살아 있음을 알게 되므로, 이는 주인공이 고뇌에서 벗어나는 계기를 제공하는 소재라고 볼 수 있다. ① 중심인물의 애정 관계를 중심으로 사건이 진행되고 있어 주인공의 능력을 시험해 보거나 초월적 능력을 보여 주는 장면은 드러나 있지 않다. ② 시간의 흐름이 순행적으로 진행되고 있어 ㉠은 주인공이 과거를 떠올리는 회상의 매개체로 볼 수 없고, ㉡ 역시 주인공에게 현재의 상황을 환기하는 매개체로 볼 수 없다. ④ ㉠과 ㉡은 모두 앞으로 주인공에게 닥칠 위기 상황을 예견하는 복선의 기능을 수행하고 있지 않다. ⑤ ㉠은 지경과 최 공의 갈등을 심화하는 역할을 하고 있다고 볼 수도 있지만, ㉡은 지경과 다른 인물의 갈등을 심화하는 역할을 하고 있지 않다.

15) ③ [구절의 의미 파악] ㉢는 최공 집의 하인들이 최공에게 들은 이야기를 그대로 지경에게 전달하고 있다. 이는 인용의 성격을 강하게 가진 것으로 최공의 말을 하인이 지경에게 그대로 전하고 있는 것이다. 따라서 하인이 ㉢를 통해 최공에게 들은 말을 지경에게 그대로 전달한 것이지 이를 통해 지경의 그릇된 생각을 지적하고 있는 것은 아니다. ① 최 공은 지경이 최 씨와 만나지 않도록 하기 위해 최 씨가 죽었다고 지경을 속이고 있으므로, 지경과 최 씨의 애정 성취를 방해하는 인물로 볼 수 있다. ② 지경이 최 씨를 만나 '이 어인 일고. 당명황의 봉래산 꿈인가, 초양왕의 무산 구름인가.'라고 하며 감격해하는 장면은, 애정 성취의 장애로 인해 어려움을 겪던 지경이 느끼는 재회의 기쁨을 드러낸다고 볼 수 있다.

16) ⑤ [서술상의 특징 파악] ㄱ. '오소리는 본디 마음이 순박한지라', '너구리는 본래 음흉한 짐승이라'와 같이 서술자가 직접 개입하여 인물의 성격을 제시하고 있다. ㅁ. 서대주와 다람쥐는 여러 가지 측면에서 대립적 요소를 지니고 있다. 경제적인 측면에서는 서대주는 부민이고 다람쥐는 빈민이며, 언행의 격에 있어서도 서대주가 원칙에

입각해서 절도 있게 행동한다면, 다람쥐는 무원칙하고 감정적으로 행동하고 있다. 이렇게 대립적인 인물 설정은 권선징악이라는 주제 의식을 더욱 선명하게 드러낸다. ㄴ. 공간의 이동은 나타나지만 인물의 성격 변화는 나타나지 않는다. ㄷ. ㄹ. 이 글에 드러나지 않는다.

17) ② [작품의 내용 파악] 서대주로부터 양식을 얻는 것을 거절당한 다람쥐가 앙심을 품고 자신의 분함을 풀고자 부당하게 송사를 제기하는 것이지 서대주의 부정을 바로잡기 위해 송사를 벌인 것은 아니다. ① 다람쥐는 서대주가 '언어 불순'하고 '대접이 경박'하다며 부정적인 평가를, 계집 다람쥐는 '서대주는 본디 관후장자'라고 긍정적인 평가를 하는 것을 통해, 다람쥐와 계집 다람쥐가 서대주를 각각 달리 평가하고 있다는 것을 알 수 있다. ③과 ④ 계집 다람쥐의 '서대주는 본래 우리와~곡식을 쾌히 허락하여 주었으니'라는 말을 통해 알 수 있다. ⑤ [중간 줄거리]를 통해 알 수 있다.

18) ⑤ [외적 준거에 따른 작품 감상의 적절성 파악] 장자 쥐는 아버지인 서대주가 부정한 행위를 해서 소송을 당한 것이라고 생각하지 않는다. 그리고 서대주의 상황을 유리하게 이끌고자 애쓰고 있으므로 이를 전통적 가치관이 무너졌다고 판단한 것은 적절하지 않다. ① '이 같은 천한 계집이~머뭇거리지 말라'라고 여성을 비하하며 호통 치는 다람쥐의 말을 통해, 다람쥐의 가부장적인 사고방식을 볼 수 있다. ② 다람쥐는 서대주에게 양식을 빌리러 가고 서대주는 이를 거절하였다는 다람쥐의 말을 통해 당시 빈부로 인한 갈등이 있었다고 판단할 수 있다. ③ 무죄한 서대주를 고소하려는 다람쥐를 나무라는 계집 다람쥐를 통해 순종적인 유교적 여성상에서 벗어난 새로운 근대적 여성상의 모습을 찾을 수 있다. ④ '만일~실속을 차려야 한다.'라는 너구리의 생각을 통해 뇌물이 오고가는 당시의 부정적 세태를 엿볼 수 있다.

19) ② [외적 준거에 따른 작품 감상] 윗글에서 서대주는 자신이 도와주었던 다람쥐가 또다시 도움을 요청할 때 이를 거절하자 다람쥐에 의해 '남의 겨우살이 양식을 도적'했다고 거짓으로 고발당했다. 따라서 표면적으로는 서대주가 도적질을 한 것으로 송사가 이루어졌으나, 실제로는 서대주에게 잘못이 없으므로 무고에 해당한다. ① 윗글에서 다람쥐는 서대주에게 식량을 받고 또다시 구걸을 했으나 거절당한 데 원한을 품어 소송을 제기했다. 그러나 이는 경제적인 문제로 인한 갈등과 관련된 소송이며, 향촌 내에서 둘 사이의 세력 다툼이 있어서 갈등이 발생했다고 볼 수 없다. ③ '소지'는 '청원이 있을 때에 관아에 내던 서면'으로 윗글에서 백호산군은 다람쥐의 소지를 서대주에게 보여 주었으며, 서대주가 자신의 변호를 하고자 하자 서대주에게도 소지를 짓도록 하고, 이 소지들을 바탕으로 진상을 규명한다. 따라서 다람쥐의 소지는 다람쥐가 백호산군에게 뇌물을 바치거나 부정한 방법으로 결탁했기 때문에 작성한 것이 아니라 소송의 절차에 따라 작성한 글에 해당한다. ④ '엄형정배'는 '엄하게 형벌을 다스려 귀양을 보냄.'이라는 뜻으로, 백호산군이 서대주의 소지를 본 후에 서대주가 결백하다고 판단하여 공정하게 사건을 해결한 것이라고 할 수 있다. 따라서 송사 과정에서 억울하게 핍박받는 자가 발생한 것은 아니다. ⑤ 다람쥐가 소지를 제출하고 이를 읽은 후 서대주도 소지를 제출하였고, 이 두 가지를 종합하여 판결을 내린 문제 해결의 주체는 서대주가 아니라 판관인 백호산군이다. 또한 서대주가 백호산군을 불신하고 있다는 근거는 이 글에 나타나지 않는다.

20) ③ [외적 준거에 따른 파악] 백호산군은 서대주의 소지에서 '문후와 임좌의 고사'와 '한제와 주운의 고사'를 자신과 서대주의 관계와 연결 짓고서 이를 토대로 서대주의 덕성을 평가한 후 판결하고 있다. 결국 사건과 관련된 사실에 대한 검토 없이 주관적으로 판결한 셈이다. ① 백호산군은 다람쥐의 인물됨에 대해 판단하지 않았다. ② 백호산군은 다람쥐의 소지의 진위를 판단하지 않았다. ④ 백호산군의 판결에는 증거에 대한 검토가 전혀 없다. ⑤ 백호산군의 판결에서 다람쥐와 서대주는 모두 '아랫것들'로 치부되므로 이들의 신분을 검토한 결과를 토대로 판결하고 있다고 볼 수 없다.

21) ④ [인물의 심리 및 태도 파악] '따오기'는 '황새'에게 미리 뇌물을 주고 자신에게 유리한 판결이 내려질 것을 알고 말하는 상황이므로 겸손하다고 볼 수 없다. ① 부자는 '관전 발악'이라 해서 처벌 받을까 두려워 송사 결과에 대한 자신의 생각을 제대로 말하지 못해 분해하고 있다. ② 관원은 부자의 이야기를 듣고 싶지만, '저놈의 말을 들으

면 남들이 보는 눈이 걱정'되어 거짓으로 꾸짖고 있다. ③ 황새가 따오기의 소리가 '상성'이라고 판결하는 것은 그에게 받은 뇌물 때문이다. ⑤ 꾀꼬리는 자신의 청아하고 맑은 목소리를 누가 아름답다 여기지 않겠느냐고 말하며, 자신의 소리에 대한 자부심을 드러낸다.

22) ② [작품의 구조 파악] (나)의 판결 이유는 (가)와 마찬가지로 청탁 때문이다. (나)는 (가)의 상황을 빗대어 비판하기 위해 제시된 것이지 (가)를 통해 (나)의 판결 이유가 밝혀지는 것은 아니다. ① (가)는 재산의 절반을 내놓으라는 친척의 요구에서 비롯된다. ③ (가)의 송사 결과에 억울함을 느낀 부자가 (나)의 이야기를 시작한다. ④ (가)에서 송사의 원인은 돈이지만 (나)에서는 '최고의 소리'이다. ⑤ (가)에서는 친척이 관원에게 준 뇌물이, (나)에서는 따오기가 황새에게 준 뇌물이 송사의 판결에 중요한 영향을 미친다.

23) ③ [인물의 의도 파악] 부자는 잘못된 판결을 내린 관원들에게 무안을 주기 위해 새들의 이야기를 하고 있다. 따라서 이야기의 의도는 송사와 관련된 형조 관원들의 부패상을 우회적으로 비판하기 위한 것이라 볼 수 있다.

24) ② [등장인물의 태도 파악] 따오기가 온갖 물건을 가지고 찾아와 자신이 유리한 위치에 서게 할 것을 부탁하자 [A] 부분에서 황새는 따오기를 '도시 상놈이란 것은 미련이 약차하여 사체경중(事體敬重)을 아지 못 한다'고 무시하면서, '송사는 곡직을 불계(不計)하고 꾸며대기에 있나니 아무쪼록 힘을 써 보려니와 청 받고 그릇 공사 하면 입장이 난처하게 되리니 이를 염려하노라'와 같이 자기 스스로 체면을 유지하려고 한다.

25) ① [작품의 교훈 파악하기] <보기>는 우화소설과 송사소설의 특징을 언급하고 있다. 이와 관련하여 다양하게 표출되는 갈등양상과 그 해결을 통하여 새로운 가치와 윤리의식을 도출하여 한자성어와 연결되는 교훈을 묻고 있다. 오만과 독선이 빚는 문제점과 불치하문(不恥下問)과는 서로 관련이 없으며 이 작품에서 시사하는 교훈으로 볼 수 없다.

26) ③ [발화의 의도 파악] 시골 부자가 관원에게 이야기를 들려준 것은 뇌물을 받고 부당한 판결을 내린 재판관을 비판하기 위함이다. 시골 부자는 직접적으로 재판관을 비판할 수 없는 신분이기 때문에, 우화 속'황새'에 빗대어 재판관을 비난한 것이다. ① '따오기'의 행동을 비판하려는 의도를 찾아볼 수는 있으나 이를 통해 사회 전체에 대한 불만이나 비판을 드러낸 것으로 보기는 어렵다. ⑤ 친척의 편을 들어준 관원의 모습에서'물욕'에서 비롯된 일임을 짐작할 수는 있지만, 부자가 이를 증명하기 위해 이야기를 전개한 것은 아니다.

27) ② [작품의 특징 파악] 지문은 등장인물의 대화와 행동을 위주로 서술되고 있다. 이것은 보여주기 기법을 구사하여 극적인 효과를 얻기 위한 것이다. ③ 보여주기 기법은 사건 전개를 느리게 한다. ⑤ 자리다툼과 관련된 하나의 이야기로만 전개되고 있으므로 액자구성으로 볼 수 없다.

28) ② [세부 정보 파악] 상좌(上座)를 차지한 등장인물은 두꺼비이며(ㄱ), 자리다툼을 해결하기 위한 방법은 '나이'이다(ㄹ). 두꺼비가 비통해 하는 것은 거짓 행동이므로 여우의 질책으로 상처를 입은 인물을 알 수는 없다(ㄴ). 노루가 잔치를 베푼 이유는 윗글에 나타나 있지 않다(ㄷ).

29) ④ [다른 작품과의 비교 감상] 윗글에서 토끼는 객관적인 입장에서 중재자의 역할만 하고 있다. 그러나 <보기>의 토끼는 자리 다툼에 직접 참여하여 갈등을 빚는 인물로 설정되어 있다. 따라서 윗글과 <보기>의 토끼가 서로 대응된다는 진술은 적절하지 않다.

30) ④ [인물의 유형 파악] 이 소설은 우화 소설로 인간 세계를 풍자하는 소설이다. 소설 속의 동물이 실제 사회에서 어떤 인물 유형을 풍자하는지를 <보기>의 내용을 통해 추리하는 문제이다. <보기>의 내용은 조선후기 평민 의식의 발달과 새로운 경제 질서에 의해 신분 질서의 동요가 일어나고 있음을 보여 준다. 이러한 상황으로 볼 때 서로 상좌를 차지하려고 하는 동물들의 모습은 기득권을 잃어버린 인물들이 마지막까지 허위 의식을 버리지 못하고 권위에 연연하는 모습을 보여 주는 것으로 볼 수 있다. 따라서 정답은 ④이다.

31) ③ [등장인물의 말하기 방식 파악] 두꺼비가 제일 연장자임을 모든 동물들이 인정하고 있음에도 여우는 억울해 하며 두꺼비와 계속 언

쟁을 벌이고 있다. 따라서 여우가 중론을 받아들여 갈등을 해결했다는 것은 적절하지 않다. ① 토끼는 상좌를 차지하는 기준으로 '나이'를 제시해 누가 나이가 더 많은지를 확인하자고 제안한다. ② 노루는 허리가 굽은 자신의 외양을 근거로 나이가 많다고 주장한다. ④ 두꺼비는 동물들이 거짓말을 하고 있다고 판단하고, 자신도 거짓으로 나이가 많다고 대응한다. ⑤ 여우는 천지개벽할 때 황하수를 쳤다는 것을, 두꺼비는 별 박을 때 벤 나무와 황하수 칠 때 사용한 나무를 자신이 심었다는 것을 근거로 들고 있다.

32) ⑤ [독자의 감상 내용 추리] 소설의 결말을 <보기>처럼 새로운 강자의 등장이라는 내용으로 가정하여 제시하였다. 이 때 잔치 자리에 모여 서로 상좌를 차지하려고 다투던 동물들의 행동을 관용어구를 통해 표현한 문제이다. 나이가 많은 체하며 높은 자리에 올랐던 두꺼비가 새로운 강자가 나타나자 모래 속으로 숨어 버린다는 것은 몹시 겁이 났기 때문일 것이다. 이러한 의미를 가진 관용어구는 '몹시 두려워지거나 무서워지다'의 의미를 가진 '간이 콩알만 해지다'일 것이다. 따라서 정답은 ⑤번이다. ① 입에 발린 소리 : 마음에도 없이 겉치레로 하는 말. ② 발 벗고 나서다 : 적극적으로 나서다. ③ 손을 맞잡다 : 서로 뜻을 같이 하여 긴밀하게 협력하다. ④ 얼굴이 붉어지다 : 부끄럽거나 창피하여 남을 볼 면목이 없다.

33) ⑤ [작품의 종합적 이해] 이 글에서는 엉뚱한 인물의 진짜 행세에 부인을 제외한 가족들 모두가 속고 있다는 다소 황당한 상황을 설정하고는 있지만 이를 전기적 요소로 볼 수는 없다. 전기적 요소란 '기이하고 비현실적인 것'을 의미한다. ③ 선옥이 부인을 오해하게 된 과거 사건과 가짜로 인해 일이 커져 버린 현재의 상황이 인과적인 연관성을 가지고 있다.

34) ④ [작품의 세부 정보 파악] '운산을 바라보고 창망히 내달려 우연히 함경도 단천 땅에 이르러 상원암이라 하는 절에 들어가'로 보아, '선옥'이 '강변'(C)에서 '상원암'(D)으로 이동한 것은 우연한 일임을 알 수 있다. ① '내 모년월일야에 중의 의관을 바꾸어 입고 내려와 그대의 처소에 이르러 보니'로 보아 적절하다. ② '모두 죽이고자 하다가 도로 생각하니, 만일 그러하면 누명이 나타나 나의 집안의 명성이 더러워질 것이라 하고 강변에 나아가'로 보아 적절하다. ③ '도로 절을 향고 오다가 또 생각하니, 내 만일 집으로 돌아가면 그 분한 심사를 항상 풀지 아니할지라. 이러할진댄 어찌 가정을 이룬 즐거움이 있으리오?'로 보아 적절하다. ⑤ 진짜 '선옥'이 등장하자 '처사의 부부와 송정에 있던 자가 그 곡절을 알지 못하고'로 보아 적절하다.

35) ④ [작품 감상의 적절성 파악하기] '옥란'이 '이씨'의 처소에서 장난 삼아 '선옥'의 갓을 써 본 것을, '선옥'은 낯선 남자가 '이씨'의 처소에 있는 것으로 오해하여 가출을 하게 되었으므로, 남녀 주인공이 분리되는 원인이라는 진술은 적절하다고 할 수 있다. 그러나 이는 '옥란'의 단순한 장난이며 '이씨'의 정절을 시험하기 위한 의도는 없으므로 적절하지 않은 진술이다. ① '어사'는 '이씨'의 절개와 진짜 '선옥'을 알아보는 지혜에 탄복하여 '이씨'를 수양딸로 정하였으므로 적절한 진술임을 알 수 있다. ② '이씨'는 진짜 '선옥'과 '가짜 선옥'을, 앞니의 참깨만 한 푸른 점을 통해 구분하고 있으므로 적절한 진술임을 알 수 있다. ③ '상원암'에서 머물고 있던 '선옥'이 '어사'를 만나 다시 집으로 돌아오게 되었으므로 적절한 진술임을 알 수 있다. ⑤ '선옥'이 사라진 후, '이씨'가 가짜 '선옥'을 남편으로 받아들이지 않다가 결국 친정으로 쫓겨나게 되었으므로 적절한 진술임을 알 수 있다.

36) ② [등장인물의 태도 추론] '이씨'는 [A]에서 왕명을 수행하는 '어사'의 판결을 인정하는 태도를 보이고 있고, [B]에서 자신을 오해한 '선옥'에게 사기 마음을 몰라준다며 원망의 태도를 보이고 있다. ① '이씨'는 [A]에서 자신이 죽으면 진짜 '선옥'을 가려낼 사람이 없다는 점을 들어 '선옥'의 앞날을 걱정하고 있지만, '어사'에 대해 걱정하고 있는 것은 아니며, [B]에서는 자신을 믿지 못한 '선옥'에 대해 섭섭함을 드러내고 있으므로 적절하지 않은 진술이다. ③ '이씨'는 [A]에서 죽음도 두려워하지 않는 모습을 보이며 자신의 의지를 당당하게 밝히고 있고, [B]에서는 자신을 오해한 '선옥'에 대해 이해할 수 없다는 반응을 보이고 있으므로 적절하지 않은 진술이다. ④ '이씨'는 [A]에서 현재나 미래의 상황을 중심으로 이야기하고 있으며, [B]에서 '선옥'이 자신을 오해한 것에 대해 억울해 하는 태도를 보이고 있으므로 적절하지 않은 진술이다. ⑤ '이씨'는 [A]에서 자신의 죽음 이후 '선

옥'의 미래에 대해 걱정하고 있으며, [B]에서는 자신을 오해한 '선옥'의 태도를 탓하고 있으므로 적절하지 않은 진술이다.

37) ② [다른 작품과의 비교] 이 글은 아내에 대한 남편의 오해에서 빚어진 가출이 직접적인 사건의 계기이며, <보기>는 부모와의 불화로 인한 자식의 가출이 직접적인 사건의 계기로 작용한다. 따라서 상속을 둘러싼 형제간의 불화는 두 작품 모두 해당하지 않는다. ③ 두 작품 모두 가족 내의 경제적 이득을 취하려는 부정적 인물에 의해 사건이 일어난다. ⑤ 이 글에서는 현명한 판관에 의해 문제가 해결되고 있음에 비해, <보기>에서는 사건의 진실이 재판 과정에서 밝혀지지 않았다.

38) ① [어구의 의미 이해] ㉠은 선옥이 자신의 가문을 소중하게 생각하며 아내의 부정한 일을 표면화하지 않고 자신의 목숨을 끊어서 명예를 지키려는 모습을 보여 주는 것으로 아내를 의심하여 가문의 명예를 더럽혔다고 자책하는 것으로 볼 수 없다.

39) ⑤ [작품의 내용 이해] 장연은 자신의 첩을 죽인 일로 정수정을 조석정성에 만나도 외대하였다. 이런 상황에 대해 정수정은 불쾌해 하기는 하지만 거리껴지지는 않는다. 따라서 장연이 자신을 냉대하는 것이 마음에 걸려 낙심한다는 진술은 적절하지 않다.

40) ① [외적 준거를 통한 작품 이해] 공주와 원 부인은 장연이 정수정의 시비를 죽이려 하자 이를 말리고 있을 뿐이다. 따라서 이를 통해 가부장제의 균열과 관련된 여성의 역할에 대한 새로운 인식을 엿볼 수 있다는 진술은 적절하지 않다. ② 태부인은 정수정을 제어하지 못하는 장연을 책망한다. 이를 통해 태부인이 남성 중심의 가부장제를 중시하는 태도를 가지고 있음을 알 수 있다. ③ 북적으로 인해 나라가 위기에 빠지자 제신들은 전쟁에 나가 이를 수습할 수 있는 인물은 정수정밖에 없다며 그녀를 천거하고 있다. 이를 통해 정수정이 공적 역할의 수행 능력을 인정받고 있음을 알 수 있다. ④ 정수정이 가정에서 남성 중심의 가부장적 실서에 순응하지 않는 것에 대해 여인의 경부하는 도리가 없다고 책망한다. 이를 통해 장연은 가부장의 권위를 약화시키려는 정수정의 행동을 억누르려 하고 있음을 알 수 있다. ⑤ 정수정이 평범한 아녀자의 소임을 기꺼이 할 수 없다고 한 것은 가부장적 질서에 대응하는 새로운 여성상의 일면을 보여주고 있는 것으로 볼 수 있다.

41) ③ [작품의 가치 파악] 「정수정전」은 수동적인 여성상에서 벗어나 자신의 능력을 마음껏 발휘하는 주인공의 모습을 그린 여성 영웅 소설이다. 여성 영웅 소설의 경우 여성 주인공이 남장(男裝)을 하고 가정 밖으로 진출하여 사회적 역할을 부여받는 경우가 많은데, 이러한 남장은 유교적 질서가 지배하는 사회에서 여성으로서 겪던 많은 제약에서 벗어나게 해 주는 기능을 한다. 또한 여성 주인공이 입신양명을 이룬 후에는 자신이 속한 사회에 남장 사실을 털어놓는데, 이를 사회적으로 용인받는 과정을 통해 더 이상 남장을 하지 않더라도 남성과 대등하거나 우월한 모습을 보일 수 있게 된다. 즉 여성 주인공이 영웅적 활약을 통해 가문의 위신을 세우거나 국가적 위기를 극복해 내는 것은 자신의 역량을 마음껏 펼치고 싶은 여성 독자층의 의지와 욕구가 작품에 반영된 것이라 할 수 있다.

42) ④ [작품의 세부 정보 파악] 정수정은 자신을 초개같이 대하는 남편 장연을 혼내주기 위해 군령을 빙자하여 벌하고 있다. 따라서 ㉣에 나타난 장연의 태도는 남편을 부당하게 대하는 정수정에 대한 저항을 드러낸 것으로, 정수정에게 장수의 능력을 각인시키려 한 것으로 보기는 어렵다. ① 삼군을 호상하고 무예를 연습하며 성지를 굳게 하여 불의지변을 방비하라 한 일들은 정수정이 청주에 돌아와 한 공적 업무들이다. ② 마원의 외양을 범과 잔나비, 곰에 비유하여 표현하고 있으며, 이를 통해 그의 용맹함을 부각하고 있다. ③ 황제가 '이제 국운이 불행하여 북적이 다시 일어나 여차여차 하였다 하니 가장 위급한지라'라고 사태의 위급성을 언급하고 있으며 '만조가 경을 천거하나 짐이 차마 경을 전장에 보내지 못하여 의논함이니 경의 소견이 어떠하뇨?'라며 정수정에게 참전의 의향을 묻고 있다. ⑤ 정수정이 장연이 자신을 초개같이 여기는 태도를 문제 삼으며 '그대 같은 장부는 원치 아니'한다는 자신의 입장을 드러내고 있다.

43) ⑤ [작품의 종합적 이해] 박씨 부인은 세자와 대군이 볼모로 끌려가는 것에 대해서는 반대하지 않는다. 다만 왕비는 끌고 가지 못하게 한다. 따라서 ⑤의 내용은 윗글로부터 잘못 추리한 내용이다. 이는 당대의 역사적 사실을 고려한 내용으로 작가가 당대의 역사적 사실에 기반을 두고 이 작품을 창작했다는 사실을 짐작하게 한다.

44) ⑤ [감상의 적절성 평가] 용골대는 "이미 화친을 받았으니 대공을 세웠거늘, 부질없이 조그만 계집을 시험하다가 공연히 장졸만 다 죽였으니, 어찌 분한치 않으리오."라 말하고 있다. 이는 자신의 수하 장졸들의 죽음을 박씨의 탓으로 돌리는 것이 아니라 자신의 탓이라 생각하는 것으로 볼 수 있다. ① 장안 삼십 리에 불길이 가득하고, 조선의 젊고 아름다운 여인들이 끌려가는 장면은 전쟁으로 인한 조선 백성들의 비극을 드러내는 것이라 할 수 있다. ② 조선의 도원수로 등장하는 인물인 김자점은 용골대의 명령에 복종하는 모습을 보이는데, 이는 관군의 무능함을 나타낸다고 볼 수 있다. ③ 박씨와 박씨의 명을 받은 계화의 활약을 통해 소설의 독자들은 패전으로 인한 고통을 위로받았다고 할 수 있다. ④ 존중해야 할 나라를 침범하는 모습으로 오랑캐군을 설정하여 오랑캐군이 불의한 존재라는 것을 드러내고 있다고 할 수 있다.

45) ④ [외적 준거에 따른 작품 감상] <보기>의 글은 소설 전개의 필연성에 대한 내용이다. 즉, 소설은 철저하게 인과 관계로 구성되어야 한다는 것이다. 이런 기준으로 윗글을 감상하면 박씨 부인이 용골대에게 의주로 가서 임경업 장군을 만나라고 한 이유가 궁금해진다. 따라서, 윗글 이후의 사건 전개에서는 반드시 이를 밝혀 주어야 인과 관계에 의한 전개가 될 수 있다.

46) ⑤ [인물 간의 관계 파악] 위쪽의 '계화'와 아래쪽의 '박씨'는 피지배층과 지배층의 관계라 할 수 있지만 '용홀대'와 '용골대'는 형제 사이이므로 이 관계와 무관하다. 더구나 아래쪽과 위쪽의 인물이 대결 관계를 이루고 있는 것은 아니다.

47) ④ [인물의 심리 파악] '만일 왕비를 모셔 갈 뜻을 두면 너희 등을 함몰할 것이니 신명을 돌아보라.'에 박 씨의 요구 사항이 제시되어 있으며, '왕비는 아니 모셔 가리이다. 소장 등에게 길을 열어 돌아가게 하옵소서.'에 이 요구 사항에 대한 수용 의사가 드러나 있다. ① '우리는 이미 조선 왕의 항서를 받았으니, 데려가기와 아니 데려가기는 우리 장중에 달렸으니'에서 호장이 우월한 정치적 입지를 의식하고 있음을 확인할 수 있다. ② '우리 여차한 일을 당하였으니 부인에게 비느니만 못하다.'에서 호장이 불리함을 깨닫고 태도의 변화를 결심했음을 확인할 수 있다. ③ '소장이 천하에 횡행하고 조선까지 나왔으되 무릎을 한번 꿇은 바가 없더니, 부인 장하에 무릎을 꿇어 비나이다.'에서 호장은 무릎을 꿇은 구체적 행동을 통해 상대방의 선처를 호소하였음을 알 수 있다. ⑤ '우리가 조선 임금의 항서를 받았으니 서로 만남이 좋다.'에서 호장은 자신들이 이미 확보한 정치적 입지를 토대로 임경업과의 만남이 손해가 나지 않는다고 판단하고 있다.

48) ④ [외적 준거에 따른 작품 이해] <보기>의 연표에서 보면 윗글은 1636년 12월 병자호란이 발발하고 인조가 항복한 1637년 1월 전후의 역사적 사실을 바탕으로 하고 있음을 알 수 있다. 그래서 임경업, 이시백, 용골대 등 역사적으로 실재한 인물들이 주요 인물로 등장하고 있다. 다만 소설 전개의 편의상 볼모로 끌려가는 시기는 역사적 사실과 일치하지 않는다. 그리고 박씨 부인이 주인공으로 설정된 것은 당대 조선 사회가 남성 우위의 사회인 점을 고려하면 획기적인 일임에 틀림없다.

49) ① [작품의 종합적 이해] (보기)에서는 병자호란의 패배와 고통을 문학적 상상력을 통해 승리로 탈바꿈시켰다고 했는데, 용골대가 조선의 화친 언약을 받은 것은 오히려 역사적 사실과 관련된 것이므로, 이를 문학적 상상력의 소산으로 파악하는 것은 적절하지 않다. ② '김자점이 황겁하여 방포일성에 군사를 몰아 피화당을 에워싸니, 문득 팔문(八門)이 변하여 100여 길 함정이 되는지라.'에서 알 수 있듯이, 박 씨는 피화당에서 적들의 공격을 방어함으로써 위기를 극복하고 있다고 할 수 있다. ③ (보기)에서 병자호란은 소현세자와 봉림대군이 볼모로 가게 된 조선 역사상 유례 없던 치욕적인 사건이라고 언급하고 있다. 용골대가 조선과 화친 언약을 맺고 세자와 대군을 볼모로 잡아간 것은 이러한 병자호란의 역사적 사실을 반영한 것으로 볼 수 있다. ④ 사대부 여성의 공적 진출이 제한된 상황에서 박 씨는 피화당에 거처하며 자신을 공격하러 온 용골대와 김자점에게 대항하고 있다. 이때 '계화를 시켜 외치기를'에서 알 수 있듯이 박 씨는 계화라

는 대리인을 내세워 용골대와 싸우며 자신의 능력을 발휘하고 있다고 볼 수 있다. ⑤ <보기>에서 병자호란은 임금인 인조가 삼전도에서 굴욕적으로 항복한 치욕적인 사건이라고 언급하고 있다. 이 글에서는 역사적 실제 인물인 용골대와 허구적 인물인 박 씨가 대결해 박 씨가 승리하는 것으로 서술하였는데, 이 부분에서 문학적 상상력을 통해 민족적 자긍심을 회복하고자 했던 당시 민중들의 심리적 욕구를 엿볼 수 있다.

50) ④ [서술상의 특징 이해] 이 작품은 전지적 작가 시점으로 서술자가 사건과 인물의 내면 심리까지 모두 서술해주고 특히 서술자의 직접적인 논평이 제시된 부분도 있어 독자의 상상력이 제한된다.

51) ③ [작품의 종합적 이해] 한림을 사씨가 아들을 낳지 못하자 교씨를 첩으로 들였고, 이후 정실인 사씨가 아들을 낳게 되자 첩인 교씨는 자신과 아들의 지위가 위태로워질까 염려하여 계교를 꾸몄다. 이를 통해 갈등의 원인은 표면적으로 '축첩 제도'에 있다고 볼 수 있는데, 이는 '대를 잇는 아들을 낳는 문제'에서 비롯된 것이며 더 나아가 정실의 아들인 적자가 가문을 이어야 한다는 당대의 인식이 근본적인 원인이라고 볼 수 있다.

52) ⑤ [외적 준거에 따른 새로운 가치 발견] '그것을 본 사람들이 모두 신기하게 여겼다.~이로 인해 물로 인한 병이 없어지자 사람들이 그 샘을 학사정이라고 하였는데 지금까지 전해진다.'를 통해 알 수 있듯이, 행주 사람들이 유 한림과 관련한 신기한 사건을 목격하고 그 물을 통해 치유의 효과를 얻는 것은 사실이지만 행주 사람들이 샘에 얽힌 이야기를 듣고 '복선화음'의 이치를 깨달았다고 말하는 것은 적절하지 않다. ① 유 한림이 교 씨에 빠져 사 씨를 버린 것은 지나친 사랑과 가려진 마음 때문이라고 한 것과 연관된다. ② 유 한림이 외로움과 고초를 겪게 되면서 예전의 총명함이 돌아와 자신의 과오를 뉘우치는 장면은 과오가 있는 사람이라도 잘못을 깨닫고 착한 데로 나아가는 과정으로 이해하였다. ③ 유 한림이 유배지에서 자신의 잘못을 깨닫고 노파를 만나 병이 낫는 것은 '재앙이 상서로움으로 전환되는 양상'으로 볼 수 있다. ④ 유 한림에게 일어난 기이한 일과 관련된 곳을 사람들이 학사정이라고 지칭하고 지금까지 전하고 있는 장면을 풀을 매거나 신을 버리는 일처럼 있을 수 있는 일이라고 보았다.

53) ⑤ [말하기의 방식 파악] '아아!~있겠는가'에서 서술자의 편집자적 논평이 나타난다. 서술자는 사씨를 선한 인물로 교씨를 악한 인물로 여기고 있으며, 교씨의 잘못된 품성과 행동에 대해 지적하고 있다. 특히 옛말을 인용하여 사람의 본질을 파악하는 것이 쉽지 않음을 이야기하고 있다.

54) ③ [감상의 적절성 평가] ⓐ는 유배지에서 죽을 지경에 이른 유 한림을 낫게 해 줄 '병'을 전달하는 노파가 등장하고 ⓑ는 곤경에 처한 사 씨에게 조력자가 나타날 것임을 알려주는 왕비가 등장한다. 따라서 ⓐ와 ⓑ에 꿈을 꾼 주체를 돕는 역할을 하는 존재가 출현한다는 진술은 적절한 이해에 해당한다. ① ⓐ에서 왕비는 사 씨에게 '때가 멀었다'고 말하고 있지만, ⓑ에서는 유 한림을 낫게 할 수 있는 '병'을 전하고 있다. 그러므로 꿈을 꾼 주체가 처한 곤경이 심화될 것이라는 진술은 적절하지 않다. ② ⓑ의 경우 꿈에 등장한 인물이 순임금의 부인인 아황과 여영임을 밝히고 있지만, ⓐ의 경우 흰 옷을 입은 노파라고만 말하고 있어 해당 인물을 역사적 인물이라고 단정하는 것은 적절하지 않다. 또한 유 한림이 노파를 만나고 싶어 했다는 사실을 확인하기도 어렵다. ④ ⓐ와 ⓑ에는 꿈을 꾼 주체가 곤경에서 벗어날 수 있도록 돕는 인물이 등장하고 있지만 사 씨와 유 한림의 출생 내력을 언급한 부분은 나타나 있지 않다. ⑤ ⓑ에서 사 씨는 역사 속 인물을 만나 도움을 받고 있고, ⓐ의 경우 유 한림은 어느 노파를 만나 도움을 받고 있다. 그러나 ⓐ와 ⓑ의 경우, 사 씨와 유 한림이 아황과 여영 또는 흰 옷 입은 노파를 만난 기억을 공유하고 있다는 사실을 지문을 통해 확인하기는 어렵다.

55) ② [구절의 의미 파악] 교씨가 마음을 풀지 않은 것은 사씨를 모함하고자 한 자신의 계략에 한림이 넘어가지 않았기 때문이다.

56) ④ [반응의 적절성 평가] 혈룡과 친구 사이였던 감사는 신의를 버리고 혈룡을 죽이려 하는 악인형의 인물로 나온다. 혈룡은 과거에 자신에게 행했던 감사의 악행에 대해 준엄하게 꾸짖고 감사는 혈룡의

말에 대해 간절히 용서를 빌고 있다. 그러나 감사가 자신의 죄를 진심으로 뉘우쳤는지에 대해서는 알 수 없다. ① 옥단춘은 이미 물에 뛰어들 각오를 하고 있다. ③ 혈룡은 뒤늦게나마 감사를 죽음에서 구하려 노력하고 있다. ⑤ 살릴 묘책이 없다는 사공의 말을 통해 알 수 있다.

57) ② [외적 준거에 따른 인물의 평가] 이 글에서 옥단춘은 김 감사(김진희)가 이혈룡을 대동강 한가운데 던져 죽이라고 명령을 내리는 것을 보고 이혈룡을 동정하여 스스로 나서서 이혈룡의 목숨을 구한다. 그러므로 옥단춘이 이혈룡을 구해 줄 수 있는 인물로 김감사를 선택한 것도 아니다. ① 연회장에서 처음 본 이혈룡의 비범함을 보고 그를 동정하여 사공들에게 후한 몸값을 주고 살리려는 옥단춘의 태도에서 그녀의 적극적인 조력 의지를 엿볼 수 있다. ③ <보기>에 따르면 '지인지감'은 인물의 비범함을 알아보는 능력이다. 옥단춘이 이혈룡의 의복은 남루하나 얼굴이 비범한 것을 보고 불쌍히 여긴 것은 그녀가 지인지감을 소유했음을 알려준다. ④ '동시에 옥단춘이 이혈룡을 구제한 전후 사실을 듣고, 그 은혜를 서로 치사하여 마지않았다.'를 통해 이혈룡의 가족들이 조력자로서 옥단춘의 역할을 인정했음을 알 수 있다. ⑤ 옥단춘은 사공들을 회유하여 이혈룡의 목숨을 구하기 위해 오한을 핑계대고 연회장을 빠져나왔으므로 특별하고 뛰어난 지혜를 지닌 인물로 평가할 수 있다.

58) ② [표현의 특징 및 효과 비교] [A]는 매우 위급한 상황임에도 불구하고 반복 및 열거의 표현 기법으로써 상황을 재미있게 표현한 부분이다. 이런 점은 <보기>(남편 장끼의 죽음 앞에서 이전의 남편들이 어떻게 죽어갔는지를 읊어내고 있는 부분)에서도 유사하게 발견된다. 이와 같은 반복과 열거를 통한 상황의 해학적인 표현은 다른 작품에서도 자주 발견된다.

59) ② [작가의 의도 추리] <보기>는 역사와 소설의 차이점에 대해 설명한 평론이다. 역사는 객관적 자료만을 전달하기 때문에 정서적 감동을 주기 어려운 반면, 소설은 독자들의 감동을 유발할 수 있다는 것이다. 즉 독자들에게 의미 있는 교훈을 효과적으로 전달할 수 있는 것이 소설의 장점이라는 것이다. 이런 관점을 드러내는 것은 ②이다. 지문에서는 신의를 저버린 인간은 결국 패망한다는 교훈을 전달하고 있다. ① 사회 개혁과 연결하는 것은 지나친 비약이다. ③ 역사적 근거가 있는 이야기로 보기 힘들다. ④ 실용적 정보를 주려는 목적의 작품이 아니다. ⑤ 독자에 대해 비현실적 환상을 심는다는 내용은 언급되지 않았다.

60) ⑤ [구절의 의미 파악] 이혈룡이 "소신과 같은 무재무능한 자를 이처럼 충신지자충신(忠臣之子忠臣)이라 하시오니 황공무지하오며"라고 말하는 것은 겸양의 자세를 드러낸 것으로 볼 수 있다. 하지만 "한림을 제수하시니 더욱 황공하옵니다."는 임금의 은혜에 감사하는 것이지 임금이 내린 한림학사라는 벼슬을 거절하는 것은 아니다. ① '쓸데없고', '쓸데없구나'를 반복하여 김진희에 대한 배신감을 드러내고 '내가 네 처지라면'을 통해 역지사지를 가정하여 상대방을 질책하고 있다. ② ㉡앞에서 옥단춘이 몸값을 후하게 준다며 이혈룡을 죽이지 말라고 사공들에게 부탁하자, 사공들은 '어찌 우리 손으로 죄 없는 사람을 죽이겠는가.'라는 설의적 표현으로 자신들의 생각을 드러내고 있다. ③ '죽었던 자식 다시 본 듯', '잃었던 낭군 다시 본 듯'처럼 모친과 부인의 입장에 어울리는 직유법을 통해 재회의 기쁨을 표현하고 있다. ④ '글을 지을 생각을~단숨에 일필휘지하여 바쳤는데'까지가 글 짓는 과정을 행동의 순차적 나열로 보여 준 것이고, 글자마다 비점을 찍고 글귀마다 관주를 치는 행위는 임금이 이혈룡의 글을 읽고 그의 재능에 대해 높이 평가한 것이다.

61) ③ [소재의 기능 파악] 이혈룡은 김진희의 '학정'을 나라와 백성을 위해 임금께 아뢰어야 한다고 생각하고, 전후 사실을 일일이 비밀스럽게 기록하여 임금에게 바쳤다. 임금이 이를 보고 수없이 탄식한 후에 이혈룡을 암행어사로 임명한 것이므로, '학정'은 사실대로 보고된 것이며, 반어적으로 표현한 것은 아니다. ① 이혈룡은 과거의 글제인 '천하태평춘'에 대한 탁월한 답안을 제출해 장원급제를 한 것이다. ② 이혈룡이 장원 급제를 하여 한림학사 지위를 제수받게 되었으므로, '장원급제'는 이혈룡이 공적 임무를 수행할 수 있는 자격을 얻고, '밀록'을 임금에게 올릴 수 있는 계기가 된다고 볼 수 있다. ④ '밀록'은 김진희의 학정 때문에 작성된 것이고, 김진희가 학정을 한다는 것은

천하(나라)가 아직 태평하지 못하다는 것을 보여 준다. ⑤ 첫째 봉서 안에 이혈룡을 평안도 암행어사로 봉하는 사령장과 마 패가 들어 있었기 때문에 '봉서'는 임금이 이혈룡에게 김진희의 '학정'을 바로잡도록 하는 임무를 수행하도록 하는 내용을 담고 있다고 볼 수 있다.

62) ③ [서사 전개 과정 이해] '양 옹이 이 말을 듣고~그동안의 진위를 뉘가 알리오.'에서 참옹을 외모를 근거로 판단하지 못했음을 알 수 있다. ① '성주 덕택에 흑백을 가려 주옵시니 은혜 백골난망이로소이다.'에서 확인할 수 있다. ② '허옹가 거동보소 승소하고 돌아올 제 의 기양양 하는 거동~조롱하여 하는 말이'에서 확인할 수 있다. ④ '실옹이 할 일 없어 거리에서 빌어먹어'에서 확인할 수 있다. ⑤ '민이 옹당촌에서 대대로 살아왔사온데'에서 확인할 수 있다.

63) ⑤ [작품의 종합적 이해] 이 작품에는 불교적인 요소가 일부 포함되어 있으나 중심 사건은 불효막심한 '실옹가'가 '도사'의 술법에 탄복하고 개과천선한다는 것이다. 따라서 ⑤가 정답이다.

64) ② [서사 구조 파악을 통한 작품 이해] '실옹가'가 부적을 붙이고 집으로 돌아가니 '허옹가'는 간데없고 짚 한 묶음이 놓여 있다고 하였으므로 '허옹가'는 '도사'가 변신한 것이 아니라 짚으로 만들어진 것이라는 것을 알 수 있다. ① 허옹가의 등장이 불도를 능멸하고 모친을 박대한 죄 때문이라는 실옹가 부인의 말과, 불도를 능멸하고 모친을 구박한 죄를 꾸짖는 도사의 말을 통해 실옹가의 악행이 허옹가의 등장 원인이라고 추론할 수 있다. ③ 실옹가가 부적을 붙이고 집으로 돌아가니 허옹가의 자식들이 허수아비가 되었다고 하였으므로 허옹가는 실옹가의 부인과 많은 자식을 낳았다는 것을 알 수 있다. ④ 도사는 실옹가를 꾸짖으며 실옹가의 처자가 불쌍하여 방송한다고 하였다. 그러므로 도사는 그의 가족을 고려하여 실옹가의 호소를 수용했다고 할 수 있다. ⑤ 실옹가는 가정에 복귀한 후 개과천선하였다고 하였다.

65) ② [삽입가요의 기능 이해] ㉠은 옹고집 모친이 옹고집의 학대를 서러워하면서 떠올린 노래이고 ㉡은 집에서 쫓겨난 실옹이 자신의 처지를 서러워하면서 떠올린 노래이다.

66) ② [외적 준거에 따른 작품 감상] 효를 인간이 지켜야 할 근본 도리로 숭상하던 시대를 배경으로 하고 있는 작품이다. 옹고집은 효의 가치를 폄하하고 노모를 학대하는 등 악행을 일삼고 있기 때문에 가족 공동체로부터 축출된 것이다. 옹고집의 불효에 대해 그 모친은 서러운 심정을 말하고 있으나, 옹고집은 어머니의 말을 전적으로 무시하고 있으므로 어머니의 말을 경고로 받아들인 것으로 볼 수 없다.

67) ⑤ [외적 준거에 따른 비교 감상] <보기>의 글 '며느리 바위' 전설에서 초월적 세계의 질서를 주관하는 본질적 존재로 그려진 '스님'(④)은 인색하고 욕심 많은 영감을 징벌하고, 착하고 인정 많은 '며느리'에게는 구원의 기회를 줌으로써 도덕적 윤리 기준에 충실한 심판자 역할을 하고 있다. 마찬가지로 본문에서도 심술 많고 인색하며 불효한 악인형의 인물 옹고집(③)이 자신의 그릇된 행실로 인해 징벌을 의미하는 큰 봉변을 당하게 되는데(①), 이 때 가짜 옹고집을 만들어 옹고집의 잘못을 꾸짖는 주체는 사또가 아니라 스님과 도사(⑤)이다. 허옹가의 출현 내력을 알 리 없는 사또가 허옹가를 진짜 옹고집으로 인정한 것은 냉철하지 못한 판단 결과로, 실옹가 입장에서는 억울한 판결이 내려진 것이므로 사또를 공정한 심판자라고 평가할 수는 없다. ② <보기>는 진실성을 중시하는 전설의 범주에 속하는 내용으로, '화석'이나 '소(沼)'가증거물로 제시되어 있다.

68) ⑤ [서술상 특징 파악] 이생과의 이별을 앞둔 여인이 자신의 지난 삶의 과정과 현재의 이별로 인한 슬픔을 시가로 표현함으로써 효과적으로 정서를 드러내고 있다. ① 전쟁 후 이생 앞에 나타난 여인의 환신, 그리고 둘의 사랑, 이별을 시간의 흐름에 따라 전개하고 있을 뿐, 같은 시간에 벌어진 사건을 나란히 배치하는 병치의 기법은 사용되지 않았다. ② 이 글은 여인의 환신 이후의 사건을 시간의 흐름에 따라 서술하고 있다. 벌어진 사건과 인물 간의 대화를 중심으로 서술하고 있을 뿐, 사건이나 사실을 짐작하는 추리의 기법은 사용되지 않았다. ③ 이생과 여인의 만남과 헤어짐을 시간의 흐름에 따라 보여주고 있을 뿐, 현실에서 꿈으로 다시 현실로 돌아오는 환몽 구조는 나타나지 않는다. ④ 환신한 여인의 지난 사정 이야기, 이후 여인과 이생의 사랑 그리고 이별을 그리고 있는 장면으로, 공간적 배경에 대한 묘사는 나타나지 않는다. 또한 이생은 이 글의 처음부터 끝까지 여인에 대한 사랑을 지니고 있기에 심리 변화가 나타나지 않는다.

69) ② [외적 준거에 따른 작품 감상] 이생의 시를 읽은 후 최 처녀는 날이 저문 후에 만날 것을 먼저 제안하는 적극성을 보인다. ① 장벽으로 존재했던 담장 안으로 과감하게 시 세 수를 지어 던진 행위는 사랑을 이루려는 행위로 볼 수 있다. ③ 문호가 높다는 사실은 최 처녀 집안과 이생의 집안 사이에 문별의 차이가 있음을 암시한다. ④ 담을 넘는 행위는 이생과 최 처녀 사이에 놓인 물리적 장애와 사회적 장벽 모두를 극복하고자 하는 시도로 볼 수 있다. ⑤ 담 밖의 세계에서는 사회적 지위의 차이가 중시되는 현실적 규범과 질서가 통용되기 때문에 그 차이를 극복하려는 이생과 최 처녀의 사랑은 담 밖에서는 이루어지기 어려웠을 것이다.

70) ④ [외적 준거에 따른 작품 감상] 이생이 최랑과 다시 만난 이후 이생이 속세와 인연을 끊은 것은 최랑에 대한 죄책감 때문이 아니라 최랑과의 깊은 사랑을 하기 위함으로 보는 것이 적절하다. ⑤ 작가는 홍건적의 난이라는 비극적 현실을 소설에서 비현실적 설정을 통해 극복하고자 하고 있다고 볼 수 있다.

71) ④ [인물의 성격, 태도 파악] [A]는 '대청 안 제비'를 동원해 이성 간의 만남에 대한 기대와 설렘을 표현하고 있고, [B]는 '초양왕'과 '사마상여'의 고사를 통해 이를 표현하고 있다. ① [A]와 [B] 모두 시각적 심상을 활용하고 있다고 볼 수 있다. ② [A]에서 최 처녀는 이생을 원망하고 있지 않으며, 누군가와의 만남을 강렬히 원하고 있을 뿐이다. ③ [B]의 이생은 만남에 대한 초조함과 바람을 드러내고 있는 것이지, 만남의 구체적 조건을 내걸고 있는 것이 아니다. ⑤ [B]의 이생의 시는 수신자를 전제하고 있다.

72) ④ [외적 준거에 따른 작품 감상] 이생이 난 속에서 최씨를 잃고 혼자 목숨을 보전한 것은 현실적인 상황을 그린 것으로, 환상적 기이함과는 관계가 없다. ① 이생과 최씨의 영원한 사랑이라는 욕망을 좌절시켰다는 점에서 홍건적의 난은 현실적인 장벽에 해당한다고 할 수 있다. ② 최씨의 시에 화답하여 이생이 담 너머로 시를 전한 것은 최씨와의 사랑을 이루고자 하는 인간적 욕망을 실현하려는 노력이라 할 수 있다. ③ 죽은 최씨와의 재결합은 현실에서는 불가능한 것으로, 최씨를 그리워하는 이생의 현실적 욕망이 환상적 기이함에 의해 성취된 것 이라 할 수 있다. ⑤ 죽은 최씨와 산 이생이 최씨의 집에서 재결합하여 사랑을 이어 간다는 점에서, 최씨의 집은 현실 세계에 속해 있으면서 동시에 좌절된 욕망이 실현되는 환상 세계의 성격을 함께 지닌다고 할 수 있다.

73) ② [외적 준거에 따른 작품의 감상] '조금 전에 저 배 안에서 들려왔던 시구는 바로 내 아내가 손수 지은 것이라네. 다른 사람은 평생 저 시를 들어도 절대 알아내지 못할 것일세.'라는 '최척'의 말로 볼 때, 밤에 '옥영'이 읊은 시는 부부가 헤어지기 전 아내인 '옥영'이 짓고 읊었던 시이다. 따라서 '옥영'의 시가 자신의 이산과 유랑의 체험을 계기로 지어졌다고 보기는 어렵다.

74) ② [작품의 종합적 이해] '최척'과 '옥영'의 재회를 이루어 낸 매개체는 피리 소리와 조선말로 읊은 시로서, 이는 두 인물이 과거에 고향에서 공유했던 추억과 관련된 소재들이다.

75) ⑤ [작품의 배경 이해] '최척'은 밤에 아내가 지은 시를 읊는 소리를 듣고 일본인의 배를 확인하고 싶은 마음을 품으면서 상봉에 대한 희망이라는 새로운 상황을 맞이하게 되고 이를 아침까지 미룸으로써 서사적 긴장이 조성된다. 그리고 아침에 아내와 극적으로 상봉함으로써 그 긴장이 해소된다.

76) ⑤ [작품의 배경의 효과 파악] 적막하고 고요한 배경은 구슬픈 염불 소리와 어우러지며 주인공에게 슬픈 신세를 떠올리게 한다. 즉, [A]는 주인공의 슬픔을 돋우며, 고요하면서 애상적인 분위기를 형성하여 주인공의 슬프고 안타까운 심리를 강조한다.

77) ④ [외적 준거에 따른 작품 감상] 최척이 재주 있고 용맹해서 출전한 것은 전란에 참가하게 된 계기일 뿐, 최척의 영웅성을 보여주는 부분은 아니다. <보기>에서도 이 작품은 전란을 배경으로 한 영웅소설과 다르다고 제시하고 있다. ①, ②, ③은 최척과 다시 헤어지게 된 옥영이 자결하려고 할 정도로 당대의 전란이 비극적인 상황이었으며, 이로 인해 민중들이 엄청난 피해를 입었음을 알 수 있다. ⑤ '최척전'

이 기우록의 성격을 보여주는 것은 최척과 몽석의 우연한 만남에서 확인할 수 있다.

78) ① [작중 상황의 파악] 옥영이 최척과 헤어졌다가 다시 만난 자신의 상황을 비유적으로 표현한 것이다. ③ "삼가 근심하거나 고민하지 마시오."라는 말을 통해 옥영을 위로하기 위한 최척의 말임을 알 수 있다. ④ 최척이 죽음을 면하기 위해 신분을 드러냈다기보다 명나라 군사로 출전하였지만 살기 위해 임기응변한 것이다. ⑤ 최척이 몽석의 정체를 파악하기 위해 시험하였다기보다 자신의 정체를 숨기고 있는 행동으로 파악하는 것이 적절하다.

79) ④ [인물의 특징 파악] 주인공이 출세를 위해 자신의 재능과 인맥을 과장하여 주변에 알리는 모습은 찾을 수 없다. ① 주인공의 먼 조상부터 아버지, 어머니의 혈통에 이르기까지 집안 내력을 서술하고 있다. ② 유영, 도잠 등 역사적 인물과 국성의 관계가 나타나 있다. ③ 주인공의 유년 시절에 대한 품평에서 '이 아이의 마음과 도량이'~'성과 함께 즐기는 것이 좋겠네.', '하루라도 이 친구를 만나지 못하면 마음속에 비루하고 이상한 생각이 싹튼다.' 등의 표현을 통해 그 속성을 묘사하고 있다. ⑤ 첫 부분과 마지막 문장에 나오는 주인공의 가족들이 술 이름인 것을 보면, 이들 일족이 모두 술의 의인화라는 점을 알 수 있다.

80) ④ [서술상의 특징 파악] 이 작품은 주인공 성(聖)이 태어나서 죽을 때까지의 행적을 순행적인 구성으로 제시하고 있다(ㄷ). 그리고 이 글의 주된 서술 방법은 의인화 기법이다. 즉, 사물들을 의인화하여 인간 세계의 잘못된 점을 지적하고자 하는 작품인 것이다. 이를 흔히 우화 기법이라고 한다(ㄹ).

81) ③ [다른 작품과의 비교 감상] 이 글과 <보기>는 모두 마음속의 근심을 술을 통해 푸는 모습을 보여 주고 있다. 이것은 술이 개인의 마음에 끼치는 영향에 해당한다. ① 술의 제조 과정은 이 글에서 한 자어를 통해 간접적으로 암시되었을 따름이며, <보기>에서는 전혀 찾을 수 없다. ② 이 글이나 <보기>를 실제 역사적 사실에 대한 풍자라고 볼 근거는 없다. ④ <보기>도 이 글과 마찬가지로 술의 긍정적 효과를 중심 내용으로 하고 있다. ⑤ <보기>에서 술로 인해 생기는 다양한 마음은 나타나 있지 않다.

82) ② [외적 준거에 따른 비교 감상] 「국선생전」에서는 술을 위국충절의 대표적 인물로 부각시키는 등 예찬하는 태도를 보이는 반면, 「국순전」에서는 아부하는 정객이나 방탕한 군주에 비유하여 풍자하고 있다.

83) ⑤ [구절의 의미 파악] 이 글에서 '이슬방울이 있어, 감히 해와 달(임금을 상징함)이 밝은 것을 기뻐하며'라는 구절을 통해 볼 때, 이슬방울은 충성심을 의미하며 '비록~남은 이슬방울'은 비록 보잘것없지만 충성심이 남아 있어 임금이 계신 것을 기뻐하며 악(도둑)을 물리칠 수 있었다는 뜻이다. ① 국성은 술이기 때문에 그 이름을 지어 준 이는 대단한 애주가로 볼 수 있다. ② '따뜻하다'는 뜻의 지명 '온'은 술의 유래와 따뜻한 온도 사이의 긴밀한 관계를 보여 준다. ③ '곡'이라는 국성의 어머니의 성은 술의 원료를 뜻하는 것으로 볼 수 있다. ④ 배꼽과 가슴 사이에 나타난 도적들은 술을 먹지 못해 해소되지 못한 근심으로 보아야 한다.

84) ③ [서술상의 특징 파악] 이 글은 종이를 의인화한 저생의 일대기를 다룬 글로 저생이 임금으로부터 사랑받다가 쫓겨나는 사건을 반복하고 있다. 그러나 이러한 사건이 일어나는 과정에서 전기적인 요소가 나타나지는 않는다. 전기적 요소는 현실에서는 일어날 수 없는 비현실적이고 기이한 사건을 말한다. ① 이 글은 사물을 의인화하여 사람들에게 교훈을 주고자 하는 목적을 가지고 있다. 작가는 저생의 삶을 통해 올바른 정치가의 모습을 보여 주고자 한 것이다. 서술자는 맡은 직분을 다하면서 올바른 소리를 하는 저생을 긍정적으로 바라보며 서술하고 있다. ② 이 글은 저생의 일대기를 보여 준다. 저생의 탄생에서부터 벼슬을 시작하는 시기, 벼슬살이를 하는 과정을 연대기 순으로 나열하고 있다. ④ 저생은 『국사』를 편찬하면서 '위수'와 대립하고 『춘추』를 두고 '왕안석'과 대립하고 있다. 이러한 대립을 통해 저생의 곧고 바른 성품이 드러난다. 이처럼 다른 인물과의 대립을 통해 저생의 성품과 업적을 드러내고 있다. ⑤ 이 글의 주인공인 저생과 모학사는 의인화된 인물이지만 그 외의 인물은 중국의 역사적 인물로 그 업적을 바탕으로 서술하고 있다.

85) ② [구성상의 특징 파악] 도입부에서는 주인공 저생에 대한 소개와 함께 집안 취향, 학문에 대해 설명하고 있을 뿐, '작가의 평가'는 제시되어 있지 않다.

86) ② [작품에 대한 종합적 감상] 저생이 왕으로부터 소박이나 배척을 당한 것은 작가가 귀양살이한 것을 반영한 내용으로, 작가의 욕된 삶이 작품에 드러나 있다. ① 저생은 한나라, 진나라, 당나라, 송나라, 원나라 등에서 임금을 섬긴 것으로 되어 있다. 이것은 작가가 격동기를 거치면서 충목왕, 충정왕, 공민왕, 우왕, 창왕, 공양왕 등 고려 말의 임금들과 태조, 정종, 태종 등 조선 초의 임금들을 섬긴 것과 유사하다. ③ 작가가 활동한 공간은 고려와 조선인데 반해, 저생은 한나라, 당나라, 원나라 등 중국을 배경으로 활동하고 있다. ④ 문장과 글씨에 뛰어났던 작가처럼 저생도 글을 지어 세상 사람들을 놀라게 하였으며 왕우군의 필적을 본받아 해자를 써서 사람들에게 칭송을 받았다고 하였다. ⑤ 바른 소리를 하다가 여러 번 귀양살이를 한 작가의 삶과, 임금에게 올바른 소리를 하다가 소박이나 배척을 당하는 저생의 삶은 일맥상통한다. 이것은 작가가 자신이 추구하는 삶의 방식을 작품에서 드러내려고 한 것으로 볼 수 있다.

87) ⑤ [외적 준거에 따른 작품 감상] 원나라 초기 저생의 행실에 대해 서술자는 '본래의 사업에 힘쓰지 아니하고'라고 밝히고 있으며, '사람들 간에는 비루하게 여기기도 하였다.'라는 부정적인 평가를 밝히고 있어, 이때의 저생에 대해 관리로서 능란하게 처세하는 모습을 보였다고 하기 어렵다. ① 한나라 때 저생이 '방정과에 응시'하는 것은 관직에 나아가려 함을 보이는 것으로, 저생의 생애를 관리의 생애에 대응시켜 서술하는 특징과 관련된다. ② 한나라 때 저생이 '저국공에 백주자사'가 된 것은 그 능력을 인정받기 시작한 상승기의 초기에 해당하는 일로 볼 수 있으며, 또한 관리로서 살아간 생애의 초기의 일로 볼 수 있다. ③ 양나라 때 저생의 일은 상승기에 공을 쌓았던 면모에 해당한다고 볼 수 있다. ④ 저생이 수나라 때 소외를 당하거나, 송나라 때 쫓거나 쓰이지 못하게 된 것은 하강기의 면모에 해당한다고 볼 수 있다.

88) ② [인물의 성격과 작품의 주제 이해] ⓛ은 사람들이 종이에 기록한 것은 배울 만한 좋은 내용에서부터 배우지 않아도 될 내용까지 모두 있었다는 의미로, 위정자들의 사소한 부정까지 기록했다는 의미가 아니다. ① 희고 아무런 티가 없이 깨끗하다는 의미를 담고 있는 이름과 자는 순수하고 청렴한 위정자임을 드러내기 위한 장치이다. ③ 저생이 자신의 쓰임에 대한 자신감과 자부심을 드러내는 말로, 자신의 임무에 항상 최선을 다할 것이며 그것이 잘못되었을 때는 어떤 벌도 달게 받겠다는 강직함을 드러내고 있다. ④ 『국사』를 공동으로 편찬한 '위수'가 공적에 대해 공정한 평가를 하지 않았음을 알게 되자 저생이 스스로 자리를 그만두고 떠난 것은, 공정하지 않은 사람과 함께 일하지 않겠다는 저생의 다짐을 보여 준다. ⑤ 황제인 '양제'에게 그의 성격이 올바르지 않음을 끝까지 간하다가 쫓겨났다는 것은 자신의 지위에 연연하지 않고 윗사람에게도 바른 소리를 했음을 말한다.

89) ③ [서술상의 특징 파악] 이 글은 지팡이를 의인화하여 그의 삶을 통해 교훈을 전달하고 있고(ㄱ), 식영암과 정시자의 대화를 통해 정시자의 내력을 구체적으로 제시하고 있다(ㄹ). 그리고 작가인 식영암이 작품 속에 등장하여 사건의 전개를 돕고 있다(ㅁ).

90) ② [등장인물의 성격 파악] 식영암은 정시자에게 각암을 찾아가도록 권하고, 노래를 부르며 정시자를 보낸다. 이 노래에서 식영암은 자신이 정시자보다 못한 인물임을 성찰하고, 정시자를 예찬하고 있음을 알 수 있다. 그러나 정시자와의 헤어짐을 아쉬워하는 식영암의 심리는 나타나 있지 않다.

91) ③ [작품의 종합적 이해] 이 작품에서 주인공 정시자의 성격적 결함은 나타나 있지 않다. ① 이 작품은 '지팡이'를 의인화하여 글쓴이인 '식영암'과 대화를 나누는 방식으로 내용을 전개하고 있다. ② 식영암이 정시자의 인품을 평한 부분을 보면 정시자는 인(仁)·의(義)·예(禮)·지(智)·신(信)의 덕을 갖춘 인물이다. ④ 글쓴이의 창작 의도는 인재가 적재적소(適材適所)에 등용되지 못하는 불합리한 세태를 비판하는 데 있다. ⑤ 이 작품은 교훈적인 성격을 지니고 있다.

92) ③ [발화의 의도 파악] <보기>의 글쓴이는 여러 가지 제도적 굴레로 인해 인재를 등용하지 못하고 있는 현실을 개탄하고 있다. 그런데 정시자도 식영암의 말에서 알 수 있듯이 인(仁)·의(義)·예(禮)·지(智)·신(信)의 덕을 모두 갖춘 인재였으나, 자기의 능력을 인정해 주는 사람을 만나지 못하여 오랫동안 떠돌아다니면서 의지할 곳을 찾고 있었으므로 그러한 현실을 개탄하는 말을 했다고 보는 것은 적절하다. 윗글과 <보기>의 글쓴이는 공통적으로 인재 등용의 문제점을 지적하고 있는 셈이다. ③은 뛰어난 인재들이 등용되지 못하고 자연 속에서 소일하면서 지내는 현실을 비판하고 있다는 점에서 <보기>와 윗글의 글쓴이의 주장과 어울린다.

93) ④ [외적 준거에 따른 작품의 감상] '주인'은 세상으로부터 배척당하여 실의에 빠지고 슬퍼 탄식하는데, 이런 감정이 '네 사람'과의 만남을 통해 해소했다고 할 근거는 없다. ① 몽유록과 마찬가지로 액자 형식을 갖추고 있지만 '꿈'이 아니므로 몽유록이라 할 수 없다. ② 가전체의 최소 조건은 의인화 수법과 전기 형식인데, 이 작품은 전기의 조건을 충족시키지 못해 가전체가 아니다. 식영암의 '정시자전'을 가전체라 한다면 이것이 이 작품을 가전체라 할 근거가 될 수 있지만 <보기>에는 그런 언급이 없다. ③ 의인화된 대상의 구체화된 생애가 아니라 이념적 해석에 머물고 있어서 교술적이라 할 수 있다. ⑤ 가전체는 사물에 대한 깊은 사유와 관심에서부터 나온 것이므로 이 작품도 그런 창작 동기의 산물이라 할 수 있다.

94) ⑤ [말하기 방식의 이해] 이 작품에서 '네 사람' 사이의 대화에서 상대방의 제안을 거절하는 뜻을 완곡하게 표현한 것은 드러나지 않는다. ① '누가 능히 없음을 몸뚱이 삼아 삶을 거짓으로 삼고 죽음을 참으로 삼을 수 있을까? 누가 움직임과 고요함, 흑과 백이 한 가지 이치임을 알 것인가?' 등의 의문문을 쓰고 있는데, 이들은 답을 요구하는 것이 아니다. ② '움직임, 고요함'이나 '흑, 백'과 같은 모순적 개념이 한 가지 이치라는 말을 통해 붓으로 글씨를 쓰는 현상에 대해 암시하는 말을 하고 있다. ③ '붓'을 향해 '자네는 검은 머리이면서 흰 머리라 말하고, 속이 비었으면서 단심이라 일컬으니 되겠는가?'라고 말하는 것이나 '먹'을 향해 '다른 산의 돌이라도 내 옥을 다듬을 수 있다는 소리를 들었어도, 먹을 다듬는다는 말은 못 들었네.'라는 해학적 표현을 통해 확인할 수 있다. ④ '흰머리 늙은이 어디로 갈꼬? 일편단심이야 스러지지 않으리.'나 '비로소 함께 시를 말할 만하도다.'에서 성현이 남긴 구절을, 가계(家計)를 언급하는 자리에서 역사적 사실을 인용한 것에서 해학적 태도를 확인할 수 있다.

95) ⑤ [작품의 구조 파악] '주인'이 '네 사람'을 위하여 제문을 짓고 제사를 지내 주는 행위는 '주인'과 '네 사람'이 함께 있는 공간인 [Ⅱ]에 해당한다. ① '네 사람'의 존재에 대해 전혀 모르는, '주인'만의 이야기이므로 [Ⅰ]에 해당한다. ② '주인'이 '네 사람'을 관찰하는, 쌍방적 관계는 아니므로 [Ⅱ]로 보아야 한다. ③ '네 사람'과 '주인'이 서로 만나서 인사를 나누는 부분이므로 [Ⅲ]에 해당한다. ④ '주인'이 '네 사람'과 헤어진 후에 그들에 대해 생각하는 부분이므로 [Ⅱ]에 해당한다.

96) ① [인물의 성격, 태도 파악] '정욱'은 조조에게 사건의 정황을 정확하게 일러 주는 역할을 할 뿐, 선의의 거짓말로 조조를 안심시키고 있지는 않다. ② '조조'는 자신의 군사 대부분을 잃고 패주하는 가운데 웃는가 하면, 힘겨운 싸움에서 겨우 살아남은 죄 없는 군사들을 사소한 이유로 참수하라 명하는 등 부적절한 언행으로 부하들의 빈축을 사고 있다. ③ '번개같이 달려들어 좌우익을 몰아치니, 조조 진영 장졸 주검 산처럼 쌓였구나.'에서 알 수 있듯이 '장비'는 조조 진영을 단숨에 제압하여 조조를 공포에 몰아넣고 있다. ④ '죄 없는 백만 대군 한꺼번에 다 죽이고, 무슨 염치로 목 베라 하시오? ~ 어서 바삐 죽여 주오.'에서 알 수 있듯이 '허무적'은 조조에 대한 반항심을 노골적으로 표현하고 있다. ⑤ '승상님만 웃으시면 꼭꼭 복병이 일어납니다.'라고 하여 조조의 웃음을 반복되는 불운과 연관 지어 해석함으로써, 뒤에 이어지는 위기(장비의 공격)를 예고하고 있다.

97) ① [작품의 종합적 이해] [A]는 군사 ⓒ이 자신의 설움을 토로하는 장면이다. 여기저기서 군사들이 울고 있는 안타까운 상황 속에서 병사 하나가 앞에 나와 가족을 그리워하는 자신의 마음을 드러내는 장면으로 느리고 슬픈 어조가 어울린다. 전체적으로 느슨하고 서정적인 장면으로 구슬픈 느낌이 드는 '진양조'가 어울린다. ② [A]의 경우 간결한 문장이 사용되고 있는 것이 아니며, 전체적으로 활발한 분위기

라고도 할 수 없다. ③ [B]는 군사 ⓜ이 울고 있는 군사들을 다그치는 상황은 맞지만, 그 군사들과 대립하는 상황은 아니다. 또한 긴장감이 강조되는 장면도 아니므로 '휘모리'는 적절하지 않다. ④ [A]는 [B]와 달리 안타까운 마음이 잘 드러나 있다. 자신의 바람을 담담하게 서술하였다고 할 수 없으며, 비교적 경쾌한 '자진모리'와는 어울리지 않는다. ⑤ [A]와 [B]는 어떠한 사건이 빠르게 펼쳐지는 상황이 아니다. 서러운 느낌을 주는 [A]는 흥겨운 느낌이 드는 '중중모리'와는 어울리지 않는다.

98) ④ [작품 간의 공통점, 차이점 파악] [A]에는 '벌렁벌렁 떠는 모양 가련하고 불쌍하다.'와 같이 서술자가 개입하여 조조의 처지에 대해 논평하는 부분이 나타나 있으나, <보기>에서는 그와 같은 편집자적 논평을 찾을 수 없다. ① [A]와 달리 <보기>에서는 '승상이 헛된 생각으로 술과 여자라면 죽기를 마다 않고, 싸움에 임하면 꾀병터니, 여러 신하 간곳없고, 백만 군사 몰사하니, 꾸민 일이 헛일 되고, 장수 또한 빈손이로다.'와 같은 정욱의 말을 통해 조조에 대한 비판적 인식을 직접적으로 드러내고 있다. ② <보기>와 달리 [A]에서는 '이곳은 화용도 경계로구나.'라는 구절을 통해 인물들의 행방을 드러내고 있다. ③ [A]가 힘겹게 길을 가며 사소한 일들에도 자꾸 놀라는 조조의 행동 묘사에 초점을 두고 있는 데 반해, <보기>는 정욱의 대화가 중심에 놓여 자신의 신세를 한탄하는 정욱의 내면이 부각되고 있다. ⑤ [A]와 (보기)는 모두 '촉도지난이 험타 한들 이에서 더할쏘냐?'라는 설의적 표현을 사용하여 인물들이 험난한 행로에 있음을 드러내고 있다.

99) ④ [외적 준거에 따른 작품 감상] ㉣에서는 이름 없는 한 군사가 '조조의 군중(軍中)'을 '산중(山中)'과 같다고 비꼼으로써 전멸하다시피 한 조조 군의 실상을 풍자하고 있다. ① ㉠은 군사들이 승리할 기운을 낸다고 했는데. 반어적으로 볼 수도 있지만 풍자와는 거리가 멀다. ② ㉡은 '한 군사'의 외양을 해학적으로 묘사한 부분으로, 그는 풍자의 대상이 아니다. ③ ㉢은 정욱이 장비의 기습에 놀라 장비를 '떡'이라 부르는 장면으로, 해학적인 웃음을 유발하지만 현실 비판적인 인식이 드러나 있다고 보기는 어렵다. ⑤ ㉤은 고향에 돌아가고 싶은 마음을 표현한 병사의 신세 한탄으로, 이를 풍자로 보기는 어렵다.

100) ④ [갈래의 특징과 성격] ⓓ에서 '잡았던 손길을 에후리쳐 떨치고 전장을 나왔으나'라 는 구절은 마누라를 떨치고 전장에 나올 수밖에 없었던 상황을 드러내고 있으며, 이어지는 구절은 날이 가고 또 가도 전쟁은 그치지 않는 안타까운 상황을 강조하고 있다. 두 구절을 이어서 보면 전쟁이 빨리 끝나고 가족에게 돌아가기를 바라는 마음이 전제되어 있으므로, 나라를 위하는 충성스런 마음이 강조되었다고 보기는 어렵다. ① '잠에 지쳐 서서 자다 창끝에다가 턱 꿰인 놈'이란 구절은 불쌍하고 안타까운 상황을 드러내는 구절이지만, 판소리의 특성상 과장을 통해 재미를 주는 해학적 표현으로 볼 수 있다. ② '조총'은 작품속 배경인 '적벽 대전'이 벌어졌던 시기에는 아예 존재하지 않았다. 입에서 입으로 전해지는 판소리의 적층성을 드러내는 소재이다. ③ 마누라가 공을 들인 공간을 구체적으로 열거하면서, 얼마나 많은 정성을 들였는지를 극대화하여 보여 주고 있다. ⑤ 판소리를 연행할 때 '위국자는 불고가', '남아하필연처자' 와 같은 한문 구절이 자주 차용되었음을 확인할 수 있다.